荒木正純

『荒地』の時代

アメリカの同時代紙からみる

小鳥遊書房

目次

第Ⅲ部　「I　死者の埋葬」をめぐって（その二）

第Ⅳ部　「Ⅲ　火の説教」をめぐって

【凡例】

・十九世紀後期から二十世紀二十年代のアメリカ紙の引用は、合衆国議会図書館がインターネットで提供している「クロニクリング・アメリカ」(chronicling America) によった。
・その邦訳は、本書著者のものである。
・同時期の記事図版も、同サイトからのものである。
・『荒地』の邦訳は、基本的には、岩波文庫所収の岩崎宗治版を使用した。
・「第一節・余白」などと見出しのある箇所は、旅での道草、あるいは本街道の路地のごときものである。

はじめに

エリオットは陽水のようだ――啓示ともいうべきことばが口をついてでた。本書の原稿が九割がたできあがった頃、井上陽水が脳内をめぐっていたときのことだ。

この一見突拍子もない直感は、あながち見当違いではない。インターネットで陽水がボブ・ディランから学んだという記事があった。この記事が参考にしていたのが、海老沢泰久『満月　空に満月』（文春文庫、二〇〇三年）である。

海老沢によれば、陽水は「ボブ・ディランをきいて、とつぜんこんなふうに書けばいいのかと分かったんだよ。とにかくそれは、おれにとって画期的なことだったよ」といったという。この本の解説を書いた増田晶文は、「ボブ・ディランから作詞のテクニックのヒントを得たというのも興味深い。……彼は筋道を立てて詞をつくる方法を捨て、語句のリズムを優先させてストーリーを無視することで独自の境地を確立する。彼の詞を読んだ担当ディレクターは、頭が混乱してわけが分からなくなってしまったそうだが、このエピソードの謎も解けた」と述べている。

では、ボブ・ディランとエリオットの関係はというと、ディランの好きな作家の筆頭にエリオットがいるようだ。つまり、陽水とエリオットは、ディランをかいしてつながっていたらしい。たとえば、「パウンド」と「エリオット」がでてくるディランの歌がある――「タイタニック号が夜明けに帆走する／そしてみんなが叫ぶ／「きみはどっち側にいるの?」／そしてエズラ・パウンドとT・S・エリオットが／船長のタワーで戦っている／カリプソ歌手たちが奴らを笑っているあいだ／漁夫らは花を抱えている」（「廃墟の街 Desolation Row」、アルバム『ハイウェイ61再訪 *Highway 61 Revisited*』一九六五年より）。この曲は、完全に『荒地』をベースにしたパロディである。

ロナ・クラン（Rona Cran）はその著書『二十世紀芸術、文学、文化のコラージュ――ジョセフ・コーネル、ウィリアム・バロウズ、フランク・オハラ、ボブ・ディラン』（二〇一四年）で、「コラージュ」をかいしてエリオットとディランを関係づけている――「（マイク・マルクシーによれば）ディランの読書は散発的で未熟であったが、彼は何でも集めたがるたちで、エリオット、カミングズ、フランス象徴主義者、そしてシュールレアリストをたまたま知っても、それが彼の作品に痕跡を残した」（一九五ページ）。さらに、『荒地』とのつながりをこうもいう――「『荒地』（エリオットの他のいくつかの詩同様）も、もちろんコラージュによって稼働し、「廃墟の街」のように、一貫した物語の不連続性と反復する隠喩の転換を用いて、そこに表現し描かれる無秩序な事態に対する普遍的嘲り、驚異、狼狽の意識を達成している」（一九八～九ページ）。

ディランは二〇一七年度ノーベル文学賞に選ばれた。エリオットは一九四八年度の受賞だった。

＊

本書では、十九世紀後期から『荒地』が出版される一九二二年までの厖大な合衆国の新聞記事を引用使用することになるが、そうすることで、エリオットが実際にすべてに目を通し、それを『荒地』に盛り込む、あるいはそれを契機として、引用したり言及したりしたと主張しているわけではない。その記事のあるものは、実際に読んで引用したかも知れないが、それを検証する手立ては目下ない。その検証を本書は追究しようとしているわけではない。

エリオットが意図的に記事を引用したとするきつい縛りの追究条件から、エリオットは読んでいたが記憶のかなたに置き去りにした記事へ、そして、さらにエリオットは読んでいないものの、当時の『荒地』読者が読んで記憶していた記事へと、追究の縛りをゆるめていくことによって、きつい縛りの条件では排除されてみえなかった事態や事柄が、かなたの知の地平にぼんやりと姿をあらわす可能性を期待している。いいかえれば、少なくとも、「荒地」が掲載されたイギリス、アメリカの二雑誌の読者、さらに、本となった『荒地』を読んだ多様な読者にとって、『荒地』の記号群が何を連想させたのか、その可能性を追究している。

新聞記事は合衆国のものが大半であるが、それは、第一に、合衆国議会図書館が提供している、「クロニクリング・

アメリカ」の新聞アーカイヴが、容易に無料で利用できるためでもある。また、エリオット自身が『荒地』製作に関連付けた可能性のある多くの新聞記事は、彼がアメリカ在住の際に読んだ新聞であったからで、さらに、合衆国の新聞自体が、同時代の他の新聞・雑誌の記事を大いに〈引用〉していたからでもある。そして、本書第I部第一章で示唆するように、『荒地』のいわゆる「コラージュ」様式が、同時代の新聞紙面の有り様に通底していると考えるからでもある。

新聞紙面には、当時は、大きくとりあげられたが、今日では忘れ去られ、文学史に名をほとんど残していないため、『荒地』の言及している作品とはみなされていない作品も、当時の記事をみることで、二十一世紀の知の地平に回帰させることができる。たとえば、一九一八年九月一日付『ザ・サン』紙に、見出し「マルヌのスペイン叙事詩／『黙示録の四騎士』は、イベリア人小説家最高の作家の手になる天才の作品」の書評記事が掲載された。これは、ヴィセンテ・ブラスコ・イバニェス作『黙示録の四騎士』を対象にしたもので、当時の「戦争に適用するため、ヨハネ黙示録第六章を解釈した著者は、現代にこれまで出現したどれよりも本物の才能が優れた歴史小説を書きあげた」とある。この小説は、一九一六年に出版されるやたちまち大評判になり、英語訳は二〇〇版をかさね、『イラストレイテド・ロンドン・ニュース』紙は、「古来印刷された書物のうち、聖書をのぞいて、もっとも多く読まれた作品」と書き、アメリカの世論を参戦へと決定付けたともいわれた。そして、この小説から映画も誕生した。メトロ社用にレックス・イングラムの製作した映画だ。

『荒地』は、一九二二年十月、イギリスの雑誌で、自身が編集長をつとめる『クライテリオン』誌創刊号に、ついで、十一月、アメリカの雑誌『ザ・ダイアル』誌に掲載され、そして、十二月には、単行本として〈原註〉が付され出版された。こう、従来の解説はしているのだが、実際には、一九二二年十月二十九日付『ニューヨーク・トリビューン』紙の「一週間の詩」（A Week of Verse）の欄に、「『ザ・ウェイスト・ランド』から」と題した詩のテキストが掲載されている。この記事は、「『ザ・ダイアル』誌から」と末尾に引用先が明記されているので、新聞編集者がこの雑誌の発行前にそれを入手して掲載したものと思われる。こうした情報は、新聞に直接あたらなくては得ることができない。とりわけ、この『ニューヨーク・トリビューン』紙は、少なくとも『荒地』にとっては、特権的な地位にあり、エリオット自身、その読者であった可能性もある。

*

キャロル・セイモア＝ジョーンズは、『彩色された影――T・S・エリオットの最初の妻、ヴィヴィアン・エリオット伝』（二〇〇一年）の第十三章「『荒地』」をこのように書きはじめた――

ヴィヴィアンは、はじめ、「パリをつかむ」のはむずかしいと思った。七年間、イングランドに引き籠っていたので、根こそぎ掘り返され、「一人になって、びっくり仰天し、そのような慣れない生活に投げ込まれること」は辛いことであった。彼女が（ハッチンソン・）メアリーに語ったところでは、トムと二人で過ごした最初の数日間は申し分なかったのだが、次には、夫を駅に連れていき、「忌むべきスイス列車」に乗るのをみなくてはならないときがやってきた。ヴィヴィアンは、夜九時二十分に、プラットフォームにぽつり一人とり残され、誰かが箒を持ってやってきて、彼女の頭を殴るような気がした。（二九〇ページ）

ここにある「パリをつかむ」は、原文では“a clutch on Paris”であるが、そこに引用符が付されている。出典は明記されていない。文脈から察するに、ヴィヴィアンが友人メアリーに宛てた手紙などにあったものと推測できる。もし、そうであるなら、この語は『荒地』の原テキストから飛んできた可能性がある。そのことをセイモア＝ジョーンズは示唆し、それで、ヴィヴィアンが『荒地』成立に何らかの形でかかわったと暗示している。現在、その語は、『荒地』「I　死者の埋葬」の第二連冒頭にある――「つかみかかるこの根は何？　砂利まじりの土から／伸びているこれはなんの若枝？　人の子よ」（What are the roots that clutch, what branches grow / Out of this stony rubbish? Son of man,）。

岩崎訳註は、この詩行に「「ヨブ記」八章一六―一七節に「彼日の前に青緑《みどり》を呈《あら》はしその枝を園に蔓延《はびこ》らせ　その根を石堆《いしづか》に盤《から》みて……」とある」の註を付している。ところが、欽定訳では以下のようになっていて、問題の語はない――

He is green before the sun, and his branch shooteth forth in his garden.
His roots are wrapped about the heap, and seeth the place of stones.

おそらく、対応する語は、"wrap" であろう（ちなみに、大方の版では、"entwine" も使用されている。なお、岩崎訳註の訳に出典は明記されていないが、内村鑑三の「ヨブ記講演」によっているようだ）。だとするなら、問題の語は、エリオット独自の使用ということになる。そうした語を、ヴィヴィアンは用いた。伝記作家のセイモア＝ジョーンズは、そのように理解していたのだろう。

では、何故、ヴィヴィアンは、エリオット独自の用法を知りえたのか。原稿を読んでいたのだ。イアン・ランカッシャー（Ian Lancashire）は、『忘れっぽいミューズ――テキストの作者を読む』（*Forgetful Muses: Reading the Author in the Text*, 2010）の第四章「詩人＝作者」で、「豊富な証拠をもとに、どのようなスケジュールで、エリオットが『荒地』を執筆し、パウンドとヴィヴィアンがその草稿に批評を加えたかを突きとめることができる」としている。

大英図書館のサイトに掲載された「文学を発見する――二十世紀」の項目に収録されたマーク・フォード（Mark Ford）による記事「エズラ・パウンドと『荒地』の草稿」（二〇一六年十二月十三日）に、以下の記載がある――

エリオットの未亡人ヴァレリーは、すぐに、この資料を使い、一九七一年出版のファクシミリ版の編集作業にとりかかった。この版をみると、この詩に削除と修正を加え、ついに最終的形態に到達するのにエズラ・パウンドが果たした主要な役割だけでなく、エリオットの最初の妻ヴィヴィアンが、彼女にとてもよく似た登場人物の描き方に示した反応もわかる。神経症的な妻（「今夜、わたし神経がおかしいの、そう、おかしいのよ。一緒にいて」）と黙っている精神的外傷を負った夫（「われわれは鼠の路地にいる、とぼくは考える、／死者たちが自分の骨を見失ったところ」）の関係を劇的に表現した「チェス遊び」の一節の余白に、ヴィヴィアンは〈WONDERFUL wonderful wonderful〉と書いた（『荒地』の引用は岩崎訳より）。

さらに、「コレクション・アイテムズ」のサイト「T・S・エリオットの『荒地』手稿、エズラ・パウンドの註記付き」の項の解説「手稿は、詩がどのようにして形をなしたかについて、何を語っているのか」に、以下の説明もある——

五十二ページのこの写しでは、彼（エリオット）が、第Ⅲ部「火の説教」の終末部分を手で書き直しているのがわかる。そこに、こう詩行がある——「マーゲイトの砂浜で、／わたしは何ひとつ／結びつけられないの」（三〇〇〜三〇二行）／この手稿の上部には、修正・提案・意見が手書きでテキストに加えられている。いくつかは、エリオット夫人ヴィヴィアンによるもの。しかし、ほとんどが、詩人エズラ・パウンドによるものである。一九二一年一月、パリで、エリオットは、彼にこの詩全体をみせていた。

こうした生の読書反応の記録は、興味尽きない。この「クラッチ」と「ルーツ」をめぐって、ジョウゼフ・マクラフリン（Joseph McLaughlin）が、その著書『都会のジャングルを書く——ドイルからエリオットのロンドンにおける帝国を読む』（*Writing the Urban Jungle: Reading Empire in London from Doyle to Eliot*, 2000）の第七章「つかみかかる根とは何か？——金、移住、そして『荒地』」で、以下のように述べている——

ヘンリー・ジェイムズ、ヘンリー・アダムズ、そして、ジェイムズ・ジョイスのように、エリオットは世界市民になりたいと願う。この詩（『荒地』）のペルソナ（登場人物）のように、彼は放浪者であり、そうあることを願う。放浪は、根無し草のように漂うこととはまったく異なる。『荒地』のペルソナ／詩人は、伝統を逃れるのではなく、ずっと壮大なものを訪れ、そこに住むことで拡大することを願う。エリオットは、自らの根を切り離すことを願う者ではない。彼は、できるだけ多くの根を抑えておきたい。彼の刺激的問い「つかみかかるこの根は何？」（十九）は、再度、この過程を不明瞭にし、荒地にいるこの放浪者を、つかみかかる根を積極的に探索する者であるより、根につかみかかられる対象の役割を与える。……エリオットの荒地における伝統は、この学者（エリオット）が積極的に掘りだそうとする死体であるよりはむしろ、この詩人につかみかかる亡霊、つまり、復活した死体である。（二八七ページ）

ここにみるように、マクラフリンは「クラッチ」にではなく、「ルーツ」の方に反応していたわけであるが、興味深い指摘である。セイモア＝ジョーンズは、「クラッチ」と並行して、引用符はつけていないが、「根こそぎ掘り返され」と「クラッチ」に「根」をからませている。問題の箇所による限り、ヴィヴィアンは、「根」にとらえられる方を好ましいとしているようであり、このエリオットとの姿勢の違いが、二人の別離へとつながっているとセイモア＝ジョーンズはいいたげでもある。

ここまでの議論では、欽定訳をはじめとし、すべての英訳聖書では、「クラッチ」の語が使用されておらず、これはエリオット独自の使用だとしてきた。しかし、これは誤りだ。「アメリカ議会図書館」の「クロニクリング・アメリカ」の新聞アーカイヴで、“roots clutch”で検索をかけると、以下の例がでてくる。つまり、エリオットは、ここで同時代に流通していた言説を使用していたのである。

まず、一八九二年九月十七日付『ジ・ランス・センティネル』紙（*The L'Anse Sentinel.* (L'Anse, L.S., Mich.) 18??-current）に、見出し「セントラル・パークにて／特別な形の菩提樹、生きようと闘争した結果」の記事がある——

ニューヨークのセントラル・パークにある立派な木々を救うため、確固とした努力がなされ、期待通りの成果をあげることができた。この努力がとりわけ必要な場所では、その結果、多くの変わった植物が生みだされた。その中でもっとも興味深いものの一つは、公園北地区の菩提樹である。（中略）若さに付きものの危険のため、明らかに、いろいろな折にこの木は破壊されそうになった。幹をみると、早い時期に裂けそうになったことがわかる。（中略）その結果、幹は十四、あるいは十五、あるいは二十インチの長さになり、二股になった箇所では、直径が二フィートたっぷりに膨れている。他方、木の立っている地面を大きな根《ルーツ》がしっかりとつかみ《クラッチ》、まるで大きな手がつかんで《グラスプ》いるようだ。この木は、外目が、葉を密に茂らせた完全な円錐形をしていて、植物の健康の完璧な見本であるかにみえる。

一八九四年十月十日付『ジ・エンタープライズ』紙（*The Enterprise.* (Wellington, Ohio) 188?-1899）に、見出し「尊師タルミジ、素晴らしい教訓を伝記から導く／ユダヤの一少女について——辛い場所から逃れる法——お金を持たずに金持ちになる、筋肉なくして強くなる、美なくして魅力的になる法」の記事が掲載——

ブルックリン、十一月七日——尊師タルミジ博士は、依然、世界一周旅行中で不在であるが、新聞を通じた今日の説教のテーマとして、「ハダッサ」を選んだ。この選ばれたテキストは、エスター記第二章第七節「そして、彼はハダッサ（エステル）を育てた」である。／（中略）／……ロトがソドムで、あるいは、エレミアがイェルサレムで、あるいは、ヨナがニネヴェで、あるいは、ハダッサがアハシュエロスの宮廷で一人であったと同じように、一人でいても忠実であれ。根《ルーツ》がギザギザの岩の間につかみかかる《クラッチ》とき、もっともよく成長する木がある。だから、あなた方は、まさに、発展するのに乏しい土しかないとしても、恩寵に申し分なくめぐまれた百姓であるので、どこでも作物を育てることができる。……／（以下、略）

（註・「尊師タルミジ博士」とはトーマス・デウィット・タルマジ（Thomas De Witt Talmage, 1832–1902）のことで、合衆国の説教師、聖職者、神学者。アメリカ・オランダ改革派教会と長老派教会で牧師職にあった。十九世紀中頃から末頃まで、合衆国の著名な宗教指導者の一人であった。）

一九一〇年十二月二十三日付『ザ・ホルト・カウンティ・センティネル』紙（*The Holt County Sentinel.* (Oregon, Mo.) 1883-1980）に、見出し「二つの物語」の記事がでた——

新聞のページの一つに、最近、二つの物語が並んで掲載された。一つは、離婚した夫婦について語るもので、二人は軽薄に自らの恋愛について語り、互いの間近にせまった結婚について議論する。他方は、伴侶が死んだ年齢六十歳男性の話で、彼は彼女の墓のところで死ぬ。それは、妻を亡くして生きるに堪えられなかったからである。／（中略）／『オズボーン家』と題する本を最近出版したイングランド人作家が、その登場人物の一人に「老年」について議論させている。（中略）／しかし、彼らは長持ちしない。男女を繋ぐ絆は、哀れみと愛の奉仕が必要になればなるだけ、次第に強まるというのは、全世界の結論をくり返しているだけにすぎない。愛の根《ルーツ》は、相互の葛藤という土壌に、もっともしっかりとつかまる《クラッチ》ものである。／（以下、略）

一九一八年十一月十四日付『フォレスト・シティー・プレス』紙（*Forest City Press.* (Forest City, Potter County, D.T. [S.D.]) 1883-19??）に、見出し「トラの歯／モーリス・ルブラン作／アレクサンダー・テイシェイラ・デ・マトス訳」

の小説が掲載され、そこにこうあった――

彼の敵は、彼の目の前で、次第に弱ってきていた。ドン・ルイの指は、はじめは草の根を握《グリップ》っていたが、いまは、壁の石をむなしくつかん《クラッチ》でいる。そして、彼の肩は、井戸の下へと次第に沈んでいった。／（以下、略）

（註・「モーリス・（マリー・エミール・）ルブラン」はフランスの小説家で、「アルセーヌ・ルパン」で知られている。）

一九二〇年十二月十六日付『シェパーズタウン・レジスター』紙（*Shepherdstown Register.* (Shepherdstown, Va. [W. Va.])）と一九二一年四月九日付『ザ・ベニントン・イヴニング・バナー』紙（*The Bennington Evening Banner.* (Bennington, Vt.)）に掲載された記事――

燃料の高い今日、余りにもしばしば無視される源、つまり、古い切り株畑に、注意を払うのは価値のあることだと、『ユースズ・コンパニオン』誌が述べている。すべてではないとしても、ほとんどの針葉樹には主根がないが、多くの指のついた巨大な手のように土壌をつかむ《クラッチ》、うわ根《ルーツ》の広くひろがるネットワークで大地をとらえる。切り株と根の両方が、それ故、一、二度ダイナマイトを炸裂させれば容易に爆破される。もし、それが、何らかの松の木の切り株と根であれば、石油に匹敵する熱く輝いた炎をあげて燃えるピッチと松脂が、一杯に詰まっている。

これまでの言説は、「クラッチ」と「ルーツ」が連鎖したものであったが、「クラッチ」を単独で検索すると、意味作用のまったく異なる言説が出現する。それは、「自動車」の言説に使用されていて、いわゆる、「（自動車などの）駆動力を断続させる継手装置」をあらわす「クラッチ」である。

たとえば、一九一六年七月二十九日付『ジ・オグデン・スタンダード』紙（*The Ogden Standard.* (Ogden City, Utah)）に、見出し「自動車売買と産業の最新ニュース」の記事が掲載されている。その小見出し「異なる様式とその操作について、専門家が説明」のでだしに、こうある——

クラッチの目的は、モーターとギアセット（歯車対）を連結することにある。名が示唆しているように、それは回転するクランク軸、あるいは、フライウィール（弾み車）をとらえる《グラスプ》、あるいは、つかみ《クラッチ》、こうしてモーターとギアセットの連結リンクとして働く。

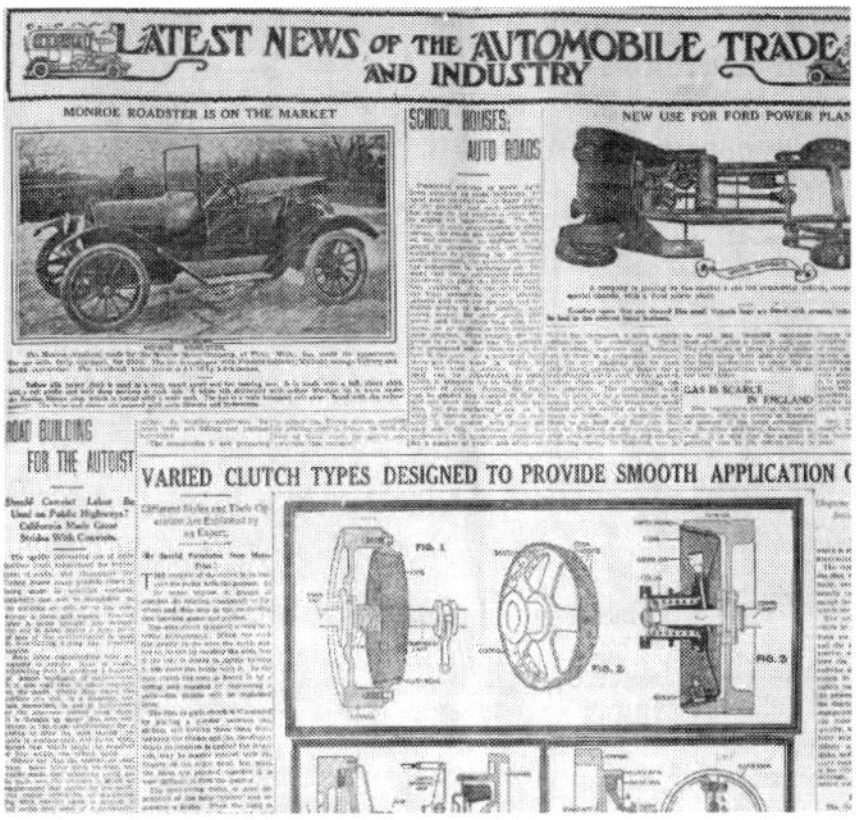

1916年7月29日付『ジ・オグデン・スタンダード』紙より

「クラッチ」に、「連結」の意味作用のあることが注目される。それにしても、この「クラッチ」言説にある「自動車」は、実際、『荒地』に登場する。「Ⅱ　チェス遊び」の「もし雨だったら、四時にセダンの車」、「Ⅲ　火の説教」の「人間エンジンは待っている／動機を打ちながら待っているタクシーのように」が出現の現場である。ちなみに、「タクシー」が「動機をうちながら待っている」のは、「クラッチ」の「連結」作用が停止されている状態であろう。

一九二一年八月十四日付『ニューヨーク・トリビューン』紙（*New-York Tribune.* (New York [N.Y.]) 1866-1924）に掲載された「夫妻」と題する漫画は、車に同乗した夫が妻に運転を教えるもので、その一コマで、夫が「片足をブレーキに置いたら——クラッチを下に押してから、ゆるやかに戻れ——クラッチだ。クラッチだってば！」というと、妻

1921年8月14日付『ニューヨーク・トリビューン』紙より

は「そうだ、そうだ、——忘れてた」という。この夫婦のこころを「つなぐ」ものは、目下、「クラッチ」なのである。

おおよそ一九一〇年以降の、自動車の「クラッチ」の重要さを説明する圧倒的多数の記事の中に、「比喩的」に、人間関係に置きかえて説明している記事があった。一九二〇年十一月十七日付『ニューヨーク・トリビューン』紙（*New-York Tribune.*（New York [N.Y.]））に、見出し「クラッチは重要であるため、研究しなくてはならない／目的は、エンジンと駆動機械を連結することで、実際の握手のように、しっかりとしたものでなくてはならない」の記事が掲載され、さらに、囲みの概要説明がこうあった——

〈クラッチに関心を持つことは、自動車の性能にかかわる〉

／自動車クラッチの人間的な側面には、純粋に比喩的であるが、メカニズムが正しく作動することと重要なかかわりがある。もし、人が印象的な握手をしてくれるなら、その人へのあなたの意見が、握手そのものに劣らず強いものとなる。Y・M・C・A自動車学校の技術指導者H・C・ブロコーは、以下の記事で、類推を有効に用いている。これを読めば、自分の車、そして、とりわけクラッチと呼ばれる部品を知りたいと思う者に役立つことであろう。

そして、記事がこうはじまる——

不確かな握手や気のない握手は、実際、ほとんど役立たないというかのように、自分の手を握ってくる者を、人はいつも、いくぶんかでも好みます。反対に、コートの立ち襟を荒々しくつかまれることは、本能的に怖れます。それは、たとえば、何らかのことで、警官に叱られたことを示すからです。また、よく知られたことですが、魔性の女であれ、高利貸しであれ、法律であれ、人は他の者の手中に陥るのを避けるべきです。すべてこうしたことは、〈クラッチ〉として知られる自動車の重要なメカニズムに、そっくりあてはまります。（以下、略）

これがエリオットの意図した、あるいは、ヴィヴィアンが理解した「クラッチ」の用法ではないかも知れない。だが、こう考えてみよう。「つかみかかる根」は、「つかんで」から、「わたし」と「何」とを「連結」するのだろうと。一つは、エリオットが改宗した「アングロ・カトリック」、さらには、「神」だろうか。あるいは、「伝統」か。それにしても、ヴィヴィアンとトムを「連結」する「クラッチ」はなかったようだ。こうした読みの地平を拓くのが、本書がぼんやりと願ったことである。

ついでながら、ヴィヴィアンがかかわったとされる先の詩行「わたしは何ひとつ／結びつけられないの」の「結びつける」は"connect"であるが、「連結」の意味作用をする「クラッチ」のヴァリエーションであろう。先の新聞記事にもあった。クリストファー・リックス&ジム・マッキュー共編『T・S・エリオットの詩　第一巻』(*The Poems of T. S. Eliot*, 2015) の註釈は、この「コネクト」にE・M・フォースターの『ハワーズ・エンド』第二十二章の「結びつけるのみ！　それが、彼女の説教のすべてであった。散文と熱情を結びつけさえすれば、両者が高まり、人間愛がその高みにあるのがみられよう。もはや、切れ切れに生きるのはよせ」をあげている。しかし、「クラッチ」との連鎖の例はまったくない。

＊

まさしく、本書は、伝統的な「つかみかかる根」にとらえられることなく、しかし、そうした「根」を大切にしつつ、「言説」の荒野を「放浪」することになる。ただ、闇雲に新聞を端から端まで通読するというのではなく、『荒地』が提示するヒントをそうした「根」として、ほぼ同時代の新聞の言説の海／荒野を放浪しつつ、探索・蒐集、そして、思考する――『荒地』の〈聖杯〉探索者のように。ただし、本書の探索の究極的な目的はない。

第Ⅰ部　『荒地』生成の始原に迫る――同時代の新聞記事とのかかわり

「それは新聞の死亡告知欄にも見られず」
(Which is not to be found in our obituaries)

――『荒地』

第一章　『荒地』と同時代新聞

第一節　『ニューヨーク・トリビューン』紙と「荒地」

一九一八年三月十七日付『ニューヨーク・トリビューン』紙（*New-York Tribune.* (New York [N.Y.])）に、「ゴータとゴルゴタ」と題する一枚の風刺画が掲載された。画家はアベル・フェヴル（Abel Faivre, 1867-1945）。この絵は『エコー・ド・パリ』紙（*L'Écho de Paris*）からの引用であった。「父よ、彼らを許してはいけません。彼らは、己のしていることがわかっているのですから」（Father, forgive them not, for they know what they do.）とキャプションが付いている。もちろん、このキャプションは、「ルカによる福音書」第二十三章第三十四節のことばを捩ったもの——「父よ、彼らをお許しください。彼らは何をしているのか、わからずにいるのです」。

1918年3月17日付『ニューヨーク・トリビューン』紙より

この絵が掲載されたのは、これに対応している記事があったからである。それは、見出し「空中の報復」の以下の記事であった——

> ロンドンとパリを襲った空襲の詳細に報道される惨事のため、マンハイムを空襲するとするイギリスのあからさまな公式声明がか

すんでしまう。航空操縦が減少しているドイツが、訓練された十六人の飛行士とゴータ機四機を一度の攻撃で失うことがどうしてできるのかなどと、脳裏に浮かぶことはない。／実際、ドイツにはできない。フランス、イギリス、イタリアの各都市へのドイツによる空襲は、もはや恐怖心をもたらすことを狙ったものではない。それは、怒りと恐怖心のなせるわざに他ならない。というのも、ドイツへの連合軍空軍の攻撃がすでに開始されているからだ。／このことを仄めかす報道が先般来、主としてロンドンからなされた。アンドルー・ボナー・ローは、連合軍の空中の優位を充分に確信し、議会で、そのことを既成事実として、また接近してくるドイツ砲兵隊に対して明らかに相殺するものとして公表した。発表された公式の数字が発表され、それをみると、イギリスの飛行士が七個の爆弾を投下するのに対し、ドイツ人は一個であることがわかる。先日の短い記事（ドイツが情報源）からは、連合軍の攻撃の主要な対象にはなりえないバイエルンですら、敵対的な襲撃機が起こした物的被害は、修復を国家に求めるほどにまで増加していることがわかる。さらに、連合軍飛行中隊が、真昼間、ライン川沿いのドイツ各都市上空を巡行し、一機の損害もなく戻るのは、いまでは、ほぼ日常的なことになっている。／ドイツ工業の中心地とドイツ流通の動脈は、軍隊にとっても供給にとっても、ライン川に沿ってある。移動させることは不可能だ。／しかし、攻撃へのこうした変化がどのように怖ろしい意味を持つかは、期間を単位として計算するまで明らかにならない。十二月一日からはじまる十一週間で、イギリス空軍だけで、ドイツ国境内の三十五ヵ所の土地に四万九千十二ポンドの爆弾を投下した。アメリカが飛行団を持ったら、どうなるのだろう。

ちなみに、二日前の三月十五日付『ニューヨーク・トリビューン』紙に、見出し「死者百名、負傷者七十九名、月曜日のパリ空襲の結果」の記事があった――

パリ、火曜日、三月十日――月曜夜の空襲についての公式発表は、以下のように述べている――／「昨夜の爆撃の犠牲者数は、現在、判明した。パリでは、死者二十九人、負傷者五十人で、郊外では、死者五人で負傷者二十九人であった。不幸なことに、ここに更に六十六人を加えなくてはならない。地下鉄メトロポリタン駅の入り口で、パニックになった群集に押しつぶされ死んだ犠牲者である。そこに、群集は避難しようとしていた。後者のドイツの蛮行で犠牲となったのは、ほとんどが女性と子どもであった。病院一ヵ所が爆弾でひどい損害を受け、それで六人が死亡、七人が負傷した。／爆弾が投下された箇所は、パリでも近郊でも、それほど多くはない。それは、砲兵隊の弾幕の前に、多数の敵機が退却を余儀なくされたからである。敵機は、パリからひどく離れた郊外に投下物を落としていた。／（以下、略）

五月十九日付同紙に、見出し「巨大砲に砲撃され、多数の敵にもかかわらず、パリは微笑みを絶やさない」の記事が掲載された。この興味深い記事の著者はエリザベス・シェプリー・サージャントで、『ザ・ニュー・リパブリック』紙からの転載であった――

昨晩、二度目の大空襲があった。爆発の鋭い音が消えるとすぐ――フランス軍の連続砲撃がやむ前の、ベルロックが終わりを告げるずっと前――、わたしは窓から頭を突きだした。まったくの暗闇、見通すことができない暗闇、光の可能性そのものを否定した暗闇、しかしその中でも下の通りでは、すでに何か暖かで力強い人らしきものが動いていた。パリの群集である。まるで、一瞬遮られた川が、いつもの流れをまたみつけたかのようだった。／そのざわめきはやや抑えられ、はっきりしなかったが、くつろいだ笑いの渦巻き、最後の爆弾がどこそこに落ちたと議論する声が、わたしのところまで漂いながら届いた。／今朝、気が付くとわたしは、六階建ての建物の大あくびをした瓦礫の前に数千人のパリ市民と一緒にいた。わたしのところまでやってきた静かな中年の働き女性が、突然、こう話しだした――「ねえ、奥さん、戦争に飽きちまったよ。もう、たくさん。平和が欲しかった。

でもいま、いまは、是が非でも男になりたいわ！」／＊＊＊／（以下、略）

＊　＊　＊　＊　＊

第一節・余白　パリの「サイレーン」と「ベルロック」、そして『パリの昼とロンドンの夜』

第一節最後の引用に「ベルロック」とあるが、これは当時使用された語で、一九一八年五月五日付『ニューヨーク・トリビューン』紙に、見出し「巨大砲に、パリびくともせず」の記事の一部にこうあった——「十二時三十分頃、もう何も聞こえなくなり、午後の三時五十分に、「ベルロック」(berloque)、つまり乱れ打ち《メス・ドラム》の太鼓の音が爆撃の終了を告げると、街々には大笑いが起こった」。

また、一九一八年八月二十九日付『ウェスターン・カンサス・ワールド』紙（*Western Kansas World.* (WaKeeney, Kan.)）に、見出し「ここにあるのは、実際の空のフライング・フィッシュ（トビウオ）」の写真が掲載され、その解説

Shelled by Huge G

—From The North American Review War Weekly.
"Well Hit, My Son—Church or Hospital?"

Guns and Cloud Foes, Paris Smiles On

Fireworks

A Spanish Conception of the Big Gun

By Elizabeth Shepley Sergeant
From The New Republic
March 9, 1918.

LAST night we had our second big air raid. As soon as the sharp sound of the explosions had died away—before the French cannonading had stopped and well before the berloque announced the end—I stuck my head out of my window. Utter blackness, blackness impenetrable, blackness that denied the very possibility of light, yet through it, on the street below, was already travelling something warm and vibrant and human; the Paris crowd. It was as if a river, obstructed for a moment, had found its normal course again. The murmur was slightly subdued, confused, but eddies of easy laughter, voices, disputing as to where the last bomb fell.

city of the front. By nig intense—more profound th it ever could be in a great breathless hush—not t brings the dreadful battle of anguished hearts.

The Siren, the Tren Guns Again

But the day has been har asleep at last. Suddenly, c one's unquiet dream, the French guns—another aler Ca manque de charmé, as bermaid says. One decide making sure that shutters (against shrapnel), wind (against shock) and coat, money, electric lamp at h hour, two hours, three hou noise—the bells! Blessed —nobody who has not hea peace, tolling sleep, throu nights knows the fortitude France.

An early evening alerte in the Metro. The current first signal; the trains st their passengers, who ming ulace that flows down fro working class families bri

1918年3月17日付『ニューヨーク・トリビューン』紙より

として「ニューポール社製飛行機は、装飾の仕方から判断して、まさに「フライング・フィッシュ」と呼ぶにふさわしい。アメリカ人パイロットが、フランスのどこかでその機種の脇にたっているところ」とあり、そのすぐ下には、大見出し「パリの悲観論者は「サイレーン」／ふさぎ込んだ者は、招かれざる空襲の合図にちなんで名づけられている。／楽観論者は「ベルロック」／人びとは、地下鉄の駅で待機している間、楽しい一時を過ごしている――サイコロ博打が、群集の関心を引く」の記事が掲載――

パリ――さらに二語が、次第に膨れ上がってきた戦争用語辞典に加わった。パリでは、この二語が新しい意味を獲得した。悲観論者は、いまでは、「サイレーン」として知られ、楽観論者は「ベルロック」である。／（以下、略）

HERE IS A REAL FLYING FISH OF THE AIR

This Nieuport airplane can rightly be called "the flying fish," judging from the manner in which it is decorated. Its American pilot is standing alongside of his machine, somewhere in France.

PESSIMIST IN PARIS IS 'SIREN'

Gloomy Ones Are Named for the Unwelcome Air Raid Signal.

One would think upon descending to one of the large and centrally located underground railway stations which are used as shelters that a soiree was in progress instead of an air raid.

This is what the correspondent saw ...

... dice with a deftness that was delightfully reminiscent of "somewhere in Harlem," to say nothing of their proficiency in the vocabulary of the game, which Parisians have since learned is a very essential adjunct to any skill at it.

Investigation of casualties following an air raid over the capital have proved to the authorities that the greatest number of casualties are not the result of injuries received from the bombs of the raiders, but of carelessness on the part of the victims. Parisians have become too accustomed to air raids. They stay out of doors to see the bursting of the shells from the antiaircraft guns and others leave their shelters and go home before the signal.

As a result recently 23 persons were injured, some because they did not keep under cover long enough, and others because they stood at their windows watching the bursting shells as if it were an exhibition of fireworks. The police have again warned the population. "The better protector of the city," says an order, "is no reason for neglecting the precautions dictated by common sense."

VILLA'S STEPSON JOINS UNITED STATES CAVALRY

Manchester, N. H.—William Cerusco, aged nineteen, who says he is a stepson of Villa, the notorious Mexican bandit, has enlisted in the United States cavalry here.

Cerusco says that three years ago, during the border uprising, Villa shot his father and married his mother. Cerusco came north with the New Hampshire troops when they returned from duty on the border.

He says that he likes the United States so well that he has decided it is worth fighting ...

1918年8月29日付『ウェスターン・カンサス・ワールド』紙より

本章冒頭で引用した一九一八年三月十七日付『ニューヨーク・トリビューン』紙の記事にでていた「ロンドンとパリを襲った空襲」をめぐる本が一九二二年に出版され、その紹介・書評記事がでた。まず、一九二一年十一月十三日付『ザ・ニューヨーク・ヘラルド』紙（*The New York Herald.* (New York, N.Y.)）に、見出し「夫婦による、戦時二都物語」の記事である――

よい手紙は、いつもよい読み物になる。ここに分厚い一冊の本がある。戦時期のパリとロンドンの人びとの生活を日々メモにしたものが満載。戦争の詳細は、当時の一九一八年はじめには、一切、出版されなかった。ビッグ・バーサ（ディッケ・ベルタ／太っちょベルタ）がパリを砲撃し、ゴータ機がロンドンに爆弾の雨を降らせていた頃だ。著者二人は、ロンドン赴任を命じられた『ザ・サン』紙の通信員とその妻。妻の方はパリに滞在しつづけ、パリ市門からわずか数マイルのところで繰り広げられた三ヵ月にわたる必死の戦闘を経験した。そして、フランス人魂は、この女性の勇敢さにみてとることができる。女性はアメリカ人通信員の妻だが、「奴らを通すな」というフランス人の素朴な信念が滲み込んでいるので、激しい銃声の合間にベッドに転がって眠る習慣ができた。ロンドンからくる夫の手紙は生きいきと面白いが、戦況次第で、事態は思わぬ展開をみせる。重要な仕事を任されていた男性は、事業と職務について書かなくてはならないが、他方、運よく戦闘間近の強烈な現実に投げ込まれていた妻は、夫に手紙で、病院業務について共感をもって語る。業務はこころ痛むものではあるが、同時に元気づけるものでもある。それとおなじ共感をもって彼女は、フランスの病院で、「歴史家」として気配りのある責任を担い、掃除婦のように一日十時間から十五時間働き、負傷者の世話や手伝いをした。妻の手紙には病院業務の詳細が多数記され、苦痛の最中や臨終の際にしばしば輝く喜劇精神が幾度となく驚異的に顔をだし、生きいきとしたものとなっている。彼女の不屈の精神と衰えることのない元気さとが、鮮やかにみてとれる。（以下、略）

1922年8月20日付『ザ・ニューヨーク・ヘラルド』紙より

一九二二年十一月二十日付『ザ・ニューヨーク・ヘラルド』紙に、見出し「『パリの昼とロンドンの夜』／アリス・Z・スナイダー＆ミルトン・V・スナイダー著」の出版広告が掲載された――

ゴータ機がロンドンを爆撃し、ビッグ・バーサがパリを砲撃しているてんてこ舞いの日々に、「そこに」いましたか。もし、生々しい本書を一度でも開けば、いま、そこにいるような気がします。ゴータ機による初の空襲のさなかで眠ること――ボロ・パシャの裁判にパリ全体が熱中するのをみること――イースト・エンドの群集に押され、ロンドンの「地下鉄」に身の安全のために入ったり、姿のみえない大砲から放たれた最初の砲弾にパリ市民と一緒に右往左往することに対し、怒りを覚えることでしょう。どちらの都市にあっても、舞台裏の者が交換する内々の評価や公文書には書かれない無数の偶発的な事柄が、一方の都市にいる戦争通信員と他方の都市にいるその妻が交わした私信に溢れています。（註・「ボロ・パシャ」はフランス人で、ポール・ボロともいい、裁判で反逆罪に問われ、一九一八年四月十七日にヴァンセンヌで銃殺処刑された。）

つづいて、同年十二月十八日付『ニューヨーク・トリビューン』紙に、見出し「ロンドンとパリの生々しい場面／『パリの昼とロンドンの夜』／アリス・ズィスカ・スナイダー&ミルトン・ヴァレンタイン・スナイダー共著。E・P・ダットン社刊」の書評記事が掲載された――

戦争の終結時に、イギリスとフランスの首都にみられた反応は、ロンドン駐在のアメリカ人通信員とパリで赤十字活動をしていたその妻とが交わした手紙からなる本書で、きわめてよく解釈されている。特電の検閲の眼をおそらく逃れたに違いない多くの所見が、この私的往復書簡にみることができる。／一九一八年の春、ドイツ軍が同盟国の戦列を突破しそうな形勢であった日々の、胸の張り裂けそうな不安が、鮮明にロンドンとパリの生活を綴ったこの日々の記録に描きだされている。パリにいるスナイダー夫人は、ロンドンの夫よりも楽観的傾向にある。フォッシュとその軍人への彼女の信頼は揺るぎないもので、他方、夫は、彼がイギリスの公的なサークルでときどき出あう意気消沈に染まらないことはない。／その後、次第に多くのアメリカ軍が前線に投入されるや、潮目が変わる。手紙は次第に歓喜の高まりをみせ、休戦をもって頂点を迎える。ロンドンとパリで同時におこなわれた平和祝典の説明は、本書のハイライトの一つとみなしてよい。／著者の二人は、戦時の両都市をみごとに複合的に描きだした。興味深いあらゆる細部が手紙に記されている。食料配給で味わう苦労、七月四日にロンドンで開催された有名な野球試合、ドイツ艦隊の降伏、ロイド・ジョージが議会で批判者に答弁をしたこと、負傷者や難民がパリに到着したこと、いろいろな階級の男女が偶然に交わす会話、こうした話題のすべてが、本書に彩りと多様性を添えている。『パリの昼とロンドンの夜』は、まさに「もう一冊の戦争物」である。企図と遂行がユニークにして独特。（註・「フェルディナン・フォッシュ」は著名なフランス陸軍の軍人。／「七月四日にロンドンで開催された有名な野球試合」は、「第一次世界大戦のもっとも有意味な運動競技」とされる。）

最初の絵についていえば、「ゴータ」（Gotha）とは、現在、ドイツ連邦共和国の都市で、テューリンゲン州ゴータ郡の郡庁所在地であり、少なくとも八世紀に遡る町。十七世紀にザクセン＝ゴータ公国の首都となり、十九世紀にはコーブルクとともに、ザクセン＝コーブルク＝ゴータ公国の首都としてさかえる。十八世紀にはヴォルテールが滞在し、ドイツ啓蒙主義の中心地となった。大英帝国女帝ヴィクトリアの死後、一九〇一年、エドワード七世は父アルバートの出身から「サックス・コーバーグ・ゴータ」（Saxe - Coburg - Gotha）家と改称した。ところが、第一次世界大戦が勃発、そのため一九一七年、ジョージ五世は敵国ドイツを連想させる呼称を廃し、王宮所在地にちなんだ「ウィンザー」（Windsor）家と改称した。

しかし、絵の題の「ゴータ」は、ドイツの都市の名というより、そこに設立された「ゴータ車両製造会社」製の双発の重爆撃機「ゴータ G・Ⅳ」（Gotha G.IV）を示唆し、絵の上半分には多数描かれている。この機種は一九一六年に初飛行し、ツェッペリン飛行船に代わり一九一七年にロンドンをはじめて爆撃し、以来ロンドン空襲に参加し、ロンドン市民を恐怖におとしいれた。絵で爆撃を受けているのは、「ゴータ」の名を持つ王家のお膝元ロンドンであるが、エフェル塔が地平線に描かれてることからパリもおなじだというのだろうか。また、題の「ゴルゴタ」（アラム語で「髑

ゴータ機が爆弾を搭載しているところ（上）と、ゴータ機の爆撃の様子（左）

髏」の意）は、当然のこと、イエスが礫刑に架けられた「ゴルゴタの丘」をさし、うしろ姿が右半分に大きく手前に描かれている。当然、礫刑後のイエスの〈復活〉が、そして爆撃された都市の〈再生〉が願われている。ついでながら、「ゴータ」といえば、ヨーロッパ各国の王侯・貴族の系譜や各国の統計を記載した《ゴータ年鑑 *Almanach de Gotha*》（1764-）がある。エリオットは『四つの四重奏』（一九四三年）の第二詩篇「イースト・コーカー」（East Coker）第Ⅲ部で、「それから、太陽と月は暗く、それにゴータ年鑑も」と詩行を書いた。

ちなみに、一九一七年一月二十八日付『ザ・サン』紙（*The Sun.* (New York [N.Y.])）には、多数の人物写真が紙面一杯に配され、そこに次のキャプションの付いた写真があった――

> サックス・コーバーグ・ゴータ、オルバニー公爵夫人の息子／この大戦争によって、二つの悲劇がいかにイングランド王家にもたらされたかが、先日ロンドンで、深刻に思い起された。それは、オルバニー公爵夫人がその真珠を売却したときのことである。国王ジョージのこの伯母は、非常に困窮し（王位のため）ヴィクトリア女王から賜った家宝を売却した。彼女の義理の息子アレクサンダー・オヴ・テック大公は、目下、イギリスと戦闘を繰りひろげており、家族の悩みに加え、公爵夫人の息子サックス・コーバー

グ・ゴータはドイツ士官であり、ことあるごとにイギリスの敗北に関する広報にご満悦の様子だ。

「ゴータ社製重爆撃機」が合衆国の新聞にはじめて飛来するのは、一九一七年九月三十日付『ザ・ワシントン・タイムズ』紙（*The Washington Times.* (Washington [D.C.]) で、「ドイツ人、新型特製の飛行機を所有し、半トンのダイナマイトと三丁の機関銃を装備している／大戦闘機、ドイツ人がツェッペリンの代わりに使用」を見出しにした記事においてである――

　『ザ・サイエンティフィック・アメリカ』誌（一九一七年九月二十二日号）によると、ドイツの「恐怖」の最新機は、巨大で三人掛けの戦闘機で、全長七五～八〇フィート、三丁の機関銃を搭載しているという。その雑誌の最新号の記事は、皇帝の新式の空中の怪物を説明し、（中略）このようにこの機種は呼ばれ、目下、都市爆撃にツェッペリンの代わりに使用されているという。／この戦闘機は、搭載した機関銃をどの方向にも――まっすぐ後方へも――撃て、パイロットが自分の飛行機の「盲点」と呼んでいるものをなくしている。かくして、「退却中」の攻撃の危険――戦闘機にとってつねにあった恐怖のもと――が大いに減少し、戦闘機乗組員は追跡者から発砲されればお返しができ、その接近を許さない。

Germans Have New Super-Airplane

Carries Half Ton of Dynamite and 3 Machine Guns

GREAT WARPLANES USED BY GERMANS INSTEAD OF ZEPPS

Drill in Moonlight To Hurry Marines' Recruits for War

1917年9月30日付『ザ・ワシントン・タイムズ』紙より

一九一八年一月十二日付『ザ・カンサス・シティ・サン』紙（*The Kansas City Sun.* (Kansas City, Mo.)）に、見出し「戦争が開発した新型飛行機」の記事が載った――

爆撃機に一番求められるのは、重い荷物が搭載できることである。ついで、重要性は以下のようにつづく。中速度（時速八〇〜一〇〇マイル）、上昇力（一万三千フィート）、防御装備、六〇〜一〇〇マイルの行動区域。荷物運搬力としては、強い構造、大いなる安定性のあること、巨大な力が発揮でき、しかしエンジンは可能な限り軽いものという条件が求められる。爆撃機の型は、イタリア製カプローニ、イギリス製ハンドリー＝パーマー、そしてドイツ製ゴータGⅢとフリードリヒスハーフェン・G・Hである。／（中略）／さて、爆撃機に戻ると、一番知られている型はドイツ製ゴータで、これは実質的にイギリス製ハンドリー＝パーマーとイタリア製カプローニを写したものである。後者の寸法は示せない。この飛行機はいくつかの大きさがあり、小さいものは複葉機、大きいものは三葉機であるからだ。ゴータGⅢの寸法は知られている。それは翼幅七七・七フィート、胴体四〇・三八フィートの複葉機である。時速九六・八マイルで進み、一四・八五〇フィート上昇でき、少なくとも二人の乗務員のほか、一、三二〇ポンドの爆弾が搭載できる。

NEW AIRPLANES DEVELOPED by WAR

1918年1月12日付『ザ・カンサス・シティ・サン』紙より

一九一八年三月九日付『ザ・リッチモンド・パラディアム・アンド・サンテレグラム』紙（*The Richmond Palladium and Sun-Telegram.* (Richmond, Ind.)）に、「巨大なゴータ、連合軍陣地で秘密を手放す」の見出しのある、「ゴータ機」がフランス軍に捕らえられたことを伝える記事がでた。写真のキャプションに、「ソワソン近くで撃墜されたゴータ。上の写真は巨大な鳥が羽を広げたところ、下の大写しは、それについている三台の車がみえる。挿入写真はイギリス陸軍航空隊C・H・ブラックウェル機長で、最近、ゴータを撃墜した」とある――

MY VISIT TO THE NATURAL WONDERS

GIANT GOTHAS GIVE UP SECRETS ON ALLIED SOIL

Gotha brought down near Soissons. Top view shows immense spread of bird and closeup below shows its three cars. Inset is Capt. C. H. Blackwell, R. F. C., who recently brought down a Gotha.

1918年3月9日付『ザ・リッチモンド・パラディアム・アンド・サンテレグラム』紙より

ソワソン近くでフランス軍高射砲が、最近、貴重な戦利品を得た。写真にある巨大な「ゴータ」である。乗組員がその機種を手榴弾で破壊しようとしたところ、直前に制止された。そして、フランス軍保管人が、すべての秘密とともに最新型ドイツ軍飛行機の一機を捕えた。
（註・「ソワソン」は、パリの北東六〇マイルにあって、エーヌ川流域に位置するフランス最古の都市の一つ。）

一九一八年七月二十七日付『エル・パソ・ヘラルド』紙（*El Paso Herald.* (El Paso, Tex.)）に、見出し「ドイツ人、イギリスからアイディアを盗み大ゴータを製造し、ロンドンとパリの爆撃に使用」の記事がでた――

ニューヨーク、七月二十七日――戦争がはじまった頃、ドイツ軍飛行機といえば、素人にとってはタウベであった。ボッシュ（ドイツ人の軽蔑表現）が攻勢にでたヴェルダンの戦い（一九一六年）から、敵機のすべてはフォッカーになった。今日、ドイツ爆撃機は、すべてゴータと知られるようになった。しかし、これはまったくの誤りである。その名のいくつもの型があり、知られているのはルンペラー、フリードリヒスハーフェン（製造された工場のあった場所にちなんでいるが、ここは昨年四月に破壊）、A・E・G・（ドイツ・ジェネラル・エレクトリック社）である。

さて、絵「ゴータとゴルゴタ」が掲載された一九一八年三月十七日付『ニューヨーク・トリビューン』紙に戻ると、この絵の右下に「一週間の詩」（A Week of Verse）と題するコラムがある。このコラムはこの号からはじまったようだが、その後、毎週掲載されている。

そして、一九二二年十月二十九日付同紙の「一週間の詩」コラムに、「『ザ・ウェイスト・ランド』から」と題する詩のテキストが掲載された。見出しの下には、カッコ付きで「『ザ・ダイアル』誌から」とあり、すぐ「エイプリール」からはじまる一行があって、中略を経て「一握りの灰の中に恐怖を、見せたいのだ」で終っている。そして最後には、「T・S・エリオット」とあった。ちなみにこの号では、このテキストの上に一九二三年度ピュリッツァー賞受賞者「エドナ・セイントヴィンセント・ミレイ」(Edna St. Vincent Millay)の詩「ふたつの季節(『ヴァニティ・フェアー』誌から)」の一節が、その下には「ヴァイオラ・C・ホワイト」(Viola C. White)の詩「地方人(『ザ・ネーション』誌から)」が、さらに「『ザ・ウェイスト・ランド』から」の下には「サラ・ティーズデイル」(Sara Teasdale)の詩「干潮(『ヴァニティ・フェアー』誌から)」の一節が掲載されていた。

ついで、同紙十一月十二日付の「一週間の詩」には、「ミュリエル・スチュアート」(Muriel Stuart)の詩「イン・ゼア・イメジ(『詩』誌から)」、「D・H・ロレンス」(D. H. Lawrence)の詩「雄七面鳥」の一節とともに、エリオットの詩「『ザ・ウェイスト・ランド』から(『ザ・ダイアル』誌から)」が掲載。この一節は、「河は汗かき/油とタール/艀いくつか/潮のままに/赤い帆布は/広がって/マストで揺れつつ、川下へ」ではじまり、「エリザベス女王とレスター伯と/オールは水打ち/……/ウェイアララ　レイア/ウァルラアラ　レイアッラ」で終る。

I am surprised that so many newspaper men, who surely are not prohibition fanatics, employ what amounts to the same language in dealing with this much-vexed subject of the boat and the bottle.

ANNIE NATHAN MEYER.
New York, Oct. 24, 1922.

Hunting Blind Pigs

The Law Enforced, but the "Stuff" Is in Demand

To the Editor of The Tribune.

Sir: In criticism of an article by Joseph Pierce in the Tribune's magazine section, which told of Mr. Pierce's experience with blind pigs in Vermont, your correspondent Charles E. Maniorra says:

"The hunting of blind pigs by the thirsty may not be an elevating sport but the very existence of these vermin is an evidence of law enforcement; in fact, their only reason for existence."

Mr. Maniorra is partly right. The "existence of these (blind pig) vermin" as he chooses to call them is an evidence of law enforcement, but it is also conclusive evidence that there is a demand for the goods—as there has always been and always will be—and history shows that when the demand cannot be supplied through lawful channels, it will be supplied by the blind pig, the moonshine still and the bootleggers. But what does it profit a state or a nation to plug up a half-inch spigot and permit a three-inch bunghole to remain wide open? Why lock and bar the front door if the back door has no lock, bar or bolt?

In another article in The Tribune William Allen White says, among other things:

"Gradually prohibition has tightened its grip upon the land. Every day the law stands on the statute books is a gain. The saloon created appetites. The bootlegger merely satisfies them. And every day the saloon is out of business some customer of the bootlegger either dies or swears off."

While it may be true customers die or swear off, it is also true that for every one who dies or swears off at least one other takes his place. "There's none so blind as they that won't see," and Mr. White is evidently no exception, or he would know that his own beloved Kansas has a plentiful supply of moonshine stills, blind pigs and bootleggers and that the value of a Kansas farm is jocularly rated by its estimated production in "gallons to the

A Week of Verse

Two Seasons
(From Vanity Fair)

I

I KNOW I am but summer to your heart,
And not the full four seasons of the year;
And you must welcome from another part
Such noble moods as are not mine, my dear.
No gracious weight of golden fruits to sell
Have I, nor any wise and wintry thing;
And I have loved you all too long and well
To carry still the high sweet breast of spring.
Wherefore I say: "O love, as summer goes
I must be gone, steal forth with silent drums,
That you may hail anew the bird and rose
When I come back to you, as summer comes.
Else will you seek, at some not distant time,
Even your summer in another clime.

II

Say what you will, and scratch my heart to find
The roots of last year's roses in my breast;
I am surely riper in my mind
As if the fruit stood in the stalls confessed.
Laugh at the unshed leaf, say what you will,
Call me in all things what I was before,
A flutter in the wind, a woman still;
I tell you I am what I was and more.
My branches weigh me down, frost cleans the air,
My sky is black with small birds bearing south;
Say what you will, confuse me with fine care,
Put by my word as but an April truth—
Autumn is no less on me that a rose
Hugs the brown bough and sighs before it goes.

EDNA ST. VINCENT MILLAY.

From "The Waste Land"
(From The Dial)

APRIL is the cruelest month, breeding
Lilacs out of the dead land, mixing
Memory and desire, stirring
Dull roots with spring rain.
Winter kept us warm, covering
Earth in forgetful snow, feeding
A little life with dried tubers.
. . . .
What are the roots that clutch, what branches grow

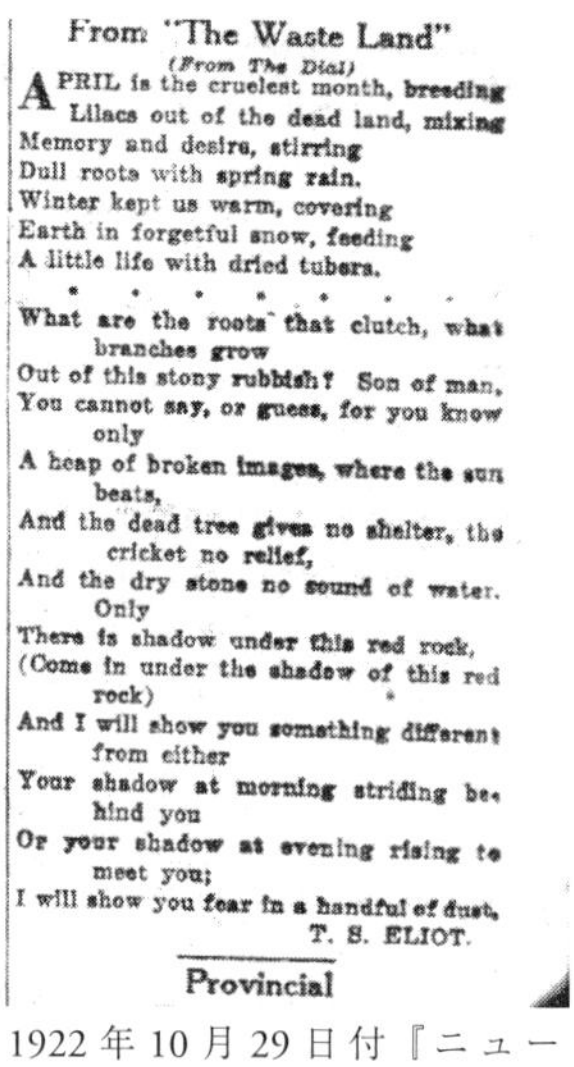

From "The Waste Land"
(From The Dial)

APRIL is the cruelest month, breeding
Lilacs out of the dead land, mixing
Memory and desire, stirring
Dull roots with spring rain.
Winter kept us warm, covering
Earth in forgetful snow, feeding
A little life with dried tubers.
. . . .
What are the roots that clutch, what branches grow
Out of this stony rubbish? Son of man,
You cannot say, or guess, for you know only
A heap of broken images, where the sun beats,
And the dead tree gives no shelter, the cricket no relief,
And the dry stone no sound of water. Only
There is shadow under this red rock,
(Come in under the shadow of this red rock)
And I will show you something different from either
Your shadow at morning striding behind you
Or your shadow at evening rising to meet you;
I will show you fear in a handful of dust.

T. S. ELIOT.

Provincial

1922年10月29日付『ニューヨーク・トリビューン』紙より

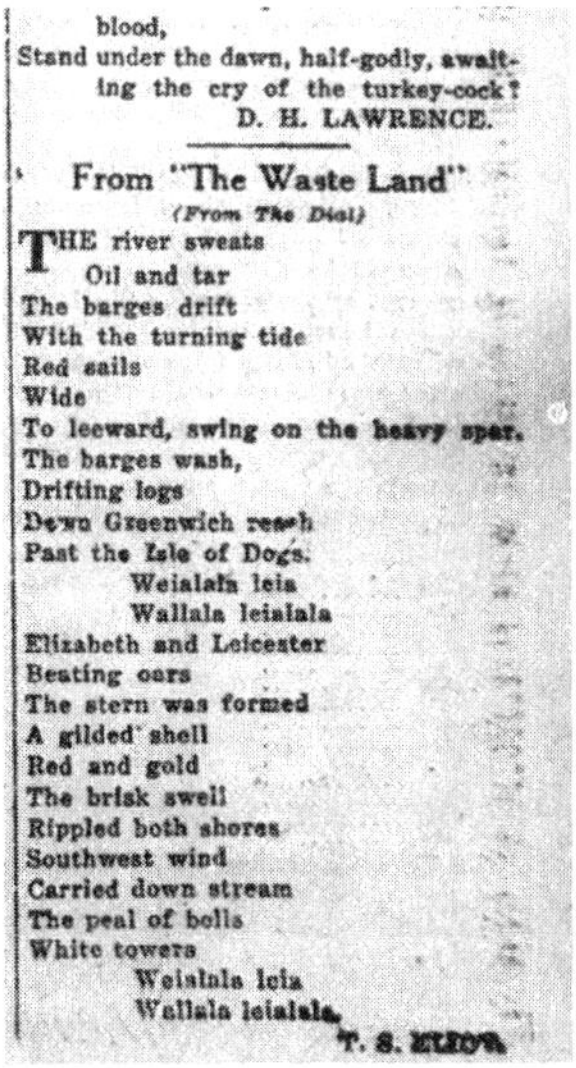
blood,
Stand under the dawn, half-godly, awaiting the cry of the turkey-cock?
D. H. LAWRENCE.

From "The Waste Land"
(From The Dial)

THE river sweats
Oil and tar
The barges drift
With the turning tide
Red sails
Wide
To leeward, swing on the heavy spar.
The barges wash,
Drifting logs
Down Greenwich reach
Past the Isle of Dogs.
Weialala leia
Wallala leialala
Elizabeth and Leicester
Beating oars
The stern was formed
A gilded shell
Red and gold
The brisk swell
Rippled both shores
Southwest wind
Carried down stream
The peal of bells
White towers
Weialala leia
Wallala leialala
T. S. ELIOT.

1922年11月12日付『ニューヨーク・トリビューン』紙より

このように「一週間の詩」欄に掲載された「T・S・エリオット」の詩は、まぎれもなく詩「荒地」（"The Waste Land"）の一部であった。この詩は、まず一九二二年十月、イギリスの雑誌で自身が編集長をつとめる『クライテリオン』誌創刊号、ついで十一月にアメリカの『ダイアル』誌に掲載され、十二月には単行本として〈原註〉が付されて出版された。ちなみに『ニューヨーク・トリビューン』紙は、一九二二年一月二十三日に、「T・S・エリオットのエッセイ」と題する記事を掲載し、それ以降、エリオットに対しとても好意的な記事を掲載していた。

こうして誕生した『荒地』は、献辞のことばでいえば、「わたしにまさる言葉の匠」エズラ・パウンドによって、原稿に大幅な修正がほどこされ成立したことが知られている。その「荒地」というタイトルは、トマス・マロリーの『アーサー王の死』（一四八五年）に由来するというのが定説である。一方、マディソン・カウイン（Madison Cawein）の詩「荒地」（"Waste Land"）(1913) と関係があるともいわれている。「エリオットは、現代詩を貪欲に読んだので、カウインの詩を知っており、それが自身の詩の成長のもとにある多くの種の一つであることがわかっていたろう」(*Encyclopedia of American Poetry: The Nineteenth Century*, ed. by Eric L. Harison, 1998. p. 74.) という（☞カウインとの関係については、本書第Ⅱ部第二章第十節で説明してある）。

第二節　〈声〉から〈新聞〉（書記）へ

しかし、この詩の題名は、『荒地』が「荒地」の題名を持たなかった草稿段階では、当然、「荒地」ではなかった。少なくとも最初の二部については、"He Do the Police in Different Voices" が付されていた。これだけでこれを読むと、「彼はいろいろな声で警官をする」、あるいは「彼はいろいろな声で警官の役をする」となろうか。だが、今日、この文はチャールズ・ディケンズの小説『我らが共通の友』（*Our Mutual Friend*, 1884）の一節であることがわかっていて、その知をもとにその前後を訳せばこうなる——

「わしはのう」ベティ（ヒグデン婆さん）は続けた。「手書きの字はどうも苦手なほうでしての、わしの持ってる聖書は読めるし、活字なら大抵は読みますがな。それから新聞は大好きでしてな。ちょっとそうは見えますめえが、スロッピーはほんとうに上手に新聞を読む子でしてな。警察の記事なんか、いく通りもの声で読んでくれますがな」（間二郎訳・上、ちくま文庫、三八七ページ）

間訳では「警察の記事なんか、いく通りもの声で読んでくれますがな」としているが、正確には「彼は『ザ・ポリス』紙をいろいろな声で読むわ」となる。『我らが共通の友』「第四部　曲がりかど」「第十四章　友愛同盟の手づまり」に、今度はスロッピーのことばに、それに関連する表現がある——

「ワッハッハー!」でっかい笑い声をひびかせながら、さも愉快そうにスロッピーは大声で言った。「ボッフィンの旦那、ハーマンさん、こいつはね、おいらが立ったまま眠れるなんて夢にも思わなかったんですぜ、ヒグデンお婆の皺伸ばし機を回しながらしょっちゅう立ち寝をしてたこともね！　おいらが昔、『犯罪ニュース』をいろいろ違った声でヒグデンお婆に読んでやってたなんてこともね！（間訳『我らが共通の友・下』、四一〇ページ）

この訳では『犯罪ニュース』となっているが、これは "the Police-news" と原文にあるし、後述のように当時の新聞にその題名のものがあったので、『ザ・ポリス・ニューズ』紙が適切である。（ちなみに、岩崎訳所収の「『荒地』をどう読むか」に、「ポリス・ガゼット」とある。）先の引用の「警察の記事」も、「『ザ・ポリス』紙」となるべきである。ついでながら、本書第二部で扱う「ヴィーナス／アプロディーテ」、また第三部で扱う「ユージェニディーズ」が、それぞれ「ヴィーナス」と「ユージーン」という登場人物の名として『我らが共通の友』にでてくる。さらに、「水死」が事件としても扱われてもいる。

それにしても、何故、ディケンズのこの一節が、題名に使用されたのだろう。ジェイムズ・E・ミラー、ジュニア（James E. Miller, Jr.）は、『T・S・エリオットの個人的荒地』（*T.S. Eliot's Personal Waste Land*, 1978）で、題名にある〈声〉に着目し、次のように述べている――

この詩につけたエリオットの最初のタイトルは「彼は『ザ・ポリス』紙をいろいろな声で読むわ」で、ディケンズの『我らが共通の友』からの一行である。これは拾い子スロッピーについてベティ・ヒグドンがいうことばで、彼が自分に新聞を読むことができるということを語っている。このタイトルには探究に値する多くの側面があるが、ここで指摘すべき論点は、このタイトルがこの詩のすべての声が一つの劇的中心、つまり一つの意識からのものであることを示唆しているということである。その意識とは、たぶん断片化した個性ですらあって、多数の役を演じることはできるが、どれも引き受けることができない。つまり、（新聞におけるように）公に作られた役割は引き受けられるが、自我の本当の中心をみつけることができない。……いずれにせよ、このもとのタイトルは内側に向かい、中心となる意識を指摘し、最終的なタイトル『荒地』とは対照的である。このタイトルは外側に向かい、「客観的」場面とみなせるものの連続を指摘し、この詩の意識についてではなく、外部世界とその崩壊しつつある文明に対する批評となっているからである。（六三ページ）

このミラーの指摘は多くの研究者に訴え、一つの読みの系譜が形成されたようだ。その著書が出版されてから八年たち、同じように〈声〉に焦点をあてたカーヴィン・ベディエント（Calvin Bedient）は、著書『彼は『ザ・ポリス』紙をいろいろな声で読むわ――『荒地』とその主人公』（*HE DO THE POLICE IN DIFFERENT VOICES: The Waste Land and Its Protagonist*, 1986）で、次のように述べている――

確かに、もとの仮題「彼は『ザ・ポリス』紙をいろいろな声で読むわ」は、この詩に、他人の声を「真似る」ことにたけている発話者が一人だけいることを示唆している。まさに、ディケンズの『我らが共通の友』に登場するスロッピーという名の拾い子が、二重に偏見のある溺愛するベティ・ヒグデンによれば、「新聞を見事に読みます。彼は『ザ・ポリス』紙をいろいろな声で読むわ」という。この発話者は、犯罪、感傷、怒りの声をだす才がある。つまり、アブジェクション（おぞましきもの／棄却）と判断の全域の声だ。あるいは、このタイトルはそう示唆している。彼はそうした調子の好みを持っていることを示し、それを表すのが巧みである。かくしてこの仮題は、それ自体が主人公への厳しい判断（彼を滑稽化している）となっていた。すべての発話はアブジェクションだろうか。声を真似る衝動そのものは疑わしいものか。犯罪の魅力と共犯関係にあるのか。たとえば殺人の。創造と殺人はほぼ同じなのだろうか。こうした厳しい示唆は、この詩の〈世を厭う〉ことと一致している。（七三ページ）

ウィリアム・ドレスキー（William Doreski）は、『アメリカ詩における現代の声』（*The Modern Voice in American Poetry*, 1995）の第四章「エリオットとパウンド――政治的言説と差異を声にする」でこう述べている――

このような読みで武装すれば、「プルフロック」や『荒地』を含む他の詩も吟味して、それらもまた、著者の必要に抗う複数の話者がいかに使用されているかがわかるだろう。作者が必要としていることとは、もっと大きな言説世界を自らの詩に与え、そうすることで、心理学的な諸力、つまり自身の複雑な詩学に力を付与してくれるがさつな意志と欲望、怖れ、そして自己批判を暴く必要のことである。半ば抑圧された情緒に駆りたてられたこうした話者は、自身のスタンスを変化させ、自身の自己充足した世界の約束事を破る。彼らは、虚構上のブルジョアジー共同体の信頼をその社会内の矛盾し合う諸力を暴露することで破棄し、読者に少なくとも一時的に、単一話者の虚構と聴者の現実の壁を壊すように訴えることで、詩の可能性を拡大する。明らかに『荒地』では、単一の意識と複数の話者を備え、つまり代名詞の声（たとえば「死者の埋葬」では〈わたしたち〉から〈あなた〉を経由し〈わたし〉へ、「雷の言ったこと」では、この詩のクライマックスで放棄されるためだけに二人称複数が戻る）を操りこうした読みをするよう勧めているが、「ある婦人の肖像」に充てられたものよりずっと長い説明が必要となろう。（九九ページ）

さらに、ピーター・チャイルズ（Peter Childs）は、著書『詩における二十世紀――批評的概観』（*The Twentieth Century in Poetry: A Critical Survey*, 1999）で、「エリオットのもとのタイトル」は、「『荒地』がどのように、発話の多声性を統合し真似ているかをめぐる明確な解説」をするものだとしている。（八一ページ）

二十一世紀にはいり、バートン・ブリスタイン（Burton Blistein）は、著書『「荒地」のデザイン』（*The Design of "The Waste Land"*, 2008）で、同じく〈声〉に着目して、こう述べている――

「死者の埋葬」と「チェス遊び」は、「彼は『ザ・ポリス』紙をいろいろな声で読むわ」と題した、かつてもっと長い箇所の第Ⅰ部と第Ⅱ部であった（VE, 5, 11）。エリオットは明らかに、良心の〈声〉のことを考えていて、〈彼〉とはこうした〈声〉を記録、もしくは〈だす〉詩人と、それらの声を引きだす、エリオットの追跡する「怒りと欲望」（VE, 117）の神のことである。第一と第二挿話で、明らかに、たとえば、庭の死体が発掘される怖れ

と　恐ろしい「ドアのノック」の怖れに聞き取れるのは、「警官」が語り手に、ヒアシンス・ガールらの「水死」の共犯を告発する声である。（二〇二ページ）

ごく最近、メアリー・チャップマン（Mary Chapman）は著書『雑音を立て、ニュースを作る――参政権印刷物文化と合衆国のモダニズム』（*Making Noise, Making News: Suffrage Print Culture and U.S. Modernism*, 2014）で、比喩としての〈声〉をめぐり検討し、次のようにエリオットに言及している――

〈声〉を参政権出版物をあらわす主な比喩として読む本書『雑音を立て、ニュースを作る』は、現代の多くの参政権主義者たちが参政権を獲得するために、意識的に出版物を用いた文化的運動で使用している比喩を研究対象にしている。（中略）

……出現した幾人かのモダニズム詩人は、抒情詩のような伝統的な詩形式を刷新し、いろいろな種類の声を取り入れようとした。そのモダニズムの実験を示す典型的な句は、エリオットがモダニズムの立場から〈ドラマティック・モノローグ〉を修正したもの、つまり『荒地』（一九二二年）、もしくはエリオットがその長編詩を仮題で呼んだように、「彼は『ザ・ポリス』紙をいろいろな声で読むわ」である。多くのモダニズム詩人、たとえばエリオット、パウンド、マリアンヌ・ムアー、E・E・カミングズ、ミューリエル・ルーカイザー、ルイス・ズコフスキーらは、伝統的な叙事詩の〈声〉を不安定なものにしようとした。その際の手立ては、モダニズム研究者レナード・ディエップエヴィーンが「引用する現代詩」と名付けた、革新的な新しい詩形式を生みだした数々のテキストであった。（一一～一三ページ）

以上の〈読み〉の系譜が示唆しているように、エリオットは、ディケンズの一節を題名にすることで、自分の作品が〈いろいろな声〉で構成されていると示唆したかったのだろうか。確かに〈声〉に注目すれば、そのように解釈できる。草稿段階のエピグラフに、ジョセフ・コンラッドの『闇の奥』の、アフリカを舞台としたクルツの〈声〉「恐ろしい！　恐ろしい！」が採用されていたし、完成作では巫女〈シビュラ〉の〈声〉「死にたいの」が使用されている。また、詩本体でも、夥しい数の〈声〉が登場してくる。「ワタシハロシア人ジャナイノ。リトアニア生マレノ生粋ノドイツ人ナノ」というマリーの〈声〉、「これがあなたのカード。水死したフェニキアの船乗りよ」というマダム・ソソストリスの〈声〉が「I　死者の埋葬」に響く。また「II　チェス遊び」は、意識の〈声〉を含め、大半が、「今夜、わたし神経がおかしいの。そう、おかしいのよ。一緒にいて」ではじまる〈声〉で占められている。

だがミラーが示唆したように、「探究するに値する多数の側面」が「彼は『ザ・ポリス』紙をいろいろな声で読むわ」にはあり、〈声〉ではなく、読みの対象の〈『ザ・ポリス』紙〉に着目すれば、違う局面が展開する。コリン・マッケーブは近著『永久のカーニヴァル――映画と文学論集』(*Perpetual Carnival: Essays on Film and Literature*, 2016)で、「『我らが共通の友』からまるごと引用してみると、大量に流通した新聞の成長と書記の有り様の問題化との結びつきがはっきりとする。つまり、スロッピィは貧しい未亡人ベティ・ヒグドンが養子にした拾い子である」とし、該当箇所を引用している。

マッケーブが提案するように、「『我らが共通の友』からまるごと引用」しないと、エリオットの最初の題名からは「大量に流通した新聞」を読みとるわけにはいかない。先述のようにこの文脈がない場合、“do”、そして“the Police”が何か、はっきりと読み切ることはできない。文脈をえると、“do”が“does”でないのは〈訛り〉らしいこと、そして“read”の代動詞であること、“the Police”は〈新聞〉らしいことがわかる。二十一世紀のわれわれにはそこまである。だが、ディケンズの同時代の読者には、また二十世紀初頭の読者にはこれで充分であったのだ。今日の日本人にとっての「讀賣、朝日、毎日、東スポ」などと同じように。『我らが共通の友』の他の箇所には、すでに示唆した“He never thought as I used to give Mrs. Higden the Police-news in different voices!”とでてくる。マッケーブは、この新聞の題名

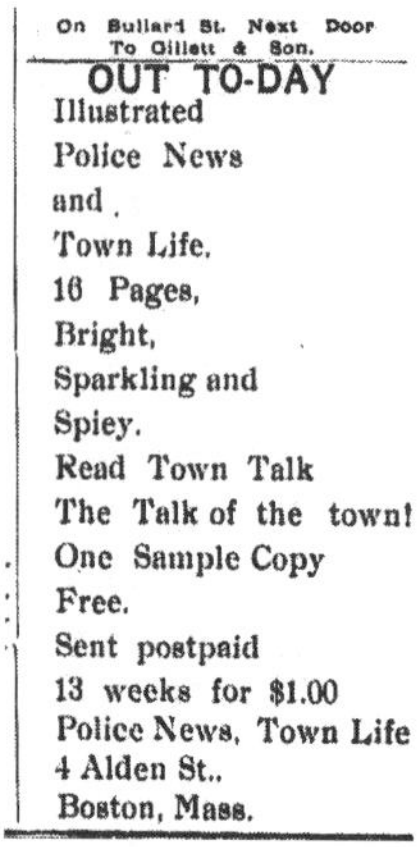

On Bullard St. Next Door
To Gillett & Son.
OUT TO-DAY
Illustrated
Police News
and
Town Life.
16 Pages,
Bright,
Sparkling and
Spicy.
Read Town Talk
The Talk of the town!
One Sample Copy
Free.
Sent postpaid
13 weeks for $1.00
Police News, Town Life
4 Alden St.,
Boston, Mass.

1896年6月10日付『ザ・イーグル』紙より

から「大量に流通した新聞」を読みとっただけであったが、単に〈新聞〉というだけでなく、もっと具体的な〈新聞〉を読まなくてはならないのではないか。現実に、一八六四年発刊の週刊紙『ザ・イラストレイティッド・ポリス・ニューズ』という名の〈新聞〉が流通していた。この新聞の「愛好者」には、「未亡人ベティ・ヒグデン」のように、〈読み書き能力〉が最低限の一般大衆もいたらしい。

ちなみに、合衆国の日刊紙であった『ザ・イーグル』紙（*The Eagle.* (Silver City, N.M.) 1894-1???, June 10, 1896）の一八九六年六月十日付版に、「本日発売／イラストレイティッド・／ポリス・ニューズ／と／町の生活。／十六ページ、／華やか／めくるめき、そして／辛口。／お読みくださいゴシップを、／町の噂！／現物見本／無料。／郵便料金前納で送付／十三週一ドル／ポリス・ニューズ紙、タウン・ライフ社／　ボストン、マサチューセッツ州」の広告があった。このあと、この広告はつづいた。

インターネット・ブログ「イギリス新聞アーカイヴ」(the British Newspaper Archive) の二〇一六年四月九日付「歴史からのヘッドライン」に、「『ザ・イラストレイティッド・ポリス・ニューズ』紙――「イングランド最悪の新聞」」の記事があった――

> 『ザ・イラストレイティッド・ポリス・ニューズ』紙は、イギリス最初期のタブロイド判の一紙で、イギリスの大衆が犯罪とセンセーションを好むという病的傾向につけ込んだ最初の定期刊行物の一つであった。この新聞は一八四三年に発刊されたが、『ザ・イラストレイティッド・ロンドン・ニューズ』紙の成功に触発されたところがある。後者は一八四二年に発刊され、その成功によって大衆が絵を使ったニュース報道を好んでいることがわかっていた。／『ザ・イラストレイティッド・ポリス・ニューズ』紙の記者は、帝国全土、ヨーロッパ、合衆

国の厖大なニュース出版物を渉猟し、読者に最新の暴行、無法行為、悲劇、殺人のニュースをもたらそうとした。そのすべては、恐ろしい事件の詳細が楽しめるように説明がなされていて、それにみあった生々しい挿画が付けられていた。／これは、労働者の新聞と考えられ、しばしば低俗な趣味に訴えていると非難されたが、一番多く批判を招来したのは印刷された記事ではなく、淫らで生々しい挿絵であった。血が傷口から吹き出し、残忍な夫に攻撃される女性の顔が恐怖に歪み、ほとんど衣服を着ていない、いつも魅力的な若き女性の夢遊病者が多数描かれた。／実際、歴史的新聞のこのコレクションにあった一八八六年の記事によると、『ザ・イラストレイティッド・ポリス・ニューズ』紙は、かつて『ザ・ペル・メル・ガゼット』紙（*the Pall Mall Gazette*）がおこなった読者の投票で、「イングランド最悪の新聞」の汚名を頂戴した。（以下、略）

（註・『ザ・ペル・メル・ガゼット』紙はロンドンの高級夕刊紙。）

『ザ・イラストレイティッド・ポリス・ニューズ』紙表紙

ミラーは、「もとのタイトルは内側に向かい、中心となる意識を指摘し」、「最終的なタイトル『荒地』とは対照的で」「このタイトルは外側に向かい、「客観的」場面とみなせるものの連続を指摘」しているとしている。しかし、〈声〉に着目するとそうなるだろうが、〈新聞〉（書記）に視点を移すと、「もとのタイトル」も「客観的場面」を示唆していたのではないだろうか。

　それにしてもエリオットは、なぜ他の新聞ではなく、『ザ・ポリス・ニューズ』紙にこだわったのだろう。それは、バートン・ブリスタインが示唆しているように、「警察沙汰」が自分の詩にかかわっているといっているのではないだろうか。事実、この新聞はいま示唆したように、殺人事件を含む警察沙汰が満載の新聞であった。『荒地』「I　死者の埋葬」の冒頭にある“cruel”は“crude”と関係し、後者は語源的意味として「血にまみれた／生の」がある。とはいえ、エリオットがこの新聞で示唆しているのは、詩の内容にとどまらず、さらにその形態ともからんでいたのではないか。

先に引用したメアリー・チャップマンは、「幾人かの出現したモダニズム詩人は、抒情詩のような伝統的な詩形式を刷新し、色々な種類の声を取り入れようとした」としているが、まさにその「色々な種類の声」、つまり「多声《ポリフォニック》の」の語と「散文《プローズ》」を組み合わせた「多声の散文」を開発したエイミー・ローウェルの論で、見出し「エイミー・ローウェル、〈新しい詩〉を語る」の記事が、一九一七年一月八日付『ザ・デイリー・ミズリーアン』紙（*The Daily Missoulian.* (Missoula, Mont.)）に、キャプション「ルーマニア人、豊富な石油地域から追い出される」が付された戦争写真とともに掲載された。この記事は『ザ・ノース・アメリカン・レヴュー』誌からの転載で、さらに同年二月四日付『アリゾナ・リパブリカン』紙（*Arizona Republican*）にも掲載されている――

今日の新しい形式は明日の常識となり、次世代は、疑う余地なく、われわれの自由律を無韻詩、ソネット、四行詩などの他のすべてとならび、韻律の多数の形式の一つにすぎないとみなすであろうことは忘れてはならない。新形式をめぐる議論が、あれほど多くなされるのはやや不可解ではあるが、それは聞き捨てよう。しばし、これらの新形式が、いかようなものかを吟味する。／手短にいえば二つある。「自由詩」と「多声の散文」だ。自由詩を定義すると、律動《カデンス》をもとにした韻文形式となる。ところで、「律動」は「韻律《ミーター》」ではない。韻律詩の規則を頭に置いて自由詩を読む人は、ひどく途方に暮れるだろう。実際、まったく混乱し困るだろう。／自由詩を理解するには、そこに韻律歩格《フット》の均一なリズムをみつけようとする欲望は捨てなくてはならない。詩行は、知的読者が音読するときのように、流れるにまかせなくてはならない。そうすれば、新たなリズムがはっきりしてくるだろう。満足できて喜ばしきものが。何故なら、この詩はまちがいなく、口承の伝統へと戻るからだ。つまり、話されるように書かれている。詩は書記芸術ではなく、発話芸術とわれわれは信じているから。／第二の特徴的な近代の形式で、しかも「新」の形容辞に実際に値する唯一のものは「多声の散文」である。／「多声の散文」は、たぶん誤解を招く名称である。それは、素人なら、これを散文形式と考えてしまうからである。これほど真実とかけ離れたことはない。その名称にある語「散文」は、語が印刷されている状態を示唆しているにすぎない。「多声の」（多くの声の）が、実際には鍵となる。「多声の散文」は、もっとも自由かつ融通のきく形式である。何故なら、他の形式を導くどの、しかもすべての規則に、いかようにも従うからである。韻文詩には決まった規則があり、韻律詩には、また別の規則がある。「多声の散文」は、同一の詩で不調和を意識せず、前者から後者へと移動できる。それを支配する唯一の法は、作者の趣味と感情である。／趣味以外いかなる固定した法もなく、よりどころとなる詩脚とか韻律の巻き尺もないので、重責が詩人にかかる。彼は、耳以外、自分の成功を計るものは何も持たない。そのため、「多声の散文」は、考えうるもっともむずかし書記形式の一つである。／さて、詩人は韻律や律動が使えるだけでなく、リズムも使える、いや、使わなくてはならない。しかし、常にというわけでもなく、たいていの場合、規則的にというわけでもない。いいかえるなら、リズムは律動の端にくることはほとんどない。もっとも、そうした効果をとりわけ望めば別だが。／それ故、韻律、律動、リズムが、「多声の散文」で用いられる多くの「声」の中に入るように配慮する。他の「声」として、母音韻、頭韻、回帰がある。この形式での回帰は、通例、支配的な考えやイメージが不規則に多様な語の形をとって反復されることで達成される。／「多声の散文」のパロディーを作ろうとすると、必ず、こうした声を強調しすぎる。もし押韻しようとすれば、余りにも絶えず規則的に押韻しすぎてしまう。もし韻律を使おうとすると、そこから律動へとたどたどしく向かい、その結果、その変化が明白となり不愉快なものとなる。「多声の散文」の魅力は、まったくわずかな変化の問題である。一つの型の韻文から気づかないうちに別のものへと変わっていて、この変化は詩の情緒に密接に沿っているので、人は顕著な変化に気づかず、耳が喜び満足し、方法が感情にあっていたことがわかるだけである。／あまりにも確固と主張する、あるいは強力に力説することはできない。詩が音声言語芸術であるとは。めったに声にだして読まれることのない「多声の散文」は、聴く者に対し、その方法を弁明することができない

——エイミー・ローウェル（『ザ・ノース・アメリカン・レヴュー』誌）

一九一九年十月十五日付『オマハ・デイリー・ビー』紙（*Omaha Daily Bee.* (Omaha [Neb.])）の「クラブ界」のコラムに、見出し「演劇連盟、文学が真新しい子を産むと聞かされる」の記事が掲載され、その一部にこうあった——「論じられているこの新形式の提唱者は、『カン・グランデの城』の作者エイミー・ローウェルで、その中からマックヒュー嬢は、「生け垣の島」を読んだ。読み効果は音楽的で、つまり「旋律的というよりオーケストラ風」であった。韻は規則的に継続するわけではない。この多声形式は文学でもっとも融通性があり、その手引きはなく、あるのは作者の優れた趣味だけ」。

キャリー・J・プレストン（Carrie J. Preston）は、その著書『モダニズムの神話的ポーズ——性差、ジャンル、ソロ・パーフォーマンス』（*Modernism's Mythic Pose: Gender, Genre, Solo Performance*, 2014）で次のように述べているが、それは『荒地』にもいえるのではないか——「ダンテのパトロンであったカン・グランデを暗示し連想させ、ローウェルは、類型論的思考と神話的方法に特徴的な類推的様式を採用している」（一四〇ページ）。

第三節　アナーキスト・モダニズムと『荒地』

『荒地』の「もとの題名」が研究者をはじめ一般読者に知れるようになったのは、エリオットの妻ヴァレリーがファ

クシミリ版『荒地』を出版した一九七一年以降のことである。したがって、その仮題を知る由もない、一九二三年の九月二十日付『タイムズ文芸付録』紙（*Times Literary Supplement*, September 20, 1923）に、「ジグザグした引喩」（“A Zig-Zag of Allusion”）と題する記事がでた――

ここにいる作家が独創的であるのは、より多くの最良の詩行を借りてきて、自分自身ではほとんど作り出すことがないものの、他を刺激することだ。われわれには、『荒地』のほとんどがメモ状態にみえる。以下の引用は、とりわけ明白な例だ――

ロンドン・ブリッジが落っこちる落っこちる落っこちる
ソレカラ彼ハ浄火ノ中ニ姿ヲ消シタ
イツワタシハ燕ノヨウニナレルノダロウ――おお、燕、燕
廃墟ノ塔ノ、アキタニア公。（岩崎訳）

この記事の見出しも、『荒地』の特徴を示唆しているが、記事にある「『荒地』のほとんどがメモ状態」との指摘は鋭い。ちなみにこの引用に「註」を施すと、「ロンドン・ブリッジが落っこちる落っこちる落っこちる」（英語）は童謡からの引用、「ソレカラ彼ハ浄火ノ中ニ姿ヲ消シタ」（イタリア語）はダンテ『神曲』「煉獄篇」から、「イツワタシハ燕ノヨウニナレルノダロウ」（ラテン語）は『ヴィーナス前夜祭』から、「廃墟ノ塔ノ、アキタニア公」（フランス語）はネルヴァル「遺産を奪われた者」からの引用である。つまり、第五節で示す〈リスト〉形式で示せば、「童謡／『神曲』／『ヴィーナス前夜祭』／「遺産を奪われた者」」となる。

この「メモ状態」は、またメアリー・チャップマンのいう「数々のテキスト」のことでもあるが、さらに「コラー

ジュ」としてもよい。岩崎訳註は、「絵画や文学におけるモダニズムに親しみをもっている読者は、シュールリアリズムにおけるコラージュを見るように、この詩を読みとることもできるかと思う」という。

岩崎訳が示唆する「コラージュ」は、何も「シュールリアリズム」の専売というわけではない。ロナ・クラン（Rona Cran）は、著書『二十世紀芸術・文学・文化のコラージュ――ジョセフ・コーネル、ウィリアム・バロウズ、ボブ・ディラン』（*Collage in Twentieth-Century Art, Literature, and Culture: Joseph Cornell, William Burroughs, Frank O'Hara, and Bob Dylan*, 2016）で、「シュールリアリズム運動こそ、コラージュの実践活動において、文学的・科学的次元を確立した。この次元は、ダダとキュービズムが設置した基礎のうえに建てられ、辞書にあるような定義を排除せんとした」（二〇ページ）としているように、「ダダ」や「キュービズム」ともかかわっている。とりわけ「ダダイズム」のそれの方が、『荒地』には直接的に結びついている可能性がある（ついでながら、「V 雷の言ったこと」の岩崎訳註は、「「DA」には、ダダイズムの「DADA」の暗示がある」としている。）

生活にある異質性を蘇らせ、それをより正確に喚起し、古い事柄を述べるための新たな方法をみつけたいとする欲望は、芸術家同様、作家にも訴えた。それが、ウィリアム・カーロス・ウィリアムズ、エズラ・パウンド、そしてT・S・エリオットのモダニズム詩人をコラージュの実践へと惹きつけたのである。彼らも、また、西欧文学の確立した構造を捨て去り、それを不安定なものにしようとしていたからである。……パウンドも、また、ダダが開拓した遺失物取扱所風に、『キャントウズ』の織物に引用、日記記載、線描画を織り込んだ。とりわけパウンドとウィリアムズの作品では、ことばのコラージュにみられる書記的性質は切り崩されている。その性質上、実際には、コラージュが造形のそれとは隔たりがあるからだ。つまり、外的な断片がテキストの内部で、個人の詩的意識の技術的表現としてではなく、テキストという統語的連続体の全体の内部で、外的モノとして機能するからである。エリオットの『荒地』も同じようにコラージュを使っているが、それ以前の作品、とりわけ

『J・アルフレッド・プルフロックの恋歌』で、エリオットは内的断片化、「空間の支離滅裂」、「意味的重複」そして「不連続の構成」の技法を使用することをよしとし、現実のコラージュよりも、しばしばコラージュ的な詩的方法を好んでいた。（二四ページ）

ロバート・クロフォード（Robert Crawford）は、その著書『若きエリオット――セントルイスから荒地へ』（*Young Eliot: From St. Louis to The Waste Land*, 2015）の「第十六章　『荒地』」で、次のように述べている――

最近、パリから戻った〔エリオット〕は、よくあるように、フランスの首都のコスモポリタン文化に刺激されていた。ダダという新規の現象は西へ移動していて、その年の四月にマン・レイとマルセル・デュシャンの『ニューヨーク・ダダ』を生むことになり、それに彼の好奇心はそそわれた。彼は、パリのダダを「フランス人の精神の病いの診断結果」、「道徳的批評」とすら考えていたが、「そこからどのような訓戒を引きだそうと、それはロンドンには直接適応できないだろう」としていた。ダダの思考によって、彼はボードレール、つまり「知性に加え強烈さ」を持つ「不格好なダンテ」に導かれた。トム〔エリオット〕は、まさにその結びつきが長編詩に欲しかった。その作品が形をとりはじめているというさらなる証拠は、とくに彼の『ザ・タイロウ』誌掲載の詩「ボードレールの訓戒」の末尾の引用にみることができる。ボードレールの『悪の華』の序文からの引用は、トムの長編詩に位置づけられて目立ち、同盟者であり偽善者としての読者に、当惑させるような道徳的抗議をしかけることになった。つまり、「きみ、偽善家の読者よ……」である。（三七二ページ）

ここに示されているように、エリオットは、一九二一年にロンドンで創刊されたウィンダム・ルイスの『ザ・タイロウ』誌（*The Tyro*）（春季号）に「ボードレールの訓戒」と題する短い文を寄稿している。この文の最後は「きみ、偽善家の読者よ……」となっていて、これはボードレールの詩集『悪の華』「序歌――読者に」の最終行のことばであり、エリオットは『荒地』「Ⅰ　死者の埋葬」の最後の行にも使用している――「きみ、偽善家の読者よ！　わが同類、わが兄弟よ！」。この「ボードレールの訓戒」には、「ダダイズムは、フランス人の精神病を診断したものである。そこからどのような訓戒を引きだそうと、それはロンドンには直接適応できないだろう」とある。

この「ダダイズム」の一員に、デュシャンは数えられていた。一九二二年五月七日付『ザ・ニューヨーク・ヘラルド』紙に、大見出し「囁きの回廊で、ブース・ターキントンがフラッパーに無関心なのを目撃し、真の南部が印刷されることがまれであることを知らされる」のドナルド・アダムズによる記事があり、小見出し「ダダイズム」の箇所が次のようにはじまっていた――

最悪の場合、彼ら［アーリントン・ロビンソン、アミー・ローウェル、エドガー・リー・マスターズ］は、判じ絵詩人のまったくのばかげたことができない。そうした詩人は、混乱状態のことばはどれも同じという理論を基に進む。先月の『ザ・ブックマン』紙に、アルバート・シンツの記事が掲載され、そこで彼はこう意見を表明している。つまり、ダダイストは、新規と独創を標榜し、それを極端まで推し進めている。それは、ばかげたことを極度まで進めると、芸術界はその五感を回復させることになると期待してのことだ。

この項の最後の一節に、以下のように「マルセル・デュシャン」がでてくる――

シンツによれば、「ダダイストは、いろいろな絵画展や会合をも企画したが、目的は、熱狂的なジャズバンドの演奏にあわせ、彼らの作品を「ダダ語で」読むことにあった。彼らの絵でもっとも有名なものはマルセル・デュシャンの作である。彼は、モナ・リザの版画を使い、その微笑みのもとにカイザー髭をつけ展示した。また別の

デュシャン作「L.H.O.O.Q」

芸術家は、大きな紙にいくらかインクをこぼし、それを聖母マリアと呼んだ」という。

この「マルセル・デュシャンの作」は、彼が「レディ・メイド」と呼んだ作品の代表的なものの一つ「L.H.O.O.Q.」（一九一九年）で、エリザベス・ランディ（Elizabeth Lunday）は、著書『モダン・アートの侵略――ピカソ、デュシャン、そしてアメリカを憤慨させた一九一三年兵器工場展覧会』（*The Modern Art Invasion: Picasso, Duchamp, and the 1913 Armory Show That Scandalized America*, 2003）で、次のように述べている――

> その後、数ヵ月にわたりデュシャンは、また、手あたり次第にモノ（クシ、洋服掛け、タイプライター用プラスチックのカヴァー）を取りあげ、これも芸術だと宣言した。彼はそれを「レディ・メイド」と呼び、いつもはフランス語で書いたり話したりしていても、英語の表現を使用した。ある日、彼はウルワース・ビルディングにまで署名し、この摩天楼全体を巨大なレディ・メイドにした。しかし、彼のもっとも有名なレディ・メイドは、一九一七年に初公開された。新規に結成された独立芸術家協会（ＳＩＡ）の展覧会でのことであった。（一二六ページ）

この「一九一七年」の「彼のもっとも有名なレディ・メイド」とは、いわゆる「泉」と題された男子用便器で、この「作品」についてアラン・アンティリーフ（Allan Antliff）は、著書『アナーキスト・モダニズム――芸術、政治、そしてアメリカ最初のアヴァンギャルド』（*Anarchist Modernism: Art, Politics, and the First American Avant-Garde*, 2001）でこう述べている――

デュシャンは、まず、加熱した戦争支持の雰囲気を逃れるためフランスを離れ、前年の夏、マン・レイをリッジフィールドに探しだした。彼も、また（マックス・）シュティルナー支持者で、同時にそのアナーキスト哲学の考えを、ロシア宇宙主義《コズミズム》やヴォーティシズムとは顕著に離れた方向へと発展させようとしていた。形而上学の概念や社会規範に、自我が従属するのを非難したシュティルナーに影響を受けたデュシャンは、次第に「芸術」概念を含む社会慣習を、彼自身の気まぐれに従属させる概念的作品制作に夢中になりだした。たとえば、『三つの標準的停止』（一九一三〜一四年）では、偶然にまかせ任意に彼が決めた一連の寸法に標準メートルを置き換えた。デュシャンによれば、この作品はシュティルナーに影響されたものという。同じように、ニューヨーク・ダダのレディ・メイド、たとえば悪名高い『泉』（一九一七年）は、「芸術家」と「芸術」を定義する社会的に課された約束事を切り崩し、絵画と彫刻をデュシャン自身が選択した大量生産のモノに置き換えた。このモノには、美的思案や創造的手順の形跡が一切なかった。（九十ページ）

ついでながら、ランディは「L.H.O.O.Q.」について、以下のように解説している――

デュシャンは、ダダイズムのどの集団にも加わらなかった。たとえば、（マルクス兄弟の一人）コメディアンのグルーチョ・マルクスのように、彼は自分をメンバーにと願うクラブに加わることのない人物のようだ。それにもかかわらず、彼はダダのイコンの一つを創造した。戦後になってはじめて、しばし故国へ戻ったあと、彼はレオナルド・ダ・ヴィンチのモナ・リザの絵ハガキを買った。鉛筆を使い、かの有名な顔に口髭とやぎ髭をなぐり書きし、それから下の箇所に「L.H.O.O.Q.」の文字を加えた。フランス語でこの文字は「エラショオキュ」（＝“Elle a chaud au cul”）と読め、「彼女は熱い尻をしている」（彼女は欲情している）を意味する。モナ・リザは西欧芸術の

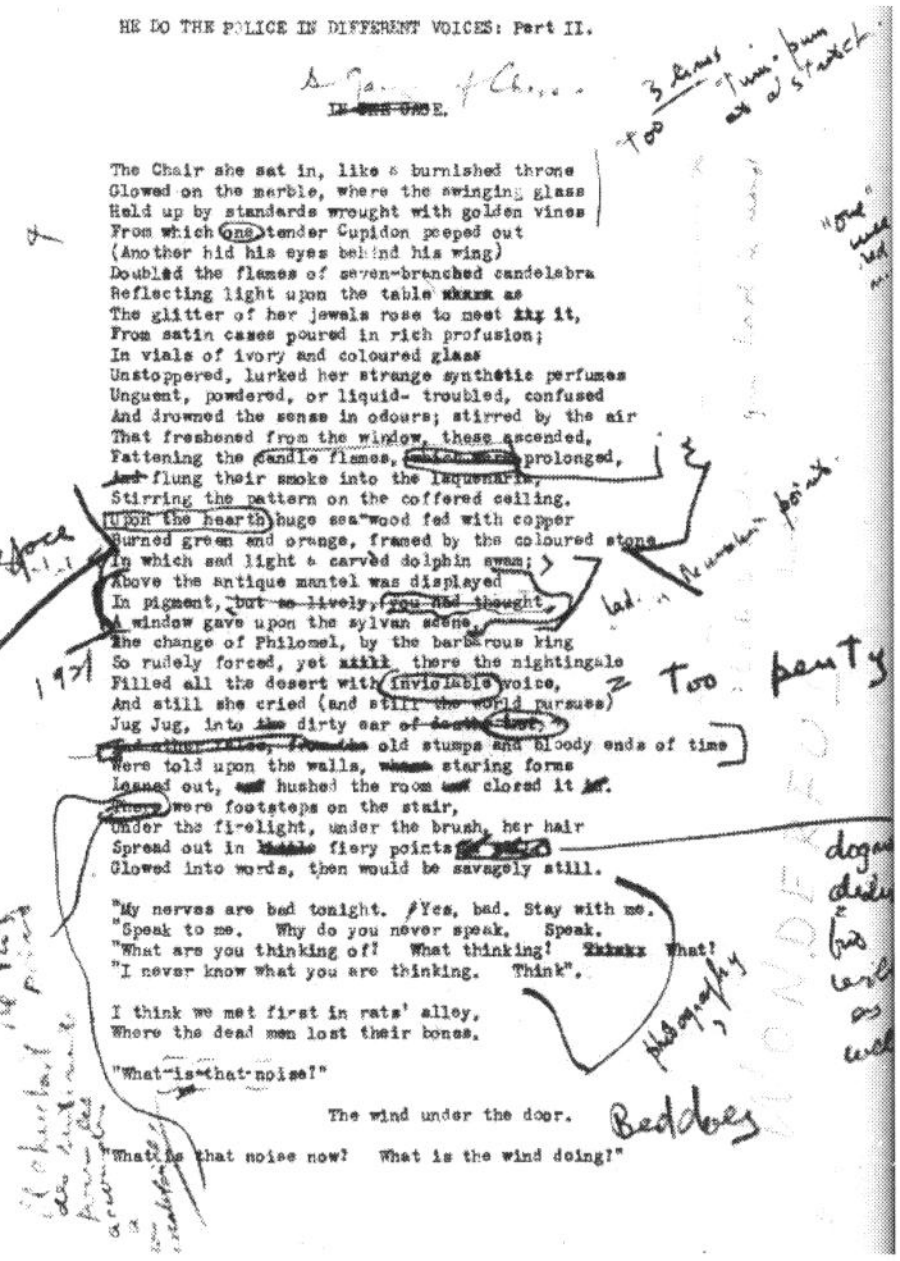
HE DO THE POLICE IN DIFFERENT VOICES: Part II.

IN ONE ONCE.

The Chair she sat in, like a burnished throne
Glowed on the marble, where the swinging glass
Held up by standards wrought with golden vines
From which one tender Cupidon peeped out
(Another hid his eyes behind his wing)
Doubled the flames of seven-branched candelabra
Reflecting light upon the table as
The glitter of her jewels rose to meet it,
From satin cases poured in rich profusion;
In vials of ivory and coloured glass
Unstoppered, lurked her strange synthetic perfumes
Unguent, powdered, or liquid- troubled, confused
And drowned the sense in odours; stirred by the air
That freshened from the window, these ascended,
Fattening the candle flames, prolonged,
flung their smoke into the laquearia,
Stirring the pattern on the coffered ceiling.
Upon the hearth huge sea-wood fed with copper
Burned green and orange, framed by the coloured stone
In which sad light a carved dolphin swam;
Above the antique mantel was displayed
In pigment, but so lively, you had thought,
A window gave upon the sylvan scene,
The change of Philomel, by the barbarous king
So rudely forced, yet there the nightingale
Filled all the desert with inviolable voice,
And still she cried (and still the world pursues)
Jug Jug, into dirty ear
old stumps and bloody ends of time
Were told upon the walls, staring forms
Leaned out, hushed the room closed it.
There were footsteps on the stair,
Under the firelight, under the brush, her hair
Spread out in fiery points
Glowed into words, then would be savagely still.

"My nerves are bad tonight. Yes, bad. Stay with me.
"Speak to me. Why do you never speak. Speak.
"What are you thinking of? What thinking? What?
"I never know what you are thinking. Think".

I think we met first in rats' alley,
Where the dead men lost their bones.

"What is that noise?"

The wind under the door.

"What is that noise now? What is the wind doing?"

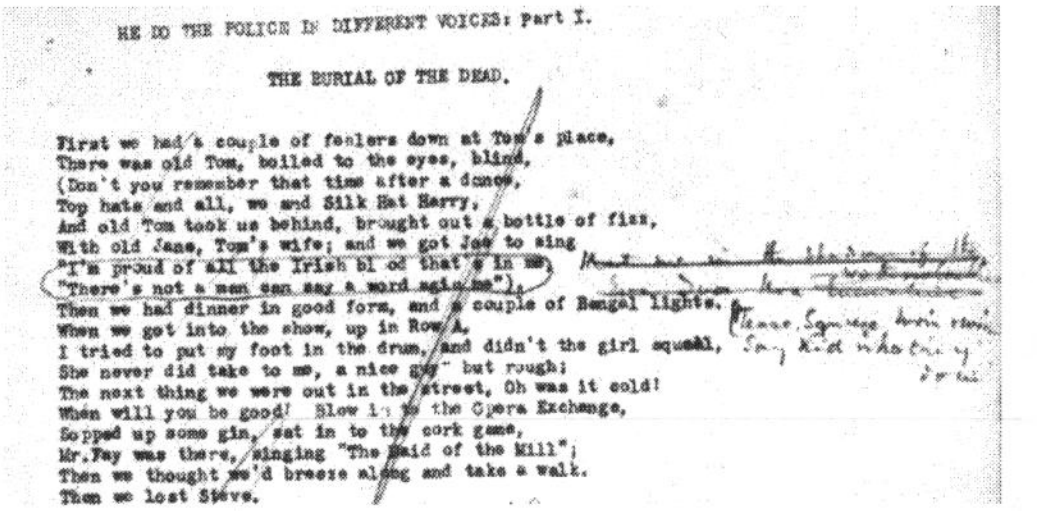
HE DO THE POLICE IN DIFFERENT VOICES: Part I.

THE BURIAL OF THE DEAD.

First we had a couple of feelers down at Tom's place,
There was old Tom, boiled to the eyes, blind,
(Don't you remember that time after a dance,
Top hats and all, we and Silk Hat Harry,
And old Tom took us behind, brought out a bottle of fizz,
With old Jane, Tom's wife; and we got Joe to sing
"I'm proud of all the Irish blood that's in me,
"There's not a man can say a word agin me").
Then we had dinner in good form, and a couple of Bengal lights.
When we got into the show, up in Row A,
I tried to put my foot in the drum, and didn't the girl squeal,
She never did take to me, a nice guy - but rough;
The next thing we were out in the street, Oh was it cold!
When will you be good? Blow in to the Opera Exchange,
Sopped up some gin, sat in to the cork game,
Mr. Fay was there, singing "The Maid of the Mill";
Then we thought we'd breeze along and take a walk.
Then we lost Steve.

『荒地』草稿

伝統では最高傑作とみなされていて、それを嘲ることはほとんど不敬罪に等しい。女王に舌をだすようなものだ。この絵ハガキを使い、デュシャンはレディ・メイドで思考していたが、これは体制的な芸術と文化に対するダダの姿勢を完全に捉えたものであった。敵意をユーモアが覆い隠していた。（一二九ページ）

「彼女は熱い尻をしている」のイメージは、本書「はじめに」で示唆したボブ・ディランの「廃墟の街 Desolation Row」にでてくる、第二番「シンデレラは尻軽女、「人を知るには人が必要ね」と笑い」(Cinderella, she seems so easy, "It takes one to know one," she smiles) と通底しているだろう。とすれば、ディランはこの歌で、「レディ・メイド」を作ったのかも知れない。このようにみてくると、エリオットの「荒地」以前の原稿に、パウンドが削除・修正・訂正を加えることで成立した原稿は、パウンドの「レディ・メイド」作品にほかならないだろう。パウンド作「エリオット氏の『荒地』前」とでも名付けようか。

第四節　エリオットとデュシャンのレディ・メイド

「デュシャン」がアメリカの新聞に登場するのは、一九一三年二月十七日付『ニューヨーク・トリビューン』紙の「「主義」展覧会／六十九連隊武器庫の絵画と彫刻／芸術における独立／注目すべき事件、いささか突飛で馬鹿げたことだが」の見出しの記事が最初で、写真に付されたキャプションにこうあった――「現代芸術ショーのキュービズム室にて／左はデュシャン＝ヴィヨンによるキュービズム室の正面、中央はマルセル・デュシャンの絵画、右はアレクサンダー・アーキペンコの彫刻『家庭生活』」。

ついで、一九一三年三月二十三日付『ザ・サン』紙に、見出し「キュービスト、リアル・アート・スパズムズ（本物の芸術による痙攣）」展で茶化される／二〇〇の叫び声《スクリーム》が展示され、ブラインド・ライトハウス（盲人の灯台）の借金十万ドルを支払う援助をした／未来派をはるかに凌ぐ／マチスの夢想だにしない悪夢、誤用芸術《ミスアプライド・アート》協会で展示」の記事が掲載され、そこに「デュシャン」がいる――

おそらく、ゲレット・バージェス、ジェシー・リンチ・ウィリアム、バージェス・ジョンソンやその他の著名な筆のたつ作家らは、絵を描くことができないと思われていたことだろう。その通り。／だが、話が、断片サラダを

1913年2月17日付『ニューヨーク・トリビューン』紙より

混ぜ合わせ、菱形筋を使ってジャグリングをし、ウルワース・ビルディングがホンジュラスで起こった革命のようにみえることをキャンバスで証明するとなると、パブロ・ピカソ、アンリ・マチス、マルセル・デュシャン、そして残りのすべてのキュービストや後期印象派の画家が大声で助けを求めていることになる。

ついで、同年七月二十二日付『ザ・イヴニング・ワールド』紙（*The Evening World.* (New York, N.Y.)）に百貨店ギンベルズの以下の広告がでて、そこにも「デュシャン」がいる――

ギンベルズ／ストアー、八時半開店で五時半閉店／ギンベル・ブラザーズは、わが社がパリで確保し、今回ニューヨーク初の展示となる代表的「キュービスト」絵画をご覧いただきたく、ご招待申し上げます。／この寄付を申し出た芸術家の幾人かの作品は、二月、六十九連隊武器庫で開催されたアメリカ画家・彫刻家協会展でみられたものです。／以下の画家が含まれています／フェルナン・レジェ、ジャン・メッツァンジェ、ピア・デュモン、アルベール・グレーズ、A・ド・リスマルキ、グスターヴ・ミクローシュ、ジャック・ヴィヨン（マルセル・デュシャン）／絵の展示は短期間だけ、六階特別ギャラリーにて。

一九一五年十月二十四日付『ニューヨーク・トリビューン』紙に、見出し「フランス人芸術家ら、アメリカ芸術に拍車をかける／はじめてヨーロッパが、フランスのモダニスト芸術家集団の形をとり、わが国でインスピレーションを求める。彼らは、ヨーロッパが戦争（ずぶ濡れの雰囲気）のため不能になったという。フレデリック・マクマニーズは、この移動によってアメリカと旧大陸の芸術への影響が広範囲に及ぶと予言」の記事が掲載された――

はじめて、ヨーロッパが、芸術に関してアメリカを求めている。はじめて、ヨーロッパの芸術家たちがわが国を

1915年10月24日付『ニューヨーク・トリビューン』紙より

旅し、生きた邁進する芸術に必要な、あの活力をみいだそうとしている。そして、著名な彫刻家フレデリック・マクマニーズが述べているように、このようなわが国への移動の影響は、もっとも熱狂的な者が今日想像する以上に、広範囲に及びそうである。／有名な階段のヌードを描いた画家としてわが国に知られる、若きマルセル・デュシャンがやってきたとき、芸術界は彼の旅行を好奇心の表れとし、離れて痛烈な期待を寄せ、アメリカと、一般に芸術家たちがこの国に浴びせかける水準とに対し、よくある嫌気を彼が表明するのではないかと、満を持して待っていた。そうはならなかった。彼は、世界でまったく新しくて若く強いこの国の活気ある熱情を称賛し、心から喜んだ。次に、主要なフランス人キュービストの一人アルベール・グレーズとその妻ジュリエット・ロッシュ・グレーズが新婚旅行にやってきた。その直後、フランシス・ピカビア、フレデリック・マクマニーズ、ジーン・クロッティとイヴォンヌ・クロッティがつづいた。さらにそのあとには、塹壕の芸術家仲間から手紙が飛びかい、戦争が終わり次第、自分も合衆国にくるつもりなので、余暇に英語の勉強をしていると告げていた。

一九一五年九月十二日付『ニューヨーク・トリビューン』紙に、以下の見出しと共に、椅子にくつろぐデュシャンの写真付きの記事が掲載――「「階段を降りる裸体」の作家、わが国を概観する／わが国を訪れているキュービスト／画家マルセル・デュシャン、こう断言する、／アメリカは未来の芸術の国だ。／アメリカ女性はもっとも知的だ。／彼はキュービズムが戦争の預言者だと書き、／その原理を説明、／わが国の摩天楼を讃嘆し、わが国が／ロダンの「公的な」芸術を愚かにも崇敬するのを厳しく批難／――未来の女性を描く」。そして、記事は次のようにはじまる――

The Nude-Descending-a-Staircase Man Surveys Us

Visiting Us, Marcel Duchamp, the Cubist Painter, Declarer That America Is the Country of the Art of the Future—The American Woman the Most Intelligent of Her Sex.

He Writes That Cubism Was the Prophet War, Explains Its Principles; Adores Ou Skyscrapers, Raps Our Stupid Reverence of the "Official" Art of Rodin—Pictures the Future Woman.

By Marcel Duchamp.

MARCEL DUCHAMP

Benton Cox Replie

1915年9月12日付『ニューヨーク・トリビューン』紙より

一九一三年の春、ニューヨークと海外からの芸術家、主としていわゆる「新派芸術」による絵画・彫刻の国際的展覧会にニューヨークは衝撃を受け、悲嘆にくれ、そして狂喜した。もっとも評判のよくなく一番センセーションを巻き起こしたのは、パリのマルセル・デュシャンの「階段を降りる裸体」であった。初心者は「裸体」を求め、ある著名な批評家はでてきて、みつけたといいさえした。しかしながら、ことの真相は不明。何も描かれず、意図されてもいないのだから。のちにマルセル・デュシャンが説明したように、この絵は単に裸体の絵ではなく、動きの絵にすぎなかった。展覧会が終わる頃、この絵はシカゴのアーサー・B・エディに売却された。

一九四六年に出版された『現代芸術ミュージアム紀要』（*Bulletin of the Museum of Modern Art*）の第十三巻で、ジェイムズ・ジョンソン・スウィーニー（James Johnson Sweeney）とのインタヴュー記事「アメリカの十一人のヨーロッパ人」で、デュシャンはこう述べている——

一九一五年にアメリカにくる直前の数年間、わたしの作品の基本は、形式を粉砕する欲望でした。つまり、キュービストたちの路線に大いに沿いながらも、形式を「分解」することでした。しかし、わたしは、そのずっと先までいきたかったのです。ずっと、ずっと先まで。実際、まったく別の方向へ。その結果が『階段を降りる裸体』で、結局、わたしの大きな鏡である『彼女の独身者たちによって裸にされた花嫁、さえも』（*La Mariée mise à nu par ses célibataires, même.*）に至りました。／『裸体』のアイディアは、一九一一年にわたしが描いた一枚の線描画がもとです。そのとき、ジュール・ラフォルグの詩『この星にもう一度』(*Encore a cet astre*) にイラストをつけようとしていました。計画では、ラフォルグの詩の一連のイラストになるはずでしたが、三作品にしかできませんでした。ランボーやロートレアモンは、当時、あまりにも古くなったように思えました。もっと若いものが欲しかったのです。マラルメとラフォルグは、よりわたしの趣味に近かったのです。とりわけ、ラフォルグのハムレットは。でも、わたしはラフォルグの詩にというより、彼の題名に魅了されたのでしょう。『農民組合』は、ラフォルグが書くと詩になります。「晩、ピアノ」――同時代に、このような題が書けた者は他にいなかったと思います。(*Herschel B. Chipp, Theories of Modern Art: A Source Book by Artists and Critics.* 1968. p.392.)

デュシャンがラフォルグのハムレットに関心をもったと同じように、エリオットも同一のテキストに関心を抱き、それについてエッセイを書き、『プルフロックの恋歌』でも、さらに『荒地』においても使用したと指摘されている。ロバート・クロフォードは、以下のようにいう――

(依然、彼を二流詩人とみなしている) フランス人には、申し分のないフランス人とは思えない移民作家ジュール・ラフォルグは、ことばに妙な耳を持っていた。イギリス女性と結婚していたラフォルグは、異常なほど英国びいきであったが、ハムレットとオフィーリアに魅了されていた。シェイクスピアに夢中であった彼は、また、奇妙なバイロン風の押韻が好きだった。たとえば、彼の詩「美学」では、'defroques' (knee-socks) と 'epoque' (epoch) が韻を踏んでいる。自由詩の形式を使用した最初の重要なフランス語使用の詩人ラフォルグも、また、韻と形式を自由に使いこなせた。実際、否応なしに気に入られるよう計算された音楽を有する彼の韻文は、二つを融合するようにみえた。トムは時間をかけ、このすべてから学んだ。実際に学んだのである。一九〇九年末頃、彼は自身の「夜想曲」(同年十一月の『ザ・アドヴォケイト』誌に発表) と「ユーモレスク (J・ラフォルグ風)」(一九一〇年一月

『アドヴォケイト』）でラフォルグの模倣をはじめた。（一二三ページ）

『荒地』「Ⅱ　チェス遊び」の最終行「おやすみ、みなさん、おやすみ、ご婦人方、おやすみ、おやすみ」（“Good night, ladies, good night, sweet ladies, good night, good night.”）は、「シェイクスピアの『ハムレット』四幕五場で、水死するまえの狂気のオフィーリア」（岩崎訳註）のことばであるが、ラフォルグも「ハムレット」で使用している――“Il y avait une langue la-dedans; ca grasseyait: ‘Good night ladies; good night, sweet ladies! good night, good night!’（*The Poems of T.S. Eliot*, vol. 1, p.640）

ウルガイ生まれラフォルグはパリに移住し、エリオットはアメリカからイギリスへ移動、そしてデュシャンはフランスからアメリカへ移動した。

第五節　作品名の〈メモ／コラージュ〉、もしくは豚革文庫の〈リスト〉

先に指摘した『荒地』の「原題」にかかわる〈ディケンズ〉と〈我らが共通の友〉は、合衆国議会図書館が公開している歴史的新聞の検索サイト“Chronicling America: Historic American Newspaper”で検索すると、一九〇九年十月二十一日付『ウィリストン・グラフィック』紙（*Williston Graphic.* (Williston, Williams County, N.D.)）の「豚革文庫」（The Pigskin Library）と見出しのある記事に、『ピクウィック・ペーパーズ』と共に以下のようにでてくる。それにしても、本のタイトルのこの羅列《リスト》は、〈新聞のいろいろな声〉、あるいは〈メモ状態〉に類似してはいないか。「一般読者層が、文庫をなす書物が何かを知りたがっていることを充分に知っている彼（前大統領ローズヴェルト）は、次のようにリストをあげている」とある――

聖書／外典／ボローの『スペインの聖書』『ジンガリ』『ラヴァングロ』『野生のウェールズ』『ザ・ロマニー・ライ』／シェイクスピア／スペンサーの『妖精の女王』／マーロウ／マハンの『海上権力史論』／マコーレーの歴史、エッセー集、詩集／ホメロスの『イーリアスとオデュッセイア』／『ロランの歌』／『ニューベルンゲンの歌』／カーライルの『フレデリック大王』／シェリーの詩集／ベーコンのエッセー集／ローウェルの文学エッセー集、『ビグロー・ペーパーズ』／エマーソンの詩集／ロングフェロー／テニスン／ポーの短編集と詩集／キーツ／ミルトンの『楽園の喪失』／ダンテの「地獄篇」／ホームズの『独裁者』と『お茶を飲みながら』／ブレット・ハートの詩集、『アルゴー号乗組員の話』『荒れ狂うキャンプの運勢』／ブラウニングの選集／クローザーズの『優しい読者』／マーク・トウェインの『ハックルベリー・フィン』と『トム・ソーヤー』／バニヤンの『天路歴程』／エウリピデスの『ヒポリトゥス』と『バッカエ』／ザ・フェデラリスト／グレゴロヴィウスの『ローマ』／スコットの『モントローズの伝説』『ガイ・マナリング』『ウェヴァリー』『ボブ・ロイ』『古代』／クーパーの『水先案内人』『二人の艦長』／フロワサール／パーシーの『遺物』／サッカレーの『虚栄の市』『ペンディニス』／ディケンズの『我らが共通の友』『ピクウィック』

ここには、『荒地』で指摘される引用されたり言及されたりする作品があり、とりわけ本書第Ⅱ部第二章で縷々論究する「エウリピデスの『ヒポクリトゥス』」があるのは注目される。この話の内容は、〈アドーニス〉の殺害に似た、〈ヴィーナス〉にからむ殺人事件にほかならない。

ついでながら、違いはあるものの、類似の文庫リストが、一九〇九年九月二十八日付『ザ・スポケイン・プレス』紙（*The Spokane Press.*（Spokane, Wash.）1902-1939, September 28, 1909）にも「T・R・、アフリカでハックルベリー・フィンと詩を読む」の見出しで掲載されている（註・「T・R・」は「セオドア・ローズヴェルト」のこと）。なお、これは『ユナイテッド・プレス』紙からの〈転載〉（〈引用〉の一種）のようである。

『荒地』出版後に、著述家・文芸批評家・作家のエドマンド・ウィルソン（Edmund Wilson）は、一九二二年十二月号『ザ・ダイアル』誌掲載の記事「干ばつの詩」（The Poetry of Drough）で、これに酷似した作品リストをあげている――

こういえるだろう。つまり、彼［エリオット］は、余りにも本に依存し、余りにも多くのことを他の者から借用しているので、以下の作品へのアルージョン、そのパロディー、そこからの引用を含む四〇〇行を超える詩には、創意の入る余地がないと――ヴェーダー讃歌、仏陀、讃美歌、エゼキエル書、伝道の書、ルカ伝、サホー、ウェルギリウス、オウィディウス、ペトロニウス、ヴィーナスの通夜、聖アウグスティヌス、ダンテ、聖杯伝説、初期英詩、キッド、スペンサー、シェイクスピア、ジョン・デイ、ウェブスター、ミドルトン、ミルトン、ゴールドスミス、ジラール・ド・ネルヴァル、フルード、ボードレール、ヴェルレーヌ、スウィンバーン、ワグネル、金枝篇、ウェストン女史の本、多様な民衆俗謡、そして著者自身の以前の詩。（註・Michael North ed. *The Waste Land*. 2001. p. 143）

ほぼ一年後、これに類似したリストを含む風刺的で批判的な記事が、一九二三年十月三十一日付『マンチェスター・ガーディアン』紙（*The Manchester Guardian*）に掲載された。チャールズ・パウエル（Charles Powell）の「まったくの紙屑」と題する記事である――

四三三行のこの詩は、テキストの三ページごとに註を記したページがあり、普通の読者向けのものではない。……そこには案がある。作者がそういっているから。多分、何かの意味がある。そこで使用された象徴について語っているから。しかし、意味、案、意図は同様に、人類学と文学の学識という煙幕の背後にかたまってあるので、それに少なくとも気づくのは博学の者、あるいは透視家だけであろう。フレイザー博士とJ・L・ウェストン女史は、彼が自由に借用した作者であり、それは彼も認めているし、この詩の大部分は、とてつもなく複合的で全世界的な抵当状態にある。つまり、スペンサー、シェイクスピア、ウェブスター、キッド、ミドルトン、ミルトン、マーヴェル、ゴールドスミス、エゼキエル、仏陀、ウェルギリウス、オウィディウス、ダンテ、聖アウグスティヌス、ボードレール、ヴェルレーヌ、その他。ドイツ語、フランス語、イタリア語の詩行が、意図的になのか、それとも気まぐれによってか投げこまれている。ナイチンゲール、ニワトリ、チアイロコツグミ、オフィーリアなどの独唱もそうである。……あとはこうしかいえない。もしエリオット氏が嬉々としてデモティックな英語で書いていたら、実際は、人類学者と文学者以外の者にとっては、『荒地』がこれほどの紙屑にはならなかったであろうと。（註・Michael North ed. p. 156）

記事の中にある「デモティックな英語」（"demotic English"）とは、本書第Ⅳ部第二章で詳しく論じているが、『荒地』「Ⅲ　火の説教」に使用された「ディモティックなフランス語」をもじったもの（パロディー）で、端的にいえば「口語の」という意味である。それにしても、「まったくの紙屑」という題名はいい得て妙である。岩崎訳註にあったように、そもそも、〈コラージュ〉は、〈新聞紙〉などの〈屑〉を使用していた。

ローズヴェルトのリストが掲載された経緯を知るため、例のアーカイヴで少し前の関連記事を探ってみると、一九〇九年一月十二日付『ホルブルック・アーガス』紙（*Holbrook Argus*. (Holbrook, Ariz.)）で、以下の記事にであう

―

ローズヴェルト大統領は、アフリカのシロサイを捕えて、いくらか栄誉が得られると期待している。他方、もし大統領を手にすれば、シロサイはどれだけ著名になった気分になるか、ちょっと考えてみよ。

「シロサイ」は、〈角〉を持っていることを記憶しておきたい。先述のように、『荒地』で示唆される〈アドーニス〉は〈イノシシ〉の〈角〉ならぬ〈牙〉で刺殺されるし、オーストリア＝ハンガリー帝国皇后〈エリザベート〉は、〈三角ヤスリ〉で刺殺された。そして〈狩猟〉も記憶しておきたい。このテーマは、『荒地』にとってとても重要である。何故なら、『荒地』が下敷きにしている〈聖杯伝説〉は、〈聖杯〉を〈獲物〉とする危険な〈狩猟〉であるからだ。してみると、〈ローズヴェルト〉は、アフリカを舞台に〈シロサイ〉の〈角〉を求め彷徨する、二十世紀初頭の〈聖杯〉探索の〈騎士〉と位置付けることができよう。

〈聖杯伝説〉については、『荒地』の最新邦訳版（岩崎宗治訳）の「『荒地』へのイントロダクション」にこうある——

『荒地』という題名は、中世ヨーロッパのアーサー王物語の中の「聖杯伝説」からきている。〈最後の晩餐〉のときキリストが用い、磔刑のときキリストの血を受けたとされる聖杯は、アリマタヤの聖ヨセフによってイングランドのグラストンベリーにもたらされ、その後、見失われていたが、アーサー王の時代に聖杯探究の旅に出た騎士パーシヴァルによって見出される。ジェシー・L・ウェストン（一八五〇—一九二八）の『祭祀からロマンスへ』（一九二〇年）によれば、この〈聖杯探究〉のロマンスは、キリスト教以前の東方の宗教における植物神崇拝の祭祀——植物神の死と再生の秘儀（儀式に用いられた杯と槍は性的シンボル）——がキリスト教信仰と習合し、それが騎士道ロマンスに取り入れられたものだという。

〈エリザベート〉といえば、いまあげた記事のすぐ下に次の記事があり、「オーストリア・ハンガリー」がでてくる——「オーストリア・ハンガリーは、トルコにヘルツゴヴィナとボスニアを得るため、二千万ドルの賠償金を支払う用意があるといわれている。たぶん、この二重帝国は、喜んで、一つか二つの厄介な地域を投げだし、取り引きを終えようとしている可能性がある」。そして、その下には「オオホシハジロを狩猟するのとヴェネゼーラの軍艦を捕えるとの違いは、オオホシハジロの方が、捕えるのが難しいが、手に入れるとより価値がある」とする記事がある。

「オオホシハジロ猟」については、一九一七年一月七日付『ニューヨーク・トリビューン』紙に写真付き（こうした写真の配置も〈コラージュ〉といえるだろう）記事にこうある――「同様に不運なことに希少になってきている野鳥の中でもっとも難しいものの一つ、しかも、もっともおいしいものの一つオオホシハジロは、カモ猟をする者、美食家、そして野性生物保護主義者にとってとりわけ関心の対象である。飢えという差し迫った危険にあるこうした鳥の多くが、法律に保護されている北の湖のあたりに留まり、二月一日まで狩猟が解禁である南へいかないことは、ほとんど注目すべきことである」。

さらに、ローズヴェルトをめぐる記事を探ると、一九〇九年二月八日付『アバーディーン・ヘラルド』紙（*Aberdeen Herald.* (Aberdeen, Chehalis County, W.T.)）に、見出し「落ち着かなくなる」の記事がでた――

ローズヴェルト氏は、その在任期間の終わりに近づいているのかも知れないが、いつもすべてを活性化しようという彼の決意は、いかほども低下してはいない。海軍士官は、馬にのらなくてはならない。海兵隊員は船を取りあげられた。陸軍衛生隊のマーンズ少佐は、身体の障害のため退役リストに載り、それから大統領とアフリカへいき、本俸をもらうことができるように現役リストに復帰させられた。彼は、身体的にこの国の駐屯部隊での任務遂行はできないが、ローズヴェルト氏に随行してシロサイを追いかけることはできる。サイはその色のために、暗黒大陸ではもちろん目立つだろう。大統領が好んでいる大佐と少佐たちは准将になる。彼が好きではない大佐と将軍は、正式の礼儀のことばもなく退役する。兵役書類によると、陸軍と海軍は、大統領のえこひいきによる不公平で落ち着かなくなっている。

一九〇九年四月十一日付『ザ・ソールト・レイク・トリビューン』紙（*The Salt Lake Tribune.* (Salt Lake City, Utah)）

ROOSEVELT IN AFRICA

Hunting the Rhinoceros

By Frederick R. Toombs

THE TWO HORNED RHINOCEROS

1909年6月11日付『ダコタ・ファーマーズ・リーダー』紙より

Hunting the Elephant, White Rhino and the Hippopotamus Along the White N

1909年4月11日付『ザ・ソールト・レイク・トリビューン』紙より

は、「アフリカのローズヴェルト」関連記事が、四月二十五日付版から掲載されるという宣伝を、ウィンストン・チャーチルの「七つの大アフリカ論」と共におこなっている。さらに、五月三十日付同紙では、大見出し「白ナイル川沿いでゾウ、シロサイ、カバを狩猟する」、小見出し「素晴らしい大物猟区で、ローズヴェルト大佐は、チャーチルが説明したものとかわらぬ刺激的な冒険をまちがいなくするだろう」の記事が、多数の写真つきで掲載されている（㊟エリオットに、詩「河馬」（The Hippopotamus）がある）。

六月十一日付『ダコタ・ファーマーズ・リーダー』紙（*Dakota Farmers' Leader.* (Canton, S.D.)）では、フレデリック・R・トゥームズ（Frederick R. Toombs）が「アフリカのローズヴェルト／サイを射止める」と題する記事を書き、そこに射止められて横たわる二角のサイの写真が添えられている。

以上、「ローズヴェルト前大統領」のアフリカ狩猟旅行の新聞に掲載された記事の言説が、『荒地』形成にかかわっているのではないかということを示したが、以下、詳細に検討する。

第六節　一九〇九年の新聞紙面のあり様について
――〈いろいろな書記〉の〈コラージュ〉

T・S・エリオットがハーヴァード大学を卒業した一九〇九年の四月七日付『ゴールズボロ・セミ・ウィークリー・アーガス』紙（*Goldsboro Semi-Weekly Argus.*［volme］(Goldsboro, N.C.)）の紙面の一部に、次の記事があった。④は、前節で〈シロサイ〉と〈ローズヴェルト〉をめぐる新聞記事をみてきたので、完全に理解はできなくとも、それとの関連性は推測できる。だが、①と③の薬の広告にはさまれた②の記事を読み、これが何を示唆している記事か、一世紀以上たった今日、すぐに了解できる者はいるだろうか――

①「ウッズ・リヴァー・メディスンは肝臓調整剤で、頭痛、便秘、胆汁異常、その他の肝臓不調の兆候を即座に解消してくれます。とりわけ、お勧めは黄疸、寒気、熱、マラリア。一ドル規模のものには、五十シリングのものより二・五倍の量が入っています。パレス・ドラッグ・ストアーとシティ・ファーマシーで販売」

②「ベストセラーで、エリオットの五フィート棚の近くにあるものはない」

③「マンザン痔疾治療薬は、ノズル付きチューブに入っています。直接患部に使えます。保証付き。値段 g0c（不詳）。パレス・ドラッグ・ストアーとシティ・ファーマシーで販売」

④「シロサイは、アフリカのローカル・オプションの町近くではほとんどみかけない」

①と③の記事は、「パレス・ドラッグ・ストアーとシティ・ファーマシー」という薬局の広告らしいことはわかる。つまり、関連性があることがわかる（とはいえ、わかるのはそれだけ。また、③の「値段 g0c」は誤植で、他の宣伝から「値段五十セント」のことらしい）。だが、その間にはさまれた②と、さらに④の記事は、①と③とどのようにかかわっているのだ

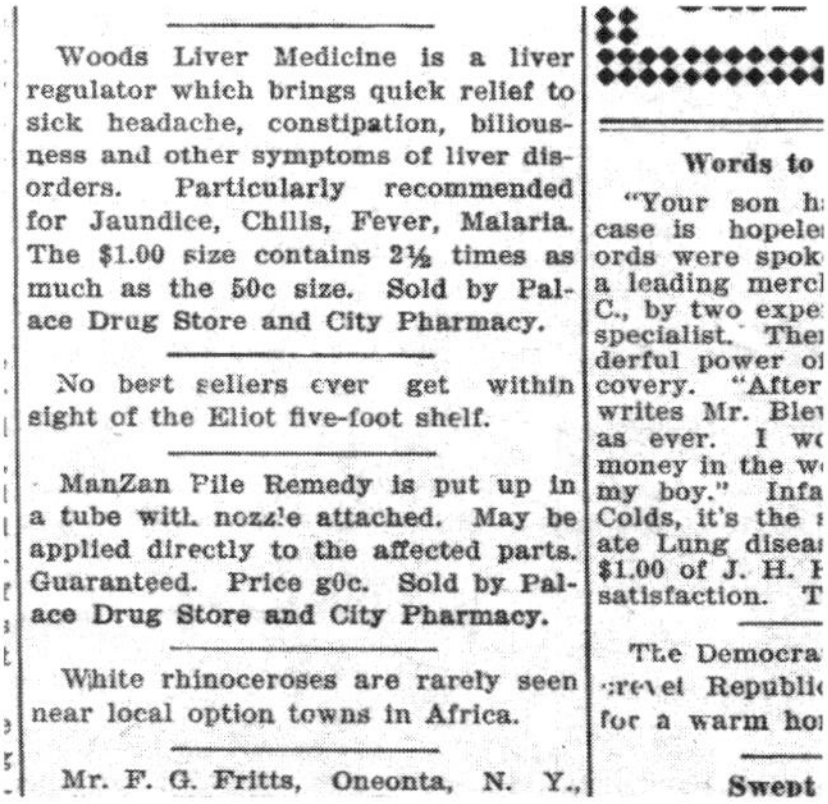
Woods Liver Medicine is a liver regulator which brings quick relief to sick headache, constipation, biliousness and other symptoms of liver disorders. Particularly recommended for Jaundice, Chills, Fever, Malaria. The $1.00 size contains 2½ times as much as the 50c size. Sold by Palace Drug Store and City Pharmacy.

No best sellers ever get within sight of the Eliot five-foot shelf.

ManZan Pile Remedy is put up in a tube with nozzle attached. May be applied directly to the affected parts. Guaranteed. Price 50c. Sold by Palace Drug Store and City Pharmacy.

White rhinoceroses are rarely seen near local option towns in Africa.

Mr. F. G. Fritts, Oneonta, N. Y.,

Words to

"Your son h
case is hopele
ords were spok
a leading merc
C., by two expe
specialist. Ther
derful power o
covery. "After
writes Mr. Ble
as ever. I w
money in the w
my boy." Infa
Colds, it's the
ate Lung disea
$1.00 of J. H.
satisfaction. T

The Democra
reveal Republic
for a warm ho

Swept

1909年4月7日付『ゴールズボロ・セミ・ウィークリー・アーガス』紙より

ろうか。それだけでなく、それが示唆している内容も容易にわかるものではない。

②の記事に「エリオット」とあるが、こうした異質のテキストが並置される事態は、『荒地』のテキスト構成を想起させはしないだろうか。とはいえ、この「エリオット」は『荒地』の作者〈T・S・エリオット〉のことではない。彼は、一九〇六年から一九〇九年までハーヴァード大学に在学中であり、この「エリオット」はのちに説明するように、〈T・S・エリオット〉の遠戚でハーヴァード大学長であった〈チャールズ・W・エリオット〉のことである。

そして、④の記事で「シロサイ」が問題化されているが、先述のように、これはセオドア・ローズヴェルトとかかわっている。彼はアフリカに狩猟旅行にいき、〈シロサイ〉などを射止めたのだが、もし、前節で得た知識がなければそうとはわからないだろう。こうした知識のある当時の読者はすぐわかったし、実際、この記事の上の箇所をみると、つまり紙面を順序よく読んでくると、次の記事に出会いヒントが得られる――「結局、ローズヴェルト氏の朝食はまだであった」。

だが、それにしても、このヒントを与えてくれる文も、今日の者には理解不能である。さらに、何故「ローズヴェルト氏の朝食」が問題化されているのかわからない。一九一〇年四月三日付『ツームストーン・エピタフ』紙（*Tombstone Epitaph.* (Tombstone, Ariz.)）にこうある――「特電では、ハルツームでローズヴェルト氏が最初にとった朝食は、六個の卵と大皿に盛ったベーコンからなっていたという。彼はともかく放蕩息子だ」。このように、彼の朝食がニュースになっていたのである（ちなみに、「ハルツーム」とは、現在スーダンの首都で、ローズヴェルト一行が滞在した）。ついでにいえば、一九〇八年十月三十日付『ザ・コモナー』紙（*The Commoner.* (Lincoln, Neb.)）に、「タフト氏は、明日、ローズベルト大統領とホワイト・ハウスで朝食をとることになっているが、そのとき、何よりも彼は、彼の選挙戦が充分な資金を得たこと、フランク・H・ヒチコックが、勝負の行方が不明の州で選挙運動がつづけられるだけ充分な資金があることがわかるであろう」とあるように、ローズヴェルトの朝食は、政治的議論の場であったらしい。

そして、先の④の記事にある「ローカル・オプション」は、「地方選択権《酒類販売などを認めるかどうかを住民の投票で決定する権利》」を有するという意味である。たとえば、一九〇八年六月二十六日付『クリンチ・ヴァレー・ニューズ』紙（*Clinch Valley News*. (Jeffersonville, Va.)）に、見出し「酒類醸造販売禁止闘争、ヴァージニア州にくる／州自治体の最近の決定などが闘争を促進」の記事にこうある――「それからさらに、自治体委員会の最近の決定、つまりロアノークは、禁酒法を可決するローカル・オプションの町へ酒を輸送できるとした決定が、この闘争を促進しているもう一つの要因である。ウィスキーを禁止したローカル・オプションの町や共同体は、酒が合法である町に酒が溢れるのを許可してしまうと、可決した法の利益が損なわれると感じている」。

三月十一日付『ザ・ジャクソン・ヘラルド』紙（*The Jackson Herald*. (Jackson, Mo.)）に、以下の詩もどきが載った――「黒ずんだり褐色だったりする葉をみると、／オクトーバー・エールが思われる。／例外はローカル・オプションの町で／ここでは、販売されていない」。

十二月二十三日付『ザ・パドュカ・サン』紙（*The Paducah Sun*. (Paducah, Ky.)）で、「ローカル・オプションの町」のウィスキー販売の様子が報じられている――

ローカル・オプションの町では、飲酒はほとんどおこなわれていないと信じていたが、そうした場所の新聞を読むとそうは思わなくなる。『ザ・メイフィールド・メッセンジャー』紙はこう報じている――「毎日一時に、三樽のウィスキーが特別扱いで、パドュカから急行で運ばれてきたのをみた。しかも自分の目で。これはいつもはみられないことである。もっとも同記者は、たくさんの妙なことをみているが、三樽のウィスキーが一度に国内急行貨車に積まれているのは、とても通常のこととはいえなかった。まちがいなく休暇中に、クリスマスのヤシ酒とトム・アンド・ジェリーを楽しもうとしている者はいるのだ」。多くの場合、営業許可のある酒場のある町よりも、同じ規模のローカル・オプションの町に多くの商品を業者は輸送するといわれているが、そのことは、どの卸売り酒業者も否定はしないであろう。

この記事に〈註〉を施すなら、「ヤシ酒」は椰子から作られた酒と推測されるが、「トム・アンド・ジェリー」はどうか。伝統的な人形劇「パンチ・アンド・ジュディー」、あるいはディズニーのアニメのことかと思う向きもあろうが、そうではなく酒の一種である。そもそも、十二月二十三日付『ザ・パドュカ・サン』紙が報じた事態に似た状況は以前からあって、一八九〇年五月三十一日付『プルマン・ヘラルド』紙（*Pullman Herald.* (Pullman, W.T. [Wash.])）は、見出し「二つの町酔っ払う」の記事で、ピッツバーグの酒販売の状況と訴訟問題について報じている――

「オリジナル・パッケージ」（新）店が、ローカル・オプションの町アポロとリーチバーグで、今日の午後、町郊外の醸造会社の代理業者によって開店した。貨車一台分のビールが八分の一から二分の一バレルの容器に入れられ、今夕、五時にリーチバーグに到着し、二時間足らずで、貨車の中身は「オリジナル・パッケージ」として四方に運ばれ完売。今夕、市民委員会は月曜に、この代理業者を酒州法違反で告訴することにした。当局は、また、この自治町村で迷惑行為をした廉で訴えるだろう。代理人は逮捕されても保釈金は拒否し、もし訴訟で有利な決定がでたら、損害のために委員会に責任をとらせるという。この業務のため、今夜、通りは酔っ払いで一杯になる。興奮が高まり、感情は二分される。

また、ここで使用されている「オリジナル・パッケージ」（original package）の表現については、同月同日付『ザ・

サライン・カウンティ・ジャーナル』紙（*The Saline County Journal.* (Salina, Kan.)）の二面はさながら用例集のようで、以下のようにある――"the original package men" "the original package decision" "the original package saloon" "the original package fellows" "the original package houses" "the original package dealer" "the original package business"

第七節　現代の〈聖杯探索〉――ローズヴェルトのアフリカ狩猟旅行言説をめぐって

一九〇九年一月八日付『ザ・フロリダ・スター』紙（*The Florida Star.* (Titusville, Fla.)）に、見出し「大統領追求のシロサイ」の短い記事が掲載――

大統領ローズヴェルトがアフリカ狩猟旅行で、とりわけつとめて手に入れようとしているのは二匹のシロサイで、それはアフリカ全土でもっとも希少な動物となっている。ワシントンの国立博物館（現スミソニアン自然史博物館）はとりわけ、そのうちの一匹を欲しがっており、もしもう一頭が入手できたら、大統領はイギリス国立博物館（大英博物館）に寄贈することだろう。

ローズヴェルトのこの遠征は、「スミソニアン＝ローズヴェルト・アフリカ遠征（一九〇九～一九一〇年）」（The Smithsonian–Roosevelt African Expedition）と呼ばれ、単に、彼の趣味からなされたものではなかった。「今日、国立自然史博物館として知られているスミソニアン新自然史博物館のために、標本を収集すること」がその目的であったという。先にあげた一九〇九年一月十二日付『ホルブルック・アーガス』紙の記事に、「ローズヴェルト大統領はアフリカのシロサイを捕えて、いくらか栄誉が得られると期待している」とあったのは、このことと関係があったのだろう。今日でも、彼が射止めて剥製にしたものが、そこに展示されている。

ローズヴェルトとシロサイ

自然博史物館のシロサイ（同館サイトより）

また、三月四日付『デイリー・パブリック・レジャー』紙（*Daily Public Ledger.* (Maysville, Ky.)）に、皮肉をこめた記事がこうある――「たぶん、セオドア・ローズヴェルトは、ワシントン特別区で「白い政治家」をみつけるより、アフリカでシロサイを捕獲して運がひらけるであろう」。この「白い政治家」については、一九〇九年十二月二日付『ディザレット・イヴニング・ニューズ』紙（*Deseret Evening News.* (Great Salt Lake City [Utah])）に掲載された次の記事が参考になる――

われわれが考える疑問は、黄色いお金と白いお金との間の問題ではなく、黄色人種と白人種間の問題である。われわれはいつも、こう信じている。つまり、白人種、白人財政家、白人政治家は、八億人のアジア人との銀為替率をほぼ三分の二だけ削減した西洋の法律にしたがい、その人種の墓を掘っていると。

この記事は、見出し「モレトン・フルウェンの講演、聴衆多数／通貨と銀行業の国際的権威、交易クラブで講演／深遠で遠大な哲学――白人種と黄色人種間の問題」のものであり、講演者はイングランドの著名な経済学者であった。同年二月十五日付『ザ・デイリー・ミズーリアン』紙（*The Daily Missoulian.* (Missoula, Mont.)）と同日付『ロック・アイランド・アーガス』紙（*Rock Island Argus.* (Rock Island, Ill.)）に同じ風刺画が掲載された。ただ、そこに添えられ

1909年2月15日付『ザ・デイリー・ミズーリアン』紙より

たキャプションに微妙なちがいがある。前者は、上のキャプションは「シロサイは希少になっている」で、下は「ローズヴェルト大統領は、シロサイを殺す、あるいは捕えるのに大変苦労するだろう」とある。後者では、「理由がある」と「ローズヴェルト大統領は、シロサイがとてもみつけにくいことがわかろう」。木にさがった掲示に、「ジャングル工房。M・ド・モンク／黒の中の黒に染めたシロサイ、急に襲ってこないこと請け合い」とある。この掲示の意味するところは、「シロサイ」を黒に染めて「クロサイ」にするので、ローズヴェルトが狩猟の対象にしている「シロサイ」がほとんど見当たらないという意味に、両方のキャプションを書いた者は解釈したのであろう。だが逆に、「シロサイ」は「急に襲って」きて危険だということでもあろう。大統領がやってくるので、危険な「シロサイ」を大人しい「クロサイ」にして、外交的儀礼を実施するということでもあるのではないか。

同年六月二十六日付『ザ・サンフランシスコ・コール』紙（*The San Francisco Call.* (San Francisco [Calif.])）に掲載された見出し「白〈サイ〉」の記事にこうある――

前大統領ローズヴェルトと随行の息子カーミットは、東部と中央アフリカの平原と森を横断して標本を求めているが、得ることを期しているのは、赤道付近に生息する希少な動物の一種、いわゆる「白」サイである。この動物は、実際は白くない。やや黄色がかった灰色で、普通のサイとくらべ、色がとても明るいというわけではない。しかし、丈はより高く、より大きくて四角ばった鼻をしている。／シロサイは、その一般的な仲間より、多様な植物を餌にしている。二本の角の一本は小さく、そのためいろいろな時代に、「一角種のサイ」をめぐる物語ができた。その皮膚はたくさんの小さくてイボだらけの突起物で覆われていて、全体的にみて、美しいとはいえない。嗅覚が鋭く足取りが速いので、近づくのがとても難しい。この種は急速に消滅しかけている。一八九〇年、東アフリカから実質的に消滅した。ズールランドの小規模の特別保護区は別で、そこでは、依然、多数の個体が出没していた。

この中の「実際は白くない。やや黄色がかった灰色」とは、先にあげた「白い政治家」の記事と関係があるのかも知れず、さらに「突起物」の英語は“tubercles”であり、この語は、本書第Ⅱ部第二章で示唆する「I　死者の埋葬」のはじめの方にある“tuber”（塊茎／突起物）と通じてもいるだろう。

そして、一九一二年十一月十七日付『イヴニング・キャピタル・ニューズ』紙（*Evening Capital News*, (Boise, Idaho)）に、見出し「アフリカの獣道——セオドア・ローズヴェルト著／アメリカ人ハンター＝ナチュラリストのアフリカ彷徨話」、小見出し「ラドの大サイ」の記事で、「アフリカでの大物狩りと冒険をめぐる大記事の第十三回で、ローズ

AFRICAN GAME TRAILS—by THEODORE ROOSE
AN ACCOUNT of THE AFRICAN WANDERINGS OF AN AMERICAN HUNTER-NATURALIST

The Great Rhinoceros of the Lado

In the thirteenth of the great articles on African big game hunting and adventure, Colonel Roosevelt describes his journey down the Nile to Lado Enclave and his hunts there after the so-called white rhinoceros, the only big game of the African continent which is in danger of extinction

mysterious, stretched on ev
shimmering glare of heat a
ahead of us the great, stran
twisting away into the distan
At noon the following day
the deserted station of Wadel
ish territory. There have be
white mastery on the Upper
years, but some of them are n
for as yet there has been no
tempt at such development o
would alone mean permaner
tion. The natives whom we
sharp contrast to those of Ug
back among wild savages.
women were practically nake
women entirely so except fo
Here we were joined by
hunter, Quentin Grogan, wh
us the haunts of the great sc
rhinoceros, the so-called wh
of the Lado, the only kind of
game which we had not yet
were allowed to hunt in the I
the considerate courtesy of th
ernment, for which I was sin
The Camp in the I
The following morning, 4
leaving Butiaba, on Lake Albe

Upper picture rhino of the square-nosed type of the Lado. Lower picture, of the usual type with prehensile tip, shot in the Sotik by Mr. Roosevelt. (The difference of the two types are shown in the above photograph.)
From a photograph by Kermit Roosevelt

1912年11月17日付『イヴニング・キャピタル・ニューズ』紙より

ヴェルト大佐は、ナイル川を下りラド飛び領土への旅と、そこでのいわゆるシロサイを求めた狩猟について語る。シロサイは、絶滅に瀕しているアフリカ大陸唯一の大物である」との解説があり、写真について「カーミト・ローズヴェルトと他の遠征隊員の写真から」とある。

では、エリオットにとって、〈ローズヴェルト〉はいかなる存在であったのだろう。リンドール・ゴードン（Lyndall Gordon）は『T・S・エリオットの不完全な生涯』（*The Imperfect Life of T. S. Eliot*, 1998）で、次の説明をしている——

エリオットは、十九世紀末に工業がとてつもなく拡大したため生じた単調さと、土着（ニュー・イングラド）の文化がなくなり新しいアメリカになった事態に敏感に反応していた。この新アメリカでは、彼のいい方をもってすれば、セオドア・ローズヴェルトが芸術のパトロンになった。筋肉たくましいこのヴァージニア人は、エリオットの青春時代、人気のあった英雄であった。ランバート・ストレザーではなかった。（二十一ページ）

ちなみに、「ランバート・ストレザー」は、ヘンリー・ジェイムズの『大使たち』（一九〇三年）の主人公である。

第二章　『荒地』の組み立てと同時代の新聞記事

第一節　『荒地』とウェックス・ジョーンズ

一九〇九年三月十八日付『ザ・ミッチェル・キャピタル』紙（*The Mitchell Capital.* (Mitchell, Dakota [S.D.])）に「誤報辞典」（Dictionary of Misinformation）と題した、〈ローズヴェルト〉と〈シロサイ〉をめぐる、もう一つ風刺的で洒脱な記事があった。書き手は「ウェックス・ジョーンズ、辞書編纂者、『ニューヨーク・アメリカン』紙」（*Wex Jones, Lexiographer, in New York American*）という——「反ローズヴェルト主義者——ゾウとシロサイ／アトラクション——ショート・スカートをはいた下品。付け加えられたアトラクション——サロメ踊りと、すばらしいヴェールのダンス——ポスターから［註—この語は、多くのすぐれた典拠によると、嫌悪と定義されている］」。

「アトラクション」をめぐる定義の箇所も興味深く、「註」があるのが注目される。あとで論じる『荒地』の出だし「四月《エイプリール》はもっとも残酷な月」も、一種の定義形式である（これに対し、『カンタベリー物語』の方は、「四月がそのやさしきにわか雨を／三月の旱魃の根にまで滲みとおらせ」である）。この記事の作者ウェックス・ジョーンズのことはほとんどわかっていないが、「ハースト・ニュースペーパーズ社での経歴中、精力的に書き」「得意としたのは、短くユーモアのある随筆と詩で、拠点『ザ・ニューヨーク・アメリカン』紙を越え広範に書いた」（*Bill Peschel, Sherlock Holmes Edwardian Parodies and Pastiches: 1905-1909*, 2016）。

一九一一年九月二十五日付『オマハ・デイリー・ビー』紙（*Omaha Daily Bee.* (Omaha [Neb.])）の本紙執筆者を紹介

MORAL POISON IS SPREAD BY
DRAMAS AND DANCES OF LUST

MLLE. GENEE OF THE "SOUL KISS."

NEW YORK, Oct. 5.—"In my opinion," said Anthony Comstock, "this is the most immoral theatrical season that the nation has has ever had. Theatergoers seem to revel in the atmosphere of moral malaria. Salome, Apache and nude flower dances are indecency, not art. With blasphemous devil shows, they exist only because the police wink. No respectable woman should be compelled to see these plays unwitting or through the lure of the

EVA TANGUAY, A VAUDEVILLE "SALOMIST"; LILLIAN RUSSELL, WHO HAS A DECENT SHOW, AND LOTTA FAUST, SALOME ARTIST IN "THE MIMIC WORLD."

BY R. F. FRAZER.

SOME SP
TAX HIST

STATISTICS SHO
LEVIES CAN BE
BUT WHEN ON
ARE RARELY
AGAIN.

WARRANT WAS

1908 年 10 月 5 日付『ザ・スポケイン・プレス』紙より

All the World Is Mad
Over the
Salome Dance

1908 年 9 月 13 日付『ザ・サンフランシスコ・コール』紙より

したページに、彼の名がある。察するに、彼の活動は『悪魔の辞典』のアンブローズ・ビアスの系列にあると思われる。ついでながら、「サロメ踊り」とは、一九〇八年九月十三日付『ザ・サンフランシスコ・コール』紙（*The San Francisco Call.* (*San Francisco* [Calif.])）の「世界中が夢中」と題する記事や、十月五日付『ザ・スポケイン・プレス』紙（*The Spokane Press.* (Spokane, Wash.)）の「道徳的害毒が、肉欲の劇とダンスで蔓延」と題する記事が示唆するものであったろう。

一九二一年二月二十日付『ニューヨーク・トリビューン』紙に、見出し「暴漢、ウェックス・ジョーンズを殴る／新聞人、二人の襲撃を受けたと、警察に語る」の次の記事が掲載——

ウェックス・ジョーンズ、以前、『ザ・ニューヨーク・アメリカン』紙で、現在は『ザ・ニューヨーク・グローブ』紙の新聞人であるが、二人から襲撃を受けたと警官に話し、頭皮裂傷の治療を受けたのち、経過観察のためベルヴュー病院に昨晩つれていかれた。／警官が、ハドソン・ターミナル・ビルディングの中央ホールにいるジョーンズを発見した。報告によると、彼はパーク・ロウで出会った二人の見知らぬ男に襲われたとのこと。最初に襲われた直後に、さらにまた別の男に襲われ、この男は彼のあとについてこの建物にきたという。／病院当局に、ジョーンズは、パーク・ロウの男たちの名を告げることができなかった。

この事件の被害者「ウェックス・ジョーンズ」とは、まさしく、先の「誤報辞典」の作者にほかならない。この報道は、この新聞のこの版に限られているようであるが、だからこそ、この記事の意味がある。そして、この記事は以下の犯罪記事の一部であった――

●「郵便盗賊の容疑者二人、抗争／ミネアポリス強盗で撃たれた局員、瀕死――大量の略奪――三十万ドル近くといわれる」

●「警官、ガラス瓶を割り、少女の命を〈救う〉／「若者はそれに値しない」と彼はいい、彼女の唇からビンを剥ぎとる――気付け薬の」

●「警官の子ども、自動車に追突された別の自動車に殺される／五歳のイサベル・シェリダン、頭蓋骨挫傷――母親、連続する事故に衰弱」

●「殺害者、ブラック・ハンド（黒手組）を怖れ、警察に自首／理髪師、ピストルを引き渡す――十一月、誤って男性を殺害したという」（註・「黒手組」は二十世紀初めの米国の秘密テロリスト組織。）

●「囚人、暖かいスープを飲むため指輪を盗んだという／二十四時間、何も口にしていないと断言――刑事、慈善食を提供」

●「アレクサンダー夫人、窃盗罪有罪判決から解放／裁判所、証拠不充分として、偽りの自白事件の評決を破棄」

●「花嫁、石炭に爆弾をみつける／夢の中で、注意するよう警告されたという」

●「親類を庭に埋めた女性たち、狂人と判明」

●「妻殺害者、飢え死に」

この記事で、『荒地』との関係から、見出し「親類を庭に埋めた女性たち、狂人と判明」のものは興味深い。「I死者の埋葬」の終わり部分に、「去年、きみが庭に植えたあの死体、／「あれ、芽が出たかい？　今年は花が咲きそうかい？／「それとも、不意の霜で花壇がやられた？／あ、〈犬〉は寄せつけるなよ。あいつは人間の味方だから。／「前足で掘り出しちまうからね。」とあるからである。そして、記事は、以下の内容のものであった――

シカゴ、二月十九日――ルース・タウンゼンド夫人と娘マリアンは、カルト信者であるが、タウンゼンド夫人の老いた母ナンシー・チェンバレン夫人を、昨年七月、ゼラニウムの花壇に埋めたが、今日、ウィリアム・J・ヒクソン医師（市の精神病課長）によって痴呆と診断された。検査は、検死官の依頼に基づくものであった。／タウンゼンド夫人の息子フレデリック・タウンゼンドは、デトロイトから今日到着し、母と妹に面会した。彼は、母の神秘的信仰には共感していないと断言した。

『荒地』で示唆されている事故や殺害といえば、その大規模なものは第一次世界大戦のものであろうが、新聞に掲載されたいわゆる〈三面記事〉のそれに類似している。ちなみに、エリオットの詩「風の日の狂想曲」（一九一五年）の第一連最終行は、「狂人が枯れたゼラニウムを揺さぶるように」となっている。

第二節　新聞に登場したエリオットと『荒地』――一九一〇～一九二二年

「T・S・エリオット」の名が、合衆国の新聞に登場するのは、彼がハーヴァード大を卒業した一年後のことである。一九一〇年六月二十四日付『パレスタイン・デイリー・ヘラルド』紙（*Palestine Daily Herald.* (Palestine, Tex.)）で、見出し「ハーヴァード大卒業祝賀会／年長組、華麗に友人と親族をもてなす」の記事に、「E・T・E・ハント（オハイオ州メカニクスバーグ）が、同期卒業生賦を読み、式はT・S・エリオット（セントルイス）作の同期卒業生賦を斉唱し終わった」とあった。

ついで、一九一四年八月二十七日付『イヴニング・スター』紙（*Evening Star.* (Washington, D.C.)）で、大見出し「アメリカ人、イングランドを立ち退くよう要請される」の記事で、小見出し「ドイツの大学、閉鎖」の箇所にこうある——

セントルイス出身のT・S・エリオットは、ドイツのマクデブルク大学夏季学校在籍の学生であるが、フライブルク大学と他のドイツの大学からの多数の学生と一緒にロンドンに到着した。これらの大学は戦争のために閉鎖された。／エリオットによると、「ドイツの士官は、学生たちに多くの配慮をみせ、さまざまに援助してくれたが、交通は軍事作戦のために妨げられ、ほとんど列車は走っていなかった。そのため、外国人はドイツをでるのに手間取った」という。／「ロシア人男子学生は引き留められ、マクデブルクのロシア人女子学生は、女子修道院で世話を受けた。どのドイツの大学も、今秋は開講の見込みがなく、実質的にすべてのドイツ人学生と同じように、教授たちも軍事的任務につかなくてはならないからだ。ドイツと交戦していない国の少数の外国人学生にとって、事態は不安定すぎる。

エリオットが本格的に登場するのは、一九一九年七月二十七日付『ザ・サン』紙（*The Sun.* (New York [N.Y.])）で、「ロンドン読者層の図／ヒュー・ウォルポールのロンドン報告」と題する記事の中で、こう登場してくる——

しかし、ロンドンの判断を評価しようとするとき、まず難しいのは、ロンドンの読者層を評価することである。実際、どれだけの数の層があるかわからない。が、大まかにいえば、四つあるといえよう。まず、ケンジントンのかなり上品な地域とチェルシーに住む読者層がある。この層は数がとても少なく、とても重要ある。T・S・エリオットの『プルフロック』とウィンダム・ルイスの『ター』を称賛し、ウェルズやベネットは食傷気味で、一分毎に、新しい自由詩人を生みだしている。もし、この層を椅子に座らせ（落ち着きのない動きを抑えるため）、匂いのするビンを鼻先におき、大英帝国がどのような戦争文学を生みだしたかと尋ねると、「まったくない」と強く答えるだろうが、それから完全に先のことを意識し、一時間前に起こったことについてふれることはない。最後に、とても真顔で迫れば、ルイスの『ター』は読むに値する戦争小説だと認めるだろうが、すでにルイスは、このサークルでは少々時代遅れである。／それから、いわゆる知的層がある。この層はおおむね、週刊紙の書評を主に読んでいる。美術批評家としてのクライヴ・ベルを信じ、こころからの笑いを一種の堕落とみなす、『ザ・アサニアム』紙の真面目でしかつめらしい読者がいる。わたしの考えでは、『ザ・アサニアム』紙は、親切にも中国語とヒンドゥスターニー語に励ましのことばを述べ、フランス語、イタリア語、あるいはドイツ語で書かれていない戦争文学をけっして認めないだろう。しかし、またこの層に含まれているのは、イングランドでもっとも覚め、もっとも賢明な文学批評とわたしには思えるもの、つまり、『ザ・ニュー・ステイツマン』『ザ・ウェストミンスター・ガゼット』『ランド・アンド・ウォーター』紙に取り組んでいる男女が含まれている。／今日、こうした新聞は、実際、イングランドの教育のある者の文学的意見に影響を及ぼしていると思われる。これらの新聞に、『ザ・タイムズ・リテラリー・サプルメント』のある記事と『ザ・マンチェスター・ガーディアン』を加えてもいいだろう。こうした新聞に基本的な偏見があるとは思えない。注目すべきほど公正的である。実際、T・S・スクワイア、フランク・スウィナートン、ウォルター・デ・ラ・メア、エドワード・シャンクスなどの人びとに、今日の最善の若い世代の批評を書かせている。この新聞は、ベレスフォードの小説やラーフ・ホジソンの詩、あるいはもっと上の世代をあげるなら、ジョン・ゴールズワージーの『五つの話』やウェルズの『不滅の火』だけでなく、エリオットの『プルフロック』、ジョイスの『芸術家の肖像』、リチャードソン女史の『トンネル』のような新しい作品の価値が理解できている。

一九一九年十二月二十八日付『ザ・サン』紙に、見出し「詩人の中のエイキン氏」の記事が掲載――

エイキン氏が好きな唯一の詩人は、T・S・エリオット氏だ。その理由を探ると、この批評家が現代詩に求めているものがわかる。彼の好き嫌いの線引きはきわめて一貫しているので、現代の作家を彼の元帳のしかるべき側に位置づけるのは容易なことである。T・S・エリオット氏は、心理的で、ひどく直観的、微妙な技術がある。彼は知覚過敏で、大いに内省的興味を持っている。彼のスタイルは辛辣で鋭利であり、真に迫った思いがけない細部をとらえる目がある。それが、エイキン氏が現代詩に求めているものだ。それに加え、インスピレーションである。（註・「エイキン」は「コンラッド・エイキン」のこと。ハーヴァード大学卒のエリオットの友人。詩、短篇、小説、劇などの多数の作品を書いた。）

つづくのは、エリオットの『詩集』（*Poems*, 1920）が出版された一九二〇年の四月十一日付『ザ・サン・アンド・ザ・ニューヨーク・ヘラルド』紙（*The Sun and the New York Herald.* (New York [N.Y.])）に、見出し「T・S・エリオットの詩」で、この詩集に関連してエリオットの才能を称賛する記事が掲載された――

T・S・エリオットの詩集（クノップ社）が出版され、多くの読者の興味が満たされることになろう。エリオットについては、多くのことが語られてきた。ロンドン在住のアメリカ人である彼は、必ずエズラ・パウンドとひとまとめにして扱われてきた。しかし、彼はパウンドよりも高邁で打ち解けない。彼は技量の好みがむずかしい。この詩集はわずか六十ページにみたないもので、二十四作しか収録されていない。いくらか眼識のある批評家が、エリオットについて多くのことを書いてきた。イングランドの詩人は、公然と彼を称賛している。いまだ、パウンドにはなされていないことだ。その理由は明白。彼の本にみつかるだろう。彼はいつも知性に訴えるが、詩の用いる生きた素材は、彼の作品の背後で鼓動している。ジュール・ラフォルグが、彼の技量と何らかの関係を持っているかも知れないが、結局、彼はエリオットにほかならず、他に類をみない才能を持つ独創的な人物である。／「ナイチンゲールたちに囲まれたスウィーニー」「J・アルフレッド・プルフロックの恋歌」「ある婦人の肖像」「風の夜の狂想曲」などの作品で、彼は詩にまぎれもない貢献をした。／彼は、あからさまに罵られるだろう。革新者は、かならずそうだから。しかし、その才能のおかげで、保守的な者にすら対抗する場が用意されるだろう。分別を狂気へと駆りたて、難解さを独特のものにする実験者を見捨てることは賢明であるが、エリオットのような人物を無視することは賢明ではない。詩の新領域と様式とを、彼らは、実際に切り拓いているのだから。彼は態度が貴族的で、精緻な技量は明白であり、結果は驚くほど高い平均値の成功した作品となっている。きらめく鋭さが彼の作品の特色である。つまり、微妙で皮肉的でもある心の分析である。われわれの幻想を、彼は脇に寄せて静かに内側を凝視する。しかし、熱情の鼓動が、ときどき、彼の洗練されたことばの下でうごめいている。エリオットは無視できない詩人だ。彼について残念なことが一つだけある。彼は脆弱な模倣者集団の開祖となるだろう。

一九二一年一月二十三日付『ニューヨーク・トリビューン』紙に、見出し「T・S・エリオットのエッセイ集」の短い紹介記事が載っている――「T・S・エリオットの詩集は、アルフレッド・A・クノップ社が昨年本の形で出版したが、同社がまもなく出版すると宣伝している詩と批評をめぐるエッセイ集がある。タイトルは魅力的な「聖なる森」である」。

また、同年六月十六日付『ニューヨーク・トリビューン』紙に、「文学批評」（Literary Critiques）と題する二行詩が掲載された――

わたしの単純な知性は受け付けない／T・S・エリオットが使うことばは。

そして、いよいよ、『荒地』発表直前の記事である。一九二二年七月二日付『ニューヨーク・トリビューン』紙に、バートン・ラスコー（Burton Rascoe）による「読書人の日記」（A Bookman's Day Book）と題する記事が掲載された。その「六月二十五日」の箇所に、こう記されている（ちなみに、ラスコーはこの年から同紙の文芸欄編集長となっている）――

終日、在宅して読書。夕刻、エリナー・ワイリー、スティーヴン・ベネットと妻マーガレット、ジョン・ビショップ、ロバート・ネイサン、ギルバート・セデス、ジョン・ドス・パソス、ガイ・ホルト、博士のN・コペロフ夫人、ビル・ベネット、テレンス・ホリデー、ドロシー・ネイサンが面会にきた。／プリンストン大学訪問から戻ったエドマンド・ウィルソン・ジュニアは、真夜中頃に来訪し、『フリーマン』誌最新号に掲載されたアルバート・ジェイ・ノックの「わたしは弾劾する」について、熱心に議論をしたがった。この記事でノック氏は、若い世代が自制心を失いつつあるとしている。悪しき教育の当然の結果だという。つまり、計り知れないほど有利な点を確実に持っている責任ある古い世代は、マシュー・アーノルド、エマソン、そしてサント＝ブーヴを使って若い世代の気性を素直にし、意志を訓練するために鞭を使うかわりに、〈プラグマティズム〉というモンテッソーリ式放縦さを容認した。すなわち、若者たちに優れた生活法を教育せず、お金の稼ぎ方を教えたのだという。ウィルソンの結論は、ノック氏のいっていることがきわめてもっともで、ルナンやマシュー・アーノルドの問題に敬虔な配慮を払い語っているというものであった。ドス・パソス、セルディス、そしてわたしは、この問題に対しそんな陰鬱な見方はしたくないといい、たわいもない議論を二時過ぎまでして、同時に、ミルトンやワーズワスを声にだして大いに読んだ。ウィルソンによれば、この上の世代は古典の知識があり、その下の世代が持っていない文化的伝統を持っているという。「コンコードの詩人たちは木々の下を散策し、ホメロスやウェルギリウスを諳んじたんだよ。その下のノックの世代の者たちは、古典にどっぷりつかったマシュー・アーノルドのような者の影響を受けた」と、彼はいった。ドス・パソスとわたしにとって、これはまったく議論になっていなかった。ドス・パソスは、お上品の伝統に猛烈に反対している。その影響下でこと切れそうになったからで、その下の世代が、それを階段から蹴落としたことに満足している。いまの世代以上に古典を熱心に理解した世代がアメリカ史上いたのか、と彼はいう。もっともどの世代にも、古典にともかく関心を持つ少数の者はいるだろうが、と。わたしにとって、ノック氏の嘆きの声は、空の籠の中でミツバチがブンブン羽音をたてているにすぎない。ノック氏は、賢明で才能がある。明晰で力強い散文を書く。確信がある。偽りがなく正直で、人間的で誠心誠意の人であり、知って楽しい。とはいえ、実際のところ、ドス・パソス以上に教養があるのか、ウィルソン以上に古典への愛情を持っているのか、あるいは、セルディス以上に精神の問題に心から関心があるのか疑わしい。彼は、こうした者たちより年上であるにすぎない。彼は、現象をもとにしているのでかなり評判にはなっても、どの世代にも少しもあてはまらない一般化をしてしまっている。A・B・ウォークリー氏のいうことをはっきり理解することでさえ、われわれにはむずかしくはない（退屈しなければの話だが）。彼はその本に、もとのギリシャ語でアリストテレスからの引用を散りばめている。そういえるのは、ウォークリー氏が、それをボーンの『古典引用句の手引き』からひいていることを知っているからで、ここには翻訳も添えられている。われわれの中のより思慮深い者は、読者にわざわざ辞書の裏までめくらせたり、手引書類に赴かせたりする手間をかけさせはしない。だからといって、われわれが精神的事柄に関心を持っていないと主張すべきではない。われわれ自身の引喩がある。こちらの方が、われわれには生き生きとして適切にみえる。ウィルソンは別のコラムで、巧妙に一つを使用している。彼は「ベデカーを持ったバーバンクと葉巻を持ったブライシュタイン」という。上の世代には、わかるだろうか。これは、T・S・エリオットの並はずれた詩からとられたものであり、ラスキンやアーノルドが、たぶん純真に担っていた文化まがいの一側面を完全に皮肉っている、と。モック氏は、エリオットがイングランドで生活しているので、この国(合衆国)で影響力を持つことはなかったというが、そう思わせておけばいい。エリオットはアーカンサス州リトル・ロックに生まれ、ハーヴァード大学に進学し、ボストンで彼のもっともいい詩のいくつかを書いた。モック氏の世代は、彼に気づかなかった。アーノルドの文化伝統の恩恵を受けた者のうち、ウォークリー氏、クライヴ・ベル氏、そしてA・R・オレージ氏が、エリオットの存在に気づかなかったことを思えば、少しでもなぐさめとなろう。彼らは、彼らより若い者たちと一緒になって、彼に現代の古典という栄誉を付与すべきなのだ。(以下、略)(註・「エリオットはアーカンサス州リトル・ロックに生まれ」は誤解。)

同じくラスコーの記事で、同年九月十日付『ニューヨーク・トリビューン』紙のコラム「読書人の日記」のものである——

テーブルで、わたしはハーバート・ゴーマンの近刊詩集『ジェイムズ・スミスのゴンドラの舟歌』の校正を読んでいた。今シーズン楽しみな詩の一つ。タイトルから様式にいたるまで、T・S・エリオットが痛烈に思いだされるが、「ナイチンゲールたちに囲まれたスウィーニー」と「J・アルフレッド・プルフロックの恋歌」出版以前に、詩の技術が未熟だった者なら、必ず、エリオットを仄めかした独自性のない詩を書く。エリオットは大きな野心を抱く者にとって輝く星である。加えて、エリオットはトリスタン・コルビエールやジュール・ラフォルグを大いに受けついだ。ゴーマンはエリオットに比べると、心理の表現者とはとてもいえない。つまり、実際、彼は、エリオットほど独特で独創的な芸術家とはいえないのだ。だが、彼の奇抜なことば遣い、彼の奇妙な多音節語や難解な地名を美しく配列する技、そして韻律の才、こうしたもののおかげで、彼の詩は満足できる楽しい魅力を漂わせている。

一九二二年九月十四日付『カトクティン・クラリオン』紙（*Catoctin Clarion.* (Mechanicstown, Md.)）に、エリオットが『ダイアル』誌に書いた「詩人の任務のすべて」と題する文の一節が引用されている――「イングランドは、緑なす楽しい土地だとうそぶく必要がある。現在、アメリカは楽しいという必要はない。そこを地獄のようにすることができる。だが、それが大きく、新しく、並はずれた成長の萌芽を持つといわなくてはならない。そして、このようなことの下には、ありふれたことと因習とがある。――T・S・エリオット（『ザ・ダイアル』誌）」。

十月一日付『ニューヨーク・トリビューン』紙のダグラス・ゴールディングの署名コラム「ロンドン・ニューズレター」で、プルーストの『失われた時を求めて』の英訳者は誰かという内容の記事があった――「しばらくの間、マルセル・プルースト氏の浩瀚な小説、つまり連続小説『失われた時を求めて』の英訳が構想されているという噂があり、とりわけエズラ・パウンド、リチャード・オールディントン、そしてT・S・エリオットの名がこの企画に関連して取沙汰されている」。

『ザ・コロンビア・イヴニング・ミズリーアン』紙（*The Columbia Evening Missourian.* (Columbia, Mo.)）に、『ザ・ダイアル』紙（*The Dial*）の広告があり、そこにエリオットの名が「退廃？」（DEGENERATE?）の項にでてくる（他に「風変り？」（QUEER?）「退屈？」（DULL?）「病的？」（MORBID?）「エロティック？」（EROTIC?）がある）――「もう一つの雑誌であるだけでなく、もっぱら芸術と文学、美と思想を扱うアメリカで唯一の雑誌です。こうした事柄は、人生を補う飾り物ではなく、知的であるか感受性豊かな者を、心底満足させてくれるものです」。

そして、いよいよ『荒地』のテキストが登場。すでに、この第I部第一章第一節であげたように、一九二二年十月二十九日付『ニューヨーク・トリビューン』紙において、『ザ・ダイアル』誌から一部転載されたものであった。そして、同紙十一月十二日付紙にも、別の一部が掲載された。

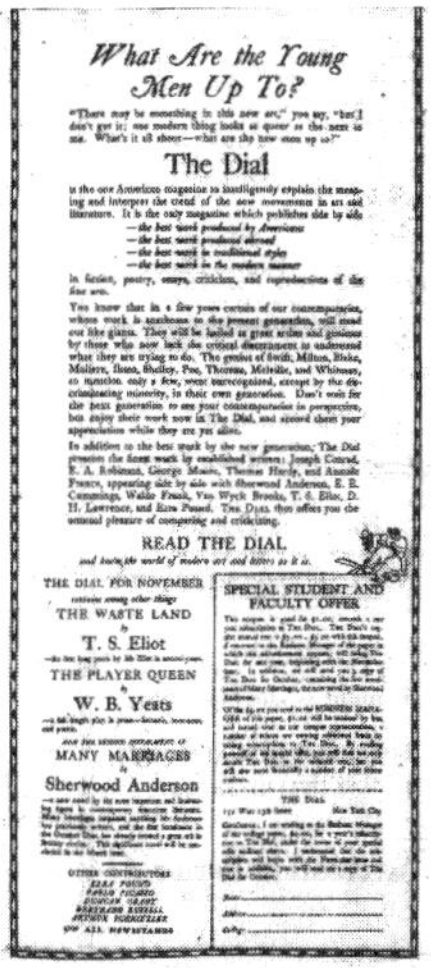

1922年11月29日付『ザ・コロンビア・イヴニング・ミズリーアン』紙より

一九二二年十一月二十六日付『ニューヨーク・トリビューン』紙の「編集長への手紙」で、「葬送音楽ヨンカーズより、血迷って」(Defunctive Music Yonkers, frantically) がこう述べている――「バートンへ／だから、先週、わたしはインタヴュアーにこういったのだ。君が似ているのは〔以下、削除。編者〕／しかしながら、わたしはいま、T・S・エリオット馬鹿競技に参加する。／べつのところからはじめよう……／……ともかく、このタイプの者がこういった――「そうじゃない。エリオットを適切に判断するには、彼の精神の十分な柔軟さを理解する必要がある（激励になる）。ドイツ語の詩は見事だ」」。

さらに、同日付同紙のダグラス・ゴールディング（Douglas Golding）署名コラムの「ロンドン・レター」で、エリオット編集の『ザ・クライテリオン』誌の案内がなされている――「T・S・エリオット氏の新季刊誌『ザ・クライテリオン』の創刊号が書店に並んでいる。ジョージ・セインツベリー教授の「濁音」と題する論、S・S・コテランスキー氏とヴァージニア・ウルフ夫人が翻訳したドストエフスキーの「小説のプラン」、他にT・S・エリオット、……らの寄稿が載っている」。

そして、同年十一月二十九日付『ザ・コロンビア・イヴニング・ミズリーアン』紙に、『ザ・ダイアル』誌の広告があり、そこにエリオットの『荒地』が紹介されている。

エリオットが、今年度の『ザ・ダイアル』誌賞を受賞したことを報じる記事が、十二月二日付『ザ・トプカ・ステート・ジャーナル』紙（*The Topeka State Journal.* (Topeka, Kan.)）に掲載された――

『ザ・ダイアル』誌は、文芸に寄与したことが認められる若いアメリカ人作家に、毎年二千ドルの『ザ・ダイアル』誌賞を授与しているが、今年は詩人にして批評家のT・S・エリオットに与えられた。／T・S・エリオットは、一八八八年、ミズーリ州セントルイスに生まれ、ハーヴァード大学卒業後、ソルボンヌ大学とオクスフォード大学に学び、講師・編集長・銀行員を経験してきた。彼の詩が世にでた最初の数年間、彼はほんのわずかな読者にしか知られていなかったが、彼の最初の詩集と、まさに出版されたばかりの長編詩「荒地」によって、批評家の意見では、問題なく若い世代のアメリカ人作家でもっとも重要な人物となった。海外、とりわけフランスでは、加えて彼は、文学批評のもっとも厳密で知的な学派の指導者と目されている。その批評は、たった一冊しか現在は出版されてはいない。『聖なる森』だ。

同年十二月十七日付『ニューヨーク・トリビューン』紙のラスコーのコラム「読書人の日記」で、『荒地』がジェイムズ・ブランチ・カベル（James Branch Cabell）のファンタジー小説『ジャーゲン』（一九一九年）と対比されている――

今日の午後、ニューヨークに戻る列車で、土曜日と日曜日のニューヨークの新聞を読んでいて、とりわけ目についたのは、『ザ・イヴニング・ポスト』紙の「文学批評」欄で、キャンビー博士、ベン・レイ・レッドマン、そしてエドマンド・ウィルソンが、表現主義と他の現代芸術をめぐりある種三つ巴となって、深刻な面持ちで議論をしていることであった。キャンビー博士は、これに関してとても興奮していて、『ユリシーズ』と『荒地』と共に『ジャーゲン』を、彼が引きあいにだしている文学作品に含めている。こうした作品は、（彼には）芸術の不吉でたぶん嘆かわしい傾向、つまり詩や小説に個人の情緒と印象を乱雑に、すなわち秩序や選択なしに投げこむ傾向をみせている。まず第一に、題材、形式、作風、あるいは視点の点で、『ジャーゲン』『ユリシーズ』『荒地』に共通するものは何もない。そのことでいえば、『ユリシーズ』は『荒地』とそれとわかる関係はない。ジョイスの小説は本質的に喜劇であり、エリオットの『荒地』は悲劇詩である。……エリオットの詩では、多数の異なっ

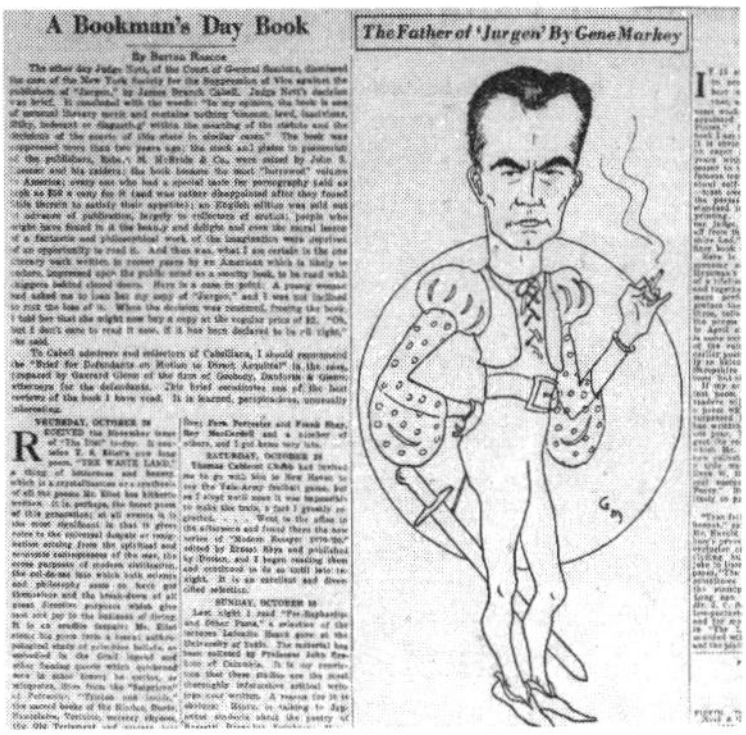
A Bookman's Day Book

By Burton Rascoe

The Father of 'Jurgen' By Gene Markey

1922年12月17日付『ニューヨーク・トリビューン』紙より

た言語、文学、そして哲学からの直接・間接的な引用がある。『ユリシーズ』は、古典のアルージョンで頭でっかちになっているといえよう。そして、『ジャーゲン』は人類学的、神話学的、文献学的伝承が難解で、アルバート・ジェイ・ノックにはまったく歯が立たない。

ついでながら、『ジャーゲン』をめぐる記事が一九二二年三月二十六日付『ザ・ワシントン・タイムズ』紙に掲載された――「イリノイ州シャンペイン、三月二十五日――一九一七年の出版直後、郵便制度から締めだされたジェイムズ・ブランチ・カベルの小説『ジャーゲン』の挿絵付き二冊が、イリノイ大学の女子学生たちの間で、最近かなりの興奮を引き起こした。この二巻本は、偶然、大学図書館で貸し出されたのだ」。

そして、いよいよ、エリオットの肖像画の載った記事が登場してくる。一九二二年十二月二十四日付『ニューヨーク・トリビューン』紙である。例によってバートン・ラスコーの署名記事で、「振り返って」と題してこの一年を回想している。この中で、ジョイスの『ユリシーズ』のあとに、こう述べられている――

その次に最近登場したのが、T・S・エリオットの長編悲劇詩『荒地』である。われわれ男たちはユニークな美的快楽を、この詩全体にある強い悲嘆から、また個々の叙情詩から導きだすことができた（あるいは、詩的感受性にしたがいできなかった）が、使用された引喩の意味を知るため、その直接的・間接的引用をもとの文脈にまでたどり、その文脈の中でそれらを吟味することができた。要するに、この詩がどのようにはじまったかを批評的に知るため、エリオットがその註で言及したことすべてを調べ、フレイザーの『金枝篇』の二巻を苦労して読まなくては

1922年12月24日付『ニューヨーク・トリビューン』紙より

ならなかった。

さらに、写真の下のキャプションにはこうある――「T・S・エリオット――E・O・ホップによる肖像スケッチ。エリオット氏に、『ダイアル』誌の今年度の賞金二千ドルが授与された。これは、芸術と文芸の前進にもっとも寄与したと目されるアメリカ人に与えられるものである。エリオット氏は、『荒地』（リヴァライト社）の作者で、これは本年度傑出した詩と一般に評価された」。

第三節　『荒地』と「豚革文庫」と「五フィートの本棚文庫」

ここで、また、一九〇九年十月二十一日付『ウィリストン・グラフィック』紙の「豚革文庫」の記事にもどろう。これはローズヴェルトのことばを引用して、「豚革文庫」の何たるかを説明している――

もう一つ別の手荷物があった。アフリカ旅行につきものとはいえないが、たぶん、短期間のものであれ、狩猟旅行でも実際の楽しみには欠くことのできないものといえよう。これは「豚革文庫」で、その名はほとんどの本が豚革で装丁されていたからつけた。それを軽いアルミニウムと油布製の箱に入れていた。中身の重量は六十ポンドにみたないものなので、運搬人一人で運べた。一冊だけは、つまり国外旅行にでかけ読むグレゴロヴィウスをいつも携帯できるように、色々なカバンに数冊入れてあるが、リストは以下に示す通りであった。それは、一部はカーミットの趣味を、一部はわたしの趣味を反映している。だから、ほとんどいう必要はないが、われわれが大事に思うすべての本であるわけではなく、何らかの理由で、この特定の旅行に持っていきたいと思ったものにすぎない。

「豚革文庫」が「狩猟」とかかわっていることがとても興味深い。なぜなら、「豚」は「イノシシ」に通じ、「狩猟」は「アドーニス」や「ヒポリトゥス」とかかわるからである。ちなみに、「カーミット」はローズヴェルトの次男で、その後、第二十六代合衆国大統領になる。また、この記事では、「豚革文庫」と「エリオット博士」の「五フィート棚」の選書が比較されている――

「豚革文庫」とエリオット博士の「五フィート棚」を比較するのは、公平だとはいえない。何故なら、後者は、主に「教養教育」の基礎として選択され、単なる楽しみや娯楽ではなく、付帯的問題として教育がともなっているからだ。しかし、ローズヴェルトの選択の方が、ほとんどの観点からして、よりすぐれているのではないかと思わざるをえない。なるほど、エリオットのリストには、どの教養教育を受けたにせよ、そうした者が当然読んでいてもおかしくはないいくつかの本が、「豚革文庫」には入っていないのであるが、ローズヴェルトの方は、聖書とシェイクスピアをそのリストに含めてはいるものの、エリオットの方は、それらを省いている。誰もが、当然、こうした本は所有しているからと説明されている。

この「エリオット博士の五フィートの本棚」の「エリオット博士」とは、もちろん『荒地』の作者エリオットのことではない。彼の親戚筋でもあり、一八六九年から一九〇九年にかけて約四十年間ハーヴァード大学長の地位を務めたチャールズ・W・エリオット（Charles W. Eliot）のことで、一九〇九年に、彼は「世界の書物から古典的なものを

が掲載された――

一九〇九年三月三十一日付『ゴールズボロ・セミウィークリー・アーガス』紙に、見出し「教育する図書」の記事

五十一巻選定した選集」を編纂し出版した。

前ハーヴァード大学長で、たぶん誰よりも当時の大学カリキュラムに影響を与えた唯一の人物エリオットは、今週、ノース・カロライナ州の多くの都市の学校を訪問し講演をおこなった。彼は、教養教育に必須の図書すべてが収納できる「五フィートの本棚」ということばを作った当の人である。／このように述べると、彼の賛同者は多数いることだろう。だが、その棚を充たすことは別物で、そこに収納される本の選定に関して異論は夥しくあることだろう。ジュリア・ウォード・ハウは、その棚に並ぶ最初の十冊は、聖書、天路歴程、ハムレット、ジュリアス・シーザー、失楽園、ホメロスのイーリアス、ホラティウスのオード、ピクウィック・ペーパーズ、パーシの古代イギリス詩拾遺、そしてアイヴァンホーだといっている。これは、はじめとしてはすぐれていて、そのあとに五フィート棚に収まる五十冊がつづけばよい。／結局、学長エリオットのリストは、そのリストを所有する者にとって、教養教育を施す必要以上に長いものではないのか。アラバマ州の（エドマンド・）ペタス将軍は、一八四九年代にカリフォルニアにいったとき、彼の蔵書を背中に背負っていたといわれている。その蔵書とは三冊の本で、聖書、シェイクスピア、そしてボビー（ロバート）・バーンズからなっていた。注意深く選定した蔵書に、ペタス将軍がカリフォルニアにもっていった三冊に取って代る三冊があげられる者はいない。彼は、英文学の精華そのものを持っていたのである。つまり、人知と技量のまさに頂点のもの。この三冊は五フィート棚のはじめに位置すべきであり、残念なことは、その他の四十七冊はそれに優ることがないことである。英文学が、他のどれに劣らず豊かで洗練されているとはいえ、ペタス将軍の選定三冊蔵書のあとに、適切に並べることができる他の四十七冊をみつけることはできない。

（註・「ジュリア・ウォード・ハウ」（Julia Ward Howe, 1819-1910）は、アメリカ合衆国の著名な奴隷制度廃止運動家・政治活動家。リパブリック讃歌の作詞者として有名な詩人。／「ペタス将軍」は、アメリカの弁護士、兵士、立法府議員［一八二一～一九〇七年］。）

この記事を補足するかのように、四月十三日付『ザ・コーカシアン』紙（*The Caucasian.* (Shreveport, La.)）に、見出し「エリオットの小文庫／教養教育を施す少数の本を選定する」の記事が掲載された――

ハーヴァード大学長チャールズ・W・エリオットは、先日、アトランタの高校の男女学生に、五フィートの本棚を充たす本の選定に、これからすぐ取りかかるつもりだと語った。この本を一日十分読めば、教養教育が施されると。このこじんまりした文庫は、いくつかの学校で講演したあとに知られるようになったことだが、ハーヴァード文庫と呼ばれることになる。／エリオット学長曰く――「いくらか以前の公開講演で、わたしはこういいました。三フィートの本棚があれば、一日十分間読んでもらえば、人に教養教育を施すのに十分な本が収蔵できると。その直後、洪水のようにこうした本のリストを求める手紙がきました。その選定に時間をとる余裕はありませんでしたが、ハーヴァード大学長を退任しようとしているいま、この選定に時間をかけようと思っており、本棚は三フィートではなく、五フィートにしようときめたばかりです」。

さきの『ゴールズボロ・セミウィークリー・アーガス』紙の記事は、批判的な含みを持つ紹介記事であったが、同年六月十八日付『ニューヨーク・トリビューン』紙に、見出し「努力のあるなしの文化」のついた、エリオットを支持する記事が掲載された――

学長マックラッケンは、あきらかにエリオット博士が公刊したばかりの書物のリスト、彼の五フィートの本棚の一部を読んではいない。そうでなければ、以下のような意見をいうはずがない――「大学の学友の寮に傷がついた。それは、前学長エリオットが署名したうえで、「五フィートの本棚」を宣伝し、「こうした書物を忠実に慎重に読むと、誰であれ、教養教育の要点が獲得できよう」とあえて述べたときである。彼の意見が正しければ、教養教育の要点でないものを与えるためだけに、ハーヴァード大学を維持するのは何故なのか。／マックラッケンは、もし教養教育を受けることがそれほど容易なら、人はなぜ大学にいくのかと問うている。しかし、このハーヴァードの教育者が作成したリストの夥しいタイトルを読み気おくれした若者も、この課題が容易なものであると考えるだろう。以下のものは、エリオット博士がいう五フィートの本棚、たとえば一ヤードの教養の最初の一部でしかなく、次のような著作の一部を読み、再読し、記憶するように求められている。つまり、「ジョン・ウルマンの日記」、ウィリアム・ペンの「孤独の果実」、「エピクテトスの金言」、知事ヒューズの真夜中の仲間、「マルクス・アウレリウスの思索」、そしてアダム・スミスの「国富論」などで、骨が折れて近づきがたい他のものは、いうまでもない。／学友の寮に傷がついたどころか、大学はこのリストで称えられる。もし、若者がそこに住んでいて、時間を運動やクラブに使っても、教養教育を受たことがあきらかになる、つまり、ミルトン、ダンテ、アダム・スミス、プラトン、マルクス・アウレリウスなどの、エリオット博士の五フィートの本棚にある作家たちを読み、再読し、記憶した者に匹敵する人物となるなら、間違いなく、大学の雰囲気には、それを呼吸している若者に限りなく有益な何かがあることになる。（ちなみに、この記事は、七月六日付『アリゾナ・リパブリカン』紙（*Arizona Republican*. (Phoenix, Ariz.)）にも掲載されている。）

（註・「学長マックラッケン」は、ジョン・ヘンリー・マックラッケンのことで、ウェストミンスター大学とラファイエット大学の学長を務めた。）

この記事と同日の『ブライアン・デイリー・イーグル・アンド・パイロット』紙（*Bryan Daily Eagle and Pilot.* (Bryan, Tex.)）に、見出し「エリオットの五フィートの本棚向けの本」の記事が掲載され、「前ハーヴァード大学長チャールズ・W・エリオット博士は、「五フィートの本棚」のリストの一部を公表した。そこには、とりわけ一般教育を求める者に向けた英文学の最良の作品が含まれることになっている。以前に名をあげた十五冊に加え、エリオット博士が公表した作品は以下の通り」とし、作品名が列挙されている――「ジョンソン『ヴォルポーネ』／ボーモント＆フレッチャー『乙女の悲劇』／ウェブスター『モルフィー公爵夫人』／ミドルトン『取り替え子』／ドライデン『愛がすべて』／シェリー『セシル』／ブラウニング『不名誉』／テニスン『ベケット』／ゲーテ『ファウスト』／マーロウ『フォースタス博士』／アダム・スミス『国富論』／『キケロとピルニウス父子の書簡』／バニヤン『天路歴程』／バーンズ『タマシャンター』／ウォールトン『釣魚大全』／『ダンとハーバートの伝記』／『聖アウグスティヌス自伝』／『プルタルコスの列伝』／ドライデン『アエネーイス』／チョーサー『カンタベリー物語』／『キリストに倣いて』／トーマス・A・ケンプルズ『ダンテの神曲』／ダーウィン『種の起源』／『千夜一夜物語』」。

一九〇九年六月二十二日付『ザ・サンフランシスコ・コール』紙は、西海岸からの批判的反応を掲載している――

チャールズ・W・エリオット博士の書籍リストは、五フィートの本棚の「教養教育の精髄」を含むものであるが、アメリカ大陸の太平洋側の文化を代表する者からは未だ是認されていない。たぶん、カリフォルニア住民は、五フィートの本棚で満足しなくてはならず、ピル・ボックスを図書館に使用することなどになどなれっこなほど、建物に制限されてはいない。しかし、その理由がどうであれ、限定された一組の本に関するかぎり、西部はハーヴァードの雰囲気に馴染めない。／聖書が排除されているのは、読者層には驚きよりもむしろショックである。サンフランシスコの本屋は、シェイクスピアが省略されていることに驚いている。／エリオット博士のこの件での立場を理解するために、彼が選定動機について述べたことを公表するのが公平である。エリオット博士談

——／「わたしは、世界の最良の文学から五フィートの本棚の本を選定し、「ハーヴァード大学古典叢書」のタイトルで出版しようとした。この選定は、もっぱら英語圏の人に向けたものである。概して、完全な作品だけがこのシリーズに含まれることになるだろう。／偉大な作家のいろいろな作品から選定する際、目的は作家のもっとも特徴的な作品か、今日の人びとにもっとも理解しうるもの、あるいはもっとも影響力を持つと判明したものを選ぶことになろう。わたしの信念によれば、こうした本を忠実に思慮深く読み、個人の趣味に任せて再読し記憶するなら、どの人も教養教育の本髄が得られるだろう。たとえ、一日十五分しかかけることができなくとも」。／「カリフォルニア人は、エリオット博士と彼の「教養」のリストに対して意見を述べたいであろうが、批評する傾向は、この町にいるよそ者には、必ずしも植え付けられていない。

こう述べたあと、女優で文才のあるフィスク夫人（Mrs. Fiske)、聖公会牧師C・N・ラスロップ（Lathrop)、ハーヴァード大学卒でザ・ファースト・ユニテリアン教会牧師ブラドフォード・レーヴィット（Bradford Leavitt)、セム語助教授W・W・ポッパー（Popper）の意見をあげたあと、ドイツ文学の名誉教授アルビン・パッカー（Albin Putzker）の意見を示している——「エリオット博士は、間違いを犯した。明らかに彼は、聖書とシェイクスピアも、彼の準備したこのリストと共に読むべきであるのは当然としている。しかし、他にも数冊の本が省略され、それは教育を受けた者ならいくらかでも知っておくべきものである。つまり、ホメロス、シラー、カント、ヘーゲル、そしてスペンサーである。リストをみる限り、彼はゲーテの『ファウスト』しか入れていない。ゲーテは文学の極致である。わたしの意見では、彼の作品すべてを読まなくては、彼は理解できない」。このあとさらに、農学部長E・J・ウィクソン（Wickson）教授、サンラファエルのヒチコック校長G・A・ロードフット（Broadfoot)、サンラファエルのローマ・カトリック教会聖職者のJ・フィリップス（Phillips）神父の意見が掲載されている。

一九〇九年七月六日付『ブライアン・デイリー・イーグル・アンド・パイロット』紙（*Bryan Daily Eagle and Pilot.*

(Bryan, Tex.) は、見出し「テキサス農業・機械大学の五フィートの本棚」――「ハーヴァード・ブックス、図書館員ケアリーズによって設置予定」の記事を掲載――

テキサスの農業・機械大学の図書館員ジェイムズ・ヘイズ・ケアリーズは、ハーヴァードの図書を、出版社によってこの選集の配布が準備でき次第、農業・機械大学図書館に備え付けようとしている。これは、エリオット博士の「五フィートの本棚」について、今日一般に言及されているものである。彼は、目下、この本が収納できる本棚を準備し、図書館内の特別な場所に設置し、大学の全学生がこの選集をみたとき、それらがハーヴァード大学長エリオットによる推薦書であることがわかるようにしようとしている。

こうした賛否両論の記事がある中で、七月九日付『ザ・ソールトレイク・トリビューン』紙（*The Salt Lake Tribune.* (Salt Lake City, Utah)）に、この「五フィートの本棚」を仕掛けたのは出版社であるという、ある意味の暴露記事がでた――

大注目が、エリオット学長の「五フィートの本棚」の本に向けられてきた。彼はその棚を充たすための本のリストを仕上げたが、このリストには奇妙な省略があり、至るところで、その本を省いたリストを作成するなどとは、という驚きが表明された。つまり、聖書、シェイクスピア、そしてその他の偉大な古典である。／しかし、笑い者になっているのは、エリオット学長を批判した者の方である。そのリストを彼自ら進んで仕上げたのではなかった。ある出版社が彼に依頼し、自社の出版物の中からそのようなリストを作らせ、その代償を払い、リストを広範に知らしめたのである。もちろん出版社は抜け目がないので、その獲物を手放すことはなかった。つまり、出版社は、そのリストが自分たちのもので、仕上げるのに金をだし、書物提供の準備はできている、とはいわない。いってしまったら、余りにも不当なことになっただろう。出版社は、学長エリオットの選定だと宣伝しただけ。したがって、出版社は、そのため一層自由にその本の宣伝をすることができた。／しかし、学長エリオットは留め金をはずした。ただちに取引の全容を説明している。ただし、彼がどれだけもらったかは語っていない。もっとも、彼がいくら手にしたかは、彼だけの問題である。もし、彼が、選択は自分のしたものだと発表したなら、彼の偉大な名声に影がさしたことであろう。しかし、彼はそうしなかった。出版社は、それが彼によるものだといっている。だから、この問題での自分の立場が大いに誤解されているのを知るとすぐ、彼は率直に公に説明したのである。

この事実を示すかのように、出版社の広告がではじめる。九月十二日付『ザ・パシフィック・コマーシャル・アドヴァタイザー』紙（*The Pacific Commercial Advertiser.* (Honolulu, Hawaiian Islands)）に、大見出し「エリオット博士の五フィートの本棚」の広告がでて、次のような説明文があった――「エリオット博士は、ひとまとまりの本を選択し五フィートの本棚を充たすと提案している。その信ずるところは、「これらの書物を忠実に思慮深く読み、個人的趣味に任せ再読し記憶するなら、一日わずか十五分かけるだけで、どの人でも教養教育の要点が獲得できよう」というもの。以下が選定された書物の一部リストで、すべてわが社でご用意できます」。

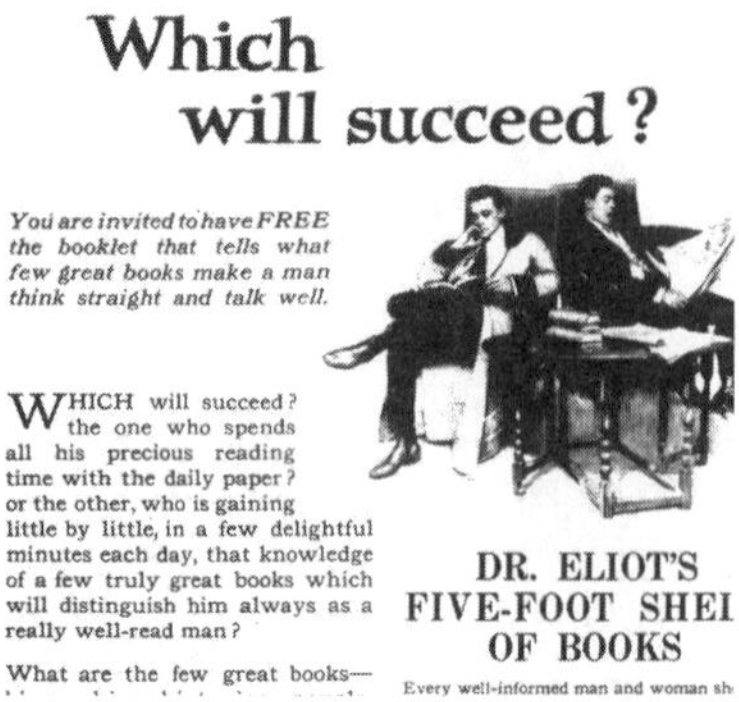

1921年5月22日付『ザ・ワシントン・ヘラルド』紙より

そして、十年以上たった一九二一年には、「どちらが成功するか？」と「エリオット博士の五フィートの本棚の本」を読んだ者と「新聞」だけしか読まない者とを比較する広告がでてくる。五月二十二日付『ザ・ワシントン・ヘラルド』紙（*The Washington Herald.* (Washington, D.C.)）は、二人

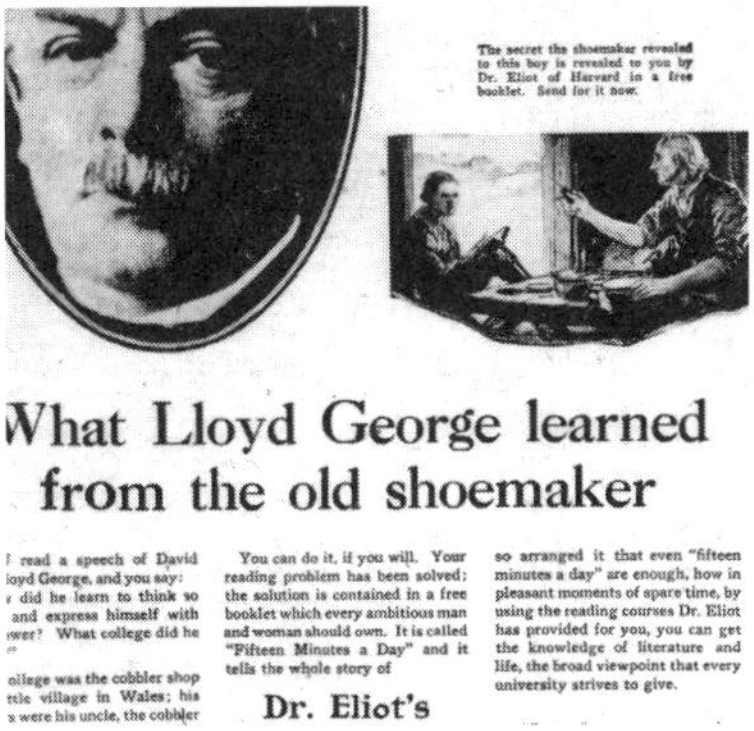

1922年9月24日付『ザ・ニューヨーク・ヘラルド』紙より

1921年8月14日付『ザ・ワシントン・ヘラルド』紙より

の青年だけであるが、三月二十七日付、八月十四日付では、若い女性を挟んで二人の男性が丸テーブルに座り、一方が女性と談笑している絵が付されている。

　さらに、これとは趣向を変えた広告もある。一九二二年九月二十四日付『ザ・ニューヨーク・ヘラルド』紙に、見出し「ロイド・ジョージが年寄りの靴屋から学んだこと」の広告が掲載され、ロイド・ジョージのようになりたければ、「エリオット博士の五フィートの本棚の本」の全貌を語る「一日十五分」と題する無料冊子を読むべし、としている――

ロイド・ジョージが、年配の靴屋さんから学んだこと／デイヴィット・ロイド・ジョージの演説を読むと、あなたはこういう――「どのようにして、彼はそのように明晰に考え、そのように力強く考えを述べることができるようになったのだろう。どのような学校にいっていたのか。／彼の学校は、ウェールズの片田舎にある靴修理店であった。先生は彼の叔父さんで、靴修理屋であった。そして、わずかな実際に役立つ本。／賢明に彼のために選定され体系的に読まれたこうした本こそ、ロイド・ジョージに出発のきっかけを与えた。／読書時間を無駄に使うことを止めると、今日、決意してはどうか。こういってはどうか――「これから先、わたしは、もっと成功した男、あるいは女にしてくれる本だけを読もう」。／意志さえあれば、できる。あなたの読書課題は解決された。この解決策は、野心のある男女が所有すべき無料の冊子に書いてある。「一日十五分」と題したもので、エリオット博士の〈五フィートの棚の本〉について、すべてが語られている。／「教養教育への魅力ある途」

この話題が、洒落のきいた小話にも使用されている——

●酒好きと熱中者——「彼がその書斎であれほどの時間を費やしているなんて、五フィートの本棚に何を置いているのだろう」「四つ折り版のバーボンウィスキーじゃないの」（一九〇九年九月二十一日付『ザ・スポケイン・プレス』紙）

●読者は、もしへぼい奴がやってきて、約一ヤード（三フィート）の本を借りるとなると、エリオット教授が五フィートの本棚に何を置くかと知りたがる（一九〇九年十一月三日付『デイリー・キャピタル・ジャーナル』紙）

●「彼はたいそうな自信で、文学分野に乗りだそうとしている」「そのとおり。彼は、例の五フィートの本棚を、少なくとも十八インチだけ延長させるつもりでいる」——『ルイビル・クーリア・ジャーナル』紙（一九〇九年十二月十五日付『ザ・プレスビテリアン・オヴ・ザ・サウス』紙）

一九〇九年六月二十三日付『アイランド・アーガス』紙（*Island Argus.* (Rock Island, Ill.)）の、見出し「エリオット博士の「五フィートの本棚」の記事は、当然、リストにあってしかるべき作品をいくつか列挙したあとで、しかし四半世紀で、もっとも権威あるものと一般に受けいれられたとしている——

教養教育の精華をどの人にも施すために必要なすべての書籍は、五フィートの本棚に収めることができると明言したエリオット博士は、この書籍に名をつけるよう誘いを受けた。他日公表された一部リストには、以下のものが含まれている――「ベンジャミン・フランクリンの自伝」（中略）／このリストに聖書とシェイクスピア、ユーゴの『ああ無情』、民主的なスインバーンの作品のいくつか、抒情的ムア、キーツ、ワーズワース、スティーヴンソン、サッカレー、ディケンズの『ピクウィック・ペーパーズ』、『ロビンソン・クルーソー』がないことから、リストは完璧なものとは思われない。この本棚から完全になくしてしまうほど、エリオット博士がユーモア作品がわからないなどということはありえない。ヘンリー・ジョージの『進歩と貧困』は二百万部以上売れ、それを知ることは経済学教育には欠かせないが、「小さな聖書」にはこの棚に居場所がない。／それにもかかわらず、エリオット博士のリストは一般に受容され、四半世紀に公表されたもっとも権威あるものとされている。

「本を貸す人の悩み」と題する記事が、七月十二日付『イヴニング・スター』紙（*Evening Star.* (Washington, D.C.)）と七月十五日付『モンロー・シティ・デモクラット』紙（*Monroe City Democrat.* (Monroe City, Mo.)）に掲載されている――

五フィートの本棚は、それを所有する友人たちの幅広く高邁な教養を象徴することがよくある。わずか五フィートの本しか持っていないとなると、こうしたことを意味することが余りにも多い。つまり、他の十五、もしくは二十フィートの本は、一日か二日だけ、あるいは退屈な鉄道旅行用だけに、あるいはまた、病気の友人に読み聞かせるためだけに特定の本が欲しかった者の小荷物に入っている。いくつものリストが、百冊もの最良の書籍と百冊の最悪の書籍の中から作りだされてきた。しかし、サー・ジョン・ラボックやロード・アクトン、さらにエリオット博士も、この点に実際応じているわけではない。その百冊の最良の書籍は、友人たちが持ちだし余白に指跡を残して返却してくるものである。百冊の最悪の書籍は、われわれのもとに残しておくものである。こういうのも、以下のことを充分考慮してのことだ。つまり、本棚に鍵をかけ、主義として貸さないことにしている者の場合、最低の人間性が露わになるということである。あるやり手出版社が、もっぱら与えることだけを意図した百冊の選定書の蔵書を売り出していることはないか——『ニューヨーク・イヴニング・ポスト』紙。

一九〇九年六月二十二日付『ザ・サンフランシスコ・コール』紙や一九〇九年七月六日付『ブライアン・デイリー・イーグル・アンド・パイロット』紙で指摘された「聖書」とシェイクスピア排除の問題を、八月三日付『イースト・オレゴニアン』紙（*East Oregonian* : *E.O.* (Pendleton, Umatilla Co., Or.)）に、見出し「聖書が排除されている理由／エリオット学長、五フィートの本棚にない理由を語る」の記事が掲載——

シカゴ発——ヒュー・T・ケア牧師は、フラートン・アヴェニュー・プレスビテリアン教会でおこなった説教で、ハーヴァード大学前学長チャールズ・W・エリオットからの手紙の一部を読みあげ、何故、彼が「五フィートの本棚」に聖書を入れなかったかの説明をした。／ケア曰く、「チャールズ・W・エリオット博士は、人に教養教育を施してくれると思われる五十冊の中から最初の二十五冊の書名をあげたとき、彼の讃嘆者たちの中には、彼がシェイクスピアの全作品、もっと考えさせることだが、聖書のすべてを省いたことを知って驚いた者がいた。／彼は、ブラウニングとテニスンから選択した詩を含めはしたが、人間感情を描いた大巨匠シェイクスピアの戯曲は何一つとして含めてはいなかった。彼が本棚に居場所を与えたのは『キリストに倣いて』と『天路歴程』であったが、聖書ではなかった。彼が挙げた本同様に、これらの古典は聖書なくして理解はできない。／この問題への興味に導かれ、わたしは個人的な質問をした。その返事で、エリオット博士はこう述べていた——「聖書とシェイクスピアをわたしの五フィートの棚の本から排除したのは出版社です。いやしくも本が読めるほとんどすべてのアメリカ人は、これらの本を持っているというのが理由でした。わたしは、世界最良の本五十冊を選定しようとしているわけではありません。目的は教育的なもので、期待される読者は、知的野心はあるが英語以外のことばを知らない一般のアメリカ人です」。／この返事には、本の民、しかも啓典の民であるわれわれにとって興味深い二、三冊のことが含まれている。／エリオット博士は、聖書に固有の場を与えている。とても固有で独特であるので、その特異性は本が読める者は誰でもが持っているということである。エリオット博士がシェイクスピアを排除したのも同じ理由からであるが、数多くの詩人の中で最高の詩人を読む者が一人いれば、多くの者は聖書を読む。／わが国の新聞の一紙は、『ブルースターの数百万』と『グロースターク』のような本が、三、四年で、三十五万部売りあげたと報じた。しかし、聖書は、ほぼ四百の異なる方言と言語で出版され、五十以上の異なる登場人物を配し、全体であれ一部であれ、年間一千万の割で出版されており、しかもこれは一年や五年のことではなく、年々歳々のことであり、その勢いは増している。聖書については、文学的ロマンスが語れる。

この記事にある「三、四年で、三十五万部売りあげた」という『ブルースターの数百万』と『グロースターク』とは、両方ともG・B・マッカチオン（G.B. McCutcheon）の作である。この作品はとても人気があったようで、劇になり上演されてもいる。

一九〇九年八月四日付『ザ・ベニントン・イヴニング・バナー』紙（*The Bennington Evening Banner*. (Bennington, Vt.)）に、見出し「〈新宗教〉を厳しく非難する／異教と何らかかわることがない、前ニューヨークの教区牧師語る」の記事がでた。これは、エリオット学長の「新宗教」を批判をするものである——

ニューハンプシャー州ミルフォード、八月四日——尊師J・M・ホワイト博士、当地の第一福音教会教区牧師で、前ニューヨーク五番街福音教会教区牧師は、「真のキリスト教」をめぐる演説で、エリオット学長が近頃述べたことについて論じた。以下、彼の発言の一部である——「エリオット学長のいう〈新宗教〉で一つ問題なのは、それが新しくはないということです。彼は、たぶん、率直に新宗教に関する自説を語るつもりでいるのでしょう。

しかし、実際は、彼のいわんとするものは年代ものです。／魅力的で充分健全にみえるかも知れませんが、昔日の異教と何らかわることがありません。ユーモアのセンスがあれば、古代のミイラが現代の最新流行服を着た人のようにおめかししたときといったら、ジョークがどこにあるかおわかりになるでしょう。／エリオット博士の新宗教は、宗教と幅を欠いた六フィートの文庫のようです。まぎれもなく、物質主義の匂いがします。その哲学は、エリオット博士ほどの学識ある人が、そのような矛盾だらけのことをよくも発言できたものだと思われる代物です。／いくらか力を誇示し、この学長・名誉教授は、まずはじめに、この新宗教はあらゆる権威を捨て去るとしながらも、そのあとで、この古い新宗教は、その基礎のすべてを聖パウロの権威においているとしています。／しかし、この新宗教のほんとうの問題は、幅のなさにあります。あまりにも狭すぎます。時をおもんぱかって、永遠という考えを犠牲にしています。個々の魂に、甘美で聖なるものは何ら提供してくれません。／これは冷たく硬い教義で、〈主キリスト〉の幅広い、やさしい福音と一緒にするわけにはいきません。主キリストの山上の垂訓は、エリオット主義、エディ主義（メアリー・ベイカー・エディ）、その他の粗雑な主義などの偏狭な物質崇拝を断固として非難するものだからです。

このうち、最後の箇所にある「エディ主義」とは、メアリー・ベイカー・エディが創設したいわゆる「クリスチャン・サイエンス」のことである。「エディ」は、ことによると、『荒地』の〈ソソストリス〉とかかわりがあるかも知れない。（「エディ主義」については、本書第Ⅲ部第二章第八節参照。）

一九〇九年九月十日付『ザ・パシフィック・コマーシャル・アドヴァタイザー』紙（*The Pacific Commercial Advertiser.* (Honolulu, Hawaiian Islands)）に、「エリオット博士の新宗教」という同じ見出しの記事が載った。「フェレデリック・ベル博士」の講演を宣伝する記事であるが、その知らせの前に、彼がエリオット博士に反対の立場をとっているとしている——「エリオット博士の新宗教は、オカルト研究者からすれば、「新宗教」とはいえない。著名な教師

stand out clear-cut, like the phantoms of our imagination. The impression that General Lew Wallace's "Ben-Hur" makes on its auditors is cameo-like in its clarity, and the two "big scenes" of the play, the chariot race and the miracle scene, once seen are never effaced from our memory. The engagement of "Ben-Hur" at the Auditorium terminates positively on November 27. Everybody should see it.

"GAY MASQUERADERS" AT THE STAR AND GARTER.

The artistic instincts of the scene painter, the craftiness of the gown builder, the genius of the music composer, the cleverness of the fun provider, as well as the cunningness of the stage director, are said to have been brought into harmonious requisition while preparing "Gay Masqueraders" for its entrance into the arena of burlesque competition, the outcome of which has evidently given this entertainment a prestige of no mean magnitude. It will be the offering at the Star and Garter next week.

ROMEO AND JULIET AT THE COLLEGE.

Shakespeare's immortal love story, "Romeo and Juliet," will be presented to the patrons of the beautiful College

school, in commemoration of the great President.

A woman shorthand writer is the holder of the record for speed. She wrote two hundred and sixty-four words a minute. At the contest during the session of the National Shorthand Reporters' Association a man succeeded in coming within two words of this number, but the woman is still at the head.

Dr. Eliot advises people not to apologize for their religion. A good many people would find it difficult to exhibit any religion that they could apologize for, if they were inclined to do so.

A Los Angeles man has willed $500,000 to a woman who jilted him. Being chivalrous he did not explain that he left it as an evidence of his gratitude.

A Connecticut mother spanked her daughter and the young man with whom she eloped. That is one way of spoiling a beautiful romance.

The

1909年9月11日付『シカゴ・イーグル』紙より

にして演説家のフレデリク・ベル博士は、目下、当市を訪問中であるが、エリオット博士の発言に示された広範な関心は、宗教問題に対する驚異的な関心が、世界中にあることを示しているにすぎない、としている」。

一九〇九年九月十一日付『シカゴ・イーグル』紙（*Chicago Eagle.* (Chicago, Ill.)）の「寸評」欄の一つに、次の解説があった――「●エリオット博士の新宗教は、岸から二マイルもいかない海峡に墜落したようにみえる。／●現代の女性向けページは、灯油が髪を育てることはないといっている。ロックフェラー氏は、ずっと以前からこのことはわかっていた」。前者の「海峡に墜落」からは、ブリューゲルの作とされてきた「イカロスの墜落のある風景」が想起されるだろうが、後者は「ロックフェラー氏」が石油王であることを踏まえていることはわかるが、どのような事柄を示唆しているのか不明。それにしてもこの欄は興味深い。各寸評末に「髭」のような、あるいは「鳥」のようなマークが付されている。これは、この寸評の終了を記している。

エリオット博士の選書と対比してローズベルトを称える、見出し「例の五フィートの本棚」の記事があった。一九〇九年十一月十日付『ゴールズボロ・セミ・ウィークリー・アーガス』紙（*Goldsboro Semi-Weekly Argus.* volume (Goldsboro, N.C.)）である。「セオドア・ローズヴェルトの強力な個性は、必ずや世界の人びとの関心を引くであろう。大衆は、元大統領をきわめて衝動的で奮闘的な人物とつねに思っている。……彼がアフリカに狩猟遠征をしたことは特徴的で華々しいものであるが、あらゆる生活のように、ジャングルにあって彼は、とりわけ人間的要素がみられ、屈強で精力的で高潔な者に容易に訴える」としたあと、次のように述べている――

ローズヴェルト氏はつねに読書習慣を失わず、国家的名声を得るずっと以前、しばしば雑誌に寄稿していた。彼の文学趣味は多様で、成長するにつれ、その読書はますます偏らないものになっているようだ。／ローズヴェルト氏がアフリカに持参した「五フィートの本棚」は、エリオット博士のものよりずっと役立ち楽しい。実際、それは五フィート以上もある。そこには五十五冊が含まれている。それは、豚革文庫と称されている。本が豚革で装丁されているからだ。数冊はローズヴェルト氏の息子カーミトが選定したが、とりわけ元大統領のように幅広い趣味の人が楽しめて役に立たないものはほとんどない。／エリオット博士の五フィートの本棚には、聖書もシェイクスピアも含まれていないが、予測がつくだろうが、ローズヴェルト氏が自分のリストについて語る際、まず聖書をあげる。シェイクピアとベーコンには、顕著な場所が与えられている。次につづくのは、スペンサーの『妖精の女王』、マコーレーの随筆、詩、そして『イングランド史』である。このリストの数少ない戦争物の一冊は、マハンの『海国』である。／（中略）／疑問の余地なく、無骨で未熟のアメリカの若者は、セオドア・ローズヴェルトを主として「喧嘩っ早い」気質故に讃嘆するだろうが、潔白で男らしい若者なら、必ず彼の中身のある美徳をうまく熱心に真似て、彼が読んでいる本を読むだろう。心理的な作品、つまり、いわゆる「新思想」の文学は、彼の三十冊にはないことに気づくだろう。ローズヴェルトが、最新式の宗教や精神的がらくたに、時間を浪費することは決してない。

アルジナ・ストーン・デイル（Alzina Stone Dale）は、著書『T・S・エリオット――哲学者詩人』（*T.S. Eliot: The Philosopher Poet*, 2004）で、エリオット博士の企画について、こう説明している――

学長エリオットの選択システムは、深さを犠牲にして幅をとった。彼の考えでは、アメリカ人が知ってしかるべき人文学はすべて、彼の有名な五十冊のハーヴァード・クラシックスに含まれていた。この名高い「五フィートの本棚」は、シカゴ大学長ロバート・ハッチンスの作った「グレート・ブックス」カリキュラムとは異なり、文

明の完全な理解を提供するのではなく、男女労働者の教育で生じる文化的空白を埋めることが、その意図であった。（三二ページ）

では、エリオットは、エリオット博士の考えにどう反応していたのであろう。エリック・シグ（Eric Sigg）は、その著書『アメリカ人T・S・エリオット――初期著作の研究』（*The American T. S. Eliot: A Study of the Early Writings*, 2009）で、以下のように述べている――

エリオットは、彼がいくつもの否定と結びつけた一つのリベラリズムに抵抗する傾向にあった。（中略）彼は、この運動（リベラリズム）が否定的であるため、その存続は限られたものになる、と結論づけた。「その動き（リベラリズム）は、目標よりは起源によって制限を受けているので、一連の拒否をおこなったあとでは力を失い、破壊するものが何も残っておらず、支持する事柄も向かう所もない状態にある」。この一節は、プルフロックの「絶望的な無気力」の理由の一つを示唆しているが、もっと重要なことは、ここから、どのようにエリオットが、自身の家族の価値観と宗教に対し両面価値的態度をとっていたかがわかることだ。エリオットが標的としたのは、しばしば彼の係累の考えであった。たとえば、ハーヴァード大学長チャールズ・ウィリアム・エリオットは、エリオットの祖父から一親等離れたまた従兄の子で、ハーヴァード大学を近代化し、その規模と寄金を増やし、カリキュラムをより実用本位のものにし選択体系を導入して、「未来の宗教」を提唱し、さらに彼の考えと影響を象徴することであるが、「五フィートの本棚の書物」を作った。（一六ページ）。

シグはこういう――「エリオットがリベラル教育とリベラル神学を拒否したのには多くの原因があるが、まず、ハーヴァード大学においてであった。学部生の頃、彼はサンタヤナ、バレット・ウェンデル、アーヴィング・バビットらの教員に惹かれた。彼らは、エリオット学長に反対していた」。このあと、シグは、ハーバート・ハワースの『Ｔ・Ｓ・エリオットの背後にいる人物をめぐる覚え書き』（Herbert Howarth, *Notes on Some Figures Behind T.S. Eliot*）を引き合いにだしながら、こうも述べている――「エリオット学長の若き従兄は、学長が公にした未来の宗教をめぐる七つの提言を軽蔑していた。それは一種の薄明りのユニテリアン派の教義であり、宗教的・文化的・社会的進歩主義を布告するものではあるが、ほとんどもっぱら否定からなっていた。（中略）エリオットの努力の多くは、こうした否定を否定する方向に向けられた。つまり、ほとんどの点で、実体やムードにおいて、彼は「未来の宗教」が取って代ろうとした、まさにそのものに向かう傾向にあった」（一六―七ページ）。ついでながら、エリオットの父方の祖父ウィリアム・グリーンフィーフ・エリオットは、セントルイスでユニテリアン派教会を設立した牧師であった。

シグの解説をみても、エリオットがエリオット博士の考えに抵抗したことはわかるが、「五フィートの本棚」への言及はなく、まして、ローズヴェルトの「豚革文庫」にはない。これまで、新聞記事やその他の解説で、具体的に「豚革文庫」や「五フィートの本棚」が、エリオットの詩生成原理とかかわりのあったことを指摘する者はいなかった。エリオットが引用・言及した典拠は、概略、以下の通りである――

ホメロス、ソフォクレス、ペトロニウス、ウェルギリウス、オウィディウス、ヒッポーの聖アウグスティヌス、ダンテ・アリギエーリ、ウィリアム・シェイクスピア、エドマンド・スペンサー、ジラール・ド・ネルヴァル、トーマス・キッド、ジェフリー・チョーサー、トーマス・ミドルトン、ジョン・ウェブスター、ジョセフ・コンラッド、ジョン・ミルトン、アンドルー・マーヴェル、シャルル・ボードレール、リハルト・ヴァーグナー、オリヴァー・ゴールドスミス、ヘルマン・ヘッセ、オルダス・ハックスレー、ポール・ヴェルレーヌ、ウォルト・ホイットマン、ブラム・ストーカー。

また、広範に使用した著作は、概略、以下の通り——

『聖書』『聖公会祈祷書』『ブリハッド・アーラニヤカ・ウパニシャッド』『仏陀の火の説教』『金枝篇』『儀式からロマンスへ』（とりわけ、ケルト神話の荒地のモチーフ研究）

第四節　〈荒地〉と〈荒れ放題の土地〉

「彼は『ザ・ポリス』紙をいろいろな声で読むわ」のかわりに選択された「荒地」は、すでに示唆したように、マディソン・カウイン（Madison Cawein）の詩「荒地」（Waste Land）（一九一三年）とかかわりがあるとされる。また、本書第Ⅱ部第二章第十節で詳説するが、『荒地』に示唆される「蟋蟀」や「蝗」が、先行するこの詩「荒地」に登場している。

では、「荒地」と聞いて、当時の多くの人びとは、どのようなイメージを想起したのだろうか。当時の新聞で連想されるイメージは、まず、「大戦争」と結びついたものであった。たとえば、一九一七年九月十七日付『イヴニング・パブリック・レジャー』紙（*Evening Public Ledger.* (Philadelphia [Pa.])）は、写真に「荒地」の表現を使用したキャプションを付している——「ライスタウン近郊の荒地を居住地に変容させるのに、数週間かければ充分であった」。

一九一八年十二月二十三日付『カーソン・シティ・デイリー・アピール』紙（*Carson City Daily Appeal.* (Carson City, Nev.)）に、こうした記事がでた——

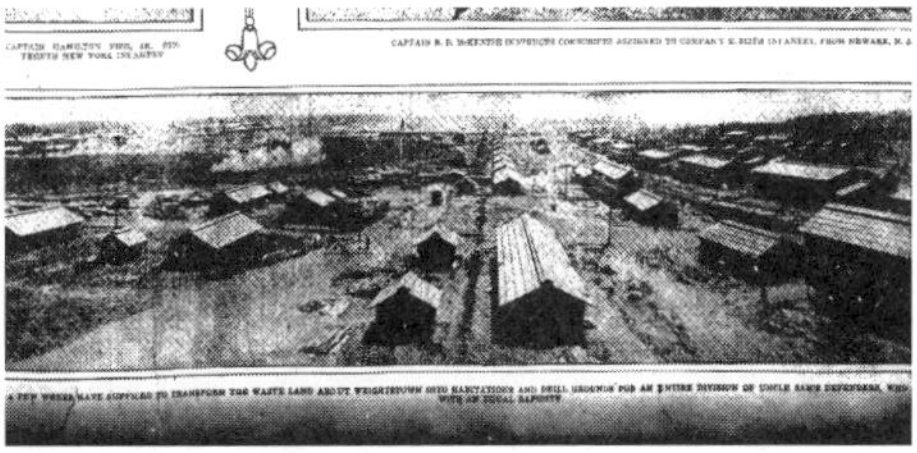

1917年9月17日付『イヴニング・パブリック・レジャー』紙より

アメリカ合衆国内務長官レインは、帰還兵の就職問題について語り、彼らに利用できる二億エーカー以上の荒地が合衆国にはあるという。なるほどそうだが、荒地よりもはるかに荒れ放題の土地がある。土地は、金をたくさんかけた国にとっては、もっとも豊かな資源となると、『ザ・ニューヨーク・ワールド』紙は述べている。灌漑や排水の不要な土地が多くなければ、灌漑は進み、湿地は排水が速やかになされるだろう。

一九一七年五月十八日付『オツムワ・セミウィークリー・クーリア』紙（*Ottumwa Semi-Weekly Courier.* (Ottumwa, Iowa)）に、「図書館のお知らせ」（Library Notes）記事に、農務省がだした「農夫広報」（the farmers' Bulletins）が列挙され、その中に「農場の荒地と荒れ放題の土地」があり、そこに「痩せ衰えた土壌の蘇生」とあるのが注目される。つまり、「荒地／荒れ放題の土地」は、「荒廃／死」と「再生」の問題とかかわっているのだ。そして、〈荒地〉と〈ジャガイモ〉の連鎖もみられる。もっとも、『荒地』では〈ジャガイモ〉は「テューバー」で、この記事では「ポテト」である——

園芸や農業でもっとも貴重な資料のいくつかは、農務省がだしている「農夫広報」にみつかる。広報のほとんどは、公立図書館にファイルしてある。以下は、完全なリストではないが、利用可能な資料が何かがわかる。ジャガイモの病気とその対処法／缶詰の果実、ジャム、ゼリー／荒地と農場の荒れ放題の土地／……／ハエ取り器とその使い方／チョウセン人参の病気とその抑制法／……／痩せ衰えた土壌の回復策

また、一九二一年五月六日付『ザ・オウォソ・タイムズ』紙（*The Owosso Times.* (Owosso, Mich.)）には、「荒地」（the waste land）と「荒れ放題の土地」（the wasted land）のちがいについて説明した記事がある——

「あなたの荒れ放題の土地を生産的にすれば、必要な土地はすべて手に入ります。あなたは荒れ放題の土地を所有していますので、それを耕作可能にするための代価を払えば、自分からそれを買うことができます。わたしのいっていることは、そういうことです」／「だけど、この農場の荒地は、生産に適したものにできません。向こうのあの石ころだらけの塚に一エーカーほどしかありません。石の間に桜の木を植えて、そこから現金収入を得ようとしているところです」／もう一方の人は、彼にこういいました。「〈荒地〉とはいっていませんよ。わたしは、〈荒れ放題の土地〉といったのです。荒地とは、自然によって利益の上がらなくなった土地のことで、荒れ放題の土地は、人が利用できなかった生産性のある土地のことです。それが違いです」。

そもそも、一九一四年一月八日付『ザ・バトラー・ウィークリー・タイムズ』紙（*The Butler Weekly Times.* (Butler, Mo.)）には、「荒地」の意味内容説明をする記事が掲載された。それにしても、この第二パラグラフと第三パラグラフは、この「荒地」記事とどのような関係にあるのだろうか。この点は、第Ⅰ部第一章第六節「一九〇九年の新聞記事のあり様について」で示唆した記事と同じことである。ここでは、無関係な記事が、その境界を示す線（あるいは、先に示唆したような髭か鳥の印）を施さずに並列されているのだ。

ヤナギはすぐ成長する木で、通常、荒地と呼ばれるところで生育する。ヤナギのフェンスの支柱は、クレオソートで処理をすれば、永いこともつ。翌年の春に植えられるヤナギが、支柱に使えるほど大きくなったとき、クレオソート処理をするのが一般的である。荒地は、ヤナギがそこに生育していれば、荒地ではない。

怒りっぽい老婦人は、おおよそ、存在するもっとも怒りっぽい者である。たぶん、例外は怒りっぽい老人。だが、怒りっぽい者は誰でも不快なものであり、弁解の余地がない。

郵便小包の重量制限が五十五ポンドに増えたので、安価で郵送できるものがたくさんできた。いま、地方の配達員は、ほぼどのような荷物も運ぶ覚悟をしなくてはならない。悪ふざけが得意な者が、友好的な配達員に、顧客に一トンの小麦粉を五十五ポンドの袋にいれて郵送してからかうことができる。地方各地で、配達員が、お金が増えずに重さが余分になったと抗議している。

第五節　〈エイプリール〉は、何故〈残酷〉か?

一九〇六年四月六日付『スポケイン・プレス』紙（*Spokane Press.* (Spokane, Wash.)）に、「父親、少年らに残忍行為」と題する記事がでた――

十一歳の少年ハリー・ファーマーは、昨晩、警官シャノンによって警察署に連れてこられ、それからオンダワ・インに向かい、そこで一夜を過ごし、今朝、帰宅した。彼によると、父親に叩かれ足首を捻挫したという。警官シャノンは、今朝、少年が住んでいるハングマン・クリーク近くの掘っ建て小屋を訪問したところ、彼は泣いていた。彼はシャノンに、救世軍の世話になりたいと語った。彼と弟に対し、父親がひどく残忍な行為に及ぶという。父親はモルタル攪拌を仕事とし、シャノンは近所に住む三人の婦人から、この父親の二人に対する仕打ちが恥ずべきものであることを聞いた。本部長ウォーラーが父親に改心を求め、もし再度、ひどい仕打ちをすれば、もっと徹底的な処置を講ずることになろう。

この記事が注目されるのは、〈四月〉〈残酷行為〉〈警官〉が現象しているだけでなく、この記事の次には、見出し「逃亡者を追う」の短い記事――「ニューヨーク、四月六日――刑事がサンフランシスコに今夜赴き、エドウィン・クラークを連れ戻すことになっている。この男は、この都市で働いている間にコレクションの窃盗を働き、当地で拘留されている」と、見出し「争い、収まる」の記事――「ウィーン、四月六日――皇帝とハンガリー人指導者間の争いが、今日、解決にいたった」が配列されているからである。（註・「ウィーン」「皇帝」「ハンガリー」の連鎖は、本書第Ⅲ部で扱うことと関連している。）

「残酷な四月の夜」という表現を含み、タイタニック号の死者を弔う、見出し「タイタニック号の死者への半旗と哀悼の鐘／市、残酷な四月の夜に躊躇なく自己の運命に出遭った男女に心から賛辞を送る予定」の記事が、一九一四年四月二十四日付『ザ・イヴニング・タイムズ』紙（*The Evening Times.* (Grand Forks, N.D.)）に掲載された――

同時代でもっとも巨大で、もっとも強力、もっとも豪華な蒸気船タイタニック号と、乗船した全二千三百四十名の男女のうちほぼ千六百五十人の男女を北大西洋で墓場に送った、恐しい災難を覆う陰惨な恐怖、また信じられない救助と驚異的な脱出のスリリングな話から、犠牲者をだした全国の数千の家族が、永遠に抱きつづけると思われる栄光の物語があらわれてくる。つまり、いかに老若男女が、あの残酷な四月の夜に、勇敢に躊躇なく寛大に自分の運命に出遭ったかの、高貴で悲劇的な物語である。

〈四月一日〉の記事といえば、容易に想像されるように、〈エイプリル・フール〉をめぐる記事がある。たとえば、一九一四年四月一日付『ザ・オグデン・スタンダード』紙（*The Ogden Standard.* (Ogden City, Utah)）に、見出し「残酷な四月一日のジョーク／数百人の失業者、寒い雨の中、嘘の仕事を待つ」の記事が掲載――

シカゴ、四月一日――不明の人物が警察に対し、今日、犯した残酷な四月一日のジョークによって、スー・ライン鉄道の貨物輸送基地前に、冷たい雨の降る中、五百人以上の失業者の群れが集結した。この鉄道が数百人の労働者を求めているという知らせが、根も葉もない嘘だと理解させられる前に、群集は鋼鉄の門に押し寄せ、鍵を壊し、敷地に乱入し、「仕事が欲しい、仕事をよこせ」と叫んでいた。

同じように、「エイプリル・フール」にからんだ例がある。一九一八年四月二日付『ザ・ワシントン・タイムズ』紙に、「合衆国、女性事務員に残酷なエイプリル・フールのジョークをしかける」と題した記事――「アイダ・ランズデル嬢は、自分が、アメリカ政府の手で、とりわけ残酷なエイプリル・フールのジョークの被害者となったと思ってもおかしくはない。ランズデル嬢は、年金省の月額六十六ドルの仕事をやめ、戦争危機保険省の年額千ドルの職をえようとした」。

一九二〇年四月二日付『ザ・シアトル・スター』紙（*The Seattle Star.* (Seattle, Wash.)）に、『トロント・スター』紙記者で、ホッケー専門家のルイ・マーシュ（Lou Marsh）の記事が掲載されていた――「トロント、四月二日――オタワはシアトルに対し、昨晩、当地で開催のザ・スタンレー・カップ決勝戦で、残酷なエイプリル・フールのジョークをしかけた。チームは、二回のあいだ一対一のタイスコアでからかい、それからシアトルに急襲し、窒息させ、全速力で走り、最後の十五分間で五点をあげた」。

第六節　「エイプリール」と「ライラック」
――詩集『エリプリール・ライラック』とオペレッタ『ライラック・ドミノ』

何故、『荒地』は、「エイプリール／四月」の典型的な花として「ライラック」を選んだのだろう。日本でいえば、「サクラ」のような位置にあるのだろうか。そのような様相を語る記事が、一八九九年五月十八日付『ザ・グローブ・リパブリカン』紙（*The Globe-Republican.* (Dodge City, Kan.)）のコラム「よりよい学校を得る方法」の、小見出し「ライラックの改良種」の記事がでた――

ライラックの改良種が、われわれのもっともすぐれた苗床で何年にもわたり栽培されてきたにもかかわらず、それはいまだ一般には知られていない。古くから一般的なライラックとその白い花の種は、依然、野の大部分を占めている。おそらくそれは、この植物が蜜を吸う昆虫のおかげで黙っていても繁殖するからで、つまり、それを有する近隣の人びとは、費用をかけなくとも他の多数に与えることができ、このようにして、それはほぼすべての共同体に広まった。ペルシャ原産のライラックが次によく知られるもので、これはごく一般に植えられてきた。しかし、こうしたものとは別に、とても多くの美しいライラックの種があり、花が咲いたのをみると、ほとんどの人には思いがけない啓示となるだろう。わが国でライラックが集められている最大の場所の一つは、ニューヨーク州ロチェスターのハイランド・パークで、花の頃には大いに呼び物となり、天気のよい日には多数の来訪者がある。

「エイプリール」と「ライラック」で新聞検索してみると、一九一三年一月十三日付『ザ・タイムズ・ディスパッチ』紙（*The Times Dispatch.* (Richmond, Va.)）に、見出し「ロード・グラントリー、美しい敷地を購入」の記事があり、その一部で、以下のようにエリナー・ノートンの詩集『エイプリールのライラック』が言及されている——

現在のロード・グラントリーは、顔立ちのよい父と美しい母のすぐれた容貌を受けついだ。彼には二十歳になる息子が一人おり、彼の栄誉と財産を受け継ぐことになっている。さらに、四人の娘がいる。そのうちの二人は双子である。双子姉妹の一人はエリナー・ノートン閣下で、シェリダン家祖母の著名なノートン夫人から文才を受け継いだようにみえる。ノートン夫人は、ジョージ・メレディスの小説『クロスウェイ家のダイアナ』に、あからさまな偽名で登場している。文才を受け継いだというのは、ノートン嬢が数冊の詩集を出版し、そのうちの一冊は『エリプリールのライラック』（*April Lilac*）で、これはとりわけ注目されるものである。その一方で、彼女は、いくつか成功した芝居ものし、それらはロンドンの劇場で見事に上演され、彼女の誉となった。

このロンドンでの芝居上演といえば、一九〇四年五月十一日付『ニューヨーク・トリビューン』紙に、「エリナー・ノートン閣下」についての記事がある――「ロンドンで成功した劇作家としてデビューしたばかりのエリナー・ノートン閣下は、二十三歳の女性であり、血筋からいえばアメリカ人の血が流れている。ロード・グラントリーと最初の妻との間に生まれた双子の娘の一人である。その妻は、ニューヨークのW・H・マックヴィッカーの娘で、彼はかつてニューヨーク・ヨット・クラブの会長であった」。

「エイプリール」と「ライラック」のつながりは、一九二二年四月二十八日付『ザ・ガゼット・タイムズ』紙（*The Gazette-Times.* (Heppner, Or.)）の次の記事からもうかがい知ることができる――「エイプリールのダンス・パーティーが、四月三十日、セシル・ホールで開催予定。いいエイプリール音楽を、ザ・プリムローズ楽団が演奏。ライラックの軽食が、夜、T・H・ロウ夫人によって準備される」。

1918年5月17日付『ザ・サザーン・ヘラルド』紙より

四月ではないが、一九一八年五月十七日付『ザ・サザーン・ヘラルド』紙（*The Southern Herald.* (Liberty, Miss.)）に、「父親のお伽噺夜語り」と題するコラムに、メアリー・グレアム・バウアー（Mary Graham Bonner）作「ライラック」が掲載され、二人の子どもが木からライラックの花をとっている挿絵のキャプションに、「ライラックが春にしか咲かないのは残念に思える」とある。そして、このコラムの左側に、「大戦争」関連の写真が四枚掲載され、「フランス砲兵隊が前線に移動中」「トミー（アメリカ兵）、砲弾に吹きとばされた道路を行進中」「トミー、受けた傷にもめげず、笑っている」「ソンム地区の武装列車」「赤十字のストレッチャー」のキャプションがそれぞれに付されていた。

『エイプリールのライラック』とほぼ同時期に作られた、シャルル・キュビリエのオペレッタ『ライラック・ドミノ』（一九一二年）が、アメリカでも上演されている。一九一五年十一月二十三日付『ノリッチ・ブリュティン』紙（*Norwich Bulletin*. (Norwich, Conn.)）に、エリオットの生誕地であるセントルイスで上演された記事が、「オペラのソリストとしてデビューする／アーチボルド・R・ギルクライスト、セントルイスで『リラ・ドミノ』のパートを歌う」の見出しで掲載されている――「アーチボルド・レムゼン・ギルクライストは、一〇八番プロスペクト通りのアーチボルド・ギルクライスト夫妻の息子であるが、セントルイス市で十一月十三日、月曜日の夜に、アンドレア・デッペル・オペラ劇団と一緒にソリストとしてデビューした。オペレッタの『ライラック・ドミノ』で重要なバリトンのパートを歌った」。

このオペレッタはアメリカでもかなり人気があったようで、一九一六年一月六日付『ザ・ワシントン・ヘラルド』紙で記事になっている。「今週のカレンダー」欄に「ベラスコ劇場――アンドレアス・デッペル演出の『ザ・ライラック・ドミノ』。過去二シーズンで、もっとも優雅で楽しいオペレッタの一つ」とあり、記事として以下のように記されている――

『ザ・ライラック・ドミノ』は、今週、ベラスコ座の三度目の契約でわれわれのもとに戻ってくるが、さらにまた歓迎されること請け合いの、ロマンチックで音楽的魅力のあるオペレッタである。／この作品の制作者らは、絶妙な織り糸を織り込み、虹色の美しさをみせるので、波打つ水面の月光の揺らめき、旧式庭園の素敵な匂い、一年のうちの春、あるいは人生の青春期が思われる。何故なら、彼らは、驚異的なメロディー枠を作り、そこに魅力的な恋物語を掲げる、あるいは見方によればその逆をし、その結果、わたしが『ザ・ヘラルド』紙とか

1916年1月6日付『ザ・ワシントン・ヘラルド』紙より

かわった六年間で、ワシントンの劇場の掲示板を飾った三幕のもっとも楽しいミュージカルの娯楽となったからだ。／『ザ・ライラック・ドミノ』の何よりも考慮すべきことは、実際に含まれているシャルル・キュビリエが提供した音楽家ならではの総譜であり、それはシンコペーションのラグからグランド・オペラの管弦楽組曲までのあらゆるものを網羅する音域であり、喜びが累積するメロディーの連続を備えていて、ついに観客は完全にハーモニーのある音に浸ることになる。（註・「ラグ」とあるのが注目される。『荒地』「II　チェス遊び」に有名な「あのシェイクスピアリアン・ラグ」がある。）

一九一七年一月二十八日付『イヴニング・キャピタル・ニューズ』紙（*Evening Capital News.* (Boise, Idaho)）に、コラム「ボイシの劇場の来るべき娯楽」の記事が掲載され、小見出し「大ミュージカル・ショー来る、ピニー劇場にて」の箇所にこうあった――

『ザ・ライラック・ドミノ』、つまり二月七日・八日にピニー劇場にくる大ミュージカル・コメディについて、『ザ・アトランタ・コンスティテューション』紙はこう語っている――／喜劇的オペラ『ザ・ライラック・ドミノ』で、作者アンドレアス・ディップルは、くだらないミュージカル・コメディーと、しばしばとてもつまらないグランド・オペラの中庸を得ようとした。アトランタに関するかぎり、彼はこの適切な組み合わせをみつけたようだ。／昨夜、はじめて当地のアトランタ劇場にお目見えしたが、観客は目が肥えて表情豊かであり、オリヴァー・トゥイストのようにもっとと望んでみても、期待するほど頻繁に実現してはいなかった。／『ザ・ライラック・ドミノ』の筋はラブ・ロマンス。状況や登場人物が凝り過ぎているということがなく、とても斬新であり、物語は、ミュージカル・ショーと共にアトランタにきた一番の魅力的なメロディー路線に乗って展開する。これ以上に、劇団の出演者たちの多くは普通にはない素晴らしい声をし、実に歌えるコーラスに支えられている。また、このコーラスについていえば、疲れた実業家に効果ありと評判の若さや見目のよさといった特性に事欠くことはない。／この公演は、衣裳と舞台装置の観点からいえば、とても豪華。／『ザ・ライラック・ドミノ』の本当の魅力は、その普通にはないすぐれた音楽にある。『ザ・ライラック・ドミノ』の旋律は、オーケストラを無駄に集めているわけではない総譜全体で繰り返され、忘れがたい。さらに、『ザ・ライラック・ドミノ』は、時折しかやってこず、去ってもすぐに忘れてしまうことはない歌を残していくショーの一つである。そのような歌は、「やったことは元に戻せない」だ。その歌の音楽にはすぐれた調子のよさがあり、歌詞には少量のいにしえのオマール哲学が含まれている。これは、今日でも、正しくもあり人気がある。

なお、「いにしえのオマール哲学」とは、一八九九年に出版されたウマル・ハイヤームの『百一の四行連句に示されたいにしえの哲学』（*Omar Khayyam, An old philosophy in 101 quatrains*）のことを示唆しているのだろう。これは、一九二一年六月二十六日付『ザ・ワシントン・ヘラルド』紙に、見出し「人生最大の買い物」の書籍広告に、次のようにでてくる――

装丁、しなやかなレッドクロフト版（携帯サイズ）／今年の夏、あなたの人生に、真に価値ある読書をする機会が訪れます。以下のタイトルをご覧あれ。これらの本は、あなたがいつも読み、あるいは再読を約束していたものです。その中には、以下のような大作家の最良の作品が含まれています。たとえば、キプリング、ポー、シェイクスピア、スティーヴンソン、コナン・ドイル、テニスン、ワイルド、ブラウニング、ドラモンド、ヘイル、ソロー、エマソン、コールリッジ、リンカーン、バーンズ、ギルバート、マコーレー、オマール・ハイヤーム、オ

1919年5月25日付『ザ・サン』紙より

リヴァー・シュライナー、ロングフェロー、ド・モーパッサンなど。

一九一九年五月二十五日付『ザ・サン』紙に、大見出し「郊外と田舎の家／花、果実、そして野菜／エドワード・C・ヴィック編」、小見出し「ライラックが完全に手軽なので、北方地域に人気のある花の咲く灌木の中で、新種の製作者は、この昔からのお気に入りに関心を持ちつづけている」の記事が、〈ライラック〉の灌木二種の写真と共に掲載され、写真のキャプションには「シリンガ・ガウディチャウド」(Syringa Gaudichaud) と「シリンガ・コエルラ・スペルバ」(Syringa Coerula Superba) の学名が付されていた。この学名「シュリンガ」にかかわる神話について、本書第Ⅲ部第一章第四節「〈バイエルン〉の春と〈ライラック〉、そして〈エリザベート〉」で触れている。

新聞連載小説などにも登場する「ライラック」がある。たとえば、一九一一年一月二十七日付『ザ・エカラカ・イーグル』紙 (*The Ekalaka Eagle.* (Ekalaka, Mont.)) に連載されたジェイムズ・オリヴァー・カーウッド作「プラム船長の勇気」にこうある——

概要——スループ型帆船タイフーン号の船長ナサニエル・プラムは、ひそかにビーヴァー島に上陸。モルモン教徒の砦ミシガン湖。オバディン・プライス、つまりモルモン教徒の風変りな老人で議員は、彼のことを内偵していたが、突然彼に面と向かい、彼がくるのを待っていたという。プラムは、悪い奴を捕まえたと主張。プライスは、彼の抗弁を無視し、帆船にあった弾薬の取引をする。彼は包みを合衆国大統領フランクリン・パースに届けると厳粛な宣誓をしてナットを拘束。彼は、プラムにモルモン教の町セイント・ジェームズを案内することに同意する。プラムは、プライスの小屋近くで、暗闇の中、若い女性の脅えた顔をみる。彼女は姿を消し、あとにはライラックの香りが残った。

〈ライラック〉の〈香り〉といえば、化粧品に〈ライラック〉が使用されていた。たとえば、その広告が一九二一年十二月十五日付『イヴニング・スター』紙（*Evening Star.* (Washington, D.C.)）に掲載されている――「コルゲート社」の「ライラック・インペリアル化粧水／配慮の贈り物である髭剃り後の思い――えり好みを細かく理解したもの」のキャッチコピーがつけられている。こうした、日常のこまかな配慮にまで〈ライラック〉は入り込んでいる。

一九〇二年五月三十一日付『ミネアポリス・ジャーナル』紙（*Minneapolis Journal.* (Minneapolis, Minn.)）の見出し「事実と想像」という記事は、ミネアポリス市の小学生の作文優秀作を掲載しているが、「ライラックのもとで」というテーマで文章を書くというものである。ここから分かるように、子どもの頃から、このようにして〈ライラック〉の文化的意味を獲得している。ちなみに、化粧水に使用されたように、「香りは楽しく爽快《リフレッシング》」とある――

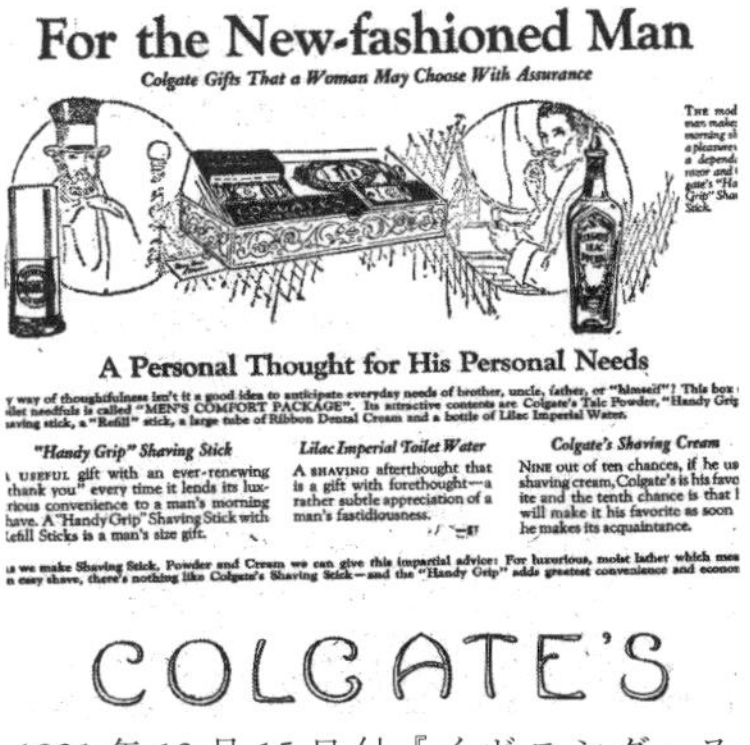

1921年12月15日付『イヴニング・スター』紙より

ミネアポリスの小学生が、ライラックの下の鳥、虫、花、そして人の話を紡ぐ／話題――ライラックの下で／ライラックの花の種類は多様で、その香りは楽しく爽快であるように、ライラックの下で起こったことの物語もそうである。しかし、生活のどの相が描かれようと、（鳥、ミツバチ、虫、花、あるいは人）各相には多感な思い出の糸が一本通っている。緑の草や白い雲の形で飾られた青い空、黄金の光と涼しい微風、ミツバチの眠たげな羽音と鳥の囀り、そして最後には、近くの大きな薮が紫や白の花の塊で覆われ、花から匂う香りはバラ色の幻の一部となった。

第Ⅱ部　「Ⅰ　死者の埋葬」をめぐって（その一）

第一章 『荒地』にいたる途——「エイプリール」と「ライラック」をかいして

April is the cruellest month, breeding
Lilacs out of the dead land, mixing
Memory and desire, stirring
Dull roots with spring rain.
Winter kept us warm, covering
Earth in forgetful snow, feeding

四月は最も残酷な月、死んだ土から
ライラックを目覚めさせ、記憶と
欲望をないまぜにし、春の雨で
生気のない根をふるい立たせる。
冬はぼくたちを暖かくまもり、大地を
忘却の雪で覆い、乾いた
球根で、小さな命を養ってくれた。（岩崎訳）

第一節　“April”を歌う詩の系譜と『荒地』

“April”（以下、「エイプリール」）をめぐる詩的言説は、十九世紀にはすでに確立していた。『荒地』「I　死者の埋葬」のでだし「四月は最も残酷な月、死んだ土から／ライラックを目覚めさせ」（岩崎訳）は、その系譜に属す。しかし、「エイプリール」が「最も残酷な月」というこの言説は、突出して異質である。これに接した最初の読者は、新鮮な違和感と同時に驚嘆と共感を経験したのではないだろうか。チョーサーの「四月がそのやさしきにわか雨を／三月の旱魃の根にまで滲みとおらせ」が連想させる、「初春」の光景を称えるのがこの系譜であったからだ。

深瀬基寛は、「“cruel”がすでに四月の形容として異常である」とし、「英詩の父と呼ばれるチョーサーの『カンタベリー物語』の「プロローグ」の書き出しの一行にある四月は「快よい俄雨」の訪れる四月だつた。それは自然の再生の季節と人間の更生の季節との自覚以前の適合から生ずる快感であつた」（註・『エリオット』筑摩書房、昭和二十九年、二〇五ページ）と解説している（ちなみに、「エイプリール」と「残酷な」のコロケーションは、すでに本書第Ⅰ部第二章第五節で示してある）。

初期近代にシェイクスピアは「ソネット九十八番」で、「君から離れてすごした春の季節――春ともなれば／爛漫と花開く四月は　よそおいをこらして／すべてのものに　青春のいぶきを吹きこみ／陰鬱なサターンまでが　ともに笑い踊っていた」（中西信太郎訳『シェイクスピア・ソネット集』昭和五十一年）と歌い、『お気に召すまま』四幕一場で、ロザリンドの台詞としてこう設定している――

「唯の一日」とだけおつしやるがいい、「永劫」は抜きにして……駄目、駄目、オーランド、男は口説く時だけ
春四月、一ひだ口説き落してしまへば、日ゝが眞冬の十二月、女の方は娘時代は五月だけれど、人妻ともなれば
空模様がすつかり變る（福田恆存訳）

また、『ロミオとジュリエット』第一幕二場では、次の台詞をキャピュレットに割り当てている――「もどかしい歩みの冬が去り、装ひを凝らした四月が訪れる時、血気盛りの若者達が感ずるやうな楽しきを、御身も花も蕾の娘達に立混り」（福田恆存訳）。

時代はくだり、エリオットと同時代の桂冠詩人ジョン・メイスフィールド（John Masefield）は、その詩「美」（"Beauty," first published in *Speaker*, July 1903）で、「わたしはみた、荒れ野と風当たりの強い丘で夜明けと日没が、／スペインの昔のゆっくりした調べのように、厳粛に美くやってくるのを。／わたしはみた、淑女エイプリールがラッパ水仙を、／芽吹いたばかりの草と柔らかな暖かいエイプリールの雨をもたらすのを」と歌い、イギリスの人気のあった放浪の詩人ウィリアム・ヘンリー・デイヴィス（William Henry Davies）は、詩「エイプリールの魅力」（"April's Charms" in *Child Lovers*, 1916）で、「エイプリールが黄金色のサクラソウの魅力をふりまくとき、／古びた茂みの銅色の葉のあいだに、／そして、歌声を上げるヒバリが牧草地から飛び立ち、／明るい太陽の空で黒い星のようにキラキラ光るとき」と歌っている。

この伝統では、深瀬が示唆しているように、「四月は最も残酷な月」から、チョーサーの『カンタベリー物語』「総序歌」冒頭の「四月がそのやさしきにわか雨を／三月の旱魃の根にまで滲みとおらせ」を連想することになっている。そのように『荒地』の読みの作法は決定してきたのだが、『カンタベリー物語』をここに読まなくてはならない理由説明はなされなかった。

四月がそのやさしきにわか雨を／三月の旱魃の根にまで滲みとおらせ、／樹液の管ひとつひとつをしっとりと／ひたし潤し花も綻びはじめるころ、／西風もまたその香しきそよ風にて／雑木林や木立の柔らかき新芽に息吹をそそぎ、／若き太陽が白羊宮の中へその行路の半ばを急ぎ行き、／小鳥たちは美わしき調べをかなで／夜を通し

て眼をあけたるままに眠るころ、／――かくも自然は小鳥たちの心をゆさぶる――／ちょうどそのころ、人々は
巡礼に出かけんと願い（桝井迪夫訳『完訳　カンタベリー物語（上）』岩波文庫、一九九五年）

チョーサー以外の詩を示唆しているという読みもある。その一つが、ロバート・ブラウニングの詩――「時は今、陽春の四月、／ああ、英國にありたけれ、／朝彼の地に目覺めるもの、／思はざるに見るなるべし……／低い枝も根本に／群る若枝もみな若葉して、／鶸《ひわ》は果實園の小枝にうた唄ふ、／今英國にありたけれ。」（「海外より故郷を偲ぶ」、野口米二郎訳『ブラウニング詩集』［昭和五年］所収。原作――"Home Thoughts from Abroad"『劇詩と抒情詩』［一八四五年］所収）。この詩は、北イタリアにいてイングランドの「四月」を歌ったもので、「エイプリール」を歌う伝統に則している。

『荒地』も「四月」のイングランドを歌っているわけではない。第一連の「ぼくたち」は「シュタルンベルク湖」や「ホーフガルテン」にいる。つまり、ミュンヘン南西部「バヴァリア／バイエルン」地方に場面設定され、この地の「四月」の光景が描かれていると思える。岩崎訳註では、エリオットがシュタインベルク湖を「訪れたのは一九一一年」だが、C・J・アッカリー（C.J. Ackerley）は「場面設定はバイエルンで、ここをエリオットは一九一一年八月と一九一三年に訪れている」（*T. S. Eliot: 'The Love Song of J. Alfred Prufrock' and 'The Waste Land'*, 2007. p.28.）という。また、エリオットは「一九二一年十一月中旬から十二月下旬にかけ」、レマン湖に面した「ローザンヌのサナトリウムで療養」をしていた。（☞後述のように、オーストリア＝ハンガリー帝国皇后エリザベートは、一八九八年九月十一日、レマン湖に面したジュネーヴで、三角ヤスリで刺され殺された。）

さらに指摘されているのは、テニスンの詩『イン・メモリアム』（一八五〇年）第百十六歌の「かぐわしい四月に目ざとくも起きあがり、／新春をまちむかへ、伸びてゆく春の色彩を／與へ且つ奪うのは、埋れた冬の／すぎさつた悲しみの回想なのか」（入江直裕訳）。レイン（Craig Raine）は『T・S・エリオット』で、「エリオットのうっとりさせる魅力のあるはじまりのことば、つまり「エイプリールは最も残酷な月」に出会い、批評家たちはこぞってチョーサーの

「総序歌」を引き合いにだしているが、テニスンの『イン・メモリアム』（CXVI）の方が真意の点で近い」（*T. S. Eliot*, 2011）としている。

第二節　「エイプリール」を歌う異質の詩
——ジャクソン「エイプリール」とエリオット「婦人の肖像」

こうした「エイプリール」を歌う詩の系譜で、『荒地』以前にこれにまけないほど異質の詩があった。十九世紀後半に活躍し、十九世紀末から二十世紀初期に大ベストセラーとなった『ラモーナ』を書いたアメリカ詩人で作家のヘレン・ハント・ジャクソン（Helen Hunt Jackson）の詩集『ソネットの暦』（*Calendar of Sonnets*,1875）所収の「エイプリール」である。「エイプリール」を伝統的に「第四の月」や「春」として読むのではなく、その語そのものを歌い、その語源から「アプロディーテ」を導き出し明確化している。後述のようにこの革新的読みは、『荒地』の「エイプリール」を歌う箇所を読むのに有用である。

これほど栄誉が付与された日は一日たりとない。いまなお、／麗しのアプロディーテが支配しているあいだ、地上に永遠にとどまるなにか美しいものを／求めている男たちが、／美しい彼女の記憶が／どの時代でも忘れえないふさわしい枠に納まるよう、／彼女の名を素敵なエイプリールの名に秘し、／それをそこに残し、永遠に結びついていた、／春がもたらすもっとも麗しい花々のすべてと。

さきにあげた「エイプリール婦人」としたメイスフィールドと「花を振りまく」としたデイヴィスは示唆しているようだが、「エイプリール」に「アプロディーテ」を読み明示している例は極めてまれである。このように、異質

"PRIMAVERA."
(From the painting by Botticelli in the Academy at Florence.)
AMERICAN STUDENTS IN ENGLAND.

ボッティチェリの記事／1900年10月7日付『ニューヨーク・トリビューン』紙より

のジャクソンの詩であるが、やはり伝統を継承し「春」の「花々」と「アプロディーテ」を結びつけている。ここから、ボッティチェリーの《ヴィーナス誕生》や《春（プリマヴェーラ）》が想起されるだろう。ちなみに、一九〇〇年十月七日付『ニューヨーク・トリビューン』紙（*New-York Tribune*. (New York [N.Y.])）に、「ボッティチェリ」をめぐる本の紹介記事がでて、そこに《春（プリマヴェーラ）》の絵が掲載されていた。

ところが、「エイプリール」を歌い「花」と関連づけてはいるものの、その「花」に虐待行為をし、「若さは残酷」だという一層異質な詩が登場する。エリオット自身の詩「ある婦人の肖像」(“Portrait of a Lady”, 1915）の第二歌である。咲いたばかりの「ライラック」を木から捥ぎとり、それだけでなく、その「一本」を手にとり「ねじる」。まさに、この一節にある「ライラック」／「残酷」／「青春（若さ）」／「四月（エイプリール）」／「埋もれた（人生／生）」は、そっくり『荒地』「I　死者の埋葬」の第一連に使用されている。

四月は最も残酷な月、死んだ土から／ライラックを目覚めさせ、記憶と／欲望をないまぜにし、春の雨で／生気のない根をふるい立たせる／冬はぼくたちを暖かくまもり、大地を／忘却の雪で覆い、乾いた／球根で、小さな命を養ってくれた。（岩崎訳『荒地』）

ライラックが咲きました。／彼女はライラックを生けた花瓶を部屋に置いていて／話しながら一本を手にとって、ねじってみせる。／「あなたはね、おわかりじゃないのよ、わかってないのよ。／人生ってどんなものだか、両手でつかんでるのに」／（ライラックの花の枝をゆっくりねじりながら）／「あなたは人生をその手からこぼしてるのよ。こぼしちゃってるのよ。／青春は残酷で後悔なんて知らないの。／現実を前にして平気で微笑《ほほえ》んでるのよ、見えてないから」／もちろん、ぼくは微笑んで、／ゆっくりお茶を飲んでいる。／「でも、四月のこういう夕暮れには、なぜか思い出すのよ。／わたしの埋《うず》もれた人生、パリの〈春〉。／すると、かぎりなく安らいだ気持ちになって、この世界は、やっぱり／すばらしい、若々しい、って思うの」（岩崎訳）

「ある婦人の肖像」で「彼女（婦人）」と「あなた／ぼく（青年）」の関係に着目すると、「アプロディーテ／ウェヌス／ヴィーナス」と「アドーニス」の関係が想起される。「あなたはね、おわかりじゃないのよ、わかってないのよ。／人生ってどんなものだか、両手でつかんでるのに」／……／青春は残酷で後悔なんて知らないの。／現実を前にして平気で微笑んでるのよ、見えてないから」という「婦人」の「青年」への助言は、先行論に指摘はないが、アプロディーテがアドーニスにする助言に似ている――「女神は、忠告すればなにか役にたつこともあろうかとおもって、アドニスよ、おまえにもこれらの動物をおそれるように言ってきかせた」（田中秀央・前田敬作訳『転身物語（下）』人文書院、一九六六年）。とすれば、『荒地』「Ⅰ 死者の埋葬」の出だし「エイプリールはもっとも残忍な月」の「エイプリール」に「アプロディーテ」を読むことは適切である。

第三節 ローウェル『カングランデの城』からの『荒地』——「ライラック」を経由して

「ライラック」といえば、直接「エイプリール」を歌う詩ではないが、まさに「ライラック」と題する春を歌う詩が『荒地』出版直前に発表されている。しかも、とても人気を博したもの。第I部第一章第二節で紹介したイマジストで、パウンドとも交流のあったエイミー・ローウェルの詩「ライラック」である——

ライラック／青っぽいもの／白いもの／紫のもの／ライラック色／あなたの大きなふわっと膨れた花は／このわがニューイングランドのいたるところにある。(Lilacs, /False blue, /White, /Purple, /Color of lilac, /Your great puffs of flowers/Are everywhere in this my New England.)。

この詩は、一九二〇年九月十八日付『ザ・ニューヨーク・イヴニング・ポスト』(*The New York Evening Post.* : (New York [N.Y.]) 紙に最初に掲載された (*A Study Guide for Amy Lowell's "Lilacs"*, 2013)。また、ジェイムズ・マーカス (James Marcus) は、ローウェルの「ライラック」とエリオットの『荒地』とをウォルト・ホイットマンの「ライラック」を軸に比較している ("Amy Lowell: Body and Sou-ELL" in *Amy Lowell, American Modern*, 2004. p. 187)。

これ以前、ローウェルは一九一八年出版の『カングランデの城』(*Can Grande's Castle*) で、こう「ライラック (色)」を使用していた。この用例はすべて、第四部「青銅の馬」(The Bronze Horses) の「ヴェネツィア」をめぐる箇所にある。ちなみに、この詩集は、この他、第一部「海の青と血の赤」、第二部「鍵としての銃——そして、大門が揺れる」、第三部「生け垣の島」からなっている。

「美しい、色あせた都市。海からの風が吹くと、あなたのオリエント風の驕奢は薄暗くなり、バラ色と琥珀色とライラック色の虹になる」（二七一ページ）

「紫の夜がサン・マルコ教会に据えられた白い天使らの上に影をおとすと、キリストの星の上にはライラック色の光輪が浮かび、背後の輝くドームに溶けていく」（二一四ページ）

「鐘楼の天使は、突如、深紅になり、おぼろげにバラ色にかわり、ライラック色になって消え、あとは闇……」（二二〇ページ）

「美しい、色あせた都市」は、『荒地』の「〈非現実の都市〉／冬の夜明けの褐色の霧の下」を想起させる。両者は対照的である。

この作品は高い評価を受けた。出版された一九一八年には、この作品の宣伝をかねた批評が頻繁に新聞、とりわけ『ザ・サン』紙に掲載された。その年の十一月三日付『ザ・サン』紙の「書物と書物世界」のコラムにおいて、「エイミー・ローウェルの新著」と見出しの付いた記事で、小見出し「展望と興奮」の箇所に以下の解説があり、「ライラック」がさりげなく顔を覗かせている――

表層の神秘、感触の恍惚、金属の衝突、日の照らしつける神殿、波打つ海、斑岩の石畳を歩む銅製の蹄の足、夢を孕んだひたい、空中を泳ぐバシリカ、ライラックが飾るワイン・トンネル――こうしたものから〈新たな表層の詩〉はできている。／このようにモノを熱狂的に愛する姿勢には、〈芸術の新時代〉を迎えたこの国最初の傾向がみられる。それは、プリマスロックからの反発のはじまりである。メイフラワー号が浸水沈没しかけ――アポローン、ありがたや！――三段オールのガレー船と黄金のガリオン船が到着した――もしくは、リアリズムのユトランド周辺にまさに認められる。ローウェル嬢は、先駆者としてわれわれを〈リアリズムのジャングル〉から、〈手におえない貨物船〉、つまり〈社会主義〉という小型漁船も決してやってはこない海へと導く。彼女が装備しているのは、まさに生活からの戦利品だ――だから、彼女の作品には「メッセージ」がみつかったためしがない。彼女は、自然のモノを水のように跳ね返し、日中と日光に浸り、空想的な川をわたり、そして大理石と壊れた円柱と羽をつけた馬《ペーガソス》の生を生きることを楽しむためだけに製作しているようだ。

これ以前の八月二十五日付『ザ・サン』紙の「書籍と製作者」のコラムには、「以下の詩・劇・エッセイ」の箇所に、「カングランデの城、エイミー・ローウェル作」とだけ記されていた。それからほぼ一ヵ月した九月二十九日付『ザ・サン』紙に短い記事が掲載された。ただし、解説は正確ではない。

エイミー・ローウェルの新著『カングランデの城』所収の詩は、「多声の散文」で書かれ、そのうち四編は、ブルボン家のイタリアからトラファルガーの海戦まで、タイタスの勝利から現戦争でのオーストリアによるヴェネツィア空襲にまでおよぶ。つまり、イングランド、ビザンチウム、そして日本が背景となっている。

さらに、十月十三日付『ザ・サン』紙の「書籍と製作者」のコラムで、先月のものより長い内容紹介の記事が掲載された――

魅了されて、エイミー・ローウェルの「多声の散文」による近刊書『カングランデの城』に、ぽつぽつみつかる特徴ある細部に釘付けだ。内容を披露すると以下の通り。「海の青と血の赤」は、ロード・ネルソンとハミルトン夫人をめぐる話をもとにしている。「鍵としての大砲――そして、大門が揺れる（鍵としての大砲――大扉が開く）」は、ペリーの日本訪問をあつかっている。この詩は、すでに定期刊行物に掲載され、ブレースウェイト氏の一九一七年度雑誌掲載詩をあつめた詩華集に収録されたので、その質は知られている。「生け垣の島」は、旧世界が解体し新世界になったことの「回想と予言」で、「青銅の馬」は主題としてローマの凱旋門を飾りたてた壮大な騎手の一団を扱っている。この凱旋門は第四次十字軍の際、ヴェネツィア人に奪われ、サンマルコ大聖堂の柱廊玄関の上に置かれた。さらに、ナポレオンによってパリに運ばれ、一八一四年にヴェネツィアに戻った。最近までヴェネツィアにあったが、オーストリアの侵略の際、この集団は安全のためローマに送る必要があった。二千年後の里帰りだ。

一ヵ月たたない十月二十日付『ザ・サン』紙に『カングランデの城』の出版社広告がでて、「エイミー・ローウェルの現代の叙事詩四作／『カングランデの城』／（第二版新たに準備でき）」の見出しのあと、以下の書評が掲載されていた——

その話題でいえば、かつてポーは生きた威厳のある詩人で、その仕事が待たれていた……今、エイミー・ローウェルの詩が注目され待たれている。大当たりが彼女の仕事のなんたるかを明かしている。ローウェル嬢はわが国の詩人で——現在、挟み撃ちにあっている。あるいは、実際、明らかに、この特定の文学の時代の美的熱情と次の時代のそれとの狭間にある。『カンランデの城』所収の各詩は、注目すべき力を備えた現実的で真の詩である。つまり、想像力のなせる業、感動的で美しいもの——ジョゼフ・E・チェンバレン（『ザ・ボストン・トランスクリプト』紙、一ドル五十セント）

十一月十七日付『ザ・サン』紙の広告で、「「わが国の文学の新規なもの」／『カングランデの城』／エイミー・ローウェルの詩」を見出しとしたものが掲載されている。この広告文のあり方は、先に引用した八月二十五日付

『ザ・サン』紙や十月十三日付『ザ・サン』紙の「書籍と製作者」のコラムに顔をだした「多声の散文」でいえば、まさに『ニューヨーク・トリビューン』紙、『ニューヨーク・サン』紙・『ロサンゼルス・タイムズ』紙、『フィラデルフィア・プレス』紙、そして出版社マクミランの「声」からなり、「多声の散文」にほかならない。この形態こそ、『荒地』のそれでもある。

「この驚異的な小品の才能は疑うことができない」――『ニューヨーク・トリビューン』紙。「『カングランデの城』はローウェル嬢の最高傑作であるだけでなく、わが国文学の新たなるものである。炎と青銅と光の織り成すパノラマ」――『ニューヨーク・サン』紙。「ここにはそれほどたくさんの感情、自由、熱情、そして美があるので、本書は詩のルネサンス全域でもっとも特色ある価値ある本にわたしにはみえる」――『ロサンゼルス・タイムズ』紙。「これら四篇の素描には、最良の古典詩にみられる美、イメージ、炎めいた情緒がある」――『フィラデルフィア・プレス』紙。（目下、第二版。第三版まもなく。一・五〇ドル）

十二月二十二日付『ザ・サン』紙の広告の内容は、以下のとおりである。まず、「見出し」としては、「〈詩のルネサンス全域で、もっとも顕著で価値ある本〉／『カングランデの城』／エイミー・ローウェルの新詩／「剣の刃とポピーの種」等々の作者による」とあり、以下の評価がみられる――

「エイミー・ローウェルという叙事詩の芸術家が開発された。彼女の『カングランデの城』は、ウォルト・ホイットマン以来最大の作である……青銅と血のシンフォニー。アメリカ文学で他に類をみない本」――『N・Y・サン』紙。／目下、第二版。すぐ第三版もできる。一・五〇ドル／マクミラン出版社、ニューヨーク。

ここにある評価は、同年十二月一日付『ザ・サン』紙（八ページ）の「書物と書物世界」のコラムに掲載された一部からの「引用」であった——

詩人。／詩の分野、つまりエーリュシオン（死後の楽園）の野で、アメリカはジョイス・キルマーを失った。存命であれば彼は、昔風の素晴らしい歌い方をするすぐれた歌い手になったことだろう。エイミー・ローウェルという叙事詩の芸術家が開発された。彼女の『カングランデの城』は、ウォルト・ホイットマン以来最大の作である。現在、多数の詩人たちがいて、多様な見込みがあり、まとめていえば、確実で卓越した技能を持っている。だが、わが国最大の業績は、多数の詩愛好者を新規に募っていることである。

（註・「ジョイス・キルマー」（Joyce Kilmer）は第一次世界大戦で戦死したアメリカの詩人［一八八六年〜一九一八年］で、代表作は「樹木」［一九一三年］）

しかし、これですべてではない。十二月二十日の広告の引用で、「ウォルト・ホイットマン以来最大の作である……」の省略後の箇所「青銅と血のシンフォニー。アメリカ文学で他に類をみない本」は、同紙十一ページ掲載のコラム「〈書物と書物の世界〉による選りすぐり」中の「ベンジャミン・ド・カッサーズによる／……／『カングランデの城』、エイミー・ローウェル作。青銅と血の散文によるシンフォニー。アメリカ文学で他に類をみない本」からの引用である。

さきに、「ライラック」の箇所で持ちだした十一月三日付『ザ・サン』紙の「書物と書物の世界」のコラムでは、まず「エイミー・ローウェルの新著」の見出しからはじまり、『カングランデの城』の特集となっている。第一パラグラフが以下のようにはじまる——

人間の知性は、ヴォルテールが誕生してから眠ることがなかった。それは知識の室内をあちこち歩きまわり土地の調度を打ち壊した。光沢あるものは、十億の破片と点滅する断片にとっての天の光である。芸術では、ことごとく統一が死滅している。形式と規則は殺害され、鋳型の中に横たわっている。詩では、われわれはハルマゲドンではなく、いわばバベルの塔に直面しているのだ。

そして、本書第Ⅱ部第一章第三節の前の箇所で示唆した「ライラック」のでてくる箇所をはさみ、以下のようにつづく――

〈大暴落の詩人たち〉／イルミナティは消滅した。その光輪からは、明けの明星（金星）（フォスフォロス）だけが残っている。そして、小さなジルズらが額にそれをこすりつける。首尾よく、といえる。何故なら、われわれは美しい手を返し、今日、エンジンが詩を裏返したからだ。科学と懐疑のツェッペリンはわれらの頭上の天上を爆撃し、ティエポロのフレスコ画の廃墟からわれわれは這いだしはじめた。／『カングランデの城』（マクミラン社、一・五〇ドル）の中で、エイミー・ローウェルは這いだし、両手には表面の輝く宝箱を持っていた。それはアメリカ文学では、それなりにユニークで、エドガー・リー・マスターズのとてつもなく素晴らしい、合衆国の『人間喜劇』である『スプーン・リヴァー詩華集』に匹敵する。彼はバルザックにできなかったことをなしとげた。もし、マスターズがわが国のバルザックなら、エイミー・ローウェルはテオフィル・ゴティエに相当する。彼女の詩は見事な表層の詩だ。彼女にとって、人生は色、音、金属の冒険である。

〈柱状面の世界〉／彼女のスタイルは、冷たく大理石のようで、非個人的である。日の光はあるが、暑気当たりになることはない。感嘆符は熱情を示しはしない。彼女は繊細なレンズを磨く詩の分野のスピノザだ。彼女のアイロニーは削られている。彼女の喜びは金属的だ。『カングランデの城』を読んだあと、金属、金属、金属の味が残る。それは、フロベールがエマ・ボヴァリーを殺したあと、ヒ素の味を感じたのと同じだ。／ゴティエのように、彼女はこう述べているようだ——世界に内側はない——すべて虹色の表面である。真理は色の属性である。神は一種の直観である。道徳は完成された形式。これが彼女の才能であり、彼女はそれをあなたに積み重ね、取ったり残したりする。それは彼女の個人的きまぐれ——彼女の変幻自在のダイモン。／『カングランデの城』は「多声の散文」で書かれている。この形式は、フランスの詩人ポール・フォールから借用したと彼女は認めている。雰囲気が変化すると彼女は楽器を変える。彼女は役者たちに向けたハムレットの忠告を逆にしている——彼女は、ことばを行動に合わせているのだ。

〈世界叙事詩四作〉／『カングランデの城』には四作の叙事詩が収録されている。ローウェル嬢は、ネルソンとともにわれわれをナイル川の戦いにつれていき、われわれはトラファルガーで彼とともに死ぬ。ナポリとパレルモの間奏曲は、レディー・ハミルトンと一緒である。ベスビオ山の赤い眼は、彼女が使うギリシャのコーラスである。／第二部「鍵としての大砲——そして、大門が揺れる」で、われわれは米国人と共に一八五三年の日本の門にいる。色の大混乱、シンガポールの金襴の絵と青と銀のノクターン。そして、〈近代的な型〉に堕する日本。／しかし、本書最高の絵はローマと題されたものだ。時期は、カエサルの軍団兵がユダヤから戻ったとき。ここにある絵は冷たく鮮明である点で、見事でフロベール風である。英語でこのようなものを読んだ記憶はない。エドガー・ソルトス（Edgar Saltus）の『帝王紫』（*Imperial Purple*）においてすらない。粗野で華麗なペイガニズムの魅力的な美と恐怖が増大し、精神はかなり魔術に耽る。それは、トランペットと神殿の輝きである。（註・「エドガー・ソルトス」（一八五五〜一九二一年）は、アメリカ作家で、ユイスマンやワイルドと並ぶデカダンスの作品を書いた。）

この記事引用箇所の最初の語「イルミナティ」について、一九一二年十月十二日付『ザ・ベミジ・デイリー・パイオニア』紙（*The Bemidji Daily Pioneer.* (Bemidji, Minn.)）に「イルミナティ」の見出しの記事がでている。

「イルミナティ」は、今日なら、さしずめ「合理主義者」とか「自由思想家」とか「自由主義者」とか呼ばれることだろう。一五七五年頃スペイで創設されたこの結社、もしくはセクト、あるいは、いかように呼んでもかまわないものはヨーロッパ中に広まり、フランスとドイツでとりわけ強固なものになった。彼らの主張によれば、真理、そしてその決定的証拠は内的なものであり、理性や良心にみいだされ、モノの外的付属品、たとえば信条、形式、そして行為などにではないとされた。イルミナティの合理主義は、マシュー・アーノルド流にいえば「情緒に色づけられ」、合理主義と神秘主義がまじったものである。教会の敵対姿勢は強硬で、イルミナティの最初の者たちは「異端」というおきまりの罰金を支払っていた。

一九一九年十月十五日付『オマハ・デイリー・ビー』紙（*Omaha Daily Bee.* (Omaha [Neb.])）に、見出し「クラブダム／演劇グループ、文学が真新しい子どもを産んだと聞く」の記事で、ローウェル作『カングランデの城』の「生け垣の島」を朗読し、その真新しい文学形式「多声の散文」の意味を解説した内容の記事が掲載――

「わたしは、弁護士を務めているのでも、原告を擁護しているのでもありません」と、ケイト・マックヒューはいい、月曜日の午後、ホテル・ブラックストーンで開催の演劇グループの前で、多声の散文について語った。「それは新しい文学形式ですが、われわれは、文学形式に対して虚心坦懐でなくてはなりません。古い考えを、新しく整理し直そうとしなくてはなりません。人生を描く手段は、時代ごとに変化します。文学におけるどの革新も、辛い戦いを経験しましたが、新形式に対し活躍の機会を渋ってはいけません。もし、それらが現実のもので、摸倣でなければ、地位を維持することでしょう」。／議論されたこの新形式の提唱者はエイミー・ローウェルで、著書『カングランデの城』中の「生け垣を島」をマックヒュー嬢が朗読した。朗読は音楽的で、「旋律的というよりオーケストラ的」であった。リズムは規則的ではない。この多声の形式は、文学の中でもっともしなやかなものであり、作者のすぐれた趣味を除けば、そのよりどころはない。この表現は、考えに完全にあっている。それは、散文形式と韻文形式の混合したものである。適切な解釈と抑揚をともない朗読されるにつれて、チェロの豊かな調子、ヴァイオリンの繊細な振動、流れるが途切れるハープの和声が、テーマ全体を通じて聞くことができる。／（以下、略）

一九二一年二月二十五日付『アリゾナ・リパブリカン』紙（*Arizona Republican.* (Phoenix, Ariz.)）に、見出し「どこへ？　ああ、どこへ？」の小さな記事がでた——

すぐれた詩を書き、美的センスからして、依然、好んでスウィンバーンとワーズワス（わがホイットマンはいうまでもなく）に執着している、とても教養のあるイングランド人女性が、先日の夜、あるポエトリー協会のレセプションにつれていかれた。自由詩を好まない彼女は、その代表者の名をよく知らず、その晩、エイミー・ローウェルの名が議論にあがっていた。／「エイミー・ローウェルは、わが国一流の詩人です」／「どこに彼女はあなた方を導くのでしょうか」と、イギリス婦人はいった。——『ニューヨーク・サン』紙。

この記事の見出しは、ホメーロス『イリアス』のアレキサンダー・ポープ訳（*The Ilad of Homer*, 1909）第八部一一七行からのもの。この頃、ローウェルは絶頂にあったといってよい。

ローウェルが新聞に登場しはじめるのは一九一五年頃からで、その年の十一

ローウェル（前列左）／1916年3月27日付『イヴニング・パブリックレジャー』紙より

THE SUN, SUNDAY, JULY 21, 1918.

The Amiable Art of Appreciating Amy Lowell

ローウェル／1918年7月21日付『ザ・サン』紙より

月二十八日付『ニューヨーク・トリビューン』紙には、エドワード・オールデン・ジュウェルによる記事が掲載された。「わが国の詩人は、歌の新黄金時代の先触れとなるのか?」の大見出し、「〈新〉学派の熱烈な提唱者エイミー・ローウェルは語る。アメリカは歌人に対し、かつてないほどの理解を生みだしている――多くのまじめな芸術家が、目下、聴衆を獲得している、と」の小見出しであった。(記事の内容は、後出)

　アンドリュー・サッカー(Andrew Thacker)は、「無関係の美――エイミー・ローウェル、多声の散文、そしてイマジストの都市」(『エイミー・ローウェル、アメリカのモダーン』(二〇〇四年)所収)で、以下のように『カングランデの城』を解説・評価している――

> 多声の散文によるローウェルの主要作品は『カングランデの城』(一九一八年)で、長い物語詩四編からなっている。S・フォースター・デイモンは、この本をローウェルの最初の「完全にオリジナル」な本だと呼んで、ウィリアム・ブレイクの予言の書『アメリカ』にたとえている。最初の詩「鍵としての銃――そして大門が揺れる」は、十九世紀末のアメリカと日本の通商をめぐるもので、そのテーマはモダニズムのお決まりの強迫観念である「芸術対商業」のそれである。「海の青と血の赤」は、イギリス海軍提督ロード・ネルソンの生と死を描き、いくらか詳細に彼のおこなった海戦とレディー・ハミルトンとの愛を語っている。その一方で、「生け垣の島」はやや奇怪な詩で、皮肉をこめてイギリスの郵便制度を称賛する一方、イングランドが伝統と古さに「縛りつけられている」ことを批判しているようでもある。もっとも成功した詩は最後の「青銅の馬たち」であり、この馬は、ヴェネツィアのサン・マルコ大聖堂の外に置かれている有名なクアドリガ(四頭立てのチャリオット)設置後、ローマ、コンスタンティノープル、そしてヴェネツィアの都市の間を移動する。チャリオットに繋がれるこれら四頭

REMOVING THE BRONZE HORSES FROM ST. MARK'S, VENICE, TO SAVE THEM FROM AUSTRIAN SHELLS.

1915年6月24日付『イヴニング・スター』紙より

サン・マルコ大聖堂の馬像

の馬は、古代世界から生き残ったまれなもので、一二〇四年に陥落したビザンチウム（コンスタンティノープル）の（競馬・戦車競走の）競技場（ヒポドローム）の外に置かれていたものである。（一一四ページ）

では、ローウェルはどのようにして、この「青銅の馬たち」を詩のテーマにするにいたったのか。たとえば、当時の報道から知った可能性がある。一九一五年六月三日付『オマハ・デイリー・ビー』紙に、「有名なサン・マルコ大聖堂の青銅の馬たち、隠される」の見出しで、次の記事がでた――

> ローマ、六月一日（パリ経由、六月二日）――有名な金色の馬たちは、一世紀間、ヴェネツィアのサン・マルコ大聖堂の主要扉を飾っていたが、この都市から安全な場所へと移された。それらが、敵の飛行士ないし軍艦に破壊される恐れがあったからだ。／サン・マルコの四頭の馬は青銅製で、高さ五フィートあるが、古代の青銅の中でもっとも素晴らしいものの一つである。たぶん、かつてはネロの凱旋門を、その後はトラヤヌスの凱旋門を飾っていたのだろう。コンスタンティヌスがコンスタンティノープルの帝国競技場を飾るためにそれを送り、そこから元首エンリコ・ダンドロが戦争の戦利品として、一二〇四年、ヴェネツィアに持ってきた。一七九七年、それらはナポレオンによってパリに運ばれたが、一八一五年、皇帝フランツによって以前の場所

The Pope Begs that the Priceless Art Treasures of Venice be Spared

From the Bombs of the Austrian Aviators Who Have Several Times Threatened the Glorious Old City.

1915年11月21日付『リッチモンド・タイムズ＝ディスパッチ』紙より

How the Altar of St. Mark's, Where the Relics of the Apostle Repose, has Been Protected by Sandbags Against Bombs.

The Famous Bronze Horses of St. Mark's on Their Wooden Carriages on Which They Were Carried to the Cellar for Safety

に戻された。

この記事のあとを追うように、六月二十四日付『イヴニング・スター』紙に、キャプション「青銅の馬たちをヴェネツィアのサン・マルコから移送しているところ。オーストリアの砲弾から救うため」の写真と共に、大見出し「サン・マルコの馬たち、幾度も旅をした」、小見出し「有名な青銅像、数世紀にわたり戦利品となってきたが、無傷のまま」で、先の記事より詳しいものがでた――

最近、特電にて報告があり、ヴェネツィアのサン・マルコ大聖堂の四頭の青銅の馬がその台座から移動されたという。それは、オーストリアの砲弾に傷つかないようにとの配慮からである。この著名な青銅像は、数世紀にわたり戦利品であったが、どこに運ばれたかは明かされていない。もっとも、推測されるのは、前線から遠く離れたどこかの小さな内陸の町に、いまは安全に隠されていることであろう。／一枚の葉書がたったいま、ベネツィアからワシントンに届いた。そこには、サン・マルコ大聖堂の主要扉上にあった安置場所から、その馬たちがどのように移動されたかが記されている。今回でこの馬たちが移送されるのは少なくとも六度目で、おそらくこれ以外にも記録のない時期に移動された可能性がある。どこへ移動されようと、この見事な青銅像に傷がつけられたことはない。とはいえ、移動したのは、ローマからコンスタンティノープルへ、そこからヴェネツィア、パリ、そしてヴェネツィアへ戻り、いまでは秘密の隠し場所にある。

さらに、一九一五年十一月二十一日付『リッチモンド・タイムズ＝ディスパッチ』紙（*Richmond Times-Dispatch*）に、「教皇が請願。ヴェネツィアのきわめて貴重な芸術の宝を、この栄光の古の都市を幾度も脅かしているオーストリア飛行士の爆弾から守るようにと」の見出しで、大きな写真のついた記事がでた。その一枚のキャプションに、「サン・マルコ大聖堂の有名な青銅の馬たち。安全のため地下室に運ばれ、木製の運搬台に乗っている」とある。

このような『カングランデの城』の解説を読むと、ますますこの作が、エリオット『荒地』の直接的典拠であるという印象を強くする。『荒地』では、幾度も「ロンドン」が言及されている――「ロンドン・ブリッジを群集が流れていった」（Ⅰ）、「美しいテムズよ、静かに流れよ」（Ⅲ）、「〈非現実の都市〉／冬の正午の褐色の霧の下」（Ⅲ）、「ロンドン渡し運賃保険料込」（Ⅲ）、「ストランドを抜け、クィーン・ヴィクトリア・ストリートを通って。／おお、シティー、シティー、ぼくの耳にときどき聞こえる、／ロウアー・テムズ・ストリートの居酒屋のそば」（Ⅲ）、「マグナス・マーター教会の壁は」（Ⅲ）、「ハイベリがわたしを生み、リッチモンドとキュウが」（Ⅲ）、「わたしの足はムアゲイトに」（Ⅲ）、「マーゲイトの砂浜で」（Ⅲ）。

これに対し、『カングランデの城』の第三部「生け垣の島」（初出・『ザ・ノース・アメリカン・レヴュー』誌第七五三号、一九一八年）でも「ロンドン」が幾度となく言及されている。そもそも、「生け垣の島」とは「ブリテン島」のことで、こうはじまる――

イングランドの生け垣、スローベリがあちこちにあり、たっぷり胡椒をふったよう。イングランドの生け垣、何列も何列にもなったイバラや野バラが、火から放射状に広がる。火のところでロンドンは燃え、蒸気があがるよ

うに光を放ち、夜空に眩しい光を投げかけている。（一〇一ページ）

さらに、第四部「青銅の馬」（The Bronze Horses）は、これから先で議論する「ヒポリトゥス」言説、とりわけ「アプロディーテ／ヒポリトゥス神話」とかかわっている。この神話では、ヒッポリュトスがトロイゼーンのサロニカ湾岸を戦車で走っていたとき、ポセイドーンが遣わした怪物（あるいは雄牛）が海からあらわれた。戦車を牽いていた馬はそれに驚き暴れ、ヒッポリュトスは戦車から落ち、暴走した馬に轢かれて死んだとされる。

「青銅の馬」の「コンスタンティノープル」と題されたセクションには以下のようにあって、オリエントの地名――「ボスポラス海峡」「黒海」「金角湾」「マルマラ海」――が登場する。

東方の帝国よ！　ビザンチウムよ！　コンスタンティノープルよ！　世界の全盛期の都市……ボスポラス海峡は北へとうねり、黒海に至る。金角湾は曲がって淡水湖に入る。この都市の端は、マルマラ海から急に向きをかえる。（一四〇ページ）

さらに、次のテキストの「擬音」は、『荒地』の「V　雷の言ったこと」の「鶫《つぐみ》が松の樹にとまって歌うところに／ポトッ　ポトッ　ポト　ポトッ　ポト　ポト　ポト　ポト／だが水はない」（Where the hermit-thrush sings in the pine trees / Drip drop drip drop drop drop drop / But there is no water）を連想させる――

「ポトッ―ポトッ―ポトッ―と鼓動する青銅の心臓から滴り、滑って下に群がる群集のざわめきに溺れる。」（Drip—drip—drip—out of their hearts of beaten bronze, slipping and drowning in the noise of the crowds clustered below.）(p. 146)

類似の表現は以下の箇所にもみられ、ここにある機関銃の発射音「パプ - パプ - パプ - パプパプ」の擬音が「タイプライター」に対応させられていることもさることながら（『荒地』「Ⅲ 火の説教」の「タイピストが夕食に帰り」に対応）、ダッシュ「—」とハイフェン「-」とが使い分けられている。

数分——一分——二分——三分——（Minutes—one—two—three—）、空中防衛基地の砲台が砲撃をはじめる……ヴェネツィア上空のタウベは高く、野生のガチョウの飛行のように楔状になって飛んでいる。ドカーン！（Boom!）高射砲が一連の発光する球を投げ上げ、はるかラグーン全体に反響する。……パップ - パップ - パップ - パップ - パップ - パップ（Pup-pup-pup-pup-pup）、機関銃が遠くのタイプライターのように音をたて、いうにいわれぬ速さで発砲している。（二二四〜五ページ）

ここにある「タウベ」とは、本書第Ⅰ部第一章冒頭に引用した「ゴータ」機にならぶ戦闘機で、この箇所はその第一章の第一節・余白の最後に引用した新聞記事に対応し、それを補うものでもある。ローウェルは、たとえば一九一五年五月三十日付『ザ・サン』紙の次のような記事を読んでいたと思われる——

ヴェネツィア、爆撃さる／オーストリアの飛行士、サン・ニコロ砦の爆発の因を作る／『ザ・サン』紙への特別電／ウィーン発、ベルリンとアムステルダム経由／五月二十九日／オーストリア戦争省は、今日、以下の告知をした——／海軍所属飛行士が、昨夜、ヴェネツィアに大量の爆弾を投下し、広範にわたり火災をひき起こし、サン・ニコロ砦の爆発の因を作った。／パリ、五月二十九日——ローマからの報告によると、タウベ飛行機二機が爆弾をサンピエトロ大聖堂近くに投下した。被害はなかった。

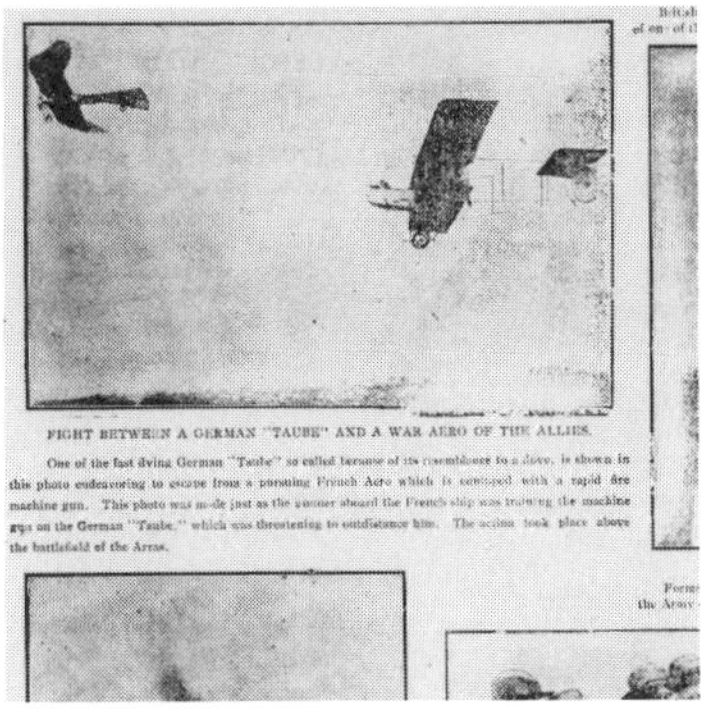

タウベ機／1915年1月26日付『ザ・ガーデン・アイランド』紙より

タウベ機／1914年10月27日付『ザ・デイ・ブック』紙より

タウベ機／1914年10月4日付『ザ・サン』紙より

以上のように、『カングランデの城』が『荒地』の下敷きになっていると仮定してみると、「青銅の馬たち」が「ローマ」からはじまり、「コンスタンティノープル」→「ヴェネツィア」と移動するが、これはまさに『荒地』の聖杯の騎士の遍歴にかさなる。しかも、『荒地』「V　雷の言ったこと」には、「エルサレム　アテネ　アレキサンドリア／ウィーン　ロンドン／〈非現実〉」ともある。そして、「青銅の馬たち」は、「大戦争」の「オーストリア」軍による空爆でおわる――「運河の先、古い美しい馬たち、ヴェネツィアの、コンスタンティノープルの、ローマの誇り。幾たびかの戦争は小さな炎であなたを襲っては去っていくが、バラとキョウチクトウはあなたが去る前にその花びらを撒き、あなたは深紅の星を戴いた空間の星座のように動く」（一三二ページ）。ここには、「死」と「再生」が読みとれるのだ。

さらに、二番目の詩「鍵としての大砲――そして、大門が揺れる」には、『荒地』の最後の連を想起させるような箇所がいくつかある。

Up, oars, down; drip—sun-spray—rowlock-rattle. To shore! To shore! Set foot upon the sacred soil of the "Land of Great Peace,". . .(p,84)

上げよ、オールを、下げよ――太陽の飛沫――オール受けがガラガラ鳴る。岸へ！　岸へ！　「大いなる平和（涅槃／安息）の地」の聖な

る土地を踏め。（八四ページ）

The prisons are crammed with those who advise opening the Gate.(p. 82)

獄舎は、〈門戸〉を開くよう助言する者で一杯。（八二ページ）

A jig of fortune indeed, with a sailor and a professor manoevring for terms, chess-playing each other in a game of future centuries.(p.92)

運命のジグ踊りだ。一人の船員と一人の教授が条件を求め画策し、未来の数世紀をかけ、たがいにチェス遊びをしあっている。（九二ページ）

ここにある「オール」「岸」「門戸」「平和／涅槃／安息」「獄舎」「開く」は、以下の『荒地』引用箇所の「オール」「岸」「戸」「シャンティ」「獄舎」「鍵が回る」に対応し、引用中の「鍵」は、ローウェルのこの詩の題にある。『荒地』の「船」はローウェルにはないが、「上げよ、オールを、下げよ——太陽の飛沫——オール受けがガラガラ鳴る」に示唆されている。ここは提喩表現である。ローウェルの「大いなる平和の地」は、『荒地』最後のことば「シャンティ」に対応しているが、これは「ニルヴァーナ（平和／安息／涅槃／解脱）」のことであろう。さらに、ローウェルにある「チェス遊び」は、いわずと知れた『荒地』「Ⅱ　チェス遊び」に対応している。

DA／ダヤヅワム——相憐れめ。わたしはただ一度だけ鍵が／回される音を聞いた。ただ一度だけ／われわれは鍵のことを思う、めいめい自分の独房にいて／鍵のことを思いつつ、めいめいの独房を確認する／ただ日暮れどき、霊気にも似た幽かな声が／一瞬、虐殺されたコリオレイナスを甦《よみがえ》らせる／DA／ダミヤク——己を制せよ。船は従った／楽しげに、帆と櫂《かい》に熟達した人の手に／海は凪《な》いでいた。もし誘われれば、きみの心も快く／応じたことだろう。指図する者の手の動きに／従順に鼓動してぼくは岸辺に坐って／釣りをしていた。背後には乾いた平原が広がっていた／せめて自分の土地だけでもけじめをつけておきましょうか？／ロンドン。ブリッジが落っこちる落っこちる落っこちる／ソレカラ彼ハ浄火ノ中ニ姿ヲ消シタ／イツワタシハ燕《ツバメ》ノヨウニナレルノダロウ――おお、燕、燕／廃墟ノ塔ノ、アキタニア公／これらの断片を支えに、ぼくは自分の崩壊に抗してきた／では、おっしゃるようにいたしましょう。ヒエロニモふたたび狂う。／ダッタ。ダヤヅワム。ダミヤタ。／シャンティ　シャンティ　シャンティ（岩崎訳）

それにしても、何故、ローウェルは題に「カングランデ」を使用したのだろう。一つの手がかりは、一九〇二年九月二十一日付『ニューヨーク・トリビューン』紙の、見出し「ヴェローナ／イタリア古都の散策」と題する新刊紹介記事にある。この新刊は、アレゼア・ウィール（Alethea Wiel）の『ヴェローナ物語』（*The Story of Verona*, 1902）である。「ヴェローナの輪郭を大胆に単純に描くことはむずかしい。解釈はもっとむずかしい」とはじまる、この記事の以下の箇所が注目される――

奇妙なことに、ヴェローナ住民は、この怪物（エッチェリーノ）の支配下にあって被害を被ったにもかかわらず、彼のとった政治体制を好んでいたようである。彼は場面から消え、スカリジェ家に道を譲った。スカリジェ家は、時折、エッチェリーノ自身のようにかなり悪名高いことをすることがあった。他方、その家系には、高貴とはいえなくとも、称賛できる人物が含まれていて、百年以上に及ぶ支配は、この都市にとって益もなくはなかった。家系の構成員に剣を振るって栄誉を得た者がいたとしたら、もっと気品のある本能をみせた者もいて、こうしたヴェローナの暴君の少なくとも一人、つまり、カングランデは、人文学の全愛好者から特別の尊敬をもって思いだされるに相違ない。彼こそ、フィレンツェから追放され辛い時期にあったダンテを迎え入れたその人である。子どもの頃ですら、彼は高潔な性質をみせていたといわれる。彼は勇敢で、有能で不道徳、そして不正な悪徳も持ちあわせていないわけではないが、全体として、王侯にふさわしい人物であった。ウィール夫人は、ボッカッチョが彼を「フリードリヒ二世の御世以来、イタリアで知られたもっとも著名で高貴な領主の一人」であるとしたことば、また、「エッチェリーノ・ダ・ロマーノ以来、ロンバルディアにいたもっとも偉大な暴君にして、もっとも豊かでもっとも有力な王侯だ」としたジョヴァンニ・ヴィッラーニの賛辞を引用している。彼が鉄の手でヴェローナを支配したとしても、少なくとも、ウィール夫人のいうように、彼の「国の利益をおもんぱかる見解は余りにも純粋で高潔なため、個人的野心に突き動かされることはなかった」。彼は、ヴェローナをよくし美しくし、リベラル・アーツ（自由七学科）に弾みをつけるため多くのことをした。彼が食卓でもてなしたのは、ダンテだけではなかった。芸術家や文人がつねにそこで歓待され、彼は必ずしもそうした人びとの感情に配慮を欠くことがなかったわけではないが、彼らを価値ある存在とみなし、その影響の重要性を信じていたことは疑いもない。

ちなみに、ダンテ『神曲・天国篇』（平川祐弘訳）の「第十七歌」の梗概に、次のようにある——

かねてさまざまな場面で予言を聞かされていたダンテは、自分が将来直面するであろう運命についてカッチャグイダに質問する。（中略）カッチャグイダはまたヴェローナのカン・グランデがダンテを助けてくれるであろうことも予言する。（以下、略）

この「第十七歌」は、「よそで自分の出生について厭な話を聞かされたパエトンは帰って真偽をクリメネに問い糾した」からはじまっている。（「パエトン」については、本書第Ⅲ部第一章第三節・余白②で言及している。）そして、該当する箇所は七十行～八十一行で、以下のようになっている――

おまえの第一の隠れ家、第一の宿りは／ロンバルディーアの大君の好意によることとなるだろう。／その家は階段（スカーラ）の上に聖鳥をつけている。／大君はおまえに特別の好誼の情を示すだろう。／おまえら二人の間では、他人の仲と違って、／用件は頼む前から片付いているに相違ない。／大君の脇におまえは赫々たる武勲をたてるはずの人を／見かけるはずだ。彼は生れた時に／この力強い星の刻印を捺されたからだ。／まだ年端もゆかぬ子供だから、世間の人はまだ、／彼の存在に気づいていない。わずか九年の歳月が彼のまわりにめぐったばかりなのだ。

以上のように、ローウェルとエリオットとの関係を分析し示唆してきたのだが、従来、管見の限り、あろうことかこうした指摘は皆無である。リンダル・ゴードン（Lyndall Gordon）は、『T・S・エリオットの不完全な伝記』（*The Imperfect Life of T.S.Eliot*, 1998, 2012）で、以下のように、つながりを示唆しているだけである――

一九一五年の中頃から、エリオットはソーホーとリージェント街のレストランで木曜夜に催される会合にでていた。そこで、背が高く細身の、頬の窪んだ彼は、エイミー・ローウェルがロンドンに襲来した際のゴシップや、フォード・マドックス・フォードが大ヴィクトリア人らの逸話を喧伝し、アーサー・ウェーリーが中国詩について語るのを聞いていた。その最中、頭上では、空襲警報のサイレンが鳴り響いていた。（九七ページ）

また、ロバート・クロフォードは、『若きエリオット――セントルイスから『荒地』まで』（*Young Eliot; From St Louis to The Waste Land*, 2015）で、ローウェルに言及した四ヵ所のうち三ヵ所で、以下のように述べているが、たったこれだけにすぎない。しかも、消極的な関係の言及しかない――

エイミー・ローウェルの「純米的プロパガンダ」に抵抗するトムは、アメリカ人作家であることの意味を考え込んでいた。その一方では、「文学は言語で判断すべきで、場所によってではない」と主張していた。(二九二ページ)

この帰還兵[リチャード・オールディントン]は、彼の苦労している同盟者の援助をしたかったので、仲間の詩人エイミー・ローウェルのニュー・イングランドの慎重さに対しトムを弁護し、彼女にこう話した――トムには、「エズラにはありえない健全さ、冷静さ、都会風がある。彼はまったく偏屈ではなく、これがおそらく、アングロ・サクソン系作家に与えうる最高の賛辞だ。彼はまちがいなく、アメリカがこれまでに生んだもっとも魅力的な批評作家で、わたし個人としては、彼がイングランドで生活していることにとても感謝し、彼がこちらを好んでいるのを少なからず誇りに思っている」。(三八五ページ)

五月五日、オールディントンは、エイミー・ローウェルに、トムが「とても具合が悪く、もし適切かつ完全休養をとらなければ死ぬだろう」と語った。(四〇八ページ)

最初の引用に、「エイミー・ローウェルの「純米的プロパガンダ」に抵抗するトム」とあるが、この内容を示唆すると思われる記事が、一九一五年十一月二十八日付『ニューヨーク・トリビューン』紙に、見出し「〈新〉学派の熱心な提唱者エイミー・ローウェル、アメリカはこれまで以上にその歌人への理解を生みだしている――多くの熱心な芸術家は、目下、読者を獲得しつつあると述べている」の、エドワード・オールデン・ジュエル(Edward Alden Jewell)のインタビュー記事を掲載した――

新学派のもっとも輝かしい提唱者の一人、エイミー・ローウェルは、強調してそう述べている。彼女は、アメリカはその文化的可能性に目覚めはじめたばかりだという。文化的達成は実現すべきすべてであり、自らを確立する広漠たる過程に熱中してきた国家は、ずっとあとになって、芸術を磨く時間をみいだすだろう。もし、そうした芸術がなければ、多くの者にとって、生活が単に無益で浅ましい状況を招くだけである。／「詩の世界は、すでに目覚めようとしています」と彼女は断言した。「今日の詩人は、以前より機会ができた。より広範な理解が待機し、彼らを受け入れ評価しようとしています」。／「わが国の詩は、援助を得るようになりそうだとお考えですか」と、わたしは訊ねた。そうした実際的で具体的協力は、詩人の涅槃にちがいないと半ば確信しているからだ。／彼女はこう答えた――「こころから、望んではいません。わたしが衷心から望んでいるのは、そのようなことが起こらないことです。闘争の方が、ずっと好ましいのです。闘争がなければ、生存の栄誉がありません。われわれにとって不利な条件が大きいとしても、価値ある者がうまく、最後には成し遂げることでしょう。それが、まちがいなく、あるべき姿です。詩人はたくさんいますが、いつもそうですが、偉大な詩人はわずかしかいません。／さらに、彼女はこうつづけた――「これは、アメリカにおける詩の新時代のはじまりと考えざるをえません。それは、はじまりのはじまりと呼ぶべきと思います。今日、著述をしているわれわれは、のちにつづく者の基礎作りをしているにすぎません。われわれは、ちょうど芸術の玄関にいます。これからの者は、われわれのはじめたことを完成してくれるでしょう」。／〈技術は必要〉／「アメリカの詩人が必要としているのは、その芸術の基本をもっと徹底して学ぶことです。他の芸術において、解釈が可能になる地点まで技術を発展させるのに、どれだけ苦労が必要であるか考えてみてください。ちょうど同じように、詩の仕組みは、多く研究をする必要があります。生まれつきの詩人とかいい、これだけが求められる、つまり、「生まれつきの詩人」は、出発当初から、偉大で不朽の詩を作りだす準備ができていると論じるのは、まったく馬鹿げたことです。／「わたしの考えでは、イングランド詩人は、概して、アメリカ詩人よりもその芸術の基礎ができています。技術開発が、そこではより高い地点までなされています。とはいえ、イングランド詩人の精神が、アメリカ詩人のそれより興味深く生きいきしているとは思いませんが。状況は、ヨーロッパの方がむしろ容易です。しばしば、容易すぎる場合があります。／「詩人は励む、一生懸命詩作に励まなくてはなりません。熱心に詩作に打ちこまなくてはなりません。達成する価値のあることには、限りない自己犠牲、献身、熱中が必要です。仕事は秘密事です。だから、わたしは、アメリカにおいて闘争が必須であるのを嬉しく思うのです。この理由から、わたしは心から、わが国の詩人の途が、彼らにとってたやすく作られないことを願います。真の詩人は、進む道にどのような可能性が山と積まれていようと、それを押し進む者のことです。日々の糧をえるために励むのを、自分の「芸術的気質」が禁じていると不満を述べる詩人に、わたしは我慢がなりません。／（中略）／〈新しいものはとても古い〉／彼女はこう断言した――「この自由詩は、今日の詩人が顕著に用いているものですが、奇妙なことに、エリザベス朝以前の『農夫ピアズ』にみることができます。これは一三六二年頃、ラングランドが書いたものです。英詩の歴史をずっとくだると、散発的に例があります。たとえば、ドライデンやマシュー・アーノルドの作品にみられます」。／アーノルドといえば十九世紀中頃のことで、実際、一歩進めば二十世紀になる頃です。それ故、わたしはローウェル嬢に今日の自由詩を分類してくれるよう頼み、手始めにこう訊ねた――／「ウォルト・ホイットマンは自由詩を書きましたか」。「いいえ」と、彼女は断言した（これは、また、暗黙の口実を示唆するようであった――「これもまた、理解していただきたいものです」。）「ウォルト・ホイットマンは、いかなる意味でも、詩におけるこの新たな自由運動の父とみなすべきではありません。彼は自由詩を書いたわけではなく、リズムのある、あるいは韻律を持った散文を書いたのです。こうして、さらに彼は、単に、われわれの欽定訳聖書の韻律にならっていたのです。この聖書はリズムを持つ散文で書かれ、したがって、ウォルト・ホイットマンの詩もそうであり、エドワード・カーペンターの詩もそうです。後者が、ホイットマンに直接習っていることは、もちろん明白なことです。しか

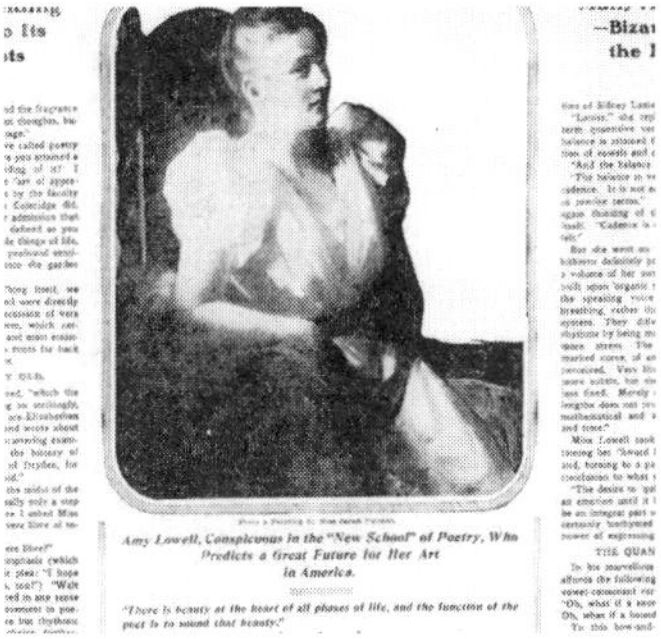

1915年11月28日付『ニューヨーク・トリビューン』紙より

し、自由詩は対岸をなし、両岸を隔てる川は、恣意的に、しかも便宜上、厳密な意味での詩と厳密な意味での散文の間を流れていると考えてもいいでしょう。（以下、略）

このインタビューで、ローウェルが、ホイットマンは「リズムのある、あるいは韻律を持った散文」を書いたとしているが、この形式は、すでにみてきた「多声の散文」のことであるだろう。この「多声」は、『荒地』が「荒地」ではなく、「彼は、いろいろな声でザ・ポリス紙を読むわ」の題を持っていたとき、その「ザ・ポリス紙」が「いろいろな声」で構成されている「散文」であること、しかも、この題そのものが、ディケンズの『我らが共通の友』という根っからの散文の一部であったことを考慮するなら、エリオットは、大いにローウェルを意識していたといえるのではないか。「I　死者の埋葬」の冒頭近くにある「ライラック」は、ホイットマンを示唆しているとされていること、さらに、ローウェルの「ライラック」も示唆しているとなれば、なおさらのことである。つまり、「ライラック」をかいして、『荒地』は『カングランデの城』と重なるのである。

＊　＊　＊　＊　＊

第三節・余白　「自由詩」をめぐる同時代言説

「自由詩」をめぐる言説で、新聞にでた最初期のものは、一九一四年十月二十三日付『ニューヨーク・トリビューン』紙の、コラム「展望塔」の記事にみられる――

「恋の季節の秋が、あなたとわたしのためにやってきました」と、ガートルード・ウォールトンは、『ザ・ピクトリアル・レヴュー』誌で歌っている。にもかかわらず、エズラ・パウンド、エイミー・ローウェル、ニコラス・ヴェイチェル・リンゼーは、押韻《ライム》の足枷を捨て、韻律《リズム》の拘束をフーディーニした（脱ぎ去った）。だから、もしウォールトン嬢が彼女の格子窓から、伝統的な英語を放りだすとしても、何故、文句をいうのか。／（中略）／ごく最近、〈自由詩〉に転向したのは、アーサー・ストリンガーで、彼の新しい詩集『開放水面』は、丁度、入荷したところだ。ストリンガー氏は、〈押韻〉が滑り台にあると考え、自分の考えの正しさをほぼ納得させる前書きを書いている。それから、詩がくるのだが、それをみると、彼の考えは誤りだと納得させられる。／（中略）／〈詩〉のことは、多くはわからない［声―「大切なことをいった」］が、好みにあわないものはわかる――〈自由詩〉だ。／（中略）／天気予報、買い手の到着、社説をインデントし、大文字化してもよい。ついには、〈自由詩〉に似てくる。あるいは、〈拘束のない詩〉のほとんどとくらべても、必ずしも見劣りのしないものになろう。やってみますか。いや、おみせしよう――

　天気予報
この周辺――快晴
で、より涼しい――北西の風。
ペンシルヴァニア州東部――快晴
今日と明日――温暖
北から北東の風（以下、略）

（註・「フーディーニする」（houdini）は、米国のマジシャンのハリー・フーディーニ（一八七四―一九二六年）から作られた動詞。彼は鎖、手錠、拘束衣、あるいは錠をかけられたコンテナから脱出する能力で有名で、「脱出王」の異名をとった。オーストリア＝ハンガリー二重君主国ハンガリー王国ブダペスト市出身のユダヤ人。）

一九一五年十一月二十八日付『ザ・ワシントン・ヘラルド』紙（*The Washington Herald.* (Washington, D.C.)）に、見出し「作り話」の記事が掲載——

一九一四年の夏、才能豊かなアメリカの若き作家アラン・シーガーはパリに在住していた。戦争が勃発したとき、彼はフランス外人部隊に入隊した。「パリは危険で、馴染のいきつけの場所は閑散とし、気の合った仲間は誰もいなかった。危険を彼らに任せ、自分だけ楽しんでいるのは、考えられなかった」。かくして、アメリカ人の友人らに手紙を書いた彼は、信仰告白をして、その後、彼の中にあった信仰のため、塹壕で死んだ。／このことすべてが「中世の作り話」だと、ハリエット・モンローは説明している。では、そのハリエット・モンローとは何者で、彼女の述べることが、何故、重要なのだろう。モンロー嬢は、詩のシカゴ相互称賛派の高位女司祭にして報酬分配人であり、『ポエトリー』誌の編集長である。この雑誌は月刊誌で、これが存続しているのは、シカゴの多数の心得違いの博愛主義者に保護されているからに他ならない。彼らは、価値ある大義の援助をしていると思い込んでいる。この取るに足りない出版物の中に、モンロー嬢と彼女の仲間で精選されたフェミニストらは、一ページ十ドルで、その内容の乏しい詩歌を吐きだしている。その充分に寄付をうけた媒体によって、彼らは互いに花束と百ドルの賞金を手渡しあい、もっと飾りつけられるリボン・カウンターとギャング・プラウ（移動鋤）を避けている。現在、彼らが主に特色として主張しているのは、彼らが「自由詩」と呼んでいる新しい詩を発見したということだ。もっとも、実際にエリートがいると、他の特選の名で呼ぶ。たとえば、「イマジズム」「ヴォーティシズム」「ポリリズム」やその他のもの。／〈自由詩〉の本質は、押韻することも脚韻にわけることもしないことである。それには、あらゆる取柄がある——エリートの眼からすれば。たまたまいいなと思っても、その微妙なニュアンスがわかりそうにない。何種類かの教養のない定期刊行物は、粗雑にも、「自由詩」を「作り話」

だとしている。つまり、一般の人びとへの詐欺行為、より多額のお金でより少ないものを与えようというアメリカ人の大野心のあらわれだ、と。詩だといって散文を（偽りの断片に分割し）売っているのだから。確かに、どんなに「吠え声」をあげても、新しい詩が町にきたことが、文壇でごく微かな関心が持たれたとはいえ、それ以上のものではなかった。／われわれは、〈新しい詩〉の長所にそれほど関心があるわけではない。そのうち消えるみえすいた流行で、シカゴの慈善家は、まもなくガソリンを止め、ずっと以前にそうすべきだったのだが、それをベルギー救済基金にするだろうし、モンロー嬢、ローウェル嬢、オールディントン氏、エズラ・パウンドや愚かな使徒の残りが、（できると信じてはいないが）本物の詩を発するか、家庭生活と手仕事に引っ込む必要があるだろう。どのような教訓がいいたかったのだろうか。単純にこうだ。つまり、今日のアメリカの詩の認定された主要部分、つまり、その運命を左右する主な女指揮者が、理想のために死すことは「中世の作り話」に他ならないと考えていることだ。彼女の考えているように、それほど多くの力のない者が今日考え、それ以上多くの者が明日また、考えるだろう。（以下、略）

（註・「ハリエット・モンロー」（Harriet Monroe, 1860–1936）は、アメリカの編集者、学者、文芸批評家、詩人、さらには芸術のパトロンであり、『ポエトリー』誌の設立出版者で編集長を務め、現代詩の発展に重要な役割を果したとされる。）

興味深い実例が、一九一六年五月五日付『ザ・ウェスト・ヴァージニアン』紙（*The West Virginian*. (Fairmont, W. Va.)）に掲載されていた——

わたしは座って自由詩を読む。『ザ・マシーズ』誌（*The Masses*）や『ザ・リトル・レビュー』誌（*The Little Review*）に掲載されたものだ。／わたしは座って自由詩を書き、背の高い大きな口を開けたごみ箱にそれをポイと捨てる／でも、依然、それは自由ではなく、それを書く者も自由でなく、わたしも自由ではない！／何かしなくてはならない、自由詩を鎖で縛りつけている足枷から解放するために。／何か達成しなくてはならない、自由詩をこれらの州にふさわしい実際の韻文にするために。／問題が何かわかっていると思うが、わたしには勇気がなく、しかるべく自由詩が書けない。／できることは、この疑問を問題の形で述べることで、あなたにこうお訊ねします――／一体全体、何故、各行を大文字ではじめるのでしょう?――一交換手より。／答えはこうだ――太陽は沈み、月がでたし、ヘクトルの仔犬が叫び声をあげた。すると、近所の者が「オー、いっちまえ――自由詩に」と叫んだ。

（註・「「いっちまえ――自由詩に」は、「いっちまえ／地獄に堕ちろ」（go to hell）をもじったもの。）

この「詩」の内容はともかく、ここにある『ザ・マシーズ』誌や『ザ・リトル・レビュー』誌は興味ぶかい。「自由詩」と連想関係にあったようだ。

前者は、一九一一年から一九一七年まで合衆国で刊行された社会主義の雑誌で、グラフィック的に革新的とされた。しかし、「『ザ・マシーズ』誌を完全に過激な政治政策と伝統的形式のものとみてしまうと、実質的に〈新しい詩〉に及ぼした制度的・美的影響を見逃してしまう」と、ジョン・ティンバーマン・ニューカム（John Timberman Newcomb）は、『詩はどう生き残ったのか――アメリカ現代詩の形成』（*How Did Poetry Survive?: The Making of Modern American Verse*, 2012）の第三章「若く、気さくで、気まぐれ――『ザ・マシーズ』誌の前衛性」でいう（五五ページ）。「一九一三年から一九一七年にかけて、いくつかの他の小雑誌が、同時代のアメリカ詩の活発な現場として『ポエトリー』誌と一緒になり競いあうことで、〈新しい詩〉運動を豊かなものにした」が、そのうちの一誌が『ザ・マシーズ』誌であった。これまで、「この雑誌に発表された詩は、遅ればせな

雑誌『ザ・マシーズ』の表紙

がらの感傷にふけったり、マルクス主義の説教以外ほとんど何もなく、現代詩の出現に重要な役割をはたしてはいないと考えられてきた」が、けっしてそうではないという（五四ページ）。

後者は、マーガレット・アンダーソンの創刊になる文学と芸術の雑誌で、一九一四年から一九二九年までつづいた。ジェイン・ヒープやエズラ・パウンドも関与し、トランスアトランティックのモダニストらを登場させた。シュールリアリズムやダダイズムの初期作品を掲載したり、ジョイスの『ユリシーズ』の連載をしたことでも知られる。『ケンブリッジ必携アメリカ・モダニズム』（Walter Kaladjian ed., *The Cambridge Companion to American Modernism*, 2005）の第一章「ナショナリズムと現代アメリカのキャノン」で、マーク・モリソン（Mark Morrison）は「『ザ・リトル・レヴュー』誌――事例研究」の節において以下のように述べている――

マーガレット・アンダーソンとジェイン・ヒープの『ザ・リトル・レヴュー』誌は、アメリカ・モダニズムのもっとも重要な小雑誌の一つであるが、その出版史をみると、アメリカの文化的ナショナリズムとインターナショナリズムの目標との間に、よくある緊張状態がモダニズムのキャノン形成の初期にあったことがわかる。（中略）／『ザ・リトル・レヴュー』誌の内容にこうした二つの傾向があり、そこから、第一次世界大戦前の時期に、アメリカ近代詩のキャノンが持つ二つの競合する構想が発展していたことがわかる。最初のものは、リンゼー、マスターズ、そしてある程度までサンドバーグが典型となっているものであり、ホイットマンに触発されたキャノンが持続したものである。『ポエトリー』誌におけるように、ホイットマンは、しばしば、初期の『ザ・リトル・レヴュー』誌で称賛され、この雑誌の最初の二年間で、少なくとも十のエッセイ、書評、書簡で議論されていた。マーガレット・アンダーソン自身、『ザ・リトル・レヴュー』誌に掲載した最初の詩のエピグラフとしてホイットマンの詩行を使用している。ホイットマンは、アメリカの指導者とみなされ、存在、広大無辺の感性、民主主義唱道のその詩学には、現代の若い世代に提供する多くのものがあった。『ザ・リトル・レヴュー』誌寄稿者のある者がいったように、ホイットマンは「あなたたちの世代のために扉を開いた――親愛なる老開拓者……昼の雲の柱」（註・「昼の雲の柱」は、「出エジプト記」十三章二十二節「昼は雲の柱、夜は火の柱が、民の前から離れなかった」より。）／シカゴ時代、『ザ・リトル・レヴュー』誌は数人の――幾人かはしばしば――イマジズム詩人を載せるだけでなく、イマジズムを批評的に擁護する仕事も引き受け、少なくとも六篇のイマジズム論とイマジズム詞華集、パウンドの『イマジストたち』、エイミー・ローウェルの『イマジスト詩人たち』の書評を載せた。イマジズムは、支配的な詩論となり、イマジズム詞華集に入っていない幾人かのマイナー詩人に影響すら与えた。そして、ホイットマン、マスターズ、リンゼーの信奉者とイマジズム擁護者の間に、それほどあからさまな敵意はなかったが、明らかに、戦闘は繰り広げられていて、それがモダニズムに広範な影響を及ぼすことになる。要するに、エズラ・パウンドが『ザ・リトル・レヴュー』誌の海外編集長になる（一九一七年五月号から）前でも、イマジズムはこの戦いに勝利していて、アメリカのモダニズムはホイットマン路線より、もっと徹底してイマジズム路線をつづけた。（中略）アメリカ詩の自由詩革命は、『ザ・リトル・レヴュー』誌の紙面で、イマジズム革命になっていた。とりわけ、イマジズムは、ロンドンのイギリス・モダニズム状況と絆を作り、『ザ・リトル・レヴュー』誌がイギリス・モダニズムと一九一七年からはじまる大陸の前衛主義への転換に道を拓くのに関与した。（二十一～二十三ページ）

こうした情報から、先に引用した一九一五年十一月二十八日付『ニューヨーク・トリビューン』紙のインタヴュー記事で、ローウェルが示した反応は理解できる。

一九一七年五月十七日付『ザ・ヘイチ・ヘラルド』紙（*The Hayti Herald.* (Hayti, Mo.)）に、見出し「自由詩」の短い記事が掲載されている――

「自由詩」がそう呼ばれるのは、詩の韻律を支配している形式上の規則から自由になっているからである。決して、「新しい」わけではない。ウォルト・ホイットマンは、ほとんど「自由」なカデンス（律動）で書き、ミルトンは、古典的な一例を引けば、われわれが「自由詩」と呼ぶようなものを『闘技者サムソン』のコーラスで使用した。しかし、「完全な韻律の自由」の要求は、「新しい詩」において、もっとも顕著な要素として際立っている。

先のローウェルの記事で「中略」としたところには、小見出し「新学派の肥沃さ」の記事があり、そこには「今日、ここで制作にあたっている多くの素晴らしい若い詩人がいます。もちろん、多すぎて網羅的に名をあげることはできません」としたあと、しばらく具体例をあげ、さらにこう述べている——

ジョン・グールド・フレッチャーがいます。彼はとびぬけて想像力豊かな詩人で、もっとも先端的なモダニストたちの路線に沿って制作しています。英語にみいだせるギリシャの古典的モデルをもとに作られた純粋な自由詩のもっとも完璧な例は、「H・D・」と署名する若い詩人が、目下、生産しています。

この「ジョン・グールド・フレッチャー」(John Gould Fletcher)（一八八六〜一九五〇年）は代表的イマジズム詩人の一人で、ローウェルやパウンド、さらにエリオットとも親交もあったが、一九一五年四月に『ポエトリー』誌に「ローウェル嬢の発見——多声の散文」を書き、「多声の散文」の命名をしている——

なるほど、少数の勇敢な若者らはこの困難［新しいことを表現する手段のなさ］に直面し、もっぱら「自由詩」と呼ばれる古い形式で書き、それを排除しようとしている。この形式は、律動《カデンス》に依拠し、押韻、すなわち韻律の型に依存してはいない。だが、こうした若き詩人らの最良の者たち——オールディントン、H・D・、フリント、パウンド——の作品を批評的に吟味してみると、彼らの試みはまったく成功してはいないことがわかる。詩芸術には、内容の質だけでなく、音の質を大いに使いこなす能力が求められる。内容を強力に簡潔に把握しただけでは充分ではなく、耳が、本能的に、この裸の骸骨にはふさわしく、美しく繊細なオーケストラの質、つまり、類音《アソナンス》、頭韻《アリタレーション》、押韻《ライム》、そして回帰《リターン》でまとうように求める。／このオーケストラの質を、ローウェル嬢は最大限まで発展させた。それ故、新たな名をこれらの彼女の詩に与えることが、適切であるようにみえる。その詩は、散文、あるいは散文と点在する韻文として印刷され、半音階パレットの色の全てをみせている。いちばんふさわしい名は、〈多声の散文〉である。ここには、詩におけるベートーヴェンのシンフォニー、バッハのフーガ、セザール・フランクのコラールがある。それは、達成のもっとも困難な技術であり、理解の容易でないものでもある。しかし、それが英詩に到来し、その効果は、永遠につづく紛れもないものとなろう。(Lucas Carpenter ed., *Selected Essays of John Gould Fletcher*, p. 12.)

彼自身、その後、このスタイルで『砕ける波と花崗岩』(*Breakers and Granite*, 1921)を書いていて、一九二一年三月二十日付『ニューヨーク・トリビューン』紙に、見出し「自由詩によるアメリカ・ガイドブック／ジョン・グールド・フレッチャーの『砕ける波と花崗岩』、野心的努力」の、マルカム・カウリーによる長い書評記事が掲載された——

『砕ける波と花崗岩』は、ジョン・グールド・フレッチャーのアメリカ大陸旅行を記録したものである。自由詩による合衆国ガイドブックだといってもほぼまちがいはない。／(中略)／いいかえると、『砕ける波と花崗岩』は、無限への接近をめざす何らかの企てで、この企てが賢明かどうか疑問。一冊の本が伝えうる印象の大きさには限りがある。たとえば、ロマン・ロラン。彼は、一冊の巨大な小説で芸術的意識を完全に説明しようとしたが、ジャン＝クリストフで覚えていることといえば、全般的な効果ではなく、不連続の段落のいくつかがみせる美だ。

一冊で戦争の全般的印象を生みだそうと企てた（アンリ・）バルビュスの場合、うまくいったのは、出来事を生きいきと素描したいくつかのものだけ。そして、フレッチャーもまたしかり。彼の本が、このような大部を狙う一国の地図の縮図になろうとする、つまり、韻文による〈大アメリカを描く小説〉たらんとする限り、実質的に、あらかじめ失敗の運命にあった。個々の詩作品に美と生命力とはあるが、本全体の構想にはない。彼の描くアメリカは、統一のある有機体ではない。それは、部分の総計が全体より大きくなる例だ。本の大部分は、また別の媒体で書かれている――多声の散文。これを彼は、自家薬籠中の物にしているわけではない。この形式は、彼独特のものというわけではない。ポール・フォート風のところもあり、ときどきは、エイミー・ローウェルと目的が一致する。とはいえ、この粗野な形式（わたしは個人的には、散文と詩の異形の私生児と考える）を使ってでも、彼は驚くほど見事な一節を書いている。彼は、あらゆる種類の題材――伝説、舟歌、歴史、個人的所見――を使用し、それらを調和させて一つにまとまった印象を生む秘訣を備えている。……／この本の大構想は失敗だとわたしは述べたが、その失敗はむしろ栄光である。短い一節、たとえば、引用した二つ（他に多くある）のようなところでこそ、彼の才能は光る。（以下、略）

ここに「アメリカ大陸旅行」や「伝説、舟歌、歴史、個人的所見」を題材としたとあるが、『カングランデの城』も『荒地』も、考えてみればおなじような傾向にあったのだ。つまり、これらの作品は『荒地』と水脈をおなじくしているのであろう。いろいろな意味で、「旅行」がからみ、多様な言説（多声）の集積からなっている。

「旅行」といえば、ローウェルも、若い頃にずいぶん海外旅行をした。すでに示した一九一九年十月十五日付『オマハ・デイリー・ビー』紙に、引用したあと、小見出し「エイミー・ローウェル――詩人」の記事があり、ローウェル家について記したあと、以下の説明があった――

八歳になると彼女は、足早に、スコットランド、イングランド、フランス、ベルギー、オランダ、イタリア、ドイツ、ノルウェー、デンマーク、スウェーデンに連れていかれた。彼女の母は、ローウェル嬢が二十一歳のときに他界したので、また彼女は外国にいき、ある年の冬はナイル川で、翌年の冬はカリフォルニアの大果樹農園ですごした。夏には、また彼女は海外へでて、一九〇八年の冬と春には、ギリシャとトルコにでかけた。

第三節のおわりで述べたように、ローウェルは、ホイットマンが「リズムのある、あるいは韻律を持った散文」を書いたとしている。この詩の形式は、すでにみてきた「多声の散文」のことだと推定される。「多声」といえば、『荒地』が「荒地」ではなく、「彼はいろいろな声でザ・ポリス紙を読むわ」の題を持っていたとき、そこにその姿があった。「ザ・ポリス紙」が「いろいろな声」で構成された「散文」に他ならず、しかも、この題それ自体、ディケンズの『我らが共通の友』という根っからの典型的散文から取られていたというのは、単なる偶然とはとても思えない。それは、エリオットのローウェルを意識した、何らかの意図的戯れだったのだろう。リンダル・ゴードンは『T・S・エリオットの不完全な伝記』で、「多声」を別の観点から使い、以下のように述べている――

一九二二年、エリオットは意図的に、この孤独を好む者の声を軽視し、その詩の重点を〈社会の複数の声〉へと移した。彼はディケンズのことを念頭においていた。つまり、『我らが共通の友』のパノラマ風の広がりであり、ここでは、川のうえやロンドン中のいろいろな生活の不連続な断片が徐々に一つにまとまり、読者に恐怖を生むことになる。（二七一ページ）

ゴードンは、ディケンズのように、いわば「社会の複数の声」の「コラージュ」をエリオットはやったとしたかったのだろう。エリオットが、フロッピーが「散文」で書かれた「新聞記事」を、あたかも「多声の散文」で書かれた「詩」を朗読するかのようにしていると皮肉を込めて示唆しているのかも知れない。

「Ⅰ　死者の埋葬」の冒頭近くにある「ライラック」は、ホイットマンの詩を示唆しているとされているが、ローウェルがいうように、ホイットマンが「欽定訳聖書の韻律」にならい、この聖書が「リズムを持つ散文」で書かれ、したがって、ホイットマンの詩もそうだとするなら、以下の指摘のように、エリオットの「欽定訳聖書」好みを考慮すれば、エリオットが「多声の散文」の形式に近しい気持ちでいたといえるだろう。ジョゼフ・マドリーは『T・S・エリオットの成り立ち——文学的影響の研究』（Joseph Maddrey, *The Making of T.S. Eliot: A Study of the Literary Influences*, 2009）の「序」の註三に、「エリオットは、一九六二年十二月十六日、「新英語版聖書」より国王ジェイムズ版（欽定訳）の方が好きだと直接的に述べている。『ザ・サンデー・テレグラフ』紙への手紙でのこと」としている。

そして、『荒地』の「ライラック」が、本書が主張するように、ローウェルの「ライラック」も示唆しているとなれば、なおさらエリオットの企図が浮かびあがってくる。「ライラック」をかいして、『荒地』は『カングランデの城』へと連なっているのである。

最後にもう一言。インタヴューでローウェルは、「多声の散文」を「自由詩」に対置させていたが、さらに、本書第Ⅰ部第一章第二節で引用したように、一九一七年一月八日号『ザ・デイリー・ミズーリアン』紙（*The Daily Missoulian.* (Missoula, Mont.) 1904-1961）に、見出し「エイミー・ローウェル、新詩について語る」の記事を書き、そこで「自由詩」と「多声の散文」の差異を定義的に示していた。

これに反発したかのように、その直後の一九一七年三月三日に、エリオットはエッセイ「自由詩をめぐる省察」（Reflections on vers libre）を『ニュー・ステイツマン』誌（*New Statesman*）に発表し、「自由詩は存在しない。だから、このとんでもない作り物は、エランヴィタール（生命の躍動）と八万のロシア人のあとについて忘却の彼方へ赴く時だ」とした。（註・「エランヴィタール」はベルクソンの用語。なお、ヒュー・ケナー（Hugh Kenner）は、一九七五年十一月九日付

ロシア革命報／1917年3月18日付『ザ・サン』紙より

『ザ・ニューヨーク・タイムズ』紙で、見出し「師の例にならって」のフランク・カモードの『T・S・エリオット散文選集』の書評記事を書き、そこで「あなたがすべきは、引用された行の典拠のリストであるより、たとえば、「エランヴィタールと八万のロシア人」について解説することである」と批判している。これに応じたかのように、アンドレ・シュラー（André Schüller）は、著書『作られた伝記——T・S・エリオットとモダニズムの倫理』（*A Life Composed: T.S. Eliot and the Morals of Modernism*, 2000, 2002）の第一章〈形のない時代〉——現代の哲学」（"A Formless Age": Philosophy in the Modern Period）の「註一三九」で、「十年前、エリオットは、ロシア革命の基本的な影響が理解できておらず、その目的を「自由詩」やベルクソンの「エランヴィタール」にしばしば加えられた無政府主義的前提といっしょに捨て去っていた」と記している。）

マイケル・ノース（Michael North）は、『ケンブリッジ版イングランド詩人必携』（Claude Rawson ed., *The Cambridge Companion to English Poets*, 2011）の第二十七章「T・S・エリオット」で、以下のように書きだした——

最初の詩集が出版される二ヵ月前、T・S・エリオットはあるエッセイを発表した。彼の時代でもっとも顕著な詩的革新を、流行の馬鹿げたこととして片づけているものだ。一九一七年三月に『ザ・ニュー・ステイツマン』誌に掲載された「自由詩をめぐる省察」である。これは、エリオットが出版した最初の文学批評であるが、そこでは、彼はすでにこれからなろうとする老齢の権威のように思われる。まるで、詩的大偉業の高みからするような話しぶりで、彼はこう命じているのだ——「韻律から逃れることあたわず。ただ、熟達のみ」。ついで、みずからの巧みさを示し、エリオットは、聞こえんばかりにピシャリと議論を打ち切る——「結論をいえば、〈保守的な韻文〉と自由詩の間の区分は存在しない。何故なら、優れた韻文、下手な韻文、そして混沌しかないからだ」。形式と内容の点で、「自由詩をめぐる省察」は、〈保守的韻文〉の終生の実践者が口にする鶴の一声に思える。まもなく、自身の技に革命を起こしたことで有名になる詩人が書いた、最初の文学的エッセイとはとても思えない。

さらに、ローウェルの詩には、具体的モノのイメージが多用されていると指摘されていたが、これはエリオットの「詩的相関物」と結びつくのではないだろうか。この概念をエリオットが最初に持ちだしたエッセイ「ハムレットと彼の問題」は、一九一九年に書かれている。

第二章　〈ヴィーナス／アドーニス〉神話から、〈ヴィーナス／ヒポリトゥス〉神話へ

第一節　「エイプリール」の読みの転換――「第四月」から「アプロディーテの月」へ

従来、『荒地』「I　死者の埋葬」冒頭で、「残酷」なのは「（エイプリールという）月」だと読んできた。その「月」そのものが「残酷」というのではなく、その「月」、つまり早春に起こる／起こった、あるいはおこなわれる／おこなわれたことがらが「残酷」だからと読まれてきた。だが、「残酷」なのは、「エイプリール」に内在する「アプロディーテ」なのではないか。「残酷なアプロディーテ」というように、これは一種の転移修飾関係にあるのではないか。「エイプリール」という「残酷なアプロディーテに捧げられた月」には、「残酷な事態」が生起するというのではないか。

こうした系譜に位置し、しかもきわめて異質な「エイプリールは、もっとも残酷な月」の「エイプリール」を「四月」と読み、日本人はその読みを誰も疑ってこなかった。上田保訳（「四月は最も残酷な月である」一九三八年）から西脇訳（「四月は残酷極まる月だ／リラの花を死んだ土から生み出し／追憶に慾情をかきまぜたり／春の雨で鈍重な草根をふるい起こすのだ」一九五二年）、そして深瀬訳（「四月はいちばん無情な月」一九五六年）へとその伝統はできた。

そもそも、英語「エイプリール」の訳として「四月」、あるいは「第四月」をあてたのは、『ウェブスター英語辞典』の“A‘PRIL, noun [Latin aprilis.] The fourth month of the year.”を訳した堀達之助編『英和対訳袖珍辞書』（一八六二年）であろうが、「四月」という名称は、すでに文政年間（一八一八～一八三一年）に存在している。『書付留』「分冊ノ一」には「文政二卯年閏四月ヨリ／同　四巳年十二月迠」とある。したがって、訳語としてけっしてまちがいというわけではな

い。

しかし、「エイプリール」を「四番目の月」と読むのは、その頃「春」となるという連想をともなうだけで、「エイプリール」の語そのものが持つ意味を読みとったことにはならない。そもそも、「エイプリール」は、歴史的に「四番目の月」を示唆する以前、つまりロムロス暦では「二番目の月」であった。日本の旧暦では、「四月」は卯の花が咲く月を意味する「卯《う》の花月《はなづき》」をはじめ、「孟夏」「得鳥羽月」など多数の異名があり、これと同じく「エイプリール」にも月の順序を示唆するのではなく、語それ自体が示唆する意味がある。それは、以下、本章第二節で提示するヘレン・ハント・ジャクソンの詩が示唆しているように「アプロディーテの月」であった。

はやくも、オウィディウスは、『祭暦』(Fasti) 第Ⅳ巻「アプリリス月」序でこう述べている――

> ロムルスはいつも自分の両親はウェヌスとマルスだと言い、その言葉を裏切らないだけの務めを果たしました。彼に続く子孫たちにわからなことがないようにと、二ヵ月続いて自分の神々の月としたのです。／けれども、ウェヌスの月の名（アプリリス）は女神のギリシア名（アプロディテ）からつけられたのだろうと私は思います。女神は海の泡（アプロス）から生まれたのですから。ギリシア語にちなんだ呼び名と言って驚くにはあたりません。イタリアの地はかつて大ギリシアであったのですから。（高橋宏幸訳）

ついでながら、この引用最後の行「イタリアの地はかつて大ギリシアであった」を記憶しておきたい。これは、「イタリア」がギリシャの植民地であることを示唆するものである。「マグナ・グラエキア（ラテン語：Magna Graecia）は、古代ギリシア人が植民した南イタリアおよびシチリア島一帯を指す名前。原義は〝大ギリシア〟を意味し、ギリシア語では Megalê Hellas（Μεγάλη Ἑλλάς、大ヘラス）」（「ウィキペディア」より）。このことは、『荒地』で、ペトロニウス作『サテュリコン』「トリマルキオンの饗宴」四十八節の一部がエピグラフに使用されていることと関係している――「じっさいわしはこの眼でシビュラが瓶の中にぶらさがっとるのを、クーマエで見たよ。子供がギリシア語で彼女に「シビュラよ、何が欲しい」と訊くと、彼女はいつも「死にたいの」と答えていたものさ」（岩崎訳）。ここにある「クーマエ」は、南イタリアのギリシャ植民地であった。そして、この「大ギリシャ」の復活を理想としていたのが、近代ギリシャであった。この問題は、本書第Ⅳ部で扱う。

第二節　同時代新聞の「エイプリール」言説に盛り込まれた「政治」言説と「北極探検」言説

第二章第一節で示唆したヘレン・ハント・ジャクソンの詩が歌ったことは、十九世紀に必ずしも一般的に知られていたわけではないようである。以下のアメリカの新聞にはその解説記事がある。このコラムは一九〇七年八月に開始され、その後、毎月掲載されている。

一九〇八年四月三日付『ワーズィントン・アドヴァンス』紙（*Worthington Advance.* (Worthington, Minn.)）に、「ギャンダーボーン（雄ガチョウの骨）のエイプリールの予測」（Ganderbone's April Forecast）が掲載された。（同じ記事が、四月一日付『ジ・オカーラ・イヴニング・スター』紙（*The Ocala Evening Star.*）にも掲載されている。）「エイプリールの雨が降ると、わずかばかりの／アイルランド人が芝生にやってくる。／そして、新しく一層輝かしい前兆が、夜明けの東方を彩る。／鳥たちの歌声が、日中満ち溢れ、／そして、夜は、カエルの声が喧しい。／雲がでる度／雨がどしゃぶり。／おかげでイモリや他の獣たち、／またオタマジャクシに水がもたらされる」（The April rains will put a bit /Of Irish in the lawn,/）という詩のあと、「エイプリール」の説明がこうなされている。（ついでながら、「わずかばかりのアイルランド人」とは、「シャムロック」のことか?・）

エイプリールは、ローマ人の春の女神ヴィーナス（ウェヌス）にちなんで名づけられた。彼女はアエネーイスの母で、第一回の〈母親会議〉にその若者を腕に抱き参加した。彼女はとても当世風の女性で、離婚を発明した。彼女は異なる時期に、ヴァルカン／ウルカヌス、マルス、マーキュリー／メリクリウス、アドーニス、アンキーセースの妻となり、リリアン・ラッセル登場まで結婚記録を保持していた。惑星ヴィーナスは、都市ヴェニスがそうであったように、彼女にちなむ。彼女は、また、『三週間』の女主人公でもある。

＊　＊　＊　＊　＊

第二節・余白①　同時代の「リリアン・ラッセル」と「エリノア・グリン」言説

リリアン・ラッセル「占い師」（1895年頃）

いま提示した記事には、同時代の情報がからめられてもいる。「リリアン・ラッセル（Lillian Russell, 1860/1861–1922）は、十九世紀末から二十世紀初期まで活躍したアメリカの女優・歌手で、『三週間』はイギリスの作家エリノア・グリン（Elinor Glyn）の一九〇七年の性愛小説であった。

一八九三年十一月二十五日付『シカゴ・イーグル』紙（*Chicago Eagle.* (Chicago, Ill.)）に、見出し「リリアン・ラッセル、離婚」で、「ニューヨークで、リリアン・ラッセルはマックアダム判事から、エドワード・ソロモンとの結婚の無効判決を獲得した。彼女は、また、七歳の娘リリアンの親権も確保した。この無効判決は、法廷欠席によって確保された」の記事がでた。同年十二月二日付『ザ・クートニー・ヘラルド』紙（*The Kootenai Herald.* (Kootenai, Idaho)）には、「彼女自身がヒロイン／リリアン・ラッセル嬢、エドワード・ソロモンと離婚／では、彼女が結婚するのは誰れ／一八八四年代の結婚が無効判

『三週間』の表紙

決を受け、七歳の子どもの親権が与えられる」の見出しの詳細な記事がある。

一八九七年五月二十八日付『ザ・シャヌート・タイムズ』紙（*The Chanute Times.* (Chanute, Kan.)）に、「リリアン・ラッセル、離婚を求める」の見出しの記事が掲載された――「ニューヨーク、五月二十二日――ジョヴァンニ・ペルジーニ氏、あるいはもっと適切ないい方をすれば、テノール歌手ジョン・チャタートンは、蒸気船パリ号で昨日出帆した乗客の一人であった。出発前、ペルジーニは、離婚訴訟がプリマ・ドンナの妻リリアン・ラッセルによって起こされることを知らされた」。

この離婚に関する記事が、一八九八年十月二十九日付『ザ・プログレス』紙（*The Progress.* (Shreveport, La.)）に、見出し「リリアン・ラッセル、離婚」で掲載された――「ニューヨーク――『ザ・ヘラルド』紙によると、リリアン・ラッセルは再度、結婚の絆から自由になったという。一八九四年一月二十一日以来、夫であったペルジーニ氏は、金曜日、ジャージー・シティの衡平法裁判所で離婚判決を受けた」。興味深いことだが、本書第Ⅳ部で詳しく言及する問題にかかわる記事がリリアン・ラッセルの記事の真下に、見出し「トルコ軍、コンスタンティノープルに向け出発」で掲載――「カネア、クレタ島――トルコ軍は武器と手荷物を持ち、金曜日午前、サンデー湾に向け出発した。そこから乗船してトルコに向かう。この港の商船は、コンスタンティノープルへ戻ろうとする士官や役人の多くの家族を乗せている」。

一九〇七年十月二十四日付『アルバカーキ・シティズン』紙（*Albuquerque Citizen.* (Albuquerque, N.M.)）に、「リリアン・ラッセル、わが国の離婚法を称える」の見出しの記事がでた――

「結婚契約は永遠のものではないと思う。現状では、女性が男性の人となりを知ること、また男性が女性の人となりを知ることは、結婚するまで不可能です」と、リリアン・ラッセルは語る。／「離婚は、今日の世界で最高の恵みの一つです。女性と男性が、愛情がなくなってからも、夫と妻として生活することは道徳的堕落です。自分がもう愛していない男性に縛られていることほど、ひどい運命は考えられません。離婚は必要です……」。

そして、この記事の左側には、「アムンゼン、極地旅行でホッキョクグマを駆りたてる」の見出しの記事が配置されていた――

ニューヨーク、十月二十四日――水夫で最高の者であるアムンゼン船長が、町にきた。彼は名声を獲得していたが、それは、北西航路で北大西洋から北太平洋へとスループ帆船を走らせ北磁極を突き止めたことによる。／一九一〇年、船長によれば、地理上の北極への旅をおこなおうとしているという。他の探検家が失敗したのは、この課題に充分時間をとらなかったからと。六年かける予定とのこと。船長は、訓練したホッキョクグマを使い、極へ向かうとき橇を引かせると、真に迫った話をした。（以下、略）

AMUNDSEN WILL DRIVE POLAR BEARS ON TRIP TO THE POLE

LILLIAN RUSSELL PRAISES OUR DIVORCE LAV

GAIN OF MORE THAN FIVE MILLION

Tax Assessments of New Mexico Show Marked Increase This Year.

"THE ROLLICKING GIRL" OCTOBER 29TH

1907年10月24日付『アルバカーキ・シティズン』紙より

この記事は、これから先で持ちだす〈クック／ピアリー〉による「北極探検」言説のはじまりでもある。一九〇五年十一月二十四日付『ニューヨーク・トリビューン』紙に見出し「北極探検家、失敗／船長アムンゼン、船での磁極探索に失敗す」の記事が掲載されている――

ダンディー、スコットランド、十一月二十三日――マサチューセッツ州のジョージ・クリーブランドは、今日、デーヴィス海峡での捕鯨遠征からダンディーに戻り、エスキモーが情報源のニュースをもたらした。内容は、船長アムンゼンの北極遠征船ヨーア号が、北アメリカ本土の最北地域のブーシア・フェリックスで氷に押し入り、探検家らは逃れ、現地人と一緒に生活をしているというものである。蓄えをもって船長アムンゼンと会うように指定されたダンディーの捕鯨船員は、彼の所在が突き止めることができないでいる。

一九〇七年十一月九日付『ジ・オアシス』紙（*The Oasis.* (Arizola, Ariz.)）の「編集後記」欄に、「リリアン・ラッセルは、離婚はありがたいと語っている。そのように、女性にとっての別の恵み（子ども）は「満ちた矢筒を持つ」」とある。また、一九〇八年一月十七日付『ジ・アシーナ・プレス』紙（*The Athena Press.* (Athena, Umatilla County, Or.)）に、「リリアン・ラッセルによれば、離婚は恵みとのこと。これは、専門家の見解とみなしてかまわない。リリアンは、決して、この実践問題の単なる理論家ではない」との短いコメントがある。一九〇八年九月六日付『デイリー・アリゾナ・シルヴァー・ベルト』紙（*Daily Arizona Silver Belt.* (Globe, Gila County, Ariz.)）に、「リリアン・ラッセルが成長して結婚癖をなくしたと考えていた者に、また別の考えが浮かんだようにみえる」とあり、一九〇八年十一月十四日付『ザ・ハティズバーグ・ニューズ』紙（*The Hattiesburg News.* (Hattiesburg, Miss.)）には、「そろそろ、リリアン・ラッセルが、離婚か再婚をする頃では。リリアン、どうしましたか」とある。

「リリアン・ラッセル」とならび示唆されていた『三週間』の作者エリノア・グリンについて、インターネット・サイト「Silent-ology」（二〇〇六年四月十五日）に、「エリノア・グリンと彼女の（名うての）『三週間』」と題する記事があった。よく知られた「へぼ詩」――「罪を犯したいでしょうか／エリノア・グリンと／トラの皮のうえで。／あるいは、お好みは／彼女と常軌を逸したことをすることですか／何か別の毛皮の上で」――を呈示したあと、こうつづけている――

初期ハリウッドの弟子たちは、いずれのときにかこの歌に出会っている。匿名の冗談屋によって書かれたこの歌は、作家エリノア・グリンの〈名うての〉小説『三週間』の有名な一場面を揶揄したもの。この小説は、一九〇七年に出版されるやすぐに大評判となったエロティックなロマンスもので、一九二〇年代になっても大いに売れつづけた。

一九〇七年八月九日付『ザ・ハヴァー・ヘラルド』紙（*The Havre Herald.* (Havre, Mont.)）に「エリノア・グリンは、つい先頃、作品を出版したが、その道徳性が文学検閲官から大いに問われた。彼女は大胆にも、あるテーマを率直に扱っているが、賢明で独創的である」とはじまる記事がでた。その翌年の一九〇八年五月九日付『ザ・サンフランシスコ・コール』紙（*The San Francisco Call.* (San Francisco [Calif.])）では、「大いに議論された小説『三週間』の著者エリノア・グリン」と言及されている。ちなみに、今日では、綾部瑞穂の少女マンガにまでもなっている。

トラウズレット／1915年6月2日付『ザ・デイ・ブック』より

ここで一九〇八年四月三日付『ワーズィントン・アドヴァンス』紙の「ギャンダーボーン（雄ガチョウの骨）のエイプリールの予測」の記事に戻る。先に引用した箇所の説明の前には、「それから、大統領レースで動きがあるだろう。何故なら、参加する誰もがペースを加速させるだろうからだ。ジョンソン氏の蹄は一陣の塵を巻き上げ、ブライアン氏は猛烈なスパートをかけるだろう。ビル・タフトの帽子の中に入り込んでいた大統領ミツバチは、ローズヴェルトによって、例の高地の生息地から移動させられるだろう。また、背後の原野がテディー（ローズヴェルトの愛称）の方策を危険にさらすようにみえるとき、このミツバチはウィリアムのトラウズレット（女性ズボン）の尻当てに忍び込まされることになろう」とあり、「ローズヴェルト」が登場している。内容は理解を越えているが、「ビル・タフト」はローズヴェルトの次の大統領になった。（註・同紙同日付第一面には、見出し「タフト・ブーム、国中を風

ビル・タフト／1908年6月18日付『ザ・ビー』紙より

靡／能力、経験、共感から、ローズヴェルト大統領が開始した重要な政策を実行するにふさわしい人物／アメリカ国民、この陸軍長官に絶対の信頼をよせている。彼があらわしているものと彼のしてきたことを知っているから／ローズヴェルトの後任にタフト指名の要求が、国の各部署から自発的に生じた——勝利は確実」の記事が掲載されている。）

ついで、一九〇九年三月二十五日付『ビスマルク・デイリー・トリビューン』紙（*Bismarck Daily Tribune.* (Bismarck, Dakota [N.D.])）の「ギャンダーボーン（雄ガチョウの骨）のエイプリールの予測」では、本書第I部で説明したローズヴェルトのアフリカ狩猟旅行をめぐる風刺的言説が展開されている。

> ウガンダの野獣が退却を太鼓で知らせ、鈍い者は艦隊と共にとどまろうとしているとき、一匹のライオンが顔に損傷を受け、耳が片方ちぎれ、背後から脇へと飛んできた。……
>
> 「考えるに」と野獣たちはいった、／彼がやってきたのをみたとき。／「君はとどまった、彼と対決し生きたまま彼を食べるために！」／しかし、その人食いは、ただ／一層早く走り、泣き言をいい、／ときどき、思い切って／背後を見渡した。
>
> 「そうだね」と全速力で走ったカバがいった、「彼を生きたまま食べたのかい。そうするといっていたけど」。しかし、ライオンは、無言で片足を引きずりながら進んでいった。少なくとも、あとの者に聞こえることは何もいわなかった。
>
> 「きっと」と、サイはいった、「彼は奴の頭を噛み切り／彼らに、奴が／血だらけで死んでいるのがみつけられるようにしたさ」。／それを聞いて全員が笑うと、／その偉大なライオンは吠え／みずからの獣皮全体の深い傷を舐めた。

そして、このあと、「エイプリール・フール」をめぐる語りがなされている。

エイプリールの第一日目は〈万愚節〉で、長いこれまでより、今年は一層念を入れて祝われることだろう。過去より多くの愚者がいるからだ。彼らは三つに分類できよう。つまり――

〈一般人〉、つまり、生活費がまた下がると考えている者。

〈望ましい人〉、つまり、大統領選直後には、繁栄が戻ると考えた者。／（中略）／

〈母親〉、つまり、ロックフェラー氏に例の二千九百五十万ドルの罰金支払の義務があると考えた者。／イースターは十一日になるだろう。早すぎて、新しい帽子がどのようなものになるか予言できない。みかけたいくつかの若いものから判断すると、陽気な未亡人は山高帽と結婚したようだ。この子はどちらの親にも似てはいない。婦人用帽子屋は、女性が古い帽子を縁飾りで飾れないようなものを作ると決め、実行した。／それから、T・R・はアフリカ東部に狩猟のため着き、全世界はこの勇壮な芸当に視線を向けるだろう。ライオンはその隠れ場に入り、ゾウは祈り、カバはその小さなお尻をしまい込み、サイは遠くの地域にいって隠れ、ヌーとレイヨウは反対側に群がるだろう。／この強力な狩人は、船のタラップを歩いて降り、岸に足を着けると大陸は傾くだろう。現地人らはぺこぺこと地面に腹をこすり、サルは絶望のあまりジャングル中で呻き声をあげ、銃と荷物が船体と新案テントを離れ、野獣らは森を呻きと嘆きで満たし、背の高いキリンは遠くをみつめ、甲高い警告の音を発し、コウノトリとセオドア（・ローズヴェルト）は抱き合うだろう。

ついでながら、この引用中の「ロックフェラー氏に例の二千九百五十万ドルの罰金支払の義務」については、一九〇七年七月七日付『ロスアンゼルス・ヘラルド』紙の見出し「ロックフェラー、彼の強力な組織について語る／

石油事業についてほとんど知らないと断言／八年間以上、出社していない／連邦地方裁判所、数百万にのぼる罰金を決めるための情報を求める」の記事が参考になる。ちなみに、同じ記事が、同日付『ビスマーク・デイリー・トリビューン』紙に、見出し「ロックフェラー、証人席へ／スタンダード・オイル社長、合衆国裁判所でひどい混雑を起こした。彼をみるため群集が集まる――証言、結局、間抜け／自分はどんな事業をスタンダード社がやっているかほとんど知らないというが、四十パーセントの利益をだしていると考えている」で掲載された――

シカゴ、七月六日――ニュージャージーのスタンダード・オイル社長ジョン・D・ロックフェラーは、本日、連合裁判所の被告席に着いた。一方、判事ランディスは、彼がトップを務める会社の力と事業方法をめぐり、彼に山をなす質問をした。／ロックフェラーは証言者としてとても協力的であったが、満足いくとはいえなかった。知っていることすべてを語る用意があったが、自分は実質的に何も知らないといった。尋問の結果、一九〇三年、一九〇四年、一九〇五年の期間、つまり、最近インディアナのスタンダード・オイル社が有罪とされた告発とかかわる期間に、ニュージャージーのスタンダード・オイル社の純利益が、抜群の資本金十億万ドルのおよそ四十パーセントであると信じていることが判明。／〈目的は罰金を決めるため〉／本日、判事ランディスがおこなった取り調べは、法律違反で有罪となったインディアナのスタンダード・オイル社は、ニュージャージーのスタンダード・オイル社が実質的所有者かどうか、法律違反の輸送に使用された車の所有者ユニオン・タンク・ライン社も同様に所有しているかどうかを決定するためで、同時に、有罪となった会社の違反と資産にみあった罰金を科すために、会社の財力を知るためであった。

一九一〇年四月一日付『ザ・レキシング・アドヴァイザー』紙（*The Lexington Advertiser.* (Lexington, Miss.)）で、また四月二日には『ザ・オカラ・イヴニング・スター』紙（*The Ocala Evening Star.* (Ocala, Fla.)）で、見出し「四月のイヴェント／グランダーボーンの可笑しな予言／彼のうがった評があなたの皿の叉骨を広げる」の記事、四月三日には『ビスマルク・デイリー・トリビューン』紙（*Bismarck Daily Tribune.* (Bismarck, Dakota [N.D.])）で、見出し「グランダーボーンの四月の予言」（“Ganderbone’s Forecast For April.”）、さらに十五日には『ザ・ボウベルズ・トリビューン』紙（*The Bowbells Tribune.* (Bowbells, Ward Co., N.D.)）で、若干の差異はあるものの、同一といえる記事が掲載された。この記事には、以下のように「エイプリール」の起源にまつわる解説があった。

エイプリールは、古代では、二番目の月で、ローマ建国まではこの地位でまったく満足していた。これが起こったのは、エイプリールの二十一日で、ローマ人はその日を愛国的パレードの一つで祝う必要があると思った。誰もが家の中に入り暖まっている間、ローマ人は足の指一本を失い、このパレードを三度か四度止めたあと、彼らは暦の第二の場所をフェブルアリーに与え、エイプリールを押してもっとさわやかな天候の頃に位置づけた。／この名の由来はラテン語アプリリス、つまり、最初に賭けをはじめるオープナーであり、ローマ人のポーカーの神であった。これはローマ人の主要な娯楽で、国民生活に深く根差していたので、アプリリスは時と共に、春を開始するための、あるいはローマ人の経験にからむ他のことごとくのことの一種の万能コルク栓抜き《オープナー》になった。それは一種の人間の経験であった。ローマの才人のあいだでは、一種のユーモアとしてこういわれていた。つまり、アプリリスは春を開始し、コマドリやそれに類したものを賭けていたと。そして、当時の気象局の予測は、アプリリスが持っているだろう、あるいは引くと思われるものに完全に限られていた。そのおかげで、政府のこの局は国民にとても人気があった。現在のアメリカの場合のように、誰もがこきおろすものではなかった。／やさしい雨が芝を緑にし、送られた議員をまき散らし、彼らが男には役立つものの、反抗的な雌鶏（小うるさい女）は危険にさらされることを明らかにする。夏季の息が吹き、生気と詩が満ち溢れ、農夫は飼い犬に三十ドルのブタ肉を食べさせたりはしない。

遊び好きの仔馬は、つま先旋回し、／二度でんぐり返しをするだろう。／陽気な仔牛は頭で突き鼻を鳴らし／髪の短いところで跳ね上げるだろう。／農夫は穀物を取り入れ、／マキバドリは朝を起こし、／そしてピンショーは手に入れた細革を示すだろう／パパ・ローズヴェルトに。

ここにある「パパ・ローズヴェルト」とは、まさにセオドア・ローズヴェルトのこと、「ピンショー」とはギフォード・ピンショー（Gifford Pinchot, 1865- 1946）のことで、アメリカ合衆国の森林管理官、共和党の政治家であった。一九〇五年から一九一〇年まで農務省の国有林管理部門の最初の長官を務めた。一九二三年から一九二七年までペンシルヴァニア州の第二十八代知事（一九三一年から一九三五年に二期目）。彼は、また、進歩党に短期間参加、再び一九三一年から一九三五年に共和党のメンバーだった。アメリカ合衆国における「保全」（conservation）、「賢明な利用」（wise use）にもとづいた森林管理・開発の改良者としてピンショーは広く知られている。ピンショーの主要な貢献は、森林や他の天然資源を、人類にとって最大の利益をもたらすように科学的に制御し、管理することの重要性を提唱したことである。さらに、いまの引用箇所につづき、一行あいてこうある――

万愚節の日が自分で自由に選べるのだと知ると、嬉しいだろう。第一日、第六日、そして第二十一日は、すべてもののみごとに馬鹿にされてきた。しかし、三者のうち、第一日は実質的に効力を失っているといえる。それに対して、第六日は新しい。それは、ピアリーが直立してこういった日だ。すなわち、「これが極で、わたしがそれだ」と。そして、同じように第二十一日に、もう一人の偉大な探検家が、あの静かな北極の避難所に突然あらわれ、「みつけた、クックに得点を」と叫んだ。どうぞ、好きな日にして祝ってください。どの日になっても構いません。まだ、何も決まっていないのですから。

＊　＊　＊　＊　＊

第二節・余白② 現代の〈聖杯〉探索（一）——同時代の「北極探検」言説

最後の引用にある「ピアリー」とは、アメリカ人探検家ロバート・エドウィン・ピアリー（Robert Edwin Peary, 1856-1920）のこと、「クック」はフレデリック・アルバート・クック（Frederick Albert Cook, 1865-1940）のことで、同じくアメリカ合衆国の探検家であった。二人は、どちらが早く北極に到達するかを競った。

アメリカのジャーナリスト、ブルース・ヘンダーソン（Bruce Henderson）は、二〇〇九年四月刊の『スミソニアン・マガジン』誌に「北極点を発見したのは誰だ」と題する記事を寄稿した。その中で、以下のように述べている——

一九〇九年九月七日、『ニョーヨーク・タイムズ』紙の読者は、目覚めると、驚愕の一面の見出しに接した。「ピアリー、二十三年間で八度の挑戦のあと、北極点を発見す」とあった。北極点は、地球探検の最後に残った栄誉の一つであった。つまり、この目標のため、多数の国出身の無数の探検家が三百年間苦しみ、そして死んでいった。そして、ここに探検家ロバート・E・ピアリーが、ラブラドールのインディアン・ハーバーから、百年前の今月、つまり一九〇九年四月に北極点に到達したと知らせてきたのである。『タイムズ』紙の記事だけでも驚くべきことであったろう。だが、それだけではなかった。

一週間前、『ザ・ニューヨーク・ヘラルド』紙は、第一面の見出しをこう印刷していた——「北極点、フレデリック・A・クック博士によって発見さる」。クックはアメリカ人探検家で、北極圏で一年以上すごしたあと死から生還したようであったが、一九〇八年四月に極に到達したと主張したのである。つまり、ピアリーのたっぷり一年前である。

この二つの見出しを読んだ者は、北極点が一度だけしか発見できないことを知ったことだろう。次の問題はこうであった——それをやったのは誰か。長いこと教室や教科書では、ピアリーが北極点の発見者とされてきた。それは一九八八年までのことで、そのとき、彼の遠征の主たる後援者ナショナル・ジオグラフィック協会が彼の記録の再吟味を依頼し、その結論として、ピアリーの記録は彼の主張を証明しておらず、自分が届いていないかも知れないとわかっていたことを示唆しているとした。一方、クックの主張は、その北極圏の記述——ピアリーのものより早く公開されていた——が、その後の探検家らによって実証されたものの、極地にみられる黄昏のような状態にとどまり、証明も否定もされなかった。今日、ピアリーの主張した到着から百年祭にあたり、もっと重要な問題は、誰れではなく、どのようにということだ。つまり、どのようにピアリーの北極点への主張が、クックの主張に勝ったのかということである。

この『ザ・ニューヨーク・タイムズ』紙は、大見出しに「ピアリー、北極発見。二十三年間で八度の試みのあと」とあり、小見出しに「『ザ・ニューヨーク・タイムズ』紙に、一九〇九年四月六日に到達と通知／ラブラドールから打電／ローズヴェルト号にて帰還の途。船は無事とブリジッマンに報告。／ニューファウンドランドに接近中／今日、シャトー湾に着き、充分な顛末を送る予定／マクミラン、知らせを送る／探検家の同行者、姉妹に電報す——「われわれは極を積載している」／七度の無駄な遠征／多年かけ実行可能なルートを知る——精選した隊員が助手であった」とある。そして、記事はこうはじまっている——

合衆国海軍司令官ロバート・E・ピアリーが北極を発見した。世界の頂点に到達したF・A・クックの報告に次いで、二十三年間にわたり挙行された八度の極致遠征の英雄であるピアリー氏から、ついに彼の野望が実現したと確実な公言が届き、世界中からピアリーの足への充分な謝意と彼の成功を祝することばがやってきた。

一九〇八年八月六日付『ビスマーク・デイリー・トリビューン』紙（*Bismarck Daily Tribune.* (Bismarck, Dakota [N.D.])）に、「ロバート・エドウィン・ピアリー」と題する記事がでた――

著名な北極探検家ロバート・エドウィン・ピアリーは、再度、断固として北極点に到達しようと出発した。彼は、北極圏のある地点に二艘の補給船と共に蒸気船で向かい、三年で、もしそれより早く北極点に到達しなければ、その凍結圏にいるつもりである。合衆国海軍士官のピアリーは、何年もの間、一つの衝動、つまり北極点に到達することに支配されてきて、最近の旅行で、彼には以前のどの探検家よりも遠く北にいったという栄誉がもたらされた。最近、彼は、実際に「最北」に到達するには、時間、豊富な備え、良好な天候状況がありさえすればいいと述べていた。

「クック」の経歴については、一九〇六年七月二十五日付『ジ・イヴニング・ステイツマン』紙（*The Evening Statesman.* (Walla Walla, Wash.)）に、見出し「極地での自動車運転――クック博士と彼が提案した北極自動車旅行」の記事が掲載されている――

一八九七～九九年の有名なベルギー北極遠征の一員であったフレデリック・アルバート・クック博士は、北アメリカ大陸最高峰のマッキンレー山頂到達をめざした一九〇四年の企てを再度おこなうため、アラスカにたった。翌年の秋、北極圏から戻ると、彼は一九〇七年の北極遠征に向けた計画を提出しようとした。こ

1908年8月6日付『ビスマーク・デイリー・トリビューン』紙より

1906年7月25日付『ジ・イヴニング・ステイツマン』紙より

の旅では、ほぼ十年前にはじめて北極大陸へ出発してから存在しはじめた、多様な発明や改良の便が利用できると期待された。その中には、氷上走行用の最新空冷式自動車がある。一面氷の地域を探検する者たちは、イヌ橇のかわりにモーター橇を採用しつつあった。クック博士は、彼の最新式走行車を使えば時速十五マイル進めると期待した。橇は前車輪に付けられ、後車輪の車は橇が進むとき氷をつかむように繊維で巻かれていた。そうした自動車で、この探検家は、ずっと遠くまで南下しようとしていた。おそらく、南極にまでも。／クック博士は四十一歳にすぎないが、すでに多数の重要な極地旅行に参加してきた。一八九一～九二年のピアリー北極遠征で外科医を務めた彼は、南極を求め南極大陸の調査をおこなうため、ベルギー政府の肝いりで、一八九七年に組織された遠征にも同じ立場で加わっている。

一九〇八年十一月十五日付『ロスアンゼルス・ヘラルド』紙（*Los Angeles Herald.* (Los Angeles [Calif.])）は、大見出し「北極探検家が消滅した不安」の記事を、クックと二人のエスキモーの個別写真と共に掲載。ちなみに、クックの写真のキャプションは、「フレデック・A・クック博士、衣服を身にまとい、極をめざし突進中」であった——

北極点探索者のブルックリン在住フレデリック・A・クック博士は、多くの著名なロスアンゼルス住民によく知られているが、依然、極北で行方が知れない。彼は昨年、静かに気取らずニューヨークをたち、この八月まで音沙汰がなかったが、グリーンランドのエタから、クック博士が二人のエスキモーと共に、十五匹のイヌを使い三月十七日にハバード岬をたったという知らせが届いた。

1908年11月15日付『ロスアンゼルス・ヘラルド』紙より

一九〇九年九月一日付『イヴニング・スター』紙（*Evening Star.* [volume] (Washington, D.C.)）は、きわめて興味深い紙面となっている。本書第Ⅰ部で議論した「ローズヴェルト」のアフリカ狩猟旅行にかかわる記事と戯画、そしていま問題にしている「クック」の横顔の写真と彼の北極探検の記事が、左右に配置されて掲載されているからだ。あたかも、「アフリカ狩猟旅行」が「北極探検」に移行したかのように。

まず前者は、大見出し「死に至らしめるハエがここにいる」、小見出しを「ツェツェバエの卵、ローズヴェルトの毛皮にみつかる。／眠り病を引き起こす／科学者たちが孵化させる可能性もある！／疫病中もっとも怖ろしいもの／数匹が実験室から逃げ、わが国に驚異的な結果をもたらす可能性あり」の記事――

現代でもっとも怖れられている疫病の眠り病に、ワシントンは脅かされるのだろうか。／年間、数万人の犠牲者をだし、暗黒大陸を荒廃させてきたこの怖ろしい病気の菌が、目下、スミソニアン博物館で荷を解かれているローズヴェルトの数々の戦利品の一つとして、首都に持ち込まれた。／この非常事態に対しあらゆる予防措置がとられようとしているが、毛皮それ自体がそうした発生の可能性を握っている。／博物館の従業員や職員は測り知れないほど驚いた。箱をあけているときのことだ。毛皮のいくつかが、もっとも危険な段階までツェツェバエをかくまうアフリカ産のウサギのものであることが判明した。／この毛皮の消毒はただちにできただろうが、科学的関心の方が結果への怖れよりまさっていたので、毛皮にかくまわれていた無数の恐ろしいハエの卵のいくつかを孵化させ、実験目的に使用する可能性もあった。

AMERICAN FLAG NAILED TO DISTANT NORTH POLE BY EXPLORER F. A. COOK

Man's First Footprint on Very Top of World Told of in Telegram to Copenhagan From Shetland Islands.

BROOKLYN SCIENTIST LOCATED HUB OF EARTH APRIL 21, 1908

Aboard Danish Steamer Which Sends Word of Exploit—Confirmed by Esquimaux Who Aided Him—First Word Since March 3, 1908, When Dr. Cook Parted With Last American Companion.

COPENHAGEN, September 1.—Dr. Frederick Albert Cook, the American explorer, reached the north pole April 21, 1908, according to a telegram just received at the colonial office here.

The message was received from Lerwick, Shetland Islands.

Dr. Cook is on board the Danish government steamer Hans Egede, which passed Lerwick at noon today en route for Denmark.

The telegram announcing Dr. Cook's achievement was sent by a Greenland official on board the steamer, and reads as follows:

"We have on board the American traveler, Dr. Cook, who reached the north pole April 21, 1908.

"Dr Cook arrived at Uppernivik, the northernmost Danish settlement in Greenland, on an

HIS ILLNESS SERIOUS

Justice Moody Helpless at His Haverhill Home.

CRIPPLED BY RHEUMATISM

TORONTO CAPITOL AFIRE

1909年9月1日付『イヴニング・スター』紙より

次に、クック関連の記事。大見出しは「アメリカ旗、F・A・クックによって遠い北極にクギでとめらる」で、小見出しが「世界の頂点そのものへの人類初の足跡、シェトランド諸島からコペンハーゲンへの電報にて知らされる。／ブルックリンの科学者、一九〇八年四月二十一日、地球の中心をつきとめる／彼の援助をしたエスキモーが確証する探検の知らせを送るデンマークの蒸気船に乗船——クック博士が最後にアメリカ人の仲間と別れた、一九〇八年三月三日以来初の知らせ」であった。

一九〇九年九月二日付『ニューヨーク・トリビューン』紙の第一面に、見出し「北極、クック博士によって発見と報じられる／アメリカ人探検家、一九〇八年四月二十一日の成功後、デンマークに帰還途上／遥か北方の土地を発見／コペンハーゲンは大熱狂、イングランドでは関心——当地でいくらか疑念が表明さる」の記事が掲載された——

ブリュッセル、九月一日——当地の観測所が、今夜の日付でシェトランド諸島ラーウィックから、以下の電報を受信した——／一九〇八年四月二十一日、北極に到達。遥か北の土地を発見。蒸気船ハンス・エーイェゼ号でコペンハーゲンへ戻る。／フレデリック・クック。／当観測所のアメリカ人職員はこの特電が本物であると述べており、したがって、北極はアメリカ人によって到達された。

また、この『ニューヨーク・トリビューン』紙の第二面には、二枚の写真にキャプション「ピアリー北極探検隊から丁度受け取った写真」（左解説—エスキモーに銛を撃ち込まれ、東グリーンランドのブラック・リードにあるエリック河あたりにつ

PICTURES JUST RECEIVED FROM THE PEARY NORTH POLE EXPEDITION.
AD FAITH IN DR. COOK
RIENDS SURE OF HIM.
SEARCH FOR THE POLE.
THE ADVANCE ON THE POLE.
BERLIN IS DOUBTFUI

1909年9月2日付『ニューヨーク・トリビューン』紙より

れてこられた二匹のホッキョクグマ。右解説―北グリーンランド、オールセン岬。断崖は千フィート以上の高さで、すべてが最硬度の鉄鉱石からなるといわれる）をつけ、見出しを「クック博士に信をおいていた／友人ら、彼に成算ありとす／オズボーン船長、探検家からの知らせがあるだろう、と日曜日に記した」にした記事を掲載した――

ブラッドレー・S・オズボーン船長は北極クラブの秘書で、クック博士の親友の一人だが、先週の日曜に、メイン州カスコ湾にあるサウス・ハーツウェル島のクック夫人に手紙をだし、数日内に、この探険家から知らせがあることを確信していると伝えた、と昨夜述べた。／「クック博士は、まちがいなく首尾よく極点をみつけたと思う」と、オズボーン船長は述べた。「彼はもっとも好ましい条件にめぐまれていた。しっかり張った氷、最良の天候、充分な食料と装備である。四十か五十四匹のイヌと四台の橇があり、橇はニューヨーク州カリクーン在住の橇製造業者の兄弟が作ったものであった。こうした条件はよくあるというものではないが、クック博士はとりわけ運にめぐまれていたと思う。……」。

一九〇九年九月二日付『ザ・サン』紙（*The Sun.* (New York [N.Y.])）は、第一面で大見出しを「極地発見、とクック博士の弁。／ブルックリンの探検家、ラーウィックのデンマーク蒸気船上で無事。／目標に達する、一九〇八年四月二十一日。／デンマーク士官、発見の経緯をエスキモーが確認と報告」にし、小見出しを以下のものにした記事を掲載した――「探検家、人間の視界に三万マイルの新たな地を切り開いたと述べる――興味深い動植物――極寒のため旅が速いものになった――食料は途中で調達――特電を数回送ったあと、探検家はハンス・エーイェゼ号でコペンハーゲンまでいった――昨年五月に、（グリーンランドの）ウペルナヴィクにあらわれた――フレデリック・A・クック博士は、極地作業の初心者ではなかった――現在の成功した突進に向け出発を秘密にした――最後に知らせのあったのは、一九〇七年三月十七日」。そして、記事のでだしは以下のものであった――

『ザ・サン』紙への海外特電／ロンドン、九月一日――／ブルックリン在住のフレデリック・A・クック博士は、今朝、極地からシェトランド諸島のラーウィックに到着した。彼は、極地に三年間逗留していた。彼によれば、北極到達に成功したとのこと。

そして、第二面で、見出し「目覚ましく速い仕事。／スコット船長、クック博士の報告された日付を分析――シャクルトン、喜ぶ」の記事があった――

ロンドン、九月一日――一九〇〇～四年の英国南極遠征を指揮したロバート・スコット船長は、今夕のインタヴューで次のように述べた――「受けとった乏しい知らせからは、クック博士は最後の取り組みで、極点から約四二〇マイルのコロンビア岬から三月十七日に出発し、丁度三十五日後、目的地に到達した模様である。これから、一日平均約十二マイルの行程だったことがわかる。大浮氷群の困難を考慮すれば、実にとてもいい平均値だ。

一九〇九年九月三日付『ザ・ワシントン・タイムズ』紙（*The Washington Times.* (Washington [D.C.])）に、第一面と第七面にクック博士関連の記事がでた。まず、第一面には、キャプション「クック博士の船、遠征の後援者、そしてイーガン公使」が付された四枚の写真（上左―クック遠征の財政援助をしたジョン・R・ブラッドレー／上右―ジョン・R・ブラッドレーと上に乗る彼に射止められたホッキョクグマ／下左―蒸気船上にセイウチを引き上げているジョン・R・ブラッドレー／下右

—アメリカのデンマーク公使モーリス・F・イーガン）が掲載されている。そして、見出し「アイスランド住民、報告を認める／新聞編集長、成功は旅行にとって選り抜きの冬であったおかげ、とする」の以下の記事がある——「デトロイト、九月二日——アイスランドのレイクグラヴィックにある『フランコーン』紙編集長デイヴィッド・オストルンドは、今日、クック博士による北極点発見の説明は全面的に信用できると公言している。／オストルンドは、母を訪ね、デトロイト経由でバトル・クリークへ向かう途中であった。彼の新聞は極北最大のもので、おおむね探検に充てられている」。

また、見出し「轟きわたる祝砲、極点発見者の帰還を歓迎／クック博士を乗せた船、デンマークの魚雷艇と出遭う／国王、偉大な発見者に勲章授与か／アメリカ人、明日九時にコペンハーゲンに到着予定」の記事は、以下のとおり——「コペンハーゲン、九月三日——デンマークとアメリカの国旗が掲揚される中、彼を祝って祝砲が轟くと、北極点を発見したフレデリック・A・クック博士は、今日の午後、スカーゲン岬で三隻の船に乗った合衆国大使イーガン、デンマークの役人、国王の代理人と出会った。そして、目下、航海の全行程がこの町へとゆっくり蒸気船で向かっている」。

さらに、見出し「探検家クラブ、歓迎準備」の記事がある——「ニューヨーク、九月二日——ロバート・E・ピアリー大尉が会長を務め、前会長がフレデリック・A・クックであったニューヨークの探検家クラブの理事たちは、今日遅く会合を持ち、クック博士がアメリカに帰還した際におこなう帰還祝賀会の手筈を、暫定的にととのえる予定である」。

同紙七面では、キャプション「クック博士の後援者ジョン・R・ブラッドレー撮影の極地写真」の写真三枚が掲載され、見出し「クックの偉業に熱狂できず／科学のためにはほとんど助けとならないと、ウッドワード博士語る」の記事が掲載されている——「この都市のカーネギー研究所会長R・S・ウッドワード博士は、クック博士の偉業を過小評価はしていないものの、彼の発見は科学全般にほとんど役にたつものではないと断言している。／身体的豪勇と

POLAR PICTURES TAKEN BY DR. COOK'S BACKER, JOHN R. BRADLEY

BRITISH SCIENTISTS STILL HAVE DOUBTS

ICELAND RESIDENT CREDITS REPORTS

Distasteful Job for Soldier Is the Guarding of Prisoners

Dr. Cook's Ship, Patron of the Expedition, and Minister Egan

ENTS ONE HOUSE, LIVES IN ANOTHER

BALLINGER HERE; REFUSES TO TALK

COMMISSION AWARD WILL BE PROTESTED

JOYETTE AND ELLEN TIED FOR TAFT CUP

DISTRICT IS FEELING BUSINESS REVIVAL

1909年9月3日付『ザ・ワシントン・タイムズ』紙より（二点とも）

冒険的勇気の実例として、クックの業績は類例がないとウッドワード博士は信じている。しかし、科学的知識への貢献に関する限り、この偉業は重要性が低いという」。

さらに、見出し「イギリスの科学者、依然、疑念を抱いている／「クック博士を信じてはいるが、証拠がみたい」といい、アメリカ人が旅行したとされる速さに驚いている」の記事がある――「ロンドン、九月二日――「彼を信じてはいるが、証拠がみたい」。これがフレデリック・A・クック博士の北極発見の報告に関する、イングランド科学者たち大多数の立場である。発見の話が吟味されるにつれ、話からは、クックには主張を裏付ける積極的証拠がないようだとする遺憾のことばが、次第に表明されはじめた」。

一九〇九年九月三日付『ザ・タイムズ・ディスパッチ』紙（*The Times Dispatch.* (Richmond, Va.)）に、大見出し「著名な探検家ら、アメリカ人の大偉業を論ず」の記事が掲載された。見出しのすぐ下には、イヌ橇で氷原を進む隊員たちの絵、その左下には北極の地図、その右隣りは「北極の服を着たクック博士」の絵、右上には「ヨット・ブラッドレー号。クックの遠征隊を北極に運んだもの」の写真、その下には「エスキモーのガイド」の絵がある。大見出し「極に向け勇敢な突進／歴史上の画期的出来事」で、小見出し「南磁極発見者、アメリカ人に賛辞を呈する／副官シャクルトンによる（彼は南の磁極を発見した）」の記事と、小見出し「ディロン・ウォレス、クックの驚異的偉業を妄信」の記事がある。前者の記事は以下の通り――

1909年9月3日付『ザ・タイムズ・ディスパッチ』紙より

ロンドン、九月二日――F・A・クック博士が北極点到達に成功したという外電は、広範に注目されることであろう。目下、実際の旅程については、お知らせできる詳細はほとんどない。博士は、極地の状況を経験している。何故なら、彼は、一八九一年のピアリー遠征で外科医を務め、また一八九七～八年のベルギー北極遠征隊の一員であったからだ。

小見出し「ディロン・ウォーレス、クックの驚異的偉業を妄信」の記事――

ニューヨーク州ポキプシー、九月二日――作家で探検家のディロン・ウォーレスは、同行者であったレオニダス・ハバードが、ラブラドール探険中に遭難し飢え死にした経験を持つが、今日のインタビューで、フレデリック・A・クック博士の驚異的偉業を妄信していると述べた。ウォレス氏は、クック博士救出の遠征計画を完成していた。今日の話で、彼はこのように語った――／「クック博士のことはよく知っている。彼の誠実さは妄信してかまわない。子どもの頃、彼は科学的素質の徴候をみせていた。可能なとき、彼は本で探検家たちについて読み、その方法を研究していたことだろう。

（註・「ディロン・ウォーレス」はアメリカの弁護士・野外活動愛好者・作家で、『ラブラドールの未開地の魅力』（一九〇五年）はベストセラー。）

一九〇九年九月五日付『ニューヨーク・トリビューン』紙に「幼い娘ルースを負ぶっているクック博士」のキャプションの付いた写真と共に、見出し「クック博士、到着／コペンハーゲン住民、熱狂的大騒ぎをし、探検家を取り囲む」の記事がでた――

コペンハーゲン、九月四日――アメリカ人探検家フレデリック・A・クック博士が、北極点発見から文明の地へ戻り、今朝十時に、蒸気船ハンス・エーイェゼ号に乗船し、グリーンランドからコペンハーゲン港に入港。クック博士は、メインマストにアメリカ国旗の翻る船のブリッジにたっていた。

さらに同紙は、別の紙面で、大見出し「とりわけ多忙な方のために」、小見出し「不断の読者、先週の新聞で読みそこねたことを語る」のコラム記事を掲載し、この数日のまとめをしている――

「今週は何か大事件はある？」と、〈多忙男〉は〈不断の読者〉のとなりに座ると尋ねた。いつものように、土曜日の夜、一週間のニュースについておしゃべりをするためだ。／〈不断の読者〉は、読んでいた新聞を脇に置いた。「あるよ。ブルックリンのフレデリック・A・クック博士は、二年前、北極圏にでかけたが、シェトランド諸島ラーウィックに停泊したデンマーク船ハンス・エーイェゼ号から、九月一日に静かに外電を送った。内容は、一九〇八年四月二十一日に北極に彼が到達したというもの」と彼はいった。／「これはこれは、そいつは大事件のニュースだ。アッといわせるものといってもいい。前もってなされた報道はとても少なく、あれほど控えめな装備で出発した者が、あれほど多くの他の探検家が失敗したところで勝利するなどとは、ほとんど理解できない。科学者連は、それについて何といっているのか」と、〈多忙男〉は述べた。／「科学

DR. COOK CARRYING HIS LITTLE DAUGHTER RUTH.
(From the Gilliams Press Syndicate.)

steamer, and the rough looking explorer was almost smothered in the friendly group of uni-

its judgment. He is confident that will be a substantiation of his clai
Questioned on the skepticism re story arising from the fact that he white man to take bearings and as well as the only white man in answered that with other well a expeditions one scientific man of th all the observations. Dr. Cook left in a metal cylinder a small Ameri the records of his voyage. He did staff on which to erect the flag, n stability of a small staff have bee
THE LAND COOK SA
Dr. Cook appeared at Minister lunch a changed man. His hair h and he wore a frock coat and other He looked hard and healthy, like a splendid training. He discussed his and answered all the questions put
The Russian Minister eagerly soug tion from the explorer.
Dr. Cook is of the opinion that States may fairly claim for whateve worth jurisdiction by right of discov Farthest North region of the world. regretted to hear that some newspa correctly reported him as claimi discovered thirty thousand square land. What he had done was t nature of a region of about that ext only able to see for an average of miles on each side of his route.
The most northerly land he saw 84 and 86 degrees. There were t

1909年9月5日付『ニューヨーク・トリビューン』紙より

界は受け入れをしぶっている」と、〈不断の読者〉は応えた。「青天の霹靂のようなもので、科学者がその発表になれるには少し時間がかかる。北極探検家と科学者で、クックの主張を容認した者もいるが、他方、クック博士がどのようなデータをもとにその主張をしているかがわかるまで、控えめな発言をしている者もいる……」。

一九〇九年九月七日付『ニューヨーク・トリビューン』紙にキャプション「司令官ロバート・E・ピアリーと彼の船〈ローズヴェルト〉号」の写真付きの記事が掲載された。見出し「「いい知らせだ」とクック／ピアリーの旅、主張を証明してくれると期待／「極点、二人には充分」と彼はつけ加え——記録がみつかったかどうか、疑わしいとする」の記事と、さらに、見出し「ピアリーも、極点発見を宣言／アメリカ人司令官、四月六日に目的地到達、ローズヴェルト号無事。／クック隊の痕跡みつからず／欧米では疑問視されず——クック博士、知らせ・解説・旅行経過に満足を表明」の記事もあった。

1909年9月7日付『ニューヨーク・トリビューン』紙より

一九〇九年九月七日付『イヴニング・スター』紙第一面中央上には、ロッキングチェアに座るアンクル・サムがクック成功の知らせに「まちがいなく、わしのもの」とほくそ笑んでいる戯画と、中央下には「極点発見と主張する競争相手のルート」とキャプションのある極地の地図を中心に、見出し「クック、騒動を望まず／「口論は望まない。ピアリーは友人」／遠征への所感／探検家の発言の真実を疑わず／ただちにニューヨークへ／当地には九月二十日か二十一日に、蒸気船オスカー二号で到着予定」の記事が左端に配置されている。

コペンハーゲン、九月七日——「わたしよりずっと東に進み、指揮官ピアリーは未知の地域から巨大な空間を切り取った。もちろんそれは、きわめて有用で科学的に興味深いものとなろう」。／これはフレデリック・A・クック博士のことばで、彼が、今日、指揮官ピアリーが北極到達に成功したという、以前の報告を承認する特報を受信したと聞かされたときのことだ。／「〈ピアリー万歳〉と叫んだのはわたしが最初だ」と、博士はつづけた。「もし、彼が、北極に到達したという発表を電報してきたのなら、それは本当のことで、喜ばしく思う」。

さらに右端には、見出し「ピアリー、北極点を最初に発見したとするクックの主張を論破する用意がある／探検を発表したとき、世界の頂点に到達する優先権が誰にもまして自分にあると、彼は主張。／ニューファウンドランド特電は、予想される論議について語る／目下、デンマークにいる北極旅行者、極北遠征の成功争点を語るアメリカ海軍士官との議論を回避したい模様」の記事がある。

1909年9月7日付『イヴニング・スター』紙より

ロンドン、九月七日——ロイター電報会社は、ニューファウンドランドのセント・ジョーンズ発の特電を公表した。そこでは、指揮官ピアリーが、北極点に到達したのは自分が最初だと主張しているという。／自分が北極を発見したという指揮官ピアリーの発表に、全文明世界の注目は釘付けとなった。／指揮官ピアリーとクック博士の間の先行問題がどのようなものであれ、北極点を発見したという称賛と永続的な名声は、まちがいなく合衆国のものである。……

一九〇九年九月八日付『イヴニング・スター』紙に、見出し「ピアリーの船遅れる――シャトー・ベイに電信なし」の記事がでた――「ニューヨーク、九月八日――ラブラドールのインディアン・ハーバーからシャトー・ベイへ向かっていた蒸気船ローズヴェルト号が悪天候のため遅延し、指揮官ロバート・E・ピアリーの北極点突進の詳細は彼から聞くことができなかった」。

この号には、「日曜日出航予定のクック／自身の主張に向けたピアリーの攻撃に応じることを拒否。／グリーンランドからの手紙／船を待つ探検家の緊張感に言及／競争相手の成功を聞き／同乗者のハンセン博士、デンマーク海上帝国では、話が疑問視されてはいなかったと語る」の見出しもある。

翌日（九月八日）付『ザ・ブリッジポート・イヴニング・ファーマー』紙（*The Bridgeport Evening Farmer.* (Bridgeport, Conn.)）に、大見出し「ピアリー、新聞特報でクックを詐欺師と呼ぶ／クックの返答――「科学的データが非難されるまで、応答して品位を落とすつもりはない」」の記事がでた。そして、長い小見出しが、以下のように付されていた――

極地戦が科学界で差し迫っており、サンチャゴの戦い以来最大の論争の怖れ――アメリカ北極クラブ、クック支持に結集――クック夫人、ニューヨークに到着し、九月二十一日以降当地で夫と逢うことを希望――ピアリー、わが国に最初に到着の可能性――彼の船ローズヴェルト号、ラブラドールのバトル・ハーバー沖の彼方で、時速八ノットで航行中のところを目撃さる――ワシントンの科学者、ライヴァルの探検家が

THE EVENING STAR, WEDNESDAY, SEPTEMBER 8, 1909.
SCENES IN PEARY'S FORMER ATTEMPT TO REACH POLE
NO PROOF, NO DINNER
COOK TO SAIL SUNDAY

1909年9月8日付『イヴニング・スター』紙より

1909年9月8日付『ザ・ブリッジポート・イヴニング・ファーマー』紙より

1909年9月9日付『アルマ・レコード』紙より

事実を提出するまで、判断保留の意向――デンマークの北極問題の著名な権威者、ピアリーを「悪意あり」と糾弾し「がっかりだ」と。

一九〇九年九月九日付『アルマ・レコード』紙（*Alma Record.* (Alma, Mich.)）は、第一面にキャプション「北極を発見したフレデリック・A・クック博士」の肖像写真とキャプション「極用の身なりをした有名な北極探検家」を付した写真だけを掲載し、第三面でキャプション「ロバート・ピアリー」の肖像写真と共に、大見出し「ピアリーは、クック同様、極点に到達した。／「世界に釘で固定された星条旗は、いま北極点上で翻っている」と、探検家打電。アメリカ人海軍指揮官の成功」で、小見出し「ピアリー、フレデリック・クック博士の足跡発見せず」の記事を掲載――

セント・ジョンズ、ニューファウンドランド、九月七日――指揮官ロバート・E・ピアリーは、今年の四月に北極点を発見したと発表したばかりであるが、ブルックリンのフレデリック・A・クック博士の足跡をみつけてはいなかった。後者は、五日前、世界に向け、前年の四月に同じ発見をしたと報告している。前者のニュースは、ラブラドールのシャトー湾に向け航行中のピアリーの船ローズヴェルト号の船長ロバート・バートレット経由でここに届いた。

――

1909年9月17日付『バートン・カウンティ・デモクラット』紙より

ニューヨーク、九月七日——ピアリー、成功／「星条旗、北極点に釘で打ち付けられる」／北極の闇から、月曜日、このメッセージが速報で伝えられた。科学界は唖然とし、素人の誰もが感動した。ラブラドールの荒涼とした海岸から、ピアリーは世界に向け、極北のゴールに到達したと知らせてきた。他方、同時にデンマークの遥か彼方で、ブルックリン在住のフレデリック・A・クック博士が、同じ業績の権利によって、食事に招待され名士扱いされた。

一九〇九年九月十七日付『バートン・カウンティ・デモクラット』紙（*Barton County Democrat.* (Great Bend, Kan.)）に、ピアリーの線描画と共に、見出し「指揮官ピアリーの勝利の記録／北極点発見に至る長期の困難な旅行の詳細／氷と海との絶えざる格闘／現代最高の科学的探検はアメリカのもの——極上の勇気と指揮、豊かな報酬にみあう——自分も極地に到達したというクックの主張は、指揮官ピアリーに否定される」の記事がでた。

1909年9月22日付『イヴニング・スター』紙より

一九〇九年九月二十二日付『イヴニング・スター』紙は、「極点からきました。話と資料を持参しています。一作品をめぐるやましい点のない記録をみせにきました。この仕事に対して、ある程度の誇りをみせる権利がわたしにはあります」の台詞と、「準備万端、望むところ」のキャプションを付したクック博士の戯画と共に、大見出し「クック、郵便に埋れる」と小見出し「出版社と講演局、彼の活動へ入札／招待の洪水／発見記録、彼の最初の仕事に／西部ツアーの提案／北極クラブ主催の明晩の宴が、旅行者にとって次の公式の式典となる」の記事を掲載している——

OTOGRAPH OF THE NORTH POLE MADE BY DR. FREDERICK A. COO
AS HE ASSERTS.

1909年9月26日付『ニューヨーク・トリビューン』紙より

DR. COOK ON HOME SOIL AND SOME OF THE PEOPLE HE SAW IN THE FAR

COOK LANDS PEARY

HEARD COOK TELL OF POLE DISCOVERY

1909年9月24日付『イヴニング・スター』紙より

ニューヨーク、九月二十二日――「家」は、これから先の数週間、フレデリック・A・クック博士にとっては休息を意味しないだろう。／自分が北極点一番乗りだというこの男は、十時間の睡眠のあと、一日の重労働をはじめるために今朝起床した。ウォルドルフ＝アストリアのスウィートルームの居間には、世界各地から届いた千通にも及ぶ手紙と電報が山積みになっていた。それらに、彼はただちに返事をださなくてはならない。

九月二十四日付の同紙は、大見出し「母国のクック博士と極北で彼が出会った人種」で、八枚の写真と共に記事を構成している。

この後日談は、ブルース・ヘンダーソン（Bruce Henderson）の『真の北』（*True Norteh, Peary, Cook, and the Race to the Pole*, 2005）で読むことができる。それにしても、「沙漠」や「ジャングル」は「荒地」であろうが、「真の荒地」は、「極地」ではないだろうか。

* * * * *

第二節・余白③ 現代の〈聖杯〉探索（二）――同時代の「南極探検」言説

北極圏探検といえば、エリオットは『荒地』「第Ⅴ部 雷の言ったこと」で「いつもきみのそばを歩いている三人目の人は誰だ？／ぼくが数えると、きみとぼくしかいないのに／白い道の先を見ると／いつもきみのそばを一人の人が歩いている／褐色のマントを身に包みフードをかぶって／男だか女だかわからないが／――きみの向こう側にいるのは誰なんだ？」の箇所に自註をこうつけている――

ここからの数行は、南極探検記の一つ（はっきりとは憶えていないがシャクルトンの探検記の一つだったと思う）の記述によって着想した。そこでは、探検隊員たちが体力の限界に達すると、現実に数えられる隊員の数よりもう一人多いという幻想に絶えずつきまとわれる、と述べられている。（岩崎訳註）。

エリオットは、このように読者の読みの方向を指定しているが、シャクルトン以前の「ピアリー／クック」の北極探検を想起する者もあったのではないか。

この「シャクルトン」の南極探検をめぐり、一九一九年四月十日付『ザ・トマホーク』紙（*The Tomahawk.* (White Earth, Becker County, Minn.)）に見出し「同盟軍、深刻な危機／イギリス大衆、深刻な状況が二つのロシア前線にあることを知る／赤の危機、現実／アーネスト・シャクルトン卿、アルハンゲリスクとムルマンスクから帰国したばかりで、増援部隊を派遣すべしという」の記事が掲載された。この記事のすぐ下に、「同盟を求めるバイエルン／ロシア赤軍と交渉を開始したといわれる」の見出しの記事がこうあった――

ベルリン、四月四日——バイエルン政府はミュンヘンからの助言にしたがい、ロシアとの同盟締結のため交渉を開始した。／『バイエルン・フォルクス・ツァイトゥング』紙の説明によると、バイエルン政府の行動は、穀類はロシアから入手可能である一方、連合軍からの食糧供給が不充分で、充分に保証がないことによるという。／『ターゲス・ツァイトゥング』紙は、ハンガリーの独裁者クーン・ベラが、水曜日、多数の随行員と共にバイエルンのミュンヘンに到着したと報じている。この報告は確かめられてはいない。

小見出し「オーストリア、脅威に支配さる／ウィーン外務省文書、ドイツの支配を明かす」の記事——「チューリッヒ、四月四日——オーストリア外務省史料にあった文書は、当時オーストリア＝ハンガリー外務大臣チェルニン伯とドイツ陸軍の当時の最高司令官ルーデンドルフ将軍との会話に関係していると、ウィーン特電が報じた。／チェルニンはルーデンドルフに、オーストリア＝ハンガリーの情勢はとてもよろしくないので、単独講和を請う必要があると述べた。／ルーデンドルフの返答は、「もしあなたがそれをやろうというのなら、わたしはウィーンに向け行進する」であった」。

小見出し「ポーランド、炭田を欲する」の記事——「ワルシャワ、四月四日——ポーランド首相イグナツィ・ヤン・パデレフスキがパリに向け出発した。その地で彼は講和会議に出席し、一層スピードを上げて、ポーランドの問題解決にあたるよう要請する予定である。パデレフスキに同行したのは、妻と数人の友人である。／パデレフスキは会議で、ポーランドはエッシェン地域の豊富な炭田を是非とも所有すると告げ、同時に、ポーランドへの財政的援助の具体案を主張することになる」。

小見出し「ウィルソン、ダブリンに遺憾の意を送る」の記事——「ダブリン、四月四日——市長はウィルソン大統領から、約束がいろいろとあり、市長のダブリン訪問の招待を受けることができなかったことに、遺憾の意を表明するとのメッセージを受けた」。

一九一四年七月五日付『ザ・ペンサコーラ・ジャーナル』紙（*The Pensacola Journal.* (Pensacola, Fla.)）に「共同通信」の記事として、以下のものが掲載された――「ロンドン、七月四日――南極大陸横断のアーネスト・シャクルトン卿の旅行用に準備される食糧すべては、ソーセージの皮に包まれる予定である。「それは、その合成でもっとも栄養のある部分です。ノルウェーで試しましたがうまくいきませんでした。もっと腹が減れば、南極ではもっとうまくやれるにちがいありません」と、アーネスト卿は語っている」。

一九一六年六月一日付『ザ・タコマ・タイムズ』紙（*The Tacoma Times.* (Tacoma, Wash.)）に以下の記事がでた――

ロンドン、イングランド、六月一日――十八ヵ月間、アーネスト・シャクルトン夫人と三人の子どもが、今日までアーネスト・シャクルトン卿からの知らせを待ったが、その甲斐がなかった。彼は、南極の氷の荒野のどこかで行方不明になっていた。／一九一四年十月、アーネスト卿は極地冒険最高のもの――南極大陸の端から端まで大胆な競争――に出発した。／彼と一行は、昨年のクリスマスの日に極点に到達する予定であった。彼らは、一九一六年三月、文明世界に到達していてもおかしくはなかったが、フォークランド諸島から今日特電がくるまで、この探検家からは一切音沙汰がなかった。／シャクルトン夫人ほど気丈な妻は、冒険家にはいたためしがない。背が高くすらっとした夫人は、素晴らしい顔が銀色に染まったばかりの髪に縁どられ、黒い眼はその家の壁にかかる南極の地図に向けられても涙を流すことのなく、辛抱強い勇気を示している。

一九二二年一月三十日付『ザ・リッチモンド・パラディアム・アンド・サン＝テレグラム』紙（*The Richmond Palladium and Sun-Telegram.* (Richmond, Ind.)）に、キャプション「イギリスの探検家シャクルトン、南極圏に向かう小型船で死去」の付いた写真と絵を合成したものが掲載され、以下の解説があった――

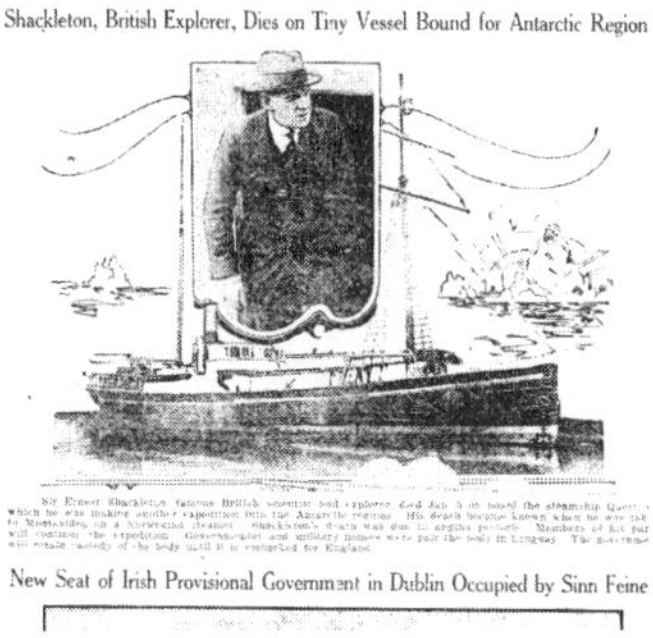

1922年1月30日付『ザ・リッチモンド・パラディアム・アンド・サン＝テレグラム』紙より

著名なイギリス人科学者にして探検家のアーネスト・シャクルトン卿が、一月五日、蒸気船クエスト号上で死去した。この船で彼は、再度、南極圏への遠征中であった。彼の死がわかったのは、彼がノルウェーの蒸気船でモンテヴィデオに運ばれたときのことである。死因は狭心症であった。隊員らは遠征を続行する予定。……政府は、死体がイングランドに向け積みこまれるまで保管の予定。

一九二二年二月七日付『ザ・ブリッジ・タイムズ・アンド・イヴニング・ファーマー』紙（*The Bridgeport Times and Evening Farmer.* (Bridgeport, Conn.)）に、大見出し「そして、わたしが出帆するとき、砂州が呻き声をあげないことを祈る」、写真キャプション「アーネスト・シャクルトン卿（右）、〈クエスト号〉の乗組員にこれまでの探検について話をしているところ。乗組員の一人が左にみえる」のある記事が掲載されている（註・大見出しはアルフレッド・テニスンの辞世の詩「砂州を越えて」より）——

1922年2月7日付『ザ・ブリッジ・タイムズ・アンド・イヴニング・ファーマー』紙より

これは、著名なインランド人南極探検家アーネスト・シャクルトン卿の最後の写真の一枚で、このあと、南極圏探検を開始したときに死去。小型船〈クエスト号〉でシャクルトンは、数ヵ月前、南極地域の科学的情報に重要なデータを加える予定の二年間の旅行にでた。彼の遺体はウルガイのモンテヴィデオに運ばれ、そこでイングランドに向け船で移送された。この写真は死の二週間前に撮られたもの。シャクルトンの個性と恐れを知らぬ度胸によって、彼は多様な探検を共にした者たちから慕われた。

一九二〇年一月二十五日付『ザ・サン』紙は、シャクルトンの著書『南へ！――シャクルトン最後の遠征一九一四～一九一七年』の広告を掲載している。見出し「たったいま、出版――アーネスト・シャクルトン卿の新著／「世界でもっとも素晴らしい話の一つ」／『南へ！』／シャルトンの話／一九一四～一九一七年の最後の遠征をめぐる／アーネスト・シャクルトン卿（ロイヤル・ヴィクトリア勲章コマンダー）著」の下に、以下の概要が記されている――

> 本書は、大冒険を語るもっとも刺激的で劇的な物語の一つで、多くの年月をかけて書かれました。本書以外に、北極や南極旅行を扱ったもので、これほど豊かに想像力を働かせ、なおかつ人間の努力への敬意を忘れないものはありません。これまででもっとも著名な探検家の一人によって書かれた本書には、偉業の話、つまり、恐ろしい環境に打ち勝った驚異的な話が語られています。本書は、人間の勇気と忍耐に捧げられた永遠の記念碑といえましょう。氷をめぐるこの驚きに満ちた叙事詩を読んで、深くこころ動かされない人はいないでしょう。人間と自然の闘いが、これほど生きいきと語られたことはありませんでした。

1920年1月25日付『ザ・サン』紙より

この本をめぐる書評が、一九二〇年二月七日付『イヴニング・パブリック・レジャー』紙（*Evening Public Ledger.* (Philadelphia [Pa.])）に、見出し「シャクルトン、氷の叙事詩を書く／『南へ！』は、南極探検家の最後の遠征（一九一四～一九一七年）の物語を語っている」で掲載された――

> 『南へ！』は、文字通り、氷の叙事詩だ。本書は、巨大な量の全体

でも、また、生きいきと活気を持って語られている豊かな細部でも、シャクルトンの最後の南極旅行（一九一四～一九一七年）を語っている。アーネスト卿は、自身のテーマの広い知識、深い人間的共感、そして、驚異的な卓越した文才さをもって、この物語を語っている。／『南へ！』は、依然としてこころの中でロマンスが鼓動している者に向けた本だ。つまり、そうした人の想像力を活性化してくれるものは、陸海の冒険の輝き、つまり、木の葉のように大いに弄ばれ試された、絶望的な状況を克服し、着実な勇気と偉大な魂によって勝利する者の冒険心の輝きである。世界には、この世のありふれたものにおいてすら、理想の探求に身を捧げたあらゆる時代の大胆な英雄に出会い、心臓が高鳴り、情緒が、実際ではないとしても精神的に湧き立つ多くの者が常にいた。こうした者は、アーネスト卿の物語に、偉大な行為と高貴な語りをみつけることだろう。その話の中で彼は、これまで探検家らを鼓舞してきた不屈の理想と、失われたり未知であったりする場所の執拗な探索とを、生きいきとしたことばにしている。彼は、未来のために、過去の栄光を不滅の記録に翻訳してきた。それは、たとえ両極地が発見されたとしても、人を鼓舞して勇猛へと、また何かできのよい仕事へと向かわしめるためである。／（以下、略）

SOME NEW BOOKS ON A VARIETY
SHACKLETON WRITES EPIC OF THE ICE
"South" Tells the Story of Antarctic Explorer's Last Expedition, 1914-17
SIR ERNEST SHACKLETON
Who has told the story of his expedition to the Antarctic

1920年2月7日付『イヴニング・パブリック・レジャー』紙より

この『南へ！』をもとにした映画が制作され、劇場上映の案内記事が新聞に掲載されている。たとえば、一九二〇年八月二十二日付『ビスビー・デイリー・レヴュー』紙（*Bisbee Daily Review.* (Bisbee, Ariz.)）に、見出し「シャクルトンの映画、極地の大物語」の記事が掲載されている。これと平行して、「セントラル劇場／今日と月曜日／特別の驚異／アーネスト・シャクルトン卿の南極の奇跡的映画／『世界の底』／極地の驚き／男性も女性も子どもも、この映画を観るべし」の上映広告記事がある。そして、先の記事は以下のようになっていた——

1920年8月22日付『ビスビー・デイリー・レヴュー』紙より

今日と月曜日、セントラル劇場で上映予定の『世界の底』、つまりアーネスト・シャクルトン卿南極遠征のもっとも印象的なことの一部では、南極の巨大な氷を進むシャクルトンの船エンデュアランス（忍耐）号の進む様子がみられる。鋼の船首が、南極の巨大な氷をナイフのように切り裂いて進み、再び開放水域へ向かう。／一連の「ショット」は、船首からカメラマンが撮ったもので、眼下の氷は、船が加える圧力によってひび割れる。両側の、進行する船の大海原には氷の巨大な山が林立し、また、どの極地探検家も、目的遂行のために経験しなくてはならない危険と困難にみちている。／五部構成の『世界の底』は、ロバートソン＝コール社が公開しようとしているのだが、この会社は、映画の配給をめぐり個人的にアーネスト・シャクルトン卿と契約を結んでいる。この映画は、マクミラン社から出版されたばかりの、アーネスト・シャクルトン卿自身の旅行談『南へ！』の路線を正確に守っている。

また、一九二〇年七月二十二日付『ザ・レッド・クラウド・チーフ』紙（*The Red Cloud Chief*. (Red Cloud, Webster Co., Neb.)）に、見出し「南極産の食物」で、ジョン・ディキンソン・シャーマン（John Dickinson Sherman）による記事が掲載され、シャクルトンの興味深い見解が紹介されている――

飛行貨物船による、南極産の食物！　そのように、アーネスト・シャクルトン卿は予言している。彼は著名な探検家で、目下、「世界の底」に向けた三度目の旅の途上にある。／アーネスト卿が、少なくとも、預言者めいていることを示唆しているようにみえる点は、何はともあれこうしたことである――／食物、とりわけ肉の高値が、

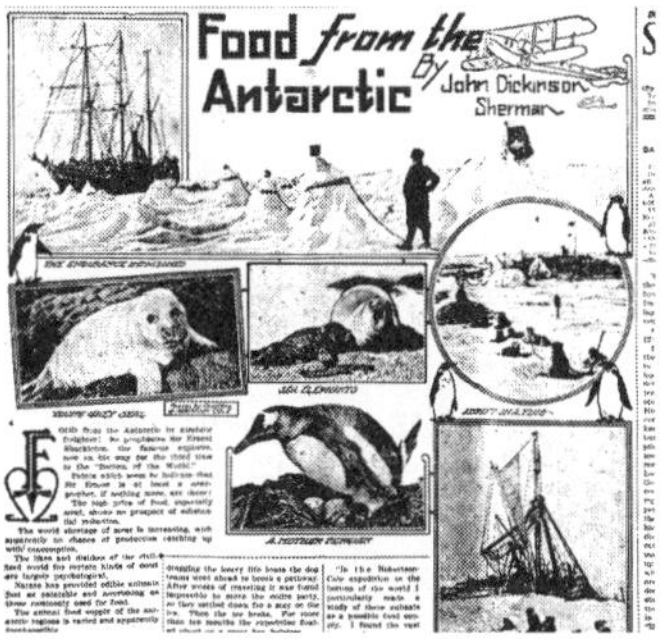

1920年7月22日付『ザ・レッド・クラウド・チーフ』紙より

実質的に安くなる見込みはなさそうなこと。／世界の肉不足は次第にひどくなり、明らかに、消費にみ合った生産の機会はない。／ある種の肉に対し、文明化世界が好んだり嫌ったりするのは、おおむね心理的な問題である。／一般に食物に使用される動物とまったく同じように、口に合って栄養のある食べられる動物は自然界にいる。／南極地域における動物食物の供給は多様で、しかも無尽蔵にみえる。／飛行機や飛行船の現行の進歩は急速であるので、その将来の発展に制限を課すのは愚かしく思える。／（以下、略）

（註・「食用動物」でいえば、『荒地』「I　死者の埋葬」にでてくる「蟋蟀」は、このあと「食物」とみる視点が必要である。）

一九二〇年十二月十六日付『スー・カウンティ・パイオニア』紙（*Sioux County Pioneer.* (Fort Yates, Sioux County, N.D.)）に、見出し「極地の氷」の短い記事が掲載されている——

南極周囲の地域で、アーネスト・シャクルトン卿は多様な氷を発見し、それに彼の新著『南へ！』で、興味深い名をつけている。たとえば、一種の氷を彼は「若い氷」といい、別のを「軽い荷物」、さらに別のものに「流氷」としている。重い小山の荷物とぎっしり詰まった荷物は、見た目がきわめて粗く、表面全体を小さなごつごつした岩が覆っている。

一九二一年九月十一日付『グレート・フォールズ・トリビューン』紙（*Great Falls Tribune.* (Great Falls, Mont.)）に、キャプション「ロンドンのアーネスト・シャクルトン卿、〈クエスト号〉上」の写真と共に、次の解説があった——

シャクルトン／1921年9月11日付『グレート・フォールズ・トリビューン』紙より

この船で彼は、南極と太平洋のほとんど知られていない諸島に向け、まもなく出帆しようとしている。それは、シャクルトン＝ローウェット遠征として知られるようになろう。J・Q・ローウェットが、主としてこの事業の財政援助をしているからである。この整備された小型蒸気船は、テムズ川停泊中、数百人の来訪者のお目当てのものであった。

ここで、一九一〇年四月一日付『ザ・レキシング・アドヴァイザー』紙の「ギャンダーボーン（雄ガチョウの骨）のエイプリールの予測」の記事に戻る。この記事のでだしには、"I dreamt that I dwelt in overalls," とはじまる詩が付されている。これはアイルランド人マイケル・ウィリアム・バルフェの作曲で、イギリス人アルフレッド・バン脚本の『ボヘミアの少女』のアリアの一つ「ジプシーの少女の夢」のでだし「わたしは、大理石の邸宅に住んでいる夢をみた」("I Dreamt I Dwelt in Marble Halls") のパロディーである——

わたしは夢をみた、つなぎを着た生活、／周りは自然がいっぱい。／そして、微笑む田舎が、深い愛情の／奴隷状態にわたしを縛る。／わたしが好んだのは乳搾りと雑用、／その素朴な住まいの周りで、／そして、わたしは外のオーイという叫び声は気にならなかった、／どのように食糧雑貨店が売っていようと。

このアリア「ジプシーの少女の夢」は、十九世紀と二十世紀には格別人気があり、オペラとは別に単独で演奏されており、いろいろな作家が使用している。たとえば、ルイス・キャロルはその著書『神秘、想像力、そしてユーモアの詩』(*Lays of Mystery, Imagination and Humour*, 1855) のでだしに使用し、ウィラ・キャザーの「ボヘミアの少女」、さ

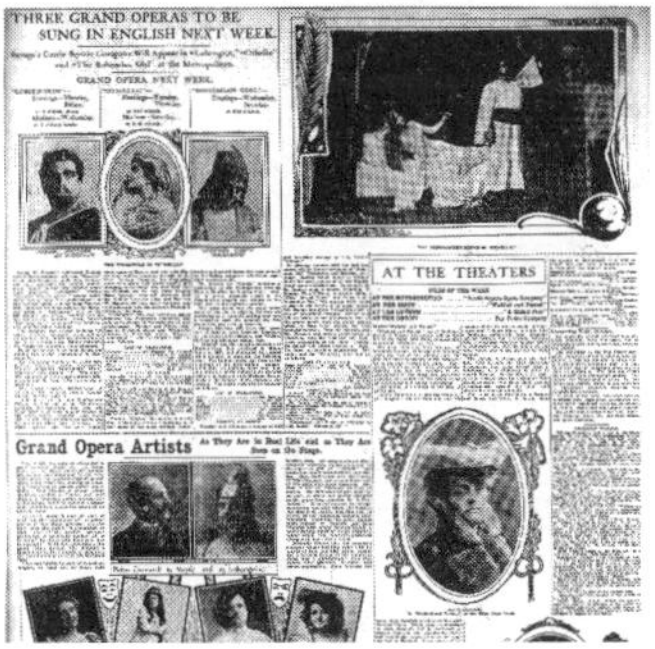

1904年4月2日付『ザ・ミネアポリス・ジャーナル』紙より

らにジョイス「土」と「イーヴリン」、そして『フィネガンズ・ウェイク』でも使用されていた。さらには、一九二二年に、ハーリー・ノウルズ監督のイギリス映画にもなっている。

一九〇四年四月二日付『ザ・ミネアポリス・ジャーナル』紙（*The Minneapolis Journal.* (Minneapolis, Minn.)）に、見出し「グランド・オペラ三作、来週、英語で歌われる予定／サヴェージ・キャッスル・スクエア・カンパニー、「ローエングリン」「オセロ」「ボヘミアの少女」で、メトロポリタン劇場にお目見え」の記事がでた――

> はじめの二つのオペラと喜ばしい対照をなすのが、水曜日と土曜日の夜におこなわれる「ボヘミアの少女」の上演である。バルフェのバラッド・オペラは、疑いもなく、イングランドのグランド・オペラ作品中でもっとも人気のあるもの。「わたしは、大理石の館に住む夢をみた」「屈服したこころ」「そのとき、あなたはわたしを思い出すだろう」を含むその有名な歌の曲目によって、この有名な作品は、すべての音楽愛好家のこころの中に位置を占めている。サヴェジ氏は、「ボヘミアの少女」に例外的な力のあるキャストを配した。

1911年5月21日付『イヴニング・スター』紙より

一九一一年五月二十一日付『イヴニング・スター』紙（*Evening Star.* (Washington, D.C.)）に、「それからあなたは、わたしを思い出すだろう」について、「一つの歌が、「ボヘミアの少女」に魅了された社会に影響力を持ったためしがない。実際、ヨーロッパ社会は、それによってもたらされ

1911年9月3日付『イヴニング・スター』紙より

た流行によって、ジプシー狂同然になった。この歌は、一八四三年に若きテノール歌手ハリソンが歌ったときから、このオペラのどの部分よりも大ヒットを収めた」との解説がでた。

一九一一年九月三日付『イヴニング・スター』紙に、「アイルランド人のオペラ作曲家にしてヴァイオリン奏者で歌手のマイケル・ウィリアム・バルフは、一八〇八年、ダブリンで誕生し、一八七〇年死去。ここにあげた歌は、『ボヘミアの少女』からのもので、彼の作品でもっとも人気のあるもののひとつ」の解説が掲載された。

一九一一年十月十五日付『ザ・デイリー・ミズーリアン』紙（*The Daily Missoulian.* (Missoula, Mont.)）に、次の解説がでた――

このすべてに満足せず、この大テナー歌手は、前例のないことをしようと決めた。つまり、音楽界でもっとも人気のあるオペラ『ボヘミアの少女』のスター総出演の上演をすること。この目的を視野に入れ、彼は多くのアーティストから、『ボヘミアの少女』でいろいろな役にもっとも相応しい者を選んだ。その結果、批評家たちの意見では、『ボヘミアの少女』上演で、今年おこなわれたシーハン・オペラのものに匹敵するものはこれまでなかったという。／『ボヘミアの少女』のサディアス役は、シーハン氏にすばらしい機会を与え、「それから、あなたはわたしを思い出すだろう」の彼の演出は、オペラ舞台でこれまで聴いたもっとも芸術的な一曲となっている。

一九一二年二月三日付『デイリー・キャピタル・ジャーナル』紙（*Daily Capital Journal.* (Salem, Or.)）には、「『ボヘミアの少女』第二幕より。アボーン・オペラ・カンパニー（the Aborn Opera Company）の許可を受けた」のキャプ

1912年2月3日付『デイリー・キャピタル・ジャーナル』紙より

ション付きの上演写真と共に、このオペラについて、『ボヘミアの少女』の著名歌手」「『ボヘミアの少女』の物語」「『ボヘミアの少女』が書かれた経緯」にわけて詳細な解説がなされている。

一九一二年二月二十九日付『ブライアン・デイリー・イーグル・アンド・パイロット』紙（*Bryan Daily Eagle and Pilot.* (Bryan, Tex.)）の「娯楽」欄に「シーハン・オペラ・カンパニー上演の『ボヘミアの少女』——昨夜、コロニアル劇場で大勢の観客が、この上演を満喫した」の記事がでた。

さらに、一九一三年二月十五日付『ザ・トプカ・ステイト・ジャーナル』紙（*The Topeka State Journal.* (Topeka, Kan.)）には、「演劇ニュース」欄で、「アボロン・オペラ・カンパニー、有名なボヘミアの少女を月曜に再演」の告知があり、一九一二年二月三日付『デイリー・キャピタル・ジャーナル』紙が掲載したこの作品の概要説明が再録されている。

一九一九年五月十一日付『イヴニング・スター』紙（*Evening Star.* (Washington, D.C.)）に、「ワシントンズ・オウン・オペラ・カンパニー」による上演スチール写真が掲載されている。一部の写真のキャプションに『ボヘミアの少女』第一幕の場面。セントラル・ハイスクール講堂にて上演。入場料は軍隊地域奉仕の後援により無料、費用は有志の寄付でまかなわれた」とある。

映画『ボヘミアの少女』（1922年頃）より

「ボヘミア」（ラテン語—Bohemia, チェコ語—Čechy, ドイツ語—Böhmen, ベーメン）は、現在のチェコの西部・中部地方を指す歴史的地名で、古くは、より広くポーランドの南部からチェコの北部にかけての地方をさした。十六世紀からは、ハプスブルク君主国の支配を受け、十九世紀にはオーストリア帝国の一部となった。一九一八年十月二十八日に、一〇〇四年以来の九一四年ぶりに、ドイツ人支配から離れ、チェコスロヴァキアとして独立すると、そのチェコスロヴァキアの中心地域となる。

一八九八年八月二十七日付『オマハ・デイリー・ビー』紙（*Omaha Daily Bee.* (Omaha [Neb.])）に、大見出し「ボヘミア、過去と現在」、小見出し「この国の輝かしい歴史と自由を求めるその闘争／自由と文学への愛／トーマス・チャペック、民族、その業績と失望、勝利と敗北について記す」の記事が掲載された――

アメリカ人と英語圏国民の、ボヘミア住民に関することごとくの知識には、概して、大いなる混乱がみられる。ほぼ四年前のこと、サンフランシスコの商人ウィラード・ビーン氏なる知的な人が、筆者に真剣に尋ねてきた。ボヘミア人はキリスト教徒かと。明らかに、彼は、フランス人が「ボヘミアン」と呼ぶ放浪のジプシーとボヘミア人とを混同していたのだ。次に驚くのはビーン氏の方で、彼には、ボヘミア人は異教徒どころか、中央ヨーロッパで最初に宗教的独裁に強力な抗議をした人びとの一員で、ヤン・フスはドイツのルターが起こした宗教改革を百年も先取りしていたと話した。数日前、ニューヨークの図書館員から、ドイツ人とボヘミア人は、名称が違うだけで同じ人びとなのかと訊かれた。彼にこう説明した。つまり、両者は同一ではなく、いずれにしても、ウィーンの国会で激しく対立していたことからして、そうではないと考えられていると。この図書館員が誤った考えに至ったのは、他の者もそうだが、明らかにオーストリア、もっと適切にいえば、オーストリア＝ハンガリーがドイツ人の国であり、その一部であるボヘミアは必然的にまた同じ、と思い込んでいることによる。とんでもないことだ。オーストリア＝ハンガリーの住民は、四つの異なる民族からなる。チュートン人、スラヴ人、ラテン人、マジャール人がそれだ。このうちドイツ人（チュートン人）は、一千万人を数え、他方、スラヴ人だけで一千七百万人を超える。かつて、とても軽妙にこう述べた人がいた。つまり、オーストリアはドイツ人を頭とした政体、つまり、大多数の国民はスラヴ人で労働に従事し、少数派は思考に携わるドイツ人であると。しばしば、身体が頭に反抗しはじめる。そうなると、悶着が起ると。
〈英語文献ではほとんど知られていない〉／ボヘミア人は、この国でもイングランドでも、ほとんど知られていない。それは、彼らに関する英語文献が、依然として、とても少ないからだ。ジョン・バウリング（政治経済学者、旅行家、翻訳家、政治家）とA・H・ヴラティスラフ（チェコ人を祖先に持つイングランドの聖職者・スラヴ語学者）は、初期ボヘミア詩人の幾人かを翻訳して、イングランド人に知らせた最初のイングランド人であった。過去五年間で、アメリカの出版社三社がボヘミアの歴史を出版した。そのうちでもっとも信頼できるのは、パトナム社の「諸国民の物語」シリーズのC・E・モーリスの著書である。約六年前、ボヘミア系アメリカ人が、オマハで英語の月刊誌『ボヘミアの声』を出版しはじめた。この雑誌は、この国のほとんどの図書館に無料配布され、その唯一の目的は、民族的、あるいは宗教的偏見のない事実を呈示することであったので、多くのアメリカ人読者に正しいボヘミア情勢を知らしめたことだろう。しかし、とりわけウィーンの立法府議会で起こった最近の騒動によって、衆目は、それとその政治的大望に向けられたことであろう。

一九一七年七月八日付『ニューヨーク・トリビューン』紙は、大見出し「新国家誕生／ボヘミア」のもと、『ロシア革命』の著者アイザック・ドン・レヴァイン（Isaac Don Levine）の記事を掲載した――

連合国の中に、全世界がほとんど知らない国がある。これまで外交筋を通じて、中央強国に戦争を宣言したことはないが、チュートン族に戦いを挑む軍隊を有している。その国の政府は、目下、パリにある。暫定的に、政府の頭に独裁者が就いている。独裁者の名はT・G・マサリク教授。彼はチェコ＝スロヴァキアの国家、つまりボヘミア国を率いている。／（中略）／新制ロシアは異なる進路を選択した。ロシアのボヘミア人集団は、最近オー

1917年7月8日付『ニューヨーク・トリビューン』紙より

ストリア軍から離脱したチェコ＝スロヴァキア連隊によって膨れ上がり、ボヘミア国軍となることが許された。この軍隊の隊員は、ボヘミアへの忠誠を以下のように宣言した――／「わたしは、チェコ＝スロヴァキア独立国、その暫定的独裁者マサリク教授、そして暫定政府としてパリにあるチェコ＝スロヴァキア国家協議会への忠誠を宣言します。わたしは、わが自由国家、その独裁者と政府に忠実に仕えることを厳粛に誓います」。／しかし、同盟国は、ロシア転覆以前から、「チェコ＝スロヴァキア人を外国支配から解放すること」が目的の一つだと宣言していた。そして、自由なロシアの立場は、各国家は自身の運命を決める権利を有するとするウィルソン大統領の原則が、これからの世界平和の礎となるというものである。ボヘミア問題は、その結果、同盟国の眼前にある主要な国家主義の問題の一つとなり、いくつかの点で、もっとも解決の困難な問題となっている。それが、二重帝国の存亡に深刻な影響を及ぼすことになるからである。／オーストリア＝ハンガリーの解体を回避しようとすれば、ガルシアとイタリア・イレデンタ（未回収のイタリア）を削りとればよい。ボスニアをその支配から解放しても影響はないだろう。しかし、ボヘミアを独立国として復活させれば、オーストリア帝国の命運に致命的な影響が及ぶ。ボヘミアは、オーストリアでもっとも脆弱な箇所である。実際、ハプスブルク家支配の屋台骨だ。そこをオーストリアの体制からなくしてしまうと、ほぼただちに、二重帝国の崩壊がはじまることだろう。／ボヘミアは、オーストリアのもっとも進んだ地域である。帝国内のどこよりも、平方マイルにつき多くの鉄道が通っている。人口は、オーストリア全人口の四十パーセントに及び、その他残りの地域で生産される農産物の二倍を産出している。ボヘミアは、オーストリアの工業・商業の中心地域でもあり、オーストリアの他の地域の五倍の石炭と鉄の半分を産出している。オーストリアの税金の六十三パーセントを担い、二重帝国のどの地区よりも多くの識字者を有している。

一九一九年四月十二日付『ザ・セント・チャールズ・ヘラルド』紙（*The St. Charles Herald.* (Hahnville, La.)）は、見出し「ボヘミア、大資源の土地／新チェコ＝スロヴァキア共和国、経済的に独立し、世界の諸国間に、しかるべき場所を得るだろう」の記事を掲載した――

> ヨーロッパの地図は、新しい、いや復活したボヘミア国の輪郭がたどれるものになっているが、これをみると、明らかにひとつの確信が生まれる。つまり、もし近隣の民族の、すなわち、ほぼ例外なくチェコ＝スロヴァキア人の野心と大望に敵対する民族の、資源に依存し利用しないと、この共和国は経済的に長くはもたない、と。／ハンガリー、オーストリア、そしてドイツが、南、西、そして一部北は国境を接している。ポーランドは、北部国境の均衡を形成する一方、ブコヴィナとトランスヴァニアが東に隣接している。マジャール人国家とドイツ人国家の住民は、ボヘミア国民にひどく敵対的である。ポーランド人がどのような態度にでるかは、目下、予測できない。

1919年4月12日付『ザ・セント・チャールズ・ヘラルド』紙より

『ニューヨーク・トリビューン』紙の記事の「ボヘミアを独立国として復活させる」や『ザ・セント・チャールズ・ヘラルド』紙の「新しい、いや復活したボヘミア国」の表現は、本書にとってきわめて重要な認識を示している。以下、第Ⅱ部と第Ⅲ部で示唆する「死」と「復活」のモチーフ、さらに「ハプスブルク家の衰亡」と密接に関係している。

第三節　「エリプリールはもっとも残酷な月」と『カンタベリー物語』

本書第Ⅱ部第一章第一節では、『荒地』のでだしの箇所と『カンタベリー物語』以外の「エイプリール」を歌う他の詩との関係を示唆したが、『カンタベリー物語』が『荒地』と無関係というわけではない。『カンタベリー物語』の巡礼者たちの目的は、カンタベリー大聖堂のキリスト教殉教者トーマス・ベケットへの巡礼であり、アッカリーがいうように、「キリストの磔刑のために、エイプリールはまたもっとも残酷な月だが、ここではどんな復活も、キリスト教徒の勝利感のパロディとなる」（*T S Eliot: 'The Love Song of J. Alfred Prufrock' and 'The Waste Land'*; 2007）。〈キリストの磔刑／復活〉をS・フリーアー（S. Freer）も指摘している――「エイプリールは、また、〈残酷な月〉である。それは、キリストの磔刑から復活までの三日の待ち期間にあたるからだ。つまり、人びとが疑いと懐疑の瞬間にとらわれるときである。〈残忍な〉が強調されているので、キリストの死につづく移行期にかかわる苦痛と信仰に傾倒することが困難なことが強調され、これはエリオットにとって、自然の四大元素が土地を再活性化しようとする進行中の苦闘以上の意味を持っている」（*Modernist Mythopoeia: The Twilight of the Gods*. 2015, p.65）。（☞ベケットは兵士の剣で刺された。）

Carrow Psalter; c.1250

『カンタベリー物語』の〈アプリール〉は「植物を蘇らせる慈雨の月」であり、『荒地』の〈エイプリール〉は、それとは対照的に「記憶と／欲望をないまぜにし、春の雨で／生気のない根をふるい立たせる」「残酷な月」であるが、この〈エイプリール〉が、語源が示唆する〈女神アプロディーテ／ウェヌス／ヴィーナスの月〉（"Latin Aprīlis ('of the month of the goddess Venus') / Ancient Greek Ἀφροδίτη [Aphrodítē, 'Venus']"）と読まれることは従来なかった。この読みからは、『荒地』の他の箇所の読みと密接な連鎖関係にあることがわかり、「エイプリールがもっとも残酷な月」という命題は首肯されるだろう。〈四月〉が「残酷な血の季節」である理由に結びついているからだ。（☞もっとも、〈しがつ〉の読みは〈死月〉を連想させる。）

岩崎訳註が示唆するように、ここではフレイザーの『金枝篇』が踏まえられており、「植物神アドニスの死と再生の儀礼は、フェニキアでは、雨で山から洗い流された赤土でアドニス河が血の色になる春におこなわれた（『金枝篇』三十二章）」という。それにしても、何故、フレイザーなのか。それは、エリオットの原註に「この詩は、その題も、全体的構想も、語やイメージの象徴的意味の多くも、聖杯伝説に関するジェシー・L・ウェストン女史の著書『祭祀からロマンスへ』（ケンブリッジ）から着想をえて」おり、さらに「もうひとつ、わたしが広い意味で恩恵をこうむっている人類学の本がある。われわれの世代に深い影響を与えた『金枝篇』で、特にわたしが参考にしたのは、アドニス、アッティス、オシリスを扱った二巻」で、「これらの本についてすでにご存じの読者には、わたしの詩の中にある植物神崇拝儀礼への言及箇所は、すぐにそれとわかっていただけると思う」（岩崎訳）とあるからだ。ちなみに、〈三月／マーチ〉は〈軍神マルスの月〉を意味し、〈マルス〉はギリシャでは〈アーレス〉であり、〈アプロディーテ〉の恋人で、なんと、イノシシに変身し〈アドーニス〉を刺殺するのだ。

では、〈女神アプロディーテの月〉と〈植物神アドーニスの死と再生〉は、どのように関連しているのだろう。いま示唆した有名な〈アプロディーテ／ウェヌス／ヴィーナスとアドーニス神話〉と関連がある。この神話は、〈アドーニスの誕生〉と〈アドーニスの死〉の話からなり、前者は概略こうだ――「［アプロディーテの］恋人で、アドーニスがたぶん一番の存在であろう。彼はミューラの子で、嫉妬深いアプロティーテによって彼女は呪われ、父親のキプロス王キニーラスに飽くことのない欲望を抱くようになる。それは、ミューラの母が、娘はこの女神より美しいと自慢したあとのことである。妊娠後、ミューラはミルラの木に変身し沈黙の罰を受けるが、それでもアドーニスを生む。オウィディウスは『転身物語』第十巻で、読者に前もって、この罪の重大さについて警告している」（Paul Chrystal, *In Bed with the Ancient Greeks*, 2016. Ch.2）。この〈アドーニスの誕生〉には、またイノシシがからんでいる。イノシシが

Engraving by m. Faulte

ミルラの木にぶつかり、そこから〈アドーニス〉が誕生したとされるからだ。（ちなみに、英語 "Myrrh" は「Ⅲ　火の説教」で "Smyrna" ［古代ギリシャ語で "myrrh" の意］に変身する。）

そして、〈アドーニスの死〉の話は、概略、以下のとおり——「アプロディーテは、この赤ん坊をみつけ、彼を冥府につれていき、ペルセポネーに彼の養育を依頼する。彼女は、彼が成長し美しくなると、彼を取り戻しに戻るが、ペルセポネーは手放すことを嫌がる。ゼウスは命じて、アドーニスは一年の三分の一をアプロディーテと、三分の一をペルセポネーと、残りの三分の一は彼の望む者とすごすとした。アドーニスはアプロディーテを選ぶが、イノシシに襲われて血を流して死ぬ。彼は、当然、ペルセポネーによって冥府に受け入れられるが、アプロディーテは彼を生き返らせることを望む。彼女とペルセポネーは、再度、喧嘩をし、またもゼウスが介入し、今度は、アドーニスは六ヵ月アプロディーテと六ヵ月ペルセポネーと過ごすようにした」（Paul Chrystal, 2016. Ch.2）。アドーニスの命を奪った〈イノシシ〉（生／死の契機を作った）は、ペルセポネーに告げ口をされたアプロディーテの恋人で軍神の〈アーレス〉が変身していた。（☞アドーニスの死の原因はイノシシの牙で、磔刑のイエスは槍で刺され、釘を打ち込まれた。エリザベートの死の原因は〈三角ヤスリ〉。）そして、アドーニスが流した血から〈アネモネ〉が咲いたとされる。

第四節　ジャクソン『ラモーナ』と『荒地』の〈赤い川〉

本章第二節で示唆したヘレン・ハント・ジャクソンが、『荒地』始原の彼方に位置づいていてもおかしくはない。何故なら、彼女の小説『ラモーナ』（*Ramona*, 1884）は人気を博し大ベストセラーになっていたからである。彼女の当時の住居「コロラド・スプリングズ」と、さらにこの小説の舞台「コロラド砂漠」は、以下で示唆するように、「I 死者の埋葬」の「この赤い岩」とつながっている可能性がある。

一九二一年十二月二日付『イースト・ミシシッピー・タイムズ』(*Est Mississippi Times.* (Starkville, Miss.)) に、見出し「縮刷古典／ラモーナ／ヘレン・ハント・ジャクソン著／メアリー・ブルックス（マサチューセッツ州グロスターシャー）縮刷」の記事がでた。（ちなみに、一九一六年十月九日付『ザ・ワシントン・ヘラルド』紙にも同一の縮刷版が掲載されている。）

ヘレン・フィスクは、一八三一年十月十八日、マサチューセッツ州アマーストに生まれた。彼女は、N・W・フィスク教授の娘であった。結婚は二度。最初の夫は、アメリカ陸軍工兵隊少佐エドワード・B・ハントであった。ニューポートで未亡人として生活している際、彼女のペンネーム〈H・H・〉が知られるようになった。その後数年して、彼女はコロラド・スプリングズの銀行家W・S・ジャクソンと再婚した。／彼女はとても勤勉で、成功した女流文筆家であった。最初に注目されたのは、「H・H・の詩」であった。彼女の詩は広く読まれ、エマーソンやT・W・ヒギンソンに称賛された。彼女は有名な「題名のない物語」シリーズに、二作の小説「マーシー・フィルブリックの選択」と「ヘティの奇妙な経歴」を書いた。子ども向けの本を含むいろいろなタイプの本を上梓した。彼女はインディアン（アメリカ先住民）にひどく興味を持つようになり、彼らの状況を調査する特別委員に任命された。この仕事から、「不名誉の世紀」と彼女が記憶されることになる小説『ラモーナ』が生まれた。一八八五年八月十二日、サンフランシスコで死去。多くの読者から慕われた。

CONDENSED CLASSICS

RAMONA

By HELEN HUNT JACKSON

Condensation by Mary Brooks, Gloucester, Mass.

1921年12月2日付『イースト・ミシシッピー・タイムズ』紙より

一八八五年八月十九日付『ザ・リヴァー・プレス』紙（*The River Press. volume*

(Fort Benton, Mont.) に、「著名な女流作家ヘレン・ハント・ジャクソン夫人が、今月十二日に他界」の記事がでた。
一八九五年二月十日付『セイント・ポール・デイリー・グローブ』紙 (*St. Paul Daily Globe.* (Saint Paul, Minn.)) に、見出し「小説としてのラモーナ／魅力的な作品／ヘレン・ハント・ジャクソンによる／アメリカ小説でない／アメリカよりも、ずっとスペインやイングランド的／カミュロスが有名になった／どのように関心が集中しているのか、／ヘレン・ハントのコロラドの家の周囲に」の記事がでた――

極西部地方を旅行する者が退屈な時間をやり過ごすのは、ジェシーとフランクのジェイムズ兄弟の冒険を詳しく述べたり、列車が走る「ピクチャーレスクな」風景を語るもの以外の文学であるが、そうした者たちは、かわいそうなロバート・ルイス・スティーヴンソンの「大陸横断」か、マラ・エリス・ライアン (Marah Ellis Ryan) のクートニー郡をめぐる本を覗いている。しかし、西部旅行者向けの本の中の本は、ヘレン・ハント・ジャクソンの『ラモーナ』に他ならない。光景の中の光景は、この才能豊かな女流作家の故郷、つまり、コロラド・スプリングズとその周辺にみることができる。『ラモーナ』が偉大なアメリカ小説だという者は、自分のいっていることがわかっていない。それは、アメリカというよりスペインのものであり、またインディアンのものであって、作品に描かれたアメリカ人は、わが人種の正当な代表というより、わが文明の屑といっていい。しかし、それは偉大な作品であり、預言者エレミアの嘆きほど悲しく、ワシントン・アーヴィングの「失意」以上に痛ましい。悲しき者アレサンドロ、美しいラモーナ、気高いサルヴィエールダラ、そして堂々としたセノーラは、その性格によってわれわれを魅了する。だが、われわれは彼らから別れを告げなくてはならない。われわれの主要な関心は、目下、ヘレン・ハントの故郷と、この才能豊かなアメリカ人女性の最後の安らぎの場所（墓地）によって栄誉が与えられている所なのだから。

ヘレン・ハント・ジャクソンの住んでいた「コロラドスプリングズ」という地名は、きわめて興味深い。右記引用で「スペイン」が示唆されているように、英語「コロラド」はもともとスペイン語で、「色のついた、赤い（川）」の意であった。以下議論するように、「ジェイムズ・フレイザーの『金枝篇』によると、植物神アドニスの死と再生の儀礼は、フェニキアでは、雨で山から洗い流された赤土でアドニス河が血の色になる春におこなわれた」（岩崎訳註）からである。この「アドニス河」は、今日の「アブラハム河」(The Abraham River (Arabic: نهر إبراهيم Nahr Ibrahim) である。「I　死者の埋葬」の第二連に「壊れた石像の山。そこには陽が射し／枯木の下に陰はなく、蟋蟀は囁かず、／石は乾いていて、水の音はしない。ただ、／この赤い岩の下の陰ばかり／（この赤い岩の陰に来なさい）」の「赤い岩」について、先行論に示唆はないが、「アドニス河」の上流の「赤い岩」と、まさに「コロラド砂漠」の赤い山を示唆しているのではないか。少なくとも、アメリカ人読者にとって、後者はすぐ想起されるだろう。

コロラド沙漠／1910年3月6日付『ニューヨーク・トリビューン』紙より

このアドーニス神話についは、E・コブハム・ブルーワー (E. Cobham Brewer) がその著書『ブルーワー英語故事成語大辞典』(*Dictionary of Phrase and Fable*. 1898) の「アドーニス河」(Adonis River) の項で以下のように、ミルトン『楽園喪失』の例をだして説明している。ちなみに、この辞典自体、その有り様は『荒地』の構成によく似ている。

> フェニキアのある河は、アドーニスの祭がおこなわれる季節がくると、いつも赤く染まる。ある伝説では、このように赤いのはその若い狩人への同情だといい、別の伝説では、一種の鉛丹、つまり赤い土が水と混じるせいだという。

次に来しはタンムズ。／かれの年ごとレバノンに傷つくと聞きて

／シリアの女らその運命をなげき／夏の一日を多情の歌にすごす、／静けきアドニスが河上の岩より／赤らみて海そゝぐころ――人これを／年々に傷負ふタンムズの血といふ。（藤井武訳『ミルトン楽園喪失』岩波文庫、一九五〇年、第一部、四四五～四九行）

ミルトンの詩行の最初にある「タンムズ」については、一八九九年三月三十日付『ウォーレン・シーフ』紙（*Warren Sheaf*. (Warren, Marshall County, Minn.)）に、見出し「イースター」特集の第一面に、「古代のイースター／キリスト誕生以前に執りおこなわれていた次第／春はいつも祭りの時期であった――ミトラスの伝説、フィリジアとギリシャの祭り、スカンディナヴィアのイースター」の記事がある――

東方のキリスト教国が出現する以前でも、長いこと春季は、入念な宗教儀式によって祝われていた。こうした祝祭行事はどこでも、それを執りおこなう人びとの神、もしくは救世主を記念するものであった。／ペルシャでは、救済者にして神と人間の仲介者ミトラスが死から蘇ったと信じられ、彼への信仰と結びつく秘儀が三月後半に執りおこなわれていた。死んだようにみえる若者の死体が、蘇生するのが示された。司祭らは大きな叫び声をあげ、暗闇の中、夜中まで彼の墓を見守っていると、突然、四方八方から灯りがともり、司祭らはこう叫ぶ――「喜べ、聖なる秘伝授与者よ。あなた方の神は甦った。彼の死、彼の苦痛、彼の苦悩によって、われらに救済がもたらされた」。こうした儀式では、聖なる蝋燭がともされ、像に香水が塗布された。／エジプトだけでなく、シリア、フィリジア、ギリシャ、さらに実際は、東方全域にみられる一年間の主要な宗教的祭りは、晩秋と再度初春に執りおこなわれた。春におこなわれるものは、とりわけ歓喜とどんちゃん騒ぎがその特色であった。アドーニス、もしくはタンムズの復活は、東方全域で祝われた。ユリウス・フィルミクスは、皇帝コンスタンスとコンスタンティヌスに宛てた式辞、もしくは演説で、これらの儀式を詳細に説明していた。信者らは像をベッドに横たえ、哀悼の歌を歌い嘆き悲しんだ。／かなりの間、こうした嘆きをつづけたあと、灯りが部屋に持ちこまれ、哀悼者の口が司祭によって塗油されると、アドーニスになっていた若者が静かにつぶやく――「信じよ、汝ら聖体拝領者よ。神は救済されたので、苦痛からの救済が、われらにもたらされるであろう」。アレキサンドリアでは、アドーニスの復活の祭りは、三月二十五日に執りおこなわれ、それはユリウス・フィルミクスの説明にほぼ同じであった。こうした祭りは、四一二年になってもエジプトで、またギリシャ人国王が建設したシリアの古代都市アンティオキアでは、三六三年になってもおこなわれていた。／アドーニス、もしくはタンムズは、イェルサレムの神殿にすら祭壇を持っていた。ダヴィデ讃歌のいくつかは、彼の礼拝で用いられる礼拝式の一部であった。エジプトやその他と同じ儀式がおこなわれ、アドーニスのイースター復活がフェニキアのビブリスでも祝された。古代ギリシャ人も、また、この祭りでアドーニスの復活を祝した。この復活の過程で、彼の像が持ちだされ、嘆きの歌と共に涙を流し埋葬の儀式がおこなわれた。このあと、悦びの叫びが張り上げられる――「アドーニスは生きており、復活した！」。東方の別の所でも、イースターの祭りは同じ性質のもので、司祭が信者に向けて決まり文句をいう――「こころを慰めなさい、このように保たれた神の神秘を与った汝らすべてよ。何故なら、われらは、いまや労働から一休みできるだろうから」。これに対して、こうしたことばがつけ加えられる――「わたしは悲しい惨事を避け、わたしの運は大いに改善された」。人びとは、「光の復元者のハトに万歳！」の祈願を唱え、それに応える。／「処女から誕生し受肉化した仲介役の神が復活し、永遠の王国を支配するというのは、エジプトのもっとも初期の宗教であった」とマハフィー教授はいう。オシリスはその国の人気のある神で、とりわけ善良で、民衆のこころには大切な存在であった。彼の復活と昇天は、キリスト教国でイースターとして知られる初春の頃に、毎年、祝われていた。

『ラモーナ』は、映画にまでなった。一九一六年九月十七日付『イヴニング・キャピタル・ニューズ』紙（*Evening*

Capital News. (Boise, Idaho) に、一面で「ピニー劇場」の広告（「ピニー劇場／午後二時十五分開演、八時十五分きっかり終演／一週間のみ／共進会週間の特別呼び物／ラモーナ、これまで最高に素敵な物語」）と、『ラモーナ』の説明記事が掲載された――

フルオーケストラとカリフォルニア伝道合唱団をともなった『ラモーナ』は、懐かしのカリフォルニアの伝道団体とミッション・インディアンをめぐる、ヘレン・ハント・ジャクソンの有名な小説をもとに、W・H・クルーンが製作したオペラ映画であり、九月二十五日の月曜午後に、はじめてボイシのピニー劇場にお目見えする。契約は今週一杯で、毎日、マチネがある。／『ラモーナ』は、昨年初春、ロスアンゼルスで上演され、十週にわたり、南西カリフォルニアのこの都市最大の劇場を一杯にした。ここは、「ラモーナ」の郷のまさに中心に位置している。その後、ニューヨークにいき、そこでは、格別に美しい物語と素晴らしく甘美な音楽によって、感傷趣味に浸っていない者は受けつけないとされた劇場の常連を魅了した。シカゴは、『ラモーナ』を歓迎した次の都市になり、真夏のひどい熱波が猛威をふるっていたが、このカリフォルニアの乙女を目当てに、巨大なオーディトリアム劇場に多数の芝居ファンが押し寄せた。カリフォルニアと東部の他のいくつかの都市は『ラモーナ』を目撃し、五ヵ月間でこの映画は推定二百万人の観客を動員したとされる。／誰もが『ラモーナ』の物語の概要を知っている。ジャクソン夫人の小説をだした出版は、三百八十万冊が売れたとしている。第二、第三世代が、いま最初の数百万冊を読んでいる。控えめに見積もっても、買われた本のそれぞれに六人の読者がいる。これをもとにすると、二千万人がこの美しい混血の乙女の物語を直接知っているとみられる。

1916年9月17日付『イヴニング・キャピタル・ニューズ』紙より

一九一六年九月二十九日付『ザ・ステイツ・グラフィック』紙（*The States-*

Graphic. (Brownsville, Tenn.)に、映画『ラモーナ』の宣伝・解説が掲載された。

それ自体完璧な『ラモーナ』／ヘレン・ハント・ジャクソンの美しい物語から製作された見事なほどにリアリスティックな映画オペラ・スペクタクル『ラモーナ』が、当市のオペラ劇場で十月七日土曜日の昼・夜上演されるとき、当地管理者が供給する唯一のものは、劇場とチケットということになろう。その他必要なものすべては、劇団がもたらしてくれる。楽譜、それを解釈するミュージシャン、映画が映されるスクリーン、完全な映写を確保する熟練技師、すべてこれらは先見の明のある管理者が提供し、彼は骨折りや経費を惜しまず、『ラモーナ』を観客が喜んで長く記憶される経験にしようとしている。人の胸に訴えるロマンス、ミッション・インディアンの生活の変転してやまない色彩のパノラマ、アレサンドロの不当な悲劇的死、そして名高いカリフォルニアの素晴らしい景観、これらすべてが一つになって、モーション・フォトグラフィーの領域で新時代を画する娯楽となった。／『ラモーナ』は、『国民の創生』の製作と成功に重要な役割を果たした、ロスアンゼルスのクルーン映画製作会社が製作し供覧している。

（註・『国民の創生』は、D・W・グリフィス監督による一九一五年公開の無声映画。）

1902年5月4日付『ザ・サンフランシスコ・コール』紙より

さらに、一九〇二年五月四日付『ザ・サンフランシスコ・コール』紙（*The San Francisco Call.* (San Francisco [Calif.])）に、見出し「実際のラモーナ」の、ジョージ・ウォートン・ジェイムズ（George Wharton James）による記事がでている。ちなみに、この著者は、『ラモーナの郷』（*Through Ramona's Country. Little*, Brown. 1909）の著書がある。この記事はこの著書の

第Ⅲ章に相当する。また、この本の挿入写真には、「開花したマウンテン・ホワイト・ライラック／一九〇七年六月」（The Mountain White Lilac in bloom, /June, 1907/Photo by Ferdinand Ellerman/p.54）のキャプションが添えられている。

現実にラモーナはいるのだろうか。／この問いは、ヘレン・ハント・ジャクソンの傑作を涙して読んだあとでは、くりかえし旅行者が問うもの。この問いはしばしば問われ、同じほど解答がだされてきたが、解答は千差万別で、事実と呼べるものからはほど遠い。／作品ラモーナは小説である。それ故、主人公ラモーナは虚構で、想像力の産物に他ならない。つまり、作者の頭の中以外には存在しないのだ。しかし、この虚構の物語の横糸に織り込まれた驚異的な量の事実がある。どれが事実で、どれが虚構かを知るためには、南部カリフォルニアの歴史にたっぷりと浸る必要がある。

そして、「現実のラモーナ」がいるとして、ジェイムズはこうつづけている――

その一つは、物語に関連したラモーナが現実にいて、彼女はまだ存命中という事実である。この小説で彼女は、アレッサンドロが殺害されるところを描いた箇所の主人公であり、「Ｈ・Ｈ・」が語る物語は、まさしくラモーナ自身が語ったものである。しかし、この女性は純血のインディアンだ。彼女の血管には一滴の白人の血もない。彼女の結婚前の名はラモーナ・ルボで、カウィーアで生まれ育った。そこは、サンジャッキント山脈のインディアン村であり、ジャクソン夫人はここを忠実に描写している。

ジョージ・ウォートン・ジェイムズ『ラモーナの郷』が出版された一九〇九年頃に、「グランドキャニオン」への関心が大いにたかまったようで、一九〇八年八月二日付『ロスアンゼルス・ヘラルド』紙（*Los Angeles Herald.* (Los

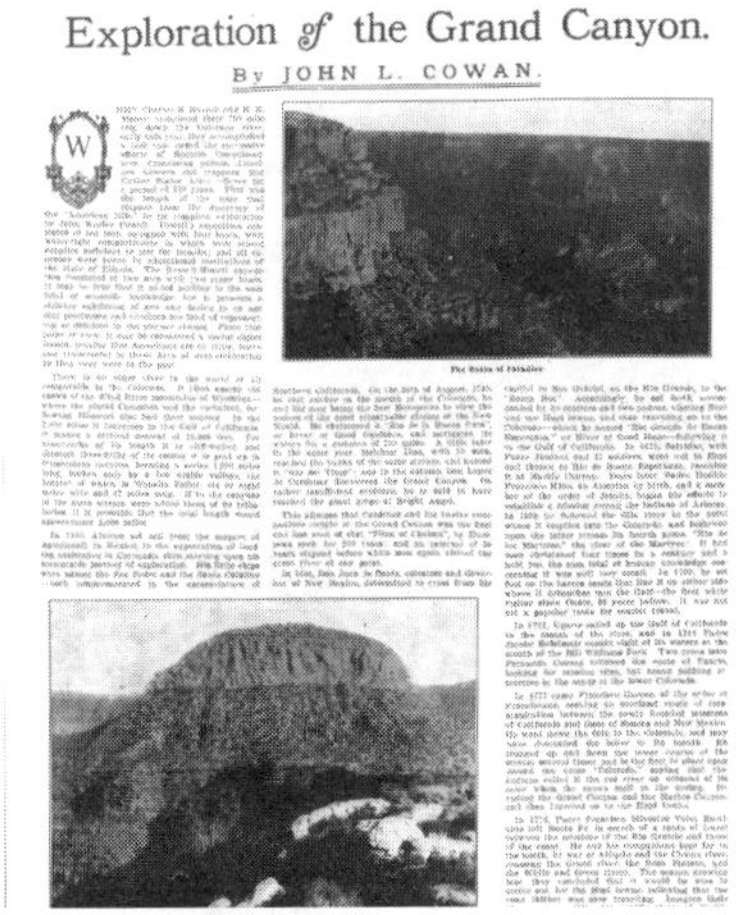
Exploration of the Grand Canyon.
By JOHN L. COWAN.

1908年8月2日付『ロスアンゼルス・ヘラルド』紙より

Angeles [Calif.]）にジョン・L・カワン（John L. Cowan）の著名記事が、多数の写真と共に掲載された――

今年早く、コロラド河を下る七五〇マイルの旅を終えたとき、チャールズ・S・ラッセル（Charles S. Russell）とE・R・モネット（E. R. Monett）は、スペイン人コンキスタドール（征服者）、フランチェスコ修道会神父、アメリカ人ハンターと罠猟師、そして合衆国陸軍士官による三百二十九年間にわたる成功の努力をものともしない任務をやり遂げた。それは、ジョン・ウエズリー・パウエルによる「アメリカのナイル川」発見から、完全な探検にまでかかった期間である。パウエル遠征隊は十名からなり、数ヵ月間もつ食糧を収めた水漏れのない部屋のある四艘のボートを用意していた。そして、全経費は、イリノイ州の教育機関が負担した。ラッセル＝モネット遠征は二人であり、ボートは風変りな二艘であった。なるほど、科学的知識全体に加えられる成果はなかったとはいえ、悲観論者や文句家が厳格な美徳を欠いているといいたがる時代にあって、気概と勇気を驚くほどみせた。この観点からすれば、それは有益な実物教育であって、アメリカ人が過去にそうであったように、過度な文明化の現代にあって、たくましく勇敢で才覚に溢れていることを明かしたといえるだろう。

このコロラド河下りの探検は、南極探検や北極探検、またアフリカ狩猟旅行とほぼ同時期のものであり、『荒地』の遍歴の騎士に繋がるものである。ついでながら、ジョージ・ウォートン・ジェイムズの『アリゾナのグランド・キャニオン――その見方』（一九一〇年）（George Wharton James, *The Grand Canyon of Arizona: How to See It*）第二十一章に、こ

『アリゾナのグランド・キャニオン——その見方』（1910年）

の探検の詳細な説明がある。

一九一六年五月二十八日付『ニューヨーク・トリビューン』紙では、四ページにわたる写真の旅行ガイドが掲載され、一九一八年八月十二日付『ザ・ブリッジポート・タイムズ・アンド・イヴニング・ファーマー』紙には、見出し「コロラド河のグランド・キャニオン／巨大な驚異——比べるとナイアガラが小さくなる——、わが国の国立公園中の極致」の記事が写真入りで掲載され、以下の解説からはじまっている——

千人の読者に、コロラド河のグランド・キャニオンが国立公園かと訊ねるなら、おそらく九百人がそうだと答えるだろう。しかし、この並はずれた驚異は、国立公園ではなく国定記念物であり、議会に充分な圧力をかけ、われわれが有する並はずれた驚異であることを認めさせるまで、そうありつづけることだろう。キャニオン河の岸には、少佐パウエルの記念碑が建っている。彼は探検家にして地質学者で、合衆国地質調査所の副所長であった。コロラド河を最初に成功裡に航行したこの英雄が、その壮大な景観とその過去の注目すべき地質学史を最初に認識したといえる。五十年前のことだ。今日、ここを国立公園の極致にしようとしている。（中略）このキャニオンが、それほど多数の観

1916年5月28日付『ニューヨーク・トリビューン』紙より

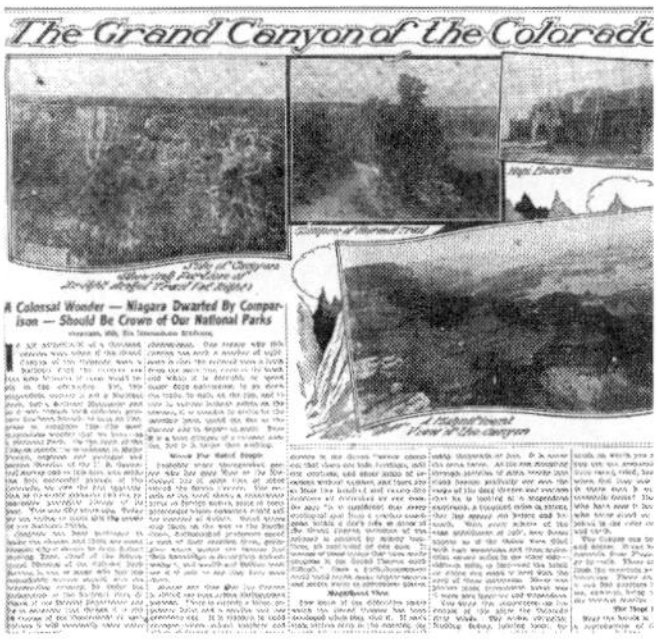
The Grand Canyon of the Colorado
A Colossal Wonder — Niagara Dwarfed By Comparison — Should Be Crown of Our National Parks

1918年8月12日付『ザ・ブリッジポート・タイムズ・アンド・イヴニング・ファーマー』紙より

光客を惹きつける一つの理由はこうだ。多くの日数を見物にかけ、小道を下り、崖ぶちまで歩き、台地の色々な見所まで馬でいくのが望ましいわけだが、鉄道が幹線から崖ぶち近くまで走っており、朝の列車でやってきて、日中をキャニオンで過ごし、夜に立つということが可能であるからだ。それは、壮大な驚異を垣間見るだけのことにすぎないが、みないよりはましである。

第五節　〈アプロディーテ／アドーニス神話〉

〈アプロディーテ／アドーニス神話〉は、先述のように、オウィディウスの『変身物語』第十巻に由来し、シェイクスピアはこれをもとに長編詩『ヴィーナスとアドーニス』（*Venus and Adonis*）を書いたとされる。このシェイクスピア作品は、ヴィクトリア朝期では同性愛的な読み方をされてもいたようで、たとえば、イギリスの詩人・批評家ジョン・アディントン・シモンズ（John Addington Symonds）は、一八五〇年代、『ヴィーナスとアドーニス』を読んで自己の性的嗜好を発見したとし、こう述べている――「さて、わたしに深く影響した最初の英詩――疑いもなく、数千の少年に印象を与えたように――は、シェイクスピアの「ヴィーナスとアドーニス」であった。わたしがそれを読んだのは……十歳になる前のことであった。……ややぼんやりであったが、わたしは自分がアドーニスだと思った。しかし同時に、わたしは情熱的愛の称賛できる対象として彼に憧れた……わたしの「ヴィーナスとアドーニス」の理解は、シェイクスピアが疑いもなくそうするように意図したものであった。そして、そうすることで、刺激される一

（上）ルーベンス《ヴィーナスとアドーニス》（1554年）／（右）ティティアーノ《ヴィーナスとアドーニス》（1553-54）

方、それによって、同性の人間を切望するわたしの生まれつきの傾向は優美なものになった」（Amber K. Regis ed., *The Memoirs of John Addington Symonds: A Critical Edition*, 2017. p.101）。

　またシェイクスピアは、ティツィアーノの《ヴィーナスとアドーニス》（一五五四年）を典拠としているという説もある――「エルヴィン・パノフスキーは、ティツィアーノの絵がシェイクスピアのある詩の典拠であった可能性があると示唆した。もっとも、わたしはこれはありえないと思っている」（Peter Hyland, *An Introduction to Shakespeare's Poems*, 2002. Chap. 5）。このように、パノフスキー説は、シェイクスピア研究者からは疑問視されているが、美術史専門家からも、類似の扱いを受けているようである。

　さらに、シェイクスピアの先行者として、スペンサー『妖精の女王』やマーロー『ヒーローとレアンダー』がある――

> オウィディウスの影響に加え、エドモンド・スペンサーが『妖精の女王』（一五九〇年）にウェヌスとアドーニス神話を含め、クリストファー・マーロウの『ヒアローとレアンダー／ヘーローとレアンドロス』（一五九三年）にも、この女神と狩人に言及があると述べてきた学者たちは、これらの作品は、シェイクスピアの『ヴィーナスとアドーニス』にも影響を及ぼしたと示唆している。エレン・アプリリー・ハードウッド（Ellen Aprili Harwood, 1977）は、シェイクスピアがスペンサーの詩を『ヴィーナスとアドーニス』の典拠としただ

けでなく、後者をスペンサーのアドーニスの園、アドーニスの園に描かれる彼の性愛哲学、さらにスペンサーのオヴィディアニズムを批評的に評価する手段として使用したといっている。ゲントも、『ヴィーナスとアドーニス』において、シェイクスピアは『ヒアローとレアンダー』と修辞的に張り合っているとしている。（「インターネット・サイト「eNotes Homework Help」: Venus and Adonis Essay - Venus and Adonis (Vol. 33) William Shakespeare」）

アドーニスの壺

第六節　同時代の〈ヴィーナス／アドーニス〉言説

では、〈エイプリール〉を〈四月〉ではなく、〈女神アプロディーテ／ウェヌス／ヴィーナスの月〉と読む妥当性は、同時代の新聞から実証できるのだろうか。つまり、同時代の新聞読者が、〈エイプリール〉から〈ヴィーナス〉を想起する可能性はあるのだろうか。実は、『荒地』とほぼ同時代に、新聞紙上に、〈ヴィーナス〉言説といってよいものが存在していた。

十九世紀末に、まず、惑星〈ヴィーナス〉をテーマにした記事が登場してくる。一八九四年三月九日付『ザ・スクラントン・トリビューン』紙（*The Scranton Tribune*. (Scranton, Pa.)）に、見出し「われわれの隣人ヴィーナス／地球の双子、四千万マイル離れている／ここには、永遠の昼と永遠の夜がある——この惑星の住民をめぐる思索——われらの隣人のもう一つは木星」の記事がでる。一八九八年六月十八日付『ザ・コパー・カウンティ・イヴニング・ニューズ』紙（*The Copper Country Evening News*. (Calumet, Mich.)）は、同じく惑星〈ヴィーナス〉を扱い、見出しを「惑星ヴィーナス／われわれがこの天体についてほとんど知らないわけ／一六六六年に最初の観察がなされて以来、多様な理論がだされてきた——カミーユ・フラマリオン語る」として、専門家の意見を伝えている。

一九一一年二月二十五日付『ザ・イヴニング・タイムズ』紙（*The Evening Times.* (Grand Forks, N.D.)）は、見出し「ヴィーナスの表面には」の記事を掲載し、金星に生命体が存在する可能性をめぐる論を紹介している――

ヴィーナスについて、何を御存じでしょうか。／いや、ながいこと見目麗しく、衣服は短かった古代の女神ではないのです。もっとも、現在の写真が本物であればですが。また、ミロの有名な婦人でもありません。完全なプロポーションの女性で、その両腕を何世紀も余りにも長く伸ばしていたため、重さに耐え切れず壊れてしまい、未だ回復していません。ヴィーナス、惑星ヴィーナス、つまり天の輝く星は、この記事のはじめに示した問いの対象です。／白状しなさい、ヴィーナスについて、多くは知らないと。もし、あなたが天文学のアマチュアでも専門家でもなければ、ヴィーナスについて知っていることといえば、そのような星があって、ときどき売薬暦で、とりわけある日の明けの明星とか宵の明星と言及されていることくらいでしょう。しかし、恥じ入る必要はありません。仲間の市民のほとんどが、あなた以上にヴィーナスについて知っているわけではないのです。／みなさん、ヴィーナス研究は、われわれに必要なものです。トーマス・ジェファーソン・ジャクソン・シー教授によると、ヴィーナスのうえには人がいて、われわれが彼らに挨拶を送るのを待っているか、ヴィーナス式にわれわれと連絡をとろうとしているのだそうです。大望遠鏡を覗いていたシー教授は、ヴィーナスのうえの状態に気づき、この惑星が居住可能であるだけでなく、たぶん、何らかの知的存在が住んでいると考え、大胆にも断言しました。シー教授は、最近出版の『星体系の進化をめぐる調査』で、ヴィーナス観を具体的に述べたり組み込んだりしています。この論は、「かつて出版された唯一偉大な標準的論であり、ギリシャ人の時代以降に書かれた天文学書で、もっとも画期的なものの一つ」です。これでおわかりでしょうが、これは偉大な著作であり、したがって、天体研究に携わっていて、火星《マース》や木星《ジュピター》、土星《サターン》などの惑星から届く最新の知らせを、われわれに伝えるのを務めにしている賢い人たちの間で、大いに注目されています。

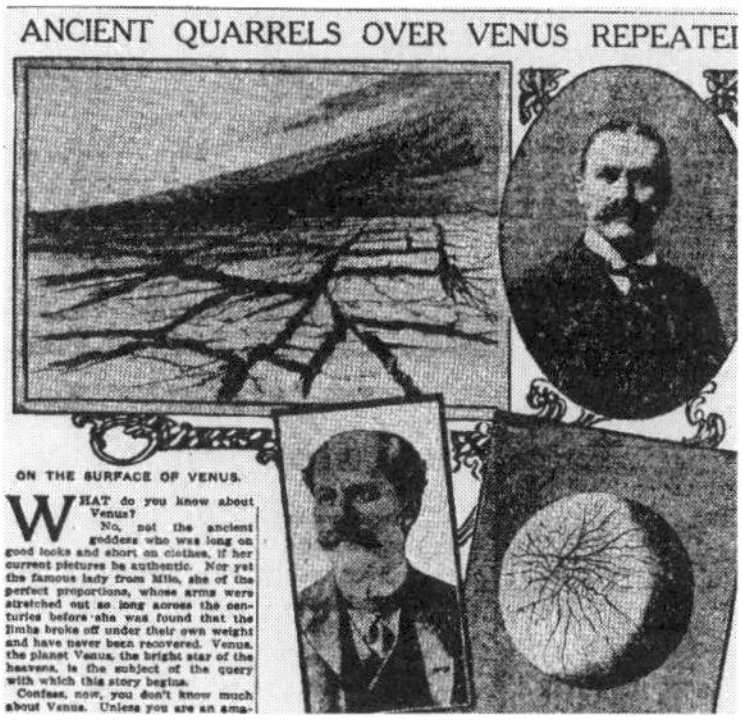

1911年2月25日付『ザ・イヴニング・タイムズ』紙より

ついでながら、「売薬暦」（patent medicine almanac）とは、「最初の年鑑は占星術的暦からなり、治療の瀉血をおこなってはいけない日を教えていた。十八世紀頃になると、健康上の助言をする短い記事が含まれるようになり、十九世紀初頭では、薬製造会社が広告スペースを買うようになった。一八四三年、ニューヨーク州バッファローのC・C・ブリストルが、サルサパリラのエキス剤（Extract of Sarsaparilla）を宣伝するため、自身の年鑑を出版した。これがきっかけで、洪水のごとく製薬会社が年鑑をだしはじめた。十九世紀末頃、多色刷りでたっぷり絵の入ったものに発展し、表紙は受けをねらった巧妙なものになった」。（アメリカ国立医学図書館のサイトの記事――"Time, Tide, and Tonics: The Patent Medicine Almanac in America"）

一九一四年十月六日付『オマハ・デイリー・ビー』紙（*Omaha Daily Bee*. (Omaha [Neb.])）に「ヴィーナス、地球の神秘的な双子」の見出しのもと、金星《ヴィーナス》の説明図と共に金星の解説記事が載った。図に付されたキャプションには、「図は、ヴィーナスの日光の当たる部分と霜に覆われた部分を示している。一方の側、つまり、明るい方しかみえない」、「ヴィーナスの太陽のない半球では、赤道ですら支配的な氷の寒さを想像したもの」、「ヴィーナスのアルプス。図では〈A〉で示してあるが、四〇マイルの高さで雲の上に突き出ている」、「昼と夜の境は、しばしば狂う。これは、一部は、熱

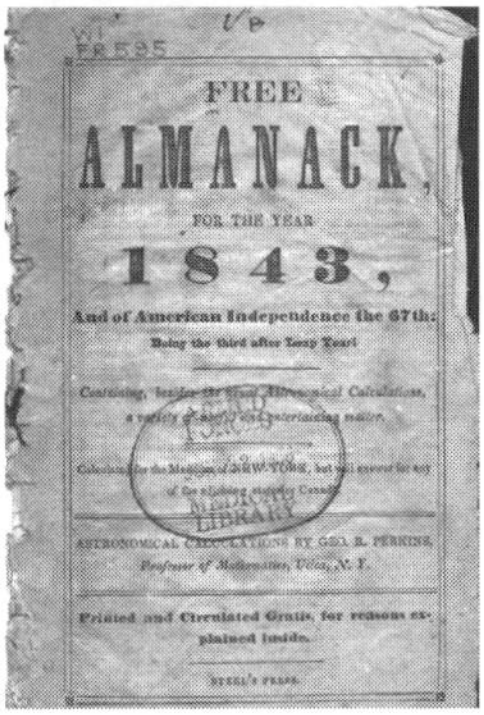

売薬暦

せられた空気が噴出するためである」とあり、記事の一部に次の説明がある――

ガーネット・P・サーヴィス著／日没直後のいま、とても輝いている惑星ヴィーナスは、二つの理由からきわめて興味深い世界である。一つ目は、大きさが地球と同じくらいであること、二つ目は、まもなく起きるように、地球と太陽の間にある軌道のその箇所にやってくるとき、どの惑星よりも地球に接近することである。／そのとき、ヴィーナス（金星）はわれわれから二千六百マイルほどしか離れておらず、あるいは、月の距離の百倍を少し超えたくらいである。／これは、火星《マース》よりも千マイル近いということで、ヴィーナスが最接近しているとき、ヴィーナスが地球に暗い方を向けなければ、われわれの目にとても輝いてみえるので、ヴィーナスの姿を準備なく観る者にとって断然危険となる。／ヴィーナスは、火星より断然神秘的な惑星である。表面の周囲に何かが、もしくは大気があり、それによってもっとも眩むほどの輝きで太陽光を反射できる。その結果、望遠鏡観察を検査するもっとも厳しいものの一つは、表面状態がどうなっているかを突き止めようとするときである。幾人かの天文学者によると、ヴィーナスの表面そのものはみることができず、みることが可能なのは、取り囲んでいると思われる雲のかかった大気の表面だけであるという。／他方、ローウェル教授と助手たちの研究によると、ヴィーナスの表面は、湿気のため雲の多い世界のそれというより、太陽に照りつけられた砂漠のそれであり、望遠鏡の耐えられない光の輝きは、剝き出しの砂か、岩のごつごつした荒地からくる太陽の灼熱の反射光のためだという。

この記事の最後にある「太陽に照りつけられた砂漠」や「剝き出しの砂か、岩のごつごつした荒地」は、『荒地』「Ⅰ　死者の埋葬」の一節を想起させる――

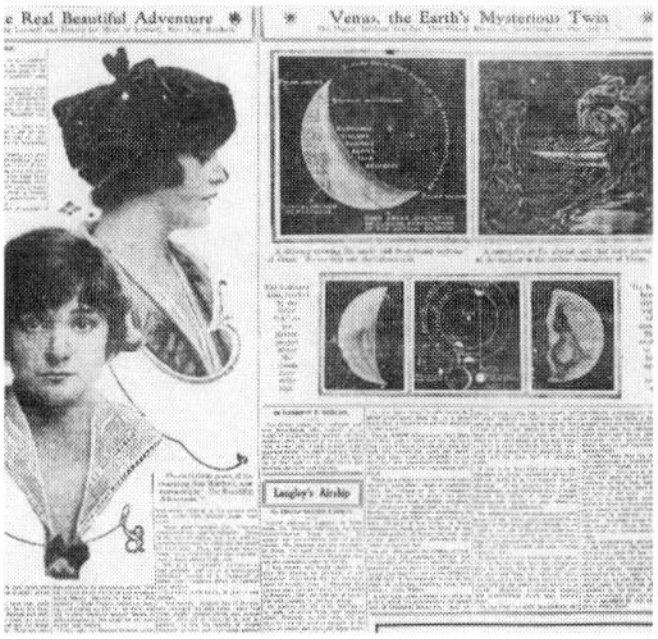

1914年10月16日付『オマハ・デイリー・ビー』紙より

壊れた石像《イメージ》の山。そこには陽が射し
枯木の下に陰はなく、蟋蟀《こおろぎ》は囁《ささや》かず
石は乾いていて、水の音はしない。ただ、
この赤い岩の下の陰ばかり。（岩崎訳）

一九一一年二月二十五日付『ザ・イヴニング・タイムズ』紙の記事にあった、「トーマス・ジェファーソン・ジャクソン・シー教授」の「ヴィーナスのうえには人がいて、われわれが彼らに挨拶を送るのを待っているか、ヴィーナス式にわれわれと連絡をとろうとしている」とする説の後日版ともいうべきガーレット・P・サーヴィス教授の記事が、一九一六年九月二十四日付『リッチモンド・タイムズ・ディスパッチ』紙（*Richmond Times-Dispatch.* (Richmond, Va.)）に、大見出し「惑星ヴィーナスに居住者存在の証拠」で掲載された――

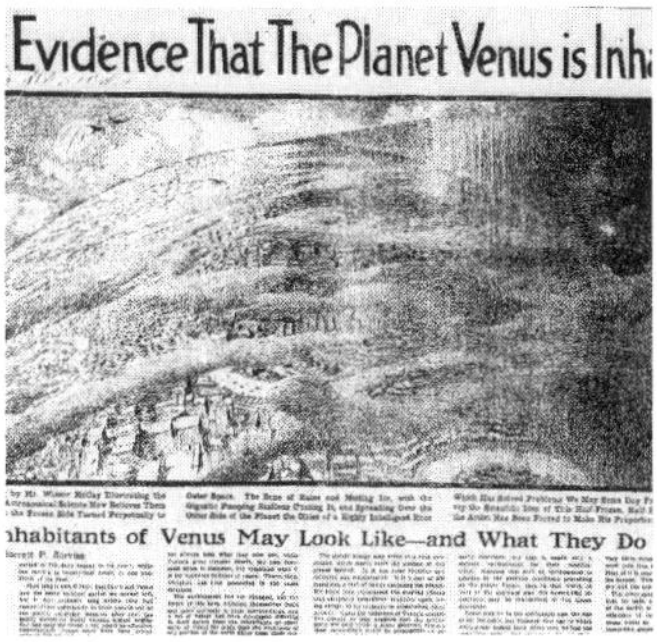

1916年9月24日付『リッチモンド・タイムズ・ディスパッチ』紙より

一体、どれだけ長く、地球とヴィーナスが、同じ公転周期にあったのかわからないが、たぶん長いことかかってやっと両者は充分に冷えて、柔らかな状態を脱したのだろう。何故なら、その後やっと、有形の歪みがほぼ無視できるようになり、大洋の潮流だけが有効になるだろうからである。その結果、冷え切って居住可能な球体になってから、ヴィーナスは実質的に現在のままにちがいない。／他のすべての生物進化は、この惑星の一方が間断のない昼で、他方が間断のない夜という状況下で起こったのだろう。半球のそれぞれのほぼ全域で、ヴィーナスに生命が誕生して以来、太陽はいつもみえるか、いつもみえないかであった。

一九一九年五月二十五日付『イヴニング・スター』紙は、見出し「天体、連続して〈ショー〉をみせる／今週、日蝕、ヴィーナスがジュピターを通過、その他の見世物」の記事が掲載された——

今週、天体の相に関心のある者は、惑星ヴィーナス、日蝕、黒点、そして黒点が地上の天候に及ぼす影響に目を凝らすことになる。／アメリカ海軍天文台によると、ヴィーナスは、今夜、七時にジュピターに追いつき、そして追い越す。そのため、星観察をしようとする者は、西のとくに輝いている〈星〉を周到に監視すべきとのこと。

一九二〇年二月八日付『ニューヨーク・トリビューン』紙に、大見出し「科学者たち、火星人が優れた民族であることに同意し、この惑星がわれわれに信号を送っている可能性があると信じている」、小見出し「地球の遠い隣人のうえの生命は「壮大、強烈、手ごわい」とペリエ氏語る／ローウェル教授、火星人は発明と科学ではるかに進んでいると主張」で、以下のアーノルド・D・プリンスの署名記事を掲載——

もし、結局、こうしたマローニーの神秘的「メッセージ」が、マースやヴィーナスからもくるというのなら、次なる重要な課題は、それを送信しているのがいかなる者かということになろう。何故なら、地球にとって、天空という裏庭越しに噂話を交換する新たな隣人ができるというのなら、当然、彼らについて何かしら知りたくなるだろうからだ。

Scientists, Agreeing Martians Are Super-Race, Believe That Planet May Be Signaling to
Life on Our Distant Neighbor Is "Grand, Intense, Formidable," Says M. Perrier

1920年2月8日付『ニューヨーク・トリビューン』紙より

一九二〇年三月十一日付『ザ・ブリッジポート・タイムズ・アンド・イヴニング・ファーマー』紙に、大見出し「惑星に向けて語る」、小見出し「大気圏外の虚空の彼方にある球体と交信することは、期待できるか」の記事が、ルネ・バシュによって書かれている――

> 地球以外の世界に向けて、話すようになるのだろうか。政府鉱山局（The Government Bureau of Mines）は、新たに、特別な酸素吸入装置を気球用に開発しようとしている。これを使用すれば、これまで人間が達したことのない大気の高さにまで、上昇することが可能になるだろう。／聞くところでは、このように可能な限りの高度にいき、そこから、応えが返ってくることを期待して、火星に向け無線でメッセージを送ろうとする企てがなされる模様。／（中略）／ヴィーナスはどうか。違う主張がある。太陽からの距離が、地球からの距離の三分の一である。その輝く太陽から、地球よりも二倍の熱を受ける。しかし、この影響は、四六時中、上空をみたしている厚い雲によってほどよく軽減されているだろう。この雲の覆いによって、天文観察者は、ヴィーナスの表面をみることができない。もしそこに居住者にいたら、彼らに空は決してみることができないだろう。／ヴィーナスは、地球の真の双子である。われらの地球とほぼ同じ大きさであり、水が豊富なので、豊富な植物や多様な植栽がないわけがない。われわれのような生物すらいる可能性もある。

TALKING to the PLANETS

1920年3月11日付『ザ・ブリッジポート・タイムズ・アンド・イヴニング・ファーマー』紙より

次いで登場するのは、二十世紀初頭の考古学的報道記事における〈ヴィーナス〉である。ここには、先にあげた『荒地』の「壊れた石像の山」が、以下の新聞記事に、〈ヴィーナス〉がらみで登場してくる。

一九〇〇年十一月二十五日付『ニューヨーク・トリビューン』紙に、見出し「エトルリアの古代発見／『ザ・ウェスターン・デイリー・プレス』紙より」の記事がでた――

一八八六年、エトルリア人女司祭の墓がトディで発見されたが、それに匹敵する似た〈発見〉が、ペルージアのサンタンジェロの門近くにあるディオのスペラ村でなされた。古くからのいい伝えと土地の考古学者によると、町の壁近くにあって、ブラガイオからトッレ・デル・モンテまで延びる丘は、以前は聖なる丘とされており、高位司祭と占い師（aruspici）の墓が、森の土の中に存在している可能性があるらしい。森は、ギリシャ人とエトルリア人が崇拝していたいろいろな神の信仰に捧げられているという。巨大なサルコファガス（石棺）が、土地の発掘中、サッルスティ氏によって発見された。ここは、二十年前に、もっとも希有な青銅と黄金の装飾品（現在、ペルジア・エトルリア博物館蔵）が掘りだされた場所に近い。このサルコファガス（円形の小さな洞穴に設置されている）の中には、背の高い女性の骨が安置され、女性は金の房飾りのついた飾り布《ペプラム》を身に着け、多くの厚い絡みあった葉の、高さ六インチ、幅九インチの黄金の月桂冠を被っていた。額には卵形の大メダルがあり、メダルにはギリシャ服のヴィーナスらしき像のレリーフがあり、彼女は右手に鏡を持ち、脇の留め具にはふたつの四角の垂れ飾りがついており、それぞれにゴルゴンらしき人物が配されている。彼女のイヤリングは飾り輪状で、ネックレスは多数の小さな装飾的平板でできている。このサルコファガスの周囲には、いくつか青銅のアンフォラ（両取って付き壺）と装飾用の器があった。また、巨大な犠牲用パテラ（広く浅い皿）があり、細かく彫られた神らしい人物がその取っ手となっている。しかし、発見の目玉は、高さ一ヤードの青銅と象牙でできた細長い付属物とみられている。ピチェッラ氏は、それが何らかのピラミッドの頂点であって、鏡のオステンソリオ（顕示台）として使用されたと信じている。これを支えているのが、円形台座の上にたつ、みごとな布をまとった格別に美しい女性の小像である。この人物はアリアドネらしく、鏡に配された二人はヴィーナスとアドーニスで、とても美しく、それぞれの足元には白鳥とトラ（もしくはイヌ）が横たわっている。

この考古学的〈ヴィーナス〉は、彫像の〈ヴィーナス〉へと移る。一九〇四年七月十日付『ニューヨーク・トリビューン』紙に、見出し「芸術における裸体／古い話題が復活。当地で最近起こったことがきっかけ」の記事がでた――

芸術における裸体をめぐる古くて新しい議論が、最近、当地で復活した。株式取引所前の大通りに設置された、J・Q・A・ワード像の除幕式がなされたことと、（エルネスト・）ビオンディの「農神祭」が、この彫刻家が設置を期待しているメトロポリタン美術館の目立つ場所にないことのためだ。とはいえ、この大都市が、芸術批評家の意見が異なる唯一の場所ではない。コネチカット州ストラットフォードも、芸術の裸体を充分に理解していない住民の住む中心である。ただし、元判事のアンドリュー・セレック所有のヴィーナス像に加えられた不埒な行為が、芸術的気質の表現だとすればの話である。セレック判事の住まいは広大な土地に囲まれ、芝生にメディチのヴィーナスが設置され、約十四年間、陽を浴び雪に震えてきた。このヴィーナスは通りからいくらか離れたところに設置されていて、わずかだが衣裳があてがわれていることを考慮すれば、可能な限り婦人らしくふるまっていたといえる。セロック判事は、このヴィーナスに対しストラットフォードに敵などいるとは思っていなかった。最近のことだ。ある朝、目覚めると、夜のうちに悪党が数人、彼女に恥さらしの扱いをしたのだという。彼女の頭には、少年の粗雑な藁の帽子がかぶせてあった。身体には、けばけばしい水着の一部がまとわされ、シャツに加工された古い馬の毛布が彼女の周りに結びつけられていた。像に付された看板には、こうあった――「恥ずかしくないのか」。判事は、

STATUARY ON THE BROAD-ST. FACADE OF THE STOCK EXCHANGE. J. Q. A. WARD, SCULPTOR.
UDE IN ART.
JULY BIRD HOMES.
A Variety of Feathered Folk Within the Zoo's Wire Boundary.

1904年7月10日付『ニューヨーク・トリビューン』紙より

この問いに肯定で答えている。これは恥だと、彼は思っている。悪ふざけをする者が像に服を着せたかったというより、彼らがこの事件となんら関係がないと確信される男の名をペンキの看板に記していたからである。

一九〇六年七月八日付『ザ・ペンサコラ・ジャーナル』紙（*The Pensacola Journal.* (Pensacola, Fla.)）に、大見出し「独創的な芸術解釈」、小見出し「女流芸術家の考え、ミロのヴィーナスの両腕と、もともとそこに抱かれていたものをめぐり」の記事があった――

An Original Art Interpretation
A Woman Artist's Idea of the Arms of the Venus of Milo and What They Held Originally

1906年7月8日付『ザ・ペンサコラ・ジャーナル』紙より

腕のないミロのヴィーナスの姿勢の正しい解釈について、八十年以上にわたる議論の末、並ぶ者のない女神と同じ一人の女性が、彼女が存在する実際の意味と理由をみつけた模様。発見者は、ニューヨーク市在住の芸術家フランチェスカ・パロマ・デル・マール嬢。／ミロのヴィーナスをめぐるこの婦人の解釈は、この女神がヴィーナスではなく、古代宗教にかかわる〈聖なる母〉に他ならず、この像の場合、ギリシャ人のデメートル、つまり、生きとし生ける者の母、実に、〈神々の母〉マーテル・デオールムであるというものだ。／デル・マル嬢は、このいわゆるヴィーナスの姿勢から、写真をとってみると、彼女がなにか重いものを左側の腕に抱き、肩でそれを支えていたにちがいないことがわかると断言している。人間がそのような姿勢をとるとすれば、重いものを支えているとしか考えられないというのだ。（以下、略）

一九〇八年八月八日付『イヴニング・スター』紙に大見出し「ヴィーナスは、アメリカ女性の腕を必要としている」、小見出し「両腕が切断されたミロの傑作の神秘――当時のテラコッタ製の写しが発見され解決――世界最高の像の修復に生身のモデルの腕が必要なわけ――また、ヨーロッパの芸術家が、運動競技の国アメリカの外で、そうした腕をみつけることができないわけ」の『ザ・スター』紙の特別通信／パリ、一九〇八年七月三十日」の記事が掲載され、ルーヴル美術館がミロのヴィーナスを所有するに至った経緯が語られている――

古代ギリシャ最高の像、「永遠の若さを謳歌している」「女性美の満開になった花」「新旧の彫刻作品で比類なきもの」は、一八二〇年以来、両腕がない。そのときこの像は、メロス島で百姓ヨルゴスによって発見され、夜、トルコ人とフランス軍艦乗組員によって争奪戦がおこなわれた。／ルーヴル美術館の地下のひんやりとしたアーチの下、長くつづく眺めは薄暗く冷たく、その昔ながらの静寂の中、彼女は遠くに白く輝いている。おごそかに近づきなさい。彼女は恐しい偉大な女神であって、かつては敬虔な信仰が捧げられていた。今日ですら、世界中の観光客が、眺めの向こうにある高貴な祈祷堂めいた部屋で、彼女の周囲にだけたって、ひそひそと語りあっている。／「プラクシテレスが製作者」だという者もいるが、皆は、過去も現在も、また未来にも持つことのない素晴らしい腕の話を小声でする。／百姓のヨルゴスは、ミロのヴィーナスをレンガのアーチ状の地下納骨所でみつけた。いつとも知れぬ動乱の折に、たぶん、キリスト教が彫像破壊をしていた偶像破壊時代に、まるで彼女を隠し守ったかのようであった。／彼とアントニオ・ボットイスは、フランス領事のルイ・ブレストに五千ドルで売りたいと提案した。ブレストは、今日なら数百万ドルになる世界的傑作に「これほどの金額をだすのに躊躇した」。結局、軍艦ラ・シュヴレットの若き大尉であったジュール・デュモン・デュルヴィルの熱意のおかげで、そう、二人のおかげで、フランスはこの像を所有することになる。／まず、若き大尉は、急遽、コンスタンティノープルに赴き、この驚異的な像を購入するため、当時、フランス大使であったラ・リヴィエール侯爵の承認を得ようとした。それから戻ると、ときすでに遅かった。メロス島を所有していたトルコ人が、その所有を主張したのである。／一八二〇年、奮闘努力の生活であった。デュモン・デュルヴィルはヨルゴスを買収し、屈強の軍

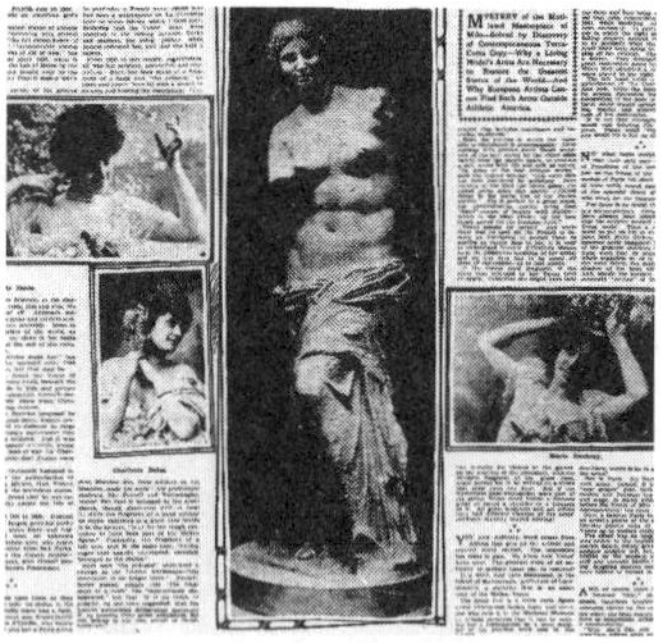

1908年8月8日付『イヴニング・スター』紙より

艦乗組員に上陸許可を与え、とある場所で、悪いトルコ人から守ってくれるように要求する見知らぬフランス人と逢うのだとした。フラン人船員と大尉にとって、これで充分であった。大尉は、その見知らぬフランス人に自分がなると提案していた。（以下、略）

一九二一年九月二十三日付『イースト・オレゴニアン』紙（*East Oregonian : E.O.* (Pendleton, Umatilla Co., Or.)）に、エドワード・P・ストラット（インターナショナル・ニューズ・サービス通信員）による、見出し「もっとも完全なヴィーナス、シレネで発掘――像はまったくの無傷／考古学者、女神とおぼしき像の復元中に血液中毒にかかる」の記事がでた（同じ内容の、やや簡略した記事が、九月八日付『キャピタル・ジャーナル』紙にも掲載）――

ローマ、九月二十二日――熱狂した考古学者たちによって、これまで日の目をみたもっとも完全なヴィーナスが、キュレネの温泉で発掘されたばかりである。ここでは、広範にわたる発掘作業が、ギスランツォーニ教授の指揮のもと実施されている。／この像は等身よりやや大きく、完全な保存状態にあり、可愛い頭部と腕は時の経過の影響を受けてはおらず、ギリシャ・ローマ期のもので、カピトルのヴィーナスにとても似ている。もう一つ別の素晴らしいヴィーナス像が、数年前、セリネで発見されたが、不運にも頭部がなく、現在、ローマ国立博物館最大の宝の一つになっていることが思いだされよう。／ギスランツォーニ教授は、この美しい芸術品が土の中から、海から出現するヴィーナスさながらあらわれてくるのをみたとき、興奮のあまり、アラブ人作業員にスペード（洋鋤）を使うなと叫んだ。彼らが像のわずかな細部にも傷をつけるといけないからだ。そして、彼は熱心に、まるで女神のヴェールを剥ぐかのように、うやうやしく千年の土を取りのぞきはじめた。不運なことに、彼は手の皮膚がすりむけていたので、感染し、しばらくは血液中毒にかかる怖れがあった。／しかし、ベンガシからの最近の報告では、教授は危険を脱し、まもなく世界でもっとも美しいヴィーナスに付き添ってローマにくる悦楽が得られようという。

ここまでは、考古学と結びついた「ヴィーナス」言説であったが、次には「美術品」としての「ヴィーナス」言説を扱う。

一九一五年八月二十二日付『リッチモンド・タイムズ・ディスパッチ』紙（*Richmond Times-Dispatch.* (Richmond, Va.)）に、見出し「ロックフェラー氏の『チョコレート色のヴィーナス』と二千五百年の災難」の記事がでた。そこに、「大プラクシテレスが制作した彫刻で、有名な大理石レディーの異常な冒険。この像は、崇拝、盗難、焼かれ、茹でられ、汚され、ついに、アメリカ最大の大富豪の客として束の間の安らぎをえる」とあった。以下、記事の一部である――

ジョン・D・ロックフェラーが美術収集の仲間入りをしたとき、当然、彼は世界でもっとも富豪な男が所有するにふさわしいものを望んだ。そこで彼は、プラクシテレス作とされている小さな像を購入した。この彫刻家はもちろん、かつて生きていたもっとも著名な人物であった。／ほぼ二千五百年にわたる、もっとも刺激的でロマンチックな冒険を、プラクシテレスのヴィーナスと目される像はしたあと、現在、ニューヨーク州ポカント・ヒルズにあるロックフェラー邸の窪んだ庭園の中央に設置された〈愛の神殿〉にたっている。／ロックフェラー氏は、その像に六万ドルをだしたとされる。それが、ニューヨーク税関の添えられた送り状に記された価格であったかどうかはさだかではないが、ごく最近、名声の劣る芸術家の作品に支払われた価格を考慮すれば、ロックフェラー氏のものはお買い得だったようだ。もちろん、その像がプラクシテレスの作としてのことだ。／この作品は、たしかにプラクシテレ

1915年8月22日付『リッチモンド・タイムズ・ディスパッチ』紙より

スの作であると証明されているわけではないが、多数の著名な専門家が長く思慮をつくして調べ、間違いなく、このアテネの巨匠の作と認めると断言した。実際のところ、法廷でプラクシテレスの作と証明できる像などないが、ロックフェラーのヴィーナスよりやや説得力のある高名な《ヘルメスとバッカス》のような像もある。／この像の芸術上のメリットがなんであれ、この像にまつわる、本物のライヴァルのどれよりももっと楽しく興味深い歴史があることだろう。この婦人の劣らず興味深い特徴は、その黄色がかった褐色の色である。そのため、彼女は「チョコレート色のヴィーナス」と呼ばれている。／この注目される色は、どのようにしてついたのだろうか。それをめぐる意見はこうだ。中世に掘りだされたとき、魔女として焼かれたので褐色の色がついたというもの。さらに、現代になって焼け焦げを除くため酸に浸したので、その黄色がかった色がついたと。しかし、この色の配合に関したもっとも複雑な話がある。（以下、略）

同じく一九一五年九月十二日付『ザ・サンデー・テレグラム』紙（*The Sunday Telegram.* (Clarksburg, W. Va.)）に、大見出し「新ヴィーナス信仰、流行か？」、小見出し「ニューヨークは、かつてジョン・D・ロックフェラーの「悪名高きアプロディーテ」をめぐり「信じられないほどの審美的高揚を経験し」、そして大復活の兆しあり」の記事がある。さらに、小見出し「ロックフェラー庭園の愛の神殿、神秘的なヴィーナスの住まいに」の箇所には、以下のような解説があった――

戦争という嵐が吹き荒れている。ギリシャのサファイア色の海にあるアプロディーテの古代聖堂周辺のことだ。キプロス島とサモア島では、かつて神殿からはじまった敬虔な祈り――愛情の絶妙な芳香――も、何世紀も経過

1915年9月12日付『ザ・サンデー・テレグラム』紙より

するうち沈黙を強いられ、長いこと静まりかえっていた。いかめしい顔のアーレスの鳴り響く雷鳴にとってかわられたのである。だが、アプロディーテは、依然、勝者であり、新たな国で、新たな信仰が育っているかにみえる。そこでは、この美の宗教によって国家的特性がやわらぎ、感傷と上品な想像力に移行しはじめている。ジョン・D・ロックフェラーが、ニューヨークのポカンティコ・ヒルズの豪壮な邸宅の庭に建てた〈愛の神殿〉のために、真に注目すべきアプロディーテを獲得したという知らせに、芸術界でも大勢の新聞読者の間でも議論が巻き起こった。新聞読者にとって、アメリカ人の生活と実績に影響力を持つこの人物は、興味の尽きることのない情報源泉に他ならない。／この尊敬すべき百万長者の邸宅に〈愛の神殿〉があったことが明かされたことは、彼がそこを統括する女神を獲得したという事実に加え、一つの啓示ともなった。結局、あってしかるべきもの——その栄光、その視覚的象徴、感傷とインスピレーションの似姿——の記憶すらない空の祈祷堂というのは、腹立たしいほど不完全だからだ。／「まさに美しく愛すべき彼女の名が、アプロディーテ、ヴィーナス、あるいは他の名、たとえ単にリズィーであっても、わたしは熱心に信仰するだろう」と、マーク・テルフェア（Mark Telfair）は断言している。／〈アプロディーテとヴィーナス〉／司書によれば、ロックフェラー氏の購入が公表され議論されてからというもの、古典参考書、とりわけ愛の女神に関して際立った需要があるという。そこで、アプロディーテとヴィーナスに関する書記された記録と分類について、いくらか説明しておく。／アプロディーテ・アレラ——コリントとスパルタのギリシャ人が戦争の女神として崇めた。／アプロディーテ・キュテレイア——キティラとキプロスの守護神。この両地は、彼女が海から最初に上陸した場所だと主張し、ここに彼女の信仰の主なる神殿が建てられた。／アプロディーテ・パンデモス——霊的愛とは区別される世俗的愛の擬人化されたもので、彼女はその具現化とみなされた。／アプロディーテ・ウラニア――天上の女王で、ある程度、月と同一視されている。／多様なヴィーナス信仰のいくつかを以下示す――／ヴィーナス・リベンティナ――官能的快楽の女神として信仰されている。／ヴィーナス・ムルシア――ギンバイカの女神で、この木は彼女に捧げられている／ヴィーナス・ウィクトリクス――勝利の女神と同一視され、多くのローマ貨幣にあらわされている。メロスのヴィーナスは、ヴィーナス・ウィクトリクスの一例とされている。／（以下、略）

1915年9月19日付『ザ・サンデー・テレグラム』紙より

さらに、同紙は、九月十九日付の紙面で、以下の見出しの記事を掲載している――

世界でもっとも有名な彫刻が、また隠される／ミロのヴィーナス、パリのルーヴル博物館から密かに移動――ドイツ人の手に落ちることを怖れ、いま隠れている見事な大理石女性と共に、歴史は繰り返す――この驚異的な彫刻作品は、以前、数回、軍隊の蛮行を避け秘密の場所に移動している。

また、同紙は九月二十四日付の紙面でも、以下の見出しの記事が掲載された。これは、このあと言及する「美人」の隠喩としての「ヴィーナス」言説の一例である。

1915年9月24日付『ザ・サンデー・テレグラム』紙より

外形の完全なミロのヴィーナスのライヴァル、みつかる／サンフランシスコ展覧会の芸術家審査員、国家的賞をサミュエル・ビードン夫人に、もっとも美しい外形の顔に対し与える——史上最高の美人に比された勝者、現在、化粧なしでその美をどのように獲得したかの秘訣を語る。

一九一五年十一月二十一日付『ザ・サン』紙のコラム「芸術界で起こっていること」に、次の絵画展の記事がでた——

ブライソン・バローズ《ヴィーナスとアドーニス》

ブライソン・バローズ（Bryson Burroughs）の絵画二十作品（昨年、パリで展示された作の一部が含まれている）は、目下、ニューアーク博物館協会主催により、当地の公立図書館で展示されている。バローズ氏のテーマは、大方、古典の伝説からとられ、現在の人びとによく知られていないわけではない。そのため、展示絵画の説明は、ほとんどカタログにはない。その絵画は見事で素朴であり、注目の価値あり。数少ない説明がこうある——九・「ヴィーナスとアドーニス」。二人は庭のプールの縁に座っている。ヴィーナスはアドーニスの肩に腕を回している。彼は犬を愛撫し、庭の外でやる狩りのことを考えている。／十・「アドーニスの死」。ヴィーナスはアドーニスの唇に接吻をした。彼は狩りの最中、イノシシに殺された。／十一・「アドーニスの葬儀」。アドーニスは石棺に運ばれようとしていて、気絶しかけたヴィーナスはお付きの女性たちに支えられる。／十五・「ヴィーナスの家のサイキ」。クピードを探しわびしく彷徨ったあと、サイキはついに敵のヴィーナス、つまりクピードの母の慈悲にすがる決意をする。ヴィーナスは傲慢な態度で彼女を受けいれる。（以下、略）

これから、「美人」の隠喩としての「ヴィーナス」言説を吟味する。まず、

1915年12月5日付『リッチモンド・タイムズ・ディスパッチ』紙より

1916年3月11日付『ザ・オグデン・スタンダード』紙より

一九一五年十二月五日付『リッチモンド・タイムズ・ディスパッチ』紙に、見出し「自動車が〈アメリカのヴィーナス〉にぶつかったとき／レイ・ビヴァリッジ嬢、興味深くも、美を構成する要素の比較的価値を分析。自身の多様な要素をだめにした不幸な経験を手掛かりに」の記事がでた。同じ内容の記事が、一九一六年二月二十三日付『サウス・ベンド・ニューズ・タイムズ』紙（*South Bend News-Times.* (South Bend, Ind.)）にも掲載。

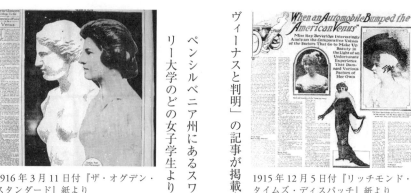

一九一六年三月十一日付『ザ・オグデン・スタンダード』紙（*The Ogden Standard.* (Ogden City, Utah)）に、見出し「スワースモア大学女学生、計測の結果、ヴィーナスと判明」の記事が掲載——

ペンシルベニア州にあるスワースモア大学当局は、学生の一人マーガレット・ウィレッツ嬢が、同大学やウェルズリー大学のどの女子学生よりも、ミロのヴィーナスの計測値とされる〈完全な基準〉に、ほぼ一致していると断言。／実質的に挑戦であるこの宣言には、こうもつけ加えられている——スワースモアの〈合成ヴィーナス〉は、ウェルズリーのものの計測値が示すものより、ヴィーナスの要件により近く、さらに、ウィレッツ嬢は、単独で、ウェルズリー女子大学（マサチューセッツ）から告知された〈合成ヴィーナス〉の平均値を上回っている。

同年八月三日付『ザ・デイ・ブック』紙（*The Day Book.* (Chicago, Ill.)）に、見出し「女性すべてがヴィーナスになれる——踊りと運動、ビューティ・アドヴァイス」の記事がでた。これは、「大衆と批評から、現代のヴィーナスと認められた」「アメリカのパヴィオワ」と呼ばれた著名なダンサー、エミリー・イリングワースが『ザ・デイ・ブック』紙だけに書いた「六つの記事の最初のもの」という――

〈自分と自分の理想を研究せよ〉／どの若い娘やどの女性でも、ミロのヴィーナスの寸法に見合う姿を持つことができます。ただし、踊り、適切な体操をしなくてはなりません。／この記事で述べる踊りと体操によって、わたしは芸術家や彫刻家が「完全な現代の姿」であると断言するものを開発しました。／そして、わたしの「完全な現代の姿」は、実質的にあらゆる細部で、ミロのヴィーナスのものと同じです。

〈ヴィーナス〉と現実の女性美とをつなぐ言説は、その後もつづき、一九二二年十二月十日付『ザ・ワシントン・タイムズ』紙（*The Washington Times.* (Washington [D.C.])）に、見出し「不適切な女性、アメリカン・ヴィーナス賞を受賞か？／ニューヨーク最高裁判所が決定をくださなくてはならない、昔のソロモン王と赤ん坊訴訟以来のもっとも厄介な事件」の見出しの記事が掲載されている。

こうした言説の一種として、〈ヴィーナス〉の理想的女性美を否定する言説が登場してもいる。一九二二年十二月十五日付『ビスビー・デイリー・ニューズ』紙（*Bisbee Daily Review.* (Bisbee, Ariz.)）に、見出し「古代のミロのヴィーナス、理想的女性美ではないと見捨てられる／芸術家、新しいタイプは痩せるべきと断言」のエドワード・ティエリーによる署名記事があった――

ニューヨーク、十二月十四日――古典的ミロのヴィーナスは、もはや女性美の基準とはならない。ともかく、アメリカでは。／ヴィーナスは太りすぎで、さらに、背が低すぎる。／著名な芸術家にして挿絵画家W・T・ベン

1922年12月15日付『ビスビー・デイリー・ニューズ』紙より

ダ（魅惑的な女性雑誌の絵を描いている）は、このような爆弾を投げかけている。／ベンダによると、「背の高い女性が、アメリカでは、今日の美人である。顔と目鼻立ちと姿は長くて細い。ヴィーナスが五番街を現代の服を着て散策しても、よくはみえないだろう。アメリカ女性は、それほどふくよかであることを望んではいない。今日の基準は、ヴィーナスより数インチ背が高く、痩せている。ひとことでいえば、細長いのだ。

〈ヴィーナス〉をめぐる言説は、シェイクスピアとの関連で、以下のように登場している。まず、一九〇二年七月十二日付『ニューヨーク・トリビューン』紙に、見出し「シェイクスピア／この劇作家の言語の吟味／ウォリックシャー州方言の研究／エドワード六世グラマー・スクールと、シェイクスピアの芝居にある地口から導きだしたエリザベス朝の発音に関する語彙集と註付き。アプルトン・モーガン著。十二折版、四二三ページ、シェイクスピア・プレス社」の書評記事が掲載された――

W. T. ベンダ『ライフ』誌の表紙

モーガン氏は、自明の前提、つまり、「誰でも、聞いたことのない言語で、あるいは、学んだことのない書記形式の言語で書くことはできない」から出発し、次いで、詩『ヴィーナスとアドーニス』の用語、つまり、その言語形式は、多分、その詩が書かれたとき、シェイクスピアには使用不可能であったといい、それ故、多分、シェイクスピアはその著者ではないと結論づけている。（中略）モーガン氏は、以下のように述べている――「千百九十四の韻文からなるこの詩全体で、今日のごく普通の英語学者ですら、理解に辞書が必要な語は二十もないようにみえる。（中略）「ヴィーナスとアドーニス」のような完全な詩が、方法と題材だけでなく、形式に関しても、その作者によって考えられたと推論するのは、たぶん大胆すぎるわけでも、異様すぎるわけでもないだろう」。

一九〇六年十一月三十日付『ザ・クール・ダレヌ・プレス』紙（*The Coeur D'Alene Press.* (Coeur d'Alene, Idaho)）に、シェイクスピアの二種類の名の綴りをめぐる記事が掲載された――「この詩人がこの綴り [Shakespeare] をよしとしたことは明確で、一五九三年の『ヴィーナスとアドーニス』と一五九四年の『ルクリース』にその綴りが採用されていることからもわかる。両作品は、彼の監修のもと製作されたもの――『ロンドン・スタンダード』紙」。

一九一一年四月十六日付『ザ・サンフランシスコ・コール』紙（*The San Francisco Call.* (San Francisco [Calif.])）に、大見出し「われわれは、シェイクスピアについて何を知っているのか」の紙面一杯の記事があり、でだしは以下の通り――

シェイクスピアの天分の謎は、彼の人生をめぐるわずかな詳細だけでは解明されない。そうした資料は、文学探偵の粉骨努力によって収集されたものである。今日ですら、彼の教育、父親の家で彼がどのような立場にあったか、彼の家庭内の関係、彼自身の家族についてはほとんど何もわかっていない。わかっていることといえば、彼の結婚日、最初の子ども、そして、その後の双子の誕生の日付、唯一の息子の死亡日、二人の娘の連続した結婚式の日ぐらいである。こうした事実を告げる法的文書からは、さらにわずかな日付はわかるが、それ自体は興味深いものだとしても、何ら解明に役だつものではない。ほとんど信頼に値しないいい伝えからは、噂は少なからずわかる。たとえば、彼が若い頃、ストラットフォード近くの富豪の土地で密漁をしたこと、彼が生まれた町に引退したあと、ベン・ジョンソンと飲み騒いだことなど。いい伝えでは、ジョンソンの最初の芝居が劇団から

1911年4月16日付『ザ・サンフランシスコ・コール』紙より

受け入れられ、そこでシェイクスピア自身が役を演じたのは、彼の影響のなせる業であったという。／（中略）／すべての証拠から推論してみると、それは充分保証できるものといえるかも知れない。シェイクスピアには、友だち付き合いの類まれな才能があったということ。彼は若い頃に友人を作ると、晩年までその関係を維持した。彼は他の男性に好まれ、助けを求められる存在であった。『ヴィーナスとアドーニス』と『ルクリース』の献辞は、サザンプトンに対して捧げられているが、ここから、高貴な年下の若者が、早くから親密な関係になるほどに彼を認めていたことがわかる。

一九一二年九月四日付『ザ・プレスビテリアン・オヴ・ザ・サウス』紙（*The Presbyterian Of The South*: [combining the] Southwestern Presbyterian, Central Presbyterian, Southern Presbyterian. (Atlanta, Ga.)）に、地名をめぐる記事がでていた――「サザンプトン州は、一七四八年、ワイ島の南に作られた。サザンプトン卿ヘンリー・リズリーは、いまではシェイクスピアのパトロンとしてもっともよく知られている。この偉大な詩人は、彼に『ヴィーナスとアドーニス』を献呈した。彼は、一六二四年に解体されるまで、ロンドン会社の会計士であった。最初の植民者らがオールド・ポイント・コンフォートに到着したとき、彼らの眼前には世界中でもっとも広く深く穏やかな避難所が広がっていた。そこは、ナンズモンド郡の広大で干満のあるジェイムズ川河口と、エリザベス川によって作られた……（以下、略）」。

（註・「ロンドン会社」は正式名称「ザ・ヴァージニア・カンパニー・オヴ・ロンドン（ロンドンのヴァージニア会社）」で、北アメリカの植民地建設を目的に、一六〇六年、国王ジェイムズから設立許可を得た合資会社。）

一九一三年九月二十八日付『ザ・ワシントン・ヘラルド』紙（*The Washington Herald.* (Washington, D.C.)）は、大見出し「シェイクスピアがロンドンで生活するためにでかけたとき」、小見出し「E・H・サザーン、詩人が劇場周囲に馬を置いておく必要があるとしたとする使い古したいい伝えに、とどめの一発を加えている」の記事があった――

ウィリアム・シェイクスピアは二十四歳のとき、ストラットフォードをでて、約七十マイル離れたロンドンへと旅立った。そこに着いたとき、彼が何をしたか、つまり、どうやって役者になり、最終的に主要な劇場の一つの支配人になったかについては、ほとんど底の知れない暗闇にわれわれはいる。実際のところ、事態の奇妙な展開によって、いわゆる「沈黙の陰謀」があったようにみえる。／(中略)／リチャード・フィールドは、当時もっとも重要な文学作品を出版していて、そのため彼の事務所は、必然的に、この大都市の指導的文人が頻繁に訪れていたにちがいない。シェイクスピアが近くにいたことは、彼の学友フィールドが彼の最初の作品を出版したことから、また、彼が出版業を熟知していたことから証明される。シェイクスピアが、不名誉にも演劇に関して忙しくなかったということは、カンタベリー大司教のような重要な人物が、『ヴィーナスとアドーニス』の出版を認めたという事実によって一層まちがいのないものとなる。この作品は、サザンプトン卿のような著名人に献呈されており、この人物は、この若き詩人に対し、暖かな愛情を抱いていたことはよく知られている。(以下、略)

一九一二年二月十六日付『ザ・デイブック』紙の「日々の短篇」のコラムに、「ヴィーナスとアドーニス」と題する作品が掲載された――

二つの広告が上下にならび、『婚姻の使者と結婚案内人』紙に掲載された。気持ちがよく、心がそそられ、至福を暗示する。／「可愛く、愛らしく、知的な未亡人で、大きくて充分備えのある肥沃な農場を所有し、結婚に適した独身者との結婚を望む。条件は、自身の糧を持ち、かなりの男前で、大きな敷地管理の責任がとれること。

ヴィーナスに連絡を。本紙に注目／「美男子で壮健な独身者、まれな業績と高収入の者、中年の上品な婦人との結婚を希望。アドーニスに連絡を」。／そこで、ヴィーナスはアドーニスに手紙を書き、かくして、親切な「使者と案内人」紙は、二人の孤独な者を狭い小道においた。

演劇「ヴィーナスとアドーニス」が上演されている。一九一四年二月二十七日付『ブライアン・デイリー・イーグル・アンド・パイロット』紙（*Bryan Daily Eagle And Pilot.* (Bryan, Tex.)）に「デクシー劇場」の広告が掲載され、そこに「1．ヴィーナスとアドーニス……絶叫喜劇」、さらに「今晩、『ヴィーナスとアドーニス』をお見逃しなく」とある。

さらに、一九一四年四月十一日付『ビスビー・デイリー・レヴュー』紙に、「ローウェル劇場」のプログラムの広告があり、そこに「『ヴィーナスとアドーニス』至福のフォトスクリーム」とある。

また、一九一四年三月五日付の大学新聞『ユニヴァーシティ・ミズリアン』紙（*University Missourian.* (Columbia, Mo.)）に、詩のコンテスト用に手ほどきをしている内容の記事で、「帝王韻律《ライム・ロイアル》（ababbcc）」の例として「シェイクスピア――ヴィーナスとアドーニス」が使用されている。

絵画にまつわる記事が、一九一四年四月九日付『クーリア・デモクラット』紙（*Courier Democrat.* (Langdon, N.D.)）に掲載された。これは、大見出し「ロークビーのヴィーナス（鏡のヴィーナス）の話」、小見出し「婦人参政権論者が切りつけた絵画、興味深い歴史あり／アメリカ人に熱望され」とある、「ヴェラスケス」の作品をめぐる記事だ――

イングランドは、ヴェラスケスの傑作を失うのではという不安から、それを保持するため公開に至った。／七年前、ナショナル・ギャラリーが獲得し、かつて本物かと議論された。／イングランドの婦人参政権論者によって、ロークビーのヴィーナスが切りつけられ、この素晴らしい絵画に世界的関心が集中している。／ロクビー・

ヴィーナスの名は、ヨークシャ州のロークビー・ホールからきていて、ここにこの絵画は多年展示され、その後、ロンドンにやってきた。この絵には、鏡の前に横たわるヴィーナスが描かれている。この絵画が、七年前、ロンドンのナショナル・ギャラリーに移される際、数人のアメリカ人が購入しようとした。ナショナル・ギャラリーは、イングランドに保持しておくため、当時、巨額と考えられた金額を支払わなくてはならなかった。／（中略）／この絵画は、裸体の人物を描いているヴェラスケスの数少ない作品の一つ。スペインの異端審問所は「不埒な絵」を描いた者に対し、千五百ダカットの罰金、破門、一年の追放を科していた。晩年のベラスケスは、この絵に描かれた女性をモデルに二枚の絵を描いた。一枚は「ヴィーナスとアドーニス」、もう一枚は「プシケーとクピード」と呼ばれていた。両者とも、一六六六年、一六八六年、一七〇〇年、マドリードにあるアルカサル宮の所蔵絵画リストに記載されていたが、それから消えてしまった。（以下、略）

ついでながら、この絵画が切りつけられたのは一九一四年三月十日のこと、実行犯はカナダ人女性メアリー・リチャードソンであった。「わたしは神話でもっとも美しい女性を描いた絵を攻撃した。それは、現代でもっとも美しい人間であるエメリン・パンクハースト夫人を、イギリス政府が攻撃していることへの抗議である」と声明をだした。この事件については、たとえば一九一四年三月十七日付『ロック・アイランド・アーガス』紙（*Rock Island Argus.* (Rock Island, Ill.)）に、見出し「ヴェラスケスの『ヴィーナス』」の記事が掲載されている——

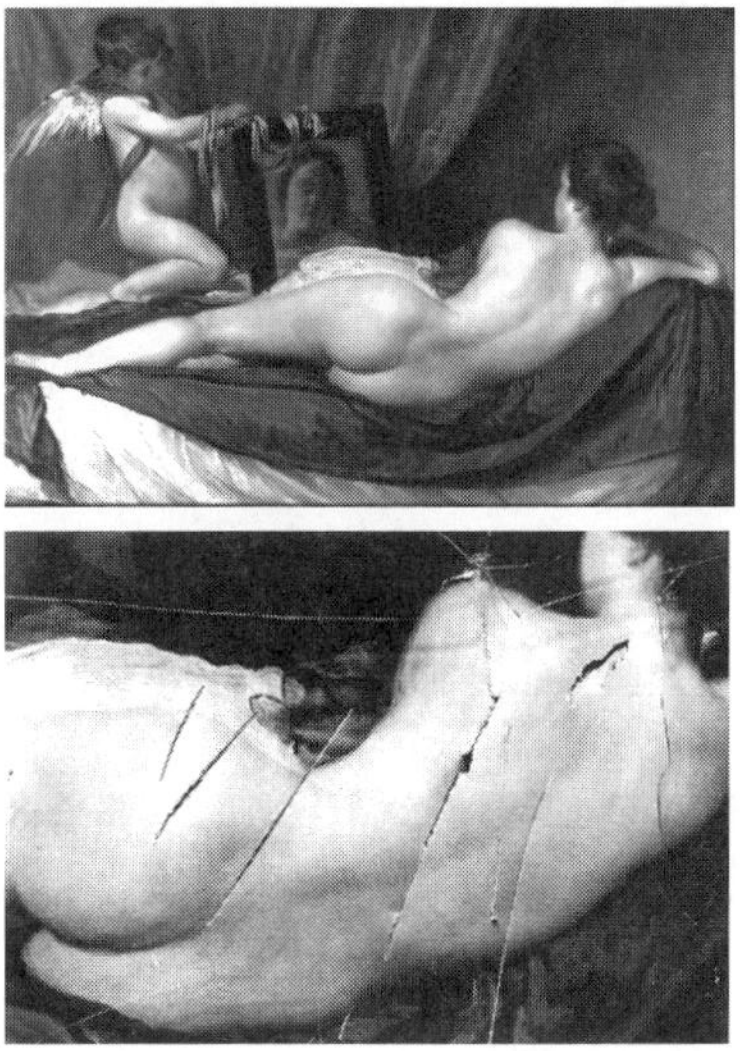

ヴェラスケス《鏡のヴィーナス》

ロンドン、イングランド、三月十七日――ナショナル・ギャラリーの学芸員らが、数日前、怒った婦人参政権主義者に切りつけられた有名な美術の傑作『ロークビー・ヴィーナス』の修復作業を試みている。他方、この蛮行を犯したメアリー・リチャードソンは、監獄でハンガー・ストライキをつづけている。／「判決にわたしを従わせることはできません」と、彼女は、ホロウェイ監獄にて六ヵ月間の拘留に処すと宣告されたとき、裁判所で宣言した。／何故、ヴェラスケスの二十二万五千ドルの傑作を破壊しようとしたのかと尋ねられたリチャードソン嬢は、こう述べた――／「わたしが神話史上もっとも美しい女性を破壊しようとしたのは、現代史上もっとも美しい人物エメリン・パンクハースト夫人を破壊した政府への抗議のためです」。／ハンガー・ストライキを続行する決意を表明した際、彼女はこういった――／「内務大臣レジナルド・マッケナーは、刑法を茶番劇にかえました。これで、今年、わたしが治安判事の前に連れだされたのは十回目です。彼には、わたしを強制する力はありません。わたしを判決に従うよう強制することはできません。彼はわたしを釈放して、この茶番劇を繰り返しているだけです」。

1914年3月17日付『ロック・アイランド・アーガス』紙より

この事件は、以下で説明することになる、オーストリア＝ハンガリー帝国皇女エリザベートが、三角ヤスリで刺殺されたことを想起させるものである。一九一四年十二月二十一日付『ザ・オグデン・スタンダード』紙に出版社の広告が掲載され、第一に宣伝されているのは、ザ・スタンダード社の「チャールズ・ディケンズ著作集、六巻、十三ドル」で、これに加え「シェイクスピア著作集」もあり、そこには「……シンベリン、ヴィーナスとアドーニス、ルクリースの凌辱、ソネット集、その他、用語集」とあった。

新聞連載小説から映画化され、その上映を紹介する記事が、一九一九年二月九日付『ザ・ワシントン・ヘラルド』紙に、見出し「ローズ・コロンビア劇場——『ハード・ボイルド』」で掲載されている——

有名な映画監督トーマス・H・インスのスターの一人ドロシー・ダールトンは、彼女が無声映画女優でならぶ者のいない喜劇女優であることを証明する役で、今日、ローズ・コロンビア劇場上映の『ハード・ボイルド』でお目見えする。ダールトン嬢は、今日の午後三時から四日間、コロンビア劇場のスクリーンを占拠する予定。／『ハード・ボイルド』は恋愛物語で、田舎の町で行き詰ったプリマドンナが主人公。ドールトン嬢は、この行き詰ったオペラ歌手の役を演じるが、愛の呼び声に留意し、その道を捨て、ちっぽけな町に落ち着き、幸せの夢を実現する。／ウォレス・アーウィンが『東部のヴィーナス』を『ザ・サンデー・イヴニング・ポスト』紙に書いたとき、たちまち、一九一八年の優れた定期刊行物の連載ものの一つと認められ、たちまち映画に脚色された。映画『東部のヴィーナス』は、来週木曜日から日曜まで、ローズ・コロンビア劇場でワシントン初の上映がなされる。／『東部のヴィーナス』はブライアント・ウォシュバーンを銀幕のスターにするだろう。ウォシュバーン氏は西部人バディ・マクネアの役を演じ、ヴィーナスを自分の幸運の星と信じている。彼はついに、彼女をニューヨークでみつけるが、途中で起こる冒険談は比類なく面白い。

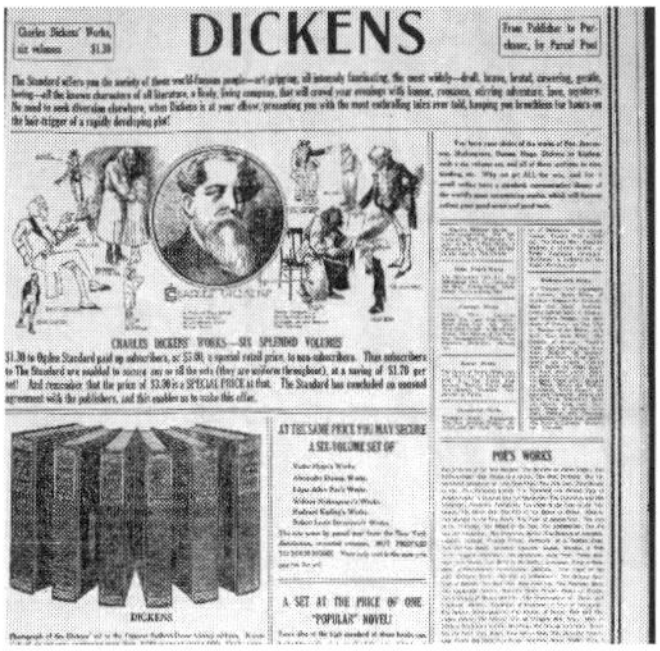
DICKENS

1914年12月21日付『ザ・オグデン・スタンダード』紙より

一九一九年三月三十一日付『ザ・ペンサコラ・ジャーナル』紙（*The Pensacola Journal.* (Pensacola, Fla.)）に、見出し「美しい女性に会うのに、二十五万ドル使うだろうか」の記事が掲載された。これは「アイシス劇場」で上映される『東部のヴィーナス』のあらすじ紹介である——

1919年3月31日付『ザ・ペンサコラ・ジャーナル』紙より

排他的な社交界の美しい婦人に会うため、二十五万ドルを使うだろうか。これは、パラマウント映画『東部のヴィーナス』でブライアント・ウォッシュバーンが演じた主人公バッディ・マクネアのしたことである。その経緯と理由は、明日、アイシス劇場で上映される映画で示される。／バディ・マクネアは莫大な金を持ち、自由に使える身分であった。彼は、ニューヨークの日曜版新聞で一枚の写真に出会う。それは、社交界の美しい離婚女性パット・ディヴノット夫人の写真で、バディは彼女を自分の東部のヴィーナスだと呼ぶ。／彼は衝動的に恋をし、彼女に会いにニューヨークにでかける。会う手はずがすぐにも整うと思っていたが、ニューヨークについてみると、彼の販売代理人ポンティアス・ブリント老人が彼に適切なヒントを与える。／「ニューヨーク社交界は、カクテルのように二つに分かれております。ブロンクスとマンハッタンです。マンハッタンは内円で、ブロンクスは外円です。外部の者が内側の円に入ることはできません」とポンティアスはいった。／しかし、運がバディの味方をする。ある新聞でみた記事に、パット夫人が高価な宝石を失ったとあった。そこで、バディは宝石店にでかけ、まさに高嶺の花パット夫人に会う機会を得るため、まったく同じ一組を購入する。／最後に、彼はその魅惑者に出会うが、あとの物語は読者ご自身で。

この話の主人公のように、高額の金額で稀覯本を買うという記事がでた。一九一九年十二月十七日付『ザ・サン』紙に、見出し「合衆国の富豪ら、値のつけられない本の争奪戦／シェイクスピア作『ヴィーナスとアドーニス』のオリジナル版、七万五千ドルをもたらす／当地の世界的バイヤーたち／二人が、コレクションを完璧にするため求めているこの版の唯一の本／ハンティントン対フォルジャー／ロンドンのアメリカ人、ブリットウェル蔵書の宝を求め、一日で四十二万ドルを支払う」の記事である——

ロンドン、十二月十六日——アメリカ金融界で目立つ二人、西洋の鉄道〈王〉ヘンリー・E・ハンティントンとスタンダード石油会社のH・C・フォルジャーが、今日の午後、ロンドンでその経歴最大の闘いの一つをおこなった。雄牛と熊の間で繰り広げられる、公債や株の闘いではない。フォルジャー氏は、鉄道株に手をだす意図は表明していなかった。飛行機で太平洋を越え東洋にいくことは、スタンダード石油会社の一つの社長になるのと同じくらい、ハンティントン氏の考えからは遠いことだ。／たまたま、両者とも熱心な愛書家で、シェイクスピア作品の値のつけられないオリジナル版をほとんど所有している。二人のコレクションでは、一冊だけが欠けて完璧にはならない。それは、たまたま同じ『ヴィーナスとアドーニス』だ。オリジナル版の一冊だけが存在しているとわかっていて、今日の午後、ロンドンのサザビーズの部屋で売られた。このとき、有名なブリットウェル・コート蔵書が、公開オークションで売却された。

一九二〇年一月七日付『ジ・イヴニング・ワールド』紙（*The Evening World*. (New York, N.Y.)）に、見出し「宝に高値／アメリカ人、ヴィーナスとアドーニスを九万ドルで求める」の記事がでた——「ロンドン、一月七日——ニューヨークのジョージ・D・スミスが、サザビーズの最近の売買で七万五千ドルを支払ったシェイクスピア『ヴィーナスとアドーニス』は、いまセルフリッジ百貨店に陳列されている。白と赤の絹で縁取りされた箱に入り、うらやましいことに、警官の一人に守られている。金曜日、スミス氏が総額四十二万五千ドルを支払った『ヴィーナスとアドーニス』や他の文学の宝石は、アメリカに輸送のため梱包される予定」。

一九二〇年一月十一日付『ニューヨーク・トリビューン』紙にも同じ内容の記事があり、写真とともに、誤解まじりのキャプションがついていた——「出版されたシェイクスピアの最初の作品は『ヴィーナスとアドーニス』であり、

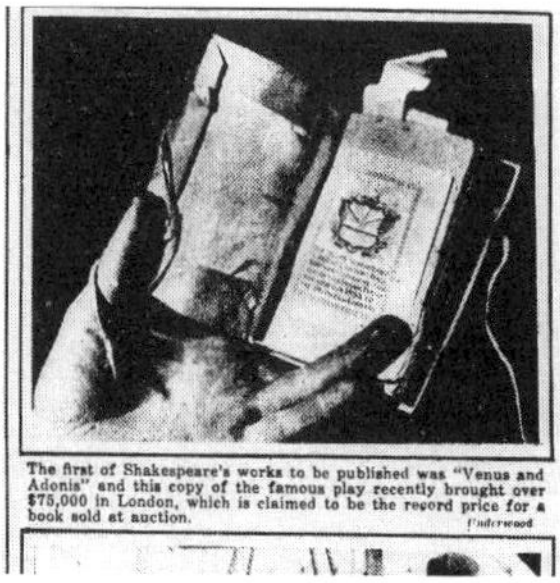

1920年1月11日付『ニューヨーク・トリビューン』紙より

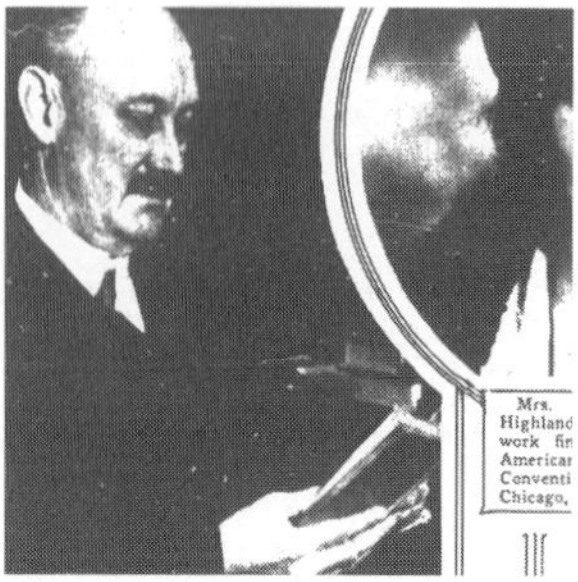
1920年2月1日付『ザ・サン・アンド・ザ・ニューヨーク・ヘラルド』紙より

この有名な芝居の本は、最近、ロンドンで七万五千ドル以上の高値がついた。これは、オークションで売られた本の記録だとされる」。

さらに、二月一日付『ザ・サン・アンド・ザ・ニューヨーク・ヘラルド』紙（*The Sun And The New York Herald.* (New York [N.Y.])）も、同じ内容の記事を写真と共に載せている——「ジョージ・D・スミス、イングランドでの書籍渉猟遠征から戻ったばかり。彼は首尾よく、九十万ドル相当のものを持って戻った。その宝石は、価格七万五千ドルの『ヴィーナスとアドーニス』（手にみせている）で、ハンティントン・コレクションに入る」。

さらにまた、一九二〇年二月二十九日付『ザ・サン・アンド・ザ・ニューヨーク・ヘラルド』紙に、稀覯本の記事が、見出し「さらなるシェイクスピアの本、発見さる／「情熱的巡礼」を含むベラム装丁本、販売される／「ヴィーナスとアドーニス」稀覯本／ピープスとバイロンの結婚申し込みの自筆書簡」で掲載された——「ロンドン、二月二十八日——ニューヨークの書籍バイヤー、ジョージ・D・スミスが当地で最近購入した七万五千ポンドの『ヴィーナスとアドーニス』に似た、もう一冊のシェイクスピアの稀覯本が、三月五日にロンドンのオークションにかけられる予定。この新〈発見〉は、「情熱的巡礼」（一五九九年）と「ルクリース」（一六〇〇年）。また、これまで知られていなかったユニークな作品を含むベラム装丁本」。

一九二〇年四月二日付『ザ・ピオッチェ・レコード』紙（*The Pioche Record.* (Pioche, Nev.)）に、見出し「古版本シェイクスピア、みつかる／『情熱的巡礼』の断片、どの他のものより早いと思われる」の記事がでた（同一の記事が、六月十日付『ザ・クロヴィス・ニューズ』紙（*The Clovis News.* (Clovis, N.M.)）にも掲載）——

「ロンドン——サザビーズは、稀覯本として、ニューヨークのG・D・スミスが昨年十二月に、ブリットウェル・コート蔵書から一万五千ポンドで購入した小型本に匹敵するものをオークションにかける予定。ブリットウェル蔵書から買われたものは、一冊しか知られていないシェイクスピアの『ヴィーナスとアドーニス』第四版（一五九九年）、当時、一冊しか知られていなかったシェイクスピアの『情熱的巡礼』と『ソネット集』初版（一五九九年）、そしてジョン・デイヴィスとクリストファー・マーロウの『エピグラムとエレジー集』からなっていた」。

一九二〇年七月十日付『ケイトンズ・ウィークリー』紙（*Cayton's Weekly.* (Seattle, Wash.)）に、見出し「金銭論」の記事がでた。以下、その一部——「『ヴィーナスとアドーニス』の初版本を所有すると、イバラにあるヘッジスパローの巣にとても青い卵を発見したときより幸せになれるのだろうか。きっと、愛書家は、それに対して違った感じを持つのだろうが、僅かな宝の中にいる貧しい愛書家より、金持ちの愛書家がたくさんの宝の間で幸せでいるかどうか、疑問だ」。

1922年11月19日付『ワシントン・タイムズ』紙より

一九二二年四月八日付『ザ・ウェスト・ヴァージニアン』紙（*The West Virginian.* (Fairmont, W. Va.)）に、多数の写真のともなったコラム「オペラ・スター、映画に人気者、そして、最近の制作映画の場面」に、肖像写真の説明として「シレナ・ヴァン・ゴードン／シカゴ・オペラ協会所属のアメリカ人コントラルト歌手。『タンホイザー』のヴィーナスを演じた」があった。（『タンホイザー』については、後述する。）

一九二二年十一月十九日付『ワシントン・タイムズ』紙（*Washington Times.* (Washington [D.C.])）に、大見出し「大衆に向けてかつてなされた、芸術の宝の最大の贈り物」、小見出し「宮殿と妖精のような庭園をそなえた世界最大の書籍、絵画、彫刻、その他芸術の宝の個人コレクションで、総額三千万ドルを超え、今日では文字通り値のつけられないものがアメリカ国

1920年5月2日付『ザ・ワシントン・ヘラルド』紙より

1897年7月11日付『ザ・ウィチタ・デイリー・イーグル』紙より

民への贈り物」の記事が掲載された。これは、アザーマン・スティーヴンの記事で、いわゆる「ハンティントン・コレクション」をめぐるものである。この中で、一部の写真に、キャプション「シェイクスピアの『ヴィーナスとアドーニス』の四つ折り版の表紙。詩人生前の一五九九年出版で、この版で知られる唯一のもの。本書は、ハンティントン・コレクションの最大の宝の一つ」が付されている。

以上の他、現実の人物名として新聞紙上に登場してくる〈ヴィーナス〉の例が多数ある。一例として、漫画の主人の名の例をあげておく。まず、一八九七年七月十一日付『ザ・ウィチタ・デイリー・イーグル』紙（*The Wichita Daily Eagle*.,〔Wichita, Kan.〕）の漫画「ヴィーナスとアドーニス」のキャプションにこうある――「何で泣いてるの、坊や」／「あの生意気な――へまな――小さな――生意気な――女が僕を捕まえて、――へまな――キスをした！」（『ニューヨーク・ジャーナル』紙）。一九二〇年五月二日付『ザ・ワシントン・ヘラルド』紙の漫画「ヘアブレス・ハリー」に女性名としてある。

第七節　〈ヒポリトゥス〉言説——十九世紀後半～二十世紀初期

シェイクスピアのように、本格的に〈アプロディーテ／ウェヌス／ヴィーナスとアドーニス神話〉を扱っているわけではないが、〈アプリール〉を意識して『カンタベリー物語』を眺めると、「騎士の話」に〈ウェヌス〉がでてくることがわかる。全体で二十二ヵ所にあって、中でも〈アドーニス〉がからむ箇所が一ヵ所ある。「パラモンが、アーシットとの闘いで勝利するようヴィーナスに祈る際、ヴィーナスがアドーニスへ抱いた愛のために、自分の手助けをして欲しいという箇所（2.224-2.226行）」であり、さらにもう一ヵ所、『トロイラスとクリセイド』にもある。（Rosalyn Rossignol, *Critical Companion to Chaucer: A Literary Reference to His Life and Work*, 2006. p.312）

そして、「騎士の話」の展開は、こうである——

アテネ王シーシアス（セーセウス／テーセウス）は、アマゾンの女性イポリタ（ヒッポリュテー）と結婚する。彼女は、彼との戦闘で敗北を喫した。隣国テーベ王（クレオン）は暴君で、敵の死者の埋葬を傲慢にも禁じていた。シーシアスはテーベに行進し、この暴君を破る。戦闘後、彼は二人の戦争捕虜アリシータとパラモンを終身の投獄刑に処すが、理由は明確にされていない。（インターネット・サイト——Enjoying "The Knight's Tale", by Geoffrey Chaucer by Ed Friedlander, M.D.）

〈アテネ王シーシアス〉と〈ヒポリタ〉との結婚話は、本論の展開で重要な役割をはたすことになるシェイクスピア『夏の夜の夢』においては、話の外枠に相当する。

結局、「騎士の話」は、〈ヴィーナス／ウェヌス〉への祈りで〈愛〉が勝ち取れるという内容だ——パラムンは

チョーサー『カンタベリー物語』「騎士の話」図

ウェヌスに祈り、エメリー（セーセウスの妃イポリタの妹）を妻にと願う。エメリーはディアナに祈り未婚のままでいるか、さもなければ真に愛してくれる方と結婚したいという。そして、アルシータは勝利をマルスに祈る。テーセウスは槍試合に規則を設け、もし重傷を負った者がいれば、戦闘から引きずりだすとした。パラムンとアルシータは勇敢に戦うが、パラムンはアルシータの部下の一人の剣に突かれ負傷する。テーセウスは、闘いの終了を宣言し、アルシータが勝利する。しかし、彼がエメリーを褒美として主張する前に、サトゥルヌスが介入し、アルシータは彼の馬のために瀕死の傷を受ける。馬は、彼を放りだして彼のうえに倒れたのである。死に際にアルシータは、エメリーに、いい夫になるからパラムンと結婚するようにという。パラムンはエメリーと結婚し、かくして三人の祈りは実現する。（ウィキペディア――*The Knight's Tale*）

「騎士の話」は、ボッカチョの『テセイダ』（*Il Teseida delle nozze d'Emelia*）を典拠とし、内容的には〈騎士道物語《ロマンス》〉に変更しているという。

「騎士の話」が『荒地』にとって重要なのは、この〈騎士道物語《ロマンス》〉になっていることと、〈ヴィーナス〉と〈アドーニス〉がでてくるからだけではない。すでに示唆したように、〈シーシアス／テーセウス〉と〈ヒポリタ〉が登場するからでもある。二人の子は〈ヒポリトゥス〉（Hippolytus）で、「騎士の話」はこの〈ヒポリトゥス〉の神話をも暗示していると思える。しかし、この神話成立は〈シーシアス／テーセウス〉が、二番目の妻〈パイドラー〉（Phaedra）と結婚してからのことである。この神話については、フレイザーの『金枝篇』「第一章第一節　ディアナとウィルビウス」（Diana and Virbius）に詳細な説明がなされている。にもかかわらず、従来、この神話に触れた先行論はない。フレイザーの説明は、以下のとおり――

ネミで祀られているマイナーな神々で他のものは、ウィルビウスである。伝説では、ウィルビウスは若いギリシャの英雄ヒポリトゥスに相当するという。この英雄は貞節で美しく、ケンタウルス族のカイロン（ケイローン）から狩猟術を学び、一日中、緑林で過ごし、野生の獣を唯一の仲間として処女狩猟神アルテミス（ディアナのギリシャ版）と一緒に追っていた。彼女と一緒にいることを自慢に思い、彼は女性たちの愛をはねつけており、結局、これが彼の破滅のもとになった。何故なら、アプロディーテは彼の軽蔑に感情を害され、その継母パイドラに彼への愛を吹き込んだからだ。つまり、彼が彼女の良くない接近を軽蔑すると、彼女は彼の父テーセウスに邪な訴えをした。その中傷を信じ、テーセウスはその父ポセイドンに祈り、想像された悪行に復讐してもらう。そこで、ヒポリトゥスがサロニコス湾岸沿いで戦車に乗っていたとき、この海神は海から獰猛な雄牛を送った。驚いた馬は駆けだし、ヒポリトゥスを乗っていた戦車から放りだし、その蹄へと引きずり死に至らしめた。しかし、ディアナはヒポリトゥスへの愛から、医師アスクレピオスを説得して、彼女の美しく若い狩人を彼の薬草で生き返らせた。ユピテルは死すべき人間が生死の境から戻ることに怒り、このおせっかいな医師を冥界へ突き落とした。しかし、ディアナは、彼女のお気に入りを怒ったこの神から厚い雲に隠し、彼の特徴を老けさせて仮装させ、彼をネミの小さい谷まで運んだ。ここで彼女は、彼を妖精エゲリアに託し、そこに住まわせ、知られず独りでウィトリビウスと名乗りこのイタリアの森深くにいた。その地で、彼は国王として君臨し、彼は一地域をディアナに捧げた。

〈ヒポリトゥス〉の名は、母親〈ヒポリタ／ヒッポリュテー〉（Hippolyta）と同じく〈馬を放つ者（unleasher of horses）〉の語源的意味を持つが、〈狩り〉や〈馬〉と関係している。ついでながら、一九一七年九月十二日付『ザ・デイリー・アードモレイト』紙（*The Daily Ardmoreite.* (Ardmore, Okla.)）に、見出し「ロシアのアマゾネス軍団、ギリシャ神話を思いださせる／寓話によると、軍隊をなした古代の女性戦死たちが都市を建設した」の記事があった――

彼女らは、一時、アジア全体を平定し、スミルナ、エペソス、クーマエなどの都市を建設したといわれていた。／〈ヘラクレスに殺された女王〉／彼女らの女王ヒッポリュテー、もしくは、別の説では、アンティオペはヘラクレスに殺された。エウリュステウスが彼に課した仕事の九番目が、彼女からマルスが付与した肩ベルトを奪うことであったからだ。アマゾン族はその遠征の一つで、テーセウスの時代にアッティカにやってきた。彼女らは、また、女王ペンテシレイアに率いられ、ギリシャ人と戦うプリアモスの援助に行進してきた。彼女らはアレキサンドロス大王の時代、現場に姿をあらわし、そのとき女王タレストリスが彼を訪問している。

本書第Ⅱ部第二章第二節では、二十世紀初頭の〈ヴィーナス〉／〈アドーニス〉言説の存在を示したが、それに平行して、〈ヒポリトゥス〉言説も存在していた。その名は、すでに使用されてきた合衆国議会図書館が公開している“Chronicling America: Historic American Newspaper”で検索すると、五種類の内容の記事にでてくる。

①古代ギリシャの劇作家エウリピデスの作品とその英訳版について
②英訳版の上演について
③ヒポリトゥス神話について
④キリスト教聖人の聖ヒポリトゥスについて
⑤ラシーヌ作『フェードル』の上演について

以下、年代順に記事の例を列挙していく。まず、④の〈聖ヒポリトゥス〉についての記事が、一八五三年四月二十一日付『ザ・ナショナル・イラ』紙（*The National Era.* (Washington [D.C.])）に、見出し「書評／キリスト教徒審査委員、一八五三年三月向け」の記事があった——

『ヒポリトゥスとその時代』は学術書で、神学者と聖職者の間で大いに評判となりそう。ヴィルマン氏が、一八四二年、ギリシャのアトス山で発見し、パリに送られ、イングランドで翻訳・出版された手稿は、ローマ港の司教ヒポリトゥスの作と判明。彼は、二二五年頃に生き、その時代の驚くべき話をいくつか伝えている。それは教皇の主張や使徒の継承の教義にとって、きわめて重要なものである。

ちなみに、この著作はクリスチャン・チャールズ・ジョシアズ・ブンセン（Christian Charles Josias Bunsen）著『ヒポリトゥスとその時代——キリスト教の始原と今後』（*Hippolytus and His Age: or, The Beginnings and Prospects of Christianity*）であった。そして、フレイザーはこの〈聖ヒポリトゥス〉にも、『金枝篇』第七巻第二章「デメテルとペレセポネ」で、以下のように言及している——

ディオニソスだけがギリシャの神として、悲劇的な物語と儀式を付与され、植物の腐敗と再生を反映しているようにみえるわけではない。別の形でちがった適用のされ方で、この古い話は、デメテルとペレセポネ神話に再出現する。実質的にこの神話は、アプロディーテ（アシュタルテ）とアドーニスのシリア神話、シベルとアティスのフィリジア神話、そしてイシスとオシリスのエジプト神話と同じものである。ギリシャ版では、アジアとエジプト版のように、女神が愛する者を失って嘆く。後者は植物、とりわけ穀物の擬人化されたもので、それは冬に死に春に再生する。オリエントの想像力は、愛され失われる者を愛人、もしくは妻が嘆く死んだ恋人、もしくは死んだ夫を作っている一方、ギリシャ人の想像力は同じ考えをもっとやさしく純粋に、悲しむ母親がその死を嘆く死んだ娘として具現化した。

（中略）

しかし、さらにまた、もっと深い秘儀の奥義がある。この詩（『デメテル讃歌』）の著者が、その物語の覆いのもとで漏らしているようにみえるものである。彼は、彼女（デメテル）が不毛で褐色に広がるエレウシスの平原を黄金色の穀物の畑にかえるや、生育した、あるいはたっている小麦をみせることで、トリプトレモスと他のエレウシスの王の目を喜ばした経緯を語っている。この物語のこの箇所を、二世紀のキリスト教の著者ヒポリトゥスが述べていること、つまり、この秘儀の核心そのものは、初心者に刈り取った小麦を示すことからなるというのと比較すると、ほとんど疑問の余地なくこういえるのである。すなわち、この讃歌の詩人が、この荘厳な儀式を熟知していて、彼は故意に、その起源を説明しようとしていたのだと。そのやり方は、彼が他の秘儀の儀式を説明するのとまったく同じである。つまり、デメテルが、その儀式を執りおこなう実例を、みずから示したとしているのである。

一九〇三年六月七日付『ニューヨーク・トリビューン』紙の「アテネの演劇／エウリピデス、アリストパネス、ソフォクレスの翻訳」と題した書評記事にこうある。ちなみに、エウリピデスの訳はギルバート・マレー（George Gilbert Aimé Murray）による――

選定した彼の芝居作品は僅かだが、彼がどれだけ共感の幅を持っていたかを示すには充分足りる。『ヒポリトゥス』は、神秘的であり単純、非個人的であり人間的で、夫、妻、子の本能をゆがめず描いている。彼らは個人的意思より、無限に強力な、普遍的人間感情の不可解な法に逆らおうとする。

エリオットがこのマレー訳を知っていたのは確かのようである。その訳を「攻撃」したというのだから、よく読んでいたのだろう。ロバート・クロフォードは、次のように述べている――「一九二〇年頃、エリオットは、頭の前面に人類学的考えを持ち、ギルバート・マレーのエウリピデス訳を攻撃したが、そのとき、パウンドはアエスキュロスのアガメムノンを訳すよう説得を試みたが、エリオットは「八ヵ月ほど、それに取り組んでいた」。（Robert Crawford, *The Savage and The City in The Work of T.S. Eliot*, 1987. p.160.）

一九〇四年十月二日付『ニューヨーク・トリビューン』紙は、この神話の概要をこう説明している――

また別の話によると、この女王はテーセウスの武勇に感動したので、喜んで彼についてアテネにやってきた。そこで、彼と結婚し、不運のヒポリトゥスの母になった。この息子の大変な美しさに惹かれたその継母、テーセウスの後妻パエドラは、彼に恋をしてしまう。彼が逃げてしまったので、パエドラはその父親に彼について嘘の告発をした。テーセウスはポセイドンに祈り、下劣な息子に罰を下すように願う。すると、テーセウスの要求に応える約束をしていたこの神は、野生の雄牛を海から送った。そのとき、ヒポリトゥスは彼の戦車に乗り海岸を走らせていた。ヒポリトゥスの数頭の馬は驚き、彼を戦車から放りだし、彼を引きずりついに殺した。その後の話では、アマゾネスたちがアテネを攻撃し、その女王を救出したが、彼女は彼らと戻ることを断り、夫の側で討ち死にしたという。

一九〇五年十二月十七日付『ニューヨーク・トリビューン』紙は、デント社が出版する「テンプル版ギリシャ・ラテン古典」の予告をしている――「この翻訳のほとんどは新訳で、エウリピデスの「メディアとヒポリトゥス」が所収される予定」。

一九〇六年二月十八日付『ザ・ミネアポリス・ジャーナル』紙（*The Minneapolis Journal.* (Minneapolis, Minn.)）に、

見出し「オーディトリアム劇場――サラ・ベルナール（Sarah Bernhardt）」の記事で、ラシーヌ作『フェードル』上演の予告がなされている――

演劇のとても重要なイヴェントは、来週の金曜日、土曜日、日曜日の夜、オーディトリアム劇場にサラ・ベルナール夫人が出演することであろう。このフランス人女優は、たぶん、生きている女性の誰よりも名声を得ているが、四回の上演に登場することになっている。（中略）ラシーヌの偉大な悲劇『フェードル』は、土曜日午後、劇文学を大いに楽しむ学生と研究者にとって呼び物になるだろうが、素晴らしいことばと古典的場面でギリシャの伝説を語るものである。王テゼー（テーセウス）の妻、不幸なフェードル（パエドラ）は、義理の息子イポリート（ヒポリトゥス）に対する狂った熱情にさいなまれる。彼に拒否された彼女は復讐の怒りから、彼の父に讒言をする。この若き王子に罪がなかったことが判明し、フェードルは自害する。

その後、同年二月二十五日付『ザ・ミネアポリス・ジャーナル』に、マチネ公演の劇評「マチネ公演フェードル」がでた――

フェードルを演じるサラ・ベルナール

サラ・ベルナールの『フェードル』は、演技にみえない演技の勝利である。ハムレット劇を観て、国王のことを話すことのできる素晴らしい男と考えた田舎男をめぐる、古い話のようなものだ。彼にとって、ハムレットは歩きまわり、誰にでもできることをする男にすぎなかった。二人『フェードル』は、道に迷ったという心地を象徴したものである。あたかもの登場人物エノーヌとフェードルが、この芝居の中心である。

エノーヌは、フェードルの密かな考えであり、フェードルは涙ながらにエノーヌに抵抗する良心であるかのようだ。／イポリート（ヒポリトゥス）への女王の愛は、老乳母の促しがなければ、悲劇になることはなかっただろうし、この老乳母は、女王への強烈な忠誠心がなければ、何の変哲もない者であったろう。愛する女主人を、誤った状況から引き離そうとする。善意からだが、方向の誤った彼女の努力こそ、結局、破壊もたらす。（以下、略）

1905年2月26日付『オマハ・デイリー・ビー』紙より

「サラ・ベルナール」の名が合衆国の新聞にはじめてでるのは、十九世紀末頃であるが、大きくとりあげられたのは一九〇五年二月二十六日付『オマハ・デイリー・ビー』紙（*Omaha Daily Bee.* (Omaha [Neb.])）であったろう。大見出し「サラ・ベルナールの七つの怖れ」、小見出し「彼女は、この怖れを一つずつ追放してきた。生き埋めにされる怖れから、金持ちになって死ぬという怖れまでを。目的は、ただ、彼女の最後の最大の怖れ、つまり、舞台で年を取るという怖れに、打ち負かされるためである」の記事である。

1914年6月13日付『ザ・デイ・ブック』紙より

その後、一九一四年六月十三日付『ザ・デイ・ブック』紙に、見出し「N.Y.劇場通信」の記事がでて、大写しのサラの顔写真には、「〈聖なるサラ〉の最新でもっとも妙な写真」のキャプションが付されていた——

ニューヨーク、六月十三日——サラ・ベルナールの輝かしい辞典に、「さらば」という語はない。／ちょうど七十歳をまわり、その経歴のうちで、

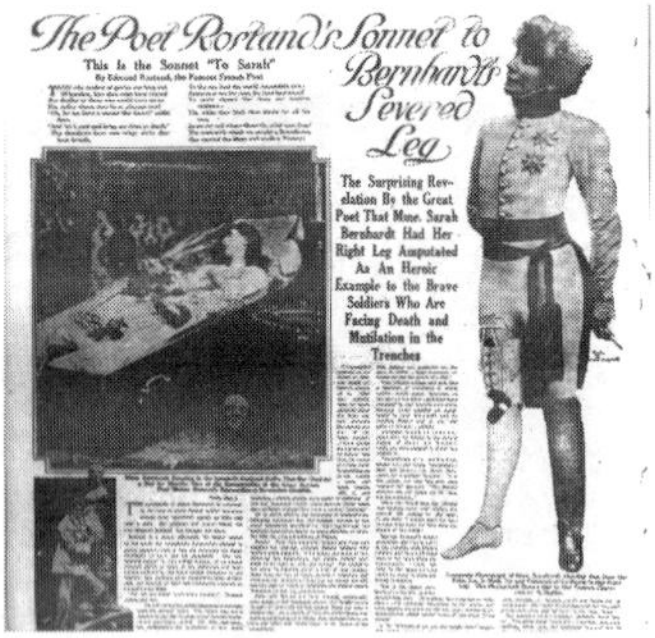
The Poet Rostand's Sonnet to Bernhardt's Severed Leg

This Is the Sonnet "To Sarah"
By Edmond Rostand, the Famous French Poet

The Surprising Revelation By the Great Poet That Mme. Sarah Bernhardt Had Her Right Leg Amputated As An Heroic Example to the Brave Soldiers Who Are Facing Death and Mutilation in the Trenches

1915年5月16日付『オマハ・デイリー・ビー』紙より

あの早い時期に演じたメトシェラが感じただろうより年取ったとは少しも感じることなく、サラは十五週間にわたる合衆国ツアーに、この十月出航する予定。世界中をめぐる旅行の〈はじまり〉にすぎないこの旅は二十六ヵ月つづき、ベルナール夫人は五大陸を訪れることになる。

一九一五年五月十六日付『オマハ・デイリー・ビー』紙に、大見出し「ベルナールの切断した脚に捧げた、詩人ロスタンのソネット」、小見出し「これは、フランスの著名詩人エドモン・ロスタンのソネット「サラへ」である」「この大詩人が打ち明けた驚くべきこと。サラ・ベルナール夫人は右脚を切断したが、それは塹壕で死や手足の切断に直面している勇敢な兵士への英雄的範としてであった」の記事がある――

パリ、五月八日／サラ・ベルナールの神格化が実現した。すべてのフランス兵の目には、この偉大な女優は、以後、聖人とかわらなくみえるにちがいない。彼女の偉大で大親友の詩人エドモン・ロスタンがこれをなした。／「サラへ」宛てられたソネットで、ロスタンは、世界に向かって（詩的イメージに包んで）注目すべき宣言をした。サラ・ベルナールが、脚を切断する必要はなかったと。彼女がこの試練に立ち向かったのは、彼女の国を防衛する勇敢な兵士たちが耐えている苦しみを、手足の切断で共有したいと強く願ったからである。そして、たぶん、彼らに対する不屈の精神の実例としてであり、義務からではなく、理想のために自主的に自らに課したものであった。／「おお、彼らの残酷な傷をわたしにも」と、ロスタンは彼女に叫ばせている。（以下、略）

一九〇七年十二月二十五日付『ウィルマー・トリビューン』紙（*Willmar Tribune.* (Willmar, Minn.)）に、見出し「キリストの誕生日／十二月二十五日に最初に制定したのは、ヒポリトゥス」の記事がでた――「二二五年、神学者ヒポリトゥスは、注意深い研究の末、「イエスは、十二月二十五日水曜日に誕生した」ことに決めた、と公言した。／彼は、その日にクリスマスを祝うことにした最初の権威とみなされている。のちの神学者は、三月二十八日がキリスト誕生の日と断言している。／ユダヤ人の伝統に基づく信仰では、世界は、春分の時期、つまり、三月二十五日頃に創造されたとなるが、それを両作者ともそれぞれの計算の基礎としている」。

この記事のもとには、一九〇六年十二月十五日付『パレスタイン・デイリー・ヘラルド』紙（*Palestine Daily Herald.* (Palestine, Tex.)）に、見出し「クリスマスとその年代記／会衆教会の尊師C・メイヤーズによる、興味深い論文」の記事があったろう。そこにこうある――

「クリスマス」という語は「キリスト《クライスッ》のミサ《マス》」を略したもので、一日をミサで祝う初期カトリックの慣習を示唆している。スカンディナヴィア起源の古英語「ユール」は、この祭のもう一つの名である。／ハーナック教授によれば、それは車輪の意味で、太陽が冬至に戻ることを示唆している。／北欧の異教徒の間では、神オーディンのために催す異教の祝祭の名であった。その後、こうした異教徒がキリスト教に改宗したとき、ユールは、また、異教の祝祭からキリスト教のそれへと変更された。「クリスマス」を表すドイツ語は「ヴァイナハト」（聖なる夜）である。これも異教起源のもので、複数形「ヴァイナハテン」は、冬至頃の十二の「聖なる夜」を表す異教徒ドイツ人が使用した用語であった。その期間、彼らは「戻る光」の祭を祝った。（中略）／〈（一）キリストの誕生日〉／福音書も、最初の二世紀間のキリスト教著作も、イエス誕生の日付をめぐり決定的な情報を与えてはいない。つまり、原始教会には、その誕生の正確な日付にかんするいい伝えがなかったのである。その時期の人びとは、その出来事の単なる日付には関心がなく、その至高の意義に関心があった。それ故、イエス誕生の日付を知りたいという欲望が生れたとき、それを決定する資料がなかった。この場合も、他の場合と同様、「望みが思いの父になった」り、九七八年、キリスト教著作家ヒポリトゥスは任意に、イエスは十二月二十五日水曜日に誕生したと断言した。これは、キリスト誕生の日付だけを決めようとする試みあって、年ではなかったことを記憶にとどめておこう。誕生年が決定されたのは、その後数世紀してからである。ヒポリトゥスの時代から、イエスの誕生日は、いろいろな著述家個人によって、いろいろな日に置かれてきたが、この問題が教会によって公的に認識されたのは、この出来事を誕生日の祭によって祝いたいとする一般的欲望が生じてからのことだ。

一九一〇年五月一日付『ザ・ワシントン・ヘラルド』紙（*The Washington Herald.* (Washington, D.C.)）に、見出し「約束の再演」の、英訳版上演の記事がある——

ロンドン・レパートリー劇場で、チャールズ・フローマンによる新しい上演の興味深いプログラムに加え、次なる再演がなされる予定。J・M・バリー作『高級街』『どの女性も知っていること』『俊才クライトン』／グランヴィル・バーカー作『ヴォイジー遺産』／ハドン・チェインバーズ作『涙の暴政』／ジョン・ゴールズワージー作『銀の箱』『闘争』／セイント・ジョン・ハンキン作『放蕩者帰る』／ローレンス・ハウスマン&グランヴィル・バーカー作『プリュネラ』／ジョン・メイスフィールド作『ナンの悲劇』／エウリピデス作、ジョン・マレー訳『エレクトラ』『ヒポリトゥス』『トロイヤの女たち』／アーサー・ピネロ作『アマゾン族』『ウェルズ家のトレロウニー』『アイリス』／バーナード・ショウ作『市長バーバラ』『人と超人』『医師のジレンマ』。ここに掲げた芝居のいくつか、もしくはすべてが、来秋、ニューヨークでみられることを期待する。

一九一〇年十二月二十日付『ザ・ファーマー・アンド・メカニック』紙（*The Farmer and Mechanic.* volume (Raleigh, N.C.)）に、エウリピデス作『ヒポリトゥス』の解説が掲載されている——

二千五百年前、エウリピデスは『ヒポリトゥス』を書いたが、この悲劇は妙に〈現代的〉である。テキスト、考え、そして状況の点で、示された感じがそうなのである。主題はうまく扱わなくてはならないもので、あるいは、胸糞が悪くなるとはいわないまでも、醜悪になる。だから、エウリピデスの註釈者や摸倣者らによって、以来、幾度となく醜いものにされてきた。ラシーヌですら、エウリピデスのパエドラとはまったく別のフィードラを創造した。エウリピデスのこの悲劇は、ギルバート・マレー教授のことばでいえば、「感謝を捧げるべき美しいもので、容易に忘れることができない純粋の雰囲気に囲まれて」いる。エウリピデスは七十五作の芝居を書いているが、現存するのは十八作のみ。そのうちでも『ヒポリトゥス』は、おそらく、もっとも満足できる、現代的にいえば、「人間的」なものである。超自然的なからくりは、一事だけ邪魔にみえる。テーセウスの精神を啓蒙するために、アルテミスを使用することだ。良心を病んだ老乳母は、現代の考えに基づけば、もっとうまく使えたであろう。しかし、アプロディーテが彼女の誤解を引き起こしたので、たぶんギリシャ的な考えからすると、アルテミスがそれを正すということになろう。しかし、もし貞節を旨とするこの女神が、この問題に干渉することになるなら、関係者全員の利益になるよう、もっとはやく登場してきてもよかった。

一九一〇年十二月二十九日付『ザ・デイリー・ミズーリアン』紙（*The Daily Missoulian.* (Missoula, Mont.)）に、アイシス劇場の上演案内の記事がある――「アイシス劇場は、今晩、大出し物の一つを提供する。その花形スターは「パエドラ」と題がついている。この話は、ヒポリトゥスをめぐるもので、彼はギリシャ人の伝説上の大英雄テーセウスの美しい息子で、あらゆる女性から愛される。パエドラは、テーセウスの二番目の妻で、同じくヒポリトゥスの素晴らしい容姿に魅了され、ある日、愛を告白する。（以下、略）」。

一九一一年三月三日付『デイリー・キャピタル・ジャーナル』紙（*Daily Capital Journal.*〔Salem, Or.〕）は、見出し

「ジュリア・ワード・ハウ夫人の作、上演へ」の記事で、上演案内をしている――「ボストン、マサチューセッツ州、三月三日――一八五〇年にジュリア・ワード・ハウ夫人がエドウィン・ブースのために書いた芝居で、上演されることがなかったものが、当地で三月末に職業劇団によって上演予定。収入は、ハウ記念基金に加えられることになっている。／劇は「ヒポリトゥス」と題され、無韻詩で書かれている」。

一九一一年十二月二十八日付『ザ・ホワイトフィッシュ・パイロット』紙（*The Whitefish Pilot.* (Whitefish, Mont.)）に、見出し「パラグラフの説教」と「詩人の助言」の記事が掲載され、後者に聖人〈ヒポリトゥス〉のことばがある。作者名をとれば、まさに『荒地』のテキストの有り様に類したものになる――

〈パラグラフの説教〉――生まれついたままの者で、他の者を想起させない者は偉大である（エマーソン）／人を作るのは精神であり、われらの活力はわれらの不滅の魂にある（オウィディウス）／優れた書物は際立った霊の貴重な生命力であり、その霊は、生を越えた生に向けて意図的に長く記憶にとどめ、秘蔵されている（ミルトン）／自然には孤独がない（シラー）／希望を主食にしている者は、飢えて死ぬだろう（フランクリン）／人たるもの、ことごとく前進しなければ退歩する（エドワード・ギボン）

〈詩人の助言〉――ああ、あなた、とてもいい人、／とても敬虔でとても神聖、／あなたのすることといったら、注目し告げること、／近所の人の欠点と愚かさを！（バーンズ）／まずは自らためし、その後、神に援助を求めよ／何故なら、おこなう者に神自身が援助を送られるからだ（ヒポリトゥス）／信仰のあり方で、神に見放された熱狂者に闘わせよ。／生活がよろしき者は、誤ることはない（ポープ）／やさしく語れ。そは幼きもの／心の深い井戸に落ちた。／それがもたらす良きものと喜びは、／来世が告げるだろう（G・W・ラングフォード）。

さらに、一九一三年二月十七日付『ザ・サンフランシスコ・コール』紙に、「ベルナール」の記事がでた。見出しは以下の通り――「ラシーヌの悲劇『フェードル』で素晴らしいベルナール夫人／オーフィアム劇場での女優、劇の要求に対し成功裡にその技術を披露／人間による肖像、観客を魅了／スター、第一・第二幕の主要な場を演ずる／ウォールター・アンソニー記」。

サラ・ベルナールが自らに課した最大の任務は、昨日の午後のものであった。そのとき、オーフィアム劇場で、彼女はラシーヌの『フェードル』の第一・二幕の主要な場を演じた。／一幕三場の悲哀からはじめ、二幕五場の自殺を試みる劇的エピソードで終えるベルナールは、この劇の求めに対し、その技術を成功裡におこなった。科白は長く、演技は身体的というより心理的・霊的であったが、一瞬たりとも優れた演技への関心を減じたり、観客の集中した視線を失ったりすることがなかった。／彼女の演じる「フェードル」は、古典的人物というより、一人の人間である。「フェードル」に孤立やよそよそしさがないのは、彼女の演じるトスカやカミーユ、あるいは『クリスマスの夜』の生きいきしたヴィヴァンディエール（従軍商隊女性）とかわらない。／彼女の指には現代の指輪が散りばめられ、彼女の洋紅色の唇はラシーヌの詩行を口語的に読んでいるが、絶妙の話し方と共に、彼女の不機嫌、彼女の可愛らしさ、そして彼女の力は、すべて現代のものである。演劇的表現法として効果的であり、それは彼女の親密で独自な技術をかいし、時を越えている。

同年三月二十七日付『ザ・ソールトレイク・トリビューン』紙（*The Salt Lake Tribune.* (Salt Lake City, Utah)）に、同じくベルナール夫人のオーフィアム劇場での上演について、案内記事がでた――

オーフィアム劇場の素晴らしい芝居のプログラムに、ラシーヌの格別に面白い悲劇『フェードル』からの一幕があり、サラ・ベルナール夫人とその劇団が上演予定。このプログラムは、今日の午後と夜用の案内で、金曜日と土曜日には、昼の上演で、彼女は「カミーユ」を演じるが、彼女は、もちろんこの役に秀でている。／『フェードル』では、他の芝居同様、「聖なるサラ」の声、身振り、表情の才能は、みつめるあらゆる者のこころに触れる働きをし、観客をわくわくさせ、存命の他の女優がなしえない強烈さで魅了する。彼女が演じるフェードルの不埒な愛が多くの不幸の原因となるのだが、その人物描写は天才の特徴をみせ、必ずや最深の興味を喚起しないではおかない。（以下、略）

一九一三年九月二十四日付『ブライアン・デイリー・イーグル・アンド・パイロット』（*Bryan Daily Eagle and Pilot.* (Bryan, Tex.)）に、見出し「酒の遠い起源」の記事がでた——「酒が最初に作られたのがいつか、誰も知らない。一般にいわれているところでは、最初に蒸留したのは十世紀頃のアラビア人だとされるが、ほぼ疑いもなく、彼らは、それ以前に長いこと実施していたイタリア人医師らからこの秘密を獲得した。『ベルリン臨床医学週報』掲載のポール・リヒターの記事では、「アクア・アルデンス」、つまり「燃える水」の知識は二世紀にさかのぼり、ヒポリトゥスという名のキリスト教父に至るという。この人物は、中世に広まったレシピに似たものを所有していた」。

一九一六年二月十九日付『ザ・ワシントン・ヘラルド』紙（*The Washington Herald.* (Washington, D.C.)）は、〈ヒポリトゥス〉を含む図書の広告をだしている——「神学／『聖ヒポリトゥスとローマ教会』／司教C・ワーズワス著。三世紀前半のもので、新たに発見された『フィロソフュメナ（Philosophumena）、もしくは全異端への論駁』より」。

一九一七年七月二十四日付『ザ・ヘラルド・アンド・ニューズ』紙（*The Herald and News.* (Newberry S.C.)）に、見出し「悪くいわれる継母に一言／世間はいつも、継母のことごとくの行為に最悪の解釈をくだし、善への信用を否定し、することなすこと悪の種とみてきた」の記事が掲載された——

継母への反感は、昔に起こった。それがあまりにも一般的で強いので、数ヵ国語に取り入れられた。ギリシャ語では、継母をあらわす語（マトルラ）（matrula）は、不親切な者の別名であり、そこから派生した動詞（マトルラゾ）（matrulazo）は、不親切な行為をするの意味。（中略）そして、パエドラの古いギリシャの物語（エウリピデス、セネカ、ラシーヌ、ギルバート、その他の芝居、さらに、オウィディウスの詩の題材）がある。この人物は、先ず義理の息子ヒポリトゥスを虐げ、次いで彼に恋をし、彼が彼女の接近を拒むと、父親に嘘の告発をして彼の追放を実現させ、それがもとで彼は死ぬ。（以下、略）

一九二一年三月十六日付『ザ・コロンビア・イヴニング・ミスリアン』紙（*The Columbia Evening Missourian.* (Columbia, Mo.)）は、見出し「スピニー嬢出演／金曜日夜、エウリピデス作『ヒポリトゥス』を朗読予定」の記事を掲載した――「ドロシア・スピニー嬢は、金曜日夜、大学講堂にて、ギリシャ劇エウリピデス作『ヒポリトゥス』全体を朗読する予定。演出は衣裳をすべて身に着け、調和のとれた照明効果でなされる。／スピニー嬢はセントルイスの医学部棟の講堂で、ワシントン大学協会主催で三度目の出演である」。

一九二二年十月二十九日付『ザ・ワシントン・タイムズ』紙（*The Washington Times.* (Washington [D.C.])）に、大見出し「スミルナ司教殉教の経緯」、小見出し「トルコ人、野蛮にも、小アジアの主要なキリスト教聖職者を捕え、スミルナの公共広場で野生の馬数頭を遣い八つ裂きに」の記事を掲載した。「スミルナ」は、『荒地』「Ⅲ　火の説教」にでてくる地名で、本書第Ⅲ部で詳細に論じている――

スミルナで二十万以上の人命が、虐殺、火災、飢え、自殺、さらにその他の残忍な死によって失われた。それはあまりにも夥しいほどの悲劇なので、具体的な出来事に注意を向けることはむずかしい。／この災厄が大規模すぎて、人は持ちこたえられない。しかし、邪悪さと野蛮さが現代に起こった何にもましてすごく、アメリカ人が注目してしかるべき一つの悲劇があった。／その悲劇とは、スミルナ司教クリュソストモの殉教である。小アジ

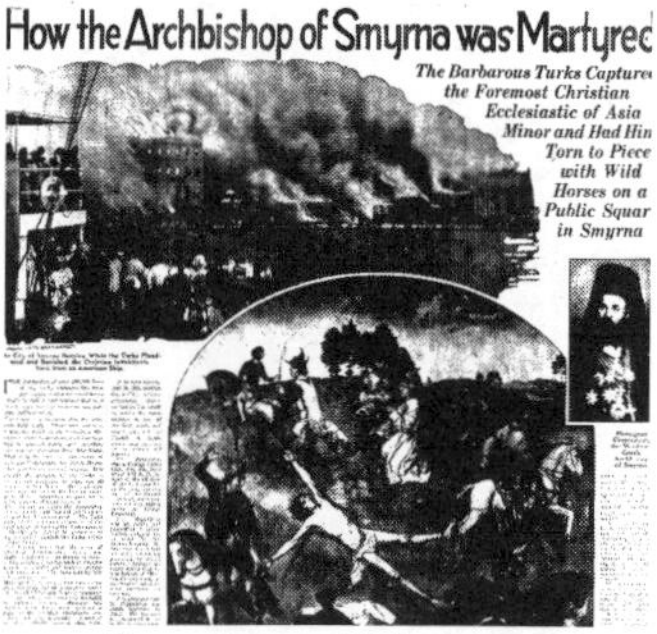
How the Archbishop of Smyrna was Martyrec
The Barbarous Turks Capturec the Foremost Christian Ecclesiastic of Asia Minor and Had Him Torn to Piece with Wild Horses on a Public Squar in Smyrna

1922年10月29日付『ザ・ワシントン・タイムズ』紙より

アの全キリスト教徒を一掃するのが、トルコ人が現在おこなっている戦役の目的であることは明らかである。禁教の指導的聖職者を故意に拷問にかけ殺害するのは、彼らの意図が恐ろしいほど重大であったからだ。／スミルナ司教がいかに死に出会ったかは、アメリカの新聞では報じられていない。『パリ・フィガロ』誌は、ギリシャ人よりトルコ人を支持するフランスの政策を熱心に支援しているので、トルコへの偏見があるのではないかと思わざるをえないのだが、事実を手短に報じている。／（中略）／この現代において、キリスト教の大司教が拷問にかけられ死ぬとはとても妙なことだ。その死は、教会の最初の聖人で殉教者の一人、つまり厖大な伝説に今日含まれている人物とほぼ同じなのである。／聖ヒポリトゥスはローマのキリスト教徒で、一八〇年頃に誕生した。最初の使徒のほとんどが生きていた時代であり、ローマ教会の最初期のことである。実際、当時、ローマ皇帝のもとで迫害が荒れ狂っていた。／聖ヒポリトゥスは活動的で成功した宗教指導者であり、そのためローマ皇帝によって死刑に処された。聖ラウレンスによれば、彼は野生馬によって八つ裂きにされたという。また、別の説明では、彼は「アラブ人の首都ボスラ」の司教で、そのときそのように殉教したという。（以下、略）

さらに、掲載された写真には、「スミルナの町燃える、トルコ人がキリスト教徒住民を略奪・強姦している間。アメリカ船からみた光景」のキャプションが、また、絵画に付されたキャプションにはこうある――「ローマ教会の最初期の聖人の一人、聖ヒポリトゥスがほぼ一八〇〇年前にアラブ人の手で殉教した経緯。それは、先日、トルコ人の手で殉教した司教クリュソストモと同じであった。ブルージュのサン・ソヴール教会にある、ティエリー・ボウツの有名な絵画より」。

第八節　〈アドーニス〉から〈ヒポクリットス〉へ

すでに指摘したように、エリオットは『荒地』の自註で、ウェストンとフレイザーに言及している。このことを、従来のエリオット研究者は明示的に論じてはいても、フレイザーの第一章第一節「ディアナとウィルビウス」に触れることはなかった。たとえば、バートン・ブリステン（Burton Blistein）も、〈ウィルビウス〉ないし〈ヒポクリットス〉に言及することはない――

『荒地』への原註で、エリオットは、二つの典拠がとりわけこの詩の展開に影響したと述べている。ジェシー・ウェストンの聖杯伝説をめぐる著書『祭祀からロマンスへ』は、「この詩の標題だけでなく、その計画と多数の付随的な象徴を示唆していた」、そう彼はいう。さらに加えて、自分が「全般的に恩恵を被った」のは、ジェイムズ・フレイザーの『金枝篇』で、「二巻のアドーニス、アティス、オシリスをとりわけ使った」としている。／フレイザーの研究は、イタリアのアリシア近くにあるネミ湖畔で挙行される、ディアナ神官の継承の注目すべき祭祀を説明しようとしてはじまった。この祭祀は、「古典古代にはその類例がなく、それからでは説明できない」（『金枝篇』第一章第十節）。試みは「それと共に、ウェルギリウスが不滅のものにした金枝の伝説を説明しようとした」。（*The Design of The Waste Land*, 2008. p.1）

フレイザーは、第三十四章「アティスの神話と儀式」のでだしで、「フィリジアの宇宙論では、アーモンドが万物の父として通っていた。それはおそらく、その繊細なライラック色の花が、春の最初のさきがけの一つで、葉が開く前に、何もつけていない枝にあらわれるからであろう」といい、「一説では、［アティス］はアドーニスのように、イノシシに殺された」としている。『荒地』のでだし、「四月は最も残酷な月、死んだ土から／ライラックを目覚めさせ」に「ライラック」の語が使用され、しかも「死んだ土／目覚めさせ」と「死と再生」が歌い込まれている。そして、「アーモンドの木」といえば、以下で示すように、「伝道の書」（Ecclesiastes）にでてくる「蝗（イナゴ）」の直前にある。現実に、エリオットは〈ヒポリトゥス〉を知っていた可能性がある。それは、ラシーヌの『フェードル』との関係からわかる。『ザ・ダイアル』紙に掲載された「ロンドンからの手紙、一九二一年七月」で、「ストレイチー氏の本」をめぐり論評した箇所——It is equally evident from Queen Victoria, that Mr. Strachey has a romantic mind—that he deals, too, with his personages, not in a spirit of “detachment,” but by attaching himself to them, tout entire a sa proie attache. ——のフランス語の一節が、ラシーヌの『フェードル』一幕三場の末尾に相当し、フェードルが、ヒポリトゥスへの恋をヴィーナスに仕向けられて告白するときのことばである。「エリオットはこの句を採用して、リットン・ストレイチーがヴィーナスの立場にたち、ヴィクトリア女王をフェードルの立場にたたせている」という。（Lawrence Rainey, pp.242-243）

第九節 “breed”は「目覚めさせる」か？ “tuber”は「球根」か？

『荒地』冒頭で、従来読まれてきた〈ヴィーナスとアドーニス〉神話から〈ヴィーナスとヒポリトゥス〉神話へと読みのシフトをおこなうために、この詩の最初の語「エイプリール」を〈四（番目の）月〉から〈アプロディーテの月〉に読み換えたように、他の語についても読み換えをする必要がある。

“cruel”の語源的意味は「血にまみれた」だが、これとの連想から“bleed / blood”や“breeze”を連想させる“breed”は、動物が「子を産む／卵を孵す（brood）」が基本的意味作用なので、植物“lilac”が動物化される。“feed”(food)も同じ。これは、以下で示すように、〈アドーニス〉という動物（ヒト）が植物化されることに関係しているだろう。彼が転身した地中海原産〈アネモネ〉は、〈風〉を意味する‘Ἄνεμος (anemos)’を語源とする。もし、ここで〈アドーニス神話〉が示唆されているなら、〈アネモネ〉の方が〈ライラック〉よりもふさわしくはないのか、春先に花を咲かせるし。何故、エリオットはそうしなかったのだろう。もし〈アネモネ〉となっていたら、この箇所の読みは決定的だ。そうなっていないところに、別の読みの可能性が生じてくる。

さらに、「残酷な」を転移形容辞として読むと、「残酷な月」ではなく、「残酷なアプロディーテ」と読むことができる。また、「死んだ土」の「死んだ」も転移形容辞とし、「土」でなく「ライラック」を形容しているとすれば、「死んだライラック」が〈復活〉すると読め、「死んだライラックの花が、卵が孵化するように土から蘇り」と解釈できる。〈復活祭〉では、〈卵〉がつきものだ。岩崎訳で「球根」となっている語は“tuber”だが、これは一般に〈ジャガイモ〉の〈塊茎〉を示唆し、この連のあとにでてくる『トリスタンとイゾルデ』がらみで〈アイルランド〉と結びつき、例の一八四五年から一八四九年に起こった〈アイルランド〉の〈ジャガイモ飢饉〉を想起させる。そして、『荒地』出版の一九二二年に、アイルランドは、〈死〉から〈復活〉したかのように独立をはたすわけだ。

この解釈を反映させた第一連のでだしの訳は、かくして以下のようになる――「もっとも残酷なアプロディーテの月になると、残酷にも、卵が孵化するように、／死んだようになっていたライラックの花が、土の中から蘇り、／過去の記憶と未来への欲望とが混じり合い、／眠った状態の根に春の雨が注がれて目覚める。／冬の間、われわれは暖かく守られていた。／大地が雪で覆われ一切のことを忘れ、／わずかな息吹が乾燥させた塊茎（ジャガイモ）で生きながらえていたのだ」。

同時代の新聞では“tuber”を使い、〈ジャガイモ〉を示唆する記事がとても多く、これを「球根」と読むのはむしろ難しい。さらに、同時代の新聞には、“tuberculosis”「結核」の記事がみられる。エリオットに影響を与えたフランス詩人ラフォルグは、結核のため二十七歳で死んでいる。

アイルランドの〈死〉から〈再生〉へ至る過程には、まさに「ライラックの花」が「土の中から蘇り、／過去の記憶と未来への欲望とが混じり合い、／眠った状態の根に春の雨が注がれて目覚める」ような事態があった。「英愛条約」をめぐる議論である。

一九二一年十二月十九日付『ザ・リッチモンド・パラディアム・アンド・サン＝テレグラム』紙（*The Richmond Palladium and Sun-Telegram.* (Richmond, Ind.)）に、見出し「火曜日、下院で演説つづく／英愛《アングロ・アイリッシュ》条約賛否の動議を検討――デ・ヴァレラ、提案を提出／噂では同意」の記事が掲載された――

（連合通信）／ダブリン、十二月十九日――下院（ドイル・エアラン）は、今日、正午少し前に開催され、英愛条約批准に向けた賛否の動議を検討しはじめたが、一時から午後三時三十分まで延会した。演説が翌日までつづく兆しがみえていた。／最初の会期の興味深い特色は、エイモン・デ・ヴァレラ（Éamon de Valera）が先週の下院に向けた秘密会議で、ロンドンで署名された同意に代わる提案を甘受したことが発覚したことだ。彼の説明によれば、そうしたのは、下院で満場一致を確保しようとしたためだという。

さらに、一九二一年十二月二十二日付『ザ・ウィークリー・タイムズ＝レコード』紙（*The Weekly Times-Record.* (Valley City, N.D.)）に、見出し「英愛条約、弾劾さる」の記事がでた――

ダブリン、十二月十九日――英愛条約は、今朝の下院会期のはじめで、大統領デ・ヴァレラとその追随者らによって、「政治的平和」だとして弾劾された。両陣営からの弾劾がなされた激しい会期のあと、下院は一時から午後三時まで休会に入った。その後、議論が再開される。その平和条約に署名したアーサー・グリフィスは、その批准の提議をおこなった。「この新しい条約の批准を提議する。協定を結んだので、アイルランド国民に背を向けるべきではない。われらの主人であって、召使ではないのだ。われわれは独裁者ではないが、もし国民を正しく代表することがなければ、われわれの発言権は永遠に消え去る」と、彼は述べた。／どのような状況でもいつも冷静であるグリフィスが、「アイルランド人の生命がかかっているとき、ことばにあれこれけちをつける」ことに怒りだした。／「われわれは、われわれ自身の旗を取り戻し、七百年後、大軍の撤退を確保した」と、興奮して彼は断言した。この発言の証拠として、彼は首相ロイド・ジョージの書簡を読んだ。この条約批准の直後に、軍隊を引き揚げると約束するものであった。次にグリフィスは、平和条約に含まれる忠誠の誓いを読み、こう語った――「どのアイルランド人も、名誉をもって、この誓いをなすことができる」。オースティン・スタックは、彼の支持者らとこの条約に反対票を投じた閣僚であったが、立ち上がってこう叫んだ――「この誓いはしない」。／グリフィスは、演説を継続した。（以下、略）

一九二二年一月三日付『ザ・デイリー・タイムズ』紙（*The Daily Times.* volume (Wilson, N.C.)）に、大見出し「アイルランド枢機卿、アイルランド平和条約を歓迎」、小見出し「残された唯一の機会／批准に代わる唯一の選択は、国が以前より抑圧的な状態へ戻されることだと、枢機卿ローグ語る」の記事が掲載された――

ベルファスト、一月三日――アイルランド首座大司教、枢機卿ローグは、アーマー大聖堂で会衆に向けて語り、「英愛条約の拒否のような不運から皆さんを救済し、全能の神にお喜びいただけるよう」祈っていただきたいと述べた。／批准しなければ、国がこれまで経験してきたもっとも徹底した抑圧状態へ戻るしかないと、枢機卿ローグは断言した。条約によって、この国の安寧と進歩に必要なすべてがもたらされるだろう、そう彼は述べた。

（以下、略）

さらに、一月七日付『ザ・イヴニング・ワールド』紙（*The Evening World.* (New York, N.Y.)）は、大見出し「下院、今日晩く、アイルランド条約をめぐり投票」、小見出し「大もめの下院、最後の条約理由を聴く。ただちに、投票／これまで最大の群集が集結し、結果を聴こうとしている。バージェスは拒否を訴え、グリフィスは批准を呼びかけて議論を終える」の記事が掲載されている――

ダブリン、一月七日（連合通信）――アーサー・グリフィスが座長を務める下院部門の院内総務は、英愛条約批准派であり、今日午後五時二十分に、百二十二票中、条約支持六十三票、もしくは多数票の六十四票が確保できると踏んでいる。／下院の会期が開催されている国立大学前には、これまで最大の群集が集結し、英愛条約審議のための最終的会期に、議員らが午後この建物に入る際、挨拶を送っていた。防衛相チャールズ・バージズと議論終結役のアーサー・グリフィスの演説を含む数人の演説ののち、投票がおこなわれる。

一九二二年一月七日付『ザ・リッチモンド・パラディアム・アンド・サン＝テレグラム』紙に、大見出し「アイルランド条約、六十四対五十七で承認」、小見出し「下院、英愛条約批准し、長期間にわたる辛辣な討議の末、アイルランド自由国を創設／緊張、深刻／ニュース速報／ダブリン、一月六日――下院、今夜投票し、英愛条約を批准、アイルランド自由国を創設。投票は六十四対五十七票」の記事が掲載された――「（連合通信）／ダブリン、一月七日――下院は、今日、午前の会期を終了したとき、英愛条約をめぐる投票が数時間以内になされるようにみえた。／討議は午後中つづき、おそらく六時まで継続されて、その後、評決に至った」。

一九二二年一月八日付『イヴニング・スター』紙は、大見出し「アイルランド条約、荒れた会期の下院にて六十四対五十七で承認。デ・ヴァレラ、再度辞職」、小見出し「知らせ、抑えきれない熱狂で歓迎／陸軍の統制が、新たな課題／月曜までの休会時、状況は混沌」の記事がでた。

一九二二年一月十五日付『ニューヨーク・トリビューン』紙は、大見出し「新船の国家、進路は？」、小見出し「アイルランドが抱える問題、自由になるあらゆる行政力が必要。新政府は連邦制か、半連邦制か、もしくは、単一政府

COURSE FOR A NEW SHIP OI
Ireland's Problems Call for All the Administrative Resources at Command. Will the New
ernment Be Federal, Quasi-Federal or Unitary, and How Will the Civil Service Burden B
duced and the National Army and Police Organized? Also, There Is the Ever-present Q
What of Ulster? Ministry of Home Affairs Most Important.' MacNeill Likely to He
By PADRIAC COLUM　Illustration by ALBERT LEVERING

1922年1月15日付『ニューヨーク・トリビューン』紙より

制か。政府機関の重荷、減少するか。それから、国軍と警察、組織化はあるか。同時に、絶えずつきまとう問いがある――北アイルランド（アルスター）はどうか。内務省、もっとも大事。マクニールが頭になりそう」の記事がでた――

アイルランドに与えられた立場を受けいれてきた下院は、英愛条約によって、現在のものは存在しなくなるだろう。新下院は、条約に基づき、アイルランド統治の責任を帯びた構成員からなることだろう。この新議会に共和主義的野党は存在せず、アイルランドとイギリス代議員が署名した法律文書に同意した者だけが、新議会選挙の適格者となるだろう。その後の議会では、もちろん、共和主義的野党は存在することになろう。

こうした歴史的葛藤を経験した〈アイルランド〉と〈塊茎〉（tuber）の連鎖した言説が、同時代のアメリカ紙にある。まず、一九一三年六月十五日付『ザ・ランチ』紙（*The Ranch.* (Seattle, Wash.)）に、見出し「アイルランド産ジャガイモ塊茎の乾腐病《ドライ・ロット》」の記事がある――「ネブラスカ州試験場がだしたばかりの広報一三四号のテーマは、「アイルランド産ジャガイモの塊茎の乾腐病」である。／数年間、農業植物局は、ネブラスカ州のアイルランド産ジャガイモの病気研究に従事してきた。この病気のうち、塊茎の乾腐病がもっとも重要なものの一つである」。

一九一四年五月一日付『ザ・ランチ』紙に、見出し「良品質のアイルランド産ジャガイモを生産するために」で、「高品質の種ジャガイモを開発するはるかに単純で見込みのある方法は、塊茎単位と盛り土選別法である」という記事がある。

また、〈アイルランド〉の記号の方はでてこないが、〈塊茎〉を使用した記事がある。たとえば、一九一四年四月

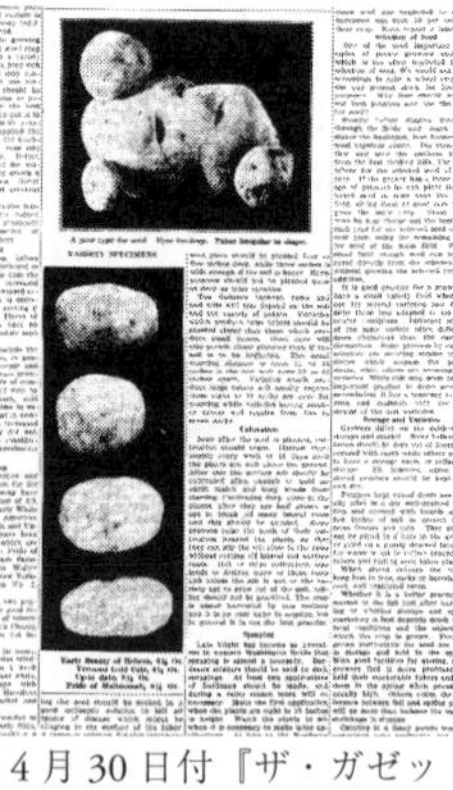
1914年4月30日付『ザ・ガゼット・タイムズ』紙より

三十日付『ザ・ガゼット・タイムズ』(*The Gazette-Times.* (Heppner, Or.))に、大見出し「太平洋岸北西部で良質のジャガイモを育てる」、小見出し「何を書けばいいかわかっている者による、ありふれた〈スパッド〉(ジャガイモ)をめぐるいくつかの考え/全世界でジャガイモは食べられている。そのため、当然のことだが、世界で最良のジャガイモが求められている。写真説明のある本記事は、西ワシントン試験所が教える最良のものの育て方について語る」の、J・L・スタール(Stahl)による記事が掲載――

西ワシントンの農夫が育てられるもので、もっとも安定した作物の一つは、ジャガイモである。それは、通例、適切な栽培を実行すれば、すばらしい収益のある作物であるが、生育者が犯す最大の誤りは、排水のよくない土壌に植えることだ。排水のいいことが、なめらかで病気のない塊茎を生産するのに絶対不可欠なことだからである。/(中略)/列と畝の距離も、土壌とジャガイモの種類次第である。大きな塊茎ができる種類は、小さいものを産む種類より近づけて植える必要がある。

同年六月四日付の同紙で、同じ大見出しの下に、カッコに入った但し書き「本記事は、ジャガイモ栽培を論じる一連の記事の第三回目である」のある記事がでて、書き手の所属・氏名が記されていた――「ワシントン試験所所属のO・M・モリス(園芸家)、J・G・ホール(植物病理学者)、M・A・ヨザーズ(助手・昆虫学者)」。

ジャガイモを植える際に守るべき最初のことは、病気にかかっていない種イモを入手することです。そうすれば、この苗は健康な状態で生育できます。苗が六インチの高さに達したなら、二週間のうちに十日間、ボルドー液を散布し、それを五回か六回おこないます。（中略）／腐敗病（Oopora scables, Thaxt.）は、塊茎の表面が粗いあばたができるので容易にわかります。塊茎がはやい段階でかかると、腐敗病は深くなる傾向にあり、他方、あとでかかると浅いあばたしかできません。ときどき、この病気は、塊茎が裂けてしまうほどひどくなることがあります。

同紙は、同年六月十一日付でも同じ記事を掲載し、「この記事は、ジャガイモ栽培を論じる一連の記事の四番目である」とし、以下の説明がある（書き手は第三回目と同一人物）――「〈ロゼット病〉、もしくは〈小ジャガイモ病〉は、種イモによってもたらされ、しばしば一区画に広がります。こうした病気にかかった塊茎は、その表面に菌糸の暗褐色で不規則な斑点ができます。塊茎が湿っていると、こうしたものはとてもよくみられます。こうした病気にかかった塊茎を植えると、若い芽は、塊茎の上のこうした糸にはやくから攻撃され、地表近くの茎に黒い斑点ができます」。

つづいて同年八月六日付同紙には、見出し「ジャガイモの病気」で、「H・L・リーズ（ワシントン州立大学の植物病理学者）」による記事がでた――「黒脚病として知られる病気は、明らかに、東部でそうであったように、昨年、西ワシントンで流行しました。この病気はとても奇妙なことがときどきあり、ヨーロッパからこの国にやってきたことは明らかです。／徴候――この病気は、茎が黒く萎びた状態になるのが特徴で、種イモから地面数インチ上までの箇所にできることがあります。これに加え、通例、季節のはじめに起きます。塊茎ができる前に茎が感染すると、若芽が萎れ枯れそうになり、感染した茎につらなる塊茎は、通例、茎の端が腐ります」。

同紙八月十三日付には、見出し「よい種イモの育て方」の記事がでた――

この国でジャガイモ生産の平均値が低くなる多くの原因で重要なものは、種イモが貧弱であることがあげられる。アメリカのジャガイモ栽培者は、種イモにほとんど注意を向けていない。ヨーロッパの栽培者は、とりわけグレート・ブリテンとドイツでは、使用する種イモの質・量にとても厳しく注意を向けている。そのため、ジャガイモ産業が、種イモ専門と収穫専門に分かれている。（中略）／〈捨てるべきこと〉／果肉が変色したり、他の病気の印のあるすべての塊茎は捨てるべきである。各塊茎を四等分したものを、一列に連続して、溝に十インチから十二インチの間隔をおいて植えなさい。

"breed" を「卵を孵化す」と読むと、〈ジャガイモ〉と〈鶏〉が、一緒の記事にでてくる例があった。一九〇六年八月十五日付『ザ・ランチ』紙である。また、同年の三月十日から『シカゴ・イーグル』紙に「結核」の記事がでてくる。その『ザ・ランチ』紙は、〈鶏〉の絵（その一つに、キャプション「ローズ・アイランド・レッド種――ルイス・アンド・クラーク・フェアーで雄の若鳥部門勝者で、昨年秋、タコマで雌鶏の一位。H・A・ダー所有」が付されている）とともに、記事の一部にこうある――「ジャガイモを掘っていて注目されることは、畝が相互に盛り上がっている場合、しばしば、一つの畝に大きさが均一でたくさんの塊根ができているなら、もう一方では、形の悪い少数の塊根がなり、一つが大きくても数個の小さいものしかできないことだ」。

〈結核〉の記事が、一九一一年十一月十八日付『ザ・デイブック』紙に、見出し「職場状況が肺結核の原因／女性連盟、結核防止へ努力を傾注」で掲載されている――

女性労働者組合連合の保健委員会が努力を傾注していることは、職場を健全で衛生的にして結核の危険を根絶し、これができない場合、かかった若い娘や女性を職場復帰できるまで世話することである。／この市の職場の多くで、非衛生な状況のため、働く女性たちの健康が脅かされている。恐ろしい肺結核は、こうした状況のため、たえず怖れを抱かずにはいられない。

第十節　「蟋蟀」のテキスト内存在性

What are the roots that clutch, what branches grow
Out of this stony rubbish? Son of man,
You cannot say, or guess, for you know only
A heap of broken images, where the sun beats,
And the dead tree gives no shelter, the cricket no relief,
And the dry stone no sound of water. Only
There is shadow under this red rock,

つかみかかるこの根は何？　砂利《じゃり》まじりの土から
伸びているこれはなんの若枝？　人の子よ、
きみには言えない、思いもつかない。きみにわかるのは
壊れた石像《イメージ》の山。そこには陽が射し
枯木の下に陰はなく、蟋蟀《こおろぎ》は囁《ささや》かず、
石は乾いていて、水の音はしない。ただ、
この赤い岩の下の陰ばかり
(この赤い岩の陰に来なさい)、

『荒地』の「I　死者の埋葬」二十三行“the cricket no relief”は、従来どのように読まれてきたのだろう。一つの手がかりは、翻訳での扱いである。最新の岩崎訳は「枯木の下に陰はなく、蟋蟀は囁かず」とした。つまり、〈蟋蟀〉

の〈鳴き声〉を読みとったわけである。（岩崎訳註は、「Ⅴ 雷の言ったこと」の「蟬の声」に「第Ⅰ部二三行目の「蟋蟀は囁かず」参照」としている。）ちなみに、西脇訳（一九五二年）も、「こおろぎを聞く慰めもないのだ」と〈鳴き声〉を読んでいる。深瀬訳（一九七一年）は「蟋蟀に慰めなし」、福田・森山註解（一九八二年）は「こおろぎも慰めず」で曖昧だが、日本人はこうした訳から〈鳴き声〉を連想することだろう。確かに、英文学では、ワーズワス（William Wordsworth）の詩「コテージ住民からその幼子へ」（"The Cottager to Her Infant", 1805）で「蟋蟀はもはやその笑いざわめきを終えている」とあり、キーツ（John Keats）は「秋に寄せるオード」（"Ode to Autumn", 1819）で、「生け垣の蟋蟀は歌い」（Hedge-crickets sing）としている。また、ディケンズ（Charles Dickens）は、中編『炉ばたのこおろぎ』（*The Cricket on the Hearth*, 1845）において、炉端でチーチー鳴かせ、家族の守護天使役を担わせている。ちなみに、福田・森山註解は、以下のように解説を加えている――

Ecclesiastes 12:5 のもじり（原註）。……これは人間の老いの姿を描いたもの。grasshopper を cricket に変えたのは、後者の方が固く厳しい音感を持っているのでここの激しい予言調によく合うのと、一般にこおろぎが幸運の使者と考えられているので文脈にうまくあてはまるからであろう。

そして、本書第Ⅰ部第一章第一節・余白で示唆したように、「荒地」表題のヒントとなったらしいマディソン・カウイン（Madison Cawein）の詩「荒地」（"Waste Land"）（一九一三年）には、第二連にこうある――

蟋蟀の叫び声、ロカストのブーンという声、／そして、鳥の苦難の鳴き声／と一緒にイナゴの耳障りな音が
（The cricket's cry and the locust's whirr, /And the note of a bird's distress, /With the rasping sound of the grasshopper)

ここには、この節で問題にする昆虫名がすべて列挙されていることが注目されよう。逆にいえば、『荒地』は、この「荒地」を示唆していることになる。

しかし、『荒地』は「鳴き声」を問題にしているのであろうか。かつて、一九八〇年代初期、脳生理学者・角田忠信は『右脳と左脳』（一九八三年）で、東洋人は虫の鳴き声を楽しむことができるが、西洋人はそれを雑音としか聞くことができないとした。もしそうなら、該当の句を西洋人は「蟋蟀は囁かず」ではなく、別の読み方をしてきたのではないか。カウインの「荒地」では、「蟋蟀」等の鳴き声は好ましいものとはいいがたい。

さらに、本節冒頭で掲げた『荒地』の箇所は、『聖書』への言及で溢れている。一覧にすると、次のようになる――

「つかみかかる……若枝？」（ヨブ記、八章十六～十七節）／「人の子よ」（エゼキエル書、二章一節）／「壊れた石像の山」（エゼキエル書、六章四節）／「蟋蟀は囁かず」（伝道の書、十二章五節）／「石は……、水の音はしない」（出エジプト記、十七章）／「この赤い岩の下の陰」（イザヤ書、三十二章二節）／「この赤い岩の陰に来なさい」（イザヤ書、二章十節）

語「蟋蟀」にエリオットは原註を付し、「「伝道の書」第十二章第五節と比較せよ」（“23 Cf. Ecclesiastes 12:5”）としている。該当箇所の概略は、『欽定訳』では以下のとおりで、ここに“cricket”はでてこない――

“Also when they shall be afraid of that which is high, and fears shall be in the way, and the almond tree shall flourish, and the grasshoper shall be a burden, and desire shall fail: because man goeth to his long home, and the mourners go about the streets”（「彼らはまた高いものを恐れる。恐ろしいものが道にあり、あめんどうは花咲き、いなごはその身をひきずり歩き、その欲望は衰え、人が永遠の家に行こうとするので、泣く人が、ちまたを歩きまわる」）。

ちなみに、本書第Ⅰ部第一章第二節で示唆したことでいえば、一九二二年七月二日付『ニューヨーク・トリビューン』紙に、バートン・ラスコー（Burton Rascoe）による「読書人の日記」（A Bookman's Day Book）と題する記事がでて、そこでエリオットの世代とそれ以前の古い世代とでは、理解できる引用と理解できない引用があるとされていた。だが、『荒地』のこの箇所での問題は世代間というのではなく、引用・言及が複数の異本テキストにかかわることがあるということである。エリオットの註にある「伝道の書」の該当箇所についていえば、どの異本テキストにも〈蟋蟀〉は登場しないのだ。

この〈いなご〉の一節について、「あなたは高いものと通りで倒れることを怖れるだろう。あなたの髪はアーモンドの木のように白くなり、その身を引きずり、一歩進むと休むことだろう。年をとった蝗がひと跳びごとに休むように」（Jack J Blanco, *Clear Word Giant Print*, 2004. p.697）という解釈もある。エリオットは、このような意味に読めとしているのだろうか。岩崎訳註には、「死を前にした者について「かゝる人々は高き者を恐る　畏しき者多く道にあり……」とし、同じ箇所に「蝗もその身に重く」という句がある」とあるだけで、エリオットの註の趣旨がこれで充分に伝わるわけではない。

そこで、この箇所の『欽定訳』（一六一一年）（Ⅰ）と、そのもとになった『ジュネーヴ聖書』（一五九九年）（Ⅱ）、さらに前者を一八七〇年に改訂した『アメリカ標準版』（一九〇一年）（American Standard Version）（Ⅲ）、そして、ラテン語の『ウルガタ聖書』（Ⅳ）を比較してみる。

Ⅰ　Also they shall be afraid of the high thing, and fear shall be in the way, and the almond tree shall flourish, and the grasshopper shall be a burden, and concupiscence shall be driven away: for man goeth to the house of his age, and the mourners go about in the street.

Ⅱ　Also when they shall be afraid of that which is high, and fears shall be in the way, and the almond tree shall flourish,and the grasshopper shall be a burden, and desire shall fail: because man goeth to his long home, and the mourners go about the streets:（KJV）

Ⅲ　yea, they shall be afraid of [that which is] high, and terrors [shall be] in the way; and the almond-tree shall blossom, and the grasshopper shall be a burden, and desire shall fail; because man goeth to his everlasting home, and the mourners go about the streets:（ASV）

Ⅳ　excelsa quoque timebunt et formidabunt in via florebit amigdalum inpinguabitur lucusta et dissipabitur capparis quoniam ibit homo in domum aeternitatis suae et circumibunt in platea plangentes（And they shall fear high things, and they shall be afraid in the way, the almond tree shall flourish, the locust shall be made fat, and the caper tree shall be destroyed: because man shall go into the house of his eternity, and the mourners shall go round about in the street.）

該当箇聖書引用の「いなごはその身をひきずり歩き」は、岩崎訳では「蝗もその身に重く」、英語版では“the grasshopper shall be a burden”である。『ウルガタ聖書』でいえば「ロクストは太らされ」となる。「（跳ばずに）その身をひきずり歩いたり」「その身に重かったり」するのは、おそらく食べ物をたくさん食べて「太った」からではないだろうか。

上から locust, bald locust, grasshopper, cricket.

これに対し、『荒地』の「蟋蟀」は、“the sun beats,/And the dead tree gives no shelter”（陽が射し（照らしつけ）、／枯木の下に陰はなく）の場に登場し、「枯木」同様、「干からび痩せている」と想像される。だから、どうだというのか。もし、「蝗」のように太っていたら「救済」（relief）につながるというのか。ところで、エリオット家のあったセントルイスの住所は、なんと「ロカスト二六三三番」（2633 Locust）であったが、管見のかぎり、日本でも英米でも、この指摘をした者はいない。無視できる記号なのだろうか。

＊　＊　＊　＊　＊

第十節・余白「伝道の書」の「空」言説

ここまで、エリオットの原註（一二三）の「『伝道の書』一二章五節参照」が示唆する聖書の当箇所で、「蟋蟀」（クリケット）にかかわる箇所、つまり「イナゴ（蝗）」のでてくる第五節に焦点をあててきたが、エリオットのこの原註のもくろみは、実は、この箇所にあるのではなく、そのすぐあとにくる「第十二章第七節と第八節」を示唆することにあったのではないか――

一二・二七　ちりは、もとのように土に帰り、霊はこれを授けた神に帰る。
Then shall the dust return to the earth as it was: and a the spirit shall return unto God who gave it.
一二・二八　伝道者は言う、「空の空、いっさいは空である」と。（傳道者云ふ空の空なるかな皆空なり）
Vanity of vanities, saith the preacher; all is vanity.

ついでながら、同じ文句が『伝道の書』第一章第二節・第十四節、第二章十七節・第十九節・第二十三節、第三章第十九節、第四章第四節・第八節・第十六節、第六章第二節。第七章第十五節、第九章第九節、第十一章第八節にもある――

一・一　ダビデの子、エルサレムの王である伝道者の言葉。
The words of the Preacher, the son of David, king in Jerusalem. Vanity of vanities, saith the Preacher, vanity of vanities; all is vanity. What profit hath a man of all his labour which he taketh under the sun?
一・二　伝道者は言う、空の空、空の空、いっさいは空である。
Vanity of vanites, saith the Preacher, vanity of vanities; all is vanity.

この「空の空、いっさいは空である」は、当然のことながら、仏教、なかでも『スッタニパータ（1119）』の「自我に執着する見解を破り、世間を空として観察せよ」を想起させる。エリオットと仏教の関係は、これから先の第二部第二章「第五節余白・②——同時代の「仏教」言説」で示唆するが、ここでは、以下、同時代のアメリカ紙に「空《ヴァニティ》」言説が存在していたことを指摘する。（ついでながら、「ヴァニティ」の訳語に「空」が連鎖したのは堀達之助編『英和対訳袖珍辞書』（一八六二年）においてで、「空ナル［コト］、高ブリ」とある。）

一八八五年三月十三日付『ウェシントン・スプリングズ・ヘラルド』紙（*Wessington Springs Herald.* (Wessington Springs, Aurora County, Dakota [S.D.])）に、見出し「地上の、あるいは天上の／「人が、その魂と交換して与えるもの」」の記事が掲載——

神は、己を含めて、自身の完全さで満ちる能力を魂に付与された。それを満たすものは、地上には何もないので、この実験を試みた偉人らは証言を残している。ソロモン王は富と栄誉を得て、あらゆるこの世の快楽を謳歌した。だが、心病んでこう叫んだ——「空のなかの空だ！　すべてが空！」（『伝道の書』第一章第二節）

一八九一年一月八日付『ザ・ボージャー・バナー』紙（*The Bossier Banner.* (Bellevue, Bossier Parish, La.)）に、以下の

短文が掲載――「汝のこころから悲しみを取り除き、汝の肉より邪悪を追い出しなさい。何故なら、子ども時代や青年時代は空だから――『伝道の書』第十一章第十節」。

一八九六年一月二日付『マリエッタ・デイリー・リーダー』紙（*Marietta Daily Leader.* (Marietta, Ohio)）に、見出し「聖書の事実」の記事が掲載――「三語からなる文で、聖書各書に二十五回もあらわれ、その主要な考えをなしているものは何か？――「すべてが空」（『伝道の書』）」。

一八九六年五月十日付『ザ・ソルト・レイク・ヘラルド』紙（*The Salt Lake Herald.* (Salt Lake City [Utah]）に、見出し「新訳聖書」の記事が掲載された――「まもなく、まったく新しい版の聖書が出版されようとしている。この翻訳は、ヘブライ語から直接訳されて、ギリシャ語からではない。『ザ・ニューヨーク・ジャーナル』紙の最新号で、ルドルフ・ブロックが、企て全体を長く解説している」とし、この新版の内、二例があげられている。一つは、『伝道の書』第十二章第一～八節である。以下、『伝道の書』の新・旧版訳である――

彼は高いものを恐れる。／そして、怖れは道にある――／アーモンドの木に花が咲く、／ロカストはやっとのことで這って進む、／ケッパーの果実がばらばらになり、／銀の結びつき（母と子の）が二つに切れる、／金色の容器が殺到して入り、／井戸のバケツは慄いた。／それから、車が窪みで壊れ、／人は永遠の家へと赴かんとして、／嘆き人が通りを歩き回る。／空の中の空、と伝道者はいう。／すべては空、これから起こるすべては空だ。（中略）／以下は旧版、つまり国王ジェイムズ版である――／（中略）／また、そのとき、それらが高きものを恐れ、怖ろしいものが道にあり、アーモンドの木に花が咲き、イナゴが重荷になり、欲望が衰えるであろう。何故なら、人は長い家に赴き、嘆き人は通りを歩きまわるからだ。／（中略）／それから、塵は大地に帰る、以前のように。そして、霊はそれを与えし神の許へと戻る。／空の中の空、と説教師はいう。すべては空。

一九〇三年十月十八日付『インディアナポリス・ジャーナル』紙（*Indianapolis Journal.* (Indianapolis [Ind.])）に、見出し「丘の頂上についての考え――多くの哲学的省察を示唆した絵」の記事が掲載――

『マリオン・クロニクル』紙のW・H・サンダーズの記事／歴史家がこれまで泣いたり悦んだりしたヒーローとヒロインとが勢ぞろいしている。彼女のは、伝道師らが記したり、感じたすべての空《ヴァニティ》である。

一九〇五年七月二十二日付『ジ・アイリッシュ・スタンダード』紙（*The Irish Standard.* (Minneapolis, Minn.)）に、見出し「トーマス・C・プラット」の記事――

しかし、トーマス・C・プラットは、アメリカ人の生活で、稀れな例だとはいえない。彼は、大運送会社の社長である。（中略）／プラットが思いだされるとしたら、それは彼の鋭敏な実践と狡猾な政策のためだ。不思議なことではないが、人生の影で、彼は伝道師らのことばを口にしている、「空の中の空。すべては空」と。（以下、略）

一九〇九年十一月二十七日付『ザ・ディキンソン・プレス』紙（*The Dickinson Press.* (Dickinson, Stark County, D.T. [i.e. N.D.])）のコラム「地方ニュース」欄の記事――

ファーゴー・フォーラム／ディキンソンのセイントジョンズ・チャーチの教区牧師、尊師J・S・ブライフィールドが、日曜日夜、ゲッセマネ大聖堂で説教をした。／彼の説教は、『伝道の書』第十一章の最初の教訓、つまり、「空の中の空、すべてが空」からの一文を説得力をもって解説したものであった。ここから彼は、神の救いと彼のテーマの中心的考えとして〈希望〉を導きだし、彼の意見を、霊的に助けとなるだけでなく教育的でもある、古代と現代の作家から引いた生きいきした描写の文で飾っていた。

一九一四年九月十九日付『ザ・チッカシェー・デイリー・エクスプレス』紙（*The Chickasha Daily Express.* (Chickasha, Indian Territory [Okla.])）に、見出し「福音書」の文が掲載——

『伝道の書』第一章第二～十一節／空の中の空、と説教師はいう。空の中の空、すべては空。／人は、太陽のもとで労働をして、どのような利益を得るのだろうか？／一世代が去り、また別の世代がくる。だが、大地は永遠にとどまる。／（以下、略）

一九一八年六月十六日付『ニューヨーク・トリビューン』紙に、見出し「エドワード・フィッツジェラルドの小品の詩」の記事がでた。以下の解説のあと、三篇の詩が掲載されていた——

先週の金曜日は、イングランドの作家エドワード・フィッツジェラルドの三十五周年忌にあたっていた。フィッツジェラルドといえば、ウマール・ハイヤームの『ルバイヤート』の訳者として思いだされる。／彼はいかなる職業にもつかず、ほとんど、花や書物のあいだで「完全に一ヵ所にとどまるいなか生活」をしていた。一八八三年六月十四日逝去。／以下の詩は、「特別な場合の詩」としてひとまとめにされ、一九〇〇年に最初に出版された。「文集」の題で、他にフィッツジェラルドのそれほど知られていない文も収録されている。

この記事に掲載された三篇の詩は、「歌うある婦人に」（To a Lady Singing）「アン・アレンについて」（On Anne Allen）「一輪のスミレに」（To a Violet）であるが、この「アン・アレンについて」に、以下のように「空の中の空」

がでてくる——

風が西の海から激しく吹いてきて、／斜めになった枯葉を木から追いたてた——／空の中の空、と説教師がいう——／彼女の家の戸口前にうず高く積っていた。／もう会うことのない彼女をみかけたときのこと——〈死〉よ、汝に賄賂はきかない。（以下、略）

この「エドワード・フィッツジェラルド」と「空《ヴァニティ》」といえば、サッカレーの『ヴァニティ・フェア』が当然連想されなくてはならない。J・ラッセル・パーキン（J. Russell Perkin）は、『神学とヴィクトリア朝小説』（*Theology and the Victorian Novel*）（二〇〇九年）で、以下のように述べている——

この観点が、サッカレーのような幻滅した福音主義者にとって魅力的なことであるのは明白で、実際、エドワード・フィッツジェラルドの影響下にあった学生として、彼が抱いていた姿勢に類似している。……コヘレト（『伝道の書』の語り手）が、「すべて空」という反復句に繰り返し戻るように、サッカレーの語り手も、たえず、この小説のタイトルを繰り返し、物語空間の社会的世界と聴き手《ナラティー》と共有する社会的世界とに言及し、「このわれわれのヴァニティ・フェア」という。『伝道の書』におけるように、「空《ヴァニティ》」が否定的原理となり、あらゆる人間の活動、あらゆる異なる世界観の根底に存在している。（三八ページ）

さらに、パーキンは以下のように、「ヴァニティ」と「空」が類似のものであるとしている——「ノースロップ・フライによれば、ヘブライ語「ヘベル」（hebel）は、核となる意味が霧であり、ウルガタ聖書では「ヴァニタス」に訳されているが、仏教思想の「スンヤタ（空）」に似た概念である」（『大いなる体系 聖書と文学』一二三ページ）（四〇ページ）。

そして、パーキンのこの議論は、「第一章『ヴァニティ・フェア』の含意された神学」のものであるが、この章のでだしはこうなっていた――

『キリストに倣いて』（一四二六年頃）で、トマス・ア・ケンピス（Thomas à Kempis）は、「神を愛し、神だけに仕えることを除けば、「空の空、そしてすべて空」だ」と断言している。ウィリアム・メイクピース・サッカレーの『ヴァニティ・フェア』も、『伝道の書』第一章第二節と第十二章第八節の同じことば「空の空《ヴァニタス・ヴァニタートゥティ・フェア》」で終わっている。しかし、サッカレーは、『キリストに倣いて』を称えていたわけではなかった。一八四九年のクリスマスの日に、ジェイン・ブルックフィールドにこう書き送っている――「例の本の構想が実行されたら、世界は逗留するのに、もっとも悲惨で無用で荒涼とした溺愛する場所になることでしょう――成人はおらず、愛はなく、母と子の優しい絆もなく、知性もいらず、商売も学問もないのです――一組の利己的な人間が、互いを避け合って這いずり回わり、永遠にミゼレーレをわめきたてているのですから」（書簡集、二・六一六）（三一ページ）。

（註・「ジェイン・（オクテイヴィア）・ブルックフィールド」（Jane Octavia Brookfield, 1821-1896）は、サッカレーとプラトニックな友人関係にあった作家で、文学サロン《リテラリー・ホステス》の女主人であった。）

ちなみに、トマス・ア・ケンピスの問題の箇所は、『キリストに倣いて』第一章第三段落にでてくる。

いま引用した箇所の、サッカレーのア・ケンピスへの姿勢をうかがわせる記事が、一九〇八年五月十三日付『ビスマーク・デイリー・トリビューン』紙（*Bismarck Daily Tribune*. (Bismarck, Dakota [N.D.])）に、見出し「百冊の最良の本」で掲載されている――

クレメント・ショーターは、著書『不滅の記憶』（*Immortal Memories*）でこう述べている――「まちがいなく、百冊の最良の本をあげることは不可能だ。多数の一般読者のためにその名をあげることは、まったくできない。そうしたことで可能なことといえば、知性ある万人に等しくふさわしい本は、きわめて少ないと断言することしかない。知性同様、気質も読書に大いに役立つ。たとえば、『キリストに倣いて』を例にしよう。キリスト教徒ではないが、ジョージ・エリオットはそれが魂を満たしてくれるとしている。もっと強靭な知性の持ち主と思われるサッカレーは、ウジェーヌ・シュー同様、ほとんど有害だと思っていた。一握りの者しか読めない偉大な本もあるが、まちがいなく、きわめて偉大な本は、豊かな知性を備えた者にも、どのような推論も苦手な者にも等しく訴える。

（註・「クレメント・（キング・）ショーター」（Clement King Shorter, 1857–1926）は、イギリスのジャーナリストで文芸評論家であった。いくつかの雑誌を発刊し、編集長を務めた。／「ウジェーヌ・シュー」（Eugène Sue, 1804-1857）は十九世紀のフランスの小説家で、代表作は『パリの秘密』。）

一九〇六年十二月六日付『ニューヨーク・トリビューン』紙に、コラム「文学ニュースと批評」の欄で、見出し「トマス・ア・ケンピスが送り、そして教えた静寂の人生」で、学士（法学）J・E・G・モンモランシー（Montmorency）著『トマス・ア・ケンピス――その時代とその本』（G・P・パトナムズ・サンズ社）の書評記事が掲載――

近年、信念がぐらついたり、信仰が揺らいだり、力が過剰に強かったりする場合の治療が、〈素朴な生活〉の静かな地域に求められているが、過去の数世紀にわたる大静寂主義者を研究することは、時機を得たことである。もっとも偉大なキリスト教の静寂主義者の研究は、とりわけ歓迎される。何故なら、この時代にあって、素朴と静寂主義とは、キリスト教会内部で進行している運動と密接に関係しているからである。時機を得ていると強く確信し、この作品の作者は、読者にトマス・ア・ケンピスの網羅的研究を提供している。著者は、『キリストに倣いて』は、そのことばから判断するなら、文学的傑作であり、その功業から判断するなら、永遠の影響力を持つ作だと苦もなく示してみせている。とはいえ、これら二点の証明は、本書を構成する五つの周到にして厳密な研究にとっては、付帯的な意味にすぎない。著者の目的は、第一に、歴史的・文学的で、その関心は、ア・ケンピスの見解が何を典拠としているのか、これらの見解がどのようなより深い意味を持っているのか、そして、その後の思想家や宗教家へいかなる影響を及ぼしたかをめぐる重要な事実を提示することにある。／（以下、略）

一九一〇年九月十八日付『ザ・サンフランシスコ・コール』紙の「『ザ・サンデー・コール』紙の書籍ページ」に、ローズヴェルトのアフリカ遠征記が、彼の写真と一緒に紹介されている。

BOOK PAGE OF THE SUNDAY CALL
"AFRICAN GAME TRAILS." BY THEODORE ROOSEVELT

1910年9月18日付『ザ・サンフランシスコ・コール』紙より

セオドア・ローズヴェルト著『アフリカの獣道』／セオドア・ローズヴェルトとその一行がおこなったアフリカ大遠征は終了し、その旅行も終わった。『スクリブナーズ』誌の記事にでたようなその記録はすでにあるが、この雑誌からでは、この本がどれほど大きなものになるのか想像がつかなかった。三十日毎にあてがわれる少量の一回分を読んでいたときには、前には何が起こったのかは忘れていたので、出版社から刊行されたばかりのこの大きな本は、意外なものである。ローズヴェルト大佐は、この出版に際し、短い前書きを記している。そこで、彼は、話の全貌をかいつまんで語り、この本でもっともすぐれたものが書かれている。

ローズヴェルトの本や他の本と一緒に、本書第Ⅰ部で示唆した「豚革図書」

の一冊『キリストに倣いて』の研究書『トーマス・ア・ケンピスのキリストに倣いて』（カリフォルニア州オークランドのセイント・メアリーズ・カレッジ英文学教授、ブラザー・レオ、ＦＳＣ編、序と註付き。マクミラン社刊、価格二十五セント）の書評記事も掲載されていた――

マクミラン社刊の有名なポケット・クラシックスのシリーズに最近加えられたのは、平均的読者にとって、これまで英語になった『キリストに倣いて』でもっとも役にたち便利な版にちがいないものである。この翻訳は本物の一四四一年の手稿に綿密にそい、なめらか語りで、中世の修道士にして学者の作に期待される古風な味わいも感じとれる。／ブラザー・レオの序には、トマス・ア・ケンピスや共同生活をしている修道士らにかんする厖大な情報が盛り込まれて、それは、これまで普通の読者には知ることのできなかったものである。著者で修道士の伝記から、彼が生き、その傑作を花開かせた時代の生活が、ある程度まで再構築することができる。編者は、また、『キリストに倣いて』の多様な典拠と、オランダの聖アグネス山修道院に七十年にわたり逗留した結果、ア・ケンピスにどのような影響が加えられたかをたどっている。／（以下、略）

ついでながら、ア・ケンピスの著書は、明治・大正期にすでに翻訳がなされていた――

『世範』（明治二十五年）――「世間に惟神を愛し之に事へ盡すの外は皆空の空［に］して都て空事［な］り」
『和語遵主聖範』（明治二十八年）――「神の寵愛を得ざれば亦何ぞ益あらんや専ら神を愛して之［に］事ふるの外世間［に］一つも虚しからざること［な］し」
『基督に倣ひて』（大正九年）――「神を愛し、たゞ此にのみ仕ふるほか、空の空なるかな、すべて空なり」
『基督の道』（大正十年）――「神を愛し神に仕へる事をのぞけば、空の空すべては空しきものである」

本書第Ⅳ部で「元フランス皇后ウジェニー」言説をあつかうが、ここで「空」との関係から以下の記事を紹介しておく。一九二〇年十月二八日付『ザ・クローヴィス・ニューズ』紙（*The Clovis News*.［Clovis, N.M.］）に、見出し「皇后の生涯の教訓／「「空のなかの空、すべては空なり」は、不幸なウジェニーほど好例となるものはない」の記事が掲載——

一八七〇年代の中頃、数年間、わたしはスイスのサンガルのとあるホテルにひとつづきの部屋を持っていた。定期的にイングランドへ旅行していたが、その一つの旅から戻ると、ホテルのオーナーから、どの部屋も満杯であったので、とある婦人とお付きの者が、一晩その部屋に泊まるのを勝手ながら許したと知らされた。婦人は中年で、悲しそうな様子をして、黒服に身を包み、杖をついて歩き、お忍びの旅行であったが、ホテルの従業員の一人が、元皇后ウジェニーだと確認した。つまり、ナポレオン三世の未亡人で、シャフハウゼン近くに城を持っていた。／それは、一八七四年頃のことだ。数週間前のことだが、この不幸な婦人は、長く人生に疲れ九十四歳で逝去された。／何と悲しい波瀾万丈の人生であったことか。スペインの控えめな貴族の家に生まれ、成長すると第二帝政の輝かしい王位につき、ヨーロッパのファッションとつまらないことの指導者となり、数年のうちに、王位、夫、息子をなくし、そのため放浪の身となり、黒ずくめの亡霊のようにして以前の数々の勝利の場所をときどき訪れている。／「空のなかの空、すべては空なり、と説教師はいう」——『ロスアンゼルス・タイムズ』紙

「Ｉ　死者の埋葬」の原註で、エリオットは「伝道の書」に言及していたが、この「伝道の書」の眼目「空の空、いっさいは空である」は、「Ⅲ　火の説教」で示唆されたパーリ語仏典「火の説教」に似ている。

エリオットは、「Ⅲ　火の説教」の三〇八行「燃える　燃える　燃える　燃える」への原註として、「仏陀の「火の説教」（これはキリスト教の「山上の垂訓」に匹敵する重要性をもつ）の完全なテキストは、故ヘンリー・クラーク・ウォレンによる『翻訳仏教経典』（ハーバード東洋叢書）に出ている。ウォレン氏は、西洋における仏教研究の偉大な先駆者の一人であった」（岩崎訳註）としている。ウォレンのこの書は、岩崎訳註の第Ⅲ部「題」によると、「エリオットが一九一二年から一九一三年にハーヴァードで読んだ仏典」で、「『翻訳仏教経典（*Buddhism in Translation*）』（一八九六年）の一五一―一五二頁」（ただしくは、'translation'は'translations'）のものである。原典にあたると、第四章「瞑想と涅槃」（Meditation and Nirvana）に所収された「第七十三節　火の説教／マハー・ヴァッガ（一・二十一）より翻訳」（§73. The Fire-Sermon/ Translated from the Mahā -Vagga (1. 21)）である。そして、これはこうはじまる――

> それから、聖なる者（The Blessed One）は、思うだけながくウルヴェーラ（ブッダガヤ）に住んだあと、つづけて放浪をし、ガヤー頂（Gaya Head）の方へ向かった。千人の僧（priest）集団が付きしたがっていた。彼ら全員は、前世はモジャモジャ頭の修道僧（monk）であった。ガヤー頂で、聖なる者はこの千人の僧とともに住んだ。
>
> そして、そこでこの聖なる者は、これらの僧にこう語りかけた――
>
> 「おお、僧らよ、すべてのものは燃えている。だから、おお、僧らよ、これらのものだけが燃えているものだろうか？（拙訳）（三五二ページ）

エリオットは、「火の説教」が「山上の垂訓」に匹敵するとしたが、すぐにそうだとわかるのは、内容ではなく形式の方だ。つまり、後者は、直訳すれば「山での説教」（the Sermon on the Mount）となる。仏陀のものは、「伽耶山」（ガヤー頂）でなされた。だが、形式的にも内容的にも、すぐに応じているのがわかるのは「伝道の書」である。「すべてのものは燃えている」は、「伝道の書」の眼目であり、「説教師」（the Preacher）が語る「空の空、いっさいは空である」に対応している。エリオットは、『荒地』で、キリスト教と仏教の比較宗教学を展開していたのだ。

第十一節　エリオットが使用した「新アメリカ標準聖書」

前節で問題にした例の難問に、ヒントとなる聖書の一節がある。しかも、〈蟋蟀〉と〈蝗〉が同時にでてくる一節である。それは、「レビ記」第十一章第二十二節だ。以下、該当節を『ウルガタ聖書』『欽定訳』『アメリカ標準版』の順で列挙する。ただし、最後のものは、本書第Ⅲ部第一章との関係から、その前後の文脈をあげてある——

Vulgate Bible

comedere debetis ut est brucus in genere suo et attacus atque ophiomachus ac lucusta singula iuxta genus suum（That you shall eat: as the bruchus (beetle) in its kind, the attacus, and ophimachus (cricket/beetle/locust), and the locust, every, one according to their kind.

THE 1611 KJV

Euen these of them ye may eate: the Locust, after his kinde, and the Bald-locust after his kinde, and the Beetle after his kinde, and the Grassehopper after his kinde.

American Standard Version(1901)

20 All winged creeping things that go upon all fours are an abomination unto you. 21 Yet these may ye eat of all winged creeping things that go upon all fours, which have legs above their feet, wherewith to leap upon the earth. 22 Even these of

them ye may eat: the locust after its kind, and the bald locust after its kind, and the cricket after its kind, and the grasshopper after its kind. 23 But all winged creeping things, which have four feet, are an abomination unto you.

以上を、昆虫名だけ列挙すると、以下のようになる——

Vulgate Bible— brucus /attacus /ophiomachus/lucusta
（1599 Geneva Bible— the grasshopper/ the [a]solean /the hargol / the hagab）
The 1611 KJV—the Locust/the Bald-locust/the Beetle /the Grassehopper
American Standard Version(1901)—the locust/the bald locust/the cricket/the grasshopper

このように、この一節で〈蟋蟀〉が使用される英訳聖書は「アメリカ標準版」（一九〇一年）しかなく、エリオットが「蟋蟀」において、聖書の一節に言及し、しかも原文通りにしているとすれば、この聖書を使用したことになる。他の場合はどうか？　ちなみに、第一章第二十〜二十三節までの概要は、以下の通りである。ただし、この訳は「アメリカ標準聖書」に基づいているわけではいない。

11: 20 また羽があって四つの足で歩くすべての這うものは、あなたがたに忌むべきものである。
11: 21 ただし、羽があって四つの足で歩くすべての這うもののうち、その足のうえに、跳ね足があり、それで地のうえをはねるものは食べることができる。
11: 22 すなわち、そのうち次のものは食べることができる。移住いなごの類、遍歴いなごの類、大いなごの類、小いなごの類である。

11:23しかし、羽があって四つの足で歩く、そのほかのすべての這うものは、あなたがたに忌むべきものである。

この箇所からいえることは、『荒地』の〈蟋蟀〉は、食糧の対象として意識化されているのであって、〈鳴き声〉を対象としてではないということである。また、「アメリカ標準版」には、もう一ヵ所「申命記」(Deuteronomy 28:42)に「蟋蟀」がでてくる——"The cricket shall possess all your trees and the produce of your ground."（こおろぎは、あなたのすべての木と、地の産物とを取り上げてしまう［新改訳一九七〇年］）。ここでの意味は、蟋蟀が人間の食糧を食べ尽くすということである。ちなみに、『欽定訳』は"All thy trees and fruit of thy land shall the locust consume."となっている。

見出し「ムーリシュ・ロカスト、人間と獣の餌となる」の記事が、一八九二年七月十八日付『オリアンズ・カウンティ・モニター』紙（*Orleans County Monitor.* (Barton, Vt.)）にでた——

モガドールのイギリス領事は、モガドールから約一日の小旅行を内陸に向けておこない、ロカストの飛行を幾度も目撃した。彼によれば、痛ましくもあるが、驚異的で興味深い光景だという。何ヵ所かの空気がロカストで密になるので、いわば生きた厚い褐色の霧となり、それを通しては行く手がほとんどみえない。その一方で、ロカストは大地を完全に覆うので、最大限の注意をはらい歩かなくてはならない。自分が踏んでいるのが柔らかい砂か、硬いすべる岩か、それとも他の何かわからないからだ。／多くの鳥はその昆虫を餌にし、その中には海からきたカモメの大群もいた。また、獣も、明らかに分け前に預かっていた。何故なら、もっとも密度の高い群れの中央で、見事なアカギツネが半狂乱に踊りまわり、飛び上がっては空中の数十匹のロカストを捕えていたからだ。そして、ついには見慣れぬ者をみて、突然四つん這いになり、生きた霧の中に消えていった。淡水魚バーベルが新しい食物にあずかっただけでなく（領事は釣りのとき、そのロカストを餌にしてうまくいった）、大西洋のある魚は、東風に陸地から飛ばされたロカストをたらふく食べるのがみられた。（以下、略）

ここに、「褐色の霧」とでてくるのは興味深い。これは、当然、ロンドンの〈スモッグ〉を比喩として使用していると思われる。同一内容であるが、「モロッコのロカスト／ときには夥しい数のため、厚い褐色の霧のようになる」の見出しで、一八九二年九月六日付『ザ・イヴニング・ヘラルド』紙（*The Evening Herald.* (Shenandoah, Pa.)）と一八九三年三月十六日付『フィリプスバーグ・ヘラルド』紙（*Phillipsburg Herald.* (Phillipsburg, Kan.)）に掲載され、一八九二年九月六日付『ザ・イヴニング・ヘラルド』紙に、「モロッコのロカスト」を見出しにした、同一内容の記事が掲載された。

さらに、一九〇九年七月一日付『ザ・ホープ・パイオニア』紙（*The Hope Pioneer.* (Hope, N.D.)）に、見出し「アフリカの災厄／ロカスト、農夫にとって最大の恐ろしい敵／大量で無敵の害虫が作物を壊滅状態にし、その間、農場主は打つ手なくただ傍観するだけ」の見出しの記事がでた。同じ見出しの同じ内容の記事が、七月二十八日付『ザ・セントラル・レコード』紙（*The Central Record.* (Lancaster, Ky.)）にもでた。また、記事内容は同じだが、見出しの違うものが、六月十九日付『スピリット・オヴ・ジ・エイジ』紙（*Spirit of the Age*）、七月十四日付『レキシントン・ガゼット』紙（*Lexington Gazette,*）、七月二十三日付『ザ・フロリダ・スター』紙（*The Florida Star.* (Titusville, Fla.)）にでて、見出しは「怖ろしいロカスタ／南アフリカの農夫、作物が壊滅状態にありながら打つ手がない」であった——

ロカストがやってくるまで、南アフリカは、農夫にとって天国にみえる。農夫は、五ヵ月間、小麦を植える。三月からはじまり、十二月の真夏の月に利益をあてこんだ大量の収穫を望んでいる。六日間、畑を耕しならしたあと、一日か二日かけて、手で小麦の種を撒き、この過程を数百エーカーにわたり繰り返す。若い緑の茎から穀物の黄色になった穂に至るまでの、あらゆる段階の小麦畑ができる。連続して、熟した畑の収穫をするのがよい。連続して作付けするのが好都合であるように。農夫は、この方法が可能な気候を喜んでいる。百五十ドル相当の二十五袋の種を投資すると、見返りに、三千七百五十ドル相当の七百五十袋の穀物が手に入ると踏んでいる。／「ご主人、ロカストがきます」とカフィール人の召使がいう。／かくして、富と成功の夢が打ち砕かれる。農夫が暑い静かな真夏の昼に、鉄の屋根をつけたバンガローで居眠りをしてみた夢だ。地平線にある遠い丘の連なりの上に、長い微かな雲がかかっている。それは塵色のついた細い線で、たぶん先頭は七十マイルの幅がある。そのため、アフリカの日光の中、丘の鋭い稜線がぼやける。これはロカストの群れで、三十ないし四十マイル離れていると、最初のうちはそうみえるのだ。一時間すると、その線は明るい褐色の霧になり、急速にこちらへ漂ってくる。／農夫は、この迫りくる破壊と荒廃の前になすすべがない。必ず起こる災害の接近をただみつめるだけ。風景が次第にぼやける。それは、空高く広がり上昇している大きな褐色の雲のためだ。数マイル離れた木や家はみえなくなる。雲は移動し、暗褐色の塊と灰色ないし明褐色の隙間をともなっている。明るい箇所は、ロカストがそれほど密になっていない箇所だ。形と陣形がたえず変化するので、森林火災で噴出する濃い煙の様相を呈している。遠方の海の波浪のような音が、静けさの中に忍び込む。それは、数百万の羽が空気を打つ、ぶんぶんいう唸りである。（以下、略）

一九一九年六月二十日付『アイアン・カウンティ・レコード』紙（*Iron County Record*）に、見出し「周期ゼミとイナゴには、本当の類似は存在しない」で、両者の違いを説明した記事が掲載された——

> 今年は「ロカスト年」にあたり、人びとのいつもの怖れと誤解がともなっている。／周期ゼミのでてくる合衆国の広い地域では、いつものように、これから起こるだろうより大きな被害が心配される傾向にある——何倍もの大きさだ。

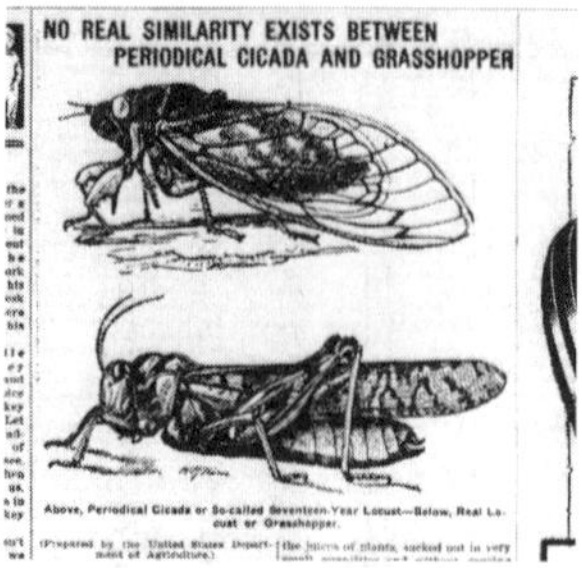

1919年6月20日付『アイアン・カウンティ・レコード』紙より

ヘンリー・ウォーラル画

合衆国の残りの広い地域では、また別の誤解がある。つまり、これから出現する昆虫が実際のロカストだというもの。これは、ときどき群れをなしてやってきては壊滅的被害をもたらし、国土の広範囲をさっと通り過ぎては緑色のものを悉く食べ尽くす。合衆国農務省の昆虫学者によると、後者への心配が、おそらくそれだけ一層広範に及び、不安を掻き立てている。実際のロカストとそれが引き起こした壊滅状態を経験した者は、決して忘れることはなく、「ロカスト」という語がたとえ誤称であれ、怖れを知らせるものとなるだろう。／今日、十七年ロカストと一般に呼ばれる周期ゼミ——この春、二十一州に出現しそうな昆虫——は、ロカストでは決してない。それはセミで、セミ科に属し、真夏ゼミ、収穫飛び虫、あるいは日照り飛び虫に似ている。本物のロカスト——壊滅をもたらす種類——はイナゴである。

この「ロカスト」の被害と恐怖を描いた、十九世紀の挿絵画家ヘンリー・ウォーラル（Worrall, 1825-1902）の絵がとても示唆的である。

一九一九年六月二十三日付『ザ・パブリック・レジャー』紙（*The Public Ledger* (Maysville, Ky.)）に、見出し「食べるためのロカスト」の記事がでた——

フライパンを手に取り、十七年ロカスト（十七年ゼミ）と闘い、貪り食って絶滅させようか。そう、『ザ・ニューヨーク・ワールド』紙が尋ねている。／今年の飛行害虫の回帰予想を考慮しこの行動指針を主張する、ジョンズ・ホプキンズ大学のイーサン・アレン・アンドルーは、すでにこの料理を試してみた。殻からでたばかりの白くて柔らかい一握りの周期ゼミは、彼にとっては好ましい味がし、「まさにエビ」だ。／アンドルー博士は、もちろん、提唱している食事方法が、古代聖書の律法で、完全に是認されているとは知らない。聖ヨハネは、レビ記でいわれている特別の許可のもと、ロカストと野生の蜂蜜を食べた――「それら（飛ぶ昆虫）のうち以下のものは食べてもよい。その種のロカスト、その種のボールド・ロカスト、そしてその種のイナゴである」。だから、このように認可された食習慣があるせいか、今日の消費者はモロッコのフェズにある屋外ロカスト市場で、袋ごとその珍味を買っている。／しかし、実例などをみせられても、われわれがもっとも美味しい昆虫であれ食べたがらないのだから、アンドルー博士が提唱する絶滅目標の方途は、本当に経済的なことかと疑われる。ロカストは味はいいのかも知れないが、普及には辛抱と根気が必要である。一八八一年、キプロスでは、一億六千万個、重量千三百トンの卵鞘が破壊された。その二年後、五億七千六百万の新鮮な卵鞘が預けられた。ひとたびロカストの栄養価が確立するや、新鮮に供給される多産の源を意図的に食べてなくそうというのは賢明なことか。

この記事のすぐ下には、見出し「トルコをヨーロッパから追いだせ」の記事がでていた。「トルコ」と「ロカスト」を同一視せよということか。「トルコ」と「ギリシャ」との対立をめぐっては、本書第Ⅳ部で扱う――

新しいヨーロッパの地図に関して、疑わしいことは微塵もない、あるいは議論の余地すらない事実は、トルコがこの大陸を放棄すべきということである。そこは、トルコの居場所ではない。すべてのキリスト教国は、その点で合意している。／トルコ人は、決して大勢からなる民族ではない。キリスト教徒の家来に禁じていた奴隷制や不断の戦争によって増えることを妨げられてきたが、長い経歴において帝国の中では、異邦人でありつづけ、一民族と他民族を戦わせたりして抜け目ない外交政策によって、ずっと多くの家来を抑えつけ不安定ながらも支配してきた。／百年間、トルコがヨーロッパにいられたのは、これ以外の理由はない。その期間、トルコは、一流の戦争大国ですらなかった。もっとも、コンスタンティノープルのまたとない立地のおかげで、防衛力が生まれていた。トルコは、ヨーロッパ諸国の敵対関係を糧としてきた。その州は、少しずつその身から削り取られてきた。そして、それらの自由の状況と進展とは、未だ縛られている地域と比較すると、歴史上もっともよい教訓の一つが得られる。／トルコは、ボスポラス海峡の安定化に必要だとする考えはあるが、それを注意深く研究する例は少しもない。トルコは侵入者だ。ギリシャ人だけが、トルコ以上に、その歴史的水路に多くの民を擁しているので、コンスタンティノープルはギリシャ人が保持すべきである。／フン族に圧勝すること以上に、この戦争の結末があるとすれば、それはトルコ人がアジアへと追放されることであり、そこが彼らの土地だからだ。

「ロカスト」を「聖ヨハネ」が食していたことについては、すでに、一八七九年十一月十一日付『アイダホ・セミウィークリー・ワールド』紙（*Idaho Semi-Weekly World.* (Idaho City, Idaho Territory)）にあった。見出し「食物としてのロカスト」の記事である――

聖マルコは、洗礼者ヨハネの食餌は、「ロカストと野生の蜂蜜」であったと記している。「ロカスト」は、何らかのパンか野生の果実かをさす、と説明する註釈者もいる。これは誤りである。何故なら、ロカストは東方の多くの人びとが、食物として食べているからである。最近、変わった食べ物について書いた者が、純粋に昆虫世界で、食品として第一位だとしている。彼はこう述べている――／「とても遠い昔から、ロカストは食用に供されてきた――アッシリアの彫刻をみよ――、それに現代では、多くの異なる民族が膨大な量を食べている。しかし、ロカストの食物としての価値については、大いに異なる意見がある。／「幾人かの旅行者が、ロカストはどうしようもなくなったときの、その場しのぎのものだとし、他の者は、繊細さと味がエビに似ているという。バグダッドの市場では、肉に引けを取らない。イエメンでは「テラド」、ダナカリ（ダンカリ）では「アンネ」と呼ばれ、さらに、アジアやアフリカの遊動民が食物としてしばしば使用する。彼らは、茹でたあと、頭を胴体から切り離し、西洋の国民がエビを食べるように食べる。アフリカのいくつかの土地では、粉にしてパンに混ぜる。セネガルでは、最高級の階級の者が口にする。南アフリカのブッシュマンを支える主要食物である。(以下、略)
(註・「ダナカリ」はエチオピア北東部の砂漠地帯。)

一九二二年七月十日付『イヴニング・スター』紙(*Evening Star.* [volume] (Washington, D.C.))に、見出し「ロカスト、作物をだめにする――食べろ、と現地人がいう/フィリピン人が、昆虫はとてもおいしい料理となる――食事で脅威はおわると語った」の連合通信社による記事が掲載された――

マニラ、フィリピン、六月十六日――国民がロカストを食物として一般的に食せば、すぐにフィリピンから、作物の脅威であるこの害虫はいなくなるだろう。そう、農務局の主任アドリアーノ・ヘルナンデスは見解を述べた。/フィリピンの害虫ロカストをすぐにでも根絶するため、政府は国民に、この昆虫を使った食卓の珍味をもっと知り、もっとそれを食べるように教育すべき」と、局長ヘルナンデスは語った。「ロカスト消費が、各島でもっともっと増え一般的になれば、ロカストの脅威が完全消滅するときがくるだろう」。/(以下、略)

一九二一年七月二十一日付『ザ・セント・ジョンズ・ヘラルド』紙(*The St. Johns Herald.* (St. Johns, Apache County, Ariz.))に、見出し「有毒のふすまが、有害なイナゴから飛び跳ねる力を奪う」で、写真説明「跳ぶ虫を壊滅させるための虫取りの横と後ろの様子――馬がツーバイフォー材の突きでた端に繋がれている」が付された記事がでた――

イナゴが跳ねないようにするには、有毒のふすまほどいいものはない。地域組織活動より、このふすまを購入し配布するのがよい、と合衆国農務省の専門家は理解している。エジプトの害虫のように、イナゴが農場穀物に

POISONED BRAN TAKES HOP OUT OF PESTIFEROUS GRASSHOPPERS
Daddy's Evening Fairy Tale
WOULD GO FROM HOUSE TO HOUSE

1921年7月21日付『ザ・セント・ジョンズ・ヘラルド』紙より

襲ってくる地域では、イナゴと闘うために組織が必要になる。それは、どの都市にも消防隊があるのと同じだ。イナゴ襲来と戦うのに、近隣の人びとの助けがなければ、火薬工場の火災をバケツ一杯で消そうとするのに等しい。／太平洋各州には山、丘、そして草地といった耕作されていない広大な地域があり、そこは少なくとも八種類の一般的なイナゴの繁殖地となっている。いまだ広く分布してはいないこの害虫は、春になると勢力を結集し、天候が許せば、農場主のアルファルファ畑や耕作穀物に襲来する準体制勢を整える。こうした孤立した繁殖地域のイナゴを壊滅させる望みはほとんどないようで、そのため、合衆国農務省昆虫局の専門家は、多くの年月をかけなければ、西部からイナゴの脅威を消し去ることはできないとしている。しかし、八種類のその害虫は、その発生地で根絶できなくとも、耕作畑に来襲しようとすれば、有毒の餌、火、その他の防除用武器の組織的で充分指示の行き届いた集中砲火を浴びせることができる。

（以下、略）

＊　＊　＊　＊　＊

第十一節・余白「ライラック」言説

ついでながら、この記事の右隣りに、本書第I部第二章第六節で言及したメアリー・グレアム・ボナーによる「父親のお伽噺夜語り」が掲載され、題は「ペルシャ・ライラックス」で、「「よくいらしてくださいました」とペルシャ・ライラックスは、三匹のハチドリにいった」とはじまっている。しかし、この同じ作者の同じ題の話が、一九二〇年七月二日付『ジ・アバディーン・ウィークリー』紙（*The Aberdeen Weekly.* (Aberdeen, Miss.)）にも掲載されているが、内容は異なり以下のようにはじまる――

「そろそろ、わたしたちがいなくなる時期になりました」と、古風な庭のペルシャ・ライラックがいった。「でも、わたしたちの小さな緑の葉は、あなたと一緒に、秋がくるまでいます。でも、わたしたち花は、去らなくてはなりません。いま夏がきて、去る準備ができたから。春の最後の最後、初夏になるまでは、いたいと思います。でも、そのときには、去らなくてはなりません」

この年、「ライラック」に注目が集まったのか、その翌日（七月三日）付『サウス・ベンド・ニューズタイムズ』紙（*South Bend News-Times.* (South Bend, Ind.)）に「ウィニフレッド・ブラック著／「ライラック婦人」について」の記事が掲載された――

何て甘美なことか――ライラックが雨の中で花を咲かせている／今朝、窓からライラックがみえる。ソロモン大王の外套のように紫の大きな木立だ。また、シバの女王の結婚式のヴェールのように白い。雨や日光の匂いとあいまって香しい、月や星の記憶とあいまって甘美。どんな風が吹いても慣れっこ。ライラックは逞しいから。ざわめく海近くでも美しく咲くライラック。今日、横なぐりの雨の中、何と甘美なことか。

一九二〇年八月六日付『グリーンブライアー・インディペンデント』紙（*Greenbrier Independent.* (Lewisburg, Va. [W. Va.])）にガートルード・バーナム（Gertrude Burnham）の「ライラックと叙情詩」が掲載され、「ライラックの時期にキューにいらっしゃい。ロンドンから遠くありません」とはじまり、次のようにある――「ライラック、それは魔術的なことば。白や紫のライラック、なんと優しくニュー・イングランドの小さな家の周りに群をなしていることか」。

一九二二年九月十七日付『ザ・ワシントン・タイムズ』紙（*The Washington Times*. (Washington [D.C.])）に、これまでの記事をまとめたような、見出し「われわれが、洗礼者ヨハネのように、イナゴを食べるべき訳／合衆国農務局の専門家の指摘によると、これらの破壊的昆虫に栄養価があり、とり除くための極めて有用な方途である」の記事が一面掲載された——

合衆国政府は、人びとがイナゴを食べてくれるよう望んでいる！／農務局は、フィリピン全土の地元職員に、レシピと一緒に回状を送り、職員は地元住民に対し、この虫の食べたくなるような料理作りの秘訣を教えた。／聖書全体で、ロカストは食べられるといわれている。しかし、われわれがロカストと呼んでいるものと、聖書がそう呼んでいるものとは異なる。馴染のセミは、十七年ごとにあらわれるとみなされているが、食べることができない。それは、聖書のロカストではない。われわれがイナゴと呼ぶものが、洗礼者ヨハネが荒野で食べて生きていた昆虫であり、つまり、聖書「マタイによる福音書」第三章には、「そして彼の食物はロカストと野生の蜂蜜であった」と述べられている。／しかし、イナゴを食物として普及させるに際し、政府は一石で二羽の鳥を殺そうとしている。何故なら、フィリピンは、カンサス州や古代エジプトのように、作物を破壊し土地を荒廃させるイナゴの害虫に悩んでいるからである。／オーストラリアは、かつて農家を破産させたウサギを輸出している。こうして、害獣を利益にかえた。これこそ、まさに、政府がイナゴにしようとしていることである。／実際、イナゴはとても滋養のある食物である。その一ポンドには、同じ重さの赤身のビーフステーキに匹敵する栄養が含まれている。プロテインは豊富で、この栄養素は筋肉と血液を作る物質であり、また、多量の脂肪もある。「イナゴを食べて、太れ」とは、オリエントの諺である。／洗礼者ヨハネは、イナゴと蜂蜜で生活していたとき、おそらく食餌に関するかぎり不便を忍んでいるとは思わなかったろう。世界で彼のいる地域では、イナゴはいつもご馳走とみなされていた。／フィリッピン現地住民は、網でイナゴをつかまえている。好みの料理は、土鍋でいる方法である。脚と羽が落ち、エビのように身体が赤くなる。／アメリカ人がイナゴ料理に反対する主たる理由は、おそらく子ども時代の記憶のせいであろう。当時、イナゴがタバコを噛むといういい伝えがあった。イナゴは、タバコの汁に似たものを吐いた。しかし、この反対理由も、単に偏見の問題にすぎない。だから、料理する前に、頭をとっておけば、それで反対もなくなる。／バターでフライにすると、この昆虫はエビの味がずっと増す。しかし、政府のイナゴ料理の権威アドリアーノ・ヘルナンデス博士は、それ自身の油で揚げるか、焼くのがいいという。どちらの場合でも、香ばしいナッツの味がして、とてもカリッとする。／もう一つ別のレシピは、イナゴのブイヨンである。若いイナゴを二時間茹でて、バター、スパイス、塩を加えると、牛肉のブイヨンにとても似たものができ、同じように栄養価がある。もっとも、当然のことながら、味はそれ自身のものに他ならない。イナゴのカレーとイナゴのクロケットもおすすめ。天日干しにしたこの昆虫を粉にすり潰し、レンガの中に押し込んでおくと、いつまでも新鮮さがたもてる。／政府の主任昆虫学者であった故C・V・ライリー教授は、あるとき、イナゴのクロケットをワシントンの晩餐会でだした。美味しいと皆にいっておいたが、運悪く、包丁を逃れた後ろ脚がみつかった。もしそうならなければ、客の誰一人、食材を疑った者はいなかっただろう。／（中略）／聖書は、ある種類のロカストとイナゴは食べてもよいとしているが、同時に、他の種は食べてはいけないとしている。だからタルムードは、どの昆虫が食物にしてよく、どれを避けるべきかを厳密に指摘することに深い関心を持っている。ラビは聖書中を探しまわり、さまざまな種類のロカストとイナゴをあらわす七つのヘブライ語があることを知った。二つの間の違いは大切だとはみなさず、両者は多かれ少なかれかち合うし、ロカストとイナゴをあらわす語は多くの言語で同じだからである。／ラビによれば、これらの語を、ヘブライ語にほぼ近い形でわれわれの文字であらわすと、こうなる――アルベ（Arbeh）、サレアム（Saleam）、チャルゴル（Chargol）、ガサム（Gasam）、イェレク（Yelek）、チャシル（Chasil）。最初の四語は穢れていないもので、最後の三語は人間の食べ物に不適切なものである。／「アルベ」は「たくさんある」の意で、明らかに移動ロカストをさしている。タルムードでは、灰色がかった緑ないし明褐色で、羽に斑点があると記されている。後ろ脚は緑色、脛骨は赤褐色、胸は赤レンガ色の毛でおおわれ、首の覆いは突起した羽。タルムードでは、これはゴヴェイと呼ばれていて（Berachoth 40b）、その数の多さから、その破滅を祈るのが適切である（Taanith 19a）。「ゴヴェイ」という名についてタルムードは、この語が「より遠くに」を意味しているとしている。何故なら、「それらは、その主の推進をあてにしている」（Jerusalem Talmud, Taanith Chapter 3-6）からである。さらなる特徴は、触覚の間の前頭部が隆起してこぶを持たないことである（Cholin 65a）。／（以下、略）

〈イナゴ〉がこのように破壊的であるのに対し、〈蟋蟀〉は有益だという記事が、見出し「蟋蟀は人間の友か」（Is the Cricket Man's Friend.）で、一九一一年十月二十日付『ワシントン・スタンダード』紙に掲載されている（「蟋蟀は人間の友か」は「互いの友」を想起させる）――

ある人びとには、蟋蟀が作られた意図が驚異である。蟋蟀は、社交的な昆虫として歌で知られており、「炉端の蟋蟀」は文学ではたくさんのヴァリエーションがあるが、多くの人は蟋蟀にはいい感情を抱いていない。とはいえ、理由はほとんど明確ではない。／そこで、ミネソタ州の昆虫学者に、ご登場願う。彼によると、蟋蟀は自然界で重要な地位にあり、このちっぽけな黒い奴がいなかったら、無数の昆虫が蔓延することになろう、という。蟋蟀のまた従兄のイナゴは、誰もが知るように植物にとって大敵で、草や穀物を食べ、いくつかの地域では、季節になると州全体の収穫をだめにするほど貪欲になる。このミネアポリス住民の示唆によると、蟋蟀の生涯の主要な務めは、イナゴの卵を貪り食うことであり、蟋蟀は地表のすぐ下にある巣でそれを漁る。蟋蟀は他の昆虫の卵と幼虫を破壊するが、生活の主要な糧はイナゴの卵で、蟋蟀がもっともたくさんいる所ではイナゴがもっとも少ない。／ミネソタ州の昆虫学者はこの前提から、こういう議論を展開している。つまり、もし蟋蟀を保護し繁殖させ、収穫物に脅威となる地域のイナゴ退治に放てば、イナゴは全滅するだろうと。このように育てられた蟋蟀がイナゴの最後の一匹を得たとき、どうなるかについては語られていないが、彼の理論は研究に値する。間違いなくイナゴは、この国のいくつかの地域の収穫物に大打撃を与えていたのだ。

こうした考え以前には、たとえば、一九〇五年七月十五日付『ザ・コールドウェル・トリビューン』紙（*The Caldwell Tribune*）に、見出し「脅威ある襲来／ユタ州のイナゴ――フレモント郡の蟋蟀」の記事が紹介するような事態があった――

アイダホのこの地域の農場主たちは、イナゴと蟋蟀が再度襲来する兆しがあることを新たに覚えておくとよいだろう。なるほど、こうした荒廃をもたらす害虫は、われわれのところにはやってこないかも知れないが、その危険は余りにも明らかなので、全く無視することはできず、避ける可能な注意を払っても損ではない。蟋蟀はすでにフレモント郡にいる。もっとも、それを隠す思慮のない努力によって、この事実は広く知られているわけではない。今日のにわか景気の倫理学によると、一日、不動産内の活動を停止させるような情報を流すと犯罪になる。たとえ、そうした情報を差し止めたため、多くの損失と苦痛が引き起こされたとしても。……生きている雌の蟋蟀はすべて、七月の第一週に九十個の卵を産む。たとえば、四十個の卵が全体の平均だとしよう。すると、二十四万ブッシェルのこの害虫は、注意する必要はない。そうでなければ、翌年、戦う必要がある。この害虫の駆除は、裏にブリキを貼った板を陸上で使い、それを穴に入れたあと埋め、さらに、水上にロール機を設置し、その板をパルプ状に砕けばよい。

第十二節　「オフィオマクス」（蟋蟀）から「オフィウクス」（蛇使い座）、そして「アスクレーピオス」（救済者）

前節で持ちだした「トーマス・ネルソン＆サンズ社」刊の「アメリカ標準聖書」の広告が、一九一八年十二月二十二日付『ザ・サン』紙に、以下のように掲載されている――

ザ・アメリカン・スタンダード・バイブル／今日の言語による聖書／アメリカ委員会により認定・翻訳された／昔ながらの聖書／ザ・アメリカン・スタンダード版は、われわれがいつも使っている昔ながらの聖書とかわりはないが、霊感を受けた著者たちの正確な意味を、三百年前の言語ではなく、今日の言語で伝えている。／認定標準版／ザ・アメリカン・スタンダード版は、合衆国のすべての大学、神学校、聖書学校で使用され、すべての日曜学校定期刊行物の編集者と同様、認定標準版となった。

1918年12月22日付『ザ・サン』紙より

この「アメリカ標準版聖書」の「レビ記」第十一章第二十二節に使用された“cricket”に対応するウルガタ聖書の語は、“ophiomachus, i, m.,= ὀφιομάχος (fighting with serpents); hence, a kind of locust”である。これは、直接的には〈蟋蟀〉を意味しているが、ここから「オフィウクス」（ヘビ使い座）“Ophiuchus = Ὀφιοῦχος (Ophioûkhos, “serpent-handler”), from ὄφις (óphis, “snake”) + ἔχω (ékhō, “to hold”)”を連想してみる。これは、ギリシャ神話では「医師アスクレーピオス」の姿とされる。「荒地」に「蟋蟀」がいても「救済」とはならないとされているが、このズラシによる読み、つまり、「蟋蟀」から「アスクレーピオス」を読めば、「救済」

の可能性がでてくる。

一八八三年一月十五日付『アレキサンドリア・ガゼット』紙（*Alexandria Gazette.* (Alexandria, D.C.)）に、「ヴィーナス」と「オフィウクス」が接近するとする記事があった――

ヴィーナス（金星）が、いま、朝の東の空に素晴らしい姿をみせている。彼女の光輝く顔をみようとする星の愛好者は、早起きして、そのショーをみるための代償を払わなくてはならないが、面倒くさくてもお釣りは充分。十九日にヴィーナスは、北二度（two degrees north）にあるエタ・オフィウクス（へビ使い座イーター）と合の状態になる。この惑星と恒星は、地平線下にきた晩十一時に、最接近する模様。充分接近するので、二十日の朝は起きてみる価値がある。その日、ヴィーナスは四時からさほどたっていない頃、朝四時四十五分頃に昇る。月末になると、四時数分後になる。

また、同年一月二十五日付『ザ・イヴニング・クリティック』紙（*The Evening Critic.* (Washington, D.C.)）に、見出し「一月の惑星たち／新年の恒星の主な相――早起き者にみられる光景」のより詳しい類似の記事がでた――

ヴィーナスは、一月中、夜明けの星である。ヴィーナスは、子午線通過のときに占めていた誇りある地位を降りなくてはならなかったが、依然として、星たちの中でもっとも見事な輝きのある星で、その輝きで朝の空は慄く。栄光ある星の系列で、朝の東の空にヴィーナスが姿をみせること以上に麗しいものはないが、その一方で、子午線通過を目撃した者にとっては、その現在の動きへの関心は大いにたかまる。彼らは、肉眼で、この惑星が太陽の東側から西側へと移動するのを実際にみている。つまり、宵の明星から明けの明星への移動である。古代の天文学者らがいうへスペルス星（宵の明星）とルーキフェル星（明けの明星）は、同一の恒星とみられていた。／（中略）／十九日、ヴィーナスは、北二度にあるヘビ使い座の星、エタ・オフィウクスと合の状態になる。この惑星と恒星は、夜の十一時にもっとも接近し、そのとき、両者は地平線の下にある。両者は二十日の朝には、充分接近するので、起きてみる価値がある。そのとき、ヴィーナスは、四時直後に昇る。／マルスは朝の星だが、ゆっくりと動き太陽に近づくので、軌道を追うのでなければほとんど重要ではない。

一八八五年七月十六日付『デラウェア・ガゼット・アンド・ステート・ジャーナル』紙（*Delaware Gazette and State Journal.* (Wilmington, Del.)）に、見出し「ヘビ使い座の彗星」の記事がある――

ロチェスター、ニューヨーク、七月九日――当地のワーナー天文台のルイス・スウィフト教授は、テネシー州ナッシュヴィルにあるヴァンダービルト大学天文台のバーナード教授から、七月七日の晩、可愛いくとてもかすかな彗星をヘビ使い座に発見したとの情報を受けた。……／［オフィウクス、つまりヘビ使い座は、ヘラクレス座の南方すぐにある大きな星座で、天の川の下方から西方向に少しいったところにある。この星座には、肉眼でみえる七十四個の恒星が含まれ、中心は今晩十時に子午線上にくる。南の地平線から北極星への約三分の一の距離のところだ。『失楽園』の読者なら、ミルトンの適切な言及を思い出すことだろう――「巨大なオフィウクス（ヘビ使い座）の端から端まで焼く彗星のように燃えた」］。

ミルトンのこの引用は、『失楽園』第Ⅱ篇七〇八～九行のもの。奇しくも、同年十月刊の『ポピュラー・サイエンス』誌（*THE POPULAR SCIENCE MONTHLY*）十月号に「故コーネル大学学長」アンドリュー・ディクソン・ホワイト（Andrew Dickson White）の論文「科学戦争の新しい章」が、巻頭論文として掲載された。その第一節「彗星論」に、ミルトンのこの箇所が引用されている――

ミルトンは戦いの準備をするサタンについて語り、こういう——

「……向ふ側に／憤怒に燃えてサタンは驚かず立つ、／さながら燃ゆる彗星が北の空に／巨大なる蛇遣座《へびつかひざ》を
おほうて焼け／すさまじき髪より疫病、戦争を／振ふがごとく。」

（藤井武訳『ミルトン楽園喪失　上』岩波書店、昭和十三年）

そして、この論は以下のようにはじまっている——

天文学発展の過程で、正しい彗星論の成長ほど興味深いものは少ない。福音書の個別テキストを持ちだし、観察と思考が乗り越えてきた信仰を維持せんとする傾向や、教会権力をもって科学的発見に対抗する愚行に対して、これほど鮮やかな光を投ずるものはほとんどない。／古代世界より、彗星、流星、食に関する膨大な考えが生まれてきた。これらは、人類に警告するため、天から直接送られた前兆とみなされていた。恒星と流星については、一般に、幸運な出来事、とりわけ神、英雄、偉人の誕生を予言すると考えられた。この考えはしっかりと根付き、古代国家の間では、たえず名士の誕生を先触れする天の光が観察されていた。インドの聖典によれば、クリシュナとブッダの誕生は、そうした天上の光によって告知されていた。中国の聖典は、最初の王朝の創始者・禹、そして天来の聖人老子の誕生に類似のものが出現したとしている。ユダヤ伝説では、モーセの誕生時に星が出現し、それをエジプトの賢者が目撃し、国王に伝えた。さらに、アブラハムが誕生したとき、通常ならざる星が東に出現した。ギリシャ人とローマ人も類似の伝統を持っていた。アポロンの息子アスクレピオスが誕生した際、天に光が生じ、多くのカエサルの誕生も同じように予告された。（七二二ページ）

さらに、大幅な中略をへて、以下のようにヨーロッパの例があげられている――

ほぼ十年ごとに、ヨーロッパは、この種の出現に不安を感じてきた。しかし、極致に達したのは一四五六年である。そのとき、トルコ人が、長年の努力のすえヨーロッパに足場を確保した。大規模な政治的手腕や戦略の手腕があれば、彼らを寄せつけないでいられたろう。しかし、いろいろな宗教派閥が、教義の些細なあやをめぐり議論しているうちに、トルコ人は進行し、コンスタンティノープルを奪取し、ヨーロッパの地歩を確実にするため前進をつづけていた。ここで、この迷信が絶頂を迎えた。一つの彗星が出現したのである。当時の教皇カリクスゥス三世は、並以上の能力はあったが、その時代の考えに浸っていた。キリスト教国の紛れもない頭にあった彼は、公的に厳粛に、トルコ人とこの彗星を呪い、信仰者に対し、全能の神に天上の怪物をキリスト教徒からトルコ人へ振り向けてくださいと嘆願するように命じた。連祷に、「トルコ人と彗星から、善良なる神がわれらを救わんことを」という祈りが組み入れられた。そこから、正午の〈お告げの祈り〉がはじまり、鐘がなり信仰者に邪悪な力に備えて祈るように求めている、と一般には考えられている。／教皇の猛烈な非難の的の中で、これほど不運な選択はない。何故なら、トルコ人は、その日から今日まで、コンスタンティノープルを保持し、今日、その彗星はハレーの名で知られ、絶対確実な呪いなどに臆することなく、以来、短周期で、平然とやってきたからだ。／（中略）／イングランドでも、十六世紀と十七世紀には、少なくとも文学では、このように信じられていた彗星論をおとなしく受け入れていた。完全に受け入れていたか否かは別にして、シェイクスピアもミルトンもそれを認めていた。シェイクスピアは、ヘンリー五世の棺台で嘆くベッドフォード公に、こういわせている――

汝、時局の変を知らする彗星よ、／汝の燦く縮れ髪を振乱して、／王ヘンリーの死を早めることに携はりをつた／悪逆な星どもを笞打つてくれい！（坪内訳）（七二五～七二六ページ）

そして、このあと、先に示したミルトンの引用箇所がつづく。

＊　＊　＊　＊　＊

第十二節・余白「ハレー彗星」とその言説

ここで論じられた「ハレー彗星」について、一九〇九年十一月二十八日付『ザ・サンフランシスコ・コール』紙に、見出し「彗星の尾の中を進む／ハレーの天空の放浪者が地球に接近中で、地球は来年五月にその尾を通り過ぎ、星屑（小星団）がさっと通過しそう」の記事が図と共に掲載された。図の解説が以下のようにある——「一八三五年に出現したハレー彗星の三位相／（一）一八三五年十一月、高性能の望遠鏡でみたもの。天文学者（ハインリッヒ・シュワーベの絵より。（二）一八三五年十一月、星座オフィウクス（ヘビ使い座）を構成する恒星間に肉眼でみたもの。サー・ジョン・ハーシェルの絵より。（三）一八三五年に望遠鏡に出現したもの。サー・ジョン・ハーシェルの絵より」。このあと、記事が、以下のようにはじまった——

再度、有名なハレー彗星は、七十四年間ご無沙汰のあと、この天上の放浪者が最初にみかけられたときから正確に一ヵ月して、Ｅ・Ｅ・バーナード教授によって、ヤーキス天文台の四十インチの大屈折望遠鏡で目撃された。彼が観察したのは、十月十七日と十九日だが、明らかに、この彗星は輝きをましている。何故なら、また十月十七日朝にも観察されたからだ。ハーヴァード大学天文台のウェンデル教授が十五インチの赤道儀で、Ｌ・キャンベルが同天文台の二十四インチの赤道儀で観察していた。それはすぐ、もっと小さな望遠鏡の範囲内にやってきて、疑いもなく、春には肉眼でみることができるだろう。／彗星が地球に近づくにつれ、こうした天上の訪問

1909年11月28日付『ザ・サンフランシスコ・コール』紙より

者を迷信的な怖れでみる者は、ぼんやりと不安を感じることだろう。彼らにとっては、神秘が、依然、周囲から離れようとはしない。／「赤々と燃え上がる星の、／世界を脅かす、飢饉、疫病、そして戦争で、／君主らに死が、王国に多くの災いが、／すべての地所には必然的消失が、／牧夫には腐敗が、農夫には不運な季節が／船乗りには嵐が、都市には市民の反乱が」。／一〇六六年の彗星は、ハレー彗星が最初期に帰還した一つであるが、ヘースティングズの戦いでイングランドのハロルドが没落する前兆とみなされた。バユーのタピストリーには、マティルダ・オブ・フランダースが夫ウィリアム征服王の波乱に満ちた経歴でもっとも記憶にのこる逸話を描いたが、その四隅の一つにこの彗星が出現し、「彼らは星を眺めている」（“Isti Mirantur Stellam”）と銘が付されている。これによって、彗星が紛れもない驚異と考えられたことがわかる。伝統的に報じられているとさえいわれることだが、イギリス王冠の宝石の一つが、この彗星の尾からとられたという。／昔のように、彗星が迷信をもって眺められることはないが、それでも、不必要な怖れが起こる傾向はある。たとえば、現代の啓蒙された時代ですら、最近、怯えた英本国人が編集長によこした手紙が、『ジ・オブザヴェイトリー』誌に掲載された。この人物は、今回のハレー彗星出現は、ドイツ人がイングランドを侵略する凶兆ではないかと心配している。また、いくらか怖れが生じた。それは、地球が、一九一〇年五月十九日朝、この彗星の尾を通過し、その際、彗星の頭が、わずか約一千二百万、もしくは一千三百万マイルのところにあるといわれたからである。／〈星屑（小星団）がさっと通過〉／ロード・アイランド州プロヴィデンスの天文学者フランク・E・シーグレイヴの計算によれば、三角法とマイクロメーターにて微妙な計算をすると、五月十九日、この彗星は地球の軌道面を横切ることが判明している。地球は彗星の尾に包まれ、短期間、わが惑星を星屑がさっと通過しそうである。

バユーのタピストリーの彗星の図

この記事の「赤々と燃え上がる星の、／……／船乗りには嵐が、都市には市民の反乱が」の引用箇所は、ダニエル・デフォー『ペストの年の日誌』（小酒井訳『倫敦疫病日誌』、平井訳『ペスト』、武田訳『ペストの記憶』）の一七二二年版三十四ページの編者註にある詩の引用。この註は「上記の〈彗星〉をめぐる多くの観察が、『フィロソフィカル・トランザクションズ』第一巻（王立協会機関紙）やさまざまな天文学者の書き物に登場している」とはじまり、引用箇所は「〈彗星〉が前触れとなることは、民間の迷信中もっとも古くからあり、広範に普及していた」からはじまるパラグラフにあって、「その破壊作用は、以下のようにわが国の以前の詩人の一人によって明確に述べられていた」のあとにくる。また、バユーのタピストリーの彗星の図は、右に掲げたものである。

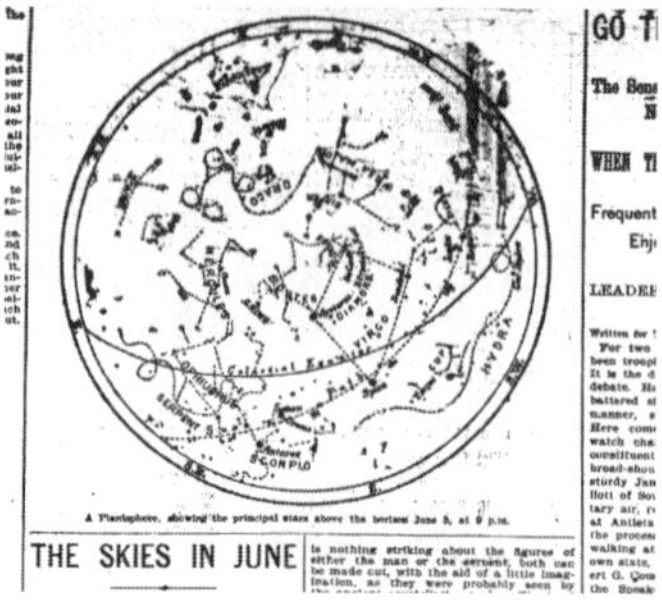

1897年6月5日付『イヴニング・スター』紙より

一八九七年六月五日付『イヴニング・スター』紙に、見出し「六月の空／アマチュア天文学者にとって大関心のこと／小さなガラスの助けで／アンタレス、天体として消滅に瀕している／二つの恒星を調べる」の記事があった――「今晩九時頃、さそり座とヘビ使い座の下の部分をなしている見事な星の配列が、南東の地平線のかなり上にみられる。……／跪くヘラクレス座／東の中天に、古参ヘラクレス座がヘビ使い座のようにあり、同じようにぼんやりとしている。ヘラクレス座の頭部はヘビ使い座のそれのすぐ脇にあり、目印となるのは、三等級から四等級までの変光星である」。

一九一二年十一月十六日付『ジ・オアシス』紙（*The Oasis.* (Arizola, Ariz.)）に、見出し「路傍のメモ／本紙記者、カナネアから南西にあるクルタカ地域へ旅をする」の記事が掲載――

大喜びのわれらの眼前に広がる豪華な光景の中で、もっとも目立つのはヘビ使い座、とりわけその輝く星アクイラだった。これは、しばらく〈夜の女王〉ヴィーナス（ギリシャ人のアプロディーテ）の連れであった。その柔らかで燦然と輝く光からは、優雅と美の精霊がまき散らされる。そのため、何故、古代人はそれほどまでの魅力と輝きとを、レスボス島のサッポーによる「アプロディーテに寄する歌」の祈りにあるとされる不吉な影響と結びつけたのか、訝しく思われる――「おお！　アプロディーテ、ゼウスの美しき娘よ、／わたしの近くにきて、でも近すぎないで。／悲しみに悲しみを重ね、わたしを圧倒しないでおくれ、／わたしのこころが張裂けるといけないから」。

一九一八年七月十五日付『イヴニング・スター』紙に、見出し「新星、ケプラーのものが発見されて以来、みられた恒星でもっとも輝かしいと発表」の記事が掲載された――

六月はじめ、東の空に突如あらわれた新星がいま消えつつある、と海軍天文台が発表したが、いまだに一等星として、再度爆発する兆しはない。／毎夜、この来訪者を観察してきた天体観察者たちは、ヘビ使い座にあるケプラーの恒星以来、みえたもっとも輝かしい恒星だといっている。ケプラーのものが最初に目撃されたのは、一六〇四年十月十日のことで、木星に匹敵する輝きに達したあと、翌年三月に消滅した。

同じ『イヴニング・スター』紙の一九二〇年八月十五日付号に、見出し「夏の星座、その栄華がみえる」の記事にこうあった――「夏の星座はいま栄華をきわめ、地平線の全領域から完全にみえる天空に広がり、絶妙な美をみせている。／さそり座が南のずっと上にあって、その長い尾が地平線まで曲がり反り返り、最後はサソリの針をあらわす輝かしい恒星の集団となる。南斗六星をともなう射手座が左手に、ヘビ使い座とヘビ座の集団がこの二つの上にみえる」。

以上、〈ヘビ使い座〉（オフィウクス）と〈金星〉（ヴィーナス）とがかかわる言説を検証してきた。ここで新たな疑問が生じる。では、何故、“cricket”が「ヘビ」（ὄφις (óphis, “snake”)）とかかわるのだろうか。「アメリカ標準版聖書」には手がかりはない。それはアリストテレスにあるのではないかと思われる。一八〇九年に出版されたトーマス・テイラー訳『著作集・第四巻』（Aristotle, *Works*, Vol.5, trans. by Thomas Taylor, 1809. p.353.）に、「多くの人は、同じように、蟋蟀がヘビと戦う際には、蛇の首を捉えるのをみている」（三五三ページ）とある。また、ジョン・キトー編『聖書文献百科』（*A Cyclopaedia of Biblical Literature*）（一八四五年）第二巻の「ロカスト」の項に、こうある――

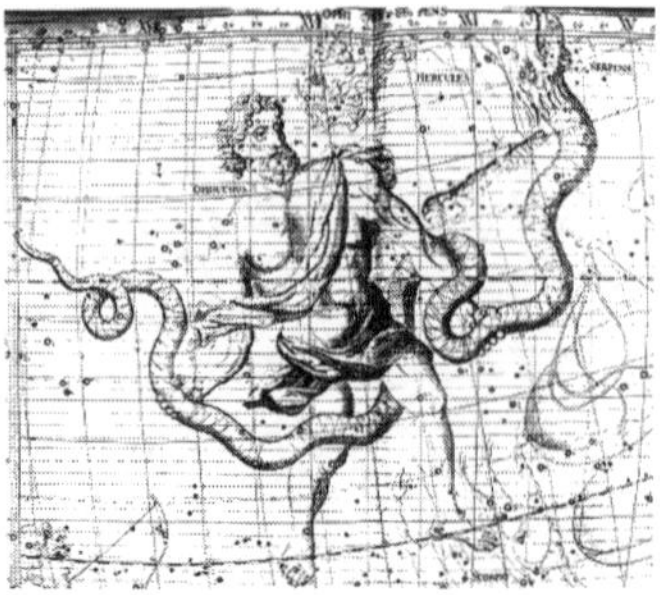

ヘビ使い座

『転身物語』より

たとえば、七十人訳聖書（セプトゥアギンタ）の語「オフィオマコス」（ὀφιομάχος）とウルガタ聖書（「レヴィ記」第十一章第二十二節）に対応する語「オフィオマクス」（これは、両者で明確な訳の数少ない例の一つであり、どの古代の著者も説明しているもの）を取りあげ、アリストテレス（第九巻第九章）とピルニウス（第十一巻第二十九章）が、ヘビと戦い、このギリシャ語が示唆するように、「その喉に噛みつき殺す」ロカストに言及した箇所と比較せよ。……

（二六二ページ）

このように、『荒地』の記号〈クリケット〉か

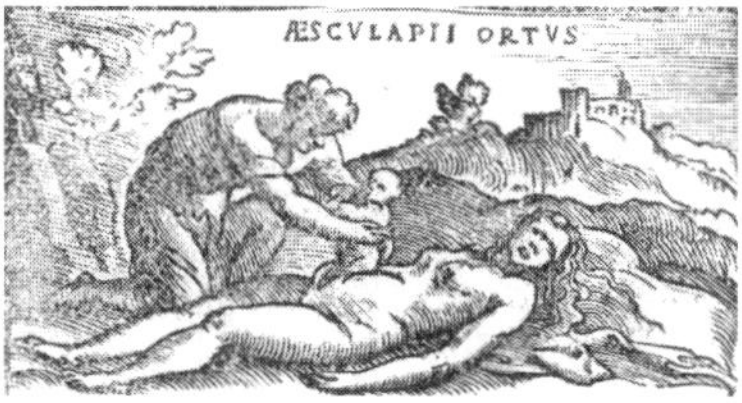

アエスキュラビウスの誕生

ら〈医師アイスクラーピウス／アスクレピウス／アスクレーピオス〉(the leech Aesculapius)にたどり着いたわけだが、彼と「ヒポリトゥス」については、すでに言及したように、『金枝篇』「第一章　森の王」「第一節　ディアナとウィトリビウス」にフレイザーの記述があり、さらに註二の指摘もある——「多分、そのヘビの性質があるからこそ、アスクレーピオスが死んだヒポリトスを蘇らせたとされたのだ。パウサーニアース（『ギリシャ記』（第二巻第十章第三節）へのわたしの註を参照」。また、『転身物語』十五巻の四七九～五四六行「ヒッポリュトスの転身」と十五巻の六六五～六九六行「神アスクレピウスが、ローマを疫病から救う」にも、〈アスクレーピオス〉は登場している。

さらに他に、『金枝篇』第九章第一節、第十八章第一節、第二十八章第一節に〈アスクレーピオス〉への言及があり、実際は以下のとおり——

「第九章　樹木崇拝」「第一節　木の精霊」(IX. The Worship of Trees § 1. Tree-spirits) ——「古代ギリシャとイタリアに、樹木崇拝が広まっていたことを示す証拠はたくさんある。たとえば、コスのアスクレーピオスの聖所では、糸杉を切り倒すことは禁じられていて、もしやれば千ドラクマ銀貨の罰金がとられた」とある。

「第十八章　魂の危機」「第二節　魂の不在と呼び戻し」(Chapter 18. The Perils of the Soul. § 2. Absence and Recall of the Soul) ——「ブリティッシュ・コロンビアのナス河流域のインディアン」(The Indians of the Nass River, in British Columbia) に「医師が誤って患者の魂を飲み込む可能性があるという信仰」あり、その際の対処法として「そのアスクレーピオスの信者（医師）を捕え、その頭を床の穴に入れ、踵から彼を吊るす」としている。

「第二十八章　木の精霊を殺す」「第一節　聖霊降臨節の無言劇」(Chapter 28. The Killing of the Tree-Spirit. §1. The Whitsuntide Mummers) ——「サクソニーとテューリンゲンでは、木の精霊の代表が殺されたあと、医者によって蘇る。これはまさに、伝説が、ネミの森の最初の王、ヒポリトゥスかウィトリビウスに起こったと断言していることである。彼はその馬に殺されたあと、医師アスクレーピオスによって復活した」。

〈アスクレーピオス〉は、疫病の矢を放って男を頓死させる神であり治療神でもあるアポローンとコローニスの子であった。誕生は〈アドーニス〉のそれに似ている。使いのカラスがコローニスの浮気を告げたため、怒ったアポローンはコローニスを矢で射殺し、その死体から取り出されたのが〈アスクレーピオス〉であった。オウィディウス『転身物語』第二巻「コローニスとフォイボス」（CORONIS AND PHOEBUS）にこうある――「［コローニス］は知りえないとしても、この神は彼女の胸に香しい香を注ぎ、彼女の死体を抱き、不当にも、しかるべき儀式をおこなう。彼はフォイボスの子どもがその死骸の中で死ぬのをよしとせず、息子アスゥレーピウスを母の子宮と炎から引き離し、半身人間で半身馬のケンタウルス族のカイロンの洞窟に運んだ」（Ovid, *Metamorphoses* (trans. by A.S. Kline), Bk II:612-632）。ここでも、また、「馬」がからんでいる。

第十三節　同時代の〈アスクレーピオス〉言説

一九〇五年六月十七日付『ホルブルック・アーガス』紙（*Holbrook Argus.* (Holbrook, Ariz.)）に、見出し「アエスキュラピウスの二つのイメージ／一つは若者としてのもので、他方は中年としてのものである」の記事が掲載――

貨幣や記念碑にあるギリシャの治療神アエスキュラピウス（アスクレーピオス）の図像はかなりよく知られているが、下ってローマ時代になると、彼らのアエスキュラピウスは他の神々の属性を帯びる、と医学雑誌『ランセット』

誌は語っている。このことは、ロマーノ＝プンツィー（Romano-Punci）のアエスキュラピウスについて、顕著にあてはまる。彼は古代フェニキアの神アシュムーン（Ashmoun）と同化している。セプティミウス・セウェルスの貨幣をみると、若くて髭のないアエスキュラピウス＝エシュムンが表象されていて、ヘビ形の支柱二本とヘビのついた棒カドゥケウスを手にしている。それ自体をとりあげれば、この一品はアエスキュラピウスだけを表象していると考えられようが、実際は、アエスキュラピウス（ギリシャとフェニキアの時代のエシュムン）の貨幣に由来するタイプのもの、つまり紀元前一四六年の大包囲で破壊されたカルタゴの聖所の神であった。／（中略）／この神は若者として描写され、短い肩掛けしかつけず、ドラゴンの頭を有するヘビを二匹持っている。これは髭の生えたややゼウス然とした、きわめてギリシャ芸術の神とはとても似てはいないが、まちがいなく、セプティミウス・セウェルスの貨幣にあるアエスキュラピウス＝エシュムンの原型である。しかし、その少年の外見からは、まぎれもなく、ギリシャのアエスキュラピウスのものとみなすことはできない。何故なら、ベイルートで崇拝されているアスクレーピオスは、エシュムン（Eshmoun）に同化した少年型の神であったからだ。この神は、周知のように、タンムズ（アドーニス）（Tammuz(Adonis)）と混同された。（以下、略）

興味深いことに、最後に、〈アエスキュラピウス〉が〈アドーニス〉と同一視されていたとされている。C・R・コールター＆P・ターナー編『古代神百科事典』（二〇一三年）に、こう記載がある――

〈エシュムン〉アシュムン、エシュモウン、エスモウン、エスモウノス、エスムン（フェニキア）／また、こうも知られる――アエスクラピウス、アスクレーピウス。／健康と治療の神。以前は、豊穣神。メルカルトよりカルタゴで力を持つようになった。ギリシャのアドーニス、バビロニアのタンムズ、エジプトのオシリスと同一視される。エシュムンはときに、ギリシャ人からアスクレーピオスと同一視される。おそらく、アドーニスと、同時にエジプトの神トートと同じであろう。

一九〇六年六月七日付『ヴァレンタイン・デモクラット』紙（*Valentine Democrat.* (Valentine, Neb.)）に、見出し「ヒポクラテスの聖なるヘビの巣を暴露／ヘビに触れると「病人が治った」コスの健康神殿発見」の記事が掲載——

LAYING BARE the LAIR of HIPPOCRATES' SACRED SERPENTS

Discovery of the Health Temple at Cos where touch of Snakes Healed the Sick

THE SACRED SNAKES.

1906年6月7日付『ヴァレンタイン・デモクラット』紙より

　エーゲ海のコス島で、最近、アスクレペイオン、つまり古代ギリシャ人の治癒神アスクレーピオス（アエスキュラピウス）を祀った神殿の興味深い遺跡が発見された。神殿の敷地は、現代のコスの町から約二マイルにあるが、たびかさなる地震のため、植物が繁茂し、石灰焼き業者が破壊作業をおこない、さらに中世に教会やモスクが建設されたため大いに変貌し、その見事な聖域の痕跡すべては消え果て、アエスキュラピウスとこの場所の結びつきは、何世紀もの間知られずにいた。著名なドイツ人考古学者ルドルフ・ヘルツォーク教授は、三年前、この遺跡の調査を開始し、古代神殿と境内の遺跡が幸いにも発見できた。この発掘の栄誉のすべては、彼と仲間の作業員に帰する。

一九〇八年四月二十六日付『オマハ・デイリー・ビー』紙（*Omaha Daily Bee.* (Omaha [Neb.])）に、見出し「キリスト教徒、異教徒がはじめたティベリーナ島の事業を引き継ぐ」のかなり長い記事が掲載——

　ローマ、四月十四日——ティベリーナ島に、神の聖ヨハネスの信奉者の一人、修道士アルセーニコ師がいる。彼は有名な歯医者で、治療費をとらなかった。彼の唯一の免状は、抜いた歯の詰った大きな袋だった。／ローマで避寒していたアメリカ人婦人が、古代でも現代でも、ローマについてあらゆることを知っている男性に、「歯を

...s Take Up Work on the Island of Tiber Begun by

Citizens Who Inhabited Montana Three Million Ye...

1908年4月26日付『オマハ・デイリー・ビー』紙より

無料で抜いてくれる、ローマのどこかにいる歯医者の修道士」について情報を求めた。それは、女召使いが歯が痛く、歯医者にかかるお金を支払うつもりが婦人にはなかったが、召使いが腫れた顔で辺りにいるのに我慢できなかったからである。男性は、アエスキュラピウス信仰にかつて捧げられ、いまは病人の世話をするキリスト教司祭らの拠点となっている島にいく道を教え、アルセーニコ師の名を告げてこの島の歴史を語った。つまり、神殿とその病人の信仰者たち、遺棄されそこで死ぬに任された疲れ果てた奴隷たち、異教徒がはじめ、キリスト教徒によって継続されて二十一世紀間つづけられた慈善事業についてで、ローマにとっても、興味深い話である。／(中略)／この橋は、ささやかな評判をこの島に与えたが、島は数世紀の間、誰も住んでいなかった。住むようになったのは、やっと紀元前二〇一年のことだ。それから、疫病がローマに荒れ狂い、市全域に広がった。通りと高層の家には奴隷たちが溢れかえっていたので、たっぷり三年間、毎日数百人の死者がでた。／そこで、元老院は遣いをエピダウルスのもとにやり、そこの守護神アエスキュラピウスがきて、この災厄を防いでくれないかと求めた。特使らは聖なるヘビを携えて戻ってきた。ヘビはその神の象徴で、特使らの船に入り込み、船室に身を隠していたのだ。彼らがティベリーナ島に着くと、そのヘビは船から滑るようにでて、この島へ泳いでわたり消えた。その結果、ギリシャ人の医療神に捧げる神殿がこの島に建てられ、その信仰がこうしてローマに導入されたのである。／この神殿はアスクレピアと呼ばれ、聖域、もしくは信仰の場というより一種の病院となり、治療費が医者に支払えない貧者が集まり、祈り、そして健康の回復を願った。この神の超自然的な力への信仰、それ故、奇跡への信仰は当時強力であったが、依然、今日でも、イタリアの多くの土地でかわってはいない。／(中略)／アエスキュラピウス信仰は、キリスト教の出現をもって終わった。聖エミグドゥスが、ユピテル・リカノニウス、ファウヌス、そしてセモ＝サンクスの聖堂だけでなく、このギリシャの神の神殿までも破壊したとされる。ガリア道長官アルヴァンドゥスは、四六八年にここに幽閉された。／複数の教会と修道院が、この島に建てられた。オットー三世は、以前の教会の敷地に、聖アダルベウトの大聖堂の基礎作りをし、ゴラシウス二世は、一一一八年に、この教会を改称して聖バルトロマイとした。今日でも、その名がつけられている。この聖人の亡骸はベネヴェントから運ばれ、ここに安置された。／この教会の反対側には神の聖ヨハネス病院があり、ベーネフラテッリと呼ばれてもいて、修道会団体が管理している。この団体は病人の看護をし、アエスキュラピウスの司祭たちの伝統を継承している。この島は、このように、依然、治療の精神に捧げられているのだ。／一六五六年、島全体が疫病罹災者用の病院に変えられた。小さな庭が、異教時代の聖なる森の名残りとなろうが、いまでは、死体安置所になっている。／（中略）／聖バルトロメオ教会面前の広場中央に、船のようなこの島のマストに相当するオベリスクがかつて立っていたが、いまでは柱があって、その四つの壁龕には聖バルトロマイ、ノイアの聖パウリヌス、聖フランシス、そして神の聖ヨハネス像が飾られている。この慎ましい四人は、生涯を慈善事業に捧げ、病人の世話をした。彼らはギリシャの神アエスキュラピウスにとって代わったのである。同様に、フランシスコ会修道士と神の聖ヨハネス信奉者が取って代り、異教の司祭らがおこなっていた事業を、依然、おこなっている。

一九〇八年七月二十二日付『ザ・ワナッチー・デイリー・ワールド』紙（*The Wenatchee Daily World*. (Wenatchee, Wash.)）に、見出し「ヘビ信仰がもとで神秘的象徴の採用に」の記事が掲載――

ブダン博士の指摘によると、ヘビ信仰は古代ではどこにでもあったので、ことごとくの神殿は「ドラコニア」（ヘビの館）として知られるようになったという。／それはともかく、ヘビは古代の神殿の多くで飼われており、とりわけアポローン神殿ではそうであって、アポローンの息子アエスキュラピウスは、古代の聖所では、棒か彼の腕に巻きついたヘビを携えている。なるほどこのヘビは、ときがたつと、アエスキュラピウス〔医術〕技術の特別な神秘主義的標章、あるいは象徴になった。／古代ギリシャ神殿のヘビは、まごうことなく原始のヘビ信仰の名残りであって、この信仰は、一時、有史以前の人びとの間で一般的にみられ、現代でも多くの未開人種の間では消滅していない。

一九〇九年三月六日付『ザ・ブラウンズヴィル・デイリー・ヘラルド』紙（*The Brownsville Daily Herald.* (Brownsville, Tex.)）に、見出し「歯科技術／数千年前、古代人が実践していた」の記事が掲載——

多くの人は驚くであろうが、義歯、金のかぶせと充填、そして架工義歯は、決して近代の発明ではない。六千年前、そして、たぶんギリシャ文明の黎明のはるか以前に、歯科医の技能は高い完成度までに達していた。／キケロは、論文「神々の性質について」で、抜歯の発明はその名の三番目のアエスキュラピウスに帰している。イギリス医学誌によれば、最初の歯科医術への言及はヒポクラテスにみられる。彼は、その著作の何ヵ所かで、歯痛について多くを語っている。フェニキア人からこの技術はエトルリア人へと伝わる。一九〇〇年、ローマで開催された国際会議で、ゲリーニ教授は歯科技術のいく例かを展示した。それによれば、ブリッジ技巧にとてもよく似たものが、古代イタリアでとても見事におこなわれており、したがって、それは三千年間つづいていたことになる。

一九〇九年六月六日付『ブルーグラス・ブレイド』紙（*Blue-Grass Blade.* (Lexington, Ky.)）に、「アメリカ哲学的聖書研究会ユニオン」の見出しで、以下のシラバスが掲載されていた——

教科書――『聖書神話と、他宗教における類似のもの』（ドエイン著）／一九〇七年六月の授業／（中略）／六月十三日――「天軍の歌」と、「仏陀」「クリシュナ」「孔子」「オシリス」「アッポロニウス」「アポローン」「ヘラクレス」「アイスクラーピウス」等の誕生に際し、天の喜びが表明された類似例。第十四章／六月二十日――「認められ、贈り物がなされた神の子」。クリシュナ、仏陀、救世主イエス、孔子、ミトラス、ソクラテス、アイスクラーピウス、すべてが誕生の贈り物をした賢者にみつけられた。第十五章／六月二十七日――「救世主イエス誕生の地」とその普遍的神話。クリシュナ、仏陀、Hon-Tseih（不詳）、アブラハム、アドーニス、ミトラス、ヘルメス、アッティス等、すべて、母が旅行中に誕生。第十六章。

一九〇九年十一月十一日付『ザ・パシフィック・コマーシャル・アドヴァタイザー』紙（*The Pacific Commercial Advertiser*. (Honolulu, Hawaiian Islands)）に、見出し「アイスクラーピウスの干からびた杖」の記事が掲載――

アイスクラーピウスは、いつも杖と一緒にあらわされた。これは病人が必要とする支えの象徴であった。その周りには、古代の永遠の象徴ヘビが巻き付いている。その後の時代を通じ、内科医は棒を携えていた。中世の間、通例、その上には芳香性の薬草の入った小さな金属の箱があり、薬草の匂いを医師は嗅いだ。患者を熟視し、感染や当時一般的であった病人部屋のどこにもある悪臭を防ぐときである。その後、棒は縮んで鞭になり、摂政時代、柄の上に眼鏡がついた。それを使って病人を調べるので、言語に絶した叡知と奥深さがあるようにみえたに相違ない。ヴィクトリア朝初期には、悪趣味の極みに達し、鞭の柄には彫刻の施された象牙か骨製の髑髏が用いられた。当時の広告倫理の手本であった。最後に、医者の鞭は、その黒服とシルクハットに次いで忘れられて、次第に開業医は名声を得るために自らの頭脳に依存しなくてはならなくなっている。――ニューヨーク医学雑誌。

一九一一年十二月二日付『イヴニング・スター』紙に、見出し「アスクレーピオスとヒュギエイア／二千年間テュニス海にあったレリーフ／『ランセット』誌より」の記事が掲載――

テュニスのマーディア沖で海綿漁師が発見した難破したローマ船の残骸から、数年間、ギリシャ彫刻やブロンズ彫刻や肖像が多数発見されている。その一つが、最近発見されたアッティカのレリーフである。それは、大理石に彫られた連作の一部で、アスクレーピオスとヒュギエイアに捧げられた聖なる宴を描いている。場面には人物が六人いて、幾人かは柱のある建物内に、ある者はその前にいる。たぶん、この建物は、この神の神殿のポーチコの一つだろうが、そこで彼は、信者の前にあらわれ治療をすると考えられていた。右端の柱の一つの前には、一人の神殿掃除人《ネオコロス》がいて、一種の飲用の器を持っている。左側には一人の男性、女性、そして若者もしくは少女がいて、最後の者は聖堂の外に身体の一部がはみだしている。／この石碑の中央には、アスクレーピオスとヒュギエイアが描かれ、それは他の四人よりも格段に大きい。この神は半ば寝椅子に寄りかかり、上半身は裸である。彼は、まさに、右手の大きなリュトン（角杯）から飲もうとしており、他方、左手は受け皿を持ち、そこには何か食べ物が載っている。目は、天の方向に向けられている。彼は髭を生やし、髪のたっぷりとした房が、髪飾りとして使われる花瓶型の籠であるカラトスを支えている。ヒュギエイアは一種の上座に座り、半面像で示され、顔を父の方に向けている。髪は装飾的にまとめられ頭まで上げられ、首はむき出しである。身には上着と外套を着用している。片手に明らかに香用の受け皿を持ち、足は足乗せ台にある。アスクレーピオスの寝椅子前にはテーブルがあり、儀式用の肉か宴用のケーキが載っている。／その内容がどこから得られたかについては、直接的な情報は、難破から得ることはできないが、考古学者は船内にあった石碑とある物の日付から、この船は、アテネとピレネス県がシラに略奪された直後、ギリシャを出航したと示すことができた。遺品のいくつかの物は、そこの海軍工廠のものであったと知られている。そこにはかつて、アテネ艦隊の一部であった聖なるガレー船が収納

アスクレピーオスとヒュギエイアの浮彫

されていた。ギリシャ・ローマの著作者たちは、ローマ軍団がピレネス県から持ってきた戦利品についてとりわけ語っている。この港には、船乗りたちがよくでかけるアスクレーピオスの聖域があり、ややこれに似たマーディアの四つの碑がこの場所でみつかっている。ほぼまちがいなく、このレリーフも、また、ピレネス県のものである。沈没したガレー船の積荷に、そこに立つ神殿から運びだされた碑文が含まれていたからである。さらに、この品が、アテネのアスクレーピオスの聖域に一般に適切とされるほどにはできがよくないので、兵器庫の治癒神の聖堂から持ちだされたのではないかと考えられている。この宝庫からは、また、そこに収納された古代のガレー船にあった、二体の青銅製の船首の装飾品ももたらされ、それらはマーディアでもみつかっている。

〈ヒュギエイア〉（古希：Ὑγίεια, Hygieia）はギリシャ神話の女神で、健康の維持や衛生を司り、ローマ神話では「サルース」（ラテン語：Salus）。〈アスクレーピオス〉の娘で、古くは〈アスクレーピオス〉信仰において父神の脇侍として信仰され、〈アスクレーピオス〉信仰が広がるにつれて〈ヒュギエイア〉に対する信仰も強くなった。〈ヒュギエイア〉の名はギリシャ語で「健康」を意味する。英語のhygiene（清潔、衛生）の語源とされる。

ヒュギエイアとヘビ像

前の引用で、「片手には明らかに香用の受け皿を持ち」とあったが、ヒュギエイア像には、その皿が視線の焦点になっている例もある。皿とヘビが一緒に象徴化されている例もあるが、皿は〈聖杯伝説〉の〈聖杯〉に通じる可能性もある。〈聖杯〉は傷ついた〈漁夫王〉の治癒のための方法であった。〈聖杯〉の騎士が、〈聖杯〉に正しい問いをすることで回復することができるという。

一八九四年、クリムトがウィーン大学の大ホールに「医学」と題する絵を描き、その一部に〈ヒュギエイア〉が登場している。そして、また、一九一七年八月二十五日付『ノリッチ・ビュルテン』紙（*Norwich Bulletin*）に、見出し「有名なギリシャ彫像、取り戻される／「ヒュギエイア頭部」、昨年十二月に盗難にあっていた」の記事が掲載――

ワシントン、八月二十四日――財務省秘密検察局は、昨年十二月にギリシャのテゲア博物館から盗まれた有名なギリシャ彫像「ヒュギエイア頭部」を取り戻した。／当地のギリシャ公使館担当者ヴォウロス氏は、数ヵ月前、この彫像の追跡と発見の援助を合衆国に依頼していたが、今日、発見の知らせと受けた。それはニューヨーク在住の女性の所有となっており、ギリシャへ帰還のため、氏に引き渡されるとのこと。／この彫像は彫刻家スコパスの作で、テゲアのアテナ神殿の装飾の一部であったと思われる。

二日後、八月二十七日付『ザ・バーー・デイリー・タイムズ』紙（*The Barre Daily Times*, (Barre, Vt.)）にも関連記事があった。

一九一八年九月十日付『ベニントン・イヴニング・バナー』紙（*Bennington Evening Banner*）に、近代衛生法について、見出し「生命の法を知らなくてはならない／もし、すべての病気が、完全に理解されるなら、地球から一掃されるだろう」の記事が掲載――

「衛生《サニテーション》」の語が使用される多くの場合、「ハイジーン」の方が適切で正確に近い。健康と病気にかかわる問題の著名な権威者が、「生命の法則が完全にわかり、この知識を実際に応用できさえすれば、病気はありえなくなるだろう」と述べた。／「ハイジーン」という語は、神話上の健康の女神ヒュギエイアからきている。伝説によると、ヒュギエイアはアスクレーピオスの娘で、ホメーロスでは「非難のしようのない内科医」であり治療技術の神としてでてくる。／近代衛生法の基礎を作った者の一人であるエドマンド・アレグザンダー・パークス博士は、これが健康維持の業であると定義した。さらに、彼はこう述べている――「その目指すところは、成長をもっと完全にし、衰退の速度を落とし、生活をより活発に、死をより遠いものにすることだ」。

この「近代衛生法」は、本書第Ⅳ部第三章で検討する、まさに同じ時期にあった〈優生学〉言説と軌を一にしていると思われる。その言説を使った新聞記事では、〈性病〉が問題化されていた。エリオットは「ハイジーン」に関心があり、一九二一年十二月十三日に弟ヘンリー・エリオット宛ての手紙で、この語を使用してもいる――

エリオットがローザンヌで一九二一年に受けた「治療」は、彼自身の錯乱傾向を軽減しようというものであった。その地から、彼は弟に宛て、家族に蔓延していた、「衛生法《ハイジーン》」の欠如について手紙を書いた――「わたしが学ぼうとしている大切なことは、余すことなくわたしの全活力を使う方法です」。さらにつけ加え、「わが家族は、身体的衛生法はもちろん、精神的衛生法が教えられていませんでした」としている。（Tim Armstrong, "Eliot's Waste Paper" in *T.S. Eliot The Waste Land*, ed. by Michael North, 2001. p.276）

以上のように、〈ウェヌス／アドーニス〉より、〈ウェヌス／ヒポリトゥス〉の方が、多様な意味作用を持つように思える。以下、第Ⅲ部第一章第三節で示唆するように、司教〈ヒポリトゥス〉にからんだ、〈グノーシス主義〉が浮上してくるからである。さらに、〈漁夫王〉の傷の治療のため〈聖杯〉探索はなされるが、これとの関係で、〈アスクレーピオス〉や〈ヒュギエイア〉、さらに〈衛生〉や〈優生学〉等の医学関係の言説が使用されていると考えられる。

第Ⅲ部　「Ⅰ　死者の埋葬」をめぐって（その二）

第一章　シュタルンベルク湖と大公の城

第一節　〈ケーニヒス湖〉から〈シュタルンベルク湖〉へ

Summer surprised us, coming over the Starnbergersee
With a shower of rain; we stopped in the colonnade,
And went on in sunlight, into the Hofgarten,
And drank coffee, and talked for an hour.

夏がぼくたちを驚かせた、シュタルンベルク湖を渡ってきたのだ。
夕立ちがあった。ぼくたちは柱廊で雨宿りをして
それから、日射しの中をホーフガルテンに行って
コーヒーを飲み、一時間ほど話をした。（岩崎訳）

ホーフガルテンのディアナ園亭

シュタルンベルク湖

岩崎訳は「シュタルンベルク湖」に註を施し、「ミュンヒェンの南西にある湖で、リゾート地として有名。一八八六年にバヴァリア王ルートヴィヒ二世（一八四五―一八八六年）がここで水死した。エリオトが訪れたのは一九一一年。なお、八―一八行目はシュタルンベルク湖での恋の話」としている。アッカリー（C.J. Ackerley）は、その著書『TSエリオット』（*T S Eliot: 'The Love Song of J. Alfred Prufrock' and 'The Waste Land'*, 2007）で、「夏がわたしたちを驚かせた」に、こう註釈を施している――

詩人の声が喚起しているのは当時の根無し意識、ドイツ南部から強制退去させられた観光旅行者、戦争で家無となった難民、そして女性マリーとの会話の反響である。マリーは、従兄である大公の城に滞在しているとき経験した橇の子どもじみた恐怖と記憶は、ことに第一次世界大戦後、つまり文明の破滅と旧秩序の変化に些細にみることができる。彼女は、過去がもはや存在せず、自由の記憶が恐怖と混じり合っているもう一人の人物である。そして、詩人の声は、現在の恐怖から逃れたいとする共通した願いを持っている点で、彼女の声と混じり合っている。（二八ページ）

さらに、アッカリーは「場面設定はバイエルン（バヴァリア）で、エリオットはここを一九一一年八月と一九一三年に訪れている」としたあと、次のような解説をしている――

シュタルンベルク湖はミュンヘン南部にあり、エリオットは、もともと「ケーニヒス湖」（'Konigssee'）と書いたが、この変更によって、他のワーグナーをめぐるモチーフが明らかになる。つまり、シュタルンベルク湖はベルク城がある場所で、この城はルートヴィヒ二世の居城であり、彼は狂気の王でワーグナーの後援者でもあったが、一八八六年、この湖で水死している。（二八ページ）

　また、湖の名の変更について、詩人アンソニー・ヘクトもその著書で、「狂気の王ルートヴィヒ二世」と「ワーグナー」を示唆するためだとしている。（Anthony Hecht, *Melodies Unheard: Essays on the Mysteries of Poetry*, 2005. p.129）さらに、ハンス・ウォールター・ゲイブラー（Hans Walter Gabler, "Genetic Texts—Genetic Editions—Genetic Criticism or, Towards Discussing the Genetics of Writing, in *Problems of Editing*, ed. by Christa Jansohn, 1999. pp.59-60）は、類似の趣旨であるが、より突っ込んだ読みを、以下のように展開している——

> 出版されたテキストでは、「ケーニヒス湖」と「シュタルンベルク湖」が置き換えられた。読者一般にとっては、湖が代わったにすぎないように思える。バイエルンの地理と地勢をよく知っている読者にとって、その印象は、どちらかといえば、リアリズムの方に強められている。ケーニヒ湖は山の中にある湖で、ミュンヘンから南東約百マイルのところにあり、他方、シュタンベルク湖は町とその中心のあるホーフガルテンのちょうど南二十マイルにある。前者は、この詩で避難行為が最初に視覚化される場所に着くためには、そこから出発するのがよりありそうな地理的場所にみえる。「ケーニヒス湖」を「シュタルンベルク湖」に変えることで、エリオットは、詩のでだしの真実味を現実主義的に、また、表示的に高めたようにみえたことだろう。／あるいは、もしかして、シュタルンベルク湖が、地理的理由と処理しやすい旅行者のルートから、『荒地』に入らなかったということなのか。タイプ原稿が存在していた——つまり、偶然に残っていた——ので、『荒地』のテキストは、実証可能な通時性を有してくれている。その範囲内には、「シュタルンベルク湖」と「ケーニヒ湖」の交換が刻み込まれている。批評家としてわれわれは、テキストが体系的であると思い込み、その指示するもの《シグニファイアー》の内包性を探求するのに慣れている。したがって、われわれが、指示するものとして二つの湖の名をここにあることを認め、それぞれの地理的指示性を登録する以上に、テキストそのものの体系内で、何が二つを相互に結びつけるかを解決しよう

とする。バイエルンの歴史と初期の神話を知っていることが役に立つ。シュタルンベルク湖は、ルートヴィヒ二世、つまり、バイエルン十九世紀のもっとも異常な国王が溺死した場所である。周期的に狂気に陥り、いつも国費の浪費に熱中した彼は、自身の作った神話の中に生きていた。彼こそが、リンダーホフ城やノイシュバンシュタイン城のようなあの空想的な城を作ったのだ。彼は、また、リハルト・ワーグナーの途方もないオペラの野心に資金提供をした。バイエルン住民にとって、彼の人生ととりわけその死は、今日まで、謎に包まれたままである。結局、歴史的事実は、シュタルンベルク湖で、神話的であり神話を生む国王が水死したことである。この国王は、また、漁夫王が受けた伝説上の傷のようなものを負っていた。ルートヴィヒの場合、それは遺伝的狂気であった。さらに彼は、現実生活と統治において、リハルト・ワーグナーのオペラの神話的世界を後援していた。／明らかに、国王ルートヴィヒがらみの含意は、詩的人工物としての『荒地』にぴったりである。その含意のどれも、ケーニヒス湖（名は単に、国王の湖）から流れてくることはない。それにもかかわらず、その語は国王の概念を伝える。湖（はじめのケーニッヒス湖、その後のシュタルンベルク湖）は、かくして、T・S・エリオットの用語でいえば、はじめから、その概念に対するこの詩の客観的相関物として役立っている。湖の名を修正しても、詩的織物の範囲内で指示するもの《シグニファイアー》の機能がかわることはない。しかし、「シュタルンベルク湖」の名にすることで、この詩的織物は、『荒地』のテーマと言説にとって一層複雑な含意を獲得することになる。推論的には、「シュタルンベルク湖」にとっての指示的織物は、先行する「ケーニヒ湖」を利用しなくても作りだすことができるだろう。

〈ケーニヒス湖〉から〈シュタルンベルク湖〉への変更理由は、これで充分説明されている。以下、〈ルートヴィヒ二世の水死〉をめぐる言説について、同時代の新聞で検証する。

第二節 〈狂人ルートヴィヒ〉言説

〈ルートヴィヒ二世の水死〉は、一八八六年六月十三日であった。同年六月二十二日付『アイダホ・セミ・ウィークリー・ワールド』紙（*Idaho Semi-Weekly World.* (Idaho City, Idaho Territory)）に、短い記事が掲載された――

バイエルン国王ルートヴィヒ二世は、今日十四日、シュタルンベルク湖で投身自殺をした。彼の医師グッデン博士が、彼のあとを追って飛び込み、同じく溺れ死んだ。国王は廃位された。理由は、彼が狂気であると想定され、統治運営に金を浪費したことによる。ルートヴィヒの弟オットーが国王になり、叔父のルイトポルト王子が摂政となった。亡き国王は、音楽家、芸術家、才人であり、明確な政治的明察を有していたが、王位についたとき、公事や祭にほとんど携わらなかった。バイエルン国民は、彼の死を悼んでいる。

ルートヴィヒ最後の散策図

ついで、同月二十三日付『マウワー・カウンティー・トランスクリプト』紙（*Mower County Transcript.* (Lansing, Minn.)）に、見出し「ルートヴィヒの埋葬」の、はるかに詳細な記事がでた。彼の似顔絵のうえに、キャプション「ルートヴィヒの自殺」が添えられていた――

国王ルートヴィヒの葬儀が十九日にとりおこなわれた。下層階級の人びとは、葬儀の時刻になるまで王宮の門に押しかけ、祈祷堂への入場許可を待ち、心からの悲しみと共感の様子をみせていた。田舎や山からきた人びとが、一日中、この町へ流入していた。葬儀に集った人の数はたいへんなものであった。多数が、人混みのため押しつぶされ怪我をした。国王の棺が最後に安置場所に運ばれていくとき、多くの者は涙を流し、むせび泣いていた。

1886年6月23日付『マウワー・カウンティー・トランスクリプト』紙より

棺のうしろを歩いたのは、摂政の皇太子ルイトポルト、王家の家族、そして使節たちであった。聖別後、遺体は先祖代々の墓に安置された。印象的な儀式が終わると、大群衆は静かに去った。盛儀は、ミュンヘンではこれまでにない最大のものであった。ドイツとオーストリアの皇太子が列席した。／六月十一日、バイエルン国王ルートヴィヒ二世は、狂気のため王位を剥奪され、叔父のルイトポルト公が摂政に任命された。やや困難をともなったが、ルートヴィヒは説得され、シュタルンベルク湖畔のベルク城に赴き、そこで日曜日、みずからの命を絶った。日曜日の午後、グッデン医師をともない、シュタンベルク湖の岸の散策にでかけた。しばらく、道をあちこち目的もなく歩いたのち、国王は、疲れたふりをして最後の食事の席についた。食事はすぐにおわった。国王の病いの徴候の一つは病的な大食であったが、ほとんど食欲がなかった。その晩、しかし、彼はいつもより諦め顔で静かな様子をみせ、グッデン医師と湖畔をまた散策したいといったとき、従者は反対しなかった。／二人が一緒にでかけたのは六時四十五分。心配する必要はほとんど感じられなかった。八時三十分になったとき、警護の者が不安になりだし、ボートと松明を持ち探しにでた。捜索は数時間つづいたが、国王がいる印がみつからず、護衛の者は、彼が逃亡したのではないかと不安になった。警告が発せられ、ミュンヘンからワシントン男爵に電報を打ち、指示を仰いだ。（以下、略）

さらに、六月二十五日付『ザ・ユナイティッド・オピニオン』紙（*The United Opinion.* (Bradford, Vt.)）に、見出し「オットー一世、バイエルン王位のルートヴィヒ二世の後継」の記事がでた――「バイエルン憲法が規定しているように、先日、自殺をした独身の狂王の後継は、弟のオットーがなった。この不運な男は、過去、十八年間、狂人として拘束されていて、自分がバイエルン国王になったとわかってはいないだろう。掲載の絵は、ひどい病いにかかる前の

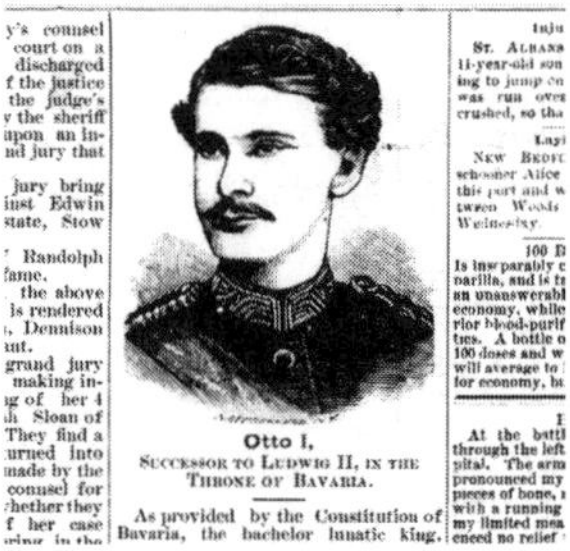

1886年6月25日付『ザ・ユナイティッド・オピニオン』紙より

当人で、この病いに家族の他の者もかかり、彼にも降りかかった。ルートヴィヒ二世と同じく、彼も美男子で兵士然とし、兄ほどには強健ではない。兄は、担当医を、彼が溺れないように奮闘したとき殺した模様。（以下、略）」。

一八八六年六月二十五日付『ザ・コランビアン』紙（*The Columbian.* (Bloomsburg, Pa.)）に、見出し「狂気の国王ルートヴィヒ、自殺――王位剥奪のバイエルン君主、非業の死を求める」の記事が掲載――

国王ルートヴィヒ二世は、最近、バイエルンの王位を剥奪されたが、先週月曜日の早朝六時に、ベルク城の大庭園近く、この町から約二十マイル南西にあるシュタルンベルク湖に身を投げ命を絶った。土曜日、ミュンヘンからその城へ運ばれる間、彼は顔色が悪く疲れた様子で、農民の愛情のある挨拶をうけ、悲しげにではあるが親切に応じていた。彼が通り過ぎる際、農民たちは道に膝待づき泣いていた。彼が自ら命を絶たないように、警戒態勢がとられていると信じられていた。従者たちは、その可能性を危惧していたが、その晩、彼は庭園での散歩が許された。彼の内科医グッデン博士が同行し、従者たちは城にいるよう命じられていた。グッデン博士は彼のあとを追って水に飛び込み、また溺れ死んだ。証拠からして、激しい争いが湖で、国王とこの医師の間で起こったことは確かで、医師は自分の患者を救出せんとした模様。死体がみつかった場所に近い湖底の泥にたくさんの足跡があり、グッデン博士の顔にはいくつも傷があった。それはたぶん、国王の指の爪で作られたものであろう。痕跡は、鼻と額の右側に残された二つの大きな引っ掻き傷と小さなもの。国王の爪は、この傷にぴたりあっていた。グッデン博士は、もみ合ううちに、水面下に沈まされたに違いない。何故なら、国王の足跡は医師のものより遠くまであった。二人の傘と、明らかに身体から剥ぎとられた国王のコートと外套が湖畔でみつかり、この悲劇の発見につながった。／ルートヴィヒは、朝、グッデン博士と散歩をして、湖のある場所近くの鹿園のベンチに座り、物静かに彼と会話を交わしていた。そこには、人に上陸を禁じる掲示がある。彼とグッデン博士は、夜、共に食事をした。国王は静かな物腰でさっさと食べ、三十分で食事を終えた。その後、彼と医師は一緒に城をでた。／夜の十一時、二つの死体が湖で発見。岸から五十五歩幅の所で、水深五フィート、二人が朝座っていたベンチ近くであった。国王が携帯しているのがみられた使い古した時計は、六時五十四分で止まっていた。二人が長いこと戻ってこないので不安が起り、捜索がなされた。その結果、死体発見に至った。ミュエラー博士と国王の執事フーベルトは、遺骸をベルク城に運び、ベッドに安置した。

この自殺の記事の六ヵ月ほど前、三月三十一日付『ジュニタ・センティネル・アンド・リパブリカン』紙（*Juniata Sentinel and Republican.* (Mifflintown, Juniata County, Pa.)）に、見出し「バイエルン国王／奇妙で途方もない趣味のロマンチックな支配者」の記事が掲載されていた――

あらゆる報道が一致して述べていることだが、現バイエルン国王ルートヴィヒ二世はとてもロマンチックな傾向の、きわめて異常で途方もない紳士で、その奇癖は国王であった祖父ルートヴィヒ一世を凌ぐという。疑いもなく、国王ルートヴィヒ二世の驚くべき奇行について、多くの誤った報道がなされてきたが、彼がよく戸外運動で乗っていた驚異的な橇を描いた絵をみると、単純な様式と王侯然とした誇示が、彼の美徳に数えられるわけではないことを誰しも認めるだろう。バイエルン国王の冬のこの乗り物ほど、精巧で豪華なものが滑走部に据えられたことはないとしても、この事実をめぐる記録は何ひとつ残ってはいない。さらに、それは車庫一杯の橇の一つにすぎず、豪華さはミュンヘンの噂話にのぼり、その一方、作動中、それらは、周辺の農民にとって驚嘆であると同時に恐怖でもある。全速力で疾走し、乗っている当の王だけがその奇妙なやり方で楽しんでいるのだから。

この当惑する「装備」の所有者が、今日、絶望的な破産をし、王国のもっとも賢明な者たちが頭を搾り、苦境から彼を救いだし、他のすべての者を彼が破滅させないようにする策をみつけだそうとしている。（中略）この現君主が豪華な乗り物を好むのは、当然のこと、彼が貴賤結婚をしようとしているという報道と結びついている。お相手は、ニュールンベルクの車大工の未亡人だという。／ミュンヘンとオーベラムメルガン間の山に二つの新しい城を建設した際、同じ無謀な放縦が国王によって示された。それは、彼がやることすべての特徴でもあるが、国民は、どのように支払をして、次に何を国王はするのかと訝しく思っている。彼の借金は、現在、四百万ドルにのぼり、直近の奇行は、家臣によれば、奇癖と狂気を分ける境界を超えるものであった。

一八九五年五月四日付『ザ・コルファクス・クロニクル』紙（*The Colfax Chronicle.* (Colfax, Grant Parish, La.)）に、本書第Ⅰ部第一章で示したような形式の、見出し「ヨーロッパの落穂ひろい」の記事があり、その一部にこうあった――「バイエルン国王ルートヴィヒ二世の記念碑は、数ヵ月前、ムルナウに建てられたが、代金が未払いであった。担当の委員会は、代金四千マルクの請求書を摂政皇太子に送り、皇太子はそれを支払った」。

そして、一九〇〇年七月二十七日付『マーシャル・カウンティ・インデペンデント』紙（*Marshall County Independent.* (Plymouth, Marshall County, Ind.)）に、見出し「バイエルンの王家」の記事が掲載――

きたるべきバイエルン王子ルパートとカール・テオドール公の娘マリー・ガブリエーレ女公との結婚式を契機として、バイエルン王家の妙な経歴が注目されている。ルパート王子とバイエル王位の間に三人がたっている。まず、父のバイエルン王子ルートヴィヒ、第二に祖父のルイポルトで、狂気の国王オットーに代わって過去十四年間バイエルンを統治してきた。そして、立ちはだかる三番目はそのオットーである。／フュルステンライド城に幽閉されているオットーは、狂気であるだけでなく、近年、苛酷な内臓疾患をわずらっている。彼は悲しい遺産

WONDERFUL BAVARIAN CASTLES of KING LUDWIG II
The Pulse of the MIDWEST

1911年11月3日付『トピカ・ステート・ジャーナル』紙より

を背負って生まれた。祖父ルイ一世は、オットーの誕生一ヵ月前に退位しなくてはならなかった。アイルランド系スペイン人ローラ・モンテスが、彼の国を災害に近い状態に至らしめることを許したからである。彼の息子マキシミリアン二世は、今度は、その息子ルートヴィヒ二世に道を譲った。この王は、これまで王冠を戴いた者でもっとも狂人で、ワーグナーの後援をし、限りなく城の建設をし、ベルク城近くのシュタルンベルク湖で、医師とともに溺死した。一八八六年六月のある日のことだ。

一九一一年十一月三日付『トピカ・ステート・ジャーナル』紙（*Topeka State Journal.* (Topeka, Kan.)）に、ルートヴィヒの生涯をめぐる記事が掲載され、最後にこうある――「彼の不慮の死以来、わずか二十五年しか経過していないが、一八六六年に、彼がリハルト・ワーグナーに宛てた手紙で述べた予言的なことばが、現実となっている――「われわれ二人がもうこの世にいなくなったとき、われわれの作品は後世の人びとへの輝くモデルとなることだろう。それは、何世紀をも喜ばせ、神に由来するもっとも重要な芸術に対する熱狂で、多くの心は燃えることだろう」。

一九一三年八月三日付『ニューヨーク・トリビューン』紙に、見出し「女公、バイエルン宮廷の秘話をもっと語る／ルートヴィヒ二世の悲劇的で厭わしい死の真実の話、公開に」／「ザ・トリビューン紙への電信」の記事が掲載――

ロンドン、八月二日――バイエルン宮廷と、ヨーロッパでもっとも神秘的でロマンチックな王家の一つの秘話が、明かされようとしている。ロンドンの出版社エヴレイ・ナッシュ社の予告による。ラリッシュ女公の回想録が、ヨーロッパで大変な評判を生み、目下、さらなる暴露が予定されている。／ナッシュ氏の代理人は、すぐに大陸に向かう予定で、ラリッシュ女公と、目下、祖国を追放されているバイエルン宮廷の元侍従と共に、人里離れた場所で数日間滞在する予定。この侍従は、約百四十通の書簡を保持し、すべてが美しいシュタルンベルク湖で起こった、悲劇的で厭わしいルートヴィヒ二世の死に直接関係があるとされている。／「ルートヴィヒは狂人であったか。そう、歴史はすでに彼を降ろしたが、自ら溺れ死ぬほど彼は狂気ではなかった」は、元侍従の言である。／約束された文書によりと、オーストリアに対してルートヴィヒが企てた陰謀が進行し、彼は、当時、イエズス会に支配されていたという。その陰謀が妨げられ、事実が、ヨーロッパの秘密会議で知られるようになったとき、絵のように美しくロマンチックな人物ルードヴィヒが意図的に消えたのである。それが自殺の真相だ。／この本は、これまで覆っていたヴェールを剥ぎ、バイエルン・アルプスの麓の絶妙で妙な土地でこれまで起こった事件で、もっとも興味深く、悲しく、そして同時に劇的な一連の出来事を明るみにするとされる。

ちなみに、「ラリッシュ女公の回想録」の「ラリッシュ」とは、エリオットが情報を得たと思われる「女公マリー・ラリッシュ」のことで、「オーストリア皇后エリザベートの従妹で親友」であった。「回想録」はゴーストライターによるとされる、その著書『わが過去』である。詩人アンソニー・ヘクトはこの著書にふれ、こう述べている——

手稿版のこれらの行に註を施し、ヴァレリー・エリオットはこう述べている——「『ザ・パーティザン・レヴュー』誌（一九五四年第二十一号）上で、G・K・L・モリス氏は、『荒地』の各部と女公マリー・ラリッシュの回想録『わが過去』（ロンドン、一九一三年）との類似点に注意を喚起していた。この前提は、エリオットがこの本を読んだに違いないというものであるが、実際、彼は著者に会い（時と場所は不明）、たとえば橇遊びの説明は、彼がオーストリア皇后エリザベートの従兄で腹心の友と交わした会話から、そのままもってこられている。

（Anthony Hecht, *Melodies Unheard: Essays on the Mysteries of Poetry*, 2005. p.126）

＊＊＊＊＊

第二節・余白「マリー・ラリッシュ」言説

一八九八年十二月十一日付『ザ・サンフランシスコ・コール』紙に、見出し「ヨーロッパの王族を刺激した物語は、これだ」の記事が掲載された――

マリー・ラリッシュの小説があらわれ、ハプスブルク家内の秘密をいまの世代に暴露する恐れが長いことあったが、ついに出版され、大きな叫び声がウィーンの宮廷社会からあがってきた。バイエルン国王ルートヴィヒの自殺以来、ウィーンでそうした大騒ぎは起らなかった。／マリー・ラリッシュは、いまはじめてこの狂王の本当の歴史を語る。彼はリハルト・ワーグナーの後援者にしてシュタルンベルク城の隠遁者であり、二年間で五人の随行員を殺害したあと、みずから命を絶った。五年前、女公ラリッシュはこの本を書いたが、当時の出版は皇帝に阻止された。皇帝は、この作者から、版権を途方もない値段で買ったのである。一年前まで、女公については、これ以上のことは何も聞かれなかった。そのとき、彼女は夫と五人の子どものもとを去り、オットー・ブリックスという名のミュンヘンのテナーのオペラ歌手のもとに赴き、生活をした。

1898年12月11日付『ザ・サンフランシスコ・コール』紙より

一九一三年五月四日付『ザ・サン』紙に、大見出し「多くの王族スキャンダル、『わが過去』で暴露される」、小見出し「マイヤーリンクの秘密、語られる――オーストリア皇太子の悲劇的死の事実、皇后お気に入りの姪が明かす――ルドルフのマリー・ヴェッツェラとの恋愛」の記事が掲載――

ジャネット・L・ギルダー著／版権、一九一三年、G・P・パトナムズ・サンズ社／王族スキャンダル――結局、歴史のスパイスだが――、ポティファルの妻から現代（でも、なぜ現代の事例か）のスキャンダルを読むのが好きな人は、女公マリー・ラリッシュの『わが過去』の出版を待望してきた。この本は、G・P・パトナムズ・サンズ社が数日中に出版予定。この本を準備するにあたり、著者は、モード・メアリー・チェスター・フォークス夫人の援助を仰いだといえば、読者は、熟練の手が指導して、語りの小気味よさを妨げることはないと知るだろう。フォークス夫人は、同じ友情から援助を、カーデガン夫人とルイーザ・トスカーナに対し惜しまなかったので、この種の自伝を見事な技術と、少なからぬ機知で扱うことができると期待される。

（註・「マイヤーリンクの秘密」とは、一八八九年一月に起こったオーストリア＝ハンガリー帝国皇太子ルドルフと男爵令嬢マリー・ヴェッツェラの心中事件（マイヤーリンク事件）を指している。これを題材にしたバレエ『うたかたの恋』(Mayerling) は、一九七八年に初演されている。）

His Royal Highness - The World's Meanest Husband

Pretty Chorus Girl Wife of Duke Ludwig of Bavaria Cruelly Surprised When He Treated Her as a Horse, a Dog, and a Goat and Cheated Her Out of Her Pin Money

1913年7月27日付『ザ・タイムズ・ディスパッチ』紙より

一九一三年七月二十七日付『ザ・タイムズ・ディスパッチ』紙に、大見出し「殿下――世界最低の夫」、小見出し「バイエルン公爵ルートヴィヒの可愛いコーラスガール妻、彼が彼女を馬、犬、山羊の扱いをし、彼女の少額の金をだまし取ったとき、驚く」の記事が掲載された――

ミュンヘン、七月十九日――王族家庭生活の驚きのドラマが、目下、法廷を占拠している。バイエルン公爵ルートヴィヒ八十二歳は、貴賤結婚の妻、もとバレー・ダンサーを離婚で訴えている。／公爵は、故オーストリア皇后エリザベートの弟である。彼はバイエルン王家の一分家に属し、現在、王位についている家とは別であるが、すべての点で、統治家と同じ権利を有している。／若い頃の公爵は、ヨーロッパで一番ハンサムだとみなされていて、それはちょうど姉のオーストリア皇后が王妃の中の真珠であったのと同じであった。若くして彼は、ヘンリエッタ・メンデルという名の美しいバイエルンの女優と結婚をした。この女性はワラーゼー男爵夫人となったが、一八九一年に他界した。二人には一人の子どもがいた。のちの女公マリー・ラリッシュで、最近、驚きの本を書き、叔母の皇后の浮気、バイエルン王家の狂気の奇行、皇后の一人息子オーストリア皇太子ルドルフの、悲劇的死に至った陰謀の暴露をした。

一九一三年十一月十四付『ダコタ・ファーマーズ・リーダー』紙（*Dakota Farmers' Leader.* (Canton, S.D.)）に、オットー廃位にからみルートヴィヒ二世に言及した記事、見出し「前君主である前任者は、弱さのため国の統治ができなかった――ルートヴィヒ二世は、シュタルンベルク湖で溺死」の記事が掲載――

ミュンヘン、十一月七日――狂気のバイエルン国王オットーは、二十七年間の「統治」ののち、水曜日、当地にて廃位された。／摂政王子ルートヴィヒは、バイエルン議会両院が制定したばかりの法規定にしたがい、国王を宣言した。／新王はルートヴィヒ三世になる。おそらく、十一月八日に、彼は憲法上の宣誓をする予定。／国中に貼られた王の布告は、統治から廃位されたオットーの狂気は不治のものと宣言し、その結果、摂政王子ルートヴィヒが摂政を辞し王位に登り、自身を国王に指名したとしている。／廃位された国王オットーは一八六八年四月二十七日に生まれ、兄ルートヴィヒ二世の後を継いだ。後者は、一八八六年六月十三日、シュタルンベルク湖で溺死した。

FIVE FAIRY PRINCES WANTED TO MARRY THESE ROYAL MAIDEN

1914年6月14日付『イヴニング・スター』紙より

一九一四年六月十四日付『イヴニング・スター』紙に、見出し「五人の美しい王女、求められる」、小見出し「バイエル国王ルートヴィヒには、結婚適齢期の五人組の姉妹がいる——長年、彼女らは、ぼんやりした父と結婚嫌いの母によって隠されてきて、同じ位の適齢男性に会う機会がなかった——家族の者で恋愛を邪魔された者の恐ろしい運命が、国王ルートヴィヒに注意を与えるが、君主は妹らをまだ子どもだと考えている」の記事が掲載。以下、その一部である——

しかし、国王ルートヴィヒにとって、無意識であれ彼がたどっている途に悲劇的結末があるといけないので、彼のこうした「娘ら」の場合、一つ配慮しなくてはならないことがある。つまり、この王家の強力な狂気の汚点という観点からして、起こっても決して驚くべきことではないことである。もちろん、その先行者の一人はルートヴィヒ二世であった。「王冠を戴いたもっとも狂った国王」と呼ばれ、ワーグナーの後援者にして際限なく城を建て、一八八六年六月のある日、ベルクにある居城近くのシュタルンベルク湖で、内科医と共に溺死した。もう一人は、もとバイエルンの支配者、彼の弟「狂った国王オットー」で、彼は四十年近く危険な狂人としてフュルステンライド城に幽閉されており、両者の狂人王の場合、正気を失った直接原因は、恋愛が「国家的事情」に妨げられたことによる。

以上のように、『荒地』に〈ルートヴィヒ二世〉の〈水死〉を盛り込もうとしたとき、エリオットは、この〈狂王〉と現実的につながるのは〈シュタンベルク湖〉であり、その言説においてもその連想関係は強かった。アンソニー・ヘクトがいっているように、エリオットは、具体的に〈ルートヴィヒ二世〉の名を使用するのではなく、詩的相関物としての湖の名を用いたわけである。

手稿から消されたドイツ語「ケーニヒスゼー」（ケーニヒ湖）は、どうなったのだろう。エリオットの中で、どのような存在性を持ちつづけたのだろうか。

ハンス・ウォールター・ゲイブラーは、先に引用した最後の文に（三）の註をふし、その註で以下のように述べている――

第三節　〈ケーニヒスゼー〉の行方とフェルディナント・グレゴロヴィウス

T・S・エリオット自身の主張では（ロナルド・ブッシュ教授が話をしていて言及したこと）、シュタルンベルク湖からホーフガルテンへ移るのは、現実生活でおこなった旅行を要約している。詩を書いているとき、彼（エリオット）は他のバイエルンの湖を心に描くことはなかった可能性がある。しかし、彼は、自分が周遊した湖の名に確信がなく、ただ「ケーニヒ湖」という名のバイエルンの湖のあったことだけを思い出したのかも知れない。

この推論が正しいとして、さらに推測をかさねるなら、地名として「ケーニヒスベルク」（ケーニヒス山）を連想してもいいのではないか。その根拠は、〈リトアニア〉である。「I　死者の埋葬」にでてくるワーグナーの『トリスタンとイゾルデ』（*Tristan und Isolde*）は〈アイルランド〉と関連しているが、この地のように、〈リトアニア〉も一九一九年に独立をはたしており、先に引用した箇所の「マリー」のことばに、「ワタシハロシア人ジャナイノ。リトアニア生マレノ生粋ノドイツ人ナノ」とある。〈リトアニア〉と密接な関係にあったのが、かつてリトアニア語出版物の中心地であった〈ケーニヒスベルク〉（Konigsberg）である。本書第I部第一章第五節で言及したローズヴェルトの「豚革文庫」の一冊に、フェルディナント・グレゴロヴィウス著『ローマの日記』（英語版一九一一年）があり、そのでだしに、「ケーニヒスベルク」とでてくる――「わたしは、一八五二年四月二日、ケーニヒスベルクの町を離れた」（Ferdinand Gregorovius, *The Roman Journals*, 1911. p.1）。グレゴロヴィウスはポーランド生まれで、ケーニヒスベルク大学卒であり、この地に生まれた哲学者イマヌエル・カントは、一七八六年と一七八八年に総長を務め、そこから育った学生らがのちのヴァイマル古典主義やドイツのロマン主義運動の基礎を築いたとされる。この本には、以下のように、一八六九年の記載の中に〈ルートヴィヒ二世〉への言及がある。

「ベルク、ストットガルト近く、九月十三日」――

まちがいなく、ヴュルテンブルク軍は、プロシャにとって次第に好ましくなる。大佐フォン・ズッコー（旧知の間柄のエマ・ニードルフの息子で、昨日、わたしはエマを訪問）は参謀総長であり、どこでも統一党の指導者としてみられている。民主党員はカトリック教徒に劣らず熱狂的だ。彼らの機関紙『ディ・ベオバハター』は、ハノーヴァー国王に支援されているという。にもかかわらず、国民党は、ゆっくりと地歩を得ていると主張されている。このことは、バイエルンにもいえることだ。彼らは、新聞で――どのバイエルンの新聞かわからない――国王ルートヴィヒに、王冠と笏を脇に置くように忠告し、彼を『お気に召すまま』の公爵のように、森の生活とロマンスへと向かうように仕向けさえした。（三三七ページ）

「ローマ、十二月二十六日」――

バイエルンのウルトラモンタニズム（教皇至上権主義）の抵抗は、また打ち破る必要がある。ギーセンブレヒトが手紙で知らせてくれたように、この国王（ルートヴィヒⅡ世）はそのアルプスの城の雪の中に坐し、その一方で、内閣は崩壊の一途をたどり、イエズス会は国全体を混乱させている。／こうした出来事をローマで静観して、現行の熱狂が、はっきり完全に姿をあらわさざるをえないのを喜んでいる。（三四九ページ）

「ミュンヘン、九月十日」――

若きバイエルン国王は、いまだ町に姿をあらわすことがない。もっとも重要な行事が挙行され、国民が英雄的な行為を演じているとき、ホーエンシュヴァンガウやベルクの居城のロマンチックな森の寂しい場所で、彼は日々夢想してすごしている。彼は、この国の神話的人物、未来の音楽オペラの主人公で――いわば、わけのわからない心理の典型であって、内科医しか説明できないだろう。／元ナポリ王が、ミュンヘンの通りを独り散策しているのをみかけ、この哀れな廃位された君主をみた。厳しい追放の途を歩んでいた。ナポリ人から、世界から、多分自身の家族すらからも忘れられている姿だ。彼は、フェルダッフィング（シュタルンベルク湖西岸にある）に居住している。（三四九ページ）

さらに、「ザルツブルク、九月四日」の記載には、以下のように〈ケーニヒ湖〉にでかけたとの記事がある。ついでながら、この記載の直後には、「ギーセブレヒト夫妻は在宅で、われわれは一緒に歩いてツムスゼーにでかけた。夜、物凄い雷雨、次いで滝のような雨」とある――


「ザルツブルク、九月四日」――

九月三日にベルヒテスガーデンにでかけた。ここは魅力的なところで、ヴァッツマン山の麓の肥沃で美しい渓谷にあるからだ。鬱蒼とした山、奥深い湿った緑地、哀愁、断固たる色彩、すべてが壮大で真面目で、英雄的である。ケーニヒ湖にでかけ、そこからサン・バルトロメーオへ馬でいった。（一八七ページ）

以下の記載には、〈オーストリア皇后エリザベート〉への言及があり、さらに、あとで示す「禁書目録」への言及もある――

「ローマ、十二月九日」――

公会議が、昨日の朝、八時に聖ペテロ教会で開催された。リンデマンとコーバン夫人と一緒にでかけた。激しい雨の中。大聖堂には群集がぎっしりで、空いている場所はみつからない。遠くからしか、開かれた公会議場をみることはできなかった。赤い席の列、教皇らの大メダル、飾られた司教座がとりわけよくみえた。行列は何もみえず、司教冠すらだめであった。熱気は耐えられなかった。蒸気が濡れた衣服や傘から立ちのぼり、傘の滴で、大理石の床は水たまりになっていた。／数日前、ローマに到着したオーストリア皇后が列席していた。彼女は四十分、群集に閉じ込められたままで、ついに、スイス衛兵が彼女のために途をあけた。ギリシャ王妃オルガも、儀式に列席した。（三四五ページ）

「ローマ、十二月十三日」――

十二月十日、最初の公会議会議が開催された。枢機卿デ・ルカの主宰であった。教皇は、彼の派遣者として五人の枢機卿を選んでいて、その一人ライザハは、目下、病気でジュネーブにいる。／大司教ダルボワは、強烈にローマの計画に反対したので、デ・ルカは彼に発言の許可を与えなかったといわれている。ダルボワ、デュパンル、そしてマレが、フランス反対派の指導者である。全体的に、公会議では、ほぼいつものことであるが、主導権はフランスのものである。オーストリア人が議論のため、熱狂者ナルディの家に集まっている。彼らは、フルダ党とプロシャ人に反対するといわれている。オーストリア皇后の列席は、公会議と無関係である。／デリンガーの『ヤヌス』が「禁書目録」に入った。（三四六ページ）

ついでながら、本書第Ⅳ部第三章第五節で論じる〈フランス皇后ウジェニー〉も、以下の箇所で言及されている――

「ローマ、十二月二日」

二十四日、ナポレオンが法律を布告したが、それは上院の特権と立法権を拡大するものであり、議論を容認するものである。偽者スメルディスの星が傾きはじめている。教皇派はこうした譲歩を自分たちに都合よく説明しており、その点で、不安感を、つまり独裁制の衰退を感じ取っている。パリで起こった騒動についで報告がでまわっていて、皇后ウジェニーの旅行、もしくは亡命は、彼女が率いていると信じられている、ローマに味方する陰謀と関係がある。別の報告によると、皇太子は偽りの子であり、だから、ウジェニーがクリノリンスカートを発明したという。（二一三ページ）

「ローマ、十二月十日」――

（前略）皇后ウジェニーがローマに向かっているとの噂が、再度、広まっている。（二六七ページ）

ここで、リトアニア語とサンスクリット語の関係を語る言説に触れる。『荒地』が、「リトアニア」を「Ⅰ　死者の埋葬」で持ちだし、「Ⅲ　火の説教」「Ⅴ　雷の言ったこと」で「仏教」「ヒンドゥー教」に触れているのは、決して偶然のこととは思えない。「リトアニア」生まれの「マリー」が、「マリー・ラリッシュ」を示唆しているなら、彼女は「バイエルン」の「アウクスブルク」生まれなので、「リトアニア」は意図的な選択であるということになる。

ガーボル・クラニツァイ、マイケル・ワーナー、オットー・ゲクスダー（共編）『多様な古代／多様な現代』（Gabor Klaniczay, Michael Werner, Otto Gecsder(eds.), *Multiple Antiquities—Multiple Modernisties*, 2011）所収のモニカ・バール（Monika Baar）の論文「東部・中央ヨーロッパにおける国家遺跡」（"National Antiquities in East-Central Europe"）に、以

下の指摘がある。なお、引用中の「ボーレン」とは、ケーニヒスベルク大学教授のドイツ人東洋学者・インド学者のピーター・バン・ボーレン（Peter von Bohlen）のこと。

ボーレンは、リトアニア語を「北欧のサンスクリット語（の方言）」といっても決して誇張ではないと断言している。……こうした見解には、ヘルダーとヴィルヘルム・フォン・フンボルトのものがあった。ボーレンは、リトアニア人とラトヴィア人には独特の特性があり、おそらく、両者は「古代の母の娘」であって、たぶん、遠方の領土から派生したのだろうと指摘したとき、ヘルダーを引き合いにだしている。（42 (Peter von Bohlen, "Uber die Verwandtschaften zwischen der Lithuanischen und Sanskritsprache Abhandlungen der Koniglichen Deutschen Gesellschaft zu Konigsberg, vol.1 (Konigsberg, 1830), 120.) in Michael Werner, *Multiple Antiquities - Multiple Modernities: Ancient Histories in Nineteenth Century European Cultures.* 2011.p.177）

さらに、こうも指摘している——

最後に、ボーレンの論文で一層重要な側面が登場する。つまり、一方では、サンスクリット語とリトアニア語間の、他方では、古代インドの宗教と古代バルト海沿岸の宗教が驚くほど類似しているが、それは両国に共通する祖国に由来するという示唆である。（中略）／学者たちは、しばしば、「北方」のテーマと「東方」のテーマとを結びつけるのに、言語だけでなく宗教的根拠に基づき、二つの伝統を比較しはじめた。たとえば、ラスムス・ラスクは、仏陀とオーディンとを比較し、また『エッダ』と『ゼンド—アベスタ』の類似を特定化した。シモナス・ダウカンタスは、リトアニアの神とインド＝ヨーロッパの神の類似をめぐる議論を利用して、リトアニアの神ペルナスが、インドの神ヴィシュヌの化身だとする仮説を受け入れた。（一七八ページ）

一九一四年十一月十三日付『ザ・ブリッジポート・イヴニング・ファーマー』紙（*The Bridgeport Evening Farmer.* (Bridgepost, Conn.)）に、見出し「ロシア語」の記事が掲載され、「サンスクリット語とリトアニア語」にふれている――

チャールズ・サロレア（註・初代編集長）は、ロンドンの『エヴリマン』紙に掲載された「ロシア語をめぐる見解」の記事でこう述べている。語彙だけでなく文法構造でも、ロシア語は、サンスクリット語やリトアニア語のようなより古いインド＝ヨーロッパ語族に、他のどの現存する言語よりも近いが、書記された言語として、つまり、散文という伝達媒体として、ロシア語は、ほぼ昨今のものとかわらない。それは、今日、一億七千万人の支配的言語である。「また、忘れてはならないのは、ロシア語は他の十のスラヴ語を理解する鍵だということである。そして、最後に、サロニキ、もしくは教会ロシア語は、ギリシャ正教会スラヴ人の共通の聖なる言語であることを記憶にとどめておく必要がある」と、彼は述べている。

＊　＊　＊　＊　＊

第三節・余白①　〈ヒポリトゥス〉の反〈グノーシス主義〉

「禁書目録」に入った『ヤヌス』の著者「デリンガー」とは、「ヨハン・イグナツ・フォン・デリンガー」（Johann Joseph Ignaz von Döllinger, 一七九九―一八九〇年）のこと。教皇無謬説を否定したドイツの神学者・司祭・教会史家であり、復古カトリック教会の教理と形成に寄与したとされる。その著書に『ヒポリトゥスとカリストゥス』（*Hippolytus and Callistus*）（1854, Eng. trans., 1876）があり、注目される。すでに示唆したように、『荒地』にかかわる名だ。

参考資料――カリストゥス一世（Callixtus I, ?―二二二年）は、ローマ教皇（在位：二一七―二二二年）。在位は、ローマ皇帝ヘリオガバルスおよびセヴェルスの時代に当たる。カリストゥス一世の対立者ヒッポリュトスは、カリストゥスの若い頃についてこのようなエピソードを記している。それは、彼がもともと、カルポフォルスなる人物の奴隷であったというもの。ところが、主人の金を使い込み、さらに他のキリスト教徒に預けられた金をなくしてしまい、ローマから逃げだしたが、ポルトゥスで捕縛された。債権者のとりなしで、なんとか釈放されたが、シナゴーグでユダヤ教徒といさかいを起こし再び逮捕された。今度は、サルデーニャの鉱山送りになるが、コンモドゥス帝の愛人マルキアのとりなしで救出。体が弱っていたカリストゥスは、仲間のキリスト教徒に助けられ、教皇ウィクトル一世の知遇を得る。次の教皇ゼフィリヌスの下で働いていたことから、カリストゥスがその後継者になった。二二二年頃、カリストゥスは井戸に投げ込まれて殉教したとされるが、史実の裏づけはない。死後、アウレリア街道沿いのカレポディオのカタコンベに葬られ、九世紀にテヴェレ川沿いのサンタ・マリア・イン・トラステヴェレ教会（ローマ最古の教会のひとつ）に移された。それはこのサンタ・マリア教会が、カリストゥスの殉教地に由来していると伝えられていることによる。カトリック教会の聖人であり、記念日は八月十四日。（「ウィキペディア」より。）

この著書の「訳者序」に、こうある――

デリンガー博士の『ヒポリトゥスとカリストゥス』出版の数年前に、首席司祭（ヘンリー・ハート・）ミルマンの大著『ラテン・キリスト教史』が出版された。この中で彼は、ヒポリトゥスがポルトゥス司教であったという当時一般的な見解を採用し、ヒポリトゥスが、敵カリトゥスに対して述べたりあてこすったりしたりしていることすべてを、あるいは、ほぼすべてを信じる傾向にある。ヒポリトゥスの管区についてどのように考えようと、教会史の研究者で、ヒポリトゥスの物語は、「論争上の敵意からか、やや暗いものとなっているとはいえ」、細部が正しそうだと認める者はほとんどいない。第三版（一八六七年）で、この首席司祭は、長い註（四四〜四五ページ）を加え、シュヴァリエ・ブーセン（Chevalier Busen）の学識の高い著作を褒めたあと、こう述べている――「わたしは、また、教会史家J・デリンガーの『ヒポリトゥスとカリストゥス』も読んだ。確信はないが、著者の学識と巧妙はあるといわなくてはならない。（中略）M・デリンガーの著書は、有能で、いくらかの点でとても教えられるものではあるが、論理的に自己の考えを述べるという決然たる（明らかに、粘り強い）決意をもって書かれていないことが、残念といわざるをえない。『カリストゥスへの弁明書』（*Apologia pro Callisto*）と題してもよかった。そのため、わたしの判断では、彼自身の大義にとって、ひどく不運な議論だとあえていわざるをえない」等々。個人的にせよ著作からにせよ、デリンガー博士を知る者は、「議論」が真理と理解されないとすれば、彼が「論理的に自己の考えを述べるという決然たる決意」で書くという考えに対し、微笑みを浮かべることだろう。デリンガー博士が、彼が事実とみなすことに対する解釈が、彼自身の大義に不利になるという状況を持ちだせば、確かに、彼が思っていることは、事実を考えに適合させることではなく、歴史的真理の発見であることをいくぶんかでも保証してくれるだろう。首席司祭ミルマンは、いつもはとても寛大に、有名な異端者に共感を示す。だが、一度だけ、彼は、いわゆる「正統な」ヒポリトゥスがカリストゥスの性質と教えを汚す際に述べた最悪のことばを認めようとしているかにみえる。（中略）多くのイングランドの研究者は、この二人の歴史家の著作を読んでいるが、デリンガー博士が提出したような問題の他面を吟味する機会がない。そうした欠陥を正すべく、この翻訳がいま出版された。主要な結論に賛同しない者でも、二世紀末と三世紀はじめの教会の状態をめぐり、より完全な知識が得られるだろうし、同時に、辛抱強い徹底した調査がどのようなものかを知ることになろう。こうしたことは、文人が説得力ある記事や評論以上に高度なものを目指さない国では、あまりにもしばしば欠けていることである。

本書第Ⅱ部第二章第七節で、クリスチャン・チャールズ・ジョシアズ・ブンセン（Christian Charles Josias Bunsen）著『ヒポリトゥスとその時代――キリスト教の始原と今後』の新聞記事に言及したが、ここで〈ヒポリトゥス〉の宗教的立場の説明として、以下のものをあげる（Albrecht Dihle, *Greek and Latin Literature of the Roman Empire from Augustus to Justinian*, translated by Manfred Malzahn. 1989）――

バルデサネスとクレメンスよりやや若かったのが、ローマの長老ヒポリトゥスで、彼は司教カリストゥスとの論争後、対抗する司教として選ばれた。その後、キリスト教徒が迫害された時期、ヒポリトゥスは彼の敵の二番目の後継者と共に、サルディニアから追放された。ヒポリトゥスは、亡命中、二三五年に死去。当時、ギリシャ語は、依然、ローマの教会用語であった。この首都のキリスト教徒会衆は、主として都市住民のギリシャ語使用者から構成員を募っていた。

ヒポリトゥスは、グノーシス各派に反対する主要な論文を二つ書いた。より長いものの原テキストは、オリゲネスの名のもと現在まで伝えられてきており、他のものは、一部、ラテン語に翻訳され知られている。『全グノーシス各派の論駁』は、三十三をくだらないグノーシス各派の、異なる体系的教義を特定、糾弾している。この小冊子で、ヒポリトゥスは、いくつかの古い反異端的著述に依存している。とりわけ、イレナエウスの主著である。それにもかかわらず、この論文を読むと、罪があるとされる著述の多くを、著者自らが吟味していることがわかる。だから、彼の著作は、グノーシス派についての貴重な情報源となっている。グノーシス派の原テキストをコプト語訳したものが発見された今日ですら、変わることがない。知られているその後の反グノーシス派の著述――たとえば、キプロスのサラミスの司教エピファニウスのもの――は、ヒポリトゥスの論文に基づいている。

（中略）

「ダニエル書」に記述された幻影《ヴィジョン》の解釈をして、ヒポリトゥスは、根本的に異なる意見を表明している。彼にとってローマ国家は、全面的に好ましくなかった。それは器にほかならず、その内部では不正が世代の経過とともに大きくなり、ついには、反キリストの到来でその頂点に達するのである。そのあとにつづくのは、世の終わり、つまり、最後の審判であり、神の永遠の支配を予告するものであった。ヒポリトゥスは、こう主張した。つまり、黙示録の出来事は、また同時に、教会だけが、その構成員の社会生活で、正義の法を以前から実践してきたことを明かし、かくして、既存国家に対する積極的な対抗像を呈示していると認められると。

（中略）

ヒポリトゥスが、とりわけ終末の問題に関心を抱いていたことは、また、彼の短い反キリスト論でも明らかである。この著作はギリシャ語で存在し、黙示録の出来事の説明は、ヒポリトゥスの師イレナエウスの説明にならっている。ヒポリトゥスの終末論をめぐる省察は、千年至福説には至らなかった。そして、彼のもっとも重要な学問的著作「世界の年代記」は、オリジナルの断片と、その後の諸版の形で現存しているが、その中に、ヒポリトゥスは、この種の思索的年代記に対する明確な警告を含めすらしていた。

（中略）

ヒポリトゥスの著作群がほんのわずかしか現存していないこと、そして、われわれが、しばしば断片と翻訳にしかたよらざるをえないのは、彼がその反司祭として選ばれたため、教会分離者と分類されるからというわけではない。ローマのキリスト教徒社会は、彼を殉教者の一人とみなしさえしている。亡命中に死去したためだ。そして、ローマの彼の墓に、彼を記念する像さえ建立した。一五五一年に再発見された彫像である。ヒポリトゥスの著作の運命は、三世紀中頃直後、ローマの教会の公式言語にラテン語がなるまで、封印されることはなかった。その後、西欧では、ギリシャ語使用者の数が着実に減少していった。この展開は、とりわけ強力な影響を教育のある階級に及ぼした。ほとんどの著述者と読者は、この階級に属していた。（三三一―三三四ページ）

以上の説明で、とりわけ注目すべきは、〈ヒポリトゥス〉の「反グノーシス派の著述」である。これに対し、エリオットは『荒地』の段階では、〈グノーシス〉的立場にあったとされる。ウィリアム・フランク・モンローは、その著書『傷つける力――疎外の美徳』（William Frank Monroe, *Power to Hurt: The Virtues of Alienation*, 1998）の「第十章「執事以外の他の者」――T・S・エリオットのグノーシス的衝動」（"Others but Stewards": T.S. Eliot's Gnostic Impulse）で、「『荒地』を再度取り上げるのは、無思慮で陳腐ですらみえる」としながらも、以下のように述べている――

カルヴィン・ベディエントは（『彼は『ザ・ポリス』紙をいろいろな声を出して読むわ――『荒地』とその主人公』で）、「エリオットが〈キリスト教徒〉である限り、少なくとも『荒地』では、〈グノーシス的に〉そうであるとした。この見解は、エリオットの「激しく非難され、激しく非難する反ヒューマニズム」を解明する、あるいは再解明する先行例である。文明に幻滅した彼は、浄化してくれる、反ノミナリズム的な「インドへの道」とベディエントが呼んでいるものを追求せざるをえなかった。グノーシス主義の特徴であるペシミズム兼超越の戦略を、エリオットのもっとも重要な改宗以前の詩（『荒地』）にみいだそうとするなら、雷の証言と最後の「祝福」をたどり、『ブリハッド・アーラニヤカ・ウパニシャッド』にある共通の資料に至ればよい。そして、無神論のグノーシス的精神が支配的である一方で、『荒地』は、また、世界と肉を使い尽くす戦略を、反唯名論的認可書、つまり、歴史的な〈グノーシス主義〉の別の本質的要素をかいして明示している。（一三五ページ）

また、先の引用にあるように、「黙示録的出来事」に〈ヒポリトゥス〉が関心を持っていたことは、本書第Ⅲ部で展開する議論とつながっている。

同時代の新聞報道に登場した〈ケーニヒスベルク〉は、一九一四年八月二十八日付『ザ・ハワイアン・ガゼット』紙（*The Hawaiian Gazette.* (Honolulu [Oahu, Hawaii])）の見出し「ロシア、着実に東プロシャに地歩を得る」の記事を典型として、東プロシャ情勢をめぐるものの中に登場してきた――

ロンドン、八月二十八日――（連邦無線電信による連合通信）――プロシャでの作戦行動はいまだとまらず、ロシア軍は、東プロシャのティルジット市に入場し占拠した。東プロシャの南部と東部地域全体でドイツ軍は後退し、目下、オステローデとオルシュティンに集中し、ケーニヒスベルクへの侵入路を射程に入れている。必要なら、そこに向かう準備ができている。ロシア右翼との闘いで、ドイツ人は、百丁の鉄砲と多くの捕虜を失った。ロシア軍の前進は、目下、ケーニヒスベルクを進み、いくつかの場所でアレ河を渡っている。

一九一四年九月二日付『ザ・シアトル・スター』紙（*The Seattle Star.* (Seattle, Wash.)）に、フレッド・L・ボールト（Fred L. Boalt）の記事がでて、その一節にこうあった――「サンクトペテルブルクはまったく同じ話をして、オーストリア軍について、その中心が「侵入された」「潰された」、そして両翼は「打ちのめされた」と語っている。ロシア軍によれば、オーストリア軍に注意を向けてはいるが、その一方、東プロシャでは領土を失ってはいないとしている。ロシアの二つの軍隊はプロシャにいて、一つはケーニヒスベルクとオルシュティンに向けられ、もう一方は、トルンとグラウデンに向けられている」。

同年九月五日付『ザ・スパニッシュ・アメリカン』紙（*The Spanish American.* (Roy, Mora. Co., N.M.)）も類似の記事を載せ、見出し「ドイツ軍、サン・カンタンで勝利／ポー、ドイツ軍団を一掃／イギリス隊、敗北／ケーニヒスベルク占拠／ロシアの攻城砲、百万の兵が前線で戦闘中、防衛軍を粉砕」で、こう報じている――「ロンドン、八月三十一日――ザ・クロニクル紙のサンクトペテルブルク通信員が非公式の報告をよこし、ロシア軍は、ドイツ軍団を猛烈に追撃し、混乱の中、ケーニヒスベルクの入場をはたし、町と要塞を占拠したと伝えた」。「マリー」のことばに、「ワタシハロシア人ジャナイノ。リトアニア生マレノ生粋ノドイツ人ナノ」とあり、〈ケーニヒスベルク〉への言及はないが、これはこうした「大戦争」の大量の言説を受けていて、〈ロシア〉〈ドイツ〉〈リトアニア〉の記号連鎖は、〈ケーニヒスベルク〉を核に展開している。ついでながら、〈ケーニヒスベルク〉の名は、一九一五年七月十三日付『ザ・オグデン・スタンダード』紙（*The Ogden Standard.* (Ogden City, Utah)）に、見出し「ケーニヒスベルク、破壊さる」の次の記事にみるように、ドイツ軍戦艦の名でもあった――「ロンドン、七月十二日、午前九時四十分――海軍本部の発表によると、ドイツ軍巡洋艦ケーニヒスベルク号は、昨年秋、ドイツ領東アフリカのルフィジ河でイギリス艦隊から逃れたが、イギリスの河川モニター艦に完膚なきまでに破壊された。イギリス軍死傷者は、戦死四名、負傷六名であった。三千三百四十八トンの船ケーニヒスベルク号は、スピードが二十三ノットであった。これは防護巡洋艦であった」。

そして、こうした戦況報道記事の多い中で、一九一四年十二月十四日付『ザ・デイリー・テレグラム』紙（*The Daily Telegram.* (Clarksburg, W.Va.)）に、見出し「ヨーロッパ戦争の東部戦域の状況／琥珀産業に関して」の記事が掲載され、〈琥珀〉の産地としての〈ケーニヒスベルク〉が、説明されている――

ケーニヒスベルクは東プロシャの首都で、琥珀市場の中心地であるが、プレゲル河沿いの琥珀産出地域の南西部の角に位置している。産出される琥珀の多くは、ケーニヒスベルクで加工され、多量のものがウィーンに送られて、そこであらゆる喫煙用器具が製造される。琥珀玉は、ケーニヒスベルク貿易のとりわけ重要な項目をなし、主としてポーランド人、ロシア人、東洋人に売られる。ロシアとポーランドの民衆の間には、一つの迷信がある。幼児が琥珀玉を身に着けていると歯の成長がよくなり、赤ん坊の乳母が身に着けると、すべての感染病を引きつけ、預かった子から引き離してくれ、赤ん坊の健康が守れるというのだ。そういうわけで、ポーランド人や西ロシア人の乳母が、必ずこうした装飾の重い鎖を身に着けているのをみかけるのである。／琥珀に価値があるのは、おおむね、奇怪な、少なくとも不可思議な特性のおかげであった。古代の伝承によると、それは、太陽の二輪戦車に乗る無能なパエトーンの女きょうだいの流した涙だという。彼女たちは、彼の死後、ポプラに変身させられていた。古代ギリシャ人とローマ人は、琥珀をとても価値あるものとし、スキタイとアルプス山脈が地上の端であった時代に、ギリシャとエトルリアは、サムランド（サンビア）の琥珀採集者と取引をしていた。／今日でもなお、琥珀はその神秘性の故に売られている。東洋人は、数珠に適した効能を持つものとして珍重している。また、死、病い、悪魔除けの琥珀のお守りは、経験に富んだ東の市場に向けて作られている。古代ギリシャの哲学者にして最初の内科医であるミレトスのタレスは、琥珀の神秘的力を突き止め、たまたま、電気に手をだした。その際、少し擦ると、ものが引きつけられることを発見した。歴史の夜明けから今日まで多くの人は、琥珀の治療的権能を信じてきた。薬として首に巻かれ、アルコールに溶かして摂取された。いうまでもなく、現代医学は、琥珀の「治療法」にほとんど注目してはいない。

＊　＊　＊　＊　＊

第三節・余白②　〈ケーニヒスベルク〉／〈琥珀〉／〈パエトーン〉の〈馬〉と〈死〉

この記述にある「パエトーン」の死は、どこか〈ヒッポリュトス〉のそれに似ている。「ガイウス・ユリウス・ヒュギーヌス『神話集』は太陽神ヘーリオスとオーケアノスの娘クリュメネーの子で、ヘーリアデスと兄弟とするが、『変身物語』はアポローンの子とする。エーオースと関連づけられることもある。『神統記』はエーオースとケパロスの子とし、アプロディーテーが誘拐して自らの神殿の護り人としたとする。『ビブリオテーケー』はエーオースとケパロスの孫であるとする。『オデュッセイア』はエーオースの馬の名としてパエトーンを挙げる」——

太陽神アポローン（ヘーリオス）の息子であるパエトーンは、友人のエパポスたちからアポローンの息子であることを強く疑われたため、自分が太陽神の息子であることを証明しようと東の果ての宮殿に赴き、父に願って太陽の戦車を操縦した。しかし、御すのが難しい太陽の戦車はたちまち暴走し、地上のあちこちに大火災を発生させた。このときリビュア（後のマグリブ）は干上がって砂漠となり、エチオピア人の肌は焼かれて黒くなった。世界の川はことごとく干上がり、オーケアノスもむき出しとなり、ネプトゥーヌスの眷属であるイルカやアザラシは屍を晒した。地を火の海とされた豊穣の女神ケレースは最高神ユーピテルに助けを求めた。ユーピテルは暴走する太陽を止めるためにやむなく雷霆を投じてパエトーンを撃ち殺した。パエトーンの死体はエーリダノス川（ポー川）に落ちた。パエトーンの姉妹のヘーリアデスたちは悲嘆のあまり樹木に変身した。母のクリュメネーも悲嘆に絶えず、その樹木をかきむしったところ、垂れた樹液は琥珀となった。（ウィキペディア「パエトーン」より）

〈パエトーン〉の乗った「太陽の戦車が暴走し、地上のあちこちに大火災を発生させた」は、『荒地』「Ⅰ　死者の埋葬」の「壊れた石像《イメージ》の山。そこには陽が射し／枯木の下に陰はなく、蟋蟀《こおろぎ》は囁《ささや》かず、／石は乾いていて、水の音はしない。ただ、／この赤い岩の下の陰ばかり」や、「Ｖ　雷の言ったこと」の「ここには水はなく岩ばかり／岩だけで水はなくただ砂の道」「ガンジスの水位は下がり、群葉は萎《しお》れ／雨を待っていた。」を想起させる。

そうした災害に言及した記事が、一八八〇年十月十四日付『ザ・ヴァンクーヴァー・インデペンデント』紙（*The Vancouver Independent.* (Vancouver, W.T. [Wash.])）に、見出し「太陽熱、噴出」で掲載されている――

近年、多くの科学雑誌は、新しい変光星とおぼしき恒星の観察記録を掲載している。こうした恒星をより注意深く研究すればするだけ、大多数の恒星は、ある程度まで、規則的に光の変化を経験し、そして示していることが一層明らかになる。ほとんどの恒星は、メデューサ座の頭部にあるアルゴル星（瞬く悪鬼）ほど早く輝きを変えることはないが、注目すべき仕方で満ち欠けする多くのものがある。／このテーマは、わが太陽が、変光星とみなせる理由が示されてきたことを考慮すると、とりわけ興味深いものになる、そう『ザ・ニューヨーク・サン』紙の書き手は述べている。プロクター教授は、その「多くの世界の終焉」論で、太陽熱が定期的に噴出していることを持ちだせば、インド、エジプト、中国、ギリシャの神話に同じような奇妙な伝承のある理由がわかると示唆している。つまり、ある時期、大地が火によって破壊と再生を経験するというものである。そのような仮説に基づくと、パエトーンの話は、地球の歴史に起こった現実の出来事の伝承であることになる。この神話によると、パエトーンは父アポローンを説得して、一日、太陽の車を駆動させてもらい、道に迷い、あまりにも大地に近づきすぎたためオリンポス山を燃やし、都市と国全体を炎で焼き尽くし、アフリカの北の端を水のない砂漠に変えた。

また、一八九五年六月二十二日付『ザ・ダイアモンド・ドリル』紙（*The Diamond Drill. (Crystal Falls, Iron County, Mich.)*）は、見出し「最終議会の記録」の記事を掲載――

政府のすべての部署に付与された権能を民主党がどのように使っているかをみるにつけ、パエトーンが、太陽の戦車を駆動させようとした古典的神話が思いだされる。執拗に求めたがそのたびに拒否されたあと、ついに彼の願いが聞き届けられた。しかし、当然の結末が待っていた。無知からくる自信にうながされ手綱を取り、馬たちを疾走させたため、戦車は転覆し、天と地に火災が起り、ゼウスの雷がその進行を阻止し、冒険好きのこの若者の生涯を絶った。もし、アメリカ人が、昔ながらの太陽のように賢明であるなら、一八〇二年の悲惨な政治的実験を繰り返すことはないだろう。

パエトーン墜落図（1890 年）

パエトーン墜落図（紀元前 430 年頃、大英博物館蔵）

ベルナール・ピカール画《パエトーンの死とヘリアデス》（1754 年頃）

芸術の分野では、ミケランジェロの《パエトーンの墜落》やギュスターヴ・モローの《パエトーン》の絵画はよく知られているが、文学でもシェイクスピアが、『リチャード二世』（三幕三場）で、国王リチャードのことばとして、「なに、下へ下れ？　なるほど、わしは、あの輝くフィートン同様に、悍馬《じゃ〳〵うま》を御しかねて」（坪内訳）（“Down, down, I come; like glist'ring Phaeton,/Wanting the manage of unruly jades.”）と、また、『ロミオとジュリエット』（三幕二場）で、「フィートンのやうな御者がゐたなら」（坪内訳）（“Such a wagoner/As Phaëton would whip to the west”）と〈パエトーン〉を使用している。シェイクスピアと同時代のジョン・マーストンは、『不満の士』（*The Malcontent*）（一幕五場）で、「こころ暖まる／きらめく眼差し、歌って聞かせた炎のように燃えるような／不注意なフィートンが世界に向かって」（“those soul-warming / sparkling glances, ardent as those flames that singed / the world by heedless Phaeton!'）と使っている。また、チャールズ・ギルドン（Gildon, Charles, 1665-1724）に、『フィートン、もしくは破滅的離別』（*Phaeton, or, The fatal divorce ; a tragedy as it is acted at the Theatre Royal in imitation of the antients: with some reflections on a book call'd, A short view of the immorality and profaneness of the English stage.*）がある。二十世紀では、E・M・フォースターが、『眺めのいい部屋』（*A Room With a View*）（一九〇八年）第一部第六章で、「あの記憶に残る日、フィエーゾレへと馬たちを走らせたのはフィートンであった。全身無責任と情熱となった若者は不注意にも主人の馬たちを駆りたて、その石の多い丘を登らせたのだ」（"It was Phaethon who drove them to Fiesole that memorable day, a youth all irresponsibility and fire, recklessly urging his master's horses up the stony hill."）としている。また、「琥珀」の山地との関係か、ドイツではゲーテが『古代芸術論集』（Kunst und Altertum）（一八二三年）で、エウリピデスの断片を再構築し、それをもとにマリー・ウェルニッケ（Marie Wernicke）の『パエトーンの墜落』（*Phaethons Sturz*, 1893）、カール・ヴィヘルム・ガイスラー（Karl Wilhelm Geißler）の『パエトーン』（*Phaëthon*, 1889）、さらに、アーノルド・ビアー（Arnold Beer）の『パエトーン』（*Phaeton*, 1875）などが作られた。

新聞に登場した〈パエトーン〉の例は、それほど多くない。最初の例として、一八五六年六月三日付『デイリー・アメリカン・オーガン』紙（*Daily American Organ*. (Washington, D.C.)）があり、そこで政治問題の記事に使用されている——「現在の危機は回避できたかも知れない。安全で経験があり正直である者が国事を執行すれば、紛争への弾みはつかなかったろうが、これまでたどったこの国は、国内ではわれわれを前進させ、海外では栄誉と名声を付与してくれる路線をまっすぐに進みつづけたろう。（第十三代大統領）フィルマー氏の統治が終了した直後、暗い日々の兆しがみえはじめ、みずからの能力の実態を知らずして、委ねられた重要な機能を弄び統制できず、また敢えてしようとしなくなり、混乱を生起させた。たった一日、パエトーンは太陽の戦車の手綱をとり、天を狂気のように走って体系秩序を混乱させ、四大元素を混乱せしめたが、この神話は、未経験と無謀さの典型であり、それは過去三年間の連邦政府の特徴でもあった」。

一八九五年九月五日付『ファーガス・カウンティー・アーガス』紙（*Fergus County Argus*. (Lewistown, Mont.)）に、見出し「電気の父／彼はエリザベス一世の侍医で、「電気」論を記した」の記事が、『ボストン・ヘラルド』紙より再録・掲載されている——

十九世紀、とりわけ後半は、適切にも電気の時代と呼ばれてきた。フィラデルフィア住民は、ベンジャミン・フランクリンをその開始者として称えることをとりわけ誇りとし、当市の『ザ・レコード』紙は、あのペンシルベニアの名士が歴史的な凧を飛ばし、はじめて稲妻を空から呼び寄せた場所に、現在、当社は建っていると自慢している。（中略）／確かに、ギリシャ人は、ある種の電気現象に気づいていた。彼らは、琥珀を迷信的に敬愛していた。それは、永遠に嘆くポプラの流す涙であり、それを彼らは、パエトーンの神話を通じて、太陽神と結びつけていた。タレスは琥珀と硬い石、もしくは、磁石《マグネット》（リディアのマグネシアからそう呼ばれていた）は、生きた魂を宿していると断言すらした。プラトンは、その引きつける力を記している。中国人は紀元前二千六百三十四年、黄帝期に、磁石を知っていたと主張している。アレキサンドリアを建設したディノクラテスは、プトレマイオス家の一人に、アルシノエ神殿の屋根全体を磁力のある物質で作り、そうすれば、王女像は内部で吊るさなくとも浮遊すると提案した。双子のカストルとポルックスのローマ神話は、明らかに、空中電気という馴染のことばを象徴していた。

一九〇八年五月十五日付『オマハ・デイリー・ビー』紙（*Omaha Daily Bee.* (Omaha [Neb.])）に、見出し「神話をうまく模倣／男、他人の自動車を盗み、運転して町をめぐる」の記事が掲載――「ジョージ・ハロルドは、有名なパエトーンを正確に真似た。つまり、パエトーンは神話では、父のポエブスが天空を導くのが日課の昼の戦車を駆動させようとした。パエトーンは悲しいことに、太陽の激しい熱に耐えられなかったこと、また、戦車を引く大きな馬たちは御せないことを思い知ったことが想起されよう」。

一九一五年十一月二十一日付『イヴニング・スター』紙に、見出し「野蛮な若者たち」の記事が掲載――「この抑制された憎しみの法を逸脱する者は、友情の範囲外へさまよいでる。彼らは自身が悪いために、彼らは護符をなくし、決して、決して再度そこへ入ることはできない。入ろうとするなら、あらゆるものを純化する名誉という試金石をみることを目に教え、感じることを心に教えなくてはならない。／こうした者には、いつも父アポローンの太陽の戦車を駆動するパエトーンの神話が用意されている。権力を不法に使用して、世界の光が、燃える暗闇にかわってしまったのである」。

この他、自動車関連言説に使用されている。一九二二年十月十五日付『アルブケルク・モーニング・ジャーナル』紙（*Albuquerque Morning Journal.* (Albuquerque, N.M.)）に、見出し「多くの自動車会社、〈フェートン／パエトーン〉の名を認め、従来の名〈ツーリング・カー〉にかえる」の記事が掲載——

過去十年間、自動車メーカーは多くの名を、一時的で散発的に人気のあった標準型に使用してきたが、今日、多くの会社が、四、五人乗りと七人乗りのオープン型車に使用している名〈フェートン／パエトーン〉が、自動車所有の愛好者連と製造業者から大いに受け入れられたので、わが国の自動車の名称に、恒久的に付け加えられることだろう。〈ツーリング・カー〉から〈フェートン／パエトーン〉への変更は、おそらく、ツーリング用にセダン、クーペ、その他の箱型乗用車が使用されることが多くなったためであろう。かくして、〈ツーリング・カー〉という名は、もともとの意味を失ってしまった。／〈フェートン／パエトーン〉の名は、今日、四人乗りのオープン型に用いられ、ブルスター、キャデラック、エセックス、ハドソン、リンカーン、ナショナル、マーモン、パッカード、ピアレス、プレミアー、そして、レオの各社が使用している。（中略）／自動車メーカーが〈フェートン／パエトーン〉を使用したのは、すべての型のボディーがツーリングに用いられているからだけではなく、こちらのボディーが、〈フェートン／パエトーン〉としてつねに知られていた家族用オープン型馬車を受け継いでいるからである。この型のボディーは、自動車産業の初期には、そのように呼ばれていた。現在では、フランスでは一般に使用されている。ハドソン社とパッカード社が、わが国ではこの名をずっと使用してきた。

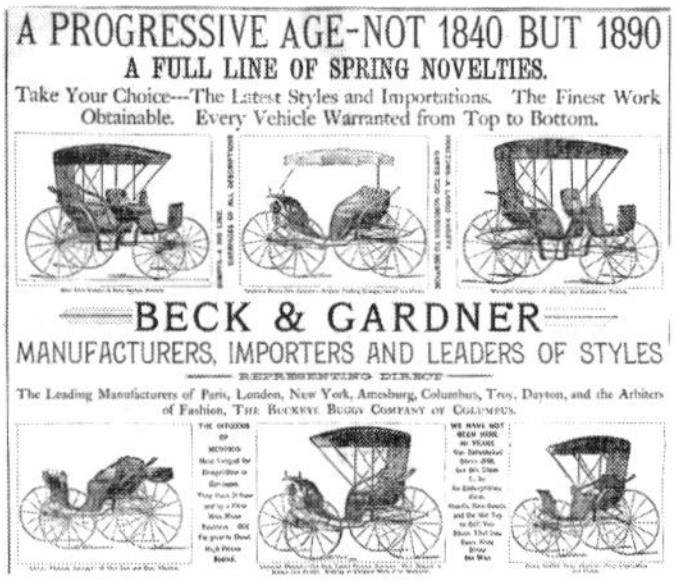

1911年2月19日付『オハマ・デイリー・ビー』（Omaha daily bee. (Omaha [Neb.])）紙より

1888年3月16日付『ザ・メンフィス・アピール』（The Memphis appeal. (Memphis, Tenn.)）紙より

それ故、〈フェートン／パエトーン〉の名は、自動車の慣習だけからとはいえ、優先といえば、〈ツーリング・カー〉という名と競う当然の権利を有している。（以下、略）

つまり、〈パエトーン〉は、自家用馬車、そして、その後の自動車のボディーの型の名として、『荒地』の同時代に広く社会に流通していたと思われる。そして、『荒地』とも関係の深いダンテは、『神曲』「地獄篇」第十七歌、「煉獄篇」第四歌、「天国篇」第十七歌で〈パエトーン〉に言及し、編者キャサリン・リンドスクーグ（Kathryn Ann Lindskoog）は、「第二部　煉獄篇」の該当箇所に、以下のように註をつけている――

パエトーンの悲惨な冒険話は、「地獄篇」第十七歌に引用されている。ユーピテルは、雷を用いてパエトーンを殺した。それは、彼が父の戦車を不注意に駆使したため、彼が、まるで大地を燃やそうとしているかのようであったからだ。アレン・マンデルバウム（Allen Mandelbaum）は、パエトーンが戦車を濫用したことと、教会指導者のいく人かが、教会に対しそうすることとを、ダンテは結びつけていた可能性があるとしている。（*Dante's Divine Comedy: Purgatory*, ed. by Kathryn Ann Lindskoog, 1997. p.170, n.18)

ダンテが「教会批判」を〈パエトーン〉神話を通しておこなったとなると、〈グレゴロヴィウス〉との関係で示唆し

ている、カトリック教会の「禁書目録」と結びつく。ダンテも、そこに入れられていた。

一八八六年六月九日付『モーニング・ジャーナル・アンド・カーリア』紙（*Morning Journal and Courier*: (New Haven [Conn.])）に、グレゴロヴィウス（Ferdinand Gregorovius）がおこなったローマの景観破壊への抗議の内容を報じる記事がある――

著名なドイツ人旅行者フェルディナント・グレゴロヴィウスは、ミュンヘンからサンルーチェのローマ・アカデミー会長に書簡を書き、ローマで現在進行している変容に抗議した。彼によれば、それは「アウグストゥス以来、この永遠の都市が経験した変容のうちで、もっとも憂慮すべきもの」という。「多くのものが破壊され、熱狂的に新たな建築をしようとしている」と彼は不満を述べ、さらに、この都市の近代化のために、「ローマを愛する者は、この永遠の都市の歴史性が消し去られようとしていると考えることすら忍びない」といい、「コロッセオやチェリオの丘、アヴァンティーノの丘、ネロ庭園、ヴァチカン宮殿周囲のような場所」が、将来、「投機的目的で建造される単調な家並み」のための場所をあけるために、破壊されようとしている、としている。彼は、また、「ローマのもっとも美しい邸宅を建築用地に変容させる」いい訳も必要もみあたらず、「すでにヴィラ・ルドヴィチは、無慈悲にも破壊されてしまった。このヴィラは、国王や古代の聖人たちが望んだような庭園のように思えた。そして、いま、アテネのアクロポリスをのぞくと、地上でもっとも美しい記念碑の一つ、つまり、カピトルが心配である。ここに、ヴィットーリオ・エマヌエーレの記念碑がたち、現代的相貌が加えられようとしている」と付け加えた。これらすべて、また、さらに多

チェリオの丘

アヴェンティーノの丘

くは、グレゴロヴィウス氏の見解では、まぎれもない蛮行である。

ここに、「永遠の都市」（the Eternal City）とでてくるが、『荒地』「Ⅰ 死者の埋葬」と「Ⅲ 火の説教」にある「非現実の都市」が想起される。それにしても、「永遠の都市」の「歴史性」（the historical character）とは、なんというオキシモロンだろう。「非現実な」（unreal）とは「非歴史的な」と同義であり、「永遠の」ことに他ならないだろう。

一八九九年九月三日付『ザ・サン』紙に、グレゴロヴィウス著『ハドリアヌス帝』の書評をかねた、ハドリアヌス帝の説明をした記事が掲載――

これは、単に伝記であるだけでなく、紀元二世紀前半のギリシャ・ローマ世界を描きだしたもので、『ハドリアヌス帝』と題した大型オクタヴォ版の体裁の本（マクミラン社刊）である。著者はフェルディナント・グレゴロヴィウス、翻訳はメアリー・E・ロビンソンによる。ここにはじめて出版された英語版の原著は、一八八三年、この著名な中世ローマ史家によって完成された。このテーマをめぐるそれ以前の彼の論文は、その後の研究の成果を受け、改訂・拡大されてきた。ハドリアヌスの伝記が求められるのは、アントニヌスの名でなく彼の名から、ローマ帝国のもっとも繁栄した時期を連想すべきだからであり、彼は不当にも、先行者のトラヤヌスと、しばらく間があって彼の後を継いだマルクス・アウレリウスと比較され、人びとの評価が低かったからである。本当のところは、政治家としてのハドリアヌスは、いまあげた二人の支配者のどちらよりも高く聳えている。彼らではなく、彼こそが帝国の政策を形成し、文治と軍政体制を確立したのである。それに重要な変化が加えられたのは、ディオクレティアヌスとコンスタンティヌスの時代になってからであった。なるほど、彼はユーフラテス川を越えてトラヤヌスがなした征服地を放棄したが、その河の右岸を河口まで支配しつづけ、彼は、ペルシャ湾経由のインドに向かうルートを保持しつづけ、同時にトラヤヌスの北西アラビアの征服地を保持することで、紅海経由の代わりとなるルート開発に新たな便宜を加えた。ローマ人は、エジプト支配以来、紅海へは接近できていた。同じく確かなことだが、ハドリアヌスは学者にして文人、芸術家であるとともに兵士として訓練を受けた、巧妙な司令官であった。

一九一五年九月十一日付『ジ・アイリッシュ・スタンダード』紙（*The Irish Standard.* (Minneapolis, Minn.)）に、見出し「禁書目録」（List of Prohibited Books）の記事がでて、ここにローマ教会が禁書としたものが列挙され、そこにフェルディナント・グレゴロヴィウスの著作も含まれていた。第一の問い「ローマ教会の禁書目録とは何か」に対し、「ローマで公式にだされた出版物のことで、カトリック教徒に教会が読むことを禁じている本が何かを告げるものである。「目録」と呼ばれているのは、その大部分が、特別の布告によって禁じられる本のカタログ、あるいは目録からなっているからである」としている。以下、グレゴロヴィウス関連の前後の目録である――

ゲマニクス、クレリクス―反モダニズム宣誓（Germanicus, Clericus.―The Anti-Modernist Oath.）
ギボン、E・――ローマ帝国衰亡史
ゴールドスミス、オリヴァー――要約版イングランド史（ユリウス・カエサルの侵入からジョージ二世の死まで）
グレゴロヴィウス、フェルディナント――中世ローマ市史／教皇の墓碑／スペインと皇帝に反対したウルバヌス八世／アテナイス（ビザンティン女帝の歴史）／イタリアの放浪第五巻
ハラム、ヘンリー――イングランド憲法史／中世のヨーロッパ情勢観
ハイネ、H・――ドイツ／フランス／旅行記／新詩集
ハーツォグ、ウィリアム――歴史上の聖母マリア
イレール・ド・パリ――聖フランシスの規則解釈（Hilaire de Paris―Exposition of the Rule of St. Francis.）

ホッブズ、トーマス――全作
ユーゴー、ヴィクトール――パリのノートルダム／ああ、無情
ヒューム、デイヴィッド――全作
カント、イマニュエル――純粋理性批判

そして、この禁書目録に、先に示唆したブンセン著『ヒポリトゥスとその時代――キリスト教の始原と今後』があげられているのが注目される。ちなみに、「問い」は全部で十項目あり、次のものであった――

1. ローマ教会の禁書目録とは何か。
2. 教会が禁書をおこなう権力を有していることを、どのようにしてわかるのか。
3. こうした教会の法を守らなくてはならないのは誰か。
4. 禁書をする教会法がないとしたら、どのような性質のものであれ、どの本を読んでもかまわないのか。
5. 教会が禁書にしていない本はすべて読んでよいのか。
6. 教会の書籍立法の責任者は誰か。
7. 教会は、どのように本を禁書にするのか。
8. 禁書との関係で、われわれがしなくてはならない義務は何か。
9. 一般法で禁じられるのは、どのような出版物か。
10. 特殊法で禁じられるのは、どのような出版物か。

類似の記事が、すでに一九〇三年五月十日付『ブルーグラス・ブレイド』紙（*Blue-Grass Blade.* (Lexington, Ky.)）に、

大見出し「大司教モンゴメリー」、小見出し「〈何を読み、何を読まない〉をめぐる講義」の記事が掲載されていた――

カリフォルニア管区の大司教モンゴメリーは、最近、サンフランシスコのアルハンブラ劇場で講演をした。テーマは「われわれが読むべきもの、そして、その逆の読むべきでないもの」であった。／出版社と公教育のこの国で驚くことに、一人、もしくは一連の人が、国民の著作の検閲官になろうというのだ。大司教は、そのテーマをこのように述べている――「われわれが読むべきものと読んではいけないもの」。この高位聖職者には、彼に指示をだす著作検閲官を有していると、人は思うだろう。それは、彼が信徒にどの読み物が適切であり、不適切かを指示するように。彼は、リアリズム文学や科学文献に詳しいので、当然のこと、彼が厳しく非難する著者すべてを読み、それによって他の男女に与えることのない特権を主張していると思われる。／一般的に、国民は、そうした講演にいかなる注目もせず、好きなものをまさに読みつづけ、大司教にすら「わたしはこれやあれを読むことをお許しください」などと願うことはしない。／（中略）／思想の自由がカトリック教会の許容範囲を超えないようにするため、ローマ・カトリック教徒に読むことを禁じた禁書のカタログがある。その名称は「禁書目録」。最初にまとめたのはトリエント公会議で、次いで一五九五年にクレメンス八世の教書で確認された。ラテン語の大タイトルのついた「目録」は、平均的な信徒を膝待づかせるだろう。それは、ラテン語の勅令がアイルランド人、ドイツ人、オーストリア人、フランス人、あるいは、イングランド人のカトリック教徒にとって、教皇からの教書と同じ効果があるように。カトリック教徒が読んではならない、「目録」に記された本がここにある。それらは、ときどき追加されるので、ローマ教会が「若さと道徳」を信頼しているのは不思議ではない。／（中略）／「カトリック的であっても、カトリック教徒の著者によってどこで書かれようと、すべての本は、すべての人の読書に適さないことを含む場合、修正されるまで禁じられる」。新たに公表された「教皇の目録」の禁書リストは、特大四つ折り版二八七ページにわたる。だから、読書能力のあるローマ・カトリック教徒が、読み物を選択する際に起こる困難は、容易に想像できるだろう。「目録」所収の他の禁書には、以下のものが含まれる――ダヴィデ讃美歌、オウィディウスの愛の技法、ダンテの神曲、バルザック、ダーウィン、デカルト、ヒューム、マンテガッツア、ルナン、サヴォナローラ、スピノザ、スウェーデンボルク、ヴォルテール、ジョルジュ・サンド、ヴィクトル・ユーゴー、デュマ、ドランジェ、シュトラウス、カント、フレデリック大王、ハイネ、ペイン、ボッカチョ。

第四節　〈バイエルン〉の春と〈ライラック〉、そして〈エリザベート〉

『荒地』「Ⅰ　死者の埋葬」で、〈バイエルン〉が場面設定に使用されたのは、〈ルートヴィヒ／ワーグナー〉の関係を示唆すること以外にもあったと思える。それは、『金枝篇』第六十二章「ヨーロッパの火祭り」（The Fire-Festivals of Europe）第三節「イースターの火」（The Easter Fires）に、〈バイエルン〉がでてくるからでもある。一九〇九年四月十一日付『イヴニング・スター』紙に、見出し「イースターの旧慣習／そのあるものは、キリスト教より古い／起源と意味／多くの場合、異教の儀式から採用された／卵、パン、新調服――変わった習慣のいくつかが、かつてはイングランドでおこなわれていた――卵採り」のJ・B・クレイトンの記事が掲載され、ここにフレイザーにも言及がある（ついでながら、一九一二年三月二十九日付『イースト・ミシシッピー・タイムズ』紙（*East Mississippi Times.* (Starkville, Miss.)）に、見出し「近づく復活祭」の記事があり、一九一七年三月二十九日付『ザ・アライアンス・ヘラルド』紙（*The Alliance Herald.* (Alliance, Box Butt County, Neb)）、同年四月三日付『ザ・ランカスター・ニューズ』紙（*The Lancaster News.* (Lancaster, S.C.)）、同年四月四日付『ザ・デイトン・デイリー・ニューズ』紙（*The Daytona Daily News.* (Daytona, Fla.)）、さらに、同年四月五日付『ザ・オークス・チムズ』紙（*The Oakes Times.* (Oakes, N.D.)）に見出しも、「復活祭の火」でまったく同じ記事が掲載されている――

ユダの人形。太陽を祝して作られたイースターの篝火は、大ブリテンのいくつかの地域で執りおこなわれるイースター儀式の一つの特徴となっている。そこでは、篝火が初春にごく普通にみられる。ユダの人形が、アテネでは、イースターの日曜日に毎年焚かれ、政府が禁じるまでつづいた。とはいえ、ユダと呼ばれる木製の人形は、しばしば燃やされ、火それ自体は、この人形を焼く慣習が廃れたあとでも、この裏切り者の名を引きついでいる。フレイザーは『金枝篇』で、約百年前、オーバー・バイエルンのアルテンネベルクでおこなわれていたこの慣習は、従来はこうであったと述べている。つまり、イースターの日曜日の午後、若者たちは木を集め、それを麦畑に積んだ。一方、その積んだ薪の中央には、完全に藁で巻かれた高い木製の十字架が建てられた。夕方の礼拝が済むと、若者たちは教会の聖なる蝋燭でランタンに火をともし、全速力でそれを携え積んだ薪へと走り、一番をめざしてたどり着こうとした。一番の者が薪に点火した。大人も子どもも、女性は篝火に近寄ることが許されず、遠くから眺めるだけであった。炎が上がると、男や若者は悦び浮かれ騒ぎ、「われわれは、ユダを燃やしている」と叫んだ。

1909年4月11日付『イヴニング・スター』紙より

イースターの火（ドイツ）

この「イースターの火」にかかわる「イースターエッグ」は、『荒地』冒頭の一行にある“breeding”の語とかかわりがあるだろう。第Ⅱ部第一章第九節で示唆したように、「(ライラックを)目覚めさせる」と読んでいてはいけない。

それにしても、『荒地』は、「四月は最も残酷な月、死んだ土から／ライラックを目覚めさせ、記憶と」（岩崎訳）とはじまり、「目覚めさせ」られる植物は〈ライラック〉とされている。何故、〈ライラック〉なのか。

先に示唆したように、〈ライラック〉に対応する植物は、『カンタベリー物語』では「雑木林や木立」、ブラウニングでは「ニレ」、テニスンでは「伸びてゆく春の色彩」であった。「四月」、もしくは「春」に「開花させる（目覚めさせる）」ものとして、他の植物も考えられよう。アッカリーは、二つの読みの可能性を示唆している――「死んだ土地は、ライラックを生みだす。これは、ウォルト・ホイットマンの「先頃ライラックが前庭に咲いたとき」、リンカーンの死を悼むエレジーを模倣している。エリオットにとって、ライラックは、友人ジャン・ヴェルドナールと個人的繋がりがあり、彼は第一次世界大戦の際、ダーダネルス海峡で戦死している」（Achkerly, p.27）。つまり、〈ライラック〉は、『荒地』では、まず、「死の追悼」の意味を持つのだろう。と同時に、本書第Ⅱ部第一章第三節で示唆したように、エイミー・ローウェルの詩「ライラック」（一九二〇年）もあったことを忘れてはいけない。

〈ライラック〉にまつわるギリシャ神話がある。オウィディウス『転身物語』「第十五話 葦になったシュリンクス」（Fab.XV. Syringa Nympha in Fistulam）であり、エリザベス・ケントはこう説明している――「シュリンガ」がギリシャ語起源で、笛を意味している。古英語の名は笛の木。カスパー・ボーヒンは、「シュリンガの名はアフリカの語と考えている。リンネは、この名をニンフのシュリンクスまでたどる気になった。このニンフはパン神の追求を避けるため、自ら願い、神々から葦に変身させてもらった。この葦から、パンは一つの楽器を作り、自分の好きなニンフの名を付けた」（Elizabeth Kent, *Flora Domestica: Or, The Portable Flower-garden : with Directions for the Treatment of Plants in Pots and Illustrations Trom the Works of the Poets*, 1825. p.221）。「ライラック」と「シュリンガ」は、どう関係しているのかというと、“Syringa vulgaris” が「ライラック」の学名なのだ。そして、花言葉として、「紫のライラック」は「愛の最初の感情」を、「白のライラック」は「若者の無垢」を

シュリンガ神話

表しているという。

ティワリ（Nidhi Tiwari）は、『荒地』以前の詩「ある婦人の肖像」の第二セクションにでてくる〈ライラック〉について、こう述べていて参考になる――「春への言及とそれに結びつく花のイメージがあり、後者は旅の原型と関係している。いまは春で、ライラックは花開いている。婦人は、部屋に、ボール一杯のライラックを置いている。この花のイメージは示唆的である。ライラックは「生」を象徴している。女性は、エリオットの詩では「聖杯」を象徴していて、花と庭はこの女性の積極的側面と結びついているので、ボールは「聖杯」の象徴でありうるが、他方、複数のライラック、もしくは彼女の手のライラックは、彼女が知らずに破壊した自身の生の可能性がある」（*Imagery and Symbolism in T. S. Eliot's Poetry*, 2001. p.24）。

そもそも、〈ライラック〉はヨーロッパ原産であり、インターネット検索をしてみると、バイエルン地方にも〈ライラック〉がよくあるようで、さらに後述する〈ルートヴィヒ二世〉が建てたリンダーホーフ城には、〈ライラックの間〉がある。

さらに、シュロツベルク・フランツが、一八五五年頃、ルートヴィヒ二世に依頼されて描いたオーストリア皇后エリザベートの肖像画があり、彼女は〈ライラック〉色のローブを身に着けて描かれている。これは有名な絵であるようで、アメリカの新聞『ウィリストン・グラフィック』紙（一八九七年十月一日付）（*Williston Graphic.* (Williston, Williams County, N.D.)）に、次の記事がでている――「皇后のローブは王侯の紫、つまり余りにも驚異的な色であり、見事に描かれていたので、至上の婦人の類まれな美しさもその魅力がかすみすらした。画家はそれを模倣しようとしたができず、作家が描こうにもできず、いつしか、「歴史的ライラック色」として知られるようになった」。

〈エリザベート〉と〈ライラック〉の関係は、これだけではない。この花

シュロツベルク・フランツ画
《エリザベート像》

が十六世紀末に北欧に伝えられたのは、オスマン帝国の神聖ローマ帝国大使で薬草学者であったオージェ・ギスラン・ド・ブスベック（Ogier Ghiselin de Busbecq）によるのだが、彼は、マクシミリアン二世の息子たちの教育者やマクシミリアンの娘エリザベート・ドートリッシュ（Élisabeth d'Autriche）の後見人を務めた経緯もある。ついでながら、この〈エリザベート〉の娘は、マリー＝エリザベート・ド・フランス。

つまり、〈ライラック〉をかいして、〈ルートヴィヒ二世〉と〈エリザベート〉が連鎖されるとなると、それはさらに、「Ⅰ 死者の埋葬」の〈シュタルンベルク湖〉、すなわち〈ルートヴィヒ二世〉が水死した場所がここに関係してくる。そして、この〈エリザベート〉は、正式名「エリーザベト・アマーリエ・オイゲーニエ・フォン・ヴィッテルスバッハ」（一八三七〜一八九八年）で、オーストリア＝ハンガリー帝国の皇帝（兼国王）フランツ・ヨーゼフ一世の皇后であり、「シシィ」（Sissi, Sissy, Sisi）の愛称で知られた。彼女は、一八九八年九月、旅行中のジュネーヴ・レマン湖の畔で、イタリア人の無政府主義者ルイジ・ルケーニに、鋭く研ぎ澄まされた短剣のようなヤスリで心臓を刺され殺害され、その生涯を閉じている。

〈ウェヌス／アドーニス〉の関係を、〈エリザベート／ルートヴィヒ二世〉の関係から連想するなら、〈エリザベート〉は〈ルートヴィヒ二世〉に代わりイノシシの牙のようなヤスリで刺殺されたと読むことができるだろう。「レマン湖」といえば、エリオットは、一九二一年十一月中旬から十二月下旬にかけて、その湖畔の「ローザンヌのサナトリウムで療養して」いた。エリオットが情報を得たと思われる女公マリー・ラリッシュは、すでに述べたように、皇后エリザベートの従妹で親友であり、ゴーストライターによるとされるが、著書『わが過去』を出版した。

そもそも、英語〈ライラック〉（"lilac"）は、フランス語では〈リラ〉（"lilas"）であり、この発音に類した語に人名の〈リラ／ライラ〉（Lilla）がある。この名はヘブライ語起源で、〈エリザベート／エリザベス〉（Elisabeth, or Elizabeth）の愛称でもあり、「神の宣誓」とか「神はわたしの悦び」を意味している。また、ゲルマン諸語の "lilac(the color or the flower)" に由来するともいう（インターネット・サイト――Baby Name Wizard："Lilla is of Hebrew origin, and is a diminutive of Elisabeth, or Elizabeth, meaning either "oath of God," or "God is my satisfaction.")。とするなら、「I　死者の埋葬」の「ライラック」は、〈エリザベート〉の象徴となるだろうし、「II　チェス遊び」に"Lil"がでてくる。さらに、ルートヴィヒ二世がらみでいえば、女優リラ・フォン・ブリオフスキー（Lilla von Bulyowsky）がいた。マッキントシュ（Christopher McIntosh）は、こう説明している――

［ルートヴィヒ］は、また演劇界と芸術界の多くの女性から求められ、このうちの一人でもっとも接近に成功した女性は、ハンガリー人女優リラ・フォン・ブリオフスキー（Lilla von Bulyovszkyt）で、彼がはじめて出会ったのは一八六六年五月のことである。その頃、彼女は、シラーの劇『マリア・ストゥアルト／マリー・ステュアート』のタイトル役を演じていた。この殉教したスコットランド女王は、ルートヴィヒの大好きな女主人公の一人で、彼はリラの演技にとても感動したので、後日、ホリー・トリニティ教会を特別に開かせ、彼女の魂のために祈ることができるようにした。彼は、また、これほど説得力を持ってその役を演じた女優を知りたいと望んだ。（*The Swan King: Ludwig II of Bavaria.* 1982, 2012. p.129.）

リラ・フォン・ブリオフスキー像

エリザベートの乗馬好きは、有名であった。多くの絵や写真が残っており、たとえばハマン（Brigitte Hamann）の伝記『しぶしぶの皇后』にも、いくつか記述がある。フランツ・ヨーゼフが、「これから花嫁」になるエリザベートについて、こう手紙を書いている――「もっと重要な多くのいい性質に加え、［エリザベート］は、乗馬のできる魅力的な人です――しかし、あなたの望みに従い、わたしは、はじめそのように想像していました。あなた（ソフィー）の忠告のように、義理の母に、シシーに乗馬をあまりさせないようにお願いしました。でも、それを強制することは難しい

エリザベートと馬

と思っています。なにせ、シシーは、止めようにも、うんといわないからです。ところで、いい効果ももたらされます。何故なら、イシュル以来、彼女はやや体重が増え、いまは、具合が悪いようにはみえません」（*The Reluctant Empress*,1982, 1986. p.27）。こうした情報から、また、次節で述べるように、エリザベートがアイルランドにでかけたことから、ケルト神話の女神が想起されよう。ケルト神話の「エポナ」（Epona）である。この名は、ケルト祖語で「馬」を意味する"ekwos"に由来する。

参考資料「エポナ神話」——

エポナ（Epona）は、ケルト神話、ローマ神話における、馬・ロバ・ラバなどの女神。ユウェナリス（『風刺詩集』）やアプレイウス（『転身物語』）、テルトゥリアヌス（『弁明』『異教徒について』）、ミヌキウス・フェリクス（英語版）（『オクタウィウス』）がエポナ信仰に言及している。その名前は「ウマ科の動物」を指すケルト語 Epu から派生している。馬の守護神であり図像では横に乗った乗馬姿か馬の間で玉座に座った女性の姿で表される。図像にはコルヌコピア（豊饒の角）や果物の籠を持った姿や子馬を従えた姿もあらわされるため、豊かさや多産といった豊饒の女神の側面も指摘される。エポナは馬や騎手、馬丁のみならず旅人や死後の世界の旅の守護者でもあり、死後の世界との関係も指摘される。エポナはケルトにおける馬や騎兵の社会的位置から篤く信仰され、ガリアだけでなくイベリア半島やグレートブリテン島、イタリア半島北部、ドナウ川流域などでもその信仰はみられた。

エポナ神

イングランドのホビーホース

鉄器時代の英国のケルト－サクソン伝説に登場するウマ－女神。おそらくクレータ島のレウキッペー（白い雌ウマ）、ウ

プスタ

マザヤール人と馬

マの頭をしたデーメーテールおよび中央アジアのウマの神にもとづいている。エポナ崇拝は「スペインから東ヨーロッパと北イタリア、さらに英国へ広がった」。アイルランド王は十一世紀になっても白い雌ウマと象徴的な結びつきがあるとされた。（Horse.［1］Larousse, 240. Barbara G. Walker : The Woman's Encyclopedia of Myths and Secrets (Harper & Row, 1983)）

〈エリザベート〉の〈狩り〉について、ハマンは、次のように記している――

プスタ（ドナウ川とその支流チサ川の流域にかつて広がっていた草原）の砂は、毎日、数時間馬に乗るためにできたようにみえた。この地域には依然、野生馬がいた。風景はロマンチックでゴツゴツしていた。まさにエリザベートの好むものであった。彼女はまた、もっとも困難な狩りに参加した。ベルギー人使節デ・ヨンゲ伯爵夫人はこう記している――「彼女が馬に乗った全員の先頭にいて、もっとも危険な地点にいつもいるのをみるのは、素晴らしいことに思われます。マジャール人の熱狂は際限を知りませんで、彼らは頑張ってより近くについていこうとします。若きエルマー・バチャーニは命を落としそうになり、幸運なことに馬が死にました。その美しい皇后の近くでハンガリー人は王党主義者となり、こうした狩りが選挙以前にはじまっていたら、政府は大いに無駄遣いせずに済んだといわれるほどでした。（Hamann, pp. 214-5）

また、ハマンは、エリザベートが〈アイルランド〉を訪問した際の状況について、次のように述べている――

その間、アイルランド旅行の準備がシシーの時間のほとんどを占めていた。彼女の馬のうち九頭、とりわけミドルトンが彼女に買ってくれた高価なイングランド産の馬は、イングランドにいて訓練されていた。しかし、この馬ですら、アイルランドの条件には適していなかった。この島ではイングランドの高いフェンスではなく、跳躍は主として土塁を越える。それ故、馬は再訓練の必要があり、この目的のために馬たちはアイルランドの厩に船で送られた。（Hamann, p.233）

マッキンタイア（Gabrielle McIntire）は、『荒地』における〈馬〉の位置づけをこう説明している――

エリオットは、同じように、イギリスの自動推進文化にみられる新しい変化を批判している。とりわけ、タクシーと箱型乗用車の勃興である。この状況を彼は、運転手と乗客の間、その土地環境、そして自意識すらから分離するものだとしている。／エリオットは、さらに、「すべての馬が百台の安物の自動車に取って代わられる」（407-8）将来を批判してもいる。いなくなった馬へのエリオットの憧憬は姿を変え、タイピスト挿話にみられる自動推進の機械化への懸念となっている。この挿話には、「人間エンジンは待っている。／動悸を打ちながら待っているタクシーのように」（human engine waits / Like a taxi throbbing waiting, 216-7）とある。馬が引くタクシーは、依然、一九一〇年代のロンドンの道路をそれに対応する動力化されたものと一緒に走っていた。もっとも、取って代わられる流れは、すでに明らかであった。（*The Cambridge Companion to The Waste Land*, p.76）

こうした時代状況は、ジョイスも、『ダブリン市民』所収の「レースの後で」において表象している。この件については、拙論「馬車と自動車の攻防――ジョイス「レースの後で」の交通表象」（鷲津浩子・宮本陽一郎編『知の版図――知識の枠組みと英米文学』悠書館、二〇〇七年）参照のこと。自動車との関係からいえば、先に示した〈パエトーン〉が、自動

1917年頃のロンドンの交通

1907～1911年頃のモンマルトル大通りの交通

1930年頃のロンドンの交通

1910年頃のタイピストと機械

車名となるのは皮肉である。

第二章　ハプスブルク家の終焉へいたる途

第一節　エリザベートとアイルランド——カトリック国同士と反イギリス

Frisch weht der Wind
Der Heimat zu
Mein Irisch Kind,
Wo weilest du?
"You gave me hyacinths first a year ago;
"They called me the hyacinth girl."
—Yet when we came back, late, from the Hyacinth garden,
Your arms full, and your hair wet, I could not
Speak, and my eyes failed, I was neither
Living nor dead, and I knew nothing,
Looking into the heart of light, the silence.
Öed' und leer das Meer.

サワヤカニ風ハ吹ク
故郷ニ向カッテ。
ワガアイルランドノ子ヨ
キミハ今ドコニイル？
「あなたが初めてヒアシンスをくださったのは一年まえ、
「みんなからヒアシンス娘って呼ばれたわ」
——でも、ぼくたちがヒアシンス園から晩《おそ》く帰ったとき
きみは両腕に花をかかえ、髪をぬらし、ぼくは口が
きけず、目はかすみ、生きているのか死んでいるのか
なんにもわからなかった。
光の中心を凝視したまま、静寂。
海ハスサンデ寂シイ眺メ。

ここに掲げた『荒地』「I　死者の埋葬」の引用箇所の、「サワヤカニ風ハ吹ク／故郷ニ向カッテ。／ワガアイルランドノ子ヨ／キミハ今ドコニイル？」と「海ハスサンデ寂シイ眺メ」は、ワーグナーのオペラ『トリスタンとイゾルデ』（一八六五年初演）の「若い水夫の歌（一幕一場および三場）」と「三幕一場で、トリスタンが死ぬまえ、イゾルデの船がまだ見えない、と牧人が海を見て告げる言葉」からの引用である。岩崎訳註には示唆されていないが、何故、ワーグナーの『トリスタンとイゾルデ』なのであろうか。この歌劇は「マルク王との結婚のため、アイルラインドの王女イゾルデを船でコーンウォールにつれ帰る途中、王の甥のトリスタンが、船中でイゾルデと恋に落ちる挿話」がある。この「挿話は、『荒地』における「性」のテーマの一部をなすと同時に、「愛」と「水」の物語として「愛なき情欲」のテーマのモチーフの対極をなす」という。引用箇所に「ヒアシンス」がでてくるが、「ヒュアキントスとアポロン」神話が想起され、「ヒアシンスは植物神崇拝儀礼における「再生」の象徴」とされている。こうしたことに加え、『トリスタンとイゾルデ』が、ルートヴィヒ二世のとても愛好したオペラであることから、まさに、彼がこの箇所で示唆されている可能性もある。ディガエターニ（John Louis Digaetani）は、こう述べている――「幸運なことに、ルートヴィヒ二世は〔『トリスタンとイゾルデ』〕を直ちに気に入り、何度も繰り返し上演されることを望んだ」（John Louis Digaetani, *Richard Wagner: New light on a Musical Life*, 2014. p.151）。そして、こうもいう――

『トリスタン』は大恋愛の話であるが、自殺で終わり、だからそのように国王ルートヴィヒは、愛と自己のセクシュアリティに

ハーバード・ジェームズ・ドレイパー（Herbert James Draper[1863(1864 ～ 1920]）画

ミュンヘン初演時（1865 年）の『トリスタンとイゾルデ』

ついて感じるようになったにちがいない。一八八六年の彼の死は、ほとんど間違いなく自殺（彼の医師を殺害したあとで）であり、ワーグナー歌劇の自殺のテーマが先ず第一に、この作曲家の歌劇に彼を引き付けたにちがいない。国王と作曲家の二人とも、多くの点で、自殺的人格の持ち主で、挫折すると自殺をしようとしばしば妄想を抱いた。一八八六年、ルートヴィヒが退位を余儀なくされたとき、彼が召使の一人を殺害したという噂がたった。実際、彼の医師が、国王を自殺させまいとしたとき、国王は彼を殺害したという証拠がある。（John Louis Digaetani, p.152）

＊　＊　＊　＊　＊

第一節・余白①「トリスタンとイゾルト」をめぐる同時代の新聞言説

一八九八年一月六日付『ザ・サンフランシスコ・コール』紙（*The San Francisco Call.* (San Francisco [Calif.])）に、見出し「音楽と音楽家」の記事が掲載――

昨年十一月十日、ワーグナーの『マイスタージンガー』が、とても豪華な装飾と共にパリで初演された。このオペラを成功させるのに、どのような犠牲も厭わなかったので、とても法外な期待が現実のものとなった。フランス国民は、執拗に、ワーグナーと彼の作品に反対してきたが、三十年かかってやっと、この偏見が克服された。反動は、攻撃と同じように激しく、いまでは、ワーグナーは、パリで現在のアイドルになっている。ほぼ三十年前、『マイスタージンガー』は、バイエルン国王ルートヴィヒの後援を受け、ミュンヘンの王立劇場で上演された。（中略）『タンホイザー』を書いたあと、ワーグナーは、この作品に対応する喜劇となるオペラを書こうと考えた。（中略）この機会に、ワーグナーは、彼の劇的伝統すべてと決別した。もはや、セイレーンも、ヴェヌスベル

1898年1月6日付『ザ・サンフランシスコ・コール』紙より

クの肉欲にふける異教徒もでてこない。『ローエングリン』のように、白のチュニックと煌く経帷子に身を包んだ騎士が、〈聖杯〉の天上的高みから伝説上の白鳥で降りてくることもない。『トリスタンとイゾルト（イゾルデ）』の惚れ薬、大望、そして無気力にする仏教も同じように消えた。（以下、略）

（註・「ヴェヌスベルク」はドイツ中部の山で、中世の伝説によると、この山の洞窟に、「ウェヌス」の宮殿があったとされる。また、『トリスタンとイゾルト』の「無気力にする仏教」については、以下の文献参照――「オペラ『トリスタン』（一八五九年完成、一八六五年ミュンヘンにて初演）で、リハルト・ワーグナーは、ゴットフリートについて大いに個人的な解釈を加えているが、それは、明らかに、ショーペンハウエルと仏教の考えの影響がみられる」（*A Dictionary of Medieval Heroes: Characters in Medieval Narrative Traditions and Their Afterlife in Literature, Theatre and the Visual Arts*, eds., W. P. Gerritsen & Anthony G. van Melle, 2000. P. 280）『中世の英雄辞典――中世物語伝統の登場人物と文学・演劇・視覚芸術でのその後の生』

一九〇二年一月十日付『ザ・キンズリー・グラフィック』紙（*The Kinsley Graphic*. (Kinsley, Kan.)）の「新刊書」紹介の記事に、こうあった――「『中世の伝説』（*Legends of the Middele Ages*）には、ベオルフ、グードルン、『ニーベルンゲンの歌』、ティートゥレルと聖杯、マーリン、トリスタンとイゾルト、その他中世の伝説が多数含まれ、「ロマンス文学概観」が付されている。先般来受け取ったもっとも魅力的な装丁が施されたもので、著者はガーバー（H. A. Guerber）。シカゴⅢ

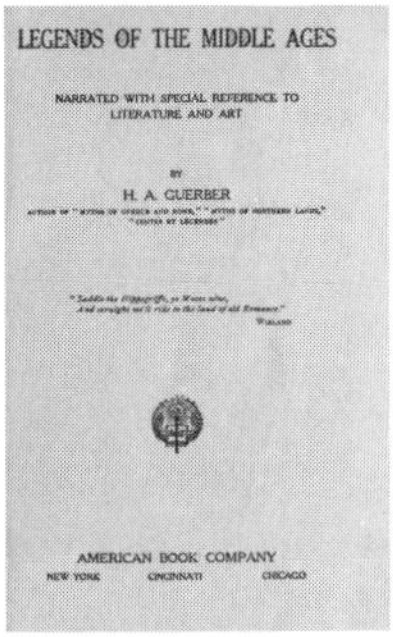

『中世の伝説』表紙

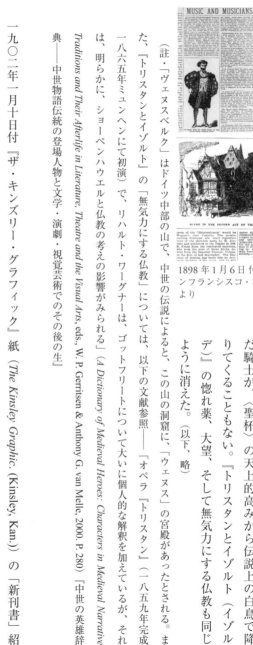

のアメリカン・ブック社刊、定価一・五〇ドル」。（註・この本は一八九六年初版。）

一九〇二年七月二十六日付『ザ・セイント・ポール・グローブ』紙（*The Saint Paul Globe.* (St. Paul, Minn.)）に、コラム「最近の本から」の記事があり、そこに「ウェストン」の名がでてくる——「「モリエン」（*Morien*）は、ザ・ニューアムステルダム・ブック社が出版したばかりの、興味深い小さな本の奇妙な標題である。この本は、ランスロット物の中世オランダ語訳を散文訳したもの。訳者は、ジェシー・L・ウェストン嬢で、すでに『サー・ガーウィン』、『グリーン・ナイト』、『トリスタンとイゾルト』を訳しており、同社から刊行されている。原典の時代はわからず、作者も不明」の紹介がなされていた。（註・この本は一九〇一年出版であるが、ロンドンのD・ナット社からも、同年出版されている。）

『モリエン』表紙

THE ROMANCE OF
TRISTAN AND ISEULT
RETOLD BY
J. BÉDIER
TRANSLATED INTO ENGLISH
BY
H. BELLOC

Portland, Maine
THOMAS B. MOSHER
Mdcccciv

ベロック訳表紙

一九〇三年四月二十六日付『ニューヨーク・トリビューン』紙のコラム「文学の覚え書き」に、「ベロック」訳の宣伝が掲載されていた——

十二世紀のバラッド「トリスタンとイゾルト」の新訳に、ヒレア・ベロック（Hilaire Belloc）氏は忙しかったが、それがこの国とイングランドに向け、三百部の限定版で出版の見込み。ロバート・エンゲルズ氏による、彩色の挿絵百五十枚が付される模様。紙表紙本は、ロンドンで五ギニー、当地ではそれ以上となろう。イングランド人とフランス人の混血で、『ダントン』の作者（ベロック）の手になる、フランス語からの翻訳は見事なものとなるはず。（註・この本の出版は一九〇四年、T・B・モッシャー社刊。）

一九〇三年八月二十五日付『ザ・バリ・デイリー・タイムズ』紙（*The Barre Daily Times.* (Barre, Vt.)）のコラム「演劇の事ども」にこうあった――「グレース・ジョージは、明らかに、最終的にベアトリスとして出演する決心をしたようだ。彼女は、まず、ブルックリンでその実験を試みる模様。／パトリック・キャンベル夫人が、秋のシーズンで紹介したいと願っている他の芝居の一つは、ジョーゼフ・コミンズ・カー氏による『トリスタンとイゾルト』である」。

（註・この本は一九〇六年にダックワース社から出版。「グレース・ジョージ」はブロードウェイ舞台女優。「パトリック・キャンベル夫人」は、イングランドの舞台女優でサラ・ベルナールの友人。）

一九〇五年三月十二日付『ザ・セイントポール・グローブ』紙（*The Saint Paul Globe.* (St. Paul, Minn.)）に、大見出し「グランド・オペラのシーズン、バルジファルをもたらす」の記事のうち、小見出し「〈バルジファル〉伝説」の箇所に、以下の詳細な記事があった――

ワーグナーが、はじめて〈バルジファル〉の伝説を知るようになったのは、『タンホイザー』製作に向け研究をしている際であった。それから、彼は、ヴォルフラム・フォン・エッシェンバッハを知るようになる。この人物は、中世ドイツ最高の詩人で、『タンホイザー』を知る者は誰もが思いだすように、このオペラの主要人物の一人でもある。その後、『ローエングリン』に取りくみはじめた頃、ヴォルフラムと同時代人のクレティアン・ド・トロワの作品を知るようになった。ヴォルフラムの「バルジファル」とクレティアンの「聖杯の物語」から、ワーグナーは彼の音楽劇の題材のほとんどを得ていた。／（中略）／このような初期の多数の文学から、その二つの展開で、中世の生活、慣習、そして、思考習慣を正しく映していると理解してもよい一つの大テーマ――「聖杯探索」――があらわれてくる。その傍らで、その他のすべて――トリスタンとイゾルト（デ）、ランスロットと

1905年3月12日付『ザ・セイントポール・グローブ』紙より

グィネヴィア、マーリン、そしてアーサー王サガそれ自体――が、付随的位置を占めている。それは、最高度に発展した騎士道を映しているだけでなく、当時、もっとも高尚な宗教的理想であったものをも具現化していた。／この物語が、単独の詩人の手になり、他の者たちに写され拡充されたという考えは、ずっと以前になくなっていたので、必然的に、この伝説――少なくとも、探索にかかわるもの――は、この大詩人らが取りあげるずっと以前に、何らかの文学形式（たぶん、「レー」という短詩）で存在していたとせざるをえない。／この伝説は、別個の起源の二つの部分からなる。一つは聖杯、もしくは、皿と関係し、その器はキリストの傷から流れた血が入ったもので、イェルサレムからイングランドにアリマタヤのヨセフによって運ばれた。他のものは、探索そのものを扱っている。さらに、この伝説は、二つの異なるモチーフを持っている。最初のものは、騎士、あるいは騎士道のモチーフと呼んでよく、もう一つは修道士、あるいは禁欲生活のモチーフと呼べる。つまり、フランス人クレティアン・ド・トロワの未完の「聖杯の物語」と、ヴォルフラム・フォン・エッシェンバッハの「パルジファル」である。その他に属するものとして、最初期の作者ロベール・ド・ボロンの詩と部厚い散文ロマンス「崇高な聖グラエル」と「崇高なグラエルの探索」がある。後者は、オクスフォードの大助祭だったウォルター・マップの作とされる。／ワーグナーは、クレティアンとヴォルフラムから外部形式を借りたが、彼は、二級のものにしかみられない精神の多くをその劇に取り入れ、その重要な劇的要素のいくつかを使用した。たとえば、聖杯の性質である。聖杯は、二級のものにしかない。（以下、略）

一九〇六年十月十八日付『ザ・ブラウンズヴィル・デイリー・ヘラルド』紙（*The Brownsville Daily Herald.* (Brownsville, Tex.)）と一九〇七年三月二十九日付同紙に、見出し「世界と恋人」の同一の記事がでた――

世間の人びとは、諺にあるように、恋人が好きだといわれる。ほとんどの諺にあるように、これは大いに疑わしい。実際、証拠はことごとく、断固、逆方向を示しているようにみえる。（中略）ロミオとジュリエットが、めでたく抱き合って死んだら、世間の人びとは口達者に同情するが、それは、同情が恋人たちにとって何ら役にたたないことが判明してからである。同情がいくらかでも役にたつ間、臆病とおざなりの人間性を体現した世の人びとは、モンタギューとキャプレットの親たちと共に、抵抗を示す。恋人たちが勝てば、仕方がない。世の人びとが成功を愛することはない、とした者はかつていない。もっとも、人びとは、いつも一貫して、極悪なことをして成功を阻止してきた。なるほど、世の人びとは、成就した恋を愛している。それを克服した者を誉めそやしているのだから。人びとは、また、何も失うことのない同情を愛している。しかし、人びとが恋人を、愛を愛するために愛することは、まったく正しくはない。もし、本当なら、たぶん恋物語は存在しなかったであろう。何故なら、愛のドラマは、ほとんど、恋人たちと世間の人びととの葛藤から生まれるからである。恋人たちは、互いに相手を勝ち取るためには、世の人びとが完全に負けたとみなさなくてはならなかった。トリスタンとイゾルトの時代はそうであったし、バイエルンのルドルフの時代になっても、依然、そうだ——リチャード・ル・ガリエンヌ、スマート・セット在。

一九〇七年九月八日付『ザ・ワシントン・タイムズ』紙に、見出し「ダヌンツィオ氏の課題、異なる五冊の本」の記事がでた。ちなみに、一九〇七年十一月二日付『ザ・ローガン・リパブリカン』紙（*The Logan Republican*. (Logan, Utah)）にも、見出し「ダヌンツィオ、精力的な作家」の、多少表現の異なる記事が掲載されている——

パリ、九月七日——イタリアの大作家ガブリエーレ・ダヌンツィオ氏は、目下、途方もなく多くの作品に取りくんでいる。手元にあるのは、五冊の大いに性質の異なる別個の作品で、これはおそらく著名作家の文学産出の記録であろう。／問題の作品は、劇四作と短篇ロマンス一篇である。二作の悲劇のうち、一つは「トリスタンとイゾルト」の物語をもとにしたもの、もう一作は『船』で、古代海国ヴェネツィアを称えたものである。他の劇二作は、現代生活を扱った喜劇である。短篇一作は、惹きつけられるタイトル「たぶん、いい、たぶん、だめ」が付けられている。

一九一二年一月二十日付『シャーレボイ・カウンティ・ヘラルド』紙（*Charlevoix County Herald.* (East Jordan, Mich.)）に、見出し「詩作の良し悪し」の記事が掲載――

『ザ・ロンドン・デイリー・クロニクル』紙で、一人の書き手が、英詩で最良の一行は何かという古い議論を復活させた。彼は、チャートン・コリンズ教授が、スインバーンの「トリスタンとイゾルト」の一行に栄誉を与えたのを引き合いにだしている。「そして、彼らの過去すべては、風の中でむせびながらやってきた」だ。なるほど、それはすぐれた一行にちがいないが、実際に困難なことは、最善よりも最悪の一行をみつけることだ、との書き手はいう。ついで、彼は、テニスンとフィッツジェラルドの間の争いについて語っている。想像しうるかぎりもっとも劣った、ワーズワース風の一行を書けたのは誰かということ。二人は、首尾よく「ウィルキィンソン氏という人、聖職者」と生みだすことができた。フィッツジェラルドとテニスンは、見事なこの努力は自分がしたのだというが、決着はいまだについていない。これ以上いえる人は、他にいるだろうか。

一九一二年十月十九日付『ザ・サン』紙に、見出し「秋の重要な本／ダナ・エステス＆カンパニー出版社、ボストン」の広告が掲載――「〈世界のロマンス〉／リチャード・ウィルソン篇。以下のように、昔の世界のロマンスを新た

『ハーパーズ・ウィクリー』紙（1911 年）表紙

『ハーパース・ウィークリー』紙（1912 年）表紙

に魅力的な版で出版します。サイズは手ごろで、印刷はすぐれ、一流画家の美しい彩色挿絵付き、製本はしっかりしています。四つ折り版、布表紙、彩色挿絵つき。各、正価一ドル。／『ジークフリートとクリームヒルト』……／『トリスタンとイゾルト』——この有名な昔のロマンスを、ハーパーズ誌の物語のように再話、その際、作品の魅力と人間の哀れみは失われていない。八枚の彩色図版は、ギルバート・ジェイムズの線描画をもとにし、物語の真意と完全に一致」。

一九一四年九月十九日付『ザ・サン』紙に、見出し「書評と解説にみる今週の本」の記事が掲載——「最古でもっともよく繰り返された騎士道物語の一つ『トリスタンとイゾルトのロマンス』が、J・ベディエによって、平易に詩的に再話され、ヒレア・ベロックが、とりわけ風雅に翻訳（ドッド、ミード&カンパニー社刊）。著者は、この物語のケルト語典拠にのっとり、この中世物語の魅力と純真さの多くを保持した。ワーグナー風の性愛的付加物は、ほとんどみられない。ほとんどの現代小説より面白い」。

一九一五年二月四日付『ハリスバーグ・テレグラフ』紙（*Harrisburg Telegraph.* (Harrisburg, Pa.)）に、本の紹介記事が掲載——「子ども向けに加えられた本は分けてあげてあり、含まれるのは伝説と民話、現代の物語と歴史物語、詩と韻文、絵本——英米独の幼児向け。電気、インディアン、芸術／（中略）／ベディエ——『トリスタンとイゾルトのロマンス』」。

一九一六年一月二十九日付『ザ・ワシントン・ヘラルド』紙（*The Washington Herald.* (Washington, D.C.)）の出版広告——「世界のロマンス／一冊五十セント／昔の世界におけるロマンスの魅力的な新版、とりわけ、色刷りで

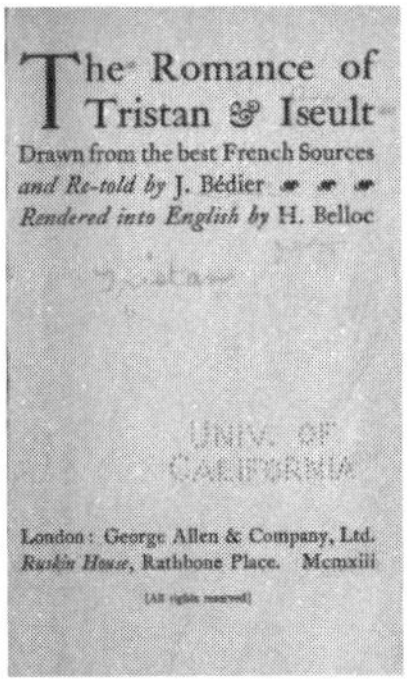

ペティエの再話

美しい挿絵付き／ジークフリートとクリームヒルト――リチャード・ウィルソン再話。／トリスタンとイゾルト――リチャード・ウィルソン再話。／パオロとフランチェスカ――W・E・スパークス再話。／シグルドとグートルン――フランク・C・ペイパー再話」。

一九一七年十月二十日付『ザ・サン』紙のコラム「種々雑多」に、「トリスタンとイゾルト――アーサー・シモンズ著」とあった。また、一九一九年四月二十日付『イヴニング・スター』紙に、「都市と海岸と島々。アーサー・シモンズ、『トリスタンとイゾルト』の著者。ニューヨーク、ブレンターノズ社」の広告が掲載。

何故、『トリスタンとイゾルデ』かの問題は、一八九八年一月六日付『ザ・サンフランシスコ・コール』紙の、見出し「音楽と音楽家」の記事に示唆されていたように、「ウェヌス」がからみ、「仏教」の影響があることによるのかも知れない。『荒地』「Ⅲ　火の説教」では、「仏陀の伽耶山での説教」が示唆されている。「エリオットが一九一二年から一九一三年にハーヴァードで読んだ仏典」では、「仏陀は人間の情念（色欲、怒り、憎悪、など）を劫火に譬え、現世離脱を説いている。離脱すべき「情念」の火が第Ⅲ部「火の説教」の主題である」（岩崎訳註）とされる。

＊　＊　＊　＊　＊

第一節・余白②―1　同時代の「仏教」言説

一九一四年、一月三十一日付『ジ・オグデン・スタンダード』紙（*The Ogden Standard.* (Ogden City, Utah)）に、見出し「仏教僧侶、ハーヴァードの教授職に／マサハル・アネサキ博士、東洋からきて、ピルグリム・ファーザーズが設立した大学で、自国の文化を学生に伝える」の記事が掲載された――

新入生がハーヴァード大学にいき、これから先に授業をとるとき、授業リストに仏教の教えを学ぶ機会のあることを知るだろう。新しい教授職が、今年度、そこに設置された。／日本文学・文化の教授職である。教授に就いたのは、仏教僧侶のアネサキ・マサハル（姉崎正治）博士。／そう、仏教僧侶なのだ。昔のピルグリム・ファーザーズは、海の彼方の島国出身のこの男性が、自分らが設立した大学の講堂で東洋文化の授業をするのをみて、驚きの身振りをするだろうか。（中略）〈アメリカ、日本文化を認む〉／もし、ハーヴァード大学のこの新教授職の設置が、東洋文化の重要性だけでなく、日本の学問的達成をアメリカが認めたことの印であるのなら、日本にとっては大いに悦ばしいことである。日本にしか、現実の仏教は存在しない。だから、新旧の日本文明は、その宗教的背景を知らずに、充分に解釈はできない。実際、日本人はこぞって、アネサキ博士が日本文学・文化の教授職についたことを大いに支持している。就任自体、とても有意義なことだから。博士の講座は二部からなり、「特殊」の部は学問的であり、テーマは仏教のパーリ語文献と彼自身の専門であるその中国版とである。そして、彼が東洋の宗教と西洋思想を比較するとき、彼の真価が発揮される。／こう述べたのは、グリック博士である――「アネサキ博士は、明らかに、西洋で発展した比較宗教学に精通している。自ら仏教徒と称しているが、彼は、教義でも歴史でも、キリスト教に習熟しており、多くの人は、彼が何よりもキリスト教徒に近いとみなしている。／アネサキ博士の仏教研究は、幼少の頃からはじまった。ついでながら、彼は東京帝国大学宗教学教授である。そして、比較宗教学への関心は、学部時代に、キッドの『社会進化』、ランドの『神話、儀式、そして宗教』、テイラーの『原始文化』などの本から大いに刺激を受けた。こうした書物は、約二十年前には、かなりの人気があった。宗教的探求の多くの本、たとえば『印度宗教史』『仏陀の人格、その歴史と信仰の側面』『中国語とパーリ語の四つの仏教的阿含（アーガマ）』（英語）は、すでに著名となった彼の名が冠されており、いまだ彼は青年で、誕生は一八七三年である。彼の専門筋（東洋哲学）で名声が国際的に確立したのは、彼が「日本の宗教」（英語）（『エンサイクロペディア・アメリカーナ』収録）「キリスト教の仏教徒への訴え方」（英語）等の類似著作を発表し

1914年1月31日付『ジ・オグデン・スタンダード』紙より

たときである。／仏教の基本をめぐる彼の重要な著作は、まもなくアメリカで出版の予定。（以下、略）

姉崎がアメリカ紙に登場したのは、これが最初ではない。一九〇七年九月二十七日付『ザ・サンフランシスコ・コール』紙（*The San Francisco Call.* (San Francisco [Calif.])）に、見出し「人間同様、キャベツの未来の生を信じる」で、ついで肖像写真が掲載され、キャプションに「日本の帝国大学学者、M・アネサキ教授は、植物、イヌ、そしてあらゆる下等動物が、すべての被造物と完全な霊的調和状態に達するまで転生すると信じている」とあり、以下の記事が記されている――

東京帝国大学哲学教授で、今年のカーン奨学生であるM・アネサキ（姉崎）は、イングランドとヨーロッパ大陸へ向かう途中で立ち寄り、ザ・セント・フランシスに宿泊している。彼は、目的地で、宗教と政治の関係を研究し、イタリアの新カトリック主義と接触する予定である。サンフランシスコ到着以来、M・アネサキは、市長テイラー、大司教ライアダン、ラビのヴォアーザンガーの客となり、スタンフォード大学とカリフォルニア大学を訪れ、哲学の授業に出席した。／昨日、日本の既存の宗教について語り、アネサキは、プロテスタントとカトリック信仰は、日本ではほぼ同数で、キリスト教両派の信者数は約十万人だと述べた。／アネサキ自身、人間だけでなく下等動物や植物の生命の転生を信じていて、その転生は、彼によれば、主体がすべての生き物や物の終局的な霊的調和に達するまでつづくという。たとえば、キャベツは、人間やイヌ同様に進化し、そして完全な状態になる。／（中略）／アネサキは、日本のメソディスト教会のいろいろな派は、最近、一つの組織にまとまり、日本人メソディストの監督・ホンダ（本多庸一）を日本帝国の教会の長に選出したと述べた。

Believes in a Future Life of Cabbage as Well as of Man
AGENTS OF LAND THIEVES TESTIFY IN BORAH TRIAL
Shipping of the
Siberia Arrives Passengers

1907年9月27日付『ザ・サンフランシスコ・コール』紙より

一九一三年八月十日付『ザ・サンフランシスコ・コール』紙に、見出し「日本社会、ヘビを飼い慣らす新しい趣味をみつける／二十年間、爬虫類を取集してきた男性が促した流行／西洋文学、一般的需要あり／帝国大学の最高学者タイプの教授」の記事がでた——

東京、八月九日——ヘビをペットにすることが、日本社会の最近の趣味となった。当世風の女性は、小さくて生きたヘビへの好みを育んでいる。女性らは、身の回りに、無害のマダラ・キールバックや縞模様のヘビを置いている。これらは、容易に飼い慣らすことができる種類である。／（中略）／〈ハーヴァード大学へ向かう日本人学者〉／帝国大学のマサハル・アネサキ教授は、この秋、ハーヴァード大学にいき、ケンブリッジで最初の日本人講師となるが、彼は、もっとも高度ですばらしい日本人学者である。アネサキ博士は、アメリカの学生たちに日本文明について語る役割を充分に心得ていて、西洋と東洋を近づける役割を果たす所存である。つまり、カルフォルニア土地法によって、最近活性化された基本的大問題である。／数日前の会談で教授は、人類が一つになることへの彼の確信を表明したが、これは、近年、すべての国が孤立から国際関係の大きな領域へと向かわなくてはならないときにあたり、とりわけ必要なことだと断言した。彼はこう述べた——「わたしの講義は、どうしても学問的で、日本の哲学を説明するものとなりますので、極東全体の観点を説明する努力をします。これは、合衆国では誤解されていると思いますので、この観点が西洋の観点と完全に調和しうることを証明できたらと期待しております」。／アネサキ博士は、また、アメリカで日本への、とりわけ、日本人の宗教的・道徳的展開に学的関心が促進されるよう、芸術と文学を参照しながら努力しようとしている。（以下、略）

一九一五年三月二十八日付『ザ・サンデー・テレグラム』紙（*The Sunday Telegram.* (Clarksburg, W. Va.) 1914-1927）に、見出し「くたばれボワレとパキン——未来派とキューヴィズムも同時に／彼らのものは、全部、「ありきたりなもの」／あとは、日本の芸術息子が、われらの現在のモードや絵画法は、紀元四〇〇年頃に彼の国で使用されていたのをみせてくれるだけ」の記事がでた——

すべてが「ありきたりなもの」だ。／それは、何世紀も何世紀も前に死んで忘れられていたが、それから再び掘返され、人類に未来派、キュービズムとして送り込まれた——まったく新奇で、微妙で、身近で、とてもとても微妙なものとして。／セザンヌ、マティス、カンディンスキー、ピカソ、ゴーギャン、ヴァン・ゴッホ、そしてわがアーサー・ダヴとアルフレッド・マウアー、彼らはいわゆる新たな芸術世界をわれわれにみせてくれた最初の画家であった。／われわれは、新しい制度の預言者として称賛した。／ボワレとパキンは、こうした画家のキャンヴァスとパレットからメモをとり、彼らの婦人服仕立てのアトリエでそれらを試した。／われわれは、彼らを素晴らしい新ファッション世紀の創始者として称えた。／芸術が受けとった新しい勢いが、世界を変化の鳴り響く溝にそって二倍もはやく回転させると、誰もが主張した。／いま、このキュービズムや未来派のやったことすべてが、死んだ過去の名残、死んだ過去でも、もっとも死んだものだと主張する者が登場。／彼は、ポワレやパキンが、いわゆる新たな芸術的着想によって修正されてはいても、千年

1907年9月27日付『ザ・サンフランシスコ・コール』紙より［図・左（日本美術の未来派）／中央（蓮を手にした女性が、日本の五世紀の服を身に付けている）／上右（日本キュービズム絵画の印象的な実例）／下右（十一世紀に作られた滑稽なポスター芸術）。］

以上も前に中国人女性や日本人女性が身に付けていたスタイルだという。／人生を楽しんでいる者は、いつでも、いるものだ。／この誰かは、たまたま、自分の主張を保証してくれるまごうことない権威に身を包んでいる。また、彼は、自身の力説することすべてを証明するため、テラコッタの絵を持参した。／彼は、日本の東京帝国大学教授・マサハル・アネサキ氏で、目下、合衆国に滞在し、わが国の立派な大学センターで専門家に向けて講義をしている。／(以下、略)

＊　＊　＊　＊　＊

第一節・余白②―2　姉崎とエリオット

姉崎正治がハーヴァード大学で講義をおこなったのは、一九一三年十月から一九一五年であった。エリオットは、一九一四年、オクスフォード大学マートン・カレッジの奨学金をえて渡英するが、イギリスへ出発する前の一九一四年五月五日まで、講義に出席をして、記録をノートに記していた。ロバート・クロフォードは、『若きエリオット――セントルイスから『荒地』まで』で、エリオットが講義に出席した経過を以下のようにまとめている――

彼〔エリオット〕は、東洋思想に関心があったので、一九一三年から一四年にかけて、姉崎正治がおこなったハーヴァード大学追加講義に出席した。姉崎は、東京帝国大学からの客員教授となっていた。彼は、学術的な宗教学の日本の先駆者であり、『ザ・ヒバート・ジャーナル』誌（*The Hibbert Journal*）に「キリスト教が日本の一仏教徒にいかに訴えるか」の記事が掲載された。彼が主張したことは、「いかなる宗教も、もっとも普遍的（カソリック的）、あるいはコスモポリタン的であれ、絶対的統一と同質性を主張することはできない」ということで

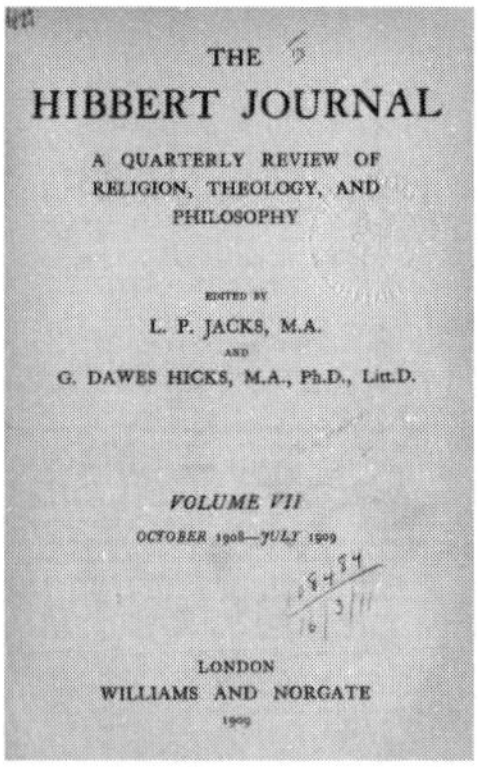
THE
HIBBERT JOURNAL
A QUARTERLY REVIEW OF
RELIGION, THEOLOGY, AND
PHILOSOPHY

EDITED BY
L. P. JACKS, M.A.
AND
G. DAWES HICKS, M.A., Ph.D., Litt.D.

VOLUME VII
OCTOBER 1908—JULY 1909

LONDON
WILLIAMS AND NORGATE
1909

『ザ・ヒバート・ジャーナル』誌表紙

あった。（中略）一九一三～一四年の冬になされた姉崎の講義を聴講したトムは、黒インクで、好みの罫線の入った紙に、生は苦痛であるということばだけでなく、仏教思想の循環的な「輪の回転」の考えや、「すべては相関的である」ということばを記した。不安になるほど相関的で苦痛にみちた『荒地』の物語詩群で、そうした考えは、徹底的に回帰してくる。姉崎の説明した考えは、印象の強烈なものであった。つまり、「現実はあるのかないのか？……世界は存在するという見解も、そうではないという見解も誤りである。真理はその中間にあり、両方の見解を超越している」ということだった。（一七五ページ）

このあとにつづけて、クロフォードは、姉崎が「日蓮」について言及し、それをエリオットがどう受け止めていたかを記している――

次第に、現実とは何かの考察にとらわれてきていたトムは、注意深くノートをとった。彼は、また、姉崎のイマジズム的な細部に魅了された。サンスクリットとパーリ語で蓮の花について読むことに慣れていた彼は、こう記している――「蓮だけが完全である。何故なら、多くの華と多くの実を同時につけるからだ。華&実が同時である。現在が実とあらわされ、その顕現は華となっている。最終的現実と顕現の相互的関係」。トムは、また、「雨に養われる植物の譬え」をめぐる姉崎の授業用ハンドアウト、「現実の統覚」、「幻覚なるもの」、「存在でも非在でもないこと」をめぐる考えに加え、「過去、現在、そして未来」をめぐる考えのパーリ語テキストについて、姉崎の説明も転記した。十三世紀の仏教思想家日蓮を学んだトムは、「個人の救済と世界の救済がどのように結びついているのか」を考えるように求められた。そこで、日本的文脈において、彼は、とてもちがった環境であったが、パリの（シャルル・）モラスの仕事の中心課題であった、個人、社会、そして信仰との関係について再度考えた。二十年後、「バーント・ノートン」で過去、現在、未来を考察したトムは、蓮のイメージ、つまり究極的現実の考えと幻覚とに戻った。彼の時代にあって、彼以上に、伝統的なインドと日本の思想を専門的に学んだ西洋詩人は他にいなかった。（一七五～六ページ）

（註・「パーリ語」は、南伝上座部仏教の経典（『パーリ語経典』）で主に使用される言語で、古代中西部インドにおけるアーリヤ系言語、プラークリット（俗語）を代表する言語である。それに対し、「サンスクリット」（梵語）は文語・雅語である。この両者の関係性は、本書では、「ロゼッタ・ストーン碑文」の「ヒエログリフィック体」と「デモティク体」の関係、また、近代ギリシャ語の「デモティキ」と「カサレヴサ」の関係に、ひいていえば、「ウルガタ聖書」の「ラテン語」と「各国近代語」の関係に類似している。）

＊　＊　＊　＊　＊

第一節・余白②―3　エリオットの姉崎正治をかいしての日蓮体験

クロフォードの「日蓮」への言及はこれだけであったが、もう少し詳しく、クレオ・マクネリー・カーンズ（Cleo McNelly Kearns）は、その著書『T・S・エリオットとインドの伝統――詩と信仰の研究』（*T. S. Eliot and Indic Traditions: A Study in Poetry and Belief*, 1987）で述べている――

一九一三年から一四年にかけて、ハーヴァード大学哲学部は、広範な連続講義の後援をした。講師は、日本人学者の姉崎正治で、題目は、「後期（大乗）仏教」であった。姉崎は、「サッダルマ・プンダリカ」（法華経）の解説、マーディヤミカ（中観）派とその主要代表者ナーガルジュナ（龍樹）の立場の素描、その後の日本での展開を概観し、最後には、天台哲学と日蓮の国粋主義的・黙示録（末法）的神秘論（アポカリプティック・ミスティシズム）に及んだ。エリオットは、この講義の多くについて数多くのメモをとっており、少なくとも、講義で配られたハンド・アウトは読んだに相違ない。それは、大学のホートン図書館に彼の資料とともにある。（七六～七七ページ）

また、もう一ヵ所、カーンズは「日蓮」に言及している――

この「から（空）であること」、つまり〈シューニャター〉についてのうまい議論にはなかなか出会えない。エリオットは知らなかったであろうが、コンズ（Edward Conze）の議論は、仏教的言説だけでなく、エリオットの詩においても、その用語が持つ二重の意味を幾分かでも伝えている。彼はこう書いている――「ある意味で、「から（空）であること」は、別の実現では、「剥奪」を示唆している。まずはじめに、それは世界の否定的性質に言及し、ついで、こうした否定的性質を否定することの結果に言及する。「から（空）である」ものは、無価値なものと諦められる。それを現状のままに受けとる結果、人はそのときそこから解放される。おおまかにいえば、この語は形容詞（シューニャ）としては、「欠けていることがわかる」を意味し、この世のものごとに言及している。そして、名詞（シューニャタ）としては、内的「自由」を意味し、この世の否定に言及している。かくしてそれは、ニルヴァーナ（涅槃）をあらわす名となる」（India 60-61）。姉崎の講義に対して記したエリオットのノートによれば、日蓮の後期仏教では、この二重の価、つまりシューニャタは完全ないまの現実であると同時に、勝ちとるべき目標であるという主張は、信仰の大いなる飛躍が必要である。そこには、非言説的にこう知ることが含まれる。つまり、「剥奪状態であっても、ボーディ（悟り）が、そして生死にすら、ニルヴァーナ（涅槃）が存する」。「このように信仰の継承なくして、〈真理の蓮華〉を保つことは益なきこと」と、日蓮は結論づけている。（八三ページ）

いまカーンズが引用したエリオットのメモの引用符の付いた箇所は、カーンズは述べていないが、実際にはそのまま姉崎がハーヴァード大学から一九一六年に出版した英書『日蓮　仏教の預言者』(*Nichiren The Buddhist Prophet*) にでてくる――

何が起ころうとも、強い信仰心を起し、死の瞬間に、はっきりと意識して熱心な信仰心で〈聖なる表題〉(題目) を唱えるられるよう祈りなさい。この他に、生死にかかわる一大事の継承を求めてはならない。ここにこそ、剥奪状態であっても、ボーディ(悟り) が、そして生死にすら、ニルヴァーナ(涅槃) が存するということばの真理が存する。このように信仰の継承なくして、〈真理の蓮華〉を保つことは、益なきことである。これについては、後日、さらにお話しましょう。誠実に敬意をもって(恐々謹言)。(六七ページ、拙訳)

このことから察するに、姉崎は、エリオットが出席した一九一三～一四年の講義の際、すでに英書の原稿を所持していたのだろう。

一九一六年に日蓮論の著書を英語で出版したといま述べたが、同年、姉崎は帰国後、日本語版ともいえる本を出版している。『法華経の行者　日蓮』である。双方の「序」に記されたことから推測すれば、英語版が先に書かれ、日本語版があとから書かれ、出版はほぼ同時期であったようだ。

英書の「序」の最後に、「マサチューセッツ州ケンブリッジ、／一九一五年六月九日、／蒙古艦隊が博多湾にやってきた六三四周年にあたる」(Cambridge, Massachusetts,/ June 9th, 1915, / the six hundred and thirty-fourth anniversary of the arrival / of the Mongol armada at the Bay of Hakata.) と記されている。したがって、原稿は一九一五年六月九日には完成していたことになる。また、和書の「序」の末には、「大正五年七月二十七日／建治三年の昔／上人が頼基陳状を草せられた日／東京にて」とある。ちなみに、「大正五年」は「一九一六年」。そして、後者の「序」はこうはじまる――

末法の導師、上行菩薩の再誕、兼知未萌の聖人、或は憂国の預言者、宗教改革者、折伏の傑僧など、日蓮上人は、種々の資格や名称で、或は崇拝の的となり、或は研究の種になり、評論に上る。然し此等の種々の名目は、上人が人格と信仰との一面に過ぎず、若しその全体を一語に総括代表する名があれば、それは「法華経の行者」といふ名で盡して居る。此は評論紀伝の為に我我がつけた名でなく、実に上人自らの自信抱負であつたのである。／（中略）然るにハー〔ヴァ〕ード大学の教授担任中、ロイス教授と思想を交換して、談、上人に及び、ロイス氏が頻に、上人に関して一書を書く事を勧められるに及んで、断然意を決して、今までの研鑽を纏める方に一歩を進めた。その結果は、Nichiren, the Buddhist Prophet となり、一応ロイス氏の閲覧批評を仰ぎ、昨年帰朝の前に、原稿をムア教授に託して来た。而しその一書は、恰も本書と同時に、印刷成つて、ハー〔ヴァ〕ード大学から出版する手筈になつて居る。（以下、略）（註・旧漢字は改めてある。）

このようにあるが、すでに指摘したように、姉崎は講義をする段階で、原稿を仕上げていた可能性がある。いずれにせよ、そうなると、彼の講義は、多分に日蓮理解の仏教色の濃いものであったと推測される。とすれば、エリオットの姉崎体験は、極言すれば、日蓮仏法に接したことがその特色であったということになろう。

姉崎は英書の「序」のはじめで、和書と多少異なるいい方で、執筆の動機を以下のように語っている――

……本書の第一の動機は、宗教心理学というこの比較的最近の分野に対し、西洋の学者にはあまり知られていない人物の研究で貢献することにある。この研究を公表しようというもう一つの動機は、（ジョサイア・）ロイス教授からの励ましがあったからである。氏の著書『キリスト教の問題』（*The Problem of Christianity*）（一九一三年）を読んでから、わたしは氏に、生命をめぐる仏教の捉え方についての論文を差しあげた。それは、生命をめぐるキリスト教の教義についての章に対応するものとしてであった。その論文で日蓮に触れていたことで、わたしは、ハーヴァード大学のこの主任の哲学者に、その仏教的預言者についてもっと語ることになった。現在の本は、日蓮について何か書くようにという氏の助言と励ましの賜物である。

「序」にあったように、「キリスト教」に対応させられた「仏教」は、とりわけ「日蓮」理解のものであったろうし、使用された用語が英語であることもさることながら、「予言者《プロフィット》」とか「復活《リザレクション》／再生」、あるいは「黙示録《アポカリプス》」の用語が眼につく。つまり、しかたがないとはいえ、「仏教」が「キリスト教」的言説化されているのだ。

エリオットがこの英書を読んだ証拠はない。しかし、クロフォードが示唆していたように、「日蓮」に関心をエリオットが抱いたとすれば、姉崎の講義から充分な理解をえ、「日蓮」の視点を西洋キリスト教国に置きかえ、類似の物語を生みだそうとしたとも考えられる。「国家」もしくは「キリスト教国」の「再生」を語るとしたら、「聖杯伝説」を使うしかないと考えた。「日本」に対する「元」は、「キリスト教国」に対する「オスマン・トルコ帝国」であった。そして、姉崎の語る日蓮を中心とした「末法」思想は、聖書の「ヨハネ黙示録」に対応していると感じたとしても、おかしくはない。

カーンズは、『T・S・エリオットとインドの伝統――詩と信仰の研究』第Ⅲ部第七章「『荒地』の形而上学」で、ウェストンの『祭祀からロマンスへ』（一九二〇年）に言及し、こう述べている――

ウェストンの手で、この話［パルシファルの話］は、それ自体、東洋と西洋を結ぶもの、少なくとも、ロマンチックにされた古風な「東洋」と、とりわけ神話的精神のヴィクトリア朝末期の「西洋」とを結ぶものとなっている。ウェストンにとって、〈聖杯〉探索は、失われた神話であるだけでなく、直接的で、つねに接近可能な秘儀的真理への鍵をも示している。（一九七ページ）

姉崎の著書は、この「直接的で、つねに接近可能な秘儀的真理への鍵」を追究した日蓮を描くものであった。エリオットが姉崎を下絵にしていたとするのは、あまりにも大胆なヴィジョンにすぎないだろうか。

表題にもあるように、英書は「預言」の言説が支配的である。第一章「日蓮とその時代」のはじまりは、こうなっている――

もし、日本がかつて預言者（prophet）、あるいは預言的（prophetic）熱意を持った宗教人を輩出したとすれば、日蓮がその人であった。彼は、仏教史上ほぼ他に類をみない人物である。単に、苦難や迫害（persecution）を粘り強く生き抜いたからであるだけでなく、彼自身には、自分が仏陀の使者（messenger）であるという確固とした確信があり、彼の宗教と国の未来に自信を持っていたからである。当時の大学者の一人であるだけでなく、預言的大志（aspiration）にきわめて熱心であった彼は、闘争的気質の強い人間、能弁な語り手、影響力のある書き手、そしてやさしい心根の者であった。彼は一二二二年に漁師の息子として生まれ、一二八二年に、聖人であり預言者としてこの世を去った。（三ページ）

ちなみに、和書第一章のはじまりは以下のようになっており、明白に英書とは異なる――

処は日本国の東南の隅、太平洋の面に峙つ清澄の峰、巨松老杉が天を衝いて茂る間、時は源頼朝が幕府を鎌倉に建てヽから五十年を過ぎた嘉禎三年、秋去り冬来らんとす某日の未明。

当然のことかも知れないが、姉崎は、英書はキリスト教の素養のある欧米人に、和書は仏教になじんだ日本人に向けて書いたようである。カーンズは、姉崎の講義の傾向を以下のようにまとめている――

姉崎の講義と大乗仏教一般が、エリオットにいかなる影響をおよぼしたかは、見極めることが困難である。確かなことだが、姉崎が彼の「仏教的倫理」で素描した見解は、少なくとも、その後に展開するエリオット自身の立場とは正反対のものであった。その立場からは、個人的な霊感、つまり、〈内なる光〉に似たものよりも伝統的な霊感や、個性賛美よりも非エゴの理論が価値あるものとされた。姉崎は、後期仏教にやや〈ユニテリアン・ユニヴァーサリズム〉的な色合いを付与していた。それは、エリオットが乗り越えようと試みていたことすべてをあらわしていた。（七八〜七九ページ）

そして、姉崎の英書には、『荒地』の一大テーマとされる、「死」と「復活／再生」（resurrection）も四ヵ所にでてくる。以下、三例をあげる。

(1)　このように間一髪で逃れた経験は、以前の場合よりも予想外で奇跡的（miraculous）であったが、日蓮に深く印象づけたので、彼は以後の自己の生をまた別の生とみなした。つまり、復活（resurrection）後の生である。（五八ページ）

和書で、姉崎が「此は樗牛が、寺泊に於ける上人の覚醒を叙した文」とした引用箇所に、「新しき生命を得ぬ」とあり、これが「復活／再生」（resurrection）に相当するのであろう――

塞外《さくぐわい》十月、北地風荒く波高し、彼（日蓮）は暫く越《こし》の寺泊《てらどまり》に泊して、天候《てんこう》の回復を待ちぬ。匆劇《さうげき》の境を離れて、忽ち幽静の地に客たり、感慨果して如何。嗚呼彼は遂に目覺《めさ》めたり、永遠に目覚めたり。二十年來の疑惑は霧の如く散じたり。法華經の豫言は是の覺醒によりて、更に新しき生命を得ぬ。東海の佛子日蓮の生涯《しやうがい》は、俄に寂光寶土《じやくくわうはうど》の光明《くわうみやう》に照《て》らされて、直ちに佛識《ぶツしん》の現證となりぬ。（改訂新版、二〇八〜九ページ）

(2)　彼（日蓮）は振り返ってみると、自分の経歴は着実に実現し、その書簡、〈真理〉の伝播者に関する預言にほぼ沿っていた。そしていま、復活（resurrection）ののちに、自分は新たな生に入ろうとしている。つまり、退化した未来のすべての人の霊的安寧だけでなく、〈真理〉の大義に全身全霊で献身した者にふさわしい生の一部としてであった。（六一ページ）

(3)　日蓮は、「完全な」（サンスクリットで sad）の語を復活（再生）（resurrection）、生と死を幾度となく繰り返す生の神秘的な連続と不滅の意味にとった。この意味で、死は、生の不滅の流れの一段階にすぎない。つまり、また別の生の顕現に至る一歩である。それ故、この解釈が生まれた。この日蓮の考えからは、死は、誕生のように、自然の発現（revelation）だといったときのマルクス・アウレリウスが思われる。（六六ページ）

「日蓮」の思想が、「マルクス・アウレリウス」のそれで理解しようというところが注目されるし、「レヴェレーション」の語も使用されている。

さらに、「黙示録的」（apocalyptic）の使用例もあって、注目される――

1．こうした変化に加え、仏教指導者たちのこころは乱れていた。大危機がその頃起こると預言されていたからである。つまり、日本だけでなく、全世界にとっての危機である。古い仏教的伝統では、創始者の死後、仏教的宗教（ダルマ、もしくは法）は三段階をへるとされていた。最初の千年は〈完全な法〉（正法）の時代で、修道僧の規律は厳格に守られ、信仰者はこころから敬虔であった。第二の千年〈写された法〉（像法）の時代）は信仰と道徳が堕落するものの、敬虔さは、多数の寺院や聖域が建立されていた時代である。第三の時代であるその後の万年は〈末法〉の時代で、悪徳と闘争が蔓延る。時代区分に関しては、伝統に小さな違いはあるが、日本の仏教者のすべては、この黙示的（apocalyptic）伝説を全体として信じていた。（四ページ）

2. その禁止命令のあとに、一つの幻想（vision）がつづいた。黙示録的（apocalyptic）保証（第十一章「天上的祈祷堂の亡霊」）に加え、奇跡的な啓示（miraculous revelation）である。……突然、場面は、一般的に黙示録的（apocalyptic）文献でよくあるように全体的に変容する。祈祷堂内部から声が聞こえる。シャカムニのおこないと説教を称えるものである。（二三ページ）

3. その黙示録的（apocalyptic）場面と奇跡的改心（miraculous conversion）のあとで、その他の実践的な忠告が未来の仏陀たちに与えられる。（二四ページ）

4. 他の多くの者は異様な想像にひたる傾向にあり、超自然的な栄光（supernatural glories）を喜び、天上的ヴィジョン（heavenly visions）や黙示録的（apocalyptic）場面を熱望していた。（中略）多くのことが、蓮について書かれた。哲学的論文、奇跡（miracle）の物語、詩、祈祷文である。この書（法華経）は、また、多くの画家や彫刻家を刺激し、そこからテーマをとってきた芸術作品が豊かに存在している。しかし、日蓮がその書に独自の「読み」を展開するまで、そこから奮闘的で闘争的生の驚異的な力を導きだし、それによって、仏陀の太古の弟子が例証した熱烈なる熱意に向けて励む人生を送った者は、誰一人としていなかった。（三二ページ）

この他、「使命／伝道」（mission）、「啓示」（revelation）、「聖なる」（sacred）、「視覚／幻影／ヴィジョン」（vision）、「至高の存在／神」（the Supreme Being）のキリスト教言説に頻出する語が登場している。たとえば、第七章「日蓮の生涯における絶頂――至高の存在を文字で表す」のでだしの以下の箇所を参照――

穏やかな夏が過ぎ、秋の短い日が次々と去り、荒涼とした冬が近づいた。この追放者は、ひきつづき自らの「使命」（mission）について考えた。いまは、以前より深く穏やかにであった。彼の使命感は確固たるものとなり、攻撃的な宣伝は実を結びだしていた。多くの改宗者を獲得しただけでなく、敵対者に畏怖の念を起こさせたのである。彼が追放された年の終わり頃に、元が多数の船を送り、翌年には、別の大使がやってきて、新たに不安を醸成していた。北条家の間で、家族間の闘争が勃発し、同族の者が互いに殺しあった。これらの出来事は、日蓮はじめその追随者らからは、この預言者に及ぼされた不当な行為の結果であり、また、彼の警告の数々の預言が実現したものと解釈された。これは、日蓮にとっては勝利であったが、さらなる彼の関心は、国家とその宗教の未来であった。〈聖なる表題〉（題目）（Sacred Title）の形で、彼はすでに末法のすべての人びとにふさわしい崇拝の基準と形式とを与えていた。また同時に、仏陀とは誰かや、仏陀とわれわれとの関係を説いていた。しかし、崇拝の対象は、いまだ明確に定義はされていなかった。それはどうあるべきか。どのように、それは人びとの身体的視覚（vision）（目）や霊的（spiritual）視覚（こころの眼）（vision）に提示すべきか。次なる任務は、これまでの活動の仕上げとなるものだが、それはこの問題を解決すること、〈至高の存在〉（the Supreme Being）を明らかにすること（revelation）、そして己の大使命（mission）を完遂する準備をすることであった。（七六ページ）

また、全体で五ヵ所、「主シャキャ＝ムニ」（the Lord Sakya-muni）と使用され、これは「主なる神」（the Lord God）

を想起させるだろう――

……悟りを開いた者（菩薩）は、文字のそれぞれに主なるシャキャ＝ムニの黄金の身体を感じとる（一六ページ）／……彼は主なるシャキャ＝ムニに送られ守護されし者であった……（五〇ページ）

そして、本書の先の箇所で問題となる「空」の用語について、カーンズは以下のように記している――

姉崎は、幾度も講義の中で、「シューニャター」（shunyata／空）に言及している。これは、しばしば、「エンプティネス」（emptiness／何もないこと）とか「ヴォイド」（void／空虚）と訳され、存在するものの状態と悟りの目標と考えられている。この語は含意が豊富で、大乗の伝統と密接に関係している。どこであれ、姉崎は、この恐らく定義不可能な用語（少なくとも、エリオットのメモにはそうした定義はない）を立ちどまり定義することはなく、彼の使う同義語「ヴァキュアティ」（vacuity／空）やショーペンハウエルの「ニヒツ」（nichts／無のもの）も余り役にたたない。彼は、有名な「テトラレンマ」（tetralemma）を導入している。つまり、マーディヤミカ（中観）派で、究極的理解に向けてこれや他の用語の手引きとして多く使用された論理的手順である。（八二ページ）

こうした韻文は、エリオットの姉崎メモに、カーボンによるタイプ文書の形で存在しており（それらは、講義用に準備された一種のハンドアウトであったようだ）、「エンプティネス」「ヴァキュアティ」「ヴォイド」の用語が彼にとって幾分か共鳴しあっていたことがわかる。（八三ページ）

実際、英文『日蓮　法華経の預言者』を調べると、「ヴァキュアティ」が多く使用され、たとえば以下のようにある――

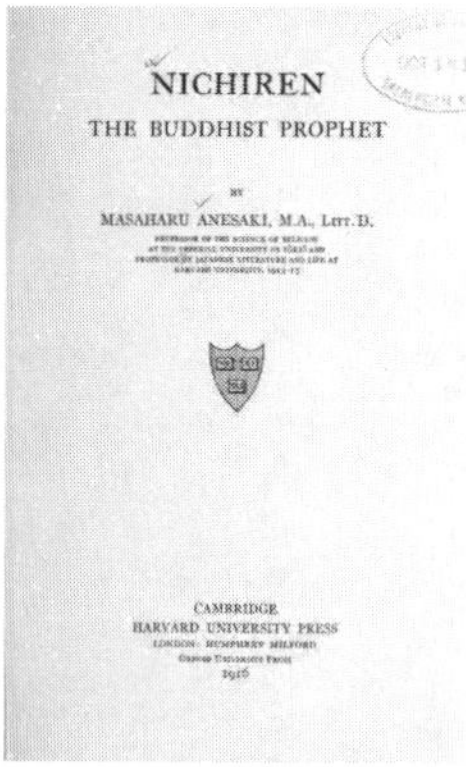

姉崎著『日蓮　仏教的預言者』表紙

［ナーガールジュナの中論］はこう述べている――／すべては因により起こる。／われわれはそれをヴァキュアティ（スンヤタ）とみなしている。／（しかし）それは、あらわれであるため、現象的な現実である。／それは、同時に、〈中道〉である。（五〇三ページ）／ヴァキュアティ（スンヤタ、パーリ語スンナタ）は、仏教で使用された古代語であり、常識、もしくは日常的推理を超えた何かを意味している。（中略）それは、よく理解されているような、単なる否定ではなかった。いまみることになる思索が、その周囲に群がっていた。／「ヴァキュアティ」は、超越主義者によって、現象的なモノのないことを意味していると理解されていて、そのように、実在は、あらゆる区別と因果関係を超えていると解釈された。（以下、略）（一四八ページ）

＊　＊　＊　＊　＊

第一節・余白②―4　エドウィン・アーノルドの詩『アジアの光』とエリオット

一九〇四年四月七日付『フィリップスバーグ・ヘラルド』紙（*Phillipsburg Herald.* (Phillipsburg, Kan.)）に、見出し「最近、ロンドンで他界した偉大なイングランド詩人」の記事が掲載されている――

先週、ロンドンで他界したサー・エドウィン・アーノルドの経歴は、隆盛期から苦労の時期まで、とりわけ関心をひくものであった。健康がすぐれなくなり、魅力的な女性が献身的に付き添っていた。彼は、この女性と一八九七年、極東で結婚をしていた。東洋女性との結婚――三度目の結婚――にショックを受け、嘆いたサー・

エドウィンの家族であったが、この才能豊かなイングランド人が妻にした小柄の女性に魅了された。名はタマ・クロカワ（黒川玉）。／イングランドでナイトの称号を付与された文学者でジャーナリストの最高齢の一人であったサー・エドウィン・アーノルドは、数年、部分的に麻痺を患っていたが、老衰のため死去。詩人・東洋学者・新聞記者として、彼は、四半世紀の間、何ら苦もなく文学界の最前線にいた。彼の仕事は、イングランド同様にアメリカでも、広くといえるほど知られており、名声は世界の隅々まで知れわたっていた。先月だけでも、極東の危機と日本について彼の書いた記事がいくつも、アメリカの各紙を飾っていた。／（中略）／サー・エドウィンは神秘的東洋にめっぽう弱く、そのため三番目の妻を娶ったのであるが、彼のよりすぐれた仕事の多くはそこから生まれてきた。彼は、現代の東洋各国に精通し、我慢強い日本人、とりわけその日本人妻への賛歌を歌いつづけた。彼女のやさしい性格がイングランドの世論形成に大いに役立ち、ロシアとの現在の戦争で、ミカドの主張を積極的に支持するに至っている。／サー・エドウィンは、一八三二年六月十日誕生。／オクスフォード大学卒。／サー・エドウィン・アーノルドは『アジアの光』と『世界の光』でもっともよく知られているが、オクスフォード大学ユニヴァーシティ・カレッジで教育を受け、一八五三年にそこの優等賞受賞学生となる。一八五四年、バーミンガムのキング・エドワード校の教師となり、一八五六年までそこに勤め、その後は一八六一年まで、ボンベイのプーナにある官立デカン・カレッジの校長になった。一八六一年、ロンドンに戻ると、サー・エドウィンは『ザ・デイリー・テレグラフ』紙と提携し、数多くの社説や文芸記事を書いた。／『アジアの光』は一八七八年九月に書きはじめられ、完結した八部の叙事詩は出版社の手に委ねられ、一八七九年七月、出版されて市場にでた。大反響を呼び、多くの版を重ねた。／（中略）／何よりも、もちろん彼は詩人で、偉大とはいえない詩もあるが、彼の詩的制作には、偉大さが付与されていた。ホメロスがうなずくと、サー・エドウィンもうなずくが、彼もまたきらめいていて、彼の詩的才能の途を献身的にたどった者は、おそらく彼の時代の他の詩人がまき散らしただけの数の思想の真珠を集めることになっただろう。『アジアの光』『園でサアディーと共に（もしく

GREAT ENGLISH POET WHO DIED IN LONDON RECENTLY

Lady Arnold.

1904年4月7日付『フィリップスバーグ・ヘラルド』紙より

は、愛の書）』『ヤポニカ』が、その民族の前進する物質主義によってあらゆる詩が宣告を受けた、忘却の彼方へと追いやられるにはまだまだ先のことであろう。／サー・エドウィンは長く日本に在住し日本人妻を娶り、気持ちが完全にその国土と一体化していたので、日本が、地球上のもっとも先進的で文明的な大国に伍するという彼のやさしくも執拗な預言を理解しはじめようとした矢先、彼が逝去したことはいたましいことである。

日本でも、一八九〇年に、同時に二冊の邦訳が出版されている。『亜細亜の光輝、第一篇』（興教書院）と『亜細亜廼光』（松井忠兵衛）である。また、新渡戸稲造が、その英語の著書『武士道』（一九〇〇年、邦訳一九〇八年）の第十二章「切腹及び敵討ち」で以下のように述べていることから判断して、アーノルドの詩はよく読まれたことが推測される――

又た近時の英国詩宗が、『亜細亜の光』に於て、剣を以て女皇の腹を貫くを詠ずるを読め、而して人の彼れを罵つて猥褻なる英語を用ゐるものとなし、又た礼を失するもおのとなすこと無し。（一四七ページ）（なお、旧漢字は新漢字に改めてある。）（『武士道』丁未出版社、明治四十一年）

また、その後、山本晃紹訳『亜細亜の光』（目黒書店、一九四四年）も出版されている。

『若きエリオット――セントルイスから『荒地』へ』の中で、ロバート・クロフォードはエリオットの最初期の仏教体験をこう述べている――

代々ユニテリアンのエリオット家の中で、トムは家をでるまでに成長した。しかし、宗教の「原始的」根と、尊師スナイダーの思考に明白である最初期の段階まで宗教をたどることへの関心は、たえることなくつづき、夢中になった。トムは、幼児期に神学は読んでいなかったが、確実に、少年期からはそれを吸収した。また、ときどき、「家の書斎」の周辺から手あたり次第に本を取りあげていると、まったく異なる種類の宗教に好奇心がそそられた――「わたしは、少年の頃、一つの詩にであった。それに対して、これまで心から愛情を抱きつづけている。サー・エドウィン・アーノルドの『アジアの光』だ。それは、ゴータマ・ブッダの生涯について記した長編叙事詩で、その主題に潜在的に共感を抱いていたにちがいない。何故なら、わたしはそれを心から楽しんで通読し、しかも再三読んだからである」。この作品には「偉大なる放棄」と副題があり、この中でエドウィン・アーノルドは、仏陀を「賢者の知性と殉教者の熱烈な信仰」(the intellect of a sage and the passionate devotion of a martyr)をかねそなえた者として描いている。それを読んだトムは、大学にすすみ仏教経典を研究することになるが、キリストではない「この世の救済者」の「聖書」について読んだ。彼は、また、仏陀信仰の「ことばを説教する雷」(The thunder of the preaching of the word)を発見し、その信仰では、「聖人のよう」(saint-like)であることが、非キリスト教的なもの、つまり、何か異質なるものを意味し、そこにある「完全な〈法〉の〈輪〉」(Wheel of perfect Law)に興味がそそられた。それは、その各相が、両親の宗教とは一致することがほとんどなかったからである。(四一ページ)

また、ポール・マレー(Paul Murray)は、その著書『T・S・エリオットと神秘主義――「四つの四重奏」の秘された歴史』(*T.S.Eliot and Mysticism: The Secret History of* 'Four Quartets', 1991)で、『アジアの光』とのであいをエリオット自身のことばでいまのように述べたあと、具体的に『荒地』とのかかわりを指摘してもいる――

『アジアの光』の六二ページで、アーノルドは、いかにわれわれは男女として、「変化のこの輪に縛られ／前世と来世を知っている」かを描いている。「輪に縛られ」という句は、アーノルドのまた別の箇所にもあらわれる――一三九ページ（「もしあなた方が輪に縛られていたなら」）。そして、ここで以下のことについて註記することは興味深い。つまり、まさにこの句が、また、『荒地』第一草稿の二ヵ所にみつかるのである――「ロンドンよ、お前の住民は輪に縛られている」（強調引用者）。（一四六ページ）

エリオット自身がその著書『詩と詩人について』（*On Poetry and Poets*, 1957）で述べているので、周知のことに属するが、カーンズ（Cleo McNelly Kearns）は、『T・S・エリオットとインドの伝統――詩と信仰の研究』で、エリオットの仏教への傾倒の先鞭をつけたのが『アジアの光』だったとしている――

エリオットが一番最初にインド思想にふれたのは、サー・エドウィン・アーノルドの『アジアの光』であった。これは、仏陀の生涯にもとづく詩で、出版されるや（一八九七年）、英米でたちまち人気のある古典になった。エリオットは少年の頃、喜んで読み、晩年になっても依然と称賛しつづけた。ここでは、ホイットマンが「優しい若い仏陀」と呼んだ人物が、最初に、エリオットの想像力に訴えかけ、ここで、その人物の哲学めいたものが弱まっていようと、最初に、エリオットの理解の地平に登場したのである。アーノルドの著書……は、当時、仏教を単純化しすぎているとか、非キリスト教的観点に対する過度の熱狂があると批判された。しかし、エリオットの愛着によって、その後のずっと広範にわたるインドのテキストや伝統の研究に、一つの調子ができた。つまり、敬意、称賛、さらに妙な親密さの調子である。（二一ページ）

仏教に関する記事は、これ以前にもあり、一九〇六年四月七日付『イヴニング・スター』紙に、見出し「仏教が彼の話題／日本の高僧・釈宗演僧正の講演／境界線が引かれる／東洋人の宗教の発展段階／人間の思考にあわせて／知性を反映すると同様、愛の法——全能の存在への信仰」の記事が掲載——

通常以上の関心が、釈宗演僧正の個性に向けられている。彼は、現在、ワシントンの日本公使館にゲストとして滞在している。国家と日本教会の長は帝であるが、その次の地位の釈僧正は、日本仏教界の最高位にある。彼は比較的若いものの、鎌倉の円覚寺管長を務め、禅宗両派の長でもある。（中略）／ちょうどいま、釈僧正は体調がすぐれず、日本総領事館で休んでいる。病気は重くないものの、苦労と風雨に身をさらしたことによる体調不良が原因である。彼は、日本軍と共にポート・アーサーにやってきて、彼らと共に軍事行動をことごとくこなした。僧正は英語を話さないが、ワシントンで、鈴木博士を通訳にして講演をした。鈴木は、この各州訪問に同行している。／（中略）／〈深刻な誤りとみなす〉／「仏教では、生命の他、この宇宙の他に神を求めるのは深刻な誤りである。われわれの間で正しく生き、その本来の運命にしたがい、ことのなりゆきを方向付けることがよい。仏教徒は、いわゆる汎神論者と共に、自己の運を形作ることを潔しとしない。神は遍在的現実であるが、モノの総体以上である」と、僧正は語った。／この講演者は、仏教の実践的信仰をこう要約した。つまり、それは悪事をやめること、善を促進すること、無知なる者を啓蒙することだ、と。仏教的倫理は、この世で実践のもっともやさしいものだと、彼は話した。／そこには、神秘的なものは何もなく、迷信的なことは何もなく、偶像崇拝的なことは何もなく、超自然的なことは何もない。悪事をやめよ。それはモノの道理に反しているから。善なることは、どのようなものでもなせ。そうすれば、この生の道理は促進される。最後に、遅れた者や生に疲れた者を助け、啓蒙を実現させせよ。「要するに、これが仏教である」と、彼は述べた。

一九〇九年十一月二十九日付『ジ・イヴニング・タイムズ』紙（*The Evening Times*.(Grand Forks, N. D.)）に、見出し「仏教、マシュウーズの説教で語られる／長老派教会牧師、日曜日夜、きわめて興味深い話題について語る」の記事が掲載――

「仏教とキリスト教」は、日曜日の夜、長老教会牧師W・H・マシューズ師がおこなった説教のテーマであった。世界の宗教シリーズの二回目。一部で、彼はこう語った――／プロテスタントであれローマ・カトリックであれ、キリスト教と仏教との間にいかなる表層的類似に気づいても、両者の間には架橋できない広い隔たりがあることに必ず気づく。根本的なことになると、両者にはほぼ何も共通したものはない。／「それぞれの崇拝対象には、絶対的な対立がある。仏教は仏陀を崇拝する。そうしてはいないといいつつ、仏陀を無視する。／「キリスト教は、全知全能、全知普遍の創造主を認める。仏教は、創造主、つまり人格的神の居場所を設定しない。その代わり、因の無限連鎖を置く。仏教は、イスラム教のように宿命主義である。イスラム教とは異なり、苛酷な運命は神の意志にではなく、現世や前世の何らかの意志の悪用に基づいている。仏教は、バラモン教への反抗であったが、それでも、依然、バラモン教の教義の多くを維持している。そのうちの一つは、人間が千回、百万回も誕生・再誕を繰り返すという信仰である。つまり、人間として生まれ、ついで動物として再誕せざるをえない可能性があるとするもの。それは、以前の存在状態でよくないことをしたためである。救済は、それ故、誕生のこの無限連鎖を除き、無の状態、つまり、「ニルヴァーナ」に至ることである。キリスト教の救済は、神との道徳的親交と、仲間との正しい関係へと回帰することである。死によって克服できないのは、一生命の所有であるが、消滅するわけではなく、永遠に存続しつづける。救済は仏陀だけによって成就される。とはいえ、キリスト教では、自己の完全な消滅と救済は、結果的に真実であることが示される信仰によって保証される。／（中略）／キリスト教は、弱く軽蔑される者を用いて、力ある者を困惑させる。仏教は、その者に対し、もっとも大勢の知的軍勢で挑む。仏教では、罪人に希望はない。それによってもたらされるものは、動物や不幸な者として誕生するという罰だけだ。キリストは、十字架にかけられた盗人にすら、こう述べている――「今日、汝はわたしと共に天国にいく」。／「最後に、仏教が、現代の考え方のテストに耐えうるかみてみよう。そこに、現代科学の驚異的預言をみて、漫然とそう考え、現代的だとみる向きもある。ところが、その考えは古代のもので、どの国でも、決定的宗教になりえないことは明白である。／今日では、個性が縮小されるのではなく、強調されている。なるほど、それは、他者との関係で王冠を実際に受けるが、仏教では〈わたし〉の破壊を追求し、ついで、社会的関係を無視し、それから逃れるよう人を説得する。日本の著名な僧の一人は、天国（極楽）について語り、そこは「我と汝の区別が存在しない」場だという。／（中略）／「現代の考えは、地上の天国が可能だと強調している。仏教は、世界と人間の現状を怖ろしい事実として提示し、その事実の非道な行為は、永久のものでなく幻覚であることを知的に理解し緩和される」。仏教は、無神論的ではないとしても、不可知論的である。宇宙をめぐる仏教理論は、宇宙が一つの広大なハンセン病病院をなすというもので、その中では、すべてを焼き尽くす欲望と際限の無い幻覚の炎が絶えず生じている。／（中略）／「仏教徒は真実を求める。仏教徒が人の高貴な理想を知らされると、それをすすんで受け入れる。そうすることで、真の人が正体を明かすとき、その人を「主」と呼ぶことだろうと、暗黙の預言しているのである」。

一九一一年十二月二十九日付『エル・パソ・ヘラルド』紙（*El Paso Herald*. (El Paso, Tex.)）に、興味深い記事が掲載された。見出し「失われた仏陀の涙／仏教伝説の「聖なる真珠」が、ついに、パリ社交界のエリートによって、タコに守られた海洋の洞窟から救いだされた次第」の記事――

仏主が七日間断食し、菩提樹のもと一晩中深い瞑想をしていると、彼の最後のこの世の欲望が消え去った。しかし、彼が家族の名シッダルタ・ゴータマを捨て去り、最後に美しく若い妻のヤソーダラ（耶輪陀羅）と幼い息子のことを思うと、一粒の涙が片方の目から落ちた。それは地面に届く前に、価値ある一粒の真珠、つまり、仏主の精神的権威をあらわす未来の宝の象徴となった――ゴータマ・ブッダのシンハラ語伝説。／パリ、九月十日／仏教がパリで――他の欧米大都市のように――大成長をとげたのは、フランスがローマ・カトリック教会の影響を除去したからだ。そのように成長したことで、興味深くセンセーショナルともいえる探索計画が展開してきた。つまり、キリスト生誕以前の紀元前六世紀、ゴータマ・シッダルタが、東洋の宗教で、もっとも精神的なものの創始者・仏主としての資格を得た厳格な準備段階を象徴する、最後のもっとも貴重な遺品を回収する作業である。／遺品は、当時のシンハラ語伝説や他の仏教伝説が主張しているように、地上の欲望を捨て去るときに流されたゴータマの最後の涙から、奇跡的にできた大きな真珠である。これは、セイロンやマレー半島の何千もの敬虔な仏教徒が、いまでも信じていることだが、セイロンの東海岸沖の真珠採集所の浅い海の底に、彫刻を施された斑岩の壊れない小箱に収まっているという。／何世紀もの間、真珠採り業者も、この伝説を生きたものとしてきた。透明な海で真珠を採る潜水者は、幾度となく、晴れた天気なら、貴重な小箱が海底洞窟の丁度入り口の内にみえると主張していた。だが残念なことに、箱は、その洞窟を住処とする巨大なタコの姿をした悪魔によって、人間の手から安全に守られているという。／伝説によると、箱に入った真珠は、ゴータマ・ブッダの伝道の弟子らによって船から投げられたという。それは、追いたてられ、一人の生存者を除き全員を殺害した、マレー人の異教徒の手から守るためであった。／「ブッダの涙」として知られるこの真珠を取り戻そうと遠征隊が組織された。一行の主催者は、仏教徒に改宗したパリの精選された団体である。改宗者には、著名な詩人の未亡人カチュール・マンデス夫人、詩人・劇作家の妻メーテルリンク夫人、ド・パリ伯爵夫人、さらに、ジョン・マンロー夫人、ロバート・ヴァン・ウィック夫人、クリンチ・スミス夫人、ヘンリー・ビスハム夫人、シカゴのゲティ夫人とその父、ニューヨークのジャック・グーロー夫人といった、パリ・アメリカ人街の面々が勢ぞろいし

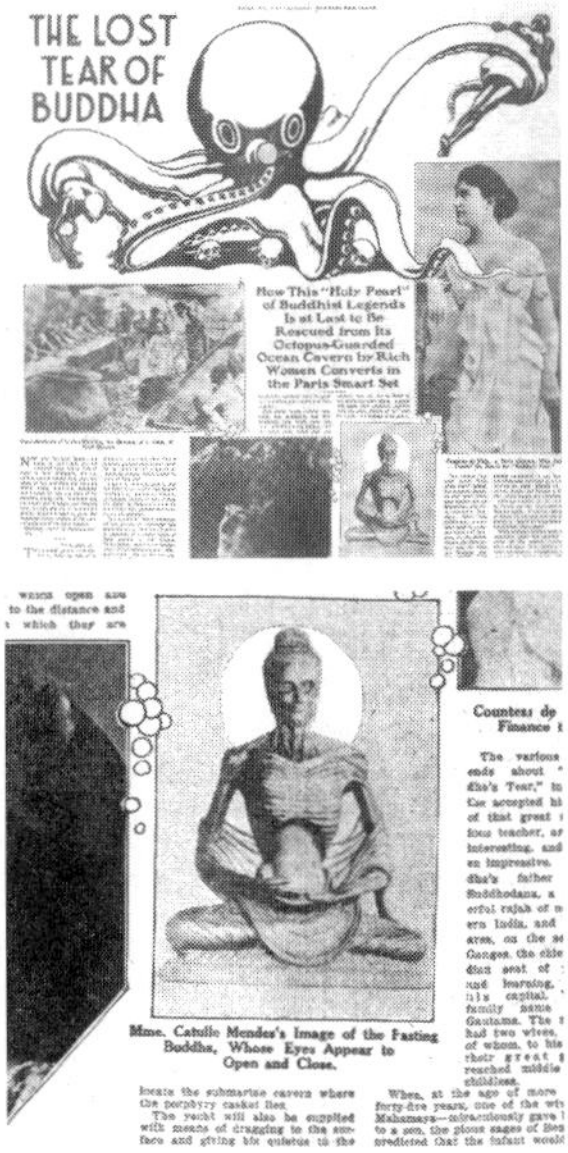

1911年12月29日付『エル・パソ・ヘラルド』紙より

ている。／（中略）／ほとんどの新聞読者は、この企てを空想的なことを神格化したものとみたがることだろう。しかし、その扇動者が、どれだけ、仏教とシッダルタ・ゴータマの生涯をめぐる無数の伝説に夢中になってきたかを考慮すべきである。同時に、彼らの現地の教師らの影響もある。反対意見への教師らの不寛容さは、実際、催眠術的だ。おまけに、そうした探索が空想的であるということは、〈聖杯〉を求めるアーサー王の騎士らのものと何らかかわることがない。この聖杯は、グラストンベリー大聖堂の壁のしたから発見されたとされている。

この記事の最後の箇所で、仏教伝説とキリスト教の聖杯伝説を、類比的にとらえる想像力のあることが示されていて興味深い。また、『荒地』「I　死者の埋葬」に、「アダム・ソソストリス」のことばとして「この真珠は彼の目だったの、ごらん」（シェイクスピアの『あらし』の引喩として）とでてくる。

一九二二年三月二十六日付『ザ・ニューヨーク・ヘラルド』紙に、見出し「仏教、説明さる／大乗仏教入門。W・M・マクガヴァーン著。E・P・ダットン&カンパニー社刊／仏教讃歌。日本語「親鸞上人」より。S・ヤマベ&L・アダム・ベック共訳、E・P・ダットン社刊」の記事が掲載——

英語圏読者に仏教を紹介しようとする試みのほとんどは、極端に二つに分かれる。つまり、きわめて専門的で、専門家として訓練を受けた形而上学者にしか理解できないものか、余りにも「通俗化」・希薄化されてしまい、実際には無意味になっているもの。後者のいくつかには、同時に、全体より狭く、分派的断片しか知らせていないとする文句がつく――あたかも、「妥協しない」バプティスト教会とか、キリスト・デルフィアン教会の会員が自分たちの信条を、キリスト教の総体と大要として示すかのようだ。マクガヴァーン博士の著書は、幸いにもこの両極端の中間にある。しっかりと科学的で、学術的で批評的であるが、些細なことを満載するわけではなく、明快に流暢に書かれており、教育を受け知的な読者なら容易に理解できる。だからといって、頭を使わずにすぐ吸収・消化できるわけではない。哲学体系で、そのように攻略できるものはない。／マクガヴァーン博士は、例外的に、この課題追究の資格がある。ロンドン大学中国語・日本語講師であるだけでなく、京都西本願寺の〈名誉僧〉でもあるのだ。この寺は、日本の国家的大聖堂に匹敵し、彼はここから仏教の学位を受けた。そして、本書は、その学位のため提出された論文の一部である。かくして、本書は、東洋の認可を受け、今日の日本仏教をめぐる権威的な説明とみなしてよい。マクガヴァーン博士は、また、日本の生活と言語をめぐる論文をいくつかものしてもいる。彼の「口語日本語」の手引書が『ザ・ヘラルド』紙で最近書評された。／とりあげた本書序章はとりわけ有用で、仏教の発端から現在の多様化した状態に至るまでの教義的発展を概説している。平均的な西洋の読者が、仏教が実際よりも単純なものであると考えやすいからである。／今日、仏教は、二つに大別される。依然、セイロン、ビルマ、シャムで流布している小乗教、つまり原始仏教と、広範に流布して中国、日本、インドの一部で流行っている大乗経とである。後者は、さらに、より初期のものと、いわゆる「改革」大乗教とに分けられる。マクガヴァーン博士によれば、これらの区分は、西洋の分派した信仰にかなり似ており、古い小乗教はユダヤ教、未改革の大乗教はローマ・カトリック、そして改革大乗教はプロテスタントに相当する。しかし、この類推は進めすぎてはいけない。／現存の記念碑から解釈できる教義によるかぎり、原始仏教は基本的に不可知論的であった。同時に、宇宙を〈生成〉ととらえる考えに基づき、〈存在〉を基礎とはしていなかった。つまり、万物流転の状態、つまり、現実的というより現象的世界にあり、理性の届かないヌーメノン（仮想物）であった。これは、結局、「三相」、つまり人間の目からみれば「生の本質的特性」とみなされるものである。三相とは

――（一）ことごとくが永久的ではないこと、（二）ことごとくが悲しみに満ちていること、（三）ことごとくが自己を持たないこと、である。最後の相には、個人の魂も宇宙全体も含まれ、単純、もしくは、不可分なものはなく、複雑で絶えざる変化にさらされているということを意味している。この考えから、〈ニルヴァーナ〉という考えが生じた。これは、こころの状態を意味し、「瞑想」によって即座に到達でき、苦悩から逃走することに等しい。このように、それは、きわめて厭世的事態である。／大乗教は、まず第一に、この観点からすれば、楽観論への反抗であった。情緒的・信仰的理想を持ちこみ、小乗教的アラハット（阿羅漢）、つまり、個人の聖人状態に到達することを自分本位の理想とみなした。さらに、大乗教は、人はそうした聖人状態を超え、「すべてを救済する」仏の段階に昇ることができると宣言した。次の段階は、〈改革大乗教〉と共に生じた。これは、それ以前の楽観主義的信仰を修正したが、依然、最初期の厭世主義は修正可能とする教義を守っていた。同時に、ヘーゲル主義やハルトマンの「無意識」に類似した、〈絶対者〉の概念を発展させた。それは、依然、絶対的〈存在〉よりも、〈生成〉の教義である。現在の中国と日本の大乗教は、〈絶対者〉を「〈規範〉、もしくは〈純粋形式〉、もしくは〈思考の観念〉であり、あらゆる生の根本的本質」とする理論を生みだした。その一神教的〈汎神論〉は、多様な西洋の形態とは異なる。何故なら、聖なるものと宇宙とは不可分であり、〈普遍仏〉は、また、「存在の総体より多い」と主張するからである。紙面の都合で、これ以上の分析はできない。マクガヴァーン博士は、思想本体と、多くの宗派間の、きわめて重要な違いを見事に整理してみせた。

＊　＊　＊　＊

第一節・余白③　同時代の「神智学」と「カルマ」言説

そもそも、仏教思想、もしくは、ヴェーダ哲学で、欧米に最初に導入された概念は「カルマ」ではないだろうか。

アメリカの新聞によるかぎり、それは「神智学」とともにあり、一八九二年五月八日付『ロスアンゼルス・ヘラルド』紙（*Los Angeles Herald.* (Los Angeles [Calif.])）に、見出し「神智学について／論題、カルマと輪廻／論題、神秘信仰の原理／輪廻、宗教の普遍的原理——神智学の特性への主張」の記事が掲載された——

最近、この都市では、神智学への関心が広範に起こっている。この事実を鑑みて、『ザ・ヘラルド』紙は、この海岸のセクトの指導者アレン・グリフィス博士から、この問題をめぐる以下の記事を入手した——／カルマはサンスクリット語で、より広い意味では、「行動」を意味しているが、一般に使用されるように、各個人のこの地上での多くの連続した生を結びつける因果の法と関係がある。あらゆる時代の哲学と宗教、さらに、いかなる時代であれ、聖人の書き物を適切に解釈すると、輪廻が、この惑星における人間進化の、自然的秩序であることがわかる。それらに、死んだ文字の説明が寄せられたり、改竄や変更が、無知や利己的利益から司祭によってなされるとき、はじめて過去・現在の賢明な教えが、卑劣にも、単に個人の目的に役立つようにされる。その結果、意味のない儀式や破滅をもたらす頑迷な信仰、さらに、鈍化せしめる独断主義を招来する。キリスト教も、どの時代のどの民の聖書でも、カルマと輪廻を教えている。「自ら刈り取ることになるものを、人は撒く」というのは、イエスだけでなく、彼以前の時代の多くの賢者が教えたことである。イエスは、あらゆる民の殿堂で認知されている一つの法をいい直したにすぎない。／神智学は、人は自らの創造主であるという主張を打ちだしている。何故なら、もし、人が進化の普遍的仕組みの調和のとれた要素として、前世の生の思考と行動が生みだしたものでないとしたら、この仕組みの唯一の例外となり、それ故、自然と法の外にいることになるからである。（以下、略）

同様に、一八九三年六月二十五日付『ジ・インディアナポリス・ジャーナル』紙（*The Indianapolis Journal.* (Indianapolis [Ind.])）に、見出し「〈カルマ〉について／最高裁のマックブライド判事、神智学の第一法則について記す

／この信仰が基本とする考えについての、手短だが包括的見解――宗教と衝突せず」の、「輪廻」と「カルマ」について神智学からの解説記事がでた――

神智学は、めざましくも急速に、この十年、アメリカ国民の間で長足の進歩をみせたが、この「信仰」について、ひどい無知とその結果の好奇心が存在している。協会地方支部の最近の集会で、わが国でもっとも著名な神智学思想家の一人、最高裁判事マックブライドが、「カルマ」についての論文を読んだ。神智学が基礎にしている考えを手短に、だが包括的に概観するものである。論文は、以下の通り――／このような短い論文の範囲で、〈カルマ〉の法として知られるものを概説すること、まして、論じることなどは不可能です。できることは、その目立った特徴のいくつかに軽くふれることぐらいです。とはいえ、本論の序として、他のいくつかの問題同様に、このことに対して〈神智学協会〉がとる姿勢を誤解する考えがありますので、それを正す努力をもう一度したいと思います。繰り返し強調いたしますが、〈神智学協会〉は、どのようなドグマ、あるいは教義も設定していません。大多数の協会会員が、輪廻、そして、〈カルマ〉を信じていることはありえますが、協会は、その他同様、これらの教義に関しても、けっしてドグマ的ではありません。（中略）〈神智学協会〉の研究と調査の目的は、真理のより明確な概念化と認識に到達し、人間の発展を促すことです。それは、すべての人を募ってまとめあげ、真理の、調和ある真摯な探求と研究をしようとしています。（中略）とくに強調しておきますが、神智学は、仏教でもバラモン教でも、あるいは、他のどの「イズム」でもありません。神智学の真摯で知的な学徒は、宗教的信仰が何であれ、研究によってよりよい者になることでしょう。キリスト教徒の神智学研究者は、その研究によって、よりよきキリスト教徒になるでしょう。神智学は、神学者の多くの教えと熱心に戦っていますが、その一方で、ナザレのイエスの教えを受け入れおりますし、新約聖書に記録され説明されているような神の教えに、輪廻と〈カルマ〉の両方が、明確に認識されていることがわかるでしょう。／二つは相伴っています。輪廻は、同一の自我が、客観的生の形をとって再現することです。〈カルマ〉は、その再現を支配する法の一つであります。それ故、〈カルマ〉は法です。因果の法の一側面、あるいは、一つの顕現です。（以下、略）

翌年の一八九四年、ポール・ケーラスの『カルマ——仏教倫理の物語』が出版された。これは、鈴木大拙の訳があり、芥川「蜘蛛の糸」は、これを典拠としているとされる。エリオット『荒地』「V 雷の言ったこと」の終わり近くに、「善意の蜘蛛の巣が覆いかくしてくれる回想録にも」（Or in memories draped by the beneficent spider）の一行がある。これはジョン・ウェブスター『白い悪魔』（五幕六場）のフラミネオの台詞「クモが／あなたの墓碑銘に薄いカーテンを作る前に」（for ere the spider / Make a thin curtain for your epitaphs.）への言及であるとされる。しかし、「ダッタ——与えよ。われわれは何を与えたか」（Datta: what have we given?）に応じる一例であるので、『カルマ——仏教倫理の物語』への言及とも考えられよう。この作品紹介の記事が、一八九八年二月四日付『ザ・キングズレイ・グラフィック』紙（*The Kinsley Graphic.* (Kinsley, Kan.)）に掲載された——

ケーラス著『カルマ』の表紙と挿絵

ポール・ケーラス著『カルマ』は、日本式製本（和綴じ）の物語で、魅力的な国民の古風で趣のある技術の挿絵が付されている。／それは、初期仏教、つまり、比較的初期でより高度なインド文明に存在した古い、古い宗教の物語である。当時、生活はいまより複雑ではなく、カルマ（欲望とか性質）の動機は、今日あるような、うわべだけの慣習で覆われてはいなかった。動機をみつけ、直接的な援助をすることは、容易であった。／この物語には、強力な道徳がともなっていて、悪しきおこないには、すみやかな報復があること、そして、よきおこないにはすみやかな報酬があることを示している。このことを、子どもに充分に理解させることができるなら、人生のよき道徳の基礎ができたことになる。この物語に付与しえる最高の賛辞は、トルストイのいったことばを引用することである――「わたしは、声にだしてこの話を子どもたちに読んで聞かせましたが、子どもたちは悦んでいました。成人のあいだでは、それを読むと、いつも人生のもっとも深刻な問題について話すことになりましたので、これは大いにお薦めだと思います」。／ポール・ケーラス著『カルマ』。ジ・オープン・コート出版社刊（シカゴ）。日本製ライスペーパー使用、七十五セント。

一八九四年九月二十九日付『ザ・ハワイアン・スター』紙（*The Hawaiian Star.* (Honolulu [Oahu])）に、見出し「サーズ夫人の講演／作用と反作用の法が扱われる／思考のすべては、形式の原因であり、われわれは、撒いたものはどのようなものも刈り取る」の記事が掲載――

サーズ夫人は、金曜日の夜、フォスター・ホールで大聴衆に迎えられた。講演者が選んだテーマは、「カルマ」、つまり「因果」であった。講演者は、一時間、とても興味深い話し方でつづけ、講演は終わりまで滞りなくおこなわれた。／八時きっかりに、サーズ夫人は演台に進み、こう話した――／この世でもっとも悲しく奇妙なことは、不正です。人が苦しまず、不正に考えるというような場所と時はありません。こうしたことに、世界は太古から悩まされてきました。こう話しても推論しても、結局、世界は悲しみ、苦悩に満ちております。／しかし、もし宇宙をみれば、あらゆることが法であります。この世界のことごとくが、法に従って生育します。実際、どこを調査・研究しても、法のみつからない所はありません。精神領域でも、同じことがいえます。精神領域では、精神の法が幾分かでも研究できるようになりつつあります。神智学によれば、宇宙のことごとく、自然の全領域はどんなにはっきりしていなくても、ことごとくが法に応じて行動します。／これは、〈カルマ〉と呼ばれています。この語は作用と反作用を意味します。二つの語は、自然界とかわらず、われわれの生でも不可分でありす。作用の力は、必ず反作用を起こします。精神、もしくは、思考における作用の力は、一陣の風のようには生じません。感情の反作用も、そのように生じるわけではありません。／語〈カルマ〉は、通例、道徳の領域で使われます。それが正義であるからです。この語は、道徳的世界に関する法として想起されます。〈カルマ〉は、霊的法を学んだ国民からは疑問視されることはありません。西洋では、人は物質界で行動してきました。実際、西洋世界に心理学はありません。東洋でしか、〈カルマ〉の知の獲得は望めません。／人は自らを創造いたします。自らの運を織りなします。思考は潜在力で、不可視の物質に自らを写します。このことは、エーテル、あるいは、星の光を見通す者には理解できるでしょう。この可塑性の物質に形式を生起せしめる思考は、自然、つまり、モナドと呼ばれるものに模倣されます。星の光から思考は発展し、物質になります。あらゆる被造物は、思考から生じます。われわれの思考によって、われわれは周囲のモノを作りだしてきました。もし、われわれが、われわれの思考によって、世界を憎悪の姿で埋め尽くすなら、つれ戻され、それらの中で生きて苦しむことにはならないでしょうか。〈カルマ〉は、ギリシャ人が〈ネメシス〉と呼んでいるものです。自然には、〈カルマ〉ほど強大な力はありません。それは、非人格的なものです。人は不完全なものです。神々、つまり、自然の大いなる諸力は偏りがなく、まさにわれわれが作ったモノを世界に持ちこみます。（以下、略）

一八九七年二月九日付『ザ・デイリー・モーニング・ジャーナル・アンド・クーリア』紙（*The Daily Morning Journal and Courier.* (New Haven, Conn.)）に掲載された、見出し「カルマ」の記事――

『ザ・ジャーナル・アンド・クーリア』紙編集長へ――／〈輪廻〉と〈カルマ〉という神智学の教義は、多くの人には、名でしか知られていません。この教義が何かは、もちろん、それほど知られているわけではありません。〈輪廻〉は再誕のこと、再誕を支配している法が〈カルマ〉、つまり、作用と反作用です。それらは、密接に結びついているので、別々に考えることは困難です。／現実の人（自我、個人）は、何の目的もなく、地上に繰り返し誕生するわけではありません。多くの変化ある生で獲得した経験は、低次の自然を純化し、より高次のものと一体化するのに必要です。天上的生は、長期間の休息であり、苦悩からの解放です。その間、地上的生で獲得された経験が同化されます。この過程が完成すると、人は再び地上に戻ります。人は〈カルマ〉に導かれ、前世で自らが作った状態の中に誕生し、新たな教訓を得て前進します。（以下、略）

一八九七年三月七日付『ザ・サンフランシスコ・コール』紙に、見出し「書物と著述家／アンダーソン博士の新著」の記事――

医学博士ジェローム・A・アンダーソン著『カルマ――因果の法の研究』、サンフランシスコ、マーケット・ストリート一一七〇番、ザ・ロータス出版社刊。価格一ドル。／「ヒナギクの開花から大陸の変動まで、ことごとくが法に支配されている」。もし、アンダーソン博士の新著『カルマ』全体の趣旨を一文にするよう求められるなら、二十九ページのこのことばを引用するのが一番であろう。ついで、この法を簡潔に包括的に説明せよ、と求められれば、再度、同ページのものを引用するのがよい――「そして、目にする結果は、調和的であるか、それとも、掻き乱された調和状態を回復せんとする自然の努力にすぎないかである」。必要ならさらに進み、〈カルマ〉は、「ことごとくが、法に支配されている」ことを示そうとしているといえよう。／因果は、カルマの一つの定義であるが、完全な定義とはいえない。何故なら、西洋世界は、因果の法を物理法則として知っているからだ。科学それ自体は、「ヒナギクの開花」や「大陸の変動」が、因果の法に支配されていると論じることはないだろう。しかし、科学と西洋世界は、ここで立ち止まる。他方、『カルマ』の著者と相当数の他の思慮深い男女は、数歩さらに進みこう断言する。つまり、因果の法は、無感覚で非人格的であるが、意識的であり、生物と無生物、物質、精神、心霊、霊という自然の全領域を支配しており、原因の種を撒いてから、結果の刈り取りまで数千年かかるが、あらゆる存在に厳格な正義を施している。それは、愛よりも偉大である。何故なら、憎しみとの対比でしか知ることができないから。それは、慈悲よりも同情的である。何故なら、厳格な正義は、最大の同情だから。それは無限で、尽きることがなく、時間と永遠を越えて広がっており、認識できない神の法であり、そのパビリオンの周囲には、永遠の暗黒が、人間のみえる範囲までつづいている。

一八九八年一月二十八日付『ザ・ハワイアン・ガゼット』紙（*The Hawaiian Gazette.* (Honolulu [Oahu, Hawaii])）紙に、見出し「カルマの法について／因果、生と倫理に適応さる／展開する思考／ウォルシュ嬢、聖書とエドウィン・アーノルド卿を引用す――種まきと刈り取り――行為――運」の記事が掲載された――「以下は、心霊協会教師ウォルシュ嬢の、〈カルマ〉をめぐる講演の要約である――／語〈カルマ〉は、行為を意味するサンスクリットを語源とし、思考が行為へ、行為が活動へ、活動が確立した形式、習慣、状況へと展開することを表現するのに使用される。それは、生と倫理に適用される、因果の法である」。

一八九八年二月三日付『アリゾナ・リパブカン』紙（*Arizona Republican.* (Phoenix, Ariz.)）に、見出し「カルマ、運よりも大きい／ベイリー氏による、法の普遍的支配をめぐる講演」の記事――「サンフランシスコのウィル・C・ベイリーによる第二回神智学講演が、昨晩、レデウィル・ホールでおこなわれ、演題は〈カルマ〉であった。ベイリー氏は、語〈カルマ〉は古代パーリ語からきており、二つの別個の考えを取り扱っているという。つまり、行為そのものと、その行為の結果とである。行為をおこなうことは一時的だが、その形式は永遠のものである。この真理は、「生は肉以上のものであり、身体は衣服以上のものではないのか」と尋ねられたとき、ナザレの卑しい教師は認識していた。思考力は、あらゆる古代の聖人に認められ、これと対をなしていたことは、充分に確立した事実であった。つまり、原因とその予想される結果とが、物質の次元、あるいは、より微妙な次元の一つで顕現するかはともかく、あらゆる原因は、その結果を生むということ」。

一八九八年二月二十六日付『ブラックフット・ニューズ』紙（*Blackfoot News.* (Blackfoot, Idaho)）の、見出し「〈カルマ〉の法／神智学の門弟の見解／これは、実際は古い新宗教――それに従い行動すれば、すべて他のように、地上は天上に変容する」の記事――

〈カルマ〉は、「活動」を意味するサンスクリット語。その活動は、思考でも、話でも、行為でもよい。自然に直線が存在しないので、あらゆる力は、その投射者に戻る傾向にある。この法がひとたび認識されるなら、例の地味な格言の根底にある哲学がわかりはじめる――「呪いは親鳥のように、ねぐらに戻る（しっぺ返しとなって我が身に跳ね返ってくる）」。千九百年間、西洋世界のわれわれは、こう聞いてきた――「人は種を撒くように、刈り取ることになろう」。しかし、ペラペラとこれを暗唱している一方で、われわれは、カナダのアザミ（セイヨウトゲアザミ）の種を撒き、運命に毒づいている。何故なら、われわれが、カリフォルニアの桃を収穫することはないからだ。何故か。単純に、この根底にある哲学がわかっていないからだ。われわれは、人が結果の奴隷であり、原因の主人とはみることができない。自然を征服しようとしたら、その法に従わなくてはならない。

＊　＊　＊　＊　＊

第一節・余白④　同時代の〈ブラヴァツキー〉と〈神智学〉言説

〈神智学〉とくれば、当然、その創始者〈ブラヴァツキー〉をめぐる言説が存在し、その言説は是非とも地平におさめておく必要があろう。それは、エリオット自身が「料理用卵」（一九一九年）で、「天国でぼくはピピットなんか欲しくない。／マダム・ブラヴァッツキーが、ぼくに／〈七つの聖なる恍惚〉を授けてくれるし、／ピッカルダ・デ・ドナテイが指導してくれるから」と歌っているからである。岩崎訳註には、こうある――「ヘレナ・ペトロヴナ・ブラヴァツキー（一八三一―一八九一）のこと。ドイツ貴族とロシア王女のあいだに生まれた女性で、神智学者。著書『秘密教義』（一八八八年）は「七」でいっぱい」。

一八九〇年三月三十日付『ピッツバーグ・ディスパッチ』紙（*Pittsburg Dispatch.* (Pittsburg [Pa.])）に、見出し「魔術の世界／インドの曲芸とアメリカの神智学の神秘／ブラヴァッキー夫人をめぐる意見／オカルトの根気強い研究者からの多様な表現／ヒンズー教魔術師の芸当」の記事――

この記事は、以下の質問に対する、科学者とオカルト研究者の回答からなっている――／（一）ヒンズー教徒、あるいは、秘儀的な驚異をおこなう者の何をみたことがあって、その何を御存じですか。奇跡を起こす仏教徒の何を。彼ら自身、霊的、あるいは、超自然的力に霊感を受けていると思っていると信じますか。／（二）ブラヴァツキー夫人と彼女の神智学派をどうお考えか。ブラヴァツキー夫人が、語られている驚異的なことをおこなったと信じますか。何か神智学的、あるいは、秘儀的驚異をみたり知っていたりしますか。／（三）ヒンズー教の行者で、九ヵ月間、こぶ状になって生きる者を知っていますか。籠と剣のトリックを知っていますか。木に登り消える少年は？ ヘビに姿をかえる杖は？／（四）あなたがヒンズー教徒がするのをみたことで、もっとも驚異的なことは何ですか？／（五）生きた最高の「魔術師」は誰とお考えですか？／〈世界はペテンに注意している〉／ブラヴァツキー夫人が、アメリカの神智学者の半分は他の半分を、そして、またその逆をだますのに忙しいといったとされる――つまり、ヒンズー教徒は、観衆の心理を研究している／（一）ある特定の私的情報源は別にして（その公表は許してください）、わたしの知っていることは、インドの知的オカルト研究を調べるのとかわりはなく、それに加えて、たとえばパタンジャリの著作に書かれているヨガの効果の個人的経験がいくらかあるだけです。ヒンズー教徒は人種として、ほとんどの他の者より、自然魔術の施術や個人的幻覚の多くに性分的にあっているようにみえます。加えて、彼らが群集の心理を操り集団的幻覚を誘発して示す客観的現象は、たしかに、『千夜一夜物語』さながら驚異的なものです。真の達人は、自分にいわゆる超自然力があると信じているだけでなく知ってもいて、職業的魔術師は、単に自身の仕事を理解しているだけです。(以下、略)

(註・「パタンジャリ」は、紀元前二世紀頃のサンスクリット文法学者で、『マハーバージャ』の著者。)

一八九〇年七月二十日付『ザ・サン』紙に、見出し「ブラヴァツキー、ベール剥がさる！／タタールの口やかましい女、スミソニアン博物館科学者に飼い慣らさる／秘儀解説者オールコットの神智学的ゾウ／首謀者がいかにペテンをなすか／インチキ聖者とまやかし現象で／『ザ・サン』紙への特別記事」とした記事——

ワシントン、七月十九日——「神智学的」として一般に知られる運動と、いわゆる「神智学」を推進する協会内部の歴史について、完全で権威的な説明を得るため、指示された通りに行動した『ザ・サン』紙の記者は、この市のエリオット・クーズ博士を訪ね、訪問の目的を告げた。しかし、このスミソニアン博物館の教授は多忙で、話しはできないといった。／「このことが聞きたければ、再度、いらしていただかなくてはなりません。公表内容のいくつかは、もし、文書証拠に支えられなければ、あなたの信ずる力に重い負担をかけることになります。おまけに、わたしの私的書類を入念に調べ、名、日付、場所の記憶を新たにする必要がありますが、時間がなく、いまはできません。一週間してまたいらしてくだされば、お役に立てることがあるでしょう」。／こういわれ、何とか元気づけられた記者は、指定された日にでかけた。教授は、原稿と印刷された文書の山の向こう側にいて、避けられない運命に身を委ねていた。／〈大佐ヘンリー・S・オールコット〉／「大佐オールコットを

BLAVATSKY UNVEILED!

The Tartar Termagant Tamed by a Smithsonian Scientist.

Hierophant Olcott's Theosophical Elephant.

HOW THE RINGLEADERS WORK THE FRAUD.

With Bogus Mahatmas and Humbug Phenomena.

Special to The Sun.

"If I must talk at all on this subject you will have to come again. Some of the disclosures I might make would tax your powers of belief, unless supported by documentary evidence. Besides, I should need to refresh my

… spangle and spangle red light and the thunder of her theosophical stage, a curious circus which has painted the world red with handbills headed, 'Theo-Sophia,' Greek for the 'Wisdom of God.'"

"But what facts have you to support such language?" asked the reporter.

"Little is known accurately of her early life. No reliance can be placed on anything in A. P. Sinnett's memoirs of Blavatsky prior to his personal acquaintance with her, which did not begin until late in 1879, for the simple reason that he had nothing to go upon but what she chose to inform or misinform him about. It appears that she was Mlle Hahn, born at Ekaterinoslow, Russia, in 1831. She is consequently now about 59 or 60 years old. One of the curiosities about her is that she has always tried to pass for older than she really is, if not of fabulous antiquity. I must leave it to the ladies to divine the motive of this freak. Six years ago she gravely informed me that she was then 87 years old. I did not tell her she looked it, but accepted the statement with equal gravity. Except for being immensely obese, in consequence of her gross habits, she was

H. S. OLCOTT.

that character exaggerated. I think his dread of being thought simple-minded, when he thinks himself very smart, often drives him to accentuate his own sharp practices. Probably the only mistake the London Society for Psychical Research made in adopting Dr. Hodgson's report of the Blavatsky imposture

This fiction wa
false impressio
mystic guidanc
occultism; seco
time elsewhere
tual scrapes an
all this time.
woman rovers
do not know.
"The first def
is in this extrac
Home, the not
dium, written t
Francisco. Thi
'58 as a demi-m
Emile de Wittg
formed son, wh
interval is blan
till 1870, when
and sets to wor
ciety, which p
ever, her othe
from Dr. Richa
Society for Psy
Blavatsky 'sha
goes, of a cert
1871 or 1872. A
trigue was Mu

1890年7月20日付『ザ・サン』紙より

御存じだと思いますが」と、記者は開口一番水を向けた。／「はい、そのうさん臭い栄誉に預かっています。そのひどい男には、一八八四年イングランドとドイツでしばしば会い、とても感じのいい知り合いだと思いました。愛想がよく陽気で、すばらしく話がうまく、無類の物まね師でした。おどけたことをいって、みんなを笑わせたかと思うと、比類のない真剣さで、ターバン風帽子のターヴェイドロップ然としたその〈預言者〉のふりをいたしました。つまり、世間の人びとをひきつける男で、同じようにたやすく、夜、縁石上の乾物類入れに宿泊したり、インドの藩王の従者として白いゾウに乗ることもできました。オールコットは、生まれつき正直で友好的な男でしたが、彼の知恵は運という砥石で鋭利になりすぎていて、そのため、彼の良心は、細いめくれ状態になっていました。彼は典型的なヤンキーといってよく、性格で最悪のものはすべて際立っています。自分がとても賢いと思っているときに、自分が単純であると思われるのを怖れ、自らの姦計を強調せざるをえなくなっているのだと思います。たぶん、ロンドン心理研究協会が、ブラヴァツキーのいかさまに関するホジソン博士の報告を採用して犯した唯一の誤りは、頭がおかしいのだとして、オールコットをそのペテンの共犯から逃れさせたことです」。／「オールコットは、その軍隊の称号を陸軍省のシークレット・サーヴィスにいたとき得たのだと思います。一八七四年、彼がはじめて公共の場にあらわれたときは、ジャーナリストであり、『ザ・ニューヨーク・グラフィック』紙から派遣され、ヴァーモント州チッテンデンのエディ家に起こった心霊的とされる現象を調査し書きたてました。彼は、一八七四年八月から十二月まで当地に滞在し、手紙をその新聞に書き、その後（一八七五年はじめ）、『あの世からの人びと』(*People From the Other World*) と題した本を出版しました。この本には、エディ事件の他、一八七四〜

ターヴェイドロップ像

七五年のケイディ・キング問題が含まれ、とても悲しいことに、これにロバート・デイルが騙されました。それは、現存する最良の幽霊本の一冊で、幽霊の絵を満載していましたが、書かれたことにはひとことの真実もなく、騙しの匂いの強烈なものでした。しかし、これは徹底的に不誠実な本です。何故なら、出版される前に、オールコットは、自分が説明する現象のすべてはいかさまであると知っており、エディのトリックを真実の光で明るみにだすとする者があらわれたとき、オールコットは後生だからそうしないでくれと嘆願しました。「そうすれば、本の売れ行きがだめになる」からです。彼が、それに触れることは決してありませんでした。だから、そうした驚異について、一度彼に尋ねると、彼は話をそらしました。／「エディ家でオールコットは、女性の姿をした自らの運にであいました。しかし、オールコットの運の姿は、文字通りにも比喩的にも、しばしばであうもの以上に巨大でした。彼がブラヴァツキーに何をみたかは想像できます。彼女がオールコットにみたものは、ただ、彼女が必要とする道具だけでした。彼女は、彼を心身共に虜にしました。例のサルとオオムの関係は、主としてニューヨークとフィラデルフィアにおいて四年間つづきましたが、妙に変化にとんだものでした。その間、ブラヴァツキーは、ベタインリーという別の男性と結婚し、そして、離婚しましたし、オールコットは妻と別れました。また、教会と法廷を除くすべての風光明媚な敷地が、二人の奇妙な〈不釣り合いな結婚〉から「神智学協会」誕生まで付き添っていたからです。それから、彼女は、彼をインドにつれていきました。一八七七年末のことです。その秘儀の祭司が、生まれたヒースの荒地に預言者として再びあらわれることがなかったのは、祭司が尊敬されるのが自国以外であったということより、彼の息子から、その雄親がニューヨークに上陸したら扶助料未払で監獄に放り込むと脅されたからです」。／「おかしな偶然の皮肉としかいいようがありませんが、賢明なニューヨークの新聞記者が、インチキ宗教のインチキ高位司祭に転向したのです。オールコットは、狡猾に純粋な力にもぎ取られ、完全に誤った立場に就きました。そこから、彼は脱出できませんでした。彼を厳しく判断しすぎてはいけません。彼はその状況を受け入れ、歯を食いしばり、一度たりとも不平をいわず、ブラヴァツキーのシャボン玉を吹いていたのです」。

（註・「オールコット」は「ヘンリー・スティール・オルコット」（一八三二～一九〇七年）で、アメリカ生まれの神智学協会創始者の一人、初代会長。プロテスタント仏教のはじまりに影響を与えた。仏教との公式の対話をおこなった最初のヨーロッパ人として有名。／「ターバン風帽子のターヴェイドロップ」とは、「ブラヴァツキー」を示唆していると思われるが、「ターヴェイドロップ」はディケンズの『荒涼館』の登場人物の一人で、ダンス学校を創立し責任者となっているが、息子が仕事のすべてをやっている。）。

一八九〇年八月三日付『ザ・シアトル・ポストインテリジェンサー』紙（*The Seattle Post-Intelligencer.* (Seattle, Wash. Terr. [Wash.]）に、見出し「ブラヴァツキー夫人は行者。／悪魔と同盟した元花柳界の一員。ニューヨーク、特別電」の記事が掲載――「スミソニアン博物館のエリオット・カウズ博士は、存命中、最高の鳥類学者であり、わが国最高の著名な神智学者の一人であるが、ブラヴァツキー夫人とオールコット大佐がインドでおこなった驚異とされることと、合衆国の「いわゆる神智学協会」での働きについて、記者からインターヴューを受けた」。

ブラヴァツキー夫人、一八九一年五月八日他界。これを報じる記事が、同年五月十日付『ザ・シアトル・ポストインテリジェンサー』紙に、見出し「ブラヴァツキー夫人逝去／神智学者の女王、死して仏陀と一緒になる／彼女の体重は三百ポンド／ひどい常習的愛煙家にして宗教の開祖、彼女に従い思慮深い多数の人が、人を騙すようになる」の記事――

ニューヨーク、五月九日――神智学協会アメリカ支部書記長ウィリアム・ジャッジが、今晩、以下の発表をした――／ブラヴァツキー夫人が三週間前に逝去し、昨日まで、その死が隠されていたとする噂や発言がとても多くでたので、彼女の私設秘書からの外電により、五月八日に他界したと申し上げる。／シカゴ、五月九日——わが国の主要なスピリチュアル出版社の一つの編集長バンディ大佐は、神智学の高位女司祭ブラヴァツキー夫人の死に懐疑的である。バンディ大佐談——「しばらくの間、そうした報告を警戒してきました。約一年前、元スミソニアン博物館所属の神智学者で教授の、エリオット・クーズから手紙をもらいました。それは、夫人が、たぶんまもなく死んで復活するとしており、警戒するようにというのです。彼女の信奉者が信じていることによると、彼女はすでに幾度も死んでいます」。彼のことばだが、ブラヴァツキー夫人派の「イカサマ」について、バンディ大佐は長く語った。／——／ヘレナ・ペトロヴナ・ブラヴァツキー夫人は、一八三一年、ロシアに誕生しました。大佐ペーター・ハーンと、一時アルメニア長官であった将軍ニセフォール・V・ブラヴァツキー未亡人の娘としてです。彼女は、仏教、あるいは神智学の現代における運動で傑出していました。ブラヴァツキー夫人は、七年間、ヒマラヤの山荘で、この問題の未解明なことについて研究したあと、合衆国にやってきて帰化しました。一八七五年、神智学協会を設立し、大佐フレデリック・P・オールコットを会長にし、自身は秘書となりました。組織の目的は、（一）世界的協会の中核を作ること、（二）アーリア人の文学・宗教・科学を研究すること、（三）この探究の重要さを示唆すること、（四）自然の秘された神秘と自然の潜在力を説明することでした。協会支部は、英米に設立されました。その後、ブラヴァツキー夫人はインドに戻り、現地人の間に協会を設立しようとしました。彼女は、『ヴェールを脱いだイシス神——太古と現代の科学と神学の神秘を解くマスターキー』を書き、インドで出版された雑誌『ザ・セオソフィスト（神智学徒）』の編集をしました。／——／以下の記事は、『ザ・ニューヨーク・ワールド』紙最新号に掲載されたもの。／秘儀的仏教の高位女司祭で、神智学協会を設立したブラヴァツキー夫人は、アニー・ベサントと共に、ロンドンの閑静な郊外セイント・ジョーンズ・ウッドに居を定めた。噂では、ベサント夫人がその家を購入し、資金は、敬服していた唯物主義者が最近残した遺産だという。とにかく、目下、巨大な神智学者と、彼女の風変りだが熱狂的弟子とは、平和に比較的幸せに生活しており、絶えず食料雑貨商、肉屋、パン屋と交流し、毎日、数十人の社会主義者でオカルト的追随者が訪れている。／周知のことだが、ブラヴァツキー夫人は巨体で、体重が三百ポンドを越えている。自身認めるように、「身体障害の病人」で、強烈な痛みと慢性リューマチによる不自由さを経験している。彼女ほどに隠遁的な修道女はいない。ほとんど馬にも乗らず、決して歩きもしない。生活と仕事をしている建物の周囲を歩きまわるのは、体力への重い負担だからである。彼女は絶えず治療を受け、信条的に菜食主義ではあるが、医者から肉食を処方されると、ハトか仔羊の屠殺をためらわず命じてもいる。報告にもかかわらず、彼女は禁酒を厳格に守り、どのような酒にも触れることがない。／しかし、彼女は喫煙を絶やすことがない。指はタバコで汚れ、会合が主催できるように、なんとかこの習慣を控えている。写真からもわかるように、彼女は指に火の付いたシガレットを持ち、執筆中だろうが読書中だろうが、接待中であろうが休息中であろが、トルコ産煙草が彼女の唇から離れることがなく、あるいは、彼女の美しい手がすぐに届く範囲にあったりする。多数の子分の一人が彼女の行く先々に運ぶ小さな煙草盆には、一箱のタバコ、ライスペーパーの本一冊、昼夜灯っているアルコールランプが載っている。彼女は自分でシガレットを巻くが、この驚異的女性が、優雅な白い筒を巻くときのうっとりさせる優雅さ以上に、いかなるハープ奏者も楽器の敏感な弦を奏でることはないだろう。（以下、省略）

一八九一年九月十九日付『ザ・シアトル・ポストインテリジェンサー』紙に、見出し「阿呆か道具か」の記事が掲載——

どこかで、ジャッジ氏からの通信が報道されている。ジャッジ氏には不満の理由はない。『ザ・シアトル・ポストインテリジェンサー』紙は、神智学を弾劾もせず、神智学者の糾弾もしてこなかった。ブラヴァツキー夫人にかかわる正確な真実を伝えただけである。この他界した女性冒険家に関して本紙が報道したのは、彼女の死亡の数年前に、『ザ・ニューヨーク・サン』紙で報道されたことだけであり、恥知らずでドグマ的な否定を越える、尊敬に値するいかなる証言にも支持されていない回答は掲載していない。『ザ・サン』紙は、ブラヴァツキー夫人と『ザ・マドラス・ニュースペーパーズ』紙との通信を再掲載した。つまり、彼女がロンドン心霊現象協会から遺棄されたことをめぐる事実と、インド警察が彼女にインド退去を命じた事実を掲載したのである。『ザ・サン』紙は、また、ブラヴァツキー夫人の死の何ヵ月も前に、パリ、カイロ、そして、世界中の他の都市での、堕落して評判の悪い女性冒険家であった彼女の全経歴を掲載した。ワシントン特別区のエリオット・カウズ教授の筆になるものであった。／ブラヴァツキー夫人は他界したが、これらのとても不利な事実は、彼女の死のずっと以前に公表されたものであり、「ブラヴァツキー夫人は死に、あなたの攻撃を批判できない」というのは愚かなことで、ベネディクト・アーノルドが死んで、彼の名声への中傷に応えられないというのと同じである。

（註・「ベネディクト・アーノルド」はアメリカ独立戦争での陸軍の将軍。様々な戦功を挙げアメリカ合衆国の独立に大きく寄与しながら、アメリカ側の将軍であるとき、ニューヨークのウェストポイント砦で、イギリス軍へのその引渡しを画策したことで知られている。この謀略が未遂に終わったあと、イギリス軍に仕えた。）

さらに、同年十月四日付『ザ・シアトル・ポストインテリジェンサー』紙に、見出し「大佐H・S・オールコット／ブラヴァツキー夫人の悪名高い行者にして闘士、ニューヨークで講演／『ニューヨーク・サン』紙」の記事が掲載

―――

オカルト学である神智学の追究は、恰幅のよさを危険に晒しているようにみえる。その結論に達したのは、明るいツィードのスーツをまとい白髪の髭をたくわえた赤褐色の男性が、昨晩、蒸気船ニューヨーク市号のタラップを降りてくるのをみた、星から発する力を持たない多くの者たちである。体重のわりには、この白髪の髭の男性

はとても敏捷であった。彼は、待ち受ける一団の神智学者の腕に落ち込むように抱かれると、馬車でアター・ハウスへと連れ去られた。／この恰幅のよい男性は、居間に入り、十人の記者があとにつづいた。そして、彼らに、大佐H・S・オールコット、神智学協会会長でブラヴァツキーの後継者だと紹介された。彼はコートとベストを脱ぎ、汗ばんでいる額を拭き、たてがみのような巻き毛をもとに戻すと、いつも以上に恰幅がよくみえ、ブラヴァツキー夫人と自身について語りだした。彼は、一八七四年、はじめて彼女に出会い、彼女からヒンドゥー哲学への最初の手ほどきを受けたのだが、その経緯を語った。彼女は、とてつもなく博学の女性にみえた。彼女は聖者《マハトマ》について話し、アストラル体(星状体)に接触すらさせてくれた。彼女は、それから、『ベールを脱いだイシス神』を書きはじめた。二年間、彼女と共に仕事をし、英語や綴りを訂正し、彼女の校正を読み、自身でも少し書き物をした。彼は、神智学協会設立を提案し、それを実現し、一八七五年にモット・メモリアル・ホールで開会講演をした。／協会の目的は、東洋で、インドの賢者と司祭の頭にしまい込まれている、古代の叡知という蓄えに到達することであった。大佐は、一八七八年、ブラヴァツキーと共にインドへ赴く。誕生した西洋大陸の粗雑な環境にずっといたので、これが最初となった。多くの気取ったことばを使って、彼は、でかけて以来ほとんどずっと、インドの隅々で不思議な知識人と接触をしたと述べた。彼は、神智学協会員から募金をし、マドラスに素敵な土地を購入して寺院を建立した。これが、この運動の本部となっている。ヒンドゥー教徒から、ブラヴァツキー夫人の死が、この運動を壊すことになろうと預言された。協会支部は八千ヵ所となり、そのうち五十八支部は合衆国にあった。／ブラヴァツキー夫人と自分との違いに関し、大佐オールコットは、神智学的なことではないと語った。「二人の気質は考えられる通りに違い、まったくそれだけです。われわれは、同一の大目的を追求していました。議論はしましたが、仲たがいではありません」。大佐は、アニー・ベサントが神智学へ改宗したことをほくそ笑む傾向があった。それは偶然に起こったといった。編集長スティードが、彼女にブラヴァツキーの本『秘密教義《シークレット・ドクトリン》』を書評するようにとわたしたのである。彼女はこの本の表裏のないことに感心し、協会に入会した。大佐の考えでは、彼女は多年にわたり、もっとも重要な協会入会者であった。彼女は、著名な元唯物主義者数名を一緒に加入させ、その一人がハーバート・バロウズであった。彼は、マハトマが自らの生霊《ダブル》を投影できることを完全に信じているといった。あるマハトマが、彼に手紙をよこした。彼が、蒸気船の専用室で、服を着ているときのことであった。手紙は、彼の足元にまさに「現れた」。／アニー・ベサントは、大佐の断言するところでは、H・P・ブラヴァツキー夫人の後継者には決してなれないという。彼女は偉大で、唯一人の者であった。彼女が所有した長い名をともなった神秘的なことどもの知識は、獲得しようにも、誰にもできないだろう。アニー・ベサントは、ブラヴァツキーより魅力的かも知れないが、彼女の代わりはできない。／大佐によれば、パリで催眠術の調査をしたことがあるという。彼には、充分資格があった。彼自身、やや催眠術師的なところがあったからだ。それは大事実で、神智学研究の助けとしてとても価値がある。しかし、科学者、つまりパリの心理学者らは、東洋の学者と比べはるかに劣っていた。（以下、略）

（註：「アストラル体（星状体）」とは、神智学体系で精神活動における感情を主につかさどる身体の精妙なる部分。）

一八九一年十月十八日付『ザ・シアトル・ポストインテリジェンサー』に、見出し「そして、神智学は、もう存在しなくなった」のアンブローズ・ビアスの記事が掲載された——

〈神智学〉のもっとも輝いている二つのライト（光／指導者）、つまり、H・S・オールコット大佐とウィリアム・Q・ジャッジ氏が、〈ブラヴァツキー夫人の遺骨〉を持ち、サンフランシスコに同時にいたので、一人の〈好奇心あるソウル（魂／人）〉が、価値あることを学ぶのに格好なときだと思った。そこで、彼は、しばらくオールコットに師事し、それからしばしジャッジに師事し、最後に彼は、〈ブラヴァツキー夫人の遺骨〉の入った宝石箱の鍵穴に耳をあてた。この〈好奇心あるソウル（魂／人）〉は、教授課程を終えたとき、自分がアーバードのアホン（説教師）だと宣言し、逆立ちなんぞの有害な習慣をはじめ、自分を生んだ母が実用本位の偽推理だと断言した。それ故、彼は大いに崇敬され、他の二人の紳士が虚偽で絞首刑に処されたとき、〈神智学者〉らは、彼をその〈ディスアストラル・ボディ（星状体を失った団体／悲惨な団体）〉の指導者に選んだので、静かな生活を送り、雄のロバに蹴られ名誉ある死を迎えたあと、彼は〈イエロー・ドッグ（黄犬／非組の労働者）〉に生まれ変わった。そういう者として、彼は、〈ブラヴァツキー夫人の遺骨〉を食べたので、〈神智学〉はもう存在しなくなった。

（註・ついでながら、この記事は『悪魔の寓話』（*Fantastic Fables*, 1899）に収録されているが、タイトルは「ブラヴァツキー夫人の遺骨」となっていて、表現も多少異同がある。なお、奥田訳では「ブラバトスキー婦人」とある。）

一八九一年十月三日付『ザ・シアトル・ポストインテリジェンサー』紙に、見出し「冷厳な事実」の見出しの記事が掲載——

もちろん、素朴に信じる力に限界はない。ティチボーン夫人とその家庭弁護士は、素朴に信じていた。肉屋アーサー・オートンが、自分の息子ロジャー・ティチボーンであると。しかも、素朴な母とその素朴な弁護士は、はなはだしく騙されていたのである。何故なら、オートンは、裁判で詐欺師だと証明され、そのうまくやった詐欺で数年間投獄されたからだ。／教育、よい育ち、性格と動機の正直さと誠実さがあっても、気の毒なことに、軽信なティッチボーン夫人は、ペテンから守られることはなかった。彼女は賢明で知的で正直な人物であり、それは立派なイングランドの神智学者の誰にも劣ることはない。彼らは、故ブラヴァツキー夫人が、格調高き哲学の理想的高位女司祭だと固く信じてきた。しかし、これら立派なイングランド神智学の弟子らが、素朴にも軽信であったといったところで、多数の醜い不利な事実を基にした批難への応えとはならない。イングランド神智学者が信じないといっても、それで証拠が片付くというわけではない。もっとも、そのことから思いだされるのは、ある男性の騎士道的信頼のことである。彼は、妻のベッドの下に男がいるのをみつけたが、彼は、いないとする妻のことばを容認した。それは、「妻のことばを信じる前に、己の眼を信じない」という、微笑ましい理由からである。

一九〇七年四月十四日付『ニューヨーク・トリビューン』紙は、見出し「ヘレナ・ブラヴァツキー夫人、心霊の開拓者／多年にわたり、世界中の科学者やオカルト研究家を迷わせた一女性の戦慄的歴史／ドロシー・キャンフィールド著」の書評を掲載した――

前世紀に一人の女性が出現した。彼女は確かに霊感を受け、興奮の使い古した源を退け、興奮を求めてやまない者にとっては、決して飽きることない興奮を与えてくれる新世界への新たなる途開拓の先駆者となった。彼女の場合、その興奮は、無限に変化する長い人生において次第に鋭利に強烈になっていった。ヘレナ・ブラヴァツキー夫人は、未だほとんど完全には探索されていない心霊現象の世界に足を踏み入れ、六十年間成功裡に活動をつづけ、一瞬たりとも退屈なときはなかった。私心なく危険と興奮を真に愛する者なら、ブラヴァツキー夫人伝を読み、ひどく羨ましく感じるにちがいない。彼女は、必要以上のものを持っていた。ひと呼吸ごと、彼女は生命の危機を経験した。われわれなら、ほとんどの者が二、三回しかもたないものだ。／彼女の崇拝者らは、こう主張している。つまり、彼女は、人類に新しい真の宗教を与えたいとする、純粋な願望と人類愛とだけに突き動かされていた、と。彼女を糞みそにいう者たちは、彼女は卑劣な詐欺師で、手品の粗悪なトリックを使って信心深い弟子らを騙した、と叫んでいる。／眼にみえないものの世界で、彼女の特殊で驚異的な能力が、運の兵士として開発されるずっと以前に、彼女は危険と興奮とを切望していた。この欲望はのちに、完璧に満たすことができるようになる。彼女は、一八三一年、良家だが貴族ではない家の娘としてロシアに誕生した。野性的で躾がで

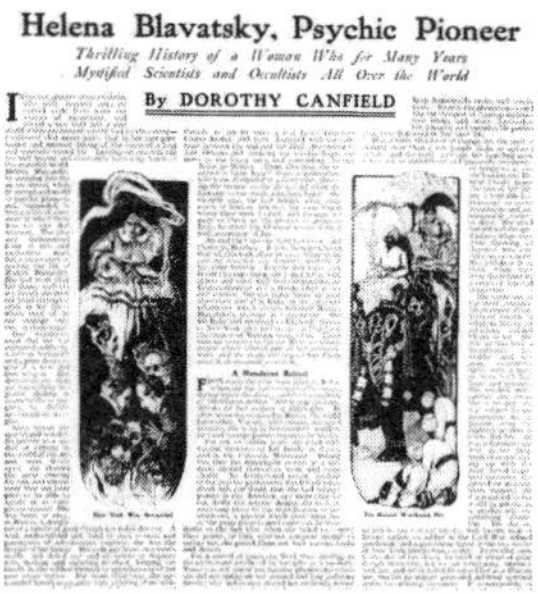

1907 年 4 月 14 日付『ニューヨーク・トリビューン』紙より

きておらず、暗い四隅と発作的な冒険的探検を好み、家族から絶望視されていた。男用の鞍をつけた馬に乗り、命令や要求はことごとく無視し、颯爽と変わることのない反抗心をみせていたので、いつも家族は、次に彼女がどのような狂ったことを考えているかと、戦々恐々としていた。しかし、それ以上に彼女は、多数の不可視の同伴者、遊び友達、あるいは怖ろしい敵に絶えず身を委ね、ついには年下の子どもたちは脅え、ひきつけを起こすところであった。彼女によると、ことごとくのものには個性があり、彼女の靴やタンスにすらあって、あるものは親切で、あるものは怖ろしい。彼女はときどき完全に消え、長時間捜索してやっと、人里離れた遠方の土地でみつかり、鳥や動物を支配する奇妙な能力があった。

同じく、一九〇七年四月十四日付『ウエスターン・カンサス・ワールド』紙（*Western Kansas World.* (Wakeeney, Kan.)）に、見出し「神智学普及のために／高位女司祭キャサリン・ティングレー夫人、イングランドに本家設立の予定。カリフォルニア州ポイント・ローマのものに類似したもの」の記事が掲載——

ロンドン——神智学の高位女司祭キャサリン・A・ティングレー夫人が、三つの秘儀的大目的を携え、ロンドンに到着した。一つ目は、アニー・ベサント夫人が、哲学の近代神智学派創始者・故ブラヴァツキー夫人の魂が自分に乗り移っている、と主張したことに疑問を投じること。二つ目は、ベサント夫人から、おしゃべりと弾劾されたニューヨークの故ウィリアム・Q・ジャッジの記憶を回復すること、そして、リングウッド近くのザ・ニュー・フォレストの中心地に、カリフォルニア州ポイント・ローマで、ティングレー夫人が維持していた神智学協会に類似したものを設立することである。人員不足ではないとしても資金不足のため、イングランドの神智学者へのベサント夫人の掌握は、次第に弱まってきており、しばらくの間、秘儀文化の提唱者らは、熱烈な指導者が必要であると痛感してきた。改宗者を生む力を有し、同時に、協会の激減した財源に資金が流れ込むようにしてくれる者だ。

本節冒頭で掲げた問い「何故、ワーグナーの『トリスタンとイゾルト』なのか」にもどると、それは、エリザベートが、一八七九年から一八八〇年にかけてアイルランドにでかけ、歓迎を受けたことと絡んでいるのかも知れない。『ヒストリー・アイアランド』誌第十九巻第三号（二〇一一年五・六月号）に「「エリン、心から皇后を歓迎」——一八七九〜一八八八年、アイルランド訪問のオーストリア＝ハンガリー帝国のエリザベート」の記事が掲載されている（ちなみに、この「エリン」とは、アイルランドの古名）——

前統監であり、狩猟に熱心なスペンサー卿が、皇帝フランツ・ヨーゼフの妻エリザベートをアイルランドに招待した。狩猟に目がない彼女は、喜んでこれを受け、ミーズ州キルコックにあるロングフォード卿の住いサマーヒル・ハウスに宿泊するよう手配された。これは、私的訪問なので、彼女は、マイナーな称号であるホーエネムス伯爵夫人を使用した。特別列車でドーヴァーからホリーヘッドにいき、そこから蒸気定期便シャムロック号に乗った彼女は、一八七九年二月二十二日、ダブリンに到着。国王主催の宴には、ルドルフ・リヒテンシュタイン、ラリッシュ伯爵、彼女の医師ラニイ、その他二十名が参加した。イングランド最善の騎手の一人と目されているキャプテン・ジョージ・「ベイ」・ミドルトンは、彼女の馬頭長として行動した。（*History of Ireland* (18th–19th Century History, Features, Issue 3 (May/June 2011), Volume 19)

彼女の歓迎ぶりが、見出し「大群衆が歓迎」の箇所で、こう説明されている——

知らせが漏れ、彼女はダブリンの大群衆に歓迎され、「エリンは心から皇后を歓迎」の横断幕がだされた。市長は彼女を出迎え、小さな女の子が花束を渡した。喝采する群集が、一行がクロンシーラ、ルーカン、リークスリップ、メイヌースと通るにつれ集まってきた。キルコックでは、レッド・カーペットが敷かれ、オーストリアの旗がなびいた。サマーヒルに至る最後の行程で、二つの凱旋門が道路一杯に建てられ、さらなる群集が彼女を歓迎した。皇后であるエリザベートは館を接収し、ロングフォードが彼女の客となった。一部屋はカトリックの礼拝堂に改造され、電信機が設置されて、夫フランツ・ヨーゼフと直接通信できるようにした。（*History of Ireland*）

さらに、小見出し「政治的緊張」の箇所に、こうある――

エリザベートのアイルランド滞在によって、政治的緊張が前面にでてきた。マールバラ伯爵夫人は皇后の客となったが、夫の統監は、彼女について政府に報告する義務があった。彼は、彼女が熱狂的に歓迎されたことに深い懸念を表明した。結局、この地のカトリック教徒である農民の群集が、カトリック教徒の皇后を歓迎していたのである。彼女は、初代神聖ローマ皇帝カール大帝からの継承を主張できる、帝国の代表である。対照的に、ヴィクトリアは、（インド）女帝になってわずか数年に過ぎなかった。国粋主義的な新聞は、彼女を暖かく歓迎し、この皇后が、アイルランド国民の間でくつろいでいると強調した。ハプスブルク帝国自体、民族自決主義との様々な問題を抱えていて、一八六七年、オーストリア＝ハンガリーという二つからなる王国を設立しなくてはならなかった。周知のように、エリザベートは、ハンガリー人の主義主張に共感していた。彼女は、また、アイルランドのそれに対しても、好意を持ってくれるだろうか、というのだ。（*History of Ireland*）

第二節　ルートヴィヒ二世の狂気とワーグナーの表象

一八九一年十二月十三日付『ザ・ソールト・レイク・ヘラルド』紙（*The Salt Lake Herald.* (Salt Lake City [Utah]）に、見出し「国王と作曲家／バイエルン国王ルイ二世とリハルト・ワーグナー／ミュンヘン、イーザル川のアテネ／王の寵愛をうけ得た豪華な芸術的財宝――ギャラリーを埋めた美術品――ルートヴィッヒの奇行」の記事が掲載されている――

ワーグナー自身、やや狂った天才であり、彼に幸運だったことは、さらに一層狂った天才、つまり、先に、バイエルンの狂気の支配者として言及した国王ルートヴィヒ二世と接することができたことである。／この国王が、ワーグナーの音楽と彼が生みだした英雄たちを称賛していたおかげで、ワーグナーは、財政的にようまくやることができた。とりわけ、国王は「ローエングリン」を称賛していたので、そのいくつかの城の一つで、彼は人造湖を作らせ、オペラにでてくるように、そこに一羽の白鳥に引かれた船を浮かべた。ルイは、ローエングリンに扮し、神話の英雄然として湖に浮かんでいた。王の城でもっとも豪奢なのは、ヘレンキームゼー城（the Herrenchiemsee）で、キーム湖（キームゼー）に位置し、ヴェルサイユ宮殿を模して作られたが、華麗さはそれを超える。公式の寝室は、城の中でもっとも荘厳である。そこを訪れたあるハンガリー人は、「わたしは、その壮麗さを前に、膝まづかざるをえない」といった。この部屋は、世界に類がないと考えられていて、価値は測りがたい。そのような部屋は、ルートヴィヒの才能を持つ国王にしか、そうした国王にしか作れないであろう。部屋にある家具は、ほぼ一億ポンド。全長二百五十二フィートで幅が三十五フィート、高さ四十三フィートの鏡の柱廊（ギャラリー）もあり、夥しい鏡が備え付けられている。家具は水色の贅沢なヴィロード製で、金糸のユリの刺繍があしらわれ、以前のフランス王家の紋章にふさわしいものである。／ルートヴィヒのフランス人を讃嘆する姿勢には、とりわけ独特のものがあり、彼は、あらゆる意味で、彼の理想ルイ十四世を模倣しようとし、宮廷の彼の像の前を通るとき、必ずお辞儀をした。（ヴェロニカ・E・ポロック（Verona E. Pollock）、ミュンヘン、一八九一年十一月十八日）

一九〇五年三月二十五日付『グッドウィンズ・ウィークリー』紙（*Goodwin's Weekly: a Thinking Paper for Thinking People.* (Salt Lake City, Utah)）に、大見出し「初日の常連と共に」、小見出し「「ローエングリン」はワーグナーのもっとも人気のある楽音劇」の記事が掲載――

この市（ソールト・レイク）で、これから英語グランド・オペラ祭が開催されるが、そこで最初に提供されるのは、ワーグナーの興味津々たる楽劇「ローエングリン」である。これは、最近、とみに人気のあるオペラだ。見事なこの作品には、鳴り響く旋律、感激させる合唱曲と行進曲があり、有名な序曲では、「白鳥の歌」と他の美しいモチーフが、音楽愛好家にとっては悦びの重要な源泉となっており、サヴィジ氏のアーティストらにとって、最高に素晴らしい機会となろう。ワーグナー指揮者エリオット・シェンク氏の権威ある指揮のもと、フル装備のグランド・オペラ・オーケストラは、この公演の少なからぬ特徴となろう。／「ローエングリン」は、ハーモニーと実に見事な歌詞の、希有な美に溢れており、それが、このドイツ人巨匠が基礎作りをした新オペラの本質である。物語は、〈聖杯〉、つまり、救世主の傷から流れる血を受けた杯にかかわる。〈聖杯の騎士たち〉は、無垢を守護し救済する宣誓義務を負っているため、「白鳥の騎士」ローエングリンは、王女エルザをその興味を掻きたてる敵から守る。／このオペラは、素晴らしい場面演出を許し、舞台装置は〈英語グランド・オペラ劇団〉のレパートリー用にきわめて入念に作られたものの一つである。劇団は、自身の背景、小道具、電気効果を持っているので、このオペラ公演では、ニューヨーク公演とまったく変わることのない満足しうるものが観られよう。／

ワーグナー愛好家にとっては、英語で歌う選び抜かれた最良のキャストの歌が聞ける機会となろう。サヴィジ氏は、ガートルード・レニソンとジーン・ライン・ブルックスという優れた歌劇ソプラノ歌手を得た。二人はこれまで、とりわけエリザ役を見事に果たしてきた。他方、マリオン・アイヴェルやリタ・ニューマンほど優れた英語コントラルト歌手を、執念深いオルトルート役にみつけることはできない。ウィリアム・ヴェゲナーは、著名なテノールのワーグナー歌手で、〈白馬の騎士《ホワイト・ナイト》〉にうってつけだ。偉大なバリトン歌手ウィンフレッド・ゴフとコヴェント・ガーデン劇場のバリトン歌手アーサー・ディーンは、テルラムント役を交互にやる。こうしたえり抜きのアーティストを擁しているこの市には、この国の他の劇団では可能ではない「ローエングリン」公演が約束されている。

ウィリアム・ブリセット（William Blissett）は、ウェストンは『儀式からロマンスへ』以前に彼女が『ローエングリン』のバラッドを書いているとし、次のように述べている——

ジェイムズ・フレイザー卿の『金枝篇』とならび、エリオットは、ジェシー・L・ウェストンの『儀式からロマンスへ』を〔『荒地』の〕詩的考えを組み立てる際、主要な典拠として選んだ。ウェストン女史の最初の著書は、『ワーグナー劇の伝説』をめぐるものであった。その後、『ローエングリン』のバラッド版を書いた。さらに、「一九一一年におこなわれたバイロイト音楽祭の間、あるドイツ人学者としばしば話し合ったことから、『儀式からロマンスへ』を書くに至った。……」と回想している。（William Blissett, "Wagner in the Waste Land" in Flora Roy, *The Practical Vision: Essays in English Literature in Honour of Flora Roy*, 1978. p.74)

＊　＊　＊　＊　＊

第二節・余白①―1　ワーグナー歌劇『パルジファル』の新聞記事

ウェストンが『祭祀からロマンスへ』を出版する前に、合衆国では、ワーグナーの歌劇『パルジファル』をめぐる言説が確立していた。ちなみに、『荒地』「V　雷の言ったこと」は、「探求の騎士が最後の試練を経て〈真理〉に到達する〈聖杯探求〉物語の結末である」（岩崎訳註）が、この聖杯探求の騎士がパルジファルである。

一九〇六年にハーヴァード大学の学生になる前、エリオットはセントルイスの実家にいた。十三歳の年、つまり一九〇一年の七月二十一日付の地元紙『ザ・セントルイス・リパブリック』紙（*The St. Louis Republic.* (St. Louis, Mo.)）に、見出し「バイロイト祭、月曜日にはじまる／ワーグナーの大パトロン、コージマ夫人（Frau Cosima）が、世界中の音楽愛好者に、バイロイト以外で『パルジファル』を援助しないように求めるだろう――この上演に百万をだすとのアメリカの劇場支配人からの提案を拒否した」の記事が掲載されている――

『ザ・サンデー・リパブリック』紙特別記事／バイロイト、ドイツ、七月二日―七月二十二日に、大祝祭劇がはじまる。モッチ指揮の『フライング・ダッチマン』が、開始のオペラである。キャストは、フェルトカンプ、ブルクシュタラー、クラウス、ヴァン・ローイ、バートラム、ペタ―、デスティン、シューマン＝ハインクで、このうち最後の歌手とヴァン・ローイは、合衆国で好意的に知られている。『フライング・ダッチマン』は、八月一日、四日、十二日、十九日に上演。七月二十五日、二十六日、二十七日、二十八日だけ、『ニューベルンゲンの歌』が上演され、歌手はヴァン・ローイ、バートラム、ブルクシュタラー、シュメーデス、ブリス＝シュエッツ、フィリードリクス、ガルバンソン、ウィズランソンで、指揮はハンス・リヒター。／ジークフリード・ワーグナーは、このオペラの指揮を八月十五日、十六日、十七日におこなう。しかし、主要な作品は『パルシファル』で、歌手はファン・ダイク、シュメーレス、クニュプファー、フリードリクス、ブラス、ウィティヒ、ギュティヒ。この公演は、七月二十三日と三十一日、八月五日、七日、八日、十一日、十九日で、指揮はミュック氏。／町はアメリカ人が押しよせ、自慢げに、主要な歌手の多く、つまりヴァン・ローイ、ヴァン・ダイク、バートラム、ブラス、シューマン＝ハインクが、合衆国で最良の公演をしたとしている。（以下、略）／（中略）／〈ワーグナーは、『パルジファル』上演がバイロイトだけでおこなわれることを望んでいた〉／「リハルト・ワーグナーは、『パルジファル』がバイロイトだけに集う音楽愛好家の会衆の前で上演されることを望んだ。つまり、しかるべき精神でこの偉大な作品を受容してくれる、と期待してよい人びとである。／「彼の相続人が、利己的な動機から『パルジファル』の公演を控えようとしたのではないことは明らかである。何故なら、世界最高級の音楽的財産『パルジファル』は、今日、完全に収益がないとしても、もし権利が欧米のほんの数人の興行師に売られただけで、年間、十万人を呼ぶことになるからである」。／（以下、略）

一九〇三年十月二十五日付『ザ・セントルイス・リパブリック』紙に、見出し「ワーグナーの『パルジファル』上演計画／このオペラは、多くが思っているように、宗教的作品ではなく、精妙な音楽が含まれているといわれる――この作品のアメリカ上演に反対するワーグナー夫人の理由」の記事が掲載された――

ニューヨーク、十月二十四日――百万ドル支払うと、『パルジファル』のヨーロッパだけの上演権に対する申し出があった。拒否された。利発で悪辣で大胆な「バイロイトの教皇」ことコージマ・ワーグナー夫人は、夫のこの最後の、おそらく最高傑作であろう作品をもっぱらワーグナー家だけで所有すれば、それは自分の自由にできるお金を持つことに等しいと信じていた。／（以下、略）

同年十二月六日付『ザ・セントルイス・リパブリック』紙に、見出し「奇跡の楽劇／最高のワーグナー公演、クリスマス・イヴにニューヨークで鑑賞できよう」の、チャールズ・ヘンリー・メルツァー（Charles Henry Meltzer）の記事が掲載――

バイロイト祝祭歌劇場でこの作品が初演されたのは、二十五年前のことであるが、そのあと（および前）に、ワーグナーに敵対するある者が、主人公パルジファルは、われらの主が仮装したイメージだといった。ごく最近のこと、まったく同じことばが、これからメトロポリタン・オペラ・ハウスで『パルジファル』を上演しようとしている劇場支配人の敵によって発せられたのだ。この仮説がばかげていることは、このドラマを読んだり観たりしたことのある者には明らかであるにちがいない。それだけだ。何故なら、パルジファルがよくするように、自分はキリストの弟子だと宣言しているのに、どうして彼はキリストになれようか。／パルジファルは、それ以外の何だというのか。彼はきわめて無垢で、この世の重要な任務が遂行できるよう神のご加護がある。キリストのように彼も誘惑され、その贖い主の情けで、彼は誘惑に負けない。彼の任務は、怪我をした罪びとモンサルヴァートの支配者で〈聖杯の神殿〉を守護する指導者「国王」アムフォルタスを癒すことにある。（中略）／ワーグナーは、自らの『パルジファル』に不可欠な要素が『パルツィヴァール』、つまり『タンホイザー』に登場するヴォルフラム・フォン・エッシェンバッハの作品にあることを知った。『ローエングリン』から明瞭にわかることだが、ワーグナーはながいこと、彼の純粋な〈愚か者〉を楽劇の中心にすえる計画を練っていた。忘れてならないことだが、ローエングリンは聖杯の騎士であり、パルシファルの息子にして後継者であった。この後期の作品に広くみられる神秘主義は、それ以前のオペラの傑作のそれにみあっている。さらに、『タンホイザー』『フライング・ダッチマン』『ジークフリート』におけるように、『ローエングリン』では、ワーグナーのテーマは贖罪であった。それぞれ、信念、克己、愛、そして勇気によって贖罪がなされた。しかし、『パルジファル』の創造者は、ヴォルフラム・フォン・エッシェンバッハだけを頼りにしたわけではない。多くを、同じ英雄譚を書いたクレティアン・デ・トロワに依拠してもいる。さらに、アーサー王物語、そして、はっきりと述べてはいないが、ワーグナーがモンサルヴァートの在処とした北スペインの伝説群だ。彼は仏教をも学んだ。それは、第二幕で、クリングゾルに、クンドリーがヘロディアスの生まれかわりだといわせていることからも推測できる。何にもまして、彼は、当然のことながら、その才能によった。／（以下、略）

（註・「純粋な〈愚か者〉」とは、「パルジファル」のことで、その名が、アラビア語のパルジ（Parse or Parseh：清らか）＋ファル（Fal：愚か）からきたとされた。）

＊　＊　＊　＊　＊

第二節・余白①―2　英訳『パルジファル――厳粛な祝祭劇、三幕物』

この記事の著者「チャールズ・ヘンリー・メルツァー」は、劇作家・批評家であったが、オクスフォード大学に学び、ロンドンやパリで音楽の研鑽を積んだ。『ザ・シカゴ・トリビューン』紙や『ザ・ニューヨーク・ヘラルド』紙などの通信員を務め、諸雑誌に寄稿している。彼は、『パルジファル――厳粛な祝祭劇、三幕物』（*Parsifal: A Solemn Festival-Play, in Three Acts*）をワーグナー認定版から英訳（一九〇三年頃）した。この訳に「まえがき」をつけ、そこで各幕の内容紹介をしている。先の記事は、これに基づいているようである――

『パルジファル』で展開する物語は、いくつかの神話を核としている。それらは、少なくとも八世紀前に知られ、人気があったものである。いろいろな形式をとって、イングランド、スペイン、ドイツだけでなく、プロヴァンス地方でも流通していた。パーチヴァル（Parchvail）、あるいはパーシヴァル（Percivale）（別名のパルジファル）は、アーサー王伝説で顕著な役割を果たし、ヴォルフラム・フォン・エッシェンバッハ以前でも、クレチアン・

ド・トロワが彼について歌っていた。前者の『パルツィヴァール』（Parzival）からワーグナーはこの著書の題材の多くを借用している。伝説によると、パルシファル（パルツィヴァル、パルチヴァイル、パルシヴェイル、パーシヴァル(Parzival,Parchvail, Percivale, Perceval)は、名をガムレット（Gamuret）と称する王の息子であり、楽劇『ローエングリン』に登場するローエングリンの父であった。

そして、第二幕の解説で、「クリングゾルに、クンドリーがヘロディアスの生まれかわりだといわせている」に対応する説明を、以下のようにしている――

……あたかも、クンドリーという女性だけでなく、永遠の女性性の象徴をみることになることを強調せんがためであるかのように、ワーグナーは、クリングゾルにこの驚異的な仕方で彼女を呼びださせている――／目覚めよ！　われに近寄れ！／女ルーシファーよ！　ハーデスのバラよ！／汝はヘロディアスか。それ以外の何か？／グンドリッギアがそこに、クンドリーがここにある――／近寄れ！　近寄れ、クンドリーよ！／汝の主人の面前にあらわれよ！／（以下、略）（一〇七～八ページ）

また、『パルジファル』と「仏教」の関係について、ワーグナー学者のピーター・バセット（Peter Bassett）の「ワーグナーの舞台作品における仏教とヒンドゥー教の概念の使用」（The Use of Buddhist and Hindu Concepts in Wagner's Stage Works）が、インターネット・サイト「ザ・ワグネリアン」に掲載されている。これは、二〇一三年の「メルボルン・リング」で発表されたもので、その一節にこうある――

ワーグナーは、転生（metempsychosis）という考えに強く惹かれていた。つまり、生死を際限なく繰り返すというもの」。これは、ショウペンハウエルも同様であった。リスト宛ての手紙で、ワーグナーはこう書いている――「魂の転生にかかわる仏教の教えは、ほぼまちがいなく真理を表現している」。

ついでながら、ワーグナーが「『訪問者』（*Die Sieger/The Visitors*）と題する仏教オペラ企画を構想」していたとする講義録が出版されている。ウルス・アップ（Urs App）著『リハルト・ワーグナーと仏教』（*Richard Wagner and Buddhism*, 2011）である。

また、ピーター・バセットの使用した「転生（metempsychosis）」、あるいは「霊魂の再生」については、エリオットにもみられることを、バートン・ブリステン（Burton Blistein）が、その著書『「荒地」のデザイン』（*"The Waste Land"*, 2008）で、以下のように述べている――

エリオットは、主として、「浄め」と題する詩を書いたアクラガスのエンペドクレスをいい換えて使用している。その詩は、「人間の堕落と、その回復に必要な実践にかかわる」。エンペドクレスの転生の教義は、インドの〈サンサーラ〉（輪廻転生）を想起させる。これも、魂の輪廻を当然のこととしている。『荒地』に適したモチーフ――「『光の中心』、分別ある者の「洞窟」、食人習慣、裏切り、〈糸車〉、自己の〈祖国〉からの追放と放浪、帰郷の可能性――が、エリオットの典拠に示唆されている――

魂は、光の領域から「屋根のある洞窟」、つまり「アーテーの暗い牧草地」に落ちてくると考えられている。……魂は、四大元素を順に旅する――「何故なら、わたしは、これまで、少年であり少女、藪（地）、鳥（空気）、海のあわれな魚であった……から」。これら四大元素は、魂が次々と住まうところのものを構成している。（以下、略）（二四七ページ）

（註・「アクラガスのエンペドクレス」は、古代ギリシャの哲学者・自然学者・医者・詩人・予言者であった。奇跡をなす者として名声を得ていた。／「サンサーラ」は、サンスクリット語のサンサーラ（saṃsāra）に由来するヴェーダ、仏典などにみられる用語。／ブリステンの引用先は、フランシス・マクドナルド・コーンフォード（Francis MacDonald Cornford）の『宗教から哲学へ――西洋的思索の起源』（*From Religion to Philosophy: A Study in the Origins of Western Speculation*, 1957）。引用中の「アーテー」はギリシャ神話の女神で、破滅・愚行・妄想の意味を持つ。／また、ヘンリー・マイケル・ゴット（Henry Michael Gott）は、『T・S・エリオットとギュスターヴ・フロベールの作品における禁欲主義的モダニズム』（*Ascetic Modernism in the Work of T S Eliot and Gustave Flaubert*, 2015）で、マーシャル・マクルーハンのことばを引用し、エリオットのエンペドクレスとの結びつきを示唆している――「エリオットの「ソクラテス以前の哲学者への傾倒は、彼らからの引用で明らかであるが、エンペドクレスのヴィジョンこそが、『荒地』と『四つの四重奏』に充満している」（一三七ページ）。／なお、木田元『哲学散歩』（二〇一四年）「第二回　エンペドクレスのサンダル」に情報が満載。）

「転生」の利用をワーグナーの『パルジファル』に認め、それを批判する立場もあったことが、以下の文献で述べられている。キャロリン・アベイト（Carolyn Abbate）の『オペラを求めて』（*In Search of Opera*, 2003）の第三章「転生的ワーグナー」の冒頭にこうある――

テオドール・アドルノとプレストン・スタージズ（Preston Sturges）は、哲学者とハリウッド監督であるが、二人がブックエンドの一式となることはないので、二人がペアを組むのは予想外であろう。しかし、やり方は違っても、二人はワーグナーのオペラが、『タンホイザー』と『パルジファル』でとても鮮明に表現されている永劫回帰にとらわれており、それは決して穏やかなものではないことを理解していた。両方のオペラとも、転生という考えを弄んでいる。つまり、個々の魂の永遠の本質が、変わることなく、その居住をあれこれの身体、動物であれ人間であれ、その身体へと旅すると想像されている現象のことである。アドルノにとって、転生は、次々に去来する幻影に対応する物語上の要素である。

（中略）

オペラ全体にみられるモチーフとなった反復は、すぎゆく時間、時代、変化を示している。しかし、ワーグナーの使う転生には、一般に、時間と歴史の消去がともない、反復、つまり「持続するものとしての瞬間」を描写することがよしとされている。（一〇七～八ページ）

（註・「アドルノ」は「哲学者」とあるが、音楽評論家・作曲家でもあった。／「プレストン・スタージズ」は合衆国の劇作家・脚本家・映画監督［一八九八～一九五九年］。）

また、一九〇三年十二月二十七日付『ザ・セントルイス・リパブリック』紙に、見出し「『パルジファル』の魔法、観客を魅了。まるで、魔術の驚異によるかのよう」の記事――

1903年12月27日付『ザ・セントルイス・リパブリック』紙より

1915年4月8日付『ザ・サンフランシスコ・コール』紙より

『リパブリック』紙特別記事／ニューヨーク、十二月二十六日――パルジファルの舞台上の魔法は、たえず目に心地よい。この上演のあちらこちらには、変化し揺らめく驚異的なイメージが織り込まれているが、それは、この劇作家の天分が印象的に提示されたことに加え、この機械仕掛けの芸術が大成功を収めたことを記している。／眼が魅了され、耳が音に包まれ、火のついた深い宗教心に魂は畏怖し、観客は実現した、

幸福に輝く白日夢にしばし酔いしれる。／（以下、略）

時期が前後するが、一八九二年九月二十七日付『セミ・ウィークリー、インテリア・ジャーナル』紙（*Semi-Weekly Interior Journal.* (Stanford, Ky.)）のコラム「舞台の閃光」に、以下の記事が掲載されている。このことのために、先にあげた一九〇一年の七月二十一日付『ザ・セントルイス・リパブリック』紙をはじめとしたアメリカの劇場支配人による、『パルジファル』上演権の申し出がなされたものと思われる――

W・S・ギルバートは、よく、ワーグナーの公演にでかけるが、その音楽が理解できないのは、中国語と同じだといっている。／（中略）／ワーグナーの『パルジファル』の版権が、この二月で切れる。そうなると、この作品は、ウィーン・オペラ座のレパートリーに含まれることだろう。これで、バイロイトの独占が崩れることになる。／この著名な作曲家の未亡人、ワーグナー夫人は、シカゴ万国博覧会開催期間シカゴで、あるいは、バイロイト以外のどこであれ、『パルジファル』の公演を許そうとしない。

一九二二年二月六日付『ザ・リッチモンド・パラディアム・アンド・サン＝テレグラム』紙（*The Richmond Palladium and Sun-Telegram.* (Richmond, Ind.)）に、見出し「英語オペラ、シカゴで支援の戦いをするかも」の記事が、メルツァーの肖像写真とともに掲載された――

エディス・ロックフェラー・マコーミック夫人の後援をうけ、英語のオペラを公演するオペラ劇団が、シカゴで作られつつあるとの噂がある。そうなれば、現在のオペラ組織のライヴァルとなろう。オペラ劇作家のチャールズ・ヘンリー・メルツァーは、目下、シカゴにいて、彼の英訳したオペラを指導者らにみせているという。オーストラリアのスター、エルサ・ストラリアに、報告によれば、最初の契約が提示されたという。

＊　＊　＊　＊　＊

第二節余白①—3　一九一三年頃の「エンペドクレス」新聞言説と エリオットのブラッドレー・ロイス・姉崎体験

一九一三年十二月七日付『ザ・タイムズ・ディスパッチ』紙（*The Times Dispatch*. (Richmond, Va.)）に、見出し「ダンヌンツィオの不気味な自殺／パリは、彼がひいきの哲学者エンペドクレスの真似をするのではと心配している。後者は、エトナ山の煮えたぎる火口に飛び込んだ」の記事が掲載された。記事では、その原因は、ロシア人ダンサーのイダ・ルビンシュタイン（Ida Rubinnstein）が冷たくなったからで、ダンヌンツィオは、「古代ローマの退廃とキリスト教の殉教とを題材とした妙な自身の劇『聖セバスティアヌスの殉教』で、彼女が主人公を演じたとき」以来、「虜になった」とある——

パリ、十一月二十二日／イタリアの詩人・劇作家ガブリエーレ・ダンヌンツィオは、二年以内にこの世を去るだろうとほのめかした。ローソクを両端から燃やし、芸術的労働と官能の喜びに困憊した彼は、不能で、生産力がなく、醜い老齢が襲ってくるまで生きながらえるべきでないと感じている。／（中略）／このパリ住民［著名なフランス人役者シャルル・ル・バルジ］を強くとらえてきた考えがある。それは、ダンヌンツィオが、著名な古代ギリシャの哲学者エンペドクレスのように、自己の生涯を終えることを考えているという思いだ。エンペドクレスは、エトナ火山の燃えさかる火口に投身した。エンペドクレスは、初期ギリシャの哲学者でもっとも魅力的な者であった。紀元前五世紀にシチリアに住み、原子論を唱え、それは実質的に今日のものと同じであり、また、他の多くの現代の発見をも先取りしていた。その知識にもかかわらず、彼は民衆の称賛をとても好んだ。／（中略）／エンペドクレスは、その輝かしい美を失い、その追随者、とりわけ女性の哀れみの対象となることに我慢がならなかった。それ故、彼は、自分は別の世界に移ろうとしていると発表し、エトナ山の燃えさかる火口に密かに身を投じた。追随者らが、自らの死体の痕跡がみつからず、彼が奇跡的な移動をしたと信じると期してのことであった。しかし、おなじみの伝説によれば、彼の希望は、この火山のために実現しなかった。火山は、彼の青銅のサンダルを放りだし、彼の秘密を暴露したからだ。／マシュー・アーノルドは、このテーマをめぐり、興味深い詩を書いている。その詩で、彼は、エンペドクレスに、火口に身を投じる直前に以下のことばをいわせている――／「許されることはなかった。／完全に死ぬこと、完全に虜になること。／わたしは、この期に及びそう理解している。麻痺した雲が／わたしの魂をすっかり覆いつくす――わたしはそう感じ、自由に息をする。／「一瞬のことだろうか／ああ、燃えたぎれ、汝、蒸気よ。／躍動し鳴り響け、汝、〈火の海〉よ。／わたしの魂は、あなた方にあって輝く。／萎れる前に、／落胆と陰鬱の霧が、ふたたびそこに駆け寄る前に、／わたしを受けとめよ。わたしを救ってくれ。／（彼は、火口に身を投じる。）

（註・アーノルドの詩は、二幕ものの詩劇「エトナ山のエンペドクレス」（"Empedocles on Aetna"）（一八五二年）第二幕の最終箇所にあたる［四〇五～四一六行］。）

この一九一三年に、エリオットはハーヴァード大学院に在籍し、イギリスの観念論哲学者R・E・ブラッドレーの『現象と実在』（Appearance and Reality）に浸り、かつまた観念論哲学者ジョサイア・ロイスのゼミで指導を受けていた。ロイスの『現代哲学の精神――講義形式のエッセイ』（*The Spirit of Modern Philosophy: An Essay in the Form of Lectures*, 1892, 1983）の「講義九――進化論の勃興」にこうある――「実際、単なる思索としてのそうした論は、未成熟の科学がおこなったもっとも古い推論の一つで、自然選択というダーウィンの概念ですら、ソクラテス時代以前に、エンペドクレスによってギリシャの思索において最初にまとめられていた」（二八六ページ）。また同時期、エリオットは、ハーヴァード大学教授に着任した姉崎正治（前出の新聞記事参照）の講義にでて、「中道思想の大乗仏教」に接している。古賀元章「一九一三〜一四年におけるT・S・エリオットの中道的思考――E・H・ブラッドリーと姉崎正治の影響」（二〇〇八年）に、こうした推測がある――「エリオットは、姉崎の講義を受けていたとき、ブラッドリーの哲学で理論武装し、ロイスのセミナーで論文を発表していた。姉崎が講義する大乗仏教は、ブラッドリーの哲学と共に、その後のエリオットの中道的思考による文筆活動（たとえば、学位請求論文、詩論、文学批評論、文化論、教育論）にインパクトを与えている。したがって、エ リオットはブラッドリーの哲学ばかりではなく、当時の姉崎の講義にも共感を覚えたと言える。そうすると、彼はロイスのセミナーで持論を展開していた際に、ブラッドリーと同じような考えが認められる仏教思想も強く意識していたであろう」。

ジョン・マイケル・コリガン（John Michael Corrigan）は、著書『アメリカにおける転生――エマーソン、ホイットマン、そしてニュー・ポエトリー』（*American Metempsychosis: Emerson, Whitman, and the New Poetry*, 2012）の「序」で、ウィリアム・ブレイクの絵画《ヤコブの梯子》（*Jacob's Ladder*, 1800）の解説からはじめ、「恋人たちを梯子の中央に位置づけて、ブレイクは上昇の全伝統を強調している。この伝統では、この梯子は転生（metempsychosis）、あるいは霊魂再来（reincarnation）の仕組みだとみなされている」に、長い註を付してこう概観している――

転生、つまり魂の移住、すなわち魂が一つの身体から別のものへ移ること（中略）は、魂（もしくは、身体の活性化の本源）が一連の再誕を、たぶん、しかし必ずしもいつもではないが、経験するという信仰である。その目的は、再誕、そして対立するものと／あるいは何らかの原初的過ちの結果としての堕落、もしくは決定の循環に従属することを避けることである。この複雑な見解は、ヒンズー教、ジャイナ教、仏教という東洋の伝統、とりわけ、バガバッドギーター、ヴェーダ、ウパニシャッド、ダンマパダ（法句経）にみられ、また西洋世界では、のちの証言が伝えるところでは、はるか昔のペレキュデース、ピタゴラス（紀元前五八二年頃～五〇七年）、オルフェウスの信者（オルフェウス教団として知られる）からはじまり、そしてその後のエンペドクレス（紀元前四九〇～四三〇年）、プラトン（紀元前四二七～三四七年）、プロティノス（紀元前二〇四～二七〇年）、ポルピュリオス、イアンブリコス、プロクロス等にみられる。こうしたのちの思想家ら（たとえば、プロティノスからプロクロス）は、まとめて新プラトン主義者として知られており、実際、古代思想遺産の全体を受け継ぎ発展させているが、彼らから、この見解は、まずユダヤ、アラビア、キリスト教（魂の移住は、たとえばアレキサンドリアのオリゲネス、その後のキリスト教徒で彼の信奉者らにみられる）へ、それから、神秘主義、新ピタゴラス派、新プラトン主義の思想家のより広範で複雑な遺産に伝えられた（これらの思想家には、イタリア・ルネサンスのフィチーノ、ジョルダーノ・ブルーノ、ピコ・デラ・ミランドラ、自然科学の発展に貢献したコペルニクス、ケプラー、ニュートン、ドイツ観念論のゲーテ、ヘーゲル、シェリング、イギリス・ロマン主義のワーズワス、コーリッジ、シェリーらがいる）。彼らは、幾分か、現代世界を発展させ、この寄せ集めを〈新世界〉へ伝える手助けをした。（以下、略）

このように「転生」言説の「伝統」があったとすれば、エリオットの「一九一三～一九一四年」のハーヴァード大学院での研鑽は「個人的営為」であり、まさに『荒地』は「伝統」と「個人的営為」の表出であったといえるだろう。ちなみに、コリガンの著書では、エリオットは第五章「ザ・ニュー・ポエトリー」で論じられているが、『荒地』の姿はない。

一九〇〇年七月五日付『ザ・ウォーペトン・タイムズ』(*The Wahpeton Times.* (Wahpeton, Richland County, Dakota kakta [N. D.])) に、見出し「ドイツ、バイエルン、イタリア、スイス等からの手紙」の記事が転載され、その中に「リン

リンダーホフ宮殿の洞窟

リンダーホフ宮殿の寝室

ダーホフ宮殿」探訪記があった――

今朝、蟋蟀のように爽快だ。こうした山脈の中を登り、馬を走らせたにもかかわらずである。（中略）オーバーアマガウをでたあと、われわれは、山脈沿いをうねりながら、リンダーホフ宮殿に向かった。ここには、国王ルートヴィヒが建てた最初の宮殿の一つがあって、それは芸術作品そのものだ。宮殿のすぐ前には、ヴィーナス神殿を備えた彩色の衝撃的な泉があり、そこには彫像と花のある大理石の階段があって、雪を頂く山脈までつづく勢いである。そこには、巨大な大理石のヴィーナス像がある。（中略）この滝の真上には、いくつか彫刻が施された木製の四阿がある。ここから蔓に覆われたアーチが、大きな山の斜面に作られた小さな洞穴《グロット》へと通じ、洞穴によくある小さな入り口に足を踏み入れると、眼前には地底湖があらわれ、頭上に巨大な岩が垂れ下がっている。地底湖の周囲には、人工の棕櫚の庭が作られ、蔓が壁を這っている。背後に、タンホイザーの巨大な絵が描かれている。左側にかなり大きな自然の滝があり、岩の上を流れ落ちている。この滝に照明があたり、まるで血の川がほとばしり落ちているかのようだ。他には、青の照明があたっている。この絵のしたの水に、白鳥が引く真珠で作られた船が浮かんでいる。ここで、国王は、ローエングリンを演じるのがお好きであった。このような美しい場所は、さながら妖精の地のようである。

書き手は〈アドーニス〉に言及していないが、「ヴィーナス」との関係で、「血の川」は「アドニス河」を想起させるだろう。

見出し「狂気の王のお戯れ――ルートヴィヒ二世のお楽しみの方法のいくつか」の、ルートヴィヒ二世の「狂気」を報じる記事が、一八九七年八月三十一日付『デイリー・モーニング・ジャーナル・アンド・クーリアー』紙（*The Daily Morning Journal and Courier.* (New Haven, Conn.)）に掲載された。ここには、『荒地』で「そう、わたしたち、子供のころ大公の城に滞在して、／従兄《いとこ》なのよ、彼がわたしを外につれ出して橇《そり》にのせたの。／こわかったわ。彼が「マリー、／マリー、しっかりつかまって」って言って、滑り降りたの」とある、「橇」遊びにかかわると思われる記述もある。ちなみに、この記事のもとは、『パーソンズ・マガジン』誌（*Pearson's Magazine* [August 1897]）に掲載された、「狂気の国王のお戯れ」の記事からの転載であった――

もし、ルートヴィヒ二世、若きバイエルン国王が狂気であったとすれば、それは過剰な主権が原因であった。世界最小の王国の一つの元首であった彼の自己判断は、あらゆる壮大な夢を越えるほどに崇高なものであった。充分高貴ではない普通の人間は、彼のお供にはなれず、彼は、並の気晴らしでは満足できなかった。王になったとき受け継いだ大邸宅や城は、ことごとく、これほど偉大なる者には卑しかった。建築術と建築が彼の主たる趣味であったので、壮大な建物を建て、一つの妄想を充たすことができた。もう一つは、もっとも異常なやり方で過ごすこと、さらに、社交を避け、普通人にみられることを嫌い、豪華な隠家に籠るか、いろいろな山頂に建てた比較的質素な住居の一つに退くかである。その場所にはわずかな従者がいて、不意に彼がやってくるのを待っていた。ルートヴィヒの一人でいることを好む傾向は、きわめて意外な進展をたどった。彼が楽しく人と一緒にいたのは、驚くほど精神の均衡に欠けた者が、人付き合いをとても必要であると考えるようなときであった。演劇の上演や音楽の演奏を一人で楽しむのが彼の好みであった。劇場支配人や憤った音楽監督は、敢えて王の気まぐれに逆らうことはなかったが、不運なことに、娯楽を提供しても自らの才能を無駄にせざるをえなかった。劇場は暗くされ、オーケストラ、コーラス、そして、劇団全体はしかたなく提供されたが、最善の努力を発揮しても、ガランとした家の娯楽のためであるのは、誰もが嫌であった。いるのはただ一人であり、ロイアル席に目立たず黙って座ったなり動くこともなかった。音楽をルートヴィヒは好み、彼のきわめて途方もない放縦と、もっとも狂気の放蕩的行為の多くは、唯一の友人で助言者ワーグナーの影響のせいであった。ワーグナーこそが、彼にもっとも並はずれた愚行をおこなわせた。つまり、その作曲家の栄誉のため、バイロイトに巨大な劇場を建設したのである。一公演だけで費用は二万ポンドかかり、そのうちの一万五千ポンドは国王が支払い、残りは、チケットの販売でかろうじて賄うことができた。／子どもの頃から、とても魅力的な場面の中で育ったルートヴィヒは、寂しい山や静かな森をこよなく愛し、そこには、彼の所有するものが豊富にあった。夜を昼に変えて喜ぶ彼は、暗くなると、彼の馬たちを用意させた。橇の鈴の音と、左馬御者がふるう鞭の大きなバシッという音を聞いて、農民たちは、寝室の開き窓へいき、光輝く馬車と供まわりが通過するのを目撃した。それは、まさに幻影であって、渦巻く雪塵の中に消えていった。赤、金、青、銀の夢といってもよく、黙って乗っている者の頭上には、二つの王冠が電灯と共に輝いていた。まさに、バイエルン・アルプスの素朴な住民以外、こうした妖精じみた乗り物を垣間みた者はいない。一台の前面は、トリトーンの巨大な貝殻でできていて、その縁には小さなキューピッドが坐し、その小さな腕は、乗車している王に花輪を差し出している。もう一台の装飾は、余りにも夥しい数なので、三ヵ所のわずかなスペースにしか羽目板は残っていない。そこには、神話上の場面が、有名なミュンヘンの画家によって繊細に描かれていた。国王の橇は、四頭もの馬に引かれていた。彼は、こうした動物がお好みのようで、それらを自分の「だんまりの廷臣」と呼んでいた。しかし、彼にかかわることごとくがそうであるように、彼らも、主人の思いつきを実現するために苦しまざるをえなかった。一八七四年の冬、国王の厩に命令がだされた。そこにいる最良の三十頭の馬に、数日間、オート麦しか与えるなというものであった。馬丁たちは、それらがレースにでるのだろうと想像した。視界を遮る吹雪が荒れ狂っていたが、ルートヴィヒは数人の作業員に命じて、城の隣りの森に木の塔を建て、その周囲に観覧席を設ける作業をすぐはじめさせた。最後に、

1897年『ザ・パーソンズ・マガジン』誌表紙

ルードヴィヒ二世の橇遊び

計画が完了すると、彼はこの建物近くに吹奏楽器のオーケストラを配置させ、バルコニーに陣取った。近くの小麦畑のあちこちに、太鼓、ヤカン、トランペット、そして、兵士を配置させた。たちまち、最悪のひどい騒ぎが起こった。太鼓手は互いに張りあい、大きな音をだそうとし、ラッパ手たちは、頬を破裂させんばかりに膨らませた。火薬が爆発し、甲高い口笛が鳴り、もっともひどい怒号が起きた。馬は脅えて留め金を壊した。恐怖で狂ったように後ろ立ちをし、旋回しジグザグに走った。突入し蹴りながら、馬たちはあちこちへと疾走した。鼻を血のように赤くし、たてがみをなびかせ、四方に駆けだした。そのため、オーケストラは危険にさらされ、畑の太鼓とヤカンは脅えた。馬は泡沫で白くなり、依然として鼻息をたて、目をぐるぐるさせて、一頭ずつ地平の向こうに消えた。数日後、何頭かはみつかったが、多くは弱っており、依然、荒れて脅えていた。あるものは山にまでいき、森の中に入りこんだものもあり、沼地にはまったものもあった。しかし、陛下は、大いにご満悦であった。

馬におこなった悪ふざけを、ルートヴィヒは召使にもした。周囲の誰もが、命や手足の怪我の危険があった。少なくとも三十人が被害にあい、そのうち一人は死に至った。しかし、彼が狂気で、こうなるずっと以前に、医療保護を受けるべきであったことは、忘れられることではない。いくつかの罪で、従者は、城の牢屋に幽閉された。別の罪を犯して、アメリカに追放された者もいた。一人の可愛そうな従僕は、常軌を逸した主人を好奇の目でみすぎたと告発された。そのため、彼は、一年中、顔に黒い仮面をつけざるをえなかった。もう一人は、単純に愚かだった。彼の額には、シールが貼られた。国王自身は、敬虔にも、一本の木に参拝し、ある生け垣の側を馬で通るときに祝祷をあげた。——『パーソンズ・マガジン』誌。

第二節・余白②　〈ソソストリス〉のモデル、修道女マリア・ネネデッタ

＊　＊　＊　＊　＊

この雑誌のこの号に掲載された婦人靴「ソロシス」(Sorosis) 社の広告は、着目される。この社名“Sorosis”は、どこか「ソソストリス」(Sosostris) に似ている。これは、「I　死者の埋葬」のワーグナーの引用の直後に、「マダム・ソソストリスは有名な占い師」とある。そもそも、「ソロシス」は普通名詞として「集団」を意味しており、「合衆国初の職業婦人のクラブ」の名で、この会は「十二人の会員で、一八六八年ニューヨークに設立」され、女性の教育や社会活動の促進を目的としていた。一八六九年の『パトナム・マガジン』誌 (*Putnam's Magazine*) 第三巻の記事「食卓談話《テーブル・トーク》」に、「しかし、こうした女性たちは、党派でも、セクトでも、ソロシスでもなく、われわれの妻や姉妹や娘や恋人であった。彼女らは、まさに、一般的なしろものであった」とあるように、この頃、すでに一般化していたと思われる。また、同年五月十五日付『ハーパーズ・ウィークリー』紙 (*Harper's Weekly*) に、「ソロシス、一八六九年」(Sorosis, 1869) と題するチャールズ・G・ブッシュ (Charles G. Bush) の風刺画が掲載されていた。この風刺画は、ソロシスを風刺したもので、それは「女性クラブ運動を開始し、その象徴となり、それ自体が、十九世紀アメリカで女性組織としてもっとも影響力のあったものの一つであった」。ついでながら、岩崎訳註は、「ソソストリス」が「そこそこいいかげん」の意の“sosoish”を連想させる」としている。また、エリザベートの愛称は“Sissi, Sissy,

Engraving for Harper's Magazine from 1869 showing a rally for women suffrage held by members of Sorosis. "Sorosis" is written on the arch above the women on the stage and a woman on the right of the image waves a sign reading "Sorosis Nominations for Governess."

『ペーパーズ・ウィークリー』紙（1869 年 3 月）より

ソロシス社広告（1898年頃）

Sisi" であった。

いま、〈ソロシス〉／〈ソソストリス〉／〈シシー〉／〈エリザベート〉／〈エリザベート〉の連鎖を示したが、占い師〈ソソストリス〉と〈エリザベート〉を関連させるような予言者が実在している。たとえば、一九一三年七月六日付『オマハ・デイリー・ビー』紙（*Omaha Daily Bee.* (Omaha [Neb.])）に、見出し「アメリカは、一九一四年、野蛮な大群がはびこるか？／「ヴィテルボの修道女」の驚くべき多数の予言は、奇妙にも的中し、最後に、合衆国に及ぶ信じられない災害を臨終の床にあって予言した」の記事が、大きく掲載されていた――

1913年7月6日付『オマハ・デイリー・ビー』紙より

ローマ、六月二十六日／「ヴィテルボの聖なる修道女」こと修道女マリア・ネネデッタは、死去してまもないが、将来の出来事を成功裡に預言して、イタリア中で大いなる名声を博した。／彼女の能力は、通例、人の不運をそらすこと、あるいは、人びとに必ず起きる災害に備えさせることに使用された。彼女の警告のおかげで、数百人がメッシナの地震から逃れることができたし、多くの場合、彼女の助言は時をえたものであった。そのため、彼女は、神聖な存在と大評判になり、とりわけ、貧しく素朴な小作農民の間で愛されていた。／（中略）／この修道女が、これまでになしたもっとも注目すべき預言の一つは、アメリカにかかわるもので、臨終の床で発せられた。彼女が以前おこなった預言の多くが、疑問の余地なく正確なものであったため、このとても憂慮すべきことばに、さらなる関心が寄せられた。この修道女の精神が、最近の病気で乱調になったと信ずべきか、それとも、彼女の預言能力は死が近づくことで鋭くなったのだろうか。／（中略）／この修道女の精神にあるとされる透視力は、主として、死、戦争、災厄、そして、悲劇的出来事に係る傾向にあった。彼女は、一八七〇年の仏独戦争、同年起こったイタリア軍のローマ入場、フランス大統領カルノとオーストリア女帝エリザベートの暗殺、ドイツ皇帝フレデリックとイングランド国王エドワードの死、タイタニック号の災難、そして、世界的関心のあったその他多くの悲劇を予言したとされている。

この記事のほぼ一年前、一九一三年五月十八日付『ザ・サン』紙に、見出し「五十年間、壁に縛られて生きた／ヴィテルボの修道女、多数の事柄を予言し、教皇の死までも」の短い記事があった――

『ザ・サン』紙への特別外電報／ローマ、五月十七日――名をマリア・ベネディッタ・フレイという八十歳の修道女がヴィテルボで死去したばかりで、死因は下部脊椎麻痺であった。／五十年前、彼女の死は必然的なものと考えられ、そうせざるをえないとはいえ、彼女が痛みに耐えて二日以上じっとしていることはできないと確信した医者たちは、彼女の頭を壁に固定した。この不自然な姿勢で、この修道女は、半世紀間生きつづけ、決して不満をいうことはなかった。／人びとは、彼女の事例を奇跡とみなした。この修道女が、預言的霊性をみせ、多くの出来事を預言したからである。たとえば、カモッラ党員の有罪判決、国王ウンベルトの暗殺と今年の教皇の死など。／この修道女が病にかかってから、五十年目を祝ったおりに、教皇は、自筆の祝福と訓令をもたせ枢機卿カセッタを派遣し、彼女の床の傍らで、ミサを執りおこなった。彼女が死ぬ前に、教皇は祝福とともに伝言を送り、自分のために祈ってくれるようにと依頼した。この修道女は、近い将来、列福されることだろう。

さらに、同紙同年六月八日付は、この修道女が聖人に叙せられる可能性に視点を移し、前の記事の補足をしたり、一層詳細に説明したりする記事を掲載した。大見出し「ヴィテルボの修道女、すぐ聖人となろう」、小見出し「典礼の集会、目下、修道女マリアの正当理由を検討中／預言力があった／シトー修道会メンバー、ベッドに固定され五十二年生きた」の記事――

『ザ・サン』紙への特別通信／ローマ、五月二十七日――「ヴィトルボの聖なる修道女」こと修道女マリア・ベネディッタ・フレイは、最近、『ザ・サン』紙でその死が報じられたが、すぐにも、聖別化されることは疑いない模様。実際、典礼の集会以前に、「彼女の正当理由を紹介する」ため、必要な手続きがすでにとられはじめ、ヴィトルボ司教は、この理由のいわゆる「聖別嘆願者」を任命した。その任務は、修道女を知る者すべてから証言を収集し、聖なる者であること、彼女の徳が英雄的であり、結局、彼女のとりなしで二つの奇跡が起こったとする評判を証明することが目的である。／この間、聖なる修道女（ヴィトルボではそう呼ばれている）の短い伝記が次のように、司教の命令で書かれた――「修道女マリア・ベネディッタ・フレイは、一八三六年三月二十二日、ローマに誕生した。幼い頃、孤児となった彼女は、叔母に育てられ、叔母は彼女の教育をシトー会に委ねた。二十一歳になった彼女は、結婚の申し出を拒みシトー会に入った。二年間の修養を終えたのち、彼女は誓約して修道女となり、ヴィトルボに居住した。一八六一年、彼女は脊椎の急性麻痺に襲われ、五十二年にわたり苦痛を甘受したあと、死去した。／（中略）／聖なる修道女は、一週間前、その死を預言した。彼女は、女子修道院長とすべての修道女に面会を求め、彼らの許しを請い、別れのことばをいってから、「では、神のもとに参ります」と述べた。彼女は、預言したまさにその日、その時刻に死去した。まもなく、ヴィテルボは、新しい聖人を有することになろう。たぶん、二十世紀の世界で、唯一の聖人を。

さらに、四年後の一九一七年三月二十二日付『ザ・ブリッジポート・イヴニング・ファーマー』紙（*The Bridgeport*

Evening Farmer. (Bridgeport, Conn.) に、「聖なるヴィテルボの修道女」の短い記事がでた。これは、以前の関連記事を示唆し、まとめたものである——

修道女マリア・ベネディッタ・フレイ、いわゆる、「聖なるヴィテルボの修道女」は、五十二年にわたり、ベッドに固定されて過ごしたあと、一九一三年に他界したが、十中八九、まもなくカトリック聖人の長いリストに加えられる予定である。聖なる修道女は、ローマに八十一年前の今日、つまり、一八三六年三月二十二日に誕生し、二十一歳でシトー会修道女となった。一八六一年、彼女は脊椎の急性麻痺に襲われ、半世紀以上にわたりベッドに頭をきつく固定し、鋼鉄の枠に身体を支えられて生活をしてきた。彼女は、女預言者で奇跡をなす者として国際的に著名となり、国王ウンベルトの暗殺を預言したとされた。彼女の苦痛のベッドは、さながら祈祷堂となり、数万の人びとが、同情、慰め、そして、神へのとりなしを求めた。一説によると、伊土戦争の間、彼女は数千人の兵士の運命を預言し、兵士たちの親類や友人が、彼らについて問い合わせをしたという。また、敬虔なイタリア人は、彼女は、一回も誤ったことがないと信じている。

さらに、見出しが同じで、記事内容が最後の箇所だけちがうものが、一九一八年三月十九日付の同紙に掲載されている。この記事では、「(イタリア)国王ウンベルトの暗殺を預言したとされた」で終っている。また、この一年後、一九一九年三月十九日付の同紙記事に、見出しが同一で、ほぼおなじ内容で、最後の箇所だけが「国王ウンベルトの暗殺を預言したとされた。彼女のもとに数千の人びとが訪れ、神へのとりなしを求めた」となっている。

この修道女が住んでいた〈ヴィテルボ〉は、ローマの北に位置し、ネミ湖はローマの南にあることから、フレイザーが報告した〈ヴィーナスとアドーニス〉神話に関係あるとみなすことができる。

『ザ・レディーズ・ホーム・ジャーナル』誌表紙

一八九九年七月七日付『ザ・イェール・エクスポジター』紙（*The Yale Expositor*）に、「七月の『レディーズ・ホーム・ジャーナル』誌」（*July Ladies' Home Journal*）の記事の案内がでていて、そこに「月光の王」（"The Moonlight King"）と題する記事があるとの示唆があり、内容は「バイエルン国王ルートヴィヒ二世の愚行と奇行」についてだとしている——「限りなく多様な顕著なる特徴を持つ七月の『レディーズ・ホームジャーナル』誌は、あらゆる趣味に訴え、あらゆる興味に触れている。はじめの記事は、「アメリカのもっとも有名な小さな町」で、由緒のある文学的なコンコードの、多くの興味深い場所を描いている。植民地時代の社会生活を楽しくみられるのは、「ワシントンが結婚したとき」の記事で、多くの新しく興味深い事実が明るみにだされている。一連の信じがたい話がなされているのが「月光の国王」で、この記事は、バイエルン国王ルートヴィヒ二世の愚行と奇行が語れている。外国の大国から政府への贈り物については、「アンクル・サムに届いた贈り物」で扱われている」。

この記事については、一八九九年七月十五日付『ザ・クーリアー』紙（*The Courier*）にも紹介がある。ちなみに、この記事の内容については、一八九七年八月三十一日付『デイリー・モーニング・ジャーナル・アンド・クーリアー』紙のもので紹介ずみである。

「狂気の君主のお戯れ」と題したものである——「狂気のバイエルン国王ルートヴィヒ二世の病いが最悪であったとき、最良の馬のうち三十頭をレースにでられるベスト・コンディションにしておくようにと命令をだした」と、J・H・ゴア教授は、七月の『レディーズ・ホーム・ジャーナル』誌で書いている。「これ以上よい状態にはできないという知らせがきたとき、彼はそれらを平坦な野原につれていかせた。そこには、考えうる限りの騒音をだす装置が設置されていた。馬は杭に繋がれ、一段高い観覧席にいる国王が合図をすると、トランペットが激しく吹かれ、大砲がドーンと鳴り、爆弾が発射され、さらに他の途方もない騒音が起こりだした。馬は立ち上がり、突進し、自由になろうともがき、ついには綱が解け、この大混乱の場所から、全速力で離れだした。しかし、野原のどの方向に逃げても、驚かせる騒音に行く手を阻まれ、また別の方角にいくと、再三脅かされた。馬が疲れて走れなくなると、国王はこの光景につまらなさを覚え、この底抜け騒ぎを終えさせた。この残酷なお戯れで、国王の厩は、これ以上ないほど多くの貴重な馬を失った」。

この記事については、一八九九年七月十四日付『ザ・ステート・ディモクラット』紙（*The State Democrat.* (Aberdeen, South Dakota)）が、「狂王ルートヴィヒ二世の豪華な寝室」と題する記事を載せている。J・H・ゴア教授の記事をもとに紹介している――

「ミュンヘンとザルツブルクの中間に、ルートヴィヒ二世が建てた三番目の城、ヘレンキームゼー城がある」と、J・H・ゴア教授は『レディーズ・ホーム・ジャーナル』誌七月号で書いている。「この大きな建物は未完成である。すでに重税を課されたバイエルンにとって不運なことだ。何故なら、その経費がどれだけであったか誰も推測できないからである。一部屋――有名な寝室――だけでも、模造しようとしたら百万ドルはくだらない。／「丸天井は一つの大きな寓意的絵画であり、丸い形のコーニスは二十もの豪華な額のある壁画で覆われている。壁は繊細な意匠の埋め込まれた金のパネルとなっていて、床ですら驚異的な模様が施されている。この驚異的な部屋の目的を示唆する唯一のものは、六千ドルのベッドであり、玉座を覆うどの天蓋よりも壮麗なものがついている。／「豪華な食堂に、彼は消える食卓を作った。これは、一品が済むと床に下がっていき、その代わりに別の食卓が上がってきて、食卓が準備され料理がでていた。彼がこうしたかったのは、この部屋では召使が不要になるので、とても秘密裡な案件を安全に議論することができたからである。／「多くの人が、ヘレンキームゼー城のこの有名な部屋をみようとしたがだめであった。かつて、ある女優がルートヴィヒをその朗唱で楽しませたので、彼の「もっとも詩的な寝室」をみるお許しがでるのではと期待した。だが、厚かましいと冷たく彼女は放逐され、召使たちは、彼女が入った部屋を消毒するように命じられた」。

さらに、同年十月二十八日付『ニューヨーク・トリビューン』紙に、フランシス・ジラード（Frances Gerard）著『バイエルン国王ルートヴィヒ二世のロマンス』（*THE ROMANCE OF LUDWIG II OF BAVARIA./* By Frances Gerard. With Fifty-four Portraits and Illustrations. Octavo, pp. i. 362. Dodd. Mead & Co.）をめぐる書評「憂鬱な君主、バイエルン国王ルートヴィヒとその夢」が掲載されている――

この本のある節では、ほとんど滑稽としかいいようのない形で、この著者に歴史を書く資格のないことが露呈している。普仏戦争にバイエルン政府と連隊が参加したことにふれ、著者はこう述べている――「ルートヴィヒは、重要な事実を理解した独立した国王のうちで、最初の者の一人であった。つまり、フランス帝国の至上権を認めて、帝国の諸関係の統制に屈して失うものより、バイエルンが、フランスの陰謀と力に対抗するという安全策をとって得られるものは多いということである。そして、彼の決然とした行動こそが、フランス軍敗北に貢献したのである」。これは、事実の述べ方としては、奇妙である。バイエルンの協力は、確かに、プロシャに非常に重要であったが、その後の一八七〇年、ビスマルクは、ルートヴィヒ二世が、「ドイツの唯一の影響力のある友人」であると断言することをよしとした一方、この若き国王の行動には、政治的手腕が関与していないことを知悉していた。その不幸な支配者は、状況の手中にある操り人形、つまり、ビスマルクにうまくあしらわれた気の狂った素人であった。まるで、御しがたい少年であるかのように。たぶん、ルートヴィヒは、うすうすわかっていた。ともかく、皇太子フレデリックが、意気揚々としたバイエルンの派遣団の先頭にたち凱旋したとき、ルートヴィヒは、状況全体に不満をみせていた。ジラード女史は、国王が、怒って不機嫌になったと記録している。しかし、この著書全体で、著者は、主人公をまともに捉え過ぎている。女性の感傷性から彼女は、国王ルートヴィヒをロマンスの光輝の枠にはめ、彼を憐れみつつ讃嘆しているのだ。／実をいえば、バイエルン国王ルートヴィヒ二世は、ロマンティックな人物というより、精神病患者である。ジラード女史自身が、そうした人間と考える基盤提供をしてもいる。彼は病的特性を受け継ぎ、過去の有害な影響を中和するため、すべてをなすべき少年時代にほっておかれ、自身の性質に植えつけられた病的な雑草のすべてを生育させてしまった。彼はその初期の形成期の多くを、バイエルン・アルプスのホーエンシュヴァンガウ城で過ごし、屋内外で考え込む彼の目に捉えられたものは、彼の夢想的習性を深めるように意図されたものであった。環境は中世的であり、中世君主の感情を持って成長した。こうした話がある。彼が庭で弟を縛って猿轡をし、その足元にいるところがみつかった。身動きできない若者の喉に、一枚のハンカチがまかれ、ルートヴィヒは一本の棒でその端をひねっていた。齢わずか十二歳であった。犠牲となった弟から引き離されたとき、彼は救出者に向かって声高にこういった――「お前のでる幕ではない。こいつはわたしの家臣なのに、わたしの意志に従おうとしなかった。処刑せねばならぬ」。これは冗談事ではなかった。ルートヴィヒは、大真面目であった。彼にとって、処刑する権利と弓の弦の使用は、完全に正当化できるようであった。彼は、当時ですら、中世人であり、さらに、当時ですら、少々狂気であったとつけ加えてもよかろう。／もし、彼の個性の魅力が、やや感傷的なこの本全体に存続するなら、それは彼がヨーロッパの出来事にいくらかでも参与したからではなく、彼の中世趣味と、中世の誰よりも近い支配者、つまり、ルイ十四世独特の趣味が、彼の中で再燃したからである。ルートヴィヒが王位につき大勢を従えたとき、彼が魅力的だと思ったのはまさしく戦争の残忍な現実よりも、パジェントであった。彼はその時代の「太陽王」、つまり、実践的な陰謀より壮大な計画の中心者になりたかった。無視できないほどの王国の資源を思いのままにできる彼は、多数の幻想的な計画を実行することができた。彼は、時代錯誤の人であったが、しばらくの間、自分の世界にのめり込んだ。われわれは、彼を精神的に不調の知識人と考える。そして、もし、短期でも、運が彼の味方をしてくれることがなかったら、はるか以前に忘れ去られていたことだろう。知性の実りを証明するものは何一つ残しはしなかった彼は、帝王にふさわしい放縦を真に記念する多くのものは残した。驚くほど壮麗な城をいくつも作った。その城は、彼が、ルイ十四世と張りあったことを記念するものだ。ワーグナーとの友情について、この伝記の著者は、レオポルド・フォン・ランケ（Leopold von Ranke）から重要な断片を引用している。彼は、こういっている――「本質的にルートヴィヒは、彼が愛好する音楽よりずっと未来の人である。何故なら、「未来」という語こそが、彼をワーグナー音楽に引きつけたと聞いている」。彼は音楽がわからなかった。彼を感動させたのは、音楽ではなく、ワーグナーの構想の大きさとその中世騎士物語であった。その歌劇の壮大なスペクタクルと詩的考えには、彼の貧弱で混乱した精神を掻き立てるものがあった。ワーグナーによって彼は狂喜し、想像力に火がつき、例の無人地帯にどんどんと近づいていった。その地で、彼の意志は麻痺し、そこから彼が撤退したのは、究極的には自殺によってであった。彼の人生をめぐる話は、充分悲劇的である。一つの大きな任務から別のものへと彼は移動し、建設してはまた夢見て、もっとも狂気じみた考えを追及した。ジラード女史が著書の主題を理想化したのは、おそらく賢明であったろう。もし、そうでなかったら、著書は余りにも陰鬱なものになっただろうからだ。実際、われわれが目にするのは、ヨーロッパの王族年代記にみられる特異な人物を記録した、娯楽的なまあまあの出来のものである。

この記事にある、ルートヴィヒが「中世人」であって、「中世趣味」からワーグナーのオペラの「中世騎士物語」に惹きつけられたという指摘は、『荒地』を考える上でもきわめて重要である。

一九〇八年十二月二十三日付『ブライアン・モーニング・イーグル』紙（*Bryan Morning Eagle.* (Bryan, Tex.)）に、見出し「狂気の王の夢想／国王ルートヴィヒの奇行――『ブライアン・モーニング・イーグル』紙特別記事」の記事が、記憶を新たにするかのように掲載された――

ベルリン、十二月二十二日――一八九六年、狂人として、バイエルン国王ルートヴィヒ二世が監禁された。シュタルンベルク湖で、彼が溺れる数日前のことである。この幽閉の正当化のため、ミュンヘンでは注目すべき報告が、バイエルン内閣から秘密議会へなされたが、これをめぐる報道がなされはじめた。報告では、陛下が王位を剥奪されるに至った奇行の、新たな詳細が示されている。／幼少期から、国王ルートヴィヒは、狂人の印をみせはじめた。それは、存命中の弟、狂った国王オットーと同じであった。ルートヴィヒは、諸外国の支配者や外交官を迎えたがらないことから、一八六四年、物議を醸しだした。その後、彼は、人と会うことを嫌うようになり、教会出席も断り、贅沢な個人用祈祷堂を作った。報告はこうつづく――国王ルートヴィヒは、バイエルン王国とキプロス島を交換したいと思っていた。彼は、絶対的統治が可能な国をみつけよと、命令をだしていた。命令は露見し、国王はトルコのスルタンに書簡を書かせ、バイエルンとキプロスを交換したいと提案した。／他に類のない陛下の放縦こそが、王位剥奪の最終原因となった。彼は、数百億ドルをかけて豪華な城をいくつも作り、それにもっとも豪奢な装飾を施した。たえず、彼は、年間の王室経費の増額を要求し、願いを実施することを断った大臣を罷免したり、逮捕を命じたりした。

この記事のでた翌年、チャールズ・N・クルードソン夫人（Crewdson, Charles N., Mrs.）の作品『海外に出た若いアメリカ人女性――彼がケンタッキー美女のキューピド役を演じた次第』（*An American Baby Abroad: How He Played Cupid to a Kentucky Beauty*）が一九〇九年七月十一日付『イヴニング・スター』紙に掲載されていて、「狂気のバイエルン君主」とでてくる――

RICAN BABY ABROAD

Cupid to a Kentucky Beauty

The Old Majordomo Led His Flock of Sightseers from Story to Story.

inn during their short absence. Roxie almost wept at the thought of being left alone with strangers whose words she could not comprehend. Mary went to the host to inquire if he had anyone in his employ who spoke English. Mine host took an affable interest in her troubles, and assured her that his bookkeeper had the English speech at his tongue's end. He excused himself and came back, conducting to Mary a large, good natured, blond German youth.

"This gentleman speaks English so good as an

operas, delighted Mary with their perfect harmon with the noble architecture and the magnificer mountain environment of the castle.

MARY and the clergyman chanced to be togeth just as the indulgent guide, after a long tour the castle, led his company into the spacious Mi strel's Hall. The keen eyed Englishman smiled the rapt expression in the girl's face as she looke down the gleaming, spacious length of this moder

1909年7月11日付『イヴニング・スター』紙より

メアリーがミュンヘンに滞在してまもなく、芸術を愛好した悲運の「狂気のバイエルン君主」のロマンチックな話によって、彼女の想像力に火がついた。それ故、彼女は、この機会を利用して、彼がオーバーアマガウから遠くないチロル地方に建てた有名な山の城に是非ともいってみたいと思った。国王ルートヴィヒの話には謎がつきまとい、暗い悲劇であるにもかかわらず、レヒナー嬢が、とうとうとしみじみ語るのを聞いた。彼女は、ほとんどのバイエルン国民のように、国王ルートヴィヒ二世の記憶に対して、ロマンティックな敬愛を育んでいた。十代の頃、彼女は、新たに戴冠した少年バイエルン国王ルートヴィヒをみたことがあった。彼の美しさと魅力に、若い彼女は幻惑し空想を抱いた。

エリザベートの伝記作家ハマンは、「狂気」についてエリザベートが、こうした意見を持っていたとしている――

エリザベートとルートヴィヒの出会いは、それにもかかわらず、稀なことであった。この頃になると、ルートヴィヒ二世は、世間から隠遁し、彼の妖精の城で生活をして、昼間は眠り、夜を徹して一人馬に乗り、山で過ごしていた。とりわけこの時期、つまり、ルートヴィヒが完全に隔絶したファンタジーの生活をし、家族の間ですら、もはや支持を得ることがなかった頃、エリザベートは、甥の国王を弁護した。結局、彼女は、つねに、精神病に関心を持っていた。この時期、ヴィッテルスバハ家に、その被害者が多くでたからである。彼女は、魔術にかかったといえるほどに、「正常」と「狂気」の境界を踏み越えた人物に魅力を感じていた。（中略）

他方、エリザベートはこの訪問に魅了されたので、可能な限りすぐに繰り返した――その後六ヵ月して、ロンドンを。マリー・フェステリクスは用心深く、エリザベートのいく末に懸念を表明していた。「狂気と理性とを分ける線が、どこにあるといえる者がいようか。秩序は、人間精神の中では、どこで停止するのでしょう。どこで判断力は、つまり――想像上の悲痛と現実の悲痛の間で――現実の悦びと作られた想像との間で、何が正しいかはどこで止まり、そして、はじまるのでしょうか」。

・・・・

エリザベートも、また、ギリシャ人読者のコンスタンティン・クリソツマノスに、自分の信念を伝えていた。「お気づきになりませんでしたか、シェイクスピアでは、狂人が唯一の分別ある人物であることが。同じように、実人生でも、どこに理性が、どこに狂気がみつかるかわかりません。それはちょうど、現実が夢か、夢が現実かわからないのと同じことです。狂気だと呼ばれる人が、理性的であると思う傾向があります。実際、理性といえるものは、「危険な狂気」であると考えています」。

・・・・

ベルリンの『ターゲブラット』紙の、とみに情報量の多い通信員が、その後、書いているように、エリザベートは、ルートヴィヒの棺台の前で、深刻と思える卒倒をした。「しかし、彼女が目を開き、話ができるようになったとき、彼女は、無条件に、国王を祈祷堂から運びだせと要求した――彼は死んでおらず、「世間と横柄な人には放っておいてもらいたいので、そういうふりをしているだけなのです」。この新聞報道は、まったくありそうなことであり、同じことはこうした説明もそうである――「しかし、そのとき以来、皇后の病いは、突然、ひどく深刻になった」。

第三節　エリザベートの刺殺と〈ハプスブルク家〉の終焉

一八九八年九月十一日付『ザ・サンフランシスコ・コール』紙の第一面に、「オーストリアのエリザベート、無政府主義者に刺殺さる」の大見出しで、エリザベート刺殺の報道がなされている——

スイス、ジュネーヴ発、九月十日——オーストリア皇后が、今日の午後、ホテル・ボーリヴァージュ近くで暗殺された。犯人はルイジ・ラオチニ（ルケーニ）という無政府主義者で、逮捕された。陛下は、三角ヤスリとおぼしきもので刺された。／陛下は、ホテルから歩いて蒸気船の上陸場所に向かっていた模様で、一時頃であった。そのとき、突然、イタリア人無政府主義者が接近し、彼女の心臓を刺した。皇后は倒れ、立ち上がり、蒸気船に意識のないまま運ばれた。船は出発したが、皇后が意識を戻さないのをみた船長は引き返し、皇后はホテル・ボーリヴァージュに運ばれ、そこで息絶えた。／ホテルまで皇后を運んだ担架は、オールと帆布で急造されたものであった。急遽、医者と司祭とが呼ばれ、電報が皇帝フランツ・ヨセフに打たれた。／陛下を生き返らせるために、あらん限りの手を尽くしたが、甲斐がなかった。三時、ご臨終。医師の検査によると、暗殺には、小さな三角ヤスリが使用されたらしい。傷は左胸の真上で、出血はほとんどなかった。

The Call
ELIZABETH OF AUSTRIA IS SLAIN BY AN ANARCHIST
EMPRESS IS STABBED TO THE HEART
Terrible Deed Committed by an Italian at Geneva, Switzerland.
One of the Most Popular and Beloved Women in Europe Ruthlessly Cut Down by an Assassin.
DEATH SCENE OF THE EMPRESS WAS TRAGIC
Staggers Aboard the Boat and Is Quickly Carried to a Hotel.

1898年9月11日付『ザ・サンフランシスコ・コール』紙より

エリザベートを刺殺した凶器は「三角ヤスリ」であったが、それからは「アドーニス」を死に至らしめた「猪の牙」が連想させよう。彼女の死の翌年の一八九九年、『皇后の受難』（*The Martyrdom of an Empress*, 1899）と題する本が出版された。著者は匿名であった。その後、マルグリット・カンリフ＝オー

『皇后の受難』表紙

ウェン（Cunliffe-Owen, Marguerite, 1859-1927）だと判明したが、そのことを一八九九年六月十七日付『オースティンズ・ハワイアン・ウィークリー』紙（*Austin's Hawaiian Weekly.* (Honolulu [Hawaii])）が紹介している――「『皇后の受難』／完全なる女性／比類なき美女／たゆむことのない慈善／等々。／本書は、オーストリア皇后エリザベートの、常時側にいた者によって書かれたと推定される。皇帝の最善の特徴は、彼女の完璧な精神の純粋さであった」。

一九〇二年九月二十六日付『ザ・ヒューストン・デイリー・ポスト』紙（*The Houston Daily Post.* (Houston, Tex.)）に、ベルギー王妃マリー・ヘンリエッタの死をはじめ、「運命づけられたハプスブルク家の歴史」をめぐる記事がでた――

ベルギー王妃マリー・アンリエットの死で、運命づけられたハプスブルク家の歴史をなす長い一連の悲劇の、さらなる一章が終ろうとしている――『フィラデルフィア・ノース・アメリカン』紙。／皇太子ルドルフの自殺、皇后エリザベートの悲劇的死、ヨハン大公のロマンス、意中の女性との結婚をするため、地位に付帯する権利と特権を放棄し、その後の海での死、皇太女ステファニーの社会的地位を下げた結婚、父が彼女を勘当したことなどは好例である。ベルギー王妃の死によって、不幸な人生が終わった。国王レオポルトは、若者の悪徳を持つ老人であり、夫であり父親には、あってはならない姿の、格好の実例である。

一九〇六年六月十七日付『ザ・サン』紙は、見出し「暗殺者の武器を破壊する／迷信に基づいた、ヨーロッパ王家の不文律」の記事を掲載している――

スペイン警察が、王家夫妻に投げられ破裂しなかった爆弾を、熱心に確保しようとしたのは、明白な理由から当然のことである。／さらなる損害の機会を、蕾のうちに摘んでおきたいという欲望の背後に、一つの理由があった。『ザ・ロンドン・イヴニング・スタンダード』紙によると、ヨーロッパ王家には、ある不文律があって、王家の命に加えられた企ての遺品すべては、そうした企てによる傷の治療に使用された道具と一緒に破壊するというのだ。オーストリア＝ハンガリー帝国の役人たちが、ジュネーヴでおこなった厳粛な集会では、皇后エリザベートの死をもたらした武器と、死後検査をする際に用いられた外科器具の破壊が目撃された。／この慣習は、ある程度まで、迷信に基づくものではあるが、もっとしっかりした基盤があって、その遺品が、そうした悲劇的些事の展示を企てる者の手にわたるのを防ごうとしているのである。／この慣習は、かつては、使用された武器を粉々に砕くことであった。しかし、一世紀以上前に、司祭マーティン・メリノが、スペイン女王イサベラの殺害計画に使用した短剣が確保されたとき、刃はとても見事に鍛えられた鋼鉄のため、どのようにヤスリや石を使おうと太刀打ちできなかった。（以下、略）

一九二一年二月十三日付『イグニング・スター』紙に、見出し「世界には、公共の場所に建てられた、女性のための記念碑がほとんどない」の記事を掲載——

三人の偉大なアメリカ人女性、アントニー夫人、モット夫人、スタントン夫人を含む参政権像が、二月十五日、合衆国告国会議事堂の円形の建物に設置される予定であるが、これをみると、彫刻として記憶に残されている女性の多くないことに気づく。／（中略）／約二十二年前、ジュネーヴでオーストリア皇后エリザベートが悲劇的な死をとげ、そのため、彼女の記憶のために、オーストリア中にたくさんの像が建てられた。もっとも美しい二体は、ザルツブルクとウィーンのフォルクスガルテンのものである。

第四節　エリザベートと近代ギリシャ

エリザベート王妃の正式の名は、「エリーザベト・アマーリエ・オイゲーニエ・フォン・ヴィッテルスバッハ」（Elisabeth Amalie Eugenie von Wittelsbach）である。この名の中に、「オイゲーニエ」とある。この語のヴァリエーションが、『荒地』の中にも登場してくる。「Ⅲ　火の説教」の「スミルナの商人」「ユーゲニデス氏」（Mr Eugenides, the Smyrna merchant）である。この名は、ギリシャ語由来のものであり、エリザベートの遠戚には、近代ギリシャ初代国王「オットー・フリードリヒ・ルートヴィヒ・フォン・ヴィッテルスバッハ」（Otto Friedrich Ludwig von Wittelsbach）、ギリシャ名「オソン・フリデリコス・ルドヴィコス」（Ὄθων-Φρειδερίκος-Λουδοβίκος）がいた。彼は、ルートヴィヒ二世の叔父にあたる。

オットー（オソン）一世は、国王になったとはいえ、独立戦争後、ヨーロッパ列強、イギリス、フランス、ロシアのロンドン条約の合意によって選定されたにすぎなかった。このことを、一八五四年七月十三日付『ポート・タバコ・タイムズ・アンド・チャールズ・カウンティー・アドヴァタイザー』紙（*Port Tobacco Times, and Charles County Advertiser.* (Port Tobacco, Md.)）の見出し「雑報／ヨーロッパの元首素描」で、「ロシア皇帝ニコラス」からはじまる記事の末尾あたりに、付け足しのように、こう記されている――「ギリシャ国王オットー（Otho, king of Greece）は、とるに足りない存在で、イングランドとフランスの手に握られた道具である」（ちなみに、この記事は『ピーターズバーグ・ポスト』紙（*Petersburgh Post*）からの転載。）

マイケル・ルウェリン・スミス（Michael Llewelly Smith）は、著書『イオニア海の眺望――小アジアのギリシャ』（*Ionian Vision: Greece in Asia Minor*, 1919-1922, 1973, 1998）で、以下のようにオットー一世の立場に言及している――

十九世紀中頃のギリシャは、王国を拡大し、ギリシャ国民の未償還の部分を受け入れるのは、歴史的必然だとする確信に覚醒させられ、掻き乱れていた。政治家イオアニス・コレティスは、国王オットーと共に、〈メガリ・イデア〉（偉大なる思想）を、より無謀な政治的側面で代表していたが、一八四四年一月、国会でこの確信を表明した——

ギリシャ王国はギリシャではない。それは、ギリシャの一部、もっとも小さな貧しい部分にすぎない。ギリシャ人は、この王国に住む者だけでなく、イオニア、サロニカ（テッサロニキ）、セレス、ハドリアノポリス（アドリアノープル／エディネル）、コンスタンティノープル、トレビゾン、クレタ島、サモンス、または、ギリシャ史やギリシャ民族に属していた他の地域に住む者でもある。……ヘレニズムの二大中心地がある。アテネは、王国の首都である。コンスタンティノープルは大首都、つまり〈ザ・シティ〉、すべてのギリシャ人の夢と希望である。

ギリシャ（理想的ギリシャ、未だ実際には実現していない）は、王国だけでなく、ギリシャ国民が住んでいる全域からなるというイデアは、一八六四年の憲法で新王ジョージ一世に与えられた称号に象徴されていた。つまり、ギリシャ国王ではなく、「ヘレーネスの王」。（二一～三ページ）

そして、一八六二年、クーデターが起こり、オットー一世は退位を余儀なくされた。それにかかわる事柄を示唆した短い記事が、一八七五年六月四日付『ザ・ニューオリアンズ・ビュルテン』紙（*The New Orleans Bulletin.*（New Orleans [La.]））に、見出し「元ギリシャ王妃」で掲載されている——

元ギリシャ王妃アマーリエ・マリー・フリーデリケ・フォン・オルデンブルクの死亡が、数日前に海外特電で報じられたが、彼女は、一八一八年十二月三十一日に誕生し、大公オルデンブルクとアンハルト＝ベルンブルクのアーデルハイト王女との長女であった。彼女は、一八三六年、ギリシャ国王オットー一世と結婚した。彼が王位についてから、一年半後のことである。彼女は、性格の強さと活力で夫にまさり、アテネではとても人気があった。この人気にもかかわらず、一八六一年、夫がバイエルンにいて不在の間、彼女の命を狙う試みがなされた。犯人は名をドシオスという学生であった。この事件での彼女の振舞いは、見事なほど冷静で勇気があった。一八六二年、オットーが廃位される直前、彼女はアテネを去り、ミュンヘンに戻り、そこで逝去した——『シカゴ・トリビューン』紙。

ちなみに、オットーは一八六七年、バイエルン北部のバンベルクで逝去。

エリザベートと「近代ギリシャ」との関係は、次のハマンが伝える逸話からもうかがい知ることができる。この引用箇所には、『荒地』「Ⅲ　火の説教」にでてきて、エリオットが原稿で“abominable”としたのを、パウンドが修正した語“demotic”が、「人びとが話す「デモティックなギリシャ語」」をひいきにした」とでてくる。また、シェイクスピアの『夏の夜の夢』を、記憶するほど読んでいたともある——

ハイネを崇拝していたからといって、エリザベートが他の詩人に夢中にならなかったわけではない。彼女は熱狂的にシェイクスピアの劇を読みつづけており、『夏の夜の夢』はほとんど記憶していた。マリー・ヴァレリーと一緒に、『ファウスト』(無削除版で、この時期、若い女性にはふさわしくないと考えられていた。グレッチェンの「不道徳」な悲劇のためである) を読んだ。一八八一年代の末に、彼女は古代ギリシャ語の学習をはじめた。それは、ホメーロスが原語で読めるようにするためであった。その後、現代ギリシャ語に専心した。たとえば、練習のために、『ハムレット』を英語から現代ギリシャ語に翻訳した。一八九二年、彼女は、また、ショウペンハウエルのいくつかのくだりに取りくみ、こういって不満を述べた——「毎日が二倍の長さであればいいのに。好きなだけ勉強と読書ができたらいいのに」。修得するまでやめずに、一日数時間かけてギリシャ語を勉強する理由をこう述べていた――「困難なことに取りくまざるをえないのは、とてもありがたいことで、自分自身の考えが忘れられます」。

（中略）

ハンガリー語の場合のように、エリザベートは、人びとが話す「デモティックなギリシャ語」をひいきにした。この好みを、彼女の読者の一人にハイネ風に説明している――「この民衆のことばが好きなのは、住民の九十パーセントが話す言語を話したいからです。それは教授や政治家の言語ではありません。もし、わたしに嫌いなものがあるとすれば、それは思考、あるいは書き物などのみせかけです」。

（中略）

彼女が散歩する際、一人のギリシャ人学生が同行した。彼は、彼女とギリシャ語を話すだけでなく、歩きながら彼女に、ギリシャ語を読むように指示されていた。……

（中略）

ヴィッテルスバッハ家の伝統に、ギリシャ愛好があった。エリザベートの叔父国王ルートヴィヒ一世も、また、ギリシャを愛していた。それは、一八三二年から一八六二年まで、ギリシャ国王であった息子のオットーも同じであった。その期間、多くのバイエルン人はギリシャへ赴き、個人的・財政的援助を惜しまず、長期にわたるトルコ占拠で貧困化したこの国を発展させようとした。エリザベートの父マックス公も、また、ギリシャをよく知っていた。それは旅行だけでなく、ギリシャ史と文学に夢中であったからでもある。

（中略）

エリザベートのギリシャ好きは、この国の言語、神話、歴史の知識に充分裏打ちされたものであった。彼女が好んだ詩人の一人はロード・バイロンで、彼はおそらく、ギリシャ独立戦争に参加したもっともよく知られた外国人であったろう。エリザベートは、バイロンの詩の多くをドイツ語に訳した。ここでも、また、ハイネを模倣した。

（中略）

一八八〇年代で、ドイツ語を話す最高のギリシャ専門家は、おそらくケルキラ島（Κέρκυρα / Kérkyra）／コルフ島（伊：Corfù）／コルキラ島（テン語：Corcyra）のオーストリア領事アレキサンダー・フォン・ヴォルスベルクで、皇后は、彼のことをその本を通じて知っていたのだろう。とりわけ、彼の『オデュッセイアの風景』によって。一八八五年、彼女は依頼して、彼にギリシャ旅行の学問的ガイドになってもらった。……

（中略）

エリザベートは、根気強く、彼女のギリシャ人の英雄の足跡をたどった。イタケーから彼女は娘ヴァレリーにシクラメンを送り、そこに次のようなメモを添えた。つまり、今朝、わたしはある場所にいきました。「そこは、オデュッセウスが上陸した所で、そこで、わたしは、あなたへの二本のシクラメンを摘みました。ケルキラ島と同じように、ここでも、また、至るところに花があります。わたしは、道中、ヴァルスベルクのイタケーを読み、彼と大いに会話をし、さながらグランド・ツアーです」。

（中略）

皇帝フランツ・ヨーゼフは、にもかかわらず、「イタケーで、それほど多くの日をかけて、すべき何をみつけたのか想像」できず、こういっている――「あなたが、イタケーをこれほどまでに好きなことを嬉しく思います。そこは、神経の休まる静かな所であると、わたしは充分信じることできますが、そこが、ハルシュタット以上に美しいと思うことは、わたしにはできそうにありません。とりわけ、南では、植物がまばらにしかないことを思えば」。

（中略）

ほとんど喜んでフランツ・ヨーゼフは、次の手紙で、ハルシュタットの話題に戻っている。彼は、イタケーにもオデュッセウスにも満足できなかった。「わたしは、結局、正しいと思う。イタケーはハルシュタットと比較できない。何故なら、世襲のマイニンゲン王は、ギリシャ全域を旅し、長年、ギリシャを称えてきたが、こうわたしに請け合っている。つまり、この島はまったくの裸で、決して美しくはないと」。

（中略）

一八八八年、皇后は夫に、わたしは、ギリシャを「将来の住まい」と「考えている」と告知した。彼女は、エーゲ海を長期にわたり周遊し、肩に錨の入墨までしていた——皇帝が「実にひどい驚き」と呼んだ行為。エリザベートは、この身振りによって、自分がこの海へ不滅の愛を抱いていることを示そうとした。

(Hamann,pp.287-290)

エリザベートのギリシャ好きは、そこに城を作るまでになった。この間の事情を、ハマンはこう述べている——

エリザベートは、自身の幻想生活に引きこもるにつれ、ますます、ウィーンに留まることが困難になった。……これまで以上に、彼女は一人でいることを求め、いままで以上に、ギリシャに惹かれるのを感じていた。コルフ島で、彼女は、ウィーンでは得られなかった心の安穏を求めた。

コルフ島では、エリザベートは海側の丘に城を建設した。それはアルバニア山脈に面し、外部から完全に隔絶され、みることができなかった。水辺には、浮桟橋と発電機があった。

（中略）

エリザベートは、彼女の新しい城をアキレースに捧げ、アヒリオン宮殿と名づけた。それは、「わたしにとって、彼はギリシャ魂と風景の美と住民とを具現化しているから……」であった。

アヒリオン宮殿のエリザベートは、崇拝する作家や哲学者の胸像に囲まれていた。ホメーロス、プラトン、エウリピデス、デモステネス、ペリアンドロス、リシュアス、エピクロス、ゼノン、バイロン、シェイクスピア、アポローン、ミューズたち（博物館の彫像の写し）が、エリザベートの「博物館庭園」に居場所を与えられていた。(Hamann, pp.299-300)

ハマンは、『夏の夜の夢』とエリザベートの関係を、以下のようにも記している――「若い夫婦が気質と育ちだけでなく、趣味の点でも異なることが、日がたつにつれ、次第にはっきりとしてきた。たとえば、『夏の夜の夢』が恰好の例だ。これは、シシーが好んだ芝居で、結局、彼女は、そのほとんどを暗記した。フランツ・ヨーゼフのソフィー宛ての手紙――「昨日、わたしはシシーと、シェイクスピアの『夏の夜の夢』を観にブルク劇場にでかけました。……まったく退屈で、とても愚かなものでした。ロバの頭をつけたベックマンだけが、楽しかった」」。(Hamann, p.64)

さらに、夏の別邸の内装について――

皇帝フランツ・ヨーゼフは、最善を尽くし、ウィーンの生活を妻にとって可能な限り快いものにし、彼女の望みをかなえようとした。ホーフブルクでも、ラクセンブルクのシェーンブルン宮殿でも、快適ではなかったので、一八八〇年代中頃に、彼女のために、彼女自身の別荘をラインツの鹿園の中心に建設した。そこにいれば、彼女は宮廷生活から完全に自由になると思われた。リングシュトラッセの建築家カール・ハウゼナウアーが設計したこの邸宅は、完全に彼女の好みに合わせた小さな城であった。この建物の前には、エリザベートの愛好するギリシャの神ヘルメス（ここから、また、この家は、その名ヘルメス・ヴィラを得た）の像がある。バルコニーには、ハインリヒ・ハイネの胸像があり、入り口には、瀕死のアキレース像がある。エリザベートの寝室の壁と天井は、『夏の夜の夢』の場面を描いたフレスコ画（当時いまだ無名の、若きギュスターヴ・クリムトが、マーカルトの描画にしたがって

夏の夜の夢』壁画

描いたもの）で覆われていた。エリザベートの堂々としたベッドの中央部装飾は、ロバと共にいるタイテーニアが描かれていた——皇帝を喜ばせる可能性はほとんどない冗談である。訓練室の壁は、古代の剣闘士の闘いを示すフレスコ画で占められていた。それは、数多くの小さなギリシャ彫像と同じように、エリザベートのギリシャ愛を表現したものといってもよかった。

　ラインツの邸宅（「タイテーニアの夢の城」と、彼女は呼んでいた）で、エリザベートが何よりも嬉しかったのは、そこなわれていない森の中心にある寂しい場所、多数の鹿の生息地であった。ラインツ鹿園は、壁で囲まれていた。入り口には、見張り番がいた。エリザベートがいるとき、部外者は邸宅を垣間みることも許されなかった。彼女は、何時間も散歩にでかけ、鹿を観察したり（彼女はイノシシから身を守るため、木製のガラガラ鳴るものをいつも携帯した。イノシシは騒音が恐かった）、詩を作ったりした。（Hamann, pp. 279-280）

　さらに、ハマンは、エリザベートが、自身を「タイテーニア」に見立てていた逸話を語っている——

とりわけ皇后の空想を捉えた神話と伝説の一つは、伝説上のエジプト女王の物語で、女王は決して年をとらず、神秘的な場所にヴェールを被って生活していた。その名は、長いこと忘れられていた。「彼女」がその力を保持していたのは、その年齢のせいではなく、恋をし男性に身を捧げることがない限りのことであった。エリザベートも、また、近づきがたく、恋が自分から力とオーラを奪うとひどく怖れていた。

　自作の詩で、彼女は、自身を妖精の女王タイテーニアだとみなすことがよくあった。求婚してかなわなかった者は、ロバと表現されていた。エリザベートがクリストマノスに宛てた手紙——「あれは、わたしたちが幻想でみるロバの頭で、終始、わたしたちは撫でています。……わたしは、それをみて、決して飽きることがありません」。(Hamann, p.260)

「エリザベート＝タイテーニア」は、「エリザベート＝ヒポリタ」になるだろう。その仲介をするのが「馬」であると思われる。正確にいえば、「タイテーニア」の場合は「ロバ」だが。そして、エリザベートにとって、その幻想を実現させる場であった「ヘルメス・ヴィラ」は、一九一一年七月二日付『イヴニング・スター』紙の見出し「オーストリア＝ハンガリー王をめぐる二人の母の闘い」の記事に、以下のようにでてくる――「彼(皇帝フンツ・ヨーゼフ)は、嫌いなハンガリーのゲデレーから戻り、シェーンブルン宮殿とラインツのヴィラ・ヘルメス宮をいったりきたりすることだろう。ヴィラ・ヘルメス宮は湿気があり、彼はリューマチになっている」。

また、同日の『ザ・ワシントン・ヘラルド』紙に、見出し「皇帝ヨーゼフ、公務に多忙」の記事にこうある――「医者たちは、介入して絶対安静を指示する必要があると判断した。／こうした理由から、皇帝は、ラインツ・ティーアガルテンのヴィラ・ヘルメス宮へいくよう指示された」。

先のハマンの引用で、「エリザベートがハイネを崇拝していた」とあったが、一九〇一年十二月八日付『ニューヨーク・トリビューン』紙に、見出し「ハインリヒ・ハイネ／モンマルトルの墓地で彼に捧げられた記念碑」の記事が掲載――「パリ、十一月二十二日／ハインリヒ・ハイネを記念するカララ大理石製の記念碑が、彼の遺体が安置されているモンマルトル墓地で、十一月二十四日(日曜日)に除幕の予定。この記念碑は、故オーストリア皇后エリザベートの発案になるが、デンマーク人彫刻家ハッセルリイス(Hasselriis)の作で、最近、ウィーンで展示されていた。数日前、パリに到着し、今朝、この墓地に設置された。(以下、略)」。

さらに、一九〇七年六月二日付『イヴニング・スター』紙は、エリザベートのアヒリオン宮殿の売却について、見出し「皇帝、古城を手に入れる／ドイツ皇帝、故皇后エリザベートの家を購入／ザ・スター紙への特別海外電信」の記事で報じている――

ウィーン、六月一日――皇帝ウィルヘルムが、コルフ島にある故皇后エリザベートの住まいアヒリオン宮殿を、家族の健康のための保養地として購入したという知らせは、当地で多くの驚きを引き起こした。情報通の宮廷人の間では、宮殿を購入する陛下の意図について、まったく何も知らされていなかったからである。いかなる交渉の噂も、事前に耳にすることがなかった。／アヒリオン宮殿の現在の所有者は、皇后の遺書にしたがうと、長女のギゼラ女公、つまり、バイエルン皇太子レオポルドの妻であり、彼女はミュンヘン在住である。しかしながら、この城の居住は皇帝の存命中は皇帝に委ねられていた。皇后エリザベートの死去後は、この城に、王族の誰一人として訪れる者がおらず、売却の噂がしばしば聞かれた。宮殿を保養地にしたいという私的な提案が、いく度も、ある会社からなされたといわれていて、あるフランスの企業組合も、ギャンブル用リゾートにするため、宮殿購入の意図があった。この申し出は、皇帝フランツ・ヨーゼフが拒否していた。宮殿の高価な家具、また、皇后が建立し、ミュンヘンの彫刻家ハッセルライスの作である皇太子ルドルフの記念碑は、ウィーンにもってこられて久しい。アヒリオン宮殿建造費は、百万ドルかかった。

そして、一九一八年十一月二十九日付『アイアン・カウンティ・レコード』(*Iron County Record.* (Cedar City, Utah)）に、「ホーエンツォレルン氏が居住する可能性のある場所」の見出しで、アヒリオン宮殿の命運を写真付きで報じている――

1918年11月29日付『アイアン・カウンティ・レコード』より

報じられるところでは、コルフ島にあるアヒリオンの邸宅は、必要な取り決めができれば、廃位の皇帝の恒久的住まいになろうという。この邸宅は、一九〇七年、オーストリア皇后エリザベートの死後、前のドイツ皇帝が獲得していた。エリザベートのために、この邸宅は一八九〇年に建築された。

ここに、ハプスブルク家の終焉がある。そもそも、その兆候を示唆するような記事が、一八八九年五月三日付『グリッグ・コーリア』紙（*Griggs Courier.* (Cooperstown, Griggs Co., Dak. [N.D.])）に掲載された。「狂気の王族／オーストリア皇后エリザベート、疑いもなく正気でない——自分が息子、故皇太子ルドルフを殺害したと思っている」との見出しの記事であった——

パリ、四月二十五日——オーストリア皇后エリザベートは、マリー・ヴァレリー女公にともなわれ、現在、ヴィースバーデンに滞在。しばらくのあいだ、陛下が不治の病に冒されているという噂があったが、その病いの何たるかは、これまで特定されていなかった。『フィガロ』紙は、いま、もっとも信頼のおける情報源から以下の情報をえたとしている。つまり、この新聞によれば、オーストリア皇后が、ヴィースバーデンにいることはまちがいないが、同時に、町の外にある邸宅に住み、この家に近寄る者がいないように、警官が警戒していることも確かである。これは、皇后が従弟のバイエル王ルートヴィヒを襲ったのと同じ精神的病いにかかっているからだ。彼女は、誰にも会おうとはしない。皇后エリザベートが冒されたのは、ただ大公ルドルフの死後以来からのことではない。／前世紀の間、バイエルン王家に狂気の事例が二十七件あった。現在の国王は狂人で、彼の係累の幾人かも同じ病いにかかっている。何年も陛下は、ウィーンの王宮で夜を過ごすことはなく、マリア・テレジアの幻影に追いかけられていると思ってきた。バイエルンのルートヴィヒ二世の死後、皇后にとりついている幻覚には、一つの特徴があった。国王ルートヴィヒが眼前にあらわれ、服から水が流れ、余りにも大量なので命が危うくなるほどと、彼女は空想した。よく助けを求めて叫び声をあげ、意識不明になった。マクベス夫人を彷彿させる逸話である。ついでながら、「ヴィースバーデン」は、ヨーロッパ最古の温泉地の一つ。

第五節　ハプスブルク家の終焉

二〇一一年六月十一日付『ザ・ガーディアン』紙に、イアン・サンソムの「世界の大王朝――ハプスブルク家」と題する記事が掲載された。その一部が、次のようにあった――

哲学者アーネスト・ゲルナーは、死後出版された最後の著書『言語と孤独』（一九九八年）で、「ハプスブルクのジレンマ」という表現を作っていた。ゲルナーは、それを「文化は、失われ回復不能のとき、もっとも声高に守られるという原則」と定義した。ハプスブルクのジレンマを持ちだせば、たとえば、あらゆる種類の想像上の黄金時代、エデンの園、旧体制、そして現代の若者のテレビ番組に対する渇望が説明できる。われわれは、失ったものを愛している。それが人間性であり、人間の歴史である。しかし、別の、もっと根本的なハプスブルクのジレンマがあるだろう。つまり、一体、どのように、過去、世界最大であった帝国主義王朝の要約をはじめればよいのだろうか。／ハプスブルク帝国の公式の終焉は、一九一八年十一月十一日であった。そのとき、皇帝カール一世（カール・フランツ・ヨーゼフ）、つまり、ハンガリー王、ボヘミアとクロアチア、そしてガィシアとロンドメリア王は、有名な宣言をした――「いまも変わらず、わが国民への変わらぬ愛でみたされ、わたしは、もはや個人として障害とならず、それぞれが自由に発展することを願う。……いまや、国民は、その代表者によって統治を引き継いだ」。

1918年11月11日付『ザ・サン』紙より

公式の終焉が宣言される前の十一月十一日付『ザ・サン』紙に、皇帝の写真が掲載され、そこに「オーストリア皇帝カール、自家用車の窓で撮った写真。これは、彼がウィーンから逃亡を余儀なくされる前の、最新の肖像写真の一つ」とキャプションがついていた。

そして、一九一八年十一月十二日付『ハリスバーグ・テレグラフ』紙（*Harrisburg Telegraph.* (Harrisburg, Pa.)）に、大見出し「オーストリア皇帝が退位、ゼネラル・ストライキが共産主義者らによって呼びかけられる。反乱、ドイツで急速に拡大」、紙面右端のコラムの小見出し「皇帝カール、王位を放棄。ウィーン、大ストライキを呼びかける／先の二重王国の支配者、連合国が彼を裁判にかけなければ、同盟国に従い隠居／かつて、オーストリア軍隊の少佐だった者／法廷相続人の暗殺によって栄誉へ邁進し、老フランツ・ヨーゼフのあとを継いで王になる」の記事が掲載された――

ロンドン、十一月十二日――オーストリア皇帝カールは退位した。ウィーンからの私的助言を引用する、エクスチェンジ・テレグラフ社へのコペンハーゲン特電による。／報告によると、ゼネラル・ストライキが、明日、ウィーンで宣言される予定。／オーストリア社会党指導者で、十月三十一日、ウィーンで形成されたドイツ＝オーストリア内閣の外務大臣ヴィクター・アドラーが死去したという。皇帝カールの退位は、この数週間、幾度か噂されていたが、報告のどれも確証されることはなかった。十一月二十九日、彼はウィーンに逃亡したと報じられたが、この報告はベルリンの新聞が否定した。さらに、報道によると、十月三十日、彼はこのオーストリアの首都にいて、この都市をめぐっている間、国民から暖かく迎えられたという。皇帝カールに関連する最新の報告は十一月二日に受け取ったが、そのとき、彼は退位の意向を述べたといわれていた。／二百年以上にわたる由緒あるハプスブルク家の君主たちは、マジャール人、スラヴ人、テュートン人の土地を数世紀間（数世紀にわたる流血、暴政、侵略）支配し、ウィーンのカプーチナ教会の驚異的な地下室で、最後の眠りについている。若きカールの老齢の後継者、皇帝フランツ・ヨーゼフは、「壁面の手書き文字」（災いの前兆）をみて、五千万の家臣の間にある不一致を統合したかった。彼らの民族的敵意は、オーストリアが、ボスニアとヘルツゴヴィナのセルヴィア人地区を吸収したことで複雑になった。／マジャール人、スラヴ人、ドイツ人国家からなる、三位一体の帝国を作りだしたいという大公フランツ・フェルディナントの決意こそ、サラエヴォで起こった彼の暗殺の引き金となったと一般に信じられている。フランツ・フェルディナントは、フランツ・ヨーゼフの死で、二重帝国が、ロシアやドイツの介入によって終焉を迎えるだろうと懸念し、そのため機先を制しようとしたのだ。

（註・「壁面の手書き文字」は、「ダニエル書」第五章への言及。）

1918年11月12日付『ハリスバーグ・テレグラフ』紙より

ちなみに、第一紙面中央の挿絵には、キャプション「さて、彼女がすべきことは、皿を洗い、子どもたちに食事を与えて静かにさせ、家の跡片付けをして、家賃を支払うことだけ」が付されている。

一九一九年四月十八日付『イヴニング・キャピタル・ニューズ』紙（*Evening Capital News.* (Boise, Idaho)）に、セルビア人ジェドロウスキー博士による告発手記が掲載されている。大見出し「セルビア人当局、マルスの支配下に世界を供する王家の、陰謀のヴェールを剥ぐ」、小見出し「フランツ・フェルディナント大公の暗殺、嫌いな後継者を排除し、ホーエンツォレルンの要求でスラヴ民族への縛りを強化する、皇帝ヨーゼフの計画の結果」の記事である。

ジェドウスキー博士は、「ユーゴ＝スラヴ人愛国者」とされ、「セルビア人法廷弁護士で広報係を務め、反オーストリアの革命運動指導者として、ユーゴ＝スラヴ人の若者世代に認められた者の一人」であった。「彼はトリステの新聞編集長をし、この新聞社には、歴史的暗殺の当日、大公フランツ・フェルディナントに、最初の爆弾を投げつけた若き作曲家カブリノヴィーが勤めていた」。記事は、こうはじまっていた――

一九一四年の記念すべき七月に、サラエヴォで起こったことは世界の知るところです。しかし、事件の真の意義だけでなく、直接の契機となった極悪なオーストリア＝ドイツの陰謀については、どこでも驚くほど知られていません。／いまや戦争は終結し、真理を語ることができます。絞首刑台が語り、ユーゴ＝スラヴ人殉教者の墓がその秘密を明かすときです。この戦争の恐怖は、ウェルギリウス、ダンテ、シェイクスピアをもってしても適切に語ることは到底できないでしょう。／ホーエンツォレルン家の犯罪は、ハプスブルク家のそれに比べたら弁解しうるとする傾向があります。まもなくおこなわれる和平会議で、もしある考えが支配的になることを許すなら、これ以上の誤りのある、あるいは致命的な考えはありえません。こう述べるとき、わたしは、スラヴ民族がハプスブルク家の暴政から受けたものを知悉したうえで語っております。犯罪の点からすれば、ホーエンツォレルン家は、ハプスブルク家に容易に顔色なからしめられます。彼らは背信者であり、伝統的陰謀家で習慣的殺人者でありました。／この戦争は、大公フランツとその愛人の命を奪ったチャブリノヴィッチの爆弾とプリンツィプの拳銃からはじまったとする説が、一般に流通しています。／別の点からすれば、これは、実際にはとても真実とはいえません。戦争が起こった現実の原因は、起きるずっと前にセルビアでわかっていたことですが、世界支配を追求するドイツ支配階級の競争と、その計画をオーストリア支配家が自らの利益のために進んで同意したことにありました。彼らは、セルビア人とスラヴ人の大望を完膚なきまで潰さなくては可能でないと信じていたのです。／それ故、サラエヴォの悲劇を語る前に、ハプスブルク家とホーエンツォレルン家が着手し、あの日に頂点に達した共謀のいくらかを示す必要があります。／〈破壊された公文書〉／国家崩壊の数日前に、元皇帝カールは秘密公文書のもっとも重要な箇所を破棄するよう命じたことは、よくわかっています。それ故、フランツ・ヨーゼフの生涯、一人息子ルドルフの殺害、そして妻の長期間におよぶ国外の放浪について、すべての真理がわかるわけではないことは了解しています。／しかし、まぎれもなくわかっていることが一つあります。／フランツ・ヨーゼフの統治期は、自身の家臣に対する絞首台と戦争で終始したということです。／また、われわれは、一つの圧倒的な証拠を知っています。つまり、この悪辣な老皇帝は、サラエヴォで最高潮に達する悪魔的な陰謀に加担していたということです。（以下、略）

一九二〇年二月一日付『ザ・ワシントン・タイムズ』紙（*The Washington Times.* (Washington [D.C.])）に、大見出し「ハプスブルクの芸術的財宝、売却へ。飢えたオーストリアに食糧供給のため」、小見出し「興味深い交渉がおこなわれ、ウィーンの帝国博物館等所蔵の厖大な収集が売却へ。含まれるのは、千七百十七点の有名な「古大家の作品」、値段のつけられない彫刻とタペストリー、百ポンドの金銀の皿、数億ドル相当の価値」の記事が、多数の写真と共に掲載されている——

Hapsburg Art Treasures to be Sold to Fe
ed Starving Austria

Interesting Negotiations to Sell the Vast Collections in the Imperial and Other Museums at Vienna, Including 1717 Famous "Old Masters." Priceless Sculptures and Tapestries, Gold and Silver Plate by the Hundredweight, Worth Hundreds of Millions

1920年2月1日付『ザ・ワシントン・タイムズ』紙より

現オーストリア政府は、王位剥奪の皇帝家族ハプスブルク家といろいろなオーストリアの王侯家族が所有した、ウィーンにある貴重な芸術的財宝を売却する計画を練っている。目的は、オーストリア国民の飢えの救済にある。この記事がでる前に、おそらく、売却条件が決定されていることだろう。／オーストリアの求めでは、最低総額は五千万ドル。／オーストリア当局は、借金のかたとして、こうした芸術品が最終的にはウィーンに戻ると踏んで、どこか外国か都市かに、この財宝を渡したいと考えている。しかし、オーストリア人にはっきりと示されたことは、そうした抵当で、それだけの巨額の金を融通する者は誰もいそうになく、唯一の方針は、その芸術財宝を売却することである。（以下、略）

同年二月七日付『ディアボーン・インデペンデント』紙（*Dearborn Independent.* (Dearborn, Mich.)）に、見出し「ウィーンの芸術的財宝、抵当か売却かの運命」の記事に、写真五枚が掲載された。

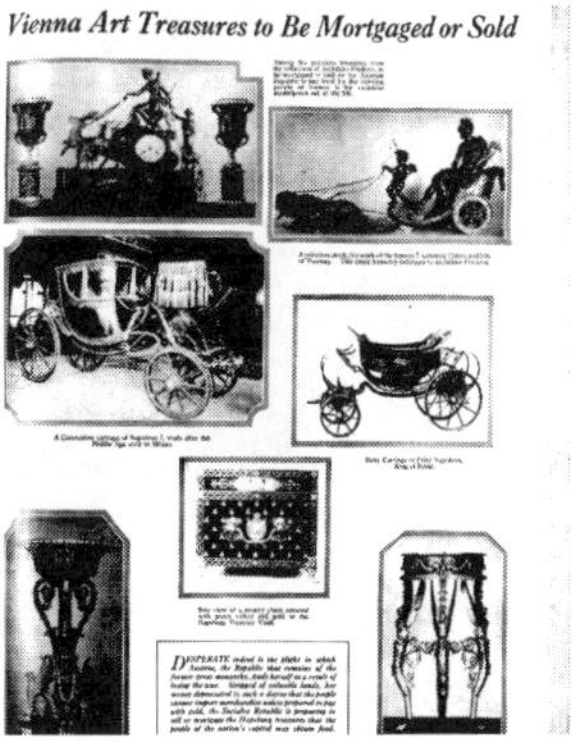

1920年2月7日付『ディアボーン・インデペンデント』紙より

一九二二年四月二日付『ザ・ワシントン・タイムズ』紙（*The Washington Times.* (Washington [D.C.])）に、見出し「何故、元皇帝カール、九十四台の財宝を持ちながら困窮し、宿の支払にも事欠き、連合国が与えてくれた、値の知れない「黄金の羊毛の宝」が手に入るか疑いはじめている」の記事が掲載された——

元オーストリア皇帝カールと皇后ツィタは、最近、王位に戻ろうと華々しい努力をしたが、マデイラ島に流浪の身となり、いまは一文無しである。／元皇帝カールは、連合国から値の知れない「黄金の羊毛の宝」を与えられたが、宿の支払いができない。カールは、九十四台の貨車のはかり知れない財宝を所有しているとはいえ、彼と皇后は、マデイラ島フンシャルで生活していた邸宅を立ち退かざるをえなくなり、山頂の家賃ただの古い家を借りた。ドアと窓はガタピシャで、漆喰はひび割れ、夫婦は雨が入らないだけの小さな寝室で眠っている。

1922年4月2日付『ザ・ワシントン・タイムズ』紙より

これをもって〈ハプスブル家の終焉〉とするなら、折しも「エイプリール」であり、しかも「エイプリール・フール」翌日の記事であった。実に、「エイプリールはもっとも残酷な月」だ。

最後に、「ハプスブルク家」「オーストリア」、そして「ハンガリー」の関係を歴史的に素描した記事が、一九〇六年三月十六日付『パース・アンボイ・イヴニング・ニューズ』紙（*Perth Amboy Evening News.* (Perth Amboy, N.J.)）に、見出し「ハンガリーにいくらかの光／木曜日に、その自由を祝ったこの国の歴史的素描」で掲載されているので、以下、引用しておく――

昨日、自由をえたハンガリーの記念日として、以下のように、この国の歴史を素描した記事が、『ザ・イヴニング・ニューズ』紙に用意されていた。／ハンガリー、つまり、ハンガリー人、あるいはマジャール人の国は、疑いもなく、ヨーロッパのもっとも豊かな国であるだけでなく、もっとも美しく、もっともピクチャーレスクな国である。地図を一瞥するだけで、その地質がわかるだろう。広大な低地が広がり、北、東、南東、南西がカルパチア山系とイリリア山系に遮られ守られており、外郭が洗面器に似ている。（中略）／マジャール人は、アーリア人として知られるヨーロッパの各人種とはかかわりがなく、もっとも近い血縁は北はフィン族、南はトルコ人で、この三種の人種はアルタイ語系、あるいは、ツラン語系に分類されている。マジャール語は、その語族と同様、知られているどの言語とも違う。ハンガリー語には性がなく、「わたしは持つ」や「〜です」の動詞がなく、語形変化がなくて、二つの子音が語のはじめにくることもない。他方、ローマ式詩形を使用する唯一の言語であり、ギリシャ語やラテンン語はいうまでもないが、語形変化は他の言語で知られるものを上回っている。ローマ人に匹敵するだけの詩がある。／マジャール人の祖先は、紀元八八九年頃、ハンガリーのプラエセンスに侵略し、様々なスラブ種族を服従させ、ドイツ、フランス、イタリアのヨーロッパの多くを荒廃させた。紀元千年に、初代国王イシュトヴァーン一世のもと、マジャール人はキリスト教を取りいれ、一三〇一年まで、アールパード朝の諸王のもとで生活をつづけた。この間、ハンガリーには暴君、つまり一人だけの支配はなかった。自由民として誕生した者は、等しく、国王が議長を務める国会に参加した。しかし、一二二二年、マグナ・カルタ制定の五年後、正規の憲法が起草され、そこでは、国王の権限は一層制限・削減されていた。一二七一年、国王ラースロー一世のもとに、名をルドルフという困窮したチロル人伯爵が接触してきて、助けにきて、神聖ローマ帝国の王位に選出される努力の援助をしてくれないかと求めた。国王は、躊躇なく先例にならい、彼の競争相手を自らの手で切り殺し、彼をその敵の首領のもとに送った。ルドルフは、チロルの司教の子孫で、この司教はみずからの城を孤高の絶壁の上に建てていた。外見から、その絶壁は、「ハビヒツブルク」（鷹の穴）と呼ばれていた。このルドルフが、有名なハプスブルク朝の先祖となったのである。／一五二六年、ハンガリー王がトルコとの戦いで殺害され、子どもがいなかった。当時、宗教改革のため、国民間に亀裂が生じていたので、ローマ・カトリック派は、強力な皇帝カルル五世の弟、オーストリアのフェルディナント・アルト伯爵を招いた。兄を助けて、王国からトルコ人を根絶してくれると期待してのことであった。ハプスブルク家は、二世紀にわたり、そうすることはなかった。そのかわり、ハンガリーが自分らのものであるとみなし、そこをドイツ化しようとした。その間、ハプスブルク家は、帝国を犠牲にし、ボヘミアを征服し、自らのものとした。それは、帝国の任務を失うときのことを、つねに心に銘記し、自身の巣を作ろうとしていたからである。世紀ごとに必ず、ハプスブルク家の裏切りに反抗して、少なくとも一回の革命がハンガリーで起こった。いつも君主の厳粛な誓約で終了したが、決して守られることはなかった。一八〇六年、ナポレオンが神聖ローマ帝国を廃止した際、いまや、大公に過ぎなかったハプスブルク家の支配者は、ハンガリー国王としての地位を期待して、ハンガリー人に相談なく、自ら「オーストリア皇帝」を宣言した。／（以下、略）

第六節　「埋葬」される「死者」とは、何か？

『荒地』「Ⅰ　死者の埋葬」から、以上のように、「ハプスブルク家」の「死」と「埋葬」を連想するなら、この部の最後に位置している詩行を読まなくてはならない――

"That corpse you planted last year in your garden,
"Has it begun to sprout? Will it bloom this year?
"Or has the sudden frost disturbed its bed?
"Oh keep the Dog far hence, that's friend to men,
"Or with his nails he'll dig it up again!
"You! hypocrite lecteur!—mon semblable,—mon frère!"

「去年、きみが庭に植えたあの死体、
「あれ、芽が出たかい？　今年は花がさきそうかい
「それとも、不意の霜で花壇がやられた？
「あ、〈犬〉は寄せつけるなよ。あいつは人間の味方だから。
「前足で掘り出しちまうからね。
「きみ、偽善家の読者よ！　わが同胞、わが兄弟よ！」（岩崎訳）

岩崎訳註には、この箇所に対してこうある――

「生気のない根をふるい立たせる」（四行目）につながるイメージ。「球根」を「死体」と呼んでいる。植物神オシリスの再生儀礼では、穀物の種《たね》を包み込んだ土の人形《ひとがた》が地中に埋められ、芽が出る。コリント前書一五章三五―三八節では、死者の甦りが麦の種の発芽と比べて説かれている。「なんぢの撒く所のもの先づ死なずば生きず」（三六節）。（註・聖書引用は、「大正改訳聖書」より。）

また、クリストファー・リックス＆ジム・マッキュー共編『T・S・エリオットの詩　第一巻』の註には、同時代である言説がこうあげられている――

クレメント・ウッド――「しかし、戦死したこれらの男たちは眠るべし／深く埋め（植え）られ、深く埋め（植え）られ」（『ポエトリー』誌、一九一七年一月号）。／〈帝国戦争墓地委員会〉が、一九一七年に設立された。記事「西部戦線の公園墓地」（一九二一年五月七日付『タイムズ』紙）は、ルパート・ブルックからの引用した三語で締めくくられている――「フランスのどこかに、イギリス人戦士の白い公園墓地がある。現在も、これから先の数世紀も完璧な状態にある。その豊富な花と花輪は、取り換えられることだろう。……「永遠にイングランド」（for ever England）この庭」。（六一八ページ）

（註・「クレメント・ウッド」は「クレメント・リチャードソン・ウッド」（Clement Richardson Wood, 1888-1950）で、合衆国の作家、弁護士、政治活動家。／「帝国戦争墓地委員会」は、一九六〇年に「コモンウェルス戦争墓地委員会」と名称変更をしている。）

これは、まさに、時事的な言及が「去年、きみが庭に植えたあの死体……それとも、不意の霜で花壇がやられた？」にあるとしているのである。時事的言説といえば、これ以上にふさわしい署名記事が、合衆国の新聞に掲載されていた。著者はアーサー・ブリスベン（Arthur Brisbane, 1864-1936）で、彼は二十世紀の著名新聞編集長であった。一九一九年一月二十一日付『ザ・ワシントン・タイムズ』紙（*The Washington Times.* (Washington [D.C.])）の、見出し「今日／古代の神秘的病い。／自然、人間と同じく残酷。／動物は、われらの兄弟か？／五百万枚の皮、今日、売られた」の記事である――

恐怖に震え、合衆国歩兵隊長ハジェンズは、「ドイツ人が戦時中、死んだ兵士を茹で、脂肪をとって爆薬を作った経緯」を語った。その話は、事実かどうかわからないが、もし、ドイツ人がこのように、死んだ兵士の死体を利用したのなら、彼らは、単に、太古の〈母なる自然〉と、彼女が長きにわたりおこなってきていることを摸倣しただけにすぎない。／――／死ぬと、木、動物、人間は土にかえり、〈自然〉は死体を使って、新たな身体を養い育む。／庭で摘むバラは、死んだ花や死んだ動物のおかげで豊かになった土から生育したものである。／われわれが口にする動物は、他の動物がはるか昔に死んだ死体から生育した草を食べていたのだ。／人類は、殺戮を犯すことで畑を豊かにする技術を学んだ。人類が家を建てるとき、一人の人間を殺し、その死体を幸運のために礎石の下に埋め《プラント》（植え）、神々を喜ばせ、悪霊を宥めたことであろう。／新たに畑を耕すとき、一匹の動物や人間が生贄として殺され、その死体が人目のつかない場所に埋め（植え）られた。／その死体の埋め（植え）られた処には、草や植物が豊かに生育するのをみて、人間は、神々が生贄にお喜びになり、その場所に穀物をよりよく生育させることで喜びをお示しになったと考えた。その後、人間は、肥料がその働きをしてくれるので、神々やデーモンの助けはいらないことを発見し、施肥が農業のお決まりの一部となった。／自然は残酷に作用し、人間は残酷行為を通じてその教育の多くを獲得してきた。

ここには、「死体を……埋め（植え）る」や「死体の埋め（植え）られた」という語句だけでなく、〈霊〉のではなく、〈物質〉の〈転生〉（メテムサイコシス）ともいうべき事態が説明されている。「自然は残酷に」の「残酷」は「ブルータル」であるが、「〈エイプリール〉は、もっとも残酷」の「残酷」（クルエル）に似ている。ドイツ人が「死んだ兵士を茹で、脂肪をとり爆薬を作った」という営為は、ディケンズの『我らが共通の友』のはじまりで、テムズ川で、ギャッファー・ヘクサムと娘リジーがおこなっている、流れてくる溺死体から金品をとる作業とどこか共通するものがある。

ディケンズといえば、『荒涼館』（*Bleak House*, 1852-1853）には、クルックという再生資源回収業屋（a rag and bone shop）を営む男がでてくるが、この英語表現にある「ラグ」（古紙）は「紙」に「再生」し、「ボーン」（骨）は砕いて肥料に「再生」するためのものである。この「ラグ」が、『荒地』「II　チェス遊び」に「おお、おお、おお、〈あのシェイクスピヒアリアン・ラグ〉」とでてくる。

デイヴィッド・グリッグ（David Grigg）の『リンカーンシア州南部の農業改革』（*The Agricultural Revolution in South Lincolnshire*, 1966）によれば、骨粉がイギリスで使用されるのは、以下のように、一八二〇年代からのようである——

> 農場の肥料を使ってのこの新しい輪作だけで、実質的に収穫量はあがったことであろうが、それに加え、リンカーンシア州の農民は、一八二〇年代と一八三〇年代に、人工肥料を大量に使いだしていた。そのうちで、もっとも重要なものは骨である。骨を砕いて土地に撒くという考えは、ヒース地区にヨークシア州からもたらされていたが、そこでも一八二〇年代まで一般に使用されることはなかった。その遅れた原因は、経費であった。はじめ、大きな塊の骨がカブの休閑地に撒かれたが、その後、骨は砕かれて粉末が撒かれた。（以下、略）

きわめて早い時期の資料であるが、『会報——スコットランドのハイランドと農事協会』（*Transactions: Of the*

Highland and Agricultural Society of Scotland, 1829）に、見出し「骨肥料の多様な土壌での効果について」のシンクレア氏による記事が掲載されている——

一八二六年の乾燥した夏、ほとんどのイングランド各地、とりわけミッドランド各州では、カブ栽培にきわめて好ましくなかったが、わたしは、農作物への骨粉肥料と堆肥のとても重要な効果を目撃する機会があった。（中略）／骨粉肥料が直前の作物に優れていることは、このようにはっきりと確認されたので、この種の土壌に関して次なる問いは、その永続性、あるいは一八二七年のつづく大麦への効果であった。骨粉肥料を撒いた土壌は、この点でも、一エーカー当たり五ブッシェルの大麦が収穫でき、厩の肥やしを肥料とした土壌より優れていた。さらに、クローヴァーの収穫も、優れた重量の大麦がとれたにもかかわらず、上記肥料の場合、優れていた。（以下、略）

「骨粉肥料」（bone manure）について、『ブリティッシュ・ファーマーズ・マガジン』誌（第一巻）（一八三七年）に、見出し「骨粉肥料の好効果」の、以下の記事が掲載されていた——

肥料として用いると、動物の骨に効果があるというとても興味深い内容に誘われ、お手数をおかけすることになりますが、わたしが密接に関係している小規模な農場で、骨が継続的に効果をもたらしたことを手短にお話いたします。（中略）／以上の説明は、強力で長持ちする肥料としての骨の使用に関する、いまではとても一般的な意見にみえるものを実証したもので、この場合、骨の砕き方が不完全だと、完全に砕いて粉にした場合より、より永続的に効果がありました。（四七八〜四八〇ページ）

アメリカの雑誌『ザ・ウェスターン・ファーマー』誌第一巻（一八三九年）には、見出し「肥料としての骨」の記事で、アメリカの「骨粉肥料」をめぐる状況が説明されている――

作物、とりわけ種を畝まきした作物、つまり根菜類用の肥料に骨を使用することが、土地の年季契約が確保できる場合には、わが国では急速に多くなってきており、その適用に関して、妥当な期待を持っても裏切られることはないようにみえる。骨をすり砕く工場が、ボストン、ニューヨーク、トロイ近郊に建設され、この都市では、骨粉がバレルやブッシェル単位で売られ、試してみると一般に好成績であった。（二六五ページ）

一八三七年六月七日付『ヴァーモント・テレグラフ』紙（*Vermont Telegraph.* (Brandon [Vt.])）のコラム「農業」に、見出し「イギリスの農業」の記事がでた――

以下の素描は、現在、『ザ・ニューヨーク・オブザーヴァー』紙に掲載中の「ハンフリー博士の欧州旅行」の第五十七回目です／ジェネシー郡の農民／わたしはすでに、一般的に、たぶん、第一印象がもたらす傾向にある少々の熱狂をもって、イングランドとスコットランドの一部の精神の美と高度の農耕について語りました。／（中略）／しかし、すでに試されたもので、イギリスの農業の豊かさを生みだす新たな源泉になっている、もっとも豊かで実りある施肥は骨粉肥料です。最初に大規模使用がはじまったのはヨークシア州とリンカーンシア州で、そこでの効果たるやまさに驚異的でした。数年前までは、単なる荒地にすぎず、野生ウサギの繁殖地であった広大な土地が、イングランドでもっとも見事で優れた管理の行届いた農場に変わりました。この注目すべき改良は、開始されてはいませんでしたが、いま言及した肥料を使って現在の完成の域にまでもたらされたのです。骨粉が一般的に使用されるようになり、カブの収穫は増大し、多くの事例では十倍に、少なくとも四、五倍弱はあり、同じ土地でのその後の穀物収穫への効果は、同じく驚くべきものでした。いま述べたことは、あらゆる状況に精通し経験に富んだ者の証言で、彼らは土壌がこれから先もずっとよくなっていき、肥沃さと力を増しているので、毎年、骨の量は少なくてよいとし、疑いを持ってはいません。その一番の答えが、軽い白亜色の土壌です。リンカーンシア州で農民一人が、一般に、ほぼ完全に骨粉肥料で約六百エーカーに施肥し、他の土地には家畜用の食料と普通の肥料を大量に供給したところ、もっとも豊富な小麦と大麦の収穫ができたといわれています。／スコットランドでは、骨粉肥料の使用は、これより近年にはじまったばかりですが、生産高はほとんどかわりませんでした。バーウィックシア州ロージアン、そして実際はどこでも、その作用は驚異的です。他の種類の肥料に比べてとても軽くて運びやすく、起伏の多い多くの丘陵地域には、それが施肥されました。そうしなければ、自然状態にとどまっていたはずのところです。骨を砕くために、工場がすべての大きな町近郊に建設され、それ自身の市場が供給するもの以外に、大量の骨粉が、スコットランド農民によって持ち込まれています。（以下、略）

一八四一年一月二十七日付『ファーマーズ・ガゼット・アンド・チェロー・アドヴァイザー』紙（*Farmers' Gazette, and Cheraw Advertiser.* (Cheraw, S.C.)）に、見出し「『ザ・ファーマーズ・レジスター』誌より／骨粉の実験／ヴァージニア州フェアファックス郡、一八四〇年十二月十日」の記事が掲載——

『ザ・ファーマーズ・レジスター』誌十一月号の五八九ページに掲載された「異質の肥料」と題した記事を読んで、わたしの約束を思いだした次第です。骨粉、いやもっと適切ないい方をすれば、粉砕した骨を肥料とする実験の結果をお伝えするといっておりました。／わたしが最初に骨粉を適用したのは、一八三八年、カブに対してでした。最初の収穫と経費に関する限り、結果は、『レジスター』誌第七号の一五二～三ページに述べてあります。そこで、わたしが果たさなくてはならないことは、ただ、その後の二年間に、厩肥や獣臭のするその他の農

1889年4月3日付『ザ・フロリダ・アグリカルチュリスト』（*The Florida Agriculturist, (Deland, Fla.)*）紙より

場で作られた肥料に比べ、骨粉はどのように使用され、どのような結果であったかをお知らせすることです。（以下、略）

『BBC・ヒストリー・マガジン』誌と『BBC・ワールド・ヒストリーズ・マガジン』誌の公式ウェブサイト（二〇一三年十一月一日付）に、見出し「ウォータールー（ワーテルロー）の戦い（一八一五年）で死んだ兵士と馬の骨はすり潰され、土壌肥料として売られたのか」の記事で、作家でジャーナリストのユージン・バーン（Eugene Byrne）が解答したものが掲載されている——

十九世紀初期になると、カリシュウムの豊富な骨が、貴重な肥料になると広範に知られるようになり、ナポレオンの敗北から数年して、肥料製造会社の代理人が戦場を漁りまわっていた。人馬の骨は、アウステルリッツ、ライプツィヒ、ウォータールー（ワーテルロー）のような場所から運ばれ船積みされ、通例、ハルに、そして骨粉業者（多くはドンカスターにいた）へと運ばれた。／これは、充分に記録の残っている仕事とはいえないが、それは報告され、民間伝承の一部になった。一八二二年、『ジ・オブザーヴァー』紙で通信員がこう記している——「今日、大規模な実際の実験によって、疑いもなく確かめられていることだが、死んだ兵士はとても貴重な商品となっている。また、たぶん、ヨークシア州の善良な農民にとってはありがたいことに、毎日食べるパンのおかげで子どもらの骨が丈夫になっているのだ。／われわれには、ショッキングで無礼なことにみえるが、時代が違っていた。何世紀もの間、戦場にある死体からは貴重品が、他の兵士、野営の仲間、そして土地の百姓によって剥ぎとられてきたので、ナポレオン戦争も例外ではなかった。／骨商人が介入するずっと以前に、ウォータールーの多くの死体からは、歯が抜き取られていた。これは、イギリスの義歯産業にとって掘り出し物であったので、

人間の歯から作られたすべての入れ歯は、その後数年間、「ウォータールーの歯」として知られていた。貧者の死体は商品であり、肥料、歯、あるいは医学生用の解剖教授用に使われていた。

岩崎訳が「去年、きみが庭に植えたあの死体」とした「植える」（プラント）は、西脇訳「昨年君の畑に君が植えた」や深瀬訳「去年君んとこの庭に植ゑたあの死骸ね」をひきついだものだが、同時代の新聞言説を調べると、「死体」（コープス／ボディ）と「プラント」が連鎖される例があり、必ずしも「植える」ではなく「埋める」でもよい。「植える」としたのは、「死体」が「植物神オシリスの再生儀礼」で用いられる「穀物の種を包み込んだ人形《ひとがた》」（岩崎訳註）と読んだからであり、「Ⅰ　死者の埋葬」のはじめにある「生気のない根をふるい立たせる」箇所と「つながるイメージ」で、「死体」は「球根」だとしたからである。もし、そうなら、逆に、その「球根」も「死体」と読めるだろう。

すでにあげたアーサー・ブリスベンの一九一九年一月二十一日付『ザ・ワシントン・タイムズ』紙掲載記事に、「死体（コープス／ボディー）」と「プラント」の連鎖の例があったが、さらにまた、以下のような例もあった。

一八九一年五月十六日付『フロストバーグ・マイニング・ジャーナル』紙（*Frostburg Mining Journal.* (Frostburg, Md.)）のコラム「簡潔記事」の一つに、こうした記事が掲載されていた——「ウェスト・ヴァージニアでは、新聞各紙が「遺骸は埋葬された」（the remains was interred）といっているが、ロナコニングでは、そのいい方は正しくない。デューパー博士から文法的に刺激を受けたと報じられたロビンソンによると、それは「死体が埋葬された」（the corpse were planted）となるべきとのこと」。

一九〇一年一月二十六日付『デイリー・インター・マウンテン』紙（*Daily Inter Mountain.* (Butte, Mont.)）に、コラム「モンタナの開拓時代をめぐるいくつかの短編」の中に、以下の表現があった——「ねえ、ところで、知ってるか、どの葬式にも、一度、死体を埋めてしまうと（we got the corpse planted）、群集の中には厳粛な面持ちの者は一人もいなくなるってことを。……」。

一九二一年三月十七日付『ザ・ワシントン・ヘラルド』紙に、見出し「少年、友人を殺し、身元瞞着として死体を使ったと断言／インディアナ州の十九歳に請求された自身の保険料を徴収せんとたくらむ」の記事にこうあった――

ウォーソー、インディアナ州、三月十六日――土曜日夜、高速急行列車の車輪に潰されたと思われるヴァージル・デッカー十九歳の、かけだしの取り込み詐欺師のものとおぼしき死体について、インディアナ州バーボンで、今日、検死がおこなわれたが、彼は、今夜、インディアナ州マリオンの叔父のアイザック・デッカー宅で生きたまま無事に確保された。この逮捕は、『シカゴ・トリビューン』紙派遣記者のマリオンの新聞記者への秘密情報によって実現した。デッカーの死体として埋められた遺体（planted as the corpse）は、今日の検死で、インディアナ州エルクハートのルロイ・ロヴェットのものと断定された。ロヴェットは同じく十九歳、ヴィージル・デッカーの友人であった。

このように、「プラント」は、必ずしも「植える」と読む必要がないとなれば、岩崎訳註がいう、「埋めた」「死体」を「球根」と読む必要もなくなる。ここでの「死体」は、やはり「死体」であり、そのことを「隠蔽」しようとしている「ぼく」がいる。

しかし、「死体」からでる「芽」は、どう読めばよいのか。もし「球根」の読みをしないとなると、「死体」からでる「芽」はどう読めばよいのか。「芽」は、実は、「ライラック」からもでる。そうなると、「埋めた」「死体」が「肥料」として読める可能性がでてくる。ついでながら、「ライラック」の「芽」については、以下の新聞記事参照。

一八九九年十月十二日付『ザ・コンサーヴァティヴ』紙（*The Conservative* [[microform].] (Nebraska City, Neb.)）に、大見出し「美しい家庭」、小見出し「有名なアジサイ」「ライラックの驚異的改善」を含む記事が掲載――

次にフロックスと並び、最大効果をあげるためにいうと、有名なアジサイがある。これは、地上の他の植物より、大きさのわりにたくさんの花をつける。この灌木の扱い方を知る必要がある。これには、豊かな土地、豊富な水、充分な耕作が必要である。秋になると、吹きさらしの状況にあれば、冬に枯れないようにするため、地面まで切って、切り株に六インチの土をかける。土は、春にかいて取りのぞけばよい。それから、その周囲にたっぷりと肥料を施す。／〈ライラックの驚異的改善〉／何と驚異的な改善が、ライラックになされたのだろう。まず、昔ながらの芽をだす種類――紫と白の種類。それから、ペルシャ産の三種が登場した。白、紫、暗紫のもの。これらは芽をだささず、園芸学が地上を探し回っているので百二十五種があって、花の時期は早春から七月までにのびた。このうち数種は、昔のもののように、芽をだす性質があるが、ライラックの木の根にそれを移植すると除去できる。（以下、略）

第七節　同時代の「偽善家」言説

そして、「Ⅰ　死者の埋葬」最後の詩行「きみ、偽善家の読者よ！　わが同胞、わが兄弟よ！」である。岩崎訳註にはこうある――「原注にあるように、ボードレールの詩集『悪の華』「序歌――読者に」最終行からの引用（"You! hypocrite lecteur!—mon semblable,—mon frère!"）。「ぼく」のステットソンへの、同時にまたエリオットの読者への、呼びかけ」。（註・ボードレールのは、正確にはHypocrite で、You! は不要。）

ここで重要な語は、「偽善家」（hypocrite）であろう。この語は、フランス語「読者」（lecteur）と英語「きみ」（You）の狭間にある。そのため、一般読者は、「ユー」と読まされたので、つづけて「ヒポクリット」と読み、次いで「レクチュール」にであって、いま「ヒポクリット」と読んだが、「イポクリット」と読むべきだったのかとためらう。このように、英語かフランス語かという疑問が、「読者」に一瞬生起する。つまり、英語であれば「ヒポクリット」となり、フランス語なら「イポクリット」（どことなく、「イポリット（Hipólito）／ヒポリトゥス」に似ている）となるのだ。エリオットは意図的になのか、「きみ！」をボードレールの一行に加えた。もし、その両方が意図されているというのなら、「ヒポクリット」と英語に、また「イポクリット」とフランス語に読むのは、エリオットの意図に対し「偽善的」なことになろう。その一方が意図されていれば、両方に読んでいては「偽善的」になる。いずれにせよ、「読者」は必然的に「偽善」的にならざるをえない仕組みなのだ。

こうした「偽善」に着目すれば、「（殺害して）植えた（埋めた）」「死体」を隠蔽しながら、「花」が咲くことを願っている（「読者」の「骨」を埋め、豊作を願う）という状況は、まさに「偽善」に他ならない。このように、この語は重要な意味作用を起こし、『荒地』の同時代読者に同時代の「偽善家」言説に連なっていたのだろう。

「偽善者（家）」言説は、西洋では古くから存在していた。とりわけ、聖書ではそうで、『欽定訳聖書』には「偽善」が四十ヵ所にでてくる。このうち、「マタイによる福音書」で、「I　死者の埋葬」の「きみ！　偽善家の読者よ！」に近い表現を二、三ひろってみると、こうなる。なお、日本語は「聖書 新共同訳」による。

Matthew 7:5—Thou hypocrite, first cast out the beam out of thine own eye; and then shalt thou see clearly to cast out the mote out of thy brother's eye.（偽善者よ、まず自分の目から丸太を取り除け。そうすれば、はっきり見えるようになって、兄弟の目からおが屑を取り除くことができる。）

Matthew 15:7—Ye hypocrites, well did Esaias prophesy of you, saying,（偽善者たちよ、イザヤは、あなたたちのことを見事に預言したものだ。）

Matthew 16:3—And in the morning, *It will be* foul weather to day: for the sky is red and lowring. O *ye* hypocrites, ye can discern the face of the sky; but can ye not *discern* the signs of the times?（朝には『朝焼けで雲が低いから、今日は嵐だ』と言う。このように空模様を見分けることは知っているのに、時代のしるしは見ることができないのか。）

Matthew 22:18—But Jesus perceived their wickedness, and said, Why tempt ye me, *ye* hypocrites?（イエスは彼らの悪意に気づいて言われた。「偽善者たち、なぜ、わたしを試そうとするのか。」）

Matthew 23:13—But woe unto you, scribes and Pharisees, hypocrites! for ye shut up the kingdom of heaven against men: for ye neither go in *yourselves*, neither suffer ye them that are entering to go in.（律法学者たちとファリサイ派の人々、あなたたち偽善者は不幸だ。人々の前で天の国を閉ざすからだ。自分が入らないばかりか、入ろうとする人をも入らせない。）

（なお、「律法学者たちとファリサイ派の人々、あなたたち偽善者は不幸だ」ではじまる節は、これ以後、第二十三章十四、十五、二十三、二十五、二十七節にもある。）

イギリス文学でも、ハズリット（William Hazlitt）は、幾度も「偽善者」をめぐり名言を吐いている——

「ＣＣＬＶＩ　許せない唯一の悪徳は、偽善である。偽善者の悔い改めそれ自体が偽善だ」（「許し、偽善者、偽善」『特性——ロッシュフーコーの金言風』［一八三七年］、九四ページ）

「偽善者は、彼に騙される者を軽蔑するが、自己への尊敬がない。彼は、可能なら、自分をも騙す」（「尊敬、偽善者、詐欺」『特性——ロッシュフーコーの金言風』［一八三七年］、一四二ページ）

エリオットのやや先輩のチェスタートンも、いろいろと書いている。ついでながら、「残忍《クルエルティ》」がでてくる箇所を引用しておく——

「残忍さは、おそらく、最悪の罪である（「奇想と戯画」『すべてを考慮して』）。

「われわれは、偽善者を充分によく見通し、彼の誠実ささえみるべきである」（「V　H・G・ウェルズと巨人」『異端者』）。

このチェスタートンが、一九一〇年二月三日付『ホットスプリングズ・ウィークリー・スター』紙（*Hot Springs Weekly Star: (Hot Springs, S.D.)*）に、見出し「偽善者は天才」のエッセイで登場する――

実際に、偽善者であるには、恐ろしいほど強力な性格が必要であるにちがいない。あなたやわたしのような凡人が、一般的に、最後にはうまくいかない。それは、人間であるためのエネルギーが充分でないからだ。しかし、偽善者は、二人の人間であるために充分なエネルギーを有しているにちがいない。嘘つきは記憶力がいいといわれる。しかし、偽善者ときたら、過去の記憶が充分なだけでなく、たえず創造的に未来をみていなくてはならない。彼の非現実の自己は、彼には大いに現実であるにちがいない。完璧な偽善者は、芸術的才能の三位一体である。彼は、嘘の人物を生みだすディケンズのような小説家にちがいない。彼は、それを演じるギャリックのような役者にちがいない。さらに、それで利益をえるカーネギーのような実業家にちがいない。そうした天才は、どの国でも、そう簡単にはお目にかかれない――G・K・チェスタートン

英文学のかかわりでいえば、是非、あげておかなくてはならない作品がある。マックス・ベアボームの『幸せな偽善者――疲れた人へのお伽噺』（*The Happy Hypocrite: A Fairy Tale for Tired Men*, 1897）である。ワイルドの『ドリアン・グレイの肖像』を軽妙にしたとされるこの作品が出版されたとき、以下の新聞に書評が掲載された。ちなみに、

初出は『ザ・イエロー・ブック』（ジョン・レイン、ボドレー・ヘッド書店、一八九六年）であった。一八九七年三月二十八日付『ザ・サンフランシスコ・コール』紙に、見出し「比喩的にいえば」の記事――

この実に見事なささやかな寓話は、「疲れた人へのお伽噺」と呼ばれていて、その機知のためだけに読む価値もある。だが、その機知を取り除くと、作者が、不注意きわまりない軽率さのみせかけの下に半ば隠した、精妙で美しい真面目さがあらわれいで、この風雅な小冊子は類まれな職人の作にみえてくるだろう。この二つの卓越した点に加え、この比喩的物語が、実に爽快なほど類まれな上品さで伝える驚異的な人生訓があり、また、これほど小さな空間に押し込まれた三位一体の魅力とが、こころと頭にはまたとないご馳走になる。文学的偉業と呼ぶには大きさが足りないとしても、とてもおいしい文学的ランチだと太鼓判を押してもよい。空気のように軽やかなユーモアで語られるのは、いかに自堕落なロード・ジョージ・ヘルが、ジェニー・ミアの愛をえるために邪悪な顔を仮面で隠し、「ロード・ジョージ・ヘルは死んだ」といって、結婚証明書にロード・ジョージ・ヘヴンと自分の名を書くに至ったかである。（以下、略）

この作品は、一九〇〇年、ロンドンのロイアル劇場で芝居になっている。それを報じているのが、一九〇〇年十二月四日付『ジ・インディアナポリス・ジャーナル』紙（*The Indianapolis Journal.* (Indianapolis [Ind.])）のコラム「娯楽」の以下の記事である――

マックス・ベアボームは、パトリック・キャンベル夫人の求めに応じ、彼の小品の短編『幸せな偽善者』を一幕物の芝居にした。これをキャンベル夫人は、まもなく、ロンドンのロイアルティ劇場で上演の（オスカー・ワイルド作）『ダヴェントリー夫妻』の開幕劇にする予定。

FAMOUS MRS. CAMPBELL
WILL VISIT AMERICA.
MRS. PATRICK CAMPBELL

1901年10月27日付『ザ・セントルイス・リパブリック』紙より

また、一九〇一年十月二十七日付『ザ・セントルイス・リパブリック』紙に、見出し「著名なキャンベル夫人、アメリカ訪問の予定」の記事が掲載されていて、この作が言及されている――

……これらに加えなくてはならないのは、ホセ・エチェガライの劇『マリアーナ』、『ペレアスとメリザンド』、一幕物劇二作。一作はコンスタンス・スメッドリーの『女優ジョーダン夫人』で、もう一作はマックス・ベアボームの『幸せな偽善者』。キャンベル夫人は、また、新作劇を手元においている。これは、カンタベリー大司教の甥E・F・ベンソンが彼女のために書いたもの。（以下、略）

（註・「ホセ・エチェガライ（・イ・エイサギーレ）」(Jose Echegaray)［一八三二―一九一六年］は、スペイン・マドリード出身の劇作家で、一九〇四年、スペイン人としてはじめてノーベル文学賞を受賞。／「コンスタンス・スメッドリー」は、イリスの芸術家、劇作家、作家［一八七六―一九四一年］。）

Famous English Actress Coming to the United States.
Mrs. Patrick Campbell
NURSING MOTHERS
A STORY OF TWO FLAGS.

1901年12月21日付『アクロン・デイリー・デモクラット』紙より

一九〇一年十二月二十一日付『アクロン・デイリー・デモクラット』紙 (*Akron Daily Democrat.* (Akron, Ohio)) に、見出し「著名なイングランド女優、合衆国へきたる」の記事――

ロンドン、十二月二十日――著名なイングランド女優パトリック・キャンベル夫人が、彼女のイングランドの劇団と共に、蒸気船キャンパニア

1901年12月24日付『ザ・セントルイス・リパブリック』紙より

号で到着した。／（中略）／アメリカ巡業中、キャンベル夫人は、彼女を有名にした芝居のほとんどに登場する予定。アーサー・ウィング・ピネロの『第二のタンカレー夫人』と『悪名高きエッブスミス夫人』、そして『ジャンヌ・ド・リス』『女優ジョーダン夫人』、それから『幸せな偽善者』だ。

（註・「アーサー・ウィング・ピネロ」（Sir Arthur Wing Pinero）〔一八五五—一九三四年〕は、イングランドの役者・劇作家・演出家。）

一九〇一年十二月二十四日付『ザ・セントルイス・リパブリック』紙に、見出し「キャンベル夫人のレパートリー」の記事がでた——

わたしのことですか？　そーねー……わたしが演じたのは、ロザリンド、マクベス夫人、オフィーリア、ジュリエット、レディー・ティーズル、その他数人です。やるつもりなのは、「エチェガライのマリアーナ」、マックス・ベアボームの幸せな偽善者、ドード・ベンソンの新喜劇……

一九一九年二月九日付『ザ・サン』紙に、バーレット・H・クラークによる『幸せな偽善者』の書評が掲載された。これは再版のもの——

風刺画家マックス・ベアボームは、これらの州ではよく知られているとはいえ、文人（真の芸術家の紛れもない集団の一人）としてのマックス・ベアボーム、特異な「マックス」は知られていない。短いエッセイ、パステル画、批評、これらの多くは、もともとは『ザ・イエロー・ブック』誌に掲載されたものである。時折再版され、少なくともこの国では、ほとんど注目されてこなかった。何故なら、「マックス」は決して「一般的」ではないからだ。彼の微妙な皮肉は、完璧な文体に深く埋め込まれて不可分の一体となり、単気筒の精神の読者には当惑物である。／豪華版で今回出版された『幸せな偽善者』は、ジョージ・シェリンガムの挿絵入りになった。これまで少なくとも三度、大衆にお辞儀をしたが、これほど魅力的で適切な衣装を身に付けて登場したのははじめてだ。ここに一冊の本がある。挿絵はテキストから生育した、あるいはその逆のようにみえる。この新版の短い覚書で、ベアボーム氏が述べているように、「ささやかな古い物語がこのように新たな装いで大きくなってお目見えするのは、もちろん、シェリンガム氏の挿絵の賜物である」。実際は、それにとどまるものではない。何故なら、『幸せな偽善者』は、この版がもたらしてくれる人気にふさわしいものだからだ。／このお伽噺にいうべきことはほとんどない。おそらく、よそよそしく、こういえばすむ。つまり、論評で、それに何か付け加えようとすると、なすべがないように思える、と。ただ、これだけはいっておく。マックスのように言語を操れるのは、今日では六人といないという印象を強くした、と。それに加え、以下の短い一節を引用しておく。（以下、略）

「偽善」という名の植物があるらしい。日本でもおめにかかれるようだ。一八八九年七月三十一日付『ザ・フロリダ・アグリカルチュリスト』紙（*The Florida Agriculturist.* (DeLand, Fla.)）に、見出し「ヒポクリット」の記事がでた——

これはとても響きのよい名で、一般には、植物学的に「エウフォルビア・ヘテロフィルラ」（和名・ショウジョウソウモドキ猩猩草擬）として知られる実に美しい一年草につけられている。チャップマン博士は、その著書『合衆国南部の植物』（*Flora of the Southern United States*）で、E・シアトフォラとしてあげ、明らかに、この州に導入されたが、在来植物と考える者もいると述べている。／世話もいらず、逆境にも耐える雑草のように繁茂し増える植物の一つなので、その美しさは全般に見逃されるか、大いに過小評価されている。住居の周囲にすぐ根付き自生し、毎年、繁茂する。しかし、一年草なので、容易に抑制したり、完全になくしたりできる。（中略）／もし、「ヒポクリット」や「スノー・オン・ザ・マウンテン」（E・ヴァリエガ）（後者は斑入りの緑と白）が、一緒に生育したら、効果は驚くほどで、美しいことだろう。／わたしたちは、大量の「ヒポクリット」の種を手に入れたいと思い、多様な植物の種をわれわれのためにとっておいてくれる人と交換することだろう。あるいは、望む別の方法で、彼らにお礼をしようとするだろう。「ヒポクリット」の種をわたしたちに提供できる方から、すぐご連絡いただきたいものだ。

一九一六年三月十七日付『ザ・トルー・ノーザナー』紙（*The True Northerner.* (Paw Paw, Mich.)）に、見出し「語の発展／「ヒポクリト（偽善者）」、かつては無言劇役者の名称であった」の記事が掲載されている――

「ヒポクリット」が何を意味するかご存知でしょうか。何と、教会を外套として使い、不正利得や貪欲、そしてあらゆる悪行を隠している者のことです。少なくとも、われわれの父親の時代の彼はそうでした。もっと最近になると、彼は別の色、別の種類の外套をまといました。彼は、単に宗教上の問題だけのねこかぶりである必要がなくなりました。ねこかぶり（偽善）は、友情、文化、慈善においておこなうことができます。それ以上、遠くにまで及んでいます。何故なら、「ヒポクリット」は、他人だけでなく自分をも騙しかねないからです。／しかし、この語は明らかに「下に」を意味する「ヒポ」と、とても馴染の「批評家」の複合語ですが、どのようにこの語は、自分か他人を騙す人を意味するようになったのでしょう。この問題は、また別の問題を示唆しています――「批評家とは何者か?」／この名詞が派生したギリシャ語動詞は、もともと、分析する、分割する、あるいは判断する、を意味しました。そこで批評家は、原因を弁解したり、議論を提示したりするのに価値あると区別されたり、判断された者のことになりました。その発展のある段階で、批評家は、大劇作家の作品を朗唱する者のことでした。身振りの方は、その目的の訓練を積み、一種のパントマイムをおこなった人間が担いました。その一方、台詞を実際に解釈する者は、美しい旋律の語を詠唱したのです。／パントマイム役者は、その「批評家」の脇役を演じたので、「ヒポクリット」でありました。その後、台詞と所作が同一人物によっておこなわれるようになると、彼は「ヒポクリット」と呼ばれたのです。今日、自身のものではない役を演じる者は、ヒポクリシー（偽善）を実行していることになります。――『セントルイス・グローブ＝デモクラット』紙。

この記事では、「ヒポクリット」の語源から現在までの意味変化が説明されているが、説明の必要性をこの著者は感じていたのである。同時代の新聞には「偽善（者）」言説が流通しており、その用法に歯止めをかけようとしたのかも知れない。『荒地』の文脈でいえば、ここに「批評家」が読みとられていることが重要で、エリオットは「詩人」（「美しい旋律の語を詠唱」する者）であり、同時に「批評家」でもあった。すでに一九二〇年には、『伝統と個人の才能』と『聖なる森』を出版していた。「ぼく」が呼びとめた「ステットソン」は、「いつも'sombrero-stetson'帽をかぶっていたエズラ・パウンドを指すとも言われる」（岩崎訳註）が、パウンドも、また、「詩人／批評家」であった。つまり、「偽善者」なのだ。

クリストファー・リックス&ジム・マッキュー編『T・S・エリオットの詩　第一部』（二〇一五年）の註によると、ファーガス・フィッツジラルド（Fergus Fitzgerald）宛ての一九四〇年六月六日の手紙で、エリオットは、「ここでのステットソンは、特定の誰かを指しているわけではありません」といい、さらにこう述べている――

わたしの知っている名のいくつかに関していえば、背後で、知り合いの特定の人物のことを考えていたことは間違いありません。もっとも、ほとんどの場合、誰だといっても、この一節の理解を少なくとも高める役にはた

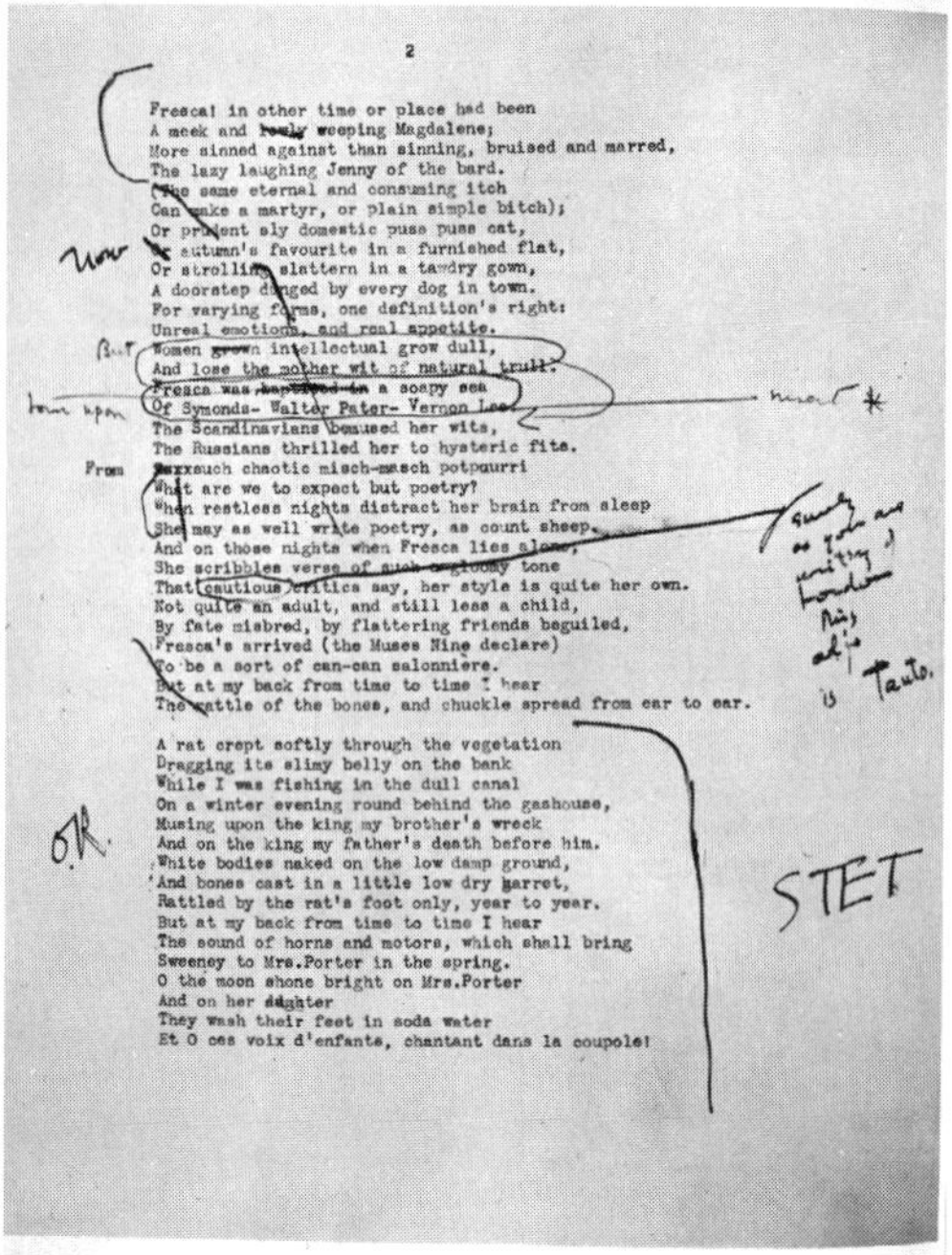
2

Fresca! in other time or place had been
A meek and lowly weeping Magdalene;
More sinned against than sinning, bruised and marred,
The lazy laughing Jenny of the bard.
(The same eternal and consuming itch
Can make a martyr, or plain simple bitch);
Or prudent sly domestic puss puss cat,
Or autumn's favourite in a furnished flat,
Or strolling slattern in a tawdry gown,
A doorstep dunged by every dog in town.
For varying forms, one definition's right:
Unreal emotions, and real appetite.
Women grown intellectual grow dull,
And lose the mother wit of natural trull.
Fresca was baptised in a soapy sea
Of Symonds- Walter Pater- Vernon Lee.
The Scandinavians bemused her wits,
The Russians thrilled her to hysteric fits.
From such chaotic misch-masch potpourri
What are we to expect but poetry?
When restless nights distract her brain from sleep
She may as well write poetry, as count sheep.
And on those nights when Fresca lies alone,
She scribbles verse of such a gloomy tone
That cautious critics say, her style is quite her own.
Not quite an adult, and still less a child,
By fate misbred, by flattering friends beguiled,
Fresca's arrived (the Muses Nine declare)
To be a sort of can-can salonniere.
But at my back from time to time I hear
The rattle of the bones, and chuckle spread from ear to ear.

A rat crept softly through the vegetation
Dragging its slimy belly on the bank
While I was fishing in the dull canal
On a winter evening round behind the gashouse,
Musing upon the king my brother's wreck
And on the king my father's death before him.
White bodies naked on the low damp ground,
And bones cast in a little low dry garret,
Rattled by the rat's foot only, year to year.
But at my back from time to time I hear
The sound of horns and motors, which shall bring
Sweeney to Mrs.Porter in the spring.
O the moon shone bright on Mrs.Porter
And on her daughter
They wash their feet in soda water
Et O ces voix d'enfants, chantant dans la coupole!

パウンドの修正機号「ステット」

ちませんが。しかし、この場合、わたしは、他の上級銀行員を意図していただけです。つまり、山高帽《ボウラー・ハット》、黒の上着、そして縞模様のズボンを身に付けた者です。これがエズラ・パウンドを示唆していると考える人がいるなんて、いわれなければ思いもしませんでした。彼は、そのような服装はしませんし、キング・ウィリアム街にいたらどちらかといえば場違いにみえたでしょう。

「ステットソン」が「パウンド」を示唆しているわけではないとしても、以下の事実から両者が密接な関係にあることがわかる——「このタイプ原稿からわかるように、パウンドの註記は、編集の専門家が使う標準的用語を使用している。たとえば、二十六ページで、彼は「イキ」（STET）という編集用語を使用している。これは、ラテン語で「そのままにせよ」を意味している」。（大英図書館のサイト「探索英国文学 Discovering Literature」の「T S Eliot's The Waste Land」参照。）

そうであるなら、'Stetson'を'stet/son'に切ってみると、この一連の詩行には「死」が'death/dead'と生起しているので、'stet'が「生」、もしくは「再生」の意味作用をすることだろう。それに、'son'「息子」は、「Ⅰ　死者の埋葬」の前半部にある'Son of man'「人の子」と連鎖している。

＊　＊　＊　＊　＊

第七節・余白　宣伝広告の「ステットソン帽」

パウンドと結びつけられた「ステットソン帽」は、服飾店の宣伝広告にも登場してくる。たとえば、一九〇九年十一月四日付『トノパー・デイリー・ボナンザ』紙（*Tonopah Daily Bonanza.* (Tonopah, Nev.)）に、以下の広告が掲載され、そこにこう記されていた――

「有罪」／わたしどもは商品の厖大過ぎる在庫を購入した罪を認め、その理由を申しあげます。身を犠牲にする必要を自覚すために／わたしどもは、／これから先の十日間、仕事着から三十ドルのスーツまで、すべての型の服を二十五～三十五パーセント引きでご奉仕いたします。／この在庫は、現金を得んがために販売いたしますので、このセールをご利用のほど。商品のすべては、今シーズンの購入になります。／ベンジャミン服店／アルフレッド・ベンジャミン&Co.メイカーズ、ニューヨーク／最高級で最新の／「ザ・トジャリー」店／ジェイコブ・サンズ（支配人）。／ステットソンは、みな、ステットソンの名を着用している／わたしどもは、男性のお望みの帽子をご提供いたします。経験から、ステットソン帽が最高価値の帽子だと、好みのうるさい男性が好まれる帽子だとわかっております。そういうわけで、全スタイルのソフト帽とダービー帽をご用意いたしております。

1909年11月4日付『トノパー・デイリー・ボナンザ』紙より

一九一〇年十一月二十三日付『ジ・イヴニング・タイムズ』紙（*The Evening Times.* (Grand Forks, N.D.)）に、以下の広告が掲載され、そこにこう記されてい

1910年11月23日付『ジ・イヴニング・タイムズ』紙より

1914年9月14日付『ユニヴァーシティ・ミズーリアン』紙より

た——

人の群れについて、スタンチフィールズ店へ／本セールの最初の広告で、わたしは「したくはないのですが、やらなくてはならない」と述べました。人びとは騙されたと思って、以後、わたしの店に押しよせてくださいました。そのときは、お金が必要だとは申しませんでした。しかし、それは事実で、わたしが意図したことは完遂できておりません。つまり、支払いを終えることです。十二年間、スタンチフィールズ店の名は、男物の服と服飾品で／最高級のものと同義語でした。／毎年、わたしどもは、恒例の十四パーセント引きセールをおこなっており、それは、北西地区で最大のマーチャンダイジングのイヴェントです。わたしどもは、目下、そのセールの真っ最中で、店の商品全部を売る覚悟でおります。

この広告の大見出し「人の群れについて、スタンチフィールズ店へ」は、『荒地』の「ステットソン」がでてくる場面を想起させる——「ロンドン・ブリッジを群集が流れていった。たくさんの人」。

一九一四年九月十四日付『ユニヴァーシティ・ミズーリアン』紙（*University Missourian.* (Columbia, Mo.)）掲載の次の広告では、「ソフト帽」、アメリカでいう「ダービー帽」やイギリスの「ボウラー・ハット」の種類を提示している。

一九一五年三月三十一日付『イヴニング・パブリック・レジャー』紙

(*Evening Public Ledger*. (Philadelphia [Pa.])）に、「ステットソン帽」の説明が掲載されていた——

> 五十年前、わが国で製造される帽子の九十パーセントは、コネチカット州とニュージャージー州で生みだされた。ジョン・B・ステットソンは、この州の帽子職人として働き、自立することを決意。彼はフィラデルフィアにやってきた。そこは大労働市場だったからだ。彼は、百ドルの資本で会社を興したが、それは、今日、年間、九千万ドル相当の帽子を製造している。／ステットソン氏は、最高の素材と最高の技術の商品を作った。彼は、全製品に自分自身の商標を付け、品質をさげたり、卸商に私的ブランドを作るという誘惑に屈することはなかった。彼は、セールスマンを全国に派遣し、単に帽子だけでなく、ステットソンズ社をも売った。／（以下、略）

1919年3月30日付『アリゾナ・リパブリカン』紙より

きわめつけは、「ステットソン」ご本人の登場だ。一九一九年三月三十日『アリゾナ・リパブリカン』紙（*Arizona Republican*. (Phoenix, Ariz.)）に、見出し「ステットソン帽／今日の、そして昨日の帽子／ジョン・B・ステットソン／可能な限りすぐれた帽子を作った男／「ステットソン帽は、ややステットソンの性格」の広告が顔写真入りで掲載され、そこにこう解説があった——

> 五十年以上、男性用帽子の質と価値は、ひとことで表現されてきた——「ステットソン」。／ステットソン帽は西部生まれ、ほとんど砂漠の生まれです。自身の名を付けた最初の帽子を作ったジョン・B・ステットソンは、「フェルトで覆い」、砂漠生まれの動物の毛皮から、平原の男たちが使うようにそれを成型した。彼は経験から知っていたのである。被って、平原の屈強の男らに安心を与えるのに必要なものは何かと。そこは「摩滅」

がきわめてひどかった。善良な事業者であり、基本的に正直な彼は、「正直な」帽子を作った。いまでも、ずっと「正直」でありつづけている。／わが社では、ジョン・B・ステットソン流の帽子を呼び物としている。それが「正直」な帽子だから。

ここに、「偽善」の逆の「正直《オネスト》」が示唆されていることが注目される。自分で、自分を「正直」と称する「偽善」も読めるだろう。

第八節　もう一人の「偽善者」「ステットソン」

クリストファー・リックス＆ジム・マッキュー編『T・S・エリオットの詩 第一部』の註は、「ステットソン」のその他の読みの可能性を示唆しているが、「オーガスタ・E・ステトソン」への言及はない。この「ステットソン」は、〈クリスチャン・サイエンス〉とかかわる人物である。ティモシー・L・ホール（Timothy L. Hall）著『アメリカの宗教指導者』（*American Religious Leaders*, 2003, 2014）に、こう紹介されている——

オーガスタ・エマ・シモンズ・ステットソンは、クリスチャン・サイエンス教会で急激に頭角をあらわし、ニューヨーク市に〈キリスト・科学の第一教会〉（the First Church of Christ, Science）を設立した。しかし、究極的には、ステットソンは異端の教えと、彼女の影響が、クリスチャン・サイエンス創始者メアリー・ベイカー・エディの影響にとってかわる可能性があるとする認識から、教会から破門されるに至った。（三四一ページ）

この経過を同時代新聞でたどってみる。まず、一九〇九年十一月十九日付『ロサンゼルス・ヘラルド』紙（*Los*

Angeles Herald. (Los Angeles [Calif.]) に、見出し「教会、女性指導者を放逐／クリスチャン・サイエンスの信者ら、ステットソン夫人を追いだす／ボストンの母体幹部ら声明をだし、主張を明らかにする――名簿から名を削除」の記事が掲載――

ボストン、十一月十八日――数年間、クリスチャン・サイエンス教派のもっとも傑出し強力な構成員の一人とみなされていたオーガスタ・E・ステットソン夫人に対する破門命令の発布が、本日、組織の最高権威である、当市の母体教会の理事評議委員会によってなされた。／この命令書で理事らは、三日以上の会議をおこない、ステットソン夫人に対する告発が真理であることが確認されたと述べている。つまり、彼女は、教会と、彼女の追随者ではない教会構成員の利益に反する活動をし、クリスチャン・サイエンスに反する教説と実践を主張していた。／破門の処置は、クリスチャン・サイエンス教会ではほとんどなされることがなく、ステットソン夫人の傑出を鑑みると、今日の行動は、もっとも思い切ったものとみなされた。（以下、略）

一九〇九年十二月六日付『アバディーン・ヘラルド』紙（*Aberdeen Herald.* (Aberdeen, Chehalis County, W.T.)）に、見出し「オーガスタ・E・ステットソン夫人／廃位されたクリスチャン・サイエンスの指導者の初期の経歴」の記事が掲載――

オーガスタ・E・ステットソン夫人は、クリスチャン・サイエンスの本部教会との論争を起こし、その結果、破門されたが、メイン州に誕生し、とても若くして、ボストンの造船業者の息子で、父親のブローカーとして活動していた者と結婚した。ほぼ十年間、ステットソン夫人と夫は、地上を放浪し、ついに彼女は、ヨーロッパとほぼ同じくらい極東にも詳しくなった。十九年後、ステットソン夫人は、エディ夫人の弟子となり、クリスチャン・サイエンスの創設者の教義を我が物とした最初の弟子の一人として、ニューヨークに派遣された。／確かに、彼女ほどの困難を経験した伝道師は他にいなかったろう。まず、彼女には、ニューヨークに一人の知り合いもいなかった。ここには、エディ夫人の三、四人の信奉者はいたが、ステットソンは彼らにあったことがなかった。／ステットソン夫人は、熱心に活動した。ニューヨークでの最初の年に、彼女は約二、三十人の患者を持った。彼女はいろいろな場所に住んだ。主として、ブランズウィックやバッキンガムのようなホテルに生活し、知り合いを拡大していった。居間で談話をしたり、社交づきあいをした。ニューヨークでの最初の年のおわりには、そこに、最初のクリスチャン・サイエンス教会を組織し、以後、エディ夫人に次ぐ存在となった。

一九一〇年十二月五日付『ロスアンゼルス・ヘラルド』紙に、見出し「エディ夫人、クリスチャン・サイエンスの創始者、肺炎でボストンの自宅で死去／死が著名な指導者に訪れたのち、医師が呼ばれる／教会構成員への通知では、軽い病気が九日間つづいたと告げられる／注目すべき経歴、閉じる／信者、ロス・ホワイトが教会本部の午前のミサに出席と知る」の記事が掲載――

1910年12月5日付『ロサンゼルス・ヘラルド』紙より

［連合通信］／ボストン、十二月四日――メアリー・ベイカー・グローヴァー・エディ夫人、クリスチャン・サイエンスの発見者にして創始者が死去。／昨晩遅く、チェスナット・ヒルの自宅で起こったこの敬うべき指導者の逝去の知らせは、今日、この都市の教会本部でおこなわれた午前のミサの席で告げられた。／地区の検視官・医師ジョージ・L・ウェストによれば、「自然死」とのこと。彼は、エディ夫人が逝去後、数時間して呼ばれた。その後、医師ウェストは、もっと直接の原因をいえば、お

MRS. STETSON READY TO TAKE THE LEADERSHIP

Believes She Is Most Advanced "Divine Metaphysician" Living.

LONG SILENCE EXPLAINED

Fight Against Her "the Supreme Trial of Faith" Predicted Long Before by Mrs. Eddy Herself.

MRS. AUGUSTA E. STETSON

1910年12月26日付『ニューヨーク・トリビューン』紙より

そらく肺炎になると付け加えた。／（以下、略）

一九一〇年十二月二十六日付『ニューヨーク・トリビューン』紙に、見出し「ステットソン夫人、指導者の地位をひきつぐ意向／自分が、生存中もっとも高度な「聖なる形而上学者」との信念を持つ／長い沈黙を説明／「信仰の最高裁判」との闘い、エディ夫人自身がずっと以前に予言」の記事が掲載——

「逝去以前に、エディ夫人は、自己の教義は、強力で財力のある中心的組織がなくとも、よりよいものにできるし、一層広めることができると悟り、そのため意図的に、教会本部理事会に永続的な力を残さなかった。その結果、どこに設置されたにせよ、各教会は自身の法であり、唯一支配されるのは、ただ彼女の教科書『科学と健康』による」。

一九一一年一月四日付『アレキサンドリア・ガゼット』紙（*Alexandria Gazette.* (Alexandria, D.C.)）に、見出し「エディ夫人からの訪問を期待」の記事が掲載——

ニューヨークのオーガスタ・E・ステットソン夫人の学生らは、ステットソン夫人が、メアリー・ベイカー・G・エディ夫人をみて、話をしたと告げるのを期待していると述べている。／ステットソン家には、空の椅子が、エディ夫人のあらわれた際のためにとっておかれている。ステットソン夫人の学生らによれば、この椅子には、幾度も、エディ夫人の霊体がすでに着席したという。もっとも、それは彼女の死のずっと前のことだというが。昨年、ボストンのステットソン夫人の学生の数人が証言したところでは、彼女が異端裁判を受けている間、ステットソン夫人が司会を務める会合が複数回、彼女の家のうえの部屋でおこなわれていた。出席者全員が、自分の考えをその空の椅子に集中させ、エディ夫人が、その霊的存在をその空の椅子に空間を通じて投影せざるをえなくなるほど、思考力を行使した。これらの学生も、また、エディ夫人がステットソン家に「精神的」訪問を幾度もしたと語った。／ステットソン夫人の追随者らによれば、彼女がいいさえすれば、彼女が実際にエディ夫人の「顕現」を経験したと信じるという。ステットソン夫人は、ほとんどのクリスチャン・サイエンス信徒の誰よりも霊的形而上学を深めたのだから、エディ夫人が、当然、「顕現」するはずの人物だという。

一九一一年一月十八日付『ザ・バール・デイリー・タイムズ』紙（*The Barre Daily Times*. (Barre, Vt.)）に、見出し「オーガスタ・ステットソン／依然、エディ夫人は再びあらわれると主張」の記事が掲載――

ニューヨーク、一月十八日――第一クライスト、サイエンティスト教会の元指導者オーガスタ・E・ステットソン夫人の友人たちは、昨日、公式の声明をだし、昨晩、教会の年次会合に出席しないだろうと述べた。ステットソン夫人の友人らは、さらにこうも主張している。つまり、ステットソン夫人は、エディ夫人がその教えを証明し、彼女をみることのできる者にわかる形であらわれると信じている、と。／声明の一部にはこうある――／世界中の数千人のクリスチャン・サイエンス信徒の間で、ステットソン夫人は、自身の確信を公にした唯一の人物である。当然、疑問が生じる。つまり、ボストンの理事会が意見を一致させ、国中に公にしたように、ステットソン夫人はクリスチャン・サイエンス信徒ではないのではないのか、あるいは、彼女は正しく、彼女がこれまで信奉し、四半世紀の間、この都市で前線にたって戦ってきた大義を鑑みるに、未曽有の主人公ではないのか、と。／「理事会は、ステットソン夫人がクリスチャン・サイエンス信徒ではないといっているが、クリスチャン・サイエンスとは何かを、われわれに語ってはいない。理事会は公にこう断言した。つまり、自分たちは死すべきものであり、エディ夫人は死んで、彼女の信奉者に再びあらわれることはないので、ステットソン夫人がそれとは違う声明をするのは不合理なことである、と。ステットソン夫人は、不死について自己の理解を断言した。自分は、エディ夫人がその教えを証明し、彼女をみることのできる者にわかる形であらわれると信じている、と。論争は、この重要な点をめぐるものである。つまり、エディ夫人の教えのように、死すべき存在か不死かということ。

一九一一年十一月二十日付『ニューヨーク・トリビューン』紙に、見出し「エディ夫人を引き継ぐ戦いを再開／ステットソン夫人、その教派の媒体をかいして、クリスチャン・サイエンスを教える／教派を「協会」と呼ぶ／教会創立者の死を実質的に信じているとし、理事会を攻撃」の記事――

小冊子にした彼女の現在の手紙二通を公表することで、オーガスタ・E・ステットソン夫人は、クリスチャン・サイエンス信仰の指導者として、エディ夫人の外套を確保する戦役を再開したことが、昨日、わかった。／彼女の計画は、支持者らが設立した学校をかいしてその戦いを継続することで、その学校を彼女は「協会」と称し、そこでは、クリスチャン・サイエンスの教えが、ステットソン夫人がエディ夫人の教えと信じていることをもとに形成されることになり、教会組織の現在の評議会、つまりボストンの教会本部の理事会が決めた規則にしたがうことはない。／ステットソン夫人自身は、「何も申しあげることはない」といっているが、彼女のために語る友人らは、霊的指導、つまりクリスチャン・サイエンスの強力な信仰と、目下、中心をボストンの本部理事会にする教会組織の暫定的指導層との間に、区別の細い線を引いていると断言している。

一九二一年三月六日付『ザ・ニューヨーク・ヘラルド』紙に、見出し「オーガスタ・E・ステットソン、一九二一年二月二十四日付『ジ・イヴニング・メール』紙で公表されたアルバート・F・ギルモアの声明に応える」の記事が掲載されている。

一九二〇年十二月九日付『ザ・ニューヨーク・ヘラルド』紙に、見出し「本当のクリスチャン・サイエンスを護る、救世主イエスと、今世紀、メアリー・ベイカー・エディが教え、証明したもの／「メアリー・ベイカー・エディのファクシミリーの手紙付き、クリスチャン・サイエンスにおける重要問題」の三十章の複写。彼女はクリスチャン・サイエンスの発見者にして創設者であり、その教科書『科学と健康——付聖書の鍵』の著者」の記事が掲載——

オーガスタ・E・ステットソン（クリスチャン・サイエンス門弟）著／わたしは、ニューヨーク市クリスチャン・サイエンス協会長であり、十六人の先進的クリスチャン・サイエンス実践者が理解・主張した、不死と精神的過誤からの霊による精神防衛に対する科学的立場を理解しております。そうした立場からわたしは、存在の霊的事実と、聖なる形而上学、つまりクリスチャン・サイエンスの発見者にして創設者メアリー・ベイカー・エディが教えたクリスチャン・サイエンスの心理療法の科学的証明を、彼らが確固として信奉するのを支持し勧める義務を事実上負っていると感じています。／ニューヨーク市と世界中にわたしの学生は数百人、ザ・フィールドには、また多くのクリスチャン・サイエンス信徒がいて、聖書とメアリー・ベイカー・エディが著したクリスチャン・サイエンスの教科書『科学と健康——付聖書の鍵』の霊的解釈を理解・証明するに至っています。／わたしの名は、本部教会の会員名簿からはずされましたので、クリスチャン・サイエンスを教え実践するわたしの免許は無効になり、わたしはクリスチャン・サイエンスの実践者にして「教師の仕事をおこなうことは禁じ」られており、ザ・フィールドからの問い合わせが、この訴訟にかかわるわたしの見解に関する事実について、わたしのもとに届きました。一方

Defense of genuine Christian Science, as taught and demonstr
by Christ Jesus, and, in this age, by Mary Baker Eddy

1920年12月9日付『ザ・ニューヨーク・ヘラルド』紙より

の側だけが提出されているからです。わたしはこれらの要求に応じ、論争の諸事実を『回想、説教、通信』と題した本（G・P・パトナムズ・サンズ社刊）で述べました。／（以下、略）

一九二一年十一月二日付『ザ・ニューヨーク・ヘラルド』紙に、以下の見出しの記事が掲載された――「オーガスタ・E・ステットソン（クリスチャン・サイエンス弟子）、ひきつづき／彼女の〈指導者〉にして〈教師〉である、クリスチャン・サイエンスの発見者にして創始者メアリー・ベイカー・エディが彼女に教えたキリストのキリスト教を護り、彼女の敵対者が彼女の作った鉄のフェンスを除去するのに抵抗している。彼らは、そのフェンスを十五フィートの石の壁に取りかえる意図を持っている。彼女は裁判所に提訴し、真のクリスチャン・サイエンスを護るため、ひきつづきなされる迫害からの救出を嘆願している。このクリスチャン・サイエンスを、彼女の〈指導者〉は護るよう彼女に申しつけ、ステットソン夫人が家を建てたとき受けとった以下に掲げる手紙で、ステットソン夫人の活動を認めると述べている」。

年月が前後するが、一九一九年七月十一日付『ザ・ジューイッシュ・モニター』紙（*The Jewish Monitor.* (Fort Worth-Dallas, Tex.)）に、見出し「偽善者！」の短い記事がでた――

偽善者も、敬虔な宗教家をも怖れてはいけない。だが、宗教人を演じる偽善者は怖れなさい。彼の業は、ベネディクト・アーノルドのようであるが、彼は、ジョージ・ワシントンのような信用が欲しいのだ――ルーディング・ラポウスキー。

（註・「ベネディクト・アーノルド」は、本書第Ⅲ部第二章第一節余白・④の「一八九一年九月十九日付『ザ・シアトル・ポストインテリジェンサー』紙の記事の〈註〉参照。）

ここでは、「偽善」は「宗教者」と連鎖していた。しかし、以下の記事では、あらゆる存在が「偽善者」とされ、「偽善」を問題化する意味がなくなっている。一九一〇年六月二十五日付『ザ・トピカ・ステート・ジャーナル』紙（*The Topeka State Journal.* (Topeka, Kan.)）に、コラム「教会にて」、見出し「偽善者はどうか？／国際日曜学校授業（六月二十六日用）は、「毒麦のたとえ」（マタイによる福音書、十三章二十四節〜三十節＆三十六節〜四十三節）」の記事が掲載。著者はウィリアム・T・エリス――

偽善者はいる。夥しく。世界は偽善者で溢れている――偽善的チョウ、偽善的昆虫、偽善的イモムシ、偽善的鳥、偽善的爬虫類、偽善的野獣。下等生物世界だけの独占ではない。偽善的政治家、偽善的実業家、偽善的弁護士、偽善的医師、偽善的編集者、偽善的著者、偽善的キリスト教徒――これらすべてが、実際とは異なる姿を装っている。実際、偽善的罪人すらいる。実際以上に悪い振りをしている者だ。人間の視力と理解力とが貧弱でありつづける限り、偽善は人生の要素でありつづけるだろう。そうしたものとして認め、率直に対処すればよい。／〈それを心配する偽善者はいない〉／こうした偽善者問題に悩む人もいる。いつだって、そうした心配性の人はいた。教会外の人は、宗教の外套を着用している偽善者にとても心配していると公言する――しばしばあるとはいえ、この姿勢そのものが、偽善的であることが心配される。教会構成員の多くは、外見のために教会構成員になっていることは、たぶん正しいだろう。もっとも、その証拠は人間が集めるとなると困難であろうが。それが真実の可能性があることは、教会にとって、心配と弱点の源となっている。しかし、結局、おそらく、それは心配するに及ばない。

前にも指摘したように、“You! hypocrite lecture! –mon semblable,–mon frére!” の “You!” は英語、“lecture! –mon semblable,–mon frére!” はフランス語で構成されているのだが、唯一、“hypocrite” だけが「英語／フランス語」の状況

にある。"You! hypocrite"とつづけて英語として読む可能性、"hypocrite lecture!"とフランス語で読む可能性がある。前者の場合、「ヒポックリット」と音にし、後者の場合、「イポリット」と音にすることになる。もし、前者の読みをすると、フランス語"lecture!"は英語"reader!"に翻訳されることだろう。そのため、ここに"hypocrite reader!"が意識され、この"reader!"の一文字だけ違う、しかもフランス語にはあった"l"を"r"に戻すと"leader"が得られる。つまり、"hypocrite leader!"だ。この読みの混乱から意識される「偽善的指導者」から、「ステットソン夫人」が連想されるだろう。「ステットソン夫人」は、クリスチャン・サイエンス本部からいわば「偽善的指導者」として破門された。

先に、一九〇九年十一月十九日付『ロスアンゼルス・ヘラルド』紙の、見出し「教会、女性指導者を放逐／クリスチャン・サイエンスの信者ら、ステットソン夫人を追いだす／ボストンの母体幹部ら声明をだし、主張を明らかにする――名簿から名を削除」の記事を紹介したが、その少し前、夫人は「殺人罪」で訴えられていた。

一九〇九年十一月十日付『メドフォード・メール・トリビューン』紙（*Medford Mail Tribune.* (Medford, Or.) [online resource] (Oregon.)）に、見出し「最新の犯罪、精神的殺人／クリスチャン・サイエンス実践者に対する告訴、犯罪辞典で最新の新機軸」の記事――

（連合通信専用電信）／ニューヨーク、十一月十日――「精神的暗殺」、犯罪辞典で新しいもので、辞めさせられたクリスチャン・サイエンスの実践者オーガスタ・ステットソン夫人が、今日、モード・キッサム・バブコック夫人のボストン本部への報告で訴えられている。／バブコック夫人は、以前、ステットソン夫人の指導を受けていた学生であったが、一年前に喧嘩をしている。／いま、バブコック夫人は、驚きの主張をしている。つまり、ステットソン夫人が、自分を、いわゆる「不在治療」にある程度まで似たやり方で、「精神的に殺害」しようとしたというのである。彼女はその精神的攻撃をこう説明している。「シダーハースト」の自宅で、まったく普通の状態で眠っていると、突然、硬直しはじめたという。／「心臓の鼓動は速く不規則になり、光る波がわたしに向かってきて、死者の顔に覆われました。ステットソン夫人の青い目が部屋中にあり、わたしの魂が身体から抜けでるようでした」と断言している。／バブコック夫人によれば、彼女はバスタブへよろめきながらいき、熱いお湯につかったが、お湯を感じることができなかったという。／「そのときわたしは、高い場所にいる暗闇と霊的に邪悪な支配者と戦っているのだとわかりました」／「非人格的で常に身近にいる全能の愛が、わたしを持ちあげ、この精神的暗殺と思しきものの届かない所へつれていってくれました」と彼女は述べている。

＊　＊　＊　＊　＊

第八節・余白「ステットソン」／「殺人」言説

「ステットソン」と「殺人」の結びつきは、他にも例があった。以下、その数例。

一八九八年十月三十日付『ザ・ヘラルド』紙（*The Herald.* [microfilm reel] (Los Angeles [Calif.])）に、見出し「隠者の死」の短い記事が掲載されている——

スプリングフィールド、マサチューセッツ州、十月二十九日——隠者のアザック・ステットソンが、昨日、ワコナ農場近郊の自宅近くの森で、遺体で発見された。殺害されたものとみられる。検死が本日おこなわれ、その結果、ステットソンは射殺され、即死であったことが判明。ステットソンは、自宅にかなりのお金を持っているとして知られていたが、そこが荒らされた形跡は一切なかった。おそらく、強盗が殺害動機であったのだろう。ステットソンは変わり者で、その地域ではよく知られていた。最近、彼は一人で生活し、もっとも近い近隣でも約一マイル半離れていた。彼には、五万ドル相当の財産があったと推定されるが、豊かにもかかわらず、一切、贅沢な生活をせず、多くの必需品までも使用しなかった。

一九〇五年十月二十日付『ザ・ビリングズ・ガゼット』紙（*The Billings Gazette.* (Billings, Mont.)）に、見出し「射殺／不当な扱いを受けた夫、きわめて衝撃的なやり口で償いを求める」の記事――

［連合通信］／シカゴ、十月十八日――ヴェンドーム・ホテルのシェフであるロバート・D・ステットソンは、今日の午後、レオ・A・ラムキンズをウェスト・マディソン街の判事グラントの法廷で、銃撃し致命傷を負わせた。ステットソンがラムキンズに放った弾丸二発が、判事の頭をかすめた。／ステットソンは、ムラートのラムキンズが、ステットソン夫人の愛情を遠ざけたとして訴えていた。この有色男性とステットソン夫人とは、十三番街とミシガン通りが交差するところにあるサザーン・ホテルに勤めていた。／二人の男性は、法廷のすぐ外の廊下でであい、ステットソンは拳銃を取りだし、即座にラムキンズを追いかけた。彼は助けてくれと激しく叫びながら、建物中を逃げた。ついに、彼はその法廷に逃げ込み、判事の机にまさに達しようとしたとき、ステットソンは追いつき、五発彼に撃った。弾丸二発はラムキンズの胴に当たり、一発は腕に当たった。この有色男性は、病院に搬送された。命はないものとみられた。／ステットソンは逮捕され、妻も拘留された。（以下、略）

一九一一年三月二十一日付『ザ・ダラム・レコーダー』紙（*The Durham Recorder.* [volume] (Durham, N.C.)）に、見出し「ルイス・ウェスト、電気椅子で死刑／ウィルソン基金代理人マンフォードの殺害は殺人罪／ステットソン、死刑を免れる／ウェスト、有罪判決後、州に協力し、仲間構成員の有罪判決に至る。十六人中六人有罪判決を受け、彼らの陰謀を語った」の記事が掲載――

ウィルソン、三月二十日――三時間の審議ののち、ルイス・ウェストとジョン・ステットソン事件の陪審は、代理人ジョージ・マンフォード殺害の裁判で、前者に対して第一級殺人、後者に対して第二級殺人の評決を下した。／ウェストの電気死刑とステットソンの刑執行日は、のちに判事アダムズが指定。当州では、第二級殺人の場合、最大刑罰は三十年である。（以下、略）

一九一一年三月二十一日付『ザ・ウィルソン・タイムズ』紙（*The Wilson Times*. [volume] (Wilson, N.C.)）に、見出し「悪意」の記事が掲載された——

ウェストとステットソンの運命を決定した陪審に対する判事アダムズの告発は、興味深いと同時に腕利きのものであった。とりわけ、それは、悪意の成り立ちの観点から、興味深いものである。／彼が実質的に述べたことはこうだ。つまり、悪意は、人の生命を奪わんとする欲望を駆りたてるほど強烈な人物に向けられた憎しみである。この悪意は、前もって計画できる。または、殺したいという欲望、あるいは、人の生命に対する不注意な軽視は、個人に深く根差しているので、わずかな口実やいらだちがありさえすれば、人の生命を奪う引き金となろう。（以下、略）

一九一五年十一月二日付『ノリッチ・ビュルテン』紙（*Norwich Bulletin*. (Norwich, Conn.)）に、見出し「行方不明のメリダン住民、自殺／アルバート・L・ステットソンの死体、森でぶら下がった状態で発見」の記事——

メリダン、コネティカット州、十一月一日——アルバート・L・ステットソン、マニング・バウマン・アンド・カンパニー社の元秘書の首つり自殺を遂げた死体を、捜索隊の一人が発見した。今日の午後三時三十分頃、ニューヨーク州ホワイト・プレインズのマルドーンズ・サナトリウムの北八分の一マイルの所であった。彼は、水曜日の午前、そこから失踪していた。／ステットソン氏は五十一歳、この数ヵ月間、健康がすぐれず、ニュージャージー州ヴァインランドにあるヴァキューム・スペシャリティ社をこの都市へ移すための詳細を準備し、無理をしていた。ステットソン氏は、この会社の取締役兼秘書兼会計係であった。妻と子ども二人が残された。

第Ⅳ部　「Ⅲ　火の説教」をめぐって

第一章 “abominable”／〈スミルナ〉の示唆すること──「ヨハネ黙示録」

第一節 作者「ユージェニディーズ」が呈示する一九二二年スミルナの表象
──スミルナの〈両性具有性〉(androgyn)

二〇〇三年度のピューリッツァー賞を受賞した、ギリシャ系の父とアイルランド系の母を親とするジェフリー・ユージェニデス(Jeffrey Eugenides)の小説『ミドルセックス』(*Middlesex*, 2002, 2011)(佐々田雅子訳、早川書房)は、邦訳に付された解説によれば、「女の子として育ち、男として大人になった両性具有者をめぐる切実な成長物語」で、こうはじまる──「わたしは二度生まれた。最初は、一九六〇年八月に、デトロイトでは稀なスモッグの晴れた日に、ゼロ歳の女児として。そして、次は、一九七四年八月に、ミシガン州ペトスキー近く救急処置室で、十代の少年として」。

＊　＊　＊　＊

第一節・余白 「ユージェニデス」か? そして「両性具有」について

邦訳では、作者名が「ユージェニデス」となっているが、これは不思議な訳だ。たとえば、“Maimonides” は「マイモニディーズ」となるように、英語式に音訳すると「ユージェニディーズ／ユージェナイディーズ」となろう。この名は、『荒地』「Ⅲ 火の説教」に登場しており、このあと議論の対象となるが、ギリシャ語では “Ευγενίδης” である。邦訳では、西脇訳、深瀬訳、福田・森山訳、岩崎訳は「ユーゲニデス」としている。しかし、これも不思議な訳で、ギリシャ語式に音訳すれば、「エウロペー／エウロパ」のように、「エウゲニディス／エウゲニデス」となろう。ちなみに、クリストファー・リックス&ジム・マッキュー共編『T・S・エリオットの詩（第I巻　収録・未収録詩）』（二〇一五年）の「註釈」は、エリオット自身の録音（一九三三年、一九四六年）では「ウーゲニディース」（U-ghen-idd-ees）だとしている。

「両性具有」（androgyn）について、T・ハルグリーヴズ著『現代文学の両性具有』（T. Hargreaves, *Androgyny in Modern Literature*, 2005）は、この作品の主人公カルの回想に言及している——「七〇年代初期は、平らな胸［の者］にはありがたい時代だった。両性具有が流行していたからだ」（四一〇ページ）。モダニズムと両性具有、とりわけ『荒地』のティレシアスと両性具有については、次の文献参照—Jane Goldman, *Modernism, 1910-1945: Image to Apocalypse*, pp. 178-9.

〈わたし〉は、その〈両性具有者〉の語り手にして主人公である。つまり、この小説は、その〈両性具有者〉をめぐるものであることにまちがいはないが、それだけではない。〈彼女／彼〉には、ギリシャ難民として〈スミルナ〉から合衆国にきた祖父母がいて、〈難民〉となる契機となった一九二二年の〈スミルナ〉事件を活写・表象してもいる。その表象は、こうはじまっている——

一九二二年の晩夏、わたしの祖母、デズデモーナ・ステファニデスは誕生ではなく、死を、具体的には自らの死を予感していた。デズデモーナは小アジアのオリンポス山の斜面にある蚕室にいた。そのとき、何の予告もなく心臓の鼓動が消えたのだ。それは明瞭な感覚だった。（中略）心臓はすでに鎮まっていたが、デズデモーナは自分の耐久力に信が置けず、この世の見おさめをしようと蚕室の外へ踏みだした。実は、さらに五十八年、この世をさることはなかった。

そして、つづいてデズデモーナの目に映った〈外〉の様子がこう描かれている——

外の景観は印象的だった。千フィート下方には、オスマン帝国の首都ブルサが、谷間のフェルトを過ってひろがるバックギャモンの盤という趣で横たわっていた。漆喰の白いダイヤの中に入り交じった屋根瓦の赤いダイヤ。そこかしこに、輝く破片を積み上げたようなスルタンの墓。一九二二年の昔には、多くの車で通りの行き来が滞るということはなかった。スキーのリフトが山の松林を刈り荒らすということもなかった。冶金や織物の工場が街を取り囲み、スモッグが空中に満ちるということもなかった。ブルサは——少なくとも、千フィート上方からは——ほとんど過去六世紀と変わることのないたたずまいだった。オスマン帝国の聖都、共同墓地にして、絹取引の中心地のひっそりとした通りは、モスクの尖塔と糸杉に彩られていた。グリーンモスクのタイルは時を経てブルーに変わっていたが、それは致しかたのないことだった。デズデモーナ・ステファニデスは遠くから傍観者の目で下方の盤を見つめ、当のプレイヤーたちが見逃していたものを見た。（三一〜二ページ）

首都ブルサ

ここにある「バックギャモン」の「プレイヤーたち」とは、トルコ人とギリシャ人のことであり、両者の戦争プレーについては、さらに、以下のように記されている——

デズデモーナの両親はすでに亡かった——先ごろのトルコとの戦争で死んでいた。連合国側に支援されたギリシャ軍は、一九一九年、古代ギリシャの小アジアの版図の回復を目指して、トルコ西部に侵攻した。デズデモーナの村、ビシニオスの人々は、山上で何年かの避難生活を送ったあと、メガレ・イデア――大いなる理想、すなわち大ギリシャの夢――の庇護のもとに戻っていた。今、ブルサを占領しているのはギリシャの軍勢だった。かつてのオスマンの宮殿にギリシャの旗が翻っていた。トルコ人とその指導者、ムスタファ・ケマル（トルコ共和国の建国者）は、東方のアンゴラ（アンカラの旧称）に退いていた。小アジアのギリシャ人は、生まれてはじめてトルコの軛から脱した。もはや、〝異教徒の犬〟が鮮やかな色の衣服を身につけたり、馬に乗ったり、鞍を使うのを禁じられることはなかった。過去数世紀、オスマンの役人が毎年、村にやってきて、屈強な若者をイェニチェリ（キリスト教徒子弟で編成したトルコ軍精鋭部隊）に徴用するために連れ去っていたが、それももうなかった。今、ブルサの市場に絹を持ちこむ村人は、自由なギリシャの都市の自由なギリシャ人だった。（三二～三ページ）

ところが、トルコ軍が反撃にでる。デズデモーナが〈難民〉となる契機となった。その事態を〈語り手〉の〈わたし〉は、以下のように表象している――

1922年10月3日付『フリー・トレーダー・ジャーナル・アンド・オタワ・フェアディーラー』紙より

下方では、煙が一瞬薄れた。難民でごった返す道路が見えた。荷車、荷馬車、水牛、騾馬、そして、市内へ急ぐ人々の川。

（中略）

外の名高い港には、艦船がひしめきあっていた。長い埠頭には、舷側に艀やカイーク（東地中海で用いられる小帆船）を従えた商船が係留されていた。その先には、連合国の軍艦が停泊していた。その光景は、スミルナのギリシャおよびアルメニア系市民（それに、無数のギリシャ系難民）にとっては心強いものだった。噂が駆け巡るたびに――前日のアルメニア紙の

1922年10月7日付『ザ・ロック・アイランド・アーガス・アンド・デイリー・ユニオン』紙より

1922年10月22日付『ザ・ワシントン・タイムズ』紙より

報道によると、ギリシャの侵攻を支援した埋めあわせを図ろうとする連合国側は、勢いに乗るトルコにスミルナを明け渡そうと計画しているということだった——市民は、スミルナでのヨーロッパの商業上の権益の保護を引き受けるフランスの駆逐艦やイギリスの戦艦がまだ居残っているのを眺めやった、胸を撫で下ろすのだった。（六一～四ページ）

一九二二年九月十一日付『ザ・ワシントン・ヘラルド』紙（*The Washington Herald*）に、「トルコ人、スミルナ武力政変に狂喜／貧困のオスマン人、ギリシャ難民に五十万ドル調達／ケマル、スミルナに派手な入場計画／完敗で、帝国を小アジアにのギリシャ人の夢、水泡に」の見出しで、〈スミルナ事件〉が報道されている——

コンスタンティノープル、九月十日——／スタンブルは、イスラム教史上はじめて正気でなくなっている。モスクはライトアップされ、軍事的勝利を祝っている。コーランの彩色テキストがミナレットの間で揺れ、その一つの聖句は、「アラーは称えられる。われらは、スミルナに入場した」。／祝賀は四日間つづき、モスクは飾り付けて旗を翻し、信仰者を侵略者の抑圧から救出したことを称え、都市は飾りたてるよう命令がでていた。／ほとんど空っぽのトルコの財源から、五十万ドルがギリシャ人難民の救済に寄付された。ムハンマッド世界に及ぼす効果ははかり知れないし、八月五日に首相ロイド・ジョージがおこなった演説に直接応えたものである。／二十万

1922年9月11日付『ザ・ワシントン・ヘラルド』紙より

のイギリス軍隊をトルコ人に敵対するために上陸させるという脅しは、外交的虚勢であった。分捕ったすべてのものに、イギリスの荷札がはってある。モウダンヤとゲムリクの十万のギリシャ人難民は、ひどい環境にある。／ムスタファ・ケマル・パシャは、ギリシャ人であれトルコ人であれ、あらゆる略奪行為には死を加えると脅しの宣告をだした。／アンゴラは、すでにアメリカ資本の五千万ドルを求め、最近の戦闘で荒廃した地域を再建しようとしている。／〈スミルナ陥落で、ギリシャの帝国の夢、水泡に〉／ロンドン、九月十日――スミルナ陥落は、ヨーロッパという病人が健康を回復し、近東問題で強国として認識されなくてはならないことを意味している。／同時にギリシャ帝国の夢は潰えた。ギリシャは、その年来の敵の回復力を計算することができなかったのだ。この敵は、ムスタファ・ケマルの指導下で、同盟国が戦後に科した足鎖を打ち壊した。それから、今度の戦役が起り、トルコ人はギリシャ人を駆りたて、彼らをスミルナと海の方に追い込んだ。／ケマル主義者は、和平条件を要求するだろうと予測される。その条件には、戦後にギリシャに与えられたトラキアの回復要求、コンスタンティノープルの返還、そして、ダーダネルス海峡の支配が含まれるだろう。／大英帝国は、ギリシャ側であるとみられていて、フランスはトルコに傾いていると一般に信じられている。／ブルサは、ギリシャ人の基地として役立っていたが、占拠され、ナズィッリは炎に包まれていると報じられている。

同じく、『ザ・ワシントン・ヘラルド』紙九月十六日付版に、「イノック・アーデンの帰宅」と題するJ．N．ダーリングによる戯画が掲載されている。この「イノック・アーデン」とは、絵の右上で、ドアを開け両手に旅行鞄を、そして左手に半月刀を持って部屋に入ろうとするトルコ帽の男、つまりトルコ人男性を示唆している。この名は、もちろんこの人物名ではない。この名は、テニスンの物語詩『イノック・アーデン』（一八六四年）から借用したもので、主人公の名であった。しかし、一般に「死んだと思われていて、あとで生きていることが判明する行方不明の人」の意味に使用されるようになり、この絵でも、突然、死んだと思われていたトルコ人が帰宅したことを示唆している。左下の椅子に座っている女性は、「ザ・ダーディネルズ」（The Dardinells）と記されているが、これは「ダーダネルス海峡」のこと。さらに、右下の三人の子どもには、「コンスタンテノープル」（Constantinople）、「青年トルコ人」（the Young Turks）、「近東」（Near East）と名がある。そして、中央にいる頭の禿げた男性は「連合国外交」（Allied Diplomacx）と名づけられている。全体としてこの漫画は、バルカン戦争で連合国側に排除されたトルコ軍が、もとの地域に戻ったことを意味していると思われる。それにしても、「やー、帰ったよ」というトルコ人の父親に対して、子どもらが「ダダ」（DADA）といっているのが興味深い。この語は幼児ことばで「父」の意であるが、これが『荒地』の「V　雷のいったこと」にでてくるのだ（本書第Ｉ部第一章第三節で言及した）——

Then spoken the thnder
DA
Datta: what have we given?

そのとき、雷が言った
ＤＡ
ダッタ——で与えよ。われわれは何を与えたか？

1922年9月16日付『ザ・ワシントン・ヘラルド』紙より

この漫画のいま述べた解釈は、同じ紙面の記事に対応して描かれていることがわかる。まず、大見出し「イギリス、艦隊をダーダネルス海峡に急行させる、対トルコ戦のフランスの援助を確信して——合衆国、スミルナ救済で同盟国に参加する模様」、小見出し「送付された公文書／提督ブリストル、難民の生命救助を援助するよう命じた／百五十人のアメリカ人、アテネで無事／護衛艦、女性と子どもを乗船させ、ギリシャ各港に向かっている」の記事にこうある——

合衆国政府は、小アジアの脅威的状況を懸念し、スミルナや危険にさらされた領土の他の箇所にいる難民の救助に公式の行動をとった。／昨日、電信による指示が、国務省からコンスタンティノープルにいるアメリカ長官の提督マーク・ブリストルとロンドンとパリのアメリカ大使に送られたが、そこでこう断言されていた——「いかなる約束もせずに、同盟国とその陸海軍の代表と協議して、スミルナ有事に対処する包括的共同計画を作成し、直ちに提出することを、国務省は貴殿に望む」。

また、小見出し「生徒を含むアメリカ人全員、スミルナにて無事／船で教師らをアテネに移送と、合衆国報じる。／多数が依然危機にあると、ギリシャの声明。／ひどい打撃を受けた都市の食糧供給は不充分で、困窮者の十分の一にも渡らず」の記事——

ジョン・クレイトン著／スミルナ、九月十五日——アテネ経由——スミルナの五分の三は、灰燼に帰している。三十万人以上が、今朝、家をなしくた。火災がアメリカ人、ギリシャ人、そして外国人の住む全地域を焼き尽くし消えたからだ。通常ならざる損失は二億ドル相当とみられ、そのうち千二百万ドルがアメリカ人のもの。／アメリカ市民の名簿をチェックすると、アメリカ人全員がスミルナで無事であることが判明。パラダイス・カレッジの教員は、火災がひどくなる前に離れた。カレジエイト・インスティテューションの教員は、学生全員と共に船ウィーノナに乗船し、目下、アテネに停泊している。

さらに、小見出し「トルコ人による聖戦を予言／イギリスの大将、連合国はコンスタンティノープル保持不能と断言」の記事——

同盟国は、トルコ侵攻の最初の兆しでコンスタンティノープルを去るか、あるいは厄介な戦争にかかわる覚悟をしなくてはならないとは、サー・チャールズ・タウンゼンドの意見である。彼は、先の世界大戦の間、トルコ人によって部隊ともどもクートで捕虜となった。／「この都へのケマル派の進撃の最初の兆しで、全イスラムはトルコの旗のもとに集結するだろうし、そうなれば結果的に、グレート・ブリテンもフランスも好まない聖戦となる」と、タウンゼンド将軍は述べた。／ケマルは、中立的な統治者のもとで、この海峡の自由を保障する用意があるとされる。／「コンスタンティノープルをジブラルタルのようにはできない」と、タウンゼンド将軍語る。

1922年9月16日付『ザ・ロック・アイランド・アーガス・アンド・デイリー・ユニオン』紙より

また、同年九月十六日付『ザ・ロック・アイランド・アーガス・アンド・デイリー・ユニオン』紙（*The Rock Island Argus and Daily Union.* (Rock Island, Ill.)）に、「海兵隊、アメリカ人の生命保護に上陸した場所」の見出しの写真が掲載され、以下の説明がついていた——

スミルナ市街と波止場。豊かな小アジアの中心的港で、合衆国海兵隊が上陸し、アメリカ戦艦がわが国民保護のため送られている。トルコ軍は、ギリシャ軍の悲惨な大敗後、この都市に二十マイルのところにあり、数千の難民が、日々、ここに入ってきて、飢えと疫病とを運んでいる。掲載されたのは、近東のアメリカの利益を任された、コンスタンティノープルの合衆国高等弁務官、海軍少将マーク・L・ブリストル。

さらに、同年十月四日付『ビスマーク・トリビューン』紙（*Bismarck Tribune.* (Bismarck, N.D.)）に三枚の写真が掲載され、それぞれキャプションと説明がつけられている――

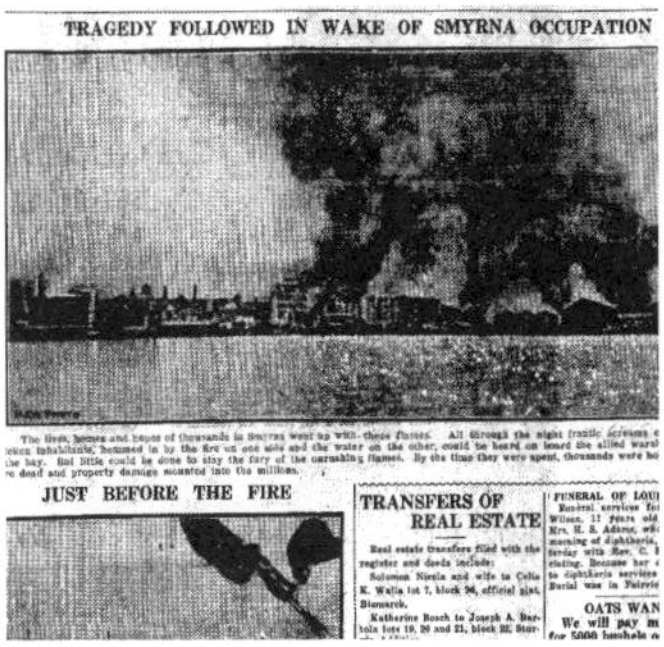

TRAGEDY FOLLOWED IN WAKE OF SMYRNA OCCUPATION

The lives, homes and hopes of thousands in Smyrna went up with these flames. All through the night frantic screams of ... inhabitants, hemmed in by the fire on one side and the water on the other, could be heard on board the allied warships in the bay. But little could be done to stay the fury of the onrushing flames. By the time they were spent, thousands were homeless, ... dead and property damage mounted into the millions.

JUST BEFORE THE FIRE

TRANSFERS OF REAL ESTATE

Real estate transfers filed with the register and deeds include:

Solomon Nizzle and wife to Celia K. Wallis lot 7, block 96, official plat, Bismarck.

Katherine Bosch to Joseph A. Bartholz lots 19, 20 and 21, block 22, ...

FUNERAL OF LOU...

OATS WAN...

We will pay ...

1922年10月4日付『ビスマーク・ロリビューン』紙より

〈スミルナ占領のあとに悲劇〉／スミルナの数千人の命、家庭、希望が、この炎とともに吹き飛んだ。夜をつうじて、一方では火に、他方では海に囲まれ、恐怖にかられた住民の叫び声が、港に停泊中の連合国の戦艦上で聴くことができた。しかし、猛烈な炎の怒りを鎮めるのに、ほとんどなすすべがなかった。炎が消えた頃になると、数千人が住まいを失い、多くは死に、財産の損害は数百万にのぼった。／〈火災直前〉／トルコ騎兵隊が、埠頭脇を巡回してスミルナにやってきたとき、右手にいる女性が旗をふりだした。この女性は、自分の家庭がすぐに炎に巻き込まれることをほとんど夢にも思っていない。たぶん、彼女は同盟国戦艦が港に停泊しているので安心していたのだろう。これは、大火災がおこる前の、スミルナをとった最新の写真の一つである。／〈火災の孤児〉／彼らは、寝床は充分に確保したが、親はできなかった。この二人の小さな難民は、スミルナの廃墟をさまよっているのをみつけられたのだが、病院船メイン号に乗船させられ、マルタ島のイギリス植民地へ運ばれている。

同年十月二十九日付『ザ・ニューヨーク・ヘラルド』紙に、大見出し「トルコ人、近東の虐殺の責任にアルメニア人とギリシャ人を告発して相殺」、小見出し「アメリカ人観察者、ニューヨーク・ヘラルド紙に、トルコ軍政長官の指示で内陸を旅した結果を説明する」の記事がでた。著者は、E・B・ペリー（アメリカ海軍駆逐艦エサドル）——

ザ・ニューヨーク・ヘラルド紙への特便／スミルナ、アナトリア、十月八日／疑いもなく、トルコは、スミルナを接収したとき全盛期にあったが、トルコだけに罪があるわけではない。つねづね教えられてきたことだが、トルコ人は血に飢えた輩で、巨大な三日月刀を持ち、かわいそうにアルメニア人を風景のいたるところで追いかけているとされていた。はじめて彼らの岸にやってきたとき、そうした光景を目にすることを期待していた。この国の地勢は、そうした場面には理想的だ。うねった丘の向こうには雲一つない空があり、これはそうした追いかけっこにはうってつけの場面となるだろう。しかし、そうした光景はいっさい目にしたことがない。たぶん、トルコ人は、すでに全員を捕まえてしまったのであろう。／この国の内陸を訪れ、ギリシャ人とアルメニア人の仕事をみたあと、わたしは、それほど安易にトルコ人を彼らがしたことで批難することはなくなった。たくさんの廃墟になったり破壊されたモスクをみたら、わずかな教会が破壊されたことで、かなりの怒りをつのらせることはむずかしくなる。数千人が、前者によって家を失ったところで、後者の行為の結果、家を失った数千人がいる。二つの色合いの黒を区別することは困難である。／われわれは、立ち退いたギリシャ人とアルメニア人を助けたいと熱心になっても、トルコ人に責のすべてを負わせることに熱心になりすぎてはいけない。他の問題同様、この問題には両面があり、アメリカ大衆は、物語の全部を聞き終わるまで、その同情力に引っ張られ過ぎてはならない。疑いもなく、ぞっとさせられる多

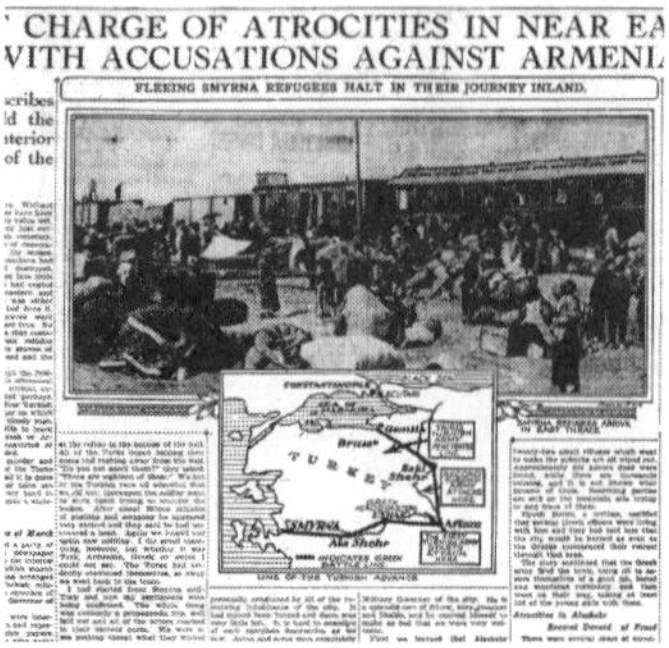
CHARGE OF ATROCITIES IN NEAR EA
WITH ACCUSATIONS AGAINST ARMENIA
FLEEING SMYRNA REFUGEES HALT IN THEIR JOURNEY INLAND.

1922年10月29日付『ザ・ニューヨーク・ヘラルド』紙より

くの話が、この悲劇の一方側しか目撃していない者、同情がまったく一方的である者、そして辻褄をあわせる者によって語られているが、両面のあることを忘れないように。／トルコ人は、過去も現在も、アメリカ人にはとても友好的である。フランス人は、トルコ人に好かれている。イギリス人とトルコ人は、政治状況によって、誠心誠意になりすぎることはないと予想できるが、イギリス人の大虐殺など聞いたことがない。／〈トルコの軍隊による多くの非道な行為〉／難民撤退の際、個人としてのトルコ人兵士が、男女、子どもから強奪や殴打する事例が多くあった。いくつかの事例では、上官がこの種のことを黙認したが、大多数の事例では、兵士は難民に対してとても礼儀正しかった。多くの兵士が、船へと向かう難民から窃盗を働いたとしてひどく殴られるのをみた。まもなく、難民の乗船を写した映画ができるだろうし、写真でも、トルコ人が難民から物を盗んでいる証拠はみられるだろう。

ここで、小説『ミドルセックス』にもどる。第一部第三章「不埒なプロポーズ」(An Immodest Proposal) の最後の引用箇所のしばらくあとに、〈わたし〉は、「純粋に挽歌を奏でるため、同時に、ただの小論として——一九二二年、それを最後に消失した都市を蘇生させてみたいと思う」といい、「スミルナは今日もレベティカの二、三の歌と、『荒地』の一節に名をとどめている」としている。この「レベティカ(コ)」とは、〈現代ギリシャのブルース〉と称される現代ギリシャ都市部の大衆歌謡で、一八三〇年の独立後もイスタンブルを首都にと夢みてきたギリシャが、一九二二年トルコに敗れ、トルコ領内の多くのギリシャ人が難民として帰ってきた際に生まれたものである。そして、『荒地』は、一九二二年

レベティカとその楽団

完成・出版されたT・S・エリオットの代表作を示唆し、それは、まずイギリスで『ザ・クライテリオン』誌の第一号第一巻（十月）に、そして、合衆国で『ザ・ダイアル』誌十一月号に掲載、次いで、十二月に詩集として出版された。（ただし、すでに示唆したように、一九二二年十月二十九日付『ニューヨーク・トリビューン』紙に一部掲載されてもいる。）「スミルナ」が「レベティカの二、三の歌」に言及されているというのはわかる。問題は、何故、『荒地』なのかであり、本章はこの疑問にかかわる。

第二節　一九二二年以前の〈スミルナ〉言説

これまで、「スミルナ」としてきた『荒地』の“Smyrna”は、英語では「スマーナ」と読まれる。現在、「スマーナ」“Smyrna”と称する市町村が全米に十数ヵ所ある。たとえば、ジョージア州スマーナは、一八三二年頃に開拓がはじまり、一八七二年にギリシャ人によって、二世紀のスミルナの主教（司教、監督）であったポリュカルポス（Polycarp (Greek: Πολύκαρπος, Polýkarpos; Latin: Polycarpus; AD 69-155)）にちなんで名づけられたとされる。しかし、この古くからの「スミルナ」は、現在、中東には存在しない。トルコの「イズミル」（Izmir）になっている。

「スミルナ」はギリシャ語（Σμύρνα）由来で、本書第Ⅱ部第一章第三節で示唆したとおり、〈ミルラ／没薬〉（myrrh）を意味し、「イズミル」（İzmir）はトルコ語である。この都市は、『ミドルセックス』の語り手が男女両性間を経験したように、歴史上、二つの名の間を揺れ動いてきた。ちなみに、「ミルラ」は〈ミイラ〉（mummy）作りに使用されてその語の語源ともなり、「創世記」第三十七章第二十五章、「出エジプト記」第三十章第二十三節、「マタイによる福音書」第二章第十一節、「マルコによる福音書」第十五章第二十三節、「ヨハネによる福音書」第十九章三十九節に言及されている。十八世紀イギリスの神学者ジョン・ギル（John Gill）は、「ヨハネ黙示録」第二章第八節の「スミルナ」の註釈の中で、「ミルラの味が苦いことから、辛辣な不幸、迫害、死」を「神の民」が受けることを意味していると同時に、「香しい匂い」であるので、「キリストのために苦難」にあう聖人たちもそうだとしている。(John Gill's Exposition of the Entire Bible.) さらに、神話の〈ミューラ〉は〈アドーニス〉の母とされ、かくして〈スミルナ〉と〈アドーニス〉は結びつく。

ここで、一九二二年に起こった〈スミルナ事件〉以前の、合衆国の新聞における〈スミルナ〉をめぐる言説を検討しておく。何故、〈スミルナ事件以前〉かというと、『荒地』の読者はこの事件を充分に知悉していた一方、エリオットには、ここに至る経過の言説は示唆できても、事件そのものを示唆するわけにはいかなかったからである。〈スミルナ事件〉を『荒地』に読みとる読者は、エリオットがこの事件を予言していたと思えたのではないか。

〈スミルナ〉をめぐる記事は、政治・外交関連の問題とからんで登場してくる。一八五三年八月八日付『ザ・デイリー・リパブリック』紙（*The Daily Republic.* (Washington, D.C.)）に、「スミルナ事件／アメリカ人代理大使とブルック男爵の間ではかわされた興味深い書簡」と見出しのある記事がでる。「以下の書簡は、オーストリア大使と合衆国代理大使の間で交わされたもので、トルコ支配のスミルナのハンガリー人マーティン・コサット（Kossat）に関するものである」との説明のあと、以下のようにはじまる──

合衆国公使館員、コンスタンティノープル、六月二十七日／特命全権大使殿──栄誉あることですが、あなた様に、とても不幸な出来事についてお伝えいたします。出来事とは、スミルナのわが国政府の領事から聞いたことですが、本月二十三日、当地で起こったことで、わたしは深く嘆いております。結果として、オーストリア海軍の若き士官の死にいたりました。彼はかくして、たぶんありそうなことですが、スミルナで彼自身と彼の仲間たちへ加えられた不当な攻撃の原因ではいかようにもなく、この都市のオーストリア領事のマーティン・コスタという名の個人に向けられたきわめて思慮のない説明できない行為の犠牲者でした。

この記事は、一八五三年十月七日付『ナッシュヴィル・ユニオン・アメリカン』紙（*Nashville Union and American.* (Nashville, Tenn.)）にも、同月同日付『ザ・メモクラティック・センティネル』紙（*The Democratic Sentinel.* (Cadiz, Ohio)）にも掲載されているが、細かな詳細と分析が、九月二十七日付『サクラメント・デイリー・ユニオン』紙（*Sacramento Daily Union*, Volume 6, Number 783）の「スミルナのコスタ事件」'The Koszta Affair at Smyrna' の見出しの記事でなされていた――

伝えられるところでは、コンスタンティノープルとスミルナからワシントンに届いたすべての特電は、一般的感情からすれば、そのハンガリー人を要求する際にイングラハム船長（Capt. Ingraham）がたどった道筋が、熱狂的に支持されていると断言している。セントルイス号の士官が書いた手紙の添付された抜き書きをみると、オーストリア人は力で上回っているが、戦闘を回避してコスタを諦めたことがわかる。士官はこう書いている――／「わが方の銃は、オーストリア軍のものよりずっと大きいものであるが、わが軍が戦闘を意図した近くの地域においては、彼らの銃はわが方とかかわらず破壊力を有していただろう。オーストリア軍は、十六丁の銃のブリッグ船、十丁の銃のスクーナー船、三隻の郵便船からなっていて、最後のものは、戦闘があれば疑いもなく役にたったことであろう。だから、おわかりのように、彼らの軍備力は、わが方よりもずっと大きかったのである。ことが収まり、皆が喜んでいる。スミルナのアメリカ市民は、イングラハム船長とその士官に対し七月四日に晩餐会をおこなった。ひろく悦びが蔓延して、ボトルのコルク栓がポンとあけられた。大きな銃の音ではない。昨夜、船上で舞踏会を催し、港に到着して以来、とても親切にしてくれたスミルナ住民の幾人かを招いた」。／『ザ・ロンドン・モーニング・アドヴァタイザー』紙の記事を二、三抜き書きしてみると、この事件が、ヨーロッパのアメリカ人の名に対しなしたことが何かわかる。／西ヨーロッパの政府は、伝道師と伝道団体に屈服している。フランス皇帝の独裁制とイングランドの連立内閣は、ロシア皇帝の面前で臆病風をふかせている。この世界最強の二国は、その船にベシカ湾に錨を降ろさせ、その厚かましさの弁解を口ごもっていう。顔を青ざめさせたわが国の外交官たちは、心配そうにオーストリアの考えや、プロシャは何をするかなどと尋ね、その愚かさと臆病さを助長させている。辛辣な噂、もっともらしい噂をことごとく熱心に取り上げ、それをびくびくしてオウム返しにいい、当てにならない自らの臆病を斟酌しようとしている。／しかし、こうした麻痺した貴族たちはぶるぶる震え、衒学者のようにお喋りをし、ソフィストのように屁理屈をいい、そして奴隷のように鞭に傾くが、他方、西洋の若い民主主義が血の特権を主張している。／ポンタスの松の高貴な娘が波を切って東方の海を進み、オーストリアの激しい叱責をものともせず、その家系を示し、われわれの庶出を恥じて、諸国家の権利を主張し、自らの権利を擁護し、世界に向かってアメリカのパスポートが、暴政に対する唯一の現実的防衛手段であることを証明している。

（註・「ポンタスの……娘」は「国家の船」の意でホラティウスのことば――Q. Horatii Flacci opera. The works of Horace: the Odes on the basis..., 第一巻著者 : Quintus Horatius Flaccus）

同年十月十二日付『ウィンダム・カウンティ・デモクラット』紙（*Windham County Democrat.* (Brattleboro, Vt.)）に、同事件にからみ〈アメリカ〉を称える内容の記事が掲載された――

コスタ事件――コスタ事件で、船長イングラハムのとった行為に誘発された以下の賛辞を読んで、心が誇りで膨れるのを感じないアメリカ人はいない。『ザ・ロンドン・アドヴァタイザー』紙はこういう――／「母親は、娘から役にたつ教訓を学ぶこともある。若いアメリカが、年老いたイングランドに見本を示してくれた。後者がそれを真似るとしたら、それは結構なことである。合衆国は、ヨーロッパ各国と比べ幼少期にあるが、太陽のもとのどの国よりもたっぷりとした活力を有しているだけでなく、巨人の力を持っているので、この共和国は、それを自らの利益と名誉のためにどう使ったらよいかわかっている。アメリカは臆病な国ではない。勇気があり、いつどのようにそれをみせるか心得ている。いかなる権力も、アメリカを侮辱すれば、ただではすまない。何が侮辱かをすぐに感知するだけでなく、間髪を入れず憤る。／いってみれば、誰もがわかっているが、アメリカはその市民と客とを保護することができるし、その意志もある。そこには常備軍がない——海軍もほとんどない。しかし、その旗は、どの海でも安全であり、「アメリカ」の名、そしてアメリカのパスポートは、侮辱と非道から守る許可書である。武力がなく、傷をうけないアメリカは、諸国の仲間入りをし、尊敬と畏敬の念で扱われているからだ。このことはハンガリー戦争でみた。そのとき、ダニエル・ウェブスターは、オーストリア政府に惨めな屈辱を味わわせた。いま、その再現である。理由は明白で、アメリカはあらゆる人をその同盟者にする自由の原理を体現しているからだ。アメリカの政治家は、国家の利益のために発言してものを書く。階級の利益のためではない。このアメリカの船長の行為は、イングランド、ドイツ、そしてフランスのテーマである。それぞれの国の新聞・雑誌は、国民の感情を表現している。どんちゃん騒《シャリヴァリ》ぎですら、冗談は二度といわない。あるのは、「アメリカ、万歳」の叫び声である。

森杲著「マルクスのアメリカ論」（『北海道大學　經濟學研究』1969-10）は、カール・マルクスのこの事件の捉え方を紹介しつつ、この事件の意義を次のように述べている——

とくに一八五三年夏の「スミルナ事件」の勃発と経緯は、アメリカの躍進の象徴と，マルクスの目に映った。この事件は、ハンガリーのアメリカ亡命者コスタがスミルナのオーストリア総領事に逮捕されたのにたいし、アメリカ側が軍事的圧力をかけて数ヵ月ののち彼の釈放をかちとったというものである。マルクスは「現代の大事件は、ヨーロッパの地平線にアメリカの政策が登場したことである。一方の側からは歓呼で迎えられ、他方の側からは嫌われながらも、この事実はすべての人の認めるところとなっている」と述べて、ヨーロッパにおける双方の論調をかなり詳細に紹介している。憎悪の側はアメリカを「なかばは海賊、なかばは未開地住民」と罵倒し、歓迎の側はアメリカが「かならずやウィーン条約によってうちたてられた排他的な体制の没落を促すべき新しい力である」と期待している。アメリカはこのスミルナ事件で、アメリカ一市民を守ってではなく一革命家を守ってオーストリアに抵抗したのだ。だからこそベルリンの新聞は、「もしアメリカの干渉理論が断固として反駁されないならば、ヨーロッパにおける革命精神を絶滅する仕事は、こえがたい障害につきあたるであろう」と危惧している。これらを紹介しつつマルクスは、「ヨーロッパへのアメリカの介入が、ちょうど東方問題といっしょに始まったのは愉快である……アメリカは（いまや）西欧のもっとも若い、だがもっとも力づよい代表者である。」と論じた。東欧、アジアをすでに確実に包摂した彼の世界史的構図のなかで、アメリカは、封建反動＝非文明に打撃をあたえる新たな主力部隊として登場したのである。（六七ページ）

実際、マルクスは、『東方の問題』（*The Eastern Question*）の第二十一章「上院でのトルコ人ウルクハート・ベム問題」（Urquhart-Bem-The Turkish Question in the House of Lords）の中で、「ロンドン、八月十六日、――一八五三年／N・Y・T・、九月二日、一八五三年」と日付のある記事で、以下のように述べている――

オーストリア外務大臣は、ヨーロッパの各宮廷にメモを送った。それは、コスタ事件でアメリカのフリゲート艦セントルイス号のとった振る舞いにかかわっていて、アメリカ政策一般を糾弾していた。オーストリアの主張では、自国には、中立大国の領土から外国人を誘拐する権利はあり、他方、合衆国には、彼らを守るために、敵対行為にでる権利はないというものである。（九四ページ）

Chris J. Magoc, *Imperialism and Expansionism in American History: A Social, Political, and Cultural Encyclopedia and*

Document Collection [4 volumes]: A Social, Political, and Cultural Encyclopedia and Document Collection, 2015.

その後、一八九一年十一月二十九日付『ロスアンゼルス・ヘラルド』紙(*Los Angeles Herald.* (Los Angeles [Calif.]))に、見出し「スミルナのイチジク／この果実の歴史をめぐる興味深い論文／小アジアからカリフォルニアにきた経緯／メアリーズヴィル果実大会で読んだ論文／この州のイチジク栽培——W・C・ウェストのスミルナでの冒険——成功したフレズノ周辺での栽培」の記事がでて、〈スミルナ〉の特産物がとりあげられていた——

メアリーズヴィル果実栽培者大会で読んだもっとも興味深い論文の一つは、フレズノ州のジョージ・C・レーディングのもので、スミルナのイチジクについてであった。この論文は、本紙ではじめて披露されるもので、切り抜いて、将来の参考にスクラップブックに貼っておく価値がある。／約十年前から今日まで、イチジク産業は、活発にこの州の果樹農家によって推進されてきた。その全員の目的は、世界中で有名なスミルナの商業用イチジクに匹敵するとはいわないまでも、比べて好ましい評価をもらうことであった。スミルナのイチジクは、そういうものとして二千年以上にわたり知られ、古代ギリシャの初期著述家によって描かれている。のちの時代の科学者は、しばしば、この果実の生産をめぐる秘訣を発見しようとしてきたが、これまで、実際に使用できるほどその神秘が解明・説明できたわけではない。つねづね、わたしが疑問に思っていたのは、どのようにして、これほどのながきにわたり、スミルナがイチジク業の独占を維持できたのかということである。疑いもなく、イタリア、スペイン、ポルトガル、南部フランスは、イチジク生産にとって土壌と気候の便が等しいにちがいないのだから。しかし、これらの国のどれ一つとして、多数の種のイチジク果実を食糧として、食卓用として栽培しているが、スミルナにかなう乾燥イチジクの生産に成功しておらず、地中海沿岸沿いで一流の乾燥果実を求めるとなると、人はいつも、よく知られた完全状態で手に入る唯一の場所として小アジアに向かう。

一九〇〇年十二月十一日付『ザ・ノース・プラット・セミ＝ウィークリー・トリビューン』紙（*The North Platte Semi-Weekly Tribune.* (North Platte, Neb.)）に、キャプション「合衆国戦艦ケンタッキー号が現在停泊している海港」の挿絵のついた「スミルナの眺め」と見出しのある記事がのり、〈スミルナ〉占有者の歴史が語られている——

スミルナは、古くは小アジアの都市のうちで重要なものの一つであった。今日では、抜きんでた大都市となり、歴史の黎明期から今日にいたるまでとぎれることなくその名が記録に残り、変わることがなかった。ギリシャ人植民者が小アジアに定住する以前、そこはレレゲス人の都市であったという。この名は、スミルナという名のアマゾン族の者から派生したとされ、疑問の余地なくアナトリア人の名で、エフェソス地域、（同じ語族のミリナとして）都市アコリス、そしてトローアスの古墳にも適用されてきた。リディアと西洋の交易路にあるスミルナの好立地条件によって、七世紀には、権力と栄華の高みに登った。はるか内陸へと至り、ギリシャの貿易船がリディアの中心に入ることを許す海の入江の東端にあった。（以下、略）

一九一五年三月十日付『リッチモンド・タイムズ・ディスパッチ』紙（*Richmond Times-Dispatch.* (Richmond, Va.)）に、見出し「スミルナの主張する名声の権利」の記事が掲載され、国際情勢の中の〈スミルナ〉が説明されている——

イギリス東インド会社艦隊（その削減は、「主要な作戦行動で必要な事件」だとされる）によるスミルナの要塞に向けた爆撃開始につづき、おそらくすぐに、小アジアのこの最大の都市は、連合国によって占領されることになろう。この都市は、歴史の開闢以来、現在にいたるまで、名の記録が途切れることなくつづき、変わることがなかった。スミルナは、スミルナ湾の突端にあり、直線距離で約百二十五マイル西にいくと、ダーダネルス海峡の入り口の南につく。そして、防備を固めているとはいえ、海軍中尉パース小艦隊の銃に対し効果的に抵抗できそうにない。すでに、住民はパニックにかられ、その多くは、都市の裏にある丘に避難した。／（中略）／スミルナは、オスマン帝国の主要な海港の一つで、多額の貿易を誇り、その多くは大英帝国とのもの。約七千の蒸気船が、年間この港にやってくる。すばらしい埠頭体制があり、それはフランスの会社が建設したものである。通りは清潔でよく保たれているが、狭く入り組んでいる。政府の建物の多くは、堂々としている。この町は、あらゆる宗派の伝道本部となっていて、すぐれた学校があり、一番のものはインターナショナル・カレッジである。二本の鉄道がスミルナから内陸へ走り、その一本はイギリスの会社のもので、他はフランスの会社のものである。後者は、アナトリア鉄道と接続し、小アジアの大部分を横断している。／（中略）／テオグニス（紀元前五〇〇年）によると、「自尊心がスミルナを破壊した」という。市民の怠慢によるのか、そうではないのかは別に、スミルナはリディア人の前進にながく耐えられず、ついに、アリアテレス三世に占拠された。三百年間、ギリシャの都市のリストに載ることはなかった。しかし、存在を止めることはなかったものの、ギリシャ流の生活と政治的統一は破壊され、スミルナ国家は村の体制を基に組織された。スミルナで信仰されていた二人の義憤の女神ネメシスは、夢で、アレキサンドロス大王に、このギリシャ都市を復興するという考えを示唆したといわれ、この計画は、アンティゴノス（紀元前三一六～三〇一年）が実行した。そして、リュシマコス（紀元前三〇一～二八一年）がこの都市を拡大し強化した。アクロポリスは、ほぼアリアテレスが放置した状態にあって、いまでも湾の北東端の突きでた絶壁にある。

一九一五年七月十七日付『ザ・カンサス・シティ・サン』紙（*The Kansas City Sun.* (Kansas City, Mo.)）に、丘から見下ろしたスミルナ市街の写真とともに、見出し「スミルナ、多くの戦争の戦利品」の記事がでた――

ダーダネルス海峡の要塞が爆撃され、再度、トルコ攻撃が進行中である。もっとも、世界はそのことをほとんど

1915年7月17日付『ザ・カンサス・シティ・サン』紙より

耳にしていないが。フランス艦隊は、スミルナを爆撃してきたが、どのような結果になったか知るために最新の至急電を吟味しなくてはならない。／十度、スミルナは陥落し、そのたびに廃墟から復活し、小アジアの最高の都市として栄華と繁栄を新たにした。引っ込んだ三十マイルの湾の突端で地の利をえたところに位置していること、つまり、内陸への入り口であり、小アジアのキャラバン隊と鉄道ルートへの終着駅であるので、パーグス山の麓にかたまってあるこの小都市は、歴史の黎明期以来、オリエントを支配してきた歴代の支配者が、王冠に求めた宝石といってよかった。／今日、むしろ六ヵ月前といった方がいいが、そこは、オリエントの都市ではなく、現代のメトロポリスといわれることになろう。人口二十五万、プレヴィデンス（ロードアイランド最大の都市）よりやや大きい都市は、アメリカの都市とかわらず、コスモポリタンな商業の中心となった。／（中略）／〈都市の基盤の伝統〉／（中略）／〈訪問者をたちまち印象づける〉／海の端から隆起している高い丘に囲まれたスミルナ湾にやってきた旅行者が最初にみるこの都市の景観は、忘れられないものである。ギリシャ時代に哲学者たち、その後は海賊の保養地であった多数の岬や島を通過すると、パーグス山のひろびろとした墓地と古代スミルナの数少ない遺跡とその城塞が目に入る。（以下、略）

一九一五年九月八日付『ザ・オグデン・スタンダード』紙（*The Ogden Standard.* (Ogden City, Utah)）に、見出し「スミルナ、ぞっとする歴史の都市」の記事があり、その一部にこうあった——

スミルナの輸出は、年間百五十万ドル相当であるが、おおむね大英帝国となされている。一年に数百の蒸気船が、近代的な埠頭から離れた狭い土地に入ってきて、煙草、イチジク、レーズン、絹、なめし革用と染料用素材を積載する。いわゆるスミルナ絨毯と絨毯地は、内陸からスミルナまでやってくる。／スミルナの輸入品は、主としてイングランドとドイツからの綿、リンネン、毛織物であるが、年間平均百万ドル相当である。コンスタンティノープルから南西二百マイルほどにあるので、地中海を経由して黒海の港へいく不可避の中間点の一つである。／その政府以外すべてにおいて、スミルナは、今日、キリスト教が主流の都市である。新政府の建物、新鉄道が、近年の進歩を示している。すばらしい埠頭の背後には、一列にならんだ見事な建物がある。通りは狭いものの、整備は整い、充分なものだ。この都市はすぐれた学校を誇りにし、そのうちでもザ・インターナショナル・スクールは、もっともよく知られており、各宗派の布教団体は、この地に本部を置いている。／スミルナは、ホメロス誕生の地だと主張する都市の一つであり、それが東地中海地域でとりわけ目立つ存在の証拠ではないとはいえ、この都市の古さとその誇るべき地位のいくらかを示唆している。

第三節　〈スミルナ〉の両性具有性と「テイレシアス」

作者〈ユージェニデス／ユージェニディーズ〉は、『荒地』「Ⅲ　火の説教」（III. THE FIRE SERMON）の「ユーゲニデス」（Eugenides）という名の「スミルナの商人」（*Smyrna merchant*）が登場する連を、最初の二行（「〈非現実の都市〉／冬の正午の褐色の霧の下」Unreal City / Under the brown fog of a winter noon）を省き、そのまま引用している（ついでながら、先述のように、岩崎訳の「ユーゲニデス」は、「ユージェニディーズ」が適切であろう。ギリシャ語読みなら、「エウゲニデス」となろう）――

スミルナ商人、ユージェニデス氏／無精ひげ、ポケット一杯の干し葡萄／〝シフ〟（運賃保険料込み値段）ロンドン、〝提示あり次第〟の書類／俗なフランス語でわたしを誘う／キャノンストリートホテルの昼食に／それに続くメ

トロポールの週末に。（佐々田訳）（七二ページ）

そして、「スミルナについて知るべきことのすべてが、そこに含まれる」として、次のように解説をする――

（この詩の連に）登場する商人が裕福なら、スミルナもまた裕福だった。商人の求めるものが魅惑的なら、近東きっての国際都市、スミルナが求めるものもまた魅惑的だった。スミルナの開祖と称される中には、まずアマゾン族（わたしのテーマとうまく合致する）がいて、次にタンタロスその人がいた。出身者にはホメロスもいれば、アリストテレス・オナシスもいた。スミルナでは、東と西、オペラとポリタキア（ギターなどからなるオーケストラ）、ヴァイオリンとズールナ（管楽器）、ピアノとダウリ（打楽器）が、程よく混じりあった。それは、地元のペーストリーの中に、薔薇の花びらと蜂蜜が風味よく混じり合っているような趣だった。

ポリタキア

ズールナ

「商人の求めるものが魅惑的なら、近東きっての国際都市、スミルナが求めるものもまた魅惑的だった」は誤訳で、「彼（商人）の提案は誘惑目的のもので、近東でもっともコスモポリタンな都市スミルナもそうであった」（His proposal was seductive, and so was Smyrna, the most cosmopolitan city in the Near East.）がよい。「提案」が「誘惑」的というのは、「スミルナ商人」が「わたし」を「キャノンストリートホテル」での「昼食」に、それから「メトロポール の週末に」誘うからだ。しかし、その「提案」は表向きで、『荒地』先行論は、「ホモセクシュアル」の含みがそこにあると読んできた。根拠は、示唆された二つのホテルが〈同性愛者〉の集いの場であったことだ。〈性〉の問題でいえば、「アマゾン族（わたしのテーマとうまく合致する）」とあるが、当然ながら、それは女性だけの集団〈アマゾーン〉を示唆し、このことを作者は、「わたしは、ティレシアス（ギリシャ神話の盲目の予言者）のように、陰と陽の両方を経験した」としているが、『荒地』の〈スミルナ商人〉の登場する連の次の連に、この〈ティレシアス／テイレシアス〉が三度繰り返しでてくる――

われテイレシアスは、盲目だが、男女両性のあいだで鼓動する者、／しなびた乳房もつ老人だが、見て［見えて］いるのだ
われテイレシアスは、しなびた乳首もつ老人だが、／その場面は見て［感知して］いたし、あとのことも予言しておいた――／わたしもまた客の来るのを待っていた
（われテイレシアスは、ここのソファーベッドで／演じられることなど、とっくに経験したことばかり。／わたしはテーバイの城壁の下に坐し、／身分卑しき死者たちのあいだを歩いたこともあるのだ。）（岩崎訳）

ここからも、『ミドルセックス』が『荒地』をテキスト生成原理としていることが推察される。ちなみに、"Tiresias" の語源的意味は「前兆」で、彼／彼女は沐浴の姿をみられたアテーナーによって盲目とされたが、これを不憫に思ったアプロディーテが予言の力を与えたという説もある。

一八六九年一月二十三日付『ザ・イヴニング・テレグラフ』紙（*The Evening Telegraph.* (Philadelphia [Pa.])）に、『ロンドン・パンチ』誌（一八六九年一月号）からの転載された興味深い文が掲載されている。これは、まず以下のようにはじまった――

「アメリカ合衆国次期大統領ユリシーズ・グラントさんと、国王ジョージ・ワシントンの王位にあなたを選挙した偉大なるアメリカ国民に祝意を申し上げます。最高に辛口のこのシャンペンで、素敵なクリスマスと幸せな統治をお祈りします」と、パンチ氏はいった。／「お祭り野郎！」と、グラント将軍は微笑みながらいった。／「ユリシーズさん、あなたの名は」と、パンチ氏は考え込みながら、「あなた自身と国にとって、瑞相にみえます」と述べた。／「縁起など、どうでもよい」／（中略）

このあと、さらに以下のようにつづいている――

「しかし、あなたの最大の類似は、一つを除けば、イサカのあなたと同名の人のように、あなたは知恵の女神ミネルヴァに霊感を吹き込まれ、種族に平和をもたらす決意をしたことにある。／「まとめよ」／「わかりました。何故なら、ここにあなたの最後で最大の類似があります。超自然の叡知に霊感を受けたユリシーズと同じように、あなたは密かに、陰鬱な地域に向け出発したからです。〈そこの、寂しい土地と陰鬱な穴の中に、／ブリタニアの陰鬱な国民が住んでいる。／太陽の眼に、居心地の悪い居場所が入ることは決してない。／晴れやかに、前進したり後退したりするとき。／不幸な民族よ、そこへ終わりのない夜が侵入し、／どんよりした空気が彼らを暗くし、陰でぐるりと覆う〉／「いま、暗闇の中で。それはどこにあるのか」／「ここだ」と、パンチ氏はやんわりと容赦していった。「それは、あなた方アメリカ人とあなた方がそれほど尊敬するフランス人が持つ見解ではないのか。この腐った小さな古い島の精神的・身体的状態について」／「われわれには、愚者がいる。あなたにはどうか」／「たくさんいる。パルカ（運命と出産の女神）たちに感謝、あるいは、賢者はどのように生きるべきか。そうさね、あなたは説明を拒んでいるが、あなたが密かな神秘的旅をして、あらゆる被造の者の中でもっとも深く賢明な者ティレシアスに、あなたの未来の成り行きについて伺いをたてたことは認めている。ティレシ

『パンチ』誌表紙

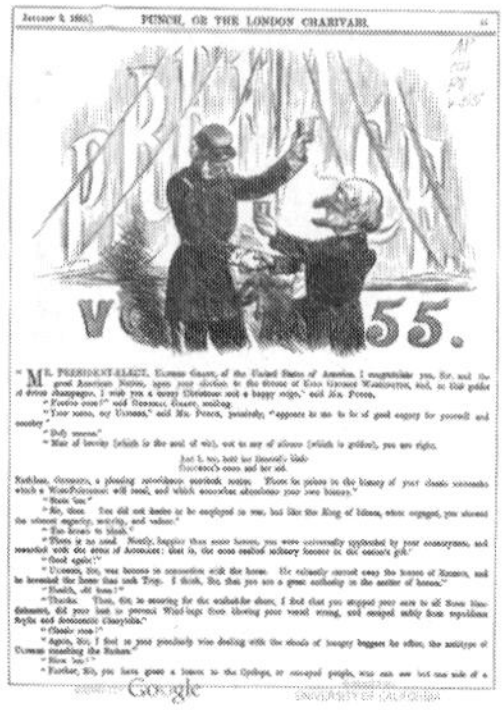

パンチとグラント

アスは、いうまでもないが、わたしのことだ」と、パンチ氏は謙虚にいった。／「とんでもない」と、次期大統領は飛び上がり、その敬うべき友人の手を自らの両手で握り絞め、その杯をその人と掲げていった。「あなたはティレシアスだ。あなたの杖は、彼が視力を失ったとき、ミネルヴァが与えた棒である」。／「そのことは気になさるな」とパンチ氏はいった。「わたしは、わたしの杖をなくしてはおらず、もしあなたがわたしの技を吟味したなら、わたしの特別の才が、真の尊師がわたしにみることを禁じていることがみれないということだ、とわかるだろう」。／（以下、略）

（註・「そこの、寂しい土地と陰鬱な穴の中に、……どんよりした空気が彼らを暗くし、陰でぐるりと覆う」は、『オデュッセイア』第九巻十五～二十行を捩ったもの――「そこの寂しい土地と陰鬱な穴の中に、／キンメリアの陰鬱な国民が住んでいる。／太陽の眼に、居心地の悪い居場所が入ることは決してない。／晴れやかに、前進したり後退したりするとき。／不幸な民族よ、そこへ終わりのない夜が侵入し、／どんよりした空気が彼らを暗くし、陰でぐるりと覆う」――アレキサンダー・ポープ訳。「ブリタニア」に置き換えられた「キンメリア」とは、現南ウクライナあたりをさし、紀元前九世紀頃、遊牧騎馬民族の「キンメリオイ」（キンメリア人）が住んでいた。）

一八八五年十二月十二日付『ザ・ディモクラティック・アドヴォケイト』紙（*The Democratic Advocate.* (Westminster, Md.)）に、「テニスンの新詩集／イングランド桂冠詩人、テーベの盲目の預言者を歌う」と題する書評がでた――

本日付けの『ニューヨーク・ヘラルド』紙に次の特電が含まれていた――わたしは、たったいま、テニスン卿の新著『ティレシアスとその他の詩』の新刊見本を読んだところ。そのうちのいくつか、たとえば、「重装備旅団の突撃」「早春」「欲望」などは古くから知るものだが、この詩集に収録された二十八篇の詩で、多くは新しく歓迎されるものである。本書のはじめには、この桂冠詩人による亡き友人フィッツジェラルドへの率直な賛辞がある。この人物の「ウマル・ハイヤーム」の詩は、エリュー・ヴェッダー（Elihu Vedder）の線描画をかいしてよく知られた。／「ティレシアス」は、この詩集中でもっとも精巧な詩の一つであるが、最善のテニスンがでていない。懐かしの調子がない。詩人は、古代の「覗き見のトム」の話を努力して語っており、素晴らしい箇所もあることはあるが、ほとんどの読者は、さっと楽しんで読み飛ばし、アイルランド訛りで書かれた絶妙で感動的なバラッド「明日」へといってしまうことだろう／（以下、略）

一八九六年四月十三日付『オリアンズ・カウンティ・モニター』紙（*Orleans County Monitor.* (Barton, Vt.)）の、「一般ニュース項目」の欄に、「大将ティレシアス・サイモン・サム（イポリットの下で戦争大臣を務めた）は、ハイチの大統領に選出された」のニュースがあった。

1910年5月7日付『ザ・サンフランシスコ・コール』紙より

一九一〇年五月七日付『ザ・サンフランシスコ・コール』紙に、「英語劇／C・M・ゲイラリー教授、劇は悲劇的恐怖の要素がまさっていると断言」の見出しで、大学生の演劇公演を報じる記事が掲載された――

バークレー、五月六日――五月十四日の土曜日の午前に、カリフォルニア大学がギリシャ劇「オイディプス王」を上演するが、これは注目すべきイヴェントとなろう。劇愛好者はこの機会を見逃すことのないよう。これは、ギリシャ悲劇詩人の王であるソフォクレスの最高の悲劇である。この劇は英語でおこなわれるので、誰でも内容が理解できる。しかし、上演は古典の慣習に厳密にのっとりなされるので、演劇史にともなう興味の何一つも失われることがない。／（中略）／……無罪を誇るオイディプスは、嫌がる預言者ティレシアスに、この謎の解明を迫る。この預言者が、オイディプスをかばうため話すことを拒むと、オイディプスが彼を罪を犯したと告発するので、王自身に罪があることをいわざるをえなくなる。

第四節　『荒地』と『原・荒地』

ところで、「作家ユージェニディーズ」と「商人ユージェニディーズ氏」の名の一致は偶然のようだ。彼は、二〇一一年の『ザ・パリス・レヴュー』誌（*The Paris Review*）冬季号で、ジェイムズ・ギボンズ（James Gibbons）のインタビューに答え、「ユージェニディーズは『荒地』にいた。ラテン語を教えてくれていた教師が、そのことをわたしに指摘してくれたのです」と語っている。ちなみに、この雑誌では、パウンド（一九六二年夏号）もエリオット（一九五九年春夏号）もインタビューを受けている。

ラテン語教師が示唆した『荒地』のテキスト、おそらく作家ユージェニディーズが引用したと思われるテキストは、エリオットの原稿段階のテキストとは違っていた。

若きパウンドとエリオット

Unreal City
Under the brown fog of a winter noon
Mr. Eugenides, the Smyrna merchant
Unshaven, with a pochet full of currants
C.i.f. London: documents at sight,
Asked me in demotic French
To luncheon at the Cannon Street Hotel
Followed by a week-end at the Metopole. (11. 207-214)

Unreal City, I have seen and see
Under the brown fog of your winter noon
Mr Eugenides, the Smyrna merchant
Unshaven, with a pochet full of currants
(C. i. f. London: documents at sight),
Who asked me in ~~abominable~~ French,　　demotic
To luncheon at the Cannon Street Hotel,
And (perhaps) by a week-end at the Metopole.

〈非現実の都市〉
冬の正午の褐色の霧の下
ユーゲニデス氏はスミルナの商人で
無精髭《ぶしょうひげ》を生《は》やし、ポケットに乾葡萄《ほしぶどう》をつめこみ
「ロンドン渡し運賃保険料込み」一括払いの手形をもっていたが、
俗語まじりのフランス語でぼくを誘った――
キャノン・ストリート・ホテルで昼食をとって、
週末はメトロポールでご一緒しませんか、と。（岩崎訳）

これに対して、一九二一年十一月から一九二二年一月の修正期、パリ在住であったパウンドは、第一行目の“I have seen and see”と第二行目の“your”を削除し、第六行目の“abominable”を“demotic”に変えた。この指示にエリオットはすべて応じ、さらに修正を加え、現在みるテキストになった。

この商人は、「ぼく」を「キャノン・ストリート・ホテル」の「昼食」に「誘い」、「週末」は「メトロポール（・ホテル）」でという。そして、商人は「無精髭を生やし」、「ポケット一杯の乾葡萄」、つまり「ロンドンまでの運賃保険料込み」であり「一覧表手形書類」を持っており、「俗な／俗語まじりのフランス語」で話す。

管見の限り、この連を正面からとりあげた論文は、レッスル（David Roessel）の「〈スミルナの商人ユージェニ

ディーズ氏〉と『荒地』における戦後政治」(“‘Mr. Eugenides, the Smyrna Merchant,’ and Post-War Politics in The Waste Land”) だけである。論のはじめに近いところに、次のように、この詩の問題の連の意義が述べられている——

エリオットは、戦後ヨーロッパについて自らの考えを、『荒地』のいくつかの節に挿入していて、そのうちの一つは、スミルナ出身のユージェニディーズ氏との出会いをめぐるものである。そのアナトリア地方の都市の運命については、当時、イングランドの新聞でしばしば議論の的となっており、そのこととエリオット自身のこの問題への見解をみると、ユージェニディーズ氏はヨーロッパ崩壊の象徴であることがわかる。

また、トラディ・テイト (Trudi Tate) も、こう指摘している——

スタン・スミスが指摘したように、T・S・エリオットのように保守的で後ろ向きと思われている作家ですら、周囲に起こった政治的事件に反応をしていた。スミスが論証しているように、『荒地』には、一九一九〜一九二一年の平和解決と革命をめぐり、いうべきことがたくさん含まれている。(*Modernism, History and the First World War* (2013), p.13; Stan Smith, The Origins of Modernism: Eliot, Pound, Yeats and the Rhetorics of Renewal, 1994)

ついでながら、従来の先行論で指摘されてはいないが、「キャノン・ストリート」は、そもそも蝋燭製造業者の住居地区をさしていて、「キャンドルリッチストレート・ストリート」(Candelwrichstrete Street) として一一九〇年初出で、十七世紀には縮小されて「キャノン・ストリート」となる。この通りの「名称」の由来からすれば「大砲」と関係がないとしても、「スミルナ」との関係からすればそれが想起されよう。また、“canon” と戯れれば、「教会法」「正典」「(ミサの) カノン」「聖人名列」も想起される。そうすれば、「同性愛」がらみで皮肉が読みとれるだろう。

レッスル論は、「スミルナの商人」の連の表象的読みについては、ほぼ網羅している。本書第Ⅳ部第一章と第二章は、この論を出発点とし、エリオットがパウンドの示唆に従い修正した箇所のうちで、連の第六行目の〈アボミナブル〉“abominable”から〈ディモティック〉“demotic”への修正をとりあげ、その変更によってテキストの読みにいかなる変化が生起したかを追究する。ついでながら、レッスルによると、この修正は、パウンドが『荒地』の原稿に挿入した唯一のものである可能性があるという（Roessel, p.175, n.21）。その前に、いま引用した連の二行目の「褐色の霧」〈ブラウン・フォッグ〉について説明を加えておく。

第五節　「褐色の霧」言説

この「褐色の霧」について、クリストファー・リックス&ジム・マッキュー共編『T・S・エリオットの詩（第I巻）』の「註釈」は、ワイルドのエッセイ集『嘘の衰退』（*The Decay of Lying*）（一八九一年）の一節を示唆しているとしている——「もし、印象派の画家からでないとしたら、どこから、素晴らしい褐色の霧を手にするというのか。この霧は、這って通りをやってきて、ガス灯をぼんやりとさせ、家々を奇怪な影に変える」（六一五ページ）。しかし、この表現は、ワイルドの創意したものか不明であるが、すでに『荒地』の同時代に言説化されていた。

たとえば、一八九六年一月二日付『ウォートーガー・デモクラット』紙（*Wataugа Democrat.* (Boone, Watauga County, N.C.)）にまずこうでてくる（蛇足ながら、「フォッグ・ブラウン」がそれに相当。）——

フランクリン某と妻は、一年程前、ジョンズ・リヴァーでフォッグ・ブラウンに毒をもったことで訴えられたが、殺人の嫌疑でレノワー刑務所にいる。フランクリン夫人は、フォッグ・ブラウンが死んだとき、彼の妻であって、すぐあと、彼女の共犯者フランクリンと結婚したことが思いだされるだろう。

一九〇〇年八月十二日付『ニューヨーク・トリビューン』紙は、「最近のフランス芸術／展覧会にだされた最近十年間の作品」の見出しの記事を掲載し、その中に次の箇所があった——

ウジェーヌ・カリエール氏（Eugene Carriere）のものも、もし、あまりにも多くの計略を感じさせることがなければ、同じ運を経験するになろう。カリエール氏は、数年前、自己流に、顔に多かれ少なかれ光をあて、人物を闇で包むという考えを適用することを考えた。この考えは、古くはレンブラントやリベルス（Ribers）にみられる。もう一人の現代フランス人リボーは、同じ便法を試し、ある程度は成功した。カリエール氏も成功し、しかも同じ条件付きで。彼は、彼のささやかな秘法を、すべてのテーマに使用する傾向にある。適切かどうかは別にして。たとえば、『民衆劇場』は素晴らしい作品で、それは、暗褐色の霧で、たくさんの人がいる天井桟敷を包むのは不適当ではないからである。この絵は魅力的で……（傍線引用者）

「I　死者の埋葬」の次の箇所は、これと重なる——「〈非現実の都市〉／冬の夜明けの褐色の霧の下、／ロンドン・ブリッジを群集が流れていった。たくさんの人」。ついでながら、「ウジェーヌ（・カリエール）」は男性名であるが、本部第三章第五節は女性名「ウジェニー」を扱っている。

一九〇一年一月五日付『ジ・インディアナポリス・ジャーナル』紙（*The Indianapolis Journal.* (Indianapolis [Ind.])）に、「ロンドン住民、褐色の霧に喘ぐ」の見出しの記事がでた——

ロンドン、一月四日——息苦しくさせる褐色の霧が、今朝、数時間ロンドンを包み、大いに不便をひき起こした。通りでは多数の衝突が起き、数人の死傷者がでた。数千人の屋外労働者は、その仕事を停止せざるをえず、鉄道は列車の到着に遅延がおき、川の交通は完全にとまった。

この紙面はとても興味深く、「褐色の霧」の記事の一つ上と、さらに一つ、二つ上の記事、また一つ下の記事は〈トルコ〉にからんだものであり、その一つ上の記事には〈スミルナ〉〈トルコ〉〈ギリシャ〉がでてくる――

「アル・フェロウ・ベイにとってのたなぼた」／一月五日――「アル・フェロウ・ベイは、最近、ワシントン駐在トルコ公使をムスタプ・ベイにとって代わられたが、復帰した」と、コンスタンティノープルのザ・タイムズ紙通信員が述べている。「それは、彼が青年トルコ党に加わるのではと懸念されたためである。彼は、クランプ造船会社が建造予定の新しいオスマン・トルコの巡洋艦の手数料として、一万ポンドを受け取ることになろう。／「疫病の新たな発生」／ロンドン一月四日――ウラジオストクで疫病が発生したとの知らせは、確認がとれた。十九症例があり、そのうち十五件は致命的であった。四人の疫病感染者は、依然、入院していて、多数が隔離されている。／スミルナで疫病が再発したことで、トルコとギリシャは、この港からの到着に検疫を課した。／「トルコ兵八名殺害さる」／コンスタンティノープル、一月四日――マケドニア委員会の密使の疑いのあるかなりの数のブルガリア人を拘束しようとしたことが原因で起こった、イシュティブ近くの深刻な小競り合いで、八人の兵士が殺害された。この紛争は継続中である。

先のロンドンの霧の記事とまったく同じものが、一月十七日付『アバディーン・ヘラルド』紙（*Aberdeen Herald.* (Aberdeen, Chehalis County, W.T.)）に、見出しと記事の日付がかわっただけで掲載されている。「ロンドンの褐色の霧」が見出しで、「ロンドン、一月九日」となっている。この〈褐色の霧〉は、いわゆる〈スモッグ〉にほかならない。この語が誕生し、報道記事で流通するようになるのは、一九〇五年からである。この新語誕生について、一九〇五年七月三十日付『ザ・セントルイス・リパブリック』紙（*The St. Louis Republic.* (St. Louis, Mo.)）に、見出し「スモッグ、ロンドン疫病を示す新語／著名な講師、都市独特の困ったことは、何よりも煙のためと断言」の記事がでた——

特電／ロンドン、七月二十日（版権、一九〇五年）——奇妙なことだが、低地域のいくらかと海峡が、週のほとんど濃い霧で覆われていたとき、ロンドンはその固有の厄介ものを経験することはなかった。それ故、このロンドン「固有」のものは、新たな名で知られるようになりそうである。その新しい名とは、今週、公衆衛生会議で作られたもので、その場で、医師デ・ヴォーが石炭の煙の排除をめぐり講演し、喝采の中、この新語「スモッグ」が作られた。これは、煙と霧の二語からなっている。／ここで再度、時代遅れというロンドンへの古くからある非難が、ロンドンに向けられた。何故なら、もし旧式のかまどがなくなれば、「スモッグ」が減るだろうと医師デ・ヴォーは述べたからだ。

一九〇五年九月十五日付『ウッド・カウンティ・レポート』紙（*Wood County Reporter.* (Grand Rapids [i.e. Wisconsin Rapids], Wis.)）に、見出し「博士、新語を作る／医師、ロンドンの不快な匂いの大気を評して「スモッグ」を使用」の記事——

この語「スモッグ」は、先週、ロンドンで作られたもので、霧がたちこめ煙が臭いときのそこの大気の状態が、まちがいなく滞留しそうであることをあらわしている。これは、ロンドン在住の医師が作ったもので、この医師は、イギリス健康会議で派遣代表をつとめていた。この新造語は、この事例の条件をすべてみたしている。それは明白である。「霧」よりも、ロンドンの朝を描写するのにすぐれている。あるいは、そういうことなら、ニューヨーク、ブルックリン、ピッツバーグ、あるいは、シカゴの朝にもあてはまる。この語が、生きて「古典」になる運命にあることがおわかりですか。そうなると、確信している。／（中略）／この新語「スモッグ」が、健康会議ではじめて発せられたとき、「拍手」で歓迎されたと聞いても驚きではない。医者たちは、すぐに、「スモッグ」が広範に使えることがわかったのだ。「今日は、スモッグのでた朝だ」「大気は〈スモッグ〉でいっぱいである」。数週間あれば充分で、このいい方はどこでも導入され、英語圏世界全体で利用される。ロンドンの中心は、弱った肺に囲まれている。最近の専門家の調査では、セシルホテルが近くにあるチェアリングクロスから半径二マイル内では、大気にはオゾンがまったくないとのこと。肺の専門家、医師デ・ヴォーが、昨年提案した工夫は、新鮮な空気を地下鉄を使ってこの都市にもたらし、同じ経路で悪い空気を排除するというものであったが、いまだ実施されていない。この都市は、依然、「スモッグ」の名にふさわしく、この名は、彼がつけたもので、「煙」と「霧」を巧みに併せたもの。この「スモッグ」に大いに気づくのは、ここにはじめてきた者が、ストランドを通ってロンドンをみはじめるときである。

一九〇六年十一月二日付『リンカーン・カウンティ・リーダー』紙（*Lincoln County Leader*. (Toledo, Lincoln County, Or.)）に、「結論」の見出しの記事がでた。前の記事の結論部分をのせたもの――

ロンドンの中心は、弱った肺に囲まれている。最近の専門家の調査では、セシルホテルが近くにあるチェアリングクロスから半径二マイル内では、大気にはオゾンがまったくないとのこと。肺の専門家、医師デ・ヴォーが、昨年提案した工夫は、新鮮な空気を地下鉄を使ってこの都市にもたらし、同じ経路で悪い空気を排除するというものであったが、いまだ実施されていない。この都市は、依然、「スモッグ」の名にふさわしく、この名は、彼がつけたもので、「煙」と「霧」を巧みに併せたものである。この「スモッグ」に大いに気づくのは、ここにはじめてきた者が、ストランドを通りロンドンをみはじめるときである。

一九一四年三月二十日付『ザ・ヘラルド・アンド・ニューズ』紙（*The Herald and News.* (Newberry S.C.)）に「新語を作る」の見出しで、記事がでた――

評判のよい天気予報局が、新語を持ちだした。語「スモッグ」で、これは煙まじりの霧の意味である。局によれば、とても頻繁に、この混合状態が大気に明らかになるときがあり、この新語は、ちょっとした立派な考えとみている。／よろしい、「スモッグ」はほっておく。しかし、そこで終わりだろうか。雪と泥のまじったものを「スマッド」と、雪と煤煙のまじったのは「スヌート」、雪とあられのまじったものは「スナネイル」と呼んでみよう。そうすると、天気予報がこうなる――「今日のスネイルは、今晩にスヌートにかわり、明日はスマッドをともなうスモッグになります」。

これとほぼ同じ記事が、「新天気用語」の見出しで、一九一七年十月十六日付『ザ・ノース・プラット・セミウィークリー・トリビューン』紙（*The North Platte Semi-Weekly Tribune.* (North Platte, Neb.)）に掲載されている。一九〇九年六月二日付『ザ・リヴァー・プレス』紙（*The River Press.* volume (Fort Benton, Mont.)）に、「ロンドンの霧フィルター〈濾過装置〉」と題する記事がでて、〈カーテン〉を〈フィルター〉として使用したとの内容である――

「すべてのロンドンの公共建物は、いま、霧フィルター付きで建築されている」と、ある建築家が述べた。「それらは、必要不可欠である。ロンドンの黄褐色の霧は、百万の軟炭の火からでる煙からなり、硫黄の匂いがして、目、喉の痛みをひき起こし、頭痛の原因となる。家の中に入ってくる。冬の朝、目が覚めると、そのために寝室ではものがみえない。そこで、現在、公共の建物は、それを除去している。空気を一つの穴だけに引き込み、送風機を使って厚さ六インチの綿のカーテンに向けて吹き付ける。空気はこのカーテンを通りぬける。いろいろな部屋に分配するため反対側にでてくると、かなり綺麗で純粋で透明な空気になる。しかし、白い濾過カーテンなのだ。毎日、取りかえなくてはならない。それが灰色になるには、わずか一時間で、宵闇が訪れる頃、インクのように真っ黒になる。

この記事のすぐ上には、見出し「死刑／昔日の溺死処刑に付随する恐怖」の記事があり、『荒地』の〈水死〉との関係で興味深いものである──

溺死処刑は、フランスではアンリ四世によって廃止されたが、その後の王の一人によって復活させられた。法定処刑法として最終的に廃止されたのは、大革命派の最初期の命令によってであった。／十八世紀にもなって、溺死刑は、エディンバラで重罪犯に対して科され、中世では、有罪犯を死刑にすることは一般的であった。この種の処刑は、被告に関する限り、他のものと同じく人道的だとみなされていたが、そのことは次のことからわかる。つまり、この刑は初期ユダヤ人には知られておらず、彼らは姦婦に石を投げつける処罰を溺死させる罰に変えたのである。エジプト人の間では、これは一般的であった。ローマのコーニーリア法は、この方法を法規記録に記し是認していた。タキトゥスによれば、ゲルマン人はこの慣習をローマ人からならったという。トュートン族はそれを「最後の洗礼」と名づけ、運のつきた者の生からの旅立ちにともなう、興奮を増やしてくれる追加の種類を工夫しはじめたとき、想像力が眠ることを許さなかった。受刑者は、モンテ・クリスト流に、袋に入れられ縫い合わされ、彼とともに危険なイヌ、飢えたネコ、獰猛な雄鶏、有毒ヘビが入れられた。すべては大いに生きていて、おそらく蹴っていた。その理由はわからないが、溺死刑は、多くの民族によって、犯罪女性には好ましいとみなされていた。とても下賤であったり、卑しい違反者の場合、ローマ人は、多かれ少なかれ、楽しめるやり方で、運の尽きた者をはじめは入念な木枠に入れ沼地で溺れさせた。／女性犯罪者を殺害する洗練された残酷な方法として、それ以前のアルバニア人は、まちがいなく、巧みさの点でもっとも創意工夫にとんでいた。もちろん、一般に知られていたことであるが、現代のアルバニア人ですら、中国人をも含めた人間のカタログで他の知られた男性より、女性には敬意を払っていない。ほぼ百年前頃まで彼らの間でおこなわれていた、犯罪者、あるいは不愉快な女性すらを処刑する公認の方法は、当人を水槽に鎖でしばり、その中に水を徐々に入れていくやり方であった。水が彼女の胸に届くと抜いていき、ときどき彼女の踝までにし、それから水槽を新たに満たしていく。もし、この女性に子どもがいれば、拷問は変わり、彼女の目のまえで子どもたちを溺れさせたり、手足を切断したりした。彼女のいろいろな部位に食べ物を括り付け、ネズミをおびき寄せた。多数のネズミが解き放たれたという。——『ニューヨーク・ワールド』紙

1909年9月25日付『デザート』紙より

一九〇九年九月二十五日付『デザート・イヴニング・ニューズ』紙（*Deseret Evening News.* (Great Salt Lake City [Utah])）に、チャールズ・ディケンズの短篇「殺人裁判——幽霊話」が掲載されていて、その一部に以下のようにあった——「指定された朝は、十一月の底冷えのする朝であった。ピカデリーは、濃い褐色の霧がかかり、テンプル・バーの東はまったくの黒に、極度のひどさになった」。

クリスティーン・L・コートン（Christine L. Corton）は、著書『ロンドンの霧——伝記』（*London Fog: The Biography*, 2015）で、エリオットが「褐色」を選んだ理由を次のように推測している——

ここで、ロンドンは人が霊的に不毛な生を営んでいる地獄の様相を呈する。エ

リオットが霧をあらわすのに選ぶことが可能であった多数の色、たとえば黒、黄、白でなく、褐色が意図的に選択されている。それは、その色がどんよりした色であり、まるでステュクス河を地獄へと向かうかのようにロンドン橋を仕事へと歩いて向かう労働者のどんよりした服装と釣り合っていて、彼らの霊的に死んだ生を反映しているからである。（二三九ページ）

この解釈を否定はしないが、すでに示唆したように、新聞によるかぎり、当時、「褐色の霧」言説が存在していたのだ。エリオットは、それを適用したのではないか。新聞の言説を利用したといえば、ついでながら、第一詩集の「ある婦人の肖像」（Portrait of a Lady）の第一行は、「霧立ちこめる十二月のある日の昼さがり」（Among the smoke and fog of a December afternoon）であるが、この“the smoke and fog”は“smog”のことで、「霧」とするだけではよろしくない。この言説も、新聞に存在していたのだ。

＊　＊　＊　＊　＊

第五節・余白　同時代紙における「霧と煙」（fog and smoke）言説

一八九二年三月三日付『ザ・ダラム・デイリー・グローブ』紙（*The Durham Daily Globe.* (Durham, N.C.)）に、見出し「煙と霧対策」の記事が掲載されている――

迷惑な煙と霧の軽減を目的にした活動が、いろいろな地区で徒歩状態にある。ロンドンに降りてくる霧はとてもよくない状態にあるが、それに煙が加わり、もっとも健康で頑強な者ですらほとんど耐えられないものとなっている。日曜、ロンドン市長が、家庭用に無煙炭を導入したいとするサウス・ウェールズの代表団との会見の際、いくつかの異常な事実が引き出された。この無煙炭は、おおむね、パリ、ベルリン、その他の大陸やアメリカの都市で使用されているが、そこではロンドンと比較してみると、完全に澄んだ大気が満喫されている。この代表団は、迷惑な霧を軽減してくれそうなものなら、何でも偏見なく試してみるべき、としている。／代表団を引き合わせたサー・ジョン・プルストンは、ロンドンには七十万戸の家と百五十万の煙突があると述べた。寒い日には、約四万トンの石炭が消費され、四百八十トンの硫黄が排出されている。（以下、略）

一八九四年九月一日付『ザ・サン』紙に、見出し「シカゴを覆うとばり／煙と霧が混じり、交通が遅れ、事故が起こった」の記事――

シカゴ、八月三十一日――数年来もっとも濃い霧の一つが、息詰まるような大量の煙と混じり、この町に昨晩遅くから今朝遅くまで立ち込めた。太陽は、ほぼ一週間、輝くことはなかった。／ミシガン湖の船長の一人は、光や目視で場所を特定しようとするのはやめ、耳を使って進んだ。ある場合、ガヴァーメント灯台の信号をとらえたあと、船は四時間かけて川に入った。海上保険会社は、座礁のもう一つ長いリストが、霧と煙が一緒になった結果できるのではないかと懸念するようになった。／煙と霧のため、今日、ウェスト四〇番街のレイク街にある高架で、二台の早朝の列車が衝突した。二名負傷し、各自の家に運ばれた。一人は雇用者のE・M・ペティンギルで、身体に傷を受けた。もう一人は乗客のO・D・クックで、左腕を捻挫した。／東行きの列車は、四〇番街から少しでたところまで進み停車した。霧と煙に覆われていた。もう一台が発車し、その機関車が最初の列車の後尾車に衝突し、客車と機関車がめちゃくちゃになった。ノースウェスタン駅に入る全列車は、今日、一面に立ち込めた濃霧とかすんだ煙のために遅延した。

一八九五年八月十六日付『ザ・ワシントン・スタンダード』紙（*The Washington Standard.* (Olympia, Wash. Territory)）に、コラム「市短報」の記事が掲載——

今朝、霧と煙がとても濃く、通りの反対側にあるモノがみえなかった。／（中略）／この息苦しい数日、煙と霧の中を「疲れはてて、とぼとぼと進む」必要のある蒸気船が鳴らす長い警笛音は、陽気な鼻取の楽しい調べとはまったくちがっている。

（註・「疲れはてて、……」は、トマス・グレイの代表作「田舎の墓地で詠んだ挽歌」の一節より。）

一九〇七年十二月十日付『ザ・スポーケン・プレス』紙（*The Spokane Press.* (Spokane, Wash.)）に、見出し「この発明は霧を破壊する」の記事がでた——

ロンドン、十二月十日——ロンドンで間もなく試される実験が成功すれば、ドメトリオ・マジオーラ（Demetrio Maggiora）が完成した発明品が、アメリカの大都市のいくつかに導入され、その結果、最大の迷惑もの、煙と霧が除去できるだろう。／マジオーラ君の装置は、巨大な角状のものである。アセチレンガスを発生・爆発させるためにタンクに取りつけられた、巨大な角状のものである。全体は、一種のガス機関砲で、それによって空気を振動させ、霧と煙を上方へと送り、風に捉えられ運ばていくといったもの。

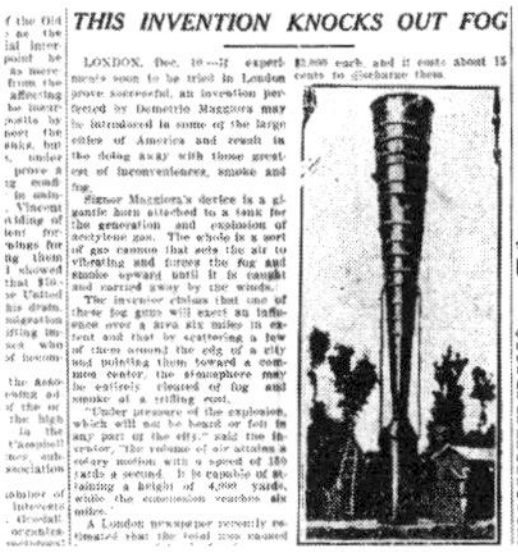
THIS INVENTION KNOCKS OUT FOG

LONDON, Dec. 10.—If experiments soon to be tried in London prove successful, an invention perfected by Demetrio Maggiora may be introduced in some of the large cities of America and result in the doing away with those greatest of inconveniences, smoke and fog.

Signor Maggiora's device is a gigantic horn attached to a tank for the generation and explosion of acetylene gas. The whole is a sort of gas cannon that sets the air to vibrating and forces the fog and smoke upward until it is caught and carried away by the winds.

The inventor claims that one of these fog guns will exert an influence over a area six miles in extent and that by scattering a few of them around the edge of a city and pointing them toward a common center, the atmosphere may be entirely cleared of fog and smoke at a trifling cost.

"Under pressure of the explosion, which will not be heard or felt in any part of the city," said the inventor, "the volume of air attains a rotary motion with a speed of 180 yards a second. It is capable of attaining a height of 4,000 yards, while the concussion reaches six miles."

A London newspaper recently estimated that the total loss caused

$2,000 each, and it costs about 15 cents to discharge them.

1907年12月10日付『ザ・スポーケン・プレス』紙より

一九一三年十二月二十四日付『ザ・ハッティズバーグ・ニューズ』紙（*The Hattiesburg News.* (Hattiesburg, Miss.)）に、見出し「多くの都市、煙と霧のため暗闇の中」の記事――

ルイズヴィル、十二月二十四日――終了まじかの薄暮、ないし真夜中の暗闇の状況があったと、今朝、ロワー・レイク地区とオハイオ渓谷の多くの都市から報告された。気流がまったくなく、地上近くに濃い霧と煙とがあるため、昼が夜になっている……。

一九一三年十二月三日付『デイリー・キャピタル・ジャーナル』紙（*Daily Capital Journal.* (Salem, Or.)）に、見出し「煙と霧、晴れる」の記事――「連合通信専用電信」／シカゴ、十二月三日――ほぼ八日間、当市を半ば暗闇にしていた霧と煙は、今朝、晴れ、太陽が百八十日ぶりにやっと輝いた。

一九一四年十一月五日付『パース・アンボイ・イヴニング・ニューズ』紙（*Perth Amboy Evening News.* (Perth Amboy, N.J.)）に、見出し「ジェームズバーグで自動車と貨車が衝突」の記事――

『ザ・イヴニング・ニューズ』紙特報／ジェームズバーグ、十一月五日――この場所近くに住むジョン・ウィットコウスキー所有のジャガイモ満載の走行する数頭の馬と、ニューアークのワシントン街二六三番のH・L・ブラウン所有の自動車が衝突し、馬の一頭が重傷を負い、苦痛を終えるため射殺された。荷馬車の軛が壊れた。自動車はもっと大きな損傷を受けた。フロントガラスが、車の凸部が通りぬけて割れ、串刺し刑の運をほとんど免れないものであった。／自動車が早い速度で、しかも道路の走ってはいけない方を走行していたとされている。この衝突は、事故の起った地点、つまり、ペンシルバニア鉄道のアウトコールト駅の反対側で、濃い霧と煙のためいきなり起こった。

エリオットが「ある婦人の肖像」で、「十二月のある日の午後の煙と霧の中」(Among the smoke and fog of a December afternoon) としたのは、以上のように新聞の言説として「煙と霧／霧と煙」が存在したことと、「スモッグ」の語を造語した医師ハロルド・デ・ヴォーの論文題名が「霧と煙」であったからではなかったか。

第六節 〈ユージェニディーズ／ユーゲニデス氏〉の「アボミナブルなフランス語」――『荒地』と「ヨハネ黙示録」の「スミルナ」表象

この商人が〈デモティック／アボミナブル〉な「フランス語」を話すのは、「スミルナ」出身の「フランス人」だからなのか。その可能性は否定できない。だが、〈イズミル〉でなく〈スミルナ〉とあることで、焦点は〈ギリシャ〉にあるだろう。〈ギリシャ人〉を想起させる「ユージェニディーズ」という名もさることながら、本章第一節で言及したように、〈スミルナ〉は一九二二年当時、国際的にたいへん悲惨な事態を経験した都市の名であり、当時の読者なら、即座にそのことが想起されただろう。二〇一六年現在の〈シリア〉のように。この三年前、ギリシャは一九一九年五月五日から〈スミルナ〉を占拠し軍事統治を開始し、〈スミルナ〉は復活した。

そして、ムスタファ・ケマル・アタテュルク率いるトルコ軍が〈スミルナ〉を奪還するや、一九二二年九月九日から〈スミルナ〉は「非現実の都市」になった。もっとも、欧米人はいつでも〈スミルナ〉と呼びつづけ、トルコ人は〈イズミル〉と呼んできたことは想像にかたくない。ちなみに、〈スマーナ／ユージェニディーズ〉では〈アメリカ〉が連想され、〈スミルナ／エウゲニデス〉と読み換えなくては〈ギリシャ〉は想起されない。とはいえ、『荒地』草稿段階でコンラッドの『闇の奥』からの一節であったものを、修正後に『サテュリコン』からの一節に替えたことで、〈ギリシャ〉が意識化されるようになった――

> じっさいわしはこの眼でシビュラが瓶《かめ》の中にぶらさが／っとるのを、クーマエで見たよ。子供がギリシア語で／彼女に「シビュラよ、何が欲しい」と訊《き》くと、／彼女はいつも「死にたいの」と答えていたものさ。（岩崎訳）

つまり、ここに「シビュラよ、何が欲しい」（*Σιβυλλα τι θελεις*）／「死にたいの」（*αποθανειν θελω*）とギリシャ語であるので、読者は、ここで〈ギリシャ〉が意識化させられる可能性はある。さらに、エピグラフの「クーマエ」（Cumae）は、ナポリ北西、イタリア半島ではじめて建設された古代ギリシャ植民市で、「シビュラ」はウェルギリウスの『アエネーイス』に登場するクーマエの巫女であり、この都市で使われたギリシャ語文字の一種（クマエ文字）からラテン文字が派生したとされる。エピグラフでは、ラテン語とギリシャ語が併用され、後述の〈ヒエログリフ／デモティック〉の関係に似ている。

ここにある「クーマエ」と「ラテン文字」の関係を説明した記事があった。一九〇四年十二月九日付『ザ・ライジング・サン』紙（*The Rising Son*. (Kansas City, Mo.)）に、「ラテン・アルファベット」と見出しのついたもの——

> われわれのアルファベットは、イタリアの古代アルファベットに由来し、これは、西ギリシャのタイプのものであった。おそらく、早くも紀元前九世紀に、この文字はエヴィア島とギリシャの島のカルキス人によってイタリアのナポリ近くのクーマエにもたらされた。これが五つの土地のアルファベットの親となった。つまり、オスカン語、エトルリア語、ウンブリア語、ファリスク語、ラテン語である。ローマが政治的に卓越していたので、ラテン語が究極的には、イタリアの他の国家的文字にとってかわり、ローマ帝国、その後はラテン・キリスト教国のアルファベットとなり、西ヨーロッパ、アメリカ、オーストラリアにひろまり、ついには世界の支配的アルファベットになった。

そして、これ以前の一八九六年七月十八日付『ザ・デイリー・モーニング・ジャーナル・アンド・クーリアー』紙（*The Daily Morning Journal and Courier.* (New Haven, Conn.)）に、扇の広告に〈クーマエのシビル〉がでてくる――「扇の起源／扇の発明をヘンリー四世の時代に有名な美人であったギシュ・アンド・グラモン伯爵夫人（Countess of Guiche and Grammont）のコリサンド・ダンドゥアン（the Corisande d'Andouin）に帰する歴史的な話がある。しかし、扇は、これよりもさらに古く、クーマエのシビルにたどることができ、歴史家によれば、シビルは扇の助けを借りて神託を述べたという」。

一九〇七年二月三日付『ニューヨーク・トリビューン』紙にジェシー・ベネディクト・カーター（Jesse Benedict Carter）の著書『ヌマ――古代ローマの宗教論』（*The Religion of Numa*）の長い書評が掲載され、その中に以下の比較宗教学的な箇所があった――

1907年2月3日付『ニューヨーク・トリビューン』紙より

ギリシャから借用されたと一般に想定されている多くの神は、イタリア土着のものであることがわかる。初期の神々は、純粋なローマ精神を表現し、その信仰は素朴にして誠実なものであった。カーターによれば、大きな堕落がはじまったのは、シビルの神秘的な本がいくつも出現し採用されてからである。その日以降、古参の牧歌的宗教が、このギリシャとオリエントのまじないと酒神祭の腐敗した塊の有毒な影響に、次第に屈するようになった。もともとは、シビルの所在地クーマエとローマ間の穀物業を宣伝する結果か、それとも手段としてかでローマに持ちこまれたので、この聖なる書物は、元老院に預けられ、その組織によってその理解どおりに使用された。新たにこの書物に訴えかけるたびに、新しい神や新しい堕落の儀式が導入された。そしてついに、共和制末頃になると、アジア戦役の間に兵士が獲得したオリエントの神々の知識に助けられ、シビルの書いた書物は、カエサルの領土に迷信と不道徳を蔓延させた。これに一致して、ギリシャ文化は、上流階級に影響されていたが、ギリシャ宗教の形態を導入した。それは、土着の内容ではなかった。これをカーター氏は、教えることのできないことと明言している。ギリシャとローマの宗教のもっともいいものは、消えてしまっていた。失われ取り返すことができないので、アウグストゥスが充分に実施した努力も、素朴な信仰と信仰的愛国心の黄金時代をとりもどすことはできなかった。

「イタリア最古のギリシャ植民地であったクーマエの遺跡は、ほんのわずかしか存在しない」というほんの一文からなる短い記事が、一九二一年四月十四日付『グレイト・ファールズ・トリビューン』紙（*Great Falls Tribune.* (Great Falls, Mont.)）に掲載されている。何故、こうした情報が必要だったのか、不詳。

一九二一年六月二十三日付『ノリッチ・ブテティン』紙（*Norwich Bulletin.* (Norwich, Conn.)）に、高校レヴェルのことがらで、〈予言〉と〈クーマエ〉の〈シビル〉が結び付けられ使用されている――

学級の予言をだしたのは、イサベル・サーヴィスとモードレン・モリアーティという、イタリアのクーマエにあるシビル洞窟近く、以前のウィンダム高校の級友と偶然出会った観光客であった。時は一九三一年とされ、クラスの学生の名前が、一九三一年に就いた職業との関係で言及されると、多くの笑声があがった。

このように、一般に〈シビル〉は、〈預言〉（占い）と連鎖していて、『荒地』では、「Ｉ 死者の埋葬」の〈マダム・ソソストリス〉が想起されよう。

＊　＊　＊　＊　＊

第六節・余白①　フレイザー訳註『パウサニアスの〈ギリシャ案内記〉』の〈シビュラ〉と〈聖なる荒地〉

岩崎訳には、「エピグラフ」の註としてこうある——「ペトロニウス（?—六六頃）の『サテュリコン』の「トリマルキオンの饗宴」四八節で、トルマルキオンが酒席で語る話からの引用」。

註の内容に誤りはないのだが、ふと、エリオットはこの情報をペトロニウスから直接得たのだろうか、と思われた。何故かといえば、介在をしたテキストがあったと思えたからだ。パウサニアスの『ギリシャ案内記』（一八〇年）のフレイザー訳・註釈書（一八九八年）である。フレイザーのこの訳が、『金枝篇』以前の、そこへ至るための重要な著作とされている。この経緯については、ロバート・アッカーマン著『評伝　J・G・フレイザー　その生涯と業績』（小松［監修］・玉井［監訳］、二〇〇九年）の「第八章　『パウサニアスの〈ギリシャ案内記〉』」に詳しい。

『パウサニアスの〈ギリシャ案内記〉』第五巻（ケンブリッジ図書館版、二〇一二年）の「一二・八　アポローンの聖域にある小さな石の甕、等」の註記（すべて英語）に以下のようにある——

　『ギリシャ人への勧告』の著者は、クーマエで一つの青銅製の甕をみせられた。そこには、シビュラの遺骨が保存されているとされていた（聖ユスティノス『ギリシャ人への勧告』三七、三四〇ページ、一七四二年編）。『ペトロニウス』で、トルマルキオン（『サテュルコン』四八）はこういう——「クーマエで、わたしはこの目でシビュラが甕にぶら下がっているのをみた。子どもたちが彼女に「シビュラ、何が欲しいの?」というと、彼女はいつも「死にたい」と答えていた」。（二九二ページ）

そして、『パウサニアスの〈ギリシャ案内記〉』は、さらに別の意味でも、『荒地』とかかわりがあるように思える。それは、題名「荒地」が、註記の解説に「聖なる荒地」とでてくるからである。エリオットは、ここからヒントを得ているのかも知れない——

エレウシスで発見された碑文から、この聖なる区域にある広場は、〈聖域の庭〉(the Court of the Sanctuary)と呼ばれていたことがわかる。……紀元前三二九〜八年(ib., p. 125sq)の大きな碑文に言及されている聖なる脱穀場は、おそらく、パウサニアスが言及しているトリプトレモスの脱穀場と同じものであろう。パウサニアスに、そこが大聖地の外にあったことが記されている。もう一つ別の碑文は、その聖域の一部である聖なる荒地(the sacred waste land (orgas))にかかわっていて、その聖なる荒地(the sacred waste)は公開すべきか否かの問いについて、デルポイの神託を伺う奇妙な方式が説明されている。(第二巻、五一二ページ)

(註・「エレウシス」は、古代ギリシャのアテナイに近い小都市で、ギリシャ神話の女神デーメーテールの祭儀の中心地として知られる。)

エリオットは「原註」のはじめで、「(『金枝篇』の)アドニス、アッティス、オシリスを扱った二巻」を「特に参考にした」といい、これらに精通している読者は、「わたしの詩の中にある植物神崇拝儀礼への言及箇所は、すぐにそれとわかっていただける」としているが、まさに「女神デーメーテールの祭儀」はこの「植物神崇拝儀礼」に他ならない。フレーザーは、『金枝篇』第七巻第二章「デーメーテールとペルセポネー」で、その儀礼を論じ、「エレウシスのトリプトレモスの聖なる脱穀場」に「註(四)」としてこう述べている——「エレウシスのトリプトレモスの聖なる脱穀場(Pausanias, I, 38.6)は、疑いもなく、紀元前三二九年の大エレウシス碑文で言及されている〈聖なる脱穀場〉と同じものである(Dittenberger, *Sylloge Inscriptionum Gaecarum*, No. 587, line 230)」。ここは、『パウサニアスの〈ギリシャ案内記〉』の該当箇所の引用。

一九一〇年十一月二十日付『イヴニング・スター』紙（*Evening Star.* [volume] (Washington, D.C.)）に、見出し「歴史上有名な感謝祭」の記事が掲載され、デーメーテールの祭儀について説明がなされている――

一六二一年のこと。穀物を収穫する時期になったとき、「トウモロコシは良好、大麦はまずまず、マメは不作であることが判明した。旱魃と時季外れの雪のためであった。しかし、知事ブラッドフォードは、それでも、感謝する因はあると信じ、四人の部下をやって野鳥を銃で撃たせた。植民地住民が、「曲がりなりにも、楽しむ」ようにとの配慮からだ。実際、人びとは楽しんだ。三日間、人びとは「町の部屋」で祝った。そこは、国王マサソイトと九十名の勇者らも、また、彼らに付与された恵みを喜ぶようにと命じられていた。二年後、住民が旱魃の最中、こうべをたれて祈り断食をしていたとき、彼らの悲しみは感謝へと変わった。祈りの間、雨が降ってきたのである。そこで、毎年、一日を確保し、感謝を捧げる習慣ができた。（中略）／しかし、アメリカの感謝祭は、少なくとも現在、挙行の仕方が独特であるとはいえ、われらの祖先ピルグリムズ・ファザーズがこの国にやってくる以前、そして、そのとき以降の時代ですらおこなわれてきた唯一の感謝の祈りの方式というわけではない。そう名付ける権利を有する時代と国では、特別な時が確保され、集められたばかりの収穫物に感謝を捧げ、祈る対象の神が何であれ、来年とその穀物に対して、神の保護と援助が願われた。（中略）／ギリシャ人が祝うもっとも重要な祭りの一つは、〈エレウシスの秘儀〉と呼ばれたもので、これは、農業の女神デーメーテールの毎年の祭りであった。この秘儀は二つの部分、つまり大がかりな秘儀と小規模な秘儀からなり、後者は、大秘儀の準備的なものという感がある。大秘儀の最初の部分は、アテネでおこなわれ、アテネ市民が主要な参加者であった。他方、もっとも重要なイヴェントは、アテネから数マイル離れたエレウシスでおこなわれた。この秘儀伝授を受けることは、すべてのアテネ自由民の義務であったが、その他の者はすべて排除され、守らなければ殺すと脅された。この儀式は、秘密裡のもので、構成員に漏らされることはなく、いわば〈フリー・メーソン〉に喩えられてきた。祭は九日間つづき、収穫直後からはじまり、祭りの間、全体的に宗教的安穏があった。最初の日に、入会者が秘伝を受けた。二日目と三日目には、海水で禊がなされ生贄が捧げられた。／四日目には、聖なる籠の行列がおこなわれた。籠には、原則として、ザクロの実とケシが一杯にいれられ、浄められた荷車に載せて通りをめぐった。五日目は「松明の日」で、松明持ちを先頭に入会者が行列をなし、歩いてデーメーテールの神殿に向かい、そこで一晩過ごしたと信じられている。第六日目には、もっとも重要なイヴェントが執りおこなわれた。この行列は、アテネからエレウシスへ向かう聖なる道でおこなわれ、着くと、志願者らに最後の秘儀が伝授された。その日、彼らは「ミスタ」(mystae)ではなく、「エポプタ」(epoptae)になった。七日目、彼らは皆大はしゃぎでアテネに戻った。八日目は、エレウシスの祝いに参加できなかった者のため、付け加えられていたとされている。最終日、「プレモコアイ(水甕)」の儀式がおこなわれた。この儀式では、ブドウ酒が一杯に入った二つの土甕が、一つは東に、もう一つは西に向けられた。それから、付き添いの司祭がいくつかの神秘的なことばをいい、甕を逆さにし、こぼれたブドウ酒は献酒となった。／ローマ人はデーメーテールではなく、ケレスを信仰したが、両者に関する伝説は実質的に同じものである。ケレスは、エジプト人が進行したイシスと同じという神話学者もいる。(以下、略)

ここから、「感謝祭」の連綿たる歴史が感じ取れるし、アメリカ人にとって、自分たちの慣習が、つきつめれば古代ギリシャに至るということが自覚されるようになっている。

フレイザーの『パウサニアスの〈ギリシャ案内記〉』が出版される以前の一八九〇年に、ある一冊の本がマクミラン社から出版され、一八九一年七月二十七日付『ニューヨーク・トリビューン』紙に、見出し「ギリシャ人の宗教／古典古代における信仰の重要な段階をめぐる学術研究」の書評記事が掲載された。この本は、オクスフォード大学出身の学士で、元ハーヴァード大学助教授ルイス・ダイアー著の『最近発掘されたいくつかの聖域におけるギリシャの神々の研究――一八九〇年、ローウェル協会での八つの講演』である。

本書のある箇所が、とりわけ注目される。驚異的な理性と節度、そして論題の全側面をめぐる証拠を受け入れること、これらが全体として特徴となっている議論の最中、気質が示されているからだ。かなり長く、著者は、ホメロスの詩に示されている医学と外科治療の状況を説明しているが、当然、それは、エピダウルスとアテネのアエスキュラピウス（アスクレーピオス）信仰を扱っているときのことである。彼は、その説明がそれに関する限りいかに正確かを示し、ギリシャ医学の発明はコスのヒポクラテスによるという主張を覆す。そこから、彼はわざわざ、考えられることだが、ガルディアと他の幾人かの極端論者を非難している。「現代も古代も、科学と宗教間に公認の葛藤があったと主張した」からである。別の箇所では、こう付け加えられている――「断絶が、実際、徐々に、しかしとても早い時期に、世俗的な治療とアエスキュラピウスの治療とに生じた。この事実を認めることはたやすいことではない。何故なら、古代にはいかなる分野にせよ、少なくとも古代医学の分野では、科学と宗教とにある現代的な敵対関係は存在しなかったからだ。過去を意図的に誤り伝え、それだけ一層完全に現在を誤解する者には、これがそうであるのは、科学が非科学的であった、あるいは、宗教が空虚なショーであったからといわせてやりなさい。実際は、こうなのだ。つまり、いま述べた分断にもかかわらず、医者らは、アエスキュラピウス信仰と接触をつづけ、その神殿の司祭らは、素人の開業者から得られる世俗的知識を軽蔑することはなかった」。しかし、この点では現在も、科学と宗教との間に喧嘩はないといっておこう。示されてきた事実をあえて無視しようとする者はいない。（中略）／上品で巧みな独特のことばを使い、充分な学識と個人的観察による正確さを備えたダイアー教授は、エレウシスとクニドスのデーメーテール信仰、トラキア、イカリア、アテネ、エレウシスのディオニュソス信仰、エピダウルスとアテネのアエスキュラピウス信仰、パフォスのアプロディーテ信仰、デロスのアポローン信仰がいかに発展したかを説明している。もっとも申し分のないのは、アプロディーテ研究である。何故なら、この女神の誕生が、明確に、歴史的に正確に、オリエント文明の曙にまでたどられているからである。（中略）彼はこう述べている――「ギリシャの神々の間で、アプロディーテではなくデーメーテールが、このように徹底した嘆きと他者の惨事へのこのような哀悼をあらわしている」。

この著書が注目されるのは、引用の大半で示唆されているように、「アエスクラピウス」信仰が詳細に扱われていることであろう。また、「パウサニアス」からの引用が夥しくある。ちなみに、各章の題は以下の通り――

一　序
二　エレウシスとクニュドスのデーメーテール
三　トラキアと旧アッティカのディオニュソス
四　アテネのディオニュソス
五　エレウシスの神々
六　エピダウルスとアテネのアエスキュラピウス
七　パフォスのアプロディーテ
八　デロスのアポローン

一九〇〇年十月三十一日付『ザ・サンフランシスコ・コール』紙に、見出し「オクスフォード大学教授、バークレーに到着す／ルイ・ダイアー（修士）、クレタ島の発掘結果について講義をする予定」で、付された肖像写真のキャプション「ルイ・ダイアー教授（修士）。オクスフォード大学出身で、「古代ミケーネのギリシャ芸術」の講義をするため、フィービー・A・ハースト夫人に招聘された」の記事が掲載されている――

バークレー、十月三十日――教授ルイス・ダイアー（修士）が、オクスフォードから当市へ到着した。カリフォルニア大学で講義をおこなうため、フィービー・A・ハースト夫人から招聘を受けた。／バークレーで「古代ミケーネのギリシャ芸術」について七回の連続講義をおこなう他に、サンフランシスコで三回の大学公開講義を、大学の芸術協会と学生の集会でおこなう予定。／（中略）／ダイアー教授の今回のアメリカ訪問は、もっぱら、ハースト芸術講義をおこなうためであるが、帰路の途中、ロスアンゼルス、シカゴ、そして、ハーヴァード大学でも講演をすることになっている。

同紙の一九〇〇年十一月十日付に、見出し「著名人、学生に語る／マーティン・ケロッグ博士とルイス・ダイアー教授、学生集会で講演」の記事が掲載されている――

バークレー、十一月九日――ラテン語の名誉教授であり、元カリフォルニア大学長のマーティン・ケロッグ博士が、今朝、学生団体の前にあらわれた。地球一周旅行から帰って、はじめてのことである。彼は、学生らに、精神の地平を広げることについて、ためになる助言を与えた。オクスフォード大学教授ルイス・ダイアー（修士）は、ブーア戦争と関係づけ、マキャベリの格言について語った。／（中略）／ウィーラー学長は、ダイアー教授をアングロ・サクソン人主義の真の代弁者と紹介した。ダイアー氏の共感と判断は、トランスヴァール紛争のボーア人を否定するものであった。彼らは自治に適さない退化した国民だと語った。／「ボーア人がその国境内の者に、市民権を与えることができないことから、彼らが大国家の一つになれないことがわかる。彼らの行動は、彼らに自治能力のないことを示している。自由である国家だけが、帝国にふさわしいのです」と、教授ダイアーは断言した。

〈スミルナの商人〉の話す〈フランス語〉が、訳文では「俗な／俗語まじりの」(demotic) とされているが、先述のように、『荒地』ファクシミリ版から、エリオットが “abominable French”「ひどい (忌まわしい) フランス語」としたのを、パウンドが “demotic French” と書き換えたことがわかる。何故、パウンドはこの語に置き換えたのか。パウンドには企図があったと思われる。そもそもこの語は、「俗な／俗語まじりの」と読むべき記号なのか。ローレンス・レイニーは、簡単に「正確な、つまり学習されることばと対立する、一般人の話すような」意としている (Lawrence Rainey ed., *The Annotated Waste Land with Eliot's Contemporary Prose* (2006), p.106)。少なくともここからして、「俗語まじりの」ではない。ちなみに、“abominable” は後期ラテン語由来で、“ab (“from, away from”) + ōminor (“forebode, predict, presage”), from ōmen (“sign, token, omen”)” であり、“demotic” はギリシャ語由来で、“Ancient Greek δημοτικός (dēmotikós, “common”), from δημότης (dēmótēs, “commoner”), from δῆμος (dêmos, “the common people”) であり、『オクスフォード英語辞典』によると、一八八二年がその初出である。

また、消され「非現実」にされた記号〈アボミナブル〉は、エリオット自身の企図の何を反映していたのか。単に、「ひどい／忌まわしい」と読ませようとしていたのか。この語が作品テキストに不在のためだろうか、先行論でこの問題が検討されることはなかった。

実は、“Smyrna” と “abominable” が、同一テキスト内に登場している例がある。『欽定訳聖書』(KJV) の「ヨハネ黙示録」である。〈スミルナ〉が『聖書』中で言及されるのは「ヨハネ黙示録」だけで、第一章第十一節と第二章第八節に、次のようにでてくる。

その声はこういった、「あなたがみていることを書きものにして、それをエペソ、スミルナ、ペルガモ、テアテラ、サルデス、ヒラデルヒヤ、ラオデキヤにある七つの教会に送りなさい。

Saying, I am Alpha and Omega, the first and the last: and, What thou seest, write in a book, and send it unto the seven churches which are in Asia; unto Ephesus, and unto Smyrna, and unto Pergamos, and unto Thyatira, and unto Sardis, and unto Philadelphia, and unto Laodicea.　(Revelation 1:11, KJV)

スミルナにある教会の御使に、こう書きおくりなさい。『初めであり、終りである者、死んだことはあるが生き返った者が、次のようにいわれる。

And unto the angel of the church in Smyrna write; These things saith the first and the last, which was dead, and is alive; (Revelation 2:8, KJV)

（☞「一度死んだが、また生きた方」（死／再生））

何故、『欽定訳聖書』かは、エリオットが「新版英語聖書」より「欽定訳版」の方が好きであると、一九六二年十二月十六日付『ザ・サンデー・テレグラフ』紙への手紙で直接的に述べているからでもあるが、そもそも、他の英訳聖書には‘Smyna’と‘abominable’この組み合わせがない。ちなみに、シェイクスピアをはじめエリザベス朝の作家たちが使用したとされる『ジュネーヴ聖書』にも、両方の語が使用されている。

そして、“abominable”は、第二十一章第八節に次のように登場。欽定訳全体では二十三ヵ所に、ジュネーヴ聖書では十七ヵ所に使用されている。この違いは“abomination”の使用とかかわっていて、欽定訳では百四十二ヵ所、ジュネーヴ聖書百四十九ヵ所である。ちなみに、『新英語版聖書』（*The New English Bible*, 1961）では“the vile”とされ、一九七八年にアメリカの福音派団体ゾンダーヴァン（Zondervan

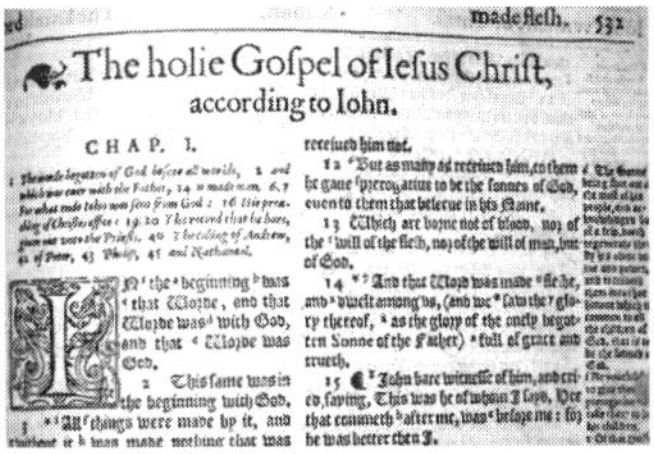

ジュネーヴ聖書

Corporarion）が発売し、英語圏でもっとも普及したとされる聖書『新国際版聖書』（*New International Version*）も“the vile”としている。

> しかし、おくびょうな者、信じない者、忌むべき者、人殺し、姦淫を行う者、まじないをする者、偶像を拝む者、すべて偽りを言う者には、火と硫黄の燃えている池が、彼らの受くべき報いである。これが第二の死である。
>
> But the fearful, and unbelieving, and the abominable, and murderers, and whoremongers, and sorcerers, and idolaters, and all liars, shall have their part in the lake which burneth with fire and brimstone: which is the second death.

ついでながら、草稿段階で付されたエピグラフは“The horror! The horror!”を含む『闇の奥』第三部の一節であったが、その少し後には“abominable terrors”“abominable satisfactions”の句がでてくる。

ラテン語聖書（Vulgate）でこれに該当する語は、“execratis”である。作家ユージェニディーズは『ミドルセックス』で、‘“My cousin,” said Lefty, in execrable French’の語句を使用している（『ミドルセックス』、六一ページ）。この英語“execrable”は、ラテン語“execratis”からきているので、彼はエリオットが原稿段階で“abominable”としていたことを知っていたのだろう。彼は、ブラウン大学の優等学位プログラムで英文学を専攻していたのだから。邦訳は、これを「お粗末なフランス語」とし、岩崎訳『荒地』は「俗なフランス語」にした。ちなみに、ユージェニディーズは、ドブキン（Marjorie Housepian Dobkin）の次の説明を使用した可能性がある――「フランス人の役人は、たとえ、たどたどしくとも、フランス語で話せる者には安全通行券を手渡していた」（“. . . French officials were handing out safe-conduct passes to” anyone who could speak, even haltingly, in French.”（*Smyrna 1922: the Destruction of a City* (1966, 1988), p.15）。したがって、「お粗末なフランス語」ではなく、「たどたどしいフランス語」がいいのではないか。また、エリオットが、こうした意味で使用した可能性もあるだろう。

『荒地』と「ヨハネ黙示録」の関連にふれた例外的な論の中で、ポール・S・フィデス（Fiddes）は次のように示唆しており、「ヨハネ黙示録」には「スミルナ」「アボミナブル」の記号だけでなく、「商人」も「船員」も結びついている――

エリオットのこの都市への悲嘆（「おお、都市よ、都市よ！」）に、「ヨハネ黙示録」第十八章のバビロンの滅亡を示す終末的イメージの反響を聞くことができる。ああ、わざわいだ、大いなる都、／不落の都、バビロンは、わざわいだ。／おまえに対するさばきは、一瞬にしてきた（Alas, alas, the great city, / Babylon the mighty city! / For in one hour your judgement has come.）「ヨハネ黙示録」では、この都市について嘆く者はとりわけ商人と船員とである。こうある――「商人は、彼女〔この都市〕のために泣き悲しむ、誰ももう船荷を買うことがないからである」。船員はこう叫ぶ――「どの都市が、この大都市に匹敵していたか。ここでは、海に船をもつすべての者が、彼女の富で金持ちになった」。エリオットの詩『荒地』では、スミルナ商人のユージェニディーズ氏が、溺れたフェニキアの船員の姿にかわり、彼は「利益と損失」を忘れてしまっている。彼の水死は、都市住民の堕落に匹敵している。ダンテからの引用で、エリオットはこう思案している――「ロンドン・ブリッジを群集が流れていった。たくさんの人、／死神にやられた人がこんなにもたくさんいたなんて」。出版されたこの詩のテキストでは、「ヨハネ黙示録」への明確な言及はないが、それ以前の草稿では、ソソトリス夫人が「たくさんの人が見えてる、輪になって歩いてるわ」と叫んだあと、エリオットは、「ヨハネ黙示録」第二十二章第八節から「わたしヨハネは、こうしたものを見て聞いた」を引用していた。（Paul S. Fiddes, “Versions of the Wasteland: The Sense of an Ending

大淫婦バビロン図

in Theology and Literature in the Modern Period" in *Modernism, Christianity and Apocalypse*, eds. Erik Tonning & Matthew Feldman (2014), p.35

フィデスはここで、第二十二章第八節の「わたしヨハネは……」("I John saw these things and heard them.")を例にしているが、本章「はじめに」で指摘したように、これは「スミルナ商人」の連の次の連の「われテイレイシアスは、……」(I Tiresias, . . .)に生かされているし、また、パウンドに削除された「わたしは、これまでも今も会っている」(I have seen and see)はヴァリエーションだろう。ちなみに、フィデスは指摘していないが、「アボミナブルなフランス語」も同じ種類の経過をたどった。結局、フィデスの引用は、New King James Version (NKJV) からのもので、この版は欽定訳版と多少の異同がある。

また、ハーバート・シュナイドー(Herbert Schneidau)は、「エリオットは聖書にたよりその洞察を得ている」が、「詩、芝居、そして改宗前の『荒地』で充分に確かめることができるとしたあと、次のように述べ、「わたしヨハネは……」削除の理由をこう説明している。

『荒地』はケリュグマ的な詩で、混沌とした構想段階からその最終形態までそのように作られている。ヴィジョンが、テイレシアスのヴィジョンとして集められているが、それはすべて聖書的に作られた預言者たちのヴィジョンに他ならない。この詩の註がいわば「寸劇」なら、それは少なくともエリオットが聖書からおこなった借用の効力に感謝するのに役立つ。明確にイザヤ書とエゼキエル書、そして新約に対してであり、暗黙的には一貫したヴィジョン体験そのものに対して。テイレシアスは、盲目の預言者にとって都合のいい名であるが、この詩の主要な声は洗礼者ヨハネの声であり、それは井戸状の穴からの歌声(エレミア記第三十八章も参照)で、砂漠からきたるべき不毛と悔悟の必要を警告する声として鳴り響いている。「わたしヨハネは、こうした物を見て聞いた」

という初期の草稿にあった一行は、新約の三人のヨハネを合成している。もっとも、あまりにもあからさまにケリュグマ的なものであるとして削除されたのであった。("The Antinomian Strain: The Bible and American Poetry" in Giles Gunn ed., *The Bible and American Arts and Letters* (1983), p.30)

ここにある「ケリュグマ的」("kerygmatic")とは、「告知者が告知する行為もしくは内容」のことをさしており、シュナイドーはこのように『荒地』の草稿に触れながらも、本節で示したように、"abominable" の可能的出典の「ヨハネ黙示録」には直接的に言及してはいない。

* * * * *

第六節・余白② 〈ティレイシアス〉の役割

M・A・R・ハビブは、『荒地』でティレイシアスの果たす役割について論じた箇所で、次のように述べている――

『荒地』の〈始原〉的草稿原稿は、ティレイシアスと他の物語的人物の果たす役割を査定する際の、いくつか不可欠な手がかりを提供してくれる――

……水死の虞れあり。
たくさんの人が見えてる、輪になって歩いているわ
(これらのことを見聞きした者は、このヨハネである)

聖ヨハネからのこの引用句があることで、エリオットが制作のこの段階で考えていた語り手は、テイレイシアスの異教的世界観からというより、ユダヤ・キリスト教の観点から話していることが明らかである。エリオットが「ヨハネ黙示録」に言及している（明らかにパウンドの手が、この一行を削除した）ので、かなり以前にヒュー・ケナーのような批評家が示唆した詩行とならんで、あえていくつか推論をしてもいいだろう。『荒地』は、黙示録的ヴィジョンとして構想され、結局、「黙示録」は預言の書であり、ヨハネの霊感はキリストが起原だと主張している。この書は執拗に正しい預言と誤った預言とを区別し、最後に、この預言は増やしても減らしてもいけないと厳しく忠告している。だから、不正な女預言者マダム・ソソストリスが一人称で預言を述べまくっている一節で、聖ヨハネが引き合いにだされているのは意味のあることだ。つまり、ヨハネの預言者「われ」によって、この運勢判断師の「わたし」は無効になる。そして、ヨハネへの言及を断念したあとでも、エリオットはこの聖者の預言的眼差しとティレイシアスのずっと限られた洞察とを置き換えるわけにはいかなかったことであろう。

（M.A.R. Habib, *The Early T.S. Eliot and Western Philosophy* (1999), p.228）

このように、この第十八章は『荒地』にとって重要であると思われる。フィデスの指摘もさることながら、“fornication”の語が第三節に三ヵ所、第九節に一ヵ所でてくるからでもある。しかも、この語に相当するのは、New International Version (NIV)では“adultery”。ちなみにこの語は、欽定訳でも使用されてはいる。エリオットは、『荒地』に先立ち発表した「ある婦人の肖像」（1915）のエピグラフに、マーロウの『マルタ島のユダヤ人』（*The Jew of Malta*）の一節を使用したが、そこに“fornication”がでてくる――「やっただろう、おまえ――」／「姦淫のことか。いや、ありゃ外国での話だ。／それに女はもう死んじまったよ」（“Thou hast committed— / Fornication: but that was in another country, / And besides, the wench is dead.”）。そして、この件でいえば、第十七章も重要で、この語は第二節に二ヵ所、第四節に一ヵ所でてくる。また、“whore”（NIV：prostitute）が第一節に一ヵ所、第十五節に一ヵ所、第十六節に一ヵ所でてくる。“harlot”が第五節に一ヵ所にある。そして、このうち第四節と第五節には、“abomination”（NIVも同じ）が登場している。

この第十七・十八章を読むと、エリオットは、「ヨハネ黙示録」の預言的ヴィジョンが現実のスミルナで実現したと感じたのではないかと思われる。そして、『荒地』「Ⅲ 火の説教」の「スミルナの商人」の前の連には、「ポーター夫人」が描かれ、あとの連に「ティレイシアス」がでてきて、「売春」がその内容となっている。つまり、エリオットは、詩の連の構成を「ヨハネ黙示録」に合わせていたと推測できる。

エリオットは、第二十一章第八節の「火と硫黄の燃えている池」の状態に〈スミルナ〉がなること、つまり「ヨハネ黙示録」がその予型となるとしたかったのか。とはいえ、もし、エリオットが「アボミナブル」と「スミルナ」の連鎖から、「ヨハネ黙示録」を読者に連想させようとしていたのなら（何故なら、「スミルナ」は合衆国の地名の由来のように、とりわけ「ヨハネ黙示録」と結びついていた）、この語を「デモティック」に変えることで、その機能は消滅したのだろうか。パウンドは、エリオットのこの企図を知りつつ、あえて変更させたのか。以下の引用からわかるように、パウンドとキリスト教との係わり、とりわけ聖書との係わりは強かったので、パウンドはエリオットが「ヨハネ黙示録」に言及していることに充分気づいていたと思われる。だが、そのことは、すでに全体的にみて周知のことであるから、パウンドはここでは別の問題を示唆しようとしたと思われる。

パウンドは、長老派の家庭に生まれた。この家庭は、熱心で伝道者の傾向があった。父は、日曜学校の教師である長老で、土地の共励会の会長であった。家族は、フィラデルフィアで伝道活動をし、その間、パウンドは移民反対の反ユダヤ主義的偏見を吸収したかも知れない。若いパウンドは、定期的に聖書を読み、大学時代は教会に通っていた。（Herbert N. Schneidau, “Religion: Monotheism and the Bible,” in *The Ezra Pound Encyclopedia*, eds. Demetres P. Tryphonopoulos & Stephen Adams (2005), p.256)

第七節　同時代の〈ヨハネ黙示録〉言説

では、〈ヨハネ黙示録〉言説は、同時代、どのような状態にあったのだろうか。一八五九年五月二十五日付『ザ・ポーティージ・カウンティ・デモクラット』紙（*The Portage County Democrat.* (Ravenna, Ohio)）に、聖職者の〈ハルマゲドン〉の見解についての短い記事がでた――

ハルマゲドン――尊師コックス博士は、『ザ・アメリカン・プレシビテリアン』紙に手紙を連続して書いていて、その目的は、「ハルマゲドン」の黙示録的闘いが、たぶん間近にせまり、ヨーロッパの平和の大決裂が起こることを示すことにある。

一九〇〇年六月二十五日付『アルブクーク・デイリー・シティズン』紙（*Albuquerque Daily Citizen.* (Albuquerque, N.M.)）に、聖職者の説教の報告記事が載った――

尊師レニソンが、「黙示録」をめぐる二度目の説教をセイント・ジョンズ・エピスコパル教会で、昨日の午前におこない、多数の聴衆が出席した。昨日のテーマは、「キリストの地上での聖職者の務めと天国での存在」であった。

一九〇一年六月二十日付『ザ・シティズン』紙（*The Citizen.* (Berea, Ky.)）に、「神の一瞥／聖なる主をめぐるタルマージ博士の話／現在かすかにしかみえないものが、充分にあらわになる日への大いなる期待感を与える」の見出しの記事がでた――

話で、タルマージ博士は、現在かすかにしかみえていないものが充分にあらわになる日への期待感を与えている。「ヨブ記」第二十六章第十四節「みよ、これらはただ彼の道の端にすぎない。われわれが彼について聞く所はいかにかすかなささやきであろう。しかし、その力のとどろきに至っては、だれが悟ることができるか」／宇宙で一番理解されていない存在は神である。絵画や彫刻が神を表象せんとするのは冒瀆となる。エジプトのヒエログリフ書体は、剣のうえに目の図を配し神を示唆しようとし、神はみて統治することを示唆したが、なんとその示唆の不完全なことか。主について語るとき、主は「光」とか「高みからの日の出」、あるいは神は「高い塔」とか「生きた水の泉」というように比喩的言語が用いられている。／（中略）／（前略）機知にとんだ書き手は、ときどき雷を軽視して、打つのは稲妻だというが、神は雷のことをよく思われている、あるいは、神はそれを甘やかさず、聖書のあちらこちらで、雷を使って強調されていると思う。法が与えられたとき、シナイを揺るがしたのは雷である。雷を用いて、主は、エベネゼルのペリシテ人を当惑させられたのである。ヨブは、戦火の馬を首に雷を巻いていると描いている。聖ヨハネは終末的ヴィジョンをみて、再三にわたり雷を聴いた。雷は、今日、電気技師が充分に説明をしているが、古代人には圧倒的に神秘であり、こうした神秘の中にたちヨブはこう叫んだ――「みよ、これらはただ彼の道の端にすぎない。われわれが彼について聞く所はいかにかすかなささやきであろう」。

この記事に、「ヒエログリフ書体」と聖書の「雷」への言及、とりわけ「聖ヨハネは終末的ヴィジョンをみて、再三にわたり雷を聴いた」がでてくることに注目したい。のちに示唆するように、『荒地』には「V　雷の言ったこと」があるからである。

一九〇二年七月三十日付『ビスビー・デイリー・レヴュー』紙（*Bisbee Daily Review.* (Bisbee, Ariz.)）に、「新しい天と新しい地」と見出しのあるエッセイ風の記事がでた。著書は、「合衆国最高裁判所・判事デイヴィッド・J・ブルーワー」であった――

先日の夜、八歳の孫が、父親に、聖書にあるのは本当のことかと尋ねた。父は、事実の語りと寓話の違いのあることを示唆するため、主のことばはすべて真実だと述べたあと、黙示録に関して、それは夢のようなものだとみなしてもいいといった。両親が翌朝、起きると、この子が黙示録を読んでいるのをみつけ、父親があらわれると、彼はこういった――「お父さん、お父さんのいったことはただしかったよ。黙示録は夢だ、ヨハネが「われ、新しい天と新しい地をみた」といっていて、彼は夢をみていたにちがいないから」。／〈ヨハネの夢は、苦闘する人間の希望と信仰だ。〉数えられない年月、人生の骨の折れる道を人間は行進し、新しい天と地をはるかかなたの高みにみてきた。世紀から世紀へと、人間はゆっくりとその山道をのぼるにつれ、見晴らしは一層輝き、一層栄光にみちたものになる。巡礼者の霊感のもと、人類は長足の上昇と前進をとげた。／（中略）／一層高い高みへと、そして平和と悦びと栄光の一層大きな見込みにいたることが、義務というわれわれの生得権であるので、祝福されたわれわれの特権であることを願う。そうした平和と悦びと栄光は、ヨハネの夢が実現し、新しい天と新しい地が人類の住まいになるとき、世にみちることであろう。

十年後、一九一二年六月十九日付『ザ・プレスビテーリアン・オヴ・ザ・サウス』紙（*The Presbyterian of the South* : [combining the] *Southwestern Presbyterian, Central Presbyterian, Southern Presbyterian.* (Atlanta, Ga.)）に、「確実にわたしは急ぎくる」の見出しの記事がでた。ここにも「雷の声」への言及があり、この場合、「キリストの到来」とされている。

主は突然こられる、とよく聞く一方で、〈黙示録〉だけには、主は急ぎこられると主張されている。そして、もし読者が、その主張がなされる六つの事例の文脈と関連を吟味しようとするなら、自身の到来が意図されていることは、決して証明されないことがわかるだろう。さらに、同じようにして、ペテロが「千年は、主にあっては、一日のようなものである」を引用するとき、いつもそう思われているように、彼は、われわれのテキストを示唆しているわけではない。それは、エノクの説教のテーマであり、おそらくアダムも知っていたと思われるものだ。／黙示録で、大いに強調されているのは、その預言の数々の実現が、ただちにはじまったということである。この事実は、第一文で打ちだされ、最後の発言をなしている。十二回でてくる。テキストに六回、時は「まじか」という発言に二回、これらは「まもなく過ぎていく」に違いないに二回、「まもなく、なされるに違いない」に二回、ここでは、翻訳では「今後」の語に代わっている。ダニエルは、彼の預言を閉じ、封印するよう命じられる。それは、指定された時が長いからである。ヨハネは、ただちに彼の預言をだすように命じられる。時がまさに「せまっている」からである。／（中略）／重要なことに、このドラマの第一幕は、つまり、「まもなく過ぎていくにちがいない」物事の最初のものは、キリストの到来である――「雷の声」が、「来い！」と響く。あらわれる一人の馬上の人がキリストであるというのは、いつも認められてきたし、最後の幕で、同じ馬上の人の再出現によって確かめられる。この場では、彼はとても違う服を身に着け、違う者に付き添われている。ここでは彼は一人であり、彼の唯一の印は、質素な花冠と弓で、彼のこれからの勝利がしずかでみせかけのものでないことを示すためであり、たぶん、この「到来」では、「彼はそれと知られることがない」ことを示すためである。紀元九六年に、ヨハネが記したと認められているように、この到来は、われわれの誤った年代記を斟酌すると、われわれの救世主の最初の昇天後百年たっていて、そのようにみられることはなかった。しかし、主は「いそいで」おいでになったのである。

ここに引用された「主は急ぎこられる」は、「黙示録」第二十二章十二節〜十四節（「みよ、わたしはすぐに来る。報いを携えてきて、それぞれのしわざに応じて報いよう」King James Bible：And, behold, I come quickly; and my reward is with me, to give every man according as his work shall be.）に相当するが、これは『荒地』「Ⅱ　チェス遊び」で四回繰り返される「イソイデクダサーイ、時間デース」（HURRY UP PLEASE IT'S TIME）を想起させる。岩崎訳註は、「イギリスのパブについての予備知識なしに『クライティリオン』創刊号（一九二二年十月）で『荒地』を読んだアメリカ詩人ジョン・ビール・ビショップ（一八九二―一九四四年）は、女たちの会話に突然割り込んでくる誰のものとも知れぬ脅迫するような声、その「終末」を告げるかのような圧倒的なひびきに戦慄《せんりつ》を感じたという」としている。また、「「雷の声」が、「来い！」と響く」は、「黙示録」第六章第一節の「小羊がその七つの封印の一つを解いたとき、わたしがみていると、四つの生き物の一つが、雷のような声で「来たれ」と呼ぶのを聞いた」（King James Bible：Then I watched as the Lamb opened one of the seven seals, and I heard one of the four living creatures say in a thunderous voice, "Come!"）に相当し、「Ｖ　雷の言ったこと」の「DA／ダッタ――与えよ」「DA／ダヤヅワム――相憐れめ」「DA／ダミヤタ――己を制せよ」に変身している。ちなみに、「黙示録」第六章第二節は、「そしてみていると、みよ、白い馬がでてきた。そして、それに乗っているのは弓を手にしており、また冠を与えられ、勝利のうえにもなお勝利を得ようとしてでかけた」（So I looked and saw a white horse, and its rider had a bow. And he was given a crown, and rode out to conquer and defeat.）。

一九一四年十月十八日付『ザ・タイムズ・ディスパッチ』紙（*The Times Dispatch.* (Richmond, Va.)）に、大見出し「ベツレヘムの星、戻ったか？」、小見出し「いまみえている彗星は、人類史上もっとも重要な出来事の先触れとなった天の訪問者であることを示す興味深い証拠」の記事がでた。また、絵の説明文として、「東方の賢者が、この星に導かれ、救主の誕生の地へ向かった経緯。「（彼らは王の言うことを聞いて出かけると、）みよ、彼らが東方でみた星が彼らより先に進みで、幼な子のいる所までいき、そのうえにとどまった」（「マタイによる福音書」第二章第九節）。Ｈ・ホフマンの絵画より」があった。著者は「サスノス・ラヒリア教授（Sothnos Latillier）／著名な占星術師」であった――

今年は予定されていた年で、ベツレヘムの星が天空に再来し、アルマゲドンの闘いの先触れをする。すでに夜の空には、この星（実際は彗星）がぼんやりみえ、いま荒れ狂っている巨大な闘いがその頂点に達しているので、それは誰の目にもみえるだろう。／この天体は、最近、天文学者によって「デレヴァンの彗星」と名づけられたが、従来は、占星術師には「ベツレヘムの星」として知られてきた。それは、北アメリカでは晴れた夜には、十時頃、北極星の真下あたりにある。夜が更けるにつれて天高く登り、早朝二時から四時には地平線上のもっとも高いところに達する。／（中略）／分別のある者なら、この世界戦争が、聖書に預言されているアルマゲドンの闘いかと疑問に思うだろう。聖書の黙示録第十七章（第十二節〜十四節）で、聖ヨハネはこう記している――／「そして、第六の者（天使）が、その鉢を大ユウフラテス川に傾けた。すると、その水は、日の出る方から来る王たちに対し道を備えるために、かれてしまった。またみると、龍の口から、獣の口から、にせ預言者の口から、カエルのような三つの汚れた霊がでてきた」。／「これらは、しるしをおこなう悪霊であって、全世界の王たちのところにいき彼らを召集したが、それは全能なる神の大いなる日に、戦いをするためであった」

THE STAR OF BETHLEHEM COMING BACK?

Interesting Evidence That the Comet Now Visible Is the Same Celestial Visitor That Has Heralded the Most Momentous Events in Human History

Perfumes Any Woman May Make at Home

1914年10月18日付『ザ・タイムズ・ディスパッチ』紙より

この著者は、一九一三年十二月二十八日付『ザ・タイムズ・ディスパッチ』紙の特集記事「一九一四年に起こること／新年の起きる出来事を、欧米で著名の予言者が占う」で、「アメリカ大手の解体業者が、盗品を返すことになろう」と預言している。また、この他、「ザドキル教授」が「ワシントン近くで地震が起こる」とし、「著名なパリの占い師マダム・ド・テベ」が「洪水になったパリの並木道をボートが人を運んでいるのがみえます」としている。ここから、「I　死者の埋葬」の「有名な占い師」「ヨーロッパ第一の賢い女」「マダム・ソソストリス」のことばが想起される――「たくさんの人が見えてる、輪になって歩いているわ」。そして、「パリとロンドン、悲惨な洪水――ウェストミンスター、水があふれる／マダム・ド・テベ、著名なパリの占い師」の小見出しの箇所にこうある――

一九一四年エイプリールの月は、フランス中央台地、つまり地・火・水の精霊の名も知れぬ忘れられた神殿で火山活動が繰り返し起こり、永遠に褒めたたえられるだろう。科学者だけにしか知られていないが、オーヴェルニュやその他の中央・東部フランス地域には、数多くの火山があり、有史に活動はしていない。世界の驚くことには、これらがきたる夏に爆発し、災害や破壊をフランス住民の大部分にもたらすことになる。／フランス舞台でもっとも著名な人物が、とても感動的で悲劇的な突然死をとげよう。／パリでは、注目すべき新ファッションがみられる。これまで好まれてきたエジプト・スタイル、ヒンデゥー・スタイル、その他、異国風スタイルが過ぎ去り、伝統的フランスの地域、ブリタニー、ブルゴーニュ、そしてプロヴァンス由来のスタイルが流行る。／イタリアでは、新教皇が誕生する。大変化が彼と共に生じ、ヴァチカン政府とイタリア政府間の友好関係が発展するだろう。／（中略）／ドイツは、著名な人物が話題性のある飛行で大騒ぎとなる。ドイツ皇帝にとって不吉な年で、その重要な出来事から彼に栄光が生じることはない。／わたしが調べたオーストリア人の手は、とても不吉なものである。死と破滅とが、由緒あるオーストリア皇帝を脅かす。流血、暴動、大火災は、こうしたオーストリアのものよりずっと恐ろしいものであろう。ボヘミアの方向から、これまでにないほど激しいドイツの影響に対して反乱が起こりそうである。オーストリア皇帝は、とぼとぼと破滅へと向かっている。運命の行進を止めることのできるものは何もない。／（中略）／パリは再度、春になると悲惨な洪水に見舞われよう。人びとが、

WHAT WILL HAPPEN IN 1914
FORECASTS OF COMING EVENTS OF THE NEW YEAR MADE BY THE BEST KNOWN PROPHETS OF EUROPE AND AMERICA

1913年12月28日付『ザ・タイムズ・ディスパッチ』紙より

モーターボートにのり、大通りで買い物をしているのがみえるでしょう。／洪水の年となろう。大都市ロンドンは、きたる春に、洪水でほぼ壊滅状態となる。多くのロンドン市民の管理下で、溺れて突然の最後を迎える徴候がいくつも、わたしにはみえました。テムズ川の予期せぬ増水がロンドンの重要な区域に及び、その中に、国会議事堂、ウェストミンスター大聖堂、トラファルガー広場、ストランド、マールボロ公爵夫人と社交界の著名な指導者たちが住むメイフェアの貴族的地区や数百万の旅行客の滞在する大ホテルがいくつも含まれる。このロンドンの災害は、とてもひどいので、援助の訴えは全世界に向けてなされるであろう。

一九一七年七月二十日付『セリア・デモクラット』紙（*Celina Democrat.* (Celina, O. [Ohio])）に、数秘術を用いて「黙示録」から予言を引きだしている、見出しを「戦争、一月に終了／つまり、野獣の力が、四十二ヵ月で克服される」にした記事が掲載されている――

聖書の中でもっともオカルト的な書の大神秘は、野獣とその六六六に関する黙示録の詩である。この詩、この数、そしてこの数の現世界戦争、ドイツ帝国、ドイツ皇帝の関係を比較的に研究すれば、疑いもなく、野獣がドイツ皇帝であると、数六六六が彼の性格と行為を預言するものであることになると思われる。そしてさらに、この詩から、四十二ヵ月は、戦争の期間となり、その戦争によって、野獣の力は一月に終わりを迎える。／〈民主主義と文明。聖書とカイザー主義の精神。驚きの啓示。プロシャ主義の破壊〉／「思慮のある者は、獣の数字を解くがよい」――「黙示録」第十三章第十八節、「預言を軽んじてはならない」――「テサロニケの信徒への手紙一」第五章第二十節／九個のアラビア数字があり、その最高は九である。九個の数を一緒に加えると、四十五になり、四十五の四と五を加えると、九になる（中略）／〈カイザー主義の失墜〉／プロシャは九（九番目の王家）。ドイツ帝国の王家は、三（三番目の王家）。九と三を掛けると、二十七になり、二足す七は九。／〈皇帝ウィルヘルム二世〉／（中略）／「黙示録」第十三章第一節――「わたしはまた、一匹の獣が海から上って来るのを見た。それには角が十本、頭が七つあり、それらの角には十の冠があって、頭には神を汚す名がついていた」。この詩の数を加えると二十七になり、この数は九になる。（以下、略）

一九一八年十二月二十六日付『サウス・ベンド・ニューズ＝タイムズ』紙（*South Bend News-Times.* (South Bend, Ind.)）に、同じく数秘術による解釈の記事がでた。見出しは、「〈壁の手書き文字〉は、カイゼルの失墜を預言したものか／聖書学者の奇妙な発見、ベルシャザルの宮殿の壁に記されたメッセージはホーエンツォレルン家の運命を預言しているとする」であった――

Did the "Handwriting on the Wall" Prophesy the Kaiser's Downfall?

Curious Discovery of Bible Scholars Which Makes the Message on the Wall of Belshazzar's Palace Foretell the Doom of the Hohenzollerns

1918年12月26日付『サウス・ベンド・ニューズ＝タイムズ』紙より

彼の指摘によると、この数二五二〇は、あらゆるアラビア数字でもっとも一般的でない倍数であり、それ故、神秘家のこころには、これから存在するすべての総計を含んでいるので、とりわけ興味深いという。神秘的なダニエル書にあらわれるので、それはとりわけ示唆的である。何故なら、それは予言的な七倍の数だからで、その半数は、聖書中の別のもっとも謎めいたもの、つまり黙示録の〈一二六〇〉であり、この書はこう述べている――「そしてわたしは、わたしの二人の証人に、荒布を着て、一二六〇日のあいだ預言することを許そう」（「黙示録」第十一章第三節）／〈預言の解釈――世界独裁政治の失墜。世界民主主義の台頭――合衆国共和国からすべての国へのメッセージ、一九一七年四月六日。この年の数字は九に減る〉（以下、略）

一九一八年十二月十一日付『ザ・オカラ・イヴニング・スター』紙（*The Ocala Evening Star.* (Ocala, Fla.)）に、見出し「黙示録の秘密」の記事がでた——

聖書で野獣を象徴するのに使用されている数字六六六は、たえず思索の源泉であり、この神秘的数字が誰のことをいっているか考えられてきた。シンシナティ大学教授S・E・スロカムによると、謎の鍵は次のことにあるという。つまり、ヘブライ語文字で書かれたネロのギリシャの形の場合、この名の文字にはそれぞれヘブライ語の数表記によって、数字の意味があり、この数字の総数が六六六になるという。この皇帝を激しく批難する使徒がいたとすれば、彼を直截に名指したり、何らかの明白な象徴、たとえばラテン語やギリシャ語数字のようなものでは安全ではないと思ったことであろう。他方、ヘブライ語文字を使うことは、ローマ人の目には公正な隠蔽となろう。黙示録の他のイメージは、ヨハネが分別をもって迫害するローマ皇帝について記しているという前提に驚くほど一致している。

一九一八年九月一日付『ザ・サン』紙に、「マルヌのスペイン叙事詩／『黙示録の四騎士』は、イベリア人小説家最高の作家の手になる天才の作品である」を見出しにした書評がでた——

疫病、戦争、飢え、死——これらは、ヴィンビセンテ・ブラスコ・イバニェス（Vincente Blasco Ibáñez）作『黙示録の四騎士』の四騎士が象徴する事柄である。現在の戦争に適用するため、ヨハネ黙示録第六章を解釈した著者は、現代にこれまで出現したどれよりも本物の才能によって、優れた歴史小説を書きあげた。／ブラスコ・イバニェスは、過去半世紀でスペインが生んだ優れた小説家の一人とみなされている。彼はヴァレンシア人で、革命家の側にたち、教会保守主義と戦った。彼が社会学と宗教の諸問題に真剣に関心を持ち、過激派に傾倒している

A Spanish Epic of the Marne

"The Four Horsemen of the Apocalypse" Is a Work of Genius From the Hands of the Greatest of the Iberian Novelists

1918年9月1日付『ザ・サン』紙より

が、それは彼のラテン人気質に対する秤の役割を果たしてきて、この種の作品に必須の平静な判断を誘発する。／『黙示録の四騎士』は、もっとも単純な筋しかない。なんら華々しいものはないし、劇的効果を過度に追求することもない。反対に、曲調は独特の低いキーで、色彩は明らかにくすんでいる。しかし、それは、一流の小説家の仲間入りをさせる、抑制の意識を備えた強力で見事な作品である。

一九一六年に『黙示録の四騎士』は発表されるや、すぐに大評判になり、英語訳はたちまち二百版を重ね、『イラストレイテド・ロンドン・ニュース』紙は「古来印刷された書物のうち、聖書をのぞいて、もっとも多く読まれた作品」と書き、アメリカの世論を参戦へと決定付けたともいわれた。

一九一九年七月三十一日付『イヴニング・スター』紙に、「ヨーロッパの後援者たち、秋に合衆国を訪問予定／アメリカ文化協会局、著名人の出演予約をし、話題を公開／法学士ゴードン・スタイルズによる、『ザ・スター・アンド・シカゴ・デイリー・ニューズ』紙への外電。コピーライト、一九一九年」を見出しに、ヴィンセンテ・ブラスコ・イバニェスの講演の予定を記した記事が掲載された――

ロンドン、七月二十九日――どれだけ多くの現在のヨーロッパ著名人が、講演者としてアメリカに登場する計画を持っているかを示すものとして、アメリカ文化局の事業主からわたしに提供されたリストによると、こうなる――／『黙示録の四騎士』の作者ヴィンセンテ・ブラスコ・イバニェスが十月アメリカにきて、「四騎士の精神」について語る予定。彼のツアーは、全土に及ぶ。ダンセイ卿は、その劇について講演予定。アーサー・ヘンダーソン閣下は、アメリカの労働党大会との関係で意見交換会開催の予定である。十月、ヒュー・ウォールポールは、現代小説家とイングランド小説学派をめぐり講演予定。

一九二〇年二月一日付『ザ・ワシントン・ヘラルド』紙（*The Washington Herald.* (Washington, D.C.)）に、見出し「しばしば監獄に入ったジャーナリストのイバニェス、過激な教育に固執」の記事が掲載された――

ヴィンビセンテ・ブラスコ・イバニェスの生涯は、小説にでてくる野育ちの主人公が送ったロマンチックな経歴のようである。彼は、『黙示録の四騎士』の著者で、目下、この国を旅しており、一月二十三日、この真冬にジョージ・ワシントン大学から文学名誉博士号を受ける予定。／ブラスコ・イバニェスは、過激主義者の中でも過激な者であり、スペイン政府の好みに必ずしもそわない考えを恐れ知らずに表現する彼の姿勢のため、彼はしばしば監獄に入っていた。彼は、一度ならず、祖国から追放された。彼は法律を学び、出版社に勤め、スペイン議会に席を持ち、南米の移民植民地を組織し、小説を書き、旅行をした。／〈大作家としての地位〉／彼が世界最高ではないとしても、大作家の一人であることは、衆目一致するところである。

一九二一年十二月三日付『ザ・レイク・カウンティ・タイムズ』紙（*The Lake County Times.* (Hammond, Ind.)）に、「黙示録の意義、説明される」の見出しの記事が掲載された――

語〈アポカリプス〉（黙示録）（Apocalypse）の意味は何か。／この疑問は、ヴィンビセンテ・ブラスコ・イバニェス作『（黙示録）アポカリプスの四騎士』という世界的に有名な小説を、メトロ社用にレックス・イングラムの製作した映画との関係で、しばしばなされてきた。この映画は、来週一杯、パンテオン劇場で上映予定であるが、先の問題は、『ウェブスター英語辞典』を参照しなくてはならない。／この語に対するウェブスターの定義は、「啓示、暴露」である。初期のギリシャ語版聖書では、新約聖書の最後の書は「聖ヨハネのアポカリプス（黙示録）」と呼ばれていた。その後の版の聖書では、この書は「黙示録《リヴェレーションズ》」となった。この語の発音は、また多数のメトロ社の担当記者が、ほとんど乗り越えられない障害であることを示しているが、ウェブスターは、第二音節に強勢を置いて解決した。／〈四騎士〉を象徴する人物の視覚化は、一五一一年に製作されたアルベルヒト・デュラーの一連の最初の木版画に基づいていた。／この最初の木版画は、映画製作にでてくる芸術的宝のコレクションのほんのわずかな呼び物にすぎない。／タペストリー、絵画、その他の借りた芸術作品にかけた、保険鑑定人が設定した総額は、四十五万ドルである。／およそ一万二千人がこの映画撮影に従事し、ウールワース・ビルディングに使用した材料を凌駕した十二万五千トンの石造建築、鋼鉄板材、家具、低木林が、途方もない景観を作るための巨大なセット建築に使用された。／十四人のカメラマンが雇われ、あらゆるアングルから大掛かりなシーンを「撮り（撃つ）」、監督のレックス・イングラムは、ときどき十四人の監督を助手にしていた。／この製作の巨大さについては、ほとんど何も紙に記すことはできない。なにせ、一万二千フィートのフィルムをみなくてはならないからだ。そうしてはじめて、新聞記者と批評家が、生涯に一度だけ、いつもの特徴的な場当たりなごまかしはしなかったと判断できよう。

一九二二年八月三十一日付『リッチモンド・デイリー・レジスター』紙（*Richmond Daily Register.* (Richmond, Madison County, Ky.)）に、「ヨーロッパが平和を求め祈る対象、目に映るのは戦争ばかり」と、イバニェスは語る／犠牲は、著者の発する警告／ヴィンセント・ブラスコ・イバニェス、ヨーロッパ旅行について記す」と見出しのあるインタビュー記事がでた――

「たえず、平和を求め会合を持っているこのヨーロッパに、平和はみえない。ヨーロッパは、それはことばで勝

『ハースト・インターナショナル・マガジン』誌７月号表紙

ちとれると考えているが、ことばの背後の考えでは、ヨーロッパには、真にキリスト教徒の感情に似たものはわずかにもない」。／こうしたことばで、『黙示録の四騎士』の著名な作者ヴィンセント・ブラスコ・イバニェスは、最近訪れたヨーロッパの印象をまとめ、『ハースト・インターナショナル・マガジン』誌九月号に特別寄稿した。イバニェスはこう述べている――「平和維持のために外交会議や会合が開催されるにもかかわらず、ヨーロッパは、マストが折れたにもかかわらず嵐を乗り切ろうとしている巨大な船に似ている。鎮まることのないヨーロッパが開催するこうした会合で、注目すべき唯一のことは戦争の恐怖である。／「しかし、そこに参加する各代表は、あらん限りの権能で、戦争を引き起こそうとしている。誰もが、自分は平和を望んでいると断言する。しかし、各人は、自分の便宜に対し特に配慮し、自分の条件で平和を希求している。一連の全真理を用い、各人は、自己の特定の平和計画を支持している。実際、利益の数だけ真理があるのだ。／「こうした理由から、人間が真実の上に平和を確立せんとする限り、そして、犠牲と相互の自己犠牲の上でない限り、われわれは戦争に向かう運命にあろう。／「各国は、ある南米の砂漠の無骨な騎手とほとんど同じように会議のテーブルにつく。つまり、彼らは居酒屋のテーブルに座り喋り飲み、四六時中、拳銃をベルトにつけ、指を引き金にかけているのだ。突然、全体がかっと怒り、皆が他の者に拳銃を打ち、その一方で、誰が喧嘩騒ぎをはじめたかは正確には誰も知らないのだ」。

一九二〇年四月七日付『ザ・プレシビテリアン・オヴ・ザ・サウス』紙（*The Presbyterian of the South* : [combining the] *Southwestern Presbyterian, Central Presbyterian, Southern Presbyterian.* (Atlanta, Ga.)）に、『黙示録』を解説する記事が掲載されている――

『黙示録』は、大いなる預言的ヴィジョンのものである。つまり、〈精霊〉の影響を受け、人間が〈神〉を幻視したものである。それは夢の書であり、あるいは絵の本だといってもいい。そこには、賢明なオリエントの想像が描きだした精妙な場面やイメージが満ちている。したがって、それを正しく解釈しようとすれば、その特性を充分に考慮しなくてはならない。「聖ヨハネの黙示録」として知られる、想像力に満ち絵画的で象徴性のある夢の書を、「ローマの信徒への手紙」として知られる論理的で正式の論を解釈するように解釈しようと企てるのは、聖書解釈学上、愚の骨頂に他ならない。この二つの書き物は別種の文献に属し、解釈の原理は異なっている。黙示録にある豪華な絵の各細部に一定の意義を付与しようとする、または、そのイメージの各特徴に文字通りの意味を固定しようとする、あるいは、この書を教会史の年代記とみなす、あるいは、そこに世界戦争についての明確な預言をみいだそうとすると、そうした努力のすべては惨めな失敗に終わり、背理法にいたる。／さらに、こころしておくべきは、この書が単に〈幻視〉文献に属するだけでなく、黙示文献にも属していることである。それは幻視と同時に黙示録である。黙示文献の顕著な特徴は、真理を素朴な物語ではなく、象徴形式で表現しようとしていることである。もう一つ別の弁別的特徴は、それが霊的にとらえた歴史を、つまり出来事を天上的にみたものを示そうとしていることである。黙示録では、地上の情景を天の視点からみる。したがって、〈アポカリプス〉という名称ができ、それは「覆いを取りのぞく」という意味である。黙示録はこの覆いを取りのぞき、物事の内的な意味がわれわれにみられるようにしてくれる。われわれは、霊的世界に連れていかれ、天の開かれた戸を通じて、神の玉座と無数の天使……を目にする。

一九二一年四月六日付『ザ・プレシビテリアン・オヴ・ザ・サウス』紙に、「千年至福は紀元百年にはじまったのか」を見出しにしたミシシッピ州マコームのプレスビテリアン教会牧師F・Z・ブラウン尊師による記事が掲載された――

「黙示録」第二十章をこの書全体から聖書釈義的に研究し、最近一書にまとめんとした著者は、この書にみられる象徴、絵、人物に対しドグマ的解釈をすることはしないと主張している。彼は、それから奇妙にも首尾一貫せずに、とてもドグマ的な主張をいくつかかしている。彼の第三の提案は、「黙示録」第二十章の「千年」は、紀元百年からキリストの第二の到来までの期間を示唆しているということである。／この記事の書き手は、あきらかに、いわゆる解釈の過去主義派、あるいは歴史派に属している。彼は、黙示録的幻視のすべては、過去に教会がおこなった闘争として実現しているとみている。この解釈法にはいくぶん真理がある。何故なら、これから起こる出来事は、その影を前もって投げかけるからである。しかし、世界と教会の過去の歴史の多くの概略を、「黙示録」第四章第一節～第二十二章第二十一節の第三の箇所にみいだそうとする者は、ついには、迷宮状態の混乱に入り込み、そこから逃れることができない。

一九二一年十二月十一日付『サウス・ベンド・ニューズ＝タイムズ』紙（*South Bend News-Times.* (South Bend, Ind.)）に、大見出し「科学、聖ヨハネの墓を発掘」、小見出し「キリスト教へのとても時機をえた贈り物が、黙示録と、またディアナの都市のエペソ人による放蕩に新たな光を投じている」の記事が掲載された。「クリフトン・ハービィー・レヴィ教授」による記事——

福音書記者ヨハネの墓が、エフェソスで発掘された。十二使徒の一人である彼は、「イエスに愛された弟子」であると知られていた。この説明と彼自身の書いたものをもとにすると、彼は初期キリスト教とその覇権闘争に係る中心人物の一人であった。／彼の墓がエフェソスで発見されるとは、まさに期待通りである。何故なら、エフェソス司教ポリュクラテス（エウセビオス『教会史』第三章第三十一節、第五節二十四節）が、紀元一九四年、「主の胸に横たわるヨハネは、エフェソスに眠る」と述べているからである。もう一人の初期教父であるエイレナイオス

1921年12月11日付『サウス・ベンド・ニューズ＝タイムズ』紙より

はこう主張している。つまり、ヨハネはトラヤヌスの時代まで生き、イエスの生涯を説明した第四の福音をエフェソスで出版したと。と同時に、彼こそ黙示録をドミティアヌス治世下で書いたと述べている。／ある者によれば、ヨハネは暴徒に殺害されたという一方、ほとんどの権威者の説はこうだ。つまり、彼は九十ないし九十三歳まで生き、信者によってエフェソスに埋葬され、そこで今日、彼の墓が日の目をみたのである。この発見により、新約聖書、とりわけ使徒言行録に記された当時大都市であったエフェソスでの使徒たちの活動に関し、多くのことが確証されることになる。／（中略）／伝承の一つによると、ヨハネは、ローマのラティーナ門のすぐ外で、煮えたぎる油の釜に投げ込まれたが、奇跡的に救出され、パトモス島に逃れ、そこから黙示録が生まれたという。生涯の終わり頃に、彼が仲間の弟子とキリスト教共作者たちにたえず繰り返していた奨励のことばは、「幼子たちよ、互いに愛し合うように」で、これは、彼の性格が愛情のこもった愛すべきものであることを明らかにするのに一層役立つものだ。

一九二二年八月二十六日付『ザ・ラーノウ・コロニスト』紙（*The Llano Colonist.* (Llano, Calif.)）に、「G・A・クラッツァーの解釈する黙示録／書評者ヴァイオラ・M・キンメル博士／牧師、教師、進歩的思想家向けのいまはやりの本、親にとっての子ども教育の実践的手引き書」という見出しの書評記事が掲載された（この本は、一九一五年刊であった）――

ついに、「啓示」の書の封印がとかれ、その神秘的なことのすべてからヴェールが剥ぎとられた。そして、世界最高のドラマであり、世界最高の寓意の他に、世界最高の文学として位置を確立している。何故なら、それは二つのものが一つになり、劇的寓意であるとも、寓意的劇とも呼べるであろうからだ。形式は劇のそれであり、内容はプロローグ、七幕、そしてエピローグからなっていて、その舞台として目にみえる宇宙を使い、舞台装置には太陽、月、恒星、そして地表の多様な模様を用いている。／そこで語られる話は、人間のそれぞれの精神に福音がどのように説かれるかで、間接的には、社会に福音が説かれる過程をめぐるものである。社会が、あらゆる誤り、破壊的感情、愛情のない社会的・家族的関係から、真、愛、知の克服する力によって救済されるのだから。適切で目から鱗の落ちる慣習にある各登場人物は、心理学者がより高い段階と活動、そしてより低い段階と活動状態にある精神の能力、性癖、感受性と呼ぶものに相当している。聖ヨハネは完璧に、こうしたものの間の大きな闘いを、自我の肉的精神から完全な愛の精神への各自の前進と理解したので、彼はこうした多様な精神の能力を、生存競争をする現実の人や動物としてわれわれの前で生かした。その結果、芸術家、そして風刺家としての彼の力は、世界の寓話作家のうちでも最高の一人になっている。もっとも、実際には、そうしたものは彼がそうだとは断言してはいないが。／学者、詩人、素朴な物語手にとって、黙示録は正確に理解すれば、復活の魔術的力を備えた生の水の井戸にほかならない。実践的な心理学者にとっては、人間精神のもっとも偉大な教科書であり、向上させる物語で幼子を喜ばせ、美しいことばや美しい行為に恋をするようにさせる母親にとって、それは、子どもにとっての入門書のように素朴ではあるが、大好きな妖精物語の魅力がおまけについている。

では、パウンドの変更の意図は、何であったのか。つまり、「デモティック」の語にとりかえ、これで示唆しようとした事柄である。

第二章　"demotic"／〈スミルナ〉の示唆すること――現代ギリシャ問題

第一節　「デモティックなフランス語」の表象

『オクスフォード英語辞典』（二版、一九八八年）によると、"demotic" はその語義が以下のように、二項目に大きく分けられ、さらに一番目は二つに分けられている。

1.a. Of or belonging to the people: spec. the distinctive epithet of the popular form of the ancient Egyptian written character (as distinguished from the hieratic, of which it was a simplification): called also enchorial.　Also absol. = The demotic character or script.

b. Of or belonging to the popular written or spoken form of modern Greek.（初出：一九二七年）

2. In general sense: Of, pertaining or proper to, the common people; popular, vulgar. Also as sb.（初出：一八三一年）

実際、『オクスフォード英語辞典』は、『荒地』の該当箇所を「2.」の例としている。そこで、先にあげた日本語訳は「俗な／俗語まじりの（フランス語）」としたのだろう。物語的にはそれでかまわないが、パウンドは表象的に、その他の役割をこの語に託したと思われる。

近年の先行論の一つで、J・A・アッカリー（C. J. Ackerley）は、「ユージェニデーズ氏は、デモティックなフランス語を話す。つまり、市場の言語である」（C. J. Ackerley, *T S Eliot: 'The Love Song of J. Alfred Prufrock' and 'The Waste Land'* (2010), p.61.）という。また、*The Broadview Anthology of British Literature: One-Volume Compact Edition* の註では、“Popular; vulgar”（p. 1910）としている。外国人同士が外交的に話す場合、この時期、「英語」ではなく国際語としての「フランス語」が使用されていたので、「市場の言語」という解釈も可能かも知れない。ちなみに、次の文献では、この『荒地』の該当語句がそっくり使用されている。この「デモティック」は、「俗語まじりの／俗な」ではなく、「書記の」に対立した「口語の」の意味であろう。

彼のこの言語〔フランス語〕の使用は、実に印象的であったが、この点で彼は、リチャード・バートンの方法に匹敵することをし、バー、居酒屋、市場でのデモティックなフランス語を聞き覚えた。ところが、彼の書きことばの方は、完全とはいえない。（Frank McLynn, *Robert Louis Stevenson* (2014), pp. 96-7）

しかし、問題は簡単ではない。ギリシャ人〈ユージェニデーズ氏〉が、「たどたどしいフランス語」でなく、まっとうな「口語」フランス語を学んでいた、というだけのことではない。そもそもこの人物は、〈ギリシャ語〉を話していたかという疑惑が生起する。レッスルはその論考で「『荒地』の初期の読者は、ユージェニデーズ氏の人物造型に同時代の政治状況が関与していたことに気づいていた可能性がある」とし、次のように大きな国際政治問題を示唆している。

この商人が、ギリシャ語ではなく、デモティックなフランス語を話すということで、彼のギリシャ人としての身分が切り崩される。何故なら、戦後和平協議の文脈では、これによって、ブルガリア語を話すギリシャ人のように、ユージェニデーズ氏はギリシャ語を知っているかの問題が生起するからである。（Roessel, p.175.）

レッスルが提起している問題は、以下の引用が明確に説明している。

歴史は、ギリシャ人の国家主義において重要な役割を果たした。マケドニアは、ながいこと、アレキサンドロス大王の古代マケドニア帝国と中世のビザンティン帝国の一部であったからだ。したがって、ギリシャ人は、マケドニアという名を十九世紀に復活させた。それは、ギリシャ人の国家的遺産と心性を受け継いでいるものとしてであった。数を増やすために、ギリシャ国粋主義者は、総主教庁所属のギリシャ人だけでなく、民族的にアルバニア人（Albanians）とヴラフ人（Vlachs）を含む、その他のマケドニアの全住民が、固有のギリシャ人であると主張した。彼らが無視していたことは、こうしたブルガリア語使用のギリシャ人、ヴラフ語使用のギリシャ人、アルバニア語使用のギリシャ人が、ギリシャ語が話せず、自らをギリシャ人であるとも思っていなかったことである。（Chris Kostov, *Contested Ethnic Identity: The Case of Macedonian Immigrants in Toronto, 1900-1996* (2010), p.271）

実際、一九〇六年出版の『マケドニア――その民族とその未来』「第七章　ギリシャ人」の「第三節　ブルガリア語使用のギリシャ人」で、二十世紀前半に活躍した左翼ジャーナリスト、ヘンリー・ノエル・ブレイルズフォード（Henry Noel Brailsford, 1873-1958）は、次のように体験を語っている。

そこでわたしは、この計画を提案するために、クルシェヴォ司教の所へでかけた。彼は当時、国際都市モナシティル（Monasstir／現ビトラ）のために活動していた。一人の司祭が戸口に立っていたので、わたしは知らなかったので、ギリシャ語で彼に尋ねた。司教はいらっしゃるかと。彼はぽかんとしてわたしをみて、それからブルガリア語で「ギリシャ語は知りません」と答えた。思うに、彼は、論争になっている言語でいえば、「ブルガリア語使用のギリシャ人」（Bulgarophone Greek）として公式的に知られている者であったろう。（Henry Noel Brailsford, *Macedonia; its races and their future* (1906), p.199）

もし、〈ユージェニディーズ氏〉が「ギリシャ語が話せず、自らをギリシャ人であるとも思っていない」とすれば、エリオットが使った「アボミナブル」は転移修飾語として読み、「俗語まじりのフランス語でぼくを誘った」ではなく、「忌まわしいことに、フランス語でぼくを誘った」と解釈すべきかも知れない。

さらに、この問題は、以下のことを考慮すると一層複雑になる。かつて、一五三六年に、フランス・オスマン同盟が締結されてから、オスマン帝国宮廷では外交言語としてフランス語が使用された。一八三九～一八七六年にかけての「タンジマーティ・ハイリエ（恩恵改革）」改革期（the Tanzimat period of reforms）に、オスマン帝国が、皇帝専制体制下で西欧の市民社会の理念を導入する形で改革を目指したとき、フランス語が第一外国語として採用された。この事態を説明するものとし、一八六五年七月六日付『バトン・ルージュ・トリ・ウィークリー・ガゼット＆コメット』紙（*Baton Rouge Tri-Weekly Gazette & Comet.* (Baton Rouge, La.)）の記事が参考になる――「一通のパリからの手紙によると、トルコでは命令が発布されようとしていて、公立学校で、フランス語教育が義務化されるとのこと」。

また、一八八九年十一月三十日付『ザ・グレンダ・センティネル』紙（*The Grenada Sentinel.* (Grenada, Miss.)）に、見出し「楽しい経験／通訳なしの東方旅行／自転車運転者スティーヴンズが注目すべき世界旅行中にであった、多くの乗り越えられそうにない障害」の記事――

おそらく、許可書なく拳銃を携帯していたので逮捕されたのだろうと、ようやくわかりはじめた。依然、真相はわからず、これはあきらかに、身振りで説明できる事例ではなかった。英語が通じないことはすでに知っていたが、トルコの公式言語はフランス語であることを思い出し、フランス横断中、ぽつぽつと学んだわずかなフランス語を逮捕しようとした警官にいってみた。

一九〇二年一月二十二日付『ザ・ウェスターン・ニューズ』紙（*The Western News*. (Stevensville, Mont.)）に、コラム「時機を得た話題」の記事――「トルコのスルタンが、やさしい授業でフランス語を学んだ」。

さらに、一九二二年の共和制下でも、知識階級ではフランス語が学習された。こうした経緯を考慮するなら、「スミルナの商人」はトルコ人の可能性もある。名がギリシャ人を示唆しているが、トルコ領内にはギリシャ独立後も、ギリシャ語を話さないイスラム教徒のギリシャ人がいたらしい。

一九二三年には、ギリシャとトルコの住民交換（Ἡ Ἀνταλλαγή / Mübâdele）が実施されたが、これは住民の信仰に基づき、トルコのギリシャ正教徒とギリシャのイスラム教徒を交換したものである。トルコ領内の正教徒はギリシャ人とみなされ、ギリシャへ追放され、ギリシャ領内のイスラム教徒はトルコ人とみなされ、トルコ領内に追放されたという。これにより、現代ギリシャとトルコが、一応、いわゆる「一国家一民族」の国民国家となった。しかし、これは、大規模な強制的住民交換、あるいは「合意の上の相互追放」、民族浄化であったし、その過程で多くの難民がでた。（ウィキペディア。次の文献参照：Dimitri Pentzopoulos, *The Balkan Exchange of Minorities and its Impact on Greece*. Hurst & Company (1962), pp. 51–110.; Renée Hirschon ed., *Crossing the Aegean: An Appraisal of the 1923 Compulsory Population Exchange between Greece and Turkey* (Forced Migration) (2003); Onur Yildirim, *Diplomacy and Displacement: Reconsidering the Turco-Greek Exchange of Populations, 1922-1934* (2006).

このトルコ人住民とギリシャ人住民の交換については、次のような新聞記事があった。たとえば、一九二三年一月十日付『イヴニング・スター』紙に、見出し「多数、その家から引き離される／住民交換計画、ローザンヌの同盟国・トルコ合意によって促進さる」の記事――

A・R・デッカー著／『ザ・スター・アンド・シカゴ・ニューズ』紙への電信、版権一九二三年／ローザンヌ、一月十日――住民交換の原則は、委員会一致で容認された。／アナトリアとヨーロッパ側トルコのギリシャ人住民は、コンスタンティノープル県の者を除き、西トラキアを除くギリシャのトルコ人住民と交換されることになる。／かくして、計画が施行されれば、五十万人以上が、その家と社会的・経済的生活から引き離されることになる。この交換で、イスメト・パシャは、コンスタンティノープルのギリシャ主教管轄区を去ることに同意したが、現在の総主教が去り、主教管区が政治的権力を奪い取られるならという条件つきである。／会議は長い道のりをたどり、平和に至った。要請している三大国は、トルコ人にいくつかの点で譲歩をした。彼らも、また、融和的な心構えでいる。／〈少数派委員会、仕事を終える〉／今日、少数派委員会は、実質的にその仕事を完了した。要請している大国は、トルコ人による一般的特赦を認めるかわりに、少数派問題でいくつも譲歩をした。トルコとギリシャは、アナトリアとスミルナで違法行為をおこなったかどで告訴された部隊に、特赦を与えることに同意した。要請している大国がしぶしぶ同意したのは、アルメニア人のための避難所設置、少数派に対する軍事的免除、国際連盟が最高責任者になること、旧バルカン戦争時からのブルガリア難民の帰属の諸問題であった。／（以下、略）

一九二三年十月十三日付『イヴニング・スター』紙に、見出し「冬、流浪の民を苦しめる／ギリシャ人とトルコ人の交換は、春の種まきを可能にするため速度を早める予定」の記事――

『ザ・スター・アンド・フィラデルフィア・パブリック・レジャー』紙への電信、版権一九二三年／草原の冷たい風が冬の到来を告げ、史上初の義務的住民交換が、昨日、ギリシャとトルコ間で開始された。／最低トルコ人三十万人、ギリシャ人八万人を含むこの移住の詳細は、紛争の仲裁役を務めてきている条約によって設立された、ギリシャ人とトルコ人の混合委員会が準備したものである。

一九二三年十一月十日付『ウスター・デモクラット・アンド・レジャー＝エンタープライズ』紙（*Worcester Democrat and the Ledger-Enterprise.* (Pocomoke City, Md.)）に、見出し「メリーランド州の若い女性、住民交換の手助けをする／ベルエアのアリス・A・ルーエイ嬢、ギリシャとトルコ原住民の交換に関与」の記事——

アメリカ監視のもと、ギリシャとトルコの住民交換がはじまり、メリーランド州の若い女性、ベルエアのアリス・A・ルーエイ嬢が収容所の一つにいて、交換に関与し〈近東救済援助団〉のもとで働いていると、メリーランド本部が述べている。／アテネからメリーランド州近東救済団へ、ニューヨーク本部経由で届いた電信によると、両国民間の交換が、ミティリーニ島ではじまり、数ヵ月間、一日につき三千人の割合でつづく予定。

以上のこうした問題は、『荒地』のエピグラフがそもそも示唆していたことかも知れない。ジュエル・スパーズ・ブルッカー&ジョウゼフ・ベントリー（Jewel Spears Brooker & Joseph Bentley）は、次のようにいっている——

クーマエはギリシャの植民地であったが、イタリアにあり、そのクーマエ住民シビルは古代ローマ人である。残されたのは、一人のローマ人が他のローマ人に語る逸話で、その中で一人のローマ人女預言者が、ギリシャ語で尋ねられる質問にギリシャ語で答える。この状況は、アメリカ人が他のアメリカ人に物語をし、バッファロー・ビルやジョン・ウェインのことばをフランス語で引用するのに似ている。（*Reading* "The Waste Land": *Modernism and the Limits of Interpretation*, 1992. p. 45）

第二節　ロゼッタ・ストーンと「デモティック」

先述のように、「デモティック」の語源は古代ギリシャ語で、最初の使用では『オクスフォード英語辞典』の定義「1.a.」のように、「古代の神官文字のスクリプトの簡易化された草書体形式」のことを指していた。この初出例は一八二二年で、「ロゼッタ・ストーン」と関係がある。一八二二年、この解読ができ、そこに「デモティック」があった。一八七五年九月一日付『ウォータータウン・リパブリカン』紙（*Watertown Republican.* (Watertown, Wis.)）に、「ヒエラティックとデモティック」と題するC・キャヴァーノウ（C. Caverno）の記事が掲載された――

エジプトでは、司祭の使う言語と庶民の使う言語がちがっていた。「エジプト人の知恵」は、司祭たちが自らの言語で保持していた。かくして、その知恵はギルド的神秘であった。われわれはこれを、注目すべき文明の状態を示唆するものとみなしている。しかし、それは、結局、とても特異なものというわけではないのではないか。われわれは、エジプトのヒエラティック言語とデモティック言語が、文明に探ることのできるものを極端に説明してくれるもの以上のものとみなしているのだろうか。とりわけ、宗教では、知識をヒエラティックなものとデモティックなものに区分する傾向が、いたるところにみることができる。／ローマ・カトリック教司祭は、そのギルド的神秘をエジプト人と同じようにまぎれもなく保持し、実質的に、それを保持するためのヒエラティック言語を使用している。同じ状況は、プロテスタンティズムにもある。とはいえ、その説明様式は多少異なる。司祭階級にとっての知識と庶民の知識は、大雑把にいえば別物であるというのは、プロテスタンティズム内部にもあてはまる。／ここでのことの特殊さは、しかし、そうであるのは、庶民が選択したということである。われわれは、司祭を戴いた庶民というういい方をする。プロテスタンティズム内部では、どちらかといえば、庶民が上位にいる司祭階級がある。庶民は、自分たちに説明される知識の量を固定し、通例、その蘊蓄を拡大してくれる司祭にとても強硬な態度をとる。普通の教養を持ったプロテスタント聖職者のほとんどは、自分が、どのように善良な精神の持ち主であれ、信徒が使ってほしくない知識を所有していることに気づく。信徒は、牧師が自分たちの古くから馴染んだ制限内にいる限り、彼を信じている。しかし、もし、彼が彼らの地平を拡大しようものなら、彼は急速に「疑わしきもの」の仲間入りをする。たとえば、聖書のテキスト批評の問題では、司祭用の知識と信徒用の知識は別物である。その問題は、現在の世代の範囲内では、きわめて重要なものに成長したので、英語圏の学問のある聖職者は、聖書の新訳を手にせざるをえなくなっている。しかし、英語圏のプロテスタンティズム内の会衆で、この問題で牧師が普通の知識を会衆の前で説明することに我慢できる者はほとんどいないと、われわれは判断している。「国王ジェイムズ」版に聖書ではないことが含まれているとほのめかすことは、天の柱を攻撃することにひとしい。司祭が、主の祈りの最後の文、あるいは、ヨハネの最初の手紙にある「三人の目撃者」のテキストについて知っていることを語ることは、多かれ少なかれ危険なことである。牧師がそうしたことについて知りうることを知り、その知識を信徒にいわないでおく方が、通例、安全である。つまり、聖書は祈りの行為としてだけ読んで、それについての情報はすべて流すのがよい。これは、悲しむべき状態だと思うが、これが現状だと判断している。この問題を司祭の所見の観点から検討し、何らかの哲学を作らずにいられる者はいない。／（後略）／いかにヒエラティックなことをデモティックにするかは、依然、問題である。

「ロゼッタ・ストーン」碑文解説成功から六十年経た一八八二年二月十二日付『ザ・ソールト・レイク・ヘラルド』紙（*The Salt Lake Herald*. (Salt Lake City [Utah)）に、見出し「ロゼッタ・ストーン」の記事が、紙面の半分を使い掲載された。発見の経緯や石碑が大英博物館に収蔵された経緯などを述べ、碑文について説明している——

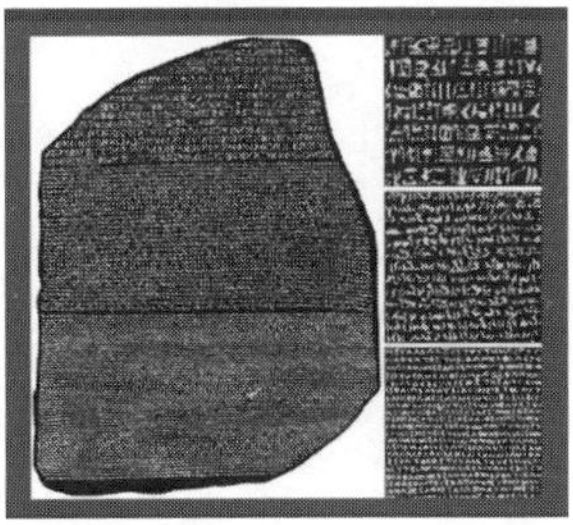
ロゼッタ・ストーン

最初の碑文はヒエログリフィックで記されている。ヒエログリフィックとは絵文字のこと。この語は、ギリシャ語“ieros”（聖なる）と“glipho”（彫る）、つまり「聖なる彫刻」から由来している。何故なら、この名をつけた者は、それがエジプトの司祭だけが使用し、宗教上の秘密を世俗の民衆に隠しておいたと想定したからである。／第二の碑文は、最初のものとことばは同じであるが、ギリシャ人が“enchorial”（国に属する）と呼んだ文字によっている。また、同時に、“demotic”（一般人に使用された）とも呼ばれている。／第三の碑文は、前の二つをギリシャ語訳したもの。記録されている出来事は、プトレマイオス・エピファネスの戴冠式のことで、これは、紀元前一九六年、つまり約二〇七八年前に都市メンフィスで三月に挙行された。

さらに、二月十八日付『ザ・デモクラティック・アドヴォケイト』紙（*The Democratic Advocate.* (Westminster, Md.)）には、「古代エジプト女性」と題する記事がでた。ちなみに、同じ題の同じ内容の記事が、四月十三日付『ザ・ウィチタ・シティ・イーグル』紙（*The Wichita City Eagle.* (Wichita, Kan.)）にも掲載されている。

一般的ないい方をすれば、とまどう事実が発見され、修正されることがよくある。通例、東洋や古代の女性は、取るに足りない者の地位に抑圧されているという。最近の興味深い発見から、これは古代エジプトではとてもあてはまるものではないことがわかった。つまり、「女性の権利」がそこでは発展していて、現代の改革派のもっとも高邁な主張すら望みえないものであったという。古代エジプト人の文字には三種類あり、ヒエログリフィック体、ヒエラティック体、デモティック体である。／最初の二つは遠く古代のもので、最後のものは、紀元前七世紀にさかのぼるにすぎない。その解読がもっともむずかしく、満足のいく翻訳はほんの最近数十年以内にかろうじて開始されたといってよい。高名なエジプト学者・コプト語学者のルヴィユ氏（M. Revillout）は、一八七七年に、フランス国立エジプト手稿収蔵館の調査をはじめた。彼はその調査を可能なすべてのヨーロッパの収蔵館で継続し、ヨーロッパのデモティック体資料の宝を分析し、はじめて評価し称賛した。これらのものが、疑いもなく興味深く重要なものであることがわかったが、内容は、売買・輸送・贈与・提携・寄付の行為、家屋と土地の貸借、税金用の抵当・契約書・受領書、その他の支払など、さらに結婚契約書、結婚締結書、権利証書、財産目録等の文書からなっていた。また、「道徳的教訓」「魔術手引書」、さらに、寓話集や恋愛物語集などの寄せ集めもみつかった。これらの紙は、ローマ人による征服前の約五世紀間にわたるものである。

この記事で、「デモティック」と「売買・輸送・贈与・提携・寄付の行為」などの、いわば「商業」用語が結びつけられているのは興味深い。「スミルナの商人ユージェニデーズ氏」が「デモティックなフランス語」を話すとされているからだ。そして、同じ内容の記事が、三月四日付『ザ・パシフィック・コマーシャル・アドヴァイザー』紙（*The Pacific Commercial Advertiser.* (Honolulu, Hawaiian Islands)）に「埋もれていた宝（Ⅰ）」、三月十一日付に「埋もれていた宝（Ⅱ）」と題して掲載されている。ただし、これは『ザ・ロンドン・タイムズ』紙の記事を本紙向けに縮めたものであるという。

今日ですらそうである。もっとも、自らの人生をヒエログリフィックとヒエラティックの文献の翻訳に捧げている碩学の数は、五人ほどでしかない。そのうちの一人ルヴィユは、一八七七年にルーヴル美術館の正式ポストに任命され、フランス国立収蔵館のデモティック体で記されたパピルス文書に注意をはらい、その後、イギリス、ライデン、チューリン、ベルリンの収集館にある類似のパピルス文書を体系的に調査しはじめた。このように分析された宝は、疑いもなく興味深く重要なものであることが判明した。それは、売買・輸送・贈与・提携・寄付の行為、家屋と土地の貸借、税金用の抵当財産目録等の文書からなっていた。この他に、道徳的教訓集、もう一つ別の寓話、対話形式の哲学論文、魔術の手引き、愛国的予言の本、半ば歴史的で半ば魔術的なとても奇妙な話で、「セトナのロマンス」と題するものがあった。その題名の手稿は、一八六五年、テーベのコプト人修道士の墓からみつかった。概して、これらのパピリス文書は約五世紀間にわたるものといえ、プトレマイオス王朝期全体に相当するダレイオス一世の時代からはじまり、ローマ帝国の征服の時期頃でおわっている。／ただちにわかることだが、そうした文書は、今日までほとんどなにもわからなかった時代と社会について、無尽蔵ともいえる情報を開示することだろう。実際、こういっても過言ではない。つまり、先日まで、その時期の現地のエジプト人の状態の方が、古代帝国のエジプト人の風俗習慣より知られてはいなかったのである。

一八八二年五月十一日付『ザ・ウィークリー・カンサス・チーフ』紙（*The Weekly Kansas Chief.* (Troy, Kan.)）に、「古代エジプトの驚異」と題する記事が掲載された――

カイロ、一八八二年一月十六日――昨年は、記憶に残るであろう。エジプト学に貢献した価値ある注目すべき発見が数々なされたからだ。マスペロ氏は、テーベの王のミイラ大発見をめぐる公式の報告書を出版したばかりである。その内容は、多数の写真で生きいきしたものとなっている。その中には、トトメス三世、ラメセス二世のミイラがある。つまり、この大古代王国の称号は、セントラル・パークのオベリスクに刻まれている。昨年の春と夏にサッカラで開かれた、第五、六王朝に建てられたピラミッドの内部に描かれたテキストは、また、間をおかず連続して、マスペロ氏がパリで出版する『選集』に収録の予定である。本紙コラムで、すでに説明が記事となったこうした発見の他、さらに三つの発見が最近なされ、黙ってほっておくには惜しいものである。／デルタ地帯の西部国境にあって、カイロとアレキサンドリアの中間にある村コム・エル・ハマドラの五マイル西の砂漠で、ベドウィン族が一つの大きな石を発掘した。彼らによれば、「大人より大きく、細かい文字で覆われている」という。エミル・ブルークシュ氏（ブーラク博物館学芸員でブルークシュ・パシャ博士の弟）は、ただちに現場に急行し、この石がエジプト人が命令や碑文を記録するのに用いたステラ、つまり石板であることを知った。この新たに発見された記念碑には、三言語のテキストが刻印されていて、それは、カノープスで開催された司教教会会議の命令、プトレマイオス・エウエルゲテスの娘ベレニケの神格化を命じたものの写しで、エウエゲタエと呼ばれる第五司祭層を形成するものであることが判明した。この命令の日付はプロレマイオス・エウエルゲテス九年（紀元前二三八年）、ティビー（Tybi）月十八日であり、その結果、有名なロゼッタ・ストーンよりほぼ一世紀以前のものである。カノープスのこの命令のもう一つの写しは、ブーラク博物館のサン、もしくはタニスの石に刻まれていて、その模型は大英博物館に所蔵されている。

一八八二年三月十六日付『ドッジ・シティ・タイムズ』紙（*Dodge City Times.* (Dodge City, Kan.)）に、見出し「古エジプト学――テーベで王家のミイラ大発見」の記事が掲載されている。「去年は、エジプト学への貢献である貴重で注目すべき発見がなされたことで記憶に残るであろう」と書きだし、「マスペロ氏は、テーベの王のミイラの大発見をめぐる公式の報告書を出版したばかりである。その内容は、多数の写真で生きいきしたものとなっている。その中には、トトメス三世、ラメセス二世のミイラがある」という。そのあと、この発見の経緯が説明され、ついでこう記されている（ちなみに、これと同じ記事が一八八二年五月十一日付『ザ・ウィークリー・カンサス・チーフ』紙にも短縮されて掲載されている）――

注意深く保存された王家のミイラの驚異的で劇的な発見、また、ながく閉ざされたピラミッドと墓が暴かれたが、それでも、実際の学問的価値からすれば、この顔色を失わせるほどのエジプト学の新分野が最近拓かれた。それは、ブルグシュ・パシャ博士（Dr. Brugsch Pasha）とルヴィユ氏の成功に導かれた努力の賜物である。この二人の碩学は、エジプトのデモティック書体を専門としてきた。つまり、とても複雑で混乱しているので、もっとも洞察力をそなえたエジプト学者ですら、わからない場合もあるほどである。ほぼもっぱら司祭が使用したヒエラティック書体とヒエログリッフィク書体との関係は、今日の手書きと印刷との関係に同じである。デモティック体は、ヒエラティック体を大いに略したもので、これとヒエログリッフィク体との関係は、今日の速記と印刷された本のページとの関係と同じである。さらに、デモティック体は、日常業務の忙しさの中で書かれているので、現実には、読みにくく不注意な書法となっているため、困難な解読作業にとって、ほぼ克服不能の障害となっている。

この記事では、二つのことが注目される。一つは、「墓が暴かれ」「新分野が、最近拓かれた」こと。つまり、〈死〉と〈再生〉のドラマが展開されたということである。もう一つは、「デモティック」が「日常業務の忙しさの中で書かれている」ということである。この記事は簡略化されて、さらに、一八八二年四月二十六日付『ジュニアタ・テンティネル・アンド・リパブリカン』紙（*Juniata Sentinel and Republican.* (Mifflintown, Juniata County, Pa.)）に「奇妙な結婚習慣」（Strange Marriage Customs）と題して掲載された。

もともと、ロゼッタ・ストーンの発見をめぐり、イギリスで最初期に記事にしたのは、『ジェントルマンズ・マガジン』（第九十一号、一八〇二年）であった。発見の経緯を語ったあと、碑文についてこう説明をしている――

最初の碑文はヒエログリフで記され、第二のものは古いコプト語、つまり古代エジプト人の世俗的文字であり、最後のものはギリシャ語の大文字である。この三つは、かなり完全な状態にあり、最後の二つは、最初のものの翻訳に過ぎないと、想定しても大丈夫である。

この時期の記事では、まだ二番目の文字が明確にはなっていなかった。これが解明されたのが、一八二二年のこと。そして、フランス人文献学者「ジャン＝フランソワ・シャンポリオン」の解読成功から百年経過した一九二二年の八月十六日付『ザ・パブリック・レジャー』紙（*The Public Ledger*. (Maysville, Ky.)）に、「シャンポリオンの勝利」と題する次の記事が掲載された。

フランス人は、ジャン＝フランソワ・シャンポリオン（Jean-François Champollion）の業績を祝いつづけてきた。彼は著名なエジプト学者で、百年前、ロゼッタ・ストーンの碑文解読に成功した。この石板は、一七九九年にフランス人士官ブサールによって、ロゼッタ近くの塹壕で発見されたもので、現在は大英博物館に所蔵されている。（中略）／この碑文は、二言語で記されていて、みたところヒエログリフ、デモティック書体、そしてギリシャ語である。この三つの碑文は、同一のものであるという意見であったシャンポリオンは、未知の二言語に、ギリシャ語に対応する文字のあることをつきとめた。ギリシャ語は、彼のよく知るものであった。

この記事を当時パリ在住のパウンドが読んだかどうか不明であるが、パウンドがヒエログリフに関心を持っていたことはつとに知られている。それは次の引用から理解できよう。彼のこの著作は一九三四年出版であり、また“Canto XCIV”(1955) では、“Smyrna” の語を含め、ヒエログリフや漢字、さらにギリシャ語を使用している。

『読書の基本』で、エズラ・パウンドは、ヒエログリフと漢字の違いを次のように説明している――「エジプト人は、ついに絵を簡略化し、音をあらわすのに使用したが、中国人はいまだに、簡略した絵を絵として使っている。つまり、中国の表意文字は、音の絵、あるいは音を想起させる書記記号であることを試みていない。それは、依然、モノを表す絵だ。（Andrea Bachner, *Beyond Sinology: Chinese Writing and the Scripts of Culture*, 2014, pp. 65-66）

一九一〇年三月十五日付『サンタフェ・ニュー・メキシカン』紙（*Santa Fe New Mexican.* (Santa Fe, N.M.)）に、見出し「きわめて重要な考古学的発見」の記事がでた——

サン・アントーニオ、テキサス、三月十五日——アマトラン・デ・カーニャス（メキシコ、テピク準州）からの特電によれば、きわめて重要な考古学的発見が、ハリスコ州の西部にあるメスコタの町近くでなされたという。いくことの困難な場所で、高い崖の表面をなしている硬い斑岩を掘ると、一連の碑文がみつかった。それは、アステカ族の絵文字とはまったく違うものであった。明白にそうといえる文字は、ヒエログリフィック書体が進化したようにみえる。この書体は、古代エジプトのデモティック文字にみられるようなものであるが、それとは似ても似つかない。この碑文は、二つの区域、あるいはタブレットからなっている。その文字は真に水平線をなしており、きわめて様式化されていて、ヒエログリフィック書体の意味が、つづき書き書体で容易な配列に従属されてしまっている。／この碑文を全体的にみると、文明の下層に属する一人の大人、あるいは数人の大人が作成したという印象を受ける。目的と仕上げがあまりにもはっきりしすぎているので、この結論をだすことはできない。これを掘った者は技術者の本能を持ち、訓練を積んでいて、はじめてここでその腕を試したわけではない。

一九一一年十一月二十九日付『ザ・ワシントン・タイムズ』紙（*The Washington Times.* (Washington [D.C.])）に、「服従を儀式から削除」と題した記事が掲載——

イリノイ州エルジンに行政長官がいるようにみえる。彼は、「従う」という語を省く儀式にのっとり、結婚式をとりおこなうことで名をなした。彼の名声は、ウィクリフの塵のように、「海のように広く」海外にまで広まったにちがいない。何故なら、オレゴン州の未亡人が、ちょうど、そのフィアンセをはるばるイリノイ州にまで旅をさせ、彼の好意的な特免のもとで結婚するようにしたからである。これから夫になるこの者が、この未亡人に従順に同行したことから、彼がどのようなつまらないワンマンぶりをも家政に持ちこむことはないと、一見してわかる。もし彼が、権威を放棄する意志を示すためだけに大陸を半分旅したとしたら、彼は、たぶん、彼に法的義務があろうがなかろうが、その未亡人の命令に対し、喜んで横になり寝返りをうったことであろう。／（中略）／これ以前の時期の社会で、女性が家庭に占めていた立場について議論しだす解説者は、性急といわざるをえないが、記録の残っている最古の文明で、夫人が従順を約束させられていないだけでなく、反対に、夫人の命令に服従するよう、きわめてはっきりと明記されていたことを想起するのは、興味深いことである。エジプトの太古のデモティック書体の書き物は、そうしたことが、ナイル川渓谷の住民の間で妥当したことを示している。

「シャンポリオンの勝利」と題する記事に先立ち、一九二二年三月二日付『ザ・パブリック・レジャー』紙は、シャンポリオンの解読百年祭について、「無視された百年祭」と題してその意義を報じている――

百年祭は、自明のことを新たに浮き彫りにしてくれる。しかし、まさに百年前、たぶん素人には完全には理解されない画期的な出来事が起こった。ほとんどの画期的な出来事は、われわれを未来へと運んでくれる。この場合、過去へと連れていった。だから、この百年祭は、ごく特別な分野の学者をのぞいては、無視されている。／百年前、シャンポリオンが、ロゼッタ・ストーンをめぐる文献学的研究の成果を公表した。これは、ナポレオンの兵士が、一七九九年にナイル川デルタを掘っていて発見したもの。ギリシャ語とデモティックとヒエログリフのエジプト語で記された碑文を含むこの断片を

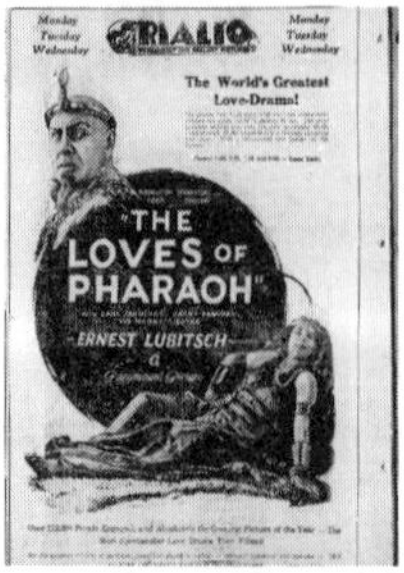

1922年8月26日付『チッカシェー・デイリー・エクスプレス』紙より

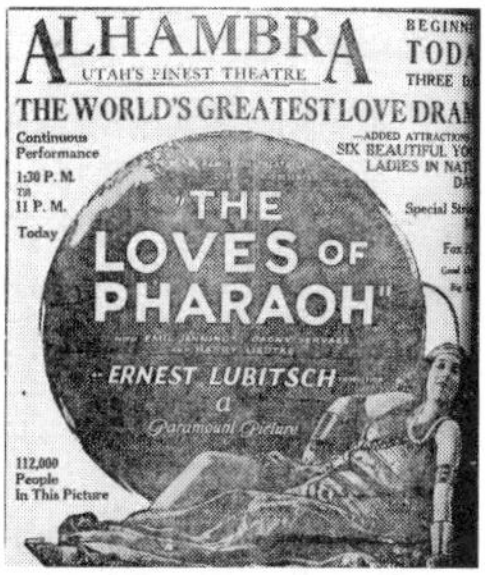

1922年11月30日付『ザ・オグデン・スタンダード・イグザミナー』紙より

おおむね研究し、シャンポリオンは、石板、カルトゥーシュ、そしてオベリスクのうえに、古代文明の物語をとどめていた古代語を蘇らせた。

「百年祭」は「過去の記憶」の「再生」であれば、「古代語」の「再生」がその記念祭の眼目である。ついでながら、この一連の記事に並行して、一九二二年二月十二日付『ニューヨーク・トリビューン』紙を皮切りに、エルンスト・ルビッチ（*Ernst Lubitsch*）監督のドイツ無声映画『ファラオの恋人たち』（*The Loves of Pharaoh / Das Weib des Pharao*）の上演宣伝や紹介記事が十二月頃までつづく。ちなみに、この映画は、八十年間その存在が不明だったが、二〇一一年に復活版ができ、YouTubeでも閲覧できる。

　この〈エジプト〉を題材とした映画は、この頃、流行していた〈エジプト熱《マニア》〉の一環であったと思われる。『荒地』「II　チェス遊び」冒頭の「女の坐る〈椅子《いす》〉は、磨き上げられた玉座のように／大理石の上で輝き、そばの姿見の台座には／（中略）／天井板に描かれた模様が揺れ動いた」（七七～九三行）は、シェイクスピアの『アントニーとクレオパトラ』二幕二場の、「クレオパトラの玉座の豪華さを述べるイノバーバーの台詞《せりふ》「彼女の坐る小舟は、磨き上げられた玉座のように、水の上で燃えるがごとく……」のもりじ」（岩崎訳註）であるとされる。これはそうであるとして、同時代表象として、こうした〈エジプト熱〉を示唆するものであった。

　マイケル・ノースは、『一九二二年を読む——モダンの場面に戻る』（*Michael North, Reading 1922: A Return to the Scene of the Modern*）で、こう「エジプト熱」について説明している——

> （ハワード・）カーターは、金と宝石に並び、もう一つ別の宝を発見していたのに、そのことにまさに気づいていなかった。すなわち、非物質的で、しかももっと価値のあるものであった。ありそうにないようにみえたが、『ザ・

ニューズ』紙が急いでツタンカーメンの発見の報道をつぎはぎにしたが、その速度は、一九二二年末に欧米で荒れ狂っていたエジプト熱には、ほとんど充分とはいえなかった。過去、この発見がそれほど強力な影響力を持ったのは、エジプトの文物に対する既存の流行が頂点にたっしていたことと軌を一にしたからである。グラウマンのエジプト劇場は、一九二二年、ハリウッドで開演したが、それは単に、前年にパリで映画劇場ザ・ルクソールが確立した流行を継続していたにすぎない。エルネスト・ルビッチの『ファラオの恋人たち』は、一九二二年に合衆国で上映されたが、ヨーロッパでは一年間上映されていた。かくして、カーターの発見が公表されたとき、その効果は、やや、火にガソリンを加えるようなものであった。（二一ページ）（註・「ハワード・カーター」はイギリスのエジプト考古学者で、ツタンカーメン王の墓を発見。）

こう述べたあと、ノースは、ツタンカーメンの財宝への同時代の反応をまとめている——

ある意味、エジプトの聖なるモノは、ヨーロッパ芸術から次第に剥ぎとられたオーラを供給することで、同時代の欧米人観客に訴えた。ツタンカーメンの財宝は、この目的に最適であった。それらは、文字通り手つかずであったからだ。しかし同時に明白なことであるが、このようにそれらに保存されていたオーラは、まさに称揚の過程で消費され、固有なもの、伝統的なもの、聖なるもの、古風なものが、急速に新しいもの、世俗的なもの、生産されたものになって、それは余りにも急速であったために、実際、それらへの興味はほとんどたちまちにして消耗してしまった。しかし、同時に、もう一つ別のオーラが、つまり、ベンヤミンが定義しているものとほぼ直角的に違うある種の名声が、その過程で生みだされた。一九二二年末に導入されたエジプトのハンドバッグは、主として指示対象として、つまりほのめかし《アルージョン》として価値があった。それは、その使用者が、知識のある者であることを記していた。そして、ツタンカーメンの財宝それ自体が価値あるものとなったのは、それらが、比喩的にも文字通りにも、知り、議論し、再生産できるからであった。かくして、ツタンカーメンの財宝を支配している究極的なオーラのパラドックスは、新しいもの、聖なるもの、秘伝的なものが余りにも共通のものになり、しかも、それについての共通の知識が、それ自体発掘される価値あるものになる前に、急いで利用しなくてはならないということである。

バーネイズ（Edward Bernays）がひどい状態で具体化したこの種の大衆モダニズムと、カーターがツタンカーメンの墓を開いていたように、書店にやってきた文学的モダニズムの間に、どのような関係が存在するのだろう。何らかの密接な実際的結びつきがある。何故なら、バーネイズは一九一九年と一九二〇年に、ホラス・ライヴライト（Horace Liveright）と親密に仕事をしたからである。その結果、ボニーとライヴライトが『荒地』をベストセラーに相当する詩にするために使用した戦略は、バーネイズが同時に古代エジプトを利用するのに使用していた戦略とさほど違ってはいなかった。しかし、内在的類似もある。フランコ・モレティは、『荒地』と『ユリシーズ』を「世界的テキスト」と呼んでいる。これらの作品に、「表象された空間に超国家的次元」があるためだ。この超国家的次元は、イリノイ州デカルブのような場所で、普通の消費者が、ツタンカーメン王の墓のモチーフで飾られた乾燥商品を買うことができるなら、美的革新とみなすことはほとんどできない。世界的テキストは、ギリシャ、ドイツ、インド、ローマを狂ったように混合させているが、その混合がむしろ一層区別がつかない世界的経済内に存在している。（二四ページ）

（註・「バーネイズ」は「広報の父」とされる。フロイトの甥。「ボニーとライヴライト」はアメリカの出版社で、アルバート・ボニーとホラス・ライヴライトが設立。）

また、一九二二年三月六日には『ザ・ニューヨーク・ヘラルド』紙が、大見出し「プトレマイオスの大課税の秘訣、明るみに」、小見出し「ギリシャ人王第二代の時代の記録が上エジプトのテーベで発見され、今日の重課税税額の打撃が和らぐかも」で、最近発見された資料の説明をしている。この「プトレマイオス」とは、「ギリシャ人のエジプト王」であった。この記事にある「デモティック言語」で書かれたのは「ギリシャ語」ではないが、その王の支配下にあったエジプトの状況が記されている。

この記事は興味を惹いたのか、同日の『イヴニング・スター』紙が、「プトレマイオスは、実際に税金の名人であった。二千四百年前のパピルスが明かす」の大見出しで、さらに『ザ・ニューヨーク・ヘラルド』紙と同じ小見出しで報じている。三月七日付の『グレイト・ファールズ・トリビューン』紙（*Great Falls Tribune* (Grreat Falls, Mont.)）にも、同じ記事が、大見出し「苦もなく課税する秘訣、エジプトの廃墟で発掘」と、小見出し「モンタナ協会、発見で早晩利益を得ようと組織さる」で掲載されている。

極めつけは、四月二日付『ザ・ニューヨーク・ヘラルド』紙で、大見出し「プトレマイオスが税にしたこと」と小見出し「驚きの記録発見で、エジプトでもっとも謎の多い支配者が、美しき妹であり妻の死を悼んで、とてつもなく浪費した祭を開催した次第が判明」をつけて、一層詳細に報道している。次の記事がある——

What Ptolemy Did With *his* Taxes

Amazing Record Found Telling of Way in Which Egypt's Most Mysterious Ruler Mourned for Beautiful Sister-wife by Giving Wildly Extravagant Festivals

1922年4月2日付『ザ・ニューヨーク・ヘラルド』紙より

このことは、はるか紀元前十七世紀にさかのぼる。プトレマイオス・フィラデルフスは、紀元前二八四〜二四六年まで統治した。しかし、その課税過程は、この年月、ずっと存続しつづけ、きわめてありそうなことに、さらに一層発展したようだ。とりわけ、民衆のデモティック書体で書かれた何枚かのパピルス文書が翻訳されたときには、もっと多くのことが知られることになろう。デモティック書体は、民衆一般が使用したもので、神官が使用する学問的言語であり書体として使用されたヒエログリフ、もしくはヒエロティックとは異なるものである。

さらに、四月十八日付『ザ・ベミジー・デイリー・パイオニア』紙（*The Bemidji Daily Pioneer.* (Bemidji, Minn.)）、六月二日付『ザ・ヘラルド・アンド・ニューズ』紙（*The Herald and News.* (Newberry S. C.)）に、同一の記事が、「エジプトのヒエログリフ解読の鍵」の見出しで掲載されている——

ロゼッタ・ストーンは、現代でもっとも有名な考古学上の発見の一つであるが、エジプトのヒエログリフ解読を可能にした鍵であることで知られる。これは、一七九九年、ロゼッタ近郊で、エジプト占拠中であったフランス軍の工兵士官によって発見された。／この石は黒玄武岩の石板で、プトレマイオス・エピファネスを称える碑文が刻まれていて、それは三つの言語で書かれていた。ギリシャ語、デモティック、そしてヒエログリフである。この三つの碑文は同一の内容であるので、ギリシャ語を基に他の碑文解読が容易になった。／この石発見までは、考古学者には、エジプトのヒエログリフ解読の鍵がなかったが、それ以来、エジプトの刻印された文献のすべてが容易に読まれ、多くの重要な情報が世界にもたらされている。

一九一二年九月一日付『ザ・ソールト・レイク・トリビューン』紙（*The Salt Lake Tribune.* (Salt Lake City, Utah)）に、「適切で有用な語」の見出しで次の記事がでて、いかにこの「デモティック」という語が専門用語から一般的語になったか、その経緯が語られている。

提案されるどの方針にも保守的な姿勢をとる人は、いつでもいるものだ。このことは、英語の前向きの発展にもあてはまる。英語の新語受容にみられるこうした保守姿勢が、『ザ・ニューヨーク・グローブ』紙で、「格下げする」（"demote"）をめぐるささやかな論説に表明されている——／ほぼすべての新聞に責任がある。『ザ・グローブ』紙すらまぬがれることはできない。しかし、何故、そうしているのだろうか。何故、語「格下げする」を作りだしたのか、あるいはどこでみつけたのだろう。／マレー編『オクスフォード英語辞典』にはない。『センチュリー英語辞典』にもない。しかし、まもなくこの語は、英語の一部になるだろう。今日の「前行性」（"prograde"）がそうであったように、少し前は、みても聞いても妙であった。／たぶん、この説明をするならこうなる。語「格下げする」が、今日自らのものとして占めている場所を埋める語が実際になかったのである。この語は、「地位を下げる」（"degrade"）より柔らかく非難するところが少ない。好むと好まざるにかかわらず、この新語は「デモティック」（大衆的）になりそうだ。

四月十八日付『ザ・ベミジー・デイリー・パイオニア』紙に、「碑文」は「三つの言語で書かれていた。ギリシャ語、デモティック、そしてヒエログリフである」とあるように、「デモティック」は「エジプト」とつながっていた。だが、先に示したように、この語自体はギリシャ語からきており、また、一九二二年頃には「デモティックなギリシャ語」（the demotic Greek）といういい方もあった。そして、その先にはギリシャ語で、「ディモディケ」が成立していた。一八四二年出版の以下の文献によると、その語は、最初にヘロドトスが使用したという。

まさにこの著作［"Lettre sur l'Inscription E'gyptienne de Rosette addressée à M. Silvestre de Sacy, Paris, an. x. 1802"］で、彼［ヨハン・ダーヴィド・オケルブラッド（John David Akerblad）］の名声は主に確立し、その功績は、古代エジプト人の草書体を分析する最初の合理的試みをしたことだ。つまり、ギリシャ・エジプトの法令で「エンコリアル」と呼ばれ、ヘロドトスによって「デモティック」と、クレメンスによって「エピストログラフィック」、そしてロゼッタ・ストーンのヒエログリフ体の箇所（最終行）では、「書物の書体」とされたものである。（*The Biographical Dictionary of the Society for the Diffusion of Useful Knowledge*, Vol.I., Part II (1842), p.588.）

第三節　二つのギリシャ語問題

一九二二年十月十七日付『イヴニング・スター』紙に、大見出し「ギリシャ人、アイデンティティの喪失はありそうにない――二千年にわたる古代ギリシャ人の流れの著しい民族的現象」のもと、二番目の小見出し「二言語使用が混乱の原因」で次の文を含む記事が掲載された――

議論はあまりにも錯綜していて、手短に要約はできないし、レヴァントの人びとを分断しているほとんどの問題のように、たぶん、どちらか側の勝ちとして決着がつきそうもない。／この二言語使用は、ギリシャを訪れる者には多くの混乱のもとになっている。旅行で役立てようと、古典ギリシャ語の知識をたよりにする場合、とりわけそうだ。実際、あまり苦労せず新聞は読めるだろうが、会話ではまったくだめである。それは、西欧人が学校で学習する際のエラスムスのやり方とは大きな違いのある発音のせいだけでなく、デモティックの口語が、辞書とは大いに異なる語彙を使用しているからでもある。／今日のギリシャは、振り返っても三世代しかない。もし、その起源を独立戦争におくとすればだが。そして、この戦争は、一八三〇年にロンドンの協定によって終結した。その短期間で、そのようにまばらな資源の土地で進歩がなされたのを目撃すると、それだけのことを成し遂げた国民を称賛しないではいられない。

この問題について、レッスルは、「長期にわたる言語論争がギリシャで巻き起こっていた。デモティックことば（ディモティキ dimotiki / δημοτική [γλώσσα]）か、いわゆる純化されたことばのカサレヴサ（Katharevous / Καθαρεύουσα）かであった。後者は、ギリシャが独立をはたしたとき、古代ギリシャ語の不穏当な部分を削除し発明されたものである」（Roessel, p.175）と述べている。この件について、村田奈々子は、その著書『物語　近現代ギリシャの歴史──独立戦争からユーロ危機まで』（中公新書、二〇一二年）の「第三章　国家を引き裂く言語」の「二　ふたつのギリシャ語」「三　ディモティキの浸透」で、詳細に説明をおこなっている。以下は、その概要である。

「一九七〇年代半ばまで、ギリシャでは、言語学でいうダイアグロシアという言語状況がみられた」としたあと、村田は「ギリシャ語というひとつの言語のサブカテゴリーとして、ディモティキとカサレヴサと呼ばれる二種類の言葉があった」という。そして、「ディモティキ」について、「都市部を中心とした民衆の口語として発展し、十九世紀から二十世紀を通じて、文学者によって書き言葉として洗練されてきた言葉である。文字通りに訳せば「民衆語」である」という。一方、「カサレヴサ」は「文章語として古代から継承されてきた古代ギリシャ語と、十九世紀以降のギリシャ民衆の口語を、人工的に折衷させた言葉」であった。この「言葉は、「浄化する」、「汚れを落とす」という意味のギリシャ語の動詞カサリーゾーから派生した単語で、「純正語」と訳される」ものである。（村田奈々子『物語　近現代ギリシャの歴史──独立戦争からユーロ危機まで』（一一六ページ。）

ただ、この二種類のギリシャ語が併存していただけではない。この二種類が、優勢をめぐり攻防を繰り広げていたのである。「ギリシャ啓蒙主義の牽引者コライス」が「カサレヴサ」の最初の提唱者で、「十八世紀末以来活発化した、近代のギリシャ民族にふさわしいギリシャ語をめぐる議論のなかで、古代ギリシャ語への完全なる回帰は実現不可能」であるとし、「古代ギリシャ語と、彼の同時代のギリシャ民衆の口語という、相対する二つの極の「中間の道」を、近代ギリシャの民族の言語として選択することが現実的であり、なおかつ古代ギリシャ人と近代ギリシャ人の絆をも保証する」としたという。これに対して、詩人のディオニシオス・ソロモス（Dionýsios Solomós）は、「言葉の教師とは民衆である」とし、「イタリア語を日常の言語として使用することが普通」であったが、ディモティキを学習して、「ディモティキによる作品を書いた最初のギリシャ詩人」であった。

ギリシャ王国建国にともない、「カサレヴサ」が「なかば公用語」となり、「ディモティキ」は大きな影響力はなかったが、「十九世紀後半」になると、「カサレヴサ」が「古代ギリシャ語に接近する傾向が加速」する。「市井のギリシャ人が現在話している言葉は、俗悪であり、その使用法は間違っている」とする立場を反映していた。これに対して、「近代ギリシャ人にふさわしい民族の言語として、国家におけるディモティキの地位向上をめざす運動」が一八八八年のヤニス・プシハリス（Ioannis (Yannis) Psycharis, 1854–1929）の『私の旅』（*To ταξίδι μου*）の出版によって開始される。彼は「言語の問題は、政治の問題である。軍隊が、私たちの物理的な境界線を画定するために戦うように、言語は、私たちの知的境界線を画定するのである。軍隊も言語も、より広い範囲を包摂するために進まなくてはならない。ともにいつの日か栄えるために」と記している。

「一九七六年に、最終的にカサレヴサが公用語の地位」を失った。その代わりに公用語となったのは、「ディモティキ」であった。この攻防の背景には、「ギリシャの領土拡張」政策があった。「一九一二年から十三年のバルカン戦争で、ギリシャは念願のマケドニアを獲得した。……マケドニアには、ギリシャ語以外の言語を母語とする人々が多数住んでいた。実際、ギリシャ人ですら、カサレヴサを習得するのに骨を折っていたことを考えると、非ギリシャ語話者の苦労が並大抵のものでないことは、容易に想像される。バルカン戦争で敗北したブルガリアは、ギリシャ領となったマケドニアを、機会があれば自国領にしようと虎視眈々と狙っていた。ギリシャとしては、マケドニアの住民を言語的にギリシャ化し、ギリシャ民族としての自覚を持たせることで、新たな領土の国境を防衛する必要があったのである。そのためには、非ギリシャ語話者にディモティキによる教育をおこなうほうが、より早急に、彼らをギリシャ化することができると期待されたのだった」（村田奈々子、一一六〜七ページ）。

OED が、"demotic" の意味としてあげた「1. b.」（Of or belonging to the popular written or spoken form of modern Greek.）の例として、一九二七年よりはやい例がある。ルイス・トレーシー（Louis Tracy）作『運命の車輪』（*The Wheel O' Fortune*, 1907）の以下の箇所である——

「彼らにも、われわれと同じ情報があることを君は忘れている。難なくデモティックなギリシャ語（demotic Greek）が解読でき、ヒエログリフィック書体の鉱物はきわめて単純だ。ひとたびこのパピルスがバロン・フォン・ケルバーの所有を離れると、われわれだけにあったその権利が消滅し、友好国の軍隊に対し、わたしが武装攻撃を仕掛けることなどほとんど期待できなくなる」。（二五三ページ）

おわりに

エリオット案の“abominable”か、それともパウンド案の“demotic”が妥当かの本章の問題設定は、本章で展開したように、何が焦点化、もしくは前景化されるかの問題なのかも知れない。とはいえ、本章の立場からは、パウンド案がより表象性をたかめたということができる。「ロゼッタ・ストーン」問題や「誰がギリシャ人か」の問題、さらに「ギリシャ語」問題は、エリオット案からは容易に連想することはできなかったと思われる。その反面、「スミルナの悲劇」をみる地平から「ヨハネ黙示録」が後退してしまった。レッスルは、「パウンドと、そしてエリオットも、読者がギリシャ人商人と形容詞「デモティック」から、一九二〇年代初期に広範に議論されていた言語問題を連想するとわかっていたことだろう」としている。

すなわち、「スミルナ／アボミナブル」の組み合わせは「ヨハネ黙示録」を示唆し、「終末」のメタファーとなっていたが、「スミルナ／デモティック」の方は、「ロゼッタ・ストーン」解読、そして再生エジプトと再生ギリシャにみられるように、「再生」のメトニミーとなっていた。つまり、一八三〇年二月三日ギリシャが独立、一九二二年二月二十二日エジプトが独立し、アイルランド自由国も一九二二年一月七日に成立した。ついでながら、一九二二年十一月には「イギリス放送会社」（British Broadcasting Company）が放送を開始している。

岩崎宗治は『荒地』邦訳の「訳註」で、「スミルナは現在のトルコのイズミールで、かつて小アジアの港町として栄えた。トルコ人、ユダヤ人、アルメニア人、ギリシア人など、多くの民族が住んでいた。一九一九年から一九二二年はこの地の領有権をめぐってトルコとギリシアが争っていた」としている。これだけでは、「スミルナ」問題のなんたるかがわからない。また、この「スミルナ」と「ヨハネ黙示録」との関係、独立後のギリシャの言語問題などはとうてい窺い知ることができない。

そして、本章のガイド役をつとめたレッセル論は、次のように締めくくられている——

この研究ノートは、ユージェニデーズ氏が『荒地』の政治的テーマにどう貢献しているかに焦点をあてているとすれば、それはひとえに、この側面が無視される傾向に従来あったからにほかならない。また、ユージェニデーズ氏は、この詩の性的・商業的テーマにも貢献している。十全な解釈をしようとするなら、三つすべてを統合する必要がある。本論は、その統合のための基礎作りの手助けをしているにすぎない。(Roessel, p.176)

第三章　「ユージェニディーズ」と同時代の「優生学《ユージェニックス》」言説

第一節　「ユージェニディーズ」をめぐる先行論

〈スミルナの商人〉〈ユージェニデーズ氏〉（Mr Eugenides）の選択は、エリオット自身によるものだが、『荒地』の当時の読者に、〈優生学《ユージェニックス》〉を連想させたことは容易に推測できる。先行論として深瀬基寛は、「「貴族」もしくは「優生学」のもぢり名みたいな彼氏は現代の商業主義のシンボルである」（『エリオット』昭和二十九年）としている。〈優生学〉の英語は〈ユージェニックス〉“eugenics”であるが、これはみるからに似ているだけでなく語源としても同じである。この語は、フランシス・ゴールトン（Francis Galton）が一八八三年に新語として作った名詞で、古代ギリシャ語“εὖς (eűs, “good”)”と“γίγνομαι「(gígnomai, “breeding”)”とからなっている。（したがって、「I　死者の埋葬」第一行最後の語“breeding”は「優生学」につらならなくてはならない。）

こうした「学術」的用語を連想させる名を登場人物に採用したエリオットは、〈優生学〉に強く関心があったらしく、先行論は以下のように示唆している。たとえば、ルイス・A・カディ（Lois A. Cuddy）は、まさにそのことをテーマにした著書『T・S・エリオットと進化の詩学——古典主義・文化・進歩というサブ／ヴァージョン』（Lois A. Cuddy, *T.S. Eliot and the Poetics of Evolution: Sub/versions of Classicism, Culture and Progress*. 2000. p.52）で、次のように述べている——

したがって優生学理論に、エリオットの社会進歩の否定と人種の「衰退」の考えは支えられていた。他方、彼の詩――「前奏曲集」と〈スウィーニー〉から『荒地』まで――をみると、優生学の強い影響がエリオットに及んでいたことがわかる。（中略）『荒地』にでてくる女性たちはヒステリーに陥ったり、情緒的報酬や倫理的配慮なしに自らの身をさしだしている。『荒地』のリル（Lil）とその友人は、たぶん下層階級における出産の結果をめぐりエリオットが表明したもっとも明確な見解であろう。エリオットの用語でいえば、こうした者たちは、人種の最良の資質を継続するように意図された、称賛できるような人物とはとてもいえない。

ちなみに、このように述べながらもカディは、この〈スミルナの商人〉の名にふれてはいない。

また、ドナルド・J・チャイルズ（Donald J. Childs）は、その著書『モダニズムと優生学――ウルフ・エリオット・イェイツ、そして退化の文化』（Donald J. Childs, *Modernism & Eugenics: Woolf, Eliot, Yeats, and the Culture of Degeneration.* 2001）で、以下のように、エリオットと優生学との関係を述べている――

エリオットにとって、優生学は、生物学と遺伝学研究が自然に拡大したものであった。ラマルクとダーウィンからド・フリースにいたる生物学者の研究を用いたアンリ・ベルクソンは、エリオットを『創造的進化』（一九〇七年）という生物学、哲学、そして神秘学が一緒になった夢中にさせる著作へと導いた。この著作は、実践的知性のために見捨てられていた〈生命力〉と、本能的に一体となることを人類に主張するよう促すものであった。数年後、ハーヴァード大学のジョサイヤ・ロイスのセミナー（一九一二～一四年）で、エリオットは、遺伝と優生学の科学的・哲学的にもっと細心の議論にであった。この授業では、ゴールトン、（カール・）ピアソン、（チャールズ・）ダヴェンポートの著作、つまり、環境と遺伝の相対的影響（彼らは悪名高いジュークス家について議論している）と、獲得された特性を受け継ぐ可能性の問題が検討された。（七六ページ）

＊　＊　＊　＊　＊

第一節・余白　「ジューク家」言説

チャイルズが言及したゴールトン、ピアソン、ダヴェンポートらが論じたという「悪名高いジュークス家族」は、十九世紀末には言説化されていた。まず、一八八六年五月二十八日付『デイリー・イエローストン・ジャーナル』紙（*Daily Yellowstone Journal.* (Miles City, Mont.)）で、見出し「甲の薬は乙の毒／子どもの訓練と教育に関するいくつかの貴重な助言」の記事——

「すべての中で」と、家庭医が、子どもの幸せについて気づかっている、わたしの知り合いの若い既婚女性に話した。——「すべての中で、経験を積んだ母親の助言は、受け入れてはいけません。まず第一に、何事にもせよ、二人として意見は一致しませんので、あなたは四六時中落ち着かなくなるでしょう。もし、意見が一致しても、彼女らの子どもには適切であっても、あなたのお子さんに適切であるとはかぎりません」。「でも」と、彼女は抗弁しました。「麻疹、おたふくかぜ、百日咳、これらの怖いものはすべからく同じではありませんか」。「正確には同じものではありません」と、彼は主張した。「原因であれ、徴候であれ、必要な治療であれ、二つとして同じものはありません」。「ご存知ではありませんか」と、彼はつけ加えた。「甲の薬は乙の毒ということを」。／（中略）／いま、「遺伝」と呼ぶのが流行りになったことが近年強調されて、われわれが互いに与えあえる最善の助言の価値が制限されています。ブレット・ハートの戯画的小説の一つで、彼はヴィクトル・ユーゴーに人間の進歩の鍵として「あなたの祖母を教育なさい！」と主張させており、われわれは、いま、それぞれの訓練は彼もしくは彼女の遺伝に適合させる必要があるとわかっています。結核で両親を亡くした若い女性には、室内の針仕事ではなく、屋外の生活をわれわれは処方します。……敬虔なスコットランド女性が、「原罪というすぐれた馴染の教義」と呼んだものを脱したと世間が軽率にも思ったとき、われわれは思いがけず、ジューク家の記録された経歴の形で、事実そのものに直面します。二百人の犯罪者が、一人の不遇な若い女性の子孫となっています。（以下、略）

一八八七年四月十六日付『ジ・オハイオ・ディモクラット』紙（*The Ohio Democrat.* (Logan, O. [Ohio])）で、見出し「受けついだ性向」の記事が掲載――

知らない両親の幼児を養子にすることが危険なことは、ヘンリー・D・ガーレットの事例で明らかである。孤児院にいた彼は、裕福で尊敬に値する人にひきとられ、息子として遇された。彼の受けた道徳的・教育的影響は、立派な生活の方に向かっていた。彼の後援者は愛情をこめた努力し、彼を援助してくれた。彼が犯罪を犯したことがわかったあとですら、彼らは金銭と同情で援助しつづけた。しかし、いま、彼は二十四歳になり、刑務所で第二期に入ろうとしている。／（中略）／有名なジューク家は、しばしば、犯罪性の遺伝の顕著な例として言及されてきた。子どもについて、この子はこの特性を父親、あるいは祖父から、また母親から受け継いだというのは、どの家庭、もしくは近所でもよくあることである。しかも、多数のいわゆる知的な人は、遺伝という重要な事実をどこまでも忘れているものだ。

一八九二年五月二十八日付『ザ・ヘレナ・インディペンデント』紙（*The Helena Independent.* (Helena, Mont.)）で、見出し「遺伝の犠牲者／著名な神経学者らによる、精神的奇形と責任をめぐる議論／極悪非道のディーミングが犯した残忍な殺人に示唆されたもの／多くの犯罪者は道徳的に無責任だが、社会は必要とあらば、彼らを殺害して自己を守る必要がある／（『ザ・ヘレナ・インディペンデント』特別記事）」の記事がでた――

残忍な殺人と極悪非道の長い犯罪歴を持つディーミングは、先週月曜日に絞首刑に処されたが、一般大衆を震え上がらせ、同時に科学界の注目を惹いた。神経病を研究し、それと異常な狂気との関係をたどる者は、このテーマ、つまり道徳的狂気を現代の最重要問題の一つにしようとしている。そうした学者の幾人か、たとえばヘンリー・モーズレー博士は、犯罪的神経症のようなものが存在すると主張している。つまり、必然的に犯罪に通じるような病気に神経組織がかかったり、正常に機能しなかったり、不完全であったりする状態のことで、それは神経組織のある状態が狂気にいたったり、他の状態が癲癇になったりするのと同じである。／（中略）／「この道徳的退化の顕著な者は、犯罪者や飲んだくれとの間の結婚の結果、生まれる傾向にある。この結婚が数世代つづくと、まさに犯罪者型が培われる。ジューク家の記録をみると、それがどこにいきつくかがわかる。しかし、犯罪傾向が以前はみられなかった家族に道徳的狂気が起こるとき、それは病気、頭部への打撃、あるいは深刻な精神的ショックが引きおこした脳への何らかの損傷が原因の可能性がある。／（以下、略）

一八九四年八月一日付『ニュー・ウルム・レヴュー』紙（*New Ulm Review*. (New Ulm, Brown County, Minn.)）で、見出し「犯罪増加の原因」の記事――

現在の犯罪増加を引き起こしている諸原因は、明白である。疑いもなく、その一つは酒類消費の顕著な増大で、これはほぼどの国の統計にもみられる。酒が犯罪の九十パーセントの原因であり、道を間違える女性の半数が酒のせいで誘惑に負けると主張したとき、トルストイはたぶん誇張していたのだろう。もっとも見聞のひろい犯罪学者ですら、酒のせいで大いに刺激され犯罪に走ったり、道徳的判断が鈍ったりするだけでなく、矯正の望めない生まれついた犯罪者で、とりわけ危険な者たちを生み出すとしている。囚人の調査をしたモローは、彼らの四十一パーセントが飲んだくれの両親から生まれたことを発見し、そうした遺伝的犯罪性が予想できないほど社会に影響することは、ダグデイルのジューク家をめぐる注目すべき研究で充分に示されている。

一八九八年十一月十日付『ザ・コンサーヴァティヴ』紙（*The Conservative* [[microform].] (Nebraska City, Neb.)）に、見出し「犯罪者と狂人／サー・フランシス・ゴールトン著」の記事が掲載された。これはゴールトンの論文である――

犯罪行為の展開はそれほど多様というわけではないが、原因はきわめて複雑である。それにもかかわらず、いくつかの一般的結論に、この課題を追究したとてもすぐれた著述家らが到達している。そのうちの一人プロスペール・デスピーヌは、もっとも有益な者の一人である。典型的犯罪者には、目立った独特の性質があった。良心はほぼ欠如し、本能は不道徳で、自己規制はとても弱く、通常、連続労働を嫌う。自己規制がないのは抑制不能の短気により、どのタイプの犯罪がなされるかは、どのような本能と衝動によるかによる。／（中略）／犯罪者クラスが遺伝によりいかに永続化するかは、多くの理由から取り組みのむずかしい問題である。その放浪癖、非合法の結婚、極端な不正直さなどは、この研究を困難にしているものの一例である。（中略）こうした者は堕落する。その娘らは犯罪者と交わり、犯罪者の親となる。この例として異常なのは、アメリカの悪名高いジューク家の経歴である。その系統図は、きわめて注意深く七世代にわたり作成され、一八七六年の『ニューヨーク刑務所協会第三十一回年次報告』に掲載された入念な研究論文のテーマであった。（以下、略）

一八九七年十二月二十三日付『ザ・プリンストン・ユニオン』紙（*The Princeton Union*. (Princeton, Minn.)）で、見出し「退化した家族」（Degenerate Families.//）の記事――

故フランシス・A・ウォーカーが書いた「貧困の原因」をめぐる論文が、ディッセンバー・センターにある。彼はこう述べている――「犯罪のように、貧困の真の有力な理由は、少数の家族史をたどるうちに、驚くほど悲痛な形で明らかになった。三事例で充分だろう。読者の記憶にあるだろうが、ニューヨーク州のジューク家の調査がある。ダグデイル氏の推定によれば、この家の構成員、つまり、一人の見下げはてた女性の子孫であったり、彼女の子孫と結婚した者は、七十五年間で、当該州に犯罪者と貧困者として、百四十五万ドルを負担させた。一七九〇年に基礎が作られたケンタッキーの一家族の経歴がたどられ、血統による多数の構成員、あるいは、合法的であったり非合法であったりする性的提携による構成員の性格と行為が収録された。こうした中に、百二十一名の売春婦がいた。窃盗と極貧状態が、残りのほとんどの生活であった。自分のためにもっといいことをしようとする者は、重労働ができなかったり、厳しい天候に耐えられなかったりした。（以下、略）

一八九七年五月十四日付『ザ・トピカ・ステート・ジャーナル』紙（*The Topeka State Journal.* (Topeka, Kan.)）で、見出し「悪行の海／イーストマン教授、論文で新説を打ち出す／昨晩、カンサス医学協会で発表／人類をより高めるためにできること――協会、イーストマン博士の提案を実行する対策を講じる」の記事――

社会問題を解決し、至福の時代の基礎の一部を作ることは、実際、カンサス医学協会が、今年、実行課題としている任務である。州医学協会として平穏無事な三十一年を経たのち、協会は、いま、今世紀もっとも先進的な科学組織がおこなったことよりはるかに重要なプロジェクトをもって前に進みでている。／（中略）／「この提案に立ち入り、「ジューク家」を例証したり、遺伝の顕著で充満する影響を証明することは不必要である。こうした点にけちをつけたり、問題にしたりする者はいないだろうし、われわれが過剰に生産された欠陥者と犯罪者を背負い込んでいるという発言に、同意を控える者はいないだろう。……」（以下、略）

一九一三年十一月一日付『メドフォード・メール・トリビューン』紙（*Medford Mail Tribune.* (Medford, Or.) [online resource] (Oregon.)）で、見出し「ケリーの断種論」の記事――

先の立法院で可決し、十一月の選挙の国民投票で国民に委ねられる、いわゆる優生保護法（断種法）（下院法案一一六）に対し、わたしがどのような見解を持っているかと尋ねられた。／ある事例と適切な規制のもとでの断種には賛成であるが、現状のままの法律には反対である。何故なら、この法律が対象とする不幸な人の権利が、適切に保護されていないからである。この法令のもとでは、狂気であったり犯罪者であったりする者は、衛生局がその自由裁量で指示できる「外科手術」を受けなくてはならず、局の判断が、当人、その親、保護者、あるいは係累に通知されることなく実行できる。／（中略）／インテリの優生学者と犯罪学者は、外科医のメスとブリーダーの血統書で人種を再生させることに取り組みはじめた。これは、レース用の種馬とか、ペルシュロン種の馬牧場のやり方と大差ない。その考えは、二つの異なる部類、まずは超人的な、インテリの、あるいは狂った馬を、第二に労働用の部類、つまり役畜を繁殖させるということである。／ジューク家とその犯罪者の子孫については、多くのことが書かれてきた。その多くは、大いに誇張されてきた。ジューク家の遺伝は、貧困状態、酔っ払い、犯罪に大いに貢献する環境を作った。（以下、略）

一九一三年十一月二十三日付『オマハ・デイリー・ビー』紙（*Omaha Daily Bee.* (Omaha [Neb.])）に、見出し「優生学的赤ん坊の親になることを切望。／よりよい人間を科学的に産む実験を援助するため、進んで結婚しようとする若い男女」の記事――

1913年11月23日付『オマハ・デイリー・ビー』紙より

一人の系図学者が、ハンナットという名の男性から「血友病」をたどった。この男性は、イングランドのノーフォーク出身で、その子孫はニューハンプシャー州サリヴァン郡に定住し、そこで血友病者のコロニーを形成した。このコロニーは移民によって、ミネソタ州、サウスダコタ州、カリフォルニア州に新たなコロニーを開始した。犯罪学者すらも、厄介な要素の広い領域をたどって、一つの中心に達していた。悪名高いジューク家をたどってみると、ニューヨーク中部に住んでいたマックスという名の男性にいきついた。欠陥のある犯罪者の子孫は数千人にふえ、いまでは、東部と中部の各州全体に広がっている。

一九一五年十一月四日付『ウィリストン・グラフィック』紙（*Williston Graphic.* (Williston, Williams County, N.D.)）で、見出し「クリスチャン女性禁酒同盟／酒と遺伝」の記事――

親の善と悪との傾向は多かれ少なかれ、子に直接伝えられる。支配的な傾向は、個人が努力して克服しないと、あらわれることだろう。一家族を数世代たどれば、祖先が、子孫に影響を刻印すると考えるようになろう。悪名高いジューク家はその実例となる。この集団の最初に発見された祖先は、一七二〇年、ニューヨーク州で誕生した無能な漁師であった。彼は五人の娘を持ち、それから五世代のうちに、この家族は千二百人を数えた。ここには、結婚して家族になった二百人の外部からの者がいる。以下引用した事実は、この人びとの印刷された記録からのものである――／有罪犯――百三十人。／常習的泥棒――六十人。／殺人者――七人。／よくない病気で身体を壊した者――四百四十人。／不道徳な女性――優に半数。／故意の貧困者――三百十人。／学んで商人になった者は、二十人いた。このうちの十人は、刑務所で商売を覚えた。／ジューク家は、良識ある法をことごとく破った。彼らは、公的経費に支えられなくてはならなかった。日々刑務所や救貧院ですごしている無法で役立たずの者を養うために、順法精神のある市民が税金を支払わなくてはならなかった。推定、この一家族は、ニューヨーク州に百二十五万ドル以上の負担をかけたことになる。

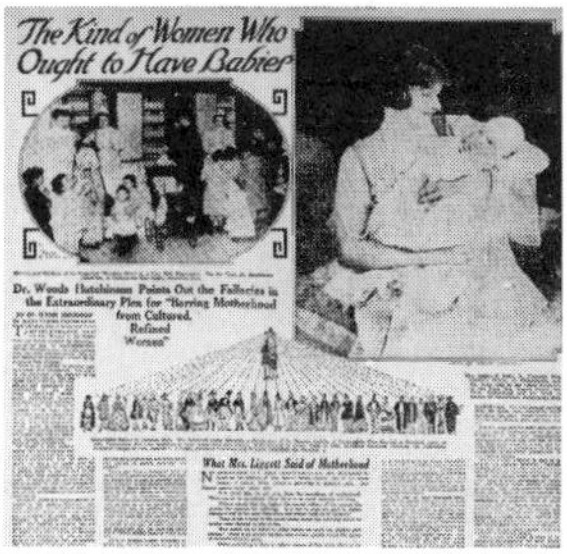
The Kind of Women Who Ought to Have Babies
Dr. Woods Hutchinson Points Out the Fallacies in the Extraordinary Plea for "Barring Motherhood from Cultured, Refined Women"
What Mrs. Liggett Said of Motherhood

1916年11月9日付『イヴニング・キャピタル・ニューズ』紙より

一九一六年十一月九日付『イヴニング・キャピタル・ニューズ』紙（*Evening Capital News.* (Boise, Idaho)）で、見出し「赤ん坊を産んでしかるべき女性／ウッズ・ハッチンソン博士、「教養があり洗練された女性が母親になることを禁じる」異常な口実の誤謬を指摘」の記事——

……最大で、もっとも人類学的に有名な家族集団のうち三つ——ジョナサン・エドワーズの家系、イサベラ・ド・ヴェルマンドアの子孫の国王や貴族の輝かしい集団（スター・ジョーダンによる）、そして、定規の一方の端の悪名高いジューク家、つまり犯罪者と浮浪者は、すべて男性ではなく女性によって集団となっている。……

一九一七年三月一日付『ザ・コモナー』紙（*The Commoner.* (Lincoln, Neb.)）に、見出し「家庭教育の価値」の記事——

詩編第三十七章第二十五節でダヴィデは、「わたしは、むかし年若かったが、いま年老いている。しかし、正しい人が捨てられ、あるいはその子孫がパンを乞い歩くのをみたことがない」と語った。／このことばは、もし正しい人の子孫をたどり、その子孫と邪悪な者の子孫とを比較すれば確証される。エドワーズ家とジューク家の対照を例にせよ。／これはあなたの見解ではないのか。多くの者は輝かしい見込みのもとで出発し、そして失敗するものだ。男性の倫理に即した目的意識が、破綻する事態にたどれないような、人生の実際の失敗例を知っているだろうか。

もとにもどり、また、チャイルズは、「ポーター夫人」について以下のように述べている――

> この観点から『荒地』の売春婦でもっとも危険な者は、いくどかの修正を生き残った人物ポーター夫人だ。彼女の典拠は「第一次世界大戦でオーストラリア連隊の間で人気のあった」歌の、「それほど卑猥ではないものの一つ」である。ポーター夫人についての詩行にエリオットがつけた註をみると、この歌がオーストラリア起源であることがわかる。C・M・ボウラは、エリオットが「必然的に猥褻化した形でこの歌」を引用したとしつつも、エリオットは、それでも「ポーター夫人が、スウィーニーにとっていかにふさわしい同伴者であるかをしめしている」という。要するに、スウィーニーは、再度、売春婦を同伴している。何故なら、ボウラによれば、ポーター夫人は「カイロで売春宿を経営し」、この地で彼女は、ガリポリに向かう船待ちのオーストラリア連隊の間で「伝説的人物」であったからだ。彼女が「伝説的」であったというのは、こうした連隊にとって、彼女がカイロの売春宿で流行していた性病を象徴していたからである。実際、第一次世界大戦中、オーストラリアに戻された最初の負傷者らは、性病を持ってカイロから帰国した連隊であった。（*Donald J. Childs, Modernism & Eugenics: Woolf, Eliot, Yeats, and the Culture of Degeneration.* 2001. p.126）

チャイルズもカディも同様に〈優生学〉の視点から綿密に検討しながらも、〈スミルナの商人〉の名にふれていないのはどうしてか。暗示的ではあるが、ロバート・クロフォードは、以下のようにいう（『荒地』の引用は、第二歌「チェス遊び」（A Game of Chess）からのもの）――

毛深く、俗なことばを話す同性愛者のユージェニデーズは、彼の名が明言しているのとは裏腹に、よい育ちの反対である。優生学の考えに対するグロテスクなまでの批判が、『荒地』に充満している。たとえば、次のような恐怖の形で。

子供を堕《お》ろすとき飲んだあのピルのせいよ、と彼女は言った。／（五人の子持ちで、末のジョージのお産のとき死にかけたの。）／薬剤師は大丈夫って言ったけど、あれからおかしくなったのよ。／あんた、ほんとに馬鹿よ、って言ってやった。／（中略）／子供が出来るのがいやなら、なんで結婚なんかするのよ。（岩崎訳）

第二節　「第二回国際優生学会議」（一九二一年）をめぐって

『荒地』が世にでる直前の一九二二年、つまり「ロゼッタ・ストーン解読百年祭」に先立つ前年の一九二一年九月二十五〜二十七日まで、ニューヨークのアメリカ自然史博物館（the American Museum of Natural History in New York）で、「第二回国際優生学会議」が開催された。こうした事態にかかわる言説に接していた『荒地』の読者で、「Ⅲ　火の説教」に登場する「ユージェニディーズ」（Eugenides）から「ユージェニックス（優生学）」（eugenics）を連想した者がいてもおかしくはない。もし、この読者が、スミルナのこの商人が同性愛者であると読んでいれば、そこに皮肉を読みとったことだろう。

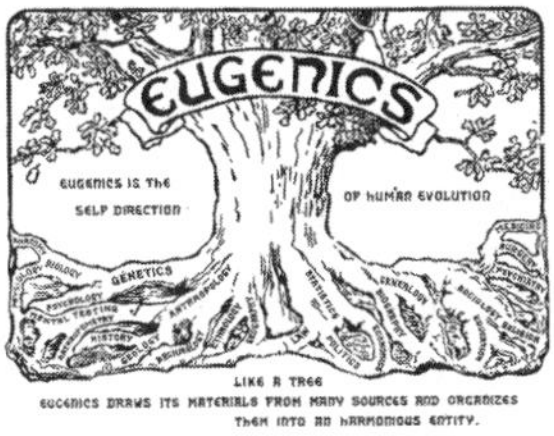

第二回国際優生学会議（1921年）のロゴ

　この大会に先立つ九月二十三日付『ニューヨーク・ヘラルド』紙は、大見出し「真の愛が通常は最善、ダーウィンの見解」、小見出し「優生学会議は、便宜的な結婚はよくないことが多いと告げる。／「坩堝」失敗／オズボーン教授、人種の美徳は前進が遅いことを発見／著名科学者参加／〈万民、自己支配の同じ能力を有し誕生〉、政治的たわごとと呼ばれる」の記事で、大会の開催講演を報道している――

ヘンリー・フェアフィールド・オズボーン教授は、昨夜、自然史博物館で開催の第二回国際優生学会議の公式開会式にて講演をし、「坩堝」は人種の美徳を前進させることに失敗し、「合衆国では、教育と環境が基本的に人種的美徳を変えることはないという意識が、ゆっくりと目覚めはじめている」と断言した。

ついで、翌日の二十四日付『グレート・フォールズ・トリビューン』紙（*Great Falls Tribune*. (Great Falls, Mont.)）は、「金目当ての結婚は人類の役にたたない、とダーウィン語る」の見出しのもと、二十三日の開会式の模様を報じている――

ニューヨーク、九月二十三日――真の恋人なら、「優生学」ということばに怯む必要はない。優生学は、結婚で伴侶を選択するための手引きとして、愛の廃止を望んでいるわけではない。愛からあらゆる有害な結果を取り除くことを望んでいるだけである。／これは、アメリカの若い男女にもたらされたこころ強いメッセージであるが、もたらしたのはメジャー・レナード・ダーウィンで、イングランドの優生学者の一人であり、進化論の創始者チャールズ・ダーウィンの息子である。木曜日の夜に開催された第二回国際優生学会議前の発言。／（中略）／ニューヨーク市コールド・スプリングズ・ハーバーの局長チャールズ・B・ダベンポート博士は最終的な人類の滅亡を予言し、優生学の適用によって、この結末は何世紀にもわたり食い止められると断言した。

一九二一年九月二十四日付『ザ・ブリッジポート・タイムズ・アンド・イヴニング・ファーマー』紙（*The Bridgeport Times and Evening Farmer.* (Bridgeport, Conn.)）に、見出し「優生学テストで親を教育する」の記事が掲載——

ニューヨーク、九月二十四日——それから、結婚を考えている若い男女に、子どもの特徴がどのようなものになるかの科学的見解を知らせること、そして嫡出か否かの訴訟で誰が親かを決めることが、優生学の新たな実際的用途の一例になる。この用途をめぐり、欧米の多くの国の優生学の権威は、第二回国際優生学会議が開催されているアメリカ自然史博物館で議論をおこなった。／才能や天才に発展する特別の特性を遺伝させることは、ワシントンのカーネギー研究所と提携したコールド・スプリング・ハーバーにある優生学研究所と関係する二〇〇名の現場作業員が、研究対象としているという。この研究によって、興味深い光が、音楽・文学・芸術の才能が世代間でどのように遺伝するかに投げかけられた。

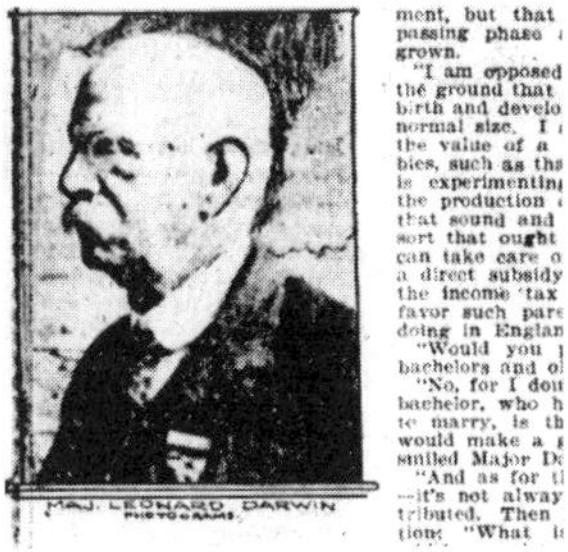

1921年9月26日付『ザ・イヴニング・ワールド』紙より

九月二十六日付『ザ・イヴニング・ワールド』紙（*The Evening World.* (New York, N. Y.)）は、大見出し「優生学協会会長談——もし、子どもと自動車を選ぶなら車を捨てなさい」、小見出し「協会会長メジャー・レナード・ダーウィン、結婚は個人的満足だけでなく未来への責任、と考えるべきと断言」で、ダーウィンの講演記事を掲載した。

この会議では優生学の理念だけでなく、それをもとにした実際的見解も発表されたようで、二十八日付『ニューヨーク・トリビューン』紙は、「ユダヤ人、人種として消滅、とバース・エクルパート語る」の大見出しで、小見出しとして「キリスト教徒との異人種間結婚が同化を完成させると、フィッシュバーグ博士優生学大会で発言／人類は利益をえる／生え抜きのアメリカ人、白人中もっとも背が高いと呼ばれる――フランスの苦境明るみに」で、会議の模様を報じている――

西半球では三百年の結果、典型的なアメリカ系が発展したことが、自然史博物館で昨日開催された優生学大会で議論された。同セッションでは、ユダヤ人種が消滅しつつあるとの情報が公表された。キリスト教徒とユダヤ人の異人種間結婚でユダヤ人が一掃される傾向にあるが、その結果生じる血統は白人にとって恩恵であるとされている、とモーリス・フィシュバーグ博士が発言した。

三日後の九月三十日付『ザ・ワシントン・タイムズ』紙（*The Washington Times.* (Washington [D.C.])）掲載の見出し「何故、若い娘が家をでるかが、会議で語られた／バインダー教授、〈不適格な〉結婚を禁ずる法が革命を起こすという」の記事――

ニューヨーク、九月三十日――「何故、若い娘が家をでるのか?」／この答えは、昨日、自然史博物館で開催の優生学会議でだされた。ウェイヴァリー・ハウスで、多くの家出娘を預かっているエリザベス・グリーン嬢はこう述べた――／「家出した娘たちは、単に、自分のことは自分でするアメリカの傾向を示しているにすぎません。好奇心と自信に多数の者が駆りたてられています。彼女らのほとんどは家庭状況に満足していません。彼女らの間での不道徳の割合はわずかなものです」。／（中略）／ニューヨーク大学教授ルドルフ・M・バインダーは、身体的条件の公認基準から不適格と評価された者の結婚を禁ずる法が可決すれば、革命が起きるだろうと警告した。彼はこうも述べた――／「優生学は不適格者の結婚を禁ずるより、不適格者を適格にすべきです。徴兵記録をみると、調査したアメリカ人のほぼ五十パーセントが軍務に不適格でした。（以下、略）」

＊　＊　＊　＊　＊

第二節・余白　「若い女性が家をでるわけ」言説と〈家〉の崩壊

一九二一年九月三十日付『ザ・ワシントン・タイムズ』紙が報じたように、どのような事情から、優生学会議で「何故、若い娘らが家をでるか？」が議論のテーマとなったのだろう。

一九二一年十一月二十八日付『ザ・ブラットルボロ・デイリー・リフォーマー』紙（*The Brattleboro Daily Reformer*: (Brattleboro, Vt.)）に、サイレント映画『若い女性が家をでるわけ』の劇場上映の広告がでた。これは、例の優生学会議の議論を受けて制作されたものだろうか。見出しに、「月曜日、火曜日／プリンセス劇場／そして水曜／三日間／人間的興味をそそる劇映画の最高作／『若い女性が家をでるわけ』／有名な演劇から改作したもので、出演／アンナ・Q・ニルソン／助演キャストは著名な俳優で、クロード・キング（エセル・バリモアの相手役をした）／ジュリア・スウェイン・ガーダン、モーリス・パワーズ／ダン・メーソン、ジョージ・レッシー、キャスリン・ペリー（オーウェン・ムアー夫人）」とあるように、「有名な演劇」を改作したもののようだ。

さらに、以下の解説があり、内容が優生学会議で議論されたことに連鎖していると思われる――

何故、若い女性が家をでるのか？　全国の多数の福祉団体の興味をそそってきた重要な問題。その強烈な側面が、生活の家庭的裁きの場に深く食い込んでいる。／六万五千人以上の若い女性が、昨年失踪した。きわめて重要な理由がある。アンナ・ヘッダーには一つの理由があった。彼女は家庭生活の手枷を自発的に捨て、勇敢に独りで世間に立ち向かった。彼女が家をでたのは、生まれつきそなわった彼女の若さの衝動と欲望が、自分もかつては若かったことを忘れ

1921年11月28日付『ザ・ブラットルボロ・デイリー・リフォーマー』紙より

てしまった厳しい父親に抑圧されていたからである。マデライン・ウォーレスは、むら気と願望がすべてみたされてはいたが、それでも家をでた——何故か？　彼女は二度と父の家には立ち入らないと宣言した——何故か？／両親は、子どもに目隠しをするか、好きなように考えさせるかである。

つづく一九二一年十二月十七日、『サウス・ベンド・ニューズタイムズ』紙（*South Bend News-Times.* (South Bend, Ind.)）に「オリヴァー」と見出しの記事がでた。「オリヴァー座」の『若い女性が家をでるわけ』上映の宣伝であった——

何故、若い女性が家をでるのか？／『ザ・ニューヨーク・アメリカン』紙の記者が、最近いなくなった多数の若い女性の事例を調査し、事例ごとに、若い女性が家をでる異なった理由をあげた。いくつかの場合、家の重労働が理由であった。他には貧困で、美しい服を愛好して、経歴として舞台と踊りの魅力につられてなどがある。偽りの求婚広告も、「失踪の若い女性」の事例では関係している。すべてこれらは、オリヴァー座で、いま上映中の劇映画『若い女性が家をでるわけ』で劇的に描かれている。

翌日の十二月十八日付『ザ・ペンサコーラ・ジャーナル』紙（*The Pensacola Journal.* (Pensacola, Fla.)）に、見出し「若い女性が家をでる五つの理由／動画スターのアンナ・Q・ニルソン、今日の若い女性問題を語る」の記事——

何故、若い女性は家をでるのか？／理由——一、両親が子どもに残酷すぎる。二、大都市の誘惑。三、砕け散ったロマンスと町の醜聞。四、偽りの求婚広告に応えて。五、ロマンスと素敵な服を追究する心が抑えられない。／このように、動画スターのアンナ・Q・ニルソンは、六万五千人以上の若い女性が、毎年、家庭を去る理由を

1922年8月7日付『キャピタル・ハーナル』紙より

説明した。この若い女性問題は、もっともすぐれた著名な権威を困惑させてきており、ときどき、若い女性に向けた多くの予防策が工夫されてはいるが、年間の失踪例は減少する兆しはない。

そして、一九二二年八月七日付『キャピタル・ハーナル』紙（*Capital Journal.* (Salem, Or.)）に、オデオン座上映の広告がでた。左上に「これまで制作されたもっとも人間的関心のある写真劇《フォト・ドラマ》／啓示のサーチライトが家庭のもっとも重要な問題の一つにあてられる」、右上に「明日の土曜日、午後七時十分・九時十五分／注意―午後三時三十分までにご来場の場合、主要映画のすべてがご覧になれます。そうでなければ、上記スケジュールにしたがい、おでかけください」、下段に「アンナ・Q・ニルソンと豪華助演キャスト／六万五千人の若い女性が、昨年、失踪――何故、若い女性は家をでるのか」の説明がある。

この映画のもとになった「有名な演劇」は、どのようなものであったのだろう。その上演記事が一九〇四年にいくつかでた。まず、同年三月十七日付『ザ・デイリー・パラディアム』紙（*The Daily Palladium.* (Richmond, Ind.)）の上演広告――

ジェネット劇場／O・G・マレー、借主、支配人／三月十八日金曜日／ヴァンス&サリヴァン劇団の創作劇／『若い女性が家をでるわけ、もしくは愚行の途の危険信号』／事実が提示され、観客は強烈な印象を受けることうけあい／すべての人のこころの中心に深くとどめられる不動の教訓／料金――階下席七十五セントと五十セント、バルコニー席五十セントと三十五セント、天井桟敷二十五セント／席の販売は、三月十六日水曜日、ニクソン菓子販売店（大通り八〇六番地）にて。

さらに、コラム「娯楽」の記事として――

メロドラマ小説が語ってきたどれともまったく異なる物語が、ヴァンス&サリヴァン劇団の新作『若い女性が家をでるわけ』である。芝居の場面は、ニューヨークに隣接した活気のある小さな大都市。珍しくみえようが、スラムの場面、不適切な冒瀆、拳銃の撃ち合い、あるいはありえないクライマックスなどは、『若い女性が家をでるわけ』に一切なく、反対に小さな立派な家族の家で起きたこと、とりわけワイン、きらびやかさ、華々しい仲間づきあいが人生を楽しむことに不要なことだとは考えない、無邪気な若い娘の生活で起こる出来事が含まれる、有益な語りがある。この主題は、誰もが興味を持たざるをえない芝居を作った作者（註・フレッド・サマーフィールド）が、大いに気配りと敬意をもって扱っているとされている。『若い女性が家をでるわけ』上演の成功はまれなもので、新作だがすでに「名をなし」、いまでは大衆演劇の大ヒットの一つに数えられている。今晩、ジュネット劇場にて。

同年五月七日付『ザ・ミネアポリス・ジャーナル』紙（*The Minneapolis Journal.* (Minneapolis, Minn.)）には、〈劇場案内〉のコラムに、見出し「今週のビラ／ビジュウー劇場――『若い女性が家をでるわけ』」の記事があった――

ビジュウー劇場――『若い女性が家をでるわけ』／ビジュウー劇場は、明日午後の昼興行からはじまる来週の出し物に、フレッド・サマーフィールド（Fred Summerfield）作『若い女性が家をでるわけ』を用意している。／内容は、ニューヨーク近郊の町に住み、節操のない男に誘われ家をでる若い妹の行動に、兄が助言を与え激しくやりあっているとき、悪いことはしていないと思う妹は、兄の自分への態度に激しく腹を立てる。兄は我慢できず、思わず強く妹を殴る。死んだようになった妹を、その破綻をよしとする者たちが連れ去る。兄は殺したと思い、そう告白する。妹はこっそりと運ばれ、友人とされる者の家に監禁される。最後に、救出された妹は家族のもとに戻り、兄は犯したと思われた罪の償いをしないですむ。

同年九月二十二日付『ザ・デイリー・パラディアム』紙（*The Daily Palladium.* (Richmond, Ind.)）に、見出し「若い女性が家をでるわけ」の劇評記事が掲載――

『若い女性が家をでるわけ』を批評して、『ザ・シンシナティ・コマーシャル・ガゼット』紙のモンゴメリー・フィスター氏は、次のように書いている――／「この若い女性パール・シャーウッドは、サマーフィールドの作では、親の暖炉の暖かな火、寛大な家庭の純粋で希望に満ちた環境から、単にひねくれ者の思慮のない頑迷さからでていく。容赦ない虐待の経験者が彼女を求めるというより、むしろ彼女が悪人を求める。ジョウゼフ・ホワイトは、サマーフィールド色に描かれた「世間ののけ者」、つまり「社会的堕落者《デジェナレイト》」であるが、シャーウッド家の屋敷の錠を破ったり閂をはね返らせたりするわけではない。その家の、ほとんど哀れむ必要もなく哀れみもない娘が、両腕をのばして彼の胸に逃げるとき、単に受け入れるだけだ。しかし、サマーフィールド氏は実に迫力ある芝居を作った。『致命的な婚礼』や感傷的退廃を扱った大いに称賛された他の作品より、はるかにすぐれている。彼は直接主題へと赴き、「美文」を目指さず、日常的な感情を日常的なことばで提示し、「国民の家」の実に細かいことまでゾラめいた正確さで写し、熱情に無作法な事実を妥協のない簡素さで語らせ、筋のあらゆる優美さ、演劇上のレトリック特有のごまかしは無視し、きわめて直截的途をたどり主張の中核にやってくる。そのため、途を見失ったり、意図や議論が誤解される可能性はない。繰りかえすが、サマーフィールド氏は未完成の劇作家ではあるが、潜在能力は魅力的である。洗練されたタッチ、わずかな巨匠の筆致、熟練職人の手になるひねりや再調整もわずかながらもあるので、『若い女性が家をでるわけ』はもっと穏当な題にすれば、劇場ではすぐにも受容され、丁重な歓迎は望めないとしても、それなりの気の利いた励ましが受けられるだろう。何故なら、劇場では、実際、技術的には必ずしもよくなくとも、見栄えの方が重要だからだ。昨日のロビンソン劇場では、サマーフィールド氏の芝居はヴァンス&サリヴァン劇団の面々によってみごとに上演され、今シーズンこの劇場に集まった二度目のもっとも多くの観客からやんやの喝采を受けた。（以下、略）

一九〇四年九月二十九日付『ザ・ビー』紙（*The Bee.* (Earlington, Ky.)）に以下の案内記事——「ヴァンス&サリヴァン劇団の大舞台作品『若い女性が家をでるわけ』は、テンプル劇場にて、十月五日土曜夜に上演予定。この呼び物は見逃せない。豊かでまれなもので挑発的」。さらに、『若い女性が家をでるわけ』と見出しのある絵の解説に、「あなたのような人のために、若い女性が家をでる」とある。

十月二十六日付『ザ・バール・デイリー・タイムズ』紙（*The Barre Daily Times.* (Barre, Vt.)）に、見出し「『若い女性が家をでるわけ』」の他紙の紹介記事をコラージュ風にした記事がでた——

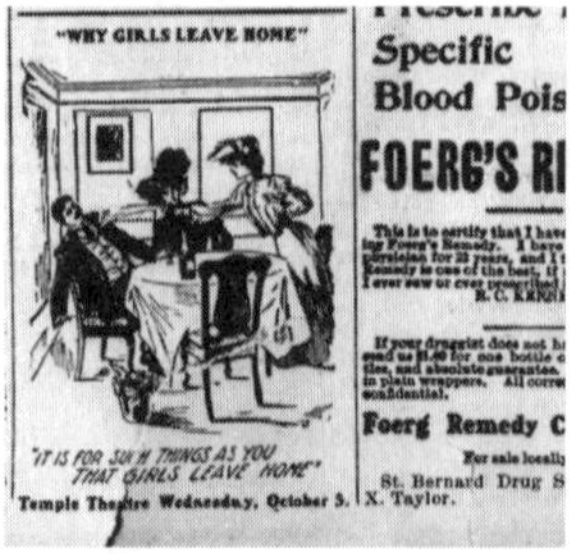

1904年9月29日付『ザ・ビー』紙より

『若い女性が家をでるわけ』は五幕の劇で、昨晩、オペラ座で、作者フレッド・サマーフィールドの個人的演出のもと上演された。かなりの数の観客があり、今年、当地でおこなわれた最高の演技のいくつかがみられた。劇団は今晩、プラッツバーグでも上演——『モントピリア・アーガス』紙。／やや写実的すぎる芝居をする一流の役者の劇団が……要するに、月曜日夜、ブランチャード・オペラ座でおこなわれた『若い女性が家をでるわけ』上演記事である。芝居自体が写実的であることを否定できる者はいないし、存在する人生の一つの相が描かれていることも否定できない。しかし、そうした写実主義とそうした人生の一つの相が、舞台上演にふさわしいテーマであるかは強く疑われる。しかし、今回は、おおむね、役者がこの芝居の埋め合わせをし、モントピリアの芝居通にまったくの楽しみを与えてくれた——『モントピリア・ジャーナル』紙。

一九〇四年十二月二日付『ロック・アイランド・アーガス』紙（*Rock Island Argus.* (Rock Island, Ill.)）に掲載された、見出し「若い女性が家をでるわけ」の記事——

『若い女性が家をでるわけ』は、他のメロドラマの上演にはないたくさんの特徴を持つとされ、とくに本の端から端までリボルバー（回転式連発拳銃）がでてくることはない。この劇は、近日、イリノイ劇場で上演の予定。作者サマーフィールド氏は常識的なやり方を越え、昨シーズンの数少ない成功作の一つのメロドラマを作ったといわれる。この劇は、現代生活で起きる多数の事例からくみ上げることのできる教訓を示している。その話は、悪しき交際と楽しい生活への憧れをめぐるものであるが、女主人公は無邪気な目的の持ち主である。家庭内でのとげとげしい兄妹間の関係が、この若い女性の選んだ表面上わがままにみえる経歴をつづける口実となり、多くの刺激的経験をすることで、その途がきわめて魅力的なものになっている。

一九〇五年六月十日付『ザ・シー・コースト・エコー』紙（*The Sea Coast Echo.* (Bay Saint Louis, Miss.)）に、こう寸評があった——「現代人は、「何故、若い女性が家をでるのか？」という。通例、パパにくらべ夫が騙されやすいから、そう『ザ・ユーヨーク・ヘラルド』紙はこたえている」。

一九〇七年十二月五日付『ゴールデン・ヴァレー・クロニクル』紙（*Golden Valley Chronicle.* (Beach, Billings County, N.D.)）に、見出し「一つのわけ」の寸評がこうあった——「〈何故、若い女性が家をでるのか？〉／〈そうだなー、その多くが結婚するし、さもしいパパが腑に落ちないことの片割れを、食事代ただで保護することに反対するからね。〉」

また、一九一一年十二月十八日付『ザ・レイク・カウンティ・タイムズ』紙（*The Lake County Times.* [volume] (Hammond, Ind.)）にはこうある――「〈何故、若い女性は家をでるのか？〉は、〈何故、男はけばだった帽子を被るのか？〉の半分もむずかしい問題ではない」。

一九一二年一月一日付『ザ・ワシントン・ヘラルド』紙（*The Washington Herald.* (Washington, D.C.)）に、見出し「〈何故、若い女性が家をでるのか？〉と、警察が問うている／舞台の誘惑、家庭の軋み、あるいは「彼」に夢中になってが、二百件の失踪理由」の記事――

昨晩、ワシントン警察本部でまとめられた統計では、夜中に終わった年に、二百人以上の婦人と若い女性が行方不明と報告されており、二十五人はいまだ係累や友人にみつけられていない。示唆された驚くべき事実は、まだみつかっていない者のうち十三人は二十一歳かそれより若く、まだみつからない一番若い女性はわずか十四歳にすぎない。最年長の失踪者は四十五歳。

一九一九年三月二十七日付『ザ・ワシントン・タイムズ』紙に、見出し「ベアトリス・フェアファックス、『ワシントン』紙に戦争労働者の諸問題と落とし穴について書く／若い女性が家をでるわけ」の記事――

何故、若い女性が家をでるのか？　答えはほとんど自動的にきまる。家が魅力的ではないからだ。／もし両親の青春時代が、ちょっとした強情を特徴としているとすれば、両親はときどき、自身の青春時代、その頃の野心、願望、そしていじらしいほどの世間知らずであったことを一番覚えていなことがある。／父、もしくは母は、自分が家族に対し充分な経験を積んでいると思っており、娘はそうした危険を犯すことは許されない。遺伝のような重要な問題をこの事例から完全に除外すると、ある娘は女子修道院にいるかのように、完璧に閉じ込められている。そのため、おそらくこの若い女性の鋭気がくじかれるだけであって、彼女は家庭の残虐な行為に服従し、もっとも哀れな人物、つまり自身の人生を持たない中年女性になるが、もっと頻繁には、反逆という結果が待っている。／（以下、略）

一九二〇年二月十五日付『サウス・ベンド・ニューズ・タイムズ』紙（*South Bend News-Times.* (South Bend, Ind.)）に、見出し「著名なインディアナ州のユーモア作家キン・ハバード（Kin Hubbard）による短い道」の記事（註・「短い轍」はハバードの「方言によるエッセイ」のこと）——

〈家族の去った家庭〉／何故、若い女性が家をでるのか？　この問いは、かなりながいこと出回っていて、過去も現在も、わが国のもっとも賢い人びとを困惑させてきた。昔は、若い女は家にいたといわれている。もちろん、そうだ。いくところといえば、郡共進会《カウンティ・フェアー》とか郵便局しかなかった。彼女らに開かれた仕事や専門職はなかった。会社の建物や百貨店、電話局とかはなかった。でも、現代の家は、かつての簡素で古い高い天井やぼろのカーペットを敷いた家にくらべたら宮殿のようなのに、何故、いまの若い娘は家にいないのか、というだろう。たしかに、現代の家には輝かしいカーペット、暖炉の火、バス・ルーム、書籍、オルゴール、ガス・レンジ、電気、蓄音機、その他多数の贅沢品があるのだが、依然、娘は残酷な外の世界の方がいいという。では、何故、彼女は残酷で非情な外の世界の方がいいというのか。それが問題だ。家は、カーペットやオルゴールや家具

SHORT FURROWS　By the Noted Indiana Humorist　KIN HUBBARD

The Boom In Marriage—By Helen Rowland
—Through The Widow's Lorgnette—

1920年2月15日付『サウス・ベンド・ニューズ・タイムズ』紙より

やがらくた品で作ることはできない。現代の家に贅沢品や便利な道具が備わってはいるが、それは単に止まり木にすぎない。何故、母親が家をでるのか？ 何故、父親は、夜、ひきわりトウモロコシを飲み込んだらすぐ外に直行せず、橙色のランプの柔らかな光の下でくつろいで読書をしないのだろう。何故、われわれの息子らは家にいないのか？ 何故、昔のように、家族全員が家にいないのだろう?!（以下、略）

一九二〇年三月二日付『ザ・ブリッジポート・タイムズ・アンド・イヴニング・ファーマー』紙に、見出し「若い家出女性、協会が面倒をみている」の記事――

長年にわたる問い「何故、若い女性は家をでるのか?」は、家出した若い女性がその扉にくると、必ずブリッジポート保護協会が真剣に問う疑問である。この事例は徹底的に調査され、若い女性が家をでる原因は突き止められていて、可能なら修正もされる。多数の家出の若い女性が、毎年、協会の世話になっている。／最近、一人の家出の若い女性が協会本部に連れてこられた。彼女は知能が低く、ふしだらな傾向がみられた。協会はこの女性の両親を突きとめ、彼女を安全な保護施設に入れるよう勧めた。両親は同意し、彼女は安全で充分な世話を受け、社会に害をなすことがない施設に収容された。

以上からわかるように、一九二一年の優生学会議で、「何故、若い女性が家をでるか」が話題となったのは、〈家庭〉の崩壊が社会問題であったからである。『荒地』は、すでにみたように、ヨーロッパの伝統的な王家の崩壊を示唆していたが、国家の基盤である〈家庭〉が、そもそも崩壊していたのである。

一九二二年三月二十日付『ザ・リッチモンド・パラディアム・アンド・サンテレグラム』紙に、見出し「優生学に

任せること」のフレデリック・J・ハスキンによる記事が掲載——

ニューヨーク、三月十九日——ウィーンより最近受けたニュース報告によれば、妻および夫を選択する際に、ウィーンでは、優生学の原理を遵守したいと思う者は、無料で助言がすぐに受けられるようになるとのこと。／ウィーンでは、最近、同市が、白痴として誕生した子どもの治療に費やさなくてはならない巨額の費用に驚くことがあった。そのため、主任衛生官タンドラー博士は、この婚前事業を一種の有望な実験として導入することにした。／「結婚の条件を課すだけで、人が子どもを産むのを阻止できないのは、もし、実際に納税を回避する決意をしているなら、多くの人に税金を支払させることができないのと同じである。個人に責任意識を涵養しなくてはならない。それ故、わたしの提言は、単に、結婚する前に、人びとが、無料で医師に相談できる機会を提供しようというものです。将来的に、婚姻をめぐる市の相談員を設けることになるでしょう。相談員は、医療資格以上に、人間性について充分な知識を持つ医師があたることになるでしょう。

1912年8月4日付『ザ・サン』紙より

一九二一年開催の「第二回国際優生学会議」に対し、「第一回国際優生学会議」は一九一二年にロンドンで開催された。その開催を告げるポスターが、同年八月四日付『ザ・サン』紙に掲載され、キャプションとして「赤ん坊が陰で糸を引く（黒幕となる）」とあり、「デイヴィッド・ウィルソン画。特別措置にて『ザ・サン』紙で公開。／ロンドンの優生学会議の核心——有名なポスター「赤ん坊が陰で糸を引く」に倣って」の解説が付されている。

第一回の会議について、一九一二年十月十九日付『ザ・シー・コースト・エコー』紙（*The Sea Coast Echo.* (Bay Saint Louis, Miss.)）は、見出しを「優生学会議の議長」にし、以下のように報じている（なお、同一記事が、二十日付『ザ・ノース・プラット・セミウィークリー・トリビューン』紙（*The North Platte Semi-weekly Tribune.* (North Platte, Neb.)）にも掲載されている）——

　ダーウィンの進化論、つまり適者生存と、生物の発展で環境が影響するという論は、多くの論議を招来し、ときにはエピクロスの原子論やプラトンのイデア体系のように、思索の朧げな領域にとどまるのが妥当だと思われてきた。ついにそれが、人類の社会生活で実用になると認められた。内科医、経済学者、慈善家のもっとも冷静な者ですら、人種改良、人種の幸福の推進、多くの道徳的誤りの防止ができるかどうかは、おおむね、遺伝法則のような法が理解できるかどうかにかかっていることを認めている。次世代の親には、将来、人種の幸福を促進するよう求めることになろう。まさにこの基礎のうえで、優生学という新科学は発足し、世界の注目を惹いてきた。／最近ロンドンで開催された第一回国際優生学会議には、アメリカ、フランス、ドイツ、ノルウェー、イタリア、スペイン、ギリシャ、日本の男女の代表が参加した。この協会の会長が、会の原則の基盤をなしている進化論を考案したチャールズ・ダーウィンその人の息子であるのは、注目されることである。／わが少佐ダーウィンはこう指摘している——「もし人種が進歩をつづけるなら、いや、もし過去の長きにわたる闘争で苦労して勝ち取った領土のいくらかでも失いたくなければ、心身が貧弱な者の生殖を阻止する何らかの機関に、自然淘汰の代わりをさせる必要があることを銘記しておくことが肝要である。何故なら、今日、われわれは正しくも、その作用をいろいろな方法で阻止しようと努力しているからである」。

CHAIRMAN OF THE EUGENICS CONFERENC

Darwin's theory of evolution survival of the fittest and the ence of environment in the de ment of organic life, has pro much controversy, and has some been allowed to remain in the di main of speculation like the a theory of Epicurus or the Platoni tem of ideas. It has at last recognized as something practic the social life of the human race most sober-minded of physi economists, and philanthropists acknowledged that the improv of the race, the promotion of its piness, and the prevention of moral errors depend very largely a recognition of such laws as th heredity. The parents of the co generation are to be looked to fo furthering of the race's happin the future. It is upon this basis a new science, Eugenics, has inaugurated and has claimed th tention of the world.

The First International Eugenics conference, recently held in London tended by men and women delegates from America, France, Germany,

1912年10月19日付『ザ・シー・コースト・エコー』紙より

　最初期の「優生学」関連の記事が、一九〇一年十月三日と十一月三日付『ザ・コンサヴァティヴ』紙（*The Conservative* [[microform].] (Nebraska City, Neb.)）に、見出し「優生学」ででた——

人間であれ動物であれ、種族改良の科学は、合衆国の全高等教育機関で教えられるべきものである。この科学は優生学と呼ばれている。／子が親に似る事実を注意深くみて、弱点であれ誤った傾向であれ、そうした欠点が強化されるのを、遺伝の法則を研究し守ることで避けなくてはならない。／これから先の五十年間で、アメリカ人の身体的・知的性質で最良の傾向を適切に永続させるために、十九世紀後半の五十年間で、早足で走れるようにされた馬を飼育することに払われた注意の半分を費やすなら、二十世紀中葉には、男女が身体の美と知性の点で、現在生きているどのアメリカ人よりすぐれることになろう。／ゴールトンはこう述べている——「エネルギーは労働向けの能力である。それはすべての確固たる美徳に一致し、その大々的実行を可能にする。それは人生の充実の尺度である。多くのエネルギーがあれば、それだけ人生は豊かになる。エネルギーの欠如は死だ。白痴は弱くものうげである。／＊＊＊＊／エネルギーは高度な人種の特性で、自然淘汰によって他のどの性質よりも好まれている。われわれは、人生の条件と闘争によって活動に突き動かされる。それらは、弱者を抑圧し心配させる刺激をもたらす。そのため、彼らは不満を述べ嘆き悲しむ。弱者はそれらに屈するが、エネルギーのある者は、上機嫌で肩をすぼめそれらを歓迎し、最後にはそれだけ一層よりよき者となる。

一九〇四年八月五日付『エセックス・カウンティ・ヘラルド』紙（*Essex County Herald.* (Guildhall, Vt.)）に「人種改良」の見出しの記事が掲載——

新しい科学が開始された。それは「優生学」と呼ばれ、主として身体的に人種を改良することにかかわっている。ひとことでいえば、より強い子どもを産むことである。著名なイングランドの生物学者のフランシス・ゴールトン教授は、この新科学についてこう述べている――／「優生学の目的は、各階級やセクトをその最良の個体をもって代表させ、その均整以上のものを次世代に貢献させることである。それがすめば、彼ら共通の文化生活を自分なりのやり方でなしとげさせることだ」。／学会は、そうした科学を推進するのに、何ができるのだろう。ゴールトン教授は、以下の手順を提案している。第一に、遺伝法則の知識をそれらが確実に知られるまで普及させ、その更なる研究を推進すること。第二に、社会の多様な階級が多様な時代の人口にどれだけ貢献したかを、歴史的に調査すること。第三に、どのような環境で、大きく栄えた家族が頻繁に生じるかを体系的に収集すること。第四に、結婚に及ぼす影響の研究。第五は、この種の研究が国家にとっていかに重要であるかを粘り強くあきらかにすること。結論として、著者はこう述べている――／「優生学が広範に実施できるまでには、三段階をたどらなくてはならない。まず、第一に、これを学問の問題として熟知させ、ついにはその的確な重要性を、事実として理解・受容されるようにすること。第二に、これを一つの主題として認識し、近い将来にその実際的発展が見込まれ、真剣な考察が必要であるとすること。第三に、それを新宗教のように、国民意識に導入すること。実際、それが、将来の正統な宗教的教義になると強く主張している。何故なら、優生学は、まちがいなく人類最適の民族によって代表されると請け合うことで、自然作用と協力関係にあるからである。自然が盲目的にゆっくりと情け容赦なくおこなっていることを、人間は用心深くすみやかにやさしくおこなうことができる。それが人間の能力の範囲にあるように、その方向に向けて働くことが人間のつとめとなる。それは、不幸な者に対して慈悲深くあることが人間のつとめであるのと、まさに同じことである。われわれの血統を改良することは、理性的に試みれることとの最高度のことの一つにみえる。われわれに人間の究極的運命はわからないが、まぎれもなく確実と思われるのは、そのレヴェルを高めることが高貴な仕事でありで、それを落とすのは不名誉であるのと同じである。優生学が、人類間で宗教的ドグマになることなどありえないとは思わないが、その詳細をまず研究して勤勉にわからなくてはならない。過剰な熱意は拙速な行動に至るだけで、近い将来、黄金時代が到来するという期待を約束することで害になるだろう。その期待はまちがいなく偽りで、この科学の信用を落とすことになろう。最初の主要な論点は、優生学が希望のある重要な研究として、一般に知的受容されるようにすることである。それから、その原理が国民のこころに入り込むようにする。そうすれば、われわれにとって完全には予見できない形で、実践的な効果が徐々にもたらされることだろう。

一九〇四年八月二日付『イヴニング・スター』紙に「優生学／『ザ・バルティモア・サン』紙より」の見出しの短い記事が掲載された――

フランシス・ゴールトン氏は「優生学」の名称を、アメリカ人一般に「優良種養殖」として知られている新科学に与えた。その開拓者らの目的は悦ばしきものである。イングランド社会学協会で読まれた論文で、ゴールトン氏は、優生学を「人種の生得的特質を改良するすべての影響を、その特質を最大限に発展させる影響とともに扱う科学」だとした。「目的は遺伝法則の普及、社会の多様な階級が人口にどれだけの割合で貢献したかを調査すること、大きく繁栄した家族に関する事実を収集すること、結婚に及ぶ影響を研究することである。優生学の布教、すなわち自然が盲目的にゆっくりと情け容赦なくおこなっていることを、人間は用心深くすみやかにやさしくおこなえる可能性がある」とした。不釣り合いな結婚の弊害は弱められ、結婚は理性の支配によりおこなわれるようになる。身体的・道徳的、そして精神的に健全な者だけに結婚は許され、政治家は、種の改良を自分のとても重要な立法義務として、つねに視野においておくことになろう。

一九〇四年十一月十二日付『ホルブルック・アーガス』紙（*Holbrook Argus.* (Holbrook, Ariz.)）に、見出し「遺伝を研究するために／イングランドの出生率と国民の退化」の記事――

優生学はゴールトン博士が、最近、社会学協会に向けて解説した新科学の名称であり、この協会はこれを体系化しようとしている。第一の目的は遺伝研究で、それを支配している法則に到達しようとしている。出生率の低下がどれだけ国民の退化の指標となるか、どの条件が「繁栄した」家族を生むかを決定することは、この新科学の仕事の一部でもある。／ゴールトン博士は、彼が発明したといってもよいこの優生学を説明してこう述べた——「愛情はとても強烈であるので、その進路を方向付けることは愚かにみえるだろう。しかし、明白な事実からして、この見解はそうとはいえない。社会的影響は巨大な力を有している。優生学的観点から不適格とされる結婚が社会的に禁じられれば、そのほとんどは実施されないであろう」。／彼はつづけて、「優生学が人類の間で宗教的ドグマになることは、決して不可能であるとは思えないが、その詳細をまず研究で辛抱強く解明しなくてはならない」と述べた。／その仕事は、事実上、新社会学協会が担うとしている。

一九〇五年八月二日付『ザ・フォレスト・リパブリカン』紙（*The Forest Republican.* (Tionesta, Pa.)）に、見出し「最適者の生存／「優生学」、人種改良学」の記事——

「優生学」は、イングランドの科学者フランシス・ゴールトンがギリシャ語から造語したもので、彼は人種改良に関するあらゆることを扱う科学と定義している。目的は、最良の個体に各階級やセクトを代表させ、それらがそれなりのやり方で、共通の文化生活ができるようにすることである。／もし「優生学」が実施されるなら、国民の平均的な質は、現在の大半の質にまで引き上げられ、現在稀な能力状態の者がもっと多くなるだろう。それは、彼らが脱したレヴェルそのものが、引き上げられることになるからである。／ゴールトン博士の新語は、ダーウィンが「自然選択」と呼び、実際は、ハーバート・スペンサーが「適者生存」と命名したものの別名にすぎない。しかし彼は、人類の改良は、人種が知的に科学的にとりあげ、ひとり自然の作用に委ねるべきではない事柄だと考えている。

一九〇六年十月二十七日付『トゥルース』紙（*Truth.* (Salt Lake City, Utah)）に、見出し「人種改良の企て」の記事——

人類は繁殖方法で改良できるという立場を、『アメリカン・メディスン』誌（フィラデルフィア、九月）で、論説委員が否定した。この委員は、最近話題となっている「優生学」という、科学と称されているものに不信感を抱いている。彼はこう記している——／ルーサー・バーバンクがあのように素晴らしい植物を生みだしているのと同じように、われわれはすぐれた人間からなる人種を養育できるという考えが提出された。もちろん、可能である。彼はただ十万の植物を育て、その中に適切な変異を持つ一つか二つのものをみつけ、その二つを残して、あとの残りはすべて破棄する。同じことをやってもいい。各院議員選挙区のすべての子ども——多かれ少なかれ約十万人——を調べ、最良と思える二人を選択し、残りを絞首刑にしよう。単純そのものだが、一つだけ厄介なことがある。バーバンクの植物はこの件で発言権を持たないが、どの人間の父親にもこの判断への投票権があり、彼の型が最善で、他の子は絞首刑に処すべき——そのように制度自体がなるだろう——と決定することだろう。優生学をめぐるこうしたノンセンスのすべては、新聞にくだらない記事が載る季節が過ぎ去ればなくなるだろう。／「優良種養殖は家畜に適用されるものとしてきわめて正確で科学的作業であり、研究すればするだけよりよくなる。しかしここにも、それを人間に適用する機会はほんのわずかすらない。畜産業者は、彼の目的にあわせ、数千の誕生した仔のうちわずかしか選択せず、他を不妊にしたり、交配させなかったり、殺処分にしたりする。前に説明したように、彼は通例、馬の足の速さとか羊の毛とか、一つの特性を強調し他の性質を犠牲にする。もし、同じやり方を試せても、一つの性質——たとえば、筋骨たくましく感覚を持たなかったり、身体を持たない頭脳とか——が目立つタイプの人間を生みだすことしかできないだろう。どのタイプが、目下、文明が作りあげている将来の環境で生存できるか、われわれにはわからず、われわれが生みだすタイプがまったく適切でない可能性もある」。／著者は、アメリカ・ブリーダーズ協会が、農務次官補で協会主事のW・H・ヘイズの指導のもと、最近結成した遺伝研究委員会に言及し、人類にとってきわめて重要な問題であるので、そこでの研究は可能な限り広範に公表すべきと主張している。／（以下、略）

一九一三年一月二十六日付『ビスマーク・デイリー・トリビューン』紙（*Bismarck Daily Tribune.* (Bismarck, Dakota [N.D.])）に、見出し「〈優生学〉は、クェイン博士がフレンドレス協会で読んだ論文の題名であった」の記事——

（ノースダコタ州ビスマーク、E・P・クェイン記）／優生学はより優れた繁殖による人類改良の科学と定義されている。この名称はギリシャ語由来で、意味は文字通りには「よい生まれ」である。扱う対象は、未来世代の人種的特性を身体的にも精神的にも改良してくれるような、社会が抑制できる作用、もしくは、影響のすべてである。／人間は、科学上、動物である。解剖学と生理学は、下等動物に人体に対応するものと類似の働きをみつけている。／人間健康と病いの一般法則は、動物と人間にとってかわることがない。牛、馬、犬の血統改良を支配する法則は、人類にも等しくあてはまる。／優生学の目的は、すべて、もしくはほぼすべての子どもが、身体的・精神的、あるいは道徳的欠陥を持たず誕生する程度にまで、結婚の所産を改良することにある。だからといって、こうしたすべての子どもが生涯にわたり正常でありつづけることを意味するわけではない。下等動物の一例をみてみよう。育ちが最善のポインター犬でも、一級の猟犬にならない可能性もある。それは訓練が誤っていたり、他の犬から悪い手本を受け、無意識のうちに先祖にはなかったいくつかの悪しき性質を発展させたからである。しかし、われわれすべてが知るように、躾が高度な犬は遺伝的にすぐれ役立つようになるが、街の雑種犬は、どんなに努力しても野良犬でしかない。同様に、周知のとおり、優生学的階級の高い家族の出の個人が、しばしば環境の影響で精神的、あるいは道徳的にもよくないことがある。しかし、美徳と責任の狭い途のうえで人生を送れない者の大多数は、その欠点の主たる原因に遺伝的特性を持っている。他方、精神的にも身体的にもバランスのいい、つまり高貴な理想と行動のため近隣の評価を維持し、本能的に正しいことをする傾向があり、生まれつき悪い不道徳な考えを避ける個人、そのような個人は、祖先の才能にとても恵まれていたのである。ここで、こう述べてもいいだろう。すなわち、成長して欠陥があるとわかる子どもはすべて、遺伝的特性の故に欠陥があるわけではないことである。誕生時に、あるいは誕生以前に、たまたま起き、精神、あるいは視力、聴力、発話等の欠陥の原因となる無意識的な出来事があるのだ。犯罪傾向ですら、脳を圧迫している砕けた頭蓋骨の骨片や血餅を取り除くことで治療される。／遺伝は事実であって、理論ではない。遺伝法則のいくつかを説明するため、以下の家族史が、優生学記録局で注意深く研究され一覧表にされた。一七二〇年、高貴な生まれで抜群の血統のイングランド人がアメリカにやってきた。この血統は損なわれることなくきたが、ついに、子孫の一人で革命軍の若き士官が頭の弱い女性と出会い、彼女との間で庶子の息子を生んだ。戦争終結後、この士官は、正常で健康な血統のべつの女性との間で子どもをもうけた。この男性の子孫の二つの系統には顕著な特徴がみられ、これまで詳細に追究された。庶子の子どものうち四九六人が追跡された。これらの者は、住んでいる州の指導的市民になっていた。数人は州知事になり、多くが著名な政治家や名のある教育者になり、すべての職業で、この家族の名を持つ栄誉ある構成員が輩出された。四九六人のうち三人だけが、欠陥の顕著な兆候をみせた。二人は飲酒癖があり、一人は鬱病に罹っていた。しかし、そのすべての者で、無能の血統は結婚によって持ちこまれたことがわかった。／頭の弱い女性と彼女の庶子の息子の子孫も、また、追跡調査された。四百八十二人がみつかり、このうち百四十三人は、絶望的なほど頭が弱かった。二百九十三人は、多かれ少なかれ精神的欠陥がみられた。四十六人だけが、充分に健全な精神の持ち主であることが判明した。五世代がみつかり、その名は住んでいる州で道徳的、もしくは精神的欠陥のため、すべての公的施設に登録されていた。

一九一三年六月八日付『ザ・サン』紙に、見出し「ウドロウ・ウィルソン夫人、不適格者の結婚防止のための国家的改革運動に積極参加／大統領夫人、実践的優生学推進をはかる国家的協会組織のための運動に、ワシントンで参加している——多数の著名な女性が関心を抱いている」の記事が掲載された。ちなみに、「ウドロウ・ウィルソン」は第二十八代大統領であった——

国家的に著名な社会的指導者と内閣サークルの女性たちに後押しされ、さらに合衆国大統領夫人に支持された性衛生と優生学の改革運動が、ワシントンからはじまった。そこから、実践的優生学推進の国家的協会が育ち、この運動の創始者たちによって、来週、首都で設立の予定である。この協会が第一の目的と掲げていることは、健康でない子どもの誕生に作用する病気に関して、大多数の国民に教育を与えることである。その後、推進者らは、性衛生の問題で若者を教育するためと、精神的・身体的に不健全な者の結婚を防止するための全国的立法確保に向け、対策を講じることになろう。

Mrs. Woodrow Wilson Enlisted in National Crusade for Preventing the Marriage of the Unfit

1913年6月8日付『ザ・サン』紙より

一九一三年六月一日付『ザ・ソールト・レイク・トリビューン』紙に、見出し「ブロンドを消滅せねばならぬ理由／現代世界の不穏な要因で、われわれすべてが幸せなブルーネットになるよう、文明は彼らを処分すべしと、エドナ・グッドリッチ（ナット・グッドウィン夫人第四番）は述べている／エドナ・グッドリッチによる」の記事が掲載された——

'Why Blondes Must Be Abolished'

A Disturbing Element in the Modern World, Says Edna Goodrich (Mrs. Nat Goodwin No. 4), and Civilization Ought to Do Away with Them So We Can All Be Happy Brunettes

1913年6月1日付『ザ・ソールト・レイク・トリビューン』紙より

世界には、現実のフロンティアはもう残っていない。開拓者はもういらない。世界に必要なものは、世界にあるものを発展させるための平和と静かさだ。／それ故、ブロンドは消滅すべきである。文明はその男性、そして必然的にその女性もいらない。／そういうわけで、ブロンドは消滅すべきだ。文明はブロンドから脱した。／古今、ブロンドは脚光を浴びて死ぬのが主たる務めであった。ブロンドは帝国の創造者にして破壊者。彼はそれらを建設して消耗し、それらを引き倒して殺される。その一方で、素朴なブルーネットは、バター付きパンを生産することに従事。われわれは、善も悪も大事なことすべてをブロンドに負っている。われわれの保守的傾向と後進性はブルーネットに。バター付きパンは、脚光を浴びて死ぬことよりもずっと有用な仕事だ。／（中略）／だから、ブロンドは去りつつある。文明のために、もっと早く去るべきだ。それはどのように達成できるか。そう、現在は科学の時代だ。優生学という科学が、どこでも支持を取りつけつつある。残りの迷惑なブロンドに対し、優生学の軍勢をどうして仕向けないのだろう。優生学委員会が人びとを教育し、ブロンドの子どもが世に誕生することは望ましいことではないと信じるようになれば、ブロンドの側では、妻もしくは夫を確保できなくなることだろう。／（以下、略）

一九一三年八月十三日付『イヴニング・スター』紙に、「ハビー（旦那）氏——妻は優生学クラブにでかけている」の題の漫画が掲載されていた。妻が優生学クラブに参加して家にいないハビー氏は、「赤ちゃんコンクール」が今日だったことを思いだし、急いで三人の赤ん坊を会場に連れていく。途中も会場にいっても、赤ん坊はずっと泣きどおしで、他の参加した多数の赤ん坊は泣かず静かにしていた。しかし、審査委員が会場にあらわれると、他のすべての赤ん坊は一斉に泣きはじめたが、ハビー氏の三人はピタッと泣きやんだ。この状況から判断して、三人の赤ん坊は一

1913年8月13日付『イヴニング・スター』紙より

等、二等、三等の賞をもらう。ハビー氏は、赤ん坊たちに「泣きやめさえすれば、賞がもらえるよ」と家をでる前にいっているので、優生学クラブに参加している妻から、そうした内容のことを聞いていたと思われる。いわば、優生学の得な点を皮肉っていると思える。

　一九一三年十二月十九日付『ジ・オグデン・スタンダード』紙に、見出し「優生学教育、断固反対」の記事——

シカゴ、十二月十九日——「公立学校で優生学を子どもに教える政策がつづくなら、百五十年したらこの人種は死に絶えるであろう」と、ユーヨーク市の前会計監査役バード・S・コラーが、昨晩、シカゴ工業クラブでの講演「愛国心と慈善」で語った。／「皆さんは、頭が破綻した唯物主義という似非科学に満たされた子どもをどうしようとしているのでしょうか。劇場を満たし、病的な感傷主義が生んだ不可解な産物、つまり性衛生学を駆りたて、政府が郵便物から禁じているモノを子どもの手に委ねる悪辣さをどうするというのでしょうか」と、講演者は問うた。／コラーによれば、百五十年先に死滅する人種に関する自分の主張は、とある女子大学の出生率統計に基づくという。この大学では、多年、優生学と性衛生学が教えられてきた。

一九一四年一月十二日付『ザ・ブリッジポート・イヴニング・ファーマー』紙に、見出し「優生学会議で、出生率が議論される」の記事――

ミシガン州バトル・クリーク、一月十二日――人種改良をめぐる第一回国内会議が、先週の金曜日から当地で、いくつかのセッションを開催してきているが、今朝、最終日をむかえた。三セッションがもたれ、午前零時前にプログラムを完了するよう手配されていた。／「出生率低下の原因」と「人種差別」が、取りあげられたテーマのうちの二つ。／コロンビア大学のJ・マッキーン・キャッテル博士によれば、もし、人種が生存したければ、優生学的選択、つまり健康な母親にくわえ、子どもの出産と育児にかかる代価への備えをすべきという。／ニューヨークのヘイスティングズ・H・ハートは、欠陥のある非行者の出生を避けたければ、精神薄弱者の繁殖を規制する必要があると主張した。

一九一四年一月十七日付『ジ・オグデン・スタンダード』紙に、見出し「優生学、まずゲットーで／富裕層が、子どもを科学的に生むことにああだこうだといっているうちに、貧困層はそれを実行し、完全な赤ん坊を養育する」の記事――

約四日毎に、カップルが正面玄関にきて、自分たちは最初の優生学的カップルで、自分たちの地区で結婚することになっていると主張している。／約四千三百八人の最初の優生学的赤ん坊が、いろいろな場所で誕生したと、ほぼ同数の都市と集落の新聞通信員からの報告がある。これらの優生学的な子どもの特性の一つは、ほとんどが貧困層出身であることだ。／富裕層は、数年間、優生学についてあれこれと議論してきた。大学教授はその研究をしてきたが、スラムの人びとはそれを実践してきている。ヘンリー・ワズワース・ロングフェローの子孫

1914年1月17日付『ジ・オグデン・スタンダード』紙より

の女性が、最新の理論に基づき結婚をすると決めたとき、そのニュースが広く歓迎された。それは、彼女にとってかなりの偉業であったが、ゲットーでは、ちょいちょい優生学的結婚がなされ、結婚がまさに通常のものかどうかということしか騒ぎは起きない。事実、カップルは、とりたてて自分たちの科学的結婚を誇示したいとは思っていない。／彼らがそのことについて何かいうのは、その最初の子どもが赤ちゃんコンクールで賞金を獲得してはじめてで、その際に記者から質問を受けると、婚前に子どもづくりに適した身体であることがわかったと認める。自分たちは、将来がわからずに祭壇へ駆けつけることはなかったという。内科医を訪ね、自分たちの性質の一覧ができてから、結婚許可書を取得したという。コウノトリがやってきた（子どもが誕生した）あとで、母親は母親クラブに参加し、ちょうど畜産産業者が入賞する仔馬を育てるように子どもを育てはじめる。／（中略）／〈優生学、畜産業界で流行〉／農場主が仔馬を育てるとき、世界中で最善の注意をはらう。事実、彼らは仔馬の誕生以前からはじめる。まず、母と父からはじめる。もし、農場主が、ジステンパーに罹っている、つまり痩せて骨ばっている雌を所有していれば、それに子どもを産ませることはない。何故なら、生まれた仔馬は、ほとんど確実に痩せて骨ばりで、ジステンパーに罹っている馬に成長するからである。馬の群れをふやしたいときには、所有しているものの中で仔馬の母になるのに最適な雌を取りあげ、郡区でもっともすぐれた雄とつがわせる。（以下、略）

一九一五年四月八日付『ザ・デイブック』紙に、見出し「百パーセント完璧な男女は、完璧な結婚をする」で、写真キャプションが「両親は、上にある写真の完璧な赤ん坊のために優生学的結婚を計画する。二人とも、ロスアンゼルス在住。男子はウィリアム・フリン三十七ヵ月、女子はエイリーン・フック十七ヵ月」の記事——

1915年4月8日付『ザ・デイブック』紙より

ニクソラ・グリーリー・スミス記／ニューヨーク、四月十八日——完璧な赤ん坊が婚約し、二人が結婚式で歌うこと、つまり「おお、完璧な愛」が成熟し、二人が本の中で書くこと、つまり完璧な結婚がおこなわれるのは時間の問題にすぎない。／ウィリアム・フリン三十七ヵ月とエイリーン・フック十七ヵ月は、カリフォルニア州ロスアンゼルスで開催されたばかりの赤ちゃんコンテストの百パーセント勝者であるが、しかるべき年齢になったらすぐ結婚するようそれぞれの母親が手配した。／そして、それに対し、優生学を信じている人びと全員が大喜びだった！／（以下、略）

一九一五年七月十一日付『オマハ・デイリー・ビー』紙に、見出し「優生学的結婚が、とてもよくないとわかってきている理由／女性科学者によれば、国家のため旧式の愛を犠牲にしたカップルは、論理的に、その結婚の詳細すべてを国家に検閲されることを許す決心をしなくてはならないという」の記事が掲載された——

1915年7月11日付『オハマ・デイリー・ビー』紙より

著名なノルウェーの心理学者でフェミニストのセルマ・ハルドリクセン夫人記／優生学的結婚の最近の実験例二件は、世界の注目をひいた。地球上全体の優生学者は、民族改良の大義に役立とうとする、正直で熱心なこれらのこころみが呈示している結果を検討している。／か弱い女性の死体を、ニュー・イングランドの町ナントケットの海岸に打ちあげた大洋は、科学の代表者にすら驚きの光景をみせた。アメリカ詩人ヘンリー・ワズワース・ロングフェローの又姪ジェシー・ダーナが自殺し、自らの失敗を宣言したからである。

／ブルックリンでは、優生学的親を志願する二人が、離婚を裁判所に申し立てている。二人はチャールズ・E・ウィーバー博士とその妻で、子どもがいない。またも、誠実な実験に対し「失敗」と書かれる。／こうした注目に値する失敗に、優生学者は落胆しているのだろうか。否。一つの真理を解明しようとする最初の者は、つねに受難者で、ある程度まで、実際に被害者だ。新しい土地の開拓者は、飢えの苦しみや野獣の牙にかかって死ぬ。塹壕に飛び込む最初の分隊は、自分の死ぬことを知っている。

一九一六年八月五日付『イースト・オレゴニアン』紙に、見出し「美人でも愚か者は、ここではうまくいかない／国内優生学会議が開催され、ジョージア州の超人的女性が長となる」の記事——

ジョージア州サヴァンナ、八月二日（I.N.S.）——美人運動家スーザン・メリックは、国内優生学会議が組織した優生学登記に、アメリカではじめて登録した超人的女性だが、ミレッジヴィル出身。／登記の目的は、体格と精神故に名簿に載った女性サラブレッドのリストをえることである。美人でも愚か者や虚弱な身体の個体は、等しく厳禁である。／メリック嬢は高平均値の有資格者で、合衆国の健康貴族を作りあげる一助となった最初の者だ。彼女は、ミシガン州バトル・クリークにある体育師範学校を卒業し、来年、ネブラスカ州ヘイスティングの公立学校で体育の指導主事になる予定。

第三節 同時代の〈性病〉言説

クロフォードは、「同性愛者ユージェニデーズ」としているが、それはテキストからどのようにして読めるのであろうか。「同性愛者」と明示的に示されてはいないから。そう読むのは、「キャノン・ストリート・ホテル」と「メトロポール・ホテル」が関係しているらしい。両ホテルとも、「同性愛者の逢引きの場所」であったことからであったようだ。サントワナ・ハルダー（Santwana Halfdar）は、『T・S・エリオット――二十一世紀の観点』（*T.S. Eliot: A Twenty-first Century View*. 2006. p.48）で次のように述べている――

「週末はメトロポールでご一緒しませんか、と」の一行に、同性愛的含みをみる者もいる。メトロポールは、ロンドンから六十マイルいったイングランド南海岸のブライトンにあるファッショナブルな豪華ホテルである。週末はブライトンでというのは、口語的に、性的含みのあるお誘いと理解されている。

そもそも合衆国では、一九二一年の国際優生学会議開催以前から、社会的に〈性病〉撲滅運動がはじまっていた。オクラホマ州では、一九一九年五月十五日付『ザ・モーニング・タルサ・デイリー・ワールド』紙（*The Morning Tulsa Daily World*）、さらに五月二十五日と三十一日付『ザ・デイリー・アードモライト』紙（*The Daily Ardmoreite*）が同じ記事を掲載し、見出しにこうあった――

「州全域の社会病撲滅運動、合衆国公衆衛生局との協力によるオクラホマ州保健局による」／「赤線地区との休戦なし」／「復興の敵である性病との戦闘を継続」／「性病との休戦はなし」／「売春に妥協なし」／「州は清潔に」

A Statewide Campaign Against Social Disease
By Oklahoma State Board of Health
IN CO-OPERATION WITH
The United States Public Health Servic
No Truce With the Red Light District
Keep Fighting Venereal Diseases the Enemy of Reconstruction
No Armistice Wit Venereal Disease
No Compromise With Prostitution
THE COUNTRY MUST BE KEPT CLEA

1919年5月15日付『ザ・モーニング・タルサ・デイリー・ワールド』紙より

その下の三つの囲み記事の見出しを読むとこうなる――

「性病が平和問題を左右する」／「もし、お宅の息子さんが、市民生活より軍隊にいる方が四倍性病にかからないなら、家の掃除は家からはじめなくてはならないことは明白であろう」／「〈放任の町〉プロパガンダ」（The "open town" propaganda.）「赤線地区の廃止だけでは、社会浄化の終焉にはならない――それは、はじまり」

中間のコラムにはこうある――

「誤った伝統のせいで、われわれは事実に面と向かうことがなかった」／「州法は徹底している」／「復員は風俗壊乱を意味しうるか」

さらに、右端のコラムの見出し――

「性病のすべての事例は、報告すべきことになっている」／「伝染性の社会病を、お宅の暖炉での平和会議から遠ざけるため。無条件降伏は、家庭でこの対策をとるようにという政府の要求。〈無人地帯〉が確立した」／「市行政と歩調をあわせ、よい状態を維持する」

この運動は、合衆国公衆衛生局のキャンペーン広告にはじまるようである。一九一九年一月八日付『ザ・ビスマルク・トリビューン』紙は、「合衆国公衆衛生局」の大見出しのもと、「性病に向けた戦争、継続／国は清潔に保たねばならない」の小見出しを掲げ、その下に三人の公職にある人物の手紙の抜き書きを並べて掲載している。以下の引用（一）は左端のもの、（二）は中央、（三）は右端のものである――

（一）合衆国公衆衛生局の代理、W・G・マクアドーから民間当局への書簡抜き書き／一九一八年十一月二十日――「軍当局の保護のもと、四百万の兵士と水兵は、性病に対する保護を受けていた。それは、市民生活の闘いで受けるものよりもずっと大きな保護であった。彼らが復員に際し、通過し、戻る都市と町は、安全にしなくてはならない。戦闘は……精力的に継続しなくてはならない」。

（二）陸軍長官ニュートン・B・ベイカーから、知事宛て電報の抜き書き／一九一八年十一月十三日――「停戦条約が調印されたからといって、兵士を売春と酒から守る市民社会の責任が軽減されるわけではない。わが国の州と都市は、確立した管理ができなくなったり、それほど重要な仕事をやめるべきではない。……陸軍省は、病気に罹っていない状態で兵士を家族と市民生活に戻す決意を固めている」。

（三）海軍大臣ジョゼフス・ダニエルズの声明の抜き書き／一九一八年十一月十三日――「戦争という悲劇を埋め合わせるものの一つは、性病から若者を守るためになされる組織的運動の背後に、啓発された見解があるということである。男性の戦闘のための軍事的適性を確保するため、戦時中に開始されたこの運動は、市民生活の効率のために男性を救うことに対しても、まさに必要である」。

つづいて、四月三十日付週刊紙『ウィークリー・ジャーナル＝マイナー』紙（*Weekly Journal-Miner.* (Prescott, Ariz.)）は、「戦争、社会病の抑制で大教訓を教える」と大見出しで、以下の小見出しのもとに反性病運動の展開を報じている――

「学校の体育」／「清潔な生活のための闘い」／「とても深刻な問題」／「市民生活上の問題」／「性病戦争の

継続」／「少数の驚くべき事実」／「淋病は防止できる病気」／「梅毒は防止できる病気。市民になるための学校」／「社会福祉事業局」／「配布文献資料」

この記事のうちで、「とても深刻な問題」には、一九一七年九月二十一日〜一九一八年五月三十一日までの合衆国連隊がかかった傷病の種類別割合が示されている――

「性病」（Venereal Disease）―　六・九五％
「麻疹」（Measles）―　五・四六％
「負傷」（Injuries）―　五・二二％
「肺炎」（Pneumonia）―　一・五六％
「猩紅熱」（Scarlet Fever）―　〇・五一％
「マラリヤ」（Malaria）―　〇・二一％
「髄膜炎」（Meningitis）―　〇・一六％
「腸チフス・パラチフス」（Typhoid-paratyphoid）―　〇・一六％

さらに、囲み記事「性病と戦争」を掲載し、「このグラフをみると、さまざまな州から検査に呼ばれた最初の百万の被徴兵者の間に、性病がかなり蔓延していることがわかる。／数字によれば、配属された多様な基地にやってきたアリゾナ州の被徴兵者千人毎に、平均三十四人がなんらかの性病にかかっていたことになる」とし、グラフを掲げている。五十州でもっとも少なかったのはオレゴン州で「〇・五八％」、もっとも多かったのはフロリダ州の「八・九〇％」であった。

第四節　アナーキスト的「優生学」――モージズ・ハーマンの『アメリカン・ジャーナル・オヴ・ユージェニックス』

一九〇九年八月二十九日付『ブルーグラス・ブレイド』紙（*Blue-Grass Blade.* (Lexington, Ky.)）に、『アメリカン・ジャーナル・オヴ・ユージェニックス』誌の広告が掲載され、見出しに「『アメリカン・ジャーナル・オヴ・ユージェニックス』誌／元『ルシファー・ザ・ライト・ベアラー』紙として知られた」とあった。この「ルシファー・ザ・ライト・ベアラー（光を運ぶ者ルシファー）」のタイトルはきわめて有意味で、本書第Ⅱ部で多々示唆した「ヴィーナス（金星）」のことをいう――

> 本紙は現代のパイオニア紙で、古くてほとんど忘れられた学問、すなわちあらゆる学問でもっとも重要なものを扱う。古代ギリシャ人やエジプト人が成功裡に、しかも公然と教育し実践したものだが、現代のすべての国民からは無視・打破・軽蔑された学問である。つまり、正しい出産の学、よき産出の学。／『センチュリー英語辞典』は〈優生学〉をこう定義している――「進歩、もしくは進化を、とりわけ人類のそれに関する主義で、両性の関係の条件を改善してなすもの」。／その中心的な考えは、〈母性〉の自由、つまり、〈性と出産〉の領域での〈女性の自己所有〉、すなわち知的で責任ある〈親〉。／この大いに無視され、タブー視され、侮辱され、ほとんど知られていない学は、「優生学」と名づけられた。名づけ親はフランシス・ゴールトンで、偉大なチャールズ・ダーウィンの従兄にして共同研究者であり、目下、イングランドとヨーロッパ大陸で、その重要さに見合った注目を受けはじめている。／『アメ

『ルシファー・ザ・ライト・ベアラー』紙

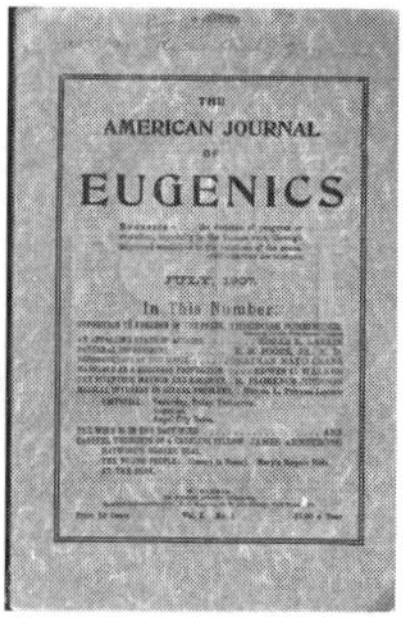

『アメリカン・ジャーナル・オヴ・ユージェニックス』誌

リカン・ジャーナル・オヴ・ユージェニックス』紙は、現在、創刊三十年にあたり、長いリストになる有能にして著名な寄稿者、すなわち、国内外で有名な男女によって支えられている。目下、カリフォルニア州ロスアンゼルスで、隔月発行の標準的雑誌の大きさのもの。年間購読料一ドル（郵便料金別納）、一部十五セント。

そして、『ブルーグラス・ブレイド』紙のつづく九月五日付に、見出しのない小さな記事がでた——「本紙読者の注意を『ユージェニックス』誌に喚起できることは悦ばしい。これは以前『ルシファー』として知られ、現在は、カリフォルニア州ロスアンゼルスでモージズ・ハーマン（Moses Harman）が発行している。自論のため苦しみを受けた者で、モージズ・ハーマンほどの者はいない。自由の提唱者で、すばらしい努力故、彼ほどの大いなる称賛と推賞に値する者はおらず、自由主義者なら、彼の努力を評価した印として、衷心より悦んで後援の手を彼にさしだすことができるだろう」。

さらに、同紙は、一九一〇年五月十五日付紙面で、見出し「自由をめぐる二つの概念／モージズ・ハーマンのものと彼の迫害者らのもの／（『ユージェニックス』紙記念号（シカゴ）のモージズ・オッペンハイマーによる）」の記事が掲載——

モージズ・ハーマン像

古代のモーセの律法には奇妙な規定がある。それによれば、奴隷が主人から自由にするといわれても、それを受けることを拒否するとき、主人は彼を入口柱につれていき、鉄の鋭利な先端をその入口柱で彼の耳に刺すことが命じられている。そして、この奇妙な律法の説明が、昔の賢者によって、こうなされている——／自由にすると聞かされ、それを受けることができず、その意思もない耳は、永遠に印をつけるべきであると。／この世界には、自由という語が空虚な音にすぎない、何千という、いや何百万という耳がある。自由のメッセージを受けつけない、また、受け取れない何百万という精神がある。そして、こうした何百万にとって、モージズ・ハーマンは長い熱心な経歴を通じ、最後の息を引き取るまで確固として忠実に働いた。何故なら、彼は自由の本当の意味を受容していたからである。彼は、人間の言語は人間の思考を運ぶとき、何と強力な道具になることか、また、人間は自己の周囲に直接自己の考えを伝えるだけでなく、その考えを時空間を超えて運ぶことができるから、生きとし生けるものの中で唯一の例外であると理解していた。話されたことばは消えるが、書かれたことばは時空間を制し、それ故、人間の思考は、モージズ・ハーマンの考えでは、人間の前進と人間の幸せを促進する際にとても強力な要素となる。そうであるので、人間の思考ほど価値があり、遠く広範に及ぶので、モージズ・ハーマンは次のように感じて説いた。つまり、人間の思考は人間間の伝達手段として、つねに、この地球の空気と同じように自由で束縛を解かれていなくてはならず、それの制限ほど、つまり、それに足枷をはめること、自称判事や執行者に制限されたり、いちいち指図されたりすることほど、人間改良の道具としての人間の思考の伝達に害になることはない、と。それ故、モージズ・ハーマンは、人間の思考を普及させても、いかなる害もなされることはないと信じていた。何故なら、それがもし書かれていれば、他人にそれが修正でき、結局、そうするだろうからだ。（以下、略）

一八九五年六月三日付『ザ・トピカ・ステート・ジャーナル』紙（*The Topeka State Journal*. (Topeka, Kan.)）に、見出し「懐かしのジョン・ブラウンのように／モージズ・ハーマンは自らを殉教者とみなしている／女性解放の大義の／政府検査官が「猥褻」と呼ぶ内科医の手紙を出版した咎で、刑務所に送致された」の記事が掲載された——

年をとりよぼよぼで足が不自由なモージズ・ハーマンは、昨日、州刑務所に収容され、一年の判決に服する。それも、ほとんど忘れられた反政府の罪による。つまり、男女関係における女性の自立という彼の主義との関係から、印刷物を送付した罪。／一八九〇年四月、いま償わなくてはならない犯罪で、彼は有罪判決を受けた。判事フォースターは、五年の有罪判決をだしたが、「重労働につく」というのを忘れ、この細かい解釈に基づき、短期間刑務所にいたあと、ハーマンは八月に釈放された。／一八九二年、彼は似た告訴で有罪となり、一年の判決を受けた。この判決では八ヵ月間償い、判事コールドウェルから釈放命令がでた。いま、彼は、判事フィリップの最初の判決をまっとうせよとの命令で、刑務所に戻った。／問題となった記事は、ハーマンが書いたものではなく、フロリダ在住のマークランドという内科医によるものであった。しかし、それがハーマンの新聞『ルーシファー』に掲載されたのだ。それは、彼が治療した女性にかかわるある内科医の証言であり、毎日、医学雑誌にでているような記事であった。それは、医学雑誌に掲載され、郵便で無料で配布される何百の他の記事よりよくないというわけではなく、あきらかに猥褻を意図したソル・ミラーの新聞や『ザ・ブリーズ』紙ほど不潔で非難にあたいするわけでもない。／しかし、モージズ・ハーマンは年をとり、貧しく、彼の味方になってくれる者はほとんどいなかった。彼は、多忙な郵便検査官の容易な標的となり、彼らはすべきことをしなくてはならない。しかし、ハーマンは同情を求めてはいない。彼は、自分が正しいと考え、自己の信念が存続できるなら苦しむことは厭わない。

ウェンディ・マッケルロイは、その著書『十九世紀の個人主義的フェミニズム——論集と伝記的プロフィール』（二〇〇一年）所収の第三章「モージズ・ハーマン——男性フェミニストのパラダイム」をこう書きだしている——「モージズ・ハーマン（一八三〇～一九一〇年）はいわば社会的幻視家で、歴史家たちはしばしば看過している。とはいえ、生前、彼の影響力は巨大なものであったのだが。（また、彼は、フェミニズム史家からも看過される傾向にある。おそらく、彼が男性だったからであろう。）」。そして、バーナード・ショーのハーマンへの反応を、以下のように述べている——

イギリスの劇作家ジョージ・バーナード・ショーは、一九〇五年九月二十六日付『ザ・ニューヨーク・タイムズ』紙への手紙の中で、ハーマンの最後の投獄にふれ、自分が合衆国を訪れない理由を説明している。ショーはこう断言する――「わたしがアメリカにいかない理由は、モージズ・ハーマン氏のように、わたしも投獄……されるのではと思っているからです。……もし、山賊が世論の抗議を受けずに、ハーマンのように年をとった男性を捕え、「結婚は人間の制度でもっとも淫らだ」と『人間と超人』でわたしが述べた意見を持つからといって、一年間、間接的にその男性を殺害することになる条件のもとで投獄できるなら、逃げるどんな機会があるというのだろう」。

ハーマンとショーには、ある知的絆があった。十九世紀の伝統的結婚について、同じ意見であった。つまり、そうした結婚は、女性を奴隷化する法律と習慣に定義されていると信じていた。女性は、それによって、自身の賃金、子どもの保護、夫からの性的攻撃から身を守る法的能力が奪われていた。代わりとして、二人は、「自由恋愛」の結婚をよしとしていた。その結婚では、男女の自由意志からの性的契約に対し、国家の干渉はなかった。

（八九～九〇ページ）

インターネット・サイト「カンサペディア――カンサス歴史協会」(kansapedia (Kansas Historical Society) に「モージズ・ハーマン――自由思想のジャーナリスト、一八三〇～一九一〇年」の解説が掲載されている――

カンサス州史に居場所を占めている十九世紀の改革運動、たとえば、禁酒法、ポピュリズム、婦人参政権などのうちで、もっとも衝撃的なものは、自由思想家ジャーナリスト、モージズ・ハーマンが提唱したものであった。ハーマンは、あらゆる統治と宗教を糾弾しただけでなく、結婚という制度を廃止することで、女性は性的奴隷から解放されるべきと提唱し、改革に新しい次元を付け加えた。複雑な人物であったが、ハーマンは自分のモットーは短いと主張した。彼は、自由、愛と英知、利用される知識を信じていた。彼は、さらに、こうも主張していた。つまり、結婚は自由を破壊し、奴隷制を強制し、愛を殺し、憎しみを具体化し、英知の根深い敵であると。／一八三〇年、ウェスト・ヴァージニア州ペドルトン郡に生まれたモージズ・ハーマンは、ミズリー州でカンサス州以前の日々の大半を送った。職業は教師、三人の子の男やもめであった彼は、一八七九年、カンサス州ジェファーソン郡に引っ越した。その直後、彼は再婚し、不可知論の観点から宗教を議論しはじめた。一八八一年末、ハーマンは四ページの月刊紙『ヴァレー・フォールズ・リベラル』の共同編集者になった。この新聞は、「ヴァレー・フォールズ・リベラル連盟」の機関紙であった。この紙の目的は、論議を喚起し、読者から意見を引きだすことであった。結局、ハーマンは一人だけの編集長となり、一八八三年八月二十四日、名を『ルシファー・ザ・ライトベアラー』に変更した。彼の奇妙な哲学は、独自の日付体系を作るまでになる。それはキリストの誕生からではなく、著名な天文学者であったジョルダーノ・ブルーノの一六〇一年の処刑からはじまっていた。／ハーマンは、たえず、寄稿者の意見に対しては責任がないと主張していたが、自分はそのほとんどを支持すると公に認めていた。一八九〇年、『ルシファー』紙をカンサス州トピカに移し、そこで彼は性的奴隷から女性が解放されるべきとするテーマを詳細に説きつづけた。十年後、ハーマンはこの新聞の名を『ザ・アメリカン・ジャーナル・オヴ・ユージニックス』に変更。ロスアンゼルスでは、より自由な態度が普及していると信じた彼は、一九〇八年再度引っ越し、一九一〇年一月三十日に他界するまで出版をつづけた。／(中略)／ハーマンの死の直後、著名なイングランドの哲人ジョージ・バーナード・ショウが、モージズの娘リリアンにこう手紙を書いた――「あなたの御父上が、七十九年間にわたり、見識ある意見とそれに対する勇気を持った人間にとって、アメリカ合衆国のようなきわめて危険な国で首尾よく生きてこられたのは、まさに、奇跡にほかなりません」。

今日のリトアニアに生まれ、アメリカで活動したアナーキストにしてフェミニストのエマ・ゴールドマン（Emma Goldman, 一八六九〜一九四〇年）は、『わが人生を生きる』（一九三一年）（邦訳『エマ・ゴールドマン自伝』二〇〇五年）で、モージズ・ハーマンについて以下のように言及している――

わたしの産児制限（避妊）の考察も、マーガレット・サンガーの努力も、先駆的な仕事ではなかった。合衆国でその道を示したのは、長老の闘士モージズ・ハーマン、その娘リリアン、エズラ・ヘイウッド、フット博士とその息子E・C・ウォーカー、それから、前の世代の彼らの協力者たちであった。女性解放のもっとも勇敢な提唱者の一人アイダ・クラッドックは、このうえない代償を支払った。カムストックに追い回され、五年間の有罪判決に直面した彼女は、自ら命を絶った。彼女とモージズ・ハーマンのグループは、制限されず母親になるため、つまり子どもがよく生まれる権利のために闘争した、先駆者であり英雄であった。しかし、プライオリティの問題のために、それだけマーガレット・サンガーの仕事の価値が低くなったというわけではない。彼女は、産児制限について女性たちに情報を与えた、最近のアメリカで唯一の女性であり、多年の沈黙ののち、その新聞でこの問題を復活させていたのである。（Emma Goldman, *Living My Life*, vol. 2, Dover Publications, INC, 1970. p.553）

（註・マーガレット・ヒギンズ・サンガー（Margaret Higgins Sanger）（一八七九〜一九六六年）は、アメリカ合衆国の産児制限（受胎調節）活動家で、優生学のある側面における唱道者であり、「アメリカ産児制限連盟」（American Birth Control League、後の Planned Parenthood）の創設者である。子どもをいかにして、何時産むかを、女性自身が決定する権利についてのサンガーの思想は、はじめ、熾烈な反対を受けたが、やがて人びとと法廷の支持を勝ちとっていった。優生学の唱道者としては、それほどの支持を受けてはいないが、産児制限が広くおこなわれるようになる道を切り拓いた功労者である。一九一四年、産児制限の普及を目的とした新聞「女性反逆者」（The Woman Rebel）や不定期刊行物の「産児制限レビュー＆ニュース」（The Birth Control Review and Birth Control News）を刊行。）

さらに、一八九三年に、モージズ・ハーマンと会ったときのことついて、こう述べている――

シカゴ滞在中、もう一つ大事件が起きた。モージズ・ハーマンに会ったことだ。彼は、自由な母親と女性の経済的・性的解放を勇敢に擁護した人だ。彼の名をはじめて知ったのは、『ルシファー』紙を読んでいたからである。それは、彼が発行していた週刊紙であった。彼が耐えた迫害や、トップにアンソニー・コムストックを戴いたアメリカの道徳的官官らに投獄されたことは知っていた。マックスと一緒に、ハーマンを『ルシファー』紙事務所に訪ねた。そこは、娘のリリアンと共有した自宅でもあった。（二一九ページ）

（註・「コムストック」は米国の改革主義者で、節度を欠いていると判断した芸術や文学に道徳的反対運動をおこした。）

その後、エマ・ゴールドマンは、一九〇六年九月二十七日付『ルシファー・ザ・ライトベアラー』紙に「獄舎の編集長への手紙」と題したコラムに、三者連名の一人として励ましの手紙を書いている――

親愛なる受刑者であるあなたが、元受刑者のこのサークルにすぐ加わらんことを。彼らはその名誉ある称号を喜んでいます。われらの仲間の一人が死から復活したのを機会に、あなたにわれわれの衷心からの敬意と愛とを送り、われわれのこころは、自由なる発言を惜しまないネストル（長老）、つまり、幾度も政府の偽善と迫害の犠牲となった者とへと向かいます。われわれの愛が、太陽の光をあなたの悪夢の暗闇へと投げかけんことを。

愛をこめて、

アレックス・バークマン

エマ・ゴールドマン

カール・ノルド

このときハーマンは、「既婚女性の性的健康と権利を扱う手紙を掲載し、わいせつ罪に問われ、結局、一年間の重労働の判決を受け、連邦刑務所（イリノイ州ジョリエット）に収監された」。（*Emma Goldman: A Documentary History of the American Years - Making Speech Free, 1902-1909*, ed. Candace Falk. University of Illinois Press, 2008. p.590.）

＊　＊　＊　＊　＊

第四節・余白①　マッキンレー大統領暗殺事件と「エマ・ゴールドマン」の「アナーキズム」

その後、一九〇九年、合衆国を訪れていたフロイトが、マサチューセッツ州ウスターにあるクラーク大学で講演をし、名誉学位を受けた際に、会場にエマ・ゴールドマンがいたことを記した『ザ・ボストン・イヴニング・トランスクライブ』紙の記事の説明がなされている――「『ザ・ボストン・イヴニング・トランスクリプト』紙は特派員を送った。悪名高い招かざる客エマ・ゴールドマンがいて、彼女を『トランスクリプト』紙は「サタン」と言及していて、たまたま講演旅行でウスターにいたのだ。警察からホールを借りることが禁じられた彼女は、たぶん彼女のお気に入りの話題、つまり、アナーキーと自由恋愛について、支持者の正面の芝生のうえにいる約三百人に話したことだろう」(Hale, 5)（James E. Miller Jr, *T. S. Eliot: The Making of an American Poet 1888–1922* . 2005. p. 56)。これは、エリオットの記したもので、エマ・ゴールドマンに意識があったことがわかる。（この『ザ・ボストン・イヴニング・トランスクリプト』紙といえば、エリオットはその題名の詩を書いている。）

この「悪名高い」というのは、彼女が一九〇一年にマッキンレー大統領暗殺事件に関与したとして、当時の新聞はさまざまに書き立てていた。十三歳のエリオットが住んでいたセントルイスで発行されていた新聞『ザ・セントルイス・リパブリック』紙の一九〇一年九月七日付号では、暗殺実行者が「エマ・ゴールドマン」の影響を受けたとする見出し「暗殺者、自白に署名／エマ・ゴールドマンの著作に影響されアナーキストになったと断言――共謀者はいないとし、三日前に大統領殺害を決めたという」の記事が掲載された――

バッファロー、九月六日――告訴され自白した暗殺者レオン・チョルゴッシュ（Leon Czolgosz）は、フールスキャップ紙六ページに及ぶ自白調書に署名した。それによると、彼はアナーキストで、エマ・ゴールドマンの影響からその団体の熱狂的構成員になったという。彼はゴールドマンの著作を読み、その講演を聴いていたからという。／彼はいかなる仲間もいないとし、三日前に行動を決め、バッファローの行動に使用した拳銃を買ったといっている。／（中略）／彼は、いま、大統領の負傷結果が未決状態で、警察本部に拘留されている。／チョルゴッシュは少しも不安、もしくは、やったことを後悔している様子はない。彼によれば、エマ・ゴールドマンの講演と書き物に注意がひかれ、この国の現在の統治形態がまったくよくないときめるにいたり、大統領殺害により、それを終えることが最善の方途だと考えたという。／狂気の兆候はないが、自らの経歴についてはしゃべりたがらない。自分はアナーキストだといいながら、どの組織の支部に属しているかは明言していない。

一九〇一年九月八日付『ザ・セントルイス・リパブリック』紙の、見出し「アナーキストのチョルゴッシュによる注目すべき詳細な告白」の記事――

『リパブリック』紙特別記事／バッファロー、九月七日――レオン・チョルゴッシュの説明は、警察に対してなされたもので、囚人本人が転記して署名したものであるが、以下の通りである――／「わたしは、ほぼ二十九年前にデトロイトで生まれました。両親はロシア系ポーランド人でした。彼らは四十二年前に当地にきました。わたしは、デトロイトの公立学校で教育を受け、クリーヴランドにいってそこで職につきました。クリーヴランドで社会主義についての本を読み、とても多くの社会主義者にあいました。わたしは、西部では、社会主義者としてかなりよく知られていました。七年間クリーヴランドにいて、シカゴにいき、そこに七ヵ月いて、その後、クリーヴランド郊外にあるニューベリーにいき、ニューベリー針金工場で働きました。／（中略）／……シカゴの新聞で、マッキンレー大統領がバッファローで開催の全米博覧会にいくと読みました。その日、わたしはバッファロー行きの切符を買い、事を起こす決意でここに到着しましたが、一体何をすべきかわかりませんでした。大統領狙撃を思いましたが、計画はねってはいませんでした。／（中略）／火曜日の朝まで、大統領を撃つ決意は定まりませんでした。それはこころの中にありました。わたしにはさけられませんでした。わたしの命がかかっていたら、それを抑えることはできなかったでしょう。火曜日、町には数千の人がいました。大統領の日だと聞きました。（以下、略）

同紙九月九日付に短いコメント記事がでた――「エマ・ゴールドマンのような女性が大統領暗殺をひき起こすことができるので、合衆国の自由な（ただの）発言はたかくつく」。

同日の同紙に、さらに、ゴールドマン自身をめぐる記事が、見出し「エマ・ゴールドマン、セントルイスで連邦警察職員と警官に捜索さる／大統領銃撃に影響されたとチョルゴッシュがいっているアナーキスト教義の提唱者、木曜日、当地に到着したが、土曜日にアパートを立ち退き――シカゴまでの移動手段を得ようとした／彼女の部屋で、刑事が暗号電報帳を発見」で掲載――

エマ・ゴールドマンは、アナーキストの講演家で著述家であり、チョルゴッシュがバッファローで起こしたマッキンレー大統領暗殺の試みに影響を与えたという著書の作者であるが、木曜日の夜、セントルイスに到着した。

彼女は、先週の月曜日、バッファローにいたとされる。／彼女は、大統領が銃撃された当日の金曜日、当地に滞在していた。南十三番街一三五一番に滞在し、そこで土曜日の夜、七時まで一部屋借りていた。警察は、彼女がその晩、その後、シカゴかバッファローに発ったと確信している。／彼女らしき女性が、シカゴ行きの切符注文書を、ユニオン駅向かいのギルダースリーヴ切符売場でその晩早くに買ったが、その後、切符は別人に売られた。／彼女が当地をでたかどうかは別にして、警察と連邦警察職員は万全の体制で彼女逮捕を実施せんとしており、その逮捕命令は政府からでていた。

つづいて、同紙九月十一日付号に、見出し「チョルゴッシュ、エマ・ゴールドマンを巻き込む／彼の再度の自白は大統領警護官によってなされ、大規模な陰謀を含むもの」の記事――

『リパブリック』紙特別記事／ニューヨーク州バッファロー、九月十日――レオン・F・チェルゴシュは警察にこう自白した。つまり、自分の犯した大統領マッキンレーの命にかかわる企ては、陰謀の結果で、そこには彼以外の多くの者が関与していたという。知りうる限り、チェルゴシュは、エマ・ゴールドマンの名以外いかなる名もあげることを拒否していたが、もし、あると思しき書類が発見されれば、陰謀の全貌があきらかになり、その結果、全面的逮捕が可能となって、その後、告訴がなされることだろう。／自白の中で、チェルゴシュは、陰謀の書類証拠を破棄しようとしたことについて語った。時間の余裕がなく、そうしようとしたが焼却できなかったと述べた。／チェルゴシュは、ザ・テンプル・オヴ・ミュージックで大統領とであうのなら、早く並ばなくてはならないとわかっていた。／ノワクズ・ホテルの部屋をでる前に、彼は書類一式をまとめた。すべてをひとまとめに縛った。彼によれば、遠回りに当てもなくこの都市をめぐり、どこだかいえないある地点で、下水溝にでた。／ここに書類を投げ込んだ。警察本部長ブルが、刑事らをその地点へ連れていくように要請したが、彼はそこへいく道がわからないといった。／長官ルートの指示下にある警察は、依然、この自白の詳細の公表を拒んでいるが、今夜、警察本部長ブルの部屋で、『リパブリック』紙特派員はこう知らされた。つまり、もし、自称暗殺者の自白が全面的に公表されたら、組織化されたアナーキズムへの怒りの波が国中で沸きあがり、その結果、深刻な騒動が勃発するだろう、と。／警察と地区検事長は、エマ・ゴールドマンが、シカゴからの送還に抵抗するだろうと踏んでいる。彼女のことばが駆りたてたとされる犯罪の現場に彼女をつれてくるのに、地区検事長がどのような方策をとるかわかっていない。／エマ・ゴールドマンは、国中を旅することで、合衆国の主要なアナーキスト集団のすべてを訪問する機会ができたことが判明するだろう。パターソンとシカゴは、主要な場所であった。

同じく、九月十一日付『ザ・バット・インター・マウンテン』紙（*The Butte Inter Mountain*, (Butte, Mont.)）に、見出し「エマ・ゴールドマン嬢、拘束さる」の記事――

（連合通信）／シカゴ、九月十一日――行政長官プリンディヴィルは、今日、昨日逮捕されたアナーキスト講演者エマ・ゴールドマンの事件で、九月十九日までの延長を認めた。市検事オーウェンは、この囚人が、大統領殺害の陰謀で告発されているので、保釈せずに拘束されることを望むと述べた。／ゴールドマン嬢は弁護士を代理人としていないが、自身で尋問をはじめる覚悟があると断言した。裁判所が延期を認めたとき、彼女は保釈金を積んで自由にさせて欲しいと述べた。

1901年9月11日付『ザ・バット・インター・マウンテン』紙より

同日の『ザ・サンフランシスコ・コール』紙は、大見出し「チェルゴシュ、米国大統領殺害を企てたアナーキスト、殺人目的の襲撃は陰謀の結果と自白し、シカゴで逮捕されたエマ・ゴールドマンは唯一の共犯者」とし、すぐ下の囲み記事欄にこうあった――

アナーキストのチェルゴシュは、先週金曜日、バッファロー博覧会でマッキンレー大統領を銃撃したが、大統領暗殺の企ては陰謀の結果だと自白したものの、昨日シカゴで逮捕された「アナーキーの高位女司祭」エマ・ゴールドマンの名以外の名をあげることは拒否している。

そして、左脇にある見出し「犯罪集団の名をあげる／暗殺者、陰謀に関与した団体について語る／エマ・ゴールドマン、卑劣な陰謀の首謀者として／詳細と名前を記した書類、下水溝に投棄される」の記事は、先述の『ザ・セントルイス・リパブリック』紙の記事と同じものであった。さらに、見出し「犯罪集団の名をあげる／暗殺者、陰謀結社について語る／悪しき陰謀の首謀者はエマ・ゴールドマン／各紙、詳細と下水溝に捨てられた名を報じる」の記事は、先の九月十一日付号『ザ・セントルイス・リパブリック』紙の見出し「チョルゴッシュ、エマ・ゴールドマンを巻き込む／彼の再度の自白は大統領警護官によってなされ、大規模な陰謀を含むもの」の記事と同じである。

1901年9月11日付『ザ・サンフランシスコ・コール』紙より

この一面記事の中央に描かれた絵で注目されるのは、囲み記事にあった「エマ・ゴールドマン、〈アナーキーの高位女司祭〉」(Emma Goldman, the "high priestess of anarchy") という表現が暗示しているように、彼女は「ブラバツキー夫人」に対する「神智学の高位女司祭」という理解枠で捉えられていたことであろう。黒ずくめのドレスを着たゴールドマンとおぼしき女性が、他者に魔術をかけている様子がみられる。また、絵の中央下に「エマ・ゴールドマン嬢、〈アナーキーの高位女司祭〉は、目下、収監中」とのキャプションらしきものがある。また、彼女が逮捕される状況を説明した箇所に、「踏み段に足をかけ馬車に乗りこむとき、彼女は再びエマ・ゴールドマン、「アナーキーの高位女司祭」になった。彼女の信奉者たちは、そのように彼女を呼んできた」とある。

九月十三日付『ザ・セントルイス・リパブリック』紙に短い記事として、こうあった――「エマ・ゴールドマンの裁判への最初の異議は、自分に法の保護を保証してくれる弁護士がいないという申し立てであった。しかし、その法は、彼女と彼女の性に合った者が破棄しようとしたものである」。

九月十五日付『ザ・セントルイス・リパブリック』紙は、見出し「イギリス、アメリカ人の悲痛を共に／大統領暗殺の悲しみのあとに、アナーキズムとアナーキストへの強烈な怒り／ロンドンはアナーキズムの温床だが、当局はその危険の怖れをほとんど持っていない――もっとも安全な保護施設から追放するという危険は冒さないとの判断」で、ロンドンのアナーキスト状況についての記事を掲載――

外電特別通信／ロンドン、九月十四日（版権ザ・ニューヨーク・ヘラルド社）――イギリス国民はマッキンレー大統領襲撃に悲しみと怒りの入り混じった気持ちを経験したが、それと同じ程度に、広範に、今朝、当地に届いた彼の死の知らせに、衷心からの哀悼の意を表している。／アナーキズムを抑えるために、何かすべきという大衆の感情が広く表明されている。しかし、政府は、するよう駆りたてられているように行動するだろうか。あるいは、その動きは、一時的なものにすぎないのだろうか。生命が脅かされたり、奪われたりしたとき、あるいは物凄い激怒が世界を混乱に陥れた、以前の機会にそうなったように。／一つのことがいえるかも知れない――／とはいえ今回は、すべての人が、もし可能なら、アナーキズムを根絶するために何かしなくてはならないと一層熱心であるかにみえる。一人のアナーキストが一人の新聞記者に、先日こう語ったと報じられたからだ――「われわれを根絶するだって、馬鹿どもが。人間は根絶できようが、思想はできない。アナーキーの思想はつねに生きることだろう」。／〈アナーキストの隠れ場所〉／知る人ぞ知るだが、世界中でロンドンほどアナーキストの格好の隠れ場所はない。足しげく通う主たる場所は、レスター・スクエアのソーホー地区にある外国人のカフェーだ。／また、ホワイトチャペルには、主としてロシア系ユダヤ人からなる小さな友愛会もある。そこで彼らは、リベラル・ホールと呼ばれる場所に集まり、計画をねっている。／かの有名な刑事メルヴィル警視正に尋ねれば、ロンドンには、アナーキストに分類できる一万五千人以上がいると教えてくれよう。／彼らは連盟の全構成員というわけではないとはいえ、現在あるような社会の破壊と刷新をめぐる怖ろしい理論に共感する者たちであるが、暴力行為に走るのは極端なグループだけである。

1901年9月15日付『ニューヨーク・トリビューン』紙より

一九〇一年九月十五日付『ニューヨーク・トリビューン』紙に、大見出し「弾丸に毒が塗られていたのか?」、小見出し「マッキンレー大統領の死、胃の壊疽による／打つ手がなかった、と医師団語る／昨日、マッキンレー大統領の死体の検死がおこなわれた。その結果、彼の死は、胃にできた弾丸の傷が原因の壊疽によるもの。大統領の命はいかなる状況にあっても救えなかったろうと、医師団は断言。／医師ワスディンは、チェルゴシュが放った弾丸に毒が塗られていたという見解を強く支持したとされる。弾丸はみつかっていない」の記事が、大統領の肖像写真とともに掲載。

一九〇一年九月十六日付『ザ・セントルイス・リパブリック』紙に、見出し「大統領の死、全国で多くの日曜説教の話題となる／説教台から、合衆国のアナーキズムを根も枝も根絶するよう強力な訴えがなされている――美しい賛辞が殉教した大統領の記憶に捧げられた――彼のキリスト教的性格が手本として勧められる／イリノイ州知事代理、声明をだす」の記事――

リパブリック紙特別記事／イリノイ州、スプリングフィールド、九月十五日――今朝公表された声明で、知事代理W・A・ノースコットは、来週の木曜日を全州の記念行事開催日に指定した。声明はこうである――／「州全体の各市町村当局に、こころから依頼いたします。全市民の協力がえられるように手配し、すべての州部局と州施設で、仕事をやめ、全職員やその他が記念行事に参加するよう指示していただきたい。／「われわれ最愛の主任司令官がその生涯を終え、すべての義務遂行に充分対処し、いまや残るは、わが国民が彼の記憶に最後の賛辞を送ることです。マッキンレーの名は、いま、万世のものとなっています。／ミサが、木曜日午後、スプリングフィールドの全教会でとりおこなわれます。(中略)／リパブリック紙特別記事／ミズリー州クリントン、九月十五日――国家的悲劇が、今日、クリントンの全説教台で語られた。ファースト・メソディスト教会の特別な記念ミサには大勢が参加し、いくつかの友愛組合が一団となっていた。マッキンレー大統領の好みの讃美歌が歌われた。尊師カール氏は、マッキンレー大統領の性格について論じた。この牧師が「エマ・ゴールドマンがチェルゴシュとともに処刑されなければ、この国がその義務を果たしたことにはならないだろう」と表明したとき、厳粛なこの機会にもかかわらず、拍手は抑えることができなかった。

同じ九月十六日付『ザ・セントルイス・リパブリック』紙で、見出し「暗殺者への最初通告は、殺人の起訴となろう」の記事――

ニューヨーク州バッファロー、九月十五日――暗殺者チェルゴシュはマッキンレー大統領が死んだとはまだ知らないし、彼が殺人で認否が問われるまで、おそらく知ることはないだろう。／（中略）／エマ・ゴールドマンについては、状況はかわっていない。彼女の引き渡しを求めるだけの充分な証拠はないと、警察は考えている。

同じ九月十八日付『ザ・セントルイス・リパブリック』紙でに、「エマ・ゴールドマンとその仲間に、この国の大統領を殺害すれば、容赦ない正義に直面しなくてはならないと、きつく教えなくてはならない」という寸評がでた。

一九〇一年九月十九日付『ザ・バトラー・ウィークリー・タイムズ』紙（*The Butler Weekly Times.* (Butler, Mo.)）で、見出し「エマ・ゴールドマン、動じず」の記事――

イリノイ州シカゴ、九月十三日――大統領の免れなかった死を知らせる連合通信特電をみせられたとき、アナーキスト講演者で、目下、ハリソン・ストリート駅に拘留されているエマ・ゴールドマンは、注意深くメガネをなおし、その広報を読み、しばらくの間をおいて、表情をかえることなくこう述べた――「きわめて残念です」。わずかばかりの後悔も同情も、彼女の顔にはまったくあらわれなかった。／彼女は、さらにこう述べた――「もし、それが正当に合法的に実施されても、わたしの立場にどう影響するのかわかりません。わたしに不利な証拠はありません。長官ブルと長官オニールは、証拠がないと認めました。わたしは、証拠なしに拘留されているのです。マッキンレーの死は、もし、有罪判決がくだっても、わたしの禁固期間が長くなるだけでしょう。マッキンレー夫人のために、とても残念に思います。それ以外に、わたしは一切の同情はありません」。

また、『ザ・セントルイス・リパブリック』紙九月二十四日付に、見出し「アナーキストら釈放／シカゴの容疑者、証拠なく赦免される」の記事――

シカゴ、九月二十三日——マッキンレー大統領の暗殺以来、当地で逮捕されていた九人のアナーキストらが、今日、自由を獲得した。そう命じたチェットレイン判事は訴追後に、彼らに不利な法的証拠はないと認めていた。／エマ・ゴールドマンは、この出来事に関与していなかった。治安判事プリンディヴィルの前で、明日、彼女の主張聴取がなされる模様。彼女は、今日、釈放された九人の男性同様、マッキンレー大統領殺害の陰謀で訴追されている。この男性らに関する下級裁判所の裁判は、もちろん、今日の判事チェットレインの法的措置で取り消される。ゴールドマン嬢も自由になることであろう。上級審が男性らの訴訟でおこなった措置を、判事プリンディヴィルが、彼女の訴訟でとることに同意したからである。

さらに、「エマ・ゴールドマンとそのシカゴの仲間が釈放されたことで、現行犯の許可書を持った手と舌とが、ふたたび自由に暗殺計画をたてることができる」の寸評がでた。

一九〇八年六月十九日付『ザ・シャヌート・タイムズ』紙（*The Chanute Times*. (Chanute, Kan.)）に、見出し「アナーキストの女王という、うまい呼び名の女性」の記事——

ニューヨーク——五年以上のあいだ、合衆国の全シークレット・サーヴィスは、郵便当局と二十の市警察隊の援助を受け、一人の小さな女性を黙らせるようにしてきたが、ほとんど役立たなかった。とくに、彼女用の法律が作られ、法の執行を目指し全刑事が訓練されてきた。しかし、スパイ、脅迫、逮捕、あるいは、投獄のどれ一つとして、エマ・ゴールドマンの狂信的活動阻止に役立つものはなかった。『ザ・シンシナティ・インクワイアラー』紙で、ある者が書いているように、彼女は国際的に「アナーキストの女王」として知られている。／マッキンレー大統領の死、外国人支配者の暗殺、ヘンリー・C・フリック殺人未遂やその他多くの類似の非道な行為が、無知な者、憤慨した者、バランスの悪い者へのこの女性が及ぼした影響のせいにされている。しかし、彼女

1908年6月19日付『ザ・シャヌート・タイムズ』紙より

は、いまでも、この自由の国に暴力の種を撒き散らし、大成功を収めているので、連邦、州、市町村当局は大いに怖れ、いま、アナーキーの危険な火を一気に消そうと躍起になって奮闘している。／〈アメリカにやってくる〉／エマ・ゴールドマンは、一八七〇年六月二十七日、ロシアのコヴノで生まれた。この町は、ドイツ国境に近いロシア帝国の西部重要拠点であった。生まれた町で学校に通い、その後、彼女はドイツのケーニヒスベルクに送られ教育を終えた。一八八四年、両親は先にきていたが、エマは姉のヘレンと一緒にアメリカにきて、ニューヨーク州ロチェスターの親類のところに落ち着いた。ここで、彼女は婦人服仕立ての仕事に従事し、成功したとしている。一八八六年、ジョゼフ・カーシュナーと結婚、式は彼女の育った信仰にのっとり、ラビによって執りおこなわれた。しかし、この結婚はうまくいかず、二人はすぐ双方の同意に基づき離婚したが、友人関係でありつづけた。／この頃、エマ・ゴールドマンは、アナーキズムの教えに関心を持ちはじめた。そして、シカゴで爆弾が投げられるという出来事が起こった。全員アナーキストのパーソンズ、スパイズ、エンゲル、フィッシャー、リングが、その咎で絞首刑に処され、エマ・ゴールドマンの人生は一変した。すぐさま、無意識だが、彼女が皮肉を込め「人間の高等な教義」と呼んでいるものについて説きはじめ、以後、多くの苦難にあいながらも、その活動を継続している。／（以下、略）

（註・「コブノ」―一九一七年年までコブノ（Kovno）、以後は「カウナス」と改称。第一次、第二次の両大戦間、リトアニア独立国時代の首都（一九一九～四〇年）で、ポーランド名の「コブノ」で呼ばれることもある。）

＊　＊　＊　＊　＊

第四節・余白②　「コブノ」について、または、〈リトアニア〉の死と再生

一九一五年八月九日付『ニューヨーク・トリビューン』紙で、キャプション「コブノ陥落の影響を示す地図」のついた図が掲載され、見出し「もっとも深刻な大惨事、ロンドン報道機関はコブノ陥落と呼んでいる／（ザ・トリビューン紙への特電）」の記事が掲載――

1915年8月9日付『ニューヨーク・トリビューン』紙より

ロンドン、八月十八日――『ザ・デイリー・ニューズ』紙がこう報じている――／「コブノ陥落は、ロシア軍にこれまで降りかかったもののうち最大の惨事である。ドイツの勝利は二点で重要である。多くの戦利品が獲得されたことは明白であり、ロシアがとうてい手放すわけにはいかない多くの重砲が敵の手に落ちたこともあきらかである。同時に、大隊であったと想定される守備隊の犠牲者が、きわめて多かったのではないかと思われる。／この二点で、コブノの敗北はワルシャワの敗戦よりはるかに深刻であるが、もっとも興味ぶかく重要な問題は、敵がその獲得したものをどのように使うかである。確実だとおぼしきことは、コブノ陥落の直接的結果は、ヴィリニュス、ダウガフピルス（ラトビアの都市）、サンクトペテルブルクに通じる幹線鉄道の占拠であろう」。

一九一五年八月二十八日付『ザ・リッチモンド・パラディアム・アンド・サンテレグラム』紙（*The Richmond Palladium and Sun-Telegram.* (Richmond, Ind.)）に「コブノ」の写真が掲載され、キャプションに「ロシアの都市コブノの景観。砦とともに、ここはドイツ人に占拠された」とあり、以下の解説が付されていた――

この都市を流れる川の向こう岸左に、古いロシアの教会がみえる。これは、全

VIEW IN RUSSIAN CITY OF KOVNO, WHICH WITH ITS FORTS, WAS CAPTURED BY THE GERI

On the left beyond the river which runs through the city may be seen the ancient Russian church, one of the most historic structures of the kind in Russia, if not in all Europe. Note the river boats in front.

On the right is shown the more modern G church of Kovno. The city has, in times of 75,000 population. It was noted chiefly as the of one of Russia's fortresses, believed impregna

KERS ENCOURAGE FEROCIOUS VERMIN

Natives Of Squabbling Hayti Fight Because They Love B

1915年8月28日付『ザ・リッチモンド・パラディアム・アンド・サンテレグラム』紙より

ヨーロッパとはいえなくとも、ロシアでは、この種のきわめて歴史的な建造物の一つである。前面の川船に注意。／右側には、コブノのよりも現代的なドイツの教会がみえる。平和時には、この都市の人口は七万五千であった。ここが注目されるのは、主として、ロシアの要塞の一つの中心地としてで、難攻不落と信じられていた。

一九一五年十一月五日付『エセックス・カウンティ・ヘラルド』紙（*Essex County Herald.* (Guildhall, Vt.)）に、見出し「古代都市ヴィルナ（ヴィリニュス）」の記事——

ヴィルナは、ロシアにおけるテュートン（ドイツ）人の進撃のもっとも重要な目標の一つであった。鉄道と交易と製造業のこの都市をめぐる解説は、ナショナル・ジオグラフィック協会によってなされたものである。／（中略）／〈古く繁栄した都市〉／この都市は古く、そのことは外観からわかる。何故なら、この都市の不規則な平面は、低い丘の間、周囲、そしてそのうえをだらだらと広がっている。丘のうえに建てられたこの都市は、中世の伝統によくあるように方針がない。通りは狭く、とりわけ手入れが行き届いているというわけではない。しかし、充分に繁栄を誇ったらしい雰囲気が全般にある。何故なら、ヴィルナは、大量の商品を黒海とバルチック海に送っているからだ。穀物と木材を手広く扱い、これらの品物は、戦前、大量にドイツ、オランダ、イングランドへ輸出されていた。また、重要な織物と革産業もある。ヴィルナは、タバコ、ニット製品、布、造花、そして、手袋を生産している。／コヴノも同じように拡張してきたが、それは、現世代のロシア人が家内工業を充分に発展させるよう要求したからである。そうすれば、若い国民に現代文明の物質的要素を急いで供給できるからである。……コヴノは十一世紀にその基礎が築かれ、一三八四年から一三九八年にかけては、テュートン（ドイツ）騎士団

Ancient City of Vilna
ROAD BUILDING
The DAIRY

1915年11月5日付『エセックス・カウンティ・ヘラルド』紙より

に占拠されていた。

一九一九年五月二日付『ザ・ブリッジポート・タイムズ・アンド・イヴニング・ファーマー』紙に、見出し「ドイツ兵（フン）、飛行場をその設備と共に盗み売却」の記事——

（タイムズ紙特別通信）／ベルリン、五月二日——飛行場を機械や設備ともども盗んだとして、一人の空軍中尉に普通ではない告訴がなされている。彼はドイツ人ポール・ポーテンで、英雄的業績をあげ鉄十字勲章を受けている。／ポーテンの看守の一人から、わたしは、この元中尉が関与した驚くべき事件の全貌を聞いた。ポーテンは、一人のロシア人飛行士と闘い重傷を負ったあと、これ以上飛行機に乗ることはできないとわかり、ロシアのコヴノにある大飛行場兼飛行学校を任された。この飛行場には、十機のゴータ機が収納されていて、ドイツ軍はこの飛行機で近隣のロシアの都市を爆撃した。いうまでもないが、かなりの数の偵察用高速機も収納されていて、ロシア戦線上空でドイツ軍によって毎日使用されていた。コヴノのこの飛行機、部品、そして設備は、二百五十万ドル以上したといわれている。

一九二一年十二月二十日付『イヴニング・スター』紙の、見出し「コヴノはアメリカのやり方を知っている／「大通り」、いままで以上、野生の西部の町に似ている」の記事——

コヴノ、リトアニア、十二月二日——コヴノの「大通り」は野生のままの西部の町のそれに、いつも、ある程度まで似ていたが、いままで以上にアメリカ化されてきた。リトアニア政府や当地の実業界で顕著な役割を果たしている数十人の者は、アメリカ経験があり、誕生の地に、この国独立以降戻ってきたリトアニア人である。実業家の幾人かは、依然、アメリカ市民権を保持している。より厳密にアメリカ型といえる衣服が、ヨーロッパの他の国よりも顕著にみられる。／〈住民は二百五十万を数える〉／ヴィルナ紛争地域を除き、リトアニアにほぼ二百五十万の住民がいる。そのうち少なくとも十万人は、ある時期に、アメリカにいた経験がある。他方、リトアニアの統計では、リトアニア生まれであったり、両親がリトアニア人のほほ百万人は、目下、合衆国に住んでいる。この国は、もっぱら農業地域といえるので、彼らは大都市に通例集中することはない。しかし、アメリカにいる者の間に多くの炭鉱夫がいて、ペンシルベニア州とイリノイ州の採鉱現場のあちこちに分散している。／もっとも小さなリトアニアの村は、一般的に、英語のできる市民が少なくとも一人いるのを誇りにしている。いろいろな言語も、彼らにはたやすい。それは、アーリア人の全言語の発祥もとである古代サンスクリット語に、現代ではもっとも類似しているからである。とはいえ、彼らの英語は、アメリカ英語である。／リトアニア外交団のザウニアス博士によれば、ほぼ五万ドルが、毎日、合衆国の若者男女からリトアニアに送られているという。／〈経済生活への影響〉／「リトアニアの経済生活で大きな役割を果たしているのは、アメリカ系リトアニア人である。貿易企業、工場、銀行等は、彼らの資金で設立されようとしている。ある一集団が、コヴノ最大の繊維工場の一つを購入したが、それは年間、約一千五百万アーシェン（一ヤードのほぼ四分の三）の布を生産するだろう」と、彼は述べた。／数日前のコヴノの通常の召喚で、通信員は、この町最大の銀行の頭取がペンシルベニア州スクラントンの住人であり、最大の商事会社の支配人と社長の両親がリトアニア人のアメリカ人市民であり、外交副大臣はシカゴの弁護士であったことを知った。／ホテルのボーイがイリノイ州で炭鉱夫の経験があり、当地で最近開設したアメリカ領事館の旅券局は、毎日、帰化しアメリカ旅券を持ったリトアニア系アメリカ人でごった返し、アメリカ市民であることを証明する書類の更新を求めている。

「コブノ」は、リトアニア独立後「カウナス」に変更される。これは、「スミルナ／イズミル」の例と同じである。このようにみてくると、「I　死者の埋葬」の第一連に「ワタシハロシア人ジャナイノ。リトアニア生マレノ生粋《キッスイ》ノドイツ人ナノ」は、「リトアニア」をめぐる支配者の交代劇を示唆したことばであることがわかる。「リトアニア」とあることから、このことばは独立後の状況をいっている。一九一五年八月の「コブノ陥落」以前であれば、「ロシア生まれ」となる。

「リトアニア」復活過程の背後には、合衆国があった。リトアニアの独立に貢献した人びとには、合衆国の市民権を有する者たちが多かった。この経緯について、一九一七年一月三日付『ヒッコリー・デイリー・レコード』紙（*Hickory Daily Record.* [volume] (Hickory, N.C.)）に、見出し「当地リトアニアをめぐるいくつかの事実」の記事がある――

（連合通信）／ロンドン、一月三日――リトアニアは規模と人口でスウェーデンより大きく、ロシア＝ドイツ支配のバルト地域の一地方であるが、戦争のおかげで、その大望が呼び覚まされて、アメリカ流の独立共和国になることを期している。つまり、自身の議会と地方自治を有する独立国で、国家防衛の点だけロシアの帝国的権威にしたがうというものである。／これは連合通信が報じたマーティン・イチャスがまとめた見解であって、その中で、彼は、重要なリトアニアの都市コヴノの代弁者として語り、財政委員会長官の地位にある。イチャス氏は、ここで、最大のリトアニア集団居留地と協議しているが、これは、合衆国でおこなったばかりの似た訪問にならうものである。／イチャス氏はこう語った――「理解すべきことは、リトアニアはポーランドとはまったくちがうということです。とはいえ、一般の人びとは、両者を同じとして扱う習慣があります。ポーランドはワルシャワを中心とした大きな中央の地域ですが、他方、リトアニアとラトビア地方は、バルト海沿岸の広大な北方地区で、リガ、リバウ（リエパーヤ）、ウィンダウ（ヴェンツピルス）の大きな港、そしてヴィルナ、グロドノ、コヴノ、スヴァウキの都市を有し、人口は八百万人を数え、これはヨーロッパの副次的王国のどれよりも多い数です」。／

つづけて、イチャス氏はこう語った――「ポーランドのように、リトアニアもみずからの希望と大望を持っており、議会の仲間と一緒に、原則的に、リトアニアの完全な政治的自立の容認をすでに取り付けています。つまり、カナダとまったく同じ地方自治を意味しており、リトアニアの内閣とリトアニアの議会を有し、帝国議会にリトアニア代表を送り、皇帝が送る総督を戴くものです。とりわけ、合衆国にいるリトアニア人の間では、これ以上に進んだ非公式の希望があります。しかし、公式的には、国家としてのリトアニア復活の第一歩として、自治国家を求めています。議会では、支配的権力である立憲民主党（カデット党）が、リトアニアに原則自治を容認しています。そして、アメリカでは、リトアニアの完全独立とリトアニア＝ラトビア共和国を確保しようとする強力な運動がありました。アメリカのわれわれ地元紙は、独立を強く支持しています。戦争の一つの結果として、この確保のため、彼らは協約同盟国を求めており、イングランドが小国防衛のために戦争に介入したと主張しています。とはいえ、これらは未来への非公式の希望であり、わたしが公式的に想定できることは、ただ、リトアニアの完全自治と地方自治は、ドイツがおこなった侵略支配で認められた原則であったということですが、正常な事態が回復されれば、政府は疑いもなく、議会が原則的にすでに同意した自治を容認することでしょう」。／イチャス氏によれば、ロシアは、近年、リトアニアの政治状況をかなり改善したとのこと。幸い、リトアニア人による土地所有は禁じられていた。報道は禁じられていた。聖書を含め、リトアニア語書籍は禁じられていた。会社所有は禁じられていた。イチャス氏は、これらすべてが変わり、ロシア支配下では、ドイツ侵略時に至るまでは、かなりの自由があったと語っている。第一回と第二回議会に十四人が、第三回と第四回議会に五人の代表がいた。イチャス氏は、さらに、こう付け加えた――「まさに制限のあった旧時代に、あれほど多数のリトアニア人が合衆国にわたったのです。その数は、一九〇九年から戦争が勃発するまでの一年間に、三万人に達し、合衆国全体では、大きな集団居留地に七万人が住んでいました。新聞は三十紙あり、自分たちのクラブ、劇場、社会を持っていました。しかし、アメリカのリトアニア人は、本質的にアメリカ人です。ずっといい社会的・経済的状況を作っていました。つまり、自分らの事業を有し、政治的自由を謳歌し、政治に強力で健全な影響力を行使しています」。／イチャス氏は、最近、旅行中に結婚し、アメリカ系リトアニア人への信頼をみせた。妻は、リトアニア人の指導的時事評論家の一人であり、ペンシルベニア州スクラトン在住のスルパス博士の娘であった。ロンドン滞在中、イチャス夫人は、集まった大勢のリトアニア人に向けて演説をおこなった。

一九一八年三月七日付『ロッキンガム・ポストディスパッチ』紙（*Rockingham Post-Dispatch.* [volume] (Rockingham, N.C.)）を皮切りに、数紙に同じ記事が掲載された。見出し「リトアニア／ロシアのケーニヒスベルクを、新生リトアニア要求」の記事。掲載紙は以下のとおり――三月七日付『ザ・グリーンヴィル・ナーナル』紙、三月九日付『ザ・セイント・メアリー・バナー』紙、三月九日付『ザ・カンサス・シティ・サン』紙、三月十四日付『ザ・トマホーク』紙、三月十五日付『キャロル・カウンティ・ディモクラット』紙、四月十一日付『カトクティン・クラリオン』紙、四月二十六日付『ジ・オークリー・ヘラルド』紙。

ロシアからの独立を宣言したリトアニアは、数百年にわたりポーランドと結びついていた歴史があり、長いことポーランドとゆるやかな統合を維持していた。ポーランド分割の際、そのほとんどはロシアに属した。目下、リトアニアは、コヴノ、ヴィルナ、グロドノ、ヴィテベスク、ミンスク、モギレフ、スワルキ（ここはロシア領ポーランドの一部）のロシア「政府」からなっている。この領土は、いまはほぼ完全にドイツ人に占拠されていて、そこは一九一五年の対ロシア人軍事行動で荒らされた。そうとはいえ、リトアニア人の最盛期には、君主らの支配が今日の境界をはるかに越えて広がり、黒海の沿岸にすら達し、今日のウクライナ、ポーランド、ロシアの他の地区を含む地域を抱えていた。／リトアニアに独立宣言をもたらした者の主張で、とても興味深い点は、極端な形で彼らが、リトアニアのロシアからの分離だけでなく、数世紀前にリトアニアの一部であったドイツ領が新国家に編入されることを期している点である。この地域には、現在、東プロイセン内にあるケーニヒスベルクという重要な都市や、ティルジットなどの都市が含まれている。万一、この地域が新生リトアニアの一部になるなら、そして独立国ポーランドが、以前ポーランドの、いまドイツの海港ダンツィヒを経由し、海に自由に接近できるなら、小さなクサビ形のドイツ領土が帝国の残りの箇所から分離して、ポーランドのダンツィヒとリトアニアのケーニヒスベルクの間に存在することになろう。リトアニア人は、現在、ドイツもしくはロシア支配のケーニヒスベルクやその他の都市に対する主張を、一層強調している。テュートン人やスラヴ人に占拠される前の昔に、それらの都市には、リトアニア語の名がついていたからだとしている。／〈かつての大公国〉／紀元四世紀のリトアニア国民は、バルト海沿岸から黒海にいたる地域に生活していた。この領土には、白系ロシア人とウクライナ人（小ロシア人）がいた。白系ロシア人は、おおよそ、リトアニア人系列にあった。リトアニアから白系ロシアにいくと、すぐに、同じタイプの人、習慣、祭が存在することにかならず気づく。白系ロシアの言語は、二十五パーセントがリトアニア語で、リトアニア人に対する住民の姿勢はとても友好的である。／リトアニア人はインド＝アーリア人で、色白、明るい色の髪、青い眼、背が高く強い特徴がある。彼らは決して、スラブ人やテュートン人と関係していない。紀元前二千年頃、アジアからヨーロッパにわたってきたといわれる。ダニューブ河口近くのバルト海沿いに定住した。次第に、他民族に追いたてられ、ついにはバルト海岸にやってきて、最終的にそこに定住した。ここで、リトアニア人は増え繁栄した。彼らは平和な民で、攻撃されるまでは戦わず、農作業にいそしみ、少数の者は狩猟と漁労にたずさわった。自然環境のため、国全体としては、製造業や商業をおこなうことができなかったが、より大胆な者が、その土地から木材や多様な製品を積み、ローマ人の領土へでかけていった。／（中略）／〈ドイツ人とモンゴル人を破る〉／十三世紀までは、リトアニア人は一族ごとに生活し、その後、民族的危機のため一つにまとまった。リムガウダスがリトアニアの初代大公に選ばれると、彼はすぐに大

1918年3月7日付『ロッキンガム・ポストディスパッチ』紙より

隊を集めた。彼はドイツ人を破り、モンゴル人の西進をとめた。同様に、彼はロシア人を破り、リトアニア領土をかなりふやした。／二代大公ミンダウガスは有能な管理者であって、その仕事を成功裡につづけた。ゲディミナスは次の著名な大公で、ローマ教皇やドイツ騎士団とのやりとりからわかるように、巧みな外交手腕があった。彼はリトアニア大公国を安定した基盤にすえ、ロシア人、テュートン人、そしてとりわけタタール人を征服し、降りかかった最大の危機、つまり、モンゴル人の侵略と占領からヨーロッパ救済の役割をはたした。この頃のリトアニアは、バルト海から黒海に至たる領土を誇った。ゲディミナスの死後、二人の息子アルギルダスとケーストゥティスが支配し、テュートン人とスラヴ人と戦闘を繰りひろげた。／一五六九年、一種のポーランド＝リトアニア政府が採用された。そのときですら、リトアニアは独立を保持していた。ポーランドの三分割で、リトアニアの主要地区がロシアに、それより小さい地区がドイツに併合された。かくして、リトアニアは世界地図から消滅した。

一九一九年四月二十七日付『ニューヨーク・トリビューン』紙に、見出し「新生リトアニアでは、有権者全員が投票」の記事――

ドリス・E・フライシュマン記／女性問題がなく、女性解放主義や参政権が今日の問題ではなく、女性の問題もまた、男性の問題でもある一つの国が、今日の世界にある。／この国はリトアニアだ。充分な知識のない者にとって、リトアニアはバルト海に接する国ありで、その民主主義はギリシャより古く、全ヨーロッパの小国の中でいちばん抑圧されている。多年にわたる服従のあと、突然、自身の舌をみつけ、再度、独立した国になる願望

All the Voters Vote in New Lithuania

1919年4月27日付『ニューヨーク・トリビューン』紙より

を声にした。今度の戦争によって、その民族の大望に焦点があった。／〈女性も新たな自由のすべてを享受〉／彼らは、本質的に民主的な民族、バルト海沿岸に住む男女である。彼らはスラヴ人でもテュートン人でもなく、彼らが今日有する文化、文化生活、習慣は、彼らが何世紀にもわたり伝えてきた独自の古典的言語と同じで、とりわけ彼ら自身のものである。彼らは、つねに、スラヴ人から抑圧を受け、ドイツ鉄十字の最初の大敵であった。今度の世界大戦のおかげで、再度自己を主張する機会にめぐまれた。彼らは、新たに民主主義にたどりついた者として世界に向かっている。その存在全体に、大きく民主主義と書かれている。そして、女性たちも、ブレスト＝リトフスク条約と共に、リトアニアにもたらされた新たな自由にあずかっている。まったく自然に、しかも当然のように、彼女らは政治的・市民的問題で先頭にたった。ちょうど、それは、彼女らが戦争で救済活動の前面にたち、戦線にいて男と一緒に戦いすらしたのと同じである。／リトアニアは、いまにも国家にならんとして気をもんでいるが、女性の政治的・知的存在が、国家的に承認され建国される最初の国家になるだろう。憲法は、男女が共に書いた最初のものとなろう。／リトアニアは、〈創造者である女性〉によって創造された最初の国家となろう。

一九一九年八月一日付『ニューヨーク・トリビューン』紙に、見出し「ヘンリー・フォード、エマ・ゴールドマンにたとえられている／『シカゴ・トリビューン』紙の弁護士、原告とアナーキストの感情が同一であることを示そうとする／ダニング教授の証言／承認された政府がないので、メキシコにはアナーキズムはないという」の記事が掲載された。

一九二二年三月二十四日付『ザ・イヴニング・ワールド』紙で、以下の宣伝広告が掲載された――

ボルシェビズム崩壊！／エマ・ゴールドマンによる十回連載のすぐれた論文／このアナーキストは、高い希望を抱きロシア入りしたが、二年間、共産主義国家の圧政に支配され、幻滅し真理に目覚め出現したばかり。／連載は三月二十六日土曜日からはじまり、毎日『ザ・ワールド』紙に掲載予定。

アラン・アンティフは、その著書『アナーキスト・モダニズム――芸術、政治、そして最初のアメリカのアヴァンギャルド』(Allan Antliff, *Anarchist Modernism: Art, Politics, and the First American Avant-Garde*. 2001) で、「エマ・ゴールドマン」を以下のように位置づけている――

アメリカでアナーキスト的共産主義を唱えた主たる者は、エマ・ゴールドマン、彼女の生涯の友アレキサンダー・バークマン、メキシコ人アナーキストのリカルド・フローレス・マゴン、そして、一九〇一年から一九一九年にかけて合衆国に住んでいたイタリア人活動家ルイージ・ガレアーニであった。ゴールドマンは、アメリカのもっとも著名なアナーキストであった。彼女は国内を横断旅行し、ホールを一杯にした数千人に自らの教えを広めた。一九一九年、彼女とバークマンはロシアに追放され、流浪の身でそれぞれの余生を過ごした。……ゴールドマンとバークマンは、二つの新聞を出版した。二人でだした『マザー・アース（大地母神）』とバークマン一人が編集した『ザ・ブラースト（爆破）』である。（四ページ）

アナーキズム的論争の書『自我とそれ自身』（一八四五年）の作者シュティルナーと、一連の国際的評価のある著書で、キリスト教以後の時代にとって個人主義的な生の新哲学がどのようなものとなるか、そのあらましを述べたニーチェは、また、きわめて影響力のあった人物である。もっとも、ニーチェはアナーキストではなかったが。たとえば、『自我とそれ自身』の英語初版は、一九〇七年にタッカーによって出版された。タッカーは自身の雑誌『リバティ』で、シュティルナーの見解を飽くことなく世に広めようとした。バークマンの『ブラースト』とゴールドマンの『母なる大地』は、クロポトキンのようなアナーキストの著作とならび、シュティルナーとニーチェの著作を宣伝した。（七ページ）

第五節　フランス帝国の滅亡と同時代の「ユージェニー／ウジェニー」言説
――「ロンドン」で「フランス語」を話す「ウジェニー」

『荒地』とディケンズの小説『我らが共通の友』との関係は、本書第Ⅰ部第一章ですでに指摘した。とりわけ、「ユージェニディーズ」(Eugenides) の名の一部が、「ユージーン・レイバーン」(Eugene Wrayburn) として登場していることは、そこで示唆した。

この「ユージーン」で、同時代の新聞で代表的なものをあげるなら、フランス皇帝ナポレオン三世の皇后「ウジェニー・ド・モンティジョ」(Eugénie de Montijo, 1826 - 1920) になろう。ちなみに、ウジェニーは一九二〇年七月に他界、享年九十四歳であった。この元「フランス」皇后は、一八七〇年以降「ロンドン」に私邸を持ち、死後、ロンドンに埋葬された。「スミルナ」商人「ユージェニディーズ」は、仕事先の「ロンドン」で「俗語まじり」の「フランス」語を話した。

この「ウジェニー」にとてもよく似た境遇の女性で、この名を持っていた者がいた。本書第Ⅲ部第二章であつかった、オーストリア＝ハンガリー帝国皇后エリザベートその人である。正式の名は「エリーザベト・アマーリエ・オイゲーニエ・フォン・ヴィッテルスバッハ」であり、ここにある「オイゲーニエ」が「ウジェニー」に相当する。この

1914年8月21日付『ザ・デイ・ブック』紙より

二人が「似た境遇」だとしたのは、大帝国の「皇后」であったこともさることながら、二人とも「息子」を早くに亡くし、そのため精神的苦悩を負ったからである。エリザベートは、一八八九年一月、息子ルドルフ二世の自殺（他殺説もある）を経験し、ウジェニーの方は、後述のように、息子ルイ・ナポレオンがアフリカで殺害された。ズールー戦争従軍中、一八七九年六月一日に、ズールー族の襲撃を受けてのことである。この二組の母と息子の関係は、「ウェヌス／アプロディーテ」と「アドーニス」／「ヒポクリトゥス」の関係に類似しているだろう。

皇后ウジェニーがロンドンに私邸をかまえた一八七〇年、フランス皇帝ナポレオン三世はプロシャに戦争をしかけた。周知のように、普仏戦争はフランス第二帝政期の一八七〇年七月十九日に起こり、一八七一年五月十日までつづいたフランスとプロイセン王国間の戦争である。一九一四年八月二十一日付『ザ・デイ・ブック』紙に、見出し「一人の兵士を戦場で殺すのに、二万ドル以上かかる」と絵のキャプション「一八七〇～一八七一年の普仏戦争で戦場墓地の古い版画から。十六人の男性と二人の士官が、ここに埋葬されている」の記事があった。

一八七〇年七月十三日付『ザ・カーソン・デイリー・アピール』紙（*The Carson Daily Appeal.* (Carson City, Nev.)）に、以下の記事が掲載された――

ナポレオンはプロシャに対してと、レオポルド王子がスペイン王位に選ばれると取りざたされていることに対し、ひどく用心深い。皇帝はこの問題を推し進め、王子が静まるのを許されるなら、ナポレオン自身がプロシャを脅し、彼の条件を飲ませたとみえるようにする意向である。さらに、彼は、むしろプロシャと一戦交えたいと思っている。彼は、依然、ライン州にご執心で、これまで思わしくないビスマルクとの交渉に、決して満足してはいない。もし、差しだされた王位をレオポルトが受けるなら、戦争は必定。さらに、その栄誉を断っても、プロシャに、フランスと太刀打ちするよう仕向けることは決して不可能ではない。ナポレオンは、彼の仇敵との戦争をあきらかに喜んでおこない、もっとも都合のよい原因をとらえ、戦端を開く口実にすることだろう。

一八七〇年七月二十日付『ザ・イヴニング・テレグラフ』紙（*The Evening Telegraph*. (Philadelphia [Pa.])）に、見出し「ヨーロッパの戦争／ナポレオン公／彼が演ずる役割／「プロン＝プロン」の経歴／フランス紙の見解／ポーランドにとってのチャンス／戦役開始の状況／ヴェストファーレ州／等々」の第一面全体に及ぶ記事が掲載された。

一八七〇年七月二十一日付『ザ・リンカーン・カウンティ・ヘラルド』紙（*The Lincoln County Herald*. (Troy, Lincoln County, Mo.)）に、見出し「ヨーロッパの戦雲／雷鳴、ライン川沿いで轟く」の、まさしくヨーロッパの地政学的な記事――

フランスは実際に宣戦布告をし、プロシャはその挑戦を受けた。両大国の軍隊はすでに対峙しており、十七日付の特電は、ドイツ人とフランス人の戦闘を報じている。この戦闘で、ドイツ人三千人、フランス人二千人の死者がでた。戦闘はライン川の支流の一つモゼル川にあるボルバックで起こった。／フランス側の戦争をする口実は、先週述べたように、ドイツ侯爵レオポルト・フォン・ホーエンツォレルンが、スペイン国王側につく可能性のあったことで、彼はプロシャの貴族一家の者であったことから、プロシャが彼を支持している。スペイン人はこの状況を容認しているといわれる。フランスは、ドイツ人側のそうした無遠慮が充分な戦争理由だと宣言している。これが悶着の真の原因だと信じる者は、ほとんどいない――口実にすぎない。／スペインはフランスの南西に位置し、プロシャ＝ドイツ連邦はフランスの北東と東にある。プロシャの支配家族とほぼ同類の者をスペインの王位につけることで、スペインは連邦と同盟をむすぶことになり、フランスは、二つの同類の大国、しかも敵対関係にある国の間にはさまれることになる。そうなると、必然的に、フランスの防衛は切り崩される。ナポレオンはこの局面を好まず、たぶん、フランスのすぐ北に位置するベルギーと、二つのいがみ合う大国を分ける自然の、また、現実の境界線をなしているライン川のフランス側、つまり西側にあるプロシャ諸州を占有することを望み宣戦布告したのだ。われわれアメリカ人がいうように、地理的には、フランスとライン川の北にあり、しかもその間にある諸州はこの帝国のものである。だから、皇帝が、誰もが望むこれら諸州の征服を目指していることは、容易に察しがつく。とはいえ、言語的にも心情的にも、住民は、フランス人よりドイツ人だといわれる。／この戦争がいわゆるヨーロッパに及ぼす影響について、もちろん、ここでいおうとしているわけではない。しかし、多くの有力紙が、ヨーロッパの大国のすべて、もしくは、ほとんどを巻き込む戦いが起きると予測している。他には、かかる期間は短く、はっきりしているとするものもある。これらは推測である。一つだけ確かなことがある――戦争が宣告され、軍隊が戦場にあり、プロシャ国王ヴィルヘルム（King William）と皇帝ナポレオンが前線にたつとされ、勇敢な戦闘と多量の流血が予想される。

一八七二年三月一日付『ザ・カイロ・デイリー・ビュルティン』紙（*The Cairo Daily Bulletin.* (Cairo, Ill.)）に以下の短い記事が掲載された――

報じられているところによると、元フランス皇太子が、今夏、合衆国を訪れる予定で、おそらく、王子ナポレオンが同行するようだ。彼は、いま、十六歳で、五ヵ国語を流暢に話すといわれる。女帝ウジェニーは、スペイン旅行をまとめているところで、それはテオフィル・ゴーティエ（Théophile Gautier）が編集する予定。

皇帝ナポレオン三世は、一月八日、亡命先のイングランドで死去した。一月十五日付『ザ・リンカーン・カウンティ・ヘラルド』紙（*The Lincoln County Herald.* (Troy, Lincoln County, Mo.)）に短い記事がでた――「ナポレオン三世の死／亡命していたフランスの皇帝ルイ・ナポレオンが、今月八日、イングランドのチゼルバーストで死去した。遺体はフランスに移送できるまで、チゼルバーストに埋葬されるだろう」。

一八七九年六月二十六日付『ヘレナ・ウィークリー・ヘラルド』紙（*Helena Weekly Herald.* [volume] (Helena, Mont.)）にやはり短い記事がでた――「ロンドン、六月二十二日――パリ通信員が、もし、ジェローム＝ナポレオン（Jérôme Bonaparte）侯か彼の息子かが王位を熱望すれば、一人、もしくは二人のフランス追放が提案されるということを耳にした。／元皇后ウジェニーは、ずっとよくなった。彼女は、祭壇がしつらえられ、故侯爵が陣取っている部屋でのミサに今朝出席した。〔ヴィクトリア〕女王が、明日、彼女を訪問の予定。ロンドンのローマ・カトリック教会では、今日、侯爵の魂の冥福を祈り、祈りがささげられた」。

一八七九年七月四日付『ルイストン・テラー』紙（*Lewiston Teller.* (Lewiston, North Idaho)）に、見出し「皇太子の死／ナポレオンの後継者、南アフリカでズールー族に殺害さる」の記事――

> 『ジ・オレゴニアン』紙への特電／ロンドン、六月十九日――六月三日付のマデイラ経由でケープ・タウンから届いた特報によれば、フランス皇太子ルイ・ナポレオンが、他の士官にともなわれ、コロネル・ウッド野営地を偵察のためにでた。一行が野原で馬を降りたそのとき、敵が忍び寄り、皇太子を襲い彼を殺した。遺体は回収された。／彼の死の知らせに、町中がふさぎ込み、半旗がひるがえっていた。／『タイムズ』紙通信員は、今月二日にイテテツィ丘（Itetezi hill）から記事を書き、こう述べている――皇太子の遺体が丈の高い草原で発見された。弾の傷はなく、十七ヵ所の刺し傷があった。遺体は裸にされ、衣服は持ち去られていた。

一八八〇年一月十五日付『ヘレナ・ウィークリー・ヘラルド』紙（*Helena Weekly Herald.* [volume] (Helena, Mont.)）に、見出し「ウジェニーの航海」の短い記事がでた――「ウジェニーは蒸気船会社に、三月二十六日に喜望峰岬に向け、蒸気船ジャーマンにわずかの随行員と一緒に乗船すると通知した。元皇后が、六月一日、そして記念式典までに皇太子の死の現場に到着できるよう、迅速な航海の手はずがととのえられる模様」。

一八八五年一月十五日付『ザ・ウォーペトン・タイムズ』紙（*The Wahpeton Times.* (Wahpeton, Richland County, Dakota [N.D.])）に、見出し「皇后ウジェニーの状態」の記事がでた――

元皇后ウジェニーについて、『ロンドン・トゥルース』紙はこう報じている――彼女の昔の快活さは死に去った。もしそうでなければ、彼女はそれを意のままに操ろうとするだろう。何故なら、彼女は、命と意識が残っているかぎり、皇帝統治期の最高の誤りであったと嘆くもう一つ別の出来事が、性急な自分の性質のためだとしているからである。彼女には、自分がせきたてられ犯した判断の誤りを認める高潔さがある。そして、その誤りは悲惨な結末をともない、彼女の家族や、驚くほどの運命の気まぐれで彼女が支配者となった国家にも、影響を及ぼした。依然、この皇后は独り言をいい、また、しばしば、考えていることについてすばやく語る。彼女はいかなる精神的緊張にも、宗教的儀式でなければほとんど耐えられず、音楽、刺繍、編み物、縫物の気晴らしがない。そうした気晴らしによって、マリー・アメリーは、クレアモントの住まいの退屈さをまぎらわすことができた。病弱のため彼女は、思うだけ歩けない。完全にファーンボロで、過去に、そして去っていった皇帝の栄光や星回りの悪い息子を思い出させるものの中で生きている。ちなみに、息子については、悲嘆の発作もでることがなく、いまは話すことができる。内なる女性は苦しみにさいなまれ、外なる女性は衰えている。しかし、彼女は、美しいとの名声、王位、さらに（外面的には）ヨーロッパでもっとも華やかな宮廷を所有していたときより、おそらく、もっと興味深くなっているだろう。

（註・「マリー・アメリー」はフランス王ルイ・フィリップの王妃）

一八九〇年五月二十日付『ロック・アイランド・デイリー・アーガス』紙に、見出し「不運なウジェニー」の見出しの短い記事がでた――「ロンドン、五月二十日――ヴィースバーデンからのニュースによれば、元皇后ウジェニーはピエールフォン伯爵夫人の名のもと、きっぱり引退してそこに生活しているが、ひどいリュウマチを患っているとのこと。その病いは温泉効果も、熟練の医療も効き目がない。かつて美しかったウジェニーは、最近、六十四歳の誕生日を迎えたばかりで、心身共に完全に破綻している」。

一八九五年八月二十四日付『イヴニング・スター』紙に、見出し「女王のウジェニーへの礼儀」の記事――「ロンドン、八月二十四日――皇后ウジェニーは、目下、バーンボラにいるが、来週の水曜日にアバゲルディ城に出発し、五週間そこに滞在予定である。女王が、アバゲルディをこの元皇后に、滞在したいだけ自由に使用してもらうようにしたのである」。

一八九六年十一月二十二日付『ザ・セイント・ポール・グローブ』紙（*The Saint Paul Globe.* (St. Paul, Minn.)）に、見出し「ウジェニーの財産」の記事が掲載――

フランスの元皇后ウジェニーは、最近、いくつか宝石を売却し、彼女が困窮した財政状態にあるという知らせが、各紙で流された。しかし、彼女は飢えることはないだろう。ナポレオン三世は、わずかだがきちんとした貯蓄を残している。彼の「蓄え」は一億万ドル以上にのぼり、アメリカ、ロシア、プロシャ、イギリスの保証証券に投資されている。アメリカ鉄道とスエズ運河の株。彼の財産の一セントも、フランスの証券には投資されてはいない。この元皇后が売却した宝石はとても豪勢なものなので、身に付けても仰々しすぎないのは王族だけである。それに対し宝石商が支払った四十万ドルは、利子を生む金の残りのものに加えられた。

一九〇六年九月三十日付『ザ・パシフィック・コマーシャル・アドヴァータイザー』紙（*The Pacific Commercial*

Advertiser. (Honolulu, Hawaiian Islands) に、見出し「ウジェニー、年を取りやつれ、人生の終わりに近づく／皇后ウジェニーの絵は、ずっと以前に、彼女が王位にあったとき描かれた有名な絵より」の記事――

> ウィーン、オーストリア、八月二十五日――「死もまぢかですので、再度、陛下にお目にかかる機会が頂戴できましたらと存じます。これまで陛下がわたしにお示しになられたご親切に、感謝ができましたらと願っています」。／オーストリア皇帝に宛てられたこの書簡は、元皇后ウジェニーの経歴、つまりスコットランド女王メアリー、不運なフランス女王マリー・アントワネットに似た経歴の最後を予告するものである。／「現代のシンデレラのロマンス」、そうこの元皇后の人生が繰り返し呼ばれたが、それは栄光の光輪にはじまり、嵐の夜のように深く暗い悲しみで終わる。／今日の彼女は、以前の彼女の陰にすぎない。青ざめ年老いた女性となり、弱って杖にもたれ、過去の記憶に生き、失意のこころの慰めを信仰と祈りにみいだしている。

一九〇八年九月十九日付『イヴニング・スター』紙に、見出し「フランス皇后ウジェニー、衰えがみえる／フランス人の愛しき皇后であった女性の最後の日々――彼女の回想録と訴訟――彼女が現代のファッションについて語ること――シース・ガウン対クリノリンスカート――世界の流行を作った頭に秘された帝国の謎――彼女の死がそれをあかすか」の記事――

> パリ、一九〇八年九月七日／彼女は衰えている。／この秋、ファーンボロからケイプ・マーティンへの旅で、彼女はいつもの仕事と訴訟のためにパリに立ち寄ることはなかった。／誰が？　黒ずくめの老婦人で、かつては世界のファッション・リーダーであった者。／彼女の仕事だって？　帝国の謎

1906年9月30日付『ザ・パシフィック・コマーシャル・アドヴァータイザー』紙より

だ。パリの国立図書館の個室で仕事をしている二人のアメリカ人が、かつて誤って彼女のいる部屋に入った。彼女は、整然とした本と原稿の山の机にすわっていた。また、再度、二人は杖をついてあるく彼女にであった。そして、彼女のうしろにいる男性に、リューマチの愚痴をこぼしていた。（以下、略）

この記事のしたに、見出し「トルコ女性、数世紀にわたる隠居から復帰し、改革の闘争で役割を担っている」の記事があった。これとの対比から、前記記事のウジェニーの迎えた終末が、際立ってみえる。以下、写真脇にある囲みの説明部分――

新生トルコの勃興にからんで起こった展開でもっとも驚いたことは、スルタン王国の女性が役割を担っていることだ――彼女らはハーレムからでた――ヴェールを顔から剥ぎとった。かつては、外すと死を意味したのに――男性と完全に平等になり、政府運営に参加を要求している――目覚めた国家は彼女らの蜂起を歓迎し、著名なイスラム教司祭が援助に駆けつけ、『コーラン』のいかなる戒律も、ヴェール着用を強制していないと確言。

EUGENIE, EMPRESS OF THE FRENCH, IS FAILING

WOMEN OF TURKEY, ISSUING FROM RETIREMENT OF CENTURIES, ARE TAKING PART IN BATTLE FOR REFORM

1908年9月19日付『イヴニング・スター』紙より

一九〇九年五月二十三日付『イヴニング・スター』紙に、見出し「次期国王誕生の謎」で「F・カンリフ＝オーウェン」の書いた記事が掲載された――

次期国王誕生にかかわる謎は、旧世界で君臨した家系年代記にみる大量のロマンスの大きな部分をなしている。幼いアストゥリアス女公が一九〇七年に誕生した際、王家の敵が広めるかも知れない中傷を阻止するため、マドリードで採択された憲法上の予防措置のすべてを覚えている者にとって、以下の話は驚きであろう。／閣僚や国務大臣が、スペイン、イングランド、また、他のヨーロッパの君主国に国の代表として王族誕生の席に列席する。その際、控えているのが、あいだの扉をあけた隣室であったり、その王家女性の部屋そのものであったりすると、偽りという疑いの余地は一切いないと確実に思えるだろう。しかし、歴史上、古今、出生の正当性が疑いの的にされなかった王子や君主はほとんどいない。そして、後者に基づく話は、どのように根も葉もないものでも、あるいは、納得いくように否定しても、いつも疑わしいという印象を民衆に残し、その犠牲者の地位に影響するよう作られているものだ。非の打ち所のないもっとも純粋な女性すらを出しにした中傷と、まったく同じである。／（中略）／〈ナポレオン三世とウジェニーをめぐる疑惑〉／同様に、故国王ジェローム・ボナパルトと息子ナポレオン・ジェローム侯、つまり、以前の合衆国法務長官の叔父は、ナポレオン三世には血統にボナパルトの血が一滴もなく、王妃オルタンス（・ド・ボアルネ）とオランダ人提督との子だと、もっとも声高に主張した者の一人であった。その主張の根拠は、王妃オルタンス自身の夫、オランダ国王ルイ・ボナパルトがおこなった断言であり、彼自分が親でないことを公にせんとしたが、兄の大皇帝ナポレオンの有無をいわせぬ命令だけで阻まれた。これを示す証拠がある。皇帝は、その子が年長の息子ではないので、王家の利害にかかわらないと指摘したのである。／もし、ナポレオン三世の親に疑念があるとしても、一層大きな謎が皇后ウジェニーの出生にあり、今日までこう信じている人は多い。つまり、老モンティホ女伯の子ではなく、実際は、故スペイン王妃クリスティーナの娘であり、したがって、故女王イサベル二世の異母妹であると。この物語を支持する事柄がたくさんある。何故なら、『ゴータ年鑑』はウジェニーの誕生を一八二六年五月とし、姉の故アルバ公爵夫人のそれを一八二五年一月としているのだが、スペインの公式記録によれば、二人の父であるアルバ侯は、一八二三年十一月三十日に他界したといわれているからである。

一九〇九年九月四日付『イヴニング・スター』紙に、見出し「ウジェニー、五十年後に恋物語を語る／ヴィクトリア女王に語られる——ウジェニーと女官ら——ナポレオン三世が、美しいスペイン女性を皇后にした経緯——ロマンティックな求愛の詳細が、ついにあかるみに」の記事——

『ゴータ年鑑　1826年版』表紙

『ザ・スター』紙特別通信／パリ、一九〇九年八月二十七日——青ざめた、やさしい、弱った老婦人がこの物語を、新生児の揺り籠の脇にいる若々しく美しい王妃に語った。／スペインのビクトリア・エウヘニア（ヴィクトリア・ユージェニー・オブ・バッテンバーグ）は、トレド近郊の山中にあるラ・グランハ宮殿で淑女らに取り囲まれ、もう一人が語る遠い過去の幸運の話にやさしく耳を傾けていた。／控えている淑女らは息を殺して聞き耳をたて、禁じる者がいないので、物語は世界を駆けめぐっている。／彼女らは、病後療養中の者が暇つぶしをするのが、単なる思い出以上のことになるとわかっていた。このか弱い老婦人はビクトリア・エウヘニアの代母以上の存在であり、五十年にわたり胸に収めていたこうした詳細を語るとき、彼女は紛争の五十年にわたる世界史を語った。／八十三歳となり人生の境にある彼女は、フランス人の若くて利発な皇后であったその人、つまり、ウジェニーに他ならなかった。／物語は、ナポレオン三世の求愛のものであった。

一九一〇年五月二十八日付『イヴニング・スター』紙に、見出し「老齢の皇后ウジェニー、中傷者らを許す」で、写真の解説「美、権力、ファッションの元皇后、証拠を焼き、キリスト教の説く放棄により訴訟をやめる——ひどい中傷を受けた大ロマンスの人の最後」のある記事。ちなみに、記事の最後のことば「わたしは死んだ過去の者です。死んだ過去にその死者を埋葬させなさい」は、『荒地』「I　死者の埋葬」を想起させる——

パリ、一九一〇年五月十二日。／若い女性の中でもっとも幸運で美しかった者、婦人の中でもっとも利発で権力を持っていた者が、社会に対し自身の受けた厖大な不幸を許す。／大ロマンスの人・ウジェニーは、かつてフランス人の皇后であり、ファッションの権威であったが、年をとり、よろめき、まさに死にかけている。／彼女は世界でもっとも中傷された女性であった。／みる影もない彼女であるのに、パリの各紙は、いまでも、帝国の古参兵に彼女の名で宛てられた回覧の手紙を掲載したばかりだ。それは、一人ひとりにお金を約束していた。ただし、共和制に軽蔑を、ボナパルト家へ献身的愛を表明すれば、との条件つきであった――「この相続人は、想像以上に早くそれが必要となろう」。／それは共和主義が用いた選挙用裏技で、有権者を完全に獲得するためであり、五十年間、フランス人はそのような話をウジェニーに負わせてきた。彼らは、大富豪の彼女がサン＝ルのボナパルト家の墓を無視しているとか、パリの息子の記念碑を朽ちるに任せていると非難した。彼らは、彼女が夫を過失で毒殺し、若い皇子から奪うようにという遺書を破棄したと非難した。四十年間、彼女は普仏戦争の反感に耐えた。美と権力のある間、彼女は不貞を犯したと非難された。黙って、すべてにウジェニーは耐えた。しかし、世間は彼女が証拠を集めていることを知っていた。それは彼女の有名な回想録で、フランチェスキーニ・ピエトリの確かな手に残され、死後出版を予定していたのだ。／〈偏見のない世代が判断するだろう〉／そして、いま、回想録は出版されない模様だ。外電が、最近、ピエトリの書信を世界中に伝えた。それは形だけのものだ。彼女の書かれたとされるものは、まことしやかなものとなろう。／しかし、書信で述べられていないことがある。ウジェニーが、キリスト教の説く放棄という崇高な行為で、その回想録を焼却したということである。世界でもっとも中傷された女性が、すべての人を許している。／（中略）／彼女はすべてを放棄した。／彼女は、もはや、法廷が与えてくれたものを受け取ろうとはしない。／彼女は、しきりに、自身のことを説明したがっている。しかし、彼女は黙している。／回想録は存在した。彼女自身をめぐる膨大な研究があり、国立図書館には専門家た

Romances Near to Thrones
Napoleon III and Eugenie
By STERLING HEILIG

1911年9月9日付『ザ・ファーミントン・タイムズ』紙より

AGED EMPRESS EUGENIE FORGIVES HER SLANDERERS

Pulpit and Pew

1910年5月28日付『イヴニング・スター』紙より

ちがいることは、充分よく知られている。彼女は、宿敵が書いた古い手紙の大きな束を買い占めすらした。／彼女は、自らの嫌疑を晴らすことができた。証拠はそろっていた。／しかし、回想録がでることはないだろう。ピエトリを介し、彼女は世界に、自分は何も書いていない、何の準備もしていない、いかなることも伝えていない、自分の名で回想録を書いたり出版したりするよう人に依頼してはいないと通知した。彼女が書いたと称する回想録は、いかなるものも偽造されたものとなろう。／「わたしは死んだ過去の者です。死んだ過去にその死者を埋葬させなさい」と、ウジェニーは語っている。／ウジェニーは許している。／スターリング・ヘイリッグ。

一九一一年九月九日付『ザ・ファーミントン・タイムズ』紙（*The Farmington Times.* (Farmington, St. Francois County, Mo.)）に、見出し「王位に近いロマンス／ナポレオン三世とウジェニー」のスターリング・ヘイリッグの記事——

国王の恋といえば、ただちに貴賤結婚が思われる。／アメリカでは、この語が、王族のよくある情事を上品にいうのに誤用されてきたが、それは実際に存在し、純粋にドイツの系図学的法のまさにその用語であり、王族に属さない妻をその地位にあげることをしない法的拘束力のある結婚を意味している。／さて、偽りの貴賤結婚が想像しうるもっとも安易なことで、本当のものは不利だが、まったく可能なら、幼い女公を高い地位にすえ、皇后として脇におく皇帝を、われわれはどうして充分称賛するだろうか。王家間の同盟がひどく求められ、それ自体新しく、新たに座った不安定な王位を加える。家族の反対、世の笑い、政治家の軽蔑、さらに、熱心な支持者の離反を加える。そして、愛する者を国民から完全に不人気な外国人にすれば、ウジェニーを愛する際にナポレオン三世がとった英雄的行為の要素が出揃うだろう。／コフェチュア王以来、このように愛した国王はほとんどいない。／献身的な愛を欠く数多くの王家の恋愛の中で、それは星のごとく輝いている。／それは、マドリードのジプシーからはじまる。ウジェニーの母は未亡人で、女王の女官であったが、プラザ・デル・アンジェロの自宅で生活をしていた。（以下、略）

（註・「コフェチュア王」は、伝説のアフリカの王で、女嫌いだったが乞食娘と結婚。）

こうした「ウジェーヌ」にかかわる「貴賤結婚」の言説の流れに加担するかのように、一九一二年十二月五日付『ザ・タコマ・タイムズ』紙（*The Tacoma Times.* (Tacoma, Wash.)）に、見出し「ギリシャ皇帝の末裔、コンスタンティノープル支配権を主張」の記事が掲載された。なお、同一の記事が、十二月九日付『ザ・デイ・ブック』紙と一九一三年四月十二日付『ザ・ワシントン・ヘラルド』紙にも掲載されている——

1912年12月5日付『ザ・タコマ・タイムズ』紙より

ロンドンのウェスト・ケンジントンに住む女公エウゲニー（ユージェニー）・パレオロガは、トルコのスルタン、ブルガリア皇帝、あるいはヨーロッパの連合強国より、自分にはコンスタンティノープル支配のより正統な権利があると述

THE STORY OF THE LAST EMPRESS OF THE FRENCH

1913年5月4日付『ザ・サン』紙より

べている。何故なら、彼女は昔のビザンツ帝国皇帝らの直系であるからだ。彼らは、コンスタンティノープルを首都とした東方の大帝国を支配し、一四五三年、トルコ人によって皇帝コンスタンティノス・パレオロゴスが倒された。／女公は、最後のコンスタンティノス以降の子孫であることをあかす文書を所有し、バルカン諸国がトルコ人をヨーロッパから駆逐した出来事によって、祖先の王位が自分に戻されるとを期待している。

一九一三年五月四日付『ザ・サン』紙に、以下の見出しの記事が掲載された——

フランス人の最後の皇后の物語／彼女が王位に就いたこと、そして、三十四年前の皇太子の死により野心の最後の廃墟／以下の記事で、ポール・M・ポッターは、「フランス人最後の皇后」の絵を生きいきとことばで描いている。白髪となり、悲しげな眼をしたウジェーヌは、いま、八十七歳となり、リヴィエラのカップ・マルタンの自宅に閉じこもっているが、自身の悲劇的生涯の最終幕にあって、幕が下りるのを待っている。

一九一四年二月八日付『ザ・サン』紙で、見出し「ジェセフィーヌの記憶へのウジェニーの贈り物／フランス最後の皇后、マルメゾン城にあるナポレオンの歩道を不動産投資家から救い、元初代皇后を賛辞するものとして国に寄贈——「小さな王子」記念像、撤去の模様」の記事——

古木が並ぶ大通りは、まさに一つの建物に通じている。そこでナポレオンは、閣僚、秘書官、そして、副官らと執務をおこない、ジョセフィーヌは芝生で接待をしていた。これらの樹の下を、この〈運命の人〉は頭をたれ、

1914年2月8日付『ザ・サン』紙より

マルメゾン城

両手を背後にまわし、一人ゆったりと歩んでいたものだ。／マルメゾン城は、もっともロマンティックなパリの巡礼地になりつつある。ナポレオンの運の星であったジョセフィーヌは、マルメゾン城と共に称えられている。パリから六マイルのところにあるこの郊外の邸宅は、ジョセフィーヌの博物館となっている。だから、ウジェニーは、敬虔な目的から関心を高めたいと願っている。／全フランスはウジェニーの購入に悦び、彼女はそれを国家への贈り物にして、その〈歩道〉が建築用地に分割されるのを阻止することだろう。／マルメゾン城の所有地が、約十年前に同じような運命に脅かされたとき、オシリス氏が城と売買に付されたものだけを購入し、国家に寄贈している。そのときから、ジョセフィーヌは記念碑を持っていた。パリにでかける者すべてが、そこを訪れることだろう。つまり、彼女が住んでいたままにした家で、家具や遺品が納められている。

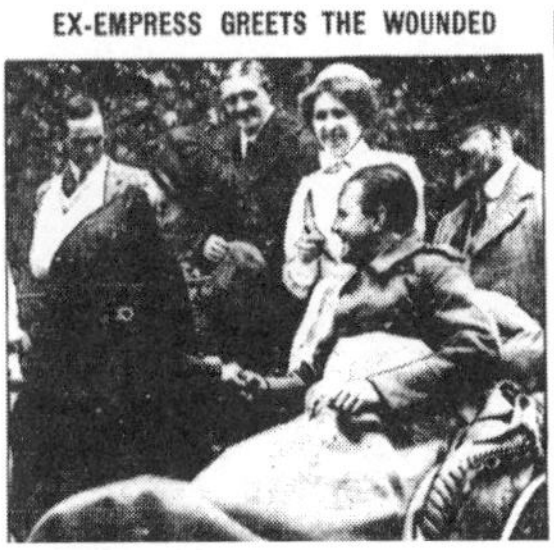

1914年12月10日付『ザ・トゥクムカリ・ニューズ・アンド・トゥクムカリ・タイムズ』紙より

一九一四年十二月十日付『ザ・トゥクムカリ・ニューズ・アンド・トゥクムカリ・タイムズ』紙（*The Tucumcari News and Tucumcari Times*. (Tucumcari, N.M.)）に、多数の写真が掲載され、その一枚に以下の説明が付されていた――「ナポレオン三世の未亡人、元皇后ウジェニーが、イギリスの負傷兵の一人と挨拶を交わしているところ。兵士らは、イングランドのチズルハーストにある彼女の美しい家に、傷の治療のため運ばれてきた。ウジェニーは、自宅を軍の病院に作り替えていた」。

一九一六年三月十二日付『イヴニング・スター』紙に、見出し「かつてフランス皇后であったウジェニー、今度の五月で九十歳を迎える」の記事――

『ザ・スター』紙特別記事／パリ、一九一六年二月二十九日／元皇后ウジェニーは、この五月で九十歳を迎える。百歳に向かっている。二つの素晴らしい願いを持った女性の物語が、くっついてはなれない。ウジェニーは、ジプシーの物語を完結するだろうか。四十六年間、彼女はヨーロッパでもっとも不幸な女性であった。／わたしは、一八二九年のマドリードのジプシーからはじめる。／十三歳のウジェニーはお転婆娘であった。手すりを滑り降りる彼女は、強く滑りすぎて玄関の扉の防虫スクリーンに激突し、倒れて死んだようになった。通りかかったジプシー女性が、少女の頭を膝にのせ、正気づかせた。／彼女は、走ってきた驚いた顔の母親に、「大丈夫。娘さん、百歳まで生きますよ」と語った。／つづけて、「娘さんは戦闘の夜、野外の空のもとで生まれましたね」といった。／（中略）／スダンの知らせが、九月二日の夜、パリ中に広まった。ウジェニーは内閣協議会を開催し、翌朝、馬に乗り、華やかな護衛と共に立法府に出向くことが同意された。彼女が「王家の墓堀人」として迎えたエミール・ド・ジラルダンすら、真剣な面持ちで彼女にこう語った――／「陛下が人びとの間を馬に乗って勇敢におでましになれば、陛下はまだ彼らの熱狂と傾倒を当てにすることができます」。／ウジェニーは、馬に乗って姿をみせようときめた。／乗馬服を選ぶように、彼女は命じた。すべて黒で、極端に簡素なものでなくてはならず、左胸のうえに、レジオンドヌール勲章の赤いリボンをただピンでとめるだけのものとなろう。／しばしば、もっともとるに足りない原因が、もっとも深刻な結果を生む。女性は、あることをなすために身づくろいをするとき、きまってうまくやりとげるものだ。それ故、帝国最後の望みであったものの悲劇は、黒衣と共に期待しなくてはならない。／信じられないことだが、不運にも、それはみつけることができなかった。それはあったのだが、消えてしまっていた――「疑いもなく盗まれて」。コンピエーニュとフォンテーヌブローには別のものがあった。暗緑色の乗馬服はみつかった。重い金色の組みひもがついたもので、帝国の鹿狩り用の衣裳であった。／「それではだめ、だめ」と、ウジェニーはすすり泣いた。／気の毒に、二つの素晴らしい願いを持った女性よ！／スターリング・ヘイリッグ。

（註・「スダン」は、フランス北東部、ムーズ川に臨む都市で、普仏戦争の際、ナポレオン三世が惨敗し捕えられた地。）

一九一七年六月三日付『ザ・ワシントン・ヘラルド』紙に、見出し「ウジェニーのアイルランド人の血」の記事――

かつて玉座に坐したヨーロッパでもっとも高齢の人物はウジェニーで、元フランス皇后のナポレオン三世未亡人である。彼女は一八七〇年以来、イングランドに私邸を作った。一般に知られていない一つのことは、この元皇后にアイルランド人の血が流れていることである。彼女はカスティーリャ・ラ・ビエハ県の総司令官であったモンティホ伯爵の次女であった。彼はクローゼンバーン出身のマリア・マヌエラ・キルクパトリックと結婚したが、この母は、アイルランド最初の王の子孫だと主張していた。ウジェニーの教育はマドリードからはじまり、トゥールーズ、ブリストル、ロンドン、ベルファストで継続され、最後はブリュッセルであった。この地で彼女は、一八四六年に、母と共に、今日もまだ建っているモネ劇場（Place de la Monnaie）にある家に住んだ。彼女は皇帝ナポレオン三世と結婚した。一八五三年一月三十日のこと。一八七〇年の戦争は「彼女の戦争」であり、彼女は、ナポレオン三世を駆りたて戦争させたことを自慢していたとされる。スダンでフランス軍が不名誉な敗退を喫した知らせがパリに届き、共和制が宣言されたとき、ウジェニーは、アメリカ人歯科医の保護のもと、馬車でパリを逃れた。

一九一九年十二月十四日付『ニューヨーク・トリビューン』紙に、見出し「ウジェニー、かつて自らが支配していた庭園を散策する／〈スペイン女性〉、過ぎ去った栄光の現場を再訪」のフレッド・B・ピトニーによる記事――

> 皇后が王冠を失うより、国家が領土を失うことの方がつらいことだろうか。復讐は、個人にとってより、国家にとって楽しいことだろうか。復讐は、九十三歳になって重要だろうか。国民はつらい経験によって懲らしめられ、学ぶことができる。フランスはこのことを証明してみせた。皇后はどうであろうか？／九十三歳になった元フランス皇后ウジェニーは杖をつき歩いているが、チュイルリー庭園を散策し、かつて彼女の指示で設計された花壇から萎れた秋の花を摘んでいる。五十年前、彼女の愚行により、フランスはアルザス＝ロレーヌを失い、彼女は王冠を失った。フランスは彼女の復讐をドイツに対しおこない、フランスの復讐はウジェニーのそれである。フランスの勝利の喜びは、有頂天そのものであった。ウジェニーは一人の女官にともなわれ、チュイルリー庭園を散策している。彼女は誰にも語らない。誰も彼女の思いを知らない。／第二帝政の栄光が、メキシコで起こったマクシミリアンの災難ののち陰りはじめたとき、フランス国民は「スペイン婦人」と彼女を呼んだ。彼女の宮廷の高貴な婦人らは、彼女を背後で、「手段を選ばず地位や金をねらうスペイン女」と呼ばずにはおかなかった。「にわか作りの君主」といういい方は、「神権」で支配者となった者が、ウジェニーとその夫の皇帝に対し使ったもっとも思いやりのあることばであった。／今日、彼女は年老いて謎の人物になっている。とてつもなく裕福で、なかば忘れられたという以上の状態にある彼女は、遠く過ぎ去った栄光と勝利の現場を人知れず彷徨している。／〈彼女の議論された素性〉／今日、彼

Eugenie Wanders in Gardens Where Once She Reigned

"The Spanish Woman" Is Revisiting the Scenes of Her Departed Glory

France and the Former Empress Are Both Revenged by the Downfall of Germany

1919年12月14日付『ニューヨーク・トリビューン』紙より

女の素性をめぐる事実すら論議の対象となり、一つの伝説ができあがっている。王家の血についた疑わしいシミを、彼女のせいにするもの。一八六二年五月五日は、彼女の公式の誕生日であり、生地はグラナダであるが、この伝説によれば、父親は彼女が公式に誕生する三年前に死んだことになり、彼女の出生地はスペインではなくイタリアとなる。一方、母親はブルボン王家の者であり、マラガのスコットランド人の酒屋店主の娘ではない。伝説が、誕生の作り話からはじまったのは、彼女の経歴の驚異的ロマンスとあいまっているだろう。

一九二〇年六月十一日付『ザ・ノース・プラット・セミウィークリー・トリビューン』紙（*The North Platte Semi-Weekly Tribune.* (North Platte, Neb.)）に、多数の写真とともに掲載されたウジェニーの写真の解説にこうあった――「わが国に届いたばかりの写真は、セルビアにいるスペイン女王陛下の特別許可を受けて撮影されたもの。元皇后ウジェニーとスペイン女王が、アルバ公爵の城の庭園にいるところ。公爵は、五月五日に九十五歳の誕生日を祝った元皇后ウジェニーの甥にあたる」。

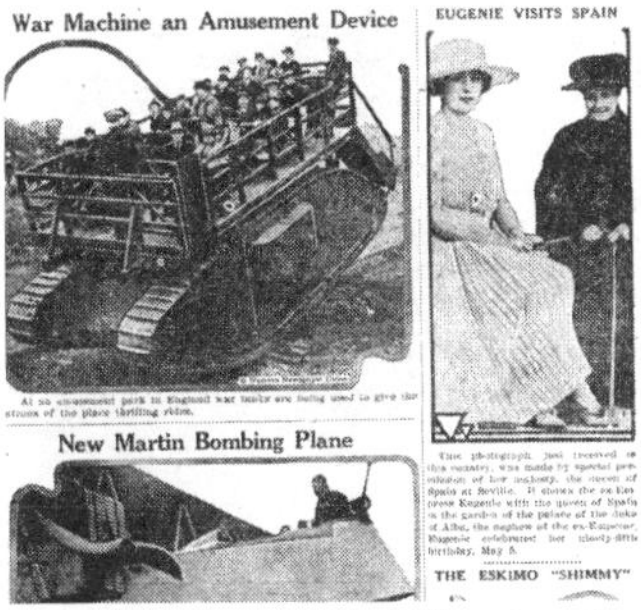

1920年6月11日付『ザ・ノース・プラット・セミウィークリー・トリビューン』紙より

一九二〇年七月十二日付『イヴニング・パブリック・レジャー』紙（*Evening Public Ledger.* (Philadelphia [Pa.])）に、見出し「皇后ウジェニー、九十四歳で逝去」／十九世紀の悲劇的人物でナポレオン三世の妻、預言を実現／フランスが弁済されたのを目にした」の記事――

連合通信／マドリード、七月十二日――ナポレオン三世の妻、元フランス皇后ウジェニーが、昨日朝、当地にて他界した。数え年で九十五歳であった。／死因は急性腸内感染。元皇后は侍女しかいないところで、静かに逝

EMPRESS EUGENIE DIES AT AGE OF 94

Widow of Napoleon III, Tragic Figure of 19th Century, Realized Prophecy

SAW FRANCE REDEEMED

1920年7月12日付『イヴニング・パブリック・レジャー』紙より

去した。甥のアルバ公爵の邸宅で他界したが、当の主人はフランスにあって、家族の他の者も留守だった。／元皇后の具合が悪くなったのは、わずか死の数時間前のこと。土曜日の朝は、格別に元気であった。お昼には、食事を楽しみ、チキンといくらかのハムを口にした。／（中略）／遺体はイングランドへ移送するため、今日、防腐処理が施された。ウジェニーは、イングランドのファーンズバラに埋葬予定。葬列者の一行は、水曜日にスペインを発つことになろう。

おわりに――「ユージーン」と阿片

一九二一年九月二十八日付『グランド・フォークス・ヘラルド』紙（*Grand Forks Herald*. (Grand Forks, N.D.)）の、見出し「マイノットにある阿片のたまり場へ猛攻撃開始」の記事。これと同じ記事が、見出し「阿片窟、警察の手入れでマイノットにみつかる」で、九月二十九日付『ザ・ビスマーク・トリビューン』紙（*The Bismarck Tribune*. (Bismarck, N.D.)）にも掲載された――

マイノット、九月二十八日――ミノット警察は連邦警察職員と協力し、ミノットにある阿片のたまり場への猛攻撃を開始した。昨日、黒人のユージーン・パークスとその妻ハットル・パークスが逮捕され、自宅が捜索された。阿片がみつかり、これから連邦警察の告訴を受ける模様。（以下、略）

「第二回　国際優生学会議」は、一九二一年九月二十五～二十七日に開催されたが、「優生学《ユージェニクス》」の語の一部「ユージーン」を名にする者が、会議終了の翌日に「阿片」で逮捕されるとは皮肉としかいいようがない。以下の第Ⅳ部第四章で示唆するように、「スミルナ」の商人「ユージェニディーズ」がポケット一杯に持っている「カラント（乾し葡萄）」は、ひょっとすると阿片と関係があるのかも知れない。

そして、「ウジェニー」は、『荒地』のエピグラムに示唆されている、小さく萎んで瓶の中に住み、最後は「声」だけになる「クーマエ」の「シビュラ」なのかも知れない――「わたし、死にたいの」。

第四章　〈スミルナ〉産〈カラント〉、そして〈阿片〉

第一節　〈レーズン〉と〈乾燥イチジク〉に押された〈カラント〉

スミルナの商人は「乾葡萄」、つまり「ロンドンまでのシフ」であり「一覧表手形書類」を持っているという。この「乾葡萄」は「レーズン」（raisin）ではなく、あえて「カラン」（currant）だとされている。エリオットのこの選択は、どのような意味を持っているのだろうか。ちなみに、クリストファー・リックス＆ジム・マッキュー共編『T・S・エリオットの詩（第Ⅰ巻　収録・未収録詩）』は、「ＯＥＤにあるように、レヴァントから輸入される乾葡萄」としているだけである。

「カラント」は、語源的にはフランス語の〈コリント産ブドウ〉（raisin de Corinthe）を意味し、「スミルナ」と連鎖すると、当時、「スミルナ産カラント」（Smyrna currant）という呼び名があったほど、この地の製品は有名であったらしい。たとえば、一七九〇年代のイギリスで出版された料理本、ウィリアム・オーガスタス・ヘンダーソン著『主婦の料理指南書』（William Augustus Henderson, *The Housekeeper's Instructor*）は、一八〇〇年までに十版を重ね、スープ、肉料理などのレシピだけでなく、肉や魚を切り分ける方法が図解入りで収録され、新鮮な肉を見分ける方法、一年を通した家庭菜園の運営法などについても書かれていた。そのレシピの一つに、「スミルナ産カラントで作る上等なワイン」（An excellent Wine from Smyrna Currants）がある。レシピは以下のとおり――

一ガロンの水に、二ポンド三クォーターのブラウン・シュガー、そして一ポンド半のスミルナ産カラントを入れる。この砂糖水を三十分沸騰させ、卵白で清澄にする。さめたところで、そこへいくらかの生の酵母を入れて、桶に入れ七、八日間ねかせ、一日一回攪拌する。カラントをみじん切り用ナイフで少し刻み、それを樽に入れ、そこにワインをかける。少量のワインで溶かしたアイシンググラス（チョウザメなどの浮袋から採ったゼラチン）を準備し、それを樽に入れ、六ないし八週間、毎日、攪拌してからそれを密封する。約九ヵ月たつと、ビン詰できる状態になる。（三〇七〜八ページ）

そして、アメリカ紙における〈スミルナ産カラント〉言説は、たとえば、一八四二年六月二十日付『ザ・ニューヨーク・ヘラルド』紙に、見出し「書籍とその他の商品、ハンブルクで消失」の記事にこうある。「ハンブルクからの手紙によると、火事で焼失した図書館の数は十一ヵ所で、そのうち六ヵ所は公立の施設であった」としたあと、「同手紙によると、焼失した商品の量は推定以下のとおり」として、「スミルナ産カラント、千トン」をあげている。

また、一八五五年四月十二日付『ザ・エヴァンズヴィル・デイリー・ジャーナル』紙（*The Evansville Daily Journal.* (Evansville, Ia. [i.e. Ind.])）にも、広告「果実――二十ケース、スミルナ産カラント」がでている。

ところが、一八七一年九月九日付『ザ・パシフィック・コマーシャル・アドヴァイザー』紙（*The Pacific Commercial Advertiser.* (Honolulu, Hawaiian Islands)）には、「スミルナ産カラント」はみあたらず、「スミルナ」と結びついてでてくるのは「イチジク」である。「ガラス瓶入りスミルナ産イチジク」（Smyrna Figs in glass）とあり、そのとなりには「ガラス瓶入りザンテ産カラント」（Zante Currants in glass）となっている。「ザンテ」とは、「ザキントス島／ザンテ島」のことで、ギリシャ西岸沖の島でイオニア諸島の最南端にある。

この変化は、気配として、すでに、一八四六年十二月十八日付『ウィルミントン・ジャーナル』紙（*Wilmington Journal.* (Wilmington, N.C.)）の広告から感じられる。見出し「ただいま入荷、パーシー・J・D・ジョーンズ、ハワー

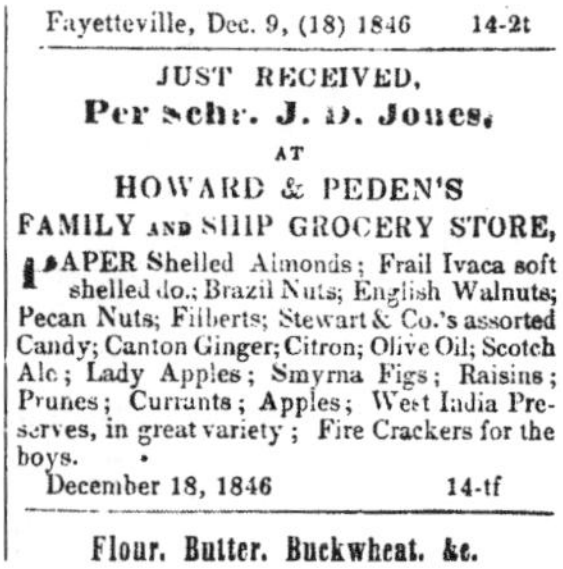
Fayetteville, Dec. 9, (18) 1846　14-2t

JUST RECEIVED,
Per schr. J. D. Jones,
AT
HOWARD & PEDEN'S
FAMILY AND SHIP GROCERY STORE,
PAPER Shelled Almonds; Frail Ivaca soft shelled do.; Brazil Nuts; English Walnuts; Pecan Nuts; Filberts; Stewart & Co.'s assorted Candy; Canton Ginger; Citron; Olive Oil; Scotch Ale; Lady Apples; Smyrna Figs; Raisins; Prunes; Currants; Apples; West India Preserves, in great variety; Fire Crackers for the boys.
December 18, 1846　14-tf

Flour. Butter. Buckwheat. &c.

1846年12月18日付『ウィルミントン・ジャーナル』紙より

ド&ピーデンの家族と船舶野菜店にて」の広告が以下のようにあった――「殻のもろいアーモンド／もろいイヴァカ産殻の柔らかなアーモンド／ブラジル産ナッツ、イングランド産クルミ／ペカン・クルミ／フィルバート／ステュアート社製詰め合わせキャンディー／カントン（広東）産ショウガ／シトロンの実／オリーヴ油／スコットランド産エール／レディ・アップル／スミルナ産イチジク／プルーン／カラント／リンゴ／色々な西インド砂糖漬け／男の子用花火」。このように、「カラント」が「スミルナ」から遠のいているのである。

これは、スミルナが、「カラント」生産をやめたことを意味してはいないのだろうが、他の地域がその生産を増やし、輸出拡大をはじめたと考えることもできる。たとえば、一八九〇年にでたグスタヴス・A・エイゼン（Gustavus A. Eisen）著『レーズン産業――レーズン・ブドウ、その歴史、耕作、乾燥をめぐる実用論』（*The Raisin Industry: A Practical Treatise on the Raisin Grapes, Their History, Culture and Curing*, 1890）に、このような記述がある――

スミルナのレーズン／スミルナの地域――その広がりと気候。スミルナ港は乾燥イチジクで有名だが、それに劣らず名高いのが大量のレーズンと多様な種類の乾したブドウで、それは、その港から世界各地へ船で送られる。スミルナ産イチジクはスミルナ産レーズンより知られているが、後者は、断然、もっとも重要な産業である。たとえば、一八八〇年から一八八一年にかけて、スミルナから輸出された乾燥ブドウ産出高は、四百六十万二千三百八十八ドルに及ぶ。他方、イチジクの産出高は、百六十四万六千九百九十八ドルを越えないか、前者より約三百万ドル下回る。当時以降、レーズン貿易は一段と増大し、ついには、今日、十万トンのレーズンと乾燥ブドウの量に達している。スミルナから約三十～六十マイル離れた内陸の谷でしか栽培されていないイチジクとちがい、レーズンにされるブドウは、この町のすぐ近くで栽培されている。しかし、スミルナ産レー

ザンテ産カラント

スミルナ産イチジク

ズンを輸出する広大な地域は、いくつかの地域にわけることができる。レーズンの質や熟す時期等、各地域にはそれなりの特色がある。その地域は、チェシメ（Chesme）、ヴォウラ（Vourla）、イェルリ（Yerly）、カラブルマ（Carabouma）。こうした地域で栽培されているブドウの主要品種は、サルタナという種無しの大きな房を持つものである。（三〇～三一ページ）

一八四一年の『ザ・サタデー・マガジン』誌（*The Saturday Magazine*. v.19, 1841）に、見出し「カラントとレーズンの商業史Ｉ」の記事が掲載されている。「〈クリスマス・プディング〉の中に入れる二種類の果実が、異なった種類のブドウで、輸出前に乾燥させたものに他ならないことは、おそらく、一般には知られていないだろう」とし、その果実「カラントとプラム」（currants and plums）は選択がよくない名で、同名の「有名な種類の生鮮果実がイングランドで栽培され、この似た名の乾燥果実とは大いにことなる」とし、「カラント」の名の経緯を次のように説明している。イングランドの聖職者で旅行作家のサー・ジョージ・ウィーラー（Sir George Wheler, 1650–1723）が紹介してからのことだ。

乾燥カラントは、ザキントス島／ザンテ島やその他のイオニア諸島、同様に、ギリシャ南部地域で栽培されているブドウの種である。一六〇〇年前にギリシャを旅行したサー・ジョージ・ウィーラーは、その栽培と準備の仕方を正確に記した最初であろう。彼によれば、その名は、都市コリントから借りてきたもので、そこではこのブドウが最初に栽培され、その都市の名からラテン語名「ウヴァ・コリンティアカイ」（コリントのブドウ）が得られ、

その後、「カラント」に変化したという。（一〇三ページ）

この第一部に「スミルナ」はでてこないが、第二部のこの記事のつづきに登場してくる。第一部では「カラント」について説明したので、ここでは「一般にレーズンとプラムとして知られているもの」を扱うという——

レーズンには多くの種類があり、いろいろなブドウの種から生産される。（中略）たとえば、スミルナ、ヴァレンシア、マラガなど、名は生産地にちなんでつけられている。（中略）／もっとも素晴らしいレーズンは、すでに述べたように、スペイン産のものであるが、次に品質のよいのは、小アジアの西海岸にある大変異なる地域、つまり、スミルナのものである。スミルナにある商社の代理店によると、レーズンとイチジクからなる乾燥果実は、多かれ少なかれ全スルミナの注目するところであり、シーズン中は大いに関心が高まり、大いに活気がみなぎるという。（一三一～二ページ）

このように、すでにこの時期、スルミナでは、「カラント」から「レーズンとイチジク」に生産の関心が移っていたと思われる。

では、何故、エリオットは「スミルナの商人」に「ポケット一杯の乾葡萄《カラント》」を持たせたのだろうか。たとえば、「スミルナ産イチジク」でもよかっただろうに。そう考えると、「スミルナの商人」は「時代遅れ」の人物のようにみえてくるだろう。最近の資料、ジョージ・シモンズ・ボールガー著『植物の利用』(George Simonds Boulger, *The Uses of Plants*, 2014) に、以下のような説明がある——

「レーズン」は乾燥果実で、スペイン産の「ヴァレンシア」や「マラガス」、スミルナ産の「スルタナス」がある

The Hartford Courant

POLICE BELIEVE ARCHER HOME FOR AGED A MURDER FACTORY
MRS. ARCHER - GILLIGAN ACCUSED OF MURDER OF INMATE
AUTOPSY SHOWS TWO WHO DIED WERE KILLED BY POISON

U.S. ACCEPTS GERMAN PROMISE; NO CONDITION TO BE CONSIDERED

MAY BE 20 WHO HAVE BEEN POISONED

LINER CYMRIC SINKING; REPORTED AS TORPEDOED; CARRIED NO PASSENGERS

1916年5月9日付『ザ・ハートフォード・クーラント』紙より

が、後者はそもそも種無しである。われわれ（イギリス人）は、多様な種類を約二万トン輸入している。「カラント」は、それよりも小さい種無しのもの（変種に corinthiaca）を乾燥させたもので、もともとコリントで栽培されていたので、その名に「パトラス」「ザンテ」「イサカ」などがついた。この果実を、われわれは重量でレーズンの二倍輸入している。（五二ページ）

この記述からは、「カラント」から連想される「種無し」が注目されよう。第Ⅳ部第三章で紹介した「優生学」とつながっていることがわかる。そして、先に示唆したように、「スミルナの商人」「ユージェニディーズ」が「同性愛者」なら、子を産む可能性はないわけだ。

この「スミルナの商人」が持っていた「カラント」（currant）は、“courante / courant”と綴られた歴史がある。前者は「クーラント」（仏語：courante）、または「コッレンテ」（伊語：corrente）に通じ、「後期ルネサンスからバロック時代の三拍子の舞曲の一種」を指している。さらに、「新聞」をも意味した。その典型は、一七六四年創刊の『ザ・ハートフォード・クーラント』紙（the Hartford Courant）である。ちなみに、この新聞の「カラント」はフランス語からとられた。

第二節 〈スミルナ〉産〈阿片〉

さらに、スミルナは「カラント」「イチジク」「レーズン」とならんで、「阿片」を輸出していた。フィリップ・マンセルは、著書『レヴァント——地中海の栄華と大惨事』（*Levant:Splendour and Catastrophe on the Mediterranean* [2010,

2011])で、以下のように述べている――

スミルナの伝統的交易は、イチジク、レーズン、綿であったが、そこに阿片が加わっていた。消費は阿片戦争(一八三九～四二年、一八五六～六〇年)後に急成長した。この戦争はイギリスがはじめたもので、中国政府に強制して、イギリス商人が中国人に直接阿片を売ることができるようにするためであった。ベーカー・ブラザーズ社は、「阿片、果実、一般生産物商、スミルナ、トルコ」と自己宣伝した。ヴァン・レネップス社のようなスミルナのオランダ商人は、阿片をインドネシアのオランダ植民地へ直接輸出していた。スミルナの町は阿片交易熱が荒れ狂っていた。「会社や市場だけでなく街頭でも、コーヒー・ハウスでも。……女性や女中ですら、それに手をだしていた」と、あるオランダ人住民が報告していた。しかし、ヨーロッパ化の一部として、スミルナ住民自身、ワインと阿片を好みはじめていたのである。(一六〇ページ)

また、アンドリュー・オリヴァーは、『ナイル川のアメリカ人旅行者――エジプトを訪れた初期アメリカ人(一七七四～一八三九年)』(Andrew Oliver, *American Travelers on the Nile: Early U.S. Visitors to Egypt, 1774-1839*, 2015)で、次のように述べている――

一八〇六年、一八〇五年以来、スミルナで活動していたフィラデルフィアのとある会社の構成員であったデーヴィッド・オフィリー(David Offley)は、駐在の商人としてやってきた。いまでは、年間ほぼ十隻のアメリカの帆船《ブリッグ》が、イギリス・レヴァント会社の保護のもと、スミルナで交易をおこない、カラント、イチジク、レーズン、そして阿片を輸出していた。(五十ページ)

一八四〇年の文献、ジョナサン・ペレイラの『薬物の成分――動植物の薬物　第二部』（Jonathan Pereira, *The Elements of Materia Medica: Vegetable and animal materia media, Part II*）に、以下の記述があった――

交易において、数種類の阿片が知られている。しかし、主要なものはスミルナ産のものである。とはいえ、中国で起こった最近の出来事のため、かなりの量のインド産阿片が、ヨーロッパ交易に入っていくだろう。

一　スミルナ産阿片（Opium Smyrnaeum）――これは、トルコもしくはレヴァントで交易される阿片である。いろいろな大きさの不規則に丸い、あるいは平たい塊でみられ、重さは二ポンドを越えることはほとんどない。葉にくるまれ、通常は、数種のギシギシ（Rumex）の赤っぽい蒴（capsule）で囲われている。……平たい塊のいくつかには、こうした蒴は使われず、コンスタンティノープル産阿片にやや似ている。（一二七四～五ページ）

また、同年出版の『有益な知識の普及のためのペニー・サイクロペディア』（第十七巻）（*The Penny Cyclopaedia Of the Society For the Diffusion of Useful Knowledge*）に、ペレイラへの言及を含む解説が、以下のようにある――

数種類の阿片は交易でお目にかかる。ここでは、その名だたる卓越性、つまり、基準とされるそれぞれに含有されるモルヒネの量の順に触れる。

一　スミルナ、もしくはレヴァント産阿片。これは、ペレイラ氏が、トルコ産阿片と同じもののこととしているものである。しかし、ドイツ人薬学者たちは、トルコ産とエジプト産阿片が同じものをさしているとみなしている。……はじめに輸入されたとき、塊は柔らかく、赤味がかった褐色をしている。保存していると、次第に硬く黒くなる。そのため、フランス人は「黒い阿片」と呼んでいる。その粘度は柔らかく、外部がとても固くなったときでも、少なくとも内部は柔らかい。その光沢は蜜蝋状で、味は苦くてからく、しつこい。（二〇三ページ）

さらに、M・キエンホルツ（M. Kienholz）は、その著書『阿片商人とその世界』（*Opium Traders and Their Worlds*, 2008）で、次のように述べている——

ギリシャの詩人ホメロスの作とされるもの（『イリアス』と『オデュッセイア』）は、おそらく、紀元前八〇〇年にさかのぼるもので、批判することなく、阿片やその他の植物麻薬、たとえば、ジンチョウゲ（つまり、月桂樹のことで、シアン化水素酸を含有）を摂取することに触れている。阿片の大首都スミルナは、ホメロスがそこで誕生したと主張し、彼の肖像を硬貨にほどこしていた。古都スミルナは、新都市にとってかわられた。それを建設したのは、アレキサンドロス大王の将軍の一人で、神殿「ホメレウム」がそこに建設され、詩人はそこで神として祀られた。この都市の幸運はすたれたが、トルコ人が再建し、スミルナは、小アジアでもっとも重要な都市、そして、望まれる戦利品として、再度、阿片首都になった。（三三ページ）

一九二一年二月二十日付『ザ・ニューヨーク・ヘラルド』紙に、大見出し「違法麻薬、各港や辺境の町に流入」で小見出し「当局、密輸が容易な状況下ではお手上げと認める——麻薬売買、禁止法が採択されて以来もっとも顕著な増加をし、あらゆる記録を破る——わが国の推定常習者数、ほぼ二百万人——刑事、密輸業者と売人の活動を語る——新対策が探られている」の記事が掲載された。これは、W・A・ダヴェンポート（W. A. Davenport）の署名記事であった——

アメリカン・リーグの強打者をもってしても、ウォルター・ジョンソンの投球がいかに打つことがむずかしいことかを分析して、ティ・コブは、みることのできない物を打つのはきわめて困難であると述べた。そして、程度は劣るとしても、政府、もしくは、市町村の保健局、あるいは警察を罠にかけ、自分が任務要件を最大限に遂行するのに適切でないと認めさせることは困難である。他方、同じ悟り、あるいは、こういってよければ「アリバイ」は、常用性のある麻薬取引との闘いをしている彼らにあてはまる。／ニューヨーク、シカゴ、フィラデルフィア、ボストン、サンフランシスコは、より多くのモルヒネ、ヘロイン、コカイン、そして、生の阿片が、非合法にもこれらの都市に、一時的、あるいは、永続的に住む者によって、これまで以上に使用されていることを認めている。事実、こうした市町村の警察や保健局は、怯えて余りあると認めている。それらは、この状況を扱うのに必要な法律はある。それらが、これらの法を強制できない証拠はない。しかし、みえないものを止めることはできない、とこぼしているのだ。麻薬仲介業者を急襲して、その商品を没収するためには、多くの人員、かなりの捜査活動、そして、たくさんの勇気が求められる。彼を有罪にすることができるかどうかは、多くの事柄がかかわっている。

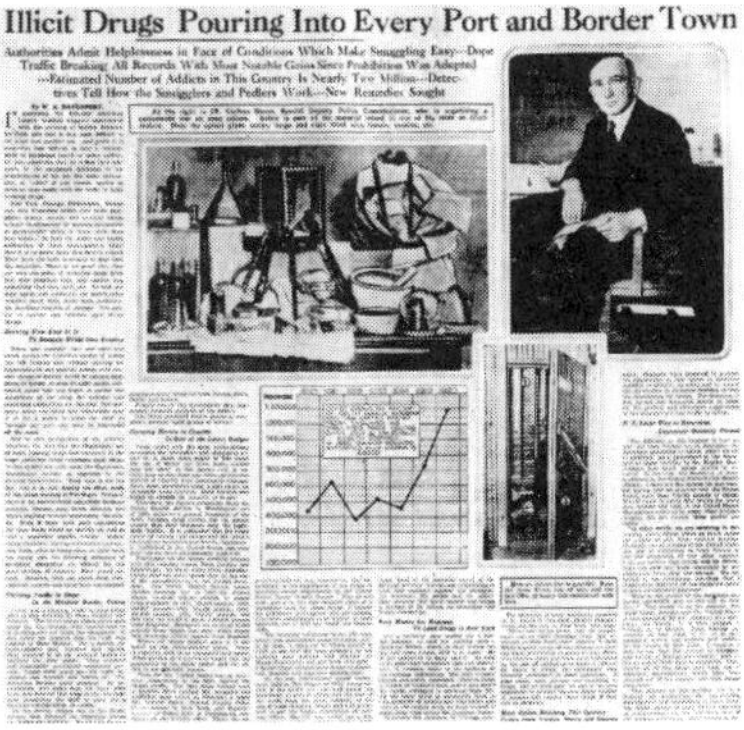

Illicit Drugs Pouring Into Every Port and Border Town

Authorities Admit Helplessness in Face of Conditions Which Make Smuggling Easy—Dope Traffic Breaking All Records With Most Notable Gains Since Prohibition Was Adopted—Estimated Number of Addicts in This Country Is Nearly Two Million—Detectives Tell How the Smugglers and Pedlers Work—New Remedies Sought

1921年2月20日付『ザ・ニューヨーク・ヘラルド』紙より

このあと、ダヴェンポートは、「わが国にやってくるほとんどの阿片は、トルコ、ペルシャ、スミルナからくる」の小見出しで、以下のように述べている――

> 一般の考えでは、この国で使用される阿片は、インドからくるとされる。昨年の夏、海外にいったとき、インド国務大臣ロード・シンハは、インド省税務署長のキャンベル氏を紹介してくれた。彼と数時間かけて阿片問題を議論し、そのとき知ったことはとても興味深いものである。／アメリカで消費されるすべての阿片はインド産ではないが、し

かし、そのすべてはロンドンの商人をかいして購入されている。この国にやってくる大多数の阿片は、トルコ産、ペルシャ産、そして、スミルナ産である。インド産の阿片の多くは、合衆国がもとめる十パーセントのモルヒネ含有量を有してはいない。

また、『聖書』の記述に、「阿片」が言及されていると指摘する者がいる。ジェイムズ・A・デューク（James A. Duke）は、その著書『デュークの聖書薬用植物手引き』（*Duke's Handbook of Medical Plants of the Bible*, 2007）で、次のように指摘している。「マタイによる福音書」第二十七章第三十四節の「彼らはにがみをまぜたぶどう酒を飲ませようとしたが、イエスはそれをなめただけで、飲もうとされなかった」（They gave him vinegar to drink mingled with gall: and when he had tasted thereof he would not drink.）にある「にがみ」（gall）が、「阿片」に相当するという——

ゾーハリー（ＺＯＨ）とちがい、依然、わたしは、聖書の「にがみ」は阿片であったと信じたい気がしている。……酢（ぶどう酒）に加え、イエスに提供されたにがみは、聖地に生育していた阿片ケシの汁であった。この植物は、深い眠りを引き起こす催眠剤となる。ゴルゴタのローマ兵たちが、十字架にかかっているその囚人にあわれを感じ、酸っぱいぶどう酒にケシ汁を加えたのである。（三二〇ページ）

第三節　同時代新聞の〈阿片〉言説

一八八五年六月六日付『セント・ランドリー・デモクラット』紙（*St. Landry Democrat.* (Opelousas, La.)）に、見出し「阿片習慣」の記事が掲載された——

阿片は、とりわけ認識が必要とされる。周知のように、それはホワイト・ポピーから製造される。最近発見されたわけではない。紀元前三百年に記されたものがあるが、十七世紀になって、はじめて、死の行進を開始し、医療・治療から出発し、喫煙と咀嚼により諸国の脅威となった。一八六一年、わが国には十万七千ポンドの阿片が輸入された。しかし、一八八〇年には、五十三万三千ポンドになった。一八七六年には、わが国では、二十二万五千人の阿片消費者がいたと推定される。しかし、わたしのみたもっと最近の統計では、合衆国で、今日、少なくとも六十万人の阿片消費者がいることになる。この事実は驚くべきものである。彼らは、その打撃にやられた単なる野蛮な熱狂的愛好者と考えてはいけない。偉大なド・クィンシーの『阿片服用者の告白』を読めばよい。彼は、最初の十年間は、天国に入る鍵をもらったという。その後の恐怖がいかほどのものであったかは、彼自身の説得力ある文才が必要となる。サミュエル・テイラー・コールリッジは、彼のペンで世界制覇をなしとげたが、その後、阿片に征服されてしまった。今世紀もっとも魅力があり賢明な弁護士が、その打撃の犠牲者になり、数千もの男女——男性より女性の方が多い——が、心身と魂がこの怖ろしい習慣に縛られている。（以下、略）

同年八月十二日付『ザ・デイリー・ブルティン』紙（*The Daily Bulletin.* (Honolulu [Hawaii])）に、見出し「阿片問題」の「編集長報告」が掲載された——

阿片問題は、わが国の安寧を願う誰もが、多かれ少なかれ興味を感じる必要のあるものである。何故なら、このドラッグ使用が、あきらかに、直接的にやる気の喪失を生むことは確実な事実で、さらなる証拠は不要だからだ。この点で、二つの意見の余地はないと思う。つまり、全員同意する。それを酒問題と同じ扱いをするのは、あきらかに誤りである。酔いを誘うものを節度なく使用するのは、確実によくないことであり、しかるべき者は全員認める。だが、とても多くのしかるべき人びとが、その節度ある使用が心身や道徳心に有害だと感じなかったり、信じなかったりする。とても多くのしかるべき人びとが、生涯にわたりそれを常用し、それに虜になることもなく、野獣になることもなく、また、歴然たる有害な結果も招来することもない。阿片の場合、事情は異なる。それを使用した者は、期間にかかわりなく、ほんのわずかな量であっても、必ずその虜となり、その有害さの犠牲者となる。わたしは、個人的に、白人の中に多くの阿片喫煙者や摂取者を知っており、それぞれがこのドラッグを試す気になった日を呪い、入手可能なときには、使用が控えられないと断言している。阿片使用者ではなく、この問題の知識を有する知的な者で、それが悪しきものであると認めようとしない者はいない。

一八八六年十一月十三日付『サザーン・スタンダード』紙（*Southern Standard.* (McMinnville, Tenn.)）に、見出し「儲かる野生のガチョウ」の記事が掲載――「テキサス野郎が、半バレルの穀物とある量の阿片を約二週間浸しておいた。それから、彼は、野生のガチョウが食べる草の端にその穀物をばら撒いておいた。阿片がガチョウを眠らせ、その状態のまま、彼は、七百羽を捕え縛った。太ったものは殺し、痩せたものは放した。収支計算書は以下のようになった。借り方――穀物と阿片（十一ドル）、時間（九ドル）、雑経費（四百ドル）、計（四百二十ドル）。貸方――羽（三千七百五十ドル）、太ったガチョウ（千ドル）、計（四千七百五十ドル）。純利益（三千三百三十ドル）」。

一八九〇年十一月九日付『ザ・サンデー・ヘラルド・アンド・ウィークリー・ナショナル・インテリジェンサー』紙（*The Sunday Herald and Weekly National Intelligencer.* (Washington [D.C.])）に、見出し「阿片服用で自殺」の記事がでた――

スプリングフィールド、オハイオ州、十一月八日――当市第五区選出の共和党市会議員で、著名で富裕な製造業者A・C・エヴァンズが、本日、レバノン・サナトリウムで死去した。阿片の過剰摂取が原因。先月の間、エヴァンズは、長期にわたる放蕩でシンシナティにいたが、当市の警察裁判判事アームストンによって、二週間前に、退去命令を受けた。彼はシンシナティの刑事預かりで、水曜日に帰宅し、金曜日に妻と娘に付き添われサナトリウムに向かった。当施設から金曜日午後六時に逃走し、八時に戻ったが阿片で興奮状態にあった。妻が金曜日夜十時に、彼が杖の上においた阿片を食べているのをみつけたが、それがキャンディーだといい、彼は止めるのを猛烈に拒否した。土曜日の昼、他界。彼は十万ドル相当の人物で、当市のエヴァンズ製造会社の社長をしていた。シンシナティ、ニューヨーク、セントルイス、インディアナポリスではよく知られていた。

一八九三年十一月二十五日付『ザ・ケッチャム・キーストーン』紙（*The Ketchum Keystone.* (Ketchum, Idaho)）に、見出し「中国の阿片の大害」の記事が掲載——

「中国人民の七割が阿片常用者で、そのうち三百万人がその影響で年間死亡する」と、人生の二十二年間を中華ですごした中国人伝道者が述べた。／さらに、こうつづけた——「この習慣は、急速に増大しており、階級や性別にかかわりなく、男女、役人、クーリーも、同じように使用している。中国人クーリーの場合、阿片使用が常習的になると、すぐ、約十年間の命だと知る。それが平均のようだ。貧民街の飲んだくれ、つまり、最低の酔っ払いを改心させる方が、阿片常用者よりたやすいと考えられる。よければ、鉄格子の向こう側に入れよ。しばらく入れておけば、彼らは阿片を乞い嘆願しだす。彼らは狂人のごとくうわごとをいい、その苦しみはみるに忍びない。彼らは、野人のごとく行動する。（以下、略）」

一九一六年八月九日付『ロック・アイランド・アーガス』紙（*Rock Island Argus.* (Rock Island, Ill.)）に、コナン・ドイルの『失われた世界』第三章「それは、まさに世界でもっとも巨大なものだ」が掲載され、終わりの箇所が以下のようにあった——

The LOST WORLD

BY A.CONAN DOYLE

Copyright, 1912, by A. Conan Doyle.

CHAPTER IX.

"Who Could Have Foreseen It?"

A DREADFUL thing has happened to us. Who could have foreseen it? I cannot foresee any end to our troubles. It may be that we are condemned to spend our whole lives in this strange, inaccessible place. I am still so confused that I can hardly think clearly of the facts of the present or of the chances of the future. To my astounded senses the one seems most terrible and the other as black as night.

When I finished my last letter I stated that we were within seven miles from an enormous line of ruddy cliffs which encircled, beyond all doubt, the plateau of which Professor Challenger spoke. Their height, as we approached them, seemed to me in some places to be greater than he had stated, running up in parts to at least a thousand feet, and they were curiously striated in a manner which is, I believe, characteristic of basaltic upheavals. Something of the sort is to be seen in Salisbury crags, at Edinburgh. The summit showed every sign of a luxuriant

Lord John had been gazing curiously at a great tree fern which overshadowed the encampment. "I say, look at this," said he. "I believe it is meant for a signpost."

Challenger. "He had som ment that worthy footstep low close behind him."

"He had chalk, then?"

"A box of colored chalks the effects I found in his k remember that the whit worn to a stump."

"That is certainly good said Summerlee. "We ca cept his guidance and follo westward."

We had proceeded some miles when again we saw row upon the rocks. It wa where the face of the cliff first time split into a narrow side the cleft was a secon mark, which pointed right the tip somewhat elevated spot indicated were above the ground.

It was a solemn place, fo were so gigantic and the sky so narrow and so obs double fringe of verdure dim and shadowy light pe the bottom. We had had many hours and were very the stony and irregular j our nerves were too strun us to halt. We ordered t be pitched, however, and. Indians to arrange it, we the two half breeds, procee narrow gorge.

It was not over forty at the mouth, but it rapidly till it ended in an acute straight and smooth for Certainly it was not this pioneer had attempted t We made our way backgorge was not more than a a mile deep—and then su quick eyes of Lord John what we were seeking. His our heads amid the dark sh was one circle of deeper gl ly it could only be the op

1916年8月9日付『ロック・アイランド・アーガス』紙より

わたしがこれまでにみたもっとも途方もない生きものの絵が、紙面一杯に描かれていた。それは、阿片常用者がみるたわいもない夢、精神錯乱が生む幻であった。頭部は家禽のようであり、胴体は肥大化したトカゲ、引きずる尾には上に向いたいくつものスパイクがついていていて、曲線を描いた背の端にはノコギリ状のへりがあり、それは十羽の鶏の肉垂が次々とつづいているようにみえた。この生きものの前面に、人間の姿をしたこっけいなマネキンか小人らしきものがいて、それをみあげていた。

第四節　英文学の〈阿片〉言説の系譜――チョーサーからワイルドへ

英文学で「阿片」を扱った作品となると、誰もがド・クィンシーの『阿片服用のイングランド人の告白』（一八二二年）（*Confessions of an English Opium-Eater*）を想起することだろう。たとえば、一八八二年一月一日付『ザ・デイリー・マイナー』紙（*The Daily Miner.* (Butte, Mont.)）に、見出し「阿片吸飲者（Opium Smoker）の告白／突き合わせ接合状態の恐怖と歓喜の場面」の記事が掲載され、そこでは、以下のように言及されていた――

英語散文の巨匠の一人、トマス・ド・クィンシーは、『阿片服用のイングランド人の告白』と題する個人的回想録の著者として、とても広く知られている。若い頃から、わたしは、この本に描かれた驚異的な場面に親しみ、古今の文学において薬物類でもっとも有名な麻薬がもたらす苦悩と快楽を、自分でも試したいという強烈な欲望をたえず感じていた。ベイヤード・テイラーが素描した大麻経験を熟読したあと、似たような欲望に駆られ、大学の仲間三人と、二十時間、一部屋に籠った。四人全員が大麻を吸い、ドアに鍵をかけ窓を閉じた。わたしは、まちがいなく、実験の報いを受けた。この麻薬で仲間の一人はただ嘔吐しただけで、もう一人は眠ったが、わたしはいろいろな感じを受けた。それは、忘れられないとても奇抜でひどいものであった。しかし、この経験は、阿片によって心酔者が向かうあの夢のような人生、もしくは、生きている死の入り口辺りに付きまとう恐ろしい謎が、かすかに垣間見られたに過ぎなかった。大麻を吸ったとき、わたしはわずか十七歳で、よくない効果は思いあたらない。ただ、翌朝、軽い頭痛がし、翌日の大半、眩暈を感じただけであった。最初に阿片を吸引したのは二十四歳のときであったが、「エジプトの族長の妻がユピテルの子ヘレネに／与えたネーペンテース」をはじめて一、二度吸ったあとでは、介在する時間が息のように消え去り、一瞬、白鳥の翼に乗って七年前に戻っていくように思えた。でも、この感じは一瞬に過ぎなかった。六度目の吸引後、すべてが変化した。われわれの内部と周囲にいつも存在するが、五感のどれによっても感じることがほとんどない神秘的な世界が、垣間見られた——あるいは、そう思ったのだ。（以下、略）

（註・「エジプトの族長の妻が……与えたネーペンテース」は、ミルトン『コーマス』（一六三四年）の六七五～六行から。「埃及《エジプト》のトーンの妻がジョブの女《むすめ》ヘレナに／嘗て贈りしてふ薬草ネペンセスも」〔菱沢平治訳、一九一六年〕）

一八八五年四月二十四日付『グリッグズ・カウンティ・クーリア』紙（*Griggs County Courier.* (Cooperstown, Griggs Co., Dak. [N.D.])）に掲載された、見出し「アメリカの阿片常用癖／ニューヨーク州医学協会での医師W・A・ハモンドの論文」の記事では、こう言及されている——

一八五〇年、合衆国で消費された阿片の総量は約二万ポンドであった。一八八〇年は、五十三万三千四百五十ポンドに増加。一八六八年には、八万〜十万の阿片常習癖の被害者が、わが国にいたと推定される。今日では、その数五十万に達した。この数年、急速に常習癖が増加した。皮下注射器が発明され、麻薬投与の手段として好まれるようになったことがある。男性より女性の方が、多くこの麻薬使用の常習となり――割合は三対一――、女は男より多くの苦痛をともなう病いに罹りやすいからだ。ド・クィンシーの『阿片服用のイングランド人の告白』が出版された一八二一年以降、数年間、医学部は、阿片常習癖の深刻な結果を見逃していた。あるいは、無視といってもよく、一般庶民は、それを比較的害のない悪習とみるようになっていた。この常習癖の治療法は、使用量を突然減らすこと。つまり、ただちにまったく使用しなくすることではなく、一、二週間にわたり量を削減し、別の種類の刺激物を併用する方法である。

一八八七年十二月三十一日付『ジ・アイリッシュ・スタンダード』紙（*The Irish Standard.* (Minneapolis, Minn.)）の見出し「怖ろしい麻薬／モルヒネ常用で生じる道徳的堕落」の記事では、かなり長い引用がなされている――

モルヒネの常連となった者は、不定期間、面倒ならずにすむ。数ヵ月して、ひどく苦しみはじめる者もいれば、数年後、やっと苦しみだす者もいる。このちがいは、摂取する麻薬量というより、個人の特性による。しかし、早晩、全員が心身共に退化する。彼らは、青ざめ土色になり、やつれる。食欲は大いに減退し、消化不良を起こす。モルヒネにもかかわらず、眠れなくなり、眠れたと思うと、恐ろしい夢で妨げられる。痩せて活力を失い、人生に興味がなくなる。他方、考えることといえば、モルヒネのことばかり。彼らがこの麻薬を皮下注入するのに慣れていれば、注射器の届く範囲の身体各部は傷の山となるので、彼らは、ときどき、注射可能なまともな場所がみつけられず困る。身体の具合は悪く、道徳的変化が彼らに影を落とす。こうした憂鬱な事例のよくない経験をしていない者は、この常習癖の生む道徳的堕落がどのようなものか考えられない。「この麻薬を絶えず次第に多く使用する——これは通例——と、ついには、意志が弱り、当人は道徳的に麻痺する。墓のこちら側のあらゆる光景の中で、もっとも哀れなものだ」（医学博士ジョージ・シアラー著『阿片吸飲と阿片服用』、一八八一年）。嘘をつくのは、彼らの第二の自然となる。「概して、阿片吸飲者のいうことを信用しようと思う者は誰もおらず、彼らの性格はまったくあてにできない」（ジョージ・シアラー）。同じことは、モルヒネの常連にもいえる。この件のドイツ人でもっとも権威のある者の一人レヴィンシュタインは、こう述べている——「教育を受け、知的な男女で、そうでなければ尊敬される者が、嘘つきになる」。ド・クィンシーですら、道徳的退廃は否定しているが、阿片によって、人は正しいとわかっていることができなくなると認めている。「阿片服用者は如何なる道徳的感性も憧憬も失うことはない。彼は以前と変わらず熱心に、自分に可能と思われるものを実現したいと希い憧れ、それは義務の要請なのだと感じている。けれども彼が可能だと知的に理解している事は、彼の力を、実行する力のみならず、試みて見ようとする気力さえをも、遥かに越えているのだ。彼は夢魔や悪夢に重く伸しかかられて横たわっている。出来れば喜んでやってみたいと希っているものすべてを目の当たりにしながら、丁度、病気で力が脱け、致命的な気怠さゆえに已むを得ず床に臥せって、最愛のものが傷つけられ、乱暴狼藉を受けているというのに、只ただ見守っているしかない人のように、横たわっている。——彼は自分を縛って身動き出来ないようにしている呪縛を呪う。——起きあがって歩けるようになるなら、命を捨てても構わないと思う。が、彼は赤子のように無力で、起きあがろうと試みることさえ出来ない。（『阿片服用のイングランド人の告白』［野島訳『阿片常用者の告白』、一四八～九ページ］）モルヒネ常用癖は、もっとも優しい愛情すらを憎しみに変容しさえする。幸せな家庭であったのにほとんど住めなくなり、夫は妻の性格がこの常用癖のために起きたひどい変化に絶望したのを、わたしは知っている。——『ナインティーンス・センチュリー』誌。

ここまで、ド・クィンシーの作品名を『阿片服用のイングランド人の告白』としてきたが、従来の邦訳では、田部重治訳『阿片常用者の告白』（一九三七年）、野島秀勝訳『英吉利阿片服用者の告白』（一九九五年）、野島訳『阿片常用者の告白』（二〇〇七年）とされている。また、英和辞書では、「オピアム・イーター」も「オピアム・スモーカー」も「阿片《アヘン》常用者／服用者」と訳している。しかし、両者は同一のことを示唆しているのだろうか。

両者は摂取の仕方が異なり、その差異を「イーター／スモーカー」は示しているようだ。マーティン・ブース著『阿片——歴史』（一九九六年）第一章「生の阿片」に、「歴史的にいって、阿片に耽るには、基本的に二つの方法しかなかった。食べるか、吸飲するかだ」（一一ページ）とある。シュレシュ・K・シャルマ&ウシャ・シャルマ編『北東インドの資料・第Ⅲ部——アッサム（一六六四〜一九三五年）』（*Documents on North-East India, An Exhaustive Survey, Vol.3: Assam*, eds. Suersh K. Sharma & Usha Sharma. 2006）に、「オピアム・スモーキングは、オピアム・イーティングよりよくないとみなされているが、それがより有害であるとされていること、また、時間と金銭の点ではるかにたかつくことからである」（二七九ページ）とある。そこで、両者に差異を設けるため、本書では、以下、「オピアム・イーティング」を「阿片服用」、「オピアム・スモーキング」を「阿片吸飲」とする。

両者の差について、ブースは、つづけてこう説明している——

［阿片］は、インドでは、千五百年以上にわたり経口的に摂取されていた。格言では、味が好ましくないと効き目はよくなるという。一六八七年の記録によると、トルコ人は、慰みに阿片を摂取していたが、その苦さをナツメグ、カルダモン、シナモンないしメースで隠し、サフランや竜涎香と一緒に供していた。そのときですら、阿片は本質的には薬であって、催淫剤とみなされていた。ヨーロッパでは、阿片はワインや砂糖ないし蜂蜜入りワインと混ぜ合わされていた。

阿片吸飲は、主として、中国、東インド、インド・シナの東海岸（とりわけベトナム）、さらに、台湾（以前はフォルモサ）に限られていた。使用できるようになるには、濃縮する必要があった。（中略）抽出物がひとたびできると、この阿片の塊は、約五十パーセント小さくなり、濃度は多かれ少なかれ二倍になる。中国でチャンドゥー（禅杜）として知られる丸薬は、丸く、エンドウ豆位の大きさで、黒い色をし、堅さはあるが可鍛性があった。（一一一～一一二ページ）

ヴァージニア・ベリッジ＆グリフィス・エドワーズ共著『阿片と人民——十九世紀イングランドの麻薬使用』（Virginia Berridge & Griffith Edwards, *Opium and the People: Opiate Use in Nineteenth-Century England*, 1981, 1987）の序章に、「十九世紀以前の阿片」の一節がある。これによると、「阿片の効用」が知られていたのは、「十九世紀に限られたわけではなく、当時も、とりわけ目新しいものですらなかった」らしい。古くは、「紀元前四千年のシュメール表意文字」で「ポピーが〈喜びの植物〉」と記され、「紀元前七世紀アッシリアの医学書字板」に「ポピー液」への言及があった。少なくとも紀元前二世紀から、「メソポタミアではケシ栽培がなされ、エジプトとペルシャでは、医者が患者に阿片を処方した」。このエジプトから、「ポピー植物栽培」は、小アジアに、そして、ギリシャへと広がった。

「阿片の中毒性」は、古くから知られていたらしく、テオプラストスとディオスコリデスの解説からわかるらしい。悲しみや苦痛を忘れさせると古代ギリシア人が考えた薬「ヘレネのネーペンテース」が、阿片である可能性がある。『オデュッセイアー』に、「テーレマコスがスパルタのメネラオスを訪れ、トロイ戦争とユリシーズの死の記憶で二人がふさぎ込み涙ぐんだとき、ヘレネは葡萄酒に薬を溶かしたものを飲み物として持ってきたが、それには、「不幸を忘れる」ようにする効力があった」とある。この効果は、「阿片」ではなく、「大麻《ハシシュ》」のものとされてきたが、これは「阿片の幸福感をもたらすもので、他のドラッグの興奮ではなかったようだ」という。

ローマの時代になると、阿片は、「ガレノス」が「催眠の〈調合〉、あるいは、混合の効用について熱中し、ウェルギリウスは、それを『アエネーイス』と『農耕詩』で催眠性のもの」としていた。阿片は、「ローマではとても一般的であったので、十九世紀イングランドのように、普通の商店主や旅の偽医者が販売していた」という。
「少なくとも十六世紀頃になると、阿片は西欧医学で充分確立し」、有名なドイツ人内科医パラケルスス（一四九〇〜一五四〇年）が患者に阿片を処方し、阿片をその鞍の前橋《ぜんきょう》に入れ「不死の石」と呼んでいた。そして、ヴァージニア・ベリッジ&グリフィス・エドワーズは、イングランドの例を以下のように述べている——

イングランドではこの麻薬は早くから使用されていたが、主として催眠用であった。十四世紀中頃、ジョン・アーダン（John Arderne）は、眠りを招来するために軟膏と阿片を含む万能薬を使用し、同時に、手術中の一種の麻酔薬として、あきらかに、外部から適用した——「彼は眠り、切られたことを感じないだろう……」。このドラッグの催眠性と麻酔性が、チョーサーの『カンタベリー物語』とシェイクスピア、とりわけ、『オセロー』の有名な一節にあらわれる——

罌粟《けし》でも、悪魔林檎《マンドラゴラ》でも、世界中の如何《どん》な睡眠剤でも、もう昨日までのやうに心持《こゝち》よく眠ることは出来まい。（坪内逍遥訳）

ブレイン（William Bullein）の『すべての病い、痛み、傷を防ぐ堡塁』（一五七九年）も、ホワイト・ポピーを推薦している。これは、「あらゆる効能がある」。また、ブラック・ポピーから作られた阿片も推薦している。これは、「冷たく、眠り薬に使用されているが、深い死んだような眠りを引き起こす」。同時期、ランカシア州の薬種屋の在庫に、半オンスの阿片（価格六ペンス）があった。

（中略）

このように阿片が広まるにつれ、常用癖が知られるようになったが、それでも、まったく議論されることもなく、静かに一般的には受け入れられていた。王政復古期の劇作家・詩人トーマス・シャドウェル（Thomas Shadwell）は阿片常用者であり、その常用癖が関心を持たれたというより、冗談のネタになっていた。シャドウェルは、ドライデン（John Dryden）の『マックフレックノウ』の主人公〈怠惰の君主〉になり、「決して意識へと逸脱することがない」。しかし、ドライデンもトム・ブラウン（Thoma Browne）も、シャドウェルの墓碑銘まがいのことを書いたが、常用癖を語る現代用語で彼をとらえてはいないし、阿片使用が、彼にも、また、彼の読者にも何らかの影響を及ぼしたとは考えていない。

（中略）

阿片使用へのこの時期の反応は、一般に静かなもので、実に、この問題が議論にのぼることはほとんどなかった。ジョン・ジョーンズ博士（John Jones）の『明かされた阿片の謎』（一七〇〇年）は、とりわけ常用癖を扱った最初期の本の一冊であるが、その論調は感情的ではなかった。（中略）十八世紀の医学書、たとえば、一七五〇年代に出版された『阿片論』のジョージ・ヤング（George Yong）、また、『阿片の本質と特性』（一七九三年）のサミュエル・クランプ博士（Samuel Crumpe）は、常用癖の主要な特徴とやめられる可能性を強調してはいるが、道徳的批難ないし警告の様子がみられない。（中略）それにもかかわらず、この時期の大多数の説明では、依然、阿片服用や阿片吸飲が、とりわけ東方の慣習であるとみられていた。たとえば、ラッセル博士（Alexander Russell）の『アレッポ博物誌』やバロン・ド・トット（François Baron de Tott）〔『回想録』〕の話では、東方の阿片服用者が、この時期の旅行者の話のお決まりの特徴、つまり、興味と驚異の対象となっていたものの、批難の対象にはなっていなかった。（xxiii-xxv）

先にあげたマーティン・ブース著『阿片――歴史』は、この記述とかなりかさなっているが、これよりも丁寧に詳しく述べている。たとえば、チョーサーの例では、以下のようになっている――

『カンタベリー物語』「プロローグ」で、医者の巡礼者について記したチョーサーは、とりわけ、アイスクラーピウス、ヒポクラテス、ディオスコリデス、ガレノス、アヴィケンナ、そして、阿片使用で知られた多数のアラブ人医師（たとえば、ラーズィー、ハーリー、セラピオーン、ムーア人アヴェロエス）をあげている。彼のカタログは、アラブ人や古典古代の人物に限られていたわけではない。チョーサーは、ジョン・オヴ・カデスデンにも言及している。この人物は、チョーサーの生前にオクスフォードのマートン学寮で教育を受けた医学の権威で、一三六一年に死んでいた。「免償符売りの話」で、第三の暴徒が、彼らのワイン瓶に毒を入れ仲間の死を計画する。その毒は、チョーサーによれば、アヴィケンナが、かなり怖ろしい死を確実にもたらしてくれると説明した物質であるという。一方、『公爵夫人の書』では嘆く夫人が、ガレノスやヒポクラテスでも、わたしの悲しみを癒したり、苦痛を和らげたりできないと嘆いている。（二八ページ）

また、マーティン・ブースは、ヴァージニア・ベリッジ&グリフィス・エドワーズが「トム・ブラウン」とした「サー・トーマス・ブラウン」について、「十七世紀の医者にして作者で、その著作で阿片をイメージとして使用した」とし、該当箇所をあげている――「不正な忘却がむやみにそのポピーをばら撒き、時という阿片に解毒剤はない」「わたしを眠らせるには、これ［祈りへの信仰］さえあれば、阿片チンキはいらない」。

ブースは、つづけて、「一六四〇年に死んだ著名な学者にして聖職者」のロバート・バートンの『憂鬱の解剖』をとりあげ、「憂鬱な者を苦しめる症状」である「不眠症」の治療として、阿片が使用されているとしている――

ブラウンが提案したうつ状態治療の別の方法の一つは、阿片玉を嗅ぐこと（トルコ人がおこなっているという）、就寝の際に額に阿片とバラ香水を混ぜたものを塗り、両耳のうしろにヒルを使い、その後、穴のあいた箇所に阿片を刷り込むことであった。（二九ページ）

ルイーズ・フォックスクロフト（Louise Foxcroft）は、『常習癖の形成――十九世紀イギリスの阿片「使用と乱用」』（*The Making of Addiction: The 'Use and Abuse' of Opium in Nineteenth-Century Britain*, 2006）の第I部「十九世紀イギリスにおける常習癖の文化史」第三章「十九世紀の常習癖の解釈――事実と虚構」の節「十八世紀末と十九世紀初期文学における常習癖経験」で、以下のように述べている――

一七九八年に出版されたチャールズ・ロイド（Charles Lloyd）の悪漢小説『エドマンド・オリヴァー』（*Edmund Oliver*）は、実話小説と広範にみなされ、コールリッジの麻薬中毒と性格を取り上げている。ロイドは、はじめのうち、彼を称賛していたが、その後、軽蔑しはじめる。ロイド自身が阿片常用者で、「狂気の初期状態にみられるいらいらと発作的疾患」で薬を服用している間、ド・クィンシーと共に湖水地方に避難することになった。（中略）十八世紀には、生涯のさまざまな折に、サミュエル・ジョンソン（Samuel Johnson）は、病いや悲しみを和らげるため阿片を服用し、そのため、精神的苦悩を経験していた。彼は、しばしば、自己反省をしていたので、「人生の諸悪は、その謳歌より優勢だという信念ができ」、この見解を「世界各地で広く使用されている睡眠剤」について所見を述べることで、しばしば、強化していた。ジョンソンは、彼の伝記作家サー・ジョン・ホーキンズ（Sir John Hawkins）が阿片使用への強い性癖と呼んだものを持っていた。そして、その使用は、年齢を重ねるにつれ増えていった。（四一～四二ページ）

ブースは、この「サミュエル・ジョンソン」に、もう少し詳しい解説を加えている――

偉大なサミュエル・ジョンソンも、しばしば、阿片を服用していた。もっとも、医療目的だけであったが。英語の父にして、最初の英語辞典の編纂者、賢人、先見者、知の全書などと、彼の伝記作家ジェイムズ・ボズウェル（James Boswell）ならいったであろうが、そのジョンソンは、決して常用者にはならず、頭痛や腹の不調の治療に服用した。彼はその危険を知っていて、うまく回避していたようにみえる。『ボズウェルのジョンソン伝』で、著者は、以下のように記録している――

日曜日、［一七八三年］三月二十三日、ジョンソン博士と朝食をとった。前の晩、阿片を服用したので、彼はとてもよくなったようであった。しかし、彼はそれに反対で、やむにやまれずでなければ、やるべきでない治療法だという。トルコでは一般に使用されていて、それ故、あなたが懸念するほど有害ではないというと、彼は怒ったようにこういった――「トルコ人は阿片を服用する、キリスト教徒は阿片を服用する、だが、アレッポの説明の中で、ラッセルは、トルコでは、過剰に阿片を服用するのは恥ずべきことであり、それは、われわれが酔っ払うのと同じだと述べている。君、物事の誇張のされ方といったらないね」。（三三～三四ページ）

さらにブースは、第Ⅲ章「ザナデゥーのプレジャー・ドーム」で、ロマン派の作家と阿片のかかわりを、とりわけド・クィンシーとコールリッジの場合を検討している。その前に、まず、ロマン派の特徴を以下のようにまとめている（註・章の題「ザナデゥーのプレジャー・ドーム」は、コールリッジの代表的詩「クブラ・カーン」のでだしを示唆している）――

ロマン派文学の核には、記述よりも語りに適用された想像力の復活、空想の飛翔があった。ロマン主義では、自然と自然界に対する認識が新たなものになり、思考と行動が自発的でなくてはならないと強調され、想像力を介して示される生得的才能に対し、かなりの重要性が付与された。同時に、これまで以上に、解放され主観的な熱情、悲哀、個人的感情が、具体的に表現された。阿片、そして、それによって生みだされる思考の自由は、ロマン派の理想を展開するための道具となった。

（中略）

阿片とその効果への意識が、突然、話題となり議論された。それは、一八二一年にイギリスで出版されたド・クィンシーの自伝『阿片服用のイングランド人の告白』と共にはじまった。はじめて、阿片常用癖、あるいは、ド・クィンシーのことばを使えば、「快楽にせよ苦痛のためにせよ、阿片の驚異的な作用」が、一冊の本の中で暴露された。そこでは、作者は自らについてよりも、阿片について述べ、それが作品の真の主人公となった。（三五〜三六ページ）

そして、ブースは、ド・クィンシーについて長く検討したあと、「ド・クィンシーは、独特であったわけではない。実質的に多数の芸術家――すべてではないが、ほとんどの作家――も常用癖になり、その癖を通して西欧文学の方向を変えた」とし、聖職者にして詩人であったジョージ・クラブ（George Crabbe）の例をあげている。彼の常用癖がはじまったのは、一七九五年頃で、偏頭痛の治療薬として阿片の服用をはじめたという。そして、詩作について面白い評価をしている――

クラブの初期の詩は、巧みであるものの、ありきたりであった。常用癖ができてから、彼は、もっともすぐれた、もっとも鋭い作品を書いた。クラブの後期の著作の多くには、阿片の影響がうかがえる。とりわけ一篇の詩、おそらく、彼のもっとも有名な永続的なものは、ドラッグにまつわるイメージで満ちている。（四〇ページ）

ブースはクラブの作品分析をしたあと、コールリッジへと移り、「彼の途方もない想像力、かなりの知性、偏らない読書趣味に加え、［常用癖］は、英語で書かれたもっとも注目すべき詩のいくつかを生みだした文学創造力になくてはならないものであったことは、疑問の余地がない」とし、『老水夫の歌』と『クブラ・カーン、もしくは、夢でみた幻想、断片』をとりあげ、「阿片の影響」を検討している。そのあと取り上げられた阿片とかかわった作家は、詩人のエリザベス・バーレット・ブラウニングとジョン・キーツ、小説家のウィルキー・コリンズ、サー・ウォルター・スコット、ブルーワー・リットン、詩人のバイロン、シェリー、ジェイムズ・トムソン、フランシス・トンプソン、ボードレール、音楽家のエクトル・ベルリオーズ、詩人のネルヴァル、ランボー、モーリス・ロリナ、そしてエドガー・アラン・ポーである。

フォックスクロフトは、節「ヴィクトリア朝中期・末期の虚構における阿片常用」で、作家自身の阿片とのかかわりではなく、作品中に描かれた阿片常用について、以下の作品の検証をおこなっている――アン・ブロンテ（Anne Brontë）『ワイルドフェル・ホールの住人』（*Tenant of Wildfell Hall*, 1848）／チャールズ・ディケンズ（Charles Dickens）『荒涼館』（*Bleak House*, 1853）／『困難な時代』（*Hard Times*, 1854）／『エドウィン・ドルードの謎』（*The Mystery of Edwin Drood*, 1870）／ジョージ・エリオット（George Eliot）『フェリックス・ホルト』（*Felix Holt*, 1866）／『ミドルマーチ』（*Middlemarch*, 1871-72）／『ダニエル・デロンダ』（*Daniel Deronda*, 1876）。

これに対して、ブースは、第十一章「ドラ、ウサベラ、そして、オリヴィア」で、ディケンズの『エドウィン・ドルードの謎』をとりあげ、この小説には「阿片に対する強力な告発がある」とし、やや詳しい解説ののち、さらに、以下のように述べている――

ディケンズにとって、阿片は堕落、基本的な人間の価値の放棄、品位の腐敗を象徴していた。ご都合主義のディケンズは、健全なキリスト教道徳を主張しつつ、同時に、隠し女と庶子を扶養していた。だから、彼がそれほど強力に、しかも批判的に、やや内幕に詳しい者の知識をもって、不貞のように、社会の一側面を描いたのも驚くに値しない。晩年になり、エドウィン・ドルードの物語を書いているとき、しばしば、阿片チンキのお世話になったが、それは苦痛を和らげるためだけのものではなかった。一八六七年、アメリカに朗読の旅にでた際、『クリスマス・キャロル』のタイニー・ティムの死を感情込めて聴衆に読んで聞かせたあと、神経を休めるため服用し、数ヵ月間、咳止め薬として使用した。さらに、警官と一緒にロンドンのスラム街にいき、エドウィン・ドルードの話の調査をし、そこで年取った皺くちゃ婆が手製のパイプから阿片を吸飲しているのを目にした。彼が、その小説で使用した場面である。（二一三ページ）

フォックスクロフトは、前節末で示唆したコナン・ドイルについて、以下のように述べている――

一般的ではないドラッグ使用の経験は、また、現実からサー・アーサー・コナン・ドイルの虚構にしみ込んだ。彼は、シャーロック・ホームズのキャラクターを、著名な内科医ジョセフ・ベルに基づいて作ったといわれている。ドイルは、エディンバラのベルのもとで医学を学んでいた。一八八〇年代初期、若かったコナン・ドイルは、船医として、北極やアフリカに航海した。その後、ポーツマスでバッド医師という人物と診療を共にした。バッドは早死にしたが、自分は毒をもられると確信し、やがては、目の前にだされた食物のかけらを長時間かけて化学的にテストせざるをえなくなった。おそらくこのことと、バッドがドラッグをむやみに使用したとされることのため、コナン・ドイルは一緒にやっていられなくなり、そこを去り、まず、サウスシーで、その後、ロンドンのデヴォンシャー・プレイスで開業し、多作の作家人生をはじめた。コカインがシャーロック・ホームズの好みの麻薬として選択されたのは、目新しかったからで、この探偵にして耽美家は、また、阿片も使用していたが、これは一八九〇年代には、余りにもありふれた麻薬になってしまい、使用しても、並の大衆を越える存在に必要なエキゾチズムに欠けるとみなされていたとされる。（五七ページ）

他方、ブースは、ドイルの『唇のねじれた男』（一八九一年）をとりあげ、以下のようにいう――

物語は、医師ワトソンが常用者の友人を助けるため、ロンドンのイースト・エンドにある一軒の阿片窟に入るところからはじまる。そこで、変装したホームズに出会った。ホームズは、しかるべき実業家ネヴィル・セイントクレアの失踪を調査していた。この男性は、話のタイトルにある男、障害のある乞食に誘拐され略奪されたと信じられている。この乞食は、しかるべく逮捕され収監される。一晩、事件を考えたあと、ホームズは、留置場に急行し乞食の顔を洗うと、この身障者が変装したセントクレアであった。実際、セントクレアは実業家ではなかった。毎日、会社にでかけるのを見送る妻に知られてはいなかったが、彼はとても成功した乞食であった。例の阿片窟は、彼が基地として使用し、そこでスーツとシルク・ハットからボロに着替え、身体がとても不快にみえるようにしたてていた。それ故、この阿片窟は、真実から騙しへの変容を示唆するイメージとなった。それは、ちょうど、そこで現実逃避をしていた阿片常用者の客にとって、そうであったのと同じであった。

医師ワトソンがその阿片窟にでかけるのは、ヴィクトリア朝中産階級の専門職の者にふさわしからざることでないわけではなかった。人生のよろしくない側面への大衆の好奇心とはそうしたものであり、阿片窟は、実際に、好奇心に駆られた覗き屋だけでなく、ロンドン観光にきている観光客をも引き寄せていた。（二一四〜二一五ページ）

つづけて、ブースは、ロンドンのこうした地区の状況と、阿片の社会的存在性のその後の変化とについて、以下のように述べている——

しかし、多くの人にとって、阿片窟は、退廃を印すものであり、中国人との接触は、他の有色人種と同様、社会的汚染とみられていた。このように一緒に混じり合うことは忌まわしいだけでなく、そこに阿片にからむ官能性もかかわって、放蕩や人種的堕落をめぐるうわさがたくさん飛びかっていた。それらは、根も葉もないものであった。ロンドンの阿片窟では、東西の出会いはほとんどなかった。労働者階級のイースト・エンド住民ら——

ドック労働者、港湾労働者、売春婦、船員、そして、波止場人足――は、阿片をやらなかった。ジンとエールと併せて、彼らは彼らなりの麻薬から離れなかった。

阿片が、数十年間、快楽目的で摂取されていたにもかかわらず、やっと、そのような麻薬摂取は、逸脱した行為、あるいは、常軌を逸した行為を意味するという考えが生じた。芸術家、画家、作家、たとえば、オスカー・ワイルド、オーブリー・ビアズレー、ダンテ・ガブリエル・ロセッティらは、ときどき阿片を吸飲した。とりわけワイルドは、アブサンを飲用することだけでなく、阿片チンキに浸したタバコを混ぜたエジプト産シガレットをやっていたことでも知られていた。しかし、彼らの数が最高のときですら、こうした自由奔放な者は、きわめて少数であった。

二十世紀はじめの数十年間、阿片は、注目されなくなった。しかし、大戦争後、事態は一変した。麻薬が、深刻な社会的脅威として社会的協議事項に戻ってきた。当時、常用癖が減少しているというのは、ついでの話であった。（二一五ページ）

「大戦争後」「ドラッグが、深刻な社会的脅威として社会的協議事項に戻ってきた」ことについていえば、たとえば、一九一八年四月二十七日付『サウス・ベンド・ニューズタイムズ』紙（*South Bend News-Times.* (South Bend, Ind.)）に、見出し「ドラッグ悪を根絶する」の記事が掲載された――

公衆衛生問題に関するわが国最高権威の一人は、常習癖形成のドラッグ状況を概観して、一九一五年、国会でハリソン麻薬取締法が可決して以来、かなりの改善がみられたとしている。しかし、彼は、この法を強化し、各州が補足の法を制定する必要があると考えている。／彼の意見には、残念な一側面がある。常習者の数が、この三年間で、大いに減少したとは思っていないというのだ。現在の常習者の大部分は、麻薬使用をやめないだろうとしている。「概して、この車輪に縛られている者は、死ぬまでそのままである」。／しかし、社会全体にとって希望はある。多数の「ドラッグ常習者」が、ゆっくりと減少している一方で、彼らのあとを埋める補充兵はほとんどいないのだ。／禁酒法に似ている。年取った大酒飲みは、依然、欲求を満たす方法をみいだすだろうが、飲む場所が減り、誘惑がなくなり、新たな酔っ払いがいなくなっている。社会がだんだんと酔っ払わなくなっているように、社会からそのうち、阿片、モルヒネ、ヘロイン、コカインの極端な常習癖は一掃されるだろう。

ここに示された補強策の一環であろうか、そうした動きの報道がなされている。たとえば、一九一九年五月二十二日付『オマハ・デイリー・ビー』紙に、見出し「『ビー』紙の麻薬取引の増加の告発、政府によって立証／マカドゥーによって指名された委員会が提出した事実と数字から、麻薬取引が全米各地でおこなわれ、年間、数百万ドルの商売となり、夥しい数のドラッグ使用者を生みだしていることが判明」の記事が掲載——

ジェイ・ジェローム・ウィリアムズ（ユニヴァーサル・サーヴィス社特派員）著／ワシントン、五月二十一日——合衆国の麻薬取引を調査するため、前財務長官マカドゥーが指名した麻薬特別委員会は、報告書をまとめ上げ、財務長官グラスに提出した。／この報告書は、とても衝撃的なものである。それによれば、合衆国は世界最大の麻薬消費国で、百万人以上の常用者がおり、麻薬常用者がその常用癖を満たすため年間に使うのは六千百万ドル以上である。また、報告書は、カナダ、メキシコ、大西洋沿岸と太平洋沿岸から密輸入された麻薬で儲け商売をしている、「麻薬密売人」の国家規模の組織の存在を示している。／今日、ユニヴァーサル・サーヴィス社は、この完全な報告書を入手したので、この驚くべき文書の顕著な特徴を独占的に提示できる。この文書は、死の売買を終えるために、両院、国務省、全国民による行動を要請している。／〈合衆国、中国を抜く〉／和平会議は、すでに、中国を阿片常用の拡大から守るために行動を起こしたが、この報告によれば、合衆国は中国を抜いて、阿

United States Exceeds China.

Although the peace conference has already taken action to protect China from the spread of the opium habit, the report shows the United States to exceed China and lead the entire world in the consumption of opium. Our annual consumption of opium is so extensiye as to furnish 33 grains of opium yearly to every man, woman and child in the country as compared with two grains per capita consumption, for instance, in Germany. The committee's table for the per capita consumption by the United States and foreign countries is a grim story in itself. It shows the United States as consuming from 10 to 60 times as much opium as is consumed by other countries. The table follows:

	Population.	Opium Total Annual Con'n.	Consumption Per Capita.
United States	100,000,000	470,000 lbs.	33 grains
Holland	6,000,000	3,000 lbs.	3½ grains
France	40,000,000	17,000 lbs.	3 grains
Portugal	5,500,000	2,000 lbs.	2½ grains
Germany	60,000,000	17,000 lbs.	2 grains
Italy	33,000,000	6,000 lbs.	1¼ grains
Austria	46,000,000	4,000 lbs.	1½3 -5 g'ns

Ninety per cent of the drugs con-

this enormous per capita consumption is the result of its use for the satisfaction of addicts."

Further 75 per cent of the cocaine imported in this country is used for illicit purposes and the same is true regarding heroin, morphine and other drugs.

The traffic is increasing by leaps and bounds. Practically all of the larger cities report increases, and one estimate of the natioon's number of addicts included in the report is 4,000,000 persons. The committee's figure of 1,000,000 is hereby shown to be conservative. One quarter of these 1,000,000 drug users or 250,000, are unemployed. In this respect alone the traffic caused the country an annual loss in wages of more than $150,000,000.

It is estimated that 237,655 persons are today receiving treatment

1919年5月22日付『オハマ・デイリー・ビー』紙より

片消費で全世界のトップにたっている。わが国の阿片の年間消費量は、わが国のすべての男・女・子ども一人ひとりに、年間三十三グレーンの阿片を供給できるほど拡大している。これに対し、たとえば、ドイツでは、一人当たりの消費は二グレーンである。合衆国と諸外国の一人当たりの消費を示した委員会の表は、それ自体、ゾッとするほどのものである。それによると、合衆国は、他の国の阿片消費の十倍から六十倍を消費している。表は、以下の通り――／（中略）／わが国で消費される麻薬の九十パーセントは、医療目的外に使用され、阿片は、報告では、この範疇に入る。わが国の驚嘆する阿片消費については、こう述べられている――／〈阿片常用者多数〉／「わが国の市民の大多数が、毎年、一回分の阿片も摂取していないことを考慮すれば、一人当たりのこの巨大な消費は、常用者の満足のために使用された結果であることは明白である」。／さらにわが国に輸入されるコカインの七十五パーセントが、違法目的で使用され、同じことが、ヘロイン、モルヒネ、その他の麻薬にもあてはまる。

一九一九年七月二十二日付『ニューヨーク・トリビューン』紙に、見出し「市の内科医ら、麻薬状況の緩和をもたらす／医学協会、コープランドの指揮に従い、常用者への統一的な処方をだすことに同意／コカインの排除を目指す／衛生局長、規制に従う者を援護すると述べる」の記事――

麻薬状況の解決が見込まれる。麻薬常用研究の医学協会は、昨日午後、ブロードウェー・セントラル・ホテルで会合を持ち、衛生局長コープランドと国家麻薬委員会副局長サラ・グレアム・マルホール嬢と会談後、麻薬常用者の治療で、衛生局のバックアップをしっかりとおこなうと決定した。／（中略）／会合の結果、常用者の治療で内科医のすべき役割が決定された。それは、衛生局が設定した規則に則っておこなわれる。／〈コカインを排除するために〉／彼らは、医師コープランドの助言に基づき、モルヒネやヘロインのように身体が求めるのではなく、精神的刺激のためであるなら、コカインを完全に排除することに同意した。一日、最大で十五グレーンにし、最終的に、患者には一日四分の一グレーンに減らすことに決めた。最終的には、一日分の使用だけに処方することが決まった。出席した内科医の一人に、東七十一番街に住む医師エドワード・E・ガードナーがいて、彼は先週逮捕され、現在保釈中の身である。

フォックスクロフトは、最後に、オスカー・ワイルドを扱っている。

堕落、汚濁、堕落は、オスカー・ワイルドの『ドリアン・グレイの肖像』（一八九一年）にも、いやというほどでてくる。この本は、コナン・ドイルと過ごした夜のあとに書かれた。その晩、二人は『リピンコット誌』に本を書くと約束をした。ワイルドは『ドリアン・グレイ』を、コナン・ドイルは『四つの署名』を書いた。阿片は、主人公の行き過ぎた破滅的で不道徳な行為において、怖ろしい役割を果たす。世紀末の退廃のイコンであるドリアン・グレイは、犯した蓄積する犯罪のことを意識から追いだそうとするが、「五感によって魂を治療するために」「ポピーで意識を失う」必要がある。たとえば、彼は、敢えて阿片窟に入り、「そこで人は忘却を買うことができ、……昔の罪の記憶を新しい罪による狂気で破壊することができた」が、「阿片の忌まわしい飢えが彼を蝕みはじめた」。（中略）その内容は批判されたにもかかわらず、コナン・ドイルは『ドリアン・グレイ』は「道徳の高みにまちがいなく［置かれて］いる」と考え、ワイルド自身は、「どうして彼らが［それを］不道徳なものとして扱うのか理解」できない、「……道徳は余りにも明白だ」と記していた。（五八ページ）

この『ドリアン・グレイ』の「阿片」使用に、「同性愛」をからませて論じるきわめて興味ぶかい論文がある。何故、興味深いかといえば、『荒地』「Ⅲ　火の説教」に登場する「ユージェニディーズ」から「優生学」、さらには「阿片」を読みとってきた本章では、「ユージェニディーズ」が「同性愛者」であるとする読みの存在を示唆してきたからである。この論文は、『麻薬戦争』（*Drug Wars*, 2004）の著者カーティス・マレス（Curtis Marez）の論文「もう一人の常用者——植民地政策とオスカー・ワイルドの阿片という煙幕について」（"The Other Addict: Reflections on Colonialism and Oscar Wilde's Opium Smoke Screen" in ELH, Volume 64, Number 1, Spring 1997）である。

マレスは、『ドリアン・グレイの肖像』第十五章で、ドリアンが「心配そうに、からくり箱《チャイニーズ・ボックス》に入った阿片という秘密の隠し物を入れてある、飾りたてたキャビネットの鍵をあける」場面について、以下のように論じている——

> ドリアン・グレイのこのキャビネット（あるいは、クローゼットでもよい）は、イヴ・コゾフスキー・セジウィックの「ワイルド、ニーチェ、男の身体をめぐるセンチメンタルな関係」でおこなった主張を支持するようにみえる。つまり、『ドリアン・グレイの肖像』は、「ゲイ肯定／ゲイ排除のオリエンタリズム」を表象しているということ。この論文とディケンズの『エドウィン・ドルードの謎』（*The Mystery of Edwin Drood*）論で、セジウィックは、文学作品で麻薬常用が描かれる場合、それは同性愛という「密かな悪徳」の代わりとして機能することがよくあると論じている。この読みは、ある程度まで説得力を持つが、いま引用した場面のつづきを持ちだすと、なんと、もっと複雑なことになる。ドリアンの「クローゼット」は、すでにたっぷりと麻薬が蓄えられているのに、それでも、彼はそれにふたたび鍵をかけて、イースト・ロンドンの波止場の阿片窟にでかけていく。阿片を切望するため、堅牢なドリアンの家からこの都市（そして、拡大すればこの島国）の端へと移動が余儀なくされる。この都市で、イングランドは、脅威的な民族的他者性の場面へと道を譲る。したがって、ドリアンのように、麻薬使用の意味は、放浪性ということになる。セジウィックの説明は、そうした放浪行為を早まって固定化してしまい、多

かれ少なかれ、阿片の持つ多様な意義を「クローゼットの認識論」に従属させてしまう。わたしは、『ドリアン・グレイの肖像』では、常用癖が同性愛を意味していることを所与のものと仮定する一方、これから先で、多くの後期ヴィクトリア朝人にとって、阿片は民族化されると同時に、民族化すると主張することになる。いいかえるなら、阿片に焦点を当てることで、民族的カテゴリーと性カテゴリーは重なり合う可能性のある一方、民族はワイルドの作品と彼が住む（複数の）文化で、独立した、つまり、比較的自立した構造化の機能を持つ主たるものであると論じることになる。

（註・セジウィックの論は、『クローゼットの認識論』（*Epistemology of the Closet*, 1990）の第三章にあたる。外岡尚美訳、青土社、一九九九年）

この議論を参照枠とすれば、「ロンドン」で「スミルナ」住民の「商人」「ユージェニディーズ」（たぶん、ギリシャ人）が「同性愛者」であるらしいことから、必然的に「阿片」が想定されることになるだろう。それは、「ユージェニディーズ」が「ポケット一杯に」持っている「カラント」が示唆してもいたのだ。

《阿片吸飲》ギュスターヴ・ドレの挿絵（ウィリアム・ブランチャード・ジェロルド『ロンドン——巡礼』［1872年］より）

エリオットといえば、彼に影響を及ぼしたアーサー・シモンズも、『詩集』（一九〇二年）所収の「阿片吸飲者」を書いている。

わたしは飲み込まれ、心地よく溺れる／香水のような柔らかな音楽と甘美な光が／
黄金色となって、絶妙な聞こえる匂いと共に／わたしを永遠の経帷子に包む／
時はもうない、わたしは立ち止るが、逃げる／幾多の時代が夜でわたしをくるむ。／
わたしは幾多の時代の喜びを消耗し／わたしは未来を記憶にとどめる。

また、わたしにあるのは、間借りしたこの屋根裏部屋、／この麦藁の床、そして、椅子であったこれ、／
このぼろのテントのような消耗した身体、／ネズミが齧ったこのパン、／
この阿片パイプ――怒り、後悔、絶望――／質に入ったこの魂、そしてこの錯乱の心が。

「阿片」は、コクトー経由でパウンドとも結びつく。ジェイムズ・J・ウィレム（James J. Wilhelm）は、その著書『ロンドンとパリのエズラ・パウンド――一九〇八〜一九二五年』（*Ezra Pound in London and Paris, 1908-1925*, 1990）で、次のように述べている――

エズラにはお手上げの、コクトーの人生で唯一のときが、一九二三年十二月に訪れた。ジャンの愛人、驚異的な小説家レイモン・ラディゲが他界したときのことである。絶望したコクトーは、阿片（パウンドは我慢できた）とジャック・マリタンの新トマス主義のスコラ哲学（パウンドは我慢できなかった）に手をだした。これは、『キャントーズ』（七七／四二二）に示めされている。（二七六ページ）

そして……コクトーは、『阿片――或る解毒治療の日記』（一九三〇年）でこう記している――

一九〇九年頃には、芸術家は多く阿片を喫《の》んだものだが、ただ人に言わずに喫んでいた。彼等は今ではもう喫まない。世間でこそ知らずにいるが、若夫婦で阿片を喫んでいるものはうんとある。植民地で生活している人々は、熱病の予防の為に喫んでいるが、事情に余儀なくされると、何時《いつ》でも止めてしまう。その時彼等は一寸《ちょっと》した流感ほどの苦しさを感ずるだけだ。阿片がこれ等の味方を大目に見てやるのは、彼等が阿片を悲劇的にとらないからだ。（堀口大學訳、五八ページ）

＊

最後にひとこと。フランシズ・A・ジェラルド（Frances A. Gerard）著『バイエルン国王ルートヴィヒ二世のロマンス』（一九〇一年）に、以下のように「阿片」がでてくる――

「いい睡眠剤は何かかね？」
「いくつかございます――阿片、モルヒネ、クロラース、入浴、洗浄、スポーツなど」（二五七ページ）

ルートヴィヒが訊ねると、著者がそうこたえた。しかし、著者は、ルートヴィヒが阿片を使用したとは記していない。

おわりに――『神聖ローマ帝国衰亡史』としての『荒地』

エリオットが、パウンドの修正版につけた題は「荒地」であったが、それ以前につけていた題は、ディケンズの『我らが共通の友』からとられた一節であった――「彼は、いろいろな声で『ザ・ポリス』紙を読むわ」。『荒地』と『我らが共通の友』とのかかわりは、これにとどまらない。たとえば、「Ⅲ　火の説教」に描かれる「美しいテムズ」のネズミ（「鼠が一匹、草むらを音もなく這っていった、／ぬるぬるした腹を引きずって。」）や、人の死体（「低い湿地には白い剥き出しの死体がいくつか転がり」）の描写などは、『我らが共通の友』のでだしに語られる、汚れたテムズ川の深みを探り死体を得て生計をたてているギャファー・ヘクサムとその娘リジーの作業を想起させる。

『我らが共通の友』は、『荒地』の時代には高く評価され、とてもよく知られていた。たとえば、一九一一年四月十一日付『ザ・ファーマー・アンド・メキャニック』紙（*The Farmer and Mechanic.* [volume] (Raleigh, N.C.)）に、見出し「『我らが共通の友』の原稿」の記事が掲載された――

『我らが共通の友』の原稿は、チャールズ・ディケンズによってダグラス氏（著名な女優グリン嬢の夫）に贈呈された。『我らが共通の友』出版時、ダグラス氏は『ザ・タイムズ』誌の記者で、同紙にこの本の書評を書いた。とても共感的で楽しいもので、書評を読むのはきわめてまれなチャールズ・ディケンズも嬉んだ。原稿が製本されたとき、ディケンズはダグラス氏にそれを贈呈した。ディケンズの死の直後、ダグラス氏はこの原稿を大金で売却し、購入したのはフィラデルフィアのジョージ・W・チャイルズ氏であった。アメリカ紙のいくつかによれば、ディケンズはダグラス氏に売り、その後、彼が再度売ったのだという。この誤った情報が、ディケンズの女性遺言執行人の耳に入ったとき、この女性は、チャイルズ氏に、アメリカでのこの情報を否認するように求めたところ、ただちに実行された。「チャールズ・ディケンズが自らの原稿を売却した件についてですが、これはまったくありえないことです」と、ホガース嬢はわたしに手紙をよこした。

また、『ザ・ファーマー・アンド・メキャニック』紙の一九一二年一月三十日付には、見出し「三十分で読めるディケンズの最高に見事な人物像／ブラドレー・ヘッドストーン——ディケンズのきわめてドラマチックな人物／J・W・マラー著」の解説記事が掲載——

ディケンズは才能の浪費家といってもさしつかえない。想像力、空想、機知、技術を使いきっている。あたかも、豊かな精神を入れた尽きることない角の杯から、それらを注いでいるかのようだ。彼の書いた小説で、何かにつけてそうであるのだが、『我らが共通の友』ほど物惜しみなく使っているものはない。／『我らが共通の友』は一冊の本だが、実は、四つの小説からなる。『ジョン・ハーモンの秘密』『サイラス・ウェグとボッフィン氏』『ヴェニヤリング家とその客』『ブラッドリー・ヘッドストーン』に分割できるだろう。それぞれ、完成された小説であるばかりか、充実したものであり、見事なものだ。リジー・ヘクサムが、『我らが共通の友』の筋と少し関係のある人物の娘であるというごく偶然な事実を除けば、リジー・ヘクサム、ユージーン・レイバーン、そして、ブラッドリー・ヘッドストーンは、主筋、つまりジョン・ハーモンの謎とはまったく関わりもない。／（以下、略）

1912年1月30日付『ザ・ファーマー・アンド・メキャニック』紙より

1913年5月4日付『ザ・サン』紙より

1922年1月20日付『プルマン・ヘラルド』紙より

一九一三年五月四日付『ザ・サン』紙に、見出し「ディケンズ物語の再話／ハリー・アーミニー・リーヴズ著／我らの互いの友」の書き直し版が掲載されている。

一九二一年、映画にもなった。その上映の広告や紹介が、たとえば、一九二一年十二月四日付『ニューヨーク・トリビューン』紙に、大見出し「演劇が好きになるでしょう。チャールズ・ディケンズの『我らが共通の友』をみれば／ニューヨーク各紙、異口同音」の広告記事で、各紙の評が掲載されている――

「『我らが共通の友』が、リリック座で大成功。……映画でほとんどみられない業績」（『イヴニング・テレグラム』紙）／「ディケンズの雰囲気、銀幕にみごとにもたらされた」（『イヴニング・メイル』紙）／「きわめてすぐれている……役者ら見事……たくさんの劇映画（フォトプレイ）にでかけても、『我らが共通の友』ほど楽しめるものはない」（『タイムズ』紙）／「驚くことに、以前は、スクリーン版『我らが共通の友』が、ディケンズの書いたどれよりもメロドラマ的なものと思った者はいなかった。……その喜劇的場面で、映像はとても面白い」（『イヴニング・サン』紙）

全席予約――電話予約は二時までと八時まで／リリック座、ブロードウェイ近く四二番／毎日二公演、二時三十分と八時三十分。

一九二二年一月二十日付『プルマン・ヘラルド』紙（*Pullman Herald.* (Pullman, W.T. [Wash.])）に、「グランド・セアター座」の上映広告が絵入りで掲載されている。

一九二二年三月三日付『クリアーウォーター・リパブリカン』紙（*Clearwater Republican.* (Orofino, Idaho)）に、見出し「最高傑作の一冊から制作された完全な動画」の記事が掲載――

アメリカ人がもっとも好み、動画と劇で一番求めているのは何であろうか。／この問いの答えがわかるには、巨額の出費を制作にかけなくてはならない。その分野すべての劇場は、大衆に訴えるのは偶然だと強調している。／ちょうど、制作されて各地で公開準備のできた動画がある。チャーズル・ディケンズの『我らが共通の友』で、これは、本年度、スクリーン制作でもっとも広範に絶賛されたものの一つである。『我らが共通の友』は、多くの節度ある観客から、この娯楽新年度で、もっとも素晴らしく、もっとも完全に演じられた映画とみなされている。／（中略）／『我らが共通の友』は、三月九日（木曜日）から三日間、レックス・セアター座にくる。

一九二二年六月二十一日付『アルバカーキ・モーニング・ジャーナル』紙（*Albuquerque Morning Journal.* (Albuquerque, N.M.)）に、見出し「ディケンズ最後の小説の視覚化、「完璧な動画」となる」の記事が掲載――

ときおり、きわめて通常ならざる性質の映画が、洗練と先見の明を有する監督によって制作され、ただちに、国内のスクリーンに映され、目覚ましい成功を収める。／チャールズ・ディケンズの『我らが共通の友』は、近年もっとも完璧に演じられた映画と多くの人から信じられているが、アメリカの大衆のよりすぐれたものを理解する能力の試金石となるだろうし、リリック座は、この通常ならざるものの上映を予定しており、今日繰り返されようとしている。／もちろん、チャールズ・ディケンズは、今日、活気ある風変りな、彼の明確で忘れられない人物表現に生きていて、彼の楽しい人物らは、映画版『我らが共通の友』で文字通り生き返り、前世代の文学の神の一人でありながら、その著者を今日の名声ある作家にしている。登場人物を生みだす匠である他に、ディケンズはロマンスの、楽しさと喜劇の、そして、すぐれて健康的で刺激的なドラマの匠でもある。以下のようにきわめて多様な登場人物から、どのような娯楽の可能性が導かれるかを考えてみよう――／（中略）ボッフィン夫妻――両者とも、今世紀もっとも楽しい本の一つをいつも思い出す、数百万人にとって愛しい。／『我らが共通の友』は、完璧な「動画」である。『我らが共通の友』をみれば、「動画」が一層好きになること請け合い。そこでは、低俗なスリルが与えるすべての興奮が、美しく達成されている。

そして、この作品には、エドワード・ギボンの『ローマ帝国衰亡史』が言及されてもいる。しかも、笑いのネタであると同時に、時事的なネタとして。

「聞かなくとも分かったんじゃないかと思ったが」ボッフィン氏はいささか失望していった。「名前はな、『ローシャン――帝国―［すいたい――と――］つい――らく――史』（『ローマ帝国衰亡史』の誤り）というんだ」（ボッフィン氏はこの難儀な石ころ道を、ゆっくりと、大いに用心しながら通り越した。）（間二郎訳、上巻、一〇八ページ）

'I thought you might have know'd him without it,' said Mr Boffin slightly disappointed. 'His name is Decline-And-Fall-Off-The-Rooshan-Empire.' (Mr Boffin went over these stones slowly and with much caution.)

「ローマ帝国」とあるべきところが、「ローシャン――帝国（ロシア帝国）」になっているのだが、これについて、マイケル・コットセル（Michael Cotsell）は、『「我らが共通の友」必携・第四巻』（二〇一三年）の解説で、以下のように述べている――

エドワード・ギボンの『ローマ帝国衰亡史』が最初に六巻本で出版されたのは、一七七六年から一七八八年にかけてであった。ディケンズは、ガッズ・ヒルの書斎に、ボッフィン氏のように、八巻本の一八二五年版を持っていた。クリミア戦争（一八五四～六年）のかなりの成功にもかかわらず、イギリスは、巨大で狭量なロシア帝国の野心に不信感を抱きつづけていた。

そして、この『ローマ帝国衰亡史』第二十六章には、以下の文脈で、「（トラキアの）荒地（the waste lands）」とある――「そしてもし皇帝［ヴァレンス帝］が優渥な寛大をもって（恵み深く寛大な皇帝が）トラキアの荒廢した土地（荒地）の耕作を許可してくれるならば、彼等［ゴート族］は永にこれを感謝してローマ帝國の法律に服従し、……」（村田雄三訳『ローマ帝国衰亡史（四）』、一七〇ページ）。ちなみに、第二十六章には、このあと同一表現が一ヵ所、また、「乾燥し不毛な荒地のアラビア沙漠」（第二十四章）、「荒地」（第五十三章）、「ビサンチン領土の大部分は、荒地にされ」（第六十二章）がある。

この箇所は、『荒地』の「V　雷の言ったこと」にある「水」のない「荒地」を想起させる。こうしたことから、『荒地』は、もう一つの『ローマ帝国衰亡史』を目論んでいたのではないか。本書で示唆したように、「ハプスブルク家」が自らに帯びた国家名が、「神聖ローマ帝国」であった。

また、『ローマ帝国衰亡史』には、『荒地』冒頭のエピグラフに使用されている記号「クーマエ（クマエ）」と「シビュル」も、その姿をみせている――

この状態に臨んでアリゲルンも、兄の死を悲しむどころかその勇気を見習う心境になった。強力かつ有能な射手である彼は、たった一発で敵の鎧と胸を貫いた。彼の指揮のおかげでクマエは一ヵ年以上ローマ軍の攻勢を持ちこたえた。彼らは骨折ってシビュラの洞窟を大きな坑道へと掘り下げた。当座の支柱を焼き払うために可燃性の材料が運びこまれ、クマエの城壁と城門はその洞穴の中へ陥没したが、その廃墟は近寄り難い深い断崖を形作った。（朱牟田夏雄・中野好之共訳『ローマ帝国衰亡史（六）』、三二六〜七ページ）

インターネット・サイト「ブリタニカ百科事典」には、「シビル／シビュル」が、以下のように説明されている――

シビルは、シビュラとも呼ばれるギリシャの伝説と文学に登場する女預言者である。伝統的に彼女は、桁外れに年をとった女性で、恍惚・熱狂して予言を告げる者とされるが、つねに、彼女は神話的過去を背負った人物であり、ギリシャ語の六歩格の詩行で語られる彼女の予言は、書き物として伝えられてきた。／紀元前五世紀と四世紀初期に、彼女はたえず単数形で言及され、シビラは固有名詞として扱われ、明らかに、小アジアにいるとされていた。四世紀末からシビルの数は増えた。彼女らは伝統的に、すべての有名な神託の中心地その他、とりわけアポローンと結びついた場所にいて、個々の名で呼ばれ、「シビル」は称号として扱われていた。／イタリアのクーマエのシビルをめぐる伝説では、彼女はアエネーイスに同伴して冥界へいく（ウェルギリウスの『アエネーイス』第六巻）。ハリカルナッソスのディオニュシオスによれば、有名なシビル予言集である『シビュラの書』は、クーマエのシビルによって、ローマの七列王の最後の王であったタルクィニウス・スペルブスに売られた。王は彼女のいい値を支払うことを拒んだため、シビルは六冊を焼却し、最後には、残りの三冊を、彼女がはじめに九冊に要求した値段で売った。以後、この書は、カンピドリオ（カピトリヌス）のユピテル神殿に保管され、参照されるのは緊急時だけであった。それらは、紀元前八十三年の火災で焼失した。

ここにはないが、アエネーイスと「金枝」との関係については、シビュラがそこに介在している――「しかし、出発前に、彼女［シビュラ］は、彼［アエニーイス］に、死者の国で彼を守る役割を果たす聖なる金枝を集めるよう忠告する」(Lorena Laura Stookey, *Thematic Guide to World Mythology*, 2004. p.67)

クーマエのシビル/シビュラは、ローマ神話に登場する女性で、アポローンから予言の才と千年の命を与えられたが、若さが保てるよう願うことを忘れたため、年老いて萎んでいったとされる。オウィディウスの『転身物語』第十四巻には、「変身しなくてはならない限りそうして、みても存在がわからず、声として知られることでしょう。運命の三女神がわたしに声を残してくれることでしょう」とある。ウェルギリウスには、アエネイアースの冥界への旅路に同伴した女性として描かれた。ほかに、ウェルギリウスは、『牧歌』において、クーマエのシビュラの予言として、神童と黄金時代の到来を歌い上げた。この予言は、古代から中世のキリスト教社会では、キリストの降誕を予言したものとして広く知られたという。

ついでながら、エリオットは「II チェス遊び」の語「格天上《ごうてんじょう》(laquearia)」に付した原註で、「[ウェルギリウス]『アエネーイス』一巻七二六行目を見よ」としているように、『荒地』はアエネーイスと関係がある。そもそも、アエネーイスは、ローマ帝国の礎を築いた英雄であった。

一九一一年十一月二十六日付『ザ・サンフランシスコ・コール』紙に、見出し「古代の情事のためのイタリア=トルコ戦争、/アエネーイスがディードーを捨てて三千年。地中海諸国、トリポリの砂の上で戦いをつづけてきた」の記事が掲載——

ロドニー・Y・ギルバート著/ある恋愛にはウィルスがある。とりわけ、陰鬱な恋愛の場合はそうである。このウィルスは、伝統的に三世代・四世代を超えて感じ取られ、国家に感染してそれより長く生きる。ホメロスは、まさに数千行を使い、ちょっとしたロマンスが大国家を転覆させ、一万の家を悲嘆でみたしたことを語った。しかし、それが最初の事例でも、最後のものでもなかった。北アフリカで起こったこうした紛争を例にとろう。トリポリのトルコ人と古代ローマの子孫との戦いである。ロマンスに鈍く、過ぎ去りし時代が現在の出来事に大い

1911年11月26日付『ザ・サンフランシスコ・コール』紙より

なる影響を持つことを認めたがらない吾人は、それが過去の闘争で、一八七八年のロシア＝トルコ条約で決着がついていると語ることであろう。このとき、イタリアは仲裁大国から、平和的手段でトリポリが占拠できるといわれた。なるほど、昔の闘争にちがいない。それがはじまった時代に、ロシア人は、凍った草原で骨をかじり、トルコ人は、中国の芽生えはじめた文明の外縁にいた黄色人種にすぎなかった。そして、さらに、それは恋愛からはじまったのだ。ローマが建国される前、アエネーイスが、依然、トロイ戦争後に海を探し回り、上陸場所を求めていたとき、彼はカルタゴに入り、フェニキア人の植民地建設者にして女王ディードーをみた。ヌミディア人の王ヒオルブスは、ディードーを好んだが、ディードーとアエネーイスは激しい恋に陥った。ゼウスは、この組み合わせをよしとせず、メルクリウスを地上に送り、最後通牒をいいわたした。アエネーイスは船で逃げ、ローマを作った。イタリアに何らかの力が残っているとすれば、それは、そこから成長してきたのである。ディードーは自殺し、それによってヒオルブスに意地悪をし、ヌミディア人とカルタゴ人に同様に、復讐心、また、地中海中の民族には憎しみでみたした。／これは昔のロマンスで、消滅してから、約二千八百年経過している、そう歴史家らはいうだろうが、アエネーイスの部下の子どもらは、いまだに、海を挟んでヌミディア人の子どもらと、また、カルタゴに支配された父を持つ部族と闘いを繰り広げている。（以下、略）

一九一九年九月二十九日付『ザ・リッチモンド・パラディアム・アンド・サン＝テレグラム』紙（*The Richmond Palladium and Sun-Telegram.* (Richmond, Ind.)）に、見出し「ウェルギリウスの『アエネーイス』／ウィリアム・フェンウィック・ハリス教授による要約」の記事が掲載――

〈戦争〉と〈運命を操る人〉が、ウェルギリウスの物語の主題である。そこには、国家の誕生が描かれている。／作者は、ホメロスが語っている歴史にまで戻って、自己の民にとっての国家的英雄をみつけた。しかし、彼の物語には、彼が主人公だけでなく多くのことを借用している、『イーリアス』と『オデュッセイア』とは大いに異なる点がある。ホメロスの話は、ギリシャ史のはじめに位置している偉大な族長をめぐる自然発生的物語であるのに対し、ウェルギリウスは、自身の民族には、世界支配の神意の使命が付与されているともっともらしく語る、文人であり愛国者であり、主人公を意図的に選び、その者のために、彼の必要に応じる歴史を作っている。この偉大な国家の物語で、主人公はアエネーイスなのか、それとも、イタリア国民なのか訝しく思われることがときとしてある。ホメロスの場合、アエネーイスは、ヘクトールとならび、トロイの大闘士の一人である。トロイ陥落の際、死を免れたわずかなトロイ人の一人である。尊父アンキーセースを両肩に背負い、息子の手を握り、妻を従える彼は、海岸までいき、多数の随員と共に船に乗って新たな土地を求め、新しい王国を建国する。しかし、彼の頭上には、トロイ人すべてにとってしつこい敵である女神ユノの、根深い敵意が垂れこめている。ホラティウスが助言したやり方で、彼は、事態のただ中に突き進んでいく。／（以下、略）

シビュラは、「千年」の命を許された。このことと、以下にあるように、「ドイツ帝国」、もしくは「神聖ローマ帝国」が「ほぼ千年」つづいたことの「一致」は、単なる偶然なのだろうか。あるいは、何か意味があるのだろうか。この帝国が中世後期にはじまるとすれば、『荒地』がウェストンの『儀式からロマンスへ』を一つの典拠としたというのは、「ロマンス」から「モダン」へを扱うということなのであろうか。

一八七〇年十二月十一日付『ザ・ニューヨーク・ヘラルド』紙に、見出し「ドイツ帝国と教皇の世俗権力」の記事が掲載——

衝撃的な偶然の一致があまりにも多く起こるので、そうした一致がもはや注目の値打ちのない時代に、われわれは生きている。しかし、奇妙なことに、ドイツ帝国は、ほぼ千年間、教皇制と不可分の仲であったものの、一八〇六年以降消滅したが、教皇の世俗権力が、死んだとはいわないまでも、急速に死につつあるまさにその時機に、復活しようとしているのである。今日、本紙のコラムがあかしているように、カトリック教徒は、興奮して狂気状態——旧世界だけでなく新世界でも——にある。それは、ローマで起こりつつある出来事のせいだ。今日、プロシャ王は、父なる国の有力者らから、帝国の王位を受け、ドイツ帝国を復活させるよう要請されている。ドイツ帝国は、シャルルマーニュ（カール大帝）の贈り物以来、あるいは、九六二年のオットーの戴冠以来、別名を神聖ローマ帝国と称していたが、まさにそれが復興しようとしている。教皇の世俗権力は、同時に、復興に値しないとされている。この対照は、著しく、注目に値する。

一九一九年六月十九日付『ザ・イエール・エクスポジター』紙（*The Yale Expositor.* (Yale, St. Clair County, Mich.)）に、見出し「一八〇一年、リュネヴィル条約／帝国を千一歳で終わりにした条約」の記事——

ロシア、オーストリア、イングランド、ポルトガル、ナポリ、トルコの連立が、一七九九年、対フランス戦を開始した。ナポレオンはエジプトにあって、執政政府は、軍隊がイタリアとライン川流域で敗北を喫するのをみた。急遽フランスに戻ったボナパルトは、執政政府を廃止し、同年十一月、みずから初代執政となった。翌年五月、アルプスを横断した彼は、マレンゴとモントベッロの戦いに勝利し、イタリアにおけるフランスの権力を復興させた。六月十九日、彼はホーホシュタットの戦いに勝利し、十二月三日、ホーエンリンデンでオーストリア軍に決定的な壊滅的敗北をもたらした。ロシアは、フランスとの友好関係を結んでいた。プロシャは中立を維持していた。より小さなドイツ諸国のほんのわずかだけが、ドイツ皇帝であるオーストリアのフランツに従っていた。

（ジャン・ヴィクトル・マリー・）モローは、ウィーンから行進して五日の範囲におり、広大な領土と敵の雑誌のすべてを抑えていた。皇帝は休戦を要求し、ジョセフ・ボナパルトは、オーストリア使節コーエンツェルとロレーヌのリュンネヴィルで会い、平和交渉をおこなった。／（中略）／〈他の領土を占有〉／プロシャは、いつものように、いい加減に振舞っていたが、ライン川の西で放棄した領土の見返りに、ドイツの他の地域に四倍の領土を占有した。神聖ローマ帝国は、リュネヴィルの和約で実質的に終焉を迎えたが、シャルルマーニュ（カール大帝）がカエサルの後継として、西ローマ帝国皇帝になってから、千一年の間、存続したことになる。／リュネヴィルの和約の三年後、ナポレオンがフランス皇帝だと宣言したのを受け、皇帝フランツは、オーストリア皇帝の称号を得た。もっとも、彼は、一八〇六年まで、神聖ローマ帝国の王位を正式に放棄することはなかった。

では、アメリカ紙の「ギボン」言説はどうであったのだろう。たとえば、一八九四年一月二十六日付『ザ・ユナイテッド・オピニオン』紙（*The United Opinion.* (Bradford, Vt.)）に、見出し「注目すべき百年祭／世界最高の歴史家の死の百周年記念」の記事が掲載されている――

［特別通信］／ボストン、一月十一日――百年前の今日、世界でもっとも偉大な歴史家の一人が、ロンドンで臨終の床にあった。痛い外科手術を受けたあとのことだ。一七九四年一月十六日、エドワード・ギボンは、五十七歳で最後の息をひきとった。かなり早い死であった。ギボンが、もっともよく、また、多くの人に知られているのは、彼の『ローマ帝国衰亡史』の故であるが、この驚異的な歴史書にもひけをとらず、多くの人の頭の中で、天才ぶりをあかしているのは、彼の残した痛快な自伝であった。もっとも、不幸なことに、これからの素描は、この近年、読まれてしかるべきと思われるほど読まれてはいない。／（以下、略）

一九一二年十二月六日付『ジュディス・ギャップ・ジャーナル』紙（*Judith Gap Journal.* (Judith Gap, Mont.)）に、コラム「賢人の知恵」の中に、以下のことばが呈示されていた――

未来を預言する最良の者は、過去である――バイロン。

――

春が近づき、わたしは、さっさと、友のいない群集と楽しくもない放蕩の騒がしく広大な場面から身を引く――エドワード・ギボン

一九一八年十一月二十八日付『ザ・ジャスパー・ニューズ』紙（*The Jasper News.* (Jasper, Mo.)）に、見出し「天分の記念碑」の記事が掲載――

一七六四年十月十五日、ローマのキャピトルの廃墟のただ中で、エドワード・ギボンは、『ローマ帝国衰亡史』を執筆する決意を固めた。そして、ほぼ二十三年後の一七八七年六月二十七日、彼の庭の四阿で、最後のことばが記されたが、この粉骨かけた年月で、ギボンは自らの天分を記念する永遠の記念碑を打ち立てたのである。

一九二〇年一月十六日付『ブリッジポート・タイムズ・アンド・イヴニング・ファーマー』紙（*Bridgeport Times and Evening Farmer.* (Bridgeport, Conn.)）に、見出し「エドワード・ギボン」の記事が掲載――

一七九四年一月十六日、『ローマ帝国衰亡史』の著者エドワード・ギボンが死去した。／これは偉大な作品である。わずかな年月で不朽の存在になった。／ギボンの『衰亡史』は、十五年かかった。／ギボンは親切にも、「状況」、

もしくは、『ローマ帝国衰亡史』が何か、さらに、その大構想を得た場所そのものについて語ってくれている。彼はこう述べている――／「二十七歳のとき、わたしは、経験と趣味を持ったスコットランド人の世話になって、永遠の都市ローマの廃墟を視察していた。一七六四年十月十五日、裸足の托鉢僧らが、ユピテル・カピトリヌス神殿で晩課を唱えている間、この首都の廃墟に囲まれて坐り考え込んでいると、頭の中で、『都市ローマ衰亡史』を書く構想が胚胎しはじめた」。／しかし、彼の構想は、その核から拡大していった。その都市だけでなく、ローマ帝国について、彼は書いてしまった。／彼はロンドンの自宅でその大作をはじめた。一七七二年頃だ。これを終えたのは一七八七年、スイスのローザンヌで、レマン湖を望むピクチャーレスクな邸宅においてであった。この経過には、こころがかきたてられる。彼の著作の結論について、ギボンは、こう述べている――／「一七八七年六月二十七日の夜、十一時から十二時の間のこと、わたしは、最終ページの最後の数行を書いた。庭の四阿であった。ペンを置くと、わたしは、湖、山脈、そして、対岸が眺められる揺り籠、つまり、アカシアの覆いのある散歩道をいったりきたりした。空気は温和、夜は穏やかにして、銀色のまんまるの月が湖面に反射し、自然のことごとくが静かだった。自由を取り戻し、そして、多分、名声を確立したことへの最初に感じた喜びの気分を、わたしは、これから隠すことはないだろう。しかし、わたしの自尊心は、すぐに萎んだ。覚めた憂鬱が頭一杯に広がった。一人の気心の知れた旧友に永遠の別れを告げ、わたしの描いた歴史のこれから先の運命がどうなろうと、歴史家の生涯は、短く不確かなものに思われたからである」。／ギボンは結婚しなかった。

（註・「ローザンヌ」は、奇しくも、エリオットが「一九二一年十一月中旬から十二月下旬にかけて」、療養していたサナトリウムのあった場所。）

一九二〇年十二月三十日付『ザ・グレーンジヴィル・グローブ』紙（*The Grangeville Globe.* (Grangeville, Idaho)）に、見出し「一人だけの統治」の記事が掲載――

一人だけの統治は、確実に、最後は失敗する。これは、例の著名な歴史家エドワード・ギボンが印象に残るほど強調したことである。ローマ帝国の衰退のはじまりを説明して、彼は、こう語っている。もし、人類の状況がとても幸せで繁栄した世界の歴史の時期をきめるよう求められたら、人は何のためらいもなく、ローマの歴史で、この帝国が徳と叡知に導かれた絶対的権力が支配していた時期をあげることだろう、と。しかし、彼は、こうもいう。つまり、当時、権力の座にあった皇帝らの努力に支払われたのは、彼らの成功と不可分にあった厖大な報酬、徳への正直な誇り、そして、彼らが作りだした全般にわたる幸福を目にするこの上ない喜びであったが、それでも、「彼らは一人の者の性格に左右された満足が、どんなに不安定なものかをしばしば回想したに相違ない」。／ローマ人民は、立法府を従属させた一人だけの統治に慣れていたが、無知で悪意のある暴君には対処できなかった。その統治は、ローマ帝国終焉、そのはじまりを画すものであった。／（以下、略）

エリオットは、『荒地』で、まさに、「帝国」「国家」「王家」、そして、庶民の「家」の崩壊を示唆している。これまで本書が示したように、東ローマ帝国、ハプルブルク家の神聖ローマ帝国、フランス帝国の崩壊、ルートヴィヒ二世が典型である、「王」の主体の「崩壊」、つまり「狂気」……が示唆されている。

かくして、『荒地』は、本書第Ⅰ部第一章第一節で引用したジェイムズ・E・ミラー、ジュニアの指摘のように、「外部世界とその崩壊しつつある文明に対する批評」であり、『ローマ帝国衰亡史』の続編、つまり、『神聖ローマ帝国衰亡史』として位置づけられていたのではないか。あるいは、オスヴァルト・シュペングラーの『西洋の没落』（一九一八年、一九二二年）を意識して。エリナー・クックは、論文「T・S・エリオットとカルタゴの平和」（一九七九年）でこう述べている――「西洋文明の没落（衰退）とローマ文明と現代文明の類似、これは、シュペングラーを示唆している」（Eleanor Cook, "T.S.Eliot and the Carthaginian Peace" in ELH）。

あとがき——〆のつぶやき（最後の最後）

多くの方は、本書を第一ページから読まず、まず、「おわりに」から読もうとなさるだろう。だが、この「おわりに」は「あとがき」でもあるが、やはり「おわりに」なのである。しかも、なかなかおわらない。「あとがき」めいた箇所は、この「あとがき——〆のつぶやき（最後後の最後）」である。ここで、肝心のことを記しておきたい。

執筆の最終段階のある時期に、「本書のタイトル「『荒地』の時代」に「空の空」とルビをふった。そして、「あとがき」で、「どうか「そら」と読まないでいただきたい。「くう」です」と書いたことがある。しかし、実際には、「ルビ」はふらないことにしたので、このお願いも「そらごと」になった。そうルビをふる気になったのは、以下、つぶやくことをタイトルにも反映させたいと、本気で思ったからである。

「空」を「くう」と読めといわれ、多くの方は、仏教を連想されることだろう。周知のことだが、『荒地』は、仏教的言説も多く使用している。だから、その連想もまちがいではない。だが、この「空の空、いっさいは空」は、れっきとした聖書の一節だ。聖書になじまれている読者なら、すぐに、『伝道の書』のあれかと思われるだろう。わたしが強引にそう訳したわけでもなく、聖書の日本語訳にそうある。この詳細は、本書第Ⅱ部第二章「第十節・余白「伝道の書」の「空」言説」にあるので、そちらをご覧いただきたい。エリオットも、おそらく、聖書と仏教との両面からこの文句を読んでいたのではないだろうか。とはいえ、このことばは、『荒地』のどこを探してもでてくることはない。テキスト的戦略を講じなくては、出会うことがない。その戦略の経過をお話しする。

「蟋蟀」の問題を論じた箇所を、最後の最後に精査しているときのこと。みつけてしまったと思った。「啓示」であった。何故、エリオットは原註に「『伝道の書』　一二章五節参照」と記したのかと、まえまえから疑問に思い、幾度となく反芻していた。そのときも、これまで幾度となくながめた「イナゴ」のでてくる箇所を同じようにながめていた。

何の拍子にか、そのちょっと先まで目がいった。それまでは、「蟋蟀」に焦点をあてすぎ、いわばみえなかった『伝道の書』のその周囲のテキストである。しかも、テキストは日本語訳であった。

そこに、「伝道者は言う、「空の空、いっさいは空である」と」のテキストが、まえからあったといいたげにあった。白状すれば、わたしは、聖書を全部読んでいるわけではなかった。単なる場当たり的な「引用者」にすぎない。まっとうな聖書の読者なら、おそらく、ずっと以前にわかっていたことだろう。

これは、「仏教か」と刹那に思った。すでに、姉崎博士のハーヴァード大学講師就任や、その講義をエリオットが聴講していたことは書いていた。『荒地』と仏教の関係は露骨なほど明白であった。しかも、なんと、仏教の核心概念「空」なのだ。わたしは、血気盛んな中年初期に、デリダの例の「ディフェランス」と「空」を結びつけた論文を書いていた。これこそ、まさに、エリオットが例の原註で示唆せんとしたことにちがいないと思った。そう、確信された。

それにしても、何故、エリオットは、「『伝道の書』一二章八節参照」としなかったのだろう。「蟋蟀」とこの箇所をむすびつけるのは、直接的対比にはなっていなかったからであろうか。いやそうではない。「ひねくれ者」のエリオットのことだ、あまりにも直接的な註は避けたのだろう、そう踏んだ。『荒地』のテーマ中のテーマだ。「死／再生」等のテーマは、その具体例にすぎない、と。

そこで、本書のタイトル「『荒地』の時代」に、「空の空、いっさいは空」とルビをふろうと考えたわけだ。このルビは、聖杯探求者がたどりついた「聖杯」に相当するものだ――「答え、あるいは〈真理〉は、いつもすでに、目と鼻の先にある」。

と、ここまで書いてきて、インターネット検索をしてみると、ロバート・グレーヴズ（Robert Graves）の『普通のアスフォデル――詩論集（一九二二～一九四九年）』（*The Common Asphodel: Collected Essays on Poetry 1922 – 1949*, 1949,

1970）の「モダニズム詩（ローラ・ライディングと共に）」（Modernist Poetry with Laura Riding (1926)）の第九章「ユーモラスな要素」のでだしに、以下の記述があるのをみつけた——

ヘミングウェイ氏のモダニズム小説『日はまた昇る』のモットーはこうだ——「『あなた方は、みな、失われた世代の方ね』——会話でのガートルード・スタイン」。このタイトルは『伝道の書』の一節からとられ、そこには、これよりよく知られた文句がある——「空の中の空、と説教師はいう。空の中の空、いっさいは空だ」。これは、また、まったく晴れることのない陰鬱についての忠告ではないとしても、ほとんどのモダニズム詩人がくだした結論でもある。シットウェル女史の主たるメッセージは、もしそれがあるといえるならだが、成人の生活が、いかに際限なくこまかくつまらないかということだ。エリオット氏の『荒地』の序は、ペトロニウスからの引用である——クーマエのシビルが、侍祭から、何が望みかと聞かれ、（予言の幻影に疲労して）こう答えた——「死にたいの」。しかし、モダニズム詩が読者に及ぼす全体としての効果は、陰鬱なものである——それは、詩が、かつて詩をほとんど間違いのない楽観主義の導き手にしていた確信と高貴さで輝いてはいないからだ——が、全体的にいえば、あの世で償いがないと知り眺める世界が虚妄（空）であるため、詩人は、苦笑いをしつつ陽気を装うように強いられているのだ。（一四九ページ）

（註・「アスフォデル」は、ハーデス（黄泉の国）に一面に咲き、死者の好物だとされる。とはいえグレーヴズは、「序」の最後で、詩と並行して「普通のアスフォルデル」の性質を語り、こう述べている——「我慢強い、背丈が高い、頑強、香りがしない、商業的に価値のない植物」。）

ここからわかるように、『伝道の書』の「空の中の空、いっさいは空だ」は、やはり聖書に親しんだ者にはおなじみの一節であって、その持つ雰囲気が、モダニズム文学の基調となっているらしい。グレーヴズは、『伝道の書』と『荒地』の註とを直截に結びつけているわけではないが、シビルの引用をかいして結びつけているといえよう。となれば、わたしの直観的読みが支持されたことになる。そうなると、ますます、エリオットは、例の原註で、間接的暗示をしていたのではないかと思われくるのだ。

＊

〈謝辞〉（大声で）

さまざまなえにしにより、船出まもない小鳥遊書房に本書をだしていただいた。出版事情の困難な時代にあって出版を許していただいた、社主で編集長の高梨治氏に深く感謝いたします。高梨氏からは、いろいろとご意見を頂戴した。最初に原稿をみていただいたとき、即座に、題がよくないといわれた。すぐにわかる題がいいといわれ、わたし自身持っていた代案をお示ししたところ、それがいいかもとおっしゃった。それが「『荒地』の時代」である。平成も終焉を迎えようとしていた、平成三十年五月三十日のことだ。

では、元の題はというと、それは「始原のかなたへ」であった。もちろん、これはジャック・デリダの『グラマトロジーについて』の足立和浩訳『根源の彼方に』を意識したものである。学者人生の早い時期に出会い、多大な恩恵を頂戴したこの訳書に対する感謝の気持ちもあり、本書が、学者人生も終焉を迎える頃に書いた本でもあるし、そこでおこなったことも、デリダの影響下にあると判断してのことであった。個人的な感傷のしからしむところだ。

本書第Ⅳ部「「Ⅲ　火の説教」をめぐって」第一章「“abominable”／〈スミルナ〉の示唆すること——「ヨハネ黙示録」」と第二章「“demotic”／〈スミルナ〉の示唆すること——現代ギリシャ問題」に相当する最初期の原稿は、元日本エリオット協会長で東京学芸大学名誉教授・池田栄一氏に読んでいただき、過分ともいえる評を頂戴した。それに調子づき、その後、二〇一六年度・日本エリオット協会大会で、それをもとに口頭発表させていただき、池田氏には司会をしていただいた。質疑応答の際、愛知学院大学教授・山口均氏より身に余る励ましのことばを頂戴した。この経験がなければ、本書はなかったと思う。好い気になって、書いてしまったのである。

わたしのエリオットの初体験は、元東京教育大学大学院での、故・福田陸太郎先生の英米現代詩のゼミであった。記憶にあったのは、先生がイタリアでパウンドに面会したということと、『荒地』の「時間デース」ぐらいであったが、本書を書いているうちに、その際に教えていただいたことが、忘却の淵からふつふつと甦ってくるの感じた。感謝。

最後になるが、批評意識、詩的感性、そして、学識に裏打ちされた岩崎宗治訳『荒地』（岩波文庫）を大いに活用させていただいた。岩崎氏に、こころから感謝いたします。また、本書は、アメリカ議会図書館のデジタル検索サイト「クロニクリング・アメリカ」があったればこそのもので、時代とはいえ、関係者に深く感謝いたします。

平成三十一年一月十四日　著者記す

参考文献一覧

Abbate, Carolyn, *In Search of Opera*. Princeton University Press, 2003

Ackerley, C. J., *T S Eliot: 'The Love Song of J. Alfred Prufrock' and 'The Waste Land'*. Humanities - Ebooks.co.uk, 2007

Alighieri, Dante, *Dante's Divine Comedy: Purgatory*, ed. by Kathryn Ann Lindskoog. Mercer University Press, 1997

Anesaki, Masaharu, *Nichiren The Buddhist Prophet*. Harvard Univ. Press, 1916

Antliff, Allan, *Anarchist Modernism: Art, Politics, and the First American Avant-Garde*. Univ. of Chicago Press, 2001

App, Urs, *Richard Wagner and Buddhism*. Universitymedia, 2011

Aristotle, *Works*, Vol.5, trans. by Thomas Taylor. 1809

Arthur Symons, "The Opium-Smoker", in Michael J. Allen ed., *The Anthem Anthology of Victorian Sonnets*. Anthem Press, 2011

Bachner, Andrea, *Beyond Sinology: Chinese Writing and the Scripts of Culture*. Columbia Univ. Press, 2014,

Bedient, Calvin, *HE DO THE POLICE IN DIFFERENT VOICES: The Waste Land and Its Protagonist*. Univ. of Chicago Press, 1987

Berridge, Virginia & Griffith Edwards, *Opium and the People; Opiate Use in Nineteenth-Century England*. Yale Univ. Press, 1981, 1987

Black, Joseph *et al*., *The Broadview Anthology of British Literature: One-Volume Compact Edition*. Broadview Press, 1910

Blissett, William, "Wagner in the Waste Land" in Jane Campbell & James Doyle eds., *The Practical Vision: Essays in English Literature in Honour of Flora Roy*. Wilfrid Laurier University Press, 1978

Blistein, Burton, *The Design of "The Waste Land"*. University Press Of America, 2008

Booth, Martin, *Opium: A History*. Griffin, 1999

Boulger, George Simonds, *The Uses of Plants*. BiblioLife, 2014

Brailsford, Henry Noel, *Macedonia; its races and their future*. Methuen & Co., 1906

Brooker, Jewel Spears & Joseph Bentley, *Reading "The Waste Land": Modernism and the Limits of Interpretation*. University Massachusetts Press, 1992

Brewer, E. Cobham, *Dictionary of Phrase and Fable*. Philadelphia: Henry Altemus Company, 1898

Bunsen, Christian Charles Josias, *Hippolytus and his Age : or, The Beginnings and Prospects of Christianity*. Longman, Brown, Green, and Longmans, 1854

Cawein, Madison, "Waste Land", in Wade Hall ed., *The Kentucky Anthology: Two Hundred Years of Writing in the Bluegrass State*. University Press of Kentucky, 2010

Cengage Learning Gale, *A Study Guide for Amy Lowell's "Lilacs"*. Gale, 2013

Cran, Rona, *Collage in Twentieth-Century Art, Literature, and Culture: Joseph Cornell, William Burroughs, Frank O'Hara, and Bob Dylan*. Ashgate Publishing, Ltd, 2014

Childs, Peter, *The Twentieth Century in Poetry: A Critical Survey*. Routledge, 1998

Chapman, Mary, *Making Noise, Making News: Suffrage Print Culture and U.S. Modernism*. Oxford Univ. Press, 2014

Childs, Donald J., *Modernism & Eugenics: Woolf, Eliot, Yeats, and the Culture of Degeneration*. Cambridge Univ. Press, 2001

Chipp, Herschel B., *Theories of Modern Art: A Source Book by Artists and Critics*. Univ of California Press,1968, 1984

Chrystal, Paul, *In Bed with the Ancient Greeks*, Amberley Publishing. 2016

Cook, Eleanor, "T.S.Eliot and the Carthaginian Peace" in *ELH* , Vol. 46, No. 2, 1979

Corton, Christine L., *London Fog: The Biography*. Belknap Press, 2015

Cotsell, Michael ed., *The Companion to Our Mutual Friend*. Routledge, 2009, 2013

Coulter, Charles Russell & Patricia Turner eds., *Encyclopedia of Ancient Deities*. Routledg, 2000, 2013

Crawford, Robert Crawford, *Young Eliot: From St. Louis to* The Waste Land. Farrar, Straus and Giroux, 2015

Cuddy, Lois A., *T.S. Eliot and the Poetics of Evolution: Sub/versions of Classicism, Culture and Progress*. Associated Univ. Press, 2000

Davies, William Henry, "April's Charms" in *Child Lovers*, 1916

De Quincey, Thomas, *Confessions of an English Opium-Eater*. George Routledge and Sons edition, 1821, 1886

Digaetani, John Louis, *Richard Wagner: New light on a Musical Life*. McFarland, 2013, 2014

Dobkin, Marjorie Housepian, *Smyrna 1922: the Destruction of a City*. Newmark Press, 1966, 1988

Dihle, Albrecht, *Greek and Latin Literature of the Roman Empire from Augustus to Justinian*, trans. by Manfred Malzahn. Psychology Press,

1994; Routledge, 2013
Döllinger, Johann Joseph Ignaz von, *Hippolytus and Callistus*. 1854, Eng. trans., T. and T. Clark, 1876
Doreski, William, *The Modern Voice in American Poetry*. Univ. Press of Florida, 1995, 1998
Duke, James A., *Duke's Handbook of Medical Plants of the Bible*. CRC Press, 2007

Edward, Gibbon, *The History of the Decline and Fall of the Roman Empire*, ed. by J. B. Bury. Cambridge Univ. Press, 2013.
Eisen, Gustavus A., *The Raisin Industry: A Practical Treatise on the Raisin Grapes, Their History, Culture and Curing*. H.S. Crocker, printers, 1890
Eliot, T.S., *The Waste Land*, ed. by Michael North. W. W. Norton & Company, 2000, 2001
——, *The Poems of T. S. Eliot*, eds. Christopher Ricks & Jim McCue. Faber & Faber, 2015
Eugenides, Jeffrey, *Middlesex*. Picador USA, 2002, 2011

Fiddes, Paul S., "Versions of the Wasteland: The Sense of an Ending in Theology and Literature in the Modern Period" in *Modernism, Christianity and Apocalypse*, eds. Erik Tonning & Matthew Feldman. Brill Academic Pub, 2014
Forster, E.M., *A Room with a View*. Createspace Independent Pub, 1908, 2016
Foxcroft, Louise, *The Making of Addiction: The 'Use and Abuse' of Opium in Nineteenth-Century Britain*. Routledge, 2006
Frazer, James George, *The Golden Bough: A Study in Comparative Religion* (retitled *The Golden Bough: A Study in Magic and Religion*) Third edition, 12 vols. 1906-15
——, ed., & trans., *Pausanias's Description of Greece*. Cambridge Univ. Press, 2012
Freer, S., *Modernist Mythopoeia: The Twilight of the Gods*. Palgrave Macmillan, 2015

Gabler, Hans Walter, "Genetic Texts—Genetic Editions—Genetic Criticism or, Towards Discussing the Genetics of Writing, in *Problems of Editing*, ed. by Christa Jansohn. Walter de Gruyter, 1999, 2012
Gerard, Frances A., *The Romance of Ludwig II. of Bavaria*, Hutchinson. 1899
Goldman, Emma, *Living, My Life*, vol. 2, Dover Publications, INC, 1970
——, *Emma Goldman: A Documentary History of the American Years - Making Speech Free, 1902-1909*, ed. Candace Falk. University of

Illinois Press, 2008

Goldman, Jane, *Modernism, 1910-1945: Image to Apocalypse*. Palgrave, 2003

Gordon, Lyndall, *The Imperfect Life of T.S. Eliot*. Virago, 1998, 2012

Gott, Henry Michael, *Ascetic Modernism in the Work of T S Eliot and Gustave Flaubert*. Routledge, 2015

Gregorovius, Ferdinand, *The Roman Journals*. G. Bell & Sons, LTD., 1911.

Grigg, David, *The Agricultural Revolution in South Lincolnshire*. Cambridge Univ. Press, 1966

Habib, M.A.R., *The Early T.S. Eliot and Western Philosophy*. Cambridge University Press, 1999

Hall, Timothy L., *American Religious Leaders*. Facts on File Inc, 2003, 2014

Hamann, Brigitte, *The Reluctant Empress*. Faber & Faber, 1982, 1986

Hargreaves, T., *Androgyny in Modern Literature*. Palgrave Macmillan, 2005

Hecht, Anthony, *Melodies Unheard: Essays on the Mysteries of Poetry*. The Johns Hopkins Univ. Press, 2003, 2005

Henderson, William Augustus, *The Housekeeper's Instructor*. J. Stratfored, 1791

Highland and Agricultural Society of Scotland, *Transactions: Of the Highland and Agricultural Society of Scotland*. W. Blackwood & Sons, 1829

Hirschon, Renée ed., *Crossing the Aegean: An Appraisal of the 1923 Compulsory Population Exchange between Greece and Turkey Forced Migration*. Berghahn Books, 2003

Hyland, Peter, *An Introduction to Shakespeare's Poems*. Palgrave Macmillan, 2003

Jackson, Helen Hunt, *Calendar of Sonnets*. Roberts Brothers PublishersSomerset Street, 1875, 1891

James, George Wharton, *Through Ramona's Country*. Little Brown, 1909

Kalaidjian, Walter ed., *The Cambridge Companion to American Modernism*. Cambridge University Press, 2005

Kearns, Cleo McNelly, *T. S. Eliot and Indic Traditions: A Study in Poetry and Belief*. Cambridge Univ. Press, 1987, 2008

Kent, Elizabeth, *Flora Domestica: Or, The Portable Flower-garden : with Directions for the Treatment of Plants in Pots and Illustrations Trom the Works of the Poets*. Taylor and Hessey, 1825

Kienholz, M., *Opium Traders and Their Worlds*. iUniverse, 2008
Kitto, John, *A Cyclopaedia of Biblical Literature*. Adam & Charles Black, 1845
Kostov, Chris, *Contested Ethnic Identity: The Case of Macedonian Immigrants in Toronto, 1900-1996*. Peter Lang, 2010.

Lancashire, Ian, *Forgetful Muses: Reading the Author in the Text*. University of Toronto Press, 2010
Lowell, Amy, *Can Grande's Castle*. The MacMillan Company, 1918
Lunday, Elizabeth Lunday, *The Modern Art Invasion: Picasso, Duchamp, and the 1913 Armory Show That Scandalized America*. Lyons Press, 2003

MacCabe, Colin, *Perpetual Carnival: Essays on Film and Literature*. Oxford Univ. Press, 2016
Maddrey, Joseph, *The Making of T.S. Eliot: A Study of the Literary Influences*. McFarland, 2009
Magoc, Chris J., *Imperialism and Expansionism in American History: A Social, Political, and Cultural Encyclopedia and Document Collection* [4 volumes]. ABC-CLIO, 2015.
Mansel, Philip, *Levant: Splendour and Catastrophe on the Mediterranean*. Yale Univ. Press, 2010, 2011
Marcus, James, "Amy Lowell: Body and Sou-ELL" in *Amy Lowell, American Modern*, eds., Adrienne Munich & Melissa Bradshaw. Rutgers Univ. Press, 2004
Marez, Curtis, "The Other Addict: Reflections on Colonialism and Oscar Wilde's Opium Smoke Screen", in *ELH*, Vol. 64, No. 1, 1997
Marx, Karl, *The Eastern Question*. Swan Sonnenschein & Co. LTD., 1897
Masefield, John, "Beauty" in *The Story of a Round-House and Other poems*. The MacMillan Company, 1912
McElroy, Wendy, *Individualist Feminism of the Nineteenth Century: Collected Writings and Biographical Profiles*. McFarland, 2001
McLaughlin, Joseph, *Writing the Urban Jungle: Reading Empire in London from Doyle to Eliot*. University of Virginia Press, 2000
McIntire, Gabrielle, *The Cambridge Companion to The Waste Land*. Cambridge Univ. Press, 2015
McIntosh, Christopher, *The Swan King: Ludwig II of Bavaria*. I B Tauris & Co Ltd, 1982, 2012
McLynn, Frank, *Robert Louis Stevenson*. Random House, 2014
Miller, Jr., James E., *T. S. Eliot's Personal Waste Land*. Penn State Press, 1977, 2010
——, *T. S. Eliot: The Making of an American Poet 1888–1922*. Penn State Press, 2005

Murray, Paul, *T. S. Eliot and Mysticism: The Secret History of 'Four Quartets'*. Palgrave Macmillan, 1991, 1994

Newcomb, John Timberman, *How Did Poetry Survive?: The Making of Modern American Vers*e. University of Illinois Press, 2013

North, Michael, *Reading 1922: A Return to the Scene of the Modern*. Oxford Univ. Press, 1999

Oliver, Andrew, *American Travelers on the Nile: Early U.S. Visitors to Egypt, 1774-1839*. The American University in Cairo Press, 2015

Ovid, *Metamorphoses*, trans. by A.S. Kline. Borders Classics, 2004

Oxford English Dictionary, 2nd Edition. Oxford Univ. Press, 1988

Pentzopoulos, Dimitri, *The Balkan Exchange of Minorities and Its Impact on Greece*. Hurst & Company, 1962

Pereira, Jonathan, *The Elements of Materia Medica: Vegetable and animal materia media*, Part II. Blanchard and Leal, 1840

Perkin, J. Russell, *Theology and the Victorian Novel*. McGill-Queen's Univ. Press, 2009

Preston, Carrie J., *Modernism's Mythic Pose: Gender, Genre, Solo Performance*. Oxford Univ. Press, 2011

Raine, Craig, *T. S. Eliot*. Oxford University Press, 2011

Rainey, Lawrence, *The Annotated Waste Land with Eliot's Contemporary Prose*. Yale Univ. Press, 2005

Rawson, Claude ed., *The Cambridge Companion to English Poets*. Cambridge Univ. Press, 2011

Roessel, David, "'Mr. Eugenides, the Smyrna Merchant,' and Post-War Politics in *The Waste Land*" in *Journal of Modern Literature*, Vol. 16, No. 1, 1989

Rossignol, Rosalyn, *Critical Companion to Chaucer: A Literary Reference to His Life and Work*. Facts on File, 2006.

Schneidau, Herbert, "The Antinomian Strain: The Bible and American Poetry" in Giles Gunn ed., *The Bible and American Arts and Letters*. Scholars Pr, 1983

Schüller, André, *A Life Composed: T.S. Eliot and the Morals of Modernism*. LIT Verlag, 2002

Seymour-Jones, Carole, *Painted Shadow: The Life of Vivienne Eliot, First Wife of T.S. Eliot, and the Long-Suppressed Truth about Her Influence on His Genius*. Nan A. Talese, 2001

Smith, Stan, *The Origins of Modernism: Eliot, Pound, Yeats and the Rhetorics of Renewal*. Harvester Wheatsheaf, 1994

Society for the Diffusion of Useful Knowledge, *The Biographical Dictionary of the Society for the Diffusion of Useful Knowledge*, Vol.I., Part II. Longman, Brown, Green, and Longmans, 1842

Stookey, Lorena Laura, *Thematic Guide to World Mythology*. Greenwood, 2004

Tate, Trudi, *Modernism, History and the First World War*. Humanities-eBooks, 2013

The Penny Cyclopaedia Of the Society For the Diffusion of Useful Knowledge, Charles Knight, 1840

Thacker, Andrew, “Unrelated Beauty: Amy Lowell, Polyphonic Prose, and the Imagist City” in Adrienne Munich & Melissa Bradshaw ed., *Amy Lowell, American Modern*. Rutgers University Press, 2004

Tiwari, Nidhi, *Imagery and Symbolism in T. S. Eliot's Poetry*. Atlantic Publishers & Distributors Pvt Ltd, 2001.

Tracy, Louis, *The Wheel O’ Fortune*. E.J. Clode, 1907

Walker, Barbara G., *The Woman's Encyclopedia of Myths and Secrets*. Harper & Row, 1983

Wilhelm, James J., *Ezra Pound in London and Paris, 1908-1925*. Penn State Univ. Press, 1990

Yildirim, Onur, *Diplomacy and Displacement: Reconsidering the Turco-Greek Exchange of Populations, 1922-1934*. Routledge, 2006

姉崎正治『法華経の行者　日蓮』博文館、一九一六年

ブラウニング、ロバート『ブラウニング詩集』（野口米二郎訳）第一書房、一九三〇年

チョーサー、ジェフリー『カンタベリー物語（上）』（桝井迪夫訳）岩波文庫、一九七三年

ディラン、ボブ「廃墟の街 Desolation Row」、アルバム『ハイウェイ61再訪　Highway 61 Revisited』一九六五年

アリギエーリ、ダンテ『神曲・天国篇』（平川祐弘訳）河出文庫、二〇〇九年

ディケンズ、チャールズ『我らが共通の友』（間二郎訳）筑摩文庫、一九九七年

コクトー、ジャン『阿片――或る解毒治療の日記』角川文庫、一九五二年

海老沢泰久『満月　空に満月』文春文庫、二〇〇三年

エリオット、T・S・『荒地』（岩崎宗治訳）岩波文庫、二〇一〇年
深瀬基寛『エリオット』筑摩書房、一九五四年
ゴールドマン、エマ『エマ・ゴールドマン自伝』（小田光雄、小田透訳）ぱる出版、二〇〇五年
福田・森山注解『英語対訳袖珍辞書』大修館書店（増補新装版）、一九八二年
堀達之助編『英語対訳袖珍辞書』蔵田屋清右衛門、一八六九年
角田忠信『右脳と左脳』大修館書店、一九八三年
ギボン、エドワード『ローマ帝国衰亡史（四）』（村田雄三訳）岩波書店、復刊一九八八年・一九九二年
――『ローマ帝国衰亡史（六）』（中野、朱牟田共訳）筑摩書房、一九八八年
ミルトン、ジョン『ミルトン楽園喪失・上』（藤井武訳）岩波書店、一九三八年
村田奈々子『物語　近現代ギリシャの歴史――独立戦争からユーロ危機まで』中公新書、二〇一二年
新渡戸稲造『武士道』（櫻井鴎村訳）丁未出版社、一九〇八年（英語版、一九〇〇年）
オウィディウス『祭暦』（高橋宏幸訳）国文社、一九九四年
シェイクスピア、ウィリアム『リチャード二世』（坪内逍遥訳）早稲田大学出版部、一九二六年
――『シェイクスピア・ソネット集』（中西信太郎訳）英宝社、一九七六年
――『お気に召すまま』（福田恆存訳）新潮社、一九六三年
テニスン、アルフレッド『イン・メモリアム』（入江直裕訳）岩波文庫、一八五〇年

【著者】

荒木正純
（あらき　まさずみ）

1946 年生まれ。東京教育大学大学院博士課程中退。
東京教育大学文学部助手、静岡大学教養部講師、筑波大学人文社会学系教授、
白百合女子大学文学部教授。現在、筑波大学名誉教授。博士（文学）。
著書に『ホモ・テキステュアリス――二十世紀欧米文学批評理論の系譜』（法政大学出版局）、
『芥川龍之介と腸詰め』（悠書館）、『「羅生門」と廃仏毀釈』（悠書館）、
訳書にキース・トマス『宗教と魔術の衰退』（法政大学出版局）、
スティーヴン・グリーンブラット『驚異と占有』（みすず書房）、その他。

『荒地《あれち》』の時代《じだい》

アメリカの同時代紙《どうじだいし》からみる

2019年2月25日　第1刷発行

【著者】

荒木正純

発行者：高梨 治

発行所：株式会社**小鳥遊《たかなし》書房**

〒102-0071　東京都千代田区富士見 1-7-6-5F

電話 03 (6265) 4910（代表）／FAX　03 (6265) 4902

http://www.tkns-shobou.co.jp

装幀　渡辺将史

印刷　モリモト印刷株式会社

製本　株式会社難波製本

ISBN978-4-909812-04-9　C0098